Les Presses de la Cité
omnibus

La Canadienne Mazo de la Roche (1879-1961) a écrit romans, nouvelles et pièces de théâtre.
Elle connut une immense renommée avec la saga des Whiteoak, best-seller mondial depuis les années 1930, qui raconte, en seize romans et à travers quatre générations, cent années de l'histoire d'une famille à la tête de la grande propriété agricole de Jalna.

Mazo de la Roche

JALNA

*

La Naissance de Jalna
Matins à Jalna
Mary Wakefield
Jeunesse de Renny

Présentation de Pascale Frey

Préface de Katherine Pancol

Les Presses de la Cité
omnibus

92, avenue de France – 75013 Paris
ISBN 978-2-258-19504-2
Dépôt légal : mai 2021

SOMMAIRE

Bibliographie 9
Présentation de Pascale Frey 11
Préface de Katherine Pancol 15

La Naissance de Jalna 17
Matins à Jalna 305
Mary Wakefield 531
Jeunesse de Renny 795

Arbre généalogique des Whiteoak 1031

BIBLIOGRAPHIE

ROMANS

Possession, 1923
Délice (Delight), 1926
Jalna, 1927
Les Whiteoak de Jalna (Whiteoaks of Jalna), 1929
Finch Whiteoak (Finch's Fortune), 1931
Lark Ascending, 1932
The Thunder of New Wings, 1932
Le Maître de Jalna (The Master of Jalna), 1933
Jeunesse de Renny (Young Renny), 1935
La Moisson de Jalna (Whiteoak Harvest), 1936
Croissance d'un homme (Growth of a Man), 1938
L'Héritage des Whiteoak (Whiteoak Heritage), 1940
Le Destin de Wakefield (Wakefield's Course), 1941
Faux parents (The Two Saplings), 1942
La Naissance de Jalna (The Building of Jalna), 1944
Retour à Jalna (Return to Jalna), 1946
Mary Wakefield, 1949
La Fille de Renny (Renny's Daughter), 1951
A Boy in the House, 1952
Les Frères Whiteoak (Jalna, 1923), 1953
Les Sortilèges de Jalna, 1954
Le Centenaire de Jalna (Centenary at Jalna), 1958
Matins à Jalna (Morning at Jalna), 1960

RÉCITS AUTOBIOGRAPHIQUES

Portrait d'un chien (Portrait of a Dog), 1930
Beside a Norman Tower, 1932
La Vraie Maison (The Very House), 1937
Ringing the Changes, 1957

THÉÂTRE

Low Life, 1925
Come True, 1927
The Return of the Emigrant, 1928
Whiteoaks, 1936
The Mistress of Jalna, 1951

RECUEILS DE NOUVELLES

Explorers of the Dawn, 1922
The Sacred Bullock and Other Stories of Animals, 1939
A Boy in the House and Other Stories, 1952

PRÉSENTATION DE PASCALE FREY

Elle était très timide, soucieuse de sa vie privée, n'hésitant pas à tricher sur son lieu de naissance ou sur son âge. Pas pour se rajeunir, non, juste pour se protéger, que ses lecteurs en sachent le moins possible sur elle. Une discrétion difficile à assurer lorsque l'on a vendu des millions d'exemplaires d'une saga traduite dans le monde entier, dont chacun des seize volumes représente un petit événement, et que l'on compte parmi ses fans une jeune reine d'Angleterre prénommée Elizabeth.

Son autobiographie, *Ringing the Changes*, parue en 1957 ne nous en apprendra guère plus sur elle. Mazo de la Roche est née Maisie Louise Roche le 15 janvier 1879 au Canada, à Newmarket dans l'Ontario, d'Alberta Lundy et de William Richmond Roche, un voyageur de commerce plus voyageur que commerçant. Une grand-mère irlandaise d'un côté apportera la touche de roux à la chevelure des principaux héros de *Jalna*, et un grand-père d'ascendance française de l'autre l'encouragera à ajouter à son patronyme une particule. Fille unique, elle vit une enfance choyée mais pas très joyeuse. Sa mère tombe souvent malade, et son père semble peu doué pour les affaires, ce qui les pousse à déménager tous les ans. Sa vie est bouleversée en 1894, lorsque ses parents adoptent une jeune cousine de sept ans devenue orpheline, Caroline Clement. Mazo aurait pu en prendre ombrage, se montrer jalouse. C'est au contraire un coup de foudre entre les deux enfants. Plus tard elle évoquera le jour où Caroline est arrivée dans leur famille comme le plus beau de sa vie.

Mazo et Caroline grandissent dans ce milieu affectueux et cultivé. Mais à cette époque déjà, plus que lire, Mazo aime inventer des histoires. Elle s'immerge dans un univers imaginaire qu'elle surnomme « The play », et l'arrivée de Caroline, bien loin d'affaiblir cette passion, contribuera au contraire à l'enrichir. Désormais, elles seront deux à s'inventer un monde et leur enfance ressemblera à un enchantement.

Mazo commence par étudier le dessin à Toronto, avant de se lancer dans l'écriture, une suite logique à cette habitude de créer sans cesse personnages et intrigues. Elle publie une première nouvelle dans le magazine *Munsey* en 1902. Elle a alors vingt-trois ans et habite toujours avec ses parents et Caroline. On ne sait pas très bien de quoi sont faites les années suivantes si ce n'est que la famille compte sur Caroline et son travail de statisticienne pour les entretenir. Après la mort de ses parents, respectivement 1915 pour son père et 1920 pour sa mère, Mazo de la Roche se met à écrire de manière plus sérieuse. Mais ses deux romans d'amour, *Possession* en 1923 et *Delight* trois ans plus tard, sont un échec commercial.

Elle a déjà quarante-huit ans et vit chichement, lorsqu'elle décide de participer à un concours organisé par la revue américaine *Atlantic Monthly* et l'éditeur Little Brown. A la clé, une récompense de 10 000dollars. Elle envoie un texte intitulé *Jalna,* du nom de la maison dans laquelle l'histoire se déroule et où le personnage de la grand-mère, Adeline Whiteoak, s'apprête à fêter ses cent ans. Mazo gagne la compétition, ce qui serait comparable aujourd'hui à remporter le Booker Prize, le prix Goncourt ou à passer chez Oprah Winfrey ! Très vite, ce roman leur permet de vivre, Caroline et elle, de manière confortable, car Caroline quitte son poste pour devenir l'assistante de Mazo.

Il est temps d'ouvrir une parenthèse : les deux femmes ont toujours vécu ensemble et ne se quitteront jamais. Leur compagnonnage a soulevé de nombreuses questions restées, il faut le préciser, sans réponse : étaient-elles sœurs, amies, amantes ? Ce que nous savons en revanche c'est qu'elles ne pouvaient se séparer ni aimer ailleurs, que Mazo a affirmé avoir toujours souhaité être un garçon, et que le personnage dont elle se sentait le plus proche était Finch Whiteoak, l'un des petits-fils d'Adeline, dont la sexualité hésitante (il finira par se marier mais ça se passera mal) est brocardée par ses frères.

Une autre chose semble certaine, c'est que Mazo de la Roche n'aurait pas pu venir à bout de ce qui va devenir une saga sans l'aide de Caroline. Car après le raz de marée provoqué par ce premier tome (qui finira par s'inscrire en septième place dans la chronologie de la famille Whiteoak courant sur un siècle), éditeurs et lecteurs réclament une suite. *Jalna* possède déjà tous les ingrédients de ce qui fera le succès de la série : autour de la centenaire bon pied bon œil qui continue à régner en véritable dictateur sur enfants et petits-enfants, déambulent des personnages hauts en couleur, se nouent des intrigues qui tricotent mariages et divorces, et surtout se dresse cette imposante maison en briques aux contrevents verts qui fait la fierté de tous. A partir de là, Mazo va tisser sa toile. Très difficilement au début. Paralysée par ce lancement en fanfare, elle peine à se remettre au travail. Elle souffre d'une grosse dépression (elle subira même des électrochocs), et c'est Caroline qui va l'aider à renouer avec les Whiteoak de Jalna : Mazo lui dicte son texte, Caroline le tape et lui donne son avis.

En 1929, elles embarquent pour un tour de l'Europe, et s'installent en Angleterre. Là-bas, Mazo adopte deux enfants, Esmée, deux ans et demi, et René qui a treize mois. Un mystère entoure cette adoption. Il s'agirait d'orphelins d'un couple d'amis décédés, mais les versions changent et les enfants eux-mêmes, devenus adultes, n'arriveront pas à obtenir de « Mum » Mazo et de « Aunt » Caroline la vérité sur leur naissance.

Lorsque la guerre est déclarée, tous quatre reviennent au Canada, où Mazo poursuit l'écriture des *Jalna*. Non seulement une suite, mais aussi un « prequel », c'est-à-dire qu'elle remonte à « La Naissance de Jalna », en 1854, alors que Philippe et Adeline Whiteoak, tout juste rentrés d'Inde, décident de s'installer tout près du lac Ontario, dans une région peu peuplée où ils vont bâtir à la fois une demeure et une dynastie. Pendant trente-trois ans, Mazo de la Roche va s'intéresser à cette famille, n'écrivant pas les volumes dans l'ordre chronologique, ce qui a dû être une gageure pour l'auteure et les premiers lecteurs. Il y a des personnages aux caractères explosifs, des animaux, beaucoup d'animaux, une nature sublime avec des vraies saisons qui apportent chacune son lot de beauté et de difficultés. Ses histoires sont à la fois très modernes dans les sentiments, et traditionnelles dans les fonctions : les femmes ne travaillent pas, mais à vrai dire les hommes ne travaillent pas beaucoup non plus. Ils vivent de leurs rentes, font un peu d'élevage et passent leur temps à lire, monter à cheval, s'échanger des ragots familiaux et déguster de somptueux repas concoctés par des cuisinières hors pair.

Mazo de la Roche a voulu à plusieurs reprises abandonner. Mais comment résister au succès (onze millions d'exemplaires vendus dans le monde, traduits dans quatre-vingt-treize pays), aux adaptations théâtrales à Londres et à Broadway, au cinéma, à la télévision ?

Pourtant, son étoile romanesque se ternit vers la fin de sa vie, les critiques ne sont pas toujours tendres. A sa mort à Toronto, le 12 juillet 1961, Caroline brûle journaux intimes et correspondance. « Tout ce que je suis, je l'ai mis dans mes livres. » Il est temps de les redécouvrir.

Pascale Frey est journaliste littéraire. Depuis qu'elle sait lire, elle lit ! Grâce à cette passion devenue un métier, elle a été responsable de la chronique livres de la *Tribune de Genève* lorsqu'elle vivait en Suisse. Puis elle s'est installée à Paris, où l'on peut croiser un écrivain dans chaque bistrot, à chaque coin de rue. Le rêve ! Elle a d'abord travaillé pour le magazine *Lire*, puis pour le magazine *Elle*, et créé le site littéraire onlalu.com. Aujourd'hui elle partage son temps entre le journalisme et l'édition.

PRÉFACE DE KATHERINE PANCOL

C'était le 26 juin 2020 à 10 h 45. Je fourgonnais, heureuse, légère, dans ma cuisine. Sous ma fenêtre, les bateaux du port de Fécamp tanguaient, les bambous du jardin bruissaient, des graminées roses, bleues, blanches trouaient le vert gazon normand, une mouette se déhanchait en picorant les miettes du petit déjeuner, le chien Boy, figé, guettait le morceau de beurre frais qui ne manquerait pas de glisser de la table, la radio hurlait « Let's spend the night together » et j'épluchais, à l'aide d'un couteau pointu, des pommes de terre en hurlant avec Mick Jagger. Sel, poivre, thym, romarin, oignons fondus, une noix de beurre dans la marmite et hop ! je rangeai l'éplucheur, jetai les épluchures, lançai la cuisson, feu doux, très doux. J'imaginais le bain qui suivrait, les vagues sur les galets, l'écume en dentelle, lorsque mon ordinateur, posé au milieu de la vaisselle, sonna l'irruption d'un mail. Je jetai un coup d'œil et lus le message d'une amie travaillant pour la collection Omnibus :

« Chère Katherine, j'espère que tu vas bien. Excuse-moi cette question insolite : as tu lu la saga des *Jalna* lorsque tu étais adolescente ? Je t'embrasse. »

Bien sûr que j'avais lu les seize tomes narrant la vie de la famille Whiteoak dans l'Ouest canadien de 1850 à 1950 ! Je tapai d'un doigt amidonné de pomme de terre : « Ouiiiiii ! Et j'ai adoré ! »

Je ne mentais pas. Je m'étais consumée pour les heurs et malheurs des héros de *Jalna*. Je me souvenais de chaque personnage, de ses défauts, ses rêves, ses qualités, ses amours, ses peines, ses colères. A douze ans, dans les allées de la bibliothèque municipale, je pointais mon index sur le M de Mazo de la Roche pour attraper le tome 1, le 2, le 3, le 4 jusqu'au tome 16. 4 486 pages ébouriffantes de passion, d'histoires, de la Grande aux plus petites. Je me rappelais la lampe de poche sous les draps, les nuits qui filaient, les cernes marron glacé au petit déjeuner, et le coude qui dérapait sur le bureau pendant les cours. J'avais commencé les *Jalna* en fin de cinquième, les terminais en début de quatrième. J'errais, hagarde, dans la bibliothèque en quête d'une autre drogue, aussi dure, pour passer l'hiver. J'étais tombée amoureuse de Philippe puis de Renny, j'avais succombé au charme insolent d'Adeline, une héroïne qui déclarait (et prouvait) qu'elle n'avait peur de rien, accouchait en un tour de reins, charmait les Indiens, les serpents, les humains, les perroquets et les gros chiens, arrivait à ses fins sans jamais s'incliner devant les crinolines ni mettre les mains dans la farine. Une femme libre, forte, belle, insolente qui me donnait un billet pour la liberté. Sans retour !

Je rêvais tout bas à *Jalna* en regardant mes oignons blondir lorsque l'amie en question me demanda si je voulais écrire une préface à cette saga.

Je hurlai ouiii sans réfléchir, fonçai récupérer les quatre gros tomes Omnibus (quatre romans par volume !) et passai l'été à galoper dans les milliers de pages sans jamais bâiller ni me lasser.

O Bonheur ! O grand Bonheur !

Encore des histoires comme *Jalna*, s'il vous plaît, monsieur le Dieu des écrivains, encore des sagas qui vous empoignent, vous étreignent, vous promènent par le bout du nez et ne vous lâchent jamais.

Katherine Pancol est tombée dans les livres à l'âge de cinq ans et n'en est plus jamais ressortie.

Le premier s'appelait *Sans famille*, d'Hector Malot. Ce fut un éblouissement.

Suivi de tant d'autres qu'un jour, elle se mit à écrire. Son premier roman s'appelait *Moi d'abord*.

En novembre 2020 est sorti le vingtième, *Eugène et moi*.

Katherine Pancol respire mieux en lisant.

Il se trouve qu'à l'âge de douze ans, elle ouvrit un *Jalna* et fut engloutie...

LA NAISSANCE DE JALNA

The Building of Jalna

1944

Traduit par G. Lalande

1

En Angleterre

Jamais, au cours de sa vie, Adeline n'avait assisté à un spectacle aussi beau que cette représentation de *La Bohémienne* ! La merveilleuse histoire avait transfiguré son âme comme le clair de lune un vitrail aux mille couleurs. Et la musique ! Mélodies et paroles la poursuivaient comme dans un rêve. Elle sortit de Drury Lane[1] suspendue au bras de Philippe, ne sentant plus le sol sous ses pas et croyant voir la foule qui l'entourait flotter comme elle-même.

Elle plongea ses regards dans les yeux de son compagnon afin d'y lire son état d'âme. L'expression ravie de ses propres traits qu'elle avait aperçue dans les grands miroirs encadrés d'or l'avait remplie d'aise. Elle s'attendait un peu à voir le visage de Philippe également transformé mais dut reconnaître que, tel il était entré au théâtre, tel il en sortait, satisfait de se trouver là, content de lui-même et de sa jeune femme, heureux d'être une fois encore de retour à Londres.

Adeline serra sous le sien le bras de son mari qui lui sourit. Il n'y avait certainement pas dans cette foule un seul homme qui possédât un profil aussi beau et aussi viril ! Pas un qui eût des épaules aussi larges ni un dos aussi droit !

Il tourna la tête et la regarda ; ses magnifiques yeux bleus se dilatèrent d'orgueil. Il jeta un rapide coup d'œil autour de lui pour se rendre compte si la beauté d'Adeline avait attiré d'autres hommages ; il était impossible d'en douter. Deux hommes, à sa gauche, laissaient paraître leur admiration plus que le bon goût ne les y autorisait. Ils la contemplaient sans aucune discrétion ; elle sentait leurs yeux sur elle et ses joues se couvrirent d'une teinte plus chaude tandis qu'elle lançait un clin d'œil malicieux à Philippe, tout en continuant à lui sourire. Ils avaient maintenant atteint la porte de sortie et Philippe dut déployer toute son adresse pour frayer un chemin à l'ample crinoline qui se balançait sous les volants de taffetas. Comment s'étonner que ces individus la regardent ainsi ? pensa Philippe. Un visage aussi remarquable que celui d'Adeline était rare, si même il

1. Théâtre de Londres.

en existait un autre sur la surface de la terre. Sa fraîcheur éclatante suffisait à faire retourner les têtes sur son passage ; sa chevelure épaisse et ondulée, d'un blond roux qui devenait couleur de flammes aux rayons du soleil, accompagnait un teint de lis et de roses, et des yeux bruns changeants ombragés de cils noirs. Cet éclat aurait pu se teinter d'un peu de vulgarité, mais les traits fiers et hardis, les sourcils arqués, le nez aquilin et frémissant, la bouche rieuse, garantissaient la perfection de sa beauté.

Le piétinement des chevaux résonna sur les pavés. Les voitures particulières avançaient, formant une ligne lumineuse. Adeline leur jeta un regard chargé d'envie, mais Philippe et elle durent attendre un fiacre. Ils se dirigèrent rapidement vers le trottoir, Philippe toujours préoccupé de la crinoline. Soudain, un musicien ambulant parut jaillir du ruisseau, hâve et vêtu de haillons, mais prêt à jouer. Il affermit son violon contre son épaule et le bras qui brandissait l'archet se mit en mouvement avec violence, presque avec désespoir. Adeline fut seule à le remarquer. Il n'en continua pas moins à jouer avec une énergie farouche.

— Vois, Philippe, s'écria-t-elle avec vivacité. Le pauvre homme !

Philippe jeta un coup d'œil sur le malheureux, fronça légèrement les sourcils et continua à scruter les voitures qui passaient. Adeline s'entêta.

— Donne-lui quelque chose ! insista-t-elle.

Philippe avait enfin trouvé un fiacre ; il entraîna vivement Adeline dans sa direction ; le cocher dégringola de son perchoir et ouvrit la portière. Poussée à la fois par la foule et par la main de son mari, elle fut bientôt assise, malgré elle, à l'intérieur. Mais le mendiant avait saisi son regard au passage et le visage décharné apparut à la portière. Ses yeux avaient une expression suppliante.

Philippe sortit un shilling de sa poche.

— Dieu vous bénisse, monsieur ! Dieu vous bénisse, chère dame !

L'homme prolongeait ses remerciements. Son visage était blafard à la lumière des réverbères. Les sabots des chevaux frappèrent bruyamment les pavés humides. Philippe et Adeline échangèrent un sourire triomphant. Chacun croyait n'en avoir fait qu'à sa tête. Les rues noires de monde, les lumières éclatantes les grisaient véritablement après les années qu'ils venaient de passer aux Indes.

En réalité, Adeline n'avait jamais connu Londres : le comté de Meath était sa patrie et Dublin, la grande ville de sa jeunesse. Elle y avait dansé pendant plusieurs saisons, mais en dépit de sa grâce et de sa beauté, le mariage que ses parents avaient rêvé pour elle ne s'était pas réalisé. Ses admirateurs, tous d'excellentes familles et tous fort séduisants, n'avaient pas les moyens matériels de fonder une famille. Elle avait perdu de belles années de sa jeunesse en flirts inutiles quand sa sœur Judith mariée à un officier en garnison aux Indes, dans la petite ville de Jalna, l'invita à se rendre auprès d'elle. Adeline partit joyeusement pour les Indes. Elle étouffait en Irlande et s'était querellée avec son père qui possédait un caractère plus difficile encore et plus autoritaire que le sien. L'origine de la dispute était un legs qu'Adeline avait reçu d'une grand-tante. Son père avait toujours été le neveu favori de cette vieille dame et comptait bien hériter un jour de sa fortune, qui était modeste, mais semblait le Pérou aux yeux du père d'Adeline dont la situation pécuniaire laissait fort à désirer. Il regrettait amèrement d'avoir donné à une de ses filles le nom de cette tante ce qui, joint aux cajoleries d'une futée comme Adeline, était à l'origine de sa déception.

Chez Judith, la jeune fille rencontra Philippe Whiteoak, officier du corps des hussards. Il appartenait à une famille établie depuis longtemps dans le Warwickshire ; les Whiteoak avaient vécu pendant plusieurs siècles du revenu de leurs terres. Ils n'avaient jamais envié personne, persuadés qu'ils étaient les égaux de qui que ce fût et de plus ancien lignage que la plupart des nobles du comté. Ils avaient, jadis, possédé une fortune considérable qui s'était transmise de père en fils dans toute son intégrité ; leurs enfants, peu nombreux, étaient tous beaux, et leurs affaires étaient demeurées prospères jusqu'au jour où le grand-père de Philippe s'adonna à la passion du jeu, si répandue à cette époque. Il avait d'abord lourdement hypothéqué le bien familial et, pour finir, s'était vu contraint de le vendre. Le bon sens du père de Philippe, sa vie simple de gentilhomme campagnard sans prétention avaient permis à Philippe d'entrer dans l'armée avec des ressources suffisantes pour tenir son rang d'officier.

Philippe et Adeline éprouvèrent aussitôt un attrait irrésistible l'un pour l'autre et après quelques rencontres, tombèrent passionnément amoureux ; mais la flamme ardente de leur passion brûlait autour d'un amour profond et intangible. Malgré les désaccords fréquents qui ne manquèrent pas d'éclater au cours de leur vie d'époux, ils surent toujours qu'ils étaient faits l'un pour l'autre, et que chacun était pour l'autre totalement irremplaçable ; aux yeux de Philippe toutes les femmes n'étaient que sottes et superficielles comparées à Adeline ; chacun de ses faits et gestes avait pour lui un sens, et l'intimité de leur vie à deux lui fut toujours une source de joie. Il éprouvait une sorte d'exaltation à la pensée de pouvoir à l'occasion, la dominer, quelle que fût l'attitude de défi qu'elle lui opposât.

Adeline, de son côté, jouissait intensément de la beauté virile de Philippe, de la fraîcheur de son teint que des années de séjour aux Indes n'avaient pas réussi à altérer, de l'expression ardente et provocante de ses yeux bleus, de la courbe enfantine de ses lèvres. Plus bel homme a-t-il jamais existé, se demandait-elle souvent, si large d'épaules, avec des hanches aussi étroites ?

Elle détestait les visages d'hommes non rasés et permettait tout juste à Philippe de porter des favoris blonds, larges d'un doigt seulement, le long des oreilles. S'il dépassait la mesure autorisée, elle refusait de l'embrasser. Mais, par-dessus tout, elle goûtait intensément le pouvoir qu'il exerçait sur elle, sa fermeté anglaise, le mystère de ses silences, qu'avec sa souplesse celtique elle devait s'efforcer de pénétrer pour le rejoindre et le ramener à elle.

La splendeur de leur mariage dépassa tout ce qu'avait pu connaître jusqu'à ce jour la petite garnison indienne. Elle avait vingt-deux ans ; il en avait dix de plus. Il avait toujours eu d'excellents rapports avec ses hommes qui, pour lui, se seraient jetés au feu ; mais une certaine tension existait souvent entre lui et son colonel. Philippe n'était pas homme à céder de bonne grâce. Il était toujours irréductiblement persuadé qu'il avait raison et le fait que c'était vrai la plupart du temps ne faisait qu'aggraver la situation. Quand il était en conflit avec des étrangers, Adeline se rangeait toujours à ses côtés ; quand il était en conflit avec elle, elle devait alors compter avec sa mauvaise tête et son obstination.

Sa sœur Judith, de deux ans plus âgée qu'elle, lui avait conseillé de faire venir de Dublin le plus beau trousseau possible, car, disait-elle, ce serait certainement la dernière chose qu'elle obtiendrait de son père. Les deux sœurs avaient passé de longues heures à établir des listes qui devaient guider la mère d'Adeline dans ses achats. L'excellente femme n'avait jamais été capable de refuser quoi que ce fût à ses enfants, et elle avait, à son tour, passé d'heureuses semaines en s'affairant dans les magasins de Dublin. Elle songea même à ce que sa fille avait pu oublier et il fallut un déploiement énorme de cartons pour contenir le fameux trousseau, qui ne manqua pas de faire sensation à Jalna.

On sortit des caisses des robes splendides qui balancèrent leurs amples jupes à volants, et leurs larges manches pagodes ; on en retira également une mante de velours vert avec bonnet et manchon assortis, le tout garni d'une mousse de dentelle crémeuse, un manteau en tartan écossais bordé de soie bleue, des robes de bal décolletées très bas avec une taille de guêpe et une traîne ondulant comme le sillage d'un navire, des châles à longues franges dorées et des mitaines de dentelles garnies de même façon. Adeline, dans sa toilette de mariée, monta à l'autel comme portée sur un nuage d'argent.

Après que toutes les boîtes eurent été ouvertes et leurs trésors mis au jour, des monceaux de papiers de soie jonchèrent les chambres à coucher du bungalow de Judith. Philippe lui-même, en de tels moments, cessait presque d'exister.

Le jeune couple avait décidé de mener l'existence la plus brillante que pouvait permettre la petite garnison. Aucun divertissement n'était complet sans eux. Ils étaient si gais ! Leur vin était le meilleur, leurs chevaux et leurs vêtements les plus beaux de la ville.

Ils furent véritablement bouleversés quand ils découvrirent qu'Adeline attendait un bébé. Ils ne désiraient pas avoir d'enfants. Ils se suffisaient l'un à l'autre ; de plus, les enfants nés aux Indes étaient souvent de santé délicate et leur éducation exigeait qu'on les envoyât en Angleterre. Ces séparations étaient le revers de la vie anglo-indienne. Adeline fut terrifiée à la pensée de ce qu'elle aurait à supporter. Le fait que sa mère avait eu onze enfants (dont quatre étaient morts en bas âge) ne signifiait rien pour elle. Elle se croyait la première femme au monde qui dût faire face à cette épreuve. Et, en réalité, l'épreuve fut dure : ses couches furent longues et difficiles, suivies d'anémie et de dépression. L'enfant se développait mal et remplissait la maison de ses vagissements. Quelle différence avec leurs insouciantes années !

Un séjour à la montagne ne fit que peu de bien à Adeline. On pouvait redouter qu'elle ne recouvrât jamais la santé. L'inquiétude altérait l'humeur de Philippe ; il eut une violente dispute avec son colonel et commença à croire que le destin était contre lui ; il commença aussi à souhaiter une vie plus large, moins mesquine. Ses pensées se tournèrent vers le nouveau monde. La monotonie de la vie militaire finissait par lui peser. S'il restait plus longtemps aux Indes, il lui faudrait à tout prix obtenir une mutation dans un autre régiment, car sa querelle avec le colonel de son régiment n'était pas de celles qui peuvent s'oublier.

Philippe avait un oncle officier à Québec qui lui avait écrit de longues lettres vantant les charmes de la vie au Canada. Il se demanda si le climat canadien conviendrait à Adeline et posa la question au médecin qui affirma qu'elle ne trouverait nulle part ailleurs un air plus salubre ni un climat plus favorable à son état de santé. Lorsque Philippe parla de ce projet à sa femme, il s'attendait à la voir résolument hostile à la seule pensée d'un tel changement ; quitter une existence si pleine de couleur pour la simplicité de vie du nouveau monde serait sûrement plus qu'elle n'en pourrait supporter. Mais Adeline, à sa grande surprise, manifesta une vive joie devant ce projet aventureux. Elle croisa ses bras nus au-dessus de sa tête (elle portait un de ces peignoirs de soie qu'elle ne quittait presque plus) et déclara que rien au monde ne lui plairait autant que de partir pour le Canada. Elle était lasse à en mourir de tout ce qui touchait aux

Indes, lasse des bavardages de la petite ville, lasse de la chaleur, de la poussière, des indigènes sournois, et par-dessus tout, lasse de ne plus posséder sa santé florissante de jadis.

Cependant, même avec l'accord d'Adeline, Philippe hésitait à faire le plongeon ! Mais sur ces entrefaites, son oncle de Québec mourut, lui laissant là-bas une fortune considérable. « Voilà qui règle tout », s'était écriée Adeline. « Rien ne nous retient plus ici ! »

C'est ainsi que Philippe vendit sa commission d'officier, ses chevaux et ses poneys de polo, et qu'Adeline se débarrassa de son mobilier, ne conservant que quelques objets précieux qui devaient plus tard lui rappeler les Indes ; parmi ceux-ci se trouvaient le magnifique mobilier de cuir peint de sa chambre à coucher, une vitrine et une commode cerclées de cuivre, quelques soieries brodées et des bibelots de jade et d'ivoire sculptés, dont elle pourrait faire étalage au Canada.

Ils prirent le bateau à Bombay avec leur petite fille Augusta et l'ayah[1] qui soignait l'enfant depuis sa naissance. L'ayah était saisie de frayeur à la pensée de traverser l'immense océan pour se rendre à l'autre bout du monde, mais elle aimait tant la petite Augusta qu'elle aurait accepté de la suivre n'importe où. Un membre fort important de la famille, qui avait parfaitement la notion de son importance, n'était autre que le perroquet d'Adeline, jeune oiseau intelligent et vigoureux, bavard infatigable au plumage éblouissant. Il allait formellement à l'encontre de la croyance populaire qui veut que les perroquets gris soient ceux qui parlent le mieux, car sa prononciation était parfaite et son vocabulaire fort riche quoique parfois assez grossier. Il n'aimait qu'Adeline qu'il autorisait seule à le caresser. Elle l'avait baptisé Bonaparte, car elle admirait en secret le Petit Caporal. Elle avait la plus vive admiration pour les Français et ce ne fut qu'au bout de longues années de mariage que sous l'influence de Philippe, elle devint réellement une fidèle sujette de la couronne d'Angleterre. Philippe n'avait que haine et que mépris pour Napoléon ; son père avait été tué à Waterloo et lui-même n'était né que quelques mois plus tard. Il n'avait aucune considération pour les Français et pas davantage de sympathie. Il appelait l'oiseau d'Adeline « Boney » par aimable dérision.

Le voyage des Indes en Angleterre leur avait semblé interminable ; mais, dans l'ensemble, il ne manqua pas de charme. Ils se mettaient en route vers une vie nouvelle. Sur le bateau, beaucoup de passagers étaient sympathiques et les Whiteoak n'étaient pas les moins recherchés. Un temps magnifique favorisa la traversée et la santé d'Adeline s'améliora considérablement. Mais lorsqu'ils péné-

1. Bonne d'enfant hindoue.

trèrent dans le golfe de Biscaye, la mer grise et houleuse leur fit désirer vivement d'atteindre les côtes d'Angleterre.

Ils débarquèrent à Liverpool la semaine qui précéda Noël et avec leur enfant, l'ayah et un monceau de bagages, firent un long voyage en diligence pour se rendre à Penchester, ville épiscopale où l'unique sœur de Philippe, Augusta, les attendait avec impatience. On avait donné son nom au bébé. Son mari, doyen du chapitre de la cathédrale, était beaucoup plus âgé qu'elle ; véritable rat de bibliothèque, il avait horreur du changement et du désordre. Ils formaient un couple heureux ; Augusta passait ses jours en adoration devant son mari qui, de son côté, lui laissait toute liberté d'agir à sa guise. Elle ressemblait à Philippe avec plus de douceur et moins de beauté ! Douée d'un heureux caractère, son seul chagrin était d'être sans enfant, aussi avait-elle passionnément attendu l'arrivée de sa petite homonyme ; mais sa déception fut cruelle car la jeune Augusta était si sauvage qu'elle se refusait à quitter les bras de l'ayah ; cette dernière l'y encourageait jalousement, désirant que l'enfant ne s'attachât qu'à elle. Elle se cramponnait à la petite fille avec toute la force d'un amour violent et exclusif.

Cette attitude déçut profondément la sœur de Philippe qui garda cependant l'espoir que l'avenir lui permettrait de surmonter la répulsion de l'enfant. Car, au fond de son cœur, elle projetait de garder Augusta auprès d'elle quand ses parents partiraient pour Québec. Elle savait qu'elle en obtiendrait du doyen la permission. Avoir une petite fille à aimer avait toujours été son plus vif désir ; les cheveux et les yeux noirs du bébé ainsi que son teint blême lui semblaient pittoresques et séduisants.

— Comment cette enfant peut-elle être leur fille, demanda-t-elle un jour à son mari ; Philippe avec ses joues si roses, Adeline avec ses cheveux blonds et son teint de crème !

— Demandez-le plutôt au rajah dont elle ne cesse de vanter les charmes. Il pourra peut-être vous le dire.

Sa femme le regarda avec effroi. Jamais, au cours de leur vie conjugale, il n'avait fait remarque aussi grivoise ; et cette remarque s'adressait à la femme de son propre frère !

— Eh bien ! dit le doyen pour se justifier, regardez donc le magnifique rubis qu'il lui a offert.

— Frédéric, cria-t-elle, plus horrifiée que jamais. Vous n'êtes pas sérieux, voyons !

— Bien sûr que non, répondit-il sur un ton conciliant. Ne comprenez-vous pas la plaisanterie ? Il ajouta cependant : Mais pourquoi le rajah lui a-t-il donné cette bague ? J'ai pu constater qu'elle ne plaît pas à Philippe.

— Le rajah lui a offert cette bague parce qu'elle a sauvé la vie de son fils. Ils faisaient une promenade à cheval quand la monture de l'enfant s'emballa. C'était un coursier arabe qui devint ingouvernable.

Le doyen eut un sourire qui ressemblait plutôt à une grimace :

— Et Adeline était une belle friponne d'Irlandaise qui attrapa le coursier et sauva l'héritier du rajah.

— Parfaitement, répliqua Augusta en le regardant froidement.

— Philippe était-il là ? Assistait-il au sauvetage ?

— Non. Je ne le crois pas. Pourquoi ?

— Parce que le rajah n'aurait certainement pas récompensé aussi généreusement un bel officier britannique !

— Frédéric, vous êtes abominable ! s'écria-t-elle ; et elle abandonna son mari à ses sombres réflexions.

Adeline tint absolument à faire faire son portrait et celui de Philippe en Angleterre. Jamais, affirmait-elle, ils ne retrouveraient pareille occasion et ne seraient certainement jamais mieux de leur personne qu'ils ne l'étaient alors. Elle tenait surtout à avoir un vrai portrait – et pas seulement un daguerréotype – de Philippe dans toute la splendeur de son uniforme de hussard. La famille Whiteoak avait, jadis, fourni plus d'un brillant officier aux hussards et aux Buffs[1], mais, jamais, de l'avis d'Adeline, il ne s'en était trouvé un seul aussi élégant et aussi distingué que Philippe.

L'idée d'Adeline n'était pas pour déplaire à Philippe, bien que les honoraires réclamés par l'artiste fussent plutôt impressionnants ; mais les portraits qu'il signait étaient fort à la mode, surtout dans le milieu militaire. Non seulement il était capable de peindre un uniforme qui semblait tout prêt à sortir de son cadre, mais il réussissait aussi à donner une expression pleine d'énergie au plus insignifiant et au plus dyspeptique des officiers. Lorsqu'il s'agissait de modèles féminins, il donnait alors sa pleine mesure en reproduisant sur la toile fraîches carnations, chevelures bouclées et tissus chatoyants. Les portraits de Philippe et d'Adeline furent vraisemblablement les plus belles réussites de sa carrière et son cœur se brisait à la pensée qu'ils quitteraient l'Angleterre avant d'avoir été exposés au Salon.

Afin de les faire admirer, il donna un soir une grande réception dans son atelier, réception à laquelle le jeune couple avait assisté la veille même du jour où il se trouvait à Drury Lane pour entendre *La Bohémienne*.

Le désir de posséder son portrait et celui de son mari n'avait pas seul poussé Adeline à cette extravagance. Elle savait que les

1. *Buff* : buffle, chamois. Régiment du Kent appelé ainsi en raison de la couleur des parements de l'uniforme de ses officiers.

séances de pose exigeraient leur présence durant plusieurs semaines à Londres et était décidée à retirer le plus d'agrément possible de son séjour en Angleterre.

Philippe et elle étaient déjà venus trois fois à Londres et ce voyage était le dernier. Le lendemain ils repartiraient pour la paisible petite ville épiscopale.

Arrivée dans sa chambre d'hôtel, Adeline se jeta dans un fauteuil de velours et s'écria :

— Je suis heureuse à en mourir !

— Tu es beaucoup trop sensible, répliqua Philippe. Il vaudrait mieux prendre les choses plus froidement, comme je le fais moi-même. – Il la regarda avec inquiétude et ajouta : – Tu es toute pâle. Je vais demander un verre de bière et quelques biscuits.

— Non ! Pas de bière ! Du champagne ! Pas de boisson aussi vulgaire que la bière après cet opéra divin ! Jamais je n'oublierai cette soirée ! Cette voix céleste de Thaddée ! Qu'Arline était délicieuse ! Philippe, te souviens-tu de quelques airs ? Il faudra acheter la musique. Essaye de chanter : *J'habitais en rêve un château de marbre* !

— Je ne veux pas vraiment !

— Essaye : *Alors vous vous souviendrez de moi* !

— Impossible ! répéta-t-il obstinément.

— Alors : *La lumière des autres jours* ! Je t'en prie, essaye cet air !

— Je ne peux pas, fût-ce pour échapper à la mort !

Elle se leva brusquement, laissant glisser sur le parquet sa cape de soirée bordée de fourrure et se mit à aller et venir dans la chambre. Elle avait une voix chaude mais sans musicalité ni justesse ; elle réussit cependant à retrouver les premières mesures de son air favori :

J'habitais en rêve un château de marbre,
Avec, à mes côtés, des vassaux et des serfs.

Tout en chantant elle relevait le menton, soulignant ainsi la beauté de son long cou de neige. Elle sourit triomphalement à Philippe. Son ample crinoline de taffetas bleu lumière se balançait autour de son corps avec ses ruches bordées d'un ruban de velours. Au-dessus de sa taille de guêpe, ses petits seins ronds se dressaient, chargés d'un flot de dentelles retenu par des épingles de turquoise et de petites plumes de velours. La blancheur exquise de ses épaules rayonnait doucement dans la lumière des bougies. Des boucles d'un blond ardent s'échappaient de son lourd chignon et tombaient sur son cou. Philippe fut frappé de sa beauté, mais aussi de la maigreur de ses bras, de l'incarnat trop vif de ses lèvres, de l'éclat de ses yeux. Il se leva, tira le cordon de la sonnette et commanda de la bière au domestique qui avait répondu à son appel.

Elle avait renoncé à chanter. La respiration lui manquait complètement et elle avait peine à retrouver son souffle. Ecartant les sombres rideaux rouges, elle regarda dans la rue où les réverbères jetaient des nappes de lumière sur le pavé humide tandis que les chevaux de fiacre passaient d'un pas cadencé avec leurs crinières trempées et des harnais saturés de pluie. La vie mystérieuse de ceux qui s'abritaient dans ces fiacres remplissait le cœur d'Adeline d'un étrange désir. Elle se retourna vers Philippe :

— Nous reviendrons de temps en temps, n'est-ce pas ? demanda-t-elle.

— Certainement. Je m'engage à te ramener en Angleterre tous les deux ou trois ans ; nous n'allons pas nous enterrer chez les sauvages. N'oublie pas non plus que nous visiterons aussi New York.

Elle jeta ses bras autour du cou de son mari et lui donna un rapide baiser.

— Mon ange, si je devais aller me coucher ce soir avec un autre que toi, je me jetterais par la fenêtre.

— Et ce serait avec raison, répliqua-t-il.

Ils se séparèrent pour observer une attitude correcte pendant que le domestique apportait les rafraîchissements. Il étendit une nappe immaculée sur une table ovale recouverte de marbre et y plaça plusieurs bouteilles de bière, des biscuits, du fromage, un pâté froid de pigeon pour Philippe et un petit bol de consommé chaud pour Adeline.

— Comme cela paraît bon ! s'écria-t-elle lorsqu'ils se retrouvèrent seuls. Je recouvre certainement mon appétit ! Crois-tu que je puisse goûter à ce fromage de Cheddar ? J'adore le fromage !

— Quelle façon de parler ! Tu m'adores, mais tu adores également le fromage ! Je suppose que dans ton affection, nous sommes sur le même pied.

— Vieil idiot ! – Elle se mit à rire, puis appuya ses mains sur ses hanches. – Réellement, Philippe, il faut me délacer avant que j'essaye de manger ; sans cela je pourrais tout juste avaler un biscuit.

Tout en l'aidant à défaire la fermeture compliquée de sa robe, il déclara sérieusement :

— Je ne peux m'empêcher de penser que ce laçage serré est très mauvais. Le docteur, sur le bateau, m'a dit que cette mode était la cause de beaucoup de naissances difficiles.

— Parfait, déclara-t-elle ; quand nous serons au Canada, je renoncerai à porter un corset et m'en irai comme un sac serré par le milieu. Imagine un instant que je suis chez les sauvages ! Je reviens de la chasse ; j'ai pris au piège ou tué d'un coup de fusil, un daim, un castor ou un autre animal du même genre. Je rentre chez moi portant mon gibier en bandoulière. Soudain j'éprouve un léger malaise. Je me souviens que je suis *enceinte*. Il se peut que mon heure soit venue. Je cherche un endroit propice sous un olivier.

— Il n'y a pas d'olivier au Canada.

— Aucune importance. N'importe quel arbre fera l'affaire. Je m'installe le mieux possible ; j'accouche en poussant à peine un gémissement ; je place l'enfant dans mon jupon ; je remets mon daim ou mon castor sur mon épaule et je rentre à la maison. En arrivant, je jette le gibier à tes pieds et mon enfant sur tes genoux, en disant : « Tiens, voilà ton fils et héritier ! »

— Parbleu ! C'est la bonne manière !

Il luttait désespérément avec les crochets et les œillets.

— Voilà qui est fait, mon ange ! Sors de là !

Le taffetas bleu retomba sur le sol en brillantes cascades, tandis que la crinoline restait en place, soulignant la minceur de la taille qui servait de fragile support au buste et aux épaules. Il la débarrassa peu à peu de sa crinoline, de son jupon et du cache-corset à pointes, mais il eut maille à partir avec le lacet de corset qui s'était noué. Son beau visage était rouge et un juron ou deux lui échappèrent avant qu'Adeline se trouvât enfin libérée de toute entrave et charmante dans son léger vêtement de dessous. Il la repoussa un peu brusquement au lieu de lui donner le baiser qu'elle attendait.

— Mets vite ton peignoir, maintenant, et mangeons un peu.

Avec une expression mi-dominatrice, mi-attendrie, il la regarda enfiler une robe de chambre de velours violet et retirer ses bracelets. Elle s'assit ensuite devant la table avec un petit rire de parfait contentement. Son regard parcourut rapidement les plats qui se trouvaient servis.

— Que j'ai faim ! s'écria-t-elle. Comme tout cela semble bon ! Il me faut un peu de ce fromage... Je l'adore !...

— Encore ! répliqua-t-il en lui coupant un morceau de fromage. Tu adores la nourriture ! Tu m'adores ! Quelle différence y a-t-il entre les deux ?

— Je n'ai jamais dit que je t'adorais, déclara-t-elle en mordant à pleines dents dans son fromage.

Elle riait comme une petite fille affamée.

Cela fait partie de son charme, pensa-t-il, que de pouvoir dévorer avec tant d'appétit et garder cependant toute sa séduction. Elle semblait parfaitement naturelle, mais son amour passionné pour son mari, son désir de l'exprimer, de se soumettre à lui, même lorsque, dans sa féminité, c'était elle qui triomphait, faisait du plus léger de ses gestes, d'un seul de ses coups d'œil, un véritable symbole de cet amour. Il la contemplait, éprouvant l'étrange sentiment que le fait de manger avec tant de voracité, de posséder des bras trop minces et d'avoir été trop serrée dans son corset ne faisait que la rendre plus désirable.

Elle finit par se lever et s'approcha de lui. « Ciel, pensa-t-il, une femme a-t-elle jamais marché comme elle ! Jamais elle ne vieillira ! »

Elle se jeta dans ses bras, s'allongea contre lui comme si elle voulait s'anéantir en lui, ne plus être, de son propre gré, qu'une créature créée par sa passion d'homme. Elle s'efforça de régler son souffle sur le sien afin que leurs deux cœurs de chair battent à l'unisson. Il pencha son visage vers elle et leurs lèvres se rencontrèrent. Rapidement, elle détourna son visage puis revint à lui, les yeux clos, et l'embrassa avec passion.

Mais le lendemain elle s'éveilla fort triste. Ils allaient quitter Londres. Quand y reviendrait-elle ? Peut-être jamais, avec tous les dangers inhérents à leur voyage. Que leur arriverait-il en Amérique ? Qu'était ce pays lointain et inconnu qui les attendait ?

Le trajet de Londres à Penchester durait plusieurs heures. Quand Adeline descendit du train, elle était fort lasse. De grands cernes assombrissaient ses yeux. Elle paraissait malade. Mais la voiture du doyen les attendait avec ses sièges confortables et bien rembourrés et ses lanternes qui brillaient dans l'obscurité. Les rues étaient désertes, aussi les traversèrent-ils facilement. Bientôt la haute silhouette de la cathédrale se dressa au couchant encore lumineux. Ses vitraux gardaient un léger reflet du soleil disparu. Elle semblait aérienne comme si elle devait durer toujours. Adeline se pencha pour l'apercevoir à travers la vitre de la portière. Elle voulait en imprimer l'image dans son souvenir pour l'emporter à Québec. Il lui semblait que le doyen lui-même ne pouvait comme elle comprendre et aimer cette cathédrale. Comme elle aimait aussi les délicieuses petites rues qui l'enserraient, si sombres, si bien tenues, tout imprégnées du passé.

Et la maison du doyen ! Adeline, tout en descendant de voiture, souhaitait en être la propriétaire. Elle était si tranquille, si chaudement colorée, si accueillante ! On aurait pu croire qu'Adeline en était la maîtresse, à en juger par les bagages qui encombraient le hall, par la voix de son mari qui lançait des ordres aux domestiques, par leur enfant dont les cris retentissaient à tous les échos, par le perroquet qui déchira l'air d'exclamations amoureuses quand il entendit sa voix. Augusta et le doyen semblaient parfaitement inexistants dans leur propre demeure. Adeline se précipita vers le perroquet enchaîné sur son perchoir dans le salon.

— Boney, mon amour, me voici de retour, s'écria-t-elle, en approchant son délicieux visage aquilin du bec de l'oiseau.

— Perle du harem ! hurla l'oiseau en hindou. *Dilkhoosa ! Nur Mahal ! Mera lal !*

Il becqueta le nez d'Adeline et sa langue sombre trembla contre les lèvres de la jeune femme.

— De qui a-t-il appris tout cela ? demanda le doyen.

Adeline tourna vers lui son regard hardi.

— Du rajah, répliqua-t-elle. Du rajah qui me l'a donné.

— Cela n'est pas très joli, dit Augusta.

— Ce n'est pas joli, répondit Adeline, c'est beau, c'est pervers, c'est irrésistible !

— Je suppose que vous voulez parler de la façon dont l'oiseau parle.

— Oui, c'est bien ce que je veux dire.

Philippe intervint :

— Augusta, l'enfant a-t-elle crié depuis que nous sommes partis ?

Le visage de sa sœur s'assombrit ; le doyen répondit pour elle.

— Elle n'a pas cessé de hurler. Entre l'enfant et le perroquet, il m'a été impossible de trouver un seul coin tranquille pour écrire mes sermons en paix. – Puis il ajouta gentiment : – Cela n'a absolument aucune importance !

Cela avait au contraire beaucoup d'importance. Philippe savait très bien qu'un doyen exige plus de calme qu'un hussard et il était mécontent de la conduite de sa fille. Elle avait maintenant presque un an et aurait dû commencer à prendre un peu de raison. La première fois qu'il se trouva seul avec elle, il entreprit de lui faire la morale. La prenant dans ses mains vigoureuses et mettant son petit visage pâle au niveau de son propre visage aux fraîches couleurs, il lui tint ce langage :

— Jeune coquine, sais-tu de quel côté ton pain est beurré ? Il y a ici un oncle et une tante sans enfant et une petite fille, qui n'est autre que toi-même, qui représente exactement ce qu'ils désirent. Tu peux rester ici avec eux tout au moins jusqu'au moment où ta mère et moi serons installés au Canada. Si tu sais te conduire, ils feront de toi leur héritière. Ce que je veux, c'est que cessent ces hurlements qui retentissent dès que ta tante te regarde. *Tu ne dois pas crier*. Est-ce compris ?

Ce que Gussie comprenait fort bien, c'est qu'elle était souvent fort mal à son aise. Elle souffrait de perpétuelles coliques provoquées par une nourriture donnée sans discernement et mélangée avec moins de discernement encore de remèdes destinés à combattre ses mauvaises digestions : mais l'ayah était persuadée qu'elle était seule capable de soigner l'enfant, se consacrant à elle avec une tendresse et un dévouement totalement désintéressés.

Gussie était précoce tant à cause de sa remarquable intelligence que des changements constants de milieux qui avaient été son lot durant sa courte vie. Elle comprenait parfaitement que l'être tout-puissant qui la tenait serrée contre ses deux mains, en parlant si fort, lui ordonnait de ne pas crier, et de garder pour elle ses misères, ses souffrances et ses terreurs. Lorsque, quelque temps après, sa tante, dans un élan de tendresse, la prit dans ses bras pour la caresser, la pauvre petite créature fit un effort surhumain pour refouler son envie d'éclater en sanglots. Elle fixa sur le visage d'Augusta un regard désolé, les coins de sa bouche s'abaissèrent, ses yeux se gonflèrent, mais elle réussit à contenir les larmes qui les remplissaient.

Augusta fut bouleversée devant l'expression du petit visage.

— Mais, s'écria-t-elle, cette enfant a horreur de ma vue ! Je m'en aperçois aujourd'hui.

— Quelle sottise ! affirma Philippe. Ce n'est que de la timidité. Elle la surmontera.

Et il fit claquer ses doigts dans la direction de l'enfant.

— Non ! J'ai essayé mille et mille fois d'obtenir son affection. Et elle vient de me regarder avec une telle expression de désespoir ! Comme si elle se dominait de toutes ses forces, pour ne pas hurler à ma vue. Prenez-la, Adeline.

Adeline prit sa fille à qui elle donna une tape sans douceur sur le dos. C'était plus que Gussie n'en pouvait supporter. Elle se raidit et se mit à pousser des hurlements. Le doyen entra dans le hall en enfilant son pardessus.

— Je vais à la sacristie. Peut-être y trouverai-je la paix !

Adeline et Philippe se rendirent compte alors que le perroquet poussait également des cris stridents. Grâce à Dieu, le doyen ne comprenait pas l'hindou, car Boney faisait défiler comme un chapelet les mots les plus horribles du répertoire qu'il avait acquis au cours de sa traversée.

Adeline et Philippe comprirent alors que le temps était venu de mettre fin à leur séjour chez le doyen.

Philippe avait hâte de commencer sa nouvelle existence, mais Adeline se serait volontiers attardée quelque temps encore, dans la calme atmosphère de Penchester égayée par leur voyage à Londres.

Elle aimait le jardin ensoleillé et clos de murs qui s'étendait derrière la maison du doyen ; les crocus y fleurissaient déjà et les jonquilles étaient en bouton bien qu'on ne fût qu'en février.

Augusta entraîna un matin son frère dans l'intimité du petit salon.

— Je ne crois pas, Philippe, lui dit-elle, que tu aies reçu la part qui te revenait de l'héritage de nos parents.

Les yeux bleus de Philippe s'élargirent et manifestèrent une satisfaction anticipée :

— Penses-tu me faire quelque cadeau, Augusta ?

— Oui, si tu crois pouvoir emporter, sans l'abîmer, un beau mobilier. Je n'aimerais pas que ces objets précieux si longtemps entretenus par nos parents puissent être maltraités.

— Ils ne le seront certainement pas, affirma-t-il avec vivacité. On les emballera soigneusement et je veillerai moi-même à leur chargement sur le bateau et à leur déchargement. Nous allons partir sur un bon voilier, dont on m'a dit qu'il était aussi rapide et beaucoup plus confortable qu'un vapeur.

Elle soupira.

— J'aurais préféré que vous ne fussiez pas venus. C'est dur de vous avoir vu revenir des Indes uniquement pour vous perdre à nouveau. Et je redoute tant le voyage pour ce cher bébé !

— Augusta, reprit son frère gravement, si tu veux garder l'enfant quelque temps...

— Non, Non ! C'est impossible. Bébé Augusta ne peut me supporter. Elle pleure trop. Cela dérange Frédéric. Elle viendra me voir quand elle sera plus grande.

— C'est une enfant gâtée, dit Philippe en fronçant les sourcils. – Puis son visage s'éclaircit. – La maison que l'oncle Nicolas m'a laissée est bien construite, dans le style français, m'a-t-on dit. Je voudrais la bien meubler. Tu sais que nous avons rapporté divers objets des Indes. Adeline a un magnifique bois de lit et des meubles ornés de marqueterie. Nous avons aussi quelques beaux tapis. Nous aurons une installation confortable. Ne te tracasse pas.

— Je ne me tracasse pas. Je veux seulement que vous preniez rang à Québec parmi les gens de qualité, ce qui ne peut être qu'avec une maison bien meublée.

— Nous nous arrangerons fort bien. J'imagine qu'il n'y a pas beaucoup d'officiers de hussards dans la ville et Adeline est la petite-fille d'un marquis, ne l'oubliez pas.

— Oui. Elle est également très distinguée. T'a-t-elle montré la broche garnie de perles et le bracelet que je lui ai donnés ?

— Certainement, et j'en suis ravi.

— Je vais maintenant te donner le mobilier qui vient de chez nos parents. C'est du vrai Chippendale qui ferait honneur à n'importe quel salon. Mais je n'en ai pas besoin. Cette maison-ci était déjà pleine de meubles lorsque Frédéric m'y a installée et je n'ai pas d'enfant. Cela te plaira-t-il d'avoir ce mobilier, cher Philippe ?

— Cela me plaira infiniment, s'écria Philippe. C'est très généreux de ta part, Augusta.

Adeline fut également enchantée de la générosité d'Augusta. Son bavardage, son rire, le bruit de ses pas rapides remplissaient la maison. Philippe ignorait ce que c'était que de désirer la tranquillité et la paix. Mais avec quelle ardeur le doyen et Augusta y aspiraient ! Lorsque leurs visiteurs les eurent quittés, suivis de leur monceau de bagages (l'emballage bruyant des caisses ayant presque rendu fou l'infortuné doyen !), de leur enfant criard et de son exigeante ayah, sans oublier leur perroquet hurlant et souvent impie, le couple paisible était épuisé. Ils ne désiraient plus rien que de voir disparaître leurs neveux, et ne plus les avoir en visite de longue durée.

De leur côté, Philippe et Adeline avaient senti un refroidissement dans l'attitude de leurs hôtes et en furent blessés. Ils se mirent en route pour se rendre en Irlande, dans la famille d'Adeline qui, se rejetant en arrière sur les coussins de la voiture, s'écria : « Là nous trouverons l'hospitalité irlandaise, des cœurs généreux et une affection sincère ! »

2

En Irlande

Jamais, au cours de son long voyage de retour des Indes, Adeline n'avait été malade comme elle le fut pendant leur traversée de la mer d'Irlande. Les vagues étaient courtes, tumultueuses et dures, frappant inlassablement le bateau de tous côtés, se précipitant sur lui du nord-est, se mettant soudain à le harceler du sud-ouest, puis, avec un grondement sourd, s'élançant sur lui de l'ouest. Parfois, il semblait à Adeline que le bateau n'avançait plus du tout, n'avancerait plus jamais, mais continuerait à tanguer sur place, dans la misère grise de ces eaux dansantes, jusqu'au jour du Jugement dernier. Le visage de l'ayah avait pris une teinte verdâtre, véritablement terrifiante. Gussie, qui avait échappé au mal de mer lors de son premier voyage, était affreusement malade. Et il ne pouvait y avoir de spectacle plus exaspérant que celui de Philippe, blanc et rose, ses joues humides d'embrun, jouissant intensément du tumulte des flots. Il pouvait cependant s'occuper d'Adeline et c'était tout de même un réconfort. En fait, il donnait une impression de sécurité à tous ceux qui l'approchaient.

Le train irlandais était sale, fumeux, et roulait sur une voie accidentée, mais en sortant de la mer d'Irlande, il semblait un vrai paradis.

Les uns après les autres, les victimes du mal de mer relevèrent la tête, reprirent contact avec le monde extérieur et retrouvèrent le goût de vivre. Gussie prit un biscuit dans sa petite main et fit une légère tentative pour le grignoter. Mais il tomba plus de miettes sur la robe de l'ayah que dans l'estomac de l'enfant !

Les voyageurs trouvèrent à la gare une voiture tirée par deux beaux chevaux gris et conduite par Patsy O'Flynn dont presque toute l'existence s'était écoulée au service des Court. Il maniait les rênes avec dextérité. Un vent léger soufflait sur les collines qui se couvraient d'un vert tendre et les bourgeons des arbres semblaient s'ouvrir à vue d'œil. Une brume transparente s'étendait sur le paysage comme un voile de gaze tendu entre le soleil et la terre. Le gloussement des oies, le braiment d'un âne, les cris de jeunes enfants qui jouaient firent monter des larmes dans les yeux d'Adeline.

— Que c'est bon d'être chez soi ! s'écria-t-elle.

— Et que c'est bon de voir Votre Honneur ! dit Patsy. C'est vraiment honteux de votre part de penser à nous quitter de nouveau aussi vite.

— Je vais d'abord vous faire une bonne visite. Il y a tant de choses à montrer à mon mari. Et toute la famille qu'il faut voir ! J'espérais que mon père m'attendrait à la gare. Est-il malade ?

— Il va bien ; il est allé déposer une plainte contre sir John Lafferty, car l'eau a débordé de sa propriété, transformant la nôtre en marécage, chassant ses troupeaux de leurs étables et les faisant courir comme de vrais loups.

— Ma mère va-t-elle bien ?

— Très bien et très occupée, la pauvre dame, à préparer la maison pour vous recevoir avec votre domestique noire, vos perroquets et tout le reste !

— Mes frères sont-ils à la maison ?

— Il y a les deux jeunes gaillards que votre mère avait envoyés dans une école anglaise pour y prendre le nouvel accent, mais ils se sont attaqués à un des professeurs et l'ont rossé. Aussi les a-t-on renvoyés et ils attendent à la maison qu'on décide ce qu'on va faire d'eux. Naturellement, il y a aussi M. Tim, qui est un grand garçon maintenant.

Adeline et Patsy continuèrent de bavarder au grand étonnement et à l'amusement de Philippe qui découvrait une nouvelle Adeline, se dessinant sur la toile de fond de sa jeunesse. La route était si boueuse, après la pluie et l'inondation, que les roues s'enfonçaient presque jusqu'à l'essieu, mais Patsy ne semblait guère s'en soucier. Il fit claquer son fouet, dont il effleura les flancs lustrés des chevaux, les encourageant d'un flot d'injures imagées. A plusieurs reprises, des femmes se montrèrent sur le seuil de misérables chaumières qui bordaient la route ; apercevant Adeline, elles lui tendirent leurs enfants tandis qu'autour d'elles de la volaille grattait et picorait le sol, tant à l'intérieur qu'à l'extérieur des misérables demeures. Une atmosphère d'insouciance régnait dans ce coin de campagne et les enfants montraient de belles joues rouges, en dépit d'une propreté fort douteuse. Adeline parut ravie de revoir mères et enfants. Elle les appela auprès d'elle et leur promit de leur rendre visite plus tard. Apparemment, cela ne plut guère à Patsy, car d'un coup de fouet, il enleva ses chevaux.

Les champs étendaient leur immensité d'un bleu vert comme la mer, et l'herbe, dans laquelle les troupeaux enfonçaient jusqu'aux genoux, frémissait doucement sous la brise. Des hirondelles s'élançaient soudain dans le ciel. Adeline regardait au-delà des prés. Le toit du logis familial apparaissait au-dessus des arbres d'un parc où paissaient des daims. Elle cria :

— Philippe, voilà la maison ! Seigneur, penser qu'il y a presque cinq ans que je ne l'ai vue ! Elle est plus belle que tout ce que mes yeux ont pu contempler depuis. Regarde-la ! N'est-ce pas qu'elle est imposante, Philippe ?

— Elle tombe en ruine, déclara Patsy, par-dessus son épaule, et c'est bien le diable si quelqu'un dépense pour elle un seul billet de cinq livres !

C'était, en effet, une belle vieille maison, quoique moins belle que ne s'y attendait Philippe, après la description faite par Adeline. Malgré son ignorance en architecture, il pouvait constater l'adjonction au bâtiment original, de plusieurs constructions datant d'époques différentes. Tous ces éléments disparates s'étaient peu à peu fondus en un tout suffisamment harmonieux qui n'avait cependant rien de commun avec l'édifice majestueux dépeint par Adeline. Philippe y découvrit au premier coup d'œil des signes de décrépitude ; le riche manteau de lierre lui-même ne parvenait pas à dissimuler l'effritement de la maçonnerie. Adeline tendit son cou avec ravissement afin d'apercevoir chaque pouce de la vieille demeure.

— Philippe, s'écria-t-elle, n'est-ce pas une maison ravissante ?

— Certainement.

— La petite maison de votre sœur n'existe pas à côté de celle-ci.

— La maison d'Augusta date du règne de la reine Anne.

— Qui donc se soucie de la reine Anne ! s'écria Adeline en riant. La reine Anne est morte et ce Penchester moisi est mort aussi malgré sa cathédrale. Parlez-moi de la campagne ! Parlez-moi de l'Irlande ! Parlez-moi de ma vieille maison !

Des larmes coulaient le long de ses joues.

— Je te donne une gifle, déclara Philippe, si tu ne te calmes pas tout de suite. Comment s'étonner que tu sois aussi maigre !

— Pourquoi donc ai-je épousé un de ces Anglais que rien n'émeut ! Je m'attendais à t'entendre pousser des cris d'admiration devant ma maison.

— Tu t'attendais alors à ce que je me conduise comme un fou que je ne suis pas.

Ils s'arrêtaient maintenant devant la porte ; une demi-douzaine de daims apprivoisés s'approchèrent tranquillement pour les regarder descendre de voiture. Adeline affirma qu'elle reconnaissait chacun d'eux en particulier et qu'eux-mêmes la reconnaissaient.

Le valet de pied qui ouvrit la portière portait une élégante livrée, un peu étroite pour lui. Il salua Adeline avec force exclamations.

— Dieu vous bénisse, Miss Adeline ! Quel bonheur de vous revoir ! Mais comme vous avez maigri ! Que vous a-t-on fait là-bas ? Cet aimable gentilhomme est-il votre mari ? Vous êtes le bienvenu, Votre Honneur ! Entrez donc. Patsy, occupe-toi des bagages, et dépêche-toi de les décharger.

Il se retourna pour faire taire trois chiens qui avaient commencé d'aboyer.

Philippe prit soudain conscience de sa situation. Il ne savait pas exactement ce que serait sa première rencontre avec les membres de la famille de sa femme. Tout ce qu'elle lui en avait dit en faisait des êtres un peu irréels. Il s'était préparé à ne pas les aimer, à les trouver mal disposés à son égard ; cependant l'homme de haute taille qui descendait rapidement l'escalier vint à lui la main tendue, avec un aimable sourire.

— Comment allez-vous, capitaine Whiteoak ? dit-il, serrant les doigts de Philippe dans une main fine et musclée. Soyez le bienvenu en Irlande. Je suis très heureux de vous voir. Je m'excuse de ne pas m'être rendu moi-même à la gare, mais j'avais une affaire ennuyeuse au tribunal, dont je devais absolument m'occuper... Et maintenant, ma fille, laisse-moi te regarder !

Il prit Adeline dans ses bras et l'embrassa. Philippe le regarda avec sympathie.

Adeline avait parlé de son père, Renny Court, comme d'un bel homme, mais Philippe trouva qu'il avait le dos trop mince, les épaules certainement voûtées et les jambes un peu torses. Il était curieux de constater à quel point le visage charmant d'Adeline avait été modelé d'après ce visage d'homme aquilin et osseux ; jusqu'aux cheveux de Renny Court qui, jadis, avaient dû être d'un blond ardent à en juger par un reflet roux qui persistait à travers leur masse grise. Quant aux yeux du père et de la fille, ils étaient identiques.

Philippe s'aperçut qu'un groupe venait d'entrer dans le hall : une femme entre deux âges et trois jeunes gens.

— Oh ! mère, me voilà !

Adeline quitta son père et se jeta dans les bras de sa mère. Elle présenta ensuite Philippe selon toutes les règles. Lady Honoria Court conservait encore cette beauté espagnole qui s'était transmise dans sa famille depuis la défaite de l'Armada, un seigneur espagnol étant demeuré en Irlande pour épouser une de ses ancêtres. Lady Honoria était une fille du vieux marquis de Killiekeggan qui, avec le marquis de Waterford, avait donné aux courses de chevaux, sport autrefois fort médiocre, leur éclat actuel. Un des chiens, un chien courant irlandais, se dressa devant l'ayah pour examiner le visage de l'enfant. La bonne et l'enfant poussèrent toutes deux des cris de terreur. Renny Court traversa le hall en courant, saisit le chien par son lourd collier garni de clous, le traîna plus loin et le frappa.

— Avez-vous jamais vu un chien pareil ? cria lady Honoria. Il aime tellement les enfants ! Quel délicieux bébé ! Il y a, en ville, un homme qui fait les plus charmants daguerréotypes. Il faudra lui demander d'en faire un de l'enfant pendant que vous serez ici, Adeline.

Lady Honoria riait beaucoup. Malheureusement, elle avait perdu une dent de devant et chaque fois qu'elle riait, elle se hâtait de mettre son index devant ses lèvres pour masquer le vide. Elle avait de belles mains dont Adeline avait hérité et son rire était sonore et contagieux. Philippe n'avait pas encore passé deux jours dans sa nouvelle famille qu'il avait découvert que sa belle-mère redoutait la violence de son mari, mais qu'elle le circonvenait et le contrecarrait souvent. Quand elle était arrivée à ses fins, elle avait alors une expression de triomphe et lui, un petit air circonspect, comme s'il n'attendait que l'occasion de prendre sa revanche. Il leur arrivait de passer plusieurs jours sans s'adresser la parole, mais ils possédaient tous deux un sens très prononcé de l'humour, voyaient l'un dans l'autre un compagnon divertissant et leurs bouderies étaient souvent coupées par un brusque éclat de rire, qu'ils n'interrompaient qu'à regret. Lady Honoria avait eu onze enfants, dont cinq étaient morts en bas âge, mais elle était restée vive et gracieuse dans ses mouvements et semblait encore capable d'augmenter sa déjà nombreuse progéniture.

Adeline embrassa tour à tour chacun de ses frères et les présenta à Philippe ; son visage était rouge et ses yeux brillaient de joie d'être revenue dans la demeure paternelle ; sa capeline était tombée et ses cheveux roux bouclaient librement sur son front.

— Voilà les trois plus jeunes de la famille ! s'écria-t-elle. Conway, Sholto et Timothée, venez serrer la main de votre nouveau frère !

Les trois jeunes garçons tendirent leur main à Philippe, les deux premiers timidement, le troisième avec presque trop d'assurance ; Philippe lui trouvait quelque chose d'étrange. Tous trois se ressemblaient étonnamment. Leurs chevelures étaient d'un roux pâle, leurs yeux verdâtres, leur visage long et pointu, leur nez d'une coupe parfaite avec des narines fines et arrogantes. L'aîné, Conway, frappa Philippe par sa ressemblance avec quelqu'un qu'il avait déjà rencontré ; cette ressemblance le hanta jusqu'au moment où il découvrit qu'il s'agissait tout simplement du roi de carreau, dans son jeu de cartes favori.

— Regardez-les bien, s'écria Renny Court en faisant de la main un geste méprisant dans la direction des deux aînés. Ces deux-là sont la honte de la famille ; ils m'ont déshonoré en se faisant renvoyer de leur collège anglais pour voies de fait sur un de leurs professeurs. J'ai cogné leurs deux têtes l'une contre l'autre ; mais je les ai maintenant sur les bras et Dieu sait ce que je vais en faire ! Les mettre au travail des écuries ou des champs ; c'est tout ce qu'ils méritent. Il faut vous dire que j'ai deux autres fils, deux beaux garçons. Ma femme aurait bien fait de s'arrêter avant ceux-là.

Conway et Sholto ricanèrent d'un air sournois, mais le jeune Timothée entoura Adeline de ses bras et l'étreignit à nouveau :

— Quel bonheur de te revoir à la maison ! J'avais tant de choses à te raconter, mais maintenant elles se sont envolées de mon esprit et je ne peux plus que me réjouir de ton retour.

— Vous n'avez rien à raconter, si ce n'est vos sottises, répliqua son père ; des diableries et des espiègleries du matin au soir. Vous avez un enfant, capitaine Whiteoak. Restez-en là et n'en ayez pas d'autre ! Car ce sont mes enfants qui, à force de chagrin, conduisent mes cheveux rouges vers la tombe !

Lady Honoria l'interrompit par souci pour les voyageurs qu'elle conduisit elle-même dans les chambres qui leur étaient destinées. Ils se baignèrent, changèrent de vêtements et descendirent au salon.

Un fils Court, déjà marié, qui habitait non loin de ses parents, arriva pour dîner. C'était un beau garçon brun, il montait un cheval qu'il avait acheté le jour même dans l'intention de le faire participer aux courses de Dublin. Toute la famille se pressa autour du nouveau cheval pour l'admirer. Ce fils était évidemment l'actuel favori de Renny Court qui ne pouvait assez vanter son adresse de cavalier et sa perspicacité d'acquéreur.

L'aspect de la salle à manger offrait une certaine grandeur et le dîner fut servi par deux laquais en livrée. Les mets et le vin étaient bons et à mesure que le repas avançait, Philippe se trouvait plus à l'aise dans sa nouvelle famille. Ils parlaient et riaient tous beaucoup. Les deux jeunes coupables oublièrent un instant leur disgrâce et élevèrent la voix. Mais un regard fulgurant de leur père les confondit aussitôt et pendant quelques instants ils gardèrent le silence. Un vieux monsieur, appelé Mr. O'Regan, fit son apparition, parla peu mais but beaucoup. Adeline apprit plus tard à Philippe que c'était un vieil ami de la famille à laquelle il avait jadis prêté une somme d'argent importante ; comme il lui avait été impossible de rentrer en possession de ses fonds, il était venu vivre chez les Court. Son visage exprimait à la fois la mauvaise humeur et le calcul, il semblait suivre avec un intérêt morbide l'amortissement, année par année, de la dette contractée par Renny Court à son égard. De son côté, Renny Court le traitait avec une sorte de jovialité ironique, le pressant de boire et de manger et lui demandant avec sollicitude des nouvelles de sa santé. Mr. O'Regan semblait prendre cet intérêt en mauvaise part et ne répondait jamais que très vaguement : Oh ! je vais assez bien… Je crois que je durerai… Mais jusqu'à quand, c'est ce qu'il ne disait pas.

Renny Court n'était pas de ces propriétaires qui vivent, en Angleterre, loin de chez eux, de revenus versés par des fermiers laissés sans surveillance. Il n'avait pas d'intendant cupide, mais s'occupait lui-même de ses biens et connaissait chaque homme, femme ou enfant qui vivait sur ses terres.

Le séjour des Whiteoak se passa sans incident à l'exception de quelques violentes altercations entre Adeline et son père. Ces deux êtres, si semblables l'un à l'autre, ne pouvaient vivre sous le même toit sans conflit. Adeline était la seule des enfants Court à ne pas trembler devant son père. Elle avait cependant pour lui moins d'affection que les autres. Par contre, elle était tendrement attachée à sa mère qu'elle redoutait de quitter. Lady Honoria ne pouvait parler du départ pour le Canada sans fondre en larmes. Quant à Renny Court, il n'avait que mépris pour ce projet.

— Quelle existence pour un homme bien élevé ! s'était-il écrié. Que trouverez-vous là-bas ? Rien que privations et difficultés ! Quel pays, pour une belle jeune fille comme Adeline !

— Je veux partir, interrompit cette dernière. Je suis sûre que ce sera merveilleux.

— Que sais-tu de ce pays ?

— Plus que vous, j'en réponds, répliqua-t-elle. Philippe a reçu des lettres de son oncle lui décrivant la vie au Canada ; il connaît aussi un colonel Vaughan qui vit dans l'Ontario et adore cette existence !

— Vivre dans l'Ontario et adorer cette existence ! répéta son père en fixant sur elle son regard agressif. Le colonel Vaughan de l'Ontario a-t-il dit à Philippe comment sont les routes ? Lui a-t-il parlé des serpents et des moustiques et de toutes les bêtes féroces altérées de sang ? Je connais un homme qui était descendu là-bas dans un des meilleurs hôtels ; eh bien ! il y avait une mare de boue et un crapaud qui coassait toute la nuit au pied de son lit. La femme de cet homme eut tellement peur que l'enfant qu'elle mit au monde après ce voyage naquit avec un visage de crapaud ! Que penses-tu de cela, Adeline ?

Il lança un sourire moqueur et triomphant à sa fille.

— Je pense, répliqua-t-elle, qu'il s'agit de Mr. Mac Cready ; sa femme n'a nullement besoin d'aller jusqu'en Ontario pour avoir un enfant au visage de crapaud, car Mr. Mac Cready lui-même...

— Est aussi bel homme que n'importe qui dans le comté de Meath !

— Père, je vous dis qu'il a une tête de crapaud !

Philippe intervint :

— Adeline et moi sommes décidés à partir pour le nouveau monde et rien ne nous en détournera. Comme vous le savez, mon oncle m'a laissé une très jolie propriété à Québec. Il faut que j'aille m'en occuper et s'il m'a dit la vérité, il y a dans cette ville une excellente société. De plus, la campagne environnante possède les plus belles ressources qu'on puisse imaginer en chasse et en pêche.

— Vous serez de retour avant la fin de l'année, déclara Renny Court.

— Nous verrons bien, répondit Philippe avec opiniâtreté.

Ses yeux bleus devinrent plus proéminents et lancèrent un regard quelque peu féroce à son beau-père.

Un vif désir d'accompagner les Whiteoak au Canada s'empara des deux garçons, Conway et Sholto. La pensée d'une vie libre dans un pays nouveau, loin de l'autorité paternelle, les ravissait. Ils ne parlèrent plus guère d'autre chose. Ils s'efforcèrent de mettre Adeline de leur côté, la suppliant de les laisser partager son sort. Cette idée n'était point pour déplaire à Adeline. Le Canada ne lui semblerait plus aussi loin si deux de ses frères s'y trouvaient auprès d'elle. Chose surprenante, leur mère ne s'opposa pas à ce projet. Elle avait eu à supporter tant de difficultés et de disputes à cause de ces deux mauvais sujets que la pensée de s'en séparer ne la peinait guère. Ils promirent de revenir avant un an. Renny Court était assez satisfait d'être débarrassé de tels fléaux. Philippe ne goûtait pas beaucoup l'idée de se charger d'une telle responsabilité, mais pour faire plaisir à Adeline, il accepta. Il se croyait capable de venir à bout de Conway et de Sholto plus facilement que leurs parents eux-mêmes et pensait, avec une secrète satisfaction, qu'avec de la discipline il en ferait des hommes.

Le petit Timothée lui-même parla d'émigrer vers le nouveau monde, mais sa demande ne fut pas prise en considération. L'enfant parlait avec l'accent irlandais très marqué de la vieille nourrice qui l'élevait depuis sa plus tendre enfance. Son visage était d'une beauté étrange ; il manifestait ses sentiments avec une violence qui embarrassait Philippe. Une réprimande de son père le terrifiait apparemment mais, un instant plus tard, on l'entendait rire aux éclats. Ses cheveux blond roux encadraient un visage parsemé de taches de rousseur. Ses mains étaient magnifiques et Philippe dut bientôt reconnaître leur agilité indiscutable, car ses boutons de manchettes disparurent, de même que ses plus belles cravates de soie, ses pistolets incrustés de nacre, son canif en or.

Ces objets furent retrouvés les uns après les autres par Adeline dans la chambre de Timothée ; elle y attacha peu d'importance ; Timothée ne pouvait s'empêcher d'agir ainsi. Mais Philippe éprouva un vif sentiment de mécontentement et de malaise.

En fait, plus son séjour dans la famille d'Adeline se prolongeait, moins ses divers membres attiraient sa sympathie, à l'exception de lady Honoria. Il se rendait compte que Renny Court, malgré son attachement à ses domaines, et à ses fermiers, négligeait les uns et les autres, car il consacrait aux courses trop de temps et d'argent. Quant à la politique, c'était un sujet que gendre et beau-père n'osaient même pas aborder, tant leurs opinions s'opposaient ! Mais Renny Court poussait Mr. O'Regan à discourir à perte de vue sur l'attitude indigne de l'Angleterre à l'égard de l'Irlande. Philippe se trouvait dans l'impossibilité de défendre son pays devant ce vieillard à la fois trop orgueilleux et trop sourd pour écouter quiconque n'était pas de son avis ; il s'asseyait près du feu qui flambait et discourait inlassablement à perte de vue, son visage coloré se dressant au-dessus de son haut col noir comme un soleil écarlate au-dessus d'un nuage sombre d'orage. De fil en aiguille, la situation se tendit à l'extrême. Philippe et Adeline acceptèrent une invitation chez Corrigan Court, un de leurs cousins, qui vivait à dix milles de là. Ils partirent à cheval un beau matin de printemps, abandonnant Augusta, son ayah et Boney aux soins attentifs de lady Honoria. Renny Court les accompagnait sur une jument grise fort ombrageuse qui ne cessa de ruer dans la boue des chemins, faisant de son mieux pour inciter les autres chevaux à l'imiter.

Une longue allée bordée d'une double rangée de tilleuls conduisait à la demeure des cousins Court, habitation assez importante, flanquée à chaque extrémité d'une tour couverte de lierre. Les deux époux étaient cousins, mais ne se ressemblaient pas le moins du monde ; lui était brun avec des sourcils arqués et une expression nonchalante et dédaigneuse ; elle était colorée, blonde et débordante de vitalité. Mariés depuis plusieurs années, ils étaient toujours sans enfants et souhaitaient vivement avoir un fils.

Lorsque Adeline eut mis pied à terre, Bridget Court l'embrassa avec effusion.

— Dieu vous bénisse, chère Adeline ; que je suis heureuse de vous voir ! Et votre mari ! Quel couple merveilleusement assorti vous faites ! Soyez les bienvenus mille fois !

— Oh ! Biddy Court, quel plaisir de vous voir !

Adeline rendit son baiser à sa cousine avec force démonstrations, mais Philippe eut l'impression que les deux femmes ne s'aimaient guère.

Les Whiteoak se virent accablés de questions sur leur voyage et leur projet d'installation au Canada ; Renny Court saisit l'occasion d'en parler en termes peu flatteurs.

Au repas du soir, apparut un autre invité : lord Killiekeggan, le grand-père d'Adeline. C'était un beau vieillard et Philippe regardait avec amusement Adeline assise entre son père et son grand-père, ressemblant à l'un et à l'autre. Mais elle avait emprunté à chacun ce qu'il avait de mieux. Quelle femme délicieuse ! songeait Philippe, en la contemplant dans sa robe de satin jaune. On ne pouvait lui comparer aucune autre femme.

La conversation tourna autour des courses, sujet sur lequel le vieux marquis et son gendre tombaient toujours d'accord. Ni l'un ni l'autre ne s'intéressait à l'armée, pas plus que Corrigan Court qui restait un peu en dehors de la conversation, comme s'il vivait dans une sphère plus intellectuelle.

Les hommes s'attardèrent dans la salle à manger, car le porto était excellent. En se rendant au salon en compagnie de sa cousine, Adeline s'arrêta avec stupéfaction devant un tableau accroché à la boiserie sombre du hall. Les peintures qui l'entouraient représentaient toutes des hommes en tenue de chasse, en costumes de cour, ou revêtus d'armures. Mais le portrait qui retenait l'attention d'Adeline était celui d'une petite fille d'une huitaine d'années dont le visage en fleur était auréolé de cheveux roux. Adeline s'écria bruyamment :

— Mais c'est moi, c'est mon portrait ! Que fait-il ici ? Je voudrais bien le savoir, Biddy Court.

Biddy Court hésita un peu à répondre, manifestement mal à l'aise.

— C'est Corry qui l'a mis là. Votre père lui devait de l'argent et lui a donné ce portrait en paiement, bien que sa valeur soit fort loin de couvrir le montant de sa dette. Allons, Adeline, venez. Il y a un courant d'air terrible ici.

Mais Adeline demeurait clouée sur place. Saisissant une bougie allumée qui se trouvait sur un coffre, elle la leva de façon que les rayons lumineux viennent éclairer le petit visage.

— Que j'étais belle ! s'écria-t-elle. Quel beau visage ! Quelle honte pour mon père d'avoir donné un tel trésor à Corry Court ! C'est à en pleurer !

Elle s'adressa avec violence à sa cousine :

— Quel était le montant de cette dette ?

— Je ne sais pas, répondit Bridget ; je sais seulement que le portrait en représentait tout juste la moitié.

— Il s'agit alors d'une vraie fortune, car mon portrait avait été peint par un des meilleurs artistes de l'époque.

— On vous donnera volontiers le portrait, dit Bridget, si vous voulez payer la dette de votre père.

— Je ne paie que mes propres dettes ! Mais j'ai bien envie aussi d'avoir ce portrait. Quelle jolie chose à emporter au Canada pour l'accrocher à côté de mon nouveau portrait, celui dont je vous ai parlé !

— Je suppose que vous ferez faire votre portrait jusqu'à l'âge de cent ans ! Je voudrais bien voir le dernier. Vous y serez plus belle que jamais, Adeline !

— Mon souvenir demeurera ainsi sur terre, ce qui est plus qu'il ne pourra vous arriver.

Tenant toujours la bougie à la main, elle se mit à courir vers la porte de la salle à manger qu'elle ouvrit avec violence. Les quatre hommes bavardaient tranquillement ; la lumière du foyer les éclairait doucement et les bougies étaient près de s'éteindre. La carafe de porto que tenait lord Killiekeggan tremblait légèrement dans sa main pendant qu'il remplissait son verre.

— Vous êtes vraiment un drôle de père ! s'écria Adeline en lançant des regards furieux à son père. Donner le portrait de votre fille pour payer une méchante dette qui n'atteint même pas le prix du cadre ! Je traversais le hall tranquillement et en toute innocence quand je l'ai brusquement découvert, accroché au mur, me criant de toutes ses forces sa honte de se trouver là. La bougie a failli m'échapper des mains. Je me souviens si bien du voyage à Dublin avec ma mère à l'occasion de ce portrait, du grand artiste qui me comblait de fleurs et de bonbons pour me distraire, du joli petit collier de corail que ma grand-mère m'avait donné ! Grand-père, saviez-vous que mon père avait fait une chose pareille ?

— Cette petite est-elle folle ? demanda lord Killiekeggan à son gendre.

— Non, simplement un peu en colère. – Il s'adressa ensuite sévèrement à Adeline : – Cela suffit, maintenant. Ce tableau ne mérite pas tant de bruit.

— Ne mérite pas tant de bruit ! C'est que vous en ignorez la valeur ! Quand j'ai dit à l'artiste de Londres qui a fait mon dernier portrait le nom de celui qui m'a peinte étant enfant, il m'a déclaré qu'il irait volontiers jusqu'au comté de Meath rien que pour le voir.

Corrigan Court lui demanda brusquement :

— Quel était le nom de ce grand artiste, Adeline ?

L'interpellée resta bouche bée. Elle fixa son cousin avec de grands yeux, incapable de parler pendant un instant. Elle passa le bout de ses doigts sur ses sourcils, réfléchit et répondit tristement :

— Vous l'avez fait sortir de ma mémoire, Corry. Il y était encore, il y a un instant. – Son visage s'éclaira et se tourna vers Philippe : – Je t'ai souvent dit son nom, n'est-ce pas, Philippe ?

— Certainement, répondit Philippe, avec véhémence ; tu me l'as dit à plusieurs reprises.

— Vous l'avez oublié, vous aussi ? demanda Corry.

— Oui. Il m'échappe complètement.

Philippe avait beaucoup bu ; son beau visage était écarlate. Les quatre hommes se levèrent et suivirent Adeline ; le vieux marquis avait gardé son verre à la main. A dix pas du portrait elle s'arrêta et dirigea son regard vers le bas du tableau. Sa vue était particulièrement bonne.

— Je ne peux vraiment pas lire la signature d'ici, qu'en pensez-vous ? demanda-t-elle.

— Vous ne le pouvez sûrement pas, répliqua Corrigan. Et si vous mettez votre nez contre la toile, vous ne verrez pas la moindre trace de signature, soit que l'artiste n'ait pas jugé son œuvre digne d'être signée, soit qu'il ait eu honte de son nom.

Elle lui jeta presque le chandelier à la tête :

— C'est vous qui avez effacé le nom de l'artiste, Corry Court, cria-t-elle ; vous l'avez effacé pour dissimuler la valeur du portrait, car vous saviez bien que si un connaisseur le voyait, il ne manquerait pas de dire à mon père qu'il avait fait un marché de dupe !

Renny Court jeta un regard soupçonneux sur son cousin Corrigan. Puis il prit la bougie des mains d'Adeline et l'approchant tout près du tableau, scruta soigneusement les deux coins inférieurs.

— Il y a là une drôle de petite tache, déclara-t-il.

— Oui, cria Adeline, exactement là où se trouvait la signature. Elle était entourée d'un beau paraphe. Le nom va me revenir dans un instant !

— Il n'y a jamais eu de signature, reprit Corry Court. Et vous le savez parfaitement. C'est une jolie peinture que j'ai toujours aimée et quand votre père me l'a offerte, je l'ai prise. Je savais bien que c'était tout ce que je pourrais jamais obtenir de lui en échange de ce qu'il me devait.

— Oh ! père, comment avez-vous pu donner ce portrait ? demanda

Adeline, les yeux brillants de larmes. Il me faisait envie plus que tout et j'allais justement vous le demander en petit cadeau de noces supplémentaire. Vous avez reconnu vous-même, dans une lettre que vous m'avez écrite aux Indes, que vous n'aviez pas pu me donner grand-chose.

— Pas pu te donner grand-chose ! s'écria Renny Court ; quand je n'ai pas encore fini de payer ton trousseau ! Si tu as tellement envie d'avoir ce tableau, achète-le ! Tu as l'argent que t'a laissé ta grand-tante !

— Je ne veux pas m'en séparer, dit Corry.

Adeline lui adressa son plus charmant sourire :

— Vous m'aimez toujours, cher Corry, n'est-ce pas ?

Ils échangèrent un regard. Corrigan rougit profondément. Adeline le regarda avec une affectueuse pitié.

— Vous pouvez garder le portrait, cher Corry. Il me plaira de songer qu'il est ici, me rappelant au souvenir de Biddy et de vous-même.

— Je ne suis pas près de vous oublier, répliqua Bridget avec aigreur. Partout où vous passez, vous semez la discorde.

— Du calme, fillettes, intervint lord Killiekeggan. Ne vous disputez pas. Ne gâtez pas vos jolis visages par des airs furibonds.

Bridget savait bien qu'elle n'était pas jolie, mais ces dernières paroles la flattèrent. Elle courba la tête et jeta à Adeline un regard de défi.

— Allons-nous au salon ? demanda-t-elle.

Adeline s'empara du bras de son grand-père.

— Ne me laissez pas seule avec Bridget ! supplia-t-elle. Elle me fait peur.

— Tiens-toi convenablement, répondit le vieillard qui lui donna une petite tape sur la main, tout en se laissant entraîner au salon.

Corry n'était pas mécontent de sauver le reste de son vieux porto dont on avait déjà beaucoup bu. Il était également quelque peu déprimé par les perspectives d'une dispute conjugale à laquelle il n'échapperait certainement pas.

Philippe était dans un état de complète euphorie. Il s'assit dans un bon fauteuil et accepta une prise de tabac que le vieux marquis lui offrit dans sa tabatière garnie de pierres précieuses. Adeline étala soigneusement les volants brillants qui recouvraient sa crinoline et jeta à son grand-père son regard le plus ensorcelant.

— Quelle jolie boîte ! s'exclama-t-elle.

Elle était la plus délicieuse de ses petites-filles et elle allait partir très loin ! Aussi glissa-t-il la tabatière dans sa petite main.

— Prends-la, et lorsqu'un chef indien t'offrira le calumet de paix, tu pourras lui donner une bonne prise en échange.

Aucune femme n'aurait pu se montrer plus délicieuse ni plus oublieuse d'elle-même qu'Adeline pendant le reste de la soirée. Mais la tension persistait entre elle et Bridget. Il était temps pour elles de se séparer quand arriva le dernier matin. La charrette qui devait emporter les malles d'Adeline attendait devant la porte, car elle se déplaçait toujours avec de nombreux bagages. Elle-même se trouvait dans le hall, grande et mince dans son costume de cheval vert foncé, ses cheveux soigneusement nattés sous le petit chapeau d'où s'échappait une plume sombre retombant sur l'éclatante blancheur de sa joue. Ses lèvres vermeilles s'épanouissaient dans un charmant sourire.

— Quel séjour délicieux j'ai fait ici ! s'écria-t-elle en embrassant Bridget. Merci, chère cousine, pour tout ce que vous avez fait ! Quand Philippe et moi nous serons installés dans notre nouvelle maison, vous viendrez nous voir avec Corry ; vous passerez une année avec nous ; il faudra bien ce temps pour vous rendre tout ce que vous avez fait pour nous !

Bridget était plus petite qu'Adeline, et son regard, pendant qu'elle embrassait celle-ci, passa juste au-dessus de son épaule. Ses yeux, sous l'étreinte chaleureuse dont elle était l'objet, s'ouvrirent largement et découvrirent sur le mur d'en face une place vide ; à cette vue, ils s'écarquillèrent encore davantage car elle venait de réaliser l'absence, sur ce mur, du portrait d'Adeline enfant. C'était trop fort pour être vrai ! Avec un cri, pour ne pas dire un hurlement, Bridget chercha à échapper à la vigoureuse étreinte de sa cousine qui la serrait d'autant plus fort dans ses bras qu'elle avait deviné la tempête qui s'élevait dans l'âme de Bridget.

— Lâchez-moi ! criait cette dernière comme une furie. Lâchez-moi !

Les hommes assistaient à cette scène avec consternation. Ces deux femmes agrippées l'une à l'autre, luttant poitrine contre poitrine, tandis que l'immense crinoline de Bridget oscillait autour d'elles, offraient vraiment un impressionnant spectacle.

— Que diable se passe-t-il ? demanda Renny Court.

— Il lui a donné le tableau ! cria Bridget.

— Quel tableau ?

— Le portrait d'Adeline ! Corry le lui a donné ; il n'est plus là !

Ils se tournèrent tous vers le mur. Corrigan pâlit :

— Je n'ai rien fait de semblable, affirma-t-il. S'il n'est plus là, c'est qu'elle l'a pris.

Adeline dut lâcher Bridget qui lui fit face en accusatrice implacable.

— Vous l'avez pris. Il est dans une de vos malles. Peter, venez ici ! cria-t-elle à un domestique ; déchargez les malles de la charrette.

— Laissez ces malles ! répliqua Adeline. Elle se tourna tranquillement vers ses cousins et déclara : – C'est bien moi qui ai pris ce tableau, mais je n'ai fait que reprendre ce qui m'appartenait ; aussi finissons-en avec cette histoire !

Peter attendait, une malle dans les bras, ne sachant où la mettre. Ses favoris roux se hérissaient d'excitation.

— Attendez, dit Philippe. Je veux bien acheter ce tableau qu'Adeline désire tant posséder.

— Moi, je veux bien le vendre, répondit Corrigan.

— Je m'y refuse, cria sa femme. Je demande que ces malles soient défaites et que le tableau reprenne sa place sur le mur !

Elle descendit les marches du perron en courant, saisit une extrémité de la malle que Peter tenait toujours et tira sur la courroie qui la fermait.

Adeline se précipita derrière elle et chacune s'efforça d'arracher la malle à l'autre. Adeline était la plus forte, mais Bridget était folle de colère. Elle tendit la main et s'emparant d'une des nattes d'Adeline, la tira de toutes ses forces.

— Non, pas ça ! s'écria Philippe descendant à son tour les marches en courant. Je ne le veux pas.

Jamais, au cours de toute sa vie, il n'avait été mêlé à une scène semblable. Il saisit le poignet de Bridget d'une main tandis que, de l'autre, il essayait de faire lâcher prise à Adeline qui tenait toujours la malle. Renny Court se contentait de regarder et de rire.

— Je vous en prie, calmez votre femme, dit Philippe à Corrigan.

— Ne me touchez pas, Corry Court, cria Bridget.

Il s'écarta prudemment des deux femmes. Philippe s'adressa à Adeline sans aucun ménagement.

— En voilà assez ! Dans quelle malle se trouve le tableau ?

D'un doigt tremblant, elle désigna celle que tenait Peter.

— Posez cette malle, dit Philippe au domestique qui obéit.

Philippe ouvrit la malle et sur le dessus même apparut l'objet du litige. Il le prit et le tendit à Corrigan ; le visage enfantin, dans son cadre, semblait les regarder avec une expression d'étonnement innocent. Les regards de Corrigan allèrent d'Adeline au portrait ; puis revinrent à Adeline avec une profonde tristesse.

Renny Court jeta un regard perçant dans la malle ouverte.

— Avez-vous jamais vu pareille extravagance ! s'écria-t-il. Faut-il s'étonner, après cela, qu'elle m'ait ruiné ! Regardez ce nécessaire de toilette en or, ce manteau de zibeline ! et là, la tabatière de mon beau-père ! Par le diable, elle l'a volée aussi !

— Il la lui a donnée, répliqua Philippe avec sécheresse.

Le visage impassible, il rabattit le couvercle de la malle et boucla la courroie. Puis se tournant vers Adeline qui gardait une immobilité de statue, la bride de son cheval à la main, il lui dit :

— Viens, fais tes adieux. Tu as eu tort de prendre le tableau, mais je dois dire que Mrs. Court s'est très mal conduite à ton égard.

— Adieu, Corry, dit Adeline, les joues inondées de larmes. Que Dieu vous vienne en aide dans votre ménage, car votre femme n'est qu'une mégère s'il en fut !

D'un geste plein de grâce elle se dirigea vers son cheval. Philippe la souleva jusqu'à sa selle. Son père monta sur sa jument. Des adieux contraints s'échangèrent et Adeline jeta un dernier regard sur Bridget.

— Adieu, Biddy Court, lui cria-t-elle. Puissiez-vous vivre pour regretter votre conduite à mon égard ! Malheur à vous, Biddy ! Que le vent du nord vous emporte vers le sud et le vent d'est vers l'ouest jusqu'au jour où vous trouverez enfin le lieu de votre repos !

D'un coup de cravache elle mit son cheval au galop, une longue natte rousse flottant sur son épaule.

Le vieux Peter, roulant bruyamment dans sa charrette chargée de bagages, s'écria :

— C'était un vrai sale tour à lui jouer ! Elle est aussi innocente que le jour où ce portrait a été peint.

Cette visite aux cousins Court ne fut pas la dernière de leurs visites. Ils allèrent chez le frère marié d'Adeline. Ils séjournèrent également chez le vieux marquis, mais rien dans ce qu'ils purent voir ou faire n'affaiblit leur désir de partir pour l'Amérique. Ils possédaient tous deux une âme aventureuse de pionnier qui se riait du découragement et tendait invinciblement vers une existence plus libre.

Le jour où leurs préparatifs de départ furent achevés arriva enfin.

Philippe avait retenu leur passage sur le voilier qu'il croyait plus rapide et plus propre qu'un vapeur. Les parents d'Adeline et le petit Timothée devaient les accompagner au port d'embarquement.

Patsy O'Flynn, le cocher, avait décidé de suivre Adeline au Canada. Resté célibataire, il avait, jusqu'à ce jour, vécu sur le même coin de terre et l'aventure le tentait. Un sentiment chevaleresque le poussait également à se poser en protecteur d'Adeline dont les deux jeunes frères lui semblaient peu qualifiés pour remplir ce rôle. Il était convaincu que les Whiteoak partaient pour un pays barbare, où les bêtes sauvages et les Indiens rôdaient aux alentours des campements.

Patsy, attendant sur le quai d'embarquement l'heure du départ, offrait un spectacle étonnant. Malgré la douceur d'une belle matinée, il avait revêtu un lourd pardessus, jugeant que c'était la meilleure façon de le transporter. De nombreux colis, depuis un énorme ballot cousu dans de la toile jusqu'à un petit paquet noué dans un mouchoir rouge, s'entassaient sur ses épaules. Son petit visage malicieux montrait une expression satisfaite et entendue, comme si, de tous les passagers, il était le seul à connaître très exactement les difficultés qui les attendaient ainsi que les moyens de les surmonter.

Dans une main il tenait une énorme canne en bois poli, d'aspect menaçant ; de l'autre il transportait la cage du perroquet ; le brillant oiseau passait d'un perchoir sur l'autre ou s'accrochait la tête en bas au toit de la cage, battant des ailes dans un transport de plaisir. Boney n'avait pas oublié le voyage de retour des Indes, et la vue de la mer et du bateau faisait naître en lui une joie inexprimable. Tantôt il déversait un flot de mots hindous, tantôt poussait une série de cris perçants, mais jamais il ne restait en repos, attirant une foule d'enfants sales et en haillons qui hurlaient avec lui et sautaient de joie. Quand les enfants devenaient trop entreprenants, Patsy brandissait son gourdin et les chassait, les injuriant en gaélique.

L'ayah s'était prise d'amitié pour Patsy qui lui apparaissait comme un être mystérieux mais bienveillant. Elle se tenait auprès de lui, l'enfant dans les bras, ses vêtements amples flottant gracieusement dans la brise. Le séjour en Irlande avait fait grand bien à la petite Augusta ; ses joues s'étaient remplies et avaient perdu leur pâleur. Ses cheveux étaient maintenant assez longs pour retomber sur son front en une soyeuse boucle noire qui dépassait hors de son bonnet de dentelle. Assise sur le bras de son ayah, elle contemplait le spectacle qui se déroulait autour d'elle, mais dès qu'elle apercevait Patsy, un sourire de bonheur découvrait ses dents blanches. Pendant son séjour en Irlande, elle avait bu le lait d'une chèvre qu'on lui avait donnée et qu'elle emmenait au Canada afin qu'un changement de lait ne vînt pas troubler ses digestions. Cette chèvre, tenue au bout d'une corde par un garçonnet hirsute, regardait avec indifférence et même cynisme ce qui se passait autour d'elle ; on l'appelait Maggie et lady Honoria avait attaché à son cou une petite clochette dont le tintement devait accompagner les vicissitudes du voyage.

Les jeunes oncles d'Augusta avaient été soigneusement équipés par leur mère pour leur nouvelle existence. Philippe ne pouvait s'empêcher de penser que leurs vêtements étaient trop voyants, leurs cheveux trop longs et leurs mains trop blanches. Conway surtout, qui lui rappelait le roi de carreau, était trop raffiné. Les deux jeunes garçons étaient partout à la fois, lançant des ordres facétieux aux matelots qui transportaient à bord des caisses à claire-voie contenant des poules, des oies et des canards, comme à ceux qui poussaient en avant les cochons et tiraient les moutons et les veaux.

Un groupe de pauvres émigrants surveillaient leurs bagages, se cramponnant avec des larmes aux derniers instants qu'ils passaient auprès des leurs venus assister au départ. Un prêtre se trouvait parmi eux et s'efforçait de relever leur courage, balayant les cieux de ses grands yeux gris prophétisant un voyage agréable. Il était venu accompagner deux jeunes nièces qui partaient rejoindre leur frère, et ne pouvait les regarder sans verser des larmes.

Adeline portait un long manteau vert aux larges manches bordées de fourrure. Elle faisait face à la mer, aspirant à pleins poumons la joyeuse brise qui frappait les voiles blanches comme un danseur frappe son tambourin. La mer éblouissante s'étendait sous ses yeux et, au-delà, se trouvait ce jeune continent où Philippe et elle allaient construire leur foyer. Elle aurait voulu que le bateau n'emportât qu'eux deux ; s'écartant des gens qui pleuraient autour d'elle, elle glissa sa main dans celle de Philippe dont elle pressa les doigts. Il la regarda dans les yeux.

— Sûre de n'avoir rien laissé derrière toi ? demanda-t-il.

— Rien. Pas même mon cœur.

— Voilà qui est sage ! Car autrement, j'aurais été obligé d'aller le chercher.

Le prêtre s'approcha brusquement d'elle.

— Pardon, *My Lady*, lui dit-il, car il avait entendu appeler la mère d'Adeline ainsi et jugeait convenable d'user également de ce titre pour la jeune femme.

— Qu'y a-t-il ? répondit-elle, flattée.

— Je voudrais vous demander une faveur. J'ai deux jeunes nièces qui vont partir sur ce bateau ; c'est un voyage terriblement long et dangereux pour elles. Serez-vous assez bonne pour leur venir en aide si elles étaient malades ou en difficulté ? Si je pouvais le promettre de votre part à leur pauvre mère, cela sécherait certainement ses larmes ! Pouvez-vous le faire ?

— Certainement, assura Adeline. Et même, si vous voulez me donner votre adresse, je vous écrirai pour vous donner des nouvelles du voyage de vos nièces.

Le prêtre écrivit l'adresse demandée sur un morceau de papier chiffonné et, plein de gratitude, revint admonester les deux fillettes aux joues roses et aux cheveux noirs dont les jeunes poitrines paraissaient gonflées de joie de vivre.

Une confusion irrémédiable semblait régner. Les cris des animaux et de la volaille, les appels bruyants, les claquements et les heurts accompagnant le chargement des bagages par les marins, les ordres des officiers auxquels nul ne semblait obéir, les cris plaintifs et les vols circulaires des mouettes, les cris perçants des enfants énervés, le bruit des grandes voiles qui battaient et claquaient dans le vent, tout cela se fondait dans une tapisserie fantastique d'adieux qui resterait à jamais accrochée aux murs du souvenir.

L'heure du départ sonna et Adeline qui l'avait jusqu'alors redoutée, sentit toute crainte l'abandonner presque entièrement. Elle aurait voulu que le visage de sa mère restât sec pour ne pas garder le souvenir de ces joues inondées de larmes ! « Mère chérie, je reviendrai ! Nous reviendrons tous ! Je prendrai grand soin des garçons. Adieu, adieu père ! Je vous écrirai. Adieu... Adieu... » Ils la serraient dans leurs bras, son corps se pressait contre ce corps qui l'avait porté avant sa naissance, contre ce corps qui avait rendu cette naissance possible. Elle eut l'impression d'un déchirement physique. Puis Philippe passa son bras autour d'elle et la conduisit, sanglotante, sur le bateau.

3

Premier voyage

Le trois-mâts *Alanna* avait jadis appartenu à la Compagnie des Indes ; il partait pour Québec d'où il ramènerait une cargaison de pins du Canada. Le capitaine, appelé Bradley, était un homme du Yorkshire, solidement charpenté. Le second, un Ecossais grand et mince, doté d'une bouche immense, répondait au nom de Grigg. Un petit nombre de passagers seulement s'étaient installés dans les cabines et les Whiteoak restèrent un peu à l'écart ; la traversée devait être longue et ils ne voulaient pas s'exposer à une promiscuité désagréable avec des compagnons peu sympathiques. Depuis leur retour des Indes, Philippe et Adeline avaient toujours vécu au milieu des membres de leur famille ; aussi aspiraient-ils à se retrouver seuls. Ils s'installèrent le plus confortablement possible dans l'espace réduit de leur cabine ; Philippe fit de son mieux pour mettre leurs affaires en ordre. Adeline, enveloppée de couvertures, s'installa sur le pont, dans un coin abrité, et se plongea dans la lecture de *Pendennis*[1], le roman à la mode. Augusta et son ayah s'établirent dans le voisinage ; la petite fille serrait dans ses bras sa première poupée, une élégante créature de cire à la taille fine, vêtue d'une robe et d'un bonnet de taffetas écossais. Conway et Sholto visitaient le bateau ; Patsy et la chèvre s'efforçaient de trouver le plus d'aise possible dans leurs lointains quartiers fort peu confortables. L'Irlande s'étendait à l'horizon pâle, ligne bleue à peine distincte. Il y avait un fort vent debout et le bateau n'avançait que lentement bien que ses grandes voiles fussent

1. Célèbre roman de Thackeray.

tendues et qu'un souffle vif semblât manifester son désir de le pousser vers l'ouest. Les mouettes suivirent le bateau longtemps après qu'il eut quitté l'Irlande ; elles s'attardaient auprès de lui, comme pour recueillir un dernier message destiné à ceux qui étaient restés à terre.

Il n'y avait guère plus d'une douzaine de passagers dans les cabines et Adeline et Philippe ne se lièrent qu'avec cinq d'entre eux. Parmi ceux-ci, se trouvaient deux Irlandais, d'une excellente éducation, mais parlant avec un accent très prononcé ; ils s'appelaient D'Arcy et Brent, voyageaient pour leur plaisir et devaient faire un vaste périple aux Etats-Unis. Il y avait également une Mrs. Cameron de Montréal et avec elle, sa fille, délicate enfant de quinze ans. Toutes deux s'étaient rendues en Chine pour rejoindre le père de l'enfant qui occupait là-bas un poste commercial important. Mais, en arrivant à destination, elles avaient appris qu'il était mort du choléra. Elles faisaient maintenant un long et morne voyage de retour à Montréal. Mrs. Cameron et la petite Mary s'asseyaient de longues heures, l'une contre l'autre, enveloppées dans un grand châle et contemplaient l'horizon lointain ; leurs cœurs semblaient ne plus garder aucun espoir de voir s'achever leur course errante comme si leur destinée était d'aller toujours ainsi de bateau en bateau, de mer en mer, jusqu'au jour du Jugement dernier. Adeline prétendait assez justement que la jeune fille avait acquis une étrange ressemblance avec la mer. Son manteau et son chapeau avaient pris la teinte grise des vagues d'hiver ; ses cheveux pendaient sur ses épaules comme des algues raides et jaunâtres ; ses grands yeux clairs semblaient regarder sans voir ; son visage et ses mains étaient fortement hâlés. Sa bouche seule mettait une note de couleur dans toute sa personne et ses lèvres, toujours entrouvertes, révélaient des petites dents de perle. Les chagrins et la fatigue avaient fait de la mère une pauvre créature, tout juste capable de jouer son rôle de protectrice auprès de Mary.

— Pourquoi ne fait-elle rien pour le bonheur de cette enfant au lieu de la couver comme une poule effarée ! s'écria Adeline le second jour de leur voyage. Vraiment, Philippe, j'en veux à cette femme ! Je vais dire à mes frères de se lier avec Mary. Il n'est pas naturel qu'une jeune fille ait cette apparence.

Elle fit comme elle l'avait dit. Il se passa cependant plusieurs jours avant que les jeunes gens réussissent à convaincre Mary de renoncer à la compagnie exclusive de sa mère. Mrs. Cameron désirait ne pas perdre sa fille de vue. Elle ne manifesta aucune satisfaction, mais bien plutôt du mécontentement quand Mary accepta une promenade sur le pont qui penchait, soutenue de chaque côté par Conway et Sholto. Ils formaient vraiment un étrange trio, ces deux adolescents élégamment vêtus de neuf encadrant cette jeune fille aux vêtements déteints par les voyages ; les yeux brillants des garçons ne perdaient rien de ce qui se passait autour d'eux, cependant que leur compagne se mouvait comme dans un rêve ; alors que Conway et Sholto ne cessaient de plaisanter, elle les regardait l'un après l'autre, à peine consciente de ce qu'ils disaient.

Le cinquième passager avec lequel les Whiteoak se lièrent d'amitié était un Anglais, Mr. Wilmott, qui, comme eux, allait s'installer au Canada. Il était grand et mince, avec des traits accentués, mais bien dessinés, et de courts favoris bruns. Il parlait peu de lui, mais devenait bavard aussitôt qu'il s'agissait de politique. Ses rapports avec les deux Irlandais furent bientôt une source de divertissement pour leurs compagnons, car ils discutaient sans animosité apparente. Mr. Wilmott maniait l'ironie avec beaucoup d'esprit ; les Irlandais avaient de l'humour et ne redoutaient pas les exagérations évidentes. Philippe avait vécu trop longtemps hors de l'Angleterre pour pouvoir tenir sa partie dans une discussion politique. Il savait aussi que toute querelle mettant leurs deux pays en cause ferait d'Adeline son adversaire et cette pensée lui était insupportable.

Adeline était fort préoccupée par son désir de rapprocher Mr. Wilmott et Mrs. Cameron. Ces deux créatures solitaires (Mr. Wilmott avait parfois une expression de tristesse évidente), ne pourraient mieux faire, pensait-elle, que de lier leurs deux vies. Quel protecteur, quel père Wilmott serait pour la petite Mary ! Adeline avait deviné que la mort de son mari avait peiné Mrs. Cameron, mais n'avait nullement brisé son cœur. Comment une femme peut-elle être plus mère qu'épouse ? se demandait Adeline, buvant véritablement des yeux son beau et vigoureux Philippe. Ce ne serait jamais son cas, jamais ! L'homme qu'elle avait choisi serait toujours le premier ; elle méprisait les femmes chez lesquelles le sentiment maternel l'emportait sur tout autre.

Un nouveau petit monde se créa ainsi à bord de l'*Alanna*, fort différent que celui que les Whiteoak avaient connu sur le bateau qui les avait ramenés des Indes. C'était un monde plus étroit, plus fermé, plus détaché de leur ancienne vie. Leur dernier voyage les ramenait dans leur pays ; celui-ci les emportait vers la nouveauté et l'inconnu ; le premier avait resserré des liens que celui-ci coupait. Adeline éprouvait un étrange détachement, une sorte d'exaltation comme si elle s'aventurait dans un espace nouveau, aussi bien spirituel que matériel.

Pendant une semaine, le bateau avança rapidement par un temps magnifique. Puis le vent debout devint plus fort, et le bateau eut à lutter contre lui, les vagues vertes bondissantes se brisaient sur son étrave et l'enveloppaient d'écume. Rester sur le pont devint impossible. Les passagers durent passer de longues heures en bas où il fallait supporter non seulement le manque d'air, mais aussi les odeurs qui venaient de l'entrepont. L'ayah eut le mal de mer et Adeline dut se charger de sa fille. Mrs. Cameron et Mary adoraient la petite Augusta et s'occupèrent beaucoup d'elle ; mais l'enfant passait des nuits blanches et Adeline et Philippe ne dormaient pas tout leur content.

Ils allaient tout juste gagner leurs couchettes lorsqu'un soir d'orage on frappa à leur porte et la voix de Conway les appela :

— Philippe ! Il y a une voie d'eau !

— Que dis-tu ? cria Philippe cessant de déboutonner son gilet.

— Un bordage du bateau s'est fendu ! Il fait eau !

On entendit sur le pont un piétinement lourd et des ordres criés par les officiers...

Adeline pâlit ; l'enfant geignait doucement dans ses bras.

— Le bateau va-t-il sombrer ? demanda-t-elle.

— Certainement pas ! Ne t'affole pas, répondit Philippe en ouvrant brusquement la porte devant laquelle Conway se tenait cramponné à la barre de cuivre qui courait le long du couloir. Il portait une robe de chambre de couleur vive et malgré l'émotion du moment, Philippe remarqua que ce vêtement accentuait encore sa ressemblance avec le roi de carreau. Par la porte ouverte parvenait plus nettement encore le bruit des piétinements et des cris, le grondement de la tempête qui ne cessait de croître, le tonnerre ainsi que le claquement des voiles et des agrès. On était en train d'amener les voiles.

— On amène les voiles ! cria Conway, dont la voix dans le tumulte n'était qu'un murmure. C'est une terrible tempête.

Son frère était près de lui, se cramponnant également à la barre de cuivre. Le mal de mer donnait à son visage une teinte verdâtre. Adeline lui cria :

— Entre et allonge-toi sur ma couchette. Tu veilleras sur l'enfant pendant que nous irons voir le capitaine.

Le jeune homme obéit, entra en trébuchant dans la cabine et se jeta sur la couchette.

— Que je souffre ! gémit-il.

Adeline mit la petite fille à côté de lui.

— Adeline, je te défends de venir ! cria Philippe.

Les yeux de la jeune femme lancèrent des éclairs de rébellion. Elle s'agrippa au bras de son mari.

— Je viendrai certainement.

Au même instant le navire se souleva et les projeta tout chancelants dans un coin de la cabine. Mrs. Cameron apparut sur le seuil. La tête recouverte d'un châle, elle tenait Mary serrée contre elle comme pour manifester sa décision de ne pas être séparée d'elle à l'heure du naufrage. Mais elle parlait avec sang-froid.

— Que se passe-t-il de fâcheux ? demanda-t-elle.

— Il s'agit seulement d'une voie d'eau, madame. Nous allons voir le capitaine.

Il y avait dans le ton de Philippe, dans sa présence même, quelque chose de rassurant.

— Nous irons également.

On devinait les mots sur ses lèvres, car il était impossible de s'entendre. Se cramponnant à la barre d'appui et se soutenant l'un l'autre, Philippe et Adeline atteignirent l'échelle menant sur le pont. Ils trouvèrent le capitaine et son second en train de surveiller la manœuvre. La grande voile tomba sur le pont avec fracas, comme si elle s'inclinait devant une force supérieure. Les mâts dénudés parurent soudain infiniment fragiles et le bateau plus vulnérable. Le vent soufflait avec une force terrifiante et de grandes murailles d'eau se dressaient, puis venaient s'écraser contre les flancs du navire qui roulait. La lune voilée par les nuages apparaissait par intermittence et répandait une lueur blafarde sur la masse soulevée des eaux. Ce n'était pas la première tempête en mer à laquelle assistait Adeline ; elle avait connu les terribles orages des tropiques ; mais le bateau sur lequel elle se trouvait alors était de plus fort tonnage et les passagers plus nombreux. Sur ce voilier, l'orage s'accompagnait d'un sentiment de solitude. De par leur petit nombre, les voyageurs semblaient impuissants et abandonnés à eux-mêmes ; le vent qui les transperçait était glacial. Cependant le capitaine gardait sa sérénité.

— Ce n'est qu'un grain, déclara-t-il avec son accent sonore du Yorkshire. J'ai doublé plus d'une fois le cap de Bonne-Espérance et ceci n'est qu'un petit coup de vent. Vous feriez mieux de regagner vos couchettes, mesdames, et de ne pas vous tourmenter.

Dominant le bruit de l'orage, on entendait un bruit confus de cris et de pas venant de l'échelle. Les passagers de l'entrepont l'escaladaient en grand désordre, les yeux hagards, véritablement terrifiés.

Le capitaine Bradley se dirigea vers eux à grands pas.

— Qu'est-ce que cela signifie ? demanda-t-il.

Le premier lieutenant cria :

— Je n'ai pu les faire rester en bas, monsieur ! L'eau pénètre à l'intérieur.

Le visage du capitaine s'assombrit. Il se fraya un passage à travers la foule et lui donna l'ordre de redescendre avec lui, ce qui eut lieu dans la plus grande confusion.

Adeline l'entendit crier : « Tous les hommes aux pompes ! » tandis que son mari lui tapait gentiment dans le dos en lui souriant. Elle lui rendit bravement son sourire et il dit, assez haut pour être entendu :

— La bourrasque diminue. Tout va s'arranger.

— Prends le bras de Mrs. Cameron, lui cria Adeline. Elle va tomber.

Mary Cameron n'était plus au côté de sa mère ; Conway l'entourait de ses bras et leurs deux visages n'exprimaient pas la moindre inquiétude, mais bien une légère gaieté. Philippe ramena Mrs. Cameron dans sa cabine. Le vent tombait. Cependant la mer restait grosse ; les vagues faisaient un vacarme assourdissant et le vent avait gardé assez de violence pour gonfler au point de faire éclater la voile du petit foc qui restait seule en place. L'*Alanna* s'abandonnait presque sans résistance aux vagues déchaînées ; un véritable mur de pluie s'avançait, semblait joindre ses efforts aux flots en tumulte pour envoyer au fond des mers les passagers du voilier.

Mais le capitaine Bradley ne perdait pas courage. Il continuait d'aller et venir, le sang aux joues, lançant joyeusement ses ordres. Les lanternes qui se balançaient ne jetaient qu'une faible lumière sur ce spectacle désolé. Les matelots faisaient des paquets de voiles qu'ils tiraient sous la coque du navire dans un effort désespéré pour boucher la voie d'eau. Adeline eut l'impression que si elle descendait, elle deviendrait folle de peur. Sur le pont, au milieu de l'activité générale, elle sentait son courage à la hauteur de celui de Philippe. Elle attira auprès d'elle Mary Cameron et Conway et tous trois enlacés, ils attendirent le retour de Philippe.

— Je lui ai donné un peu d'eau-de-vie, dit-il en remontant. La pauvre femme en avait besoin ! Elle est à moitié morte de froid. – Il se tourna ensuite vers la jeune fille. – Voulez-vous que je vous accompagne auprès de votre mère, Mary ?

— M'a-t-elle demandée ? répondit Mary avec une nuance de mauvaise humeur dans la voix.

— Non, je crois qu'elle va dormir. Peut-être vaut-il mieux que vous restiez avec nous.

Conway Court rit bruyamment :

— Mary, Mary, mauvaise tête... se mit-il à chanter. En route pour les Canaries !

Philippe lui jeta un regard mécontent, mais Adeline rit également et Mary lança au jeune homme un regard d'adoration. Il offrait un étrange spectacle avec sa robe de chambre multicolore, et sa chevelure fauve flottant dans le vent. Mr. Wilmott s'approcha d'eux.

— Les officiers n'éprouvent aucune inquiétude, dit-il, mais la voie d'eau est importante. Les quatre pompes fonctionnent en diable ; MM. d'Arcy et Brent aident à les faire marcher et je suis prêt à donner un coup de main quand on aura besoin de moi.

Au petit jour, il y avait cinq pieds d'eau dans la cale. Les pompes travaillaient ferme et le capitaine affirmait qu'il était maître de la situation. Une femme de chambre apporta le déjeuner d'Adeline dans sa cabine ; la jeune femme avait revêtu des vêtements secs, mais n'avait pas dormi. La petite pièce était dans un état de désordre indescriptible ; les vêtements mouillés d'Adeline, les affaires de Philippe et du bébé gisaient pêle-mêle et ce désordre était fort déprimant. Adeline elle-même se sentait envahie par une vague de désarroi beaucoup plus que par la peur. Mais le thé chaud, le pain et le jambon lui redonnèrent le goût de vivre ; elle s'assit au bord de sa couchette et se coiffa. Un pâle rayon de soleil filtrait à travers le hublot. Elle remarqua la beauté vivace de sa chevelure. « Elle garderait cet aspect, même si j'étais noyée », pensa-t-elle avec un peu de rancune.

Dans le miroir d'argent de son nécessaire de toilette, elle constata la pâleur de son visage et se mordit les lèvres pour leur rendre un peu de couleur.

— Quand pensez-vous que nous atteindrons Terre-Neuve ? demanda-t-elle à la femme de chambre qui était écossaise.

— Nous y arriverons maintenant sans difficulté.

— A combien sommes-nous de l'Irlande ?

— Six cents milles peut-être ?

— Comment va Mrs. Cameron ce matin ?

— Complètement anéantie.

— Et sa fille ?

— Elle dort profondément ; votre propre enfant aussi, pauvre petit agneau !

Ces dernières paroles s'accompagnèrent d'un regard plein de reproche à l'adresse d'Adeline.

— Mon frère a parfaitement bien veillé sur mon bébé la nuit dernière, dit cette dernière, vexée ; la pensée de la petite Augusta ne l'avait pas effleurée un seul instant au cours de la nuit. – Vous dites qu'elle dort profondément ; est-elle avec son ayah ?

— Oui, ou du moins, avec ce qui reste de son ayah, car cette femme est plus morte que vive.

La femme de chambre, debout dans la cabine, s'efforçait de maintenir l'équilibre fort menacé du plateau.

— Dieu du ciel, cria Adeline. Nous sommes en piètre équipage !

Elle traversa le couloir pour se rendre dans la cabine de l'ayah ; dans la pâle lumière du soleil, elle aperçut la bonne et l'enfant, paraissant aussi frêles et lointaines l'une que l'autre ; mais elles dormaient paisiblement ; Adeline appela la femme de chambre.

— Emportez cette cuvette, lui dit-elle, furieuse, mais sans élever la voix. Mettez cette chambre en ordre en faisant le moins de bruit possible.

Elle se rendit ensuite dans la cabine de Mrs. Cameron. L'ordre le plus parfait y régnait, mais la pauvre femme reposait sur sa couchette, complètement épuisée par sa dernière attaque de mal de mer. L'air était alourdi par un parfum d'eau de Cologne, comme si une bouteille entière avait été répandue dans la cabine. Mary, assise en face de la minuscule table de toilette, contemplait son visage dans la glace avec une expression de ravissement. Elle n'entendit pas la porte s'ouvrir, mais continua à échanger avec sa propre image des regards étonnés, pendant que le navire se soulevait et qu'à chaque mouvement de roulis, une porte de placard s'ouvrait puis se refermait violemment.

Adeline se mit à rire :

— Eh bien ! comment vous trouvez-vous ? demanda-t-elle.

— Oh ! Mrs. Whiteoak, répondit Mary, je suis jolie, très jolie ! j'ai fait le tour du monde et je ne m'en étais jamais aperçue avant aujourd'hui !

— Drôle de moment pour faire cette découverte ! Mais si cette pensée vous donne du courage, tant mieux !

Contemplant toujours son image dans le miroir, la jeune fille lui demanda :

— N'est-ce pas votre avis ?

Adeline rit de nouveau.

— Pour l'instant, je ne suis pas en état de juger, mais je vous regarderai attentivement plus tard. Puis-je faire quelque chose pour votre mère ?

— Elle dit qu'elle se sent un peu mieux et demande seulement qu'on la laisse tranquille.

— Avez-vous dormi ?

— Un peu. Je ne suis pas fatiguée.

— Vous avez le pied marin plus que moi. Vous a-t-on porté votre déjeuner ?

— Oh oui ! La femme de chambre est très gentille, ainsi que votre frère. Il est si courageux !

— Je m'en réjouis. Je vais voir maintenant ce que deviennent les garçons.

— Puis-je venir avec vous ?

— Non, restez avec votre mère.

Adeline trouva Sholto à peu près remis de son mal de mer. Il buvait du café et mangeait un gâteau sec, mais son visage était encore pâle. Conway était en train d'enfiler des vêtements secs. Adeline remarqua la blancheur laiteuse de sa peau ainsi que sa poitrine et son cou plus robustes que ne le laissait présager son visage.

— Adeline, s'écria Sholto, je voudrais n'avoir jamais entrepris ce voyage ! Très probablement nous allons sombrer. Je voudrais tant être de retour en Irlande avec maman et papa, et Timothée et tout le reste !

— Sottises ! répondit Adeline, en s'asseyant sur le bord de la couchette. Dans quelques jours, vous rirez de tout cela. Allons, mange ton biscuit.

Elle lui enleva le gâteau des mains, en cassa un morceau qu'elle lui mit dans la bouche. Il se laissa faire et termina le biscuit à la façon d'un bébé.

Adeline se tourna ensuite vers Conway :

— Va chercher Philippe, et dis-lui que j'ai besoin de lui ; dis-lui simplement qu'il faut que je le voie et que c'est important.

— Que lui veux-tu ?

Elle lui lança un regard de commandement.

— Fais ce que je te dis, Conny.

— Très bien. Mais il ne voudra probablement pas venir.

Le jeune homme noua sa cravate avec autant de soin que s'il partait pour une visite.

— Quel satané petit vaniteux ! s'écria-t-elle. Perdre son temps à nouer une cravate quand il se peut que bientôt nous allions au fond de la mer !

Sholto se rejeta en hurlant sur son oreiller.

— Tu as dit que tout était pour le mieux ! Tu as dit que nous ririons de tout cela ! sanglotait-il.

— Voilà ton œuvre ! s'écria Conway.

Il ouvrit la porte et passa dans le couloir, mais il eut grand-peine à refermer le battant derrière lui, car le roulis s'y opposait. Adeline alla le pousser de toutes ses forces. Elle revint ensuite auprès de Sholto.

— Tu sais bien que je plaisantais ; si je pensais que nous allions sombrer, aurais-je l'air aussi gai ?

— Tu n'avais pas l'air gai du tout ! Tu avais un air bizarre et furieux.

Elle posa sa tête sur l'oreiller à côté de celle de son frère.

— J'ai l'air bizarre parce que je soupçonne Conway de courtiser cette petite Cameron. Si je l'ai renvoyé, c'est pour te demander, Sholto, s'il lui a dit qu'elle était jolie ? Lui a-t-il vraiment fait la cour ?

Les yeux verts de Sholto brillaient de plaisir :

— Certainement ! Nous ne sommes jamais seuls, mais ça ne l'empêche pas de faire des siennes : « Quelle jolie créature vous faites, lui dit-il. Ce joli petit cou ! Ces longs cils blonds ! Venez m'en caresser la joue ! »

— Lui obéit-elle ?

— Bien sûr. Il pose aussi sa main sur sa poitrine.

— S'y oppose-t-elle ?

— Pas du tout. Elle penche le cou comme une jeune pouliche que l'on caresse ; et, comme une pouliche aussi, elle le regarde avec de grands yeux. Mais elle est innocente et Conway ne l'est pas. Il a pu acquérir certaines connaissances avec ces garçons du collège anglais.

Les sourcils d'Adeline se froncèrent.

— Je dirai à la mère de Mary, déclara-t-elle, de la tenir éloignée de ce voyou.

— Si le bateau doit sombrer, Adeline, autant les laisser prendre un peu de plaisir.

— Le bateau ne sombrera pas.

La porte s'ouvrit et Conway qui la tenait de toutes ses forces, jeta les yeux dans la cabine en disant :

— Philippe est dans votre cabine, mouillé comme un barbet.

— Conway, entre et ferme cette porte.

Il obéit et se tint devant elle, pâle et souriant.

— Désormais, lui dit-elle, plus de folies avec Mary Cameron ! Si j'en entends parler, je le dirai à Philippe et il te secouera à t'en faire claquer des dents. Tu devrais avoir honte de toi... Parler d'amour à une enfant !

— Qu'est-ce que ce petit menteur a bien pu te dire ? demanda-t-il en jetant un froid regard sur son frère.

Sholto commença à trembler comme si la peur provoquait en lui un nouvel accès de mal de mer.

— Je n'avais pas besoin de lui pour être au courant. Elle m'a dit elle-même qu'elle venait de découvrir qu'elle était jolie et je t'avais surveillé. Maintenant, je le répète, qu'il n'en soit plus question !

Il essaya d'ouvrir la porte et, d'un air dédaigneux, lui fit un grand salut comme pour lui donner son congé ; mais une secousse brusque du bateau les jeta chancelants l'un contre l'autre. Ils restèrent un instant enlacés et le serrant contre elle, Adeline lui dit :

— Tu seras sage, promets-le-moi, Conny, mon chéri !

— Oui. Je te le promets.

Il attendit qu'elle fût sortie, puis, se penchant sur son frère, lui administra une demi-douzaine de coups de poing, de plus en plus violents. Comme par miracle, ces coups, au lieu d'aggraver l'état de Sholto, lui firent le plus grand bien, puisqu'une demi-heure plus tard, ils étaient tous deux de retour sur le pont, surveillant les marins qui tentaient de dresser quelques voiles et reprenant espoir, car le soleil apparaissait et les vagues écumantes frappaient le bateau avec moins de furie. Quand ils aperçurent Mary, ils regardèrent dans une autre direction. De son côté, la jeune fille parut absorbée par ses propres pensées. Sa mère la retenait auprès d'elle. Un fluide puissant s'échappait de l'âme de Mrs. Cameron comme pour communiquer une force invincible au bateau afin que ce dernier, préservé de tout mal par ce secours spirituel, pût gagner la côte et déposer Mary en toute sécurité sur la terre ferme.

Adeline trouva Philippe l'attendant debout au milieu de la cabine ; ses vêtements étaient trempés et fripés, ses cheveux blonds collaient sur son front comme une frange. Il était si ridicule qu'elle manqua d'éclater de rire, mais elle avait vu l'expression mécontente de son visage.

— Pourquoi m'as-tu envoyé chercher ? demanda-t-il sèchement.

— J'étais inquiète à ton sujet.

— Je t'attends ici depuis un certain temps.

— Tu ne m'as pas attendue longtemps ! J'étais avec Sholto. Il est malade.

— Comme tout le monde ! J'ai moi-même rendu mon déjeuner. Que me veux-tu ?

— Que tu mettes des vêtements secs.

Il se dirigea vers la porte.

— Si ce n'est que cela... – Elle le retint par le bras. – Philippe, tu ne t'en iras pas ! Tu vas au-devant de la mort.

— Je ne serais qu'un bien pauvre soldat si cela devait me tuer.

— Mais que peux-tu faire ?

— Je peux toujours donner un peu de courage aux passagers de l'entrepont et maintenir le calme parmi eux. Ils sont tout prêts à s'abandonner à la panique. Quant à toi, tu pourrais mettre un peu d'ordre dans cette cabine. C'est dégoûtant !

— A quoi penses-tu ! cria-t-elle. J'ai un bébé malade ! Une ayah à demi morte ! Mrs. Cameron à réconforter ! J'ai aussi un jeune frère à surveiller et je suis follement inquiète à ton sujet ! La femme de chambre n'est bonne qu'à bavarder. Le bateau fait eau ! Et tu me demandes de mettre de l'ordre dans la cabine !

Folle de colère, elle entreprit de ramasser les vêtements épars sur le sol pour les jeter dans les malles ou les accrocher aux portemanteaux.

— Je ne t'ai pas demandé de te mettre en colère, dit Philippe.

— Ainsi je ne dois pas me mettre en colère ! Je dois garder tout mon calme ! Etre aussi soignée qu'au sortir d'une boîte !

— Pourquoi pas ?

Avant qu'elle ait pu répondre, le perroquet perché jusque-là la tête sous l'aile, sur le toit de sa cage oscillant au gré des flots, devint subitement conscient de l'excitation d'Adeline ; il poussa un cri perçant et se mit à voleter furieusement dans la cabine. Le battement seul de ses ailes aurait suffi à exaspérer des nerfs soumis à moins rude épreuve. Il vint se poser sur un crochet en cuivre, se renversa jusqu'à se trouver suspendu la tête en bas et, dans cette position, déversa un torrent d'imprécations en hindou.

— *Haramzada !* hurla-t-il. *Haramzada ! Chore, I flatoom ! I flatoom !*

— Je souhaite parfois n'avoir jamais emmené cet oiseau, dit Philippe.

— Je n'en doute pas, répliqua Adeline ; et tu souhaites certainement autant ne m'avoir jamais emmenée ! Tu pourrais ainsi faire régner l'ordre le plus parfait sur ton bateau de malheur ! Tu pourrais...

Le visage de Philippe se détendit.

— Adeline, dit-il, tu réussis à rendre ridicule n'importe quelle situation. Allons, ma chatte, ne nous disputons pas. – Il l'entoura de ses bras et posa ses lèvres sur ses cheveux. – Trouve-moi une paire de gants ; j'ai la paume des mains couverte d'ampoules à force de faire fonctionner ces maudites pompes.

Elle l'accabla aussitôt de sa sollicitude, commençant d'abord par couvrir de baisers les paumes blessées ; puis elle les baigna, les enduisit d'un onguent adoucissant, les banda, et trouva bien vite une vieille paire de gants. Soigné avec tant de tendresse, il ne put que devenir doux comme un agneau, revêtit des vêtements secs et se coiffa. Pendant ce temps, Boney accroché par les pattes, la tête en bas, ne cessa de les poursuivre de ses regards moqueurs.

— Philippe, demanda-t-elle, en roulant une mèche de cheveux autour de son doigt, la situation est-elle aussi rassurante que le capitaine veut bien le dire ? Ne sommes-nous pas en danger ? Le bateau nous transportera-t-il sains et saufs à Terre-Neuve ? Il dit qu'il s'y arrêtera pour faire faire des réparations ; est-ce vrai ?

— Nous pouvons lutter contre la voie d'eau, répondit-il gravement. Si seulement ce sacré vent pouvait tomber et un vent favorable se lever, tout irait pour le mieux.

La voie d'eau ne s'élargit pas ; le soleil se montra fort opportunément ; l'ordre se rétablit en partie sur le bateau et l'on put espérer une chute prochaine du vent. Des équipes s'organisèrent pour assurer le fonctionnement des pompes et se relayèrent au cri de « la relève » ! lancé par la bouche gigantesque de Grigg. Le capitaine était résolument optimiste. L'*Alanna* allait de l'avant, fendant les vagues hostiles et semblait se précipiter tout droit vers le couchant écarlate.

Soudain un matelot arriva en bondissant vers le capitaine qui causait avec Philippe et Mr. Wilmott.

— La cargaison n'est plus arrimée, dit-il hors d'haleine.

Philippe alla rejoindre Adeline et ses frères qui avaient trouvé un coin abrité sur le pont. Les garçons, harassés, s'étaient étendus chacun d'un côté de leur sœur ; la tête de Conway s'appuyait sur l'épaule d'Adeline, celle de Sholto sur sa poitrine. « Ma parole », pensa Philippe, « ils ont l'air aussi misérables que les émigrants. » Adeline qui lisait *Pendennis* leva les yeux. L'expression grave de son mari la frappa.

Elle se redressa sur son siège :

— Que se passe-t-il ? demanda-t-elle.

Conway s'éveilla et fut aussitôt sur ses pieds ; il paraissait véritablement ahuri et bégaya :

— Philippe, qu'y a-t-il ? Adeline, le pont ! Regarde le pont.

— Oui, dit Philippe, la cargaison n'est plus arrimée et le bateau donne dangereusement de la bande. Le capitaine dit qu'il n'y a plus qu'à revenir à Galway pour réparer les avaries.

— Revenir à Galway pour réparer, répétèrent Adeline et Conway d'une même voix.

Puis Conway se mit à rire.

— Quelle bonne plaisanterie ! – Il prit son frère par les épaules et le secoua. – Réveille-toi, Sholto ! Tu vas revoir ta vieille Irlande.

— Combien de temps durera ce voyage de retour ? demanda Adeline.

— Avec ce vent arrière, il ne faudra guère que quelques jours.

— Evitons surtout que notre mère sache que nous sommes de retour ; elle en serait bouleversée. Elle se croirait obligée de venir aussitôt nous voir à Galway et toute la cérémonie des adieux serait à recommencer.

— Je suis entièrement de cet avis, dit Philippe qui n'avait nulle envie de revoir ses beaux-parents.

Le visage de Sholto exprimait une joie surprenante.

Le lendemain matin, le vent était suffisamment tombé pour permettre au second de se faire descendre le long du bateau dans le canot du capitaine afin d'examiner la voie d'eau ouverte dans la coque. La mer était d'un bleu dur, et les vagues se soulevaient sous la poussée d'un violent vent d'ouest. Les passagers et marins restés sur le pont ne perdaient pas de vue un seul geste de l'officier ; il ouvrit la bouche et hurla des messages mystérieux au capitaine sur le bastingage. Il tâta la partie blessée du bateau d'une main sûre et avertie, comme un chirurgien absorbé par une opération délicate. Puis on le remonta sur le pont où il fut bientôt entouré d'une foule anxieuse. Il se montra avare de renseignements réconfortants et seule la présence du joyeux capitaine fit qu'il déclara : « Je crois que le bateau résistera, du moins s'il n'y a pas de grains. Si la mer ne devient pas plus mauvaise, la brèche restera à quatre pieds de la surface de l'eau, mais il faudra faire fonctionner les pompes sans interruption. »

L'*Alanna* reprit donc le chemin de l'Irlande et vira vent arrière dans un bruit furieux de voiles qui claquaient. Elle s'abandonna alors à ce vent contre lequel elle luttait depuis tant de jours et qui la ramenait vers l'Irlande, tendant chaque centimètre de ses voiles pour rejoindre son point de départ dans le plus bref délai. Mais sa cargaison désarrimée la rendait difficile à gouverner. Sa dangereuse inclinaison ne pouvait s'oublier ; passagers et marins semblaient soudain devenus boiteux et marchaient en se penchant de côté.

Les pompes ne cessaient de fonctionner, recrachant l'eau saumâtre en masses énormes qui n'attendaient que le moment de pénétrer à nouveau dans la cale. Les dos devenaient douloureux, les mains se couvraient d'ampoules puis se durcissaient ; les heures s'écoulaient monotones, tissant les jours et les nuits dans une longue chaîne de lassitude et d'ennui. Cet ennui se transformait parfois en angoisse quand la vue d'un nuage déchiqueté pouvait faire présager une tempête. Adeline, plus que tout autre, garda son entrain et sa bonne humeur. Dans ses vêtements élégants, qui convenaient aussi peu que possible à la situation, elle portait partout gaieté et confiance. En dépit des objurgations de Philippe, elle prit son tour aux pompes ; avec les membres de l'équipage, elle apprit des chansons de marin qu'elle ne parvint, du reste, jamais à chanter juste.

Une étrange intimité se créa entre les passagers ; ils semblaient se connaître depuis des années. Leurs visages, leurs gestes et jusqu'à leurs manies, semblaient faire partie de la vie quotidienne de chacun.

Puis le huitième jour, la forme confuse de l'Irlande se dessina à l'horizon.

4

Réparations

Une eau bleue immobile emplissait la baie de Galway ; les cloches de l'église tintaient lorsque le voilier, donnant tristement de la bande, pénétra dans le port. Pour la première fois depuis dix jours, le martèlement des pompes cessa ; le son des cloches et le chant des oiseaux devinrent perceptibles aux oreilles de ceux qui étaient à bord. Adeline se tenait à l'avant, face à la brise légère qui lui apportait les chaudes senteurs de la terre. Ses narines frémirent et un rire léger lui échappa ; Mr. Wilmott s'approcha d'elle juste à temps pour entendre ce rire.

— Vous êtes une heureuse femme de pouvoir rire, Mrs. Whiteoak ! lui dit-il. Pour moi, ce retour est très pénible.

Elle le regarda par-dessus son épaule ; ses lèvres entrouvertes découvraient ses dents blanches.

— Vous n'êtes donc pas heureux de sentir à nouveau les parfums de la terre et d'entendre les cloches ? s'écria-t-elle.

— Les senteurs de cette vieille terre, pas plus que ses cloches ne réjouissent mon cœur, répondit-il avec amertume. Je n'ai jamais compté revenir dans ce pays. C'est le nouveau monde qui m'attire.

— Vous y serez un jour, avec un peu de patience. A cette heure-ci, vous pourriez aussi bien reposer au fond des mers. Je remercie le ciel d'être encore en vie !

— Tout est différent pour vous ; vous êtes jeune et pleine d'espoir.

— Mais vous n'êtes pas vieux ! Vous m'avez parlé de projets fort intéressants. C'est un petit accès de découragement qui passera.

Il sourit à son tour :

— Vous avez raison. Je n'ai pas le droit de perdre courage quand je suis près de vous.

L'ayah, à côté d'eux, tenait le bébé dans ses bras ; les plis de sa robe claire flottaient autour de sa mince silhouette. Elle montait sur le pont pour la première fois depuis que le mal de mer l'avait terrassée ; à peine semblait-elle en état de se tenir debout et encore moins de porter l'enfant. Mais ses yeux aux lourdes paupières brillaient de joie en découvrant la côte verte ; la petite Augusta tendit les mains vers les mouettes qui tournoyaient autour du bateau.

Philippe arpentait le pont.

— Les bagages sont prêts, cria-t-il. Je ne veux rien laisser à bord qui ait quelque valeur.

— Le capitaine affirme qu'il n'y a aucun risque.

— Hum ! De toute façon, nous aurons besoin de nos affaires. Cette voie d'eau ne sera pas réparée en un clin d'œil.

— As-tu vu mes frères ? demanda Adeline. Ont-ils leurs bagages ?

— Voilà Sholto qui te répondra lui-même.

Philippe regarda sévèrement le jeune garçon. Il était chargé de ses affaires entassées pêle-mêle. Son visage pâle était illuminé de joie.

— Je brûle de poser mes pieds sur cette vieille terre, s'écria-t-il, en exagérant son accent irlandais. Grâce à Dieu, je dormirai avant longtemps dans un lit convenable et je mordrai dans des aliments dignes de ce nom !

Tout en marchant, et sans même s'en apercevoir, il laissait tomber sur le pont, les uns après les autres, tous les objets qu'il tenait.

— Où est Conway ? demanda Adeline.

— Je n'ai pas pu le décider à bouger. Il est encore au lit et Mary Cameron est auprès de lui.

— Dieu du ciel ! cria Adeline.

Philippe leur jeta un regard d'avertissement. Mr. Wilmott s'éloigna suffisamment pour ne plus se trouver à portée de leurs voix.

— Elle emballe ses affaires, continua Sholto. Il dit qu'il est trop fatigué pour le faire lui-même et cette idiote le croit ! Elle croit tout ce qu'il dit et fait tout ce qu'il lui dit de faire.

— Je vais m'occuper de lui, dit Adeline.

De son pas alerte, elle parcourut rapidement le pont qui penchait dangereusement, descendit de même l'échelle et traversa l'étroit passage où la plupart des cabines n'étaient séparées de la vue du public que par un simple rideau. Elle ne devait jamais oublier l'odeur de ce passage. Toutes les senteurs de l'intérieur du bateau semblaient s'y rencontrer, depuis celle de cuisine refroidie jusqu'à celle des cabinets d'aisances, sans oublier celle du cheptel qui se trouvait à bord ! Quel manque de confort elle avait dû supporter ! La douce brise terrestre le rendait soudain plus tangible ainsi que les angoisses qui s'y étaient jointes.

Adeline s'arrêta devant la porte de Conway pour écouter ; mais il y avait tant de bruit et d'agitation qu'elle ne put rien entendre. Elle poussa le battant.

Conway était étendu sur sa couchette, un sourire heureux aux lèvres, ses cheveux clairs retombant sur ses joues. Ses grands yeux verdâtres suivaient tous les mouvements de Mary qui se penchait sur une valise qu'elle remplissait soigneusement, et sous sa direction, d'objets de toilette.

— Quel beau spectacle ! cria Adeline. Conny, sale paresseux ! Lève-toi et occupe-toi de tes affaires ! Mary, vous devriez avoir honte ! Pourquoi n'êtes-vous pas auprès de votre mère pour l'aider ?

Mary leva un visage rougissant et répondit, avec une nuance de défi dans la voix :

— Toutes les affaires de ma mère sont prêtes. Elle se repose jusqu'à l'heure du débarquement.

— Dans ce cas, allez vous asseoir à côté d'elle. N'avez-vous rien de mieux à faire que de vous trouver seule avec un jeune homme dans sa cabine ? Avez-vous donc fait la moitié du tour du monde sans rien apprendre ?

— Ma mère m'a toujours dit de me méfier des Indiens, des Chinois et des Français ; elle ne m'a rien dit des Irlandais !

Adeline eut grand-peine à ne pas éclater de rire, mais elle dit sévèrement :

— Elle a eu bien tort, car ce sont les plus dangereux. Maintenant, sauvez-vous. Si Conway a besoin qu'on l'aide, je suis là.

Et elle poussa Mary hors de la cabine.

Revenant à son frère, elle le saisit par une oreille et pencha son visage tout près du sien.

— Conny, demanda-t-elle, as-tu jamais porté une main coupable sur cette fille ?

Avec une innocence d'enfant, il se contenta de faire une grimace sous la douleur, car Adeline lui pinçait très fort l'oreille.

— Laisse-moi ! dit-il. Je ne te répondrai pas.

— Tu me répondras où je dirai à Philippe de t'interroger et tu ne trouveras pas cela agréable !

Il tourna la tête de façon à pouvoir mettre un baiser sur l'avant-bras de sa sœur.

— Ma douce petite sœur !

— Réponds-moi, Conny !

— Je jure n'avoir jamais rien dit à Mary que toi ou sa mère n'auriez pu entendre.

Elle le lâcha.

— Dieu soit loué ! Maintenant lève-toi, et fais tes paquets.

Mais elle poussa la gentillesse jusqu'à lui venir en aide. La baie magnifique s'étendait devant eux ; la ville en pierre grise s'élevait au-delà et s'adossait aux sombres montagnes de Clare. Un ancien château féodal se dressait sur une des collines. Les habitants de la ville arrivaient en foule pour voir le bateau, car il en pénétrait peu de cette taille dans leur port.

Ce fut alors la grande confusion du débarquement. Tous ces hommes, toutes ces femmes avaient cru ne quitter le bateau qu'en atteignant Québec. Ils descendirent chargés de leurs bagages, plus pâles qu'au départ ; certains fort satisfaits, d'autres désolés ; un petit nombre pleuraient à chaudes larmes. Le malheureux bétail fut poussé hors du bateau, quelques bêtes étaient si faibles qu'elles pouvaient à peine se tenir sur leurs jambes. Toutes étaient sales et comme aveuglées, mais la volaille semblait avoir moins souffert que le reste. Maggie, la petite chèvre qui devait servir de nourrice à Augusta, faisait elle aussi exception. Elle n'avait pâti en rien de l'aventure et trottait sur ses petits sabots en faisant tinter sa clochette. Un des marins s'était pris d'amitié pour elle et avait peigné son long pelage argenté. En quittant la jetée, elle aperçut un petit carré de gazon et se hâta d'en arracher une bouchée qu'elle se mit à mâchonner.

Boney avait également fort bien supporté le voyage. Le mouvement du bateau lui avait paru délicieux et s'accrocher par les pattes, la tête en bas, était sa distraction favorite. Il quitta le bateau, perché sur l'épaule d'Adeline. Son bec entrouvert semblait sourire triomphalement, sa langue foncée émerveilla la foule qui se pressa bientôt autour d'Adeline.

— Tu aurais mieux fait de le transporter dans sa cage, dit Philippe.

— C'est exact, reconnut-elle, et je l'y mettrais bien maintenant, mais elle est restée derrière avec la femme de chambre et elle est lourde.

Mais en vérité, elle jouissait intensément de la sensation que Boney et elle produisaient. Elle sourit et salua la foule de la tête avec une grâce charmante.

— Oh ! regardez cette belle dame avec un oiseau, cria quelqu'un. Venez vite. C'est un spectacle unique !

D'autres accoururent. « Le diable vous emporte ! cria un homme donnant une bourrade à son voisin. Vous me la cachez. Je ne peux même pas l'apercevoir. »

La foule ne faisait que croître. Si Adeline et son perroquet offraient déjà un spectacle captivant, l'enthousiasme fut à son comble à la vue de l'ayah revêtue de son costume national, portant dans ses bras l'enfant vêtue de blanc qui tenait elle-même sa belle poupée de cire. Les deux Irlandais, d'Arcy et Brent, écartaient la foule de chaque côté. Patsy avait entendu parler d'une voiture qu'on pourrait louer ; elle arrivait justement, cahotant sur les pavés, tirée par une véritable ruine de cheval gris qui réussissait cependant à avancer à une allure aussi allègre qu'insouciante.

Adeline aperçut les jeunes nièces du prêtre et leur demanda où elles allaient s'installer en attendant la fin des réparations. Elles étaient chargées de paquets et avaient perdu quelque peu de leur gaieté et de leur fraîcheur. Elles avaient une amie en ville à qui elles pourraient confier leurs affaires et feraient ensuite à pied les dix milles qui les séparaient de la maison de leur oncle où elles passeraient la nuit avant de se rendre ensuite chez leurs parents ; ce dernier projet ne semblait les réjouir que médiocrement.

— Ma parole, s'écria l'aînée, la dernière séparation a presque tué notre mère ; ce sera pire, la prochaine fois, mais elle trouverait étrange et cruel de notre part si nous n'allions pas la voir.

— J'attends avec impatience le moment de la revoir, ainsi que papa et tous les petits, répondit sa sœur. Nous aurons bien des choses à leur raconter qui les feront mourir de peur.

— Surtout, n'en faites rien ! protesta Adeline... Dites-leur au contraire, que la mer était lisse comme un plat d'étain et que le vent était tout juste aussi fort qu'un souffle d'enfant. Dites-leur qu'il ne s'agit que d'une toute petite planche seulement qui s'est détachée, mais que le capitaine est si prudent qu'il nous a ramenés à Galway pour la faire remettre en place. Dites-leur aussi que je veille sur vous et continuerai à le faire jusqu'au jour où nous aborderons au Canada.

— Oui, madame, dirent les fillettes, avec un sourire qui découvrit leurs jolies dents ; nous répéterons ce que vous venez de dire. Nous ne dirons pas un mot qui puisse les effrayer.

Adeline les regarda s'éloigner lentement, accablées sous le poids de leurs paquets ; la blancheur neigeuse de leurs nuques apparaissait sous leurs boucles brunes. Ses pensées revinrent alors à Mrs. Cameron et à Mary ; elle soupira, se sentant soudain responsable de toutes ces créatures sans défense.

Elle aperçut Philippe faisant monter la mère et la fille dans la voiture. L'ayah et Gussie s'y trouvaient déjà installées. Il appela sa femme :

— Dépêche-toi, chérie ! Allons-nous-en d'ici.

Son front se plissait d'impatience.

La voiture remonta bruyamment la rue caillouteuse, suivie d'une partie de la foule ; celle-ci était surtout composée de jeunes garçons et de fillettes qui sautaient en tous sens en poussant des cris de joie. Philippe et les jeunes Court allaient à pied. Cela ne plaisait guère au premier de se trouver mêlé à un tel cortège, mais ses beaux-frères y tenaient bien leur place avec force gestes et plaisanteries.

Quelques heures plus tard Adeline, regardant par la fenêtre de sa chambre, assista à une bataille de rue. Des garçons de courses, des bouchers, des mendiants auxquels se mêlaient les éléments les plus divers, poussaient des cris et échangeaient coups de poing et coups de bâtons. Des chiens aboyaient furieusement. Soudain une escouade de représentants de l'ordre public apparut. Le combat cessa. La foule se dispersa dans les ruelles et les passages conduisant aux caves. Un calme dominical régna soudain dans la rue.

Philippe avait suivi toute la scène par-dessus l'épaule d'Adeline, un sourire aux lèvres.

— Quels drôles d'individus que tes Irlandais ! lui dit-il quand la bagarre fut terminée.

— Ils sont comme Dieu les a faits, répliqua-t-elle, sur la défensive.

— Es-tu sûre que ce soit Dieu, mon amour ?

— Il s'est peut-être fait un peu aider.

Il l'embrassa.

— A peine t'ai-je vue seule depuis que nous avons embarqué, dit-il. Il y a toujours eu quelqu'un entre nous : le bébé, tes frères ou Mary. Parbleu, je serai heureux quand le voyage sera terminé et que nous serons installés à Québec.

— Moi aussi. Tu ne devinerais jamais ce que Mr. Wilmott m'a dit quand nous avons quitté le bateau.

— Qu'est-ce ?

— Il m'a dit : « Savez-vous que je n'avais jamais compté remettre les pieds sur ces îles ? Que j'espérais même ne jamais les y remettre. » « Vous ne seriez jamais venu les revoir ? » me suis-je écriée ; et il m'a répondu : « Jamais. » Il avait l'air farouche d'un héros de roman. J'ai fait de mon mieux pour faciliter un rapprochement entre lui et Mrs. Cameron, mais je ne crois pas avoir beaucoup de chances de succès.

— Une veuve atteinte du mal de mer n'a rien de bien séduisant, dit Philippe. Et à en juger par les regards qu'il te jette, il me semble plutôt attiré par toi. Il fera bien d'être prudent.

— Ce vieux barbon ! s'écria Adeline en riant. Ce n'est pas du tout mon genre. Mais comme ami il me plaît et j'espère qu'à Québec il s'installera dans notre voisinage.

— Je crois qu'il conviendrait de faire savoir à vos parents que nous sommes ici, déclara Philippe, détournant brusquement la conversation. Les réparations dureront bien une semaine et s'ils l'apprennent par d'autres que par nous, cela leur donnera un coup.

— Non ! Non ! cria Adeline. Je ne supporterais pas de nouveaux adieux. Cela nous porterait malheur.

— Nous pourrions leur dire de ne pas venir.

— Rien ne retiendra ma mère, pas plus que mon père qui viendra et sèmera le désordre. Il dira probablement des sottises au capitaine parce que son bateau n'était pas en bon état.

— Ils risquent d'apprendre que nous sommes ici par les journaux.

— J'accepte de courir ce risque. La semaine prochaine, ils vont faire une visite à mon grand-père. Ils n'auront pas le temps de lire les journaux.

Elle eut gain de cause et ils se disposèrent à occuper de leur mieux cet étrange intermède qui coupait leur voyage. Ils explorèrent les rues de la vieille ville grise. Philippe et Mr. Wilmott firent quelques parties de pêche. Adeline erra avec ses frères et Mary Cameron dans les sentiers des montagnes de Clare et revint au logis les poches pleines de coquillages destinés à amuser la petite Augusta. Il y avait aussi la visite quotidienne du bateau et la distraction offerte par le spectacle des charpentiers au travail. Chaque jour, les habitants des campagnes venaient en foule contempler les merveilles du voilier.

C'était un spectacle charmant que de les voir danser sur le pont pendant les soirées printanières ; leurs corps agiles bondissaient et sautaient au rythme d'une mélodie sifflée par les danseurs eux-mêmes et qui s'élevait aussi fraîche et sonore que le son d'un pipeau. Ils faisaient claquer leurs doigts, tournoyaient et s'élançaient, leurs corps étaient de proportions parfaites et leurs visages de type espagnol ; jamais encore ce bateau n'avait connu tant d'allégresse. On y dansait un soir, au clair de lune, quand soudain, celle-ci disparut derrière un nuage ; dans l'obscurité complète, il était impossible de se reconnaître, mais un beau garçon vêtu de bleu surveillait Adeline depuis déjà un certain temps ; il repoussa sa partenaire et tout en dansant passa auprès d'Adeline qu'il effleura de la main. Elle était debout entre ses deux frères et Mary Cameron suspendue, comme de coutume, au bras de Conway. Au contact de la main du jeune Irlandais, Adeline s'était mise à rire, découvrant ainsi la blancheur éclatante de ses dents qui brillèrent dans l'obscurité. Il fit, une fois encore, le tour du pont en dansant et se retrouva presque aussitôt à ses côtés ; glissant son bras autour de sa taille, il l'entraîna au milieu de la foule et le couple s'abandonna avec passion au rythme de la mélodie simplement modulée par des lèvres humaines ; ils étaient si merveilleusement accordés l'un à l'autre que c'était grand dommage que le monde entier ne pût les voir bien qu'il fût toutefois préférable pour Adeline qu'elle échappât au regard de Philippe ! Emportée par le plaisir de la danse, elle ne perdait cependant pas de vue le nuage qui voilait la lune et lorsque ses contours commencèrent à s'argenter, elle frappa son danseur sur la poitrine et murmura : « Lâchez-moi, démon ! » Quand la lune inonda à nouveau de sa lumière le pont du bateau, sa silhouette longue et mince se dressait aux côtés de Sholto. Elle s'aperçut alors que Conway et Marie étaient, eux aussi, allés danser.

Son frère lui adressa un sourire moqueur.

— J'ai maintenant des armes contre toi, petite sœur. N'essaye pas de raconter des histoires sur mon compte.

Une cloche se mit à sonner ; c'était l'heure de quitter le bateau.

Le lendemain s'ouvrit une période de brouillard et de pluie fine. Finie, la danse sur le pont de l'*Alanna* ! Les journées s'écoulaient lentement. Le capitaine avait promis que dix jours suffiraient pour remettre le bateau en état, mais il se passa deux semaines avant qu'il pût mettre à la voile. Ce second départ se fit dans une ambiance étrange d'agitation et d'inquiétude. Les passagers ne connaissaient que trop bien les dangers qu'ils pouvaient courir. Leur confiance dans la solidité du bateau avait été ébranlée. Et pourtant, le bateau le plus solide est toujours exposé à subir une voie d'eau, puis le capitaine Bradley affirmait que l'*Alanna* flotterait maintenant aussi parfaitement qu'une coquille de noix.

Le dimanche qui précéda le départ, la plupart des voyageurs assistèrent à un office religieux. Adeline, Philippe, Mr. Wilmott et Mrs. Cameron se rendirent à l'église abbatiale de style gothique, dont les magnifiques voûtes en ogive et les chapiteaux sculptés disparaissaient sous des couches successives de chaux et où l'assemblée des fidèles était toujours clairsemée. Par contre, les deux Irlandais, d'Arcy et Brent, racontèrent à leur retour de la chapelle catholique qu'ils n'avaient pu y pénétrer pour assister à la messe, mais s'étaient agenouillés dans le cimetière avec la foule débordant de l'édifice. Conway, Sholto et Mary se promenèrent pendant ce temps sur la plage. Ils avaient supplié qu'on les dispensât d'aller à l'église et Mrs. Cameron ne savait rien refuser à sa fille. Elle avait également entendu parler d'une maladie épidémique qui sévissait dans la ville et croyait Marie certainement plus en sûreté sur la plage, sous la protection des deux jeunes gens.

L'heure du départ sonna et la rue caillouteuse revit passer le cortège hétéroclite qui regagnait le bateau ; les bagages rebondissaient bruyamment sur les pavés, on poussa, tira, aiguillonna le bétail vers ses quartiers d'habitation ; seule Maggie, la petite chèvre, trotta gaiement dans la direction du port, comme elle l'avait fait en sens inverse quinze jours plus tôt, pour gagner la ville. L'ayah semblait moins fragile après ce séjour sur la terre ferme, mais son visage exprimait de tristes pressentiments quand elle monta lentement sur le bateau, tenant le bébé dans ses bras. Gussie, de son côté, étreignait sa poupée de cire, toujours vêtue de sa crinoline de soie et coiffée de son bonnet de taffetas ; c'était une grande poupée très lourde pour ses petits bras et tandis que l'ayah, appuyée à l'arrière du bateau, restait les yeux fixés sur les remous de l'eau, au moment où le bateau quittait le port, l'enfant se pencha et laissa tomber la poupée par-dessus bord ; elle jeta ensuite un regard espiègle sur le visage de son ayah. « Partie », dit-elle et ce fut sa première parole.

Le visage de cire rose leur sourit encore un instant au-dessus de l'écume blanche ; la crinoline se gonfla puis il n'y eut plus rien. Un flot de reproches en hindou sortit de la bouche de l'ayah. Elle les lançait à Gussie d'une voix sifflante tout en la secouant, mais Gussie savait bien que l'ayah était son esclave.

Le soleil se montra dans toute sa splendeur, éclairant de ses rayons dorés le moment du départ. Il n'y avait plus trace d'agitation. Tout était brillant et net. Le pont reluisait de propreté ; le cuivre des rampes et les boutons des uniformes étincelaient au soleil. Les voiles s'offrirent doucement à la brise, comme pour en éprouver la force ; puis elles se déployèrent largement et gonflèrent leur toile blanche à l'avant des mâts. Le pont ne penchait plus dangereusement ; mais un frémissement joyeux le parcourait tandis que l'*Alanna* s'enfonçait puis remontait au gré des vagues légères.

Philippe et Adeline, les doigts entrelacés, regardaient la terre s'éloigner. La ville, les monts de Clare, les silhouettes mouvantes du premier plan étaient encore parfaitement nets et s'offraient à leurs yeux comme un véritable tableau. Ils distinguaient parfaitement une grande femme vêtue de noir qui menait baigner un cochon dans la mer, elle le tenait par une corde attachée à une de ses pattes de derrière, les jupes relevées, elle entra dans l'eau derrière lui et commença de le frotter de toutes ses forces tandis qu'il poussait des cris perçants. Elle le fit ensuite sortir de l'eau, blanc comme neige, débarrassé de toute sa crasse, véritable amour de petit cochon.

— Quel adorable cochon ! cria Adeline, folle de joie. Je voudrais que mes frères soient là pour le voir ! Pourquoi ne remontent-ils pas ? Sais-tu, Philippe, que la petite Mary a fait des progrès remarquables ? Elle a installé sa mère, lui a porté une tasse de thé ! Mais, regarde donc... La chaise de poste et les chevaux ! Dieu du ciel, Philippe, c'est mon père avec ma mère et le petit Timothée, et les quatre chevaux couverts d'écume ! – Sa phrase s'acheva par un cri. – Philippe, arrête le bateau !

Il resta un instant immobile, frappé de consternation. Il vit son beau-père sortir en toute hâte de la voiture, jeter les rênes au cocher et aider sa femme à descendre. Il le vit également retirer son chapeau et l'agiter dans leur direction pour faire stopper le bateau. L'espace qui les séparait s'élargissait peu à peu. Philippe fit quelques pas en courant sur le pont, puis s'arrêta.

— Le capitaine refusera certainement, dit-il.

— Il doit s'arrêter, déclara-t-elle en se précipitant vers la timonerie où le capitaine en second manœuvrait lui-même la barre.

— Mr. Grigg ! cria-t-elle. Il faut faire demi-tour ! Mon père et ma mère sont sur le quai ; ils sont venus pour me voir encore une fois et je ne peux les quitter ainsi.

— C'est impossible ; je ne reviendrai pas en arrière, fût-ce pour la reine d'Angleterre. C'est contre le règlement.

— J'en prends la responsabilité.

— Je ne peux vous le permettre.

— Je vous arracherai le gouvernail.

— Je ne vous laisserai pas faire.

Elle prit la roue dans sa main et essaya de toutes ses forces de la faire tourner. Elle était vigoureuse et réussit à modifier la direction du bateau. Affolé, l'officier cria :

— Comment osez-vous ? Vous allez nous jeter contre les rochers, espèce de femme ! Lâchez le gouvernail !

Les passagers accourus se pressaient autour d'eux. Philippe arriva et prit sa femme par les poignets.

— Viens, lui dit-il. Je me suis adressé au capitaine ; il ne peut revenir au port. Viens faire signe à tes parents, ou il sera trop tard.

Elle éclata en sanglots et s'arrachant à son mari, courut en pleurant sur le pont. Ses larmes l'aveuglaient et elle ne vit d'abord qu'une image déformée de ses parents debout sur la jetée. Quand sa vue s'éclaircit, elle s'aperçut avec horreur qu'ils étaient déjà tout petits dans le lointain, plus petits que des poupées ! Son gigantesque père lui apparaissait à peine aussi haut qu'une marionnette montrant le poing au bateau qui s'éloignait, à moins que ce ne fût à elle-même ! Mais cela, elle ne le saurait jamais ! La dernière vision qu'elle emportait de la terre natale serait celle de Renny Court montrant le poing à sa fille et au bateau. Elle porta ses mains à sa bouche tremblante et envoya des baisers aux silhouettes de ses parents et de son petit frère qui décroissaient rapidement.

Elle aperçut soudain Jacques Wilmott debout à côté d'elle. Son visage sombre avait une expression étrange et d'une voix qu'elle ne lui connaissait pas, il lui dit :

— Ma chère, ne pleurez pas. Je ne pourrais le supporter. Je vous en prie, ne pleurez pas.

Au même instant, Philippe arrivant d'un autre côté la rejoignit. Pour la distraire, il lui demanda :

— Où sont Conway et Sholto ? Ils devraient venir saluer leurs parents.

— C'est trop tard ! Trop tard !

— Dois-je les appeler ?

— Si tu veux.

Il repartit. Elle pouvait encore apercevoir sur le quai le petit groupe formé par les parents et amis des passagers de l'entrepont. Ils se serraient les uns contre les autres comme pour se donner du courage.

Un vent frais poussait maintenant le bateau qu'une grosse vague verte souleva. Les cordages se tendirent, les voiles blanches se gonflèrent ; l'*Alanna* se pencha comme si elle changeait joyeusement de direction et la terre se trouva cachée un instant ; lorsqu'elle redevint visible, elle n'apparaissait plus que très loin à l'horizon, désormais parfaitement étrangère au bateau et à ceux qu'il portait. Mr. Wilmott offrit son bras à Adeline.

— Me permettez-vous de vous ramener à votre cabine ? lui demanda-t-il.

— Merci, répondit-elle en s'appuyant sur lui avec reconnaissance.

— J'espère que vous pardonnerez et oublierez mes paroles d'il y a quelques instants. Je suis un homme solitaire et votre amitié m'est précieuse. Vos larmes m'avaient ému. Mais... je n'avais pas le droit de parler comme je l'ai fait.

— Vous êtes bon, vous êtes mon ami. Le reste n'a aucune importance.

Les cils encore humides de larmes, elle leva vers lui un regard plein de douceur. Appuyée à son bras, elle traversa lentement le pont. Des mouettes tournoyaient au-dessus de leurs têtes. L'une d'elles vint se poser au sommet d'un mât et y demeura immobile comme une figure de proue.

5

Deuxième voyage

Quand Adeline pénétra dans sa cabine, et y découvrit ses bagages entassés, elle réalisa soudain qu'elle allait faire un nouveau voyage dans cette véritable cage à lapins et éprouva, un court instant, un sentiment de désespoir. A quelles épreuves Philippe et elle devraient-ils faire face ? Ils laissaient derrière eux tout ce qu'ils connaissaient et aimaient pour se lancer dans l'inconnu. Elle réalisa leur situation mieux que lors de leur premier départ. Le souvenir de sa mère pleurant sur la jetée revint la tourmenter et la pensée de son père lui-même, en cet instant, l'émut étrangement.

Elle n'eut pas le courage d'entreprendre aussitôt de défaire ses bagages ; elle s'occuperait d'abord de l'installation de l'ayah et de Gussie. Traversant le couloir, elle jeta les yeux dans leur cabine ; la jeune Hindoue était étendue sur sa couchette ; son poignet cerclé de plusieurs bracelets d'argent reposait sur son front et abritait ses yeux noirs et langoureux qui se levèrent sur Adeline. Cette dernière qui parlait couramment le dialecte de la jeune fille lui demanda :

— Etes-vous déjà malade ?

— Non, Mem Sahib, mais je me repose un peu. Notre amour d'enfant se porte bien et se trouve parfaitement heureuse.

— Oui, je vois. Il me semble que vous seriez mieux sur le pont. Bébé pourra jouer avec ses coquillages.

En entendant sa mère parler ainsi, Gussie prit un de ses coquillages dans chacune de ses mains, se mit à rire et les porta à ses oreilles. Son visage exprimait le ravissement pendant qu'elle écoutait le murmure de la mer.

— Je vais la monter tout de suite sur le pont, Mem Sahib, dit l'ayah se soulevant sur un coude avec une expression de patiente résignation pour retomber bientôt sur son oreiller.

— Les odeurs qui pénètrent ici ne sont bonnes ni pour l'enfant, ni pour vous-même, dit Adeline avec fermeté.

Ses regards firent le tour de la cabine.

— Où est la poupée ? demanda-t-elle ; je ne la vois pas.

Les bracelets tintèrent sur le front de l'ayah.

— J'ai mis la poupée en sûreté, Mem Sahib.

— Où ?

— Dans la valise où se trouvent les couches de Bébé, Mem Sahib.

— C'est très bien. Elle est trop petite pour l'apprécier. Nous la lui garderons pour plus tard.

— Partie ! dit Gussie.

— Parle-t-elle ? demanda Adeline.

— Non, Mem Sahib, elle ne dit pas encore un seul mot.

En revenant dans le couloir, Adeline rencontra Mrs. Cameron ; elle portait encore sa pelisse et son bonnet et tourna vers Adeline un visage pitoyable et chargé de reproches :

— Je suppose que Mary se trouve quelque part avec vos démons de frères, dit-elle. Je n'ai jamais vu une jeune fille changer à ce point. Autrefois, je savais toujours exactement où elle était ; elle ne me quittait presque jamais. Maintenant, la moitié du temps, j'ignore tout de ses agissements.

La sympathie d'Adeline qui s'était concentrée un instant sur la mère se reporta aussitôt sur la fille.

— Que voulez-vous, Mary est très jeune, répondit-elle. Il faut bien qu'elle s'amuse un peu.

— Qu'elle s'amuse ! répéta amèrement Mrs. Cameron. Qu'elle s'amuse ! Comme si elle pouvait s'amuser après ce que nous avons dû supporter !

— Vous ne pouvez pas demander à une enfant de porter le deuil éternellement.

Le ton d'Adeline était assez sec. Elle était lasse et Mrs. Cameron était vraiment par trop funèbre avec sa pelisse et son bonnet de veuve en crêpe noir. Comment s'étonner que la jeune fille cherchât à s'échapper avec des compagnons de son âge !

— Elle a presque seize ans ; elle sera bientôt une femme et ne semble pas s'en apercevoir. Je ne cesse de le lui répéter. C'est une vraie tête de linotte.

— Je l'ai vue, il n'y a qu'un moment, vous porter très gentiment une tasse de thé.

Mrs. Cameron prit la mouche.

— J'espère que vous ne voulez pas insinuer que je n'apprécie pas à sa valeur ma propre fille, Mrs. Whiteoak ! Je n'ai qu'elle au monde ! Je ne pense qu'à elle ! Je supporterais mille morts plutôt que de voir tomber un seul cheveu de sa tête !

— Vous feriez bien de la laisser un peu tranquille, répliqua Adeline que Mrs. Cameron commençait à exaspérer.

Le bateau se souleva brusquement comme pour remonter péniblement une pente raide après être tombé dans un creux. Une nausée souleva l'estomac d'Adeline. Allait-elle être malade ? Elle ferait mieux d'aller s'étendre un peu sur sa couchette.

Mrs. Cameron fondit en larmes.

— Je ne veux pas dire que vous n'êtes pas une mère parfaite, protesta Adeline. Je vais chercher Mary et je vous la ramène aussitôt ; je dirai à mes frères de la laisser tranquille. Je vous en prie, allez vous coucher et je vous envoie votre fille immédiatement.

Mrs. Cameron regagna en trébuchant sa cabine. Adeline alla écouter de l'extérieur ce qui se passait dans celle de Conway et de Sholto ; tout y était silencieux. Elle entra.

Deux valises se trouvaient au milieu de la petite pièce. Les objets les plus divers jonchaient la couchette inférieure. Mais qu'y avait-il donc sur l'oreiller ? Elle se pencha et sans qu'elle sût pourquoi les battements de son cœur s'accélérèrent.

Une enveloppe était épinglée sur l'oreiller, portant son adresse, écrite de l'écriture appliquée d'écolier de Sholto. Elle l'ouvrit en tremblant, bien que n'ayant pas la moindre idée de son contenu, acheva de déchirer l'enveloppe et lut :

« Ma très chère petite sœur,

Conway me charge de t'écrire cette lettre, car il dit qu'il est un homme d'action et moi un homme de lettres. Quoi qu'il en soit, je suis malade à l'idée de ce que j'ai à t'apprendre. J'écris dans la chambre de l'hôtel, pendant la nuit qui précède le départ du bateau. Nous monterons à bord avec nos bagages et nous profiterons de la confusion pour redescendre sur le quai du port et nous cacher en ville jusqu'à ce que vous soyez partis. Chère Adeline, pardonne-nous de ne pas te suivre à Québec. Durant ce premier voyage, nous avons souhaité mille fois être de retour en Irlande. Quand le bateau fit demi-tour, cela nous parut trop beau pour être vrai ; nous avions le mal du pays.

Voici maintenant ce que Conway aurait dû t'écrire lui-même, mais tu sais à quel point il est fainéant. Mary a également décidé de rester en Irlande et d'épouser Conway. Je ne voudrais pas être dans ses souliers quand il se présentera devant père avec Mary à son bras. Mary a essayé d'écrire elle-même, mais elle pleurait et faisait un vrai gâchis de son papier. Aussi, chère petite sœur, veux-tu faire part de la nouvelle avec beaucoup de tact et d'affection à Mrs. Cameron. Mary dit que ce sera un coup pour elle mais que le bonheur de sa fille étant son premier souci, elle finira par accepter ce mariage dès qu'elle aura un peu réfléchi

Quand vous arriverez à Québec, veux-tu mettre toutes nos affaires (y compris, évidemment, celles de Mary) sur le prochain bateau en partance pour l'Europe avec notre adresse soigneusement indiquée ? Nous ne voulons rien perdre, d'autant plus qu'après les dépenses qu'il avait faites pour nous, papa se conduira en vieux grigou pendant de longues années.

Mary écrira une longue lettre à sa mère par le prochain bateau. Conway écrira également. Nous nous réunissons tous trois pour vous souhaiter un bon voyage sans orages, ni voies d'eau, et un séjour merveilleux à Québec.

Ton frère toujours aimant,

Sholto Court. »

Quand elle eut achevé sa lecture, Adeline resta clouée sur place. Une sorte de panique s'empara d'elle. Elle aurait voulu fuir, gagner en courant sa propre couchette, se glisser sous les couvertures, les ramener sur sa tête et demeurer là jusqu'au moment de débarquer à Québec. Puis l'incrédulité se fit jour en elle ; elle poussa un soupir de soulagement ; il s'agissait d'une plaisanterie ! Ses frères ne songeaient qu'à jouer des tours. Toute cette histoire n'était que pure invention. Elle allait chercher Patsy O'Flynn ; peut-être serait-il au courant et connaîtrait-il la cachette des trois galopins.

Elle se hâta le long du couloir et descendit les degrés rapides qui conduisaient à l'entrepont. Dans la pièce commune, les passagers s'installaient pour le voyage, défaisant les colis recouverts de toile, ouvrant leurs paquets de provisions, buvant dans de minuscules tasses que des garçons de cabine, pieds nus, remplissaient de thé. Dans un coin, une femme écossaise, très bien tenue, avait réuni autour d'elle sa nichée d'enfants et leur distribuait de grosses brioches. Un bébé qu'elle allaitait ne quittait pas le sein maternel tandis qu'elle allait de l'un à l'autre. Adeline lui demanda :

— Savez-vous dans quels parages se trouve mon domestique Patsy O'Flynn, celui qui porte tous ses vêtements sur lui et dont les sourcils sont hérissés ?

La femme tendit sa main qui tenait une brioche.

— Il est là-bas avec des poules. Voulez-vous que j'aille vous le chercher, madame ?

— Non, non, merci. J'irai moi-même.

Elle trouva Patsy confortablement couché sur son grand manteau qu'il avait étendu sur les cages contenant la volaille. Au milieu des cris des coqs et du caquetage des poules, il mâchait lentement une tranche de pain et de fromage.

— *Ohé ! levons l'ancre, les vents soufflent,* chantait-il comme un vieux loup de mer entre chaque bouchée, car il voulait faire durer son pain et son fromage le plus longtemps possible. Maggie, la petite chèvre, avait quelque peu desserré son licou et se tenait aux pieds de Patsy, mordillant un de ses lacets de souliers qui pendait. Tous deux offraient l'image de la plus heureuse insouciance.

— Oh ! Patsy Joe ! cria Adeline. Savez-vous où se trouvent mes frères ? Je ne peux les découvrir nulle part sur le bateau.

Le vieil Irlandais sauta sur ses pieds et avala une énorme bouchée de pain et de fromage.

— Je ne sais pas, Votre Honneur, répondit-il en avançant brusquement le cou, car son fromage lui était resté dans la gorge. Mais je vais aller tout de suite à leur recherche.

— Patsy Joe, j'ai reçu une lettre de Mr. Sholto ; il me dit qu'ils ont regagné la ville en emmenant la petite Mary Cameron avec eux. Je ne veux pas croire que ce soit vrai. Cela tuerait sa pauvre mère et mes frères en seraient responsables. Vous ont-ils dit quelque chose au sujet de leur retour à la maison ?

— Ils m'ont déclaré une fois que le diable pouvait bien emporter le bateau et qu'ils espéraient bien ne plus jamais y remettre les pieds.

— Vous auriez dû me répéter ce qu'ils disaient.

— Pardonnez-moi, mais je croyais que ce n'était que plaisanterie de leur part. Vous dites que la jeune fille est partie aussi avec eux ?

— Oui.

Les petits yeux de Patsy brillèrent.

— Je n'en suis pas surpris, car je l'ai vue avec eux sur la plage dimanche matin et je me suis dit à moi-même qu'elle était trop libre avec Mr. Conway qui, lui-même, avait parfois la main un peu lourde ! Vous dites qu'ils ont définitivement quitté le bateau ?

Adeline ne faisait que perdre son temps en écoutant les bavardages de Patsy. Elle remonta en toute hâte l'escalier et arrivée en haut, se trouva face à face avec Philippe. Chacun lut la même inquiétude sur le visage de l'autre.

— Qu'as-tu appris ? demanda-t-elle.

— Un marin me dit qu'il a vu tes frères et Mary Cameron regagner séparément la ville, juste avant le départ du bateau.

— Mon Dieu, pourquoi ne l'a-t-il pas dit ?

— Il croyait que nous le savions. Quand il a vu la voiture arriver, il a cru qu'elle venait à leur rencontre. Et toi, comment l'as-tu su ?

— J'ai eu cette lettre.

Elle la sortit de sa poche et la lui donna.

— Ces garçons méritent le fouet, s'écria-t-il après avoir lu la missive de Sholto.

— Si seulement ils n'avaient pas emmené Mary ! Comment annoncerons-nous cette nouvelle à sa mère ?

— Tu as eu tort, Adeline, d'encourager leur amitié. Cela fait un joli gâchis.

Elle s'appuya sur la rampe et deux larmes roulèrent sur ses joues.

— Je m'en rends compte, mais trop tard, dit-elle d'une voix tremblante. – Puis au bout d'un instant, elle s'écria : – Il faut revenir les chercher ! Je paierai la dépense de ma poche.

— Nous ne pouvons pas, c'est absolument impossible.

— Qu'importent quelques heures de plus ou de moins, dans pareille circonstance ?

— Sois raisonnable, Adeline. Si ces trois mauvais sujets attendaient sur la jetée, tout prêts à se laisser reprendre, nous pourrions tenter la chose bien qu'elle dût nous coûter fort cher. Mais ils ne veulent pas revenir à bord. Il est bien certain qu'à l'heure actuelle, ils sont déjà fort loin, Dieu sait dans quelle direction.

— Que vais-je faire, gémit-elle ?

— Tu vas aller tout simplement trouver Mrs. Cameron et lui dire ce qu'a fait sa fille. Après tout, c'est sa faute. Si cette fille avait été bien élevée, elle n'aurait jamais songé un instant à se conduire ainsi.

— Philippe, mon chéri, ne voudrais-tu pas aller toi-même trouver sa mère ?

A cette idée, il ouvrit de grands yeux effarés.

— Je ne peux vraiment pas ! C'est à toi de le faire.

— Alors, veux-tu venir avec moi, dans le cas où...

Elle hésita à achever sa phrase.

— Dans quel cas ? demanda-t-il, sans enthousiasme.

— Elle sera bouleversée. Elle se trouvera mal, probablement.

— Je resterai à une petite distance, à portée, mais invisible.

— Cela ira !... Crois-tu que je puisse lui écrire une lettre, comme Sholto l'a fait pour moi ?

— Par Dieu, si j'avais ces garçons sous la main ! Oui, écris une lettre si tu le préfères.

— Peut-être voudrais-tu écrire cette lettre. Je crois qu'elle l'accepterait mieux de toi.

— Je n'entends rien aux lettres, répondit-il avec humeur. Ta famille excelle dans ce genre de choses. – Il prit sa femme par le bras. – Viens au salon, je t'offrirai un verre de sherry, cela te donnera du courage.

Dans la petite pièce gratifiée du beau nom de salon, Adeline sirota son verre de sherry et médita tristement sur la démarche qu'elle se voyait contrainte de faire. Des exclamations furieuses lui échappaient de temps en temps. « Les jeunes voyous ! » « Oh ! cette pauvre mère ! » ou « Il aurait mieux valu que le bateau sombrât avec nous tous ! » Mais le sherry la réconforta et finalement, elle se leva brusquement en déclarant : « J'y vais tout de suite pour en finir. »

— Voilà qui est d'une brave fille, dit Philippe.

Elle fronça les sourcils.

— Il n'y a pas de brave fille ! C'est toi qui devrais lui porter la nouvelle. Tu es un homme et c'est ton beau-frère qui est le coupable.

— Adeline, je ne peux pas.

Il la suivit jusqu'à la porte de la cabine de Mrs. Cameron. Elle frappa, tremblant de tous ses membres.

— Qu'y a-t-il ? demanda-t-on de l'intérieur.

— Mrs. Cameron, j'ai quelque chose à vous dire.

— Entrez.

Elle trouva Mrs. Cameron mettant ses affaires en ordre et conservant son attitude hostile : mais il y avait en elle quelque chose de pathétique. Elle était petite et très soignée et toute sa personne révélait qu'elle avait dû faire face à de dures épreuves.

— Il y a quelques instants, vous m'avez dit que vous pensiez que Mary était partie quelque part avec mes chenapans de frères. Vous aviez raison ; elle est partie.

La mère ouvrit seulement de grands yeux.

— Elle est partie avec eux, continua Adeline ; elle a quitté le bateau pour aller à la maison !

— Etes-vous folle ? dit Mrs. Cameron. Quelles sottises me racontez-vous là ?

— Ce n'est que la vérité. Mary et mes deux petits frères ont quitté le bateau, mais ils sont allés chez mes parents. Elle y sera parfaitement en sûreté.

Mrs. Cameron devint pâle comme une morte. Elle porta sa main à sa gorge et demanda :

— Qui vous l'a dit ?

— J'ai reçu une lettre de Sholto. Et mon mari l'a appris par un des matelots qui les a vus.

Mrs. Cameron parla d'une voix rauque :

— Montrez-moi la lettre.

Adeline la lui tendit ; elle riva ses yeux sur le papier comme si elle voulait en arracher les mots qui s'y trouvaient tracés. Elle fit quelques pas en titubant dans la cabine, puis retrouva son équilibre et faisant face à Adeline, les mains appuyées sur ses hanches elle lui cria :

— C'est votre faute ! Uniquement votre faute ! Vous les avez encouragés. Vous m'avez demandé de permettre à Mary de fréquenter ce mauvais garçon. Oh !... – Toutes les suppositions que suggérait la situation s'offrirent alors soudain à son esprit et sa voix ne fut plus qu'un cri. – Oh ! que lui a-t-il fait ! Ma douce petite brebis ! Elle était aussi pure que la neige du ciel jusqu'au jour où nous sommes montées à bord de ce maudit bateau. Ne peut-on faire quelque chose ? Où est le capitaine ?

Elle repoussa Adeline pour se frayer un passage, s'arracha de la main de Philippe qui voulait la retenir et escalada l'échelle qui conduisait sur le pont. Les cloisons des cabines étaient si minces que l'explosion de colère de Mrs. Cameron ne put rester ignorée et provoqua la consternation générale. Des passagers accouraient de toutes les directions (certains redoutaient un nouveau désastre atteignant le bateau), tandis qu'Adeline et Philippe la suivaient, n'ignorant malheureusement rien de ce qui était arrivé.

— Qu'y a-t-il, madame ? Qu'y a-t-il ? demanda le capitaine venant au-devant de Mrs. Cameron. Elle se jeta contre son épaule.

— Sauvez-la ! Sauvez ma petite fille ! criait-elle comme une folle.

— Où est-elle ? demanda-t-il de sa voix sonore.

— Là ! – Et du doigt, elle désignait la côte. – Elle a quitté le bateau avec ces démons de garçons irlandais. Je fais appel à tous pour témoigner qu'elle était pure comme la neige du ciel ! Oh ! que puis-je faire ?

— Que se passe-t-il exactement ? demanda le capitaine Bradley à Philippe.

— La petite s'est enfuie avec mon beau-frère, un garçon de dix-huit ans, répondit-il d'un air sombre. Mais si l'on en croit la lettre qu'ils ont laissée, ils sont partis directement pour se rendre chez mon beau-père.

— Si vous vouliez revenir la chercher, cher capitaine, insinua Adeline, je paierais les frais de ce retour.

A la grande honte du capitaine, il faut reconnaître qu'il regardait avec beaucoup plus de sympathie Adeline que Mrs. Cameron dont l'attitude gémissante lui semblait plutôt déprimante.

— Croyez-vous que ce jeune homme l'épousera ? demanda-t-il à Philippe, à voix basse.

— Je suis sûr qu'il en a l'intention, répondit ce dernier, exprimant une certitude plus apparente que réelle.

— Allons, allons, le mal sera moins grand que vous ne le craignez, reprit le capitaine, s'efforçant de réconforter Mrs. Cameron. – Et se tournant vers Adeline, il ajouta :

— Regardez derrière vous, Mrs. Whiteoak ! Le bateau a quitté le port comme un oiseau qui s'envole ; vous devez comprendre qu'il nous est impossible de revenir sur nos pas pour ces deux jeunes fuyards.

— C'est entièrement sa faute ! hurla Mrs. Cameron. Elle ne vaut pas mieux que ses démons de frères. Nous n'avons pas besoin de femmes de son espèce dans notre jeune et beau pays ! Elles incarnent l'esprit du mal !

Une crise de nerfs terrassa Mrs. Cameron, et le capitaine, aidé du steward, eut grand-peine à la ramener dans sa cabine qu'elle ne quitta plus pendant le reste du voyage. Par bonheur, les deux nouveaux passagers qui s'étaient embarqués à Galway devinrent rapidement ses amis ; c'était un ménage originaire de Terre-Neuve ; le mari s'occupait de pêcheries ; la femme, profondément religieuse, fut un grand réconfort pour Mrs. Cameron.

Il soufflait un bon vent et le bateau avançait rapidement. Le troupeau diminuait. Une pauvre femme de Liverpool mit un enfant au monde presque en public. Dans le salon, le capitaine Whiteoak, MM. d'Arcy et Brent et Wilmott jouaient chaque soir au bésigue tout en sirotant dans de minuscules verres de couleur verte de l'eau-de-vie française contenue dans une bouteille habillée d'osier. Adeline s'asseyait souvent auprès d'eux pour les voir jouer, ses larges jupes gracieusement étalées autour d'elle, le menton appuyé sur la paume de sa main, tandis que ses yeux examinaient attentivement, les uns après les autres, les visages des joueurs.

Puis, soudain, un soir, il arriva une chose terrible. Jacques Wilmott venait tout juste de poser un petit verre de liqueur à côté d'Adeline fort pâle et assez languissante, lorsqu'un bruit de pas lourds et de voix mécontentes leur parvint, venant de l'échelle qui montait de l'entrepont. Adeline se souleva sur son siège. Les quatre hommes tournèrent la tête vers la porte ; sur le seuil se trouvait un groupe serré d'hommes dont les visages exprimaient la fureur. Ils tenaient des cannes, des gourdins, tout ce qu'ils avaient pu ramasser. Le blanc de leurs yeux brillait dans la lumière des lampes qui se balançaient au plafond. L'un d'entre eux leva un bras velu et désigna Wilmott.

— C'est lui, là-bas, cria-t-il.

Avec un grognement menaçant, ils se dirigèrent comme un seul homme vers Wilmott qui leur fit face avec le plus grand calme.

— J'ignore ce que vous voulez, leur dit-il.

— Vous êtes monsieur Michel d'Arcy, n'est-ce pas ?

— Non, je m'appelle Wilmott.

D'Arcy se leva.

— C'est moi Michel d'Arcy, déclara-t-il avec un léger sourire.

— Oui, c'est bien lui, cette canaille ! Le satané gredin ! Cette brute sans cœur !

Ils s'avancèrent avec des jurons que leur accent irlandais rendait, pour la plupart, incompréhensibles.

— Qu'est-ce que tout cela veut dire ? cria Philippe en dressant sa vigoureuse stature devant ce groupe d'hommes menaçants.

Le porte-parole de ces derniers cria :

— Ecartez-vous de là, Votre Honneur. Ce gredin, ce d'Arcy, est l'homme que nous recherchons. Nous ne laisserons pas deux os entiers de tout son corps, et que le feu de l'enfer le brûle quand nous en aurons fini avec lui !

— Je n'ai fait de mal à aucun d'entre vous, déclara d'Arcy pâle, mais méprisant.

— Vraiment, vous le croyez ? N'avez-vous pas, il y a seulement trois mois, chassé dans la nuit d'hiver les vieux parents de Tom Mulligan pour le loyer de la misérable bicoque qu'ils habitaient ? Son pauvre vieux père n'est-il pas mort de froid et sa pauvre mère, n'est-elle pas morte de chagrin ? Tom est là pour vous frapper lui-même le premier.

Un homme solidement charpenté, agitant de grands bras et brandissant un gourdin, se détacha du groupe et cria, d'un air mécontent :

— Prenez ça, abominable assassin !

D'Arcy aurait certainement eu le crâne fendu sous le coup s'il n'avait saisi et levé son siège pour s'en faire un bouclier.

En quelques secondes, Adeline se trouva le témoin d'une scène terrifiante. Philippe, Brent et Wilmott s'étaient fait également un bouclier de leurs sièges et s'opposèrent aux attaquants, épaule contre épaule avec d'Arcy.

Philippe cria à sa femme :

— Vite, Adeline, sors par l'autre porte.

Mais au lieu de fuir, elle se jeta elle-même sur le bras levé du meneur de la troupe qui brandissait un marteau. Elle poussa un hurlement qui domina tout le tumulte et au même instant, le capitaine Bradley et le lieutenant apparurent, pistolets en mains.

— Et bien ! les hommes, voulez-vous une balle dans le corps ? cria le capitaine. Laissez ces bâtons.

La fureur des paysans irlandais tomba aussitôt, comme une courte tempête. Ils restèrent immobiles, détendus comme des voiles que l'ouragan ne gonfle plus. Silencieux, ils regardèrent fixement le capitaine.

— Ces hommes semblent croire que j'ai chassé de leur maison les parents de l'un d'eux et qu'ils en sont morts, expliqua d'Arcy ; je n'ai jamais rien fait de semblable.

— Alors, c'est votre régisseur qui l'a fait, répliqua le chef de la petite troupe ; c'est ce menteur de Mac Clarty qui est l'assassin ; quant à vous, vous étiez aux courses à Dublin ou à Liverpool, ignorant la façon dont vos fermiers étaient traités. Pourvu que vous touchiez vos rentes, vous vous souciez fort peu du reste.

— Parfaitement, ajouta Mulligan, et mes pauvres vieux parents en sont morts.

— C'est une honte ! s'écria Adeline. Si je l'avais su, c'est de votre côté que j'aurais combattu, Mulligan, au lieu d'être contre vous.

Elle était véritablement hors d'elle, ivre d'exaltation. Le sifflement du vent, le choc des vagues frappaient ses oreilles ; cette scène sauvage avait éveillé en elle quelque chose de primitif ; les paysans se pressèrent autour d'elle.

— Merci, madame. Dieu vous garde !

— Que les saints vous bénissent ! Que vos enfants grandissent et deviennent votre consolation !

D'Arcy leur parla alors avec le plus grand calme :

— Pourquoi m'attaquez-vous, après tant de semaines ? leur demanda-t-il.

— Nous venons seulement de découvrir qui vous étiez, le diable vous emporte !

Un frémissement les parcourut et on put croire un instant qu'Adeline allait être mise à l'épreuve. Mais la voix autoritaire du capitaine Bradley leur ordonna de redescendre et comme une vague d'eau trouble, ils reculèrent tout en murmurant.

Philippe avait été fort embarrassé par l'attitude d'Adeline à l'égard de d'Arcy. Il prédit que leurs rapports ne seraient plus aussi agréables pendant le reste du voyage. D'Arcy la regardait d'un air boudeur arpenter le salon et dénoncer les cruautés dont étaient responsables les propriétaires qui vivaient loin de chez eux ; son père, disait-elle, n'avait jamais quitté son domaine et connaissait l'histoire personnelle de chaque homme, femme ou enfant vivant sur ses terres.

— Votre père est peut-être un modèle de toutes les vertus, Mrs. Whiteoak, répliqua d'Arcy, mais vous ne pouvez me rendre responsable de tous les maux de l'Irlande.

— Vous n'aimez ni son peuple ni sa terre, répondit-elle. Votre cœur ne bat pas pour elle ! Que pouvez-vous donc lui apporter si ce n'est la misère ?

— Mon Dieu, déclara Brent, j'ai vendu chaque acre de terre que je possédais en Irlande et je m'en félicite.

— Il vaudrait mieux pour moi en avoir fait autant, affirma d'Arcy.

Adeline leur lança à tous deux un regard méprisant.

— Il n'y a aucune pitié dans vos cœurs pour les souffrances de ces malheureux ! s'écria-t-elle.

— Viens, Adeline, viens, intervint Philippe. Il est tard ; il faut aller te coucher. – Et se tournant vers d'Arcy, il ajouta : – Elle est énervée et fatiguée.

— Je ne poserai pas ma tête sur un oreiller, ce soir. J'en ai trop vu. Je resterai ici avec MM. d'Arcy et Brent pour discuter avec eux sur ce sujet jusqu'au lever du jour.

— Je regrette, dit d'Arcy, mais je crois que j'irai me reposer un peu.

Il passa sa main sur son front et elle aperçut une bosse sur sa tempe. S'approchant, elle s'écria :

— Vous avez reçu un coup ! J'en suis désolée.

Sa colère était tombée. Elle apporta une cuvette d'eau chaude et baigna elle-même la tête blessée ; leur amitié fut aussitôt restaurée.

Le lendemain, Adeline se sentit malade ; elle ne put quitter sa cabine. Le temps devenait orageux et elle souffrait de nausées. Philippe entrant dans la cabine, la trouva assise au bord de sa couchette et très pâle, les yeux humides de larmes ; mais il n'y avait rien de larmoyant dans sa voix quand elle s'adressa à lui avec violence.

— Eh bien, lui demanda-t-elle, que crois-tu qui me soit arrivé ?

— Es-tu plus malade ?

— Oui, je suis plus malade.

Elle contempla un instant avec tristesse le plancher qui se soulevait, puis leva sur Philippe des yeux pleins de reproches :

— Oui, je suis plus malade et le serai de plus en plus jusqu'au moment où j'arriverai au bout. Je vais avoir un enfant !

— Seigneur !

Sa main laissa tomber le verre de sherry qu'il lui apportait.

— Quel idiot ! Quand je t'annonce cette nouvelle, tu laisses tomber un verre alors que c'est moi qui devrais tout envoyer promener.

— Je ne l'ai pas envoyé promener ! Je l'ai laissé tomber.

— C'est tout du pareil au même, dans une semblable circonstance, et j'ai besoin de sherry.

— En es-tu sûre ? demanda-t-il.

— Que j'ai besoin de sherry ?

— Que tu vas avoir un enfant ?

— Je voudrais être aussi sûre que ce bateau arrivera à bon port.

Il ne put s'empêcher de dire :

— Plût au ciel que tu aies attendu le moment où nous serions installés à Québec !

Elle répliqua, ses joues pâles retrouvant leur couleur :

— Plût au ciel que *tu aies* attendu. Mais non, une telle pensée ne te serait jamais venue à l'esprit. Non, mon cher seigneur, ton plaisir d'abord et tant pis pour les suites ! Et tu viens dire qu'il aurait mieux valu que j'attende ! Heureusement, le bon Dieu a fait les femmes patientes et douces. Quand on songe à tout ce qu'elles doivent supporter du fait de l'égoïsme et du manque de sagesse des hommes ! Il aurait mieux valu que nous attendions tous deux avant de jamais prendre le chemin de l'autel.

— Tu as pris grand soin de ne jamais te faire voir dans un accès de colère, avant que je t'aie épousée.

Elle le regarda dans les yeux :

— M'as-tu jamais donné une telle occasion de me mettre en colère avant de m'épouser ? lui demanda-t-elle.

Il éclata de rire.

— Tu es parfaitement ridicule cette fois !

Et il lui apporta un autre verre de sherry.

Lorsqu'il la vit assise au bord de sa couchette, enveloppée d'un grand châle à raies rouges et jouant avec les franges, son cœur se remplit de pitié. Il s'assit auprès d'elle et l'aida à porter le verre jusqu'à sa bouche.

— La seule raison pour laquelle j'aurais préféré que cela n'arrivât que plus tard c'est l'incommodité du voyage pour une femme enceinte.

Elle serra les doigts de son mari et s'efforça de sourire.

— Tout ira parfaitement bien, dit-elle.

Il lui fit avaler une autre gorgée de sherry, puis s'écria :

— Si c'est un garçon, nous l'appellerons Nicolas, comme mon oncle.

— J'aurais aimé Philippe.

— Non, je ne veux pas d'autres Philippe que moi dans ta vie.

— Parfait. Ce sera Nicolas. Mais jamais Nick ou Nicky.

— Jamais.

On frappa à la porte. La femme de chambre, surmenée de travail, venait leur dire que l'ayah était une fois de plus très éprouvée par le mal de mer et totalement incapable de s'occuper du bébé. Le bateau roulait au creux d'énormes vagues et semblait souffrir lui aussi, car sa charpente craquait et gémissait à fendre l'âme. Ceux qu'il portait ne pouvaient oublier sa première trahison et s'attendaient à chaque instant à apprendre l'ouverture d'une autre voie d'eau.

— Apportez-nous l'enfant, dit Philippe.

La femme de chambre apporta Augusta toute souriante, appuyant un coquillage sur chacune de ses oreilles.

— Vous serait-il possible de vous en occuper ? demanda Philippe à la domestique. Ma femme est malade. Je vous récompenserai de votre peine.

— Je ferai tout mon possible pour cette pauvre petite, mais je ne sens presque plus mes pieds à force de courir. La moitié des passagers sont malades de nouveau.

Quand elle fut partie, Adeline s'écria :

— Je déteste cette femme ! Elle ne parle jamais de Gussie sans l'appeler « cette pauvre petite » comme si nous la négligions ou la maltraitions.

Philippe assit sa fille sur ses genoux.

— Si seulement elle s'était attachée à ma sœur comme elle aurait dû le faire, elle vivrait heureuse en Angleterre au lieu de compliquer notre existence !

Gussie jeta ses coquillages sur le sol et s'empara de la chaîne de montre paternelle ; Philippe sortit sa grosse montre en or et permit à l'enfant d'écouter le tic-tac ; elle en éprouva un tel plaisir qu'elle se mit à sauter de joie sur les genoux de son père.

La tempête ne cessait d'augmenter de violence. Jour et nuit se poursuivait la lutte entre le bateau et les éléments déchaînés ; le vent, les vagues, la pluie ruisselante frappaient le navire, le ballottaient, l'inondaient ; les matelots se hissaient sur les mâts à des hauteurs vertigineuses afin de raccourcir son erre heure par heure. Si seulement la terre pouvait apparaître ! Jamais Adeline n'avait été aussi malade. A peine pouvait-elle se tenir debout et cependant, elle dut se traîner dans la cabine de l'ayah et faire pour la malheureuse tout ce qu'il était en son pouvoir, ce qui n'était pas grand-chose. Elle dut également soigner sa fille qui criait toujours beaucoup. Lorsque l'enfant était enfin tranquille et qu'Adeline aurait pu dormir un peu, Boney prenait fantaisie de manifester par des cris perçants une joie qui semblait délirante.

Soudain l'état de l'ayah devint alarmant. Son petit corps menu se fit plus menu encore ; son visage devint presque vert. Ses grands yeux brûlants cernés de noir conservaient seuls une flamme de vie. Ses lèvres fiévreuses parlaient avec incohérence des jours anciens vécus aux Indes. Adeline était terrifiée de la voir dans cet état. Elle recueillait toutes ses propres forces pour la soigner, la soutenant dans ses bras et essuyant sans cesse, avec un mouchoir, la sueur qui coulait sur son visage ravagé.

Les cercles d'argent autour des petits poignets bruns tintaient continuellement, car les mains de la malade ne cessaient d'aller et venir sur sa poitrine. Puis soudain, au bout de trois jours de ce terrible état, elle ouvrit de grands yeux et regarda tristement Adeline comme pour lui poser une question.

— Que désirez-vous, Huneefa ? demanda Adeline.

Elle sembla ne pas entendre mais commença d'arranger ses lourds cheveux bruns sur son front. Elle les prit boucle par boucle, dans ses petits doigts et les disposa comme pour une fête.

Adeline la reposa sur son oreiller, sortit en chancelant dans le couloir et appela Philippe d'une voix rauque. Il était loin, mais Jacques Wilmott entendit son appel et arriva, l'anxiété peinte sur son visage.

— Venez vite, dit-elle, Huneefa va mourir !

Il entra dans la cabine sombre et empestée.

— Je vais chercher le docteur, dit-il.

Comme pour ajouter à leur malheur, le docteur avait glissé sur le pont deux jours auparavant et s'était blessé à la hanche. La douleur l'empêchait presque de marcher, cependant il suivit Wilmott en s'appuyant sur son épaule. C'était un jeune homme sans beaucoup d'expérience, mais au premier regard jeté sur l'ayah, il se rendit compte que l'heure de cette dernière était venue. Il insista auprès de Wilmott pour qu'il ramenât Adeline dans sa cabine mais elle s'y refusa. Quelques instants plus tard, l'ayah mourait.

Ce fut un terrible choc pour Adeline et également, quoique à un degré moindre, pour Philippe. Depuis leur mariage, elle avait vécu près d'eux, telle une ombre familière, d'abord au service d'Adeline et se consacrant ensuite à celui d'Augusta. Son dévouement semblait tout naturel au jeune couple. Comme elle ne se portait jamais parfaitement bien, sa maladie ne les avait nullement inquiétés et la jaunisse qui était venue compliquer le mal de mer ne les avait pas réellement préoccupés. Il leur semblait maintenant qu'elle les avait volontairement abandonnés, cette Huneefa jusqu'à ce jour si parfaitement fidèle ! Ils découvrirent soudain quel étai puissant sa frêle personne avait été pour l'édifice de leur vie.

La mort même de l'ayah ne réussit pas à adoucir Mrs. Cameron, elle resta dans sa cabine, entourée de ses nouveaux amis.

Adeline fit la toilette funèbre d'Huneefa, la revêtant avec soin de sa plus belle robe, croisant ses mains sur sa poitrine. Les bracelets d'argent tintèrent une dernière fois sur les poignets si minces. Puis Adeline amena Augusta près de la morte afin qu'elle la vît une dernière fois. La petite fille manifesta son contentement et se pencha en riant hors des bras de sa mère.

— Embrasse-la, dit Adeline, et dis-lui adieu.

Gussie posa un baiser humide sur la joue bronzée et porta le coquillage qu'elle tenait à l'oreille d'Huneefa.

— Mon Dieu, mon Dieu ! Pourquoi est-elle partie ? gémit Adeline qui aurait donné tout ce qu'elle possédait pour rendre la vie à Huneefa.

Elle baissa le voile sur le visage immobile et s'en alla.

Gussie ne jeta plus un seul regard sur celle qui avait été son esclave. Elle appuya son coquillage sur l'oreille de sa mère et lui serra le cou, se penchant pour la regarder bien en face. Elle fut surprise de voir qu'Adeline ne riait pas, mais que des larmes inondaient ses joues.

Ce fut par un jour gris et froid que les passagers du voilier se réunirent sur le pont pour confier le corps de l'ayah à la mer. La violence des vagues s'était un peu calmée, mais elles se dressaient toujours contre le bateau avec un bruit lugubre et sans direction bien définie. Le pont avait été lavé. Les matelots s'alignaient dans une tenue irréprochable, leurs pieds nus reposant sur le pont humide. Les passagers de l'entrepont s'étaient également réunis avec leurs enfants auprès d'eux ; les femmes avaient posé leurs châles sur leurs têtes ; les Irlandais, et c'était le plus grand nombre, avaient déjà sur les lèvres le chant funèbre de leur pays, mais ils gardèrent le silence. Patsy O'Flynn était là, revêtu de sa capote et d'une étrange casquette de laine qui descendait sur ses sourcils en broussailles. Il avait posé à côté de lui un paquet qui contenait ses biens les plus chers et dont il ne voulait pas se séparer, ne fût-ce qu'un instant. Il avait demandé la permission de tenir Augusta dans ses bras pendant la cérémonie ; elle portait son manteau blanc et un petit bonnet de dentelle. Patsy était si fier d'elle et de sa propre importance qu'il lui fut impossible de suivre avec attention la cérémonie funèbre ; il ne cessa de jeter des regards furtifs sur ses compagnons de voyage pour être sûr d'en être remarqué.

C'était un spectacle curieux que de voir d'Arcy, peu de jours auparavant objet de la fureur de ces hommes, debout face à face avec eux dans un oubli apparent et réciproque de ce qui s'était passé. Adeline se tenait entre Philippe et Wilmott. La tension de ses nerfs semblait la soutenir, mais la rougeur fiévreuse de ses joues inquiétait Philippe qui tournait fréquemment vers elle des regards anxieux. Wilmott était grave et immobile comme une statue.

Le corps d'Huneefa, cousu soigneusement dans une toile, reposait aux pieds du capitaine qui lut l'office des morts d'une voix claire et sonore. Cela paraissait bizarre de le voir sur le pont sans sa casquette brodée d'or. Il offrait déjà les symptômes d'une légère calvitie ; une mèche de cheveux brun doré se soulevait et retombait continuellement sous les rafales du vent. Adeline remarqua que tous les hommes étaient tête nue, à l'exception de Patsy qui avait gardé sa casquette. Elle lui fit signe de la retirer, mais il ne saisit le sens de son message qu'au bout d'un temps assez long après s'être livré à de multiples tentatives d'interprétation plus ou moins comiques de ce message, passant le bébé d'un bras à l'autre, dissimulant son paquet derrière ses pieds, prenant une expression plus funèbre. Puis soudain, il comprit ce qu'elle voulait de lui et avec un radieux sourire retira sa casquette et resta découvert avec sa tignasse en désordre.

Le capitaine Bradley lut lentement le service des morts, terminant par ces paroles qui convenaient particulièrement aux circonstances :

« C'est pourquoi nous confions son corps à l'abîme pour retourner à la corruption en attendant la résurrection des corps (lorsque la mer rendra ses morts) et la vie éternelle, par Jésus-Christ Notre-Seigneur qui viendra transformer notre corps misérable et le rendre semblable à son corps glorieux par sa Toute-Puissance qui lui permet de vaincre toutes choses. »

Il se produisit un mouvement parmi les membres de l'équipage ; les cordes qui soutenaient le corps se tendirent, le soulevèrent au-dessus du pont et de la rampe, et lentement, doucement, le descendirent presque dans la mer ; Adeline, penchée sur le bastingage, eut l'impression que les flots se séparaient pour le recevoir, puis sans un bruit, se refermaient, et l'enveloppaient, le faisant disparaître pour toujours. Un coup de vent frais gonfla les voiles d'un grand souffle bruyant, le bateau reprit sa course comme pressé d'achever son voyage et d'en finir avec tous ces retards.

Gussie, tenue solidement par Patsy, regarda disparaître le corps d'Huneefa et se retourna pour regarder Patsy bien en face :

— Partie, dit-elle.

— Que Dieu bénisse cette enfant ! s'écria-t-il en s'adressant à ses voisins ; elle comprend tout. Quelle intelligence ! Quelle façon de parler qui dépasse tout !

Un cantique jaillit alors de toutes les gorges : « *Père éternel, capable de nous sauver, dont le bras enchaîne la vague toujours en mouvement.* » Le son de leurs voix, le fait matériel de chanter qui dilatait les poitrines, les mots pleins de confiance qu'ils prononçaient eurent sur tous les assistants un effet salutaire. L'émouvante silhouette, qui venait de s'enfoncer sous les flots, leur devint plus lointaine pour finir par s'estomper presque complètement. Les passagers de l'entrepont retournèrent à leurs mauvaises odeurs familières. Gussie se retrouva une fois de plus dans les bras de sa mère.

Adeline éprouva soudain une immense lassitude ; elle emmena sa fille dans un coin abrité du pont et lui donna le sac contenant ses coquillages, ainsi qu'un biscuit à grignoter. Wilmott s'assit auprès d'Augusta avec sa pipe et un numéro de la *Revue trimestrielle*. C'était d'étranges compagnons, mais il y avait entre eux une sorte de compréhension mutuelle. Au bout d'un certain temps, Adeline descendit s'étendre sur sa couchette.

Lorsque plus tard, Philippe repassa dans sa mémoire les jours qui suivirent la mort de l'ayah, ils lui apparurent comme une sorte de cauchemar. Adeline fut en proie à un accès de fièvre qui pendant des heures la fit délirer. Elle parlait avec incohérence, se croyant tantôt de retour aux Indes, tantôt menant encore sa vie de jeune fille dans le comté de Meath ; parfois elle s'imaginait être au Canada au milieu de Peaux-Rouges terrifiants. Philippe devait déployer toute sa force pour l'empêcher de sortir de sa couchette. Le jeune médecin, bien que souffrant toujours beaucoup de sa hanche blessée, quittait à peine son chevet ; Boney s'était perché à la tête de sa couchette et, chose curieuse, lorsque la malade délirait le plus, les cris de l'oiseau avaient sur elle un effet apaisant ; la tête légèrement inclinée, il écoutait ses propos incohérents et, lorsqu'elle élevait la voix, il se mettait à pousser des cris perçants comme pour montrer qu'il pouvait crier plus fort qu'elle.

Philippe souffrait cruellement de l'impossibilité dans laquelle ils se trouvaient de s'isoler. Les cloisons étaient si minces, que tout ce qui se passait dans leur cabine s'entendait à l'extérieur et aucune de leurs épreuves ne pouvait demeurer secrète. On disait que Mrs. Cameron était également malade. Elle n'avait pas fait le moindre geste à l'égard des Whiteoak et vivait avec ses amis de Terre-Neuve complètement à l'écart. La femme de chambre s'occupa d'Augusta le plus qu'elle put, mais de très nombreux malades faisaient appel à elle. Parfois Wilmott promenait Gussie sur le pont en chantant ; mais elle était souvent à la charge de Philippe qui ne savait où donner de la tête quand il s'agissait de l'alimentation et de la toilette de l'enfant. Elle passait de longues heures seule dans la cabine où était morte l'ayah. La femme de chambre lui avait donné une assiette d'étain et une grande cuiller avec lesquelles elle charmait ses longues heures de solitude ; on l'attachait à la literie de sa couchette avec des épingles de sûreté pour que le mouvement du bateau ne la jetât pas sur le sol. Son attitude à l'égard de Philippe était faite à la fois de curiosité et de soupçon. Quand il s'occupait d'elle, elle le regardait avec une expression condescendante, comme si elle pensait qu'Huneefa eût fait beaucoup mieux.

Le troisième jour, Adeline cessa de délirer ; quelques instants auparavant, elle avait prononcé des paroles sans suite, mais Boney l'avait effrayée et réduite au silence par ses cris. Allongée tranquillement sur sa couchette, elle regarda autour d'elle avec de grands yeux tristes, puis parla d'une voix naturelle :

— Je suis fatiguée d'entendre cet oiseau, dit-elle.

Philippe pencha sur elle un visage anxieux :

— Veux-tu que je l'emmène ?

— Non, non. Donne-lui une figue pour le calmer ; elles sont dans la boîte en fer-blanc sur le buffet !

Elle le suivit des yeux tandis qu'il se rendait à ses désirs. Puis elle rit faiblement :

— Que tu es drôle ! On dirait que tu ne t'es pas rasé depuis plusieurs jours.

— Ce n'est que la vérité.
— Ai-je été malade ?
— Assez !
— Cela va mieux.
— Dieu soit loué !

Le perroquet s'avança en sautillant sur son perchoir pour saisir la figue ; il la prit avec une expression ironique, puis commença à la déchirer en menus morceaux qu'il crachait aussitôt. Mais cela suffit pour le faire taire.

Philippe s'assit sur le bord de la couchette ; Adeline saisit une de ses vigoureuses mains brunes dans ses petites mains blanches et la caressa. Elle mordit sa lèvre inférieure qui tremblait :

— Je pensais à Huneefa, dit-elle.

Il l'embrassa.

— Tu ne dois penser à rien de triste ; ne songe qu'à te rétablir.
— Nous n'aurions pas dû lui faire quitter les Indes.
— C'est elle qui voulait venir. Elle aurait eu le cœur brisé si nous l'avions laissée.
— Je le sais bien.

Adeline était certainement beaucoup mieux ; elle but un peu de bouillon et aurait dormi si Augusta n'avait tapé sur son assiette. Le bruit excitait Boney qui se mit à pousser des cris perçants. Adeline se jeta sur son oreiller et saisit à pleine main ses longs cheveux.

— Est-ce donc impossible d'être tranquille sur ce bateau ! cria-t-elle. Qu'est-ce que c'est que ce bruit ?

Philippe alla retirer l'assiette des mains de Gussie et lui donna en échange le sac de coquillages ; mais elle le jeta sur le plancher et se mit à pousser des cris sinistres. Son père décida alors de la confier à Wilmott en lui demandant de l'amuser pendant une heure. Il revint auprès d'elle et la trouva assise les yeux fermés et ruisselants de larmes, la bouche grande ouverte et tous les objets qui l'entouraient jetés aussi loin que sa force de bébé le lui avait permis. Il la souleva sans la moindre douceur, et découvrit, à l'humidité de ses couches, qu'il fallait à tout prix la changer. Il tira avec violence la sonnette pour appeler la femme de chambre, mais aucune réponse ne vint. De l'amoncellement confus de vêtements qu'était devenue la garde-robe de l'enfant, il retira deux petits vêtements. Posant l'enfant en travers de ses genoux, il réussit à lui mettre une couche, mais le petit jupon de flanelle blanche qu'avait lavé la femme de chambre s'était rétréci et Philippe se trouva fort embarrassé. Fatiguée de rester couchée la tête en bas, Gussie commença à se tortiller dans tous les sens et ses cris qui avaient cessé quand son père l'avait prise retentirent à nouveau. Philippe aurait préféré soumettre une tribu rebelle que cette petite créature hurlante ! Il s'aperçut que ses jambes étaient rouges et écorchées et un juron lui échappa.

Au même instant, il la piqua avec une épingle de sûreté (pourquoi diable cela s'appelait-il une épingle de sûreté !...) et quand il vit une goutte de sang sourdre de la petite blessure, la sueur inonda son front.

— Je ne l'ai pas fait exprès ! Sur mon âme je ne l'ai pas fait exprès ! bégaya-t-il ; mais elle n'en crut rien et tandis qu'il l'asseyait très droite sur ses genoux, elle redressa en arrière son petit menton et le regarda avec inquiétude, se demandant ce qu'il allait encore lui faire.

Ce qu'il fit, ce fut tout simplement de l'emporter dans le couloir et de descendre l'échelle de l'entrepont pour gagner la salle commune où se trouvaient installés les émigrants. Arrivé là, il jeta presque l'enfant sur les genoux de la brave femme écossaise, mère de cinq enfants, et lui ordonna de prendre soin de sa fille du mieux qu'elle pourrait. Il arriva qu'elle s'occupa de Gussie à la perfection, négligeant même ses propres enfants pour la petite fille. Philippe la paya largement de sa peine.

Comme si l'*Alanna* n'avait pas eu suffisamment d'épreuves à surmonter, elle échappa de peu à une collision avec un iceberg. La saison n'était pas encore assez avancée pour qu'on risquât normalement d'en rencontrer, aussi la surveillance s'était-elle peut-être un peu relâchée. A l'aurore, une silhouette blanche et monstrueuse ressemblant à une cathédrale émergea du brouillard et jeta la terreur sur le bateau. Une température précocement chaude avait détaché l'iceberg de la banquise. Il se dressait menaçant, s'élevant du Gulf Stream comme la manifestation tangible d'un génie malfaisant, bien que sa forme rappelât celle d'un édifice sacré.

Des cris, des appels retentirent ! Grigg, qui se trouvait à la barre, se plia en deux dans un suprême effort pour préserver le bateau du désastre ; il y échappa de justesse, mais l'air glacé en provenance de l'iceberg plongea brutalement ses occupants en plein hiver. Philippe se précipita dans sa cabine où Adeline venait d'entrer en convalescence ; effrayée par les pas précipités et les cris, elle commençait à s'habiller. Elle n'avait pas entendu Philippe la quitter.

— Allons-nous descendre dans les canots ? demanda-t-elle, très troublée.

— Non. Inutile de s'inquiéter. Mais il faut monter sur le pont pour voir l'iceberg. C'est prodigieux, Adeline ! Tu es déjà chaussée. Enfile simplement ton manteau sur ta chemise de nuit. Il ne faut pas manquer ce spectacle.

Il la porta à moitié sur le pont. L'iceberg s'était éloigné. Il avait perdu de son aspect terrifiant, mais gagné en beauté, car le soleil apparaissait comme un cercle lumineux à l'horizon et transformait ses mille facettes en véritables brasiers. Il se dressait au-dessus des flots verts, majestueux, aérien comme un rêve, aussi dépourvu de substance que l'espoir. Cependant ses fondations de glace s'enfonçaient profondément dans la mer, plus hautes que sa partie visible.

Lorsque l'*Alanna* eut quitté les eaux du Gulf Stream, le froid se fit sentir à nouveau et de hautes lames vertes se dressèrent devant le voilier. Il dut les affronter par une terrible tempête de neige portée par un vent soufflant du continent. Seules s'apercevaient les vagues les plus proches. Si d'autres icebergs s'approchaient du voilier il serait à leur merci. Les vigies, perchées sur les haubans, ne pouvaient distinguer que les myriades de flocons blancs qui s'amoncelaient sur eux, les transformant en statues de neige, fouettant leur peau au point de l'écorcher, les aveuglant. Le froid devint si intense que l'écume gela sur les bastingages formant de hauts glaçons pointus, comme des dents dans une bouche grimaçante.

Les passagers des cabines, à l'exception de Mrs. Cameron et de ses amis, s'étaient réunis dans le salon, un peu mélancoliques, mais conscients que leur longue intimité tirait à sa fin. Ils s'écriraient, ne s'oublieraient pas. Tous s'étaient enveloppés de leurs couvertures de voyage, s'efforçant de se réchauffer. Philippe avait fait chauffer une brique qu'il avait glissée sous les pieds d'Adeline ; les hommes buvaient des grogs tandis que la jeune femme se contentait d'un verre de porto. Revêtue de son manteau de fourrure et de sa couverture de voyage, elle était installée très confortablement. Elle avait l'impression de revenir d'un long voyage solitaire qui l'avait conduite à deux doigts de la mort. Quand elle pensait à Huneefa, c'était comme à un être disparu depuis déjà longtemps.

D'Arcy et Brent avaient apporté leurs guides et leurs cartes et parlaient avec entrain de leur voyage à venir au Canada et surtout aux Etats-Unis. Les hublots semblaient bouchés avec du coton ; tous les bruits du bateau étaient comme ouatés ; seules s'entendaient les vibrations du cordage sous les assauts du vent.

Puis, au coucher du soleil, ils se trouvèrent soudain sur une mer bleu foncé, dont la ligne d'horizon était illuminée par un soleil rouge. Les vagues étaient frangées d'écume, les glaçons brillaient comme des diamants, et, ô merveille des merveilles, on entendit la plainte d'une mouette dont l'ombre traversa le ciel.

C'était la première, mais d'autres suivirent, tournant et criant autour du bateau comme si elles lui apportaient un message venant d'un nouveau monde. Un immense jet d'eau projeté par une baleine s'éleva au-dessus de la mer. Le cétacé s'approcha du bateau, étonné de la dimension de ce grand oiseau ; puis il sauta hors des flots, d'un mouvement puissant et magnifique, et prit ses ébats à l'air libre, révélant son corps musclé, brillant d'eau et lisse comme de la soie. Tous les passagers avaient quitté leurs cabines pour monter sur le pont et le monstre semblait s'attarder pour leur montrer sa force.

Le capitaine Bradley rayonnait de contentement. Ses mains brunes reposant sur la barre d'appui, il déclara :

— Nous aborderons à Québec avant peu ! Je ne suis jamais arrivé à la fin d'un voyage comme celui-ci sans être chaque fois frappé par la bonté de Dieu qui nous a conduits sûrement au port. Penser à tout ce qui s'est passé depuis notre premier départ d'Irlande et se dire en même temps que nous sommes presque en vue de la terre !

— Vous pouvez porter une bonne part de ce résultat au crédit de votre valeur de marin, dit Philippe.

— Mais la grâce de Dieu est à l'origine, affirma le capitaine.

Le lendemain matin, la côte était en vue. Les passagers de l'entrepont, fatigués de la traversée, se pressaient pour l'apercevoir. L'air était vif, mais agréable. De petites rides couraient à la surface des flots. Les glaçons fondaient puis tombaient dans les eaux du Saint-Laurent. L'*Alanna* pénétra dans l'estuaire de l'immense fleuve qui coulait entre deux rives vertes s'étendant au loin, recouvertes de sombres forêts. De tout petits villages blancs apparaissaient, se pressant autour de blanches églises aux clochers ornés de croix brillantes. Des bâtiments de ferme, longs et étroits, offraient leur présence proche et rassurante.

Des troupeaux paissaient sur le bord de la rivière et les doux parfums de la terre venaient caresser l'odorat des voyageurs. Se pouvait-il vraiment que, quelques jours plus tôt, ils se fussent trouvés en pleine tempête de neige avec des glaçons suspendus au bateau ?...

C'était un dimanche matin ; le capitaine Bradley lut le service religieux avec une note de satisfaction et de reconnaissance dans la voix. Wilmott accompagna le chant de l'hymne du jour sur un petit orgue suisse qui se trouvait dans le salon. Les voix des assistants se déployèrent vigoureusement, comme si jamais la crainte ne les avait effleurés, et ils chantèrent avec conviction les paroles de l'hymne saint :

Furieuse était la mer déchaînée,
Sombre était la nuit,
Les rames frappaient lourdement
L'écume blanchissait,
Les marins tremblaient,
Le danger était proche
Le Dieu souverain dit alors :

« Paix, me voilà !
Crête de la vague bondissante,
Abaisse-toi ;
Rugissement du vent déchaîné,
Apaise-toi ;
L'affliction ne peut subsister,
L'obscurité doit fuir,
Lorsque la Lumière suprême dit :
Paix, me voilà ! »

Philippe et Adeline allèrent ensuite faire leurs bagages. En dépit de ce qui avait été perdu ou détruit pendant le voyage, ils rencontrèrent les plus grandes difficultés à introduire toutes leurs affaires dans leurs valises. Ils découvraient toujours un nouvel objet à enfermer. Philippe s'énervait intérieurement d'être contraint de tenir compte de l'état d'Adeline car il aurait aimé lui dire qu'elle était responsable de tout ce désordre ; ne méritait-elle pas des reproches pour avoir entassé des couvertures de voyage ainsi que ses propres chaussures et un nécessaire de toilette sur le plus beau manteau de son mari ? Lorsque les bagages se trouvèrent prêts, et assez mal faits, ils se souvinrent soudain de la cabine de l'ayah où tout gisait sens dessus dessous. Boney manifesta un violent mécontentement quand on le mit dans sa cage, il poussa des cris perçants et s'agita furieusement, battant de ses ailes vertes et projetant aux alentours de sa cage graines et petits graviers. Sous la pression des circonstances, Adeline retrouva toute la force de sa voix.

— Je ne peux plus rien faire, s'écria-t-elle.

— Personne ne te demande rien, lança Philippe qui ajouta, en s'en allant : Tu n'en as déjà que trop fait pour semer le désordre.

— Que dis-tu ? cria-t-elle.

Mais il ne répondit pas.

Adeline était encore faible, mais il était inutile qu'elle feignît de chanceler en entrant dans la cabine ou de se laisser tomber haletante sur le bord de la couchette en portant la main à son côté. Sa voix était maintenant furieuse.

— Qu'as-tu dit ? demanda-t-elle.

— J'ai dit, Dieu me damne, que je n'ai jamais vu un tel gâchis ! J'aurais dû emmener un domestique d'Angleterre.

— En réalité, tu as dit que tout ce désordre était ma faute.

— Tu dis des sottises. – Il saisit une poignée de petits vêtements appartenant à Gussie. – Que faut-il faire de ces objets ? Ne vaudrait-il pas mieux les laisser sur le bateau et lui en acheter d'autres ?

— Les laisser ? – Et sa voix était un presque un cri. – Ils sont en toile d'Irlande, la plus fine, et brodés à la main. Je n'en laisserai pas un seul. Ouvre cette caisse noire, il y a de la place.

Le visage rouge, il obéit. Elle jeta les yeux à l'intérieur de la caisse.

— Où est la poupée ? demanda-t-elle.

— Quelle poupée ?

— La belle poupée que ta sœur a donnée à Gussie. Huneefa la gardait dans cette boîte.

— Elle n'y est pas.

— Elle doit y être ; tu dois la trouver.

Il s'assit sur ses talons, la regarda, ses yeux bleus enflammés de colère, et s'écria :

— En suis-je arrivé là que je doive chercher une poupée au moment de descendre à terre ? N'est-ce pas suffisant d'empaqueter des couches et faut-il que je rampe sur les mains et sur les genoux à la recherche d'une poupée ! Par Dieu, Adeline...

— Aucune importance ! déclara-t-elle en l'interrompant, car elle était effrayée de l'expression de son visage. Ne cherche pas davantage. Elle doit être dans l'autre cabine.

Ils achevèrent tant bien que mal de réunir leurs affaires que deux domestiques transportèrent non sans peine vers la passerelle, accompagnés par les cris perçants de Boney. Philippe portait la cage d'une main et de l'autre soutenait fermement Adeline.

— Je souhaite parfois n'avoir jamais emporté cet oiseau, déclara-t-il.

— Laisse-le sur le bateau, s'il te dérange, cria-t-elle, et laisse-moi avec lui. Tu trouveras une autre femme et un autre oiseau à Québec.

Il lui pinça le bras.

— Un peu de tenue ; on va t'entendre.

— Je m'en moque. Tu me fais mal.

— Je ne me moque pas et je ne t'ai pas fait mal.

Wilmott venait au-devant d'eux.

— Quel dommage que vous ne vous soyez pas trouvés sur le pont ! Nous avons eu une vue magnifique sur Québec. Il aurait fallu faire vos bagages plus tôt. Puis-je vous aider ?

Philippe lui donna la cage de l'oiseau. L'animation était grande et il régnait une certaine confusion. L'air vibrait de cris ainsi que de la plainte des mouettes. Les grandes voiles blanches du bateau retombaient comme des ailes fatiguées. Des marins, pieds nus, cramponnés aux haubans, plongeaient leurs regards vers le pont noir de monde. Adeline tourna un visage souriant vers Wilmott.

— Que deviendrions-nous sans vous ? lui dit-elle.

— Vous savez que c'est mon plaisir que d'être à votre service, répondit-il un peu brusquement ; mais son teint pâle s'était légèrement coloré. Vous sentez-vous vraiment mieux ? demanda-t-il.

— Je serais morte si je n'allais pas mieux.

— C'est un bonheur que vous ayez trouvé quelqu'un pour soigner votre petite fille.

— Dieu du ciel ! cria Adeline. Où est Gussie ? Philippe, où est Gussie ? Cette horrible femme écossaise a certainement quitté le bateau et l'a emmenée.

— Le bateau n'a pas encore accosté, répondit Philippe avec calme. Et l'Ecossaise est une excellente créature qui n'a aucun besoin d'un enfant supplémentaire. J'ai tout arrangé avec elle et je l'ai payée ! Voilà Patsy avec Augusta.

Il voyait approcher sa fille avec une certaine inquiétude. Elle était perchée sur l'épaule de Patsy, dont elle serrait la tête dans ses petites mains. Ses vêtements étaient froissés et tachés, son visage et ses mains d'une propreté assez douteuse, la serviette qui les avait lavés ayant déjà fait un long usage !

Elle semblait cependant mieux portante que lorsque Philippe l'avait descendue dans l'entrepont et elle adressa à sa mère un faible sourire de reconnaissance.

— L'amour d'enfant ! s'écria Adeline qui l'embrassa. Oh ! Gussie, tu sens l'aigre, ajouta-t-elle.

Boney décida de quitter le bateau la tête en bas, comme il y était monté. Accroché par ses pattes noires au plafond de sa cage, il voyait les silhouettes familières s'agiter autour de lui. Il sentait la fraîche brise de mai le caresser, une brise dont les parfums ne ressemblaient en rien à l'atmosphère du pont inférieur à laquelle il s'était accoutumé ; il la goûta du bout de sa langue, ne sachant pas exactement si elle lui plaisait ou non. Par-dessus les épaules de ceux qui l'entouraient, il apercevait la sombre forteresse derrière laquelle s'accumulaient des nuages blancs, car Wilmott était grand et portait la cage sur son épaule.

Adeline se trouva tout à coup très faible en se dirigeant vers la passerelle. D'Arcy et Brent se présentèrent soudain et, se prenant par les poignets, firent une chaise sur laquelle ils la supplièrent de s'asseoir. Elle jeta un regard interrogateur à Philippe : lui donnait-il la permission ?

— Excellente idée, déclara-t-il. Merci beaucoup. Adeline sera ravie.

Lorsque Boney vit sa maîtresse partir en pareil équipage, il manifesta son approbation par des cris perçants. Il entendit les appels des porteurs français, vit les carrioles à chevaux rangées de chaque côté de la jetée. Quelques passagers étaient accueillis par des parents ou des amis, d'autres n'étaient attendus par personne et restaient mélancoliquement devant leurs petits tas de bagages, ne sachant quelle décision prendre.

Les deux jeunes Irlandaises étaient là, infiniment moins fraîches et potelées que lors de leur premier départ. Adeline leur donna son adresse et les invita à venir la voir, le lendemain. Avant que d'Arcy et Brent la remettent sur pied, elle mit un baiser sur la joue de chacun d'eux.

Brent s'écria :

— Peut-on vous transporter ailleurs ?

— En vérité, ajouta d'Arcy, nous vous aurions transportée sans difficulté au sommet de la citadelle.

La femme écossaise abandonna un instant sa progéniture pour mettre un dernier baiser sur la petite bouche de Gussie.

— Pauvre petit bébé ! s'exclama-t-elle.

Ses propres enfants, se croyant abandonnés, coururent après elle en hurlant. Elle revint auprès d'eux et eut bientôt disparu.

« Que de prêtres dans cette ville ! » pensa Adeline. « Et que tout y revêt un aspect étranger ! » Elle se sentait mieux, vraiment satisfaite et désireuse de faire connaissance avec sa nouvelle installation. Philippe avait trouvé une voiture pour l'y conduire. Leurs trois amis se rendirent dans un hôtel. Elle aperçut Mrs. Cameron accueillie par des membres de sa famille et ne put s'empêcher d'observer leur attitude étonnée et curieuse ainsi que les gestes tragiques de Mrs. Cameron ; elle vit cette dernière lever une main gantée de noir et désigner Philippe et elle-même. Elle demeura immobile un instant puis jeta un sourire dans la direction du groupe. « Autant leur laisser croire que je me moque pas mal d'eux », se dit-elle, « car ils me haïssent ainsi que mes frères et rien ne les fera changer de sentiment ! »

Philippe la souleva dans la voiture et prit Gussie sur ses genoux. Les roues grincèrent sur les pavés en grimpant les rues étroites et en pente raide.

Adeline se mit à rire presque convulsivement. Philippe tourna la tête vers elle.

— Je pensais à la façon dont Mrs. Cameron m'a regardée, dit-elle. Tu as vu dans cet enlèvement un geste indigne que j'avais machiné. Pour ma part, je considère que cette petite Mary a agi pour son plus grand bien.

6

La maison de la rue Saint-Louis

Elle se dressait devant eux, haute et un peu sévère, avec sa façade percée de nombreuses fenêtres. Le marteau de la lourde porte était une tête grimaçante de gargouille. Le coup ferme frappé par Philippe retentit dans toute la maison. Adeline qui examinait les fenêtres à petits carreaux ainsi que leurs cadres peints en noir avec un filet d'or, s'écria :

— Je me représente parfaitement les modes de l'ancien temps, dans ce décor, les culottes de satin, les têtes poudrées et tout le reste !

— C'est agréable de songer que cette maison nous appartient.

— N'est-ce pas ?

Gussie, juchée sur les bras de son père, tendit la main et introduisit ses petits doigts dans la bouche de la gargouille.

— La rue paraît tranquille et écartée, déclara Patsy qui attendait sur le trottoir avec la cage de l'oiseau et ses bagages. N'avons-nous pas un petit bout de terre avec la maison ?

Philippe ne pouvait s'habituer à la façon dont Patsy prenait part à leurs conversations. Il fronça légèrement les sourcils et souleva de nouveau le marteau. La porte s'ouvrit. Une petite femme rondelette, vêtue de noir, se tenait devant eux. Elle était manifestement française mais, grâce à Dieu, parlait anglais. Elle expliqua que l'avoué chargé des affaires de Mr. Nicolas Whiteoak l'avait engagée à leur intention en qualité de cuisinière ; le capitaine Whiteoak était certainement au courant. Quant à elle, elle ne désirait que les servir de son mieux. Elle s'appelait Marie et toute sa personne suggérait la sécurité. Philippe demanda du thé pour Adeline et examina avec plaisir le grand salon. Marie poussa un cri de joie et se jeta sur Gussie.

— Oh ! la pauvre petite ! s'exclama-t-elle.

Patsy était resté dans le hall mal éclairé, portant toujours la petite silencieuse sur son épaule. Un sourire destiné à conquérir les bonnes grâces de Marie découvrit ses larges dents sous ses moustaches mal taillées, tandis que la servante prenait possession de Gussie.

— Madame, aurai-je le plaisir de la faire manger ? Elle paraît si fatiguée et si pâle…

Adeline accepta avec reconnaissance. Quand ils se retrouvèrent seuls, Philippe répéta :

— C'est agréable de penser que cette maison nous appartient ;

elle semble bien construite, et il y aura de la place pour tout ce que nous avons apporté.

Adeline ouvrit largement les lourds volets rouge foncé et le soleil de mai inonda la pièce qui, de toute évidence, avait été nettoyée et époussetée pour leur arrivée. Le regard brillant d'Adeline en fit rapidement le tour. Elle découvrit le mobilier noir et or, le lustre trop riche avec ses quatre abat-jour cylindriques en verre rouge suspendus par des cordons de velours cramoisi.

— Quelles horreurs ! s'écria-t-elle.

— Tu crois ?

— Ce n'est pas ton avis ?

— Pour dire vrai tout ne me plaît pas, mais il me semble qu'il y a des possibilités dans tout cela.

— Etait-ce le goût de ton oncle ?

— Il avait acheté la maison, meublée exactement comme elle l'est encore aujourd'hui.

Elle se leva et vint jeter ses bras autour du cou de son mari.

— Oh ! Philippe, que je vais m'amuser à tout refaire à mon gré ! Jamais je n'ai fait de projets avec tant d'impatience de les réaliser. Allons visiter toute la maison.

— Pas avant que tu aies bu quelque chose. Souviens-toi de ton état.

— Juste ciel, pourquoi me jeter toujours ces mots à la tête ! Je ne peux seulement cligner de l'œil sans que tu me dises aussitôt : souviens-toi de ton état.

Au même instant, Marie entra avec un plateau supportant une théière et quelques petits gâteaux recouverts de sucre glacé. Elle leur adressa un sourire rayonnant :

— La pauvre petite meurt de faim ! dit-elle. Elle a déjà mangé trois gâteaux et bu une petite tasse de café au lait. C'est bien meilleur pour elle que le thé. Quelle intelligence, quelle beauté ! Cet homme qui la portait me dit qu'elle est revenue des Indes et que sa nurse indienne est morte. Mais ne craignez rien, je veillerai sur elle mieux qu'on ne l'a jamais fait jusqu'à présent.

Le dévouement de Marie pour la petite Augusta ne devait pas être un feu de paille, bien au contraire, il ne fit que croître. L'enfant ne la quittait pas et la seule idée qu'une bonne d'enfants pourrait être engagée remplissait Marie d'horreur : il n'y avait pas de bonnes d'enfants capables à Québec ; elle était la seule personne qui pût donner à Gussie les soins dont elle avait besoin ; il suffirait de prendre un jeune garçon pour faire les gros travaux et ce garçon, elle l'avait déjà sous la main ; c'était un de ses neveux ; une de ses nièces ferait également une parfaite femme de chambre. Et il ne manquerait pas de travail pour Patsy dans une grande maison comme celle-là ; il y aurait la chèvre à soigner, les escaliers à nettoyer, le jardin à tenir en ordre. La chèvre pourrait paître en liberté dans un petit verger voisin qui appartenait également à Philippe.

Ce dernier passa d'heureux jours à s'instruire dans les moindres détails de tout ce qui concernait son héritage. Il eut de longues conversations avec l'avoué de son oncle, Mr. Prime. Tous les actes étaient parfaitement en ordre et il n'y avait pas la moindre observation à faire.

Les deux Irlandais, d'Arcy et Brent, étaient descendus dans un hôtel voisin de la demeure des Whiteoak et Wilmott, qui avait des goûts moins dispendieux, s'était contenté d'une pension de famille juste au bas de la rue. Philippe explora avec eux la vieille ville, escalada la colline sur laquelle se dressait la citadelle et dîna avec les officiers du Fort. Chaque bel après-midi, Philippe louait une voiture et emmenait Adeline, avec un de leurs amis, dans la campagne environnante. Le spectacle était délicieux, le tardif printemps canadien s'épanouissait dans toute sa plénitude de feuilles et de fleurs. Tout en contemplant la rivière majestueuse, ils évoquaient leur voyage passé qui ne leur apparaissait déjà plus que comme un mauvais rêve. L'air tonique, la bonne cuisine de Marie ramenèrent bientôt de fraîches couleurs sur les joues d'Adeline et elle retrouva toute sa vigueur.

Leur mobilier arriva en parfait état. Les objets les plus laids ayant appartenu à l'oncle Nicolas disparurent pour céder leur place aux réalisations élégantes de Chippendale. Les tapis ramenés des Indes étalèrent leur splendeur sur les parquets cirés. Le lustre en verre rouge fut remplacé par un lustre de cristal. Et certainement l'oncle Nicolas n'aurait reconnu sa maison qu'à grand-peine. Philippe et Adeline firent mille suppositions sur la personnalité de ce dernier, mais ils ne trouvèrent que fort peu de choses dans la maison qui pût les éclairer sur son mode d'existence. Il n'y avait pas un seul portrait de lui, mais celui du duc de Kent sous les ordres duquel il était venu à Québec était accroché au mur du salon. Mr. Prime, l'avoué, décrivit l'oncle Nicolas au capitaine Whiteoak comme un bel homme de caractère plutôt vif, hospitalier et connaisseur de bons vins. Mais Philippe fouilla en vain le moindre recoin de la cave, il ne découvrit pas l'ombre d'une bouteille, ce qui lui parut étrange, car certainement son oncle devait avoir une cave bien remplie au moment de sa mort. Les papiers ayant appartenu à Nicolas Whiteoak apportèrent peu de lumière sur son compte ; il n'avait jamais tenu de journal. Cependant Philippe retrouva quelques lettres d'amour écrites par une dame de Montréal et liées ensemble par un bout de ruban ; la dernière en date portait, écrite de la petite écriture bien lisible du colonel : « Marguerite mourut le 30 janvier 1840. »

Philippe et Adeline ne pouvant déchiffrer que difficilement ces lettres écrites en français, découvrirent seulement que Marguerite avait un mari qu'elle détestait, tandis qu'elle adorait Nicolas Whiteoak. C'était une vraie bénédiction qu'elle n'eût pas été libre de l'épouser ! Cette charmante maison aurait été perdue pour eux !

Ils trouvèrent également des lettres écrites par la sœur de Philippe et le doyen. Philippe et Adeline les lurent avec intérêt et quelquefois un peu d'humeur car elles faisaient allusion à leur folle existence aux Indes.

Au bout de deux mois, Philippe et Adeline étaient agréablement installés dans la ville franco-canadienne et en connaissaient toute la bonne société. La santé d'Adeline s'était grandement améliorée et son état n'entravait que peu son activité. Elle était accueillante, aimait voir ses amis et à être reçue chez eux ; elle trouva à Québec plus de relations intéressantes qu'elle ne l'avait espéré et écrivit en Irlande de longues lettres décrivant l'élégance et l'animation des soirées que donnait la société distinguée de Québec. Elle tenait à faire savoir à son père qu'elle ne vivait pas au milieu de barbares, comme il le lui avait annoncé ! Elle avait eu, jadis, une gouvernante française et bien qu'elle ne pût lire le français que difficilement, elle réussissait à le parler tant bien que mal et décida de se mettre au travail pour parfaire ses connaissances dans cette langue.

Sa gaieté et son entrain lui attirèrent la sympathie des Français aussi bien que des Anglais résidant à Québec, et elle se lia intimement avec ses voisins immédiats.

La maison située à gauche de celle des Whiteoak était habitée par un ménage fort gai qui possédait une demi-douzaine d'enfants. Mme Balestrier sympathisa aussitôt avec Adeline et les deux jeunes femmes passèrent de longues heures ensemble. Mme Balestrier mettait Adeline au courant de tous les commérages de la ville ; elles se promenaient en voiture, faisaient des courses dans les magasins. Les deux familles firent ensemble des pique-niques sur les bords de la rivière, le paysage était dans toute sa splendeur estivale. Le seul reproche qu'on pût faire à la famille Balestrier était la conduite des enfants. Les jeunes frères d'Adeline avaient été terriblement gâtés par leur mère et Adeline avait toujours juré qu'elle élèverait sans faiblesse ses propres enfants ; ce qui caractérisait les enfants Balestrier, ce n'était pas tellement qu'on se pliât à tous leurs caprices, mais leur existence n'était qu'une lutte perpétuelle entre eux et leurs parents, tout ce qu'ils faisaient, ils le faisaient en protestant. Vis-à-vis des Whiteoak, leur attitude était parfaite, mais lorsqu'ils s'adressaient à leurs parents, c'était toujours sur un ton hostile. L'aîné lui-même, un garçon de quatorze ans, ne leur parlait jamais autrement !

Les voisins de droite des Whiteoak étaient d'origine française et s'appelaient de Granville. C'était un couple de frère et sœur dont les parents avaient été décapités pendant la révolution et que des parents éloignés avaient attirés au Canada. Mlle de Granville avait dépassé soixante ans ; elle causait agréablement, possédait un cœur d'or et débordait de vitalité. Sa vie entière était consacrée à son frère beaucoup plus âgé qu'elle. Elle n'était guère qu'un bébé au moment de la révolution, mais M. de Granville avait assisté à des scènes d'horreur qui l'avaient marqué d'une empreinte ineffaçable. Il était sujet à des accès de mélancolie qui l'accablaient soudain au moment le plus inattendu, parfois même au milieu d'un grand dîner. Il restait alors assis, regardant droit devant lui, avec une expression égarée, n'entendant rien, ne voyant rien, figé dans quelque terrible et vague souvenir d'enfance. Dans de semblables circonstances, sa sœur prenait la direction de la conversation, retenant l'attention de tous jusqu'au moment où M. de Granville redevenait lui-même. Il était naturellement spirituel, gai et séduisant et son beau visage distingué contrastait avec les traits sans beauté de sa sœur.

Adeline n'avoua jamais à Philippe l'immense soulagement qu'elle avait éprouvé lorsque ses frères étaient restés en Irlande ; Conway et Sholto auraient été de véritables fléaux à Québec, comment auraient-ils occupé leurs longues heures d'oisiveté ? Il y aurait certainement eu des heurts avec Philippe. Une lettre de sa mère lui raconta leur retour en compagnie de Mary Cameron ainsi que la scène qui suivit. Honoria Court avait couvert douze pages de la diatribe mi-furieuse, mi-ironique de Renny Court à l'arrivée des trois jeunes gens, elle disait n'avoir jamais vu une fille aussi profondément absorbée par l'amour que cette petite Mary de quinze ans, son amour la rendait absolument imperméable à toute autre préoccupation. C'était assez fâcheux à son âge, d'autant plus que Conway n'était guère qu'un collégien. La seule chose à faire était de surveiller étroitement le couple, bien que cette surveillance semblât plutôt une farce venant après la liberté dont ils avaient joui sur le bateau et à Galway ; lady Honoria trouvait vraiment injuste qu'un pareil événement se fût produit juste au moment où elle espérait jouir d'un peu de tranquillité, comme toujours son mari ne manquait pas de la blâmer pour tout ce qui était arrivé. Elle avait également reçu une lettre de Mrs. Cameron déclarant qu'Adeline était parfaitement au courant de ce qui s'était passé et demandant que Mary fût embarquée sur le prochain bateau partant pour Montréal en la confiant à un chaperon sérieux, comme si la jeune fille avait encore besoin d'un chaperon !

Renny Court écrivit une brève lettre à Adeline pour lui dire qu'il était grand dommage qu'elle fût revenue des Indes pour jeter le trouble dans sa famille ; il vaudrait mieux, disait-il également, qu'au lieu de renvoyer les bagages des deux garçons, elle lui adressât un chèque, car le contenu de leurs bagages ne leur serait d'aucune utilité en Irlande et aurait au contraire une grande valeur chez les sauvages.

— Quelle bassesse ! s'écria Adeline. Il arracherait les pièces de monnaie des yeux d'un mort ! Il écorcherait une puce pour son cuir et son suif ! A quoi me serviraient les affaires de mes frères, et à qui pourraient-elles servir ici ? Je ne lui enverrai pas un centime ! Je n'oublierai jamais l'époque où j'ai rompu mes fiançailles avec Edward O'Donnel ! Edward refusa de reprendre la bague qu'il m'avait donnée, me disant d'en faire ce que je voudrais. Mon père prétendit que ce serait déshonorant pour moi de la porter et il m'en donna vingt livres. Plus tard, j'ai découvert qu'il l'avait vendue quatre fois plus cher et quand je lui en fis reproche, il me répondit qu'il avait eu besoin d'argent pour payer une dette de mon frère Esmond, Esmond est mon frère préféré : aussi que pouvais-je faire ? Mais quel visage effronté et impudent que celui de mon père ! Capable de vous regarder en face et de dire n'importe quoi, vrai ou faux !

— C'est exact, reconnut Philippe. Je vais cependant lui envoyer un chèque pour les affaires de tes frères. Les malles et les valises sont mieux que tout ce qu'on peut se procurer ici. Quant aux vêtements, je suis certain que nous trouverons un amateur pour eux.

La lettre suivante qu'Adeline reçut de sa mère contenait le récit du mariage des deux jeunes gens dans la chapelle du château de Killiekeggan ; après mûre réflexion, il avait été décidé que Conway ferait amende honorable et réparerait le tort causé à la jeune fille. De son côté, Mary avait déclaré qu'elle possédait une fortune rondelette, ce qui s'était avéré exact. L'honneur et la prévoyance se trouvaient donc également satisfaits. Mary était une enfant douce et aimable et déjà toute la famille s'attachait à elle. Ce serait un geste élégant de la part d'Adeline et de Philippe, que d'envoyer un beau cadeau de noces.

D'une chose à l'autre, l'été passa. Il s'écoula rapide et charmant, comme le Saint-Laurent lui-même suivant son cours estival. La chaleur était parfois très élevée, mais la maison de la rue Saint-Louis était relativement fraîche. Les promenades sur l'esplanade étaient silencieuses le soir, et les bavardages entre amis allaient bon train, tandis qu'au-dessous d'eux s'allumaient les lampes de la ville basse et que les lumières des bateaux brillaient comme des bijoux sur la surface des flots. Adeline accordait parfois un souvenir mélancolique à l'ayah dont les os légers devaient être désormais dépouillés de leur revêtement de chair bronzée. Le mystère de la poupée de Gussie ne fut jamais élucidé. Gussie elle-même ne répéta jamais le mot « Partie ». Elle apprenait maintenant à parler français, et quand on s'adressait à elle en anglais, elle détournait sa petite tête d'un air offensé. Elle trottinait en tenant bien serrée la main de Marie et soulevait ses petits pieds d'un geste charmant, comme si elle montait un escalier. Patsy O'Flynn était son esclave. Elle adorait l'odeur de sa grosse pipe et le contact rugueux de ses cheveux durs et grisonnants ; elle avait beau les tirer, elle ne parvenait pas à les arracher.

Jacques Wilmott venait chaque jour rendre visite aux Whiteoak. Philippe lui prêtait des journaux de Londres qui arrivaient régulièrement. Ils parlaient politique, leurs opinions divergeant juste assez pour animer leurs discussions. S'ils s'échauffaient un peu, Wilmott, invariablement, se retirait, comme s'il craignait de se laisser emporter par le feu de la discussion.

— C'est un mauvais coucheur, s'écriait Philippe. Je me demande parfois pourquoi il me plaît, car il me plaît !

— Il te plaît parce qu'il a de l'esprit, répliqua Adeline. C'est un homme très intelligent et je me demande comment il n'a pas mieux réussi dans la vie.

— Il m'a dit qu'il était à court d'argent et ne pourrait continuer à vivre ici. Il va exploiter une terre et une ferme.

— Le ciel lui vienne en aide !

— C'est ce qu'il me plairait de faire, moi aussi !

— N'es-tu pas heureux ici, Philippe ?

— Si, mais cette ville est de mœurs plus françaises que je ne le croyais et les réceptions et les commérages prennent une telle importance que nous aurions aussi bien pu rester aux Indes. Il y a en moi quelque chose qui n'est pas satisfait.

Il enfonça ses mains dans ses poches et se mit à arpenter la pièce en tous sens.

— Cependant tu passes du bon temps avec les officiers du Fort ; tu as fait des pêches splendides. Tu chasseras le canard sauvage et le daim, cet automne.

Philippe fronça les sourcils et fit la moue.

— Chasser le daim ! Chasser le daim ! Pour un homme qui a chassé le cerf à cheval, quelle barbarie !

— Alors, ne chasse pas le daim !

Il la regarda.

— Je suis venu pour réaliser une œuvre utile, n'est-ce pas ? Un homme ne peut rester à se tourner les pouces à longueur de journée.

Adeline cessa de tirer l'aiguille et leva les yeux sur son mari. Elle cousait un petit jupon pour le bébé qui allait naître ; il était en flanelle blanche et le feston qui le bordait dans le bas s'agrémentait de motifs brodés représentant des grappes de raisin et des feuilles de vigne. Adeline était habile à tous les travaux d'aiguille et les plus difficiles ne la rebutaient pas. Confectionner un vêtement ordinaire ne lui semblait pas digne d'elle ; grâce au ciel, elle avait une vue excellente, car elle restait penchée sur les travaux les plus fins, même à la lumière des bougies.

Cessant de coudre, elle déclara :

— Le malheur, c'est que tu es trop heureux. Si tu souffrais, si tu étais malade comme moi, tu te réjouirais de rester tranquillement assis.

— Tu ne souffres pas et tu n'es pas malade, répliqua-t-il, ou du moins, tu ne le serais pas si tu ne te serrais pas si ridiculement.

— Tu préférerais peut-être sortir une femme qui ressemblerait à une botte de foin ?

— Je gage que ta mère ne s'est jamais serrée à ce point, lorsqu'elle se trouvait enceinte.

— Elle le faisait parfaitement ! Personne ne savait jamais qu'elle allait avoir un enfant.

— Rien d'étonnant à ce qu'elle en ait enterré quatre !

Adeline jeta le petit jupon sur le sol et se leva brusquement. L'indignation rendait sa beauté plus rayonnante que jamais. Au même instant, Marie introduisit Wilmott dans le salon. Il jeta sur Adeline un regard admiratif, prit sa main sur laquelle il se pencha et la baisa.

— Ma parole, s'écria Philippe, vous adoptez la mode française.

— C'est une mode qui convient parfaitement à ce salon et à Mrs. Whiteoak, répondit Wilmott sans la moindre gêne.

— C'est une mode fade et bête, répondit Philippe.

— Fade et bête, répéta Wilmott en rougissant.

— Parfaitement ! dit Philippe avec mauvaise humeur.

Wilmott rit légèrement et regarda Adeline.

— C'est une mode qui me plaît, déclara cette dernière ; il n'existe pas de manières trop raffinées à mes yeux.

— Chaque pays a les siennes, reprit Philippe, et je me contente de laisser à chacun ce qui lui appartient.

— C'est infiniment plus agréable de recevoir un baiser sur la main que d'avoir la main broyée et les doigts écrasés à en crier contre les bagues, comme c'est le cas avec Mr. Brent ! affirma Adeline.

Elle ramassa son ouvrage et regagna sa place. Wilmott prit dans un coin un siège au dossier droit. Philippe ouvrit les volets rouges et souleva le panneau de la fenêtre pour regarder dans la rue. La charrette du laitier, tirée par un âne, apparut ; les cuivres brillaient dans le soleil chaud. Six religieuses passèrent près de la fenêtre ; leurs robes noires flottaient autour d'elles, et leurs visages graves semblaient sculptés dans la cire.

Philippe partit à l'automne pour la chasse au canard et revint très satisfait. La chasse avait été excellente, le temps magnifique. Le Saint-Laurent, maintenant d'un bleu hyacinthe, coulait entre deux rives somptueuses que les brouillards nocturnes d'octobre avaient tapissées de teintes éblouissantes. A l'inverse de ce qui s'était produit avant la naissance d'Augusta, Adeline se portait merveilleusement bien. Elle se promenait à pied ou en voiture, acceptait des invitations, recevait chez elle. Son amitié pour Wilmott n'avait fait que croître. Il possédait une belle voix de baryton et pouvait s'accompagner au piano. Il leur arrivait de chanter ensemble et, soutenue par son compagnon, Adeline réussissait à chanter juste. Ils chantèrent sa mélodie préférée, empruntée à *La Bohémienne ;* elle s'appuyait contre le piano et pendant qu'ils chantaient ensemble : *J'habitais en rêve un château de marbre*, ou *Vous vous souviendrez de moi*, elle regardait Wilmott bien en face, tout en se demandant quelle avait bien pu être son existence jusqu'à ce jour. Il était toujours réticent sur ce sujet et s'il parlait souvent de la nécessité pour lui de trouver une occupation qui lui conviendrait, il ne faisait cependant pas le moindre effort dans ce sens. Il occupa successivement des logements de moins en moins coûteux. Philippe et Adeline soupçonnèrent ses repas d'être trop légers, mais il conservait toujours son attitude presque dédaigneuse à l'égard de la nourriture lorsqu'il se trouvait assis à leur table richement servie. Il parlait d'acheter de la terre.

Le froid glacial et soudain, les tempêtes de neige qui sévirent dès novembre furent une surprise pour les Whiteoak. Si tel était le mois de novembre, que serait l'hiver ? Philippe offrit à Adeline une belle cape en peau de phoque d'une rare finesse et d'une teinte magnifiquement dégradée allant du brun doré au brun presque noir. Un immense manchon accompagnait la cape et Adeline fit faire chez une modiste française une petite toque de même fourrure. Philippe proclama qu'elle n'avait jamais été plus belle. La peau de phoque faisait ressortir la teinte de ses cheveux et de ses yeux, ainsi que l'incarnat de ses lèvres.

Philippe commanda pour lui-même une capote doublée de vison avec col de vison ; il posa sur sa belle tête un bonnet de la même fourrure qui lui donnait un petit air conquérant. Quand Adeline le vit pareillement équipé, elle poussa des cris de joie.

— Philippe, tu es un amour ! s'écria-t-elle en l'embrassant sur les deux joues, à la mode française.

Tous deux étaient très fiers de Gussie. Elle marchait avec assurance dans de minuscules chaussures bordées de fourrure, vêtue d'un manteau d'agneau blanc avec un manchon de même fourrure et un bonnet de velours bleu de roi. Marie l'installait sur un traîneau aussi blanc que la neige, muni de patins chasse-neige à l'avant, et la poussait ainsi triomphalement dans les rues escarpées et glissantes de Québec. Elles bavardaient en français quand Marie s'arrêtait pour se reposer.

Wilmott ne prit aucune précaution spéciale contre le froid. Il devait préserver son capital, déclara-t-il, affirmant aussi ne jamais sentir le froid, bien qu'il semblât toujours à demi gelé : quand il arrivait chez les Whiteoak il se précipitait aussitôt vers le feu. Il apportait parfois un journal imprimé dans l'Ontario et lisait tout haut les annonces de vente de terrains dans cette province, ou des articles concernant sa vie sociale et politique.

Philippe avait retenu le meilleur médecin anglais de la ville pour soigner Adeline ; mais elle accoucha quinze jours plus tôt que prévu et Philippe la soupçonna de l'avoir fait à dessein ! Le docteur était parti en traîneau dans un village situé à vingt milles de là, appelé auprès d'une autre femme, quand Adeline commença à souffrir. Elle était assise au salon avec Philippe en train de jouer au trictrac ; l'après-midi s'achevait ; les rideaux étaient tirés et un bon feu brûlait dans la cheminée. Boney sur son perchoir conversait avec lui-même à voix basse en hindou ; le plumage de sa gorge était gonflé et ébouriffé, son cou s'enfonçait entre ses ailes ; il ouvrait et refermait successivement une patte sur son perchoir, comme s'il s'agissait de doigts pourvus de sensibilité. Adeline poussa un cri et porta la main à son côté.

— Une douleur ! cria-t-elle. Une terrible douleur !

Elle se courba en deux sur le jeu de tric-trac, renvoyant les pions dans toutes les directions. Philippe fut aussitôt debout.

— Je vais te chercher de l'eau-de-vie, dit-il.

Il se dirigea rapidement vers la salle à manger et revint avec un petit verre d'alcool. Elle appuyait encore sa main sur son côté, mais ne souffrait plus.

— Es-tu mieux ? demanda-t-il.

— Oui, mais donne-moi cette eau-de-vie.

Elle en but une gorgée.

— Cela vient de ce que tu as mangé, dit-il en la regardant avec anxiété.

— Oui... Ces noix peut-être... Je ne devrais pas goûter à ces noix du Brésil.

Elle but une autre gorgée.

— Viens t'étendre sur le canapé.

Il l'aida à se lever. Elle fit un pas et poussa un autre cri, auquel Boney fit écho en jetant un regard interrogateur sur le visage de sa maîtresse.

— Mon Dieu ! dit Philippe.

— Envoie chercher le docteur ! Vite ! Vite ! cria-t-elle. L'enfant va naître.

— C'est impossible ! Le docteur n'est pas en ville.

— Alors, va en chercher un autre ! – Elle s'arracha des mains de Philippe, courut vers le canapé et s'y coucha, serrant son ventre dans ses mains. – Va chercher le docteur de Berthe Balestrier ! Appelle Marie !

Une demi-heure plus tard, un médecin français petit et gros, avec une moustache noire et effilée, quittait la rue obscure pour entrer dans la chambre à coucher brillamment éclairée où Marie avait transporté Adeline. Philippe allait et venait à l'étage au-dessous, rempli d'appréhension et de méfiance.

Moins d'une heure plus tard, un fils était né chez les Whiteoak. La rapidité de cette naissance, si différente de celle de Gussie, son prompt rétablissement, parurent à Adeline un véritable miracle. Elle en accorda tout le mérite au Dr Saint-Charles, chantant ses louanges à tous ceux qui venaient la voir ; elle lui attribua même la vigueur de son magnifique bébé. Bien que cela ne plût guère à Philippe, elle ajouta aux noms qu'ils avaient choisis ceux de Saint-Charles et de Noël, bien que cette fête fût déjà passée depuis trois semaines. Elle était profondément heureuse et nourrit Nicolas au sein, ce qu'elle n'avait pu faire pour Gussie.

Elle trouva une nurse anglaise, qui avec l'arrogance de toutes ses pareilles, prit presque complètement possession du bébé. Mais Marie ne renonça pas à Gussie ; la domestique française et la nurse s'établirent en deux camps hostiles dans le quartier des domestiques. La nurse avait l'avantage de savoir qu'elle était presque indispensable à Adeline. Par contre, Marie savait que Philippe se délectait de ses *soufflés* et de ses *meringues*. Quand les deux femmes en arrivaient à échanger des propos sans douceur, Marie avait la supériorité de pouvoir exhaler son courroux dans un mélange de français et d'anglais parfaitement inintelligible auquel son ennemie ne pouvait répondre que par des regards furieux et des hochements de tête. La nurse célébrait les mérites de l'enfant qui lui était confié : c'était le plus beau bébé de Québec, il ressemblait au petit Jésus. Marie ne partageait pas cet avis et cependant, en sa qualité de fervente catholique, elle devait certainement savoir à quoi s'en tenir sur les apparences de l'enfant divin. Elle racontait à son tour comment on l'arrêtait dans la rue pour admirer la petite Augusta, vêtue de son manteau d'agneau blanc et coiffée de son bonnet de velours bleu. Les deux parents tombaient parfaitement d'accord quant à la beauté respective de leurs enfants. Nicolas était, en effet, un enfant magnifique, et pendant les mois qui suivirent, il devint chaque semaine plus charmant ! Sa peau douce comme un pétale de fleur était d'une blancheur laiteuse ; ses yeux bruns avaient des reflets d'or et brillèrent bientôt de malice et de vitalité. Il était né avec un duvet brun très épais qui poussa si vite qu'à cinq mois sa nurse pouvait en former une énorme boucle qui était l'orgueil de sa vie. Adeline découvrit en son fils une extrême ressemblance avec elle-même, bien que la vigueur du petit corps rappelât celle des Whiteoak. Philippe déclara qu'il était le portrait d'Adeline avec sa chevelure rousse en moins ; et Adeline remercia Dieu qu'il n'eût pas hérité de cette dernière ; elle espérait bien qu'aucun de ses enfants ne s'en verrait affligé, car elle considérait ses cheveux roux comme une tare. Son vœu se réalisa, aucun de ses quatre enfants ne posséda son éclatante chevelure, il devait appartenir au premier de ses petits-fils d'hériter de cette couleur, en plus ardent encore.

Le baptême de Nicolas fut un événement à Québec ; la robe portée par Adeline et par ses frères, bien qu'un peu usée, fut envoyée d'Irlande à son intention. La cérémonie eut lieu dans la chapelle militaire et les invités furent ensuite reçus chez les Whiteoak où des discours brefs mais éloquents furent prononcés et arrosés de champagne que l'on but à la santé et au bonheur futur de Nicolas-Noël-Saint-Charles...

Les Whiteoak donnèrent une réception plus importante encore à la mi-carême, les invités furent priés de se déguiser en personnages de l'époque de Louis XVI ; leurs cheveux poudrés, leurs mouches, l'élégance de leurs costumes les transformaient complètement ; ils étaient tous dans leur élément. La maison de la rue Saint-Louis résonna de rires et de musique de danse comme elle ne l'avait jamais fait depuis l'époque du duc de Kent. Pendant le souper, une cage pleine d'oiseaux chanteurs mécaniques que Philippe avait donnée à Adeline pour Noël se mit soudain à répandre une mélodie pour la plus grande joie des assistants. M. Balestrier but un tout petit peu trop de champagne. Adeline dansa un peu trop souvent avec Wilmott, ce qui n'avait rien d'étonnant, car il dansait à merveille et ses culottes de satin ainsi que ses bas de soie révélaient des jambes parfaites.

C'était folie de sa part que d'avoir dépensé une telle somme pour un costume qui ne servirait qu'une soirée ; il fallait voir là le résultat de la mauvaise influence d'Adeline, déclara-t-il à celle-ci en la regardant dans les yeux avec un sourire un peu mélancolique.

Le frère et la sœur, M. et Mlle de Granville, portaient d'authentiques costumes de l'époque apportés jadis de France. M. de Granville portait le sien avec une distinction un peu triste qui se transforma peu à peu, au cours de la nuit, en une étrange gaieté. Il était le partenaire d'Adeline dans un quadrille quand il cessa soudain de danser et la regarda fixement avec une expression de terreur.

— Qu'y a-t-il ? lui demanda-t-elle avec angoisse.

— Maman ! cria-t-il d'une voix tremblante. Maman ! Ne me laisse pas !

Il resta cloué sur place, son beau visage comme glacé d'effroi. Sa sœur se précipita vers lui et l'emmena. Les quelques témoins de l'incident crurent simplement que ce pauvre M. de Granville avait eu une de ses attaques coutumières, mais sa sœur avait perçu quelque chose de plus grave et le lendemain matin, de bonne heure, envoya chercher le Dr Saint-Charles. Ce dernier fut impuissant à calmer la violence de la fièvre qui s'était emparée du malade ainsi que le délire qui l'accompagnait.

Toute l'affreuse hantise qui avait assombri l'existence de M. de Granville se révélait soudain avec la violence d'un coup de tonnerre dont l'éclair jette une lumière blafarde dans la nuit sombre. Il voyait se dresser devant lui les moindres détails du passé et les lointaines horreurs de son enfance semblèrent ne plus dater que de la veille.

Cet état resta pendant une semaine, puis la fièvre tomba, le malade s'apaisa et ne garda aucun souvenir de ces jours de délire. Il manifesta un vif regret d'avoir quitté la charmante réunion des Whiteoak et pria sa sœur de veiller à ce que son costume fût soigneusement plié et remis en place. La nuit suivante il mourut en dormant.

La mort de M. de Granville bouleversa Adeline. Les deux maisons voisines avaient, en si peu de temps, vu naître et mourir ! Si elle n'avait pas donné cette fête masquée, la pauvre Mlle de Granville ne se rendrait pas à la messe sous de lourds voiles de deuil, avec de grands cernes noirs autour des yeux !

Une bronchite retint Adeline à la maison. Le temps était glacial. L'hiver avait été très rigoureux, et le printemps aurait dû s'annoncer. Cependant, la température continuait à baisser. D'énormes chutes de neige rendaient les rues impraticables et chargeaient lourdement les toits jusqu'au moment où la masse blanche entraînée par son poids glissait le long de la pente et tombait sur la chaussée avec fracas. Tout le jour, des hommes emmitouflés jusqu'aux oreilles raclaient la neige avec des pelles et l'entassaient si haut, de chaque côté des rues, qu'il était impossible de voir d'un côté ce qui se passait de l'autre. Le lait était distribué en blocs glacés. La viande également. Un matin, Pat O'Flynn trouva un chien mort de froid sur le seuil de la maison. Philippe eut les oreilles gelées en revenant d'un dîner à la citadelle. Le thermomètre descendit à trente degrés au-dessous de zéro. Les lumières de la ville basse brillaient faiblement dans la nuit comme de petites étoiles glacées. Le soleil, voilé pendant le jour, dressait, à l'heure de son coucher, sa masse écarlate derrière le Saint-Laurent pris par les glaces. La gelée rendait plus sonore l'appel matinal des cloches de l'église à travers la ville et, chaque jour, Adeline entendait le claquement de la porte et le bruit des pas de Marie se hâtant sur la neige pour aller entendre la messe. Gussie avait dressé dans un coin de la cuisine un petit autel, constitué d'une serviette de table étendue sur une boîte que surmontait une image du Sacré-Cœur ; elle avait placé devant cette image une bougie dans un chandelier, et faisait une génuflexion chaque fois qu'elle passait. Elle venait parfois s'y agenouiller, faisait le signe de la croix et remuait les lèvres comme pour prier. Elle avait à peine deux ans ! Les yeux de Marie se remplissaient de larmes à ce spectacle. Cette enfant n'était-elle pas trop parfaite pour vivre ? Mais la nurse de Nicolas protestait auprès d'Adeline.

— Cette petite est en train de devenir papiste, madame. Ici même sous nos yeux.

— Elle pourrait faire plus mal, Mathilde. S'il lui plaît d'avoir un petit autel, je ne l'en priverai pas.

Un membre important et encombrant de la famille était un énorme chien terre-neuve noir, appelé Néron. Il était jeune, de grande taille et très dominateur. Il se conduisait en maître dans la maison et sa fourrure était si épaisse qu'il ne savait distinguer une correction d'un jeu. Il se roulait dans la neige avant d'entrer dans la maison, et dès qu'il se trouvait à l'intérieur, se secouait frénétiquement, dans un véritable tourbillon de neige, puis s'installait confortablement sur le tapis le plus épais, aux pieds de Philippe, pour lécher ses grosses pattes mouillées.

Néron occupa le centre du « premier groupe familial » qu'un photographe de Québec prit des Whiteoak ; l'artiste avait installé Adeline dans un fauteuil Louis XV qui disparaissait sous l'immense crinoline ; Nicolas était sur les genoux de sa mère qui portait sa cape de peau de phoque et un petit bonnet d'où s'échappait sa chevelure coiffée en grosses boucles. Le bébé était vêtu de lapin blanc, à l'exception de ses beaux pieds nus. Gussie se tenait à côté de sa mère, presque aussi large que haute dans son manteau d'agneau blanc et sous son bonnet de velours. Philippe, dans sa pelisse doublée de fourrure, dressait sa haute taille à côté de sa famille et Néron était couché à leurs pieds, paraissant parfaitement insensible à un froid de vingt degrés au-dessous de zéro. Derrière le groupe s'étendait un paysage qui évoquait la Grèce, mais la couleur locale était sauvegardée par l'impressionnante chute de neige qui recouvrait tout.

Les Whiteoak et leurs amis contemplèrent longtemps cette photographie. Philippe acheta une loupe afin de n'en perdre aucun détail.

Il commanda deux douzaines d'épreuves dont vingt-trois furent enveloppées par lui-même et expédiées à des parents et amis en Angleterre, en Irlande et aux Indes ; de chacun de ces pays arrivèrent des lettres admiratives, en même temps qu'ironiques et compatissantes, en ce qui concernait le climat de Québec. La vingt-quatrième épreuve, encadrée de velours marron, trouva place sur une table de marbre du salon, à côté d'un coffret d'albâtre et de statuettes de jade et d'ivoire venant des Indes.

Le froid continuait à sévir durement ; l'hiver durait encore quand le mois d'avril arriva. Wilmott avait pris la décision irrévocable de partir pour l'Ontario et s'efforçait de persuader les Whiteoak de le suivre. Philippe avait déjà un ami, un colonel de l'armée anglo-indienne, qui s'était installé sur la rive fertile du lac Ontario. Le colonel Vaughan était plus âgé que Philippe qu'il avait connu aux Indes, et sur cette terre nouvelle il avait adopté à son égard une attitude presque paternelle. Il le pressait vivement de gagner l'Ontario où ils pourraient vivre dans un agréable voisinage. « Ici, écrivait-il, les hivers sont doux ; nous avons peu de neige ; l'été est long et fécond ; la terre produit en abondance des céréales et des fruits. Un petit groupe agréable de familles respectables est en train de se former. Vous et votre charmante femme, mon cher Whiteoak, recevrez ici l'accueil amical que des gens de votre valeur méritent. Si vous vous décidez à venir, notre maison sera la vôtre jusqu'à ce que vous ayez construit une demeure convenable. Ma femme se joint à moi pour vous faire cette offre de la façon la plus cordiale. Notre maison est assez grande et bien que nous vivions simplement, je crois que nous pouvons vous accueillir agréablement. »

Sa venue au Canada avait exalté la nature aventureuse d'Adeline. Elle était prête à aller de province en province, s'il le fallait, jusqu'au jour où elle trouverait enfin l'installation de ses rêves. Elle s'était fait des amis à Québec, mais pourrait toujours revenir les voir. Sa santé n'était pas encore ce qu'elle avait espéré. Elle redoutait un nouvel hiver dans cette maison pleine de courants d'air glacés. La mort de M. de Granville l'avait profondément affectée car elle s'en croyait un peu responsable, et la silhouette de Mlle de Granville voilée de crêpe évoquait en elle de tristes souvenirs. Mais plus encore que tous ces motifs, le désir de conserver auprès d'elle la présence amicale de Wilmott pesa sur sa décision. L'amitié de ce dernier comptait pour elle plus que tout autre et s'il partait pour l'Ontario, elle la perdrait. Elle consentit donc au départ. Lorsque Philippe et Wilmott eurent gagné Adeline à leur cause, ils se jetèrent corps et âme dans les préparatifs du voyage. La maison de Québec fut vendue, moins cher, il est vrai, que Philippe ne l'avait espéré. L'emballage du mobilier, les innombrables petits préparatifs demandèrent du temps et beaucoup d'activité. Une année seulement s'était écoulée depuis le jour où les Whiteoak avaient entrepris avec enthousiasme de faire de la maison de la rue Saint-Louis une demeure selon leur rêve, et déjà, elle était dépouillée de son contenu. Elle retrouvait son aspect mélancolique et ne gardait nulle trace de leur passage.

Quand vint le moment de la séparation, tous les membres de la famille Balestrier, y compris M. Balestrier lui-même, se mirent à pleurer avec d'autant moins de retenue qu'ils étaient plus jeunes ; et quand ce fut le tour de Loulou, le dernier-né, il se cramponna au cou d'Adeline en poussant des hurlements et donnant des coups de pied. Pour le consoler, elle lui donna un petit âne mécanique qui dansait et qu'il admirait depuis longtemps ; ses larmes se séchèrent aussitôt. De même que le chagrin, le plaisir est contagieux ; chacun retrouva peu à peu sa gaieté et finalement ce fut avec un sourire que M. Balestrier embrassa Philippe sur les deux joues, lui recommandant de revenir à Québec quand il trouverait la vie de l'Ontario insupportable, ce qui ne pouvait manquer d'arriver.

Le mobilier devait rester dans un garde-meuble à Québec jusqu'au moment où il conviendrait de l'expédier ; seuls les bagages des voyageurs, Néron et la chèvre Maggie allaient les suivre avec leurs deux domestiques. Marie eut véritablement le cœur brisé quand elle dut se séparer de Gussie. Elle pleura à en être défigurée. Gussie pleura également, bien qu'elle fût contente de partir en voyage avec son « papa et sa maman ». Elle aurait volontiers laissé Nicolas, car elle n'éprouvait jusqu'ici aucune tendresse pour lui, tandis qu'elle portait une réelle affection à Néron et à Maggie. Elle se souvenait vaguement de son voyage en mer et quand elle réalisa qu'ils allaient de nouveau monter en bateau, les coins de sa bouche s'abaissèrent et elle se cramponna aux jupes de sa bonne. Mais le bateau en question était un beau vapeur et il remonta le magnifique fleuve en offrant à ses passagers confort et sécurité. A Lachine, ils le quittèrent et montèrent dans de splendides bateaux halés par de vifs petits chevaux franco-canadiens. Gussie était ravie. Elle poussa un cri de joie quand Patsy la souleva dans ses bras en criant :

— Regardez, Votre Honneur. Quel beau spectacle !

— Quels sont ces hommes ? demanda-t-elle dans son anglais un peu incertain.

— Il paraît que c'est le gouverneur du Nord-Ouest qui regagne son siège. Voilà la vie que j'aime ! Regardez ses beaux habits et les Peaux-Rouges en tenue de guerre qui l'escortent !

Le groupe des voyageurs s'arrêta pour regarder le gouverneur. Une foule considérable s'était amassée et lançait des acclamations. Il était accompagné d'officiers en uniforme et huit pirogues imposantes avec des équipages d'Indiens formaient son escorte. Les visages bronzés que leurs peintures de guerre rendaient féroces, les vêtements de couleurs vives brodés de perles, les plumes plantées dans les chevelures de jais et qui balayaient les épaules musclées, tout cela ravissait Adeline. Cramponnée d'un côté au bras de Philippe et de l'autre au bras de Wilmott, elle s'écria :

— Quelle lettre je vais écrire à la maison ! Je raconterai tout cela à mon père et il en restera ébahi !

Les majestueux bateaux glissèrent lentement sur l'eau. Trois douzaines de pagaies se soulevèrent et plongèrent comme mues par un seul bras. A chaque proue, un drapeau anglais déployait ses croix au soleil. Les Indiens chantaient en pagayant, d'une voix chaude et plaintive tout à la fois :

A la claire fontaine,
M'en allant promener,
J'ai trouvé l'eau si belle
Que je m'y suis baigné,
Il y a longtemps que je t'aime
Jamais je ne t'oublierai !

Gussie joignit sa petite voix à la leur, car Marie lui avait bien souvent chanté cette chanson ; elle chantait pour son seul plaisir, car personne ne pouvait l'entendre.

Traversant des canaux, longeant des rives fleuries de vergers, franchissant des rapides et descendant de paisibles versants, tantôt en péniche, tantôt en diligence, le petit groupe fit tout à loisir son chemin vers l'Ontario. Le ciel étendait au-dessus d'eux sa haute voûte bleu turquoise ; la terre leur offrait toutes ses promesses. Ce pays semblait posséder une richesse sans limite et leur diligence s'arrêtait devant des auberges aux planchers peints où on leur offrait de la cuisine française. Leur voyage se poursuivit jusqu'au moment où ils atteignirent une région où le plancher des auberges était de bois blanc et les habitudes plus rudes. Philippe, Adeline, Gussie, Nicolas et sa nurse Mathilde, Patsy O'Flynn, Néron le terre-neuve, la petite chèvre Maggie, Wilmott qui étudiait la carte et déplorait la façon dont Philippe gaspillait son argent, tous se dirigèrent vers l'Ouest où les appelait leur nouvelle existence. Mais Wilmott n'alla pas jusque chez les Vaughan et demeura dans le village le plus proche afin d'étudier la possibilité d'acheter un petit domaine pour lui-même.

7

Vaughanland

David Vaughan avait acquis de l'Etat, à un prix très modique, plusieurs centaines d'acres d'un terrain fertile et magnifiquement boisé. Il y avait construit une maison simple mais confortable, avec, sur le devant, une immense véranda où il passait de longues heures avec sa famille lorsque le temps était beau. Il y avait déjà trois ans qu'il vivait dans cette maison et ces années lui semblaient avoir été les plus heureuses de sa vie. Il était de ces hommes privilégiés qui peuvent regarder le passé et l'œuvre capitale de leur vie en se déclarant parfaitement satisfaits des résultats obtenus et qui peuvent également envisager l'avenir avec la certitude de posséder exactement et définitivement la situation qu'ils avaient désirée. Il aimait et admirait sa femme, il était fier de son fils. Son vœu le plus cher était d'attirer des gens sympathiques dans ce coin de province où ils étaient installés et, avec leur aide, d'y faire revivre les mœurs et les traditions anglaises pour le plus grand bonheur de leurs descendants. A ces mœurs et traditions anglaises, il rêvait d'adjoindre la largeur de vues et le sens de la liberté que possédait le nouveau monde. Il voyait dans cette combinaison la solution idéale qui assurerait à chacun la sécurité, la tolérance et le bonheur. Le souvenir qu'il avait gardé de Philippe Whiteoak était celui d'un homme fait exactement pour ce genre de vie. Il ne connaissait pas sa femme, mais savait qu'elle était distinguée et pleine d'esprit. Cela méritait bien de faire quelques efforts pour décider des gens aussi intéressants à venir s'installer près de Vaughanland. Les inconvénients et les fatigues d'un séjour prolongé des Whiteoak allaient retomber surtout sur Mrs. Vaughan, aussi était-elle moins enthousiaste que son mari et espérait-elle de tout son cœur que leurs invités ne prolongeraient pas indéfiniment leur séjour. Cependant, c'est en se réjouissant sincèrement de leur arrivée prochaine qu'elle prépara deux chambres destinées l'une à la nurse et aux enfants, l'autre aux parents car Philippe avait tout simplement oublié de mentionner la présence de Patsy O'Flynn, du chien terre-neuve et de la petite chèvre. Il y avait, dans le voisinage, une telle abondance de gibier et de poisson que la question de la nourriture ne se posait même pas. Lorsque la saison serait plus avancée, les fraises des bois, les framboises et les mûres sauvages fourniraient un dessert abondant. Le beurre et le pain faits à Vaughanland étaient plus savoureux que partout ailleurs et Mrs. Vaughan mettait quiconque au défi de faire des fromages meilleurs que les siens. Non, la question des repas ne la préoccupait nullement, mais elle redoutait la présence d'étrangers venant troubler leur intimité et constatait avec peine que son mari ne semblait pas s'en préoccuper. Quant à son fils Robert, il était ravi. Mais pouvait-on espérer autre chose d'un garçon de dix-neuf ans qui trouvait parfois leur vie un peu monotone ?

Ce fut par une exquise soirée du début de juin que Philippe et Adeline aperçurent pour la première fois le cadre dans lequel allait s'écouler le reste de leur vie. David Vaughan avait envoyé une voiture tirée par deux chevaux gris les recevoir à l'arrivée de la diligence. Il y avait également un petit char de la ferme pour prendre leurs bagages. Les chevaux avaient passé la nuit précédente dans l'écurie d'une auberge. Ils étaient reposés et pansés du matin quand ils prirent le chemin du retour. Les Whiteoak avaient également passé la nuit en ville et se levèrent frais et dispos. Mais la route non pavée était mauvaise ; grâce à Dieu les inondations printanières étaient terminées, car elles emportaient parfois des parties entières de la route pleine d'ornières, mais praticable. L'air était délicieux, le spectacle charmant. A travers les arbres, les voyageurs apercevaient le lac semblable à une mer, étincelant sous le soleil matinal de ses mille vagues sans fin ; paisible et bleu dans l'après-midi, il flamboyait au coucher du soleil au-dessous de nuages de feu. Les perdrix et les coqs de bruyère faisaient leurs nids dans la forêt profonde. De petits oiseaux s'élançaient parfois dans le ciel lumineux et l'on pouvait entendre leur chant au-dessus du piétinement sourd des chevaux et du grincement des harnais.

Les Vaughan quittèrent la véranda pour accueillir leurs hôtes. David Vaughan et Philippe ne s'étaient pas rencontrés depuis le mariage de Philippe. Ils échangèrent une chaude poignée de main et présentèrent respectivement leurs femmes l'une à l'autre. Celles-ci échangèrent des regards empreints d'une vive curiosité. Mrs. Vaughan était décidée à donner toute son affection à Adeline, mais le regard de cette dernière, en dépit du sourire caressant qui l'accompagnait, fit naître en elle une certaine appréhension. « Je ne crois pas que je l'aimerai, pensa Alice Vaughan, mais quelles belles dents et quelle peau magnifique ! »

Adeline reconnut aussitôt en Alice Vaughan une épouse et une mère, dont les pensées n'allaient jamais au-delà de son mari et de ses enfants. Elle était agréable à voir, et dépassait à peine la quarantaine. Ses cheveux, qui blanchissaient prématurément, encadraient un visage ouvert, aux traits réguliers et aux grands yeux gris. Elle avait le teint clair et des joues fraîches. Elle portait une robe de soie noire, mais pas de crinoline ; sa seule parure était une broche en camée. Sur ses cheveux, soigneusement coiffés, était posé un petit bonnet de dentelle blanche. Après un instant d'examen et d'hésitation, elle prit les deux mains d'Adeline dans les siennes et l'embrassa.

— Soyez la bienvenue dans votre nouvelle maison, lui dit-elle.

— Que c'est aimable à vous de parler ainsi ! s'écria Adeline, lui rendant son baiser avec une chaleur surprenante.

— Ce sera votre maison jusqu'au jour où vous en aurez construit une pour votre usage, déclara le colonel Vaughan.

Il se tourna ensuite avec une affectueuse sollicitude vers les enfants. Gussie semblait fatiguée, malgré le hâle qui colorait ses joues brûlées par le soleil, mais Nicolas assis sur le bras de sa nurse était magnifique. Une boucle brune s'échappait de son bonnet blanc et retombait sur ses beaux yeux noirs. Son visage exprimait le plus parfait bien-être.

— Oh ! les adorables enfants ! s'écria Mrs. Vaughan. Quel beau bébé ! Croyez-vous qu'il viendra avec moi ?

— C'est un gredin des plus sociables, répondit Philippe. Depuis Québec, il n'a cessé de se faire des amis.

Le jeune Robert Vaughan avait assisté attentif et silencieux à cet échange d'amabilités. Il ressemblait à son père qui avait l'aspect d'un intellectuel plutôt que d'un militaire. Robert était très mince, avec des yeux bleus pensifs, une épaisse chevelure blonde qu'il portait assez longue. Il avait passé aux Indes les dix premières années de sa vie, puis était allé faire ses études en Angleterre. Il n'avait rejoint ses parents au Canada que l'été précédent et devait se rendre à l'université de Montréal l'automne suivant. Encore mal adapté à l'existence canadienne, il se sentait assez loin de ses parents. Deux transplantations au cours de sa brève existence l'avaient amené à se replier sur lui-même ; il se tenait toujours sur la défensive et n'aimait vraiment personne. Son regard était impersonnel comme pour écarter toute intimité. Il était cependant aimable et se hâta d'aider sa mère à accueillir leurs hôtes. Lorsque ces derniers se furent un peu délassés dans leur chambre, ils rejoignirent les Vaughan pour souper dans la fraîche salle à manger ombragée par des plantes grimpantes. Au-dessus de la table pendait une branche de cèdre dont le parfum, croyait-on, chassait les mouches, si difficiles à écarter. Un pâté de pigeons et un magnifique jambon se trouvaient sur la table avec un saladier plein de belles feuilles de laitue. On servit également un fromage blanc, de la confiture de fraises des bois et un gâteau au cumin. Il était difficile de croire que Philippe et Adeline venaient de faire un long voyage ; lui était aussi net qu'au sortir d'une promenade sur l'esplanade à Québec ; Adeline, trouvant sa robe froissée, avait conservé une longue cape de soie écossaise ; elle portait également des mitaines de soie noire qui faisaient ressortir la blancheur de ses doigts sans autre bague que son alliance. Ses bijoux étaient soigneusement enfermés dans une mallette restée dans sa chambre. Ses cheveux brossés et tirés à la chinoise brillaient sur sa belle tête. Et de même que les mitaines noires accentuaient la blancheur de ses doigts, de même ses beaux sourcils et ses cils bruns faisaient ressortir l'éclat de ses yeux. Elle jeta des regards affamés sur la table.

— J'avoue, dit-elle, que je n'ai pas fait un repas convenable depuis mon départ de Québec. Je meurs de faim.

— Vous êtes venue dans un pays où tout se trouve en abondance, dit David Vaughan. Aimez-vous la chasse ? ajouta-t-il en se tournant vers Philippe.

— Plus que tout.

— Parfait ! il suffit de faire deux pas hors de la maison pour tuer un couple de ces animaux. Tout en parlant, il désignait du doigt le pâté de pigeons qu'il avait commencé de servir.

— Et la pêche ?

David Vaughan laissa tomber la fourchette qu'il tenait et le regarda.

— Que vous le croyez ou non, déclara-t-il, les saumons remontent de la mer dans le lac et jusque dans notre rivière. J'en ai attrapé un véritablement énorme dans mon propre domaine, il y a moins d'un mois.

— Tu entends, Adeline ?

— Oui. Nous ne mourrons sûrement pas de faim, en tout cas. Que ce pâté est bon !

— Voulez-vous un peu de laitue ? demanda Mrs. Vaughan. Nous en sommes très fiers. Il n'y a que nous qui en cultivons ; nous en fournissons à tous nos voisins.

— Quelle sorte de voisins avez-vous ? demanda Philippe. Tout à fait sympathiques, si j'en crois vos lettres, Vaughan.

— Il y a ici une société assez importante qui vous plaira et à qui vous plairez. Je peux vous affirmer que votre venue excite la curiosité générale ; que sera-ce lorsqu'on vous connaîtra !

Ses yeux s'arrêtèrent sur Adeline avec une expression admirative.

— J'ai laissé de bons amis à Québec, dit-elle.

— Trop de ces diables de Français ! dit Philippe.

— C'est la raison pour laquelle j'ai quitté cette ville, reprit David Vaughan. Mon désir est de garder à notre petite communauté son caractère purement britannique. Du reste, à mon avis, seuls les Anglais, les Ecossais et les Gallois devraient obtenir la permission de s'installer au Canada.

— Et les Irlandais ? demanda Adeline.

Avant que Vaughan eût pu répondre, Philippe prit la parole :

— Je vous avertis que ma femme arrive tout droit de sa vieille Irlande natale.

— J'accueillerai avec joie une grande dame irlandaise pour en faire notre reine à tous, dit Vaughan.

— Quel beau parleur que ce vieux papa ! pensa Robert. J'aurais été incapable de parler ainsi ; mais elle prend plaisir à l'entendre.

Il attacha son regard timide et vague sur Adeline qui souriait à son père.

David Vaughan faisait à ses amis un rapide historique des familles qui vivaient dans le voisinage ; il en oubliait de manger au point que sa femme dut le rappeler à la réalité. Quand ils regagnèrent la véranda après le repas, il apporta une carte de la région qu'il avait établie lui-même, et sur laquelle il leur indiqua le cours des petites rivières ainsi que les lieux de résidence des familles en question, les routes et les forêts. Un terrain d'un millier d'acres merveilleusement boisé et contigu à Vaughanland était à vendre ; il conseilla à Philippe de l'acheter. Nulle part, il ne trouverait l'occasion de s'installer dans la province dans des conditions plus parfaites ; nulle part, il ne trouverait un meilleur terrain offrant plus de ressources naturelles, à portée du chemin de fer et de la ville ; nulle part, il ne rencontrerait une société plus accueillante, plus affectueuse et mieux élevée ; nulle part, lui et sa famille ne seraient mieux accueillis.

Tandis que le colonel Vaughan et Philippe se penchaient sur la carte étendue devant eux sur une table, la lumière rouge du soleil couchant illuminait leurs visages. Adeline, enveloppée dans sa cape de soie écossaise, était assise à côté d'eux avec Mrs. Vaughan. Le jeune Robert, perché sur la balustrade de la véranda, n'écoutait qu'à demi les propos des deux hommes, mais tendait l'oreille pour entendre la voix d'Adeline dont les inflexions lui semblaient apporter comme un parfum exotique. Son regard froid examinait sournoisement la courbe de son épaule tandis qu'elle s'appuyait sur le bras de son fauteuil, ainsi que la splendeur de sa tête rousse. Il se demanda si elle était consciente de sa présence. Rien ne permettait de le croire, et cependant, quand la plainte étrangement douloureuse d'un engoulevent déchira l'air, elle se tourna brusquement vers lui :

— Qu'est-ce ? demanda-t-elle.

— Un engoulevent. Il y en a des centaines par ici.

— Je n'en avais jamais entendu jusqu'à ce jour ! C'est joli, mais triste.

— Celui-ci se trouve assez loin ; il arrive qu'ils deviennent parfois trop bruyants.

La plainte de l'oiseau s'élevait de nouveau dans l'air nocturne et se répétait inlassablement. Après un instant de silence, l'oiseau se rapprocha et avec une sorte de hâte, répéta les trois notes désolées, comme un tragique message. Le soleil avait disparu et une obscurité presque palpable semblait se dégager de l'épaisseur des arbres. La maison se dressait dans un creux verdoyant.

Lorsqu'ils se retrouvèrent dans leur chambre, Philippe fit remarquer à Adeline :

— Je ne commettrai pas l'erreur de construire notre maison dans un creux. Dans cinquante ans d'ici, ce coin sera complètement enfoui sous la verdure. Si je ne peux pas trouver un site élevé pour construire notre maison, du moins choisirai-je un emplacement largement ouvert.

— Existe-t-il seulement un emplacement largement ouvert ? demanda-t-elle en regardant à travers la fenêtre. Des arbres ! Des arbres ! Partout des arbres ! Combien le colonel Vaughan a-t-il dit qu'il y en avait de variétés ?

— Je l'ai oublié. Mais ce que je peux dire, c'est que j'abattrai largement les arbres autour de notre maison et qu'elle s'élèvera sur le point le plus élevé de notre domaine.

— Je n'aime pas entendre parler d'abattre des arbres. J'aime les arbres autour de moi. J'aime un beau parc.

— Tu auras un parc avec des daims.

— Quel bonheur ! Où se trouve le terrain en question ? Est-ce que je regarde dans sa direction ?

— Oui. Je le crois.

Elle respira profondément.

— Imagines-tu ? Je respire l'air qui vient de notre terre. Là-bas se trouve notre domaine, le lieu même où s'élèveront nos fondations ! La maison sera-t-elle en pierre ?

— Cela dépendra des matériaux que l'on trouvera. Pour mon goût, j'aimerais une jolie brique veloutée. C'est chaud à l'œil quand on l'aperçoit à travers les arbres ; c'est confortable et accueillant.

— Je préfère les maisons de bois blanc des villages qui sont autour de Québec.

— Trop légères !

— On dit que non.

— Je n'aime pas leur aspect. Une jolie brique veloutée te déplairait-elle ?

— S'il n'y a pas mieux !

— Que pourrait-on avoir de mieux ? demanda-t-il, d'un ton moqueur.

— Je ne sais pas.

— Alors, pourquoi faire des objections ?

— Je n'en fais pas.

— Tu as dit que tu voulais du bois.

— J'ai dit que j'aimerais le bois.

— Mais tu ne t'opposes pas à la brique.

— Pas le moins du monde...

Elle vint s'asseoir sur les genoux de son mari.

— Philippe, je ne t'ai pas vu seul de toute la journée. Je ne peux croire que nous sommes enfin arrivés.

Il la serra contre sa poitrine.

— Quels beaux jours nous allons vivre, mon amour ! Nous serons plus heureux encore que nous ne l'avons jamais été ; ce qui n'est pas peu dire, n'est-ce pas ? Tu es pâle, Adeline.

Elle s'abandonna contre lui.

— Que je suis fatiguée ! s'écria-t-elle. Mais je suis trop énervée pour dormir. Mon corps s'abandonne, mais mon cerveau s'y refuse.

Il chercha ses paupières avec ses lèvres.

— Allons, ferme tes yeux, je te l'ordonne. Garde-les fermés, je vais mettre dix baisers sur chacun.

Mais tout en parlant, il releva la tête et tendit l'oreille. On entendait un bruit de roues et de furieux aboiements de chiens.

— Les voilà ! s'écria-t-il.

Elle sursauta.

— Néron et Maggie ! J'ai oublié de parler d'eux aux Vaughan ! L'as-tu fait ?

— Par Dieu, non ! Mais ils savent que le char apporte nos bagages. Je leur parlerai du chien et de la chèvre demain. Il aurait mieux valu laisser cette maudite chèvre à Québec. Gussie n'a plus besoin de son lait.

— Laisser Maggie ! Avec la jolie clochette que ma mère a attachée elle-même à son cou ! Cela nous aurait porté malheur ! Qu'est-ce qu'une petite chèvre ? Il y a sûrement de la place pour elle dans ce grand domaine !

La voiture s'arrêta, mais le bruit des roues fut remplacé par les grondements et les hurlements d'une bataille de chiens. Des voix d'hommes leur crièrent de se taire.

— Leurs chiens vont tuer Néron ! cria Adeline. Oh ! Philippe, cours ! Vite ! Vite ! Sauve Néron.

— Il se défendra bien lui-même.

Mais Philippe se hâta de quitter la chambre. Une petite lampe brûlait dans le hall. Il trouva David Vaughan au pied de l'escalier tenant une lanterne allumée. Tous deux se rendirent à l'écurie.

Adeline resta debout devant la fenêtre, écoutant toujours le bruit de la bataille. Puis tout redevint silencieux et elle commença à se déshabiller dans le silence pesant. Elle aurait voulu que Philippe revînt, tout en redoutant ce qu'il aurait à lui annoncer.

Un certain temps s'écoula avant son retour.

— Tout va bien, dit-il. Plus de bruit et d'agitation que de sang répandu ! Mais le bouledogue de Vaughan et son berger écossais ont assez malmené notre Néron. Il a une oreille déchirée et un coup de dent sur le front.

— Les brutes ! s'écria-t-elle. Il n'a donc pu leur faire aucun mal ?

— Il mordait la patte du berger et il y avait du sang sur le bouledogue, mais je crains fort que ce ne fût celui de Néron.

— J'espère que Mr. Vaughan tiendra ses chiens attachés.

— Il ne faut guère y compter. Je dois dire qu'il s'est conduit très correctement. Il m'a donné une niche pour Néron pour le moment.

— Comment va Maggie ?

— On ne peut mieux ! La petite clochette tinte, et tout, et tout...

Adeline fondit en larmes.

— Ce combat de chiens, c'est la goutte d'eau qui fait déborder le vase ! Je ne fermerai pas l'œil de la nuit. Sens les battements de mon cœur.

Il posa la main sur sa chemise sous son sein droit.

— Dieu du Ciel ! s'écria-t-elle, ce n'est pas là !

D'un geste exaspéré, elle prit la main de son mari avec violence et l'appuya au bon endroit.

— Il ne bat pas plus vite que de coutume, dit-il. Et tu te forces à respirer plus fort pour l'accélérer. Viens, ma chatte, tu te portes à merveille.

— Je ne dormirai pas de la nuit.

Mais trente minutes plus tard à l'horloge du vieux grand-père suspendue dans le hall, elle se trouvait dans le comté de Meath, entourée de ses frères, bien que sa tête reposât sur l'épaule de Philippe.

8

Le domaine

Cette matinée de juin était sans défaut. Tout, jusqu'au moindre détail, semblait concourir à sa perfection. Un ciel de turquoise étendait au-dessus des bois sa voûte sans nuage. Les arbres se dressaient dans leur force majestueuse ; ils ne se serraient pas les uns contre les autres comme pour lutter contre des éléments hostiles, mais enfonçaient librement leurs racines, étendaient fièrement leurs branches. A travers leur épais feuillage, le soleil pénétrait jusqu'à la terre sombre et fertile pour en faire jaillir un tapis de mousse, de fougères et de fleurs sauvages si riche qu'on se demandait où poser les pieds pour ne rien écraser de fragile et d'exquis.

Il y avait assez de brise pour balancer les branches et tour à tour l'ombre légère et les chauds rayons du soleil caressaient cette riche végétation. La vigne vierge s'accrochait au tronc d'un orme dont les branches s'élançaient si haut au-dessus du sol qu'elles semblaient ignorer complètement la plante qui l'enlaçait si amoureusement à sa base. Une vieille souche servait de trône à un liseron de couleur tendre qui lançait toutes les heures un nouveau jet fleuri. Les pieds des promeneurs s'enfonçaient dans une mousse tendre et délicate, véritable peluche vivante. Les pyroles étendaient leur brillant paillasson. Les arbousiers grimpants lançaient simultanément vers le sol une racine légère et vers le ciel une clochette de cire, se hâtant de s'étendre comme pour s'assurer un terrain suffisant. Les papillons volaient parfois comme des fleurs sur une branche puis s'éloignaient rapidement, emportés par quelque subtil mais inexorable élan. Ils s'élevaient au-dessus des arbres, battant de leurs ailes légères dans l'azur du ciel, puis redescendaient, attirés par le même invisible fluide, jusqu'au moment où ils se fixaient sur une branche d'érable. A cette heure du jour, les oiseaux étaient presque invisibles, vivant, dans cette luxuriante verdure, leur vie ardente et toujours inchangée. Mais la forêt tout entière retentissait de leurs chants : note claire du canari sauvage, savante cadence du loriot, note profonde du ramier. Une légère agitation des feuilles signalait leur vol de branche en branche ; une aile pointue, une gorge brillante se révélaient parfois. Et dans leurs retraites, taupes, sangliers, renards et lapins élevaient leurs petits, persuadés que nulle tâche au monde n'était plus importante que la leur.

Philippe et Adeline foulaient leur propre terre. Philippe portait sur l'épaule un petit sac contenant leur déjeuner. Il y avait déjà deux semaines qu'ils étaient arrivés chez les Vaughan ; au cours de ces semaines, ils avaient visité la propriété, fait les démarches nécessaires auprès des services officiels, payé la somme demandée, et enfin reçu l'acte de propriété revêtu de sceaux rouges impressionnants. Ils pouvaient dire désormais : cette terre est à nous.

— C'est un paradis, s'écria Adeline, regardant dans toutes les directions. Un vrai paradis ! Et il nous appartient !

C'était la première fois qu'ils venaient seuls visiter leur domaine ; jusqu'à ce jour, un membre de la famille Vaughan ou un fonctionnaire du service des ventes les avait toujours accompagnés ; il y avait eu sans cesse des questions de limites ou de prix à débattre. Mais ce jour-là, ils étaient enfin seuls, libérés de la contrainte légère que leur imposait la présence des Vaughan, si aimables qu'ils fussent ; ils pouvaient contempler avec ravissement chaque nouveau point de vue s'offrant à leur regard, aller à la découverte comme des enfants impatients, courir çà et là et crier : « Regarde ! Regarde ! » Adeline maudissait sa robe longue et pensait au temps de son enfance, en Irlande, lorsqu'elle la relevait pour courir librement. Il lui était même arrivé un jour, de lutter avec un de ses frères qui lui avait arraché sa jupe et l'avait mise en pièces ; elle s'était trouvée en pantalons. Quel bonheur avait été le sien ! Elle avait sauté et couru plus haut et plus vite que n'importe lequel de ses frères. On l'avait surprise et elle avait été fouettée, mais elle évoquait maintenant ce souvenir avec un sourire.

— Nous pourrions être Adam et Eve, dit Philippe. Nous pourrions nous croire les deux seuls êtres humains de ce monde terrestre. Sur mon âme, on pourrait croire que cette terre sait qu'elle nous appartient… Elle nous sourit !

— Philippe, mon ange, tu es un poète !

— Non… Mais je sens quelque chose… Je ne peux l'expliquer. Je sais que cela paraît ridicule.

— Ce n'est pas ridicule. C'est simplement la vérité. Tout semble différent ce matin.

— Tu vas maintenant te moquer…

— Me moquer ? Et de quoi ? Pas de ton humeur poétique, je te le promets.

— Je pense que… nous avons acquis la clé de tout ceci, et pas seulement de ce domaine, la clé du monde entier…

— Oui, je comprends. C'est comme si nous naissions à nouveau.

— Je crois, Adeline, que nous sommes arrivés au ravin par un chemin différent. Regarde !

Ils demeurèrent immobiles, épaule contre épaule, plongeant leurs regards dans l'ombre verte où le ruisseau se rétrécissait et disparaissait à demi sous le chèvrefeuille sauvage et les iris pourpres ; des lis tachetés y poussaient et un couple de hérons bleus se dressèrent sur leurs hautes pattes. Mais le fourré était trop épais pour permettre à Philippe et à Adeline de descendre dans le ravin. Ils aperçurent seulement la rivière bouillonnant sur de grosses roches qui avaient jadis roulé le long du talus mousseux avant de se jeter dans l'abîme.

— Notre maison sera près du ravin, dit-elle. Je veux pouvoir traverser une pelouse douce comme du velours, ouvrir une barrière, une barrière large et basse, et descendre par un sentier jusqu'au bord de l'eau.

— Nous construirons un pont rustique par-dessus la rivière, dit-il. Un sentier partira de l'autre rive pour nous conduire jusqu'à Vaughanland.

— Tu t'orientes vraiment bien ! Il me semble que Vaughanland est dans la direction opposée.

Il prit la boussole attachée à sa chaîne de montre et la consulta.

— J'ai raison, s'écria-t-il sur un ton de triomphe. La maison des Vaughan est par là, droit devant nous. Un pont sur la rivière et nous aurons un chemin de traverse pour aller chez eux.

— Pourrons-nous nettoyer tout ce fourré d'arbres ? Ciel, si un des enfants s'y aventurait, nous ne le retrouverions jamais.

— Nous avons de la chance qu'on y trouve surtout du bois dur ; je crois que c'est ainsi que l'on dit. Il y a beaucoup d'érables, de chênes, de frênes blancs, de noyers et autres arbres du même genre. Quelques coups de hache, quelques jours de travail et notre forêt ressemblera à un parc.

— Que de choses tu sais ! s'écria-t-elle avec admiration.

— Vaughan m'a appris pas mal de choses pendant cette dernière quinzaine.

Elle le tira par le bras :

— Viens, allons choisir l'emplacement de la maison.

— J'ai repéré un endroit. Pourvu que je le retrouve ! Vaughan approuve mon choix. Ce doit être tout près d'ici. Il y a une sorte de clairière naturelle et une source.

— Oh ! s'il y a quelque chose que j'aime, c'est bien une source ! J'y planterai du cresson, avec de la menthe et du chèvrefeuille.

— Ce n'est pas non plus très loin de la route. Et nous devons nous trouver près de la route... Hé là-bas ! Quel est le diable qui pénètre dans notre Eden ?

La silhouette d'un homme grand et mince s'apercevait au loin, mais ils ne reconnurent Wilmott qu'au bout d'un moment quand il les eut presque rejoints. Il s'était installé dans un hôtel de la ville et recherchait une habitation. Philippe était allé le voir lors de ses visites aux services officiels et lui avait appris qu'il venait d'acheter un terrain d'un millier d'acres. Wilmott avait promis de venir visiter le domaine de ses amis. Il avait renoncé à toute tenue conventionnelle et se promenait vêtu d'une culotte marron rentrant dans de hautes bottes et d'une chemise ouverte sur la poitrine ; un chapeau à larges bords complétait son équipement. Il parut un peu embarrassé et après les salutations d'usage, demanda aux Whiteoak :

— Comment me trouvez-vous ?

— Affreux, répondit Philippe.

Wilmott parut étonné.

— J'ai cru bon de revêtir un costume de circonstance.

— Vous n'êtes tout de même pas un vagabond ?

— Non, mais j'aurai des travaux grossiers à faire et il faut que j'économise les vêtements que j'ai apportés. Il se passera un certain temps avant que je puisse me permettre d'en acheter d'autres.

— Je vous trouve charmant, dit Adeline, à l'exception de vos favoris. Ils sont déplacés avec cette tenue.

Il la regarda attentivement.

— Ils vous déplaisent vraiment, demanda-t-il à mi-voix, tandis que Philippe allait de l'avant.

Elle le regarda bien en face.

— Oui, sans aucun doute, répondit-elle.

— Ils disparaîtront ce soir même.

— Comment nous avez-vous trouvés ? demanda Philippe par-dessus son épaule.

— Je m'étais entendu avec le propriétaire d'une voiture pour qu'il me conduise. Nous nous sommes arrêtés sur la route pour demander le chemin à un homme qui conduisait un cheval et un boghei. Il s'est trouvé que cet homme était votre Patsy O'Flynn. Je ne sais pourquoi, mais le voir ainsi dans son boghei près d'une barrière après l'avoir vu tel qu'il était à Galway et sur le bateau, ce fut trop pour moi. J'ai été pris d'un fou rire. Il a dû trouver que moi aussi j'offrais un aspect également comique, car il s'est mis à rire à son tour.

Philippe et Adeline n'avaient jamais vu Wilmott ainsi. Il semblait extrêmement gai :

— J'aime la liberté dont on jouit dans ce pays ! s'écria-t-il. Vous n'êtes pas près d'être débarrassés de moi ! J'ai découvert en venant une petite maison en bois. L'homme qui l'habite veut remonter vers le Nord et fuir un pays trop civilisé ! Et pour finir je vais acheter sa propriété, une cabane magnifique en bois et cinquante acres dont une partie est en marécages. La cabane est construite au bord d'une rivière plus importante et plus poissonneuse encore que la vôtre, m'a assuré l'homme.

Philippe lui jeta un regard ambigu. Il craignait que Wilmott n'eût fait une mauvaise affaire et, tout en éprouvant à l'égard de ce dernier des sentiments amicaux, il n'était pas absolument sûr de désirer le voir devenir leur voisin. Il y avait en Wilmott quelque chose d'indéfinissable et une sorte d'intimité intellectuelle s'était établie entre lui et Adeline comme si tous deux considéraient les choses sous un angle identique. Mais la sympathie de Philippe pour leur compagnon de voyage finit par l'emporter ; son visage franc s'éclaira et il donna à Wilmott une tape sur l'épaule.

— Cher vieux ! Il faudra que j'amène Vaughan visiter la maison de bois avant que vous en versiez le prix. Il saura si elle le vaut.

— Rien ne me fera changer d'avis, déclara Wilmott. C'est exactement l'installation de mes rêves.

— Et les marécages ? Qu'en tirerez-vous ?

— Le propriétaire dit qu'il y pousse des oignons.

— Des oignons ! Qu'en ferez-vous ?

— Je les vendrai.

— Mon cher ami, vous allez à une catastrophe si vous vous imaginez gagner de l'argent avec des oignons.

— Les marais abritent beaucoup d'oiseaux sauvages. Toutes les espèces y font leurs nids. Venez voir.

— Vous feriez mieux de nous aider à choisir l'emplacement de notre maison. J'ai engagé des bûcherons, mais je n'ai pas encore décidé de l'emplacement que je vais leur livrer.

— Etes-vous sûr de ne pas vous être égaré ?

— J'en suis certain.

Philippe consulta à nouveau sa boussole ; ils avancèrent à travers le bois.

— Je voudrais que d'Arcy et Brent pussent nous voir, dit Wilmott. J'ai reçu une lettre du premier, l'autre jour. Ils sont à New York et disent s'y amuser beaucoup. Les modes y sont étranges ; il y a des crachoirs partout et des nègres dans des costumes incroyables ! Ils ont vu Fanny Kemble et trouvent qu'elle force son jeu ! – Se tournant vers Adeline, il ajouta : – Avez-vous vu Fanny Kemble ?

— Non. Rien, à Londres, ne m'a plu autant que *La Bohémienne*. Je n'oublierai jamais cette soirée. C'était divin !

Philippe poussa un cri :

— C'est ici !

Il était parti en avant et les attendait maintenant dans une vaste clairière. Peut-être, en des temps lointains, un colon avait-il choisi ce lieu pour y établir sa demeure, car d'énormes souches indiquaient la place d'arbres qui avaient été coupés. Mais elles disparaissaient sous une vigne vierge luxuriante ou sous un revêtement de mousse. La clairière s'ouvrait, amicale et accueillante, inondée de soleil ; les arbres que la hache avait épargnés étendaient leurs branches magnifiques. Un jeune bouleau argenté frémissait de toutes ses feuilles satinées et son écorce lisse était sans défaut. Comme les trois amis s'en approchaient, un vol d'oiseaux bleus[1] s'échappa de ses branches,

1. Oiseaux chanteurs des Etats-Unis et du Canada où ils arrivent au printemps.

non par peur mais par jeu ; ils s'envolèrent dans l'azur du ciel avec lequel ils se confondirent bientôt.

Adeline ignorait tout de la croyance populaire qui veut que l'oiseau bleu porte bonheur, mais la vue de ces petites créatures ailées la ravit et elle s'écria :

— Oh ! les amours d'oiseaux ! Ils connaissent ce coin ! Nous construirons notre maison ici ! Je suis heureuse à en mourir.

C'était le moment où jamais de s'évanouir ; et elle essaya de perdre connaissance pour bien manifester son émotion, mais n'y parvint pas. Elle chancela légèrement.

— Qu'y a-t-il ? demanda Philippe.

— Ne vois-tu pas que je vais m'évanouir ?

— Quelle sottise !

Il la regarda cependant avec un peu d'inquiétude.

— Asseyez-vous là, insista Wilmott en la conduisant vers une souche recouverte de mousse.

Elle s'assit et ferma les yeux. Wilmott retira vivement son chapeau et s'en servit pour l'éventer.

— Elle ne s'évanouit pas le moins du monde, déclara Philippe. Regardez ses lèvres rouges.

Elle posa ses doigts sur ses lèvres et soupira ; soudain elle sentit quelque chose remuer sous elle et se leva brusquement. Un énorme serpent rampait sur la souche et se perdit dans l'herbe. Adeline poussa un cri qui aurait pu s'entendre de Vaughanland. Les deux hommes restèrent frappés d'horreur.

— Un serpent, cria-t-elle. Un serpent venimeux. Là, dans l'herbe !

Ils ramassèrent des bâtons et coururent après le reptile en battant le sol.

Quand ils revinrent, elle avait retrouvé son sang-froid.

— L'avez-vous tué ? demanda-t-elle.

— Oui, répondit Philippe ; veux-tu le voir ?

— J'aime autant pas !

— Il a presque un mètre de long, dit Wilmott, et il est aussi gros que mon bras.

— Quelle horreur !

— Ne t'inquiète pas, reprit Philippe. Nous en serons bien vite débarrassés. Vaughan m'a dit qu'il y en avait eu quelques-uns dans sa propriété. Quand nous aurons défriché le fourré, il n'y en aura plus.

— C'est un emplacement magnifique pour votre maison, déclara Wilmott. Cette petite éminence est l'endroit rêvé, juste orienté au midi.

Il semblait avoir oublié la frayeur d'Adeline et traçait à grands pas le périmètre des fondations.

Philippe était allé jusqu'à la source. Il en revint avec une timbale pleine d'eau qu'il fit boire à Adeline tout en la regardant avec une certaine anxiété.

— Je m'étonne que tu aies manifesté une telle peur pour un serpent après tous ceux que tu as vus aux Indes. Les serpents de ce pays sont inoffensifs.

Elle but lentement l'eau glacée de la source et répondit en frissonnant :

— Je ne m'étais jamais assise sur une de ces bêtes avant aujourd'hui.

Wilmott les appela :

— Inutile de vous tracasser pour les fondations. Le sol est excellent et les eaux s'écoulent parfaitement bien. Je vous conseillerais un sous-sol pour y installer la cuisine et ses dépendances ; il y fera chaud en hiver et frais en été. Il vous faut un hall d'entrée carré sur lequel s'ouvriront d'un côté le salon et de l'autre la bibliothèque et la salle à manger. Un grand porche aura beaucoup d'allure.

— Il va nous dire aussi comment appeler notre maison, dit Philippe.

Adeline se leva.

— Comment te sens-tu ? lui demanda-t-il.

— Mieux, mais j'étais sur le point de m'évanouir quand le serpent est arrivé. Pourquoi étais-je dans cet état ?

— Je l'ai oublié.

— Je me souviens maintenant ! C'était à cause des oiseaux bleus ! Ils m'avaient rendue si heureuse !

— Tu devrais essayer de modérer tes émotions.

— Elles sont si fraîches et si puissantes !

— Domine-les !

— Impossible, elles éclatent !

Wilmott les appela de nouveau.

— Derrière le principal escalier, il y aura place pour une autre grande pièce. La maison devra être vaste, solide et accueillante.

— J'y veillerai, dit Philippe avec vivacité.

— Je vous conseille un troisième étage ; la maison sera plus imposante et si votre famille est nombreuse...

— Elle ne sera certainement pas nombreuse.

— Cependant je construirais quand même le troisième étage.

Il revint auprès de Philippe et d'Adeline. Son visage maigre rayonnait.

— Je suis affamée, déclara Adeline. Mangeons nos sandwiches.

— D'accord, répondit Philippe. Voulez-vous partager avec nous, Wilmott ?

— Etes-vous sûrs d'en avoir suffisamment pour trois ? Ne vous tracassez pas pour moi. Un seul me suffira.

Ils s'assirent sur l'herbe chauffée par les rayons du soleil et parsemée de minuscules fleurs roses. Philippe défit la courroie de son sac, en sortit des sandwiches, des petits gâteaux, une gourde de vin recouverte de cuir, et un gobelet pliant.

— Vous souvenez-vous de nos pique-niques à Québec ? demanda Wilmott.

— Comme c'était amusant ! s'écria Adeline, la bouche pleine de sandwich au poulet.

— Vous oubliez les enfants Balestrier ! dit Philippe. Si je n'élève pas mes enfants mieux que ceux-là, je veux bien être pendu.

— Comment va votre mignonne petite Augusta ? demanda Wilmott.

— Terriblement gâtée par Mrs. Vaughan, répondit Philippe. Cependant elle oublie le français et apprend à parler anglais.

— Dites-lui que je lui apporterai un cadeau, une poupée, pour remplacer celle qui a été volée à bord du bateau. Son ayah ne lui manque-t-elle pas ?

— Non, elle l'a oubliée.

Le silence régna un instant, pendant lequel le souvenir des funérailles et du corps immergé occupa leur pensée. Puis Wilmott reprit la parole :

— Les moustiques sont un véritable fléau dans le pays. Je souffre le martyre, la nuit, entre les démangeaisons des anciennes piqûres et cet horrible bourdonnement accompagné de nouvelles morsures.

— J'ai écrit en Angleterre pour qu'on m'envoie des moustiquaires, dit Philippe. Nous les installerons sur nos lits quand notre maison sera construite. Les Vaughan semblent résignés à se laisser dévorer vivants.

— En réalité, déclara Adeline, les moustiques délaissent les Vaughan pour festoyer sur Philippe !

Philippe prit la gourde.

— Nous n'avons qu'un gobelet ; je devais le donner à Adeline et boire moi-même à la gourde ; mais nous boirons tous deux dans le gobelet.

— Donnez-moi la timbale de fer, dit Wilmott.

— Où l'as-tu trouvée, Philippe ?

— Près de la source. On y voit des traces de pas. Vaughan m'a dit qu'il y avait une cabane en bois sur notre propriété où est installé un vieil Ecossais appelé Jack le Violoneux. Vaughan assure qu'il est inoffensif.

— Quelles sont les dimensions de cette cabane ? demanda Wilmott. J'aurais pu y vivre.

Philippe ouvrit de grands yeux effarés, à croire qu'ils allaient sortir de ses orbites.

— Et la terre ? demanda-t-il.

— C'est vrai, reconnut Wilmott. Il me faut de la terre.

— Ne pourrions-nous pas lui vendre cinquante acres ? demanda Adeline à Philippe en aparté.

— Au cœur de la propriété ? Jamais.

— Je suis très satisfait de l'endroit que j'ai choisi. Je vivrai de baies, de poissons et d'oiseaux sauvages ; et je lirai tous les livres que je rêve de lire.

— Où les trouverez-vous ?

— Je les ai apportés avec moi.

Les Whiteoak le regardèrent avec étonnement.

— Je savais que vous aviez apporté quelques livres, dit Adeline, puisque vous m'en avez prêté plusieurs, mais je ne savais pas que vous en aviez suffisamment pour occuper vos journées.

— Il y a une excellente librairie en ville. D'Arcy est également en train d'en trouver quelques-uns à New York, des ouvrages rares, mais qui valent le prix qu'on y met.

Pour la centième fois, les Whiteoak se livrèrent à des suppositions sur les disponibilités financières de Wilmott. Il s'exprimait parfois comme un homme fort à son aise, pour paraître en d'autres circonstances totalement dépourvu d'argent. Il leur demanda :

— Que savez-vous du voisinage ? Y a-t-il des gens intéressants et intelligents ?

— Beaucoup, affirma Philippe, à commencer par Vaughan lui-même. L'autre soir, lui et sa femme ont offert un dîner en notre honneur et nous avons rencontré leurs voisins qui forment un cercle très respectable et très cultivé. Il y a un Mr. Lacey dont le fils est dans la marine ; Mr. Pink le clergyman ; le Dr Ramsay, difficile à vivre, mais homme de caractère, et je crois, de réelle valeur professionnelle ; on peut ajouter à ceux-ci une demi-douzaine d'autres familles. Nous avons parlé de l'avenir de la province ; ils espèrent tous, de tout leur cœur, la préserver de toute influence étrangère. Ils souhaitent la peupler lentement, mais solidement, d'éléments britanniques de qualité et y voir régner à la fois la liberté et l'honnêteté. Je leur ai promis mon concours. Vaughan prétend que les Etats-Unis paieront très cher l'ouverture de leurs frontières à la vieille Europe. En vérité, ces peuples de l'Est et du Sud européens vous planteraient aussi bien leur poignard dans le dos ! Leur religion n'est que superstition. Ils vous livreraient pour quelques livres ; ils ont la torture et la cruauté dans le sang. J'ai vécu de longues années aux Indes et j'en sais suffisamment sur la trahison. Allons lentement et sûrement et restons anglais.

— Et irlandais, ajouta Adeline.

— Entièrement d'accord avec vous, déclara Wilmott. Buvons à la construction de votre maison et à la prospérité de la province.

Il leva sa timbale et quand ils eurent bu tous les trois, Philippe sortit un étui en cuir et offrit un cigare à Wilmott.

— Cela chassera les moustiques.

— Merci. Je n'ai pas fumé de cigares depuis le dernier que vous m'avez offert.

Philippe et Adeline se sentirent un peu gênés ; Wilmott avait adopté son attitude d'homme pauvre. Peut-être en fut-il conscient, car il ajouta en coupant l'extrémité de son cigare :

— Je ne suis pas fumeur.

— Ce n'est pas comme moi, dit Philippe, et je vous assure que cela m'est très pénible de ne pouvoir fumer chez Mrs. Vaughan qui s'y oppose formellement.

— Son mari ne fume-t-il pas ?

— Il fume une pipe sur sa véranda après le petit déjeuner et avant d'aller se coucher.

Wilmott regarda Philippe avec un mélange d'attention et d'étonnement. Puis il reprit :

— Je suppose que ces forêts se continuent indéfiniment jusqu'à l'Arctique.

— Oui ; cela produit une certaine impression.

— Une impression de grandeur, n'est-ce pas ?

— Oui. Et de stabilité ; il y aura certainement du bois jusqu'à la fin des siècles.

— Sûrement pas, si l'on vient détruire les arbres à coups de hache et les brûler, uniquement pour s'en débarrasser.

Adeline se leva et secoua sa robe.

— Je voudrais me promener, déclara-t-elle.

— Je reste ici, dit Wilmott. Allez vous promener. Je vais fumer et chercher un nom digne de votre maison.

— Il est vraiment par trop encombrant, dit Philippe quand ils se retrouvèrent seuls. Il a fait le plan de notre maison suivant ses désirs ; maintenant il va lui donner un nom ! Quel que soit ce nom, je n'en veux pas !

— Oh ! Phil, ne sois pas idiot.

Elle se mit à sauter de joie, souleva ses lourdes jupes et son jupon et se mit à danser sur l'herbe fleurie.

— Notre cuisine sera là, se mit-elle à chanter ; avec un immense foyer et un pavage en briques ! Là, seront les garde-manger et l'office !

Là les logements des domestiques ! Il y aura une jolie petite chambre pour Patsy O'Flynn.

Relevant les pans de sa jaquette et plaçant ses mains sur ses hanches, il vint au-devant d'elle en dansant.

— Ici, madame, se trouve ma cave ! déclara-t-il, une cave bien garnie où les vins se feront lentement.

Elle le serra dans ses bras et appuya son visage sur son épaule.

— Il faudra vivre longtemps, longtemps, lui dit-elle, pour devenir très vieux et jouir ainsi de notre maison ensemble, pendant des années et des années.

— Je te le promets.

— Il faut me promettre de me laisser mourir la première.

— Très bien, mon amour. Je te le promets aussi.

— Comment appellerons-nous notre maison ! Si nous ne choisissons pas bien vite son nom, Wilmott le fera pour nous, comme tu l'as très bien dit.

— J'aimerais que ce soit un nom qui évoque mon pays natal.

— Mais je ne veux pas d'un nom anglais.

Il la regarda un peu mécontent.

— J'aimerais, dit-elle, un nom qui me rappelle mon passé. Que dirais-tu de Bally ?

Il l'interrompit :

— Que le diable m'emporte si je peux supporter un nom irlandais !

Ce fut au tour d'Adeline de lui lancer des regards furieux.

La haute silhouette de Wilmott s'approchait d'eux. Il courait presque.

— Je l'ai, criait-il.

— Vous avez quoi ? demanda Philippe.

— Un nom pour votre domaine.

Ils le regardèrent tous deux, se tenant sur la défensive.

— Le nom de votre garnison aux Indes, continua-t-il. C'est là que vous vous êtes rencontrés, que vous vous êtes mariés. Vous ne serez probablement jamais tout à fait aussi heureux que vous l'étiez là-bas. C'est un joli nom, un nom original, facile à se rappeler. C'est...

— Jalna, dit Adeline rêveuse.

— Non, protesta Philippe en jetant un regard de défi à Wilmott.

— Ce nom ne vous plaît pas ?

— Je l'aime assez.

— Vous plaît-il, Mrs. Whiteoak ?

Wilmott plongeait des regards ardents dans les yeux d'Adeline qui reflétaient toute la verdure de la forêt et s'emplissaient de mystère.

— Vous m'avez arraché ce nom des lèvres, dit-elle. J'étais en train de penser : Jalna, de toutes mes forces, quand vous m'avez obligée à le dire tout haut.

Le visage de Philippe s'éclaira :

— Est-ce vrai ? J'avoue que j'aime ce nom, maintenant que je t'entends le prononcer. Jalna ! Oui, ce n'est pas mal. C'est un souvenir de mon régiment. Un sceau sur le passé.

— Et un bon présage pour l'avenir, ajouta Adeline. Je suis heureuse d'y avoir pensé.

Wilmott se taisait, ne sachant que dire.

— C'est un nom fameusement bien choisi, reprit Philippe. C'est extraordinaire que tu y aies pensé juste un instant avant Wilmott.

— C'est venu comme un éclair. Jalna, me disais-je à moi-même. Au même instant Mr. Wilmott est arrivé en courant avec ce mot à la bouche. Mais c'est moi qui l'ai prononcé la première.

9

Les fondations

La forêt retentissait des coups des bûcherons. Avec des hachettes et des serpes à long manche, ils tranchèrent d'abord des jeunes pousses et les broussailles, pour s'attaquer ensuite aux arbres. Les haches soigneusement affûtées coupaient dangereusement. Chaque homme brandissait la sienne avant de la laisser retomber en biais, avec précision, sur le tronc altier. Puis il l'arrachait de la fente ainsi faite, la relevait et frappait à nouveau ; un léger copeau s'envolait ; la hache s'élevait et s'abaissait ainsi sans répit jusqu'au moment où le tronc se trouvait coupé jusqu'en son milieu. Le bûcheron l'attaquait alors sur son autre face. Les coups retombaient avec un bruit sourd. La sueur inondait le visage de l'homme. L'arbre frémissait soudain légèrement, comme surpris, et ce frémissement se propageait de branche en branche, jusqu'au plus petit rameau. Un coup encore et les feuilles, à leur tour, se mettaient à frissonner. La hache continuait son œuvre, comme maniée par une main furieuse. Et le hêtre tombait enfin, d'abord lentement, pour finir par s'écrouler sur le sol, comme saisi de panique, gémissant, craquant, toutes ses branches oscillant dans une pluie de feuilles vertes.

Les bûcherons travaillaient avec méthode, séparant les troncs et les branches qu'ils en avaient détachées, arrachant les énormes souches et leurs racines. Des tas de broussailles s'élevaient. Les arbres que la hache d'acier avait épargnés – car ils devaient être la parure du domaine – étalaient fièrement leurs branches ; une voiture tirée par deux chevaux aurait pu passer facilement dans l'espace qui les séparait. Peu à peu le terrain prenait l'aspect d'un parc. Mais plus tard des champs s'étendraient au-delà ; la charrue y passerait, le grain y tomberait ; on planterait un verger. Philippe apparaissait à Adeline dans une lumière nouvelle. Il avait toujours été exigeant pour sa toilette, en fait, un peu dandy, et voilà qu'il regagnait Vaughanland avec des chaussures boueuses, des vêtements froissés, des mains déchirées par les épines. Lui qui poussait le raffinement jusqu'à envoyer ses chemises en Angleterre pour les faire blanchir et repasser parce qu'aux Indes ce travail n'était pas fait à son goût, se montrait désormais avec des chemises fripées, ne paraissant pas s'en soucier le moins du monde ; bien plus, il semblait enchanté de son sort. Il avait essayé de manier la hache, mais avait dû constater avec dépit que le résultat de ses efforts était médiocre comparé à l'œuvre accomplie par ces hommes expérimentés, inséparables de leur chique ; mais il passait ses journées auprès d'eux, surveillant les progrès accomplis, toujours prêt à aider là où il le pouvait. Les taons et les moustiques le dévoraient, son teint se basanait de plus en plus. Ni sa vie militaire, ni ses exercices de cavalier aux Indes n'avaient réussi à l'endurcir comme la nouvelle existence qu'il menait depuis son arrivée au Canada. Mais chaque soir il redevenait l'éblouissant capitaine de hussards qui charmait son entourage, et ne manquait pas de témoigner à Mrs. Vaughan tous les égards qui lui étaient dus. Avant de gagner son lit, il se réfugiait sur la véranda pour y fumer un dernier cigare.

David Vaughan recommanda aux Whiteoak un excellent architecte. On leur avait vivement conseillé une construction très simple, mais ils rêvaient d'une maison qui ferait grand effet ; non pas une demeure prétentieuse, mais une demeure qui retiendrait les regards avec de beaux pignons et de grandes cheminées. Ce fut un instant pathétique que celui où le premier coup de pioche fut donné sur l'emplacement des fondations.

Le chef de chantier avait mis dans la main d'Adeline une pelle bien tranchante. Le sol avait déjà été délimité et ameubli. Adeline frotta ses mains l'une contre l'autre, saisit le manche, posa son pied sur le tranchant de l'outil, jeta un regard malicieux aux ouvriers réunis et enfonça profondément le fer dans la terre. Elle se pencha, s'efforça de la soulever, mais la terre résista.

— Je crains que ce ne soit trop dur, dit le chef de chantier. Je vais retourner encore un peu la terre.

— Non, dit Adeline, dont les joues s'étaient colorées.

— Mets-y toutes tes forces, supplia Philippe.

Elle obéit. La terre céda, se souleva. Adeline tendit triomphalement sa pelle et la retourna. La maison avait enfin pris pied sur le sol.

Philippe admirait la façon dont ces hommes du Canada travaillaient. Ils travaillaient de toutes leurs forces et de tout leur cœur, par une chaleur torride comme dans une humidité déprimante. Il fallait un terrible orage, de véritables trombes d'eau pour les obliger à se réfugier dans l'abri en bois qu'ils avaient eux-mêmes construit.

Néron, le terre-neuve, accompagnait chaque matin Philippe sur le chantier ; la pauvre bête souffrait tant de la chaleur qu'un jour Philippe l'avait prise entre ses genoux et tondue jusqu'aux épaules de sorte qu'elle ressemblait désormais à un énorme caniche.

Wilmott tint sa promesse et coupa ses favoris. Quand il parut devant Adeline le visage entièrement rasé, à peine si elle le reconnut. Elle l'avait trouvé jusqu'à ce jour attirant et distingué ; mais elle découvrit soudain sur ce visage entièrement nu une expression affamée et obsédée presque romantique ; si la charpente osseuse était belle, les joues offraient d'étranges méplats.

— Comme vous avez changé ! s'écria-t-elle.

— Il vaut mieux ne pas paraître toujours le même, répondit-il brièvement. Je suppose que je suis moins séduisant ! La beauté n'est pas mon lot !

— Qui demande aux hommes d'être beaux ?

— Vous !

— Moi ? Philippe serait le même à mes yeux avec un nez camus et pas de menton du tout.

— Vous dites des bêtises, Mrs. Whiteoak.

— Que vous êtes cérémonieux ! Vous pourriez vraiment m'appeler Adeline !

— Cela ne serait pas convenable !

— Dans ce pays de sauvages ?

— Ce pays est déjà une communauté conventionnelle et fermée.

— Votre maison de bois et son marais en font-ils partie ?

— Cela est une zone réservée… Dans cette zone, je vous ai toujours appelée Adeline.

— Je vous en prie, ne dites pas *Adelyne*[1] ; je suis habituée à m'entendre appeler *Adeleen*.

— Je suppose que c'est la raison pour laquelle je prononce *Adelyne*.

— Quel mauvais caractère ! s'écria-t-elle. Heureusement, vous n'êtes pas marié !

Il rougit légèrement.

1. *Adelyne :* « y » a un son long (ai). *Adeleen* : « ee » ont un son bref (i).

— Après tout, peut-être l'êtes-vous ? dit-elle avec un sourire.

— Je ne le suis pas et j'en remercie Dieu, répondit-il sèchement.

— Vous seriez plus aimable si vous étiez marié.

— Croyez-vous ? J'en doute.

Elle sourit de son sourire charmant, rayonnant de bonheur.

— Je me réjouis que vous soyez célibataire, dit-elle, car je détesterais votre femme ; vous êtes tout à fait homme à choisir une femme que je détesterais.

— C'est vous que j'aurais choisie, si la chose m'eût été permise.

Ils étaient assis sur une pile de troncs d'arbres fraîchement coupés et pleins de sève, à portée de vue des ouvriers qui pouvaient également les entendre. Mais les paroles de Wilmott avaient créé pour eux une sorte d'espace réservé, les avaient isolés comme deux portraits dans un cadre. Ils écoutaient les coups de hache, le bruit sourd des pioches, leurs narines percevaient l'odeur résineuse des troncs d'arbres, mais ils ne faisaient plus partie du paysage. Leurs yeux regardaient droit devant eux et s'ils avaient été de véritables portraits, on aurait dit que leurs regards vous suivaient.

Néron était couché aux pieds d'Adeline ; elle posa une main sur son front et saisissant une touffe épaisse de poils bouclés, lui balança doucement la tête ; il accepta cette caresse presque offensante avec une sereine majesté.

— C'est le cadre dans lequel nous nous trouvons qui vous incite à parler ainsi, murmura-t-elle ; il exalte notre sensibilité.

Il tourna vers elle un regard assuré, mais elle s'aperçut que ses lèvres tremblaient.

— Doutez-vous de ma sincérité ? lui demanda-t-il.

— Vous ne pouvez nier que vous ne présentiez parfois les choses de façon assez étrange.

— Il n'y a rien d'étrange dans tout cela. La plupart des hommes parleraient comme moi.

— Vous m'avez cependant vue dans de terribles colères !

— Je ne dis pas que vous soyez parfaite, répliqua-t-il vivement. Je dis que... Mais il s'interrompit.

— C'est très gentil à vous de parler ainsi, Mr. Wilmott, après m'avoir vue sous mon plus mauvais jour depuis un an.

— Voilà que vous dites encore des bêtises.

— Il vaut mieux dire des bêtises.

— Pour faire oublier ce que j'ai dit ? Soyez tranquille. Je ne vous assommerai pas. J'avais seulement le désir fou de vous faire connaître mes sentiments.

Les lèvres d'Adeline s'adoucirent. Elle le regarda presque tendrement.

— Vous vous moquez de moi ! s'écria Wilmott avec violence. Vous allez me faire regretter ce que je vous ai dit.

— Je souriais seulement de vous voir si… impulsif. Je ne vous en aime que mieux.

— Si vous pensez que Philippe ne fasse pas d'objection à ce que je vous appelle par votre prénom, cela me fera grand plaisir.

— Je le lui demanderai.

— Non, n'en faites rien… J'aime mieux pas.

Philippe se dirigeait justement vers eux, en culotte de cheval, marchant à grands pas à travers le terrain défoncé où, chaque jour, des fleurs s'épanouissaient, des feuilles de fougères se déployaient pour être aussitôt foulées aux pieds.

— Il faut que j'aille voir des briques avec l'architecte, leur dit-il, en s'approchant d'eux. Je ne sais trop combien de temps cela me prendra. Voudriez-vous ramener Mrs. Whiteoak à la maison, Wilmott ?

— Pourquoi, diable, ne pas nous appeler par nos prénoms ?

— Très juste, reconnut Philippe. Je ne demande pas mieux. Jacques, voulez-vous ramener Adeline à Vaughanland ?

— Elle n'a pas encore vu ma propriété, dit Wilmott. C'est un vrai paradis. J'aimerais qu'elle fût la première à le visiter.

— Splendide ! Tu admireras certainement ce qu'il a fait, Adeline. Maintenant, il faut que je me sauve.

Il se hâta de rejoindre l'architecte qui l'attendait.

Adeline et Wilmott se hissèrent dans le boghei poussiéreux prêté par les Vaughan. La jument grise était attachée à un poteau placé à l'endroit même où se trouverait plus tard l'entrée principale du domaine. Elle avait si bien l'habitude d'attendre qu'elle était descendue dans le fossé et c'était miracle que la voiture ne se fût pas renversée.

— Ce petit cheval est doux comme un agneau, dit Wilmott en prenant les rênes. Je voudrais qu'il m'appartînt.

— Quel aveu !

— Je rêve de vivre dans la paresse et l'inutilité jusqu'à la fin de mes jours.

— Vous ne pouvez pas vivre dans l'inutilité, du moins tant que Philippe et moi serons vos amis, Jacques.

— C'est aimable à vous de parler ainsi… Adeline.

Il avait ajouté ce dernier mot avec une certaine gêne.

Le cheval trottinait dans l'épaisse poussière blanche de la route ensoleillée qui cheminait entre des bois sombres et semblait couper l'immensité déserte d'un étroit ruban blanc. Ils ne firent d'autres rencontres que celles de lourdes charrettes chargées de matériaux de construction destinés à Jalna, d'une fillette en haillons et pieds nus qui conduisait une vache, d'une vieille charrette traînée par une mule qui transportait une famille d'Indiens avec tout ce qu'ils possédaient. Des framboises rougissaient sur les buissons touffus qui bordaient la route. Le lupin sauvage, la chicorée, la gentiane faisaient des taches d'un bleu céleste. Une activité incessante se manifestait dans les arbres : battements d'ailes d'oiseaux, sauts légers d'écureuils bondissant de branche en branche. Parfois un champ de céréales étalait la richesse de ses lourds épis. Il semblait que ce pays voulût tenir au plus tôt toutes ses promesses.

Philippe avait dû reconnaître que Wilmott avait fait une bonne affaire avec sa maison de bois et les cinquante acres qui l'entouraient. Ils avaient tous deux soigneusement visité les lieux ; Wilmott avait versé le prix demandé et s'était installé aussitôt, mais il avait préféré qu'Adeline attendît, pour visiter sa nouvelle demeure, qu'il l'eût rendue, à son avis, présentable. Sur les bords d'une rivière coulant à pleins bords, la petite maison se dressait maintenant dans une petite clairière ; elle était solide et à l'épreuve de toute intempérie et Wilmott en était fier. Ce fut avec une aisance pleine de dignité qu'il aida Adeline à descendre du haut marchepied du boghei, puis la conduisit jusqu'à la porte par un sentier gazonné. La voix de la rivière arrivait jusqu'à eux ainsi que le doux sifflement des roseaux poussant au bord de l'eau. Un vieux bachot était attaché à un pieu couvert de mousse.

— Que c'est joli ! s'écria Adeline. Je ne croyais pas que c'était aussi joli ! Pourquoi ne m'en avoir rien dit ?

— Je voulais vous en faire la surprise, répondit-il ne mettant pas en doute la sincérité d'Adeline, car lui-même trouvait son installation une véritable merveille. Il ouvrit la porte qui résista un peu et la fit entrer dans la petite maison qui ne comportait qu'une pièce avec un appentis par-derrière. Il avait évidemment compté sur sa venue pour ce jour-là, à moins qu'il ne fût remarquablement ordonné, car rien ne traînait dans la pièce comme c'était toujours le cas dans une chambre occupée par Philippe. Le parquet était nu et encore humide d'un nettoyage énergique. Un tapis de laine représentant un bateau s'étendait devant le petit poêle. Le mobilier était l'œuvre du précédent propriétaire et consistait en une table, deux chaises et une couchette recouverte d'un couvre-pied fait de carrés de couleur. Des rideaux rouges étaient accrochés à l'une des fenêtres.

Sur une étagère, contre le mur, un service à thé en porcelaine dont l'achat récent ne pouvait faire aucun doute, parlait d'Angleterre. Sur un côté de la pièce, Wilmott avait posé lui-même des rayons qu'il avait garnis de livres vieux et neufs, dont les cuirs et les ors brillaient doucement dans un rayon de soleil qui tombait sur eux comme par un fait exprès. Il y avait quelque chose d'émouvant dans l'aménagement de cette pièce ainsi que dans la solitude de celui qui y vivait aussi pauvrement. D'une voix vibrante, comme si elle n'avait jamais rien vu de pareil, Adeline s'écria :

— Vous avez fait tout cela vous-même ?

— Oui.

— Je ne comprends pas comment vous avez pu y arriver ! C'est charmant.

— Oh ! cela me suffit.

— Tout est si parfaitement en ordre.

— Il pourrait vous arriver d'y venir quelques fois.

— Quel joli service à thé ! Quand l'avez-vous acheté ?

— Il y a deux jours.

Il se dirigea vers l'étagère, y prit le pot de crème et le lui tendit :

— Aimez-vous ce dessin ? lui demanda-t-il.

Elle regarda le pot ; on y voyait un berger et une bergère couchés sous un arbre au bord d'une rivière avec, dans le fond, un château. Adeline caressa le pot de sa joue.

— Quelle fine porcelaine ! Je me demande si je boirai un jour du thé versé par cette théière ?

— Je vais en faire tout de suite, dit Wilmott. C'est-à-dire, si vous voulez bien rester.

— Rien ne peut me faire plus de plaisir. Laissez-moi le servir, je vous en prie.

Il hésita.

— Et les convenances ? Les gens ne jaseront-ils pas ?

— Parce que j'ai pris le thé avec vous ? Laissez-les faire. Mon cher Jacques, je suis venue dans ce pays pour y achever mes jours. Les gens feront aussi bien de commencer tout de suite leurs commérages ; je leur fournirai amplement la matière nécessaire !

D'un pas souple, elle traversa la salle, balayant le sol de sa longue jupe.

Wilmott remit le pot à sa place, puis il se tourna brusquement vers elle. « Je vais allumer le feu », dit-il. Ce dernier était tout préparé. Il y mit une allumette et les flammes s'élevèrent joyeusement. Prenant la bouilloire de métal, il partit chercher de l'eau à la source. A travers la fenêtre, elle suivit des yeux sa haute silhouette dont chaque geste était mesuré et parfaitement conventionnel. « Je me demande ce qu'il y a dans votre tête, songea-t-elle. Mais vous me plaisez, vous me plaisez même beaucoup, Jacques Wilmott. »

Elle parcourut du regard les titres des livres de Wilmott, ouvrages austères, pour la plupart, traitant de philosophie, de littérature et d'histoire ; il y avait cependant quelques volumes de poésie et quelques romans. Elle retira de la rangée un volume des poèmes de Tennyson ; des passages s'y trouvaient soulignés. Adeline lut :

Donne-nous un long repos ou la mort, la mort profonde ou un repos plein de rêves.

Wilmott entra avec la bouilloire d'où retombaient des gouttes d'eau claire.

— Je suis en train de lire, dit-elle.

— Quoi donc ? demanda-t-il, s'arrêtant pour la regarder. Oh ! c'est ce livre ? continua-t-il d'un ton indifférent, tout en allant mettre la bouilloire sur le feu.

— Cela ne vous ressemble pas du tout.

— Pourquoi ?

— Cela semble exprimer trop d'abandon et de résignation.

— Suis-je donc si énergique ?

— Non, mais je crois que vous savez ce que vous voulez. Voilà ce qui vous ressemble davantage :

J'ai construit pour mon âme un château,
Pour y demeurer en repos à jamais.

Vous auriez dû souligner ce passage.

— Dieu ! s'écria-t-il. Cela n'a rien de commun avec moi ! Je voudrais bien qu'il en fût ainsi, mais mon âme n'a pas de demeure.

— Je n'ai pas l'esprit subtil, dit-elle en remettant le livre en place. Maintenant, je vais enlever mon chapeau.

Elle retira le ridicule petit chapeau qu'elle portait, d'où s'échappaient deux bouts de ruban flottant dans le dos. Une soudaine et troublante intimité régna dans la pièce.

Wilmott jeta autour de lui des regards perplexes comme s'il ne se souvenait plus de l'endroit où il avait rangé les choses.

— Laissez-moi faire le thé, dit-elle.

— Non, je ne pourrais le supporter.

Adeline se mit à rire.

— Vous ne supporteriez pas de me voir faire le thé ?...

Il eut un sourire plutôt gêné :

— Non, ce serait trop beau. De tels bonheurs ne sont pas pour moi !

Il prépara le thé assez adroitement, disposa le nouveau service, apporta un rayon de miel, puis invita Adeline à s'asseoir. Il ne cessait de parler ; il raconta à Adeline que la femme du fermier lui faisait cuire son pain et lui vendait du miel ; il avait acheté une vache, deux cochons et quelques volailles ; Philippe guettait l'occasion d'acheter pour lui un bon attelage de chevaux. Son prédécesseur avait semé de l'avoine et de l'orge. Il apprendrait tout ce qui concernait la culture et l'élevage et avec les revenus qu'il obtiendrait ainsi, il vivrait très bien.

— En réalité, dit-il en en découpant pour Adeline un carré de miel, jamais au cours de ma vie, jamais je n'ai été aussi sciemment heureux.

Adeline mordit au gros morceau de pain recouvert de miel. Ses yeux brillaient. « Moi non plus », dit-elle. Cette affirmation amusa Wilmott.

— Je parierais volontiers que vous n'avez jamais connu une heure seulement de vrai chagrin.

— Et le jour où j'ai dit adieu à ma mère ? Le jour où je l'ai vue avec mon père sur la jetée sans pouvoir revenir vers eux ? Et le voyage avec la mort d'Huneefa ? Tout cela s'est passé depuis que je vous connais !

— Vous ne faites que confirmer ce que j'ai toujours pensé.

— Quoi donc ?

— Que vous êtes la plus heureuse créature que j'aie jamais rencontrée.

— Je ne m'appesantis pas sur mes chagrins, dit-elle en s'efforçant de prendre un air détaché, tout en se resservant de miel.

— Est-ce mon cas ?

Il avait rougi légèrement et Adeline le regarda d'un air rêveur.

— Vous avez déclaré tout à l'heure que vous étiez sciemment heureux. Peut-être êtes-vous parfois sciemment malheureux. Moi, je n'ai pas peur de la vie... Je ne prévois jamais le pire.

— Je vais vous raconter mon histoire, dit-il. Ce n'était pas dans mes intentions, mais... je vais vous la dire.

Elle se pencha vivement en avant.

— Je vous en prie, racontez-moi !

— Je dois vous demander le secret.

— Je n'en soufflerai mot à âme qui vive.

— Parfait.

Il se leva, prit la théière sur le poêle et y versa l'eau chaude contenue dans la bouilloire. La gardant dans ses mains, il se tourna brusquement vers elle.

— Je suis marié.

Elle le regarda, incrédule.

— Sûrement pas, dit-elle. C'est impossible.

Il rit un peu.

— Je ne crois pas me tromper. Non seulement je suis marié, mais je suis également père.

— Rien que cela ? Alors, vous m'avez menti, lorsque vous m'avez dit que vous étiez célibataire.

— Oui. Je vous ai menti.

— Cependant, vous représentez pour moi le célibataire parfait.

— On m'a déclaré bien des fois que j'étais le type du mari parfait.

— Alors, dit-elle, son accent irlandais s'intensifiant, quoi que vous soyez, vous l'êtes d'une façon parfaite. – Elle rêva un instant, puis ajouta : – Amoureux et le reste.

— Menteur également.

Elle le regarda dans les yeux :

— Me direz-vous pourquoi vous m'avez menti ? demanda-t-elle.

— Oui.

Il vint s'asseoir auprès d'elle.

— Je veux dire : pourquoi vous m'avez caché votre mariage.

— Certainement… C'est parce que je m'enfuyais.

— Vous quittiez votre demeure ?

— Oui.

— Votre enfant aussi ?

— Oui.

— Un garçon ou une fille ?

— Une fille de quatorze ans.

— Mais alors, vous étiez marié depuis longtemps ?

— Depuis quinze ans. J'avais vingt-cinq ans. Il ajouta avec une soudaine violence : Quinze ans de misère.

— Certainement pas complètement.

— Il y avait six mois que nous étions mariés, quand j'ai compris mon erreur. Les années qui suivirent me permirent de la réaliser chaque jour davantage.

— Ne pouviez-vous rien faire pour y porter remède ?

— Rien. J'étais enchaîné, sans espoir de libération. Vous ne pouvez imaginer la force de ces chaînes, car vous n'avez jamais connu semblable existence.

Et comme la main de Wilmott reposait sur la table, Adeline y posa la sienne un instant.

— Je vous en prie, dites-moi tout.

Par la porte ouverte pénétrait jusqu'à eux la voix de la rivière murmurant à travers les roseaux. La vache achetée par Wilmott beuglait dans son enclos.

— Elle réclame qu'on la traie, dit-il.

— Pouvez-vous le faire ?

— J'ai un jeune Indien pour m'aider.

— Oh ! que j'aime ce petit coin ! s'écria Adeline. Je ne veux pas penser que vous puissiez y être malheureux.

— Je vous ai déjà dit à quel point je suis heureux. Mais je ne serai satisfait que lorsque vous saurez toute la vérité.

— Vous êtes un homme dangereux, dit-elle.

— Vous voulez dire qu'il n'est pas bon de dire la vérité ?

— Je peux la supporter, mais toutes les femmes n'en sont pas capables. Peut-être votre femme était-elle de ces dernières.

— Elle a toujours tout ignoré de moi. Elle savait seulement que j'avais une situation importante dans une grosse société de navigation. Je m'étais marié trop jeune, mais je continuais à travailler avec acharnement. J'avais des dispositions pour les chiffres et j'étais apprécié par mes chefs. Nos amis, c'est-à-dire les amis de ma femme, vantaient mes qualités de mari et de père. Cela n'avait rien d'étonnant, car je subissais un bon entraînement. Elle ne me laissait jamais tranquille ; la propreté, l'ordre, des habitudes méticuleuses, tel était le but de toute son existence, du matin au soir. Cela, et acquérir des biens. Pas plus tôt avions-nous acheté une chose qu'elle en voulait une autre : verrerie, argenterie, tapis, rideaux, vêtements ; le tout entretenu avec un soin jaloux. Pas de chien dans la maison. Les deux servantes – nous étions arrivés à en avoir deux quand je suis parti, – ne cessaient d'astiquer et de nettoyer. Si encore tout cela s'était fait dans le calme ! Mais elle ignorait ce que c'était que le calme. Elle parlait sans interruption, se répandait en discours pendant des heures sur les sujets les plus vulgaires : succès ou échec mondain, méfaits d'une domestique. Si elle se taisait, c'était sous l'empire d'une colère froide, et cela, je pouvais encore moins le supporter. Je devais ou me quereller avec elle pour l'exaspérer ou céder et courber l'échine. Vous voyez qu'elle était la plus forte.

— Et votre petite fille ? demanda Adeline essayant d'obtenir de Wilmott un portrait différent.

— Ce n'est pas une petite fille, répliqua-t-il avec violence. C'est une grande bringue sans tendresse ni intelligence. Sa mère est persuadée qu'Henriette a hérité de mon don pour la musique, elle prenait donc des leçons de musique, massacrant indéfiniment le même morceau et faisant toujours les mêmes fautes. Si ma femme ne se taisait jamais, par contre Henriette parlait rarement. Elle se contentait de s'asseoir et de me regarder fixement.

— Réellement, c'était une étrange existence que la vôtre, dit Adeline.

Wilmott lui sourit doucement :

— Vous ne pouvez pas vous rendre compte à quel point.

— Que se passa-t-il pour finir ?

— Je me consacrais à mon travail avec plus d'assiduité encore et j'obtins de l'avancement. Mon salaire s'était également augmenté, mais je m'arrangeais pour garder la chose secrète. Je commençais à parler de l'Orient et de mon désir d'y aller ; un jour, j'interrompis ses discours, au cours d'une réunion d'amis, pour parler de Bombay et du Cachemire. Mais pendant ce temps, je préparais mon départ pour l'Amérique. Elle ne comprenait pas ma soudaine loquacité et mon bavardage l'ennuyait considérablement. Hettie continuait à ouvrir de grands yeux en suçant indéfiniment des pastilles parfumées aux clous de girofle. Quand je pense à elle, je sens aussitôt les clous de girofle !

— Vous auriez dû rester célibataire ! s'écria Adeline.

— Aurais-je, pour cela, été immunisé contre l'odeur des clous de girofle ? demanda-t-il avec humeur.

— Je veux dire que vous n'étiez pas fait pour la vie familiale et son intimité. Du moins, pas à la façon de mon père. Les odeurs ne le touchent pas et peu lui importe qu'une femme parle ou se taise. Il connaît l'art du mariage.

— Ma parole, s'écria Wilmott, on pourrait croire que vous prenez la défense de ma femme !

— Une bonne rossée, voilà ce qu'il fallait. Cela eût réveillé ses bons sentiments. Etait-elle laide ou jolie ?

— Jolie, répliqua-t-il d'un air sombre.

— Prenait-elle soin d'elle-même ?

— Oui.

— Et Hettie, était-elle jolie ?

— Comme un pudding bien gras.

— A qui ressemblait-elle ?

— Au père de ma femme. Il ne cessait de priser et son veston était toujours couvert de tabac.

— Voilà que vous recommencez à noter les détails ! Peut-être avez-vous un don d'écrivain ?

Wilmott rougit :

— J'ai quelques faibles espoirs dans ce domaine.

— Pas de faibles espoirs ! s'écria Adeline. Mais de puissants désirs ! Je ne crois pas aux faibles espoirs. De faibles espoirs ne m'auraient, certes pas, permis de conquérir Philippe !

Ce nom tomba comme une douche froide sur les confidences de Wilmott qui crut sentir la présence de Philippe dans la pièce. Il reprit brusquement :

— Je ne devrais pas vous parler de tout cela.

— Pourquoi ? A quoi servirait donc l'amitié ?

— Vous me méprisez.

— Pourrais-je mépriser mon ami ? Et vous êtes mon seul ami dans ce pays, Jacques Wilmott.

Elle parlait sur un ton affectueux, flattant à la fois son amitié et son ambition. Puis elle ajouta vivement :

— Mais ce nom est-il votre vrai nom ?

Il inclina la tête.

— Etes-vous sûr de ne pas mentir de nouveau ?

Elle lui souriait d'un air câlin, comme pour lui arracher la vérité.

— Je mérite cette attitude de votre part, répondit-il. Mais cette fois, je vous dis toute la vérité. Peut-être aurais-je dû changer de nom quand je me suis sauvé.

— Vous vous êtes sauvé ! Heureusement ! Je suis contente que vous l'ayez quittée, cette horrible femme ! Dans quelles conditions l'avez-vous laissée ?

Il attendit un moment avant de répondre. Ses pensées avaient fui vers le passé. Il reprit d'un ton calme :

— Je savais, depuis cinq ans, que je partirais un jour. Mais j'avais décidé de ne pas la laisser dans l'embarras. Je peux vous assurer que je ne me suis pas ménagé. Pendant ces cinq années, je n'ai connu que fatigue et tension nerveuse... Finalement, les affaires se sont trouvées réglées comme je le voulais. La maison lui appartenait en propre et elle jouirait d'un revenu confortable. Tout se trouvait à son nom. Je l'informai, par une lettre, que je partais pour l'Orient y passer le reste de mes jours et que jamais plus elle n'entendrait parler de moi. J'obtins de la maison qui m'employait la permission d'aller passer une semaine à Paris et je pris un billet pour cette dernière ville. Puis je me rendis à Liverpool où je pris un bateau pour l'Irlande et vous savez le reste... Pensez-vous qu'elle puisse retrouver mes traces ?

— Jamais ! Jamais elle ne retrouvera vos traces. Mais... j'aurais préféré que vous eussiez changé de nom.

— Je ne sais pourquoi, mais je ne pourrais pas voir en moi un autre que Jacques Wilmott !

Il se leva et se mit à marcher dans la salle.

— Si vous saviez tout ce que ma nouvelle vie m'a procuré de jouissance ! Etre libre et seul ! Il m'arrive de sortir d'ici en laissant tout en désordre, juste pour bien me prouver à moi-même que je suis libre. J'éprouve les sentiments d'un prisonnier libéré. Je n'ai plus à concentrer ma pensée. Quand je pêche au bord de ma rivière, mon esprit erre parfois pendant des heures dans un vide délicieux. Mon passé commence à m'apparaître comme un rêve.

— Nous allons tous être heureux ici, dit Adeline. J'adore ce pays. Venez me montrer votre vache et le jeune Indien qui travaille pour vous. Il faut que je le voie, ainsi que les cochons et le gros poisson que vous avez pêché.

10

Les murs

L'été s'avançait et le gros œuvre de la maison commençait à sortir de terre. Philippe avait suivi les conseils de David Vaughan et fait des offres de salaires qui avaient attiré d'excellents ouvriers maçons et charpentiers. Il avait commandé des briques de la meilleure qualité pour la construction des murs qui reposaient sur des fondations en pierre. Ces briques, d'un beau rouge, se patineraient et prendraient avec le temps, la teinte d'un beau dahlia foncé. Le sous-sol était également pavé de briques et se composait d'une immense cuisine, de deux chambres de domestiques, d'offices, d'une cave à charbon et d'un cellier. Aucune maison du voisinage ne possédait de cellier et Philippe avait juré que le sien serait bien garni. Il avait étudié les catalogues des négociants en vins et passé une commande respectable à la maison la plus renommée. Ce n'était pas qu'il fût lui-même un très gros buveur, il n'avait jamais roulé sous la table comme certains de ses ancêtres pour qui un tel exploit était presque un titre de gloire. En réalité, Philippe prenait grand soin de sa santé et ne tenait pas du tout à devenir goutteux et irascible comme son père.

Pendant que les murs de la maison s'élevaient, une armée de bûcherons s'attaquaient au domaine. De beaux arbres disparaissaient, que remplaceraient plus tard des champs de céréales. On ne pouvait les utiliser tous, ni les conserver, faute de place ; aussi la plus grande partie était-elle destinée à être brûlée et gisait sur le sol en attendant l'heure du sacrifice, c'est-à-dire l'automne et la disparition de tout risque d'incendie. Les grands rameaux verts étaient détachés des troncs et mis en tas ; des nids d'oiseaux s'en échappaient dans toutes les directions ; les feuilles s'écrasaient au sol, les plantes grimpantes qui avaient poussé leur végétation luxuriante autour des branches se trouvaient déracinées et suivaient la fatale destinée des arbres. Le chèvrefeuille, la vigne vierge aux vrilles souples, se flétrissaient et s'affaissaient dans la chaleur. Quant aux troncs immenses, de leurs blessures s'échappait une abondante sève qui remplissait l'air d'un parfum âcre, cependant que des piverts picoraient dans leur écorce les myriades d'insectes qui s'y étaient logés. Lapins et marmottes se dissimulaient derrière les tas de branches où, pendant leur repos de midi, les ouvriers s'amusaient à les chercher et à les tuer. Quelques-uns d'entre eux avaient fabriqué des frondes et devinrent très habiles dans l'art de tuer les oiseaux et les écureuils, bien qu'Adeline ne leur épargnât pas les reproches les plus cuisants lorsqu'elle les surprenait se livrant à un tel passe-temps.

Ainsi occupés à construire, à arracher, à tuer pour le seul plaisir de tuer, les jours s'écoulaient dans leur splendeur estivale. Les plumes rouges du sumac tournèrent au brun ; les grappes amères des merisiers mûrirent, dédaignées des oiseaux. Des champignons jaillirent en masse du sol défriché : champignons des prés charnus dont le chapeau se teintait à l'envers d'un rose délicat ; champignons gracieux en forme d'ombrelles aux bords frangés ; amanites mortelles aux corolles blanches comme neige. Les prés également se peuplèrent de champignons de toutes les nuances de pourpre, aussi beaux que des fleurs ; ceux qui étaient comestibles firent plus d'une apparition sur la table des Vaughan. Jamais Adeline n'avait eu pareil appétit.

Un jour du début de septembre, elle suivait avec le jeune Robert Vaughan le sentier qui s'était creusé pendant l'été entre Vaughanland et le nouveau domaine ; il coupait un champ plat teinté de rouge par le chaume d'une belle récolte d'orge, pénétrait dans un bois de chênes et de pins, puis descendait profondément dans le ravin où le torrent qui méritait presque, à cette époque de l'année, le nom de rivière, coulait rapidement sur du sable brillant et des pierres plates ; ses deux rives se rapprochaient en un point où l'on avait jeté un pont provisoire en troncs d'arbres. Le parfum âcre de la sève qui s'en échappait se mélangeait à l'odeur de terre froide et humide s'élevant du ravin. Adeline ne posait jamais le pied sur ce sentier sans éprouver le sentiment qu'elle vivait une aventure. Elle réalisait avec orgueil que ce sentier maintenant débarrassé de ses broussailles, creusé et foulé par de nombreux pas, portait en quelque sorte la marque de son passage et de celui de Philippe. Ce ruban de terre resté vierge, qu'aucun pas humain n'avait effleuré avant eux, Philippe et elle en avaient fait un lien entre leur passé et leur nouvelle existence ; elle l'avait foulé de ses pas par tous les temps, souvent seule. Mais en ce jour de septembre, il lui paraissait plus charmant que jamais. La saison des moustiques était terminée ; l'air, d'une douceur presque palpable, était peuplé de nouveaux chants d'oiseaux, car les petits, nés au printemps, pouvaient maintenant se servir de leurs ailes. On entendait le murmure monotone de la rivière.

Pour franchir le pont de troncs d'arbres, le jeune Vaughan soutint Adeline de son bras ; elle était fort capable de le traverser seule et l'avait fait bien souvent, sans l'aide de personne, alors que la pluie le rendait glissant ; cependant, elle s'appuya à l'épaule de Robert comme si elle avait peur ; ses doigts serrèrent ceux du jeune homme.

— Plus tard, nous aurons là un pont rustique, dit-elle.

Il pressa doucement son bras.

— Ce jour-là, vous n'aurez plus besoin de mon aide !

— Aujourd'hui, je suis contente que vous soyez là.

— Si vous saviez, reprit-il en rougissant, ce que votre présence ici a été pour moi ! Avant que vous arriviez, je ne savais jamais que faire de ma personne. Je n'ai pas encore beaucoup d'intimité avec mes parents. La vérité est que j'ai l'impression de mieux vous connaître qu'eux.

— Il est facile de s'entendre avec moi !

— Non, ce n'est pas cela ! Mais je sens que vous me comprenez et que vous êtes seule à le faire.

— Vous êtes trop gentil, Bobby.

Cela irritait vivement les parents de Robert que d'entendre Adeline l'appeler Bobby ; ils exprimaient leur désapprobation en affectant de prononcer son nom très distinctement quand ils lui parlaient. Mais Adeline l'oubliait constamment, à moins qu'elle ne prît un malin plaisir à les contrarier, ce dont les Vaughan la soupçonnaient. Tous deux commencèrent à remonter la pente opposée du ravin.

— Ma mère est toute bouleversée, ce matin, dit le jeune homme.

— J'espère n'y être pour rien, pas plus que Philippe ou les enfants, notre chien ou notre chèvre.

— Non, cela n'a rien à voir avec vous. Il s'agit d'une de mes cousines, Daisy Vaughan. Elle va venir passer quelque temps chez nous et ma mère ne le désire nullement en ce moment.

— Alors, pourquoi ne lui écrit-elle pas pour la prier de ne pas venir ? demanda Adeline.

— Cela lui est très difficile, car papa juge que nous devons recevoir Daisy. C'est la fille de son unique frère et elle est orpheline. Elle a séjourné quelque temps chez des parents de sa mère, s'est brouillée avec eux et a écrit une lettre touchante à mon père qui l'a invitée à venir passer quelques mois chez nous.

— J'avoue, dit Adeline, que c'est vraiment fâcheux ! La maison est déjà presque pleine avec moi et ma famille. Je comprends que votre mère ne soit pas satisfaite.

— Oh ! elle s'arrangera ! Ma mère s'arrange toujours.

— Vous connaissez cette Daisy ?

— Oui ; j'ai été chez sa tante, à Montréal. Il y avait déjà des filles dans la maison, et je pense qu'elle ne doit guère s'entendre avec elles.

— Est-ce une coquette ou une fille délurée ? Dans ce cas-là, je lui rabattrai le caquet.

— Elle est presque de votre âge ; elle a environ vingt-cinq ans. Très élégante ; mais elle ne m'intéresse pas du tout. Je dirai même que la pensée de sa venue parmi nous m'ennuie terriblement. Je déteste aussi la pensée que le collège va bientôt ouvrir ses portes et que je devrai partir. Tout en parlant, il regardait Adeline bien en face et son visage de garçon émotif exprimait un trouble profond.

— Ne vous tracassez pas, Bobby. Nous sommes amis et le resterons toujours.

— Je ne pense pas à l'avenir, répliqua-t-il. C'est le présent qui m'intéresse. Vous vous souciez fort peu de mes sentiments. En réalité, ils ne valent pas un liard à vos yeux.

— Je m'en soucie beaucoup, au contraire. Je suis une étrangère ici et vous m'avez aidée à y être heureuse.

— Vous avez de la chance de pouvoir vous adapter aussi facilement. Moi, je ne suis chez moi nulle part.

Adeline ouvrit de grands yeux étonnés.

— Mais Bobby, s'écria-t-elle, quelle façon de parler ! Quand vous aurez plus d'expérience de la vie, vous vous inquiéterez peu d'être chez vous ou non.

— C'est justement de là que vient tout le mal, répondit-il tristement : je n'ai aucune expérience, et seuls les hommes qui ont de l'expérience vous intéressent, votre ami Wilmott, par exemple, qui nous regarde de son haut.

— Que savez-vous de lui ? demanda-t-elle vivement.

— Oh ! rien, si ce n'est qu'il suggère des choses inexprimables. Je ne peux le supporter.

Ils atteignirent le sommet de la pente, un peu essoufflés d'avoir parlé en montant. Les murs de la maison se dressaient devant eux, encore dépourvus de toit, avec des fenêtres béantes et de rares planchers. D'immenses piles de briques, de hauts tas de graviers s'y appuyaient. Des bois de charpente embaumés attendaient qu'on les utilisât. Mais les ouvriers ayant achevé leur repas, prenaient leur repos de midi. Ils étaient couchés sur le sol ou se vautraient sur les tas de planches, à l'exception de deux Canadiens français. Ces derniers étaient des charpentiers qu'avaient attirés les hauts salaires offerts par Philippe ; et comme si leur travail ne suffisait pas à épuiser leurs énergies, ils étaient en train de danser avec un entrain et une ardeur remarquables, sautant, frappant du pied, tourbillonnant, faisant claquer leurs doigts ; leurs bouches entrouvertes révélaient des dents éblouissantes de blancheur. L'un d'entre eux, d'âge déjà mûr, portait un mouchoir rouge noué autour de son cou décharné ; l'autre était jeune et beau, mais ne montrait pas plus d'agilité que son compagnon, peut-être même était-il moins leste. Un vieillard assis sur une grosse souche de pin accompagnait leur danse de sa musique, c'était Jack le Violoneux. Lors de la vente du terrain, il avait cru qu'on le chasserait de sa cabane, mais les Whiteoak, séduits par son originalité, lui avaient permis d'y demeurer. Philippe lui avait même donné des bardeaux pour réparer son toit qui laissait passer l'eau, et des vitres pour remplacer les carreaux cassés des fenêtres. Nul ne savait quand la cabane avait été construite ; probablement par quelque colon mort depuis longtemps ou qui avait abandonné un coin qu'il trouvait par trop solitaire. Adeline l'avait baptisée la Cabane du Violoneux. En arrivant sur le chantier, elle interpella le musicien.

— Splendide, Jack ! Quel air ravissant ! Jouez encore. Faites-les danser.

Le vieil homme inclina la tête. Brandissant son archet, il accéléra le mouvement du morceau, à tel point que les pieds des deux danseurs semblaient possédés du démon de la danse. Robert Vaughan était, comme à l'ordinaire, amusé et un peu gêné de la familiarité d'Adeline avec ces hommes. Il n'aurait pas voulu qu'elle fût différente et cependant il regrettait que son mépris de toute convention lui valût les critiques du voisinage. « Au diable leur étroitesse d'esprit, pensait-il. Elle est parfaite ! » Mais il n'en éprouvait pas moins un certain embarras.

Les deux Français s'étaient enfin assis hors d'haleine. Le vieil Ecossais ramassa un gobelet de fer-blanc plein de thé et en avala une gorgée. La bouche qui buvait était invisible, car la partie inférieure du visage se trouvait complètement dissimulée par une énorme barbe grise et touffue. Le vieillard portait une veste grise et un kilt en tartan écossais, si fané qu'il n'était pas possible de reconnaître à quel clan il appartenait ; ses genoux nus étaient maigres et velus ; il semblait aussi résistant et aussi robuste qu'un arbre poussant sur la pente pierreuse d'une colline, mais il y avait cependant dans ses yeux bleus largement ouverts une expression de solitude qui retenait la sympathie.

Adeline applaudit et s'écria :

— Il faut leur jouer un air irlandais, Jack. Si vous leur jouez une gigue irlandaise sur une cornemuse irlandaise ils sauteront avec plus d'ardeur !

— Il n'y a pas d'air plus entraînant qu'un air écossais, répliqua le violoneux avec véhémence. En ce qui concerne la danse, je défie tout Irlandais vivant de battre ces Français.

— Vous auriez dû les voir à Galway, dit-elle ; ils sifflaient aussi fort que des instruments.

— Il y a deux Irlandais, ici, dit Jack, pas plus capables de danser que deux bornes !

— C'est qu'ils viennent de Belfast ; voilà pourquoi !

Elle se tourna vers les deux Canadiens français et leur dit dans leur langue :

— *Bon ! Vous êtes très agiles. Je vous admire beaucoup.*

— *Merci madame*, répondirent-ils.

— Donnerez-vous une fête quand vous vous installerez dans votre belle maison ? demanda Jack.

— Certainement.

— J'aimerais jouer de mon instrument à cette occasion, si vous le permettez.

— Je vous retiens dès aujourd'hui.

— Cela ne vous coûtera rien. Je serai heureux de vous payer ce que vous avez fait pour moi.

Adeline et son compagnon se dirigèrent ensuite vers les murs de la maison et Robert s'écria :

— Vous ne pouvez faire jouer cet homme à votre fête ! Tout le pays en parlerait.

— Mais ne joue-t-il pas à tous les mariages et à tous les baptêmes ?

— Pas chez des gens de votre rang.

— Je ne suis qu'une immigrante, déclara-t-elle, et je veux faire comme les autres immigrants.

— Le capitaine Whiteoak s'y opposera.

— C'est ce que nous verrons.

Ils montèrent le perron provisoire et franchirent l'entrée encore dépourvue de porte. Mais Robert demeurait sombre.

— Les femmes ont trop d'influence sur nous autres hommes, déclara-t-il.

Une fossette se creusa dans la joue d'Adeline, puis disparut.

— S'il s'agit d'une femme bonne, n'est-ce pas parfait ?

— Une femme bonne pourra faire quelque chose de moi.

— Alors nous y veillerons ! Mais ne vous laissez pas faire avant que je l'aie soigneusement étudiée… Allons, Bobby, occupons-nous de la maison.

Elle le prit par la main et le fit entrer.

— N'est-ce pas enchanteur ? s'écria-t-elle.

Ils étaient déjà venus la veille, mais depuis, les poutres avaient été mises en place, des rangées de briques ajoutées aux murs et le mortier qui durcissait offrait un intérêt palpitant. Les murs n'avaient encore à soutenir que l'arche éthérée du ciel ; mais ils se dressaient solides et comme dans l'attente, semblant exprimer le désir de porter enfin le fardeau qui leur était destiné.

— N'est-ce pas enchanteur ? répéta-t-elle. Que va-t-il se passer entre ces murs ? N'y a-t-il pas là de quoi avoir peur, Bobby, quand on pense à tout ce qui se prépare pour nous ? – Ses sourcils se froncèrent jusqu'à ne plus former qu'une ligne sombre. – Quelle étrange chose, si l'architecte, en nous apportant les plans de la maison, nous avait apporté en même temps un aperçu de ce que l'avenir nous réserve ?

— Peut-être ne passerez-vous pas le reste de vos jours ici. Vous pourrez éprouver l'envie d'aller ailleurs. Peut-être voudrez-vous gagner une autre partie du Canada ou même repartir pour le vieux monde. Vous ne seriez ni les seuls ni les premiers à le faire.

— Jamais ! Jamais ni Philippe ni moi ne repartirons ! Nous sommes venus ici pour y rester. Nos os reposeront au Canada. Jalna sera notre demeure. – Ses yeux se remplirent de larmes. – Savez-vous, Bobby, que c'est la première fois que ce nom de Jalna me vient naturellement aux lèvres ? Ce coin de terre a pris désormais possession de son nom, tout comme de Philippe et de moi.

Le jeune Vaughan épiait une silhouette courbée en deux derrière une partie de la maison récemment construite. Il serra le bras d'Adeline et lui glissa à l'oreille :

— Il y a là un métis. Je crois qu'il est en train de voler. Surveillons-le.

Ils s'approchèrent silencieusement et arrivèrent juste à temps pour surprendre un jeune garçon qui remplissait ses poches de clous et d'écrous pris dans une boîte contenant du matériel destiné aux charpentiers. Quand il se vit découvert, il se redressa et regarda froidement Adeline et Robert. Il était très mince, très brun, avec des traits vigoureux d'une surprenante beauté et typiquement indiens ; cependant ses joues étaient colorées et ses beaux cheveux n'étaient ni raides ni grossiers, mais retombaient en boucles autour de son visage maigre. Ses vêtements étaient en loques. Il paraissait avoir l'âge de Robert.

— Eh bien ! dit Adeline, c'est un beau tour que vous nous jouez là !

— Je travaille chez Mr. Wilmott, répondit-il doucement. Je lui construis un poulailler et il me manque des clous. J'ai pensé que les charpentiers ne verraient aucun inconvénient à ce que j'en prenne quelques-uns.

— Heureusement pour vous qu'ils ne vous ont pas surpris ! s'écria Robert.

— C'était pour Mr. Wilmott, répéta le jeune garçon en regardant Adeline.

Elle fit vivement quelques pas vers lui.

— Prenez tout ce que vous voudrez, s'écria-t-elle. Il y en a de toutes les formes et de toutes les tailles. Faites-moi voir ce que vous avez déjà.

Il retira en hésitant quelques clous de sa poche.

— Ce n'est pas la moitié assez ! Tenez, voilà un bout de toile ; remplissez-le. Voulez-vous aussi quelques-unes de ces jolies charnières avec des crochets ? Voilà un drôle d'objet, mais il est peut-être utile.

Le métis s'agenouilla à côté d'elle et commença de ramasser vivement tout ce qu'il voyait.

— Bonté divine ! s'écria Robert, il ne faut pas agir ainsi. Les charpentiers savent exactement quelle quantité de matériel leur revient et ils en ont besoin.

— Nous en achèterons d'autres, dit Adeline. Il y a des tonnes de clous ici ! Ce que nous venons de prendre ne manquera à personne.

Le métis noua adroitement les quatre coins de toile et se sauva. Avant de partir, il adressa à Adeline un sourire de gratitude.

— Cela m'étonnera fort si dans deux jours il y a encore ici un objet transportable, dit Robert Vaughan. Tous les voleurs de la région auront passé par là.

— Mais les Indiens sont honnêtes. Votre père me l'a dit.

— Les métis ne le sont pas.

— Parlez-moi de ce garçon.

— Je ne sais pas grand-chose de lui, si ce n'est qu'il s'appelle Titus Sharrow et qu'on l'appelle Tite. Je ne comprends pas que Mr. Wilmott l'emploie. On m'a dit qu'il couchait dans la maison.

— Quelle est son origine ? Ses parents vivent-ils ?

— Je ne pense pas. Je crois qu'en réalité il a dans les veines un quart de sang français ; le père de sa mère était un Canadien français ; la façon dont ces Canadiens se sont conduits avec les Indiennes a été scandaleuse.

— Ce garçon est charmant.

— Drôle d'expression quand il s'agit d'un métis et d'un voleur !

— Il ne volait pas.

— Croyez-vous donc que Mr. Wilmott l'avait vraiment envoyé chercher des clous ?

— J'en suis persuadée.

— Voilà justement le capitaine Whiteoak ! Parlons-lui de cette affaire.

— Pour l'amour du Ciel, non ! N'en soufflez pas un mot, je vous en prie.

Philippe vint jusqu'à eux.

— Adeline, j'ai mille choses à te demander, s'écria-t-il.

Et ils entamèrent une discussion longue et passionnée sur des problèmes de construction.

Deux semaines s'écoulèrent et Daisy Vaughan arriva chez son oncle. Sa visite ne plaisait à personne. David Vaughan n'avait pas vu sa nièce depuis sa dixième année et les quelques propos qu'il avait recueillis sur son compte n'étaient pas faits pour la lui rendre plus chère. Sa venue ne ferait que rendre plus difficile la tâche de maîtresse de maison de Mrs. Vaughan et Dieu seul savait jusqu'à quelle extrême limite les Whiteoak avaient déjà poussé sa patience ! Mais David Vaughan avait le sens de la famille. Daisy était la fille unique de son seul frère. Elle lui avait écrit une lettre touchante et il ne pouvait faire moins que de lui offrir l'hospitalité. L'idée de s'opposer à la décision de son mari n'effleura pas Mrs. Vaughan, mais elle se sentit profondément blessée. Ce sentiment d'injustice que sa bonne éducation l'empêchait d'exprimer semblait entourer son front auréolé d'argent d'un léger halo. Adeline se rangea aussitôt de son côté.

— Chère madame Vaughan, lui dit-elle, ceci est pour vous la goutte d'eau qui fait déborder le vase. Philippe, ma nichée et moi-même étions déjà un encombrement plus que suffisant, mais si les membres de la famille de votre mari vous envahissent, ce sera la fin de tout. Dès qu'il y aura un toit à notre maison, je vous promets que nous décamperons.

— Ne parlez pas ainsi, dit Mrs. Vaughan ; je m'arrangerai.

Robert était certain que Daisy serait toujours là quand il voudrait causer avec Adeline ; quand ils partiraient se promener ensemble, elle les suivrait. C'était une fille indiscrète et inutile et il détestait jusqu'à sa seule pensée.

A part le fait que la maison serait pleine à craquer, Philippe ne voyait aucun inconvénient à la venue de Daisy ; elle portait un joli nom et devait être gaie et probablement amusante. Mais, en réalité, il était si complètement absorbé par la construction de sa maison et y prenait tant de plaisir que les événements extérieurs ne l'affectaient guère. Il se tenait un peu à l'écart, les mains dans les poches, le jour où les Vaughan et Adeline s'efforcèrent d'accueillir la jeune fille le plus aimablement possible. Robert avait fait le long trajet de Vaughanland à la ville pour aller la recevoir à la gare.

Elle n'était ni gracieuse ni jolie. Elle ne ressemblait pas le moins du monde à une pâquerette[1]. Mais, par Jupiter, songea Philippe, quelle assurance et quelle toilette originale ! On s'en apercevait même après un voyage qui avait mis ses vêtements à l'épreuve. Elle embrassa son oncle et sa tante qui la présentèrent aux Whiteoak.

— Etes-vous fatiguée, ma chérie ? demanda Mrs. Vaughan qui paraissait elle-même fort lasse.

— Pas du tout, répondit Daisy, bien que le voyage ait été mortellement chaud et poussiéreux. Les amis avec qui j'ai voyagé depuis Montréal étaient à moitié morts, mais on dirait que je suis en caoutchouc.

Tout en parlant, elle détachait le large ruban de sa capote sous les

1. *Daisy* en anglais : pâquerette ou marguerite des prés.

bords de laquelle son visage brillait de vivacité et semblait exprimer la ferme détermination de saisir d'un coup d'œil tout ce qui méritait d'être vu.

« Elle n'a rien des Vaughan », pensa son oncle.

« Je veux espérer que ce n'est pas une drôlesse », se dit Mrs. Vaughan.

« Dieu, quelle taille fine ! » fut le commentaire secret de Philippe.

« Laide, mais dangereuse. Une coquine impertinente. Tenons-la à l'écart ! » pensa Adeline qui déclara tout haut :

— Vous ne ressemblez en rien à une pâquerette. Avant de vous donner ce nom, vos parents auraient dû mieux vous regarder.

Daisy lui jeta un regard de côté.

— Connaissez-vous un nom de fleur qui me conviendrait mieux ? Mes parents avaient décidé de me donner un nom de fleur.

— En Irlande, répondit Adeline, il existe une fleur sauvage que les paysans appellent « serment de drôlesse ».

Philippe saisit les doigts d'Adeline dans les siens et les serra très fort.

— Un peu de tenue, lui dit-il en jetant un regard effrayé sur Daisy.

Adeline retira sa main avec violence, comme un enfant qui dit : « Je ferai ce qu'il me plaira ! »

— Vous n'arriverez pas à me vexer, dit Daisy en riant. Je vous ai dit que j'étais en caoutchouc.

— Je ne comprends pas, dit Mrs. Vaughan. Qu'a dit Adeline ?

— Que j'aurais pu recevoir le même nom que cette reine Elisabeth qui avait des cheveux rouges, répondit Daisy. Elle ôta ensuite son chapeau et découvrit une opulente chevelure noire soigneusement coiffée. L'accent méprisant avec lequel elle avait prononcé les mots « cheveux rouges » avait fait monter un flot de sang aux joues d'Adeline qui chercha pour la nouvelle venue, des injures qui ne seraient cependant pas offensantes pour l'hôte et l'hôtesse.

— S'il s'agit de ma tête, commença-t-elle...

— Bon Dieu, interrompit Philippe ; Nicolas va dégringoler dans l'escalier !

Il escalada trois par trois les degrés du perron pour saisir au vol l'enfant qui s'était traîné à quatre pattes jusqu'au sommet des marches. Puis, redescendant avec l'enfant dans ses bras, il le tendit à la visiteuse.

— Que dites-vous de cela ? demanda-t-il. Un tel exploit à neuf mois !

— Quel petit ange ! s'écria Daisy.

Nicolas ignorait ce que pouvait être la timidité. Il s'assit sur le bras de son père, ses cheveux bouclés se dressant comme une petite crête sur sa tête, et adressa un sourire radieux à la nouvelle venue. Quand elle lui tendit les bras, il se laissa prendre avec ravissement et examina son visage avec intérêt.

Ce visage était court avec des pommettes saillantes, des yeux étroits et un nez en trompette. La bouche était grande, les dents magnifiques et lorsque les deux lèvres se rejoignaient – ce qui était rare – le menton fuyait légèrement sans que ce fût laid. Daisy était mince mais pas osseuse. Sa taille était, en effet, incroyablement fine et Adeline s'en aperçut avec exaspération, car elle était depuis peu certaine qu'elle allait avoir un autre enfant, et la pensée de ce qui attendait son propre corps était suffisante pour la mettre hors d'elle.

— Je ne m'y connais guère en bébés, dit Daisy, mais celui-ci me paraît le plus beau que j'aie jamais vu. Est-ce votre seul enfant ?

Ses regards s'adressaient à Philippe qui répondit :

— Nous avons aussi une petite fille. Elle se trouve quelque part par là avec sa nurse.

— Que c'est charmant ! Quel âge a-t-elle ?

— Du diable si je le sais ! répliqua Adeline sans douceur. Tout ce que je sais, c'est que j'ai une fille.

Elle avait pris soin de baisser la voix, aussi Mrs. Vaughan ne l'entendit-elle pas et s'écria :

— Gussie est la plus délicieuse des enfants et si intelligente ! Puis-je maintenant vous conduire dans votre chambre, chérie ? Ensuite, vous pourrez vous restaurer un peu.

David Vaughan se rendit dans la salle à manger pour chercher un flacon de sherry. Robert suivit sa mère et Daisy dans l'escalier, en portant la valise de cette dernière. Les Whiteoak se trouvèrent seuls dans le hall. Philippe avait repris Nicolas dans ses bras et dit à Adeline avec un regard dur :

— Tu sembles décidée à te couvrir de honte. Tu dois pourtant savoir que les Vaughan ne sont pas habitués à un tel langage.

Elle roula une boucle de ses cheveux roux autour de son doigt et répliqua :

— Ils y seront habitués avant que je parte.

— Tu risques de devoir partir avant de te trouver prête, si tu continues à te conduire ainsi.

— Je suis prête à tout ! répondit-elle avec violence.

— Où envisagerais-tu d'aller si nous partions d'ici ? reprit-il. Notre maison n'a pas encore de toit.

— Je pourrai m'installer chez Mr. Wilmott.

Et tout en parlant, elle lança un regard espiègle à son mari.

Philippe se mit à rire.

— Je crois que Wilmott parviendrait à te dompter.

— Tu le connais mal, répliqua-t-elle.

— Quelle drôle de remarque !

— Pourquoi ?

— On dirait que tu le connais particulièrement bien.

— Je suis meilleur juge des caractères que toi, Philippe.

— Tu sautes tout de suite aux conclusions, Adeline. Tu as pris Daisy Vaughan en grippe sans aucune raison valable. Pour ma part, je la trouve sympathique.

— Evidemment ! Elle fait attention à toi.

Philippe ne parut pas mécontent.

— Je ne m'en étais pas aperçu, déclara-t-il.

— Oh ! Philippe, quel menteur tu es !

Nicolas, perché sur le bras de son père, se pencha pour embrasser Adeline. Leurs trois têtes se touchèrent. David Vaughan arrivait avec le sherry.

— J'espère que ces dames ne resteront pas là-haut trop longtemps, dit-il. Quel joli groupe familial ! Il me semble que Nicolas fait beaucoup de progrès depuis que ses robes ont été raccourcies. Il est plus libre de ses mouvements.

— Il fait un peu plus de sottises, déclara Adeline.

Nicolas mit le doigt de sa mère dans sa bouche et le mordit. Elle supporta stoïquement la douleur : il fallait bien que sa nouvelle dent perçât sa gencive.

11

Le toit

Ce fut une chose merveilleuse que de voir le toit s'étendre peu à peu au-dessus des murs. Le bruit des marteaux des charpentiers fixant les bardeaux entrecroisés était une douce musique ; ces bardeaux, fraîchement coupés, étaient lisses et doucement parfumés ; ils suivaient la pente des pignons et se serraient au bord du toit. Dominant le tout, les cinq immenses cheminées qu'aucune fumée n'avait encore noircies attendaient leur premier feu. La maison avait maintenant un sens, offrait une promesse. Elle se dressait sur un fond lumineux de feuillages d'automne comme un élément nouveau qui prenait sa place dans le paysage. Fenêtres et portes étaient encore absentes et le plancher manquait encore en certains endroits ; les cloisonnements intérieurs n'étaient pas terminés. Mais sous son toit incliné la maison parlait pour la première fois. Adeline et Philippe s'arrêtaient souvent, la main dans la main, pour la contempler et l'admirer.

Pendant des générations leurs familles avaient vécu dans de vieilles demeures lourdes de traditions ancestrales ; Jalna leur appartenait et n'appartenait qu'à eux.

Robert était reparti pour son université. Ce qu'il avait prévu s'était réalisé ; la présence de Daisy avait gâté ses derniers jours sous le toit familial ; sa silhouette souple et mince s'insinuait auprès de lui chaque fois qu'il se trouvait avec Adeline ; elle avait quelque chose à dire sur tout et bien qu'elle s'efforçât presque trop visiblement de faire rendre à ce qu'elle disait un son agréable, une note discordante, un mot blessant lui échappait souvent. Adeline affirmait que tout ce qu'elle disait ou faisait était empreint de malice. Philippe persistait à dire qu'elle était sympathique et continuait à se montrer aimable avec elle pour compenser la froideur d'Adeline, mais Adeline prétendait que c'était parce qu'elle le flattait. Si Daisy avait été une petite femme fragile et délicate, Adeline l'eût supportée plus facilement, mais elle était souple et vigoureuse et imitait Adeline en toute chose. Adeline traversait-elle rapidement le pont provisoire en troncs d'arbres qui reliait les deux rives du torrent, que Daisy le franchissait en courant ; elle criait presque de frayeur, mais courait tout de même... Si Adeline entrait dans les bois pour y cueillir d'énormes mûres juteuses, la jeune fille se hâtait de la dépasser et de s'emparer des plus beaux fruits. Adeline avait horreur des serpents, mais Daisy manifestait un goût morbide pour ces animaux ; elle ne craignait pas d'en attraper par la queue, à la grande admiration des ouvriers qui travaillaient à Jalna. Lorsqu'elles rapportèrent à Vaughanland de jolies grappes rouges et toxiques de lierre, Adeline en fut malade, mais Daisy n'éprouva aucun malaise.

Une immense bâtisse se construisait à quelque distance de la maison. Plus tard Philippe y ferait faire des étables, mais, pour l'instant, le bas devait simplement servir d'abri aux chevaux et au bétail.

Par un après-midi de l'été de la Saint-Martin, Adeline et Daisy étaient parties la visiter. Sa charpente se dressait comme un immense squelette contre un fond vert foncé de sapins, de baumiers et de pins, avec, çà et là, un groupe d'érables qui formaient une tache de couleur. Des piles de troncs d'arbres s'élevaient et remplissaient l'air d'un doux parfum de résine. De larges copeaux et des éclats de bois de pin d'un rose presque semblable à celui de coquillages marins jonchaient le sol. Des fragments de bois gardant encore leur écorce gisaient également par terre, ainsi que des débris de mousse et des feuilles de fougère écrasées. Mais dans ce monde de la forêt, à peine un être avait-il le temps de mourir qu'une nouvelle vie venait prendre sa place ou détruire jusqu'à son souvenir. Les oiseaux se disposaient à émigrer et une nuée d'hirondelles s'étaient posées sur la charpente de la grange pour y prendre un peu de repos. C'était un dimanche et les ouvriers étaient absents. Un calme primitif régnait, troublé seulement par le gazouillement qui s'échappait de ces myriades de gosiers d'hirondelles, car c'était par milliers et non par centaines que ces oiseaux s'étaient perchés sur les échafaudages. Ils s'étaient posés serrés aile contre aile et leurs queues pointues formaient comme une frange au-dessus de leur perchoir. Le squelette de la construction avait perdu sa teinte de bois fraîchement scié pour se couvrir de raies sombres ; seules quelques guides et vigies parcouraient le ciel ; lorsqu'elles aperçurent les deux jeunes femmes qui s'approchaient, elles durent lancer un signal car un léger frémissement parcourut toute la troupe qui ne manifesta cependant aucune crainte réelle. Elles se tenaient toujours là, immobiles, ces gardiennes de la terre, des fruits et des fleurs, ces bienfaitrices de l'humanité qui possédaient le pouvoir de détruire tout insecte nuisible, qui assuraient, de leur toute-puissance, la protection des récoltes et des moissons. Ces milliers de becs pointus, d'yeux brillants, d'ailes légères et rapides vivaient pour la destruction des insectes.

Adeline ramassa un fragment de bois de pin et le lança dans la direction des oiseaux. Le rire cruel de Daisy retentit et la jeune fille se mit également à lancer de légers copeaux. Les hirondelles penchèrent la tête et jetèrent vers le sol un regard étonné. Puis se détachant des échafaudages, perchoirs légers et étroits, elles s'élevèrent en corps dans le ciel où elles formèrent un nuage tourbillonnant, faisant avec leurs ailes le même bruit que le vent dans les arbres. Elles volaient dans toutes les directions sans cependant se détacher de leur formation qui se dirigea vers le sud.

— Ne partez pas, cria Adeline, ne partez pas ! – Elle se retourna très en colère vers Daisy et ajouta : – Il ne fallait pas les effrayer ! Cela portera malheur à la grange. Elles s'y étaient arrêtées pour s'y reposer et maintenant les voilà parties !

— C'est vous qui avez commencé, Mrs. Whiteoak !

— Je leur ai seulement jeté une brindille pour voir si elles s'en apercevraient.

— Mais vous avez continué ; vous n'avez cessé de leur lancer des bouts de bois ; vous le faisiez même de toutes vos forces.

— C'est parce que vous m'aviez excitée ! Vous devriez vous rappeler que j'ai été élevée au milieu d'une bande de garçons, mes frères, qui étaient toujours prêts à lancer des bouts de bois. Mais vous, vous étiez une enfant unique, une petite fille toujours seule. Vous devriez être douce.

— Je suis douce, Mrs. Whiteoak.

— Vous ne l'étiez pas, tout à l'heure ! Vous montriez toutes vos dents en riant quand vous jetiez les morceaux de bois.

— Je n'ai pas touché une seule hirondelle !

— Mais elles sont parties ! Elles ne reviendront jamais plus ! Regardez-les !

Les hirondelles volaient maintenant très haut dans le ciel et n'étaient plus que de tout petits points noirs montant et descendant ; on eût dit un léger dépôt flottant dans la coupe d'azur de l'éther.

— C'est tout naturel qu'elles repartent pour le Sud, dit Daisy. Je voudrais y être également.

Adeline ouvrit de grands yeux étonnés.

— Vous n'êtes donc pas satisfaite d'être ici ? demanda-t-elle.

— Quel avantage puis-je y trouver ?

— Que cherchez-vous donc ? demanda Adeline surprise.

— Matière à expérience. Je ne suis plus une enfant.

— Mais vous avez beaucoup voyagé ?

— Toujours à la merci des autres. Vous ne savez pas ce que c'est que d'être pauvre, Mrs. Whiteoak.

Adeline eut un rire moqueur.

— Ah ! vraiment, je ne sais pas ce que c'est que d'être pauvre dites-vous ? Apprenez que jusqu'à la mort de ma grand-tante qui me laissa sa fortune, je n'ai jamais possédé deux souverains à la fois.

— Que vous êtes heureuse ! On vous a laissé une fortune ! Et par-dessus le marché, vous avez un mari comme le vôtre !

— Oui, c'est un bon garçon, concéda Adeline sèchement.

Elles étaient arrivées à la grange et regardaient d'en bas sa haute charpente. Une échelle en volige s'appuyait au mur et Daisy se mit à l'escalader. Elle grimpait avec agilité en dépit de ses jupes encombrantes. Arrivée au sommet de l'échelle, elle se mit à avancer le long d'une poutre, s'appuyant seulement sur la poutre voisine.

— Vous êtes stupide ! s'écria Adeline qui comprit que la jeune fille était prête à faire n'importe quelle sottise.

— J'aime les hauteurs ! cria Daisy. Je n'ai jamais le vertige. Je m'amuse follement.

— Vous auriez fait une danseuse de corde.

— D'ici la vue est charmante. – La jeune fille avançait maintenant en faisant un balancier de ses bras. – Vous avez l'air d'un pygmée, là-dessous. Je vous en prie, montez.

— Je n'ose pas.

— Pourquoi ?

— D'abord, je n'en ai nulle envie ; et ensuite, je vais avoir un bébé.

Au grand étonnement d'Adeline, cette nouvelle fut plus qu'une surprise pour Daisy ; ce fut presque un choc. Elle se raidit et resta immobile. Puis poussa un cri, oscilla et se laissa tomber sur la poutre qui la portait ; elle resta ainsi accroupie, dans une attitude de terrible frayeur. Ses jupes gonflaient autour d'elle comme un ballon.

— Je vais tomber, cria-t-elle. Oh ! Mrs. Whiteoak, je vais tomber. Sauvez-moi.

Adeline pâlit, mais déclara d'un ton ferme :

— Revenez sur vos pas comme vous êtes allée ; vous pouvez certainement le faire. Prenez seulement soin de vous tenir solidement et d'avancer avec précaution, et tout ira bien.

Mais l'espace qui séparait Daisy du sol lui parut immense. Daisy tremblait toujours, couchée sur la poutre.

— Je n'ose pas bouger, dit-elle d'une voix sourde. Allez vite chercher du secours, je vais tomber.

Adeline hésitait un peu à la laisser dans cette fâcheuse situation, pendant qu'elle irait chercher de l'aide, lorsque Philippe sortit du bois et se dirigea dans leur direction. Elle courut à sa rencontre.

— Cette sympathique créature, comme tu l'appelles, lui dit-elle, a grimpé jusqu'au sommet de la grange et maintenant elle ne peut plus redescendre ; elle dit qu'elle va tomber.

— Mon Dieu, s'écria Philippe en levant les yeux vers Daisy. Elle est dans une position à se rompre le cou ! N'ayez pas peur, lui cria-t-il, je vais vous chercher. Restez tranquille et regardez en l'air.

Il escalada les degrés de l'échelle et avança prudemment, mais sans hésiter sur la poutre ; une nausée souleva Adeline ; elle ferma les yeux un instant. Quand elle les rouvrit à nouveau, Philippe aidait Daisy à regagner l'échelle et lorsqu'il eut mis solidement le pied sur le premier barreau, la jeune fille s'affaissa sur son épaule.

— Je ne peux pas, dit-elle en sanglotant, je ne peux pas faire un pas de plus.

— Vous êtes parfaitement en sécurité, assura Philippe. Accrochez-vous à moi, je vous descendrai.

Daisy obéit et quand ils atteignirent le sol, sa joue reposait sur le cou tanné de Philippe. Elle sanglotait.

— Oh ! je suis désolée ! s'écria-t-elle quand il la déposa gentiment sur ses pieds.

— Vous pouvez l'être, répliqua Adeline. Vous m'avez fait une peur horrible et mis en danger la vie de Philippe. Vous devriez avoir honte.

Philippe soutenait encore Daisy.

— Ne la gronde pas, dit-il. Toutes les jeunes filles sont capables de faire des gestes irréfléchis. Heureusement, Miss Daisy ne pèse pas lourd ; j'aurais eu du mal à te descendre, Adeline.

— Je serais restée là-haut jusqu'au jour du Jugement plutôt que de te demander de venir me chercher.

Elle détourna la tête et regarda les dernières hirondelles qui volaient rapidement au-dessus des arbres.

— J'allais chez Wilmott, dit Philippe. Voulez-vous venir avec moi ? Vous sentez-vous capable de faire une promenade, Miss Daisy ?

Il ne la soutenait plus de son bras.

— Je ferai tout ce que vous voudrez, répondit-elle d'une voix douce toute nouvelle.

— Je crois que je vais rentrer, dit Adeline froidement.

— Dans ce cas, nous rentrerons tous, déclara Philippe.

— Je peux très bien revenir toute seule, affirma Adeline. Mais elle était toute prête à se laisser convaincre par son mari de le suivre.

— Viens, implora ce dernier d'un ton câlin.

Ils prirent le sentier maintenant battu qui conduisait chez Wilmott, à deux kilomètres de là. Philippe marchait en tête, écartant les branches, frappant de sa canne les ronces qui auraient pu déchirer les robes des deux jeunes femmes.

Très haut dans le ciel le nuage d'hirondelles avançait et semblait précéder les promeneurs. La mésaventure de Daisy, son sauvetage par Philippe avaient créé une certaine gêne entre eux. Ils parlaient peu et seulement de ce qu'ils voyaient. Le sentier était bordé tantôt de fougères, tantôt de mûres au feuillage pourpre, le sol était recouvert d'un tapis d'aiguilles de pins et de feuilles rouges d'érables, les premières à tomber. Des champignons grands comme des soupières jaillissaient du sol, d'autres, plus petits, poussaient en groupes qui évoquaient l'image d'une escouade de soldats. Une mère hibou et ses cinq petits étaient alignés sur une branche de hêtre. Philippe tendit le bras pour les montrer à ses compagnes, la mère le dépassa comme une flèche en lui donnant un coup de bec qui le fit presque tomber ; les petits continuèrent à le regarder imperturbablement. Adeline se jeta au cou de Philippe.

— Es-tu blessé ? s'écria-t-elle. Laisse-moi voir.

Saisissant la tête de son mari entre ses mains, elle examina sa joue rouge.

— Il s'en est fallu de peu que cela ne saigne, dit-elle, en gardant la tête de Philippe dans ses mains, d'un geste possesseur.

— Voilà pourquoi je n'aime pas ce pays, déclara Daisy. Vous ne savez jamais ce qui va vous arriver. J'ai toujours l'impression qu'un événement terrible va survenir et cela me déprime.

— Je croyais que vous aviez manifesté le désir de faire des expériences, dit Adeline en se remettant en marche.

— Je parlais d'expériences faites de mon propre gré et non pas d'expériences qui me seraient imposées.

— Ce hibou m'a donné une fameuse gifle, dit Philippe. C'est véritablement effrayant et étrange de constater à quel point la maternité rend les femelles méchantes.

Il sentit les yeux d'Adeline lancer des flammes dans son dos et se souvint de son état. Tournant légèrement la tête, il lui lança un clin d'œil.

— Je ne parle pas de toi, lui glissa-t-il tout bas.

Il ramassa une feuille d'érable d'un beau rouge et la fixa à son chapeau comme dans un geste d'hommage.

Ils trouvèrent Wilmott dans son bateau plat, pêchant au large de la rivière ; les pluies de l'équinoxe avaient gonflé celle-ci, mais ses eaux calmes reflétaient le feuillage richement teinté des arbres riverains. Wilmott était assis, une expression de bonheur parfait sur son visage, les yeux fixés sur le petit liège rouge qui se balançait doucement sur l'eau.

— Quelle façon de passer le dimanche ! s'écria Adeline.

Wilmott se leva et retira sa ligne de l'eau.

— Je considère ceci comme un travail indispensable, répondit-il ; je pêche pour mon souper. Je suppose que vous revenez tout juste du service religieux de l'après-midi.

— Inutile de vous moquer de nous, répliqua Philippe. Il n'y avait pas de service aujourd'hui. Qu'avez-vous pêché ?

Wilmott lui tendit un petit brochet.

— Continuez, reprit Adeline. Nous vous regarderons faire. Ce sera un repos délicieux après tout ce que nous venons de subir.

— Je devrais venir pêcher avec vous, déclara Philippe ; mais la construction de ma maison me prend presque tout mon temps. Il y a toujours quelque chose à faire !

— Je le sais, répondit Wilmott. C'est la même chose ici.

Il posa le poisson au fond du bateau et ramassa les avirons qu'il plongea nonchalamment dans les eaux paisibles.

— Vous avez fait un joli petit débarcadère, s'écria Adeline.

— Oui, répondit-il en ramant doucement vers elle. Tite et moi y avons travaillé à nos moments perdus.

— Je vous présente Mr. Wilmott, Daisy, dit Adeline, Miss Vaughan, Jacques.

Wilmott assura la position de son bateau avec les rames et salua gravement. Daisy lui rendit son salut et tous tournèrent leurs regards vers le petit appontement sur le bord duquel gisaient encore des outils.

— Voilà une jolie scie, déclara Philippe en la ramassant, et un marteau neuf.

— Ces objets appartiennent à Tite, dit Wilmott. Il a de très bons outils que lui donne un homme pour qui il travaille et qui ne peut le payer en argent.

— Quelle quantité de clous ! s'écria Daisy. Le paie-t-on aussi avec des clous ?

— Il les a trouvés, répondit Wilmott ; quelqu'un les avait laissés tomber sur la route.

— J'ai acheté une provision de bons outils, dit Philippe, mais ils ont pris l'habitude de disparaître, aussi ai-je sculpté mes initiales sur leurs manches.

Tout en parlant, il retournait le marteau dans sa main.

— Regardez, il y a une marque P.W. bien visible sur la scie ! cria Daisy.

Wilmott sortit du bateau, l'attacha à l'embarcadère et sa tête vint se pencher sur le marteau, à côté de celle de Philippe.

— Laissez-moi voir, dit-il. – Puis il ajouta : – Je veux bien être pendu si ce marteau ne porte pas vos initiales !

— Ce sont des accidents qui arrivent avec les métis, dit Philippe tranquillement. Gardez les outils, Wilmott, je n'en ai plus besoin et je suis heureux qu'ils vous soient utiles.

— Oh, non ! répliqua Wilmott. Je vous les rendrai lorsque nous aurons terminé ce travail. Je ne pourrais supporter de les garder.

— Comme il vous plaira.

— Quelle délicieuse petite maison ! s'écria Daisy. Peut-on la visiter ?

Sur l'invitation de Wilmott, ils entrèrent dans la maison et aperçurent Tite ramassant rapidement divers objets un peu partout et les transportant dans la cuisine. Avant de disparaître il adressa à Adeline son gracieux sourire dans lequel se glissait une ombre de tristesse. Daisy se répandit en compliments sur l'installation de Wilmott ; celui-ci avait réussi à lui donner un cachet d'intimité, en dépit de sa simplicité. Tout excitait l'étonnement de la jeune fille, mais particulièrement le fait de trouver un si grand nombre de livres dans un modeste chalet de bois.

— J'adore la lecture, dit-elle. Voudrez-vous me prêter un livre ? Avez-vous lu le dernier ouvrage de Bulwer Lytton ?

— Je ne crois pas. Mais si vous trouvez un autre livre qui vous plaise parmi ceux qui sont ici, prenez-le.

— Voulez-vous m'aider à choisir ? demanda-t-elle à Philippe. J'aimerais prendre un ouvrage que vous pourriez me recommander.

— Je ne lis guère, répondit-il, mais je ferai de mon mieux.

Tous deux s'approchèrent de la bibliothèque.

Adeline s'adressa à Wilmott et lui demanda :

— Etes-vous toujours heureux ici ?

— Je jouis d'un bonheur calme et conscient à toute heure du jour et même de la nuit. Cette vie est exactement celle qui me convient. Je pourrais vivre cent ans ainsi sans me plaindre. Une seule chose me manque.

— Qu'est-ce donc ?

— Vous apercevoir plus souvent. Je ne devrais évidemment pas vous le dire, mais vous voir seulement, vous parler, donne à tout ce que je fais un charme supplémentaire.

Daisy avait découvert un cahier qu'elle examina avec soin.

— J'apprends à lire et à écrire à mon jeune Tite, expliqua Wilmott. Il est très intelligent.

— Quels beaux bâtons ! s'écria Daisy. Regardez, capitaine Whiteoak, les beaux bâtons !

— Vous devriez lui apprendre à lire mes initiales, Wilmott, dit Philippe.

— Wilmott, répéta Daisy. Je croyais que le nom de votre ami était Wilton.

— Non, c'est Wilmott.

— Drôle de coïncidence ! Avant de quitter Montréal, j'ai rencontré une Mrs. Wilmott. Où donc l'ai-je rencontrée ?... Ah ! j'y suis maintenant ; c'était à une soirée offerte par la femme d'un banquier de Montréal. Cette Mrs. Wilmott, – j'avais remarqué son nom car il était assez rare – cette Mrs. Wilmott m'avait frappée par son originalité. Elle donnait l'impression d'une femme qui savait ce qu'elle voulait. Elle venait d'Angleterre, je crois, pour rejoindre son mari.

Wilmott avait pris le cahier de Tite dans sa main et se penchait pour l'examiner avec un regard absent. Adeline s'approcha de lui et regarda également par-dessus son épaule, lui glissant à l'oreille :

— Je viendrai demain matin, tout de suite après le petit déjeuner.

— Ces coïncidences de noms sont amusantes, disait Philippe. Je connaissais un autre Vaughan dans l'armée des Indes ; il n'avait aucune parenté avec votre oncle, Miss Daisy, bien que portant le même nom ; il avait même une certaine ressemblance avec lui. Avez-vous jamais remarqué que les gens qui se ressemblent ont également la même voix ?

— Demain matin, murmurait Adeline, penchée sur le cahier de Tite ; ne vous tourmentez pas.

12

Henriette

Malgré son inquiétude, Adeline tira sur la bride et força son paisible cheval bai à ralentir le pas pour lui permettre d'embrasser du regard l'allée qui conduisait à Jalna. Il n'y avait pas encore de clôture et l'allée n'était pas autre chose qu'une piste grossière. Des piles de planches, des tas de briques et de sable enlaidissaient le devant de la maison, mais la maison était là, avec son toit solidement posé, ses cinq cheminées hautes et majestueuses, attendant Adeline et Philippe ! Une impression de sagesse se dégageait d'elle, comme si elle était consciente de la gravité de sa destinée qui était d'abriter deux êtres tendrement unis et aimant passionnément la vie. L'architecte avait promis aux Whiteoak qu'ils pourraient s'installer sous leur propre toit au début du printemps prochain.

L'attente de cet instant tant désiré maintenait Adeline dans un état de fiévreuse impatience. Elle vivait à Vaughanland depuis déjà cinq mois ; nulle famille, mieux que les Vaughan, n'aurait pu mettre les Whiteoak à leur aise, et cela, avec meilleure grâce. Cependant deux adultes, deux enfants et leur nurse étaient une lourde charge pour une maîtresse de maison. Le personnel domestique ne se payait pas cher, mais il était ignorant et inexpérimenté. Or Adeline avait toujours été servie et ne s'était jamais souciée de diriger sa maison où les choses allaient tant bien que mal. Durant ces derniers mois, elle avait souvent constaté l'extrême fatigue de Mrs. Vaughan, mais quand elle essayait de lui venir en aide, elle accumulait les maladresses et de plus y trouvait beaucoup d'ennui. La nurse avait suffisamment à faire avec les soins à donner aux enfants, le lavage et le repassage de leurs petits vêtements. Adeline dut le reconnaître et fit appel, en dernier ressort, à Patsy O'Flynn.

— Pour l'amour du ciel, Patsy Joe, occupez-vous des travaux du ménage. Si vous ne pouvez vous rendre utile, je serai obligée de vous renvoyer en Irlande.

— Me rendre utile ! s'écria-t-il d'un air profondément outragé. Je voudrais bien savoir qui s'est rendu utile si ce n'est moi. Comment Votre Honneur serait-elle arrivée jusqu'ici avec les bébés, la chèvre et tout le reste, si je n'avais pas été là ! Vous l'avez dit et répété vous-même et maintenant vous me jetez mon inutilité à la tête en croyant que je vais avaler ça !

— Très bien, Patsy Joe, dit Adeline gravement ; si vous le prenez ainsi, je vais nettoyer l'argenterie, laver les glaces et faire les lits moi-même.

— Je ferai ce que je pourrai, grogna Patsy, mais cette maison est la plus petite et la plus inconfortable que je connaisse et les domestiques qui s'y trouvent sont bien les pires.

Il quitta Adeline et se mit au travail ; on l'entendit dire à la femme de chambre : « Attention à vos manières, donzelle malapprise ! Faites la révérence et dites : S'il vous plaît Votre Honneur, quand vous parlez à votre maîtresse ou je vous tuerai. » La jeune personne toute rose et potelée prit ces discours en bonne part et de ce jour, Patsy Joe fut partout l'objet de ses attentions.

Les sabots du cheval s'enfonçaient dans l'épaisse poussière de la route. En dépit des pluies précoces, la terre restait sèche comme de l'amadou ; les rosées abondantes de la nuit humectaient à peine les racines desséchées des plantes. Mais, de chaque côté de la route flamboyaient toutes les teintes de l'automne et les arbres se dressaient parés de toute la gamme des roux et des ors. Dans les champs fleurissait la chicorée bleue au milieu des chaumes jaunis ; sa haie se parait de sumacs rouges. Les grappes pourpres du sureau toutes chargées de maturité semblaient prêtes à se détacher de l'arbre. Dix mille grillons remplissaient l'air immobile de leur musique métallique. Quel chant, avec deux notes seulement ! pensa Adeline. L'une de ces notes était en ton mineur, l'autre en ton majeur, et sur ces deux notes, la fantaisie des petits chanteurs se donnait libre cours.

Adeline avait peu dormi la nuit précédente, et seul un violent effort de volonté lui avait permis de rester au lit. Il lui semblait qu'en se levant et en se promenant dans la chambre elle découvrirait quelque moyen de sauver Wilmott et d'empêcher sa femme de le retrouver. L'expression de terreur qu'elle avait lue dans ses yeux l'avait effrayée à son tour. Que faire si elle le trouvait parti quand elle arriverait chez lui ? Quand Daisy avait parlé de sa rencontre avec cette femme, il avait paru prêt aux gestes les plus désespérés. Mais Daisy et Philippe n'avaient rien remarqué. Wilmott n'était pas un homme à susciter des soupçons ; non pas que tout élément de mystère fût absent de sa personne, mais si quelque chose en lui pouvait exciter la curiosité ou susciter l'étonnement, c'était uniquement dans le domaine de sa pensée et non dans le cours de son existence. On ne peut supposer qu'il se cache pour échapper à sa femme, pensa Adeline. Cependant telle était la simple vérité et il fallait, à tout prix, lui venir en aide. Jamais l'amour d'Adeline pour Philippe ne vacilla, mais cette portion imperceptible de son moi le plus profond qui demeurait encore libre et capable de s'égarer, aimait aussi Wilmott d'un amour audacieux et protecteur.

Lorsque la jeune femme arriva devant la maison de bois, la rivière immobile ressemblait à une assiette de verre bleu, et malgré la sécheresse, elle poursuivait entre ses rives une course silencieuse et sans murmure. Le nouvel embarcadère brillait de propreté et de blancheur ; on y apercevait l'attirail de pêche de Wilmott séchant au soleil et la barque à fond plat s'y trouvait amarrée. Tout était si calme qu'Adeline éprouva une certaine inquiétude, en frappant à la porte. Il ne vint aucune réponse mais le volet de la fenêtre s'entrouvrit et laissa apercevoir la main maigre et brune de Tite.

— C'est Mrs. Whiteoak ! cria-t-il.

La porte s'ouvrit et le jeune métis parut devant Adeline en chemise et pantalon, mais pieds nus. De sa voix douce, il lui dit : « Entrez, madame. Mon maître désire vous voir. Attendez-le ici, je vais le chercher. Entrez et fermez la porte. » Elle entra. Le cahier de Tite était encore ouvert sur la table ; il devait être en train de travailler, car l'encre n'était pas encore sèche sur ses laborieux jambages. Le cœur d'Adeline se gonfla de pitié pour Wilmott tandis qu'elle parcourait des yeux cette pièce où il avait trouvé le confort et le repos de l'esprit ; elle était parfaitement en ordre ; aussi tourmenté qu'il fût, il ne pouvait se dépouiller des habitudes méticuleuses que sa femme lui avait inculquées. Il entra bientôt et referma la porte derrière lui ; il était pâle et ses yeux étaient lourds de sommeil.

— Vous n'avez pas dormi, vous non plus ! s'écria Adeline.

— Je n'ai même pas songé à aller me coucher. Mais je regrette que vous soyez restée éveillée par ma faute. Après tout, nous avons tiré hier une conclusion toute gratuite ; on peut admettre qu'il existe une autre Mrs. Wilmott que son mari accueillera avec joie. – Il sourit ironiquement et continua : – Il faut que j'obtienne de Miss Vaughan quelques détails supplémentaires. Hier, mon esprit s'est refusé à tout effort ; j'étais plus proche que jamais de la panique.

— Je crains que vous n'ayez des raisons pour cela, dit Adeline. Quand je me suis retrouvée seule avec Daisy, j'ai remis la conversation sur ce sujet et j'ai appris ainsi que la dame Wilmott en question venait du quartier même de Londres où vous habitez. J'ai appris également qu'elle était jolie, très soignée dans sa tenue, et si l'on en croit Daisy, plutôt sèche dans sa façon de parler, avec une voix très pointue et des expressions piquantes.

— Mon Dieu, vous allez éveiller les soupçons de cette jeune fille !

— Je ne le crois pas. De toute façon, il fallait nous renseigner. Je crois maintenant que nous n'avons plus à douter. N'est-ce pas votre avis ?

— Ma femme n'aura de cesse avant qu'elle m'ait retrouvé, s'écria-t-il en jetant un regard égaré autour de lui.

— N'ayez pas l'air aussi désespéré.
— Mais je suis désespéré ! Je vous le jure, Adeline, je n'accepterai pas de vivre à nouveau avec ma femme ; je me pendrais plutôt à l'un de ces chevrons.
— Il ne faut pas qu'elle vous trouve.
— Mais elle me trouvera ! Vous ne la connaissez pas ! Je vous dis qu'elle est infatigable. Rien ne l'arrêtera.
— Vous dites cela, s'écria Adeline, et cependant vous avez pris un billet pour le Canada sans changer de nom ! Vous avez vécu à Québec toujours sous votre nom véritable ! Qu'espériez-vous donc ?
Wilmott reprit la parole avec plus de calme.
— Je pensais qu'elle accepterait ma décision.
— Etait-ce son habitude d'agir ainsi ?
— Ne vous moquez pas, Adeline. Je l'avais laissée bien pourvue matériellement, elle gardait l'enfant. Pourquoi m'aurait-elle suivi ?
— Oh ! écoutez-moi cet homme ! – Adeline se croisa les bras pour maîtriser son exaspération. – Quelle innocence ! Cela n'a rien d'étonnant qu'elle vous cherche, Jacques. Vous avez dû laisser un tel vide dans sa vie ! Comment pourrait-elle être elle-même, sans vous harceler, vous accabler ? Que diable, elle n'est plus qu'une cascade sans eau.
— Eh bien ! elle ne m'aura pas ! Je disparaîtrai ! Dire qu'elle peut entrer ici d'un instant à l'autre ! A-t-elle parlé de l'enfant ?
— Oui, elle a parlé de sa fille qui avait eu les oreillons pendant le voyage.
Ces nouvelles ne provoquèrent aucune réaction paternelle de la part de Wilmott.
— La fille est-elle comme la mère ? demanda Adeline.
— Non, mais elle se trouve entièrement sous son influence.
— Comment pourrait-il en être autrement ? Qui pourrait vivre sous le même toit avec une telle créature, sans tomber sous son influence ? Vous-même, Jacques, n'aviez pas réussi à vous y soustraire.
— J'ai réussi à lui cacher mon secret pendant plusieurs années, dit-il amèrement. Mon intention de la quitter, je l'ai gardée secrète.
— Vous avez bien fait ! Qu'avez-vous dit à Tite ?
— Que je partirai peut-être.
Elle s'approcha vivement de lui, prit sa tête entre ses mains, plongea ses regards dans les siens et s'écria :
— Vous ne partirez pas !
Il s'arracha avec violence à son étreinte.
— Ne me touchez pas ! Ne me touchez pas ! Je vous aime trop. Je dois me répéter sans cesse que Philippe est mon ami.
— Il faudra mettre Philippe dans le secret.

Elle avait laissé retomber ses mains le long de sa robe, comme si elles n'avaient pas touché Wilmott et le regarda tranquillement.

— Oui, il faut tout lui dire ; lui et moi irons à la ville et chercherons à savoir où se trouve votre femme. Comme vous le dites vous-même, elle a eu tout le temps d'arriver jusqu'ici.

— Que dira Philippe ?

— Il prendra certainement votre parti. Vous vous êtes ruiné pour votre femme, mais vous ne pouviez pas lui abandonner votre personne. Quel homme pourrait vous le demander ? Certainement pas Philippe.

— Je voudrais qu'il ne fût pas nécessaire de le mettre au courant.

— Racontez-lui tout vous-même ; d'homme à homme, vous lui ferez comprendre votre situation.

— Si quelqu'un peut la lui faire comprendre, c'est bien vous, Adeline.

Elle sourit.

— Je le ferai peut-être trop bien.

— Que voulez-vous dire ?

— Je me laisserais emporter et je peindrais la chose sous un jour trop mélodramatique ; Philippe pourrait désirer rester à l'écart. Je vous l'enverrai et vous lui direz tout à votre façon, digne et respectable.

— Je crois encore qu'il vaudrait mieux que je parte.

— C'est tout à fait inutile. Je dirai à votre femme que vous êtes mort.

Wilmott se mit à rire d'un rire nerveux.

— Elle ne vous croira jamais ! affirma-t-il.

Les yeux d'Adeline lui lancèrent des flammes.

— Ne pas me croire ! Si je ne réussis pas à convaincre une écervelée de cette espèce, je veux bien ne plus m'appeler Adeline Court !

Elle saisit la main de Wilmott comme pour sceller un pacte, puis se dirigea vers la porte.

— Dire qu'Henriette est peut-être en train de grimper le chemin ! dit-elle. – Un sourire malicieux découvrit ses dents blanches et elle ajouta : – Abandonnez-moi Henriette !

Wilmott ne perdait pas de vue les nattes rousses qui supportaient son petit chapeau de velours et ses regards contemplaient la grâce familière de la ligne de sa nuque s'épanouissant à hauteur des épaules. Il lui était difficile de croire à l'existence d'Henriette.

— La première chose à faire, c'est de trouver Philippe et vous l'envoyer, dit-elle enfin.

— Quelle conversation, grand Dieu !

Il l'accompagna jusqu'à l'endroit où le cheval était resté attaché et l'aida à se remettre en selle.

— Tout ira bien ! lui cria-t-elle en s'éloignant.

Elle était arrivée à mi-chemin de Jalna quand elle aperçut une voiture qui venait dans sa direction ; c'était une voiture de louage tirée par une paire de chevaux décharnés. Adeline vit qu'une femme et une fillette occupaient le siège derrière le cocher ; son cœur se mit à battre avec violence, mais elle avança plus vite et quand elle dépassa la voiture poussiéreuse, elle regarda attentivement ses occupants.

Le cocher portait une livrée misérable et un chapeau haut de forme fort éprouvé par les intempéries ; son expression harassée était presque suppliante. Seul le tabac qu'il mâchonnait semblait lui apporter un peu de réconfort et un mince filet jaunâtre colorait son menton. Derrière lui, assise très droite sur le siège inconfortable, se trouvait une petite femme aux joues fraîches : elle était jolie, très maîtresse d'elle-même et paraissait très jeune pour être la mère de la fillette apathique qui l'accompagnait. Elle jeta à Adeline un regard perçant, se pencha en avant et frappa le dos du cocher.

— Arrêtez les chevaux, ordonna-t-elle.

Soit stupidité, soit entêtement, il continua son chemin, les yeux fixés sur les mouches qui bourdonnaient au-dessus de la tête des chevaux, les entourant d'une horrible auréole. Mrs. Wilmott le frappa de nouveau avec plus de vigueur.

— Je me plaindrai de vous à votre maître, déclara-t-elle. Vous êtes l'homme le plus stupide que j'aie jamais vu. Arrêtez vos chevaux et essayez d'attirer l'attention de cette dame.

Le cocher lui jeta un regard menaçant.

— Vous parlez de « maître », grommela-t-il. Il n'y a pas de maître dans ce pays ; c'est un pays libre. Mais si vous voulez que j'appelle cette dame, je veux bien.

Il se mit à hurler :

— Eh là, madame, on vous demande !

Les chevaux n'avaient pas attendu l'ordre pour s'arrêter et ils se disposaient à descendre dans le fossé où ils apercevaient une herbe épaisse. Le cocher tira violemment sur les rênes. « Ouha ! hurla-t-il. Restez donc sur la route ! C'est assez dur d'errer dans ce pays sans que vous alliez m'arracher les bras ! » Les chevaux, la tête basse, se résignèrent à attendre.

Adeline avait tourné bride et s'approchait lentement. Elle était rouge et se sentait moins rassurée qu'elle ne voulait bien le paraître. Quand elle arrêta son cheval à côté de la voiture, elle jeta un regard interrogateur à Mrs. Wilmott qui lui dit :

— Je me demande si vous pourriez me donner quelques renseignements au sujet de Mr. Jacques Wilmott. On m'a dit qu'il avait acheté une propriété dans cette localité.

— C'est bien exact, répondit Adeline. C'était une petite cabane en bois située très haut sur la rivière, vers le marais, et entourée d'un ou deux acres de terrain. Un jeune Indien vivait avec lui.

— Oh ! – Le visage de Mrs. Wilmott exprima un léger émoi. – Vraiment, un marais, dites-vous ? Un Indien ! Quelle déchéance !

— Tout n'était pas en marais. Il avait une vache, un cochon et quelques volailles. Il aurait pu être plus mal.

— Est-il parti de là ?

— Oui, il est parti.

Mrs. Wilmott soupira profondément ; des paroles hésitantes s'échappèrent de ses lèvres pâles.

— Je voudrais vous parler en particulier.

Elle regardait le dos du cocher et lui dit :

— Avancez un peu sur la route pendant que je cause avec cette dame. Tenez les chevaux fermement pendant que ma fille et moi descendons de voiture. Attention ! Tenez bien vos chevaux.

— Rappelez-vous que je suis payé à l'heure, grogna l'homme. Vous aurez un joli petit compte à régler.

Il fit passer son tabac d'une joue à l'autre et regarda sa cliente par-dessus son épaule sans aucune aménité.

— Je me plaindrai certainement à votre maître ! Vous êtes désobligeant et insolent.

— Il n'y a pas de maître ici. Ses regards étaient plus furieux que jamais. Pas de maître, vous dis-je ! Pas de maître !

— Surveillez votre tenue, mon garçon.

— Il n'y a pas de tenue ici, ni de « mon garçon ». C'est un pays libre. Maintenant, allez-vous descendre ou rester assise en continuant de vous plaindre ?

Mrs. Wilmott descendit avec précaution, suivie de sa fille. Le cocher avança un peu sur la route. Adeline mit pied à terre et se dirigea vers un monticule gazonné. Sa jument se mit aussitôt à brouter l'herbe sèche.

— Nous pouvons causer tranquillement ici ; voulez-vous vous asseoir ?

Elle invitait Mrs. Wilmott à prendre place comme si elle se trouvait dans son propre salon. Celle-ci la regarda avec curiosité puis lui expliqua aussitôt la raison de sa présence en ce lieu. Le regard d'Adeline invitait aux confidences et inspirait la confiance.

— Je suis Mrs. Wilmott, dit-elle, et je viens chercher mon mari. Vous devez trouver cette situation plutôt étrange, et en vérité, elle est étrange. Mon mari est un homme très bizarre, un homme très original. J'ai dû venir de Londres pour le chercher. Mon père, Mr. Peter Quinton, descend de sir Ralph Quinton qui était un grand inventeur et un grand savant du Moyen Age, peut-être avez-vous entendu parler de lui, je veux dire de sir Ralph, bien entendu, pas de mon père. Non pas que je veuille dire que mon père soit un homme sans valeur, car il s'est présenté plus d'une fois pour représenter sa commune et sa défaite n'a jamais été écrasante. Mais naturellement, il n'est pas aussi important que sir Ralph ; il m'a dit, – et bien que je déteste répéter à un étranger les propos tenus en privé par les miens, je vous redirai ses paroles, tant vous me paraissez digne de sympathie et de confiance, – il m'a donc dit (il s'agit de mon père et non de sir Ralph) : « Henriette, un homme qui a perdu le sens des responsabilités au point de partir en voyage d'agrément dans un pays lointain et de rester absent un an et demi sans écrire une ligne chez lui, cet homme-là n'est pas digne qu'on parte à sa recherche. » Mais je ne partage pas cette opinion ; la place d'un mari est auprès de sa femme ; n'êtes-vous pas de mon avis ?

— Certainement, si la chose est possible, répondit Adeline en regardant Mrs. Wilmott avec la plus vive sympathie.

— C'est bien ce que je dis. Je n'ai pas cessé de poursuivre mes recherches jusqu'au jour où j'ai retrouvé la piste de Jacques. Je suppose que vous l'avez rencontré.

— Oui, je l'ai, en effet, rencontré.

— Quelle impression vous a-t-il faite ? Je vous en prie, ne cherchez pas à me ménager. S'il vit ici, dans un marais, entre une vache et un cochon, il a dû descendre bien bas.

— Il était certainement descendu bien bas.

— Grand Dieu ! C'est plutôt mortifiant que de penser à cela. Où est-il allé en partant d'ici ? Il faut que je vous demande votre nom. Vraiment, jamais au cours de toute mon existence, je n'ai agi aussi peu conventionnellement. Quiconque me verrait assise dans ce fossé poussiéreux, refuserait de croire à la position que j'occupe à Londres. Mon père, Mr. Peter Quinton, qui, je crois l'avoir mentionné, est...

L'attention de Mrs. Wilmott fut soudain attirée par la fureur avec laquelle sa fille grattait les piqûres de moustiques qui parsemaient ses énormes jambes.

— Hettie, cria-t-elle, cessez cela !

— Je ne peux pas, répliqua Hettie d'une voix vulgaire et gémissante ; cela me démange.

— Qu'importe ! Une dame ne doit pas se gratter, quelles que soient les circonstances.

— Puis-je aller dans le coin de la barrière pour me gratter ?

— Non. J'ai dit non, Hettie.

— Cela me démange !

— J'ai dit non. Que cela soit fini !

Mrs. Wilmott revint à Adeline.

— J'étais en train de vous demander votre nom et l'endroit où Mr. Wilmott s'est rendu en partant d'ici. Mais cette enfant m'exaspère avec tous ses maux ! Depuis que nous avons quitté l'Angleterre, elle a souffert successivement de malaises en chemin de fer, du mal de mer, des oreillons, de crises de dyspepsie, d'urticaire, d'un ongle incarné, d'orgelets, et maintenant il s'agit de piqûres de moustiques !

— Les moustiques me piquent !

— Evidemment, s'écria Mrs. Wilmott au comble de l'exaspération. Quelle serait leur raison d'être s'il en était autrement ?

— Je déteste ces insectes.

— Eh bien ! que vous les détestiez ou non, vous cesserez de vous gratter.

— Je m'appelle Mrs. White, répondit Adeline en avalant la dernière syllabe de son nom. Mon mari et moi sommes venus sur le même bateau que Mr. Wilmott et nous l'avons vu souvent.

— Oh ! quel bonheur de vous avoir rencontrée ! Comment mon mari s'est-il conduit pendant le voyage ?

— Très misérablement.

— Parlait-il de sa famille ?

— Jamais. Pas un mot à ce sujet.

— Mon Dieu ! Mon Dieu ! Quelle insensibilité ! Quel homme ! Il est parti d'ici, dites-vous ?

— Il y a déjà quelque temps.

— Où est-il allé ? Où que ce soit, j'irai le chercher.

— Il est parti par une nuit obscure, sans avertir personne, mais on raconte dans le pays qu'il est allé à Mexico et qu'il y est mort d'une fièvre maligne. Je peux vous donner l'adresse de deux Irlandais qui se trouvent à New York et qui pourraient vous renseigner mieux que moi à ce sujet. S'il existe deux hommes sur ce continent qui puissent vous aider à découvrir comment a réellement fini votre mari, ce sont ces deux-là.

— Il est mort ! cria Mrs. Wilmott avec une nuance de déception dans la voix. Vous dites qu'il est mort ? Oh ! sûrement pas ! Il n'a pas été malade un seul jour de sa vie. Il ne peut être mort !

— On dit qu'il est mort à Mexico, répéta Adeline en arrachant une touffe d'herbe.

— Qui vous l'a dit ?

— C'est un bruit qui court. Je ne me souviens pas qui m'en a parlé pour la première fois.

— Il faut que je parle aux gens de ce pays. Quelle espèce de gens est-ce ?

— Ils seront ravis de causer avec vous, car il est parti en devant de l'argent à tous ses voisins et je suppose que vous payerez ses dettes.

— Jamais ! Rien ne m'y oblige et ne m'y obligera jamais.

Les yeux de Mrs. Wilmott brillaient de dureté.

— C'est un drôle de pays, dit Adeline. On ne sait jamais ce qui se trame contre vous.

— Jacques parlait toujours de l'Orient, reprit Mrs. Wilmott ; il semblait vivement attiré par cette région du monde. Je ne comprends pas pourquoi il est venu ici.

— Je crois qu'il s'imaginait bien partir pour l'Orient.

Tout en parlant, Adeline arrangeait la poignée d'herbe qu'elle tenait en un petit tas qui évoquait l'idée d'une tombe, et elle ajouta :

— Mais il s'est trompé de bateau.

— Mon Dieu ! Mon Dieu ! Cela est suffisant pour me faire dire que je suis bien débarrassée de lui.

— Je le crois, en effet. Un homme comme votre mari est prédestiné à un geste désespéré ; cela couve en lui pendant quelques années, puis éclate soudain.

— Je remercie le Ciel que mon enfant ne lui ressemble en rien. C'est tout le portrait de mon père.

— Je n'aime pas grand-père, dit Hettie.

Ce fut presque un hurlement qui s'échappa de la bouche de Mrs. Wilmott.

— Hettie, comment oses-tu parler ainsi ? Ton cher grand-père qui est, en toute chose, si supérieur aux autres hommes !

— Je ne l'aime pas.

Image même du désespoir, Mrs. Wilmott s'adressa de nouveau à Adeline.

— Je ne sais ce qui est arrivé à cette enfant. Avant que nous partions, c'était la jeune fille la plus docile et la plus respectueuse que vous puissiez imaginer. Voilà que maintenant, elle tient des propos véritablement scandaleux.

— C'est le voyage, dit Adeline. C'est une catastrophe que les voyages pour les jeunes filles. Quand nous sommes venus au Canada, il y avait sur le bateau une jeune fille de l'âge de votre fille, qui voyageait avec sa mère. Savez-vous ce qu'elle a fait ? Eh bien ! à la première escale, elle s'est enfuie avec mon propre frère qui venait ici avec moi ! Elle est partie avec lui abandonnant sa mère veuve. La pauvre dame fut descendue du bateau sur un brancard, plus morte que vive.

Un léger sourire éclaira le visage de Hettie ; une lueur rapide s'alluma dans ses yeux. Mrs. Wilmott que la nouvelle de la mort de son mari avait laissée insensible, pâlit ; elle regarda Hettie avec une sorte d'horreur, puis demanda à Adeline d'une voix un peu tremblante :

— Que me conseillez-vous de faire ?

— Je vous conseille de gagner directement New York et de demander aux deux messieurs dont je vais vous donner les noms tous les renseignements qu'ils possèdent. Quand vous serez fixée sur la direction qu'a prise votre mari, ou sur son départ définitif de ce monde, vous pourrez repartir pour l'Angleterre. On dit que les clippers américains possèdent un confort merveilleux, de même que les nouveaux vapeurs.

— C'est bien ce que je vais faire ! Et si je peux savoir où se trouve Mr. Wilmott, ce sera bien grâce à vous.

— Lui non plus, je ne l'ai jamais aimé, déclara Hettie.

Mrs. Wilmott jeta à Adeline un regard significatif et dit :

— Cessez de vous gratter, Hettie.

— Cela me dérange.

— Il faut vous dominer.

— J'ai horreur des moustiques.

— Vous l'avez déjà dit trop souvent.

— Je ne l'ai pas dit aussi souvent que j'ai été piquée. Maman, quand repartirons-nous ?

— Bientôt, Hettie.

Mrs. Wilmott ouvrit son sac et en sortit un petit agenda qu'elle tendit à Adeline.

— Seriez-vous assez aimable, lui dit-elle, pour écrire là le nom et l'adresse de vos amis qui habitent New York.

Leurs mains se touchèrent et un sentiment de sympathie gagna Adeline. Il lui sembla qu'elle prenait véritablement les intérêts de Mrs. Wilmott et qu'elle lui indiquait ce qu'elle avait à faire. Elle écrivit donc les noms et adresses de d'Arcy et de Brent de son écriture volontaire et rendit l'agenda à sa propriétaire.

— Ce sont des Irlandais, remarqua Mrs. Wilmott.

— Oui.

— Je n'ai jamais aimé les Irlandais.

— Ça y est ! cria Hettie.

— Que voulez-vous dire, enfant ?

— Vous venez de dire ce que vous m'aviez recommandé de ne pas dire.

— Hettie, voulez-vous être punie ?

— Comment ?

— Par une bonne gifle.

— Giflez-moi sur les piqûres de moustiques et je serai contente.

Mrs. Wilmott se leva.

— Je vous prie de croire, Mrs. White, que ma fille n'était pas ainsi à la maison.

— C'est le résultat du voyage. Ma propre fille elle-même n'est plus ce qu'elle était.

— C'est navrant.

Mrs. Wilmott tendit la main à Adeline en lui disant :

— Eh bien ! au revoir. Je ne peux dire à quel point je suis heureuse de vous avoir rencontrée.

— Moi aussi, je vous le jure !

Adeline étreignit chaudement la petite main sèche de Mrs. Wilmott et ajouta :

— Je vous offrirais bien de venir prendre une tasse de thé avec moi, mais ma petite fille a la coqueluche (ce qui était vrai !) et la vôtre pourrait la prendre.

La seule pensée d'une telle éventualité terrifia Mrs. Wilmott qui répéta une fois encore et sans épargner à Adeline le moindre détail, tout ce qu'elle avait dû supporter avec Hettie depuis son départ d'Angleterre. Sa fille l'interrompit en disant : « La voiture s'en va. »

Les misérables chevaux de louage déambulaient en effet, lentement sur la route, car le cocher s'était endormi et ses mains fatiguées avaient laissé tomber les rênes.

Mrs. Wilmott poussa un cri et se mit à courir.

— Je vais vous la chercher ! s'écria Adeline qui se hâta d'aller chercher son cheval et de le ramener sur la route.

Mais les cris de Mrs. Wilmott avaient réveillé le cocher qui jeta derrière lui un regard vindicatif tout en reprenant les rênes et en arrêtant son attelage.

Le chapeau de Mrs. Wilmott était tombé sur sa nuque, mais elle gardait une attitude empreinte de dignité. En atteignant la voiture, elle ouvrit son sac et en tira son mouchoir qu'elle agita en signe d'adieu dans la direction d'Adeline. Hettie paraissait profondément déprimée.

— J'espère que nous ne le retrouverons pas, dit-elle.

— Vraiment ! s'écria Adeline.

— Oui, je ne l'ai jamais aimé.

Prise d'une soudaine hilarité Adeline remonta sur son cheval et rejoignit Mrs. Wilmott au trot. Son visage redevint grave et c'est avec beaucoup de naturel qu'elle dit : « Bon voyage, Mrs. Wilmott. »

— Mille remerciements pour votre aide. Mon Dieu, mon Dieu, quand je pense à tout ce qui m'attend ! Quand je pense aussi à tout le passé ! Mrs. White, j'ai eu d'autres occasions de me marier. Mr. Wilmott n'était pas le seul homme à me faire la cour. Je vous dirai seulement que mon cher père avait toujours été hostile à ce mariagc. Vous pouvez faire mieux, Henriette, ne cessait-il de me répéter ; Jacques Wilmott ne réussira jamais ; il lui manque quelque chose. Mais ma décision était prise et voilà le résultat ! Dépêchez-vous, Hettie ! Y a-t-il jamais eu une fille aussi lente ! Il fera nuit avant que nous arrivions à la ville. Quand je pense à tous les désagréments et aux dépenses que je dois supporter, il y a vraiment de quoi faire blanchir mes cheveux !

Elle releva sa jupe et monta prudemment dans la voiture. Le cocher prit son fouet. Hettie approchait lentement, en traînant les pieds. Sa mère la pressait et guidait chacun de ses pas. Finalement elles se retrouvèrent assises côte à côte.

— Dites adieu à Mrs. White, Hettie, et remerciez-la gentiment.

— Adieu, dit Hettie avec mauvaise humeur.

— Adieu, Hettie.

Le cocher enleva ses chevaux. Au moment du départ il se retourna pour regarder Adeline et tordit un côté de son visage dans une sorte de grimace complice qui semblait se moquer des occupantes de la voiture. Un nuage de poussière s'éleva au milieu duquel flottait un mouchoir blanc.

13

Pluies d'automne

Adeline ne continua pas sa route vers Jalna mais retourna auprès de Wilmott dans un étrange état d'esprit. Tant de choses s'étaient passées depuis qu'elle l'avait quitté quelques heures plus tôt ! Elle frappa de nouveau et pour la seconde fois la main brune de Tite écarta le rideau. Il ouvrit la porte immédiatement.

— Voulez-vous voir mon maître ? demanda-t-il.

Et au même instant, Wilmott apparut.

— Quelle existence que la mienne ! s'écria-t-il. Une existence de criminel ! Et, jusqu'à un certain point, c'est bien ce que je suis. Tu peux t'en aller, Tite.

Quand ils se retrouvèrent seuls, Adeline s'écria sans reprendre haleine :

— Je l'ai vue !

— Il ne s'agit pas d'Henriette ?

— Si.

— Mon Dieu ! Elle est donc là !

Il regarda Adeline d'un air incrédule.

— Elle y était. Mais elle est partie. Je n'ai pas eu le temps d'aller chercher Philippe. Quand j'ai rejoint la route en vous quittant, je l'ai rencontrée qui arrivait dans une voiture de louage.

— Je vous jure, dit-il en serrant les dents, que je ne reviendrai jamais auprès de cette femme. Mais c'en est fini pour moi de demeurer ici. Où est-elle ?

— Sur le chemin du retour, dans la direction de la ville. Demain, elle partira vous chercher à New York. Je lui ai dit qu'on racontait ici que vous étiez parti pour Mexico et que vous y étiez mort d'une fièvre maligne. Les beaux mensonges que j'ai racontés sur votre conduite !

— Et elle vous a crue ?

Il se souciait fort peu des mensonges et tourna vers Adeline des yeux pleins d'une inquiétude concentrée.

— Ai-je eu tort, oui ou non ? Bien sûr qu'elle m'a crue ! Je lui ai raconté que vous aviez vécu près d'ici avec une vache, un cochon et un Indien ; que vous étiez installé dans les marais, et que vous êtes parti en laissant des dettes partout chez vos voisins.

Il ne put réprimer une expression de consternation.

— Bon Dieu ! C'en est fait de ma réputation en Angleterre ! Henriette le dira à tout le monde. Elle ne peut tenir sa langue.

Adeline se dressa furieuse :

— Suivez-la alors et démentez ce que j'ai dit. Vous la trouverez facilement.

Wilmott fit rapidement le tour de la pièce.

— Ne vous fâchez pas. N'attendez pas de moi que je parle raisonnablement en ce moment ! N'imaginez pas, surtout, que je ne déborde pas de gratitude envers vous. Mais je suis bouleversé par tous ces événements ; tout s'est passé si rapidement.

— Vous m'en voulez d'avoir noirci votre réputation. Mais qui donc se soucie de réputation ! Vous ne cherchez pas une situation. Jacques Wilmott, une seule chose importait : se débarrasser de cette femme. Je voyais la bassesse et la cruauté jaillir par tous ses pores. Quelle existence vous avez dû supporter pour lui plaire !

— Je n'ai jamais réussi à lui plaire, tout au moins au-delà de la première année. Et je ne vous en veux pas pour ce que vous lui avez dit. Je vous en suis reconnaissant de toute mon âme. Pensez donc, sans vous, elle pourrait avoir déjà pris pied en ce lieu ! – Il effleura l'épaule d'Adeline de sa main maigre et ajouta : – Mais c'est vous qui êtes là, belle et vigoureuse, ma protectrice, non seulement contre Henriette, mais contre ce qu'elle aurait fait de ma vie.

— Ne me remerciez pas. Je me suis follement amusée à tirer d'elle le meilleur parti possible. Ma parole, si jamais elle revient, je suis toute prête à lui livrer un nouvel assaut !

— Si seulement nous pouvions être certains de son départ pour New York, et de là, pour l'Angleterre !

— Nous le pouvons, déclara Adeline triomphalement. Michel d'Arcy et Brent nous le diront.

— D'Arcy et Brent, s'écria Wilmott avec contrainte. Comment pourraient-ils savoir quelque chose de cette affaire ?

— Je lui ai donné leur adresse pour qu'elle apprenne d'eux toute la vérité sur votre voyage au Mexique.

— Vous êtes folle ! cria Wilmott. Que savent-ils de tout cela ?

— Absolument rien. Mais je vais leur écrire en toute hâte et leur dire d'attendre ma visite. Je connais ces deux Irlandais. D'Arcy est un mauvais sujet et Brent un vrai cabotin. Rien ne peut leur plaire davantage que de conter des histoires extravagantes à Henriette, uniquement pour me faire plaisir.

— Vous vous mettez dans une étrange situation. Que penseront-ils de vous ?

— Voilà encore que vous vous préoccupez de l'opinion des autres ! Je vous dis que les gens penseront du mal de vous quoi que vous fassiez. C'est dans la nature humaine.

— Pour mille livres, je ne voudrais pas que ces deux hommes parlent ainsi de moi !

— Alors, je ne leur écrirai pas.

— N'avez-vous donc aucune raison ?

— Non, je n'ai que des instincts. Pourquoi ?

— Mais il faut qu'ils sachent tout, maintenant que vous leur avez envoyé Henriette.

— Qu'importe ! Vous ne les reverrez jamais.

— C'est possible. Mais MM. d'Arcy et Brent ne seront-ils pas entraînés à raconter cette bonne histoire à leurs amis, après un bon dîner ?

— Je leur ferai jurer de garder le silence, Jacques.

— Croyez-vous qu'ils se souviendront de leur serment quand ils auront bien bu ? Non ! Tous leurs amis connaîtront cette histoire.

— Peu vous importe, vous êtes mort.

— Ce serait préférable ! répliqua-t-il d'un ton amer.

Ils se regardèrent froidement. Exaspérée, Adeline finit par s'écrier :

— Au nom du Ciel, qu'attendiez-vous de moi ? Espériez-vous que je rencontrerais Henriette avec un plan tout prêt dans ma tête, un plan sans aucune faiblesse ? Je crois avoir fait pour le mieux, mais quels remerciements obtient-on jamais quand on se place entre mari et femme ?

— Ce n'est pas ma femme ; elle ne l'est plus depuis cinq ans.

— Alors pourquoi vous tourmenter à son sujet maintenant qu'elle est loin ? Je peux ajouter qu'Hettie ne désire pas votre retour.

— Hettie était là ? demanda-t-il sur un ton d'incrédulité.

— Oui. Et elle n'a manifesté aucun désir de se trouver réunie à son papa.

Wilmott éclata d'un rire amer.

— Quelle famille, que la nôtre ! Et que nous sommes peu dignes de votre intérêt !

Elle lui jeta un regard perçant.

— Si vous dites encore *nous*, à propos de vous-même et de ces deux créatures, je me lave les mains de votre sort.

— Je ne le ferai plus ! Je me proclame libre. Jamais au cours de mon existence je n'ai été aussi heureux qu'ici. Je me confierai désormais à une Providence bienveillante et continuerai d'être heureux.

— Il suffit que vous vous confiiez à moi, répliqua-t-elle.

Wilmott la regarda, le visage crispé, les yeux pleins de larmes.

— Si je suis heureux ici, dit-il, c'est parce que vous êtes près de moi.

Adeline rit légèrement.

— Venez avec moi à Jalna, dit-elle. Je ne veux pas vous laisser seul.

Il regarda autour de lui.

— Est-ce vraiment trop de la part d'un homme que de demander à vivre en paix dans cette cabane en bois ? Et cependant, je ne me sens pas encore sûr que cela me soit permis !

— Vous ne resterez pas seul ici aujourd'hui. Nous irons à Jalna pour voir l'escalier. Les ouvriers sont en train de le monter et Philippe a découvert un sculpteur sur bois qui sculpte un magnifique pommeau de rampe en noyer, avec un motif représentant des raisins et leurs feuilles et une immense grappe au sommet. Aimeriez-vous le voir, Jacques ?

— Certainement.

Il prit son chapeau. Il ne portait plus ces vêtements d'homme des bois qu'il avait adoptés au début de son séjour, mais avait tenu sa promesse de couper ses favoris. Adeline remarqua de nouveau qu'elle le trouvait infiniment mieux ainsi.

— Je trouve que vous avez l'air très distingué, depuis que vous vous êtes débarrassé de ces favoris.

— En réalité, ils étaient bien petits, répliqua-t-il.

— Des favoris, si petits soient-ils, sont toujours de trop. Vous ne voulez donc pas que je vous dise que vous êtes distingué ?

— Tout ce que vous dites est si important pour moi que je suis obligé de faire des critiques.

— Vous êtes un drôle de phénomène, Jacques, et il pourra m'arriver parfois dans mon for intérieur de plaindre Henriette.

Ils avancèrent dans les petits chemins difficiles qui conduisaient à Jalna, Wilmott conduisant le cheval d'Adeline qui marchait en portant sur son bras la longue traîne de son costume d'amazone. Ils trouvèrent à Jalna le colonel Vaughan avec Philippe, et réunis autour de l'escalier, ils discutèrent longuement de la largeur des marches, de la courbe de la rampe, du dessin du pommeau projeté. Adeline déclara que jamais marches aussi faciles à monter n'avaient été taillées ; elle pourrait, affirmait-elle, les monter et les descendre toute la journée, avec un bébé sur chaque bras.

Le colonel Vaughan pria Wilmott de se joindre à ses hôtes pour le dîner. Wilmott aurait été invité plus souvent à Vaughanland sans une certaine antipathie qu'éprouvait à son égard Mrs. Vaughan. Elle l'avait entendu à plusieurs reprises exprimer des opinions religieuses et politiques qui la heurtaient ; elle s'était rendu compte que son mari l'admirait et craignait qu'il ne fût un compagnon dangereux pour Robert. Mais ce qui lui déplaisait plus que tout, c'était l'admiration pour Adeline qu'elle avait perçue à plusieurs reprises dans les yeux de Wilmott. Elle trouvait d'une impardonnable légèreté de la part d'Adeline de se rendre seule chez lui, donnant ainsi matière aux médisances des voisins. Et l'attitude de Philippe qui permettait à sa femme de se conduire ainsi, lui semblait dépourvue de toute dignité. Elle dit tout cela à Adeline, ce même après-midi, avant le dîner.

— Chère Mrs. Vaughan, répondit celle-ci avec un sourire un peu inquiétant, ne me grondez pas pour quelque chose de parfaitement innocent.

— Je ne vous gronde pas, Mrs. Whiteoak. Je ne fais que vous avertir.

— M'avertir de quoi ?

— Qu'on parlera à votre sujet.

— Ce qui veut dire qu'on a déjà parlé de moi.

— Vous savez bien que ce que vous faites n'est pas convenable.

— Philippe et moi, nous nous préoccupons fort peu des convenances. Nous ne nous soucions pas plus que d'une guigne des bavards et des indiscrets.

— Il ne s'agit ni de bavards, ni d'indiscrets, mais de gens aimables et de vos futurs voisins. Il faut vous en souvenir.

— Oh ! Mrs. Vaughan, je vous en prie, ne prenez pas ce ton fâché !

– Les joues d'Adeline étaient écarlates, mais elle ajouta d'un ton plus calme : – Tant que je serai chez vous, je ne retournerai plus seule chez Mr. Wilmott. J'espère qu'ainsi tout le monde sera content.

Elle alla s'habiller pour dîner, subissant la pénible contrainte d'un séjour prolongé chez des étrangers. S'arrêtant devant la chambre des enfants, elle ouvrit la porte. Nicolas qui sortait de son bain était assis sur les genoux de sa nurse, encore humide et brillant comme un coquillage que l'on vient de pêcher dans la mer. Ses cheveux se dressaient sur son front en vagues humides ; son regard exprimait la joie et l'audace enfantines. Il avait jeté l'éponge sur le sol et, assis sur les genoux de Mathilde, s'amusait à attraper ses orteils roses qui lui échappaient sans cesse. Sa nurse, avec ce sourire d'orgueil assez niais qui caractérise sa profession, regardait Adeline comme pour dire : « Vous avez pu le porter, mais maintenant, il est à moi, rien qu'à moi. »

Nicolas se souciait fort peu de savoir à qui il appartenait, il jetait sur la vie un regard large et généreux. Sa principale occupation consistait à détruire tout ce qui était à portée de sa main.

— Mon amour ! cria Adeline. Oh ! nurse, qu'il pousse bien ! Ses fossettes sont adorables.

— Certainement, madame, répondit la nurse avec une expression aussi satisfaite que si lesdites fossettes avaient été l'œuvre de ses propres doigts.

Gussie s'approcha, portant une poupée qui lui avait été donnée par Wilmott ; cette poupée avait des joues roses et blanches et des boucles noires étaient peintes sur la tête en porcelaine ; elle était vêtue seulement d'une chemise.

— Regarde, dit Gussie en tendant la poupée.

— Oh ! qu'elle est jolie ! dit Adeline dont les regards se reportèrent aussitôt sur Nicolas.

— Regarde, répéta la petite fille en retirant la chemise de la poupée et en montrant son corps.

— C'est une merveille ! dit Adeline sans même la regarder.

Gussie mit la poupée dans la baignoire et l'enfonça jusqu'au fond ; à mesure qu'elle s'enfonçait une expression étrange parut dans les yeux de la petite fille. Un souvenir s'était éveillé en elle. Elle se tourna vers sa mère et dit :

— Huneefa.

Adeline sursauta, presque terrifiée. Quel souvenir l'enfant avait-elle gardé ? Pourquoi prononçait-elle le nom de l'ayah ?

— La voilà bien, avec toute sa malice, s'écria la nurse. Je ne peux pas la perdre de vue un instant. Si ce n'est pas une chose, c'en est une autre. Si vous la punissiez, madame, cela lui ferait du bien.

Gussie se mit à tousser ; une quinte de coqueluche se terminant si étrangement par le chant du coq secoua son petit corps. C'était impressionnant que de la voir se cramponner au bras du fauteuil pour résister à ce terrible accès. Quand la quinte s'acheva, son visage était cramoisi et son front mouillé de sueur. Adeline l'essuya avec son propre mouchoir.

— Pauvre petite Gussie ! murmura-t-elle en se penchant sur l'enfant. Comme tu tousses ! Voilà le résultat, nurse, de son goûter chez les enfants Pink.

— Mais, madame, c'est vous qui l'avez voulu ! Je n'y tenais pas du tout. On n'est jamais trop prudent, surtout avec un bébé dans la maison.

— Dieu du Ciel, comment pouvais-je savoir que les enfants Pink avaient pris la coqueluche ?

— Vous ne pouvez jamais savoir ce que prennent les enfants d'un pasteur, madame.

Quelqu'un montait l'escalier et un léger coup fut frappé à la porte.

— C'est le docteur, dit la nurse recouvrant la nudité de Nicolas d'une immense serviette de bain.

Adeline ouvrit la porte et le Dr Ramsay entra. C'était un homme jeune d'une trentaine d'années environ, maigre mais débordant de santé. Ses pommettes osseuses et saillantes, ses lèvres bien dessinées lui donnaient une expression vigoureuse et même provocante. Ses manières étaient un peu brusques. Ayant salué Adeline, il s'occupa de sa petite malade.

— Bonjour, lui dit-il ; encore une quinte ?

Gussie répondit gravement d'un signe de tête affirmatif. Elle passa sa main sur son front, rejetant les mèches humides qui s'y collaient.

Le Dr Ramsay s'assit et la prit sur ses genoux. Il posa ses doigts sur le petit poignet, mais ses yeux ne quittaient pas Adeline.

— Je voudrais, lui dit-il, que nous puissions l'isoler. Je serais très ennuyé si vous preniez la coqueluche, Mrs. Whiteoak.

— Il y a peu de chances pour que cela arrive, puisque je ne l'ai jamais prise alors que cinq de mes frères l'avaient en même temps.

— Je regrette que vous ne l'ayez pas eue alors.

— Pas moi, car j'aurais manqué les courses de Dublin où mon grand-père m'avait emmenée pendant que mes cinq frères toussaient à la maison.

— Mieux vaut des courses manquées qu'une fausse couche, répliqua-t-il.

Adeline était partagée à l'égard du Dr Ramsay entre une confiance absolue et un sentiment d'antipathie. L'antipathie n'altérait pas la confiance, mais y jetait une ombre.

— Ce qui m'ennuie, dit-elle, c'est le bébé. Jusqu'ici, il n'a jamais été malade.

Le Dr Ramsay se tourna vers Nicolas qui se vautrait sur les genoux de sa nurse.

— S'il attrape la coqueluche, dit-il, il perdra un peu de ses belles rondeurs.

— Si seulement Miss Augusta voulait rester loin de lui, dit la nurse. Mais elle ne veut pas.

— Si seulement Mrs. Whiteoak voulait rester loin d'Augusta ! conclut le Dr Ramsay.

Philippe trouva Adeline s'habillant dans leur chambre. Les reproches de Mrs. Vaughan au sujet de ses visites à Wilmott et une certaine irritation provoquée par les réflexions du Dr Ramsay n'avaient pas contribué à mettre Adeline de bonne humeur. Elle lui parla, la tête enfouie dans son armoire, et Philippe perçut dans sa voix une nuance de mécontentement.

— Je suis fatiguée et dégoûtée d'avoir à me préoccuper de l'opinion des autres, dit-elle. Du matin au soir, je dois prendre garde à ne pas déplaire. Mes toilettes sont empilées les unes sur les autres. Mes enfants sont les uns sur les autres. Toi et moi sommes l'un sur l'autre !

— Que se passe-t-il ? demanda Philippe laconiquement, en déboutonnant son gilet.

— Tout est parfait pour toi ! Tu vis sans entrave aucune. Tu es libre comme l'air. Personne ne te fait d'observation parce que tu rends visite à un voisin... Tu ne vas pas avoir de bébé. Tu n'as pas dix-sept crinolines suspendues à un seul crochet !

— Je suis obligé de m'asseoir la tête à la fenêtre ou dans la cheminée quand je fume un cigare, répondit-il doucement. Est-ce au sujet de tes visites à Wilmott que Mrs. Vaughan t'a fait des reproches ?

Elle sortit sa tête de l'armoire et fit face à son mari, échevelée et les joues rouges :

— Oui. Qui te l'a dit ?

— Vaughan. Il trouve que c'est peu convenable de ta part et je crois qu'il a raison. Je te laisse toute liberté, Adeline, parce que je crois que c'est la meilleure conduite à tenir à ton égard et parce que je crois que Wilmott est un honnête homme. J'ai dit à Vaughan que je t'en parlerais.

— Inutile de te tourmenter. J'ai promis à Mrs. Vaughan de ne plus retourner chez Wilmott tant que je demeurerais ici... Le Dr Ramsay dit que ce serait grave pour moi si j'attrapais la coqueluche.

La seule idée d'une telle éventualité parut terrifier Philippe.

— Il faut rester à l'écart des enfants. Je te l'ordonne.

— Je ne m'inquiète pas, mais je n'aime pas beaucoup le Dr Ramsay. Je voudrais que le Dr Saint-Charles fût ici. Penses-tu qu'il viendrait s'occuper de moi, si nous le lui demandions ?

— Je crains que Québec ne soit bien loin pour cela. Pour ma part, je considère Ramsay comme un excellent médecin. Quelle est cette robe que tu vas mettre ?

Elle avait sorti de l'armoire une robe de taffetas vert très décolletée que Philippe trouva trop élégante pour la circonstance. Il le lui dit. Adeline jeta la robe par terre et exprima le désir qu'il lui trouvât une toilette assez laide pour convenir à la situation. Il se contenta de regarder sa montre.

— Nous serons en retard pour le dîner, dit-il. Tes cheveux ressemblent à un tas de foin. Si tu désires vraiment te présenter avec des cheveux en broussaille, et sans robe, j'essayerai de le supporter, mais j'avoue que ce ne sera pas sans honte.

Elle s'assit, l'air sombre, et regarda par la fenêtre.

— Qu'il fait bon dans le comté de Meath à cette époque de l'année ! dit-elle.

— Oui, répliqua-t-il, et le Warwickshire est également délicieux.

— Vous autres Anglais, vous n'aimez pas votre pays ! Vous ignorez tout de cet amour profond, sombre, ardent que nous, Irlandais, avons pour le nôtre.

— C'est une excellente chose. Autrement nous occuperions aussi l'Irlande.

— Ce sont les Anglais qui nous ont faits ce que nous sommes ! lança-t-elle.

— Nous ne pouvons rien faire de vous, les Irlandais, et vous le savez bien !

Adeline se mit à rire, un peu détendue. Elle commença à jouer un air avec ses doigts sur la vitre de la fenêtre.

— J'ai perdu toute ma virtuosité, s'écria-t-elle. Je sens que mes doigts deviennent tout à fait raides ; je pouvais jouer *La Prière d'une Vierge* sans faire plus de trois fautes.

Philippe vint derrière sa chaise, glissa ses mains sous les bras de sa femme et la mit debout.

— Maintenant, dit-il, tu vas t'habiller pour dîner ou je prendrai une baguette pour te faire marcher.

Elle s'appuya sur son épaule et soupira :

— Je suis fatiguée. Si tu savais la journée que j'ai eue !

Au dîner, elle ne portait pas sa robe verte, mais une toilette beaucoup plus simple en mousseline des Indes jaune maïs, et ses cheveux étaient tordus en un simple nœud soigneusement lissé, car le temps lui avait manqué pour édifier une autre coiffure. Elle s'était cependant parée de longues boucles d'oreilles jaunes en diamant ; une rose tardive, jaune également, était piquée dans ses cheveux.

Wilmott se montra plein d'exubérance pendant le repas. Son humeur était rarement au diapason du moment, toujours plus ou moins gaie que celle de son entourage. Quand ses yeux rencontraient ceux d'Adeline, ils échangeaient un regard complice. L'image d'Henriette se dressait devant eux. Mrs. Vaughan intercepta un de ces regards et eut l'impression déconcertante qu'une intrigue se déroulait à côté d'elle. La conduite de sa nièce ne lui donnait guère plus de satisfaction. Daisy s'efforçait visiblement d'attirer l'attention du Dr Ramsay. Elle avait compensé l'extrême simplicité de sa robe par une coiffure compliquée et ses cheveux retombaient en cascade sombre et brillante sur ses épaules. Mrs. Vaughan soupçonnait fort Daisy d'avoir mis du rouge sur ses joues ; elle riait trop, montrait trop ses dents. Elle se penchait trop sur la table pour attirer le regard du jeune médecin. Ce dernier revenait d'une partie de chasse et Philippe était impatient d'obtenir quelques détails à ce sujet. Il projetait, pour l'an prochain, de se joindre à cette expédition ; Jalna serait alors terminée et sa famille installée. Daisy poussait de petits cris en entendant le récit des aventures des chasseurs et la description de leur splendide butin. Ils avaient tué des daims, un élan, et un ours. Wilmott soutenait qu'aucun homme n'a le droit de tuer plus qu'il ne peut manger ; il soutenait également que lorsqu'il se trouvait assis sur un bateau sur son bout de rivière, il faisait suffisamment d'exercice pour se maintenir en bonne santé et vigueur. Daisy prit presque violemment la défense du docteur et déclara que si elle était un homme, elle partirait pour les Indes chasser le tigre comme l'avait fait jadis le capitaine Whiteoak. Elle rêvait d'épouser un chasseur de gros gibier et de l'accompagner dans ses expéditions.

— Vous en auriez vite assez, Miss Daisy, dit Philippe.

— Cela dépendrait uniquement du chasseur, répliqua-t-elle. Avec l'homme qui me conviendrait, je ferais face à tous les dangers.

— Vous feriez mieux de venir chasser avec nous l'an prochain, déclara le Dr Ramsay. Ce sera une façon de vous préparer.

— Oui, mais l'homme qui me conviendrait serait-il là pour me soutenir ?

— De toute façon, le Dr Ramsay soignera vos blessures, dit son oncle.

La conversation dévia sur les voyages pénibles que la profession du jeune médecin lui imposait en plein hiver dans des coins perdus de la campagne. Quand les dames eurent quitté la salle à manger, il se laissa entraîner à parler davantage de son métier. Le colonel Vaughan fit circuler la carafe de porto.

— Vous seriez surpris, dit Ramsay, de voir à quels expédients je suis parfois réduit. Il y a quelques semaines, je visitais un malade quand une voisine affolée vint me chercher. Son mari s'était ouvert le pied d'un coup de hache. Quand j'atteignis leur petite ferme, l'homme était en assez mauvais état. Sa plaie était profonde. Je n'avais rien pour la recoudre et il n'y avait pas de linge de fil dans la maison. Je suis tout simplement allé à l'écurie et j'ai arraché à la queue d'un de leurs chevaux quelques bons crins blancs qui ont parfaitement fait l'affaire. Ce n'était peut-être pas très aseptique, mais la plaie a guéri aussi bien qu'une autre.

Il raconta d'autres histoires professionnelles qui choquèrent Wilmott : ce dernier se réconforta en buvant du porto. Nul ne remarqua sa démarche un peu vacillante quand il regagna le salon, ni qu'il était devenu très silencieux. Il alla s'asseoir à côté d'Adeline. La pluie commençait à tomber ; on l'entendait battre contre les fenêtres.

— Je suis content d'entendre cette pluie, dit le colonel Vaughan, on en a rudement besoin.

— J'aurais voulu qu'elle attendît que je fusse rentré chez moi, déclara Ramsay. Le retour à cheval manquera de charme. Ma jument ne se prive jamais de mettre le pied dans tous les trous qu'elle rencontre et de patauger. Ecoutez ce qui tombe ! – S'adressant à Wilmott, il lui demanda : – Etes-vous venu à cheval, monsieur ?

Wilmott parut vivement surpris :

— Oui, oui, commença-t-il lentement. J'espère acheter un bon cheval. Un attelage, et plus tard, un cheval de selle.

— Je vous demande, reprit le Dr Ramsay, un peu sèchement, si vous êtes venu ici ce soir à cheval.

— Non, non ; je ne monte jamais à cheval.

Philippe était assis à l'autre bout de la pièce, sur un sofa à côté de Daisy ; sachant que la jeune fille désirait qu'on la pressât de jouer du piano, il dit à Mrs. Vaughan :

— Je voudrais que vous insistiez auprès de votre nièce pour qu'elle joue ce soir. Elle résiste à toutes mes supplications.

— Ce serait charmant ! Je vous en prie, jouez-nous quelque chose, Daisy.

— Oh ! tante, je joue si mal. Je vous en prie, n'insistez pas.

— Je ne veux pas insister, Daisy, mais je crois que cela ferait plaisir à tout le monde.

— Pas au Dr Ramsay, en tout cas. Je suis certaine qu'il a horreur du piano.

— Je ne sais pas pourquoi je vous donne cette impression, dit le docteur. Je peux moi-même jouer *Les clochettes d'Ecosse*, avec un seul doigt et j'en suis très fier.

— Oh ! je vous en prie, jouez-le. J'aimerais tant vous entendre !

— Je jouerai après vous.

— Venez, Miss Daisy, insista Philippe. Ne vous faites pas prier ; cela ne sied pas à une jeune fille.

Elle se leva, sembla ne céder qu'à contrecœur mais avec infiniment de grâce, et se dirigea vers le piano. Il fallut, avec l'aide de Philippe, faire tourner le tabouret de piano jusqu'à une hauteur convenable et trouver les cahiers de musique.

Adeline glissa à l'oreille de Wilmott :

— Cette créature est si poseuse que je ne peux la supporter.

— Je hais toutes les femmes sauf vous.

Il y avait dans sa voix quelque chose qui échappait au contrôle de sa volonté et qu'Adeline perçut aussitôt.

— Qu'avez-vous, Jacques ?

— Rien, sauf que j'ai un peu trop bu.

Daisy exécutait brillamment une valse de Strauss et Philippe tournait les pages.

— Oh ! une valse ! soupira Adeline. Que ne donnerais-je pour danser une valse.

— Pourquoi ne pas valser. Rien ne me plairait davantage !

— Dans ce salon ! Sur ce tapis ! Allons, soyez sérieux... Je veux dire danser dans une vraie salle de bal, sur une musique de valse jouée avec sensibilité, avec mélancolie.

Un murmure d'approbation accueillit la fin du morceau. Daisy refusa de jouer plus longtemps.

— Je tiens absolument à entendre Mrs. Whiteoak et Mr. Wilmott chanter ensemble un air de *La Bohémienne*, dit-elle. Je sais qu'ils chantent merveilleusement bien. Le capitaine Whiteoak me l'a dit. Je vous en prie, dites-leur de chanter, capitaine Whiteoak.

— Ma femme est incapable de chanter juste, répondit Philippe, mais je lui demanderai de le faire si tout le monde insiste.

— J'insiste pour ma part, déclara le Dr Ramsay.

— Qu'en dites-vous, Wilmott ? Croyez-vous pouvoir obtenir d'Adeline qu'elle chante juste ?

Wilmott se leva soudain avec empressement.

— Venez, dit-il à Adeline, en lui tendant la main ; nous allons leur montrer ce que c'est qu'une exécution parfaite.

Elle se laissa conduire vers le piano, mais jeta à Wilmott un regard de côté. Elle n'avait en lui qu'une confiance limitée. Cependant son attitude était parfaitement assurée quand il s'assit devant le clavier. Il savait l'accompagner par cœur et préluda par quelques accords.

Mais la première note qu'il chanta ne fut qu'une plainte discordante. Il regarda Adeline avec étonnement.

— Y a-t-il quelque chose qui ne va pas ? demanda le colonel Vaughan.

— Non, non, dit Adeline. – Et se penchant vers Wilmott, elle lui demanda tout bas : – Allez-vous nous couvrir de ridicule, ou allez-vous chanter ?

— Je vais chanter.

Philippe battait la mesure avec son talon. Faire un peu de vacarme ne lui aurait pas déplu, mais il redoutait le courroux de Mrs. Vaughan.

Wilmott frappa de nouveau les premières mesures. Puis, brusquement, il retira ses doigts du clavier, croisa les bras sur le pupitre à musique et y appuya la tête. Mrs. Vaughan se leva avec vivacité.

— Mr. Wilmott est-il malade ? demanda-t-elle.

— Non, répondit Adeline. Ce n'est qu'un léger malaise.

— Je vais chercher mon flacon de sels.

Et Mrs. Vaughan se hâta de quitter la pièce.

Philippe s'approcha et examina la partie visible du visage de son ami. Le Dr Ramsay se pencha également sur lui.

— Avez-vous une idée de ce qui lui arrive ? demanda-t-il.

— Oui. Je m'en suis douté depuis le dîner. Nous ferions mieux de le mener au grand air avant le retour de Mrs. Vaughan.

Philippe s'adressa alors à Adeline :

— Daisy et toi, allez donc dire à Mrs. Vaughan que nous avons emmené Wilmott à l'air. N'as-tu pas été capable de voir qu'il était ivre ? Il ne fallait pas essayer de chanter avec lui.

Adeline, pour une fois, resta frappée de stupeur. Puis elle murmura : « Le pauvre homme ! Il a passé une telle journée ! »

Philippe et le Dr Ramsay firent lever Wilmott et le poussèrent hors du salon pendant que les deux jeunes femmes partaient à la recherche de Mrs. Vaughan. Le colonel Vaughan suivit les trois hommes. La pluie rebondissait avec violence sur le toit de la véranda.

— Vous ne pouvez pas le sortir par ce temps, dit-il.

— Cela lui fera du bien, répondit le docteur.

Ils installèrent Wilmott sur un fauteuil à bascule qui oscilla sous son poids, de sorte que sa tête retomba sur son épaule. Philippe lança un coup d'œil au docteur.

— Il me paraît bien mal en point, ne trouvez-vous pas ?

Le Dr Ramsay approuva d'un signe de tête. « Il ne pourra pas rentrer chez lui ce soir. » Wilmott ouvrit les yeux et les regarda : « Je crains de ne pouvoir chanter », dit-il.

— Nous vous excuserons, mon vieux, répondit Philippe.

Puis se dirigeant vers le colonel :

— Croyez-vous pouvoir le garder cette nuit ? demanda-t-il sur un ton qui exprimait des regrets.

Le colonel Vaughan répondit froidement :

— Certainement ; on pourra le mettre dans la chambre de Robert. Mais il faut tenir ma femme dans l'ignorance de cet incident, car elle serait très mécontente.

— Ma parole, déclara Philippe à Adeline quand ils se retrouvèrent dans leur chambre, je serai heureux quand nous serons enfin chez nous. Je veux pouvoir mettre un ami au lit s'il en a besoin, sans faire tant de mystère. Vaughan a ridiculement gâté sa femme. Mais pourquoi ce diable de Wilmott a-t-il choisi cette maison entre toutes pour s'y enivrer ?

— Il était si fatigué, le pauvre homme !

Philippe fixa Adeline de ses yeux étonnés :

— Fatigué de quoi ? De s'asseoir dans un bachot pour pêcher ? Ou d'apprendre au jeune Tite à faire des bâtons ?

— Il a des ennuis que tu ignoreras toujours !

— Quels ennuis ?

— Je n'ai pas le droit de t'en parler.

— Ecoutez-moi bien, jeune dame, dit Philippe ; je ne tiens pas du tout à ce que tu reçoives les confidences de Wilmott sur son passé. Si ce passé est tel qu'il soit contraint de trop boire rien qu'à sa seule pensée, qu'il le garde pour lui ou se confie à un autre homme.

— C'est juste, dit doucement Adeline. C'est très juste. – Puis poussant un profond soupir, elle ajouta : – Je me sens mal, ce soir. Crois-tu que je pourrais faire une fausse couche ? Elle se glissa ensuite dans le profond lit de plume.

Le visage de Philippe exprima l'inquiétude, mais il déclara avec énergie :

— Je crois que tu es fatiguée et un peu ennuyée de la conduite de Wilmott. Ce dont tu as besoin, c'est d'une bonne nuit de repos. – Il remonta soigneusement les chaudes couvertures sur elle. – Là, n'es-tu pas bien ainsi ? Je suis près de toi dans une seconde. Pardieu, entends cette pluie ! Elle tombe à torrents.

14

Sports d'hiver

Les pluies de novembre furent abondantes et fréquemment accompagnées de grands vents soufflant de l'est et du nord-est qui balayèrent les dernières feuilles des arbres. La verdure sombre des conifères restait reine des bois. Sur les routes, les roues s'enfonçaient dans la boue épaisse et les charpentiers durent attendre l'arrivée de leurs matériaux. Cependant la construction de Jalna se poursuivait à une allure satisfaisante. Les ouvriers construisirent eux-mêmes un abri en bois, à l'épreuve du mauvais temps, et y installèrent des couchettes ; on plaça un poêle dans le hangar où ils prenaient leurs repas. C'étaient des hommes vigoureux et, à tout prendre, fort contents de leur sort, car ils avaient devant eux de longs mois de travail bien payé. Plusieurs d'entre eux jouaient de l'harmonica ; il y avait également un joueur de flûte, sans oublier Jack le Violoneux qui portait en lui plus de musique que bien des virtuoses. Les deux Canadiens français étaient toujours prêts à danser, et parmi leurs compagnons, il s'en trouvait qui possédaient de belles voix. Aussi les soirées de ces hommes s'écoulaient-elles gaiement, parfois assez bruyamment, particulièrement le dimanche soir, après de nombreuses libations. Il arriva même qu'il y eût place pour quelques rixes sanglantes.

Le vent tourna au nord, l'humidité se transforma en gel lumineux, les bourrasques de neige survinrent. Néron, le terre-neuve, se vêtit d'une épaisse fourrure ; débordant de vitalité, il bondissait à travers le domaine qu'il croyait confié à sa garde, il connaissait les charpentiers, les maçons, les couvreurs, était au mieux avec les bûcherons ; mais la seule vue d'un étranger cherchant du travail le rendait aussitôt féroce. Le contremaître lui offrit plus d'une fois d'énormes gamelles de pommes de terre et de cochon qui venaient compléter les repas qu'on lui servait à Vaughanland ; à ce régime-là il devenait plus corpulent que jamais. Il dévorait également les os de volaille sauvage que lui jetaient les ouvriers ; quelque Providence canine devait certainement prendre soin de lui, car, s'il lui arrivait parfois d'avoir une terrible indigestion, cela ne durait jamais que quelques minutes, jamais une esquille d'os ne perfora ses organes ; il était vigoureux, de bonne composition et, si l'on peut parler ainsi, gai comme un pinson. S'épanouissant librement dans la nature, il menait une existence primitive.

Adeline avait contracté la coqueluche et toussa avec une extrême violence jusqu'à Noël ; en réalité, sa toux ne la quitta qu'au printemps suivant. Le Dr Ramsay la soigna avec de la graine de lin. Mrs. Vaughan lui fit avaler force rhum et miel. Mr. Pink, le pasteur, lui apporta un flacon d'élixir qui promettait « prompte guérison », et Mrs. Lacey, une bouteille de sirop de pin et de goudron. Philippe n'allait jamais à la ville sans en rapporter de nouvelles pastilles sédatives. Ces remèdes variés n'eurent d'autre résultat que de lui faire perdre tout appétit ; elle maigrit et son état de grossesse s'en serait révélé davantage aux regards si elle n'avait pris soin de se serrer ; grâce à de longs corsets à la mode française et à une large crinoline, elle conserva toute sa grâce et son élégance. Mrs. Vaughan ne manqua pas de lui conseiller d'agir différemment, car lui disait-elle, elle nuisait à la santé de son enfant ; mais dans le fond, elle était d'accord avec Adeline pour chercher à dissimuler son état, surtout lorsque Robert venait en vacances ; une Adeline énorme eût été fort gênante avec Robert et Daisy dans la maison. Mrs. Vaughan fit preuve de tant de gentillesse pour la jeune femme au cours de cette période que cette dernière ne l'oublia jamais.

Les différents remèdes contre la toux que Gussie partagea avec sa mère eurent sur la petite fille des effets plus nocifs encore. Non seulement elle perdit l'appétit, mais ne digéra plus les quelques aliments qu'elle prenait. Ses yeux gonflés étaient entourés de cernes noirs ; ses lèvres avaient une teinte bleue, sauf après les quintes qui laissaient son petit visage tout entier presque violet. Par contre, Nicolas poussait comme une mauvaise herbe, il était plus lourd que Gussie et bien qu'il fût encore incapable de marcher, il se traînait partout avec une vigueur et une rapidité déconcertantes. Quand les choses n'allaient pas à son gré, la maison tout entière retentissait de ses cris de rage. Il dormait comme un sonneur, mais s'éveillait à l'aurore, criant et gazouillant sa joie de vivre un nouveau jour. Tout le monde en raffolait et il promettait d'être un enfant gâté et obstiné, mais il était adorable et dans la maison, nul ne pouvait résister à son sourire.

Un froid intense et subit commença à sévir, le temps était clair, glacial, coupant comme un couteau. Les bois sombres semblaient dans l'attente, les arbres se succédaient à perte de vue jusqu'aux immenses forêts du Nord au-delà desquels il n'y avait plus d'arbres, mais seulement des lacs gelés et un sol recouvert de glace. Le soir où Robert revint de son collège, le temps s'adoucit et le ciel devint sombre. La neige tomba toute la nuit. Un vrai temps de Noël ! Robert était là, grand, blond et souriant, et ses bagages avaient été montés dans sa chambre ; le cœur de Mrs. Vaughan chantait ; il lui semblait qu'elle allait enfin pénétrer dans l'intimité de ce fils qu'elle connaissait si peu. Mais Robert trouvait plus facile de se montrer lui-même à Adeline qu'à ses parents.

— Peut-être est-ce parce qu'ils attendent trop de moi, dit-il quand il eut avoué ce sentiment à Adeline. Ils attendent de moi que je sois un fidèle Canadien alors que je connais à peine ce pays, que je sois un héros quand je possède surtout des défauts. Ils attendent aussi des marques d'affection de ma part alors qu'en réalité, je suis furieusement intimidé. Mais vous, vous ne me demandez rien que ce que je peux donner. Si vous connaissiez les pensées qui m'occupaient dans le train en revenant à la maison, vous en seriez surprise.

Il accompagna ces paroles d'un regard auquel elle répondit en souriant.

— Vraiment ? dit-elle.

— Oui. Je me demandais ce que signifiaient toutes ces choses. Pourquoi je me cassais la tête sur des livres à l'université ? Quel hasard vous avait jetée dans ma vie ?... Quelle serait mon existence ? Appartiendrai-je vraiment un jour à un pays ? Etais-je un être réel ? Que signifiaient toutes nos luttes ? Et cette maison que vous faites construire, pourrez-vous vous y attacher ? Vous y sentirez-vous en sécurité ? Toutes ces pensées tourbillonnaient dans ma tête.

— Vivre d'une saison à l'autre me suffit amplement, dit Adeline. Vivre sous mon propre toit, avec tous les miens, voilà qui est une réalité.

— Mon amitié ne signifie rien pour vous ! s'écria-t-il.

— J'aimerais moins ce pays si vous n'étiez pas mon ami.

— Je le détesterais si vous n'y étiez pas, protesta-t-il avec violence. Ce pays n'est pour moi qu'un immense désert. Peut-être mon fils si j'en ai un, l'aimera-t-il. Pour moi, je ne l'aimerai jamais. Regardez cette neige. Elle va tout recouvrir pendant des mois. A Montréal, c'est encore pire.

Adeline effleura de ses doigts la joue du jeune homme.

— Oh ! Bobby, lui dit-elle, quel orateur vous faites ! Sortons et allons faire des boules de neige. J'en faisais à Québec avec les enfants Balestrier.

— Suis-je donc un enfant aussi ? demanda-t-il d'un ton plaintif.

— Vous êtes charmant, répondit-elle.

Mrs. Vaughan poussa un soupir de désolation en les voyant tous deux se lancer des boules de neige. L'insouciance d'Adeline la terrifiait. Toucher de la neige avec une toux pareille ! Faire de tels efforts dans son état était presque coupable. Mais elle mit les enfants à la fenêtre pour qu'ils puissent contempler les ébats désordonnés de leur mère. Philippe apparut, sortant des bois, et fut accueilli par une boule de neige qui l'atteignit en pleine poitrine ; il entra dans la bataille qui devint terrible. Néron sautait après les boules de neige, ainsi que sur les assaillants qu'il renversait presque.

— Que Dieu protège cet enfant dans le sein de sa mère ! pensa Mrs. Vaughan en écartant la petite crête de cheveux qui retombait sur le front de Nicolas. Regardez votre mère ! lui dit-elle.

Il se mit à rire, mouilla son doigt de salive et le passa sur la vitre.

Mrs. Vaughan mit sa main sur la tête de Gussie.

— Votre mère est une vraie biche sauvage ! Ce n'est pas bon pour le petit frère qui va venir.

— Plus de petits frères, s'il vous plaît, répondit Gussie qui sentait naître la toux au creux de sa poitrine.

— Quand vous serez un peu plus vieille, peut-être pour votre prochain anniversaire, Gussie, je donnerai un goûter en votre honneur avec six gentils enfants, les petits garçons Pink...

Elle sentit les premiers frémissements de la toux secouer la poitrine de Gussie. Puis la quinte éclata.

Lorsque vint Noël, le sol était dur et gelé, mais le froid n'était pas aussi vif qu'à Québec. La rivière de Wilmott formait un étang glacé juste devant son embarcadère. Tite et lui enlevèrent la neige et balayèrent. Ils travaillaient ensemble avec la même euphorie. Depuis le soir où il s'était enivré, Wilmott avait évité les Vaughan et éprouvait une certaine antipathie à l'égard de Mrs. Vaughan et du Dr Ramsay. Mais il avait décidé de vivre dans leur voisinage. Il était entré en relation avec les Pink et les Lacey chez lesquels il allait jouer au whist ou discuter de politique et de religion. Le révérend Heber Pink était un homme d'âge moyen, robuste et de teint coloré ; sa femme lui ressemblait, mais elle était assez timide en société alors que le pasteur se montrait plein d'entrain et d'assurance. C'était un grand travailleur habitué à circuler par tous les temps. Il avait trois paroisses à administrer ; l'une possédait une belle église dans le village de Stead où la petite communauté de Jalna se rendait pour assister à l'office du dimanche ; les deux autres, dans deux hameaux, très éloignés l'un de l'autre, n'avaient que deux petites églises en bois qu'il s'efforçait d'embellir. Il aimait la discussion, mais se montrait fort tolérant et prenait grand plaisir à bavarder avec Wilmott. Mais il aimait encore davantage Philippe et cherchait à obtenir de lui du terrain et une aide financière substantielle pour la construction d'une nouvelle église. Le jour où cette église serait construite, Mr. Pink se verrait délivré de ses deux hameaux.

Le jeune fils du capitaine Lacey avait obtenu une permission pendant que son bateau se trouvait ancré à Halifax ; il passait donc chez ses parents les vacances de Noël. C'était un joyeux garçon absolument différent de Robert Vaughan, mais les deux jeunes gens devinrent aussitôt les meilleurs amis du monde.

Une atmosphère de fête régnait dans ce petit coin du Canada. La construction de Jalna apportait un nouvel intérêt dans la vie de tous ceux qui s'y trouvaient déjà installés. On en parlait à plusieurs lieues à la ronde et l'on venait de très loin pour en voir les progrès.

Wilmott avait décidé de lancer des invitations pour une partie de patinage. Personne n'y avait encore songé dans le pays et lui-même envisageait cette sorte de réjouissance pour la première fois ; mais elle lui semblait le seul genre de réception qui lui convînt ; évidemment, sa maison était très petite, mais si le temps n'était pas trop froid, on pourrait servir les boissons à l'extérieur. Il avait acheté des patins, non seulement pour lui-même mais pour Tite, et tous les deux s'étaient exercés pendant des journées entières sur la rivière au grand dam de leurs muscles douloureux et meurtris. Les Pink et les Lacey étaient d'excellents patineurs, de même que les autres habitants du voisinage parmi lesquels se trouvaient les Busby, un ménage qui vivait au Canada depuis des années et possédait plusieurs fils et filles. Adeline n'avait jamais eu l'occasion de patiner et elle était bien décidée à le faire, malgré tous les efforts de Mrs. Vaughan pour l'en dissuader ; cette dernière se décida même à en parler à Philippe, mais celui-ci parut surpris, et ne jugea pas qu'il y eût là un danger pour Adeline ; lui-même désirait beaucoup patiner.

« Si leur enfant naît estropié, pensa Mrs. Vaughan, ils ne pourront s'en prendre qu'à eux. Mais je pleurerais volontiers en pensant à ce pauvre petit. »

Philippe avait un peu patiné à Québec et taquinait Wilmott qui n'avait pas songé à profiter de l'occasion. Il acheta des patins pour Adeline et pour Daisy ; cette dernière était folle de joie, car non seulement elle savait patiner, mais elle pouvait tracer des huit et dessiner les contours d'une grappe de raisins. Elle promit à Philippe de lui apprendre à valser sur la glace.

Le jour de Noël se passa fort agréablement. On avait apporté un arbre de la forêt pour les enfants et il brillait de toutes ses guirlandes et de toutes ses bougies. De gros paquets, présents de Noël, étaient arrivés du Devonshire, envoyés par la sœur de Philippe. Il en était arrivé également au moins une douzaine d'Irlande, expédiés par la famille d'Adeline, très mal emballés pour la plupart, de sorte que leur contenu était en grande partie cassé. Adeline avait acheté pour Philippe un veston et un bonnet d'intérieur en velours vert foncé avec des broderies de teintes vives aux poignets et sur le col ainsi qu'autour du bonnet qui se terminait au sommet par un gland d'or. Il était si beau, ainsi vêtu, qu'Adeline en aurait pleuré de joie. Il regrettait un peu de ne pouvoir s'en servir tout de suite et d'être obligé d'attendre de vivre dans sa propre maison. Ce regret se lisait sur son visage tandis qu'il montrait le cadeau d'Adeline à Mrs. Vaughan ; celle-ci s'en aperçut et en éprouva un léger embarras, mais elle ne put se résoudre à autoriser Philippe à le revêtir sur-le-champ ni à fumer un cigare !

Le jour de Noël, Gussie mit pour la première fois des petits pantalons qui faisaient d'elle une petite fille et non plus un bébé. Leur blancheur délicate dépassait sous une robe de soie bleue à manches courtes et décolletée très bas. Adeline avait fait elle-même la dentelle qui en bordait les jambes. Gussie était si adorable dans ce costume que, devant elle aussi, Adeline aurait volontiers pleuré de joie ! Elle la saisit dans ses bras et couvrit de baisers son petit visage, puis la tendit à Philippe, ses petits pieds chaussés de bleu dansant au bout des pantalons.

— As-tu jamais rien vu d'aussi délicieux et d'aussi ridicule ! s'écria-t-elle.

Gussie parut quelque peu offensée, car elle crut que ses parents se moquaient d'elle. Nicolas, habitué à être le centre de l'attention générale, ne put supporter de voir sa sœur prendre sa place. Il rampa jusqu'à Adeline et essaya de grimper après sa jupe en s'accrochant successivement aux volants qui la recouvraient. Philippe le ramassa et le percha sur son épaule.

— C'est une jolie paire, déclara-t-il, et les enfants Balestrier ne leur arrivent pas à la cheville.

— Les petits Pink non plus.

— Ni aucun enfant à ma connaissance.

— Je me demande ce que sera notre prochain bébé.

— Un autre garçon, j'espère. Mais j'aurais autant aimé que le petit coquin fût resté où il était.

— J'espère qu'il sera beau et te ressemblera.

— Oui. Il serait temps qu'il y en ait un qui tienne un peu de moi. Mais probablement, sera-t-il le portrait de ton père, avec des cheveux rouges et le reste.

— Le Ciel nous en préserve !

— J'aimerais l'appeler Charles comme mon père. C'était un bel homme et Charles sonne bien avec Whiteoak.

— Si tu lui donnes le nom de ton père, il faut aussi lui donner celui du mien.

— Je ne vois pas pourquoi.

— Veux-tu donc tenir mon pauvre père à l'écart ? lança-t-elle.

— Tu viens de dire que tu espérais bien que notre enfant ne lui ressemblerait pas.

— Ce n'est pas la même chose.

— Aurais-tu l'intention d'appeler ton fils Renny ?

— Mon père n'a pas qu'un seul nom. Il s'appelle Dennis-Patrick-Crawshay-Saint-John-Renny.

— Hum ! Je ne peux pas dire qu'un seul de ces noms me plaise.

— Même pas Dennis ?

— Dennis n'est pas laid.

— Mon cher papa s'est appelé ainsi jusqu'à l'âge de vingt-trois ans, dit Adeline d'une voix douce. Puis l'oncle qui était son parrain lui offrit mille livres pour se servir d'un de ses autres noms. Mon père qui était prêt à prendre n'importe quel nom si cela devait lui rapporter un peu d'argent, abandonna aussitôt Dennis pour Renny. Il y a cependant encore des membres de la famille qui l'appellent Dennis, le détestant trop pour lui donner le nom de leur grand-père. Ce n'est pas que leur grand-père fût un homme dont on pût se vanter. Il était...

Philippe regarda sa montre, et l'interrompit :

— Il est temps de nous habiller et si tu veux que je lace ton corset, il faut commencer.

Le jour fixé pour la partie de patinage chez Wilmott, l'atmosphère était d'une pureté cristalline et la température glaciale. Mais il n'y avait pas de vent et le froid était stimulant. Une poudre de neige brillante se soulevait parfois dans l'air limpide vidé de tout parfum et dont la caresse était pénétrante et impersonnelle. Des empreintes de bêtes sauvages se dessinaient en creux sur la neige éblouissante. Il semblait que tout se fût ligué pour faire de cette journée une journée parfaite.

Wilmott et Tite avaient travaillé toute la matinée pour balayer la neige non seulement sur l'étang, mais aussi sur une certaine longueur de la rivière. Ils avaient construit des bancs pour les dames et y avaient étendu des couvertures rouges et grises. La femme d'un fermier voisin était venue les aider à préparer les boissons. En l'honneur de sa réception, Wilmott s'était paré d'une écharpe rouge dont les longues franges retombaient sur son gilet.

Les Pink arrivèrent les premiers, ce dont Wilmott se réjouit, car ils mettaient très vite une note d'intimité dans une réunion. Le recteur taquina Wilmott pour les mœurs nouvelles et frivoles qu'il introduisait dans la communauté ; Mrs. Pink rit un peu des plaisanteries de son mari et sourit à celles de Wilmott. Elle était heureuse d'annoncer la guérison complète de ses petits garçons, maintenant remis de leur coqueluche. Ils furent suivis de près par la famille Lacey dont le fils était, comme Robert Vaughan, enfant unique, seul survivant de trois enfants, ce qui le rendait trois fois plus précieux.

Les Lacey étaient les meilleurs amis des Pink ; ils formèrent bientôt un groupe si intime que Wilmott s'y sentit quelque peu étranger et jeta des regards anxieux vers la route, car il entendait un tintement de clochettes. Un large traîneau attelé de deux chevaux décharnés et à demi sauvages franchit la grille assez dangereusement ; un jeune et robuste garçon les conduisait et réussit, non sans peine, à les arrêter. Un autre garçon tout aussi vigoureux, sauta hors du traîneau et courut prendre les rênes. Trois fraîches jeunes filles descendirent en se bousculant. Le jeune Lacey se précipita à leur aide, mais ne réussit à recevoir dans ses bras que leur énorme et majestueuse mère.

Le père parut le dernier ; Elie Busby avait été le premier propriétaire de la plupart des terrains environnants. Agé d'une soixantaine d'années, il n'en paraissait guère plus de cinquante, et son dos était si droit qu'il s'inclinait presque en arrière. Il avait pris part à la guerre de 1812 sous le commandement du général sir Isaac Brock et avait perdu un bras à la bataille des monts Queenston. D'origine à la fois anglaise, irlandaise, et écossaise, il avait, pour chacun de ces peuples, un léger mépris qui devenait de l'aversion quand il s'agissait des Ecossais. Mais ses préjugés les plus violents étaient contre les Américains. Il descendait de fidèles sujets de l'Empire britannique, qui avaient laissé la prospérité derrière eux dans la Nouvelle-Angleterre et qui avaient fui au Canada aux premiers jours de la Révolution. Les souvenirs des persécutions qu'ils avaient dû subir avant leur départ demeuraient extrêmement vivaces dans sa mémoire, car il les avait recueillis de ses grands-parents alors qu'il n'était qu'un petit garçon. Orgueilleux et égoïste, il s'était cependant pris d'amitié pour Wilmott et n'aimait rien tant que de mettre le nouveau venu au courant des affaires de la province. Sa fille aînée, Kate, éprouvait également une vive sympathie pour Wilmott, sympathie d'une qualité plus passionnée que celle de son père, elle attendait avec une impatience non dissimulée le moment où ils glisseraient ensemble sur la glace. Busby lui-même s'intéressait au patinage et aussitôt qu'il eut salué son hôte, il s'assit sur le bord de la rivière et ordonna à son fils aîné, Isaac, de lui mettre ses patins, car le bras qui lui manquait l'empêchait de le faire lui-même.

Les Whiteoak, Daisy et Robert Vaughan venaient d'arriver. Et quelques instants plus tard apparut à son tour le Dr Ramsay. Il attacha sa jument à un arbre, la recouvrit d'une couverture, et se dirigea vers Wilmott comme si ce dernier était un malade qui ne paierait probablement jamais sa note.

— Je ne peux pas rester longtemps, annonça-t-il ; il faut que j'aille à Stead où j'ai un malade qui a le bras cassé en trois endroits.

— Coupez-le lui, conseilla Busby, comme on a fait pour le mien. Donnez-lui une bonne mesure de whisky et coupez.

Le Dr Ramsay fit le sourd. Il croisa les bras et regarda Adeline avec désapprobation.

— Elle ne devrait pas être ici, dit-il. A peine remise de la coqueluche, et attendant un enfant pour le mois d'avril ! Regardez-moi cette façon de se serrer !

Wilmott jugea ces remarques de fort mauvais goût. La présence du Dr Ramsay le glaçait. Il murmura vaguement :

— Oh ! je pense que tout ira bien.

Le Dr Ramsay tourna vers lui ses yeux froids et brillants :

— Pourquoi ? demanda-t-il.

— Je ne sais pas.

— Cela se passe rarement sans difficulté, je vous l'affirme.

Elie Busby fut le premier sur la glace. Il glissa doucement et aurait été fort gracieux sans une certaine inclinaison de son corps due à l'absence de son bras. Néron qui avait suivi les Whiteoak n'avait jamais, jusqu'à ce jour, vu de patineurs. Ce spectacle le remplit d'une sorte de joie sauvage. De glissade en glissade, il se précipita vers Mr. Busby. Adeline cria aussitôt son nom : Philippe l'appela, mais l'animal ne fit que hâter sa course inexorable. Il sauta sur les épaules de Mr. Busby et tous deux se trouvèrent instantanément affalés sur la glace.

— Je pense qu'il a dû se casser le seul bras qui lui reste, remarqua froidement le Dr Ramsay, en se hâtant au secours de Mr. Busby.

Quand Néron aperçut ce nouveau venu sur la glace, il se dressa pour le regarder, les jambes écartées, prêt à bondir sur lui comme sur Mr. Busby.

— Va-t'en, sale bête ! cria Ramsay.

Mais Néron lui sauta dessus en poussant un joyeux aboiement. Le docteur esquissa une figure originale et grotesque qui lui aurait mérité une réputation de patineur émérite s'il était parvenu à la réussir, mais c'était bien le dernier de ses soucis ! Il se trouva agenouillé sur la glace, n'osant pas se relever. Cependant son attitude était loin d'être résignée, il jurait et frappait Néron qui tournait autour de lui en aboyant furieusement.

Mr. Busby n'était nullement blessé et, assis sur la glace, riait de tout son cœur.

Philippe avait attaché un de ses patins, mais ne parvenait pas, dans sa précipitation, à fixer l'autre. Il continuait à crier « Néron ! » ce qui ne faisait qu'intensifier après son double succès le plaisir de l'animal.

— Attrape ce chien ! ordonna Wilmott à Tite.

— Maître, je n'ose pas, répondit Tite.

— Je te dis de l'attraper.

Avec une grâce craintive, le jeune garçon rampa sur la glace vers le terre-neuve. Ce fut un vrai spectacle pour ceux qui se trouvaient sur le bord. Les Busby maintenant rassurés sur le sort de leur mari et père en jouissaient pleinement. Néron ne découvrit la présence de Tite que lorsque ce dernier l'eut saisi par son collier ; il se mit alors à sauter et à gambader, en entraînant la silhouette légère de Tite, pendant que le fou rire continuait à secouer Mr. Busby et que le Dr Ramsay jurait de tout son cœur. Soudain Patsy O'Flynn apparut, presque aussi large que haut, grâce aux multiples épaisseurs de vêtements qu'il avait endossés pour se préserver du froid. Il se dirigea vers Néron, le prit par son collier et le ramena triomphalement au bord de la rivière. Salué par un tonnerre d'applaudissements, il s'écria :

— Mais il est comme moi, doux comme un agneau, si vous savez le prendre.

Tous les invités de Wilmott s'élancèrent alors courageusement vers les deux infortunés qui avaient été traités si brutalement. Tous riaient, y compris le docteur. Wilmott avait engagé Jack, le vieil Ecossais, pour jouer du violon pendant que l'on patinerait. Il accorda son instrument et l'on entendit bientôt les lames métalliques glisser sur la glace unie, sur un rythme plein d'allégresse. Kate Busby réalisa son rêve et s'élança bientôt, bras dessus bras dessous, avec Wilmott. La vérité oblige à dire que c'était elle qui le soutenait, car elle patinait admirablement. Et tout en suivant cette fille charmante, Wilmott se demanda ce que serait la vie avec une semblable compagne. Quelle sorte d'homme serait-il aujourd'hui, s'il avait eu une femme comme elle ?

Daisy et Robert Vaughan formaient sur la glace le couple le plus charmant. Il portait une veste avec une ceinture et un col de fourrure, des pantalons très collants et un bonnet fait de fourrure à longs poils jaunâtres qui ressemblait à une étrange et préhistorique perruque encadrant le beau visage du jeune homme. Auprès de Daisy, vêtue d'une jupe noire, d'une veste rouge brodée de tresses d'or, les jeunes Busby sentaient que leurs toilettes étaient celles de petites campagnardes et leur mère ne dissimulait pas sa désapprobation ; elle trouvait les gestes de Daisy trop libres. Mais le désir profond de Daisy était de patiner avec le Dr Ramsay ; ce dernier ne perdait pas de vue, avec une certaine inquiétude, le jeune Lacey qui guidait les pas d'Adeline. Il finit par s'approcher d'elle et lui dit :

— Si vous voulez absolument courir le risque de patiner, Mrs. Whiteoak, je dois vous demander de le faire avec moi, car je suis le patineur le plus vigoureux et le plus solide sur ses jambes de la société ici présente.

Adeline se mit à rire, tout en cédant à la volonté du docteur.

— Je suis contente que vous m'ayez invitée, dit-elle. J'espère, en tout cas, être plus facile à faire obéir que Néron.

— Inutile d'insister sur ce point, répliqua-t-il.

Ils quittèrent l'étang et remontèrent lentement la rivière ; il entreprit alors de lui faire la leçon sur les précautions qu'elle devait prendre, mais elle s'écarta brusquement de lui en s'écriant :

— Eh bien ! si vous voulez m'ennuyer, je patinerai toute seule.

Elle s'élança vivement et serait certainement tombée si Wilmott qui patinait alors avec Mrs. Pink ne s'était précipité pour la saisir au vol. Elle se cramponna à lui et lui envoya son rire joyeux en plein visage.

— Pour l'amour du ciel, emmenez-moi, implora-t-elle. Le Dr Ramsay est un tyran ! Mrs. Pink, cela vous ennuierait-il que nous changions de partenaire ? Le Dr Ramsay et moi nous sommes disputés.

— J'en serai ravie, répondit Mrs. Pink, Mr. Wilmott va trop vite pour moi.

— C'est la vitesse des imbéciles, grommela le docteur.

Les peupliers qui bordaient la rivière commençaient à étendre sur la glace leurs longues ombres bleues. Les hauts tas de neige, sur la rive, ressemblaient à des tours de marbre blanc en ruine. Le soleil rougissant descendit dans la direction de la forêt. Tite et la femme du fermier apportèrent du bouillon chaud et des scones cuits sur des briques. Sur une table recouverte d'une nappe à carreaux rouges et blancs étaient posés un énorme pot de café, des tasses et des soucoupes, ainsi que des plats où s'entassaient des bonbons à la cannelle et des plum-cakes. Une soupière de punch attendait dans la maison l'instant d'être servie.

Adeline rôdait autour de la table, désireuse, dans son amitié pour Wilmott, que tout se passât pour le mieux. Et tout s'était fort bien passé. L'innovation de Wilmott était un vrai succès. Ses invités manifestaient une gaieté sincère ; la plupart s'étaient réunis autour de la table qui portait le café et les gâteaux ; seuls les jeunes étaient encore sur la glace. Parmi ceux-ci se trouvait le jeune Guy Lacey qui, tout en mangeant une tranche de cake avec l'aisance d'un marin, apprenait à Daisy Vaughan à tracer des figures. Daisy pouvait maintenant lui accorder toute son attention car le Dr Ramsay était parti.

Peu d'instants auparavant, la nurse des enfants Whiteoak était arrivée en poussant le petit chariot blanc ramené de Québec et dans lequel Augusta et Nicolas avaient fait le chemin depuis Vaughanland. Salués par des cris de joie, on les avait largement pourvus de bonbons à la cannelle et le plus jeune des enfants Busby les poussait sur la glace, à une vitesse quelque peu téméraire. Néron qui avait échappé à la surveillance de Patsy O'Flynn bondissait joyeusement autour du traîneau en lançant de temps en temps un aboiement sonore.

Pendant qu'on buvait le punch en vantant sa perfection, Wilmott dit à Adeline :

— Il me semble que tout a marché merveilleusement ; n'est-ce pas votre avis ?

— Tout a été parfait, répondit-elle, regardant la neige à travers le reflet rouge de son verre. Je ne me souviens pas de m'être amusée davantage. Regardez donc Philippe, joyeux comme un écolier.

— Le froid va le tuer ! Il n'aurait pas dû retirer son bonnet par cette température.

Philippe tenait en effet sa casquette de loutre à la main et ses légers cheveux bruns se soulevaient en vagues humides. Toute son attitude témoignait clairement qu'il jugeait parfait son mode actuel d'existence et qu'il possédait l'intime conviction que l'avenir ne réserverait aucune difficulté ni à Adeline, ni à lui-même.

— Mets ta casquette, lui cria-t-elle.

Il fit le sourd.

— Ta casquette ! répéta-t-elle. Tu vas prendre froid.

— Quelle blague ! Je ne prends jamais froid.

Lydia Busby s'empara résolument de la casquette incriminée et debout sur la pointe des pieds, la mit sur la tête de Philippe tout en rougissant violemment de son audace.

— Trop en arrière ! cria Adeline. On dirait une coiffure de bébé.

Philippe prit aussitôt une expression d'innocence enfantine. Lydia, plus rougissante que jamais, avança le bonnet sur son front.

— Quelle horreur ! déclara Wilmott. Il ressemble maintenant à un derviche tourneur, avec sa tignasse dans les yeux.

Philippe revêtit aussitôt une expression de férocité véritablement barbare.

— Oh ! capitaine Whiteoak, vous me faites peur ! s'écria Lydia.

Et elle arracha le bonnet de la tête de Philippe.

— Lydia ! appela sa mère. Cela suffit.

— Essayez encore, Miss Lydia, essayez encore ! insista Philippe.

Cette fois-ci, elle plaça le couvre-chef incliné hardiment sur le côté.

— Cela va-t-il ? demanda-t-elle.

Philippe lui fit un clin d'œil.

— Parfait, cria Mrs. Pink. Parfait.

— Lydia ! répéta Mrs. Busby. Cela suffit.

Mais Adeline regardait maintenant vers la barrière auprès de laquelle deux hommes descendaient d'une calèche de louage et payaient le cocher. Ses yeux s'écarquillèrent de stupeur ; elle refusait de croire à leur témoignage ! Puis comme ces hommes se dirigeaient vers eux, elle se tourna vers Wilmott.

— Voilà Michel d'Arcy, dit-elle, avec Thomas Brent ! Que font-ils donc ici ?

Wilmott lança vers les arrivants un regard d'inquiétude ; pour ne pas dire de panique.

— Je ne veux pas les voir, s'écria-t-il. Après ce qui s'est passé ! Oh ! Adeline, pourquoi leur avoir raconté mon histoire ?

Elle n'eut pas le temps de répondre, car les deux Irlandais arrivaient, et elle se hâta d'aller à leur rencontre.

— Pas un mot de la femme de Jacques Wilmott, leur glissa-t-elle en donnant à chacun d'eux une de ses mains. Comme vous êtes beaux ! Quels magnifiques chapeaux neufs ! Je parie que vous les avez achetés à New York.

— C'est exact, répondit d'Arcy. Vous-même paraissez superbe, si j'ose parler ainsi.

— Quelle chance, s'écria Brent, d'arriver au milieu d'une partie de patinage ! Nous savons patiner, nous aussi ; avez-vous des patins à nous prêter ?

— Nous arrivons des chutes du Niagara, interrompit d'Arcy. Elles sont splendides, en hiver, véritablement splendides. En arrivant ici, nous avons entendu des bruits joyeux et nous avons dit aussitôt : Voilà Jalna. Vous voyez que nous n'avons pas oublié le nom. Aussi avons-nous dit au cocher de nous amener ici immédiatement.

Ils serrèrent la main de Wilmott.

— Vous êtes là aussi, s'écria Brent, taquin. Quelle bonne fortune !

— Vous êtes ici chez moi, répliqua Wilmott un peu sèchement. Cette maison est la mienne et vous y êtes les bienvenus.

— Ce n'est pas Jalna ! Et nos bagages qui sont à votre porte ! Ne vous inquiétez pas, nous les emporterons à Jalna.

A mi-voix, d'Arcy glissa à Wilmott :

— Nous vous avons débarrassé d'elle. Elle est partie pour Mexico. Quelle mégère ! Je ne peux que vous approuver, Wilmott. J'aurais agi de même à votre place.

Wilmott, le visage tendu, regardait droit devant lui.

Philippe découvrit soudain les nouveaux venus. On leur offrit à boire et on leur prêta les patins de Mr. Pink et de Wilmott. Ce dernier, aidé de Tite, alla chercher leurs bagages qu'ils rentrèrent dans la maison. Philippe vint les rejoindre et ils décidèrent que, pour une nuit, Wilmott donnerait sa chambre et coucherait dans le lit de Tite qui se contenterait du plancher.

Le capitaine Lacey arriva à son tour et déclara que si Wilmott recueillait les deux Irlandais pour la nuit, lui-même serait heureux de leur offrir ensuite l'hospitalité dans sa maison, puisque son fils partait le lendemain pour rejoindre son bateau. Leur présence serait une excellente chose pour sa femme et pour lui-même, car des compagnons aussi agréables égayeraient leur demeure.

15

Dans la maison de Wilmott

La partie de patinage était terminée et la femme du fermier avait, peu ou prou, remis tout en ordre. Jack le Violoneux avait presque achevé le punch avant de regagner sa cabane au milieu des bois en chantant *Loch Lomond*[1] de toutes ses forces.

Il faisait chaud dans la maison de Wilmott, car il avait entassé des bûches dans la cheminée. Les deux Irlandais, Philippe, Adeline et Daisy s'étaient réunis autour du feu pour écouter les voyageurs raconter leurs aventures aux Etats-Unis. Adeline avait essayé mais en vain, de décider Daisy à partir avec les autres invités. La jeune fille s'amusait follement dans cette réunion si peu conventionnelle. D'Arcy et Brent avaient beaucoup de verve ; on pouvait croire qu'ils avaient fait tout ce qu'il était possible de faire à New York ou à Chicago ; ils parlaient avec enthousiasme de l'existence en Amérique. Puis la conversation revint sur leur voyage à bord de l'*Alanna*, sur leur séjour à Québec ; il y avait tant de choses à dire ! Mais, pendant ce temps, Wilmott et Adeline ne cessaient de songer à Henriette. Soudain, Daisy s'écria :

— Oh ! patiner au clair de lune ! Le rêve de toute ma vie ! Puis-je aller seule sur la rivière, Mr. Wilmott ! Ce doit être si mystérieux, si surnaturel de patiner au clair de lune !

— Miss Daisy est fatiguée de nous entendre, d'Arcy, déclara Brent. Nous parlons trop de nous.

— Au contraire, répliqua son ami ; elle désire être seule pour décider quel est celui de nous deux qu'elle aime le mieux.

Philippe s'essuya le front avec un grand mouchoir blanc.

— Il fait diablement chaud chez vous, Wilmott. Je crois que je vais aller patiner avec Miss Daisy et l'aider à faire son choix, si elle m'en donne la permission.

— Oh ! quel bonheur ! cria Daisy. C'est merveilleux !

1. Chant écossais.

Brent lui demanda :

— Trouverez-vous mystérieux et surnaturel de patiner avec le capitaine Whiteoak ?

— Nous nous laisserons glisser sur la glace comme des esprits désincarnés, répliqua-t-elle.

Wilmott jeta un regard inquiet à Philippe.

— J'ai peur que vous ne preniez froid !

Et il posait ses doigts sur le poignet de Philippe tout comme un médecin à la recherche du pouls de son malade.

Philippe regarda les deux mains, et, un peu troublé, plongea ses regards dans les yeux de Wilmott. Ce dernier en voulait aux trois compères qui connaissaient son secret et sentait que Philippe était le seul être sincère et digne qui se trouvait sous son toit.

Lorsque la porte se fut refermée sur Daisy et sur Philippe, le silence régna un instant dans la pièce. Une des deux bougies posées sur la table grésillait ; sa flamme vacillait et baissait. Mais le clair de lune éclairait de plus en plus et découpait les contours de la fenêtre sur le sol nu. Wilmott se leva et moucha la chandelle dont la petite flamme s'affermit.

Les trois Irlandais avaient introduit dans la pièce comme un souffle venant de leur pays natal. Wilmott lui-même se sentait un étranger dans une chambre étrangère. Ses compagnons attendaient qu'il parlât.

— Grâce à vous trois, dit-il, me voilà dans une jolie situation.

— Je ne comprends pas. Que voulez-vous dire ? demanda Brent, déconcerté.

— Je suis un homme qui après avoir abandonné sa femme et sa fille, a accepté qu'on les lance dans une folle aventure.

— Mais... dit Brent, nous pensions que vous seriez satisfait.

— Après ce que Mrs. Whiteoak nous avait dit... ajouta d'Arcy, qui regarda aussi Wilmott avec étonnement et s'interrompit.

— Ce n'est pas ce que nous avons fait, mais la façon dont nous l'avons fait, dit Adeline.

— Tout le monde me prendra pour un scélérat, déclara Wilmott avec amertume.

D'Arcy passa la main sur ses cheveux.

— Regardez-moi, dit-il. Je ne suis pas un célibataire. Voilà des années que je vis séparé de ma femme. Je comprends ce que vous éprouvez : il vous arrive de penser que tout est peut-être votre faute.

— Il suffit de rencontrer Mrs. Wilmott pour réaliser de quel côté sont les torts, reprit Brent. Je ferais le tour du monde en courant pour échapper à une telle femme.

— Elle est positivement terrifiante, ajouta d'Arcy. Il s'agit toujours et uniquement d'elle et jamais elle ne cesse de parler.

— Aucun homme ne pourrait y résister, affirma Brent, sur un ton destiné à réconforter Wilmott.

D'Arcy éleva la voix :

— Avec ma femme c'était des colères perpétuelles. Un rien lui était prétexte à fureur et elle nous jetait tout à la tête, tant aux servantes qu'à moi-même.

Wilmott était assis le dos courbé. Il écarta les lèvres et frappa ses dents de ses ongles.

— Vouliez-vous, oui ou non, que je laisse Henriette venir ici, Jack ? demanda Adeline.

— Non.

— Regrettez-vous que je lui aie fait quitter le pays ?

— Comment le pourrais-je ?

— Alors qu'est-ce qui ne va pas ?

— Tout.

— Ne croyez pas que nous lui ayons manqué d'égards ! dit Brent ; nous l'avons traitée avec beaucoup de considération.

— Vous avez trouvé là une occasion de vous amuser, s'écria Wilmott.

— Pas du tout, répondit Brent. Nous avons pris la chose très sérieusement. Nous avons fait preuve de considération mais aussi de fermeté.

— Vous l'avez lancée dans une folle aventure dans un pays à demi barbare.

— Mexico était civilisé bien avant ce pays-ci, répliqua d'Arcy. Et je crois que cette dame désirait vraiment s'y rendre.

— Le malheur, pour Wilmott, c'est qu'il a trop de conscience, déclara Brent.

— Non, ce n'est pas cela, protesta Wilmott. Mais l'action que j'ai commise est de celles qui doivent rester secrètes. Si on l'expose à la lumière du jour elle apparaît plus coupable encore ; elle prend l'aspect d'un crime, et, dans le fond, je crois bien que c'en est un.

D'Arcy reprit la parole lentement :

— Si j'ai bien compris, dit-il, vous avez donné à votre femme presque tout ce que vous possédiez. Vous ne vivez certainement pas dans le luxe ici. Vous ne lui refusez donc qu'une chose : votre présence.

Et Brent ajouta :

— A en juger par ses propres paroles, vous ne la rendiez pas heureuse quand vous viviez ensemble.

— Oh ! non, loin de là !

Les grands yeux d'Adeline se posèrent affectueusement sur Wilmott, mais elle s'adressa à ses deux autres compagnons :

— Ce pauvre garçon a surtout besoin de boire quelque chose. Sa réception et tout le reste l'ont épuisé. N'y a-t-il plus dans la maison que cette goutte de punch ?

Tous trois regardèrent Wilmott comme s'il était malade. Il se sentait véritablement hypnotisé. D'Arcy se leva et se dirigea sur la pointe des pieds vers le buffet. Son ombre se dessinait, gigantesque, contre le mur. Il apporta une bouteille plus qu'à demi pleine de rhum, la tendit à bout de bras et la regarda par transparence devant la bougie. On entendait Daisy qui riait sur la rivière.

— Il y a des verres sur l'étagère, dit Wilmott, comme s'il était vraiment malade.

— Voulez-vous une goutte d'alcool, Mrs. Whiteoak ?

— Non, merci. Je finirai le punch.

Wilmott but et se mit à rire :

— C'est plutôt drôle ! Nous pourrions nous croire de nouveau dans la cabine de l'*Alanna*, avec la seule différence qu'au-dehors, il y a une mer de neige.

— Dieu merci, nous sommes bien ici et non plus sur le bateau ! dit Adeline.

Le silence ne fut plus troublé pendant un moment que par le doux bruissement de la flamme caressant les bûches. Puis Brent reprit la parole :

— Où que j'aille, je trouve la vie amusante, dit-il. Il peut m'arriver d'éprouver un peu de tristesse, mais je retrouve bien vite ma gaieté.

— Moi aussi, reconnut Wilmott.

D'Arcy remplit une seconde fois son verre :

— Je ne suis jamais ni très gai ni très triste. J'ai l'esprit critique, analytique et philosophique.

— C'est aussi mon cas, dit Adeline.

Quand les deux patineurs rentrèrent, Néron les escortait en bondissant. Il s'arrêta au milieu de la pièce et secoua son épaisse fourrure, répandant autour de lui une véritable averse de neige. Puis il se secoua sur le plancher et se roula dans tous les sens.

— On dirait un éléphant dans une chambre, dit Wilmott. Quand j'aurai un chien, il sera tout petit et je pourrai le prendre sous mon bras. Vous ai-je dit que Tite a un amour de raton[1] ?

Le vent froid avait rosi les joues de Philippe et de Daisy ; leurs yeux brillaient et une sorte de complicité joyeuse s'était établie entre eux. Tous deux refusèrent de boire.

1. Plantigrade d'Amérique.

— Je meurs de faim, déclara Daisy en déroulant une interminable écharpe bleue tricotée qui entourait son cou. Je n'ai mangé qu'un morceau de cake avec une tasse de café.

— Moi aussi, je suis affamé, dit Philippe. N'y a-t-il pas un pâté froid de gibier dans votre garde-manger, Wilmott, avec quelques bouteilles de bière ?

Néron s'était couché aux pieds d'Adeline et léchait la neige qui restait sur ses grosses pattes.

— Cet animal est un vrai bloc de neige, s'écria Wilmott qui se leva et traîna Néron devant le feu ; ce dernier lui jeta un long regard triste et étonné, puis recommença à lécher ses pattes.

Wilmott se tourna vers Philippe.

— Je n'ai ici qu'un morceau de lard, quelques œufs de mes poules, des pommes de terre froides et un pot de gelée de pommes.

— De quoi faire un repas digne d'un roi, dit Philippe ; Daisy et moi le préparerons.

Adeline pensa, en son for intérieur :

— C'était Miss Daisy en partant, c'est Daisy en revenant. Je voudrais qu'elle se décidât à ne courir qu'après un seul homme.

Daisy arrangeait ses boucles sur ses épaules :

— C'est la plus belle journée de ma vie, dit-elle. Si vous saviez quelle existence conventionnelle j'ai menée jusqu'à ce jour, vous me comprendriez. Mais maintenant, c'est bien fini ! Je ne suis plus qu'un pionnier ! Si j'entendais un loup hurler je n'aurais pas peur. Je prendrais simplement ce fusil, je sortirais et je le tuerais.

Au même instant un hurlement prolongé retentit, lugubre, quelque part au loin dans la nuit. Daisy frissonna et se jeta dans les bras de Philippe. Néron se leva tout tremblant. Les hommes se regardèrent, attendant le prochain cri. Il vint, plus proche, plus puissant. Adeline éclata d'un rire nerveux. Wilmott ouvrit la porte qui donnait dans la cuisine et Tite apparut, mince et brun, la bouche ouverte, sur le point de lancer un autre hurlement.

— Espèce de jeune voyou, dit Adeline, vous mériteriez d'être fouetté !

Mais elle se mit à rire, cette fois-ci de bon cœur.

Quand les Irlandais comprirent, ils furent déçus. On les persuada difficilement que Tite était l'auteur de ces hurlements qui paraissaient authentiques. « Recommencez ! » réclamèrent-ils comme des enfants. Wilmott jeta un regard sévère à Tite.

— Non ! Non ! cria Daisy. Je ne peux supporter ça !

Elle ouvrit de grands yeux effrayés, toujours appuyée sur l'épaule de Philippe.

Brent prit le fusil accroché au mur.

— Tenez, Miss Daisy ; tuez-le sous nos yeux. Souvenez-vous de vos paroles.

Et il mit l'arme dans les mains de la jeune fille. Elle le saisit d'un geste décidé. On entendit une forte explosion. La balle entra dans le mur au-dessus de la tête de Tite. Philippe regarda Daisy avec stupéfaction et lui enleva le fusil.

— En voilà assez, jeune femme, dit-il, un peu de calme !

Elle se redressa, la poitrine haletante, une expression de défi dans les yeux.

— Je ne suis pas de celles que l'on provoque et qui ne relèvent pas le gant, dit-elle.

— La dame voulait-elle vraiment me tuer ? demanda Tite.

Wilmott entra dans la cuisine, ferma la porte derrière lui et dit, d'un ton sévère :

— Ne recommence jamais une chose pareille. Tu as fait très peur à ces dames.

— Mais cette Miss Daisy, elle voulait entendre le cri du loup et je le fais si bien.

— Tu écoutais à la porte, Tite ?

— Oui. Je me demandais si vous auriez besoin de moi avant que j'aille me coucher. Cette Miss Daisy voulait-elle vraiment me tuer ?

— Non, elle avait seulement perdu la tête.

— Maître, demanda Tite à voix basse, croyez-vous qu'elle soit une drôlesse ? Elle m'a dit que j'avais de longs cils et une bouche comme une fleur de grenade. Je l'ai répété à ma grand-mère qui m'a déclaré que cette Miss Daisy était une drôlesse. Mais depuis elle a essayé de me tuer, aussi s'est-elle peut-être corrigée ?

— Apporte le jambon, les œufs et les pommes de terre froides. Dieu sait ce que nous mangerons demain.

— Une autre fois, continua Tite avec entêtement, elle m'a dit que mon cou ressemblait à celui d'une statue de bronze ; je l'ai dit à ma grand-mère qui a répété que c'était une drôlesse.

16

Fin de l'hiver

Des gens plus hospitaliers que les Lacey, il n'en existait pas dans le pays. Leur maison était petite, mais leur cœur immense. Ils aimaient à s'entourer de gaieté et de mouvement et les deux Irlandais répondaient amplement à leur désir. Presque toujours pleins d'entrain, ils demeuraient rarement au repos. Ils s'étaient installés chez les Lacey pour y faire un séjour prolongé : la longue période de voyages qu'ils venaient de vivre leur faisait goûter vivement le calme de ce coin de terre retiré. De plus, ils avaient dépensé beaucoup d'argent et trouvaient satisfaisant de s'acquitter désormais simplement en marques de bonne amitié. Ils n'avaient, certes, pas renoncé à se rendre utiles et lorsque les grosses chutes de neige tombèrent au milieu de l'hiver, ils s'armèrent de pelles et dégagèrent la maison des Lacey avec rapidité et adresse. En dépit des routes glacées, ils se rendirent en ville pour faire les commissions de Mrs. Lacey, ne manquant pas de lui rapporter de petits cadeaux tels que de la marmelade écossaise, du fromage allemand, du vin de France. D'Arcy jouait aux échecs avec le capitaine et Brent lisait à haute voix les œuvres de Thackeray et de Walter Scott.

La réception de Wilmott avait ouvert la saison des bals qui fut particulièrement brillante cet hiver-là. On dansa, patina, joua aux charades comme on ne l'avait encore jamais fait auparavant. Le dimanche, à moins que le vent ne soufflât du nord en tempête, chacun se rendait au service religieux dans l'église du village, à huit kilomètres environ. Par mauvais temps, c'était souvent une rude épreuve ; le froid paralysait jambes et pieds tandis que les visages étaient à demi gelés. Mais après leur hiver à Québec, le climat parut doux aux Whiteoak. Dans ce coin du Canada, une température de zéro était considérée comme très froide. A Québec, vingt au-dessous de zéro était normal[1].

Il ne fallut pas longtemps pour découvrir que l'attention de Kate Busby s'était détournée de Wilmott pour se reporter sur Brent. Et cette attention devint très vite de l'amour. On disait que Brent lui-même était très épris de la jeune fille et quand février arriva, le fait devint indiscutable. Le jour où l'on fêta la Saint-Valentin chez les Pink, il fit sa demande en mariage et la fit de telle façon que toute la petite communauté en fut abasourdie. Le désir de divertir ses hôtes excitait à l'infini l'ingéniosité et l'originalité de Mrs. Pink. A l'occasion de cette réception, elle avait déposé une petite cocarde dans l'assiette de chacun de ses invités ; il s'agissait d'un cœur en flanelle rouge auquel étaient attachés, à l'aide de rosettes de laine rouge et blanche, d'autres cœurs en flanelle blanche. Dans les cœurs de flanelle blanche destinés aux dames se trouvaient plantées des aiguilles neuves et brillantes qui les transformaient en porte-aiguilles. Ceux des messieurs portaient une belle plume d'oie dont l'extrémité

1. Il s'agit de degrés Fahrenheit : 0° Fahrenheit = – 17 degrés.

demandait à être taillée pour être utilisée et se trouvaient transformés en essuie-plumes.

Sans même prendre la peine d'avaler une bouchée, Brent prit son canif et tailla sa plume en une longue et fine pointe. Puis il s'empara du porte-aiguilles de Kate. Après le repas, il disparut dans une chambre voisine et quand il revint, rendit à Kate son bien, mais combien transformé et embelli ! Il avait découpé un cœur dans une feuille d'agenda et l'avait fixé au milieu des cœurs en flanelle. On pouvait y lire, écrit de sa main :

« A ma Valentine

Très chère Kate,

Je ne désire pas de meilleur sort que de passer le reste de ma vie auprès de vous.

Votre adorateur, Thomas Brent. »

Ses intentions étaient les meilleures du monde. Si Kate ne voulait pas vivre en Irlande, il accepterait de vivre dans l'Ontario. Le seul obstacle à leur mariage était la différence de religion. Elie Busby n'autoriserait jamais sa fille à épouser un catholique ! Tous ses amis essayèrent successivement de le persuader, car ils aimaient tous Brent, mais ce fut peine perdue.

Le temps fut si mauvais en février que presque tout travail avait dû cesser à Jalna, bien que le bruit d'un marteau solitaire ou d'une scie isolée maintînt encore une impression de continuité. La hache continuait à faire ses ravages ; un bel arbre altier de cinquante ans était, en quelques minutes, jeté à bas, démembré et soigneusement mis en tas. Les ouvriers firent de grands feux tant pour se chauffer que pour se débarrasser du bois inutile. Avec la plus parfaite insouciance, ils jetaient dans les flammes les chênes les plus beaux, les érables et les pins les plus magnifiques, exactement comme cinq chasseurs traversant les bois dans le Nord, auraient tué cinq daims quand un seul leur suffisait et que tout le surplus serait voué à la pourriture, comme on tirait sur les oiseaux sauvages sans aucune nécessité et sur les oiseaux chanteurs, par plaisir. Adeline attendait son enfant pour avril et caressait l'espoir de s'installer dans sa propre maison avant sa naissance. En février, le travail ayant cessé, elle vit cet espoir s'évanouir. L'architecte, l'entrepreneur et le chef des travaux lui avaient, longtemps auparavant, promis que la maison serait achevée le 1er avril et elle n'avait pas mis en doute leur promesse. Aussi sa déception fut-elle proche du désespoir. « On pourrait croire, lui dit un jour Philippe, que ta vie et celle de ton enfant dépendent de notre emménagement. »

La tête enfouie dans les oreillers, elle répondit à son mari qu'il en était probablement ainsi. Il lui déclara alors que si quelqu'un devait se désoler, c'était bien lui. S'asseyant sur son lit, les yeux jetant des flammes, elle s'enquit des raisons qu'il avait de parler ainsi, il les lui donna en langage clair. Oubliant qu'ils n'étaient pas chez eux, ils se disputèrent sans aucune retenue, comme des gens que la neige a retenus à l'intérieur pendant une semaine et dont tous les projets sont tombés à l'eau. Leurs voix s'élevèrent, chacun cherchant à faire taire l'autre. Mrs. Vaughan, à l'étage au-dessous, pouvait les entendre et en avait honte pour eux. Daisy, devant leur porte, prenait si vivement le parti de Philippe qu'elle eut grand-peine à ne pas se précipiter dans leur chambre pour se ranger à ses côtés.

Mrs. Vaughan, sans vouloir l'avouer, partageait le désappointement d'Adeline. La pensée qu'une naissance aurait lieu dans sa maison la bouleversait. Il y avait si longtemps qu'elle-même avait mis un enfant au monde que cet événement et les difficultés qu'il créerait lui semblaient insurmontables. Que ferait-elle de Robert, par exemple, qui, à cette époque, se trouverait en vacances ? Il faudrait certainement l'envoyer ailleurs et sa mère se trouverait privée de la joie de l'avoir auprès d'elle. Il y avait aussi Daisy. Rien ne faisait espérer son départ pour les mois prochains et Mrs. Vaughan devait s'avouer que rien, sauf le mariage, n'arracherait Daisy à leur foyer ; elle s'y était trop bien installée. Sa conduite n'était pas absolument ce que Mrs. Vaughan aurait désiré qu'elle fût. Elle avait été plusieurs fois sur le point de reprocher à la jeune fille son manque de tenue à l'égard du Dr Ramsay qu'elle poursuivait de ses assiduités. Il venait plusieurs fois par semaine voir Adeline et soit à l'arrivée, soit au départ, était certain de trouver Daisy sur son chemin. Elle tricotait à son intention un immense cache-nez et jugeait utile de l'essayer souvent. Le docteur se laissait faire avec assez peu de grâce, mais il se laissait faire tout de même, et Mrs. Vaughan ne pouvait s'empêcher de penser que, dans le fond, il y prenait plaisir bien qu'il semblât fort inutile d'« essayer un cache-nez ».

Ce qui déplaisait le plus à Mrs. Vaughan, c'était que Daisy ne courait pas seulement le Dr Ramsay. Quand le docteur se trouvait auprès d'Adeline, si Philippe était dans la maison, on pouvait être certain que Daisy était auprès de ce dernier. Adeline se sentait fort lasse à cette époque et gagnait son lit très tôt dans la soirée, Daisy ne manquait jamais une occasion de s'attarder avec Philippe qui ne se souciait pas de l'heure à laquelle il allait se coucher. Elle le suivait à travers la neige, jusqu'à Jalna, chaussée de « snow-boots » qu'on lui avait donnés à Noël. Quand Adeline était présente, Daisy était toute réserve ; mais lorsqu'elle n'était pas là, la jeune fille ne s'adressait pour ainsi dire qu'à Philippe et riait beaucoup avec lui.

Mrs. Vaughan avait fait bien des efforts pour s'attacher à Daisy, mais n'y avait pas réussi. Si elle faisait maints reproches à Adeline, elle ne pouvait s'empêcher de l'aimer.

Et plus encore qu'elle n'aimait leur mère, Mrs. Vaughan aimait Augusta et Nicolas. Ils devenaient chaque jour plus gentils, pensait-elle, bien que la maison fût remplie du bruit de leurs ébats et du désordre de leur existence. Nicolas devenait violent et quand on lui refusait quelque chose, ses cris de rage résonnaient à tous les échos.

Puis, au moment où tout semblait le plus sombre, mars arriva comme un jeune agneau ; non pas comme un agneau quelconque, mais comme un agneau gambadant, plein de grâce et de gaieté, accompagné par le murmure de l'eau courante. La température était anormalement douce. Jalna n'était plus que bourdonnement et activité. Les ouvriers se levaient tôt, travaillaient tard. Des résultats qui paraissaient impossibles s'obtenaient soudain en un clin d'œil. Le plâtre s'étalait ; les vitres venaient se placer dans les fenêtres. Les boutons de porte et les serrures étaient mis en place. La rampe et ses barreaux apparurent miraculeusement, et au pied de l'escalier le pommeau sculpté se dressa, doux comme du satin avec ses grappes et ses feuilles. Les hommes chantaient tout en travaillant. Le soleil chauffait le toit et brillait dans les fenêtres. D'immenses nuages d'oiseaux migrateurs passaient dans le ciel. La terre entière regorgeait de vitalité. La neige avait fondu si rapidement que le torrent avait débordé ; il courait furieusement dans le ravin, arrachant le pont en troncs d'arbres et l'entraînant dans le lac. La rivière de Wilmott était également en crue. Un soir, elle atteignit même sa porte et il commença d'emballer ses livres ; il n'osa pas se coucher et demeura éveillé. De temps à autre, il ouvrait la porte et levant une lanterne au-dessus de sa tête, observait le flot menaçant. Mais au lever du soleil, le niveau des eaux avait légèrement baissé, et à midi les livres avaient regagné les étagères.

Ce fut un grand jour pour Adeline et pour Philippe que celui où un grand fourgon tiré par quatre chevaux s'arrêta devant la porte de Jalna. Leurs meubles étaient enfin arrivés ! Il y avait là le lit en cuir peint rapporté des Indes, la commode ornée de cuivre, le petit meuble et la vitrine avec les bibelots de jade, d'ivoire et d'argent. Il y avait les tapis auxquels des générations entières avaient travaillé, des tentures délicatement brodées. Il y avait tous les parfums et tous les bruits de l'Inde !

Il y avait aussi les jolis sièges de Chippendale et les tables que la sœur de Philippe lui avait donnés ; le sofa Empire acheté à Québec, la lourde armoire découverte à Londres ; l'argenterie et le linge d'Irlande offerts par lady Honoria ! Toute leur ancienne vie qui venait rejoindre la nouvelle ! Dans trois jours, mars s'achèverait, il faisait toujours doux. Si seulement la chambre d'Adeline pouvait être installée, – le reste de la maison pourrait attendre – son enfant naîtrait paisiblement sous leur propre toit ! Jour et nuit l'être tout entier d'Adeline tendait vers ce but. A peine si elle pouvait trouver quelques heures de sommeil ; son cerveau travaillait sans répit et son corps était las. La pensée même du temps devint pour elle une chose palpable, comme une ennemie avec laquelle elle disputait une course. Une nuit, son imagination lui montra son enfant encore à naître comme l'arbitre de cette course ; elle le voyait, petit gnome assis en tailleur, tenant une montre d'or dans sa main et se mit soudain à rire.

— Qu'y a-t-il ? s'écria Philippe en sursautant.

— Je riais pour ne pas pleurer.

— Quelle bêtise ! Pourquoi pleurerais-tu ?

— Je préférerais mourir que d'avoir à supporter tout ce qui m'attend.

— Allons, Adeline, sois raisonnable et pense à toutes les bénédictions dont nous avons été l'objet, dit Philippe pour l'apaiser.

— Te comptes-tu parmi celles-ci ?

— Sans aucun doute.

— Alors, tu en comptes une de trop.

Il se souleva sur son coude et la regarda. Un beau clair de lune brillait derrière les carreaux de la fenêtre et éclairait le visage de Philippe ; sa sœur Augusta lui avait envoyé un bonnet de nuit brodé qu'il avait mis coquettement sur le côté.

— Oh ! Philippe, tu es délicieux ! s'écria-t-elle. Elle attira vers elle le visage de son mari et l'embrassa.

— Maintenant, il faut t'installer pour dormir, dit-il en lui caressant l'épaule.

Elle soupira.

— Il me semble que je dormirais mieux si la fenêtre était ouverte.

— Tu sais bien que le docteur t'a particulièrement recommandé la prudence la nuit, depuis que tu as eu la coqueluche.

— Oh ! ouvre-la un peu, juste un tout petit peu.

Il se leva un peu à contrecœur et entrouvrit la fenêtre, puis il tira une chaise entre Adeline et la fenêtre et y étendit soigneusement son grand jupon à volants.

— Voilà, dit-il d'un ton satisfait ; cela empêchera l'air froid d'arriver jusqu'à toi.

— Oh ! merci, Phil ! – Elle respira profondément et ajouta, en se pelotonnant : Que l'air de la nuit est doux ! Quel malheur qu'il soit si dangereux !

Le jupon ne préservait pas Philippe de l'air froid qui lui caressait la joue de façon fort désagréable. Il ne voulait pas changer de position, de crainte de déranger Adeline, mais se sentait très mal à son aise ; non qu'il redoutât quelque inconvénient pour lui-même de cette fraîcheur nocturne, mais elle le gênait. Finalement il résolut le problème en tirant son bonnet de nuit presque sur ses yeux et ses pommettes, et même plus bas encore, laissant tout juste l'espace nécessaire pour respirer.

Avril arriva avec son escorte d'orages et de tempêtes. Le vent découvrant les cinq grandes cheminées toutes neuves souffla et gémit dans leurs conduits comme si elles lui offraient une occasion de dépenser toute son énergie. Les portes récemment mises en place claquaient bruyamment ; les copeaux de bois volaient partout ; les ouvriers sifflaient à pleins poumons ; l'un d'eux fut renversé par un coup de vent du haut de son échelle ; il aurait dû se tuer, mais se blessa à peine. Le mobilier fut déballé et les toiles qui les enveloppaient retirées. Les tapis s'entassèrent dans les coins. Le grand lit peint avec sa riche décoration de fleurs et de fruits agrémenté de silhouettes d'oiseaux et de singes fut installé dans la chambre principale. Cinquante fois par jour, Néron montait et descendait, inspectant tous les lieux. Avec le mobilier de l'oncle Nicolas de Québec était venu le grand piano. Il occupait un chariot à lui tout seul. Quand il arriva, il y avait tant d'autres choses plus pressées à faire qu'on décida de le décharger et de le laisser dans sa caisse, couvert d'une bâche, jusqu'au jour où l'on pourrait disposer des bras nécessaires pour transporter un tel fardeau. Le chariot fut garé dans un coin près du ravin. Mais le sol y était glissant, car l'ombre y maintenait de la glace. Les roues du véhicule commencèrent à patiner et son poids l'entraîna peu à peu vers le ravin avec les chevaux qui s'y trouvaient encore attelés. Philippe et Adeline s'en aperçurent, le premier avec consternation, la seconde avec effroi. Un instant de plus et les chevaux passeraient par-dessus bord...

— Coupez les traits ! cria Philippe.

Adeline hurla à son tour : « Coupez les traits ! » Deux hommes s'élancèrent ; de lourdes silhouettes luttèrent ensemble au-dessus du ravin. Le cocher sauta de son siège juste à temps. Les lourds chevaux repartirent de l'avant, libérés de leur chargement qui s'enfonça inexorablement dans le torrent. Dans sa chute, il brisa des branches et de jeunes arbres, puis s'arrêta, soutenu par deux rochers qui l'empêchèrent de tomber dans l'eau.

— Par le diable ! dit Philippe, nous l'avons échappé belle.

— Je parie que le piano est en miettes ! déclara un homme qui portait un foulard rouge autour du cou. Jamais plus on ne jouera dessus.

Tous les assistants, à l'exception du cocher, pataugeaient dans la neige fondue pour aller voir le piano. Fabriqué en France, il avait traversé l'océan pour tenir sa place pendant des années dans le salon de la maison de la rue Saint-Louis ; puis, empruntant successivement une péniche, un bateau et un chariot, il était venu au Canada et gisait maintenant, muet et démoli, au fond du ravin.

— Pourrons-nous le remonter ? demanda Adeline encore pâle d'émotion.

— Il faudra quatre chevaux pour le tirer de là et il tombera en pièces en cours de route, déclara l'homme qui venait de parler.

— Nous le remonterons sûrement, dit Philippe pour rassurer Adeline. Tu joueras encore sur ton clavier : *La harpe qui, jadis, dans les salons de Tara*… Puis il se tourna vers l'homme au foulard rouge. – C'est vous qui dirigiez le conducteur ; sans vous le piano ne serait pas où il est. Et maintenant, vous venez dire qu'on ne pourra pas le remonter sans qu'il se brise. Je n'ai pas besoin d'homme comme vous pour travailler chez moi. Demandez votre salaire au chef de chantier ; je vous renvoie.

L'homme regarda Philippe :

— Le chef de chantier m'a engagé, c'est à lui et non à vous de me renvoyer.

Philippe le saisit par son foulard rouge.

— J'ai envie, lui dit-il, de vous jeter à la suite du piano. – Il lui donna une vigoureuse poussée et ajouta : – Maintenant partez et un peu vite !

L'homme s'éloigna effrayé.

Le reste de la journée, Adeline se sentit très faible. Ses genoux tremblaient sous elle pendant qu'elle allait et venait dans sa chambre pour tout mettre en place. Philippe et elle avaient choisi pour en faire leur chambre la pièce qui se trouvait à l'extrémité du hall, derrière le salon ; elle serait fraîche en été, chaude en hiver et loin du bruit des enfants. Ils avaient également engagé une domestique, la fille d'un paysan, qui suivait Adeline partout, la gênant plutôt que l'aidant. Elle ne savait ni lire ni écrire et son incompétence ainsi que sa stupidité stupéfiaient Adeline, mais c'était une brave fille, forte comme un bœuf. Un couple dont le mari était jardinier accompli et la femme excellente cuisinière, était attendu du Devon. Augusta, la sœur de Philippe, les avait choisis elle-même et l'on espérait qu'ils seraient installés à Jalna au moins quinze jours avant les couches d'Adeline. Leur chambre bien meublée les attendait dans le sous-sol. Ils apportaient avec eux les ustensiles de cuisine et les instruments de jardinage auxquels ils étaient accoutumés. Adeline désirait de tout son cœur les voir enfin à Jalna et aspirait plus que jamais à leur arrivée, tout en s'efforçant de mettre un peu d'ordre dans le chaos qui l'entourait. Lizzy, la jeune paysanne, la suivait partout, trébuchant sur les nombreux obstacles qui jonchaient le plancher, laissant tomber les objets qu'elle tenait et poussant des cris émerveillés devant les splendeurs venues des Indes.

— Grand Dieu, s'écria-t-elle en désignant le lit peint, est-ce pour dormir ?

— Oui. Tirez le matelas vers vous, il n'est pas droit.

— Le Ciel me protège ! Je ferais de mauvais rêves si j'y dormais.

— Je le crois volontiers. Aidez-moi maintenant à ouvrir cette commode.

— Qu'est-ce que c'est que ces choses qui sont dessus ?

— Des dragons.

— Ils ont l'air païen.

— C'est bien ce qu'ils sont.

— Vos meubles ne ressemblent pas à des meubles de chrétien.

— En effet. Qu'avez-vous laissé tomber ?

— On dirait une poupée.

La petite figurine en porcelaine se trouvait enveloppée dans une broderie d'Orient que la jeune fille avait sortie de la commode. Adeline la ramassa vivement et l'examina avec inquiétude.

— Dieu merci, elle n'est pas cassée ! s'écria-t-elle. Si vous l'aviez cassée, ma fille, vous auriez pu disparaître. – Elle gardait dans sa main la fragile statuette, la regardant avec tendresse. – C'était la déesse Kuan Yin.

— Est-ce une poupée ? demanda Lizzy.

— C'est une déesse chinoise. Qu'elle est belle et sage ! Que je suis contente qu'elle ne soit pas cassée ! Regardez ses jolies mains et ses jolis pieds qui ressemblent à des fleurs.

— Elle est drôle, dit Lizzy.

— Je voudrais pouvoir vous envoyer cinq ans en Chine, Lizzy, et voir ce qu'il adviendrait de vous.

— Peut-être que je ressemblerais à cette poupée, en revenant, répondit Lizzy avec un rire niais.

Adeline posa la déesse sur la cheminée.

— Je la mettrai là, pour qu'elle veille sur notre chambre ; elle y restera toujours !

— C'est un péché que d'adorer des statues, dit Lizzy. Mon papa ne me laissera pas travailler chez des gens qui adorent des statues.

— Eh bien ! la prochaine fois que vous le verrez, vous pourrez lui dire que j'adresse mes prières à celle-ci. Ce sera drôle de voir ce qui arrivera.

— Je ne lui dirai rien, madame ; je veux rester ici.

— Très gentil de votre part, Lizzy ! Maintenant, ramassez des papiers et des copeaux dans le hall et faites un peu de feu ici. Il fait très froid.

— Vous n'avez pas l'air d'avoir froid, observa la jeune fille. Vos joues sont rouges comme si vous aviez la fièvre.

Elle entassa dans la grille du papier et des débris de bois qu'elle serra tant qu'elle le put.

— Non, non, pas comme ça, Lizzy !

Adeline était exaspérée par la sottise de la fille, mais éprouvait du plaisir à l'avoir auprès d'elle. Elle se demandait comment les domestiques bien stylés du Devon s'en accommoderaient.

Mrs. Pink vint un peu plus tard voir si elle pouvait aider Adeline, mais son admiration pour les objets déballés et l'émotion causée par la chute du piano avaient épuisé presque toute son énergie. Mr. Pink arriva ensuite et ne manqua pas de témoigner également son admiration et ses regrets. Enfin ce fut Philippe qui survint, accompagné du capitaine Lacey, de Michel d'Arcy et de Thomas Brent. On eût dit une vraie réunion mondaine. Philippe descendit quatre à quatre dans son cellier où une caisse se trouvait déjà en place et remonta une bouteille de madère. On trouva des verres. Wilmott apparut et affirma aussitôt qu'il connaissait le meilleur moyen de retirer le piano du ravin où il ne serait certainement pas, si, lui, Wilmott, s'était trouvé là. Adeline avait retrouvé toute sa gaieté et sa confiance, et elle gagna Vaughanland avec Philippe, pleine de force et d'espoir ; tout serait en ordre avant l'arrivée du bébé. Mrs. Vaughan trouvait regrettable qu'Adeline se serrât autant, bien qu'après tout, on ne pût guère l'en blâmer devant la nécessité où elle se trouvait de s'exposer aux regards. Son état pouvait parfaitement passer inaperçu, tant elle avait la taille fine, tant ses jupes étaient bouffantes.

Quand Adeline s'éveilla à l'aurore, une petite pluie fine tombait et le chant d'une mésange s'élevait de l'érable devant la fenêtre ; elle s'était éveillée en sursaut, comme si quelqu'un avait posé la main sur elle et l'avait brusquement arrachée au sommeil. Elle resta étendue, immobile, son cœur battant très fort ; elle attendait et ses yeux grands ouverts fixaient la fenêtre qui se découpait en un carré pâle sur le ciel matinal. Puis la même sensation se renouvela ; une douleur aiguë traversa ses centres vitaux ; une soudaine angoisse l'envahit. Etaient-ce les premières manifestations de sa prochaine délivrance ? Se verrait-elle contrainte de mettre son enfant au monde là où elle avait décidé que ce ne serait pas ? La sueur inonda son front ; un gémissement lui échappa. Puis elle se sentit mieux. C'était probablement une fausse alerte ; elle en avait déjà eu d'autres, mais ne voulait courir aucun risque. Philippe pourrait dire ou faire ce qu'il voudrait, elle coucherait ce soir même dans sa chambre à Jalna ! Elle organisa d'avance chaque instant de sa journée et finit par s'endormir.

Quand elle s'éveilla, la même petite pluie continuait à tomber. Bien que la chaleur trop précoce des semaines précédentes eût cessé de se faire sentir, il y avait dans l'air un souffle printanier. Philippe était levé. Tout était calme et silencieux dans la maison car Adeline avait dormi tard. Elle déjeuna seule avec Daisy. Les hommes étaient sortis et Mrs. Vaughan était souffrante ; elle était bien descendue, mais avait dû regagner son lit après avoir bu une tasse de thé ; elle était sujette à de violentes migraines. Daisy bavardait inlassablement. Elle était, pour le moment, passionnément intéressée par le roman d'amour de Kate Busby et de Thomas Brent, jugeant que Kate devait résister à son père et s'enfuir avec son amoureux ; elle avait vivement poussé Kate à agir dans ce sens. Adeline n'était-elle pas de son avis ? Qu'y avait-il de plus beau en ce monde qu'un amour sincère ?

Adeline était assez silencieuse. Elle avala très rapidement sa bouillie d'avoine, du jambon froid et plusieurs saucisses, puis alla frapper à la porte de Mrs. Vaughan.

— Entrez, répondit celle-ci du ton de quelqu'un qui ne demande qu'à rester seul.

Adeline s'approcha du lit :

— Quel dommage que vous soyez si malade ! dit-elle.

— Je serai bientôt guérie. Vous savez que ces misères m'arrivent quelquefois.

— Oui ; c'est fâcheux quand même. Moi-même je ne suis pas très bien. J'ai eu une vive douleur ce matin de bonne heure.

Mrs. Vaughan sursauta :

— Voulez-vous dire que... Mais c'est trop tôt, vous m'avez parlé de la troisième semaine d'avril !

— C'est bien ce qui est prévu. Mais je crois que je vais me dépêcher de m'installer chez moi aujourd'hui même.

— Non, non. Il faut rester où vous êtes. Il faut prendre les choses avec calme. Nous nous arrangerons.

Brusquement Adeline s'agenouilla, prit Mrs. Vaughan dans ses bras vigoureux et l'embrassa.

— Vous êtes si bonne, dit-elle. Comment pourrais-je jamais vous payer de retour ?

— Vous restez ici, alors ? demanda Mrs. Vaughan d'une voix faible.

— Non. Je veux que mon enfant naisse à Jalna.

— Mais ces douleurs ?

— Oh ! je parie bien que j'attendrai la troisième semaine d'avril !

Mrs. Vaughan fondit en larmes ; larmes de soulagement auxquelles se mêlait un sentiment d'affection sincère pour Adeline.

— Je vous aime beaucoup, lui dit-elle, beaucoup plus que Daisy.

Adeline rit légèrement :

— Comment en serait-il autrement ? dit-elle.

En passant devant la chambre des enfants, elle entendit leur gentil babil ; ils jouaient et leur santé était excellente. Inutile de s'inquiéter pour eux. Elle se rendit dans sa chambre, chercha une valise et commença à la remplir d'objets de toilette ; elle y ajouta deux chemises de nuit garnies de lourdes broderies, raides et plissées du haut en bas, et un peignoir rouge. Elle eut un vertige et s'assit sur ses talons pour reprendre ses esprits, ce qui lui demanda un certain temps.

Avait-elle encore autre chose à emporter ? Oui, ce flacon d'eau-de-vie en argent qu'ils avaient sur le bateau ; elle le trouva dans le tiroir d'en haut de la commode de Philippe et le secoua ; il était plein à moitié. Une nouvelle douleur la transperça, la déchirant comme la dent d'une bête sauvage. Elle poussa un cri, pressa ses mains contre sa bouche et serra les dents ; elle ne voulait pas renoncer ; elle mettrait son bébé au monde dans son propre lit.

La douleur cessa. Elle tâtonna dans l'armoire à la recherche de son chapeau et de son manteau. En les mettant, elle se souvint qu'elle n'avait pas demandé la voiture et le cheval. Apercevant Patsy O'Flynn qui traversait la pelouse, elle ouvrit la fenêtre et l'appela.

— Patsy Joe, amenez le cheval gris et le boghei. Si jamais vous vous êtes dépêché dans votre vie, c'est bien le cas de le faire aujourd'hui. Jetez le harnais sur le cheval et revenez au galop.

— Qu'y a-t-il, Votre Honneur ?

— Je vous le dirai plus tard. Vite, vite, courez !

Patsy Joe courut vers l'écurie, balançant ses bras comme des fléaux pour aller plus vite. Quand il revint, on ne pouvait douter qu'il n'eût jeté le harnais sur le cheval. Il accueillit Adeline avec un regard affolé. Ses favoris jaunes se dressaient de chaque côté de son visage maigre. Il lui arracha la valise des mains et la jeta dans la voiture.

— Courez au salon chercher Boney, dit-elle. Il ne faut pas le laisser.

Patsy Joe se précipita dans la maison et en ressortit de même, balançant la cage de l'oiseau à bout de bras. Boney, ravi de ce brusque changement dans sa vie si monotone, s'était accroché, la tête en bas, au sommet de la cage et poussait des cris de joie. Au cours de ses voyages, il avait appris le mot « Adieu » et ne cessait de le crier, sans y mettre aucune nuance d'affection ni de gratitude.

— Adieu ! Adieu ! Adieu ! hurlait-il et sa bouche s'arrondissait sous son bec sombre.

Adeline monta en tremblant dans le boghei. Les cris du perroquet avaient rendu rétif le vieux cheval qui roulait des yeux énormes et essayait simultanément d'avancer et de reculer. Adeline saisit les rênes en disant :

— Mon bébé va naître avant longtemps.

— Du calme, voulez-vous ? cria Patsy Joe au cheval en mettant en place valise et perroquet. Voulez-vous jeter votre maîtresse sur les cailloux, sale brute ?

Il escalada le siège auprès d'Adeline.

— En vérité, Votre Honneur, je vois dans vos yeux que vous souffrez beaucoup ; ce qui n'a rien d'étonnant après avoir monté et descendu pareillement les escaliers et transporté des chargements de linge. Il y a quelqu'un qui sera furieux de ce que vous ayez quitté Mrs. Vaughan avant que rien fût prêt à Jalna. – Il regarda anxieusement le visage d'Adeline et ajouta : – Ne vous tourmentez pas, j'arriverai à temps.

— Ne soufflez pas un mot de tout cela à qui que ce soit, avant que je vous le dise. Je me sens beaucoup mieux. Conduisez vite, mais attention aux ornières.

Elle prit la cage sur ses genoux pour l'empêcher de tomber. Patsy avait relevé la capote, aussi était-elle à l'abri de la pluie qui tombait, comme un voile d'argent, du ciel gris et sombre.

Patsy déposa la valise et la cage de Boney sur le lit de la chambre d'Adeline.

— Dois-je défaire vos paquets, madame ? demanda-t-il en se penchant vers elle pour regarder son visage. Elle était tombée haletante sur une chaise. Des bruyants coups de marteau résonnaient dans toute la maison et l'éprouvaient douloureusement.

— Dites-leur de cesser de taper, Patsy Joe. Dites-leur que j'ai mal à la tête ; pas autre chose surtout. Puis cherchez Lizzy et envoyez-la moi. Dites-lui de venir tout de suite. Vous irez ensuite chez le docteur et vous demanderez à Mrs. Pink de revenir ici avec vous, elle comprendra.

— J'y vais. Je serai de retour avec elle en un clin d'œil. Ne préférez-vous pas que j'aille chercher le docteur, ou la sage-femme si le docteur n'est pas là ? Vous aurez besoin du plus d'aide possible.

— Pas encore. J'ai des choses à faire.

— Mais pourrez-vous attendre ?

— Oui. Courez vite, Patsy.

— Si j'allais chercher le maître ?

— Non, non. Faites seulement ce que je vous ai dit.

Il lui jeta un regard si sûr de lui-même qu'il en était vraiment drôle. Puis il quitta la chambre lourdement en s'efforçant de ne pas faire de bruit et descendit de même l'escalier. Au bout d'un instant les marteaux se turent ; elle entendit les sabots du cheval qui s'éloignait et le grincement de la voiture. Puis ce fut le silence, troublé seulement par le bruit de la pluie tombant tranquillement sur le toit ; Adeline poussa un soupir de soulagement, long et frémissant. Ses bras étendus sur son giron elle s'abandonna, laissant ses nerfs se détendre.

Les pas de Lizzy montant du sous-sol se firent entendre.

— J'allais monter quand j'ai rencontré Mr. O'Flynn. Il m'a dit que vous étiez malade. Voulez-vous une tasse de thé, madame ?

— Oui, avec plaisir. Allumez vite le feu et mettez la grande bassine en cuivre pleine d'eau à chauffer.

— Voulez-vous que ce plancher soit gratté et ces fenêtres lavées tout de suite, madame ?

— Non, c'est-à-dire, oui, pour les fenêtres. Je vais chercher des rideaux et nous les pendrons. Il faut tout préparer pour un accouchement, Lizzy.

Elle regarda la jeune fille avec un sourire un peu espiègle.

— Pour l'amour du Ciel et de la terre ! cria Lizzy. Je n'ai aucune expérience de ce genre de choses. Je n'ai pas encore vingt ans, vous ne pouvez pas espérer que je m'y connaisse. Je mourrai de peur.

— Je n'attends pas autre chose de vous que de faire ce qu'on vous dira. Le docteur va venir. Il y a grandement le temps. Maintenant, faites ce thé et mettez de l'eau à chauffer.

Lizzy descendit bruyamment l'escalier, presque hors d'elle. Adeline se sentait forte et prête à tout. Elle ouvrit la commode à linge et en retira des draps et des couvertures. Quand Lizzy revint, elles firent le lit ensemble. Adeline choisit deux petits tapis dans le tas qui se trouvait dans le hall et les étendit sur le plancher de sa chambre. Lizzy fit briller les vitres des fenêtres et comme elles n'avaient pas de tringles ni d'anneaux, elles clouèrent une broderie indienne en guise de rideaux. Adeline reprit des forces en buvant du thé fort, ne cessant de bavarder gaiement avec Lizzy qui lui jetait souvent des regards inquiets. La chambre avait maintenant un air d'intimité. Adeline aurait chanté de joie à la pensée qu'elle se trouvait enfin en sûreté sous son propre toit.

Mrs. Pink apparut bientôt sur le seuil.

— Oh ! que c'est joli, que c'est joli ! s'écria-t-elle ; et elle ajouta : Cet homme m'a dit que vous ne vous sentiez pas bien. Vraiment je trouve imprudent de travailler ainsi jusqu'à la dernière minute.

— Aimeriez-vous avoir un bébé chez des étrangers, avec un jeune garçon qui vient d'arriver du collège ?

— Certainement pas et je ne vous blâme pas. Mais n'est-ce pas beaucoup plus tôt que vous ne le pensiez ?

— Oui, j'ai peur d'avoir abusé de mes forces. Il y a eu aussi la culbute de ce piano ; j'ai cru que les chevaux allaient le suivre et cela m'a fait frémir de terreur.

— Le Dr Ramsay n'est pas chez lui, mais sa domestique l'enverra dès son retour.

Lizzy apporta du thé frais. Mrs. Pink s'occupa de vider la valise, déposant les objets de toilette d'Adeline sur la coiffeuse. La statue de Kuan Yin retint ses regards.

— Que c'est joli ! dit-elle. C'est chinois, n'est-ce pas ?

— Oui, c'est la déesse Kuan Yin. Elle a promis de veiller sur moi.

Adeline s'exprimait avec une telle apparence de sincérité que Mrs. Pink sursauta :

— Oh ! Mrs. Whiteoak, vous plaisantez ?

— Je crois qu'il y a beaucoup de vrai dans ces religions de l'Orient.

— Cependant, je ne crois pas que des chrétiens puissent les accepter ; et vous ?

— Dieu les a bien acceptées pendant des siècles.

— Ses voies dépassent notre entendement, comme dit mon mari.

Adeline allait et venait sans répit dans la chambre, puis se tourna brusquement vers Mrs. Pink :

— Je crois qu'il vaudrait mieux envoyer chercher Philippe. Il est bon de tout prévoir.

Mrs. Pink se hâta de sortir ; elle envoya un des ouvriers à la recherche de Philippe et descendit à la cuisine pour surveiller les préparatifs confiés à Lizzy. Adeline était seule quand Philippe arriva. Il jeta autour de la chambre un regard étonné, et ses yeux découvrirent également le lit récemment fait sur lequel s'étalaient la chemise de nuit et le peignoir de sa femme.

— Qu'y a-t-il ? demanda-t-il.

— J'ai déménagé, répondit-elle en lui souriant.

— La maison n'est pas prête ; il s'en faut encore de deux jours. Tu ne peux pas t'installer encore.

— Je l'ai fait et je n'y renoncerai pas. – Tout en parlant elle contemplait son œuvre avec satisfaction. – Oh ! Philippe, mon chéri, tu ne voudrais pas que mon bébé naisse à Vaughanland ?

— Son arrivée n'est prévue que pour la fin du mois.

Adeline s'adressa alors à son mari presque à voix basse :

— Je crois qu'il sera là aujourd'hui. J'ai envoyé Patsy chercher le docteur.

— Bon Dieu ! s'écria-t-il, tandis que ses yeux bleus se dilataient.

— Voudrais-tu que je sois dans un autre lit que le mien, Philippe ? J'ai eu le temps de tout préparer, je t'assure. Cette chambre n'est-elle pas agréable ?

— Très agréable, répondit-il sans enthousiasme.

Mrs. Pink revint et s'inquiéta de l'état d'Adeline.

— Mieux. Je pense que je serai bien pendant encore quelques heures. Aimeriez-vous aller jusque chez vous voir votre petit garçon ?

— Si vous pouvez vous passer de moi, seulement. – Et, se tournant vers Philippe elle ajouta : – Mon dernier-né a un abcès à l'oreille ; je lui mets des cataplasmes d'oignons grillés chauds et je ne peux me fier pour cela à la domestique. Le docteur sera ici d'un instant à l'autre, j'en suis certaine, et moi-même, je serai bien vite de retour.

Philippe la raccompagna au presbytère et Adeline se trouva seule ; mais peu lui importait. Elle était suprêmement heureuse. Dans cette chambre, sous son propre toit que la pluie fouettait légèrement, elle attendait son heure d'épreuve avec plus de fierté que de crainte. Elle était enfin chez elle ; elle pourrait désormais n'agir qu'à sa guise. Comme elle l'aimait cette maison, qui lui parlait à cette heure d'une voix grave et apaisante ! Elle n'était plus un chantier de construction, mais une demeure vivante et peuplée. Entre ces murs résonnait l'écho de pas familiers, de pas futurs aussi ; des voix qui n'étaient pas encore nées appelaient Adeline ; non seulement la voix du petit être qu'elle allait mettre au monde, mais la voix des enfants de ses enfants. Sa vie entière s'écoulerait désormais là. Elle et sa maison partageraient maints secrets ; cette maison regorgerait de vie et de passion ; elle les abriterait tous entre ses quatre murs sur lesquels s'accrocheraient un jour la vigne et ses feuilles.

17

Printemps à Jalna

Philippe affirma, dans toute la sincérité de son cœur, qu'il espérait bien que jamais plus Adeline n'aurait d'enfant. Sans parler des souffrances qu'elle devait supporter et du danger qu'elle courait, c'était pour lui une trop rude épreuve. Il éprouva une véritable dépression nerveuse après la naissance d'Ernest. Le docteur avait mis tant de temps à arriver que l'enfant avait failli naître en son absence. La sage-femme, retenue auprès d'une autre femme, n'était jamais venue.

Pendant quelques instants, on avait pu croire que Philippe et Mrs. Pink seraient seuls auprès d'Adeline au moment critique et à la pensée d'une telle éventualité, Philippe s'était senti inondé d'une sueur froide. Adeline avait eu plus que sa part de souffrances mais, sans qu'on sût pourquoi, elle avait perdu toute maîtrise d'elle-même et chaque douleur lui arrachait un cri ; elle n'avait cessé de répéter qu'elle allait mourir. Quand le Dr Ramsay arriva, elle l'accueillit avec méfiance et un calme passager. Avant de rien faire pour la soulager, il lui dit ce qu'il pensait de sa conduite du matin.

Une demi-heure plus tard, l'enfant naissait.

Malgré cette rude épreuve Adeline se rétablit promptement, probablement parce qu'elle était profondément heureuse. Le temps chaud et ensoleillé se mit également de la partie. Autour de la jeune mère, à l'intérieur comme à l'extérieur, le travail continuait. Les ouvriers manifestèrent une vive joie en apprenant qu'une naissance avait eu lieu dans la nouvelle maison et firent tout leur possible pour travailler sans bruit. Quand l'enfant eut dix jours, Philippe le prit dans ses bras et le leur apporta. Il était plus petit et moins vigoureux que Nicolas, mais avait de jolis traits, une peau délicieuse et des yeux de myosotis. Les rudes bûcherons aux mains calleuses se pressèrent autour de lui, émerveillés par la finesse de sa longue robe blanche et son petit bonnet de dentelle. Il leur jeta un regard attentif, pressant les unes contre les autres les extrémités de ses deux petites mains.

Philippe était ravi, car c'était le premier de ses enfants qui ressemblât aux Whiteoak. Adeline, scrutant le petit visage du nouveau-né posé auprès d'elle sur son oreiller, déclara qu'il avait le teint de Philippe, mais qu'il n'aurait jamais ses traits.

Le choix d'un nom n'alla pas sans difficulté ni discussion. Philippe voulait que ce fût Charles, le nom de son père. Adeline optait pour Dennis, le moins agressif des noms de son propre père. En tout cas, déclara-t-elle, elle ne lui donnerait certes pas le nom de leur médecin, comme elle l'avait fait pour Nicolas qu'elle avait appelé du nom de son cher Dr Saint-Charles. Ils ne parvenaient pas à prendre une décision, chacun désapprouvait formellement le choix de l'autre.

— Charles est un nom triste, affirmait Adeline.

— Quelle sottise ! protestait Philippe. C'est un nom aussi joli qu'un autre ; Dennis fait penser à une bonne histoire irlandaise.

— Quel mauvais esprit te fait parler ainsi ! répliqua-t-elle. C'est un beau nom.

Mais un livre que Wilmott avait envoyé à Adeline vint régler la question ; il s'agissait d'*Ernest Maltravers*, le roman de lord Lytton. Adeline n'était pas encore arrivée au milieu de l'ouvrage qu'elle s'écria : « Il s'appellera Ernest ! »

Philippe dut reconnaître que c'était un joli nom et lorsque Wilmott vint voir l'enfant, il déclara qu'il convenait mieux que tout autre à ce minuscule personnage.

Le nouveau-né reçut donc les noms d'Ernest-Charles-Dennis, mais conserva pendant quelque temps l'appellation de Bébé.

Le cœur de Philippe se gonfla d'orgueil le jour où il se trouva assis auprès d'Adeline bien soutenue par ses oreillers et tenant au creux de son bras leur enfant de huit jours, tandis que les deux aînés se perchaient de chaque côté du lit. La pâleur d'Adeline soulignait la magnifique charpente de son visage qui devait conserver son charme jusque dans sa plus extrême vieillesse. Ses cheveux répandus sur l'oreiller l'encadraient merveilleusement. Dans un geste de satisfaction maternelle, elle entourait ses enfants de ses bras blancs.

La nurse d'Augusta et de Nicolas les avait amenés de Vaughanland pour voir leur petit frère. Augusta, âgée maintenant de trois ans, s'assit gravement aux pieds du bébé, les mains croisées sur ses genoux ; ses yeux ravis ne perdaient pas de vue le visage rose. Mais Nicolas trouvait plus de charme aux peintures qui décoraient le lit. L'étrange et sensuelle beauté des fleurs et des fruits richement colorés le remplissait de joie. Il sautait sur son petit derrière bien rebondi, les mains tantôt nouées sous le menton dans une attitude d'extase, tantôt tendues pour se saisir d'un fruit. Il riait et criait de bonheur.

— Le Dr Ramsay dit que je peux avoir un enfant chaque année, sans aucun inconvénient, si seulement je me soigne, dit Adeline.

— Pas un de plus ! répondit Philippe. A moins que ce même Dr Ramsay ne promette de s'asseoir sur le pas de notre porte pendant le dernier mois. Du reste, trois enfants suffisent largement. Nous avons une fille pour réconforter nos vieux jours et deux fils pour assurer notre descendance. Tu n'en as pas besoin d'autres.

— Non, trois suffisent, en effet.

Philippe croisa ses bras sur sa large poitrine.

— Adeline, j'ai décidé une chose : Cet enfant sera baptisé dans notre propre église. Tu sais que Pink et moi avons beaucoup parlé des avantages qu'il y aurait à avoir une église dans le voisinage ; tu te souviens des difficultés que nous avons eues l'hiver dernier, avec ces longues courses en voiture. Je veux absolument donner le terrain pour construire cette église. En ce qui concerne l'argent nécessaire pour une modeste construction, nous pourrions, en nous donnant beaucoup de mal, en trouver suffisamment dans la contrée avoisinante ; mais je veux une église digne de ce nom et si je dois être le principal souscripteur, autant la construire à moi tout seul. Elle sera telle que je la voudrai et il n'y aura aucune difficulté.

— Il faudra beaucoup d'argent pour une petite église.

Adeline, cette église subviendra à tes besoins spirituels jusqu'à la fin de tes jours, et à ceux de tes enfants après toi. Ce n'est pas rien, il me semble.

— Tu as l'église dans le sang, si l'on peut dire ! Pas moi.

— Mais n'aimerais-tu pas posséder une église ?

— Ce serait divin. Si le pasteur ne me convient pas, je le mettrai à la porte.

— Oh ! tu ne pourras faire cela ! Mais tu auras beaucoup d'influence.

— Si c'est mon église, je le pourrai, répliqua-t-elle obstinée.

— Lorsqu'une église a été consacrée, elle tombe sous la juridiction de l'évêque du diocèse.

La fossette d'Adeline se creusa dans sa joue.

— Je me charge de l'évêque, déclara-t-elle.

Les cris de Nicolas avaient ponctué leur conversation ; le petit garçon devenait trop bruyant pour être ignoré ; il rampait vers la tête du lit pour embrasser un singe qui se montrait derrière des fleurs éclatantes et s'agenouillait sur les cheveux de sa mère.

— Jeune vaurien ! s'écria Philippe en l'attrapant au vol et en l'installant sur ses genoux. Il sortit de sa poche sa grosse montre en or et l'appuya contre l'oreille de Nicolas.

— Ga, ga, ga ! cria l'enfant, les yeux brillants comme des étoiles.

— Tu comprends, reprit Philippe, le moment est particulièrement propice pour construire cette église. J'ai des ouvriers sur place et de l'argent à employer ; la construction de la maison et de la grange a laissé une grande quantité de matériaux inemployés. Le recteur possède un ouvrage qui contient d'excellents plans d'églises aux colonies où l'on ne dispose pas de beaucoup d'argent. Ce sera un édifice sans prétention mais qui pourra s'agrandir si la communauté se développe. Le recteur est séduit par cette idée, car il y a beaucoup de pauvres gens qui ont rarement l'occasion d'assister à un service religieux. Tu peux facilement imaginer leur joie d'avoir une église et une salle paroissiale où ils pourront se réunir.

— Ga, ga, ga ! criait Nicolas. Ga, ga !

— Ma sœur sera enthousiasmée. Je suis sûre qu'elle m'enverra un don substantiel. Je pourrai aussi obtenir quelque chose du doyen.

— Si tu t'imagines obtenir quelque chose de ma famille, tu te trompes, dit Adeline.

— Je n'y ai jamais compté, répliqua-t-il.

— Mais ma mère brodera volontiers une belle nappe d'autel.

— Ce sera charmant.

— Mon grand-père pourra donner une paire de candélabres en argent.

— Je doute que des cierges sur l'autel puissent être admis. Le recteur est contre le ritualisme.

— Ga, ga, ga ! disait Nicolas secouant la montre avec violence, puis la mordant.

Philippe remit sa montre dans sa poche, se leva, prit son fils aîné sous les bras et le lança en l'air. Le visage de Nicolas exprima une joie délirante. On aurait pu le lancer très haut dans le ciel sans qu'il manifestât la moindre frayeur.

Adeline sourit nonchalamment, tapotant en mesure, de la main, le dos de son dernier-né. Gussie était aux anges ; elle se laissa glisser du lit et courut vers son père dont elle entoura les jambes avec ses petits bras. Si jamais il avait existé une mésentente entre eux, ce sentiment était bien oublié.

— Moi aussi ! cria-t-elle.

Philippe posa Nicolas sur le sol et saisit Gussie. Il la lança en l'air puis la rattrapa, recommença plusieurs fois le même geste en l'envoyant chaque fois plus haut, jusqu'au moment où elle toucha presque le plafond. A chaque envolée, la petite fille poussait un cri où se mêlaient la frayeur et la joie. Ses boucles brunes se dressaient sur sa tête, sa robe de mérinos bleu pâle largement décolletée se gonflait comme un petit ballon ; ses pieds mignons chaussés de peau pendaient hors de ses pantalons blancs.

Adeline les regardait en riant. Nicolas faisait un peu la moue. Les yeux de myosotis d'Ernest fixaient un point dans l'espace et ses petits doigts roses se touchaient.

— Arrête, finit par dire Adeline ; tu vas lui donner le vertige.

Il obéit, mais avant de poser la petite fille sur le sol, il l'embrassa tendrement.

— Chère petite fille ! dit-il. Chère petite fille !

Lorsqu'il eut ramené les enfants auprès de leur nurse, Adeline resta paisiblement étendue dans son lit, savourant son bonheur. Elle reposait sur ses oreillers brodés, détendue, mais l'esprit parfaitement éveillé. Sa rude tâche de donner la vie était maintenant accomplie et mille travaux pleins d'agrément l'attendaient dès qu'elle aurait la force de s'y consacrer. Son esprit se tourna vers le passé et vagabonda à travers les années écoulées. Comme elle avait dû vivre déjà longtemps pour posséder une telle richesse de souvenirs ! Il y avait d'abord sa jeunesse libre et volontaire sur le sol irlandais, toute sonore des voix fraternelles, du son du cor et du bruit de la pluie fine tombant sur les feuilles vertes. Venaient ensuite sa vie de jeune épousée aux Indes, lumineuse et colorée ; son amour ardent pour Philippe, son amitié pour les princes indigènes. Tout ce passé commençait à s'imprégner d'irréel. Elle évoqua aussi son voyage de retour des Indes et le souvenir d'une chaude matinée sur le bateau : elle s'était levée de bonne heure et avait surpris Philippe complètement nu sur le pont, pendant que deux matelots l'inondaient de seaux d'eau froide. Personne ne l'avait surprise aux aguets.

Elle songea ensuite qu'elle ferait planter un lilas sous la fenêtre de sa chambre, le lilas sent si bon au printemps ! Mrs. Pink lui en avait promis une bouture, ainsi que d'autres plantes de jardin. Elle ferait pousser des fleurs partout, et planterait un verger d'arbres de toutes espèces. Il y aurait un pêcher et de la vigne et elle demanderait au capitaine Lacey de lui apprendre à faire de l'eau-de-vie et du vin.

Comme elle voudrait pouvoir déballer le coffret d'ivoire et les bibelots de jade ! Elle pourrait très bien le faire si seulement le Dr Ramsay voulait le lui permettre.

Et soudain Adeline se sentit gagnée par un besoin d'activité ; elle s'agita sur ses oreillers. Allait-elle rester couchée éternellement sans rien faire ? Le bébé était plongé dans un sommeil profond, presque prénatal.

Une demi-heure plus tard, elle était tout habillée, mais sans corset ; elle avait enfilé sa chemise de toile, ses longs pantalons garnis de fines dentelles, ses bas de soie à baguettes, tricotés à la main ; son jupon de flanelle blanche, son ample jupon de batiste finement plissé, sa robe grenat garnie de volants bordés de velours rouge ; elle avait revêtu sa petite cape qui recouvrait des mancherons de batiste et de dentelle, glissé à ses pieds ses pantoufles indiennes aux chatoyantes broderies.

Quand elle fut prête, elle éprouva une étrange impression de faiblesse et n'essaya pas de se coiffer. Ses cheveux retombaient jusqu'à la taille en une opulente masse rousse. Elle ouvrit la porte et regarda dans le hall, puis se retourna pour jeter un coup d'œil sur Ernest ; il n'y avait aucune tendresse dans ce regard : le bébé était resté trop longtemps auprès d'elle, elle éprouvait le besoin de s'en éloigner.

Malgré un léger vertige, il y avait dans tout son être une exaltante légèreté ; elle s'avança dans le hall, aperçut dans la salle à manger les lourdes corniches qui attendaient des rideaux, le buffet massif ainsi que la table et les chaises qui venaient de la maison de la rue Saint-Louis. Tout ce mobilier se trouvait là en désordre, à l'endroit où l'on avait déballé. Adeline voulait pour cette pièce des rideaux de velours jaune retenus par de lourdes embrasses ; on avait commandé à Québec, pour la tapisser, du papier gaufré fabriqué en France. Adeline s'arrêta un instant pour caresser le pommeau de la rampe doux comme du satin, tandis que son regard pensif errait de la bibliothèque qui se trouvait à sa gauche, au salon qui se trouvait à sa droite. Elle souriait en pensant à Philippe qui avait exigé cette bibliothèque parce qu'il y en avait une chez lui, en Angleterre. Ils avaient apporté peu de livres, mais Adeline aimait la lecture et peu à peu ils achèteraient un certain nombre d'ouvrages. La lumière qui venait du vitrail placé de chaque côté de la porte d'entrée jetait sur la jeune femme des taches de couleur verte, pourpre et rouge. Quelles jolies fenêtres ! pensa-t-elle. Exactement ce qu'elle avait rêvé ! Leur luminosité lui permettait de voir que le temps s'était levé. Le soleil brillait. Elle ouvrit la porte, fit quelques pas sous le porche et se trouva face à face avec le Dr Ramsay. Ce dernier rougit de colère.

— Mrs. Whiteoak, comment osez-vous ? s'écria-t-il en ôtant son chapeau qu'il jeta par terre.

Elle savait qu'il était violent, mais une telle manifestation d'humeur l'amusa follement. Elle se cramponna à la poignée de la porte, riant de tout son cœur.

— Comment osez-vous ? répéta-t-il. Je vous ai donné la permission de vous lever dans votre chambre dans deux jours seulement et je vous trouve debout sous le porche ! Et toute seule ! Laissez-moi vous dire que vous pouvez avoir des complications qui vous tiendront au lit pendant des semaines.

— Je me porte comme un charme, répondit-elle.

Il regarda son chapeau comme s'il éprouvait un violent désir de lui lancer un coup de pied et ajouta :

— Si vous êtes capable de vous soigner vous-même, vous vous débrouillerez toute seule lors de vos prochaines couches.

— Il n'y aura pas de prochaines couches, répondit-elle avec dignité.

Il sourit avec ironie.

— Vous dites cela… Vous, une femme aussi ardente !

Ses yeux ne la quittaient pas.

— J'ai un mari soucieux de ma santé, répliqua-t-elle avec plus de dignité encore.

— Vous a-t-il donné la permission de désobéir à mes ordres ?

— Je fais ce qui me plaît.

— Eh bien ! veuillez regagner votre lit.

— Je n'en ferai rien.

— Vous le ferez.

— Je vous mets au défi.

Il la prit par les deux bras et la fit tourner sur elle-même ; son étreinte était de fer. Un instant, elle se sentit impuissante à lui résister, puis se jeta de tout son poids contre l'épaule du jeune médecin et tendant le bras, saisit à pleines mains ses cheveux assez longs et raides.

— Voulez-vous me lâcher ! dit-elle d'une voix haletante.

Il eut un petit rire nerveux, retint un instant son souffle, pencha la tête et l'embrassa sur les lèvres. Tous deux restèrent immobiles une seconde. Un pas léger se fit entendre sur le gravier répandu récemment dans l'allée. Le Dr Ramsay ramassa son chapeau, rougit encore plus profondément et se retourna pour se trouver nez à nez avec Daisy Vaughan. Cette dernière fut surprise de voir Adeline hors de sa chambre.

— Comment, Mrs. Whiteoak, déjà levée ! s'écria-t-elle. C'est merveilleux !

— N'est-ce pas ?

— Comme vous paraissez bien portante ! Vous avez un teint magnifique ! N'est-ce pas votre avis, docteur Ramsay ?

Et elle lança à ce dernier un regard attentif.

— Parfaitement, répliqua-t-il d'un ton sec.

Il y eut un instant de silence embarrassé que Daisy rompit aussitôt.

— Savez-vous ce qui s'est passé ? Kate Busby s'est enfuie avec Mr. Brent ! Son père est dans une rage folle et dit qu'il ne lui pardonnera jamais. Le croyez-vous, docteur Ramsay ?

— Je n'en ai pas la moindre idée.

— C'est si romanesque, un enlèvement ! Rien ne pourrait m'empêcher d'épouser l'homme que j'aimerais. Je fuirais avec lui au bout de la terre. Tout le monde paraît croire que Mr. Brent est un très bon parti, même si ses ressources sont incertaines. Que pensez-vous d'une telle folie, docteur Ramsay ? Je parie que vous la désapprouvez.

— Je ne suis pas en état de juger de la conduite de qui que ce soit.

Les yeux d'Adeline riaient en le regardant. Elle s'appuya contre le mur, les bras croisés.

— Ils ont tous deux de la chance et feront un gentil couple, dit-elle.

— Je suis contente que vous en jugiez ainsi, dit Daisy, mais j'aurais voulu qu'ils se mariassent. Même si je ne dois jamais me marier, j'adorerais être demoiselle d'honneur.

— Vous vous marierez certainement, répliqua Adeline.

Un faible cri leur parvint de la chambre à coucher. Adeline tourna les yeux dans cette direction et son regard ressembla un peu à celui du beau chat persan, lointain et cependant attentif à l'appel de ses petits.

— Oh ! l'amour de bébé ! s'écria Daisy s'élançant comme une flèche pour aller tomber à genoux à côté du berceau. Cher petit Ernest ! Cher petit ange !

Elle serra l'enfant contre sa poitrine, mais elle n'avait rien de ce qu'il désirait, aussi continua-t-il à crier.

Pendant les semaines qui suivirent, il se développa rapidement, excitant toujours vivement l'intérêt général car il avait marqué la nouvelle maison du sceau de la vie. Nicolas lui-même perdit de son importance. Il arrivait souvent qu'on chargeât Gussie de le surveiller et de l'amuser pendant que le bébé dormait. Malgré son jeune âge, la petite fille lui imposait et le plus souvent il lui obéissait. Mais quand il dressait sa volonté contre la sienne, elle n'avait plus aucun pouvoir sur lui. Il criait, hurlait, tirait ses boucles. Plus lourd qu'elle, il la poussait pour s'emparer d'un jouet ou grimper sur les genoux de sa mère. Gussie adorait le petit Ernest plus délicieux à ses yeux que sa poupée la plus chère, mais elle n'éprouvait pas pour Nicolas la même tendresse. Il y avait des jours où elle l'aimait bien, il y en avait d'autres où elle se fût réjouie d'en être débarrassée.

Par une belle et chaude matinée de mai, la nurse avait installé Nicolas sur l'herbe, dans sa petite voiture près du ravin ; les ouvriers qui passaient, les oiseaux migrateurs qui revenaient, lui offraient une distraction continuelle. Ils arrivaient en grand nombre, sous la forme de véritables nuées et remplissaient le ciel de leur chant. A Jalna, il y avait toujours quelque chose de passionnant à voir.

Un travailleur de la ferme passa, conduisant un bel attelage de percherons que Philippe venait d'acheter ; ils allaient au petit trot, d'une foulée ferme et régulière, obéissant au moindre mouvement des rênes. Nicolas cessa de jouer avec son agneau en peluche et se pencha pour les regarder avec admiration. Ses yeux brillaient sous la ruche de son bonnet de soie bleu pâle. Les flancs larges et lustrés des percherons frémissaient, les cuivres brillants de leurs harnais tintaient. Nicolas pouvait voir leurs queues crème nouées avec des rubans rouges. Il retourna son agneau pour voir s'il en était de même de sa queue et découvrant qu'elle n'était pas autre chose qu'un bout de laine, il exprima sa désapprobation par une moue légère de sa lèvre inférieure ; Gussie assise à côté de lui sur un petit tabouret, crut qu'il allait pleurer. Elle se mit à secouer la petite voiture d'une main expérimentée, mais Nicolas, qui ne désirait pas du tout être balancé, lui jeta un regard mécontent ; ce qu'il voulait, c'était sortir de sa voiture pour marcher ; il essaya de détacher la courroie qui le retenait.

— Non, dit Gussie. Vilain garçon !

Elle se leva, prit les deux mains de son petit frère dans les siennes, ce qui le rendit aussitôt furieux. Il la regarda et chercha à se dégager. Gussie pensa qu'elle le calmerait en le promenant. Le sol était plat et uni, aussi n'avait-elle aucune peine à pousser la petite voiture, ce qui l'amusait toujours beaucoup, bien que la nurse le lui eût formellement interdit.

Mais Nicolas était très mécontent et ne pouvait lui pardonner de lui avoir pris les mains. Il jeta au loin son petit agneau, se renversa et lança des coups de pied en l'air. Au prix de bien des efforts, Gussie poussa la voiture jusqu'au piano qui avait été retiré la veille du ravin et se trouvait encore dans sa caisse au bord du précipice.

— Le joli piano ! dit-elle. Gussie jouera dessus. – Et elle ajouta : – Mais pas Nicolas !

L'enfant ne comprenait certes pas qu'il y avait un piano dans la grande caisse, mais, par contre, il avait fort bien saisi qu'il serait privé d'une chose que sa sœur aurait. Il se retourna et chercha à se mettre à genoux, toujours retenu par sa courroie. Gussie n'avait pas vu la posture qu'il avait prise ; elle penchait la tête en avant, absorbée par l'effort qu'elle devait fournir, car le sol, devenu raboteux, offrait plus de résistance aux roues.

Nicolas se pencha par-dessus la voiture, saisit le chapeau de sa sœur par la calotte et le tira en avant, arrachant en même temps les cheveux de la petite fille pris dans le caoutchouc.

Elle jeta un cri de rage, mais continua de pousser la voiture de toutes ses forces.

C'était seulement la veille que le piano, avec force cris et claquements de fouet, avait été retiré de la rivière. Charpentiers, plâtriers, bûcherons et paysans, tous avaient abandonné leur tâche pour prendre part à l'excitation générale. Tout le voisinage s'était réuni pour voir les quatre chevaux lutter et peiner pour soulever le lourd instrument ; les cordes avaient glissé une première fois et le chargement était presque entièrement retombé. Un nouvel essai avait été enfin couronné de succès et on devait le transporter ce même jour au salon.

Tout ce que Gussie avait dû supporter jusqu'à ce jour de la part de Nicolas se cristallisa soudain. Elle ne pouvait posséder une chose sans qu'il la désirât et il se mêlait de tout ce qu'elle faisait. Il était le centre même de toute la vie familiale, l'objet des préférences de papa, de maman, de Nurse, de Lizzy, de tout le monde... Jusqu'à Patsy O'Flynn qui avait fait descendre la petite fille de son épaule le matin même pour mettre Nicolas à sa place. Le petit Ernest était exquis, elle pouvait s'entendre avec lui, mais avec Nicolas, c'était impossible.

Devant Gussie s'étendait maintenant le long talus en pente raide d'où l'on avait retiré le piano et que le poids de ce dernier avait quelque peu nivelé. De toutes ses forces Gussie lança la petite voiture en avant et la lâcha.

Elle dégringola la pente avec Nicolas toujours cramponné au dossier du siège. D'abord surpris, il fit ensuite preuve d'une joyeuse insouciance. Une roue heurta une pierre et le choc projeta l'enfant en l'air ; il retomba sur son siège dans une position différente et son petit visage se trouva alors dérobé aux regards de Gussie.

La petite voiture atteignit finalement le bord de la rivière ; elle se renversa sur Nicolas qui ne fit plus un mouvement ; les roues avant se trouvaient au-dessus du torrent. Brusquement un sentiment de terreur s'empara de Gussie, elle se sentit seule dans un monde immense ; ses regards plongèrent dans le ravin, le piano qui avait été jusqu'au fond se trouvait maintenant remonté au sommet, la petite voiture, tout à l'heure en haut, gisait maintenant au fond... Nicolas qui faisait grand bruit quelques instants auparavant, se taisait. Les choses changent vraiment trop et trop vite ! Gussie eut peur.

Elle se mit à courir dans une direction d'où venait un bruit de haches et de voix humaines. Les deux Canadiens français chantaient et leur chant fit aussitôt surgir dans la mémoire de la petite fille un souvenir lointain, plein de charme et de douceur ; elle s'arrêta et resta cachée, attentive aux mouvements des muscles sur les bras bruns. Un frisson de plaisir la secoua ; pendant un court instant la forêt s'évanouit et Gussie ne vit plus que la cuisine de la maison de la rue Saint-Louis, sentit autour d'elle les bras berceurs de Marie, entendit la voix de Marie chanter :

Alouette, gentille alouette,
Alouette, je te plumerai.

Elle découvrit de minuscules fleurs roses émaillant le jeune gazon que foulaient ses petits pieds et se pencha pour en caresser son visage.

Soudain, elle entendit la voix de la nurse crier : « Augusta, Augusta ! » avec une note d'inquiétude.

Découvrant la petite fille, la nurse courut vers elle.

— Où est le bébé ? demanda-t-elle haletante.

— Là, en bas, répondit Gussie en montrant le fond du ravin.

— Dieu du Ciel !

Elle courut vers le bord et jeta les yeux au fond ; Gussie la suivit et la regarda descendre la pente en courant comme une folle, un doigt dans la bouche, elle vit Nurse relever la petite voiture, prendre Nicolas dans ses bras, l'examiner sous toutes ses coutures, puis remonter péniblement, le visage cramoisi.

« Nicolas n'avait pas eu plus de mal que le piano », décida Gussie en son for intérieur, tout en contemplant le visage de son petit frère. Ce dernier était calme et étonné ; son bonnet lui retombait sur l'œil. Nurse le posa sur le sol, puis redescendit chercher la voiture ; elle remonta hors d'haleine, retira oreillers et couvertures qu'elle secoua pour en faire tomber la terre et remit le tout en place en jetant des regards furtifs et affolés dans la direction de la maison.

Quand elle eut serré contre elle et tendrement embrassé Nicolas, elle se pencha vers Gussie et lui demanda avec violence :

— Que s'est-il passé ? Qu'avez-vous fait, vilaine petite fille ?

— J'ai poussé la voiture et elle est tombée. Je lui faisais faire une promenade.

— C'est un miracle que vous ne l'ayez pas tué.

Elle prit Gussie par les épaules, la secoua brutalement, et la frappa d'abord sur les mains, puis sur les joues.

— Voilà pour vous, dit-elle, et n'essayez pas d'aller vous plaindre à papa ou à maman. Cessez de pleurer. Vous n'avez pas eu la moitié de ce que vous méritiez...

Cette même après-midi, on ouvrit la caisse du piano qui apparut soudain au soleil, ne portant nulle trace apparente de sa chute. Il ne restait plus qu'à savoir dans quelle mesure sa musicalité avait été éprouvée. On avait fabriqué une sorte de chariot avec des roulettes pour le transporter dans la maison et une demi-douzaine d'hommes s'attelèrent à cette besogne, criant et se démenant au point d'effrayer Gussie. Quand l'instrument se trouva enfin installé sans encombre dans le salon, les hommes admirèrent son pupitre en bois de rose, les sculptures de ses pieds, les appliques en argent destinées à porter les bougies, avec autant d'orgueil que s'ils en avaient été les propriétaires.

Après leur départ, Adeline et Philippe, ainsi que Daisy et Wilmott, s'attardèrent au salon.

— Maintenant, s'écria Daisy, tout prend un aspect familier et intime ! J'ai toujours dit qu'un piano était l'âme d'une maison. J'espère que celui-ci n'est pas trop faux.

— Je vous en prie, asseyez-vous et jouez quelque chose, demanda Philippe. Réalisons le pire tout de suite.

Daisy fit tourner le tabouret dans tous les sens jusqu'à ce qu'elle ait obtenu la hauteur désirée. Puis elle frappa les premières mesures d'une valse de Strauss.

— Il n'est pas mauvais, dit-elle tout en jouant ; pas du tout mauvais. Il a un joli son.

Philippe était ravi. Entourant de son bras la taille d'Adeline, sans se soucier de savoir si elle était ou non en état de valser, il l'entraîna en tournoyant.

— Hop-là ! criait-il. Il y a des siècles que nous n'avons dansé ensemble.

Souple et vigoureuse dans les bras de son mari, Adeline effleurait à peine le parquet. Wilmott les regardait avec un peu de mélancolie souhaitant avoir lui aussi une danseuse. Apercevant Gussie qui avait entrouvert la porte et regardait à l'intérieur du salon, il s'approcha d'elle, lui fit une profonde révérence à la mode française, souvenir de son séjour à Québec, et lui dit :

— Me ferez-vous l'honneur de cette valse, Miss Whiteoak ?

Elle inclina gravement la tête et Wilmott, la tenant par ses petites mains, la fit danser en rond.

— Nous recevrons souvent dans ce salon, dit Adeline par-dessus l'épaule de Philippe. Nous sommes vraiment les gens les plus heureux du monde !

Elle se laissa tomber sur un canapé, rouge de plaisir, mais un peu lasse après cette valse. Daisy se retourna sur son tabouret.

— J'adorerais danser, dit-elle, si quelqu'un voulait danser avec moi !

— Jouez-nous un air, Wilmott, lança Philippe qui souleva Daisy de son siège pour la mettre debout.

Le jeu de Daisy, quelque peu maladroit, était gai et facile. Celui de Wilmott était lent et empreint d'une certaine sensualité. Le corps souple de Daisy exprimait presque sans pudeur le plaisir qu'elle goûtait. Philippe et elle avaient souvent dansé ensemble, l'hiver précédent.

— J'aime tant danser avec vous, capitaine Whiteoak. Il n'existe plus rien au monde pour moi quand je suis dans vos bras.

Il rit légèrement, la serra un peu plus fort et se mit à tourner plus vite. Augusta, debout à côté de Wilmott, frappait de ses petits poings les notes basses du piano et le signe de tête réprobateur que lui fit Wilmott la laissa indifférente.

— Gussie gâte tout, cria Daisy. Faites-la taire, je vous en prie, Mrs. Whiteoak.

Adeline se glissa vers l'enfant, la saisit et l'installa sur le canapé d'où ses petites jambes pendaient et se balançaient.

— Faut-il renoncer à l'espoir de danser ensemble ? demanda Wilmott à Adeline.

— Quand j'aurai pris un peu de repos.

Wilmott joua alors une polka que les danseurs exécutèrent avec grâce. Puis il vint s'asseoir auprès d'Adeline et lui dit :

— Je ne crois pas pouvoir danser avec vous, accompagné au piano par cette jeune personne, elle joue horriblement.

Adeline étendit la main et s'empara de celle de son ami.

— Vous me semblez bien mal disposé, aujourd'hui, Jacques. Je trouve que Daisy joue fort bien du piano et qu'elle danse encore mieux.

— J'aimerais mieux mourir que de danser avec elle !

Philippe s'approcha d'eux.

— Quand cette pièce sera tapissée, qu'il y aura de beaux rideaux

aux fenêtres et un tapis sur le plancher, vous verrez un magnifique salon.

— Ses dimensions sont imposantes, dit Wilmott ; il couvrirait deux fois la superficie de ma maison tout entière.

— C'est une pièce splendide, s'écria Daisy. Imaginez-la le soir, toutes les bougies des candélabres allumées, des danseurs glissant sur le parquet, des vases pleins de fleurs, un orchestre jouant doucement pendant qu'à l'extérieur s'étend l'immensité de la forêt ! Je vous envie un pareil salon ! Quelle impression croyez-vous que l'on retire de la pauvreté, capitaine Whiteoak ?

— Très joyeuse, si l'on en juge par vous-même ! répondit Philippe.

— Quelle cruauté ! Parce que je dissimule ma misère sous un sourire, vous croyez que je n'en souffre pas ! Je suis pourtant irrémédiablement condamnée au célibat ! Quel est l'homme qui épouse une fille sans fortune ?

— Dans les pays primitifs, déclara Wilmott, on juge une femme d'après sa vigueur physique.

Daisy traversa rapidement la pièce en offrant ses bras aux regards de tous.

— Dans ce domaine, je suis plus mal partagée encore. Regardez-moi : des os et de la peau ! Pas autre chose !

— Hop-là ! s'écria Philippe, se dirigeant vers elle en dansant. Un peu de musique, Wilmott.

Il entraîna Daisy dans une nouvelle danse dont il fournit lui-même l'accompagnement en sifflant délicieusement.

— Je voudrais vous dire quelque chose, dit Wilmott à Adeline en prenant dans sa main le petit pied chaussé de pantoufle de Gussie. Mais nous n'avons jamais plus l'occasion de bavarder ensemble.

— Quand nous serons installés, ce sera tout différent. J'aurai alors d'immenses loisirs. Que voulez-vous me dire ?

— J'ai commencé d'écrire un livre.

Le visage d'Adeline s'illumina.

— Splendide ! Est-ce un roman ? Est-ce que j'y figure ?

— Oui, c'est un roman et j'ai bien peur que vous ne soyez l'un des personnages. J'ai beau faire, je ne peux l'éviter.

— Je serais furieuse si vous le faisiez. Quand me lirez-vous ce que vous avez écrit ?

— Je ne sais pas. Peut-être jamais. Je ne suis pas encore bien fixé.

— Ces deux-là me semblent prêts à bavarder indéfiniment, fit observer Philippe à Daisy.

— Ils sont si intellectuels ! Moi, je n'ai que deux idées en tête.

— Dites-les moi vite.

— Etre aimée et aimer.

Wilmott se leva et se mit au piano. Il commença à jouer lentement, gravement. Gussie glissa à bas du canapé et le suivit. Ses petites mains tapotèrent les notes basses de l'instrument.

18

Visiteurs irlandais

Lorsque Philippe regardait autour de lui, il était frappé, chaque fois, par tout ce qui avait été fait depuis son arrivée et celle d'Adeline ; mais ce soir-là, il éprouvait une sensation toute particulière qui se mêlait de crainte. Un an à peine s'était écoulé depuis qu'il avait acheté un millier d'acres de terre toute en bois, à l'exception d'une petite clairière ; maintenant une maison imposante se dressait au centre de cet espace vide et tout autour s'étendait à perte de vue un parc avec de beaux arbres. Au-delà du parc, il y avait des champs que l'on avait défrichés pour y semer ensuite de l'avoine et de l'orge ; il y avait aussi des légumes et, l'an prochain, Adeline aurait un parterre de fleurs. La grange était terminée et l'écurie abritait deux attelages de beaux chevaux de ferme, deux chevaux de selle et une jument à tout faire que l'on utilisait pour traîner des charrettes ou faire des travaux faciles. Philippe ne s'était pas hâté d'acheter une voiture et un équipage, car, dans ce domaine, il était très difficile.

Ce soir-là, il se tenait debout entre la grange et la maison qu'il apercevait à travers les arbres et dont les murs d'un rouge foncé paraissaient plus sombres au soleil couchant. Une fumée d'un gris bleuté sortait de deux de ses cheminées et se déroulait sur le bleu plus foncé du ciel. Les vaches de Jersey elles-mêmes, qui broutaient auprès de lui comme si elles vivaient dans ces prés depuis déjà des générations, n'émouvaient pas Philippe autant que la vue de cette fumée se dressant dans le ciel au-dessus de ses propres cheminées, elle semblait tracer dans l'azur les mots : *Ma Maison*. Il avait donné son cœur à ce coin de terre ; il n'en voulait plus d'autre.

Quand il y songeait, il s'étonnait encore de la façon dont il avait décidé de quitter l'armée où il pouvait espérer faire une carrière honorable, du geste par lequel il avait rejeté tout ce qui l'attachait à cette vie pour adopter une existence aussi primitive. Le rêve de sa jeunesse avait été d'entrer dans l'Armée ; c'était une tradition dans sa famille et il avait trouvé maintes satisfactions dans les diverses activités de la vie militaire. Que s'était-il donc passé ? Il semblait que depuis le jour de son mariage, un étrange élément d'agitation avait pénétré dans sa vie. Non pas que la vie de garnison et ses plaisirs eussent déplu à Adeline ; et cette dernière n'était certes pas une fille de la campagne à l'esprit borné dont la présence aurait pu le détourner de sa vie de jeune officier. Non, il y avait eu quelque chose de plus profond, comme si Adeline avait toujours été à la recherche de la vérité et qu'à partir du jour où leurs deux vies s'étaient rejointes, ils étaient partis tous deux à sa recherche. Ce qu'ils avaient désiré trouver, c'était une existence sans mensonge, sans aucune obligation à se soumettre à des règles vieilles comme le monde ; c'était la possibilité de mener leur vie à leur guise. Et cette possibilité, ils l'avaient trouvée au Canada. Pas une fois Philippe ne regretta ce qu'il avait abandonné ; bien au contraire, il trouva le bonheur dans ce qu'il avait acquis.

Il regarda ses gros souliers, ses guêtres de cuir, ses culottes et sa veste de velours côtelé et éprouva une joie profonde à la pensée que désormais il appartenait véritablement à cette terre ; se dirigeant vers la plus jeune des vaches qui venait d'avoir son premier veau, il posa sa main sur l'encolure blanche, caressa la peau lisse ; la bête leva vers lui des yeux fidèles et confiants tandis qu'une herbe tendre remplissait sa bouche ; son petit veau encore faible mais plein de vie essayait à côté d'elle ses jambes encore grêles. Philippe ne les aurait pas échangés contre tout un régiment de cavaliers. Une sérénité profonde baignait tout son être ; du matin au soir, il avait mille choses intéressantes à faire ; il avait même tant à faire qu'il se sentait parfois débordé. Rien ne le pressait cependant. Avec le temps Adeline et lui atteindraient à Jalna le but qu'ils poursuivaient. Il avait de l'argent, envisageait l'avenir avec confiance et possédait également une foi précieuse ; il croyait fermement en Dieu, non pas en un Dieu trop personnel dont les yeux étaient toujours fixés sur les méfaits des hommes, mais un Dieu toujours prêt à leur tendre une main secourable et à accorder son pardon miséricordieux à tous les péchés dont la haine était absente.

« Petite vache, dit-il à la jeune bête, brave petite vache ! » Le veau se frotta contre son genou, tirant sa langue rose.

Il aperçut le colonel Vaughan se dirigeant vers lui à travers le champ, un panier à la main. Après les compliments d'usage, le colonel ouvrit son panier :

— J'apporte un petit cadeau pour votre femme ; quelques laitues (les nôtres sont particulièrement belles cette année), quelques cerises et une vingtaine de pillards qui voulaient les manger.

Le spectacle offert par le contenu du panier était digne d'un peintre, pensa Philippe. Les deux pieds de laitue étaient aussi verts que la jeune herbe tendre ; leurs feuilles cachaient le cœur blanc et se repliaient les unes sur les autres, fermes et fraîches, presque sans un pli ; seuls leurs bords étaient finement roulés. Contre cette fraîche verdure éclatait le rouge luisant des cerises. Une cloison séparait le panier en deux et dans l'autre casier reposaient les corps de vingt petits oiseaux au plumage brillant. Leurs gorges étaient aussi rouges que les cerises et une huppe se dressait sur leurs petites têtes, leur plumage était la douceur même.

— Les gredins se sont abattus comme un nuage, dit le colonel Vaughan, et se sont installés dans l'arbre. C'était un joli spectacle, mais je n'avais pas de temps à perdre pour les admirer. J'ai chargé mon fusil et j'ai tiré dans l'arbre ; je l'ai rechargé pour les traînards, ils sont tombés comme des fruits mûrs.

— Par Dieu, ils sont bien jolis. Mais qu'en fera Adeline ?

— Elle les fera empailler. Il y a un excellent naturaliste en ville. Il n'y a rien de plus joli dans une pièce qu'une vitrine contenant des oiseaux comme ceux-ci, disposés avec goût sur de petites branches. Si vous en voulez d'autres, je peux vous en donner encore autant. J'en fais empailler une vingtaine pour moi.

— Merci beaucoup, Adeline sera ravie.

Mais ce ne fut pas sans appréhension qu'il entra un peu plus tard dans le salon où Adeline brodait, utilisant les dernières lueurs du jour. Elle était charmante dans sa robe de cachemire blanc garnie d'un flot de dentelles sur le devant du corsage et au bas des manches qui s'arrêtaient aux coudes. Il prit une grappe de cerises dans le panier et la suspendit à l'une de ses oreilles.

— Voilà une boucle d'oreille !

Elle releva la tête.

— Des cerises ! Donne-m'en vite une poignée ! Viennent-elles de Vaughanland ?

— Oui. Et ceci aussi. Regarde.

Elle jeta un coup d'œil dans le panier. Ses joues pâlirent.

— Oh ! que c'est cruel ! Qui les a tués ?

— Vaughan. Mais ces oiseaux dévoraient ses cerises et n'en auraient pas laissé une seule.

— C'est cruel, cruel, répéta-t-elle. Pourquoi a-t-il envoyé ces oiseaux ici ?

— Il les a apportés lui-même pour toi, pour les faire empailler. Tu verras comme ils seront jolis dans une vitrine.

— Jamais ! Enlève-les ! Les pauvres petits ! Non, laisse-moi les voir !

Elle prit une des petites bêtes dans le panier et l'appuya contre sa joue. Des larmes inondaient son visage.

— Voyons, Adeline, sois raisonnable. Tu te mets dans un état fou pour rien, ou presque rien ; que dire alors des perdrix, des faisans et des coqs de bruyère que l'on tue à la chasse ?

— La chasse est un sport. Ceci n'est qu'un meurtre. Le gibier sert à notre alimentation, mais ces petites bêtes... Elle pressa l'oiseau mort qu'elle tenait contre ses lèvres, puis regarda Philippe avec une expression douloureuse. – Ces petits oiseaux sont créés pour leur beauté et leur chant. Qu'arrivera-t-il s'ils mangent les cerises ?

— Qu'arrivera-t-il s'ils n'en laissent aucune ?

— Qui s'en souciera ? Oui, qui s'en souciera ?

Et elle embrassait la gorge de l'oiseau.

— Adeline, tu as du sang sur les lèvres. Il prit son grand mouchoir de toile et lui essuya la bouche. – Maintenant, en voilà assez. Donne-moi ces oiseaux. Je trouverai bien quelqu'un qui sera heureux de les avoir.

Elle céda, affirmant seulement :

— On ne les mettra pas dans une vitrine ! Je les enterrerai moi-même.

Après un dernier regard vers le panier, ses larmes se remirent à couler.

Au même instant, Mrs. Coveyduck entra ; elle était arrivée à Jalna avec son mari depuis quelques semaines, après avoir été engagés dans le Devon par la sœur de Philippe, en qualité de cuisinière et de jardinier. Il eût été impossible de découvrir un couple de domestiques plus satisfaisant. Sam Coveyduck était petit, large et coloré ; il ne songeait, du matin au soir, qu'aux choses qui poussaient ; tout ce qui ne poussait pas était pour lui chose morte. Il parlait d'une voix grave et doucereuse, avec un accent très marqué du Devon. Sa femme était petite également, mais plus mince. Elle avait des cheveux noirs brillants, un visage de religieuse et une volonté de fer. C'était une excellente cuisinière. Elle adorait l'ordre et avait bien décidé de diriger Jalna et ses jeunes maîtres avec bonté, mais fermeté.

— Regardez, Mrs. Coveyduck, s'écria Adeline : regardez ces amours de petits oiseaux. Que pensez-vous de celui qui tue les petits oiseaux uniquement par plaisir ?

— Ce n'était pas par plaisir ! protesta Philippe.

— C'était par plaisir ! Sans cela pourquoi serait-il venu ici en courant pour nous montrer son butin ?

— Il ne courait pas, il marchait. Il pensait te faire plaisir.

— Peu m'importe comment il est venu ! cria Adeline. Il est venu m'apporter ses victimes et cela suffit ! J'ai toujours senti qu'il y avait quelque chose de mauvais en cet homme. Je me souviens l'avoir entendu raconter qu'il avait tué des Indiens indigènes pour un petit soulèvement.

— Ces Indiens avaient tué des civils anglais parmi lesquels se trouvait une femme. D'ailleurs, ce n'était pas ce Vaughan, mais un autre Vaughan.

— Il faut toujours que tu excuses les mauvaises actions de ton ami.

— Il faut toujours que tu penses du mal des gens ! répliqua Philippe en lui lançant des regards furieux.

— J'y vois aussi clair que n'importe qui. Je sais distinguer un sport d'un geste de cruauté et il s'agit aujourd'hui uniquement de cruauté.

— Allons, dit Mrs. Coveyduck d'un ton apaisant, je vais vous chercher une tasse de thé pour vous réconforter. Quant aux oiseaux, nous leur ferons des funérailles solennelles. Je trouverai bien une jolie boîte que je garnirai avec des feuilles. Coveyduck creusera une tombe que les enfants recouvriront de fleurs. Voulez-vous manger les cerises en compote ou en tarte, Ma'am ?

Ni Philippe ni Adeline ne répondirent. Tous deux avaient une préférence marquée pour la tarte, mais vu les circonstances, ni l'un ni l'autre ne voulait en convenir.

— En compote ou en tarte ? répéta Mrs. Coveyduck, en les regardant avec des yeux aussi bleus que le ciel.

— Je n'ai pas de préférence, répondit Philippe d'un ton sec.

— Moi non plus, déclara Adeline.

— Alors, je les ferai en compote avec de la crème du Devon, dit Mrs. Coveyduck qui n'ignorait pas leur préférence.

Elle prit le panier et se disposa à partir.

Les émotions excitaient toujours l'appétit d'Adeline. Elle jeta un regard de haine à Philippe qui n'avait pas réclamé une tarte aux cerises. Il enfonça ses mains dans ses poches et se mit à siffler entre ses dents.

— Nous ne sommes pas dans une écurie, dit-elle, et tu n'es pas un valet de ferme.

— Je voudrais une tarte aux cerises, répliqua-t-il.

Adeline fit un beau sourire à Mrs. Coveyduck.

— Le maître désire une tarte aux cerises, dit-elle.

Le jour même, on enterra les petits oiseaux, et Adeline reçut une lettre de son frère Conway l'informant que Mary et lui étaient à Montréal et viendraient bientôt leur rendre visite à Jalna. Ils étaient venus s'occuper des affaires de Mrs. Cameron morte le printemps précédent, en laissant à Mary une fortune modeste, mais qui n'était pas à dédaigner. Tous deux se portaient bien et aspiraient à revoir Philippe, leur chère Adeline et les enfants. Sholto les avait accompagnés.

Adeline se trouva partagée entre le plaisir et la consternation. Si cette visite avait eu lieu un peu plus tard, son plaisir eût été sans mélange, mais la maison n'était pas encore en état. Les murs du salon étaient tapissés et les rideaux pendus. L'ensemble était séduisant, mais les détails encore inachevés ; aucun tableau n'était accroché aux murs ; aucun bibelot n'avait trouvé sa place. Quant à la salle à manger, c'était encore un véritable chaos ; les meubles gardaient leur emballage, les escabeaux attendaient les tapissiers. Les repas étaient servis dans la bibliothèque. Les chambres d'amis n'étaient pas encore aménagées.

Heureusement, une vente privée de mobilier était annoncée dans une ville voisine. Philippe s'y rendit non sans un peu de mauvaise humeur, car il avait beaucoup à faire chez lui. Mais il est toujours agréable de dépenser son argent et il revint enchanté après avoir fait l'acquisition de deux mobiliers de chambres à coucher, l'une en châtaignier sculpté, l'autre en acajou, d'un joli style. Il avait également acheté des garnitures de toilette complètes, avec d'énormes pots à eau, des cuvettes, des porte-savons, des seaux, des pots de chambre, des porte-brosses à dents assez grands pour contenir des brosses à dents de mastodontes. Il avait ajouté à tout cela une grande baignoire en métal peinte en vert, une galerie en fer pour plantes en pots, un coucou, une tête de daim empaillée, un énorme recueil de poètes anglais et une niche à chien. Adeline dut abandonner la mise en place des rideaux pour venir examiner ces achats qu'elle proclama magnifiques ; et serrant sur son sein l'anthologie des poètes anglais, elle s'enfuit dans la bibliothèque où elle plaça le volume bien en vue sur une étagère. La main dans la main, Philippe et elle admirèrent longuement l'effet ainsi obtenu.

Mrs. Coveyduck fut merveilleuse au cours de cet aménagement. Jamais une parole de mécontentement ou d'irritation ne lui échappa. Elle allait de la cave au grenier, sans jamais témoigner la moindre fatigue, agissant à sa guise, sans bruit ni agitation. La jeune Lizzy, sous sa direction, devint rapidement une bonne femme de chambre ; elle trouvait que Mrs. Coveyduck était la perfection même et rien n'était plus drôle que de voir ses efforts pour l'imiter en toute chose.

Philippe et Adeline étaient profondément heureux de vivre enfin chez eux, sous leur propre toit. Philippe n'était plus contraint de mettre la tête à la fenêtre pour fumer un cigare, mais coiffé de son bonnet de velours dont le gland d'or lui retombait hardiment sur l'œil, il pouvait fumer partout où il le voulait. Adeline était libre de courir de chambre en chambre en chantant, de laisser tomber n'importe quoi, n'importe où, certaine que Mrs. Coveyduck ou Lizzy passeraient derrière elle pour le ramasser. Les enfants pouvaient hurler tout leur content sans qu'elle eût à s'en soucier. Quant à Néron, sa vie de proscrit avait cessé ; il souffrait tant de la chaleur estivale que Patsy O'Flynn l'avait tondu jusqu'aux épaules comme un jeune lion ; il circulait partout à son gré et la porte d'entrée portait déjà la marque de ses griffes sollicitant le droit d'entrée.

Les voyageurs attendus de Montréal arrivèrent par une journée chaude et lumineuse, mais le vent soufflait avec violence. Tout semblait en mouvement, depuis les branches qui frémissaient jusqu'à la queue de Néron.

— Quelle joie de vous revoir, mes garçons ! cria Adeline, en serrant ses frères sur son cœur.

— Chère petite sœur ! dit Conway, se laissant faire sans difficulté. C'est un vrai paradis que d'être ici après tous les désagréments que nous avons dû supporter. Comme tu as bonne mine !

Il n'avait pas du tout changé, pas plus que Sholto. Toujours minces et élancés, avec leurs chevelures rouges trop longues, leurs visages longs et pâles, leurs mentons pointus, leurs narines hautaines, ils évoquaient toujours pour Philippe des figures de cartes à jouer. A peine paraissaient-ils un peu plus vieux que le jour où ils avaient quitté le navire en cachette. Mais Mary avait subi une véritable transformation ; l'enfant pâle était devenue une belle jeune femme, bien qu'en y regardant de près, elle ne fût pas flattée par les vêtements qu'elle avait achetés à Paris. Tout l'argent dont disposait le jeune ménage lui appartenait, mais Conway avait réussi à la convaincre qu'il lui avait fait une grande faveur en l'épousant. Les regards adorateurs de la jeune femme accompagnaient les moindres gestes de son mari et lorsqu'il était loin d'elle, elle attendait tristement son retour. Elle l'ennuyait souvent et il préférait la société de son frère, plus conforme à ses goûts.

— Quelle adorable maison ! s'écria-t-il. Tout y est si frais, si propre ! Quel désert aux alentours !

— Ciel, regarde ce chien, dit Sholto, simulant la terreur. N'est-ce pas plutôt un lion ? Quel drôle d'animal !

— C'est un terre-neuve ; il ressemble davantage à un agneau qu'à un lion, répondit Adeline en caressant Néron.

— Les amours de bébés ! – Mary se précipita vers les enfants. – Je ne désire rien tant qu'un bébé, mais il me semble que je suis incapable d'en avoir.

Conway, tout en redressant sa cravate de soie, lança un clin d'œil à sa sœur.

— Il n'y a rien au monde que je désire moins, dit-il.

— Tout a été merveilleusement réparé ici, remarqua Sholto en regardant autour de lui.

— Enfant, cette maison vient d'être construite ; elle sort de terre comme une pâquerette des champs.

Il regarda sa sœur avec stupéfaction, ne parvenant pas à réaliser l'existence de cette maison neuve.

— Comment va notre chère maman ? demanda Adeline.

— Merveilleusement, répondit Conway. Tu te souviens probablement de la dent qu'elle avait perdue. Eh bien ! elle en a une toute neuve, absolument magnifique, à la place. C'est un vrai miracle, une révélation. Tu verras ça !

— Elle vient ici rien que pour te la montrer, reprit Sholto ; car elle va venir avec papa.

— Vraiment ! ne put s'empêcher de dire Philippe un peu consterné. Vous dites qu'ils vont venir à Jalna ?

— Oui ; papa se refuse à croire ce que notre petite sœur écrit sur ce pays et vient pour se rendre compte lui-même.

— Comment va papa ? demanda Adeline rêveuse.

— Plus méchant que jamais, répliqua Sholto. Deux jours avant notre départ, il m'a tellement battu que j'en étais couvert de bleus ; j'ai cru que je devrais renoncer à partir.

— Tu n'as eu que ce que tu méritais, lui dit son frère.

A son tour Mary demanda :

— Où sont les deux Irlandais qui étaient avec nous sur le bateau ?

— Mr. d'Arcy a regagné l'Irlande il y a quelques mois et Mr. Brent qui avait enlevé une jeune Canadienne est revenu récemment avec elle ; elle a obtenu le pardon de son père.

— Est-elle riche ? demanda Mary.

— Pour ce pays, son père est à son aise.

— Et pour l'Irlande, que serait-il ? demanda Conway.

— Il roulerait sur l'or. Maintenant, venez voir vos chambres. Puis nous dînerons.

Elle les conduisit au premier étage. Ils coururent de chambre en chambre, regardant tout avec une curiosité d'enfant. Adeline elle-même redevenait une petite fille, heureuse d'avoir retrouvé ses frères.

Ceux-ci firent sensation dans le pays avec leurs vêtements à la dernière mode d'Europe, leurs manières libres et naturelles. Les Lacey organisèrent un pique-nique en leur honneur, mais la principale attraction de cette réunion fut la présence de Brent et de sa femme revenus récemment et qui se trouvèrent bientôt entourés d'un cercle amical.

Brent se libéra rapidement et prit Adeline à part.

— J'ai de bonnes nouvelles pour votre ténébreux ami, lui dit-il.

— Je n'ai pas de ténébreux ami, répliqua-t-elle. Je demande de la bonne humeur à tous mes amis. Si par hasard il s'agit de Jacques Wilmott, vous faites erreur. Il serait le plus heureux des hommes si…

— Il n'y a plus de « si », désormais, interrompit Brent. Je vous en prie, trouvez-le et permettez-moi de le rassurer.

Adeline trouva Wilmott au milieu d'un groupe qui s'amusait à tirer à l'arc. Il venait tout juste d'ajuster son arc et regardait la cible ; Adeline attendit que la flèche eût percé l'œil de taureau et qu'il eût cédé sa place à un autre amateur, au milieu des applaudissements.

— Oh ! Jacques, dit-elle, pouvez-vous laisser ce jeu et venir avec moi ? Thomas Brent me dit qu'il a de bonnes nouvelles pour vous. Il attend près du pavillon d'été. Excusez-vous et venez.

— J'ai gagné ; je peux vous suivre tout de suite.

Adeline s'attarda un instant pour regarder Daisy Vaughan qui, arc en main, allait prendre part à une nouvelle partie. Elle s'attirait de nombreuses moqueries, car elle ne parvenait pas à comprendre de quelle façon il fallait tenir son arc.

— Je ne pourrai jamais tenir mon arc ! cria-t-elle.

— Une seule chose importe, dit Kate en riant ; c'est d'attraper votre « *beau* »[1] . Quand vous l'aurez attrapé, vous le tiendrez sans peine.

— Que veut-elle dire ? demanda Daisy innocemment.

— Oh ! Daisy, que vous avez l'esprit lent ! s'écria Lydia Busby. Ne voyez-vous pas : *Bow* et *beau* ?…

— J'avoue ne voir aucun rapport. Je le répète, aurais-je une douzaine d'arcs, je ne pourrais pas en tenir un seul.

Une cascade de rires lui répondit.

Philippe s'approcha d'elle, passa son bras autour de ses épaules et l'aida à placer ses mains correctement. Elle sourit avec abandon.

Tout en s'éloignant avec Wilmott, Adeline lui demanda :

— Que pensez-vous de Daisy, Jacques ?

— Je pense que c'est une petite drôlesse, répondit-il sèchement.

— C'est ce que j'avais pensé au début. Ensuite j'ai cru que ce n'était qu'une petite sotte. Et maintenant, je ne sais plus que croire. Elle se dit mon amie.

— Elle n'est pas votre amie, ni l'amie d'aucune femme ! Adeline, cette fille est folle des hommes. Les célibataires se sont dérobés. Je crois qu'elle a renoncé à ses visées sur le Dr Ramsay. Maintenant elle court après Philippe.

— Elle a toujours cherché à le séduire ; mais ses grimaces n'ont fait que m'amuser.

— Philippe est l'homme le plus séduisant du pays.

---

1. En français dans le texte. Jeu de mots intraduisible. *Arc* se dit « bow », ce qui se prononce « beau », également terme anglais pour soupirant.

— Mais il m'appartient.

— Que lui importe ? Adeline, cette fille a dit à mon domestique Tite qu'il avait des cils exquis et une bouche semblable à une fleur de grenade.

Adeline se mit à rire de tout son cœur.

— Oh ! Jacques, que c'est drôle de vous entendre parler ainsi !

Il répliqua avec vivacité :

— Je ne suis pas aussi incapable de poésie que vous voulez bien le croire !

Elle le regarda presque avec tendresse.

— Si ces paroles étaient les vôtres, je n'aurais jamais ri, mais vous les entendre répéter comme s'adressant à Tite de la part de Daisy, me remplit de joie. Qu'en pense Tite ?

— Le jeune gredin trouve cela charmant. Il a pris l'habitude de se regarder dans ma glace en essayant de voir ses cils et en faisant des grimaces.

— Il est beaucoup plus français qu'indien.

Ils trouvèrent Brent se dissimulant dans le pavillon d'été ; il les appela doucement.

— Je suis là. Venez et apprenez les nouvelles, Wilmott.

Ils entrèrent. Adeline s'assit à côté de Brent. Wilmott resta debout près de la porte, sur la défensive.

— J'ai vu votre femme, annonça Brent.

— Vraiment ?

Le ton de Wilmott n'exprimait aucune émotion.

— Kate et moi, comme vous le savez, avons passé notre lune de miel à New York. Nous y étions depuis trois jours quand Mrs. Wilmott m'a reconnu devant la vitrine d'un libraire, elle venait d'acheter un livre. Je ne l'avais pas vue depuis presque un an et elle m'a paru tout de suite en excellente forme. Ce n'était plus la même femme.

Wilmott continuait à le regarder en silence.

— Elle ne se préoccupe plus de ce que vous devenez. Elle est plongée, littéralement jusqu'au cou, dans la campagne antiesclavagiste !

Wilmott ouvrit la bouche de stupeur et laissa échapper un son incohérent.

— Que voulez-vous ! continua Brent ; c'est par nature une femme missionnaire, et cette nouvelle mission l'absorbe complètement. Elle n'est jamais allée à Mexico, car elle s'est liée avec des gens qui lui ont fait comprendre la précarité et le peu de chances de son expédition. Ses nouveaux amis sont d'ardents antiesclavagistes ; elle s'est jointe à eux et les a suivis dans leurs voyages dans le Sud. En ce moment, elle fait une tournée de conférences dans le Nord et retournera plus tard en Angleterre pour y faire également des conférences.

— Des conférences ! laissa tomber Wilmott.

— Oui, des conférences. Elle collait justement une affiche dans la vitrine du libraire pour annoncer celle qu'elle faisait le soir même et me demanda d'y assister. Heureusement Kate était un peu souffrante, aussi ai-je pu y aller seul.

— Et Mrs. Wilmott est montée sur une estrade et a parlé ? cria Adeline. Comme j'aurais aimé l'entendre ! Y avait-il foule ?

— La salle n'était pas très pleine, mais les assistants n'auraient pu manifester plus d'enthousiasme. Elle souleva en eux une véritable indignation. Ils seraient partis aussitôt mettre le feu aux maisons des propriétaires d'esclaves si seulement ils avaient pu en trouver.

— Cela m'étonne, dit Wilmott, qu'elle ait pu s'attacher à ce seul sujet. Sa langue l'emporte ordinairement.

— Elle ne l'a pas emportée du tout ! s'écria Brent. C'est justement là qu'est l'intérêt de la chose. Les mots jaillissent tout naturellement ; elle submergea son auditoire sous le flot de paroles, nous offrant à la fois des statistiques et des récits de torture. Pour ma part, s'il n'y avait eu Kate, j'étais presque décidé à me joindre à cette campagne ! D'une petite voix claire et pénétrante...

— Ah ! dit Wilmott d'un air sombre, je la connais cette voix ! Elle me cassait la tête pendant des heures quand nous étions couchés et que quelque chose l'avait incitée à me tenir un discours.

— Un discours ! C'est exactement cela ! C'est un orateur-né. Quand vous étiez auprès d'elle, son auditoire se réduisait à un seul, désormais ses auditeurs se comptent par centaines et cela ne m'étonnerait pas qu'avant la fin de la campagne, ils ne deviennent des milliers. Sa conférence une fois terminée, elle s'est trouvée véritablement assiégée de gens qu'elle avait vivement intéressés. Je l'ai ensuite raccompagnée à son hôtel et nous avons eu une longue conversation, c'est-à-dire qu'elle parlait et que j'écoutais.

— Vous a-t-elle parlé de moi ? demanda Wilmott.

— Oui. Elle affirme que votre départ a été le plus grand bonheur de sa vie et qu'à part le fait de lui avoir donné Hettie, c'est la seule bonne chose que vous ayez faite pour elle.

— Elle ne vous a rien dit des sacrifices matériels que j'ai faits pour assurer sa sécurité ?

— Elle ne m'en a pas dit un mot. Elle m'a même parlé de votre paresse et de votre manque d'ambition. Elle m'a assuré que s'étant consacrée à sa grande mission, elle désirait de plus jamais entendre parler de vous et que si vous reveniez implorer son pardon, elle vous jetterait dehors.

— Vraiment, elle a dit cela ! cria Wilmott avec un rire sauvage.

Adeline se leva vivement et embrassa Wilmott.

— Oh ! Jacques, s'écria-t-elle, quelles merveilleuses nouvelles !

Puis elle se tourna vers Brent et l'embrassa également.

— Vous vous êtes conduit splendidement ! Avez-vous dit quelque chose de tout cela à Kate ?

— Pas un mot, et je ne lui en parlerai jamais ! En réalité, chère Mrs. Whiteoak, il y a dans mon passé tant de petits incidents que je dois laisser ignorer à Kate que celui dont Wilmott est le héros est presque inexistant.

— Quel mauvais sujet ! lança Adeline en lui donnant un second baiser.

Nul n'aurait songé à traiter Wilmott de mauvais sujet : il les regardait tous deux fixement.

— N'êtes-vous pas ravi ? demanda Brent.

— Si, je suis ravi. Mrs. Wilmott vous a-t-elle parlé de ma fille ?

— De Hettie ? Certainement. Sa mère en est très contente ; elle est complètement transformée. Elle s'est mise également au travail de toutes ses forces. C'est maintenant une grande fille vigoureuse et sérieuse. Elle était assise à une petite table à l'entrée de la salle de conférences et distribuait des tracts contre l'esclavage. Elle vendait aussi de petits opuscules rédigés par sa mère, avec un autographe de cette dernière, le tout au prix de cinquante *cents*. La recette était pour la cause. J'en ai acheté un pour vous, Wilmott. Le voilà.

Il déboutonna sa veste et sortit l'opuscule de sa poche intérieure. Wilmott le prit avec précaution.

— Merci, dit-il, merci beaucoup.

— Vous savez, reprit Brent, si jamais votre aventure vient à être connue (ce qui, Dieu m'en garde, ne le sera jamais par ma faute !) vous pourrez dire tout simplement que votre femme et vous, vous vous êtes séparés en raison de vos divergences de vues sur la question de l'esclavage. Vous pourrez exprimer votre sympathie pour le Sud.

— Il ne pourra jamais dire une chose pareille qui le rendrait impopulaire dans ce pays, protesta Adeline. D'ailleurs, nous sommes antiesclavagistes.

— Alors, continua Brent décontenancé, vous direz qu'elle ne restait jamais chez elle, comme il convient à une bonne épouse, mais qu'elle ne cessait de courir la prétentaine pour faire des conférences. Vous direz que vous vous êtes séparés par consentement mutuel, ce que je certifierai exact.

— Merci, dit Wilmott en retournant dans ses mains le petit fascicule que lui avait remis Brent.

— Parfait ! agréa Adeline. C'est exactement ce qu'il faudra dire.

Kate Brent arrivait pour les chercher.

— Il y a des fraises à la crème, cria-t-elle. Venez vite, tous ! Les fraises sont énormes et la crème aussi épaisse que l'accent irlandais de Tom.

— Mon trésor, répondit Brent, je vous suivrai au bout du monde si vous m'offrez des fraises.

— Voulez-vous m'excuser auprès de Mrs. Lacey ? demanda Wilmott. Il faut que je rentre à la maison.

Ils ne réussirent pas à le faire rester. Adeline s'attarda un instant auprès de lui.

— Tout se termine mieux que nous ne l'avions espéré, n'est-ce pas ? Et vous voyez que j'avais bien agi en prenant Thomas Brent pour confident.

— Vous avez agi admirablement. Mais cependant, et pour soulagé que je sois, il me semble que je fais une drôle de figure dans tout cela.

— Voilà bien ce qu'il y a de terrible en vous ! Vous vous préoccupez toujours de l'opinion du voisin ! Moi, je ne m'inquiète jamais de ce que les autres pensent.

— C'est en cela que réside votre charme. Mais moi, je n'ai aucun charme.

— Jacques, vous êtes un des hommes les plus séduisants que je connaisse. Et vous devez être maintenant un des plus heureux.

— C'est bien ce que je vais être, je vous le promets.

Ils se séparèrent et Wilmott suivit le petit sentier qui le ramenait chez lui, au milieu de la luxuriante végétation de juillet.

Toutes les fois qu'il s'éloignait de son domicile, sa première pensée, au retour, était de savoir ce que faisait Tite. Ce jour-là il le trouva au bord de la rivière, peignant une brouette d'un bleu vif qu'il puisait dans un pot de peinture neuf.

— Eh bien ! Tite, que fais-tu là ?

Tite fit un geste gracieux avec son pinceau.

— Maître, mon grand-père m'a donné cette brouette qui est vieille et ne lui sert plus. Mais je n'aime pas les brouettes rouges, aussi je la peins en bleu.

— C'est une excellente brouette. Tite, es-tu bien sûr que ton grand-père te l'a donnée ? Tu m'as dit qu'il était très pauvre.

— Il est très pauvre, en effet, maître. C'est pourquoi il n'a qu'une brouette à me laisser. Il sait qu'il va bientôt mourir.

— Et le pot de peinture, d'où vient-il ?

— Maître, je l'ai trouvé qui flottait sur la rivière.

Wilmott soupira et rentra à la maison. Une paix ineffable y régnait. Il s'assit devant la table et sortit de sa poche le fascicule d'Henriette. Il le lut entièrement, puis le posa sur le foyer de la cheminée et en approcha une allumette enflammée. Il flamba aussitôt ; un mot se détacha de la couverture : *Esclavage*.

Un sourire heureux éclaira le visage de Wilmott.

— Enfin, dit-il tout haut, elle m'a rendu ma liberté. Dieu en soit loué ! Je peux recommencer ma vie... en paix.

Tite passa la tête dans la porte.

— Maître, je voudrais vous dire quelque chose.

Wilmott leva la tête.

— Eh bien ! parle, Tite.

— Maître, les voisins qui offrent la « garden-party » m'ont donné un panier de fraises ; j'en ai préparé une assiette pour votre goûter, avec de la crème de votre vache.

— Cela me paraît fort appétissant, Tite. J'ai très faim. Apporte les fraises.

Tite s'appuyait avec grâce contre le battant de la porte.

— Maître, la jeune bonne qui est placée à Jalna m'a donné une tranche de gâteau aux raisins.

— Vraiment ! C'est très généreux de sa part. Prenons notre thé.

Tite bondit en avant comme un jeune animal galvanisé par la seule pensée du plaisir. Il retira le tapis de drap rouge qui recouvrait la table et disposa à la place un carré de toile blanche propre, sur lequel il disposa les assiettes avec goût. Wilmott mit la bouilloire sur le feu. Au début il avait pris ses repas seul, mais il s'était attaché à Tite au point de trouver du plaisir en sa compagnie quand il était à table. Le garçon était mince, propre, bien élevé ; de plus, il était beau. Et Wilmott échafaudait pour lui des projets d'avenir.

Tout en mangeant leurs fraises avec de la crème épaisse, Wilmott dit :

— Je vais t'apprendre bien des choses, Tite : l'histoire, la géographie, les mathématiques, la littérature anglaise et même le latin.

— Voilà qui est bien, maître, répondit Tite en coupant soigneusement en deux la tranche de gâteau. Je suis toujours disposé à m'instruire.

19

Baignades

— Ces parties de croquet et de tir à l'arc sont charmantes, déclara un jour Conway, mais j'aimerais que tu nous offres une distraction plus originale, Adeline. Quand nous avons séjourné dans le Midi de la France, Mary et moi, nous avons pris part à des fêtes au bord de l'eau dont les principales attractions étaient de boire du champagne et de se baigner.

Il était assis sur le plancher, aux pieds de sa sœur ; sa tête reposait sur les genoux d'Adeline et, tout en parlant, il levait vers elle ses yeux verts. Sholto était assis exactement dans la même position, mais sa tête s'appuyait sur l'autre genou. Mary assise en face d'eux sur une chaise dont le dossier était droit, s'appliquait à une légère dentelle au crochet destinée à border un bonnet de nuit. Elle prit la parole à son tour.

— C'est vrai, Adeline, nous avons fait en France le séjour le plus délicieux que vous puissiez imaginer. Il y avait des costumes de bain dignes de figurer dans les tableaux et quand nous étions fatigués de nous baigner, nous nous couchions dans le sable et nous chantions.

— Je vois mal semblable distraction ici, dit Adeline.

— Ce sera cependant bien facile à organiser, reprit Conway, si seulement tu me laisses faire. Il convient d'abord d'éliminer tous ces vieux bonzes qui ne cessent de critiquer ce que font les jeunes. Ta tâche se réduira à réunir un groupe sympathique et à fournir des rafraîchissements. Je m'occupe du reste.

— Ce lac n'a rien de commun avec la Méditerranée, dit Adeline ; il est plutôt froid.

— Par cette température torride ! Non. Ce sera délicieusement frais. Allons, petite sœur, dis oui.

— Dis oui, supplia Sholto en faisant tourner les bagues d'Adeline autour de ses doigts.

— Nous n'avons pas de costumes de bain.

— Conway et moi, nous en avons, dit Mary. Les autres pourront facilement en acheter ou en faire. Lydia Busby m'a dit qu'elle avait un patron. Dites oui, Adeline !

— Ce n'est rien à faire, dit Sholto. On se croirait en Irlande.

— C'est la pleine lune, ajouta Conway ; nous aurons toute la lumière désirable.

— Vous avez donc l'intention de rester au bord de l'eau après le coucher du soleil ? demanda Adeline.

— Certainement, répliqua Mary. Ce serait mortel que de sortir avant la fin de l'après-midi. Vous ne pouvez pas savoir l'agrément de ces baignades ! Etre libérée de ces longues jupes, de ces chaussures étroites, et surtout, de toute convention !

— Je ne crois pas que les conventions vous aient jamais beaucoup gênés, déclara Adeline.

— Ici, nous les subissons, dit Sholto, et nous détestons toute entrave.

— Alors, rentrez en Irlande.

— Quelle idiote tu es, petite sœur ! répliqua le jeune homme en lui baisant la main.

Adeline saisit une poignée de cheveux sur la tête de chacun de ses frères et les tira vivement.

— Faites à votre guise. Mais il n'y aura pas de champagne ; vous vous contenterez d'un bon vin blanc. Dresse ta liste d'invités, Conway. Mary, procurez-vous le patron du costume de bain. Il faut nous hâter si nous voulons profiter de la pleine lune.

Ils se hâtèrent, en effet, le principal obstacle à la réalisation de leur projet étant l'absence de costumes appropriés. Les invités furent Robert et Daisy Vaughan, les Brent, les trois jeunes Busby, le Dr Ramsay et Wilmott. En y ajoutant les cinq habitants de Jalna, ils seraient quinze.

Un véritable atelier bourdonnant d'activité s'ouvrit à Jalna où des costumes de bain furent confectionnés très rapidement et sans grande considération pour les différentes tailles de ceux à qui ils étaient destinés. Ils se ressemblaient tous étrangement. On avait acheté une pièce de flanelle bleu marine et plusieurs pièces de galon blanc pour les costumes des dames. Les hommes devaient porter leur chemise blanche habituelle, mais on confectionna à leur intention des culottes de flanelle blanche qui s'arrêtaient aux genoux. La coupe de ces culottes et l'assemblage des morceaux donnèrent des résultats tels que la maison retentit de fous rires. Mary en pleura de joie et on dut l'asperger d'eau, ce qui interrompit le travail pendant un moment.

Finalement, Sholto, le plus jeune et le plus innocent, revêtit le premier costume enfin achevé. Sa chemise était évidemment sans défaut, mais la culotte s'arrêtait à mi-mollet et produisait un effet si comique qu'un nouvel éclat de rire interrompit encore une fois les travaux. Sholto se pavana dans la pièce sans aucune honte, sa toison rousse hérissée sur sa tête, ses jambes maigres exposées aux regards. Une discussion animée s'engagea pour savoir s'il fallait allonger ou raccourcir les pantalons, y ajouter un galon ou les laisser sans garniture. Grâce au ciel, ni Mrs. Vaughan, ni Mrs. Lacey n'étaient présentes.

Quand Philippe essaya son costume dans le secret de sa chambre à coucher, il s'aperçut qu'il lui était impossible de s'asseoir.

— Adeline, cria-t-il, viens ici tout de suite.

Elle obéit.

— Vous vous passerez de moi pour cette maudite partie de baignade, dit-il. Il m'est impossible de m'asseoir avec ces culottes.

Adeline tourna autour de lui, le regardant d'un œil critique.

— Tu n'as pas besoin de t'asseoir. Ces costumes sont faits pour nager et non pour s'asseoir. Peux-tu nager ?

— Certainement. Mais ne compte pas que je nagerai sans répit pendant que vous vous assiérez sur la plage pour boire mon vin blanc. Du reste, je ne suis même pas sûr de pouvoir nager. Ce costume est terriblement étroit et d'une très mauvaise coupe.

— C'est ma foi vrai, reconnut Adeline. Je le donnerai à Wilmott qui est beaucoup plus mince et je t'en ferai un autre.

On fit donc une autre culotte à Philippe avec le reste de la flanelle ; et faute de tissu, elle se trouva plus courte que les autres ; mais il n'y fit aucune objection, car il pouvait s'asseoir et nager sans difficulté.

La chaleur était anormale pour la saison ; il faisait plus chaud qu'en plein été. Plus on se rapprochait de la date de la pleine lune, plus la température était accablante. Se rendre au bord du lac pour s'y baigner semblait presque exiger un effort surhumain. A quatre heures, les arbres jetaient leur ombre sur la route qui menait au lac, mais les feuilles demeuraient immobiles, comme découpées dans du métal. Le ciel brillait d'un éclat dur de pierre précieuse. La nouvelle calèche des Whiteoak, traînée par une paire de chevaux bais magnifiques que conduisait Philippe, suivit l'allée et franchit la barrière. Philippe était un cocher habile et les chevaux marchaient à belle allure. Il y avait également dans la voiture, se faisant face, les deux Vaughan et Wilmott. Des bourriches pleines de provisions occupaient le dessous des sièges ainsi que les boîtes renfermant les costumes de bain. Sur la route, ils rencontrèrent les Brent dans un boghei tout flambant neuf et les quatre Busby dans un vieux phaéton. En dépit de la chaleur, le jeune Isaac Busby était décidé à organiser une course entre ses vieux chevaux et ceux de Philippe. La température importait peu pour les Busby !

— Avancez, avancez ! criait-il en faisant claquer son fouet.

Mais Philippe continua à faire trotter doucement ses chevaux.

La fraîcheur du lac se fit sentir avant même que les promeneurs l'eussent atteint. Une brise légère s'élevait de sa surface à peine ridée, la forêt l'entourait de toute part ; on eût dit une mer intérieure isolée du reste du monde. Des troupeaux d'oiseaux aquatiques se promenaient en bon ordre sur la grève plate. Un nuage de martins-pêcheurs s'éleva et jeta son ombre sur le bleu du lac. Une douzaine de colibris à la gorge rouge volaient au-dessus d'un fourré de chèvrefeuille qui poussait sur la grève.

La route aboutissait à un champ inculte où les chevaux furent déharnachés et attachés. Le Dr Ramsay arriva le dernier sur son hongre gris ; il jeta sur la plage un paquet et fit remarquer que personne ne devrait se baigner avant d'avoir moins chaud.

— Alors je ne me baignerai jamais, cria Mary, car je suis sûre que j'aurai toujours chaud.

— Il faut prendre grand soin de vous, Mrs. Court, dit le docteur, car vous êtes très maigre.

— Je me baignais deux fois par jour dans la Méditerranée, lui lança-t-elle sur un ton de défi.

— C'était très imprudent de votre part...

Et s'approchant d'elle, en affectant une attitude toute professionnelle, il lui demanda : – Puis-je vous tâter le pouls ?

D'un geste enfantin, elle lui abandonna son poignet.

— C'est bien ce que je pensais. Votre pouls est très rapide ; il ne faut pas vous surmener.

— Tâtez donc le mien, docteur, dit Adeline à son tour. Je crois qu'il a complètement cessé de battre.

— Inutile de vous conseiller de vous soigner, Mrs. Whiteoak, dit le docteur d'un ton sévère.

Elle lui fit une petite grimace qui réussit à lui arracher un sourire. Il rougit, car il avait espéré lui faire oublier par son attitude réservée l'élan amoureux auquel il avait, un jour, cédé.

Un bouquet de cèdres battus par les vents poussait à l'endroit où le sable et la terre se rejoignaient ; il servit d'abri aux jeunes femmes pour revêtir leurs costumes de bain. Ceux-ci étaient tous semblables, à l'exception de celui de Mary, et se composaient d'une petite jupe de flanelle qui arrivait aux genoux et d'une blouse avec des manches aux coudes et un col marin, le tout garni de galon blanc. Elles portaient toutes de grands bas de coton blancs.

Mary avait jalousement caché son costume jusqu'à ce jour et ne manqua pas de faire sensation quand elle sortit du bosquet un peu intimidée, vêtue d'une tunique bleu ciel, avec une ceinture rouge vif et une cravate nouée sous le col marin ; un petit bonnet rouge complétait sa tenue. Sa jupe courte stupéfia Kate et ses sœurs et excita l'envie de Daisy Vaughan.

— Je me demande si je peux relever un peu ma jupe avec des épingles, demanda cette dernière à Adeline, d'un ton pensif. Y a-t-il ici quelques épingles de sûreté ?

— Pas une, répliqua Adeline avec fermeté. Vous montrez vos jambes bien suffisamment.

— C'est plutôt vexant de voir Mrs. Court exhiber de véritables fuseaux, tandis que mes jambes qui ne sont ni des manches à balai, ni des paquets de graisse comme celles des jeunes Busby, restent cachées.

— Les jeunes filles doivent être réservées.

— En tout cas, je vais dénouer mes cheveux.

Elle retira les épingles qui retenaient ses boucles ; ces dernières retombèrent en masse luxuriante sur ses épaules. Mettant les mains sur ses hanches, elle saisit sa jupe du bout des doigts et quittant avec ses compagnes leur retraite, elle s'arrangea pour montrer ses jambes aussi haut que Mary. Le groupe formé par ces jeunes femmes était si charmant que leurs compagnons déjà réunis au bord du lac les contemplèrent avec admiration. Le costume de Conway, comme celui de sa femme, était différent des autres ; rayé horizontalement de rouge et de blanc, il révélait une si grande part de sa mince personne que seule sa jeunesse et une apparence un peu faunesque le préservaient d'être indécent. Il vola au-devant de Mary qui, de son côté, courut à sa rencontre.

— Mon trésor, s'écria-t-il, viens, plongeons les premiers dans l'onde amère.

— Cette eau n'est pas salée, jeune imbécile, dit Isaac Busby.

— Alors, je l'arroserai de mes larmes qui la saleront.

Se prenant par la main, les deux jeunes époux sautèrent dans l'eau et Mary poussa un cri à son contact glacé.

— Qu'elle est froide ! C'est délicieux.

— Elle ne peut rien faire de plus dangereux, dit le Dr Ramsay, qui s'avança avec prudence au bord du lac et tâta du bout du pied la température de l'eau. Il avait apporté son costume de bain qui se composait d'une chemise de flanelle grise et d'une vieille paire de culottes.

— Hop-là ! cria Philippe. Plongeons !

Saisissant Daisy par la main, il l'entraîna derrière Conway et Mary. Un instant plus tard, ils prenaient tous leurs ébats dans l'exquise fraîcheur du lac.

Néron, qui avait couru depuis Jalna derrière la voiture des Whiteoak, était arrivé au lac plus mort que vif, mais il reprenait peu à peu contact avec la réalité. Il quitta les saules sous lesquels il s'était couché et s'approcha de la rive. Sous sa toison noire et bouclée, il regardait ces créatures qui, à ses yeux, étaient en train de se noyer.

Or, il était contre ses principes de laisser les gens se noyer ! Il lança donc un aboiement puissant, comme pour dire : « Tenez bon, j'arrive ! » Et il se jeta à l'eau.

Il n'avait aucun égard particulier pour le sexe faible. La vie d'un homme valait, pour lui, autant que celle d'une femme ; et le Dr Ramsay se trouvant le plus proche de lui, il nagea de toutes ses forces dans sa direction avec l'intention de le sauver.

— Appelez votre chien, Whiteoak, cria le docteur, tout en écartant Néron d'un geste du bras.

Mais Néron vit justement dans ce geste une supplication et se hâta de saisir la chemise du docteur dans ses puissantes mâchoires pour le tirer ensuite vers la rive. Furieux, Ramsay lui donna un coup sur la tête, mais l'animal était protégé par son pelage épais et bouclé et ne sentit rien. D'ailleurs, le docteur lui eût-il fait réellement mal, que cela n'eût rien changé, il n'eût mis que plus de zèle à opérer son sauvetage.

— Néron, cria Philippe, réprimant une violente envie de rire. Ici, Néron !

Il nagea vers l'animal que le docteur continuait vainement à frapper et lorsque Ramsay se retrouva sur la plage, sa chemise était à moitié arrachée. Néron se dirigea alors vers Daisy qui se mit à hurler : « Au secours ! Capitaine Whiteoak, délivrez-moi de Néron ! »

Philippe réussit à saisir l'énorme bête par son collier et le traîna sur le sable ; découvrant un gros morceau de bois, il le lança au loin dans le lac pour inciter Néron à aller le chercher : celui-ci oublia aussitôt tous les êtres humains en train de se noyer pour concentrer ses instincts de sauveteur sur le bâton. Il le rapporta plusieurs fois sur le bord jusqu'au moment où, harassé de fatigue, il l'emporta sous les saules.

Une fraîcheur délicieuse se répandait peu à peu. Nager ou simplement se laisser porter par les flots lumineux était véritablement exquis. De petites vagues commençaient à s'élever et une légère frange d'écume bordait la grève. Quand les baigneurs sortirent de l'eau pour venir s'étendre sur le sable chaud, ils perçurent qu'un élément nouveau et étrange s'était introduit dans leurs relations. Toutes les vieilles conventions avaient disparu et ils s'abandonnaient comme des enfants. Brent posa sa tête sur le bras de Kate qui s'amusa à rouler ses cheveux bouclés autour de ses doigts. Si jamais Wilmott l'avait attirée, c'était bien fini maintenant ; elle n'avait plus d'yeux que pour son mari.

Le jeune Vaughan s'arrangea pour entraîner Adeline à l'écart.

— Je voudrais que nous fussions seuls tous les deux sur cette plage, dit-il en buvant littéralement des yeux les formes parfaites de sa compagne.

— Nous reviendrons nous baigner ensemble un jour.

— Est-ce vrai ? Vous ne parlez pas sérieusement, vos yeux sourient.

— Quel mal y aurait-il ?

— Aucun. Mais les gens sont si méchants !

Il ramassa une poignée de sable et la laissa couler entre ses doigts.

— Puis-je vous appeler Adeline ? J'y ai sûrement autant de droits que ce Wilmott.

— C'est un vieil ami. Je le connais depuis une éternité.

— Vous l'avez rencontré sur le bateau en venant.

— Il me semble que c'était il y a bien longtemps. Mais... appelez-moi Adeline, si cela vous fait plaisir.

A peine entendait-elle ce que disait Robert, car elle ne perdait pas de vue Daisy et Philippe qui se reposaient sur le sable. Il y avait dans leur attitude, dans leurs regards, un élément impondérable qui retenait son attention. Daisy n'était plus la même. Ce n'était plus la jeune fille insouciante qui prenait des poses et se livrait à des extravagances, mais une femme consciente d'elle-même, possédée par une passion presque irrépressible pour un homme. Ses yeux dévoraient Philippe. C'était une chasseresse déjà fort expérimentée qui, ayant découvert la proie convoitée, tendait maintenant son arc. Peu lui importait que Philippe fût un homme marié ; elle chassait dans le champ de ses émotions, à la recherche d'expériences plutôt que de stabilité. Adeline sentait que Philippe était conscient du déchaînement de cet instinct sauvage dans l'être tout entier de Daisy. Son cœur se mit à battre furieusement, mais elle sourit à Robert.

— J'aimerais beaucoup que vous m'appeliez Adeline, lui dit-elle.

— Merci, Adeline... Bien entendu, je vous ai appelée ainsi mille fois dans le secret de mon cœur. Il me semble que je pense à vous à chaque instant.

— Vous êtes charmant, Bobby.

Ses yeux revinrent à Daisy et à Philippe. Ils étaient immobiles, contemplant le bleu du lac qui se teintait de rose. Un nuage semblable à un étendard rouge s'accrochait dans le ciel au-dessus de l'eau, et son reflet éclairait leurs visages que semblaient colorer leurs propres pensées tumultueuses.

Un nouveau flot de colère souleva le cœur d'Adeline, colère qui ne l'épargnait pas elle-même, car elle se reprochait son propre aveuglement. Tout lui confirmait que ses premiers sentiments à l'égard de Daisy étaient justes : cette fille était dangereuse. Et cependant elle avait été assez folle pour rire d'elle, pour prendre en pitié ses attitudes de vaine coquetterie.

En cet instant, Daisy était étrangement belle et la bonne Kate Brent traduisant la pensée d'Adeline, s'écria :

— Que Daisy est belle !

Tous les regards se tournèrent vers la jeune fille qui continua à regarder le lac avec un sourire mystérieux.

— Vous êtes vraiment un homme privilégié, Philippe ! s'écria

Conway. Dire que je suis sous l'entière domination de mon épouse et que je n'ose même pas regarder une autre femme !

— Vous apprendrez tous les deux la tolérance comme Adeline et moi-même, répliqua Philippe.

— Je vous en prie, ne croyez pas un mot de ce que dit Conway, protesta Mary. C'est tout le contraire qui est vrai.

— Mary a raison, affirma Sholto. Pas plus tard qu'hier, il l'a giflée et lui a tiré les cheveux. Je peux le jurer, car j'étais présent.

Conway se trouva aussitôt debout.

— Gare à toi ! cria-t-il.

Sholto poussa un cri d'effroi et s'enfuit le long de la plage, poursuivi par Conway. Leurs cheveux roux volaient au-dessus de leurs fronts pâles.

— Va-t-il lui faire mal ? demanda Kate avec inquiétude.

— Il ne le tuera pas, répondit Adeline. Dans notre famille, nous sommes des êtres sauvages. Personne ne peut dire ce que nous ferons quand la colère s'est emparée de nous.

— Conway n'est pas précisément en colère, dit Mary.

Poussée par une irrésistible curiosité pour tout ce que faisait son mari, elle se leva et suivit les jeunes gens maintenant hors de vue. On ne revit leur trio que lorsque le repas fut prêt.

Les vêtements des baigneurs avaient séché complètement au soleil et sur le sable chaud. Ils avaient retrouvé leur appétit que l'extrême chaleur des jours précédents avait fortement amoindri. Les jeunes Busby avaient réuni du bois mort pour faire un feu et bientôt la flamme pétillante et lumineuse s'éleva sur la grève. Le soleil s'était couché et une obscurité veloutée remplissait les coins d'ombre. Une bouilloire chantait pour le thé ; des mets appétissants préparés par Mrs. Coveyduck furent disposés sur la nappe. La lumière pleine de mystère, la tenue si peu conventionnelle des convives, l'excellent vin fourni par Philippe, la fraîcheur succédant à une température accablante, tout cela créait une ambiance de gaieté légère et quelque peu gauloise, grâce aux fréquentes allusions de Conway et de Mary à leur séjour dans le Midi de la France. Ils employaient des expressions françaises qui leur donnaient une allure étrangère et Sholto s'efforçait de les imiter en toutes choses.

L'attitude de ces trois jeunes gens, les plus jeunes du groupe, si l'on en exceptait la benjamine des demoiselles Busby que la timidité rendait presque muette, affectait étrangement celles de leurs aînés. Jamais le Dr Ramsay n'avait manifesté un tel entrain ; entourant de son bras la taille ronde de Lydia Busby, il agitait son verre dans l'espace et récitait les poèmes les plus passionnés de Robert Burns. Wilmott, de toute évidence, avait un peu trop bu, et Adeline avait renoncé à toute contrainte. Elle chanta avec Wilmott : *J'habitais en rêve un château de marbre*. Les yeux de celui-ci se remplirent de larmes au souvenir de cette soirée à Québec, au cours de laquelle ils avaient entendu chanter Jenny Lind. La vie semblait étrange, débordante de possibilités magnifiques et puissantes. La lune sortit du lac.

— Baignons-nous encore une fois ! s'écria soudain Conway. Sa silhouette mince et claire se dressait au bord de l'eau.

— Dans l'obscurité ? Sûrement pas ! protesta Lydia Busby.

— Nous le faisions pourtant en France, dit Mary, et c'était délicieux. Plus délicieux encore qu'en plein jour, car le reflet de l'eau ne nous aveuglait plus.

— Excellente idée, déclara Isaac Busby. J'y vais le premier. – Et il courut se jeter à l'eau. – Magnifique ! cria-t-il. Venez tous !

Et ils se livrèrent à ce plaisir nouveau avec une joie d'enfants. Adeline réussit à se débarrasser de Robert Vaughan et prenant Wilmott par la main, elle l'entraîna sur le sable ridé jusqu'à ce que l'eau leur arrivât à hauteur de poitrine. Le regardant bien en face en souriant, elle lui demanda :

— Cela va-t-il mieux, Jacques ?

— Mieux ? Mais je ne souffre de rien.

— Plongez, Jacques et que l'eau vous lave la tête et vous rafraîchisse !

— Adeline, vous ne me comprenez pas du tout. Quand je suis le plus heureux, vous me croyez ivre ou malade. Mais j'ai l'esprit un peu troublé et peut-être un plongeon me fera-t-il du bien. – Il la regarda avec soumission et ajouta : – Plongeons-nous maintenant ?

— Oui. Respirez profondément et retenez votre souffle.

Ils disparurent sous l'eau et, pendant quelques secondes, leur monde fut un monde de chants, situé hors du temps ; un monde où ils vivaient d'étranges aventures en se tenant bien fort par la main. Puis ils remontèrent à la surface pour retrouver le clair de lune et leurs compagnons.

— Mon bonheur est divin, dit Wilmott. Il n'y a plus une seule ombre sur ma vie depuis que je sais qu'Henriette est heureuse et ne me cherche plus. J'ai eu tort de dire que vous ne me compreniez pas ; vous êtes la seule à me comprendre. Je vous ai dit que j'écrivais un livre ; je voudrais vous en lire les premiers chapitres pour savoir ce que vous en pensez.

— Oh ! Jacques, quel bonheur ! Voulez-vous venir demain matin avec votre manuscrit ?

— Oui. Je crois que vous le trouverez intéressant. Retournons-nous sous l'eau ?

— Oui, allons-y.

Une seconde fois, ils disparurent pour ressortir ensuite. Les voix et les rires de leurs compagnons leur parvenaient assourdis. Dans son costume de bain et baignée par la clarté lunaire, Lydia Busby était plus jolie que nul n'eût osé l'espérer. La ligne de ses bras et de son cou était charmante et il y avait dans son sourire une douceur presque ensorcelante, une conscience toute nouvelle de son propre charme. Jusqu'à cet instant, elle n'avait été qu'une fillette un peu garçonnière.

Le feu s'était éteint. Une silhouette sortit de l'eau et vint le ranimer ; la flamme jaillit de nouveau et s'éleva. Mus par une impulsion soudaine, et collective, les baigneurs se réunirent autour du foyer pour y prendre d'étranges attitudes et se livrer à d'extravagantes gesticulations. Le Dr Ramsay ramassa une bouteille qu'il brandit en récitant des vers de Burns. Au même instant, Elie Busby sortit de l'ombre des saules et s'avança sur la grève. Avant même qu'il eût ouvert la bouche et prononcé un seul mot, ils comprirent tous qu'ils outrageaient son sens de la décence. Il tendait en avant le moignon de son bras droit.

— Je n'aurais jamais cru vivre assez vieux pour voir mes enfants participer à une telle orgie ! déclara-t-il.

— *Mon cœur est dans les Highlands*, chantait le docteur. *Mon cœur n'est pas ici. Mon cœur est dans les Highlands et chassant le daim*[1].

— Vous devriez avoir honte de vous, docteur Ramsay, vous qui devriez donner l'exemple.

— Je n'ai aucun motif d'avoir honte. On m'a invité ; j'ai accepté de venir et je ne fais que me rendre agréable.

— Si des étrangers décident de venir dans ce pays et d'y introduire les mœurs du vieux continent, nous ne pouvons les en empêcher, mais nous pouvons refuser de prendre part à leurs distractions.

Le docteur cita de nouveau son poète favori :

— Que dit le vieux Bobby ? Il dit :

L'honnête homme,
Partout bienveillant et amical
Réalise et réalise seul
Le dessein de la grande Nature.

Elie Busby s'adressa alors à son fils aîné :

— Je suis malade, lui dit-il, à la pensée que tu as permis à tes sœurs de participer à une telle scène de débauche, de gambader, comme des sauterelles, à demi nues et ruisselantes d'eau.

---

1. Poème de Robert Burns.

Lydia et sa jeune sœur fondirent en larmes, tandis que le jeune Isaac répondait :

— Père, nous ne pensions à rien de mal et vous saviez ainsi que notre mère, que nous venions faire un pique-nique.

— Vous seriez-vous conduits ainsi devant votre mère ou moi-même ? Ce pique-nique va devenir la fable de tout le pays si on en entend parler. Jusqu'à aujourd'hui, nous avions formé une communauté parfaitement soumise aux règles de la morale.

Le Dr Ramsay jeta sa bouteille sur le sol, croisa les bras et, une fois encore, cita Burns :

Morale, poison mortel
Tu as tué les tiens par milliers.

Mais Elie Busby l'ignora complètement et dit à ses filles :

— Habillez-vous, mes petites. Quant à toi, Kate, tu es mariée maintenant et si ton mari t'autorise à rester, je ne peux te contraindre à me suivre, mais si j'avais connu ses tendances, je ne t'aurais pas pardonné aussi vite ton mariage.

Kate, à son tour, se mit à pleurer.

— Vraiment, monsieur, intervint Brent avec son sourire désarmant, tout cela a été fort innocent. J'aurais voulu que vous fussiez là dès le début pour en juger par vous-même. Mais si les sœurs de Kate s'en vont, Kate et moi-même les suivrons. Viens, Kate et habille-toi.

La jeune femme et ses sœurs s'enfuirent en pleurant sous les cèdres.

Avec dignité et une certaine audace, Philippe s'approcha d'Elie Busby.

— J'accepte difficilement, déclara-t-il, que vous veniez ici critiquer la façon dont mes amis et moi-même nous divertissons.

Busby aimait et admirait Philippe. S'adoucissant un peu, il lui dit :

— Je ne prétends pas, capitaine Whiteoak, que rien de déplaisant se soit passé ici ce soir. Mais ce que j'affirme, c'est qu'une telle liberté est dangereuse et finirait par conduire à des actes regrettables. Si vous buvez du vin et dansez autour d'un feu comme des païens, que feront vos petits-enfants quand ils voudront prendre du bon temps ? Il est probable qu'ils boiront du gin et danseront tout nus. Les mœurs et la morale ne demeurent jamais au point mort ; elles montent ou elles descendent, comme les empires.

— Alors, dit Philippe en souriant, vous souhaitez pour vos petits-enfants un pique-nique ainsi réglé : les jeunes femmes ayant trempé dans le lac un orteil blanc comme neige s'assiéront en cercle pour tricoter, pendant que le plus audacieux des jeunes hommes lira tout haut des poèmes de M. Longfellow.

Le Dr Ramsay ayant surpris ces derniers mots se leva d'un bond et déclama avec emphase :

La vie des grands hommes nous rappelle
Que nous pouvons, de notre existence,
faire quelque chose de sublime,
Et, en quittant ce monde, laisser derrière nous
L'empreinte de nos pas sur le sable du temps.

Tout en récitant ces vers, il appuyait fermement son pied sur le sable humide pour, ensuite, le soulever et examiner soigneusement la trace qu'il avait laissée.

— Imaginez un peu la joie du voyageur qui passera par ici dans quatre-vingt-dix ans ! Il décidera aussitôt de faire également de son existence quelque chose de sublime.

Elie Busby demanda à Philippe :

— Le Dr Ramsay est-il ivre ?

— Non, non. Pas le moins du monde.

— Il brandissait cette bouteille comme s'il l'était.

— Cette bouteille, Mr. Busby, ne contenait que de l'eau minérale.

— Je vais vous dire ce qui m'arrive, dit le docteur. Je me détends, tout simplement. Je travaille trop ; il faudrait trois médecins et non pas un, dans ce coin. Mais pouvez-vous dire, Elie Busby, que j'ai jamais négligé un seul de mes malades ?

— Certainement pas, répondit Busby avec énergie. Beaucoup d'entre eux seraient morts sans votre dévouement.

— Merci, répondit le docteur, d'un ton légèrement adouci.

Les trois sœurs sortaient maintenant du fourré de cèdres, complètement habillées et portant leurs costumes de bain dans un panier. Kate avait retrouvé son sang-froid et se dirigea vers Brent avec l'assurance d'une femme mariée. Il l'accueillit d'un clin d'œil complice. Lydia également était calme, mais elle passa devant le Dr Ramsay, rouge et les yeux baissés ; puis, soudain, elle releva la tête et échangea avec lui un regard si chaud, si plein de tendresse que les assistants de cette petite scène en furent surpris et même stupéfaits. La petite Abigaïl, qui n'avait que seize ans, pleurait toujours. Les garçons Busby rejoignirent leurs sœurs et tous suivirent leur père qui partit le premier. On entendit des ordres qu'il adressait aux chevaux dissimulés dans l'obscurité plus profonde du bouquet de saules ; un bruit de roues souligna le départ des six baigneurs. Néron qui se promenait le long de la grève ne s'était aperçu de la présence d'Elie Busby qu'au moment de son départ et se précipita derrière le boghei qu'il poursuivit pendant quelques mètres avec des aboiements menaçants. Ayant ainsi manifesté sa vigilance, il revint sur la plage et implora d'Adeline quelque chose à manger ; celle-ci se dirigea vers les bourriches à provisions et remplit une assiette à l'intention de l'animal affamé.

La jeune voix de Sholto s'éleva.

— Qui était ce vieux radoteur ? demanda-t-il.

— Le père Busby, espèce d'idiot ! répondit son frère.

— Nous aurions dû le jeter à l'eau, ce vieil empêcheur de danser en rond !

— Taisez-vous ou c'est moi qui vous jetterai à l'eau, déclara sèchement Philippe.

— Je voudrais que vous m'y jetiez, Philippe, cria Mary. J'ai tellement envie d'un autre plongeon.

A peine avait-elle achevé de parler que Conway et Sholto s'emparaient d'elle et la portaient dans le lac ; les cheveux des trois jeunes gens brillaient au clair de lune et leur groupe évoquait l'image d'une sirène emportée par deux tritons dans leurs grottes marines. Ce fut, du moins, ce qu'en pensa Wilmott qui communiqua son impression au Dr Ramsay ; les deux hommes s'étaient écartés de leurs compagnons, et rapprochés par une sympathie toute nouvelle, se promenaient sur la plage.

— La femme qui m'a le plus étonnée, c'est Lydia Busby, disait le docteur. Je dois vous avouer que je suis complètement sous le charme ! Il s'agit cependant d'une jeune fille que je connais depuis des années et que je n'avais remarquée que pour sa bonne santé. C'est extraordinaire ce que l'on peut découvrir sur un visage au clair de lune !

— Mais oui, reconnut Wilmott distraitement, tout en suivant des yeux deux ombres sur la plage.

— Je l'admire plus encore que Mrs. Whiteoak, continua le docteur, bien que celle-ci possède un visage magnifique. – Après un instant de silence et un long soupir, il ajouta : – Mais ce n'est pas la femme que je voudrais épouser, même si je le pouvais.

Et il se mit à rire.

— C'est une compagne d'une tout autre sorte qu'il vous faut... Savez-vous que j'ai été très étonné de vous entendre réciter des vers ce soir ? J'ignorais vos goûts littéraires.

Le docteur rit encore.

— Je ne montre mon vrai moi qu'en de rares occasions ; je suis un homme réservé. Mais je lis beaucoup quand j'en ai le temps.

— Vous avez une excellente mémoire.

— Une mémoire dangereuse, car je n'oublie jamais rien.

— Tandis que moi, au contraire, j'éprouve une grande joie à oublier. J'accumule les nouvelles expériences.

Il baissa la voix et ajouta, en regardant le lac immobile :

— En ce moment j'écris un livre.

Le Dr Ramsay parut intéressé.

— Cela ne m'étonne pas de vous ! s'écria-t-il.

— Vraiment ? demanda Wilmott tout heureux.

— Oui. Et je parie que c'est une œuvre d'imagination.

— Parfaitement.

— Est-il avancé ?

— Les cinq premiers chapitres sont terminés.

— Pouvez-vous m'en dire quelque chose ?

Wilmott entreprit de le satisfaire, tandis qu'ils continuaient leur promenade. Une fraîcheur exquise venait du lac ; la rosée tombait sur la grève, dans les bois s'élevait le cri répété de l'engoulevent. On entendit le rire sauvage d'un plongeon. Robert Vaughan se sentit indésirable auprès de Philippe et de Daisy qui parlaient à voix basse. Il était furieux contre Daisy à qui il reprochait son attitude provocante à l'égard de Philippe, tandis qu'elle ignorait totalement son cousin. Il aurait voulu la ramener au logis mais n'espérant pas y réussir, il se leva d'un bond et les quitta. Adeline était encore sous les saules avec Néron. Une profonde sensation de solitude s'empara de Robert ; personne ne désirait sa compagnie, ni les trois jeunes gens qui s'ébattaient dans l'eau, ni les deux hommes qui s'éloignaient en bavardant, ni Philippe et Daisy isolés dans la lumière du foyer, ni même Adeline qui faisait manger son chien sous les arbres. Le clair de lune permettait tout juste à cette dernière de voir ce qui restait dans les paniers. Elle avait entassé sur une assiette des tranches de jambon et des morceaux de pain, mais au lieu de déposer le tout devant Néron, elle le nourrissait de sa main ; cela convenait parfaitement à l'animal qui avait déjà beaucoup mangé et trouvait une saveur particulière à ce qu'avait touché la main d'Adeline. Il aimait sa maîtresse d'un amour profond, ardent, mystérieux. Mais à peine était-elle consciente de la caresse de ses lèvres contre ses doigts, car elle ne perdait pas de vue Daisy et l'expression de ses regards était si froide, si dure, si vide même, qu'un observateur attentif aurait hésité à reconnaître ces mêmes yeux lumineux et changeants qu'Adeline promenait généralement sur le monde.

Philippe était assis, immobile dans la lueur du foyer et ses lèvres esquissaient un sourire mystérieux, sa chemise ouverte découvrait la peau blanche de sa poitrine et ses bras ronds et musclés sortaient des manches roulées au-dessus du coude. Daisy, assise à son côté, s'appuyait presque contre lui. Elle croyait Adeline partie avec Wilmott et le docteur ; ses yeux étroits et bridés, son visage court, son nez relevé, lui donnaient une sorte de beauté sauvage et primitive. Sa bouche se levait vers Philippe comme pour un baiser.

« Cette fille est-elle folle ou simplement stupide ? se demanda Adeline. Elle sait bien qu'on peut la voir. Pourquoi cet animal de Philippe ne l'envoie-t-il pas promener ? Par Dieu, s'il l'embrasse, je le tue ! »

Soudain, comme sous l'impulsion d'un sentiment irrésistible, Daisy se renversa sur les genoux de Philippe, l'entoura de ses bras et attira sa tête vers la sienne. Adeline l'entendit murmurer des paroles qu'elle ne put comprendre. Philippe contraignit la jeune fille à se relever sans cependant la lâcher aussitôt ; il se mit à lui parler. Le feu était entre eux et le lac ; on entendit les baigneurs sortir bruyamment de l'eau et regagner la plage. Daisy s'assit furieuse et leur jeta un regard de haine. Ils coururent tous vers le feu que Mary ranima.

— Qu'il fait froid, maintenant ! s'écria-t-elle.

— Froid ! protesta Conway en riant. Tu veux dire : délicieusement frais.

— Moi, j'ai froid.

Sholto regarda Daisy.

— Vous avez un air étrange, Miss Daisy ! Etes-vous mécontente ?

— Mécontente ! répéta-t-elle. Je n'ai jamais été plus heureuse. Je suis au septième ciel. Je vous en prie, cessez de me regarder ainsi.

— Dieu qu'il fait froid ! cria Mary en tendant ses mains vers la flamme.

— Bois un verre de limonade, répliqua Conway sans manifester la moindre émotion.

— Qu'avez-vous dit à mon beau-frère, Miss Vaughan ? demanda Sholto qui regardait toujours Daisy en face.

— Odieux garçon ! répliqua-t-elle en le frappant.

Ramsay et Wilmott avaient terminé leur promenade et revenaient satisfaits l'un de l'autre, mais le docteur, voyant Mary frissonner auprès du feu, fronça les sourcils.

— Je vous ai prévenue, Mrs. Court, lui dit-il sévèrement. Vous vous êtes cependant baignée trois fois. J'ai peur que vous n'ayez réellement pris froid.

Il s'empara de son poignet et tâta son pouls. Mary semblait sur le point de s'évanouir.

— Elle n'a pas pris froid, s'écria Conway, elle veut simplement qu'on s'occupe d'elle.

— Regardez cette masse de cheveux mouillés sur son dos, dit le docteur en saisissant à pleine main la chevelure de Mary qui ressemblait à des algues marines.

Conway alla chercher un manteau et le jeta négligemment sur les épaules de sa femme.

— Où est Adeline ? demanda-t-il.

Celle-ci apparut sortant du bois de saules, suivie de Néron. Elle était calme, mais ses yeux brillaient. Ses dents blanches que découvrait son sourire éclairaient son visage.

— Où étais-tu ? demanda Philippe, soupçonneux.

— Sous les saules, répondit-elle gaiement, en train de donner à manger à Néron. Quelle journée et quel succès ! N'est-ce pas votre avis ? Mais la lune descend ; je crois qu'il convient de tout ramasser et de rentrer, autrement nous nous perdrons sur le chemin du retour.

Sa proposition fut acceptée d'emblée et avec un sentiment mêlé de regret et de hâte, chacun reprit ses affaires ; le feu fut soigneusement éteint et avec lui s'acheva cette journée de plaisir au bord du lac. Il fallut courir après les chevaux dans les champs voisins, car ils avaient rompu leurs attaches et broutaient librement. Tite sortit de l'obscurité ; il attendait depuis longtemps avec le cheval que Wilmott avait acheté récemment et dont il était fier sans vouloir l'avouer.

— Que pensez-vous de ma jument ? demanda-t-il au docteur. Celui-ci écarquilla les yeux pour examiner l'énorme animal et se mit soudain à rire.

— Quel dos ! s'écria-t-il. Vous ne tomberez certainement pas de ce creux.

— Elle répond parfaitement à mes désirs, répondit Wilmott avec vivacité.

— J'en suis certain. Je la connais depuis de longues années. Elle est de tout repos. Vous avez fait une bonne acquisition.

Mais Wilmott, vexé, se mit en selle ; il souffrait dans son amour-propre, s'étant imaginé faire bonne figure sur sa jument.

— Bonne nuit ! cria-t-il à ses compagnons.

Et, sans les attendre, il s'en alla. Tite trottait à côté de lui sur le sable fin et doux de la route.

— C'était tout à fait inutile d'amener cette bête, Tite, lui dit Wilmott. Je pouvais bien revenir avec les autres jusqu'à Jalna et rentrer ensuite à pied.

— J'avais envie de venir, maître, répondit le jeune garçon. J'avais envie de voir à quoi ressemblait une partie de baignade dans le lac.

— Et qu'en penses-tu, Tite ?

— Eh bien ! voilà, maître ! Moi, je me lave uniquement pour être propre, et quand je vois des gens se laver et relaver indéfiniment, cela me surprend. Cela me surprend également de voir des blancs danser autour d'un feu comme jadis les Indiens. Cela me donne envie de pousser un cri de guerre.

— Tu as, heureusement, résisté à cette envie, Tite !
— Maître, reprit Tite, cela m'étonne de voir des dames se déshabiller sous les arbres.
— Par Dieu ! s'écria Wilmott, tu es arrivé de bonne heure, ce soir, à ce que je vois.
— Cela m'a fait rire, continua gaiement le jeune métis, de voir cette fille que ma grand-mère appelle une drôlesse se coucher sur les genoux du capitaine Whiteoak et l'attirer vers elle. J'ai regretté que vous ne puissiez les voir.
— Cela m'étonnera fort si tu ne finis pas par mal tourner, Tite, déclara Wilmott d'un air sombre. Tâche de tenir ta langue et ne dis rien de tout cela à qui que ce soit, pas même à ta grand-mère.
— Parfait, maître. Mais c'est vraiment dommage de ne pouvoir le raconter à ma grand-mère qui en rirait de si bon cœur !

20

Galop dans la forêt

Mary arriva à Jalna le visage blême et les lèvres violettes. Adeline l'envoya se coucher pendant qu'elle descendait elle-même à la cuisine pour lui préparer une boisson chaude. Ses frères la suivirent, curieux comme des singes, courant partout avec leurs bougies à la main et fouillant buffets et placards. Par le couloir en briques du sous-sol, ils passèrent devant les chambres où dormaient Lizzy et le couple Coveyduck, et arrivèrent à la porte du cellier où Philippe avait soigneusement rangé sa réserve de vin et d'alcool. Philippe était très fier de ses connaissances dans ce domaine et quand il recevait ses amis, savait leur donner le meilleur de sa cave.

Adeline entendit ses frères parler à voix basse devant cette porte ; il y avait encore quelques braises dans la cheminée et elle mit une casserole de lait à chauffer. Se dirigeant ensuite sur la pointe des pieds jusqu'à l'entrée du couloir, elle écouta. Sholto disait :
— J'ai vu des outils dans l'office. Si j'avais un tournevis, j'enlèverais le cadenas. Ce serait amusant de voir ce que Philippe garde là.
— Attendons qu'ils soient couchés et redescendons.
— Vous ne redescendrez certainement pas, jeunes vauriens ! cria Adeline. Sortez de là. Si je dois me plaindre de vous à Philippe, vous le regretterez.

Ils revinrent, leur bougie à la main, sans manifester le moindre repentir. Ils étaient étrangement beaux dans cet étroit passage, leurs visages éclairés par la lueur vacillante de la bougie. En passant devant la porte de la chambre des Coveyduck, Conway la frappa d'un coup de bougeoir. Un grognement lui répondit.

— Levez-vous, cria-t-il. Le feu est à la maison.

— Comment oses-tu ! protesta Adeline. Quel mauvais sujet ! Ce n'est rien, Coveyduck ; dormez. Je suis simplement venue chercher un peu de lait.

— Le lait déborde, fit remarquer Sholto.

— Retire-le, imbécile ! lui répondit sa sœur.

Et Coveyduck se rendormit.

Adeline mit une pincée de cannelle dans le lait et grimpa les deux étages suivie des garçons ; Mary but son lait avec reconnaissance ; les caresses de sa mère lui manquaient parfois. Elle entoura le cou d'Adeline de ses bras minces et l'embrassa.

— Bonne nuit, dit cette dernière en lui rendant son baiser. Dormez bien.

— Quelle bonne partie de baignade !

— Certainement.

— Quand en ferons-nous une autre ?

— Quand j'aurai perdu le goût de celle-ci.

Adeline s'écarta brusquement de la jeune femme, quitta la chambre et redescendit rapidement.

Elle alluma la bougie sur sa coiffeuse et jeta les yeux sur le lit. Philippe n'y était pas. Il avait ramené la voiture à l'écurie et s'attardait probablement à bavarder avec le domestique. Elle sentit qu'elle ne pourrait répondre d'elle-même si elle échangeait ce soir un seul mot avec son mari. Se déshabillant rapidement, elle enfila sa longue chemise de nuit garnie de broderie. Son épaisse chevelure était encore humide et quand elle se glissa dans son lit, elle l'étala sur l'oreiller. La bougie qu'elle avait laissée allumée pour Philippe répandait dans la chambre une lueur faible et mystérieuse qui soulignait l'éclat des peintures du lit et des tentures. Boney se dressait sur son perchoir comme une fleur merveilleuse verte et rouge. Adeline, face à la bougie, composa son visage. Une colère sauvage, primitive, contre Daisy Vaughan, faisait battre son cœur.

La bougie brûlait encore quand Philippe entra dans la chambre. Entre ses cils, elle le vit jeter un coup d'œil sur la petite flamme comme pour se demander s'il aurait le temps de se déshabiller. Il avait laissé la porte d'entrée ouverte afin qu'un peu de fraîcheur pût pénétrer ; l'air nocturne baignait le grand hall ainsi que leur chambre dont la fenêtre était également grande ouverte. Philippe ôta rapidement ses vêtements et se glissa auprès d'Adeline. Avant de souffler la bougie, il la regarda longuement, comme s'il la soupçonnait de feindre le sommeil. Puis posant la main sur la hanche de sa femme, il enfonça sa tête dans l'oreiller.

Elle s'écarta violemment de lui, comme galvanisée.

— Ne me touche pas ! cria-t-elle.

— Qu'y a-t-il donc ? demanda-t-il.

Elle se retourna de l'autre côté, rejetant derrière elle ses longs cheveux humides.

— Parfait ! dit-il. Si tu veux le prendre ainsi, à ton aise.

Il s'installa à son tour pour dormir, en lui tournant le dos.

— Le prendre comment ? demanda-t-elle en serrant les dents.

— Comme une sotte.

Et il reposa sa tête sur l'oreiller en respirant profondément comme un homme parfaitement satisfait.

Se sentait-il vraiment aussi innocent qu'il voulait bien le paraître ? Non, mille fois non. Elle aurait voulu se retourner, lui faire face, le saisir aux épaules et lui crier tout ce qu'elle avait sur le cœur. Il était heureux pour Philippe qu'il eût repoussé Daisy ! heureux aussi qu'il possédât une femme de tête !

Car ce n'était pas Philippe, mais Daisy, qui excitait la fureur d'Adeline ! Daisy n'était pas seulement une intrigante ; c'était une fille sans scrupule, une méchante et dangereuse créature. Rien ne lui coûterait pour arracher un homme à une autre femme, si elle le voulait pour elle. Le désir violent que révélait son visage tandis qu'elle attirait Philippe à elle, avait rempli Adeline d'un terrible effroi, d'une crainte redoutable devant la tentatrice. Comment tenir un homme pour responsable de ses actes quand une telle femme rôde autour de lui ? Après tout, il est de chair et de sang…

Cependant, au cours des heures d'insomnie qui suivirent, Adeline s'inquiéta moins de ce que pourrait faire Daisy que de la punition méritée par ce qu'elle avait déjà fait. La pendule du grand-père sonna une heure dans le hall, puis deux heures, et enfin trois heures. Adeline ne dormait toujours pas. Elle se résigna à une nuit sans sommeil.

Une détente s'opéra en elle et les doux parfums de la nuit vinrent caresser ses narines. Heureusement, le Dr Ramsay jugeait inoffensif l'air des nuits d'été ! Cependant peut-être n'aurait-il pas autant goûté le courant d'air qui balayait la chambre.

La maison tout entière semblait particulièrement vivante ; elle se dressait dans la splendeur silencieuse de la nuit, se courbant dans l'obscurité comme si chacune de ses pierres participait à la première douleur qui s'abritait entre ses murs. Ils avaient été si heureux sous son toit ! Leurs étreintes elles-mêmes avaient connu une ardeur passionnée redevable à cette terre vierge. Journées et saisons n'étaient pas assez longues pour donner la mesure de leur bonheur. « Pensons au temps où nous moissonnerons notre propre pain ! » avaient-ils dit. « Quel beau Noël nous célébrerons ! La maison sera tapissée de branches de pins et de sapins… Y a-t-il quelque chose de plus beau que l'approche du printemps à Jalna ?… »

Adeline avait l'impression qu'une catastrophe s'était abattue sur sa maison ; elle voyait cette maison devenir vieille, tombant en ruine, accablée sous le poids des douleurs qu'elle avait abritées, s'affaissant sous l'épais feuillage qui la recouvrait…

Elle ouvrit les yeux pour se rassurer elle-même et aperçut un carré faiblement lumineux à l'emplacement de la fenêtre. L'aube approchait. Elle devrait songer à arroser la petite vigne vierge que Mrs. Vaughan lui avait donnée ; on l'avait plantée à côté de la porte d'entrée où elle avait merveilleusement poussé jusqu'aux jours chauds et secs d'été. Brusquement Adeline tendit la main vers Philippe et effleura son dos, entre les épaules. Il respirait profondément. Le sommeil gagna Adeline à son tour.

Quand elle s'éveilla, il était plus de neuf heures. Mrs. Coveyduck était à son chevet, portant sur un plateau son thé matinal ; l'excellente femme avait déjà adopté à l'égard de sa maîtresse une attitude toute fraternelle.

— Dieu vous bénisse ! s'écria-t-elle. Est-ce une façon de traiter vos beaux cheveux, Ma'am ? On dirait que vous les avez traînés à travers une haie. Il faut me permettre de les brosser vigoureusement. Buvez ce thé chaud et dites-moi ce que vous voulez pour votre déjeuner.

— Des œufs au jambon, répondit vivement Adeline. Quelle belle journée ! Je vais monter à cheval.

— C'est vraiment une délicieuse journée d'été. Mais vous avez certainement besoin de vous reposer après être restée si tard sur la plage.

— Je ne suis pas le moins du monde fatiguée.

Elle s'assit pendant que Mrs. Coveyduck plaçait devant elle le plateau avec la théière et deux minces tartines de pain et de beurre.

— Coveyduck m'a dit, Ma'am, que vous étiez descendue faire chauffer du lait en rentrant, hier soir. Il fallait m'appeler. Il n'aurait pas dû me laisser dormir comme une souche pendant que vous vous serviez vous-même. Mais cet homme est dépourvu de tout jugement dès qu'il n'est plus question de jardinage.

— Je lui ai dit de ne pas vous réveiller.

— Oui, mais il y a temps pour obéir et temps pour désobéir. Buvez vite votre thé pendant que je donne des graines à l'oiseau.

Elle remplit la mangeoire du perroquet avec des graines qu'elle prit dans une boîte sur la cheminée ; Boney la suivit d'un regard attentif et lorsqu'elle eut terminé, il s'élança sur le toit de sa cage, s'y traîna et pénétra à l'intérieur. Son bec noir picora furieusement le contenu de sa mangeoire. Il ne cessa de parler à Adeline pendant que Mrs. Coveyduck brossait son opulente chevelure, et sa voix semblait prendre des inflexions câlines.

— *Dilkoosha-Dilkoosha-mera lal*, répétait-il en se livrant à des contorsions de tout son corps sur son perchoir.

— Que dit-il, Ma'am ? demanda Mrs. Coveyduck.

— Il m'appelle Perle du Harem.

— Vraiment ? Alors c'est un oiseau très intelligent qui ne se trompe pas.

— Mrs. Coveyduck, je voudrais que vous envoyiez Patsy O'Flynn à Vaughanland présenter mes compliments à Miss Vaughan et lui demander si elle veut faire l'honneur au capitaine Whiteoak et à Mrs. Whiteoak de monter à cheval avec eux ce matin.

— Oui, Ma'am. Je vais l'y envoyer tout de suite.

Adeline descendit déjeuner en costume de cheval, avec son chapeau sur la tête. Elle se trouva seule dans la salle à manger ; Philippe partait toujours de bonne heure pour visiter sa propriété et les autres dormaient encore. Adeline entendit Gussie et Nicolas jacasser et jouer sous le jeune bouleau argenté ; les cris de rage que la faim faisait pousser à Ernest lui parvenaient également. Grâce à Dieu, elle ne nourrissait plus le bébé ! Une fois encore la petite chèvre Maggie fournissait son lait à un petit Whiteoak ; les pas de la nurse descendant au sous-sol pour chercher le biberon résonnèrent dans l'escalier. Adeline mangeait de grand appétit.

A peine Patsy était-il de retour et avait-il informé Adeline que Miss Vaughan serait ravie de monter à cheval avec ses amis Whiteoak que Daisy apparaissait à son tour.

« Quelle impudence ! » pensa Adeline qui la regarda d'un œil expert tandis qu'elle se tenait devant la porte, montée sur le cheval de Robert, une jolie jument qui répondait au nom de Pixie. La jeune fille était vêtue avec grand soin ; ses cheveux, serrés sur la nuque, retombaient en trois longues boucles jusqu'à hauteur de la selle. Avec quelle joie Adeline aurait tiré les petites boucles qui recouvraient ses oreilles ! Ses hautes bottines, ses gants à crispins ! Ce sourire faux !... Adeline l'aurait tuée avec joie.

Mais elle lui lança un joyeux bonjour et aidée de Patsy sauta en selle à son tour. Sa monture était un alezan de teinte claire, aux mouvements gracieux et harmonieux ; Philippe le lui avait offert pour son anniversaire.

— Quelle bonne mine, Mrs. Whiteoak ! Je ne vous ai jamais vue aussi bien. Et quel merveilleux cheval ! J'envie vos talents de cavalier.

Vous me couvrez de honte. Voilà ces amours d'enfants ! – Et tout en leur lançant des baisers, elle cria : – Bonjour, Nicolas ! Bonjour, Gussie ! Quels beaux yeux ! Où est donc le capitaine Whiteoak ?

— Sur le chantier de la nouvelle église. Nous l'y retrouverons peut-être. Mais j'espère que vous ne serez pas trop déçue si nous faisons notre promenade sans lui.

— Pas le moins du monde. Rien ne peut me faire plus de plaisir qu'un tête-à-tête avec vous.

Il y avait eu un orage dans les environs. L'air était comme lavé et une agréable fraîcheur s'était répandue dans l'atmosphère. Les bûcherons étaient déjà au travail, arrachant les souches, égalisant le terrain, tandis que les menuisiers mettaient la dernière main à la maison et aux granges. Une impression d'achèvement se dégageait maintenant de l'ensemble. Coveyduck avait déjà obtenu des résultats étonnants, faisant surgir gazons et parterres de fleurs, et chantant chaque jour les louanges de ce sol vierge et fertile.

Les deux chevaux trottèrent côte à côte, dépassèrent le nouveau troupeau de bêtes de Jersey, ainsi que les petits cochons et les canards dans la cour de la ferme. Ils suivirent le chemin destiné aux charrettes qui traversait la propriété et atteignirent la route qui menait à la nouvelle église. Philippe avait autorisé le passage sur cette route et déjà plus d'un véhicule l'avait parcourue, mais elle était encore fort accidentée et la forêt la pressait de toutes parts.

Les deux jeunes femmes aperçurent bientôt les murs de l'église se dressant solidement sur un petit monticule entouré d'arbres. Des coups de marteau retentissaient à tous les échos et les oiseaux de la forêt accompagnaient de leurs chants les plus vigoureux ce bruit qui les remplissait d'aise. La rivière coulait au-dessous de l'église que n'entourait encore aucune tombe.

Adeline et Daisy aperçurent Mr. Pink en manches de chemise, travaillant au milieu des ouvriers. Mais Philippe était invisible et Daisy ne put dissimuler complètement sa déception ; elle jeta un regard soupçonneux sur Adeline.

— Etes-vous sûre qu'il voulait venir avec nous ? demanda-t-elle.

— Je le crois, répliqua Adeline avec un petit rire. Mais nous sommes très bien sans lui, ne croyez-vous pas ? Faisons un petit galop.

Les chevaux partirent et leurs sabots frappèrent le sol sablonneux ; au-dessus de leurs têtes, les branches des arbres formaient une voûte et leur verdure tamisait la lumière dorée du soleil matinal. Lorsqu'elles s'arrêtèrent, le bruit des marteaux était déjà lointain. Daisy était très rouge.

— Ne galopons plus, je vous en prie, dit-elle. Le chemin est très inégal et je ne suis pas rassurée.

— Très bien, répondit aimablement Adeline. Faisons une tranquille petite promenade et suivons ce sentier qui part dans cette direction, je ne l'ai jamais exploré.

Elles pénétrèrent dans le chemin trop étroit pour y avancer deux de front. Adeline allait la première, le cœur gonflé de colère. Arrivée dans une clairière verdoyante, elle s'arrêta, fit demi-tour et se trouva face à face avec Daisy.

— Maintenant, lui dit-elle, vous allez me rendre compte de votre attitude d'hier soir, et de votre tentative pour séduire mon mari.

Daisy resta un instant frappée de stupeur, n'en croyant pas ses oreilles. Puis les paroles d'Adeline la pénétrèrent, en même temps qu'elle découvrait l'expression du visage de cette dernière. Faisant faire volte-face à son cheval, elle se disposa à repartir au galop.

— Arrêtez ! cria Adeline qui frappa de toutes ses forces les épaules de Daisy avec sa cravache.

Celle-ci se retourna et cria : « Démon ! »

— Si je suis un démon, c'est que vous avez réveillé en moi des instincts diaboliques. Dans ma famille, les hommes frappent à coups de cravache celui qui se conduit malhonnêtement avec leur femme. Et qu'avez-vous fait ? Vous vous êtes proprement enroulée autour du corps de mon Philippe. Vous vous êtes jetée sur ses genoux hier soir au bord du lac ! Pour qui me prenez-vous ? Pour une aveugle ? ou une imbécile ?... Laissez-moi vous le dire, je vous ai surveillée. Mes yeux ne vous ont pas quittés ! Voilà pour vous ! cria-t-elle en brandissant sa cravache.

Si Adeline avait cru que la peur ferait fuir Daisy, elle s'était bien trompée. Certes Daisy avait peur, mais elle était également la proie d'une extrême fureur. Il y avait quelque chose de reptilien dans son corps souple ramassé sur sa selle, dans son visage court, ses yeux bridés, ses lèvres qui découvraient ses dents. Elle évita le coup d'Adeline qu'elle menaça à son tour de sa propre cravache.

— N'essayez pas de me frapper à nouveau ! cria-t-elle.

— Je vous battrai comme vous le méritez ! lança Adeline dont le cheval s'énervait ; il tirait sur son mors et sautait à droite et à gauche ; elle ne parvenait pas à atteindre Daisy.

— Que savez-vous de l'amour ? criait cette dernière. Vous ne vivez que pour vous-même. Vous avez trop d'orgueil pour aimer Philippe comme il le mérite. Moi, je n'ai aucun orgueil. Je l'ai toujours désiré et je l'aurai. Il m'aime. Ce que vous avez vu hier soir n'était que la moitié de la réalité. Nous sommes des amants, des amants, vous dis-je !

— Mensonges ! Mensonges ! Il n'y a rien de vrai en vous. Mais vous allez recevoir la leçon que vous méritez.

Elle se rapprocha de Daisy qu'elle frappa plusieurs fois de sa cravache ; à chaque coup, la jeune fille poussait un cri de rage, à peine était-elle consciente de la douleur physique. Elle voulut à son tour frapper Adeline mais n'atteignit que le cheval qui, dans un réflexe de surprise, se dressa sur ses pattes de derrière. La jument de Daisy, par esprit d'imitation, en fit autant ; et pendant un bref instant, cavalières et montures se firent face, immobiles comme deux statues de bronze. La forêt verte se pressait autour d'elles et un ciel bleu éblouissant s'étendait au-dessus de leurs têtes. Il était vraiment regrettable que cette scène n'eût aucun spectateur et qu'aucun de ses participants ne fût conscient de sa beauté.

Puis brusquement le cheval d'Adeline se mit à ruer ; il fit demi-tour et partit au grand galop dans la direction d'où il était venu, tandis que, comme par un plan concerté, la jument s'enfuyait dans la forêt. Les deux adversaires furent bientôt séparées par une longue distance.

Adeline rendit la bride à sa monture tout en l'apaisant par de douces paroles et en se penchant pour la caresser.

— Ce n'est pas moi qui t'ai frappé, Prince ; ce n'est pas moi, mon vieux cheval. C'est cette méchante créature, cette Daisy. Nous avons toujours su, au fond de notre cœur, qu'elle était mauvaise. Mais je l'ai battue ! Dieu, que je l'ai frappée !

Elle atteignit Jalna les joues brûlantes, les yeux lançant des flammes.

Il était largement midi et la chaleur était accablante. Elle se rendit dans sa chambre et revêtit une légère robe d'été. Puis elle alla à la salle à manger et entreprit de mettre en place, dans une vitrine française, de fragiles et délicats gobelets de cristal. La pièce était maintenant tapissée ; des tapis recouvraient le plancher et de riches tentures jaune d'or retenues par de lourdes cordelières à glands pendaient des corniches sculptées. Le portrait d'Adeline et celui de Philippe étaient fixés au mur, côte à côte, au-dessus du buffet chargé d'argenterie. « Belle salle ! » pensa-t-elle. Elle pourrait y recevoir ses amis avec fierté.

Elle continua ses arrangements en chantonnant. Mais une partie de son être intime restait fermée au monde extérieur.

Les Lacey vinrent dîner à Jalna ; avant leur départ, avant même que l'ombre du jeune bouleau s'étendît sur la prairie, Robert Vaughan arriva en voiture et son visage était très pâle.

— Qu'est-il arrivé ? demanda-t-il comme si le petit groupe qui se trouvait réuni à Jalna ne pouvait ignorer ce dont il s'agissait.

— Arrivé ? Que voulez-vous dire ? demanda Philippe.

— Mrs. Whiteoak n'a aucun mal ?

— Mais non.

— Il n'en est pas de même pour ma cousine. Pixie est revenue à la maison sans elle.

Stupéfait, Philippe s'adressa à Adeline.

— Tu es montée à cheval avec Daisy ?

— Oui... Nous avons échangé des paroles désagréables... Une querelle de femmes... Nous nous sommes quittées et je suis rentrée à la maison.

— Oh ! dit Mrs. Lacey, j'ai peur que la pauvre petite n'ait eu un accident. Mon Dieu ! Mon Dieu !

— Il faut organiser les recherches immédiatement, dit le capitaine Lacey qui s'adressa à Adeline presque en accusateur. Où était Miss Vaughan quand vous vous êtes quittées, Mrs. Whiteoak ?

Adeline fronça les sourcils.

— Je ne sais pas. C'était loin d'ici, sur le chemin qui conduit à l'église, dans un petit sentier qui aboutit à une clairière.

— Il faut venir nous le montrer, dit Philippe.

— Pensez-vous qu'il y ait des loups, par là ? demanda Mary.

— Certainement pas, répliqua le capitaine Lacey. Mais son ton n'était pas très assuré.

— J'emmènerai Néron, cria Sholto. Nous aurons besoin d'un limier.

— J'ai peur que son cheval ne l'ait jetée à terre et qu'elle ne soit blessée. Que faisait son cheval, quand vous l'avez quittée, Mrs. Whiteoak ?

— Il était un peu rétif.

Robert trouva l'occasion de dire à Adeline :

— Moi aussi, je me suis querellé avec Daisy, car j'ai trouvé détestable sa conduite d'hier soir. Mais maintenant, j'ai peur.

— Il ne lui est rien arrivé.

— Comment pouvez-vous le savoir ?

— Quelque chose me le dit.

Pendant qu'Adeline et Philippe revêtaient leur costume de cheval, ce dernier s'écria :

— Quel beau gâchis ! Si quelque chose arrive à cette fille, tu en recueilleras tout le blâme. Quel besoin avais-tu de dire que vous vous étiez querellées ?

— Je suis franche par tempérament, répliqua-t-elle.

— Mais il ne convient pas de tout dire.

— Je n'ai pas dit la cause de notre dispute.

Le silence régna un instant dans la chambre ; puis Philippe déclara :

— Je ne désire pas savoir ce qui s'est passé !

— Non, parce que tu le sais déjà.

Il la regarda, ses yeux bleus largement ouverts.

— Je le sais, dis-tu ?

— Evidemment. Nous nous sommes querellées à cause de toi.

— Eh bien ! tout ce que je peux dire, c'est que, vous autres femmes, vous êtes de stupides créatures !

— Peut-être. C'est ce qui fait à la fois notre nature et notre malheur. Elle a eu de la chance que je me sois contentée seulement de la battre avec ma cravache.

Philippe resta cloué de stupeur.

— Bon Dieu, s'écria-t-il.

Adeline se mit à rire.

— Elle a essayé d'en faire autant à mon égard. Elle n'était pas le moins du monde accablée ! Elle est partie folle de rage et joue probablement à s'être perdue dans la forêt, simplement pour me faire peur.

— C'est un jeu dangereux, Adeline. Tu pourrais regretter ton geste.

Elle s'emporta.

— Regretter d'avoir puni une femme abominable qui a essayé de séduire mon mari ! Certes non ! Un millier de loups, d'ours ou de chats sauvages peuvent bien la mettre en pièces, je n'en aurai aucun regret. Ce n'est pas moi qui l'ai perdue, elle s'est perdue elle-même. Elle se retrouvera, j'en suis bien certaine.

Ils se joignirent à l'équipe des chercheurs. Tous les laboureurs, tous les fermiers du voisinage, tous les hommes et jeunes gens du village, armés de fusils ou munis de lanternes, à cheval et à pied, se trouvèrent réunis à la nuit tombante, pour aider à retrouver Daisy.

Adeline les conduisit sur les lieux mêmes où les deux chevaux s'étaient dressés sur leur arrière-train, en se faisant face comme des animaux symboliques sur un blason. Les empreintes inégales et dispersées qui recouvraient le sol soulevèrent la plus vive curiosité. Qu'avaient donc fait les deux amazones ? Adeline elle-même resta songeuse devant les empreintes des sabots ; tout ce qui s'était passé lui semblait maintenant un rêve. Il fut aisé de suivre les traces de Pixie jusqu'à l'endroit où elle avait changé de direction pour revenir à Vaughanland. Elles se poursuivaient régulièrement sur une distance de trois kilomètres environ, suivant le sentier d'abord, puis revenant en arrière. Le sol avait été foulé comme si elle s'était arrêtée un instant. Mais de Daisy, on ne découvrit nulle trace.

Adeline revint à Jalna en compagnie de ses frères. Les recherches se poursuivirent toute la nuit au clair de lune et lorsque la lune se cacha, on tira des coups de fusil ; les hommes crièrent, appelèrent ; les rayons des lanternes fouillèrent des buissons épais où nul pas humain ne s'était jamais posé. Mille oiseaux furent arrachés au sommeil. Mille créatures sauvages tremblèrent au fond de leurs terriers. Mais Daisy demeura introuvable.

Lorsque les chercheurs revinrent le lendemain matin, exténués, un nouveau groupe les remplaça, conduit par le colonel Vaughan ; Philippe avait pris part aux recherches nocturnes mais il repartit avec la nouvelle équipe. Les hommes venaient de loin ; tout le pays environnant s'était ému et le sort tragique de Daisy jetait une ombre sur chaque foyer.

A la fin du quatrième jour, Philippe entra dans la bibliothèque où Adeline brodait une nappe d'autel pour la nouvelle église. Il semblait à bout de forces et se jeta sur un fauteuil en face d'elle en murmurant :

— Tu me parais fraîche et dispose !

— Je le suis, en vérité, répondit-elle.

Mais sa main qui plantait une aiguille dans le cœur d'un lis tremblait.

— C'est un bonheur, observa-t-il gravement, que de pouvoir se détacher complètement de ce qui se passe autour de soi.

— Si tu veux dire que je devrais déchirer mes vêtements parce que Daisy a disparu, je te répondrai que je n'en vois pas la nécessité. On la retrouvera.

— Je voudrais que tu ailles à sa recherche et que tu la retrouves puisque tu es si sûre de toi. Par Dieu, je suis mort de fatigue !

— Elle reviendra, répéta Adeline avec obstination.

— Comment peux-tu le savoir ?

— Je le sens.

Elle ne voulait absolument pas renoncer à cet argument.

— Tu n'avais jamais prétendu jusqu'à ce jour à une connaissance occulte des événements.

— Il n'y a là rien d'occulte ! C'est simplement une intuition.

— Je voudrais que nous eussions tous la même intuition. Nous sommes découragés. Les fermiers négligent leurs récoltes. David Vaughan a offert une récompense de cent livres à qui la retrouvera.

— Cela doit faciliter la chose.

— Ton attitude est odieuse, dit-il en se levant.

— Daisy l'est également, répliqua-t-elle avec violence.

Le lendemain, Wilmott rendit visite à Adeline. Il était pâle et semblait inquiet. Adeline promenait ses deux fils devant la maison dans leur petite voiture. Après l'avoir saluée, et quand il eut fini d'admirer les bébés, Wilmott se mit à marcher avec elle et s'écria :

— Je suis mortellement inquiet !

La jeune femme le regarda avec consternation.

— Avez-vous des nouvelles d'Henriette ?

— Non. Il ne s'agit pas de cela. Mais c'est cependant très fâcheux.

— Qu'est-ce donc, Jacques ?

— Il s'agit de Tite. Il a disparu.

— Depuis quand ?

— Depuis le jour où Miss Vaughan s'est perdue. Il était parti ce matin-là pour aller passer deux jours dans sa famille et n'est pas encore de retour. J'étais si inquiet que je suis allé à cheval jusque dans la région où vivent les Indiens. Sa grand-mère m'a dit très vaguement qu'il avait été rendre visite à quelque cousin. Il ne m'a laissé aucun message, ce qui ne lui ressemble pas. Voilà cinq jours qu'il m'a quitté. J'ai peur qu'il ne lui soit arrivé quelque chose de terrible.

— Les Indiens n'ont guère la notion du temps, il me semble.

— Ce n'est pas le cas pour Tite ; c'est un esprit clair et pondéré ; ce qui me tourmente, je peux bien vous le dire, c'est qu'il plaisait à Daisy Vaughan ; elle le lui avait laissé voir. Il me répétait ce qu'elle lui disait. Evidemment, ce n'est encore qu'un adolescent, mais il est de sang mêlé, un sang violent ! Que s'est-il passé, s'il l'a trouvée ce matin-là dans les bois ?

Des images de rapt et de meurtre traversèrent comme des éclairs l'esprit d'Adeline. Son cœur battit plus fort. Elle répéta cependant avec la même obstination :

— On retrouvera Daisy vivante. J'en suis certaine.

Et elle avait raison !...

Deux jours plus tard, Philippe se précipita vers elle, courant presque.

— On l'a retrouvée ! criait-il, ses yeux bleus brillant de soulagement ; Daisy Vaughan est saine et sauve chez son oncle !

— Je vous l'avais bien dit, lança Adeline de sa voix claire et jeune. Qui l'a retrouvée ?

— Ce métis qui sert de domestique à Wilmott, le jeune Tite. Il était allé voir sa famille et revenait quand il l'a découverte dans un abri construit jadis avec des branchages par des Indiens chasseurs. Elle avait vécu tout ce temps de baies sauvages.

— L'as-tu vue ?

— Non. Robert Vaughan vient juste d'arriver au galop pour me le dire. Ce sera fête à Vaughanland. Viens, il nous racontera toute l'histoire.

— Se porte-t-elle bien ?

— Sans la moindre égratignure, mais la pauvre fille a besoin d'un bon nettoyage ! Adeline, quand je pense à ton rôle dans cette affaire je remercie Dieu qu'elle soit retrouvée, je te le jure !

— Moi aussi, cria-t-elle en éclatant en sanglots, et en se jetant au cou de son mari. Oh ! Philippe, que cela te serve de leçon !

21

La récompense

Adeline et Philippe trouvèrent Robert Vaughan assis sous le porche. Son attitude n'exprimait pas autant de satisfaction qu'elle s'y attendait, mais il se leva en souriant et vint lui serrer la main.

— Impossible d'entrer dans la maison, dit-il. Mes chaussures sont trop boueuses. Que pensez-vous de la nouvelle ? Nous en sommes heureux, je vous l'assure, ma mère surtout qui en était malade.

— Je m'en doute, répondit Adeline. C'était la même chose pour moi, bien que j'aie toujours cru que l'on retrouverait Daisy.

— C'est miracle qu'elle soit encore en vie, dit Philippe. Maintenant, asseyez-vous et racontez-nous tout ce que vous savez. Est-elle très faible ?

— Non, pas particulièrement, répondit Robert avec circonspection. Mais elle est très maigre et son costume de cheval a été mis en pièces par les ronces.

Ils s'assirent sur le banc de chêne et les regards d'Adeline fouillèrent le visage de Robert. Elle aurait voulu se trouver seule avec lui.

— Commencez par le commencement, lui dit-elle, et racontez-nous tout ce que vous savez. Quand avez-vous eu de ses nouvelles pour la première fois ?

— Mon père s'était endormi dans son fauteuil sous la véranda ; il était harassé, car il vient de passer ces deux derniers jours loin de la maison, presque sans repos ni sommeil, et ce n'est plus un jeune homme. Le bruit d'un pas l'a fait sursauter, car il espérait toujours que Daisy reviendrait, mais c'était le domestique métis de Wilmott, Tite. Il vint droit à mon père et lui dit : « Maître, j'ai retrouvé la jeune fille perdue. »

— Quel moment ! s'écria Adeline. J'aurais voulu être là !

— Au début, mon père ne pouvait se décider à le croire ; mais il dut bientôt s'incliner devant l'évidence. Tite s'était rendu dans le quartier indien et en revenant, il avait entendu un bruit de pleurs venant d'une sorte de hutte en branchages construite, il y a quelques temps, par des Indiens. Il y pénétra et découvrit Daisy couchée par terre et sanglotant. Elle avait perdu tout espoir de retrouver son chemin.

— Pauvre fille ! s'écria Philippe avec cependant une certaine réserve, car Adeline ne le perdait pas de vue. Pauvre fille !

— En effet, pauvre fille ! répéta Adeline.

Robert continua son récit du même ton circonspect :

— Tite raconta alors que portant sur lui son fusil, il s'était aussitôt mis en quête de quelque nourriture ; il tua un coq de bruyère et le fit rôtir. Daisy mourait de faim. Quand elle eut mangé et un peu dormi, il l'aida à atteindre une petite clairière qu'il connaissait et l'y laissa pendant qu'il venait chercher du secours.

— Mais elle n'avait donc pas entendu nos appels et nos coups de fusil ? s'écria Philippe.

— Elle affirme n'avoir rien entendu.

— Elle a dû errer longtemps.

— Certainement.

— Ce Tite connaît bien la forêt.

— Aussi bien que le creux de sa main. Pour abréger cette longue histoire, je vous dirai que je suis reparti avec Tite, tandis que mon père faisait savoir aux autres chercheurs que Daisy était retrouvée. Quand nous sommes arrivés à la clairière où elle nous attendait, elle était assise par terre, vêtue de haillons, les cheveux dans le dos et le visage souillé. Je l'ai prise en croupe et ramenée à la maison. Ma mère s'évanouit presque à sa vue ; elle avait rempli à son intention la grande baignoire d'eau chaude et lui avait préparé des vêtements propres. Quant à moi, je suis venu aussitôt ici.

Adeline posa doucement sa main sur le bras de Robert.

— Vous devez être harassé et affamé, lui dit-elle. Philippe, mon chéri, voudrais-tu demander à Mrs. Coveyduck quelques-uns de ces croissants chauds qu'elle vient de faire et un pot de chocolat ? Je tremble tellement que je crains que mes jambes ne me portent pas ; sans cela, Philippe, jamais je ne te chargerais de faire mes commissions. Tu sais bien que ce n'est pas mon genre, n'est-ce pas ?

— Ecoutez-la donc ! dit Philippe en lançant un clin d'œil à Robert.

Mais il partit à la recherche de Mrs. Coveyduck.

— Maintenant, dit Adeline, en regardant Robert bien en face, dites-moi ce que vous pensez de tout cela ?

Il détourna son visage.

— Vous ne croyez pas un mot de toute cette histoire, n'est-ce pas, Robert ?

— Pas un mot, répondit-il, le visage sombre.

— Mais vous croyez tout de même que Tite a trouvé Daisy ?

— Oui, je le crois.

— Seulement, ce n'est pas aujourd'hui qu'il l'a trouvée...

— Je vous dis, cria-t-il avec violence, que j'avais horreur de la sentir sur mon cheval, d'avoir ses bras autour de moi !

— Pouvait-elle vraiment ne pas entendre les coups de fusil et les cris ?

— Ne me le demandez pas.

— Robert, pourquoi ne croyez-vous pas à l'histoire de Tite ?

— Parce qu'elle n'est qu'un mensonge. L'histoire qu'elle m'a racontée quand je l'ai retrouvée était également un mensonge. Chaque arbre de la forêt criait : Mensonges, mensonges !

Le jeune homme se tordait les doigts et il ajouta :

— Quand j'ai vu ma mère l'embrasser, pleurer sur elle, mon pauvre père vieilli par cette douloureuse semaine, je l'aurais tuée !

— Elle ne peut être autrement qu'elle n'est, Robert, dit Adeline en prenant la main du jeune homme. Je n'éprouve plus aucune animosité à son égard. Il lui faut un homme, peu importe lequel. Comment a-t-elle accueilli votre mère ?

— Je n'en sais rien, je suis parti.

Philippe traversait maintenant le hall dans leur direction et dit :

— Mrs. Coveyduck est ravie. Le chocolat se prépare ; les croissants embaument. Parlons un peu de cette récompense de cent livres que votre père a offerte pour la découverte de Miss Daisy, Robert.

— Tite en a entendu parler et l'a aussitôt réclamée.

— Quelle aubaine pour Tite ! s'écria Philippe en riant. Il va probablement quitter Wilmott et s'installer chef de tribu.

Comme on prononçait le nom de Wilmott, ce dernier apparut au bout de l'allée, avançant rapidement. Son visage était illuminé.

— Avez-vous appris la nouvelle ? cria-t-il. – Puis apercevant Robert, il ajouta : – Evidemment ! Quel soulagement ! Je cherchais avec les autres quand le colonel Vaughan est arrivé. Nous avions perdu tout espoir de retrouver Miss Daisy vivante.

Il s'assit auprès de ses amis et s'éventa avec son chapeau. S'adressant à Robert, il déclara :

— Il va y avoir de grandes réjouissances à Vaughanland !

— Certainement, répondit le jeune homme avec un sourire qui exprimait plus de souffrance que de bonheur. Mais ma mère est véritablement malade.

— J'en suis désolé.

Et le visage de Wilmott traduisait une réelle sympathie.

— Ma parole, s'écria Adeline, nous avons tous vécu sous un nuage pendant quelques jours, mais maintenant il s'est dissipé. – Ses yeux souriaient à Robert et elle ajouta : – Il faut maintenant bannir de nos esprits toute pensée de tristesse ; nous devons remercier Dieu.

— Ecoutez-la donc ! s'écria Philippe. Ne dirait-on pas un frère prêcheur ? C'est un vrai démon avec parfois, des accès de piété dans le genre de celui-ci. J'ai toujours peur de ce qu'elle peut dire en pareille occasion !

— Vous savez tous, continua Adeline en souriant, que Daisy et moi nous nous sommes querellées. Vous dirai-je ce que je lui ai fait ?

— Non, répondit Philippe. Personne ne désire le savoir. Voilà le chocolat. Pendant que nous le boirons, Robert nous donnera quelques détails supplémentaires sur les événements de ce matin.

Il plaça une petite table devant Adeline et Mrs. Coveyduck, le visage rayonnant, y déposa un lourd plateau.

Une heure plus tard, Robert regagnait Vaughanland. Philippe, le cœur allégé, se hâta de rejoindre ses ouvriers. Adeline et Wilmott restèrent seuls. Ce dernier dit alors, avec une expression un peu lointaine sur son visage maigre :

— Maintenant que tout cela est terminé, peut-être vous intéresserez-vous à mon manuscrit.

Les sourcils d'Adeline se soulevèrent d'étonnement.

— Est-ce possible, Jacques, que vous ayez pu écrire quelque chose pendant cette dernière semaine ?

— J'avais un manuscrit déjà important tout prêt le jour où nous sommes allés nous baigner dans le lac. J'avais l'intention de vous le dire le lendemain, puis cet événement fantastique est arrivé. Peut-être mon œuvre ne vous intéresse-t-elle plus ?

— Elle m'intéresse follement ! Je vous en prie, apportez-moi votre manuscrit demain matin ; je meurs d'envie d'entendre sa lecture.

— Si cela vous ennuie, vous m'arrêterez.

— Rien de ce que vous écrivez ne pourra m'ennuyer... Jacques, croyez-vous que Tite obtiendra la récompense ?

— Il est indiscutable qu'il a retrouvé Miss Vaughan.

— Ne trouvez-vous pas qu'il y a là quelque chose de mystérieux ?

— Certainement.

— Que vous a dit Tite quand il est revenu ?

— Simplement qu'il avait retrouvé la jeune fille et qu'il réclamait la récompense promise.

— Quelle étrange affaire !

— Très étrange !

— J'ai eu terriblement peur, Jacques.

— Je ne l'ignore pas.

Ils gardèrent un instant le silence, puis elle reprit :

— Jacques, que c'est beau de vivre entouré de forêts ! Vous écrivez un livre merveilleux, vous pêchez dans votre rivière pendant que Philippe construit une maison et rentre ses récoltes. Quant à moi, – elle posa sa main sur son cœur, – je suis là, au milieu de vous, heureuse comme une reine, sous mon propre toit, avec mes enfants autour de moi.

Le sourire qui se dessina sur les lèvres de Wilmott était à la fois tendre et mélancolique.

— Vous méritez ce bonheur, lui dit-il.

Le lendemain, il apporta son manuscrit et assis dans la pénombre fraîche du salon, lut son œuvre à Adeline. Auditrice attentive, celle-ci ne perdait pas de vue le visage mobile du lecteur, véritable miroir d'impressions multiples, mais toujours empreint d'une certaine tristesse rêveuse et d'une parfaite dignité. A mesure que se déroulait l'intrigue, Adeline se reconnaissait dans l'héroïne tandis que le héros principal était indiscutablement Wilmott lui-même en dépit de tous ses efforts pour le dissimuler. Mais cela ne fit qu'accroître son plaisir ; le coude appuyé sur le bras de son fauteuil, le menton reposant sur la paume de sa main, elle buvait chaque mot et déclara, à la fin, que l'œuvre de Wilmott était un véritable chef-d'œuvre. Elle allait vivre désormais dans l'attente du dénouement et supplia son ami de ne pas perdre un instant, mais de faire tous ses efforts pour achever le plus rapidement possible son récit. Elle lui prédit un immense succès qui rivaliserait avec *Les Mystères d'Udolphe*.

Quand Wilmott rentra chez lui, il trouva Tite nettoyant un superbe saumon pour leur repas du soir. Sous son couteau les brillantes écailles volaient comme des étincelles sous l'enclume du forgeron. Son torse mince était nu, mais il portait un vieux chapeau de paille. Levant les yeux vers Wilmott avec un sourire qui découvrit ses dents blanches, il lui tendit le poisson.

— C'est un beau poisson, maître, dit-il.

— Oui, Tite, il est superbe. Ces jours derniers, la pêche avait été médiocre. Tu as un bon couteau.

Tite retourna le couteau dans sa main et le regarda d'un air rêveur.

— Maître, c'est un cadeau d'un de mes cousins.

— Tu as d'aimables cousins, Tite.

— Oui. Ce cousin descend d'un grand chef ; c'est un Indien pur sang tandis que moi, je suis français.

— Je le sais ; Tite, te sens-tu différent des vrais Indiens ?

— Maître, si « vrai » signifie « bon » je le suis autant qu'eux.

Il s'assit sur ses talons et regarda Wilmott.

— Mais cette Miss Daisy dit que j'ai la bouche d'un Indien et des yeux de Français. Est-ce votre avis ?

— Si jamais tu prononces encore le nom de Miss Daisy, Tite, je te jetterai dehors !

— Très bien, maître. Mais je voudrais vous montrer quelque chose.

Il retira son chapeau et sortit de la calotte un petit paquet enveloppé de papier. Il l'ouvrit et Wilmott vit qu'il contenait des billets de banque tout neufs.

— La récompense ! s'écria-t-il. Est-elle là tout entière ?

— Oui, maître. Mais nous ferions mieux de rentrer dans la maison et de compter ces billets.

Il mit les billets sous son nez et les huma.

— J'aime l'odeur de l'argent, maître, mais il sent encore meilleur quand il y en a beaucoup.

— Mr. Vaughan n'aurait pas dû donner une telle somme à un garçon comme toi ; il aurait dû la confier à une personne responsable qui te l'aurait gardé. Mais je m'en chargerai.

— Mr. Vaughan voulait bien me la garder, mais je lui ai dit que j'aimais mieux la recevoir tout entière. Il semblait désireux de se débarrasser de moi.

— Allons, lave tes mains et viens compter ces billets de banque.

Tite obéit, mit le poisson dans un panier et se lava les mains dans la rivière. Une fois rentré dans la maison, Wilmott s'assit devant la table de la cuisine et compta la somme remise à Tite.

— Il y a bien cent livres, déclara-t-il. C'est beaucoup d'argent que tu as gagné facilement, Tite.

— Pas si facilement, maître. J'ai fouillé longtemps la forêt avant de la trouver. Vous voyez, maître, je vous obéis ; je ne prononce pas son nom. Je me demande si ma grand-mère dira toujours que c'est une drôlesse quand elle saura la bonne fortune qu'elle m'a apportée.

— Nous ne discuterons pas de cela, dit simplement Wilmott qui examinait Tite avec attention.

Quel changement s'était opéré dans ce garçon depuis qu'ils vivaient l'un près de l'autre ! Il écrivait maintenant parfaitement et pouvait lire n'importe quel livre que lui donnait Wilmott ; la lecture l'absorbait entièrement. Chaque jour son vocabulaire s'enrichissait. Il étudiait l'histoire, la géographie, les mathématiques et le latin. Ce garçon mérite de recevoir une éducation soignée, pensa Wilmott qui dit tout haut :

— Ton avenir est maintenant assuré, Tite. Cette récompense ajoutée à ce que je peux faire pour toi, te permettra d'aller au collège. Tu pourras acquérir une profession, si tu travailles dur. Qu'aimerais-tu devenir ? Y as-tu réfléchi ?

Tite prit une chaise et vint s'asseoir en face de Wilmott, de l'autre côté de la table.

— Je veux être simplement ce que vous êtes, maître ! déclara-t-il.

Wilmott se mit à rire.

— Tu n'as guère d'ambition !

— Cela me suffit, maître. Simplement vivre ici avec vous ; pêcher dans la rivière ; je ne désire rien d'autre.

Wilmott se sentit ému.

— Cela me convient aussi fort bien, dit-il. Mieux qu'aucune autre existence. Tu t'es bien conduit, Tite, et je t'aime bien.

— Moi aussi, je vous aime bien, maître. Vos cils sont longs comme les miens et votre cou ressemble à une colonne de bronze. Mais je ne peux pas dire que votre bouche...

— Que t'ai-je dit, Tite ? Si tu crois me plaire en m'appliquant tous les propos extravagants que cette fille a tenus en parlant de toi, tu te trompes fort.

— C'est vrai, maître. Je suis sûr que c'est une drôlesse.

— Maintenant, reprit Wilmott ignorant volontairement cette dernière remarque, je vais déposer cet argent à la banque, pour toi, pour en être retiré suivant tes besoins. Cela te convient-il ?

— Oui, maître. Mais ne pourrions-nous pas garder une livre ou deux pour acheter de bonnes choses, du sucre candi par exemple, ou du nougat ?

— J'en achèterai pour toi, Tite.

— Je voudrais en acheter avec mon propre argent, maître. Les gages que vous me donnez ne sont pas très élevés et j'en remets une partie à ma grand-mère. Maintenant que j'y pense, ce sont mes gages tout entiers que je donne aux miens.

— Balivernes ! s'écria Wilmott. – Mais il jeta au jeune garçon un billet d'une livre en disant avec un peu d'humeur : – Prends ceci et fais-en ce qu'il te plaira.

— *Mille remerciements*, dit Tite en souriant. Vous voyez qu'à l'occasion, je peux dire quelques mots de français.

22

L'église

Une semaine plus tard, Daisy Vaughan quitta son oncle et sa tante et regagna Montréal. L'épreuve physique et morale qu'elle venait de subir justifiait aux yeux de tous un changement d'atmosphère. Les Whiteoak ne la revirent pas avant son départ, mais ceux qui la virent déclarèrent qu'elle ne semblait nullement malade ni abattue. Kate Brent assura même que Daisy n'avait jamais été en meilleure forme, ni plus communicative. C'était un vrai plaisir de l'entendre faire le récit de ses aventures dans la forêt ; elle avait rencontré des animaux sauvages que nul n'avait vus dans la région depuis des siècles. Mais elle était désireuse de revenir à Montréal, ne pouvant plus supporter, disait-elle, de vivre dans un trou pareil.

Le colonel Vaughan raccompagna lui-même sa nièce. Le séjour de cette dernière à Vaughanland lui avait coûté fort cher. Outre son entretien pendant une année, ce qui comportait l'achat de vêtements coûteux, les recherches dans la forêt lui avaient imposé de grosses dépenses, sans parler de la récompense remise à Tite. Et il fallait encore ajouter le prix du voyage.

Daisy écrivit régulièrement de Montréal à Lydia Busby, tout au moins pendant un certain temps. Ses lettres parlaient longuement de l'atmosphère joyeuse de cette ville, décrivant les bals et les soirées qui s'y donnaient. Lydia en éprouva un désir intense de connaître également cette existence. Pour finir, arriva la nouvelle des fiançailles de Daisy avec un artiste sud-américain qui avait peint des paysages du Saint-Laurent. Les invitations au mariage suivirent de peu. Daisy et son mari devaient partir aussitôt après pour Paris où ils vivraient pendant quelques années.

Ces lettres troublèrent vivement les jeunes Busby que leur père dut rappeler à la raison, mais passèrent presque inaperçues à Jalna. Il y avait la moisson à rentrer, les quartiers d'hiver à préparer pour un bétail dont le nombre croissait chaque jour, la maison à mettre en état pour l'arrivée imminente de la famille d'Adeline ; la construction de l'église à hâter pour que sa consécration et le baptême du petit Ernest fussent possibles. Les remous du monde extérieur avaient donc fort peu d'importance pour Philippe et Adeline qui rangèrent Daisy au nombre des événements nombreux et insignifiants de leur vie passée.

Pour dire la vérité, Philippe se serait fort bien passé de la visite de ses beaux-parents. Il était déjà fatigué des trois Court qui se trouvaient à Jalna depuis l'été. Il avait cependant décidé qu'ils repartiraient pour l'Irlande avec leurs parents. Philippe redoutait que leur séjour ne se prolongeât encore tout l'hiver, car ils avaient déjà manifesté le désir de patiner et de faire du ski.

A cette époque de sa vie, le visage de Philippe exprimait une sérénité que lui auraient enviée bien des hommes d'une époque plus reculée. Il était levé presque à l'aube. Le soir, il ressentait une saine fatigue et se préoccupait avec tant de passion de ce qu'il avait encore à faire, qu'il n'allait se coucher qu'à regret. A la vue de ses lourds camions tirés par de puissants attelages et rentrant dans sa grange leur pesant chargement d'orge, de froment ou d'avoine, son cœur se gonflait d'orgueil. Ce n'était pas que la surface cultivée de ses terres fût très grande, mais celles-ci étaient si fécondes ! Il y avait aussi son bétail, ses cochons et ses moutons, tous prospères et bien pourvus de fourrage pour le prochain hiver. Et au-dessus de tout cela, il y avait Adeline, image même de santé rayonnante et de bonheur de vivre sous ce nouveau ciel ! Il y avait ses enfants, croissant chaque jour en force et en intelligence ; Gussie savait déjà toutes ses lettres ; elle apprenait à coudre et pouvait réciter sans faute plusieurs poésies qui convenaient à son âge. Nicolas n'avait pas encore deux ans, mais en paraissait trois, tant il se tenait droit, avec des épaules larges et une intense vitalité. Ses boucles épaisses retombaient maintenant sur ses épaules et chaque fois qu'on les peignait, il remplissait la maison de cris de rage et de douleur. Ernest était un véritable petit ange avec sa tête blonde et soyeuse, ses yeux de myosotis et son sourire d'autant plus doux qu'il n'avait pas encore de dents.

Néron avait un véritable culte pour ces trois enfants, un culte mystérieux, obstiné et dominateur. Il les laissait grimper tous les trois à la fois sur son dos, mais si Nicolas s'approchait trop du bord du ravin, il le tirait en arrière par sa robe, car Néron gardait le souvenir de l'enfant dégringolant par le fond avec sa petite voiture.

Un matin de septembre, alors que les astres d'or et les blanches marguerites d'automne s'épanouissaient dans tout leur éclat autour de la nouvelle église, Adeline et Philippe admiraient l'effet produit par la longue bande rouge d'un tapis qui allait de l'entrée jusqu'aux marches de l'autel. Ils venaient chaque jour à l'église pour suivre les progrès réalisés pas à pas. Ils y trouvaient un sentiment particulier d'achèvement, tout à fait différent de celui qu'ils goûtaient à Jalna. Jalna était une belle et élégante construction. Ici, il ne s'agissait que d'une bâtisse ordinaire avec des bancs brillants de vernis, des murs de plâtre gris, et pas de vitraux de couleur pour adoucir la lumière. Cependant, c'était leur demeure spirituelle, le lien qui les rattachait aux forces mystérieuses de la création. Leurs enfants y seraient baptisés ; ils s'y marieraient. Et quand l'heure en serait venue, on y lirait leur service funèbre. Mais cette heure-là était si lointaine, si mystérieusement enveloppée dans les brumes de l'avenir qu'ils pouvaient y songer sans peine.

Le tapis rouge avait mis une dernière touche au cachet religieux de l'édifice, il était d'excellente qualité et avait coûté fort cher. Mais Adeline comme Philippe sentaient qu'il valait bien ce prix-là. Il donnait à l'église un aspect sacré, c'était un chemin lumineux qui allait du dehors jusqu'à l'autel. Quand on l'effleurait avec le pied, une impression de sérénité et de paix pénétrait l'âme. Il avait été payé par Augusta, la sœur de Philippe. Ce soir même Adeline s'assiérait à son bureau pour lui écrire et lui dépeindre l'effet grandiose qu'il produisait.

Le doyen lui-même avait mis la main à son porte-monnaie et offert un orgue ; il n'avait pas de tuyaux (on ne pouvait vraiment pas s'y attendre !) mais il était de bonne marque et la beauté du son en avait été garantie. On l'avait placé sur un côté de l'autel, sous la chaire. Wilmott avait accepté de jouer le rôle d'organiste et, ce matin-là, Adeline et Philippe l'attendaient pour essayer l'instrument. C'était Adeline qui avait payé la chaire. Dès le début, elle l'avait voulue imposante. « Je déteste, avait-elle dit, voir un prédicateur sortir d'une chaire comme un diable de sa boîte. Ses paroles seront beaucoup plus efficaces s'il monte trois marches pour les prononcer et s'il est entouré de belle sculpture. » Certains avaient pensé que ce pupitre était un peu trop riche pour l'église, mais dans l'ensemble, on l'admirait beaucoup.

Adeline prit Philippe par la main.

— Viens, lui dit-elle, allons nous asseoir sur notre banc et voyons quel effet cela nous produit.

Elle le conduisit au banc qu'ils avaient choisi, juste en face de la chaire, et ils s'y assirent dignement, mais en souriant. La chaire se dressait majestueusement, comme si elle déversait déjà sur eux sa sagesse dominicale.

— Avoue, dit Adeline, que je ne pouvais faire mieux pour une chaire.

— Ma seule crainte, c'est que Pink ne se trouve si imposant à cette place qu'il ne soit entraîné à prêcher trop longuement, il n'y est que trop enclin !

— Dans ce cas je m'endormirai et je ronflerai.

Ils entendirent un pas derrière eux et se retournant, virent Wilmott qui venait par le bas-côté. Il portait un gros cahier de musique sous le bras.

— Me voilà ! leur dit-il. M'avez-vous attendu longtemps ?

Ils avaient parfaitement oublié qu'il devait venir mais reconnurent qu'ils l'avaient un peu attendu.

— J'ai été à la cure et Mrs. Pink m'a donné un livre de chants. Je regrette un peu d'avoir promis de jouer de cet orgue. Je ne me sens pas capable de jouer convenablement de la musique religieuse. Mais je suis le seul qui veuille bien essayer.

— Kate Brent l'aurait bien fait, dit Adeline, mais maintenant elle est catholique. Du reste, j'aime voir un homme à l'orgue.

— Jouez la *Marche nuptiale*, demanda Philippe. Faites-nous entendre quelque chose de gai.

— Je n'ai pas la musique. – Wilmott s'assit à l'orgue, l'ouvrit et posa le livre de chant sur le pupitre en remarquant : J'admire ce satin rouge qui est derrière les touches. C'est un joli petit orgue.

— Certainement, reconnut Philippe. Mon beau-frère me l'a donné et c'est ma sœur qui a offert ce tapis.

— Je le sais, dit Wilmott. Vous avez une famille généreuse. Quant à moi, quand bien même j'aurais de l'argent, la communauté resterait longtemps sans église avant que j'en fasse construire une !

— Ce n'est plus de l'avarice, Jacques, c'est de la prévention.
— Oui. Je ne suis pas certain que la religion soit bonne pour les hommes.
— Que mettrez-vous à la place ? demanda Philippe. Je gage que vous n'avez rien à offrir.
— La vie en elle-même est bonne.
— Allons, Wilmott, soyez sérieux. Un homme ne peut vivre de choses matérielles seulement.
— Qu'il contemple les étoiles !
— Les étoiles ne sont d'aucun secours pendant une nuit d'orage. La religion en est un à toute heure.
— Mieux vaudra ne pas faire entendre de tels propos à Mr. Pink, dit Adeline, ou il ne vous autoriserait pas à jouer de l'orgue.
— Il m'a entendu plusieurs fois exprimer mes opinions.
— Il ne vous les reproche pas ?
— Pas du tout. C'est un chrétien patient et indulgent, convaincu que tout le monde finira par adopter sa façon de penser.
— Vous y viendrez, vous aussi, dit Philippe, vous aussi !
— Peut-être.
Wilmott appuya sur les pédales, effleura les touches. Il commença à jouer un nouvel hymne récemment traduit du latin. Philippe et Adeline en connaissaient le premier verset et chantèrent :

O viens, ô viens, Emmanuel,
Et délivre Israël captif
Qui gémit dans un exil solitaire,
Jusqu'à ce que le fils de Dieu apparaisse.
Réjouis-toi ! Réjouis-toi ! Emmanuel
Viendra à toi, ô Israël !

Ni Philippe ni Adeline ne trouvèrent étrange d'entendre ces paroles s'élevant au cœur même des vertes forêts canadiennes. Ils les chantèrent avec entrain et Philippe s'écria, quand ils eurent fini :
— C'est un orgue magnifique.
— Je me demande comment vous pouvez dire cela, répliqua Wilmott d'un ton sec, car vous chantiez de toutes vos forces.
— Oh ! Jacques, quel vieux grognon vous êtes ! soupira Adeline en venant à côté de lui.
— On dirait un service d'apparat, dit une voix venant de la porte.
C'était le Dr Ramsay. Il entra, jeta un coup d'œil sur les nouvelles acquisitions et dit :
— Félicitez-moi. Lydia Busby et moi allons nous marier.
Adeline battit des mains.
— Magnifique. Que je suis contente !

— C'est une fille délicieuse, dit Philippe. Je vous félicite très sincèrement.

Wilmott s'avança et offrit à son tour ses félicitations, mais avec plus de réserve.

— Ce sera la première cérémonie dans cette église, dit le docteur. Nous désirons nous marier sans délai.

— Non, dit Philippe. Le baptême de mon fils aura lieu en premier.

— Et nous ne pouvons pas le baptiser avant l'arrivée de mes parents, ajouta Adeline.

Le Dr Ramsay regarda les Whiteoak d'un air féroce.

— Voulez-vous dire que mon mariage doit être reculé jusqu'après le baptême de votre enfant ?

— Je le regrette, dit Philippe, mais j'en ai peur.

— Alors, vous vous considérez comme les propriétaires de cette église ! s'écria le Dr Ramsay qui devenait rouge.

— Pas exactement, répliqua Philippe.

— Je suppose, dit Ramsay, que Lydia et moi pourrons nous marier ailleurs. Il y a une église à Stead.

— Inutile de se fâcher, dit Philippe.

— Je ne me fâche pas, mais je m'étonne d'être obligé de retarder mon mariage pour le baptême d'un enfant.

Adeline croisa les bras sur sa poitrine et fit face au docteur.

— J'aurais cru, lui dit-elle, qu'ayant mis cet enfant au monde, vous auriez un peu de considération pour lui.

A cela, le docteur n'eut rien à répondre. Adeline continua donc :

— Telle que je connais Lydia Busby, elle demandera le temps de se préparer sans se précipiter à l'autel comme s'il y avait urgence.

Et une fois encore, le Dr Ramsay ne put que garder le silence. Ni lui, ni Adeline ne se doutaient alors qu'un jour le fils encore à naître des Whiteoak épouserait la fille du docteur et que ce couple deviendrait les parents du futur maître de Jalna.

L'arrivée de Conway, de Sholto et de Mary sortant de la sacristie mit fin à cette situation gênante. Sholto monta dans la chaire et avec une expression papelarde, entonna :

— « Au commencement, Dieu créa les Court... »

— Descendez, jeune vaurien, dit Philippe.

Mais Sholto continua :

— « Et Dieu vit que les Court étaient bons. Plus tard, Dieu créa les Whiteoak. Et le fils des Whiteoak jeta les yeux sur la fille des Court et reconnut que, bien que laide, elle était vigoureuse, et il l'épousa. »

A cet instant, Mr. Pink entra, venant de la sacristie. Il vint derrière Sholto, le souleva hors de la chaire et le mit par terre.

— Il est heureux pour vous, mon garçon, dit-il, que l'église n'ait pas encore été consacrée ; mais, de toute façon, je dois vous gronder sérieusement pour votre façon de tourner en ridicule les Saintes Ecritures.

— Je venais juste de lui dire de se taire, dit Philippe.

Adeline s'écria, pour faire oublier la faute de son frère :

— Vous auriez dû venir un peu plus tôt, Mr. Pink, et vous nous auriez entendus, Philippe et moi, chanter un hymne.

Venant à son aide, Wilmott ajouta :

— Cet orgue est excellent, monsieur. Voulez-vous que je vous le fasse entendre ?

Dans la sacristie, un charpentier se mit à scier bruyamment, et un autre frappa à coups de marteau dans le vestibule. La paix était restaurée.

23

Scènes diverses

Les parents d'Adeline arrivèrent trois semaines plus tard, juste à temps pour assister à la consécration de l'église. Après la cérémonie, l'évêque passa la nuit à Jalna. Il y eut un grand dîner et une vive et joyeuse excitation régna dans tout le voisinage. De l'avis général, l'église était magnifique, l'évêque fort aimable, et Mr. Court et lady Honoria les gens les plus sympathiques et les mieux élevés qu'il fût possible de voir. Cette dernière louange s'adressait également au frère aîné d'Adeline, Esmond Court, qui avait accompagné ses parents sans aucun avis préalable. Ils n'avaient pas eu le temps d'écrire, car lady Honoria avait décidé de l'emmener, juste au dernier moment. Conway, qui avait infiniment moins de charme qu'Esmond, avait réussi à dénicher une jeune Canadienne bien pourvue ; et lady Honoria ne voyait pas pourquoi Esmond ne ferait pas mieux encore que lui. Il ne ressemblait nullement à ses deux frères, car il était brun et bien de sa personne, rappelant un peu Adeline. Il se rendit très agréable à Philippe, mais ce dernier ne put s'empêcher de penser que six membres de la famille de sa femme installés à la fois dans sa maison, c'était plus que suffisant.

Quelques jours après son arrivée, Renny Court se mit au lit avec une attaque de lumbago. On aurait cru qu'il était la première victime de cette maladie, tant il se plaignait bruyamment, persuadé qu'il ne se tirerait pas de là. Il ne cessa de réclamer des traitements externes et des médicaments internes, de sorte que la maison tout entière se trouvait à son service. Cependant, une fois la crise finie, sa guérison fut complète. Il descendit, soutenu par lady Honoria et Adeline ; tous trois avancèrent péniblement dans le hall jusqu'à la salle à manger tandis qu'il s'appuyait lourdement sur les deux femmes en poussant des cris de douleur. Mais dès qu'il se trouva assis devant ses tranches de rôti, avec un verre de vin blanc à côté de son assiette, il fut de nouveau lui-même. Tout le ravissait. S'il avait dit des choses désagréables au sujet du Canada, il les retirait maintenant. Jalna était une merveille, un chef-d'œuvre. Quand il fut suffisamment rétabli, pour visiter le domaine avec Philippe, il ne put assez louer son parfait entretien ; il n'aimait rien tant qu'une propriété bien tenue et Philippe dut reconnaître qu'il lui fit quelques suggestions excellentes.

Quant à lady Honoria, son séjour à Jalna ne fut qu'un long enchantement. Trouver sa fille si bien établie alors qu'elle avait craint de la voir vivre dans un désert sauvage, remplissait son cœur maternel de joie. C'était également une satisfaction pour elle que de retrouver ses plus jeunes fils, en dépit de tous les ennuis qu'ils lui avaient procurés. Mais surtout, ses petits-enfants la ravissaient. Gussie avait une intelligence si éveillée, elle était déjà si féminine que sa compagnie était charmante. Evidemment, elle avait son petit caractère, mais quel Court ne possédait le sien ? Il y avait, entre elle et Nicolas, bien des bagarres. Mais ce dernier était un véritable amour. Et Ernest était un délicieux bébé ; il semblait comprendre que lors de la prochaine réunion familiale, il serait le centre d'attraction.

Lady Honoria avait reconquis elle-même une jeunesse nouvelle par l'acquisition d'une dent neuve, véritable miracle de l'art dentaire. Elle avait l'air d'être la sœur d'Adeline plutôt que sa mère. En ces jours merveilleux d'octobre, alors que la nature tout entière flamboyait de ses ors et de ses roux, elle surveillait l'aménagement des parterres de fleurs et du jardin potager. La petite chèvre au cou de laquelle elle avait suspendu la petite clochette semblait l'avoir reconnue, car elle la suivait partout. Lady Honoria recueillait les plus beaux feuillages d'automne pour les emporter en Irlande ; elle les avait reproduits elle-même sur une draperie qu'elle brodait pour Adeline. Jamais elle n'était lasse de travailler à l'embellissement de la nouvelle église. Avant de quitter l'Irlande, elle avait brodé une nappe d'autel pour la fête de Pâques, avec un dessin de fleurs de lis, ainsi qu'une magnifique aube pour Mr. Pink. Depuis son arrivée à Jalna, elle avait prélevé sur sa modeste bourse la somme nécessaire pour l'achat de coussins rouges destinés au banc des Whiteoak. Elle se rendait parfois à l'église en compagnie de la petite Augusta et s'y promenait avec bonheur. Gussie était si sage qu'on pouvait l'emmener partout sans inquiétude. Plus tard, la petite fille devenue une femme et même une vieille femme, devait toujours se souvenir des tendres liens qui l'avaient unie à sa grand-mère et ne devait jamais oublier le charmant sourire de lady Honoria.

Jalna regorgeait de vitalité et Esmond Court contribuait largement à cet état de choses. Il avait le don de répandre de l'animation autour de lui ; satisfait de lui-même et du monde entier, il lui arrivait rarement d'être mécontent, mais lorsqu'une telle éventualité se produisait, il prenait alors des colères extrêmement violentes. Il retrouvait du reste très vite son calme et sa bonne humeur. Philippe fut témoin d'un de ces éclats lors d'une exhibition d'escrime entre Esmond et son père, exhibition qui avait lieu dans la bibliothèque. Renny Court, tout comme son fils, était un habile escrimeur et ils tombèrent en désaccord au sujet d'une règle, une discussion éclata, le visage des deux adversaires devint un véritable masque de furie. Chacun entreprit de faire valoir ses arguments ; les fleurets lancèrent des flammes et l'on put croire un instant qu'il allait y avoir mort d'homme. Lady Honoria et Adeline poussèrent des hurlements, Mary s'évanouit. Sans souci du danger, Conway et Sholto se jetèrent entre les deux combattants. A la grande stupeur de Philippe, l'orage tomba aussi vite qu'il s'était levé. Tandis que Sholto se cramponnait encore à son bras, Esmond fit des excuses à son père qui lui accorda son pardon, mais le jeune homme tremblait encore de fureur, alors que les traits de Renny Court offraient un sourire triomphant.

— Oh ! papa, cria Adeline, c'est vous qui aviez tort ! Vous avez presque transpercé Esmond.

Son père répondit par une grimace de dépit.

— Toujours contre moi, Adeline, n'est-ce pas ? Si mon fils me découpait en morceaux, tu dirais encore que c'est moi qui ai tort !

— Allons, allons, lui dit sa femme, tout est terminé ; je vous en prie, rangez ces épées, mes enfants.

Adeline consacrait beaucoup de son temps à la préparation du baptême. Lydia Busby avait parfaitement accepté d'attendre cet événement pour se marier. De son côté, le Dr Ramsay, dans son désir de voir le temps passer rapidement, accepta de se joindre à une partie de chasse que Philippe avait organisée pour son beau-père. Dennis Court désirait vivement faire une telle expédition pour connaître les plaines désertiques du Nord et leur gibier : daims, élans, ours, singes et chats sauvages. A mesure que son séjour s'avançait, il goûtait moins le Canada.

Lady Honoria avait retrouvé un ami de longue date en la personne de lord Elgin, gouverneur général du Canada. Son service l'ayant amené à Kingstone, il y reçut une lettre de lady Honoria et accepta de s'enfoncer un peu plus vers l'ouest pour renouer une vieille amitié et servir de parrain au petit Ernest. Il arriva à Jalna la veille du baptême ; c'était un bel homme, plein de distinction, à la volonté ferme, dont l'esprit libéral s'intéressait beaucoup au pays. Peu d'années auparavant, il avait été accusé par les Canadiens anglais de favoriser les Français. A Montréal, il avait été accueilli à coups de pierres et sa voiture avait été endommagée. Mais il avait réussi à remettre de l'ordre et était maintenant l'homme le plus populaire de tout le Canada. Il ne paraissait pas le moins du monde éprouvé par son voyage et entama avec lady Honoria une conversation animée au cours de laquelle ils évoquèrent le souvenir d'amis communs. Tout était simple et naturel. Le temps lui-même, le matin du baptême, était parfait ; une chaleur estivale accompagnait l'éclat automnal des bois. Des voitures transportèrent les invités de Jalna à l'église dont les portes et les fenêtres étaient ouvertes. Wilmott, dans son plus beau costume de drap, était à l'orgue.

L'église était déjà à demi pleine car les Whiteoak s'étaient fait de nombreuses relations. Certes, c'était une petite église qui ne pouvait contenir une grande foule. Bientôt les bancs encore vides furent pleins à craquer de gens de la campagne venus de fort loin comme du voisinage, pour apercevoir lord Elgin. Jamais on n'avait vu pareil baptême dans le pays. L'objet d'une si belle cérémonie dormait dans les bras de sa mère et sa longue robe plissée, brodée et garnie de dentelles retombait presque jusqu'au sol. Sa pelisse et son bonnet étaient des merveilles d'élégance et de délicatesse. Ses deux menottes roses dont les doigts s'écartaient comme des étoiles de mer, semblaient noyées dans les flots de satin. Outre lord Elgin, le colonel Vaughan et le capitaine Lacey devaient lui servir de parrains et Mrs. Vaughan de marraine. Exquise marraine, en vérité, que cette aimable femme en robe de soie lavande, les vagues de ses cheveux prématurément blanchis apparaissant sous son chapeau fleuri ! Adeline posa l'enfant dans ses bras et, flanquée des trois parrains, Mrs. Vaughan se tint devant Mr. Pink auprès des fonts baptismaux. Ces fonts étaient son cadeau personnel à la nouvelle église et Ernest se trouvait être le premier enfant à recevoir l'eau sainte et le signe de la croix de ses bords sacrés. Adeline et Philippe, ainsi que leurs parents et leurs frères, formaient un groupe qui se tenait aux côtés des parrains et marraine. Lady Honoria tenait Gussie par la main et celle-ci donnait son autre main à Nicolas. Les deux enfants étaient vêtus de robes semblables, à manches courtes et décolletées très bas, avec des nœuds bleu pâle sur les épaules et des ceintures à franges de même couleur. Ils étaient si charmants que leur présence attirait les regards plus encore que lord Elgin lui-même.

La voix sonore de Mr. Pink s'éleva :

« Mes bien-aimés, tous les hommes ayant été conçus et mis au monde dans le péché, et suivant la parole de Notre-Seigneur, nul ne peut entrer dans le royaume des cieux s'il n'a été régénéré et s'il ne naît à nouveau de l'eau et de l'Esprit saint... »

Le service continua suivant les rites auxquels la congrégation prit sa part, à l'ancienne mode. A la fin, Mr. Pink, se tournant vers les parrains et marraine, leur posa les questions prescrites quant aux croyances religieuses d'Ernest Whiteoak.

« Au nom de cet enfant, leur demanda-t-il, renoncez-vous au démon et à ses œuvres, aux pompes et à la vaine gloire de ce monde, à toutes ses passions, et à tous les désirs de la chair, de telle sorte que vous ne les suivrez pas et ne vous laisserez point conduire par eux ? »

Ils répondirent en chœur : « J'y renonce. »

Ernest dormait toujours.

Mais lorsque vint le moment pour Mr. Pink de le prendre dans ses bras et, en l'appelant par son nom, de l'inonder d'eau puisée dans les fonts, Ernest ouvrit tout grands ses yeux de myosotis et poussa un hurlement de protestation et de douleur. Devant le traitement infligé à son petit frère, Nicolas allongea sa lèvre inférieure ; des larmes roulèrent sur ses joues et il se mit à sangloter. A cette vue, Gussie fondit en larmes à son tour.

Néron qui attendait patiemment sous le porche ne put supporter le bruit des pleurs des enfants ; poussant la porte de son énorme museau, il glissa la tête à l'intérieur de l'église et regarda autour de lui avec une expression menaçante, jusqu'au moment où il aperçut le surplis blanc de Mr. Pink avec l'enfant dans ses bras. Pénétrant dans l'église il fixa alors Mr. Pink en retroussant sa lèvre d'une façon menaçante.

— Pour l'amour du Ciel, emporte cet animal ! murmura Philippe à l'oreille de Sholto qui ne fit qu'un bond, saisit Néron par son collier et le traîna de nouveau sous le porche. Un léger rire se fit entendre dans l'église. Lady Honoria consola les enfants...

Ernest Whiteoak ayant renoncé au démon et à ses œuvres, et remis de ses émotions, regarda autour de lui et sourit. Il pressa les unes contre les autres les extrémités de ses mains minuscules et jeta sur son entourage un regard magnanime. Wilmott appuya sur la pédale grave et tous les assistants joignirent leurs voix à la musique de l'orgue pour chanter :

Enfin ! Cette nouvelle naissance céleste
Qui donne une nouvelle vie aux fils de la terre

A purifié de la tache originelle
Une âme que Jésus a sauvée par sa mort.

L'hymne s'épanouit en un chant de gloire.

Des fleurs blanches ainsi que les chandeliers d'argent offerts par lady Honoria ornaient l'autel. Les feuillages verts, pourpres et or, et les carrés de ciel bleu sur lesquels ils se découpaient donnaient aux fenêtres plus d'éclat encore que s'il y avait eu des vitraux. Les fidèles descendirent joyeusement le long des bas-côtés et les enfants Pink, en costumes écossais, s'ils n'avaient pas été retenus par la main maternelle, se seraient livrés aux plus extravagantes cabrioles.

L'église se vida dans le cimetière où ne se trouvait encore qu'une seule tombe, celle d'un petit oiseau que lady Honoria et Gussie avaient trouvé et enterré. La cloche, don d'Elie Busby, lançait son joyeux carillon.

A Jalna, on avait ouvert les portes qui séparaient la bibliothèque de la salle à manger, et de longues tables chargées de rafraîchissements avaient été installées. On but à la santé de l'enfant un punch fabriqué suivant la propre recette de lady Honoria.

Un repas plus substantiel fut servi à un petit nombre d'invités privilégiés avant le départ de lord Elgin. Parmi ceux-ci se trouvaient les Pink et les « piliers » de l'église, ainsi que leurs femmes. Elie Busby ne put s'empêcher de critiquer la politique du gouverneur à l'égard des Canadiens français.

— Il ne faut pas s'étonner, déclara-t-il, de ce que les Canadiens anglais aient manifesté de l'animosité et jeté des pierres contre la voiture de Votre Seigneurie !

Lord Elgin rit avec indulgence.

— Cependant, dit-il, j'ai réussi à m'entendre même avec eux ; car je n'ai jamais fait réparer cette voiture endommagée, mais je me promène partout avec, de sorte que le monde entier peut juger de la fâcheuse façon dont ils ont agi avec moi.

— Je ne peux approuver votre façon de favoriser les Français, reprit Busby. Obligez-les par la force à devenir anglais, vous dis-je.

— Pas du tout, répliqua lord Elgin. Je les encourage à mettre leurs dons naturels au service de l'Empire en assurant leur protection. Qui peut affirmer que la dernière main qui brandira le drapeau anglais sur le sol américain ne sera pas celle d'un Canadien français.

Avant de se retirer, le gouverneur révéla qu'il allait bientôt partir pour les Indes en qualité de vice-roi. Renny Court s'écria :

— Toutes mes félicitations ! Qui ne préférerait les Indes à ce pays sauvage ? Cependant ma fille et mon gendre sont venus ici de leur propre gré et je les vois déjà en train de s'y enliser ! L'épée de Philippe est devenue une charrue ; quant à Adeline qui fut jadis une beauté, regardez-la maintenant ! Une vraie paysanne aux mains rudes et aux joues rouges !

— Eh bien ! dit lord Elgin, si je rencontre aux Indes une femme à moitié aussi séduisante, je me déclarerai satisfait !

Les invités étaient enfin repartis. Le lendemain après-midi, Philippe et Adeline se promenaient la main dans la main sur la pelouse, dans la douce lumière d'un été de la Saint-Martin qui s'achevait. Ils avaient passé en revue les événements de la veille reconnaissant que tout s'était passé pour le mieux et que lord Elgin était un homme de valeur. Ils ne désiraient plus maintenant, que vivre heureux l'un près de l'autre et contempler avec satisfaction la maison qu'ils venaient de construire. Elle s'élevait au milieu des arbres, solide et prête à toutes les éventualités.

— Regarde, dit Adeline, la petite vigne vierge ! Elle est devenue toute rouge comme une plante adulte.

C'était exact. Ses vrilles minuscules s'accrochaient presque avec violence aux briques, comme si elle était responsable, en quelque sorte, de la solidité de la maison, et chacune de ses feuilles était couleur de pourpre.

Philippe à son tour, s'écria :

— Regarde les pigeons, Adeline ! Ils partent pour le Sud. Dieu, quelle troupe !

Un vol de ces oiseaux passait au-dessus de leurs têtes et leur nombre s'accroissait sans cesse, jusqu'au moment où ils formèrent un nuage se déplaçant rapidement. C'était un nuage bleu dans lequel les ailes lançaient des flammes ; il s'étendait depuis Jalna jusqu'à l'église et le passage des oiseaux se poursuivit pendant quatre heures, presque jusqu'à la nuit.

Puis l'obscurité descendit sur la maison, les bougies furent allumées, puis éteintes. La tête sur l'épaule de Philippe, Adeline s'endormit.

MATINS À JALNA

Morning at Jalna

1960
Traduit par Sabine Berritz

1

La maison dans le nouveau pays

Lorsque la guerre civile américaine éclata, la maison Jalna, dans l'Ontario, n'était pas achevée depuis de nombreuses années. Le propriétaire, le capitaine Whiteoak, avec sa famille, s'y était installé après la naissance de son second fils. Accompagné de sa femme, Adeline Court, une Irlandaise, il arrivait des Indes et, par sentimentalité, avait donné à la maison le nom du dernier endroit où son régiment avait été en garnison. Le capitaine Whiteoak, las des contraintes militaires, aspirait à la vraie liberté, aux vastes espaces du Nouveau Monde et Adeline avait toujours été tentée par l'aventure. Tous deux se sentaient maintenant animés d'une ardeur de pionniers. Mais ils avaient conservé les habitudes de confort dont ils jouissaient dans leur pays natal.

La maison, assez vaste et en brique de couleur charmante, ornée de contrevents verts et de cinq hautes cheminées, se dressait dans une propriété d'un millier d'acres à quelques kilomètres seulement du lac Ontario, dont les berges étaient profondément ombragées et peuplées de milliers d'oiseaux. Le sol vierge était riche et donnait de généreuses moissons. Tout ce qu'on y semait poussait avec abondance et librement.

Les enfants des Whiteoak ne connaissaient pas d'autre existence que celle du rythme sain et joyeux des saisons. Ils étaient quatre : Augusta, Nicolas, Ernest et le dernier venu, le bébé Philippe. Leurs parents savaient être indulgents tout en étant parfois sévères sur la discipline. Leur père, quand il le fallait, donnait des ordres sur un ton militaire et rigoureux. Leur mère, facilement exaspérée, les corrigeait volontiers de ses propres mains car elle était d'un tempérament coléreux. La fille, Augusta, supportait les châtiments avec une résignation digne ; Nicolas, avec une certaine hauteur ; Ernest, avec des larmes et la promesse d'être sage. Le bébé Philippe ne comprenait pas pourquoi on le grondait et lorsque cela arrivait, il se jetait à terre, hurlait et gigotait.

En ce jour d'été, le mari et la femme attendaient, non sans un plaisir mitigé, la visite d'un couple américain, venant de la Caroline du Sud.

— Je ne comprends pas, disait Philippe, pourquoi cette arrivée te rend si anxieuse. Les Sinclair nous prendront comme nous sommes. Notre manière de vivre n'a rien de honteux. Il n'y a pas une maison, pas une propriété, mieux tenues dans toute la province !

— Mais songe à quoi ils sont habitués, cria Adeline. Une énorme plantation, des centaines d'esclaves pour les servir... Nous, nous ignorons tout du raffinement. Nous devrions pouvoir leur offrir un appartement entier au lieu de cette méchante pièce et de ce débarras pour la femme de chambre de Mrs. Sinclair.

— La chambre d'amis n'est pas si déplaisante ! Elle est vaste et bien meublée. Et puis il faudra qu'ils s'en accommodent.

— Et quelles distractions allons-nous proposer à Mr. Sinclair ? demanda-t-elle encore. Une promenade dans le champ de navets ? Une visite aux deux petits veaux ?

Cette conversation fut interrompue par le bruit d'une galopade dans le couloir et d'un tonnerre de galoches dans l'escalier. Lorsque Nicolas dépassa Ernest, celui-ci poussa un cri simulant la terreur. Ordinairement, ce déploiement d'exubérance serait passé inaperçu des parents, mais cette fois Philippe remarqua :

— Il faudra qu'ils se conduisent plus calmement lorsque nos visiteurs seront là.

— Ne t'inquiète pas, dit Adeline. J'envoie les plus grands chez les Busby pour trois jours. J'ai arrangé cela avec Mrs. Busby hier.

— Gussie, elle, sait bien se tenir, nota Philippe.

— Je désire une atmosphère de paix complète quand les Sinclair arriveront. Dans sa dernière lettre, Lucy Sinclair parlait du triste état de ses nerfs.

— As-tu pensé que les Busby sont complètement du côté des Yankees ?

— Je n'ai pas expliqué qui étaient nos visiteurs, dit-elle. J'ai seulement indiqué que c'étaient des amis que nous avions connus lors de notre dernier voyage en Angleterre.

Philippe parut inquiet.

— Cela ne plaira pas à Elibu Busby. J'en suis certain.

— Ce n'est pas chez eux que viennent les Sinclair, répondit Adeline avec véhémence. Qu'ils s'occupent de leurs affaires.

— Les enfants parleront.

— Ils feront bien de se taire !

Néanmoins, plus tard, elle réunit ses trois aînés.

— Vous allez passer trois jours chez les Busby, leur expliqua-t-elle.

— Hourra ! cria Nicolas. J'ai tellement envie de visiter leur ferme. Tout le monde travaille mais ils ont toujours le temps de s'amuser.

— Ecoutez-moi, les enfants. – Adeline avait pris un ton un peu sévère. – En aucun cas, vous ne devez raconter que nos amis viennent du Sud et qu'ils ont emmené avec eux des serviteurs.

— Des nègres ! s'exclama Nicolas. J'en ai jamais vu et j' voulais tant en voir !

— Y sont dangereux ? s'informa Ernest.

— Bien sûr que non, petit imbécile, dit sa mère. Dites simplement que nos visiteurs sont des amis rencontrés en Angleterre. Je compte sur toi, Augusta.

— Je m'en souviendrai, promit Augusta de sa voix basse qui promettait un contralto, mais tôt ou tard les Busby sauront la vérité.

— Bien entendu, seulement, s'ils l'apprenaient tout de suite, ils seraient furieux et ils vous renverraient à la maison. Patsy vous conduira chez les Busby. Maintenant, filez et n'oubliez pas vos bonnes manières, dit-elle en les quittant.

— Mes manières, mon œil ! lança Ernest.

Augusta fut choquée.

— Ernest, où as-tu appris cette façon de parler ?

— J' sais pas.

— Tu ferais bien de l'oublier. Viens maintenant te laver la figure et te peigner.

Elle l'entraîna en le tenant par la main.

Patsy O'Flynn, le domestique irlandais, qui était venu de la maison natale d'Adeline pour accompagner la famille au Canada, attendait sur l'allée dans une charrette tirée par un petit cheval trapu. Ses traits aigus apparaissaient entre deux favoris pâles et sous une tignasse jamais coiffée.

— Allez v'nez, leur cria-t-il, moi j'ai pas l' temps de traînasser dans la campagne avec le travail de deux hommes que j'ai à faire !

Philippe et Adeline étaient venus sous le porche pour assister au départ des enfants. Ils avaient l'air de partir en voyage plutôt que d'aller simplement passer quelques jours chez des voisins. Ils étaient sur leur trente et un. Le capitaine Whiteoak porta lui-même leur valise et Adeline tira son mouchoir en essuyant une dernière fois le bout du nez d'Ernest bien qu'il eût un mouchoir tout propre avec une initiale brodée dans la poche de sa veste.

— Veille à ce que son nez ne coule pas, rappela-t-elle encore à Augusta.

Le capitaine Whiteoak souleva Ernest pour le mettre dans la charrette. Adeline leva son beau visage pour donner à chacun de ses enfants un chaleureux baiser.

— Quoi qu'il arrive, dit-elle, restez calmes et aimables ; puis s'adressant au conducteur : – Patsy-Joe, si tu laisses le poney filer dans le fossé et la charrette verser comme tu l'as déjà fait, tu auras affaire à moi.

La charrette s'éloigna lentement. Néron, le grand chien noir, gambadait à côté. Le soleil estival parvint à percer les épaisses frondaisons étincelant sur les reins du petit cheval dont les sabots ne faisaient qu'un léger bruit sur le sable clair de la route.

Lorsque apparurent les toits irréguliers de la ferme des Busby, Augusta dit à Ernest :

— Et pas un mot à propos des nègres. N'oublie pas !

— Les nègres ! Mon œil ! fit Ernest.

Il était trop tard pour les réprimander. Ils descendirent tous de la charrette.

2

Les visiteurs

Lucy Sinclair confia à son mari :

— Ce gosse pourrait être une peste, mais à tout prendre il est plutôt gentil.

— Il est charmant, déclara Curtis Sinclair.

Et tous deux jetèrent un coup d'œil vers le petit Philippe Whiteoak qui, installé dans l'herbe devant eux, essayait de construire une maison avec des briques miniatures. Il pouvait à peine poser une brique sur l'autre, mais il s'y appliquait avec une grande concentration et ses lèvres de bébé étaient tendues par son effort.

— Il ressemble à son père, dit Lucy Sinclair.

— Un vrai Anglais. – Le ton de son mari était mi-admiratif, mi-hostile. – Obstiné et sûr de lui.

— Ces gens, reprit-elle, sont vraiment des amis. C'est merveilleux d'être ici.

— Ils sont la générosité même, admit-il. Whiteoak m'a déclaré ce matin que nous devions nous considérer comme chez nous ici, toi et moi ainsi que nos serviteurs… jusqu'à ce que la guerre soit terminée.

Lucy prit son mouchoir et s'essuya les yeux :

— Qu'est-ce qui nous restera ? s'exclama-t-elle avec un sanglot.

Le petit garçon qui construisait sa maison vint vers elle. Il toucha son genou :

— Pas pleurer, gazouilla-t-il.

Elle caressa ses cheveux blonds.

— Tu es un amour, fit-elle et elle ajouta : – Non, je ne pleurerai plus. Je serai brave pour te faire plaisir.

Son mari posa sa main sur l'autre genou de sa femme. Cette main était remarquablement belle. Lucy l'admirait toujours. Le pouce en particulier. Il était presque aussi long que les autres doigts et d'une forme parfaite, l'ongle montrant une demi-lune impeccable. Elle leva les yeux vers l'élégant profil pâle de Curtis, puis elle les abaissa sur la silhouette solide et épaisse du corps, au dos déformé. Il était bossu et c'était à cause de cette infirmité qu'il n'avait pu rester dans le Sud et combattre pour son pays. Il était donc venu au Canada avec sa frêle épouse, espérant cependant qu'il serait capable, de là, d'avoir quelque influence sur les destinées du Sud. De toute façon, il avait dû emmener Lucy loin de la guerre. Il se savait ruiné, mais cependant se considérait toujours comme un planteur indépendant du Sud.

Peu avant la guerre civile, les Sinclair avaient rencontré les Whiteoak en Angleterre où Philippe et Adeline se trouvaient en vacances. Leur sympathie mutuelle s'épanouit rapidement et devint une réelle amitié. Chacun des deux couples était fasciné par les différences qu'il découvrait chez l'autre : les Sinclair étaient typiquement de leur Caroline méridionale, les Whiteoak, anglais et irlandais. Les Whiteoak avaient convié les Sinclair à venir les voir au Canada, mais cette visite n'avait pu avoir lieu que maintenant et dans ces circonstances tragiques.

Ils étaient arrivés depuis trois jours. Tout, pour eux, était étrange et si nordique bien qu'amical. D'abord la famille Whiteoak, vigoureuse et aimable, puis ces jours chauds avec des nuits si froides. Ils dormaient dans un vaste lit à colonnes et sous un édredon de plume. Ils s'y sentaient encore plus éloignés de leur demeure abandonnée, de tout ce qui leur était familier. Ils avaient emmené trois serviteurs car ils se croyaient incapables de vivre sans eux. L'une, une attrayante mulâtresse, était la femme de chambre personnelle de Lucy. L'autre était cuisinière et se disputait déjà avec celle des Whiteoak. Le troisième était un homme, un robuste jeune noir.

Lucy Sinclair lança vers son mari :

— Dans une minute, nous allons être convoqués pour le thé, un repas dont je me passerais bien. Oh ! boire éternellement du thé !

Son mari soupira avec sympathie, mais il dit :

— Parle plus bas, Lucy. Les enfants peuvent t'écouter.

Le petit Philippe les regardait avec désapprobation. Il paraissait prêt à pleurer. Lucy se pencha vers lui comme si elle admirait la maison qu'il avait construite.

Elle tapa des mains et s'exclama :

— Joli ! Joli !

— Sois reconnaissante d'être ici, Lucy. Montre aux Whiteoak que tu apprécies leur bonté. Tiens, voici Philippe. Il se réjouit d'avance de sa tasse de thé, de ses scones et de sa confiture de groseilles. Souris, Lucy.

Elle n'avait pas besoin de faire un effort. La vue du magnifique et blond Whiteoak suffisait toujours à amener un sourire sur le visage des femmes.

Philippe dit :

— J'espère que vous vous sentez mieux, Mrs. Sinclair, et que vous êtes prête à accepter un bon thé. On vient de me prévenir qu'il était servi dans la salle à manger.

Il jeta vers Lucy un regard admiratif lorsqu'elle se leva en étalant gracieusement les plis de sa robe. Il évita de noter le dos difforme de Curtis Sinclair. A cet instant, une servante arriva en courant, attrapa le bébé qui se mit à protester violemment et l'emporta dans la maison.

Ils trouvèrent Adeline et ses trois aînés debout près de la table : Augusta, aux longues boucles noires avec une épaisse frange sur un front haut, une enfant discrète qui avait à peine plus de dix ans ; Nicolas, ardent, aux yeux sombres, superbes, et aux cheveux ondés. Il semblait fier, presque audacieux mais d'une tenue parfaite. Ernest, tout blond avec ses yeux bleus, avait deux ans de moins. Adeline paraissait avoir préparé consciemment le tableau pittoresque qu'elle formait avec ses enfants autour d'elle.

— Voici toute ma couvée, dit-elle, moins le tout-petit. Ils viennent de passer quelques jours chez des amis. J'avais pensé que c'était mieux pendant que vous vous installiez alors que vous étiez fatigués.

Les Sinclair parlèrent aux enfants avec une extrême courtoisie, très flatteuse pour eux. Nicolas se redressa et eut presque l'air d'un homme. Ernest avait un sourire ravi. Augusta, les yeux baissés, paraissait indécise. Elle ne savait encore si elle aimerait ou non ces possesseurs d'esclaves. Evidemment, ils étaient les invités de son père mais, dans la maison d'où elle venait, elle avait entendu dire tant de choses contre eux.

Comme cette dame était belle et comme elle était élégante ! Bien qu'elle gardât ses paupières baissées, Augusta en avait parfaitement conscience.

— Dieu merci, s'exclama Lucy Sinclair, je n'ai pas d'enfant pour partager la tragédie de notre existence ! Ce serait impossible à supporter.

Son mari, pour dissiper la tension causée par cette émotion, s'informa :

— Tous vos enfants sont nés ici, à Jalna ?

— Non, expliqua Philippe. Notre fille est née aux Indes où j'étais avec mon régiment. J'ai démissionné. Nous sommes partis pour l'Angleterre et l'Irlande afin de voir nos familles, puis nous avons fait voile sur le Canada.

Il n'était pas dans la nature d'Adeline Whiteoak de laisser passer une occasion d'exhiber ses sentiments. Telle une reine de tragédie, elle rappela ce voyage :

— Quelle époque bouleversante ! s'écria-t-elle. Les adieux à la famille, en Irlande. Nous pensions que nous ne les reverrions peut-être jamais plus. Il y avait mon père et ma mère, si tristes, et tous mes chers frères. Et ensuite, cette affreuse traversée ! Mon ayah indienne qui est morte et qu'il a fallu immerger.

Là, Philippe l'interrompit :

— Et c'est moi qui devais m'occuper du bébé. De celle-là, fit-il en montrant Augusta qui, honteuse, baissa la tête. – Son père poursuivit : – Nicolas est né à Québec. C'est Ernest qui est né le premier ici.

Il mit son bras autour des épaules du petit garçon et Ernest jeta, autour de la table où ils étaient maintenant tous assis, un regard de fierté.

Adeline servit le thé et Lucy déclara :

— J'ai beaucoup admiré les deux magnifiques portraits de vous et du capitaine.

— Avec son uniforme de hussard ? demanda Adeline. Nous les avons fait faire juste avant de nous embarquer pour le Canada.

— En Irlande ? s'étonna Lucy Sinclair.

Adeline inclina la tête en évitant de regarder son mari mais celui-ci déclara fermement :

— Non. Ils ont été peints à Londres par un artiste très à la mode. Pensez-vous qu'ils soient très ressemblants ?

Les deux Sinclair trouvaient la ressemblance parfaite, et les examinèrent encore avec admiration, puis Lucy Sinclair dit :

— Cela me brise le cœur de songer à ce qui a dû arriver aux portraits de famille, ceux de quatre générations, que nous avions dans notre vieille maison.

— Ne vous désespérez pas, fit Philippe avec un regard rassurant. Les choses s'arrangeront sûrement.

Ils étaient maintenant tous bien installés. Soudain Nicolas, s'adressant aux Sinclair, lança :

— Dans la maison où je suis allé avec ma sœur et mon frère, on disait que Mr. Lincoln était un grand homme.

— Vraiment ? fit tranquillement Curtis Sinclair.

— Un de leurs fils se bat avec les Yankees, poursuivit Nicolas. Ils prient pour lui et pour Mr. Lincoln. Vous croyez qu'ils ont tort ?

— Personne ne t'a demandé de parler, coupa sévèrement Philippe. Mange ton pain beurré.

Le petit Ernest éleva la voix :

— Notre ami Mr. Busby a dit que Lincoln était un héros.

— Un mot de plus, gronda le père, et vous sortez.

Les petits garçons s'inclinèrent mais semblèrent moins émus par la réprimande que leur sœur.

— J'ai entendu dire, commença Adeline, que les Lincoln sont mal élevés.

— Eux deux et leur fils, expliqua Mrs. Sinclair, forment un singulier trio.

— Les manières font l'homme, déclara tout haut Ernest. C'est dans ma grammaire.

— Sortez, les enfants, s'écria Adeline. Nous vous le permettons.

Les garçons et la fillette se levèrent de table. Ils s'inclinèrent légèrement devant les adultes et quittèrent correctement la pièce. Dehors, ils se mirent à danser sur le gazon pour exprimer leur joie. C'était si extraordinaire d'avoir des visiteurs, surtout des Américains.

— Ils ont une guerre civile, lança Nicolas.

— Ça veut dire qu'ils se battent pour être des civilisés ? demanda le petit Ernest.

Augusta mit son bras autour de lui.

— Non, bêta, fit-elle. Ils sont très élégants, ce monsieur et cette dame Sinclair. Mais les Yankees ne leur laisseront pas garder leurs esclaves. C'est pour ça qu'ils sont en guerre.

— Tiens, voilà l'esclave. Je vais lui parler, dit Nicolas.

— Non, non, supplia Augusta. Ça ne lui plaira peut-être pas.

Son frère agita une main dédaigneuse :

— J' te prie de n' pas t'occuper de moi, Gussie.

Gussie et Ernest restèrent muets, mais Nicolas se dirigea droit vers le noir.

— Cela vous plaît d'être au Canada ? demanda-t-il.

— Oh ! voui. C'est bien beau par ici, répondit l'homme en levant les yeux vers le sommet des arbres.

— Vous êtes content d'être loin de la guerre ?

— Oh ! voui, m'sieur, c'est bon d'être loin de la guerre, répondit encore l'homme.

Ernest avait suivi son frère. Pendu à son bras, il demanda d'une petite voix :

— Ça vous plaît d'être esclave ?

— Oh ! voui, m'sieur, c'est bien.

— Mais, maintenant que vous êtes au Canada, vous êtes libre, n'est-ce pas ? insista Nicolas.

— J'y ai pas pensé, avoua le noir.

— Quel est votre nom ? s'inquiéta Ernest.

— Jerry Cram.

Augusta, sévèrement, appela ses frères :

— Hé ! On vous a dit de ne pas poser de questions ! Vous serez grondés par maman. Allez, laissez-le et venez vous promener.

Sans bonne grâce, les deux garçons revinrent. Ils virent la charmante mulâtresse sortir de la maison et s'appuyer contre le noir.

— Elle ne devrait pas lui parler, dit Augusta.

— Comme si c'était possible alors qu'elle habite sous le même toit que lui !

Nicolas regardait le couple avec toute sa curiosité.

— C'est ça, flirter ? questionna le petit Ernest.

— Mais où apprends-tu ça, Ernest ?

Augusta attrapa son frère fermement par la main et s'éloigna avec lui.

Nicolas reprit :

— J'ai parlé à la femme de chambre de Mrs. Sinclair.

— Qu'est-ce que c'est une femme de chambre ? interrompit Ernest.

— Ce que tu es bête ! Une femme de chambre aide sa maîtresse, elle brosse ses cheveux, coud ses boutons. Annabelle, que tu vois là, donne cent coups de brosse aux cheveux de Mrs. Sinclair tous les soirs. Tu n'as pas remarqué comme ses cheveux brillent ? C'est le brossage.

— Les cheveux de maman sont rouges, lança Ernest. Elle a dit qu'elle était bien contente qu'on n' soit pas comme elle ! J' me demande bien pourquoi ?

— On considère que c'est un défaut, expliqua Augusta.

— Pourquoi ?

— Je ne sais pas mais je crois que bruns, châtains ou blonds, c'est mieux.

— Gussie, j'ai entendu quelqu'un dire à maman : « Vos magnifiques cheveux, Mrs. Whiteoak. »

— Qui a dit ça ?

— J' crois qu' c'était Mr. Wilmott.

— Et maman, qu'est-ce qu'elle a répondu ? demanda Nicolas.

— Elle a dit : « Vieux fou ! »

— C'est bien elle, reprit Nicolas. Elle ne voulait pas dire ça.

— Tu crois que ça lui plaisait ? fit Augusta, choquée.

— Certainement. Les femmes aiment les compliments. Toi aussi quand tu seras grande, tu les aimeras.

— Jamais de la vie.

Augusta avait l'air très offensée.

Deux hautes silhouettes apparurent alors, sortant des bois qui bordaient les allées de la propriété et leur donnaient de la grandeur et du mystère. C'était d'abord Elibu Busby, le voisin chez qui les trois enfants avaient passé quelques jours. Il était né au Canada, patriote fervent, et très fier de l'être. En comparaison, ses voisins étaient des nouveaux venus, il comptait bien les voir suivre ses conseils en ce qui concernait les affaires de son pays. Un de ses fils combattait avec l'armée du Nord dans la guerre civile américaine et, de cela aussi, il tirait orgueil. Pour lui, l'esclavage était une abomination.

L'autre silhouette était celle de David Vaughan, un voisin aussi.

— Alors, dit Busby, vous avez toujours vos visiteurs ?

— Oui, fit Augusta. Ils sont venus parce que tout est en paix ici.

— Allez faire leur connaissance, oncle David, lança Ernest en tirant sur la manche de Vaughan.

Il n'était pas de leurs parents, mais les jeunes l'appelaient tous ainsi.

— Ils sont gentils, oncle David.

Mais ni David Vaughan ni Elibu Busby ne semblaient désireux de rencontrer ces Sudistes.

— Vous ne nous verrez pas souvent chez vous tant qu'ils seront là, grogna Busby. Vous connaissez mes opinions à propos de l'esclavage.

Les yeux de Nicolas étincelèrent de triomphe. Il dit :

— Je crois qu'ils resteront longtemps car ils ont amené avec eux trois de leurs esclaves.

Au mot esclaves, les deux hommes reculèrent avec consternation.

— Des esclaves ? répéta Busby. Ici ? A Jalna ?

— Oui. Tenez, en voici une. Cette grosse femme qui étend le linge.

La femme, d'âge moyen et très noire, était assez éloignée et ne se rendait pas compte qu'on l'examinait.

— Pauvre créature ! s'exclama Busby d'un ton grave. Quel destin !

— Les esclaves peuvent s'en aller s'ils le désirent, expliqua Augusta. Mais ils ont l'air enchantés comme cela.

A cet instant, la négresse lança un éclat de rire magnifique et elle appela quelqu'un qui devait être dans le sous-sol.

— C'est Cindy, commenta le petit Ernest. Elle fait un bon gâteau qu'on appelle le pain d'ange. Je vais lui demander d'en faire un pour demain.

Et il fila au galop.

Augusta et Nicolas poursuivirent aussi leur promenade. Lorsqu'ils se furent éloignés, Elibu Busby demanda :

— Cette négresse est-elle mariée ?

— Comment le saurais-je ? fit Vaughan.

— Bon... si elle ne l'est pas, il faudra qu'elle le soit. C'est honteux qu'elle soit ainsi dans cette maison avec ces enfants. Ils sont très observateurs. Ils voient tout. Surtout le garçon, Nicolas.

— Il ne serait pas le fils de sa mère s'il n'était pas remarquable, assura David Vaughan.

Elibu Busby lui lança un regard aigu, puis reprit :

— Ce que je n'arrive pas à comprendre, c'est comment Mrs. Whiteoak a pu se lier avec ces marchands d'esclaves et les inviter à venir à Jalna en en amenant avec eux alors que leur pays est en guerre civile. C'est choquant que le capitaine supporte cela.

— Ils connaîtront bientôt notre position, dit David Vaughan. Pour ma part, je n'entrerai pas sous leur toit tant que ces gens seront là.

Dans son émotion, ses lèvres tremblaient.

La porte de la maison s'ouvrit et la silhouette d'une femme apparut sous le porche, devant les piliers blancs qu'une jeune et luxuriante vigne vierge enroulait de sa verdeur. Adeline Whiteoak descendit les marches et d'un pas léger s'approcha des deux hommes.

— Quelle admirable démarche, fit Busby entre ses dents. Elle est gracieuse comme une biche.

Vaughan ne répondit pas. Ses yeux profonds exprimaient gravement sa réprobation. Adeline le comprit mais refusa de s'en alarmer. Elle dit :

— Comme je suis heureuse de vous voir tous les deux ! Je le désirais tant. Entrez tout de suite pour connaître nos amis de la Caroline du Sud. Ils sont absolument délicieux.

— Je refuse de rencontrer des possesseurs d'esclaves, riposta violemment Busby. Vous savez bien que je suis corps et âme avec le Nord.

— Moi aussi, affirma Vaughan d'une voix tendue.

— Oh ! mais vous changerez complètement d'avis quand vous les connaîtrez. Ils ont beaucoup de charme. Et leurs voix ! Si douces, si mélodieuses !

— J'aimerais mieux caresser un cobra que serrer la main d'un esclavagiste, gronda encore Elibu Busby.

— Ainsi vous ne voulez pas entrer ? demanda Adeline comme si elle était profondément surprise.

— Vous savez pourtant que mon fils Wellington se bat avec ceux du Nord ! Ces gens sont ses ennemis. Nous pourrions apprendre d'une minute à l'autre qu'il a été tué.

David Vaughan demanda :

— Mrs. Whiteoak, avez-vous lu *la Case de l'oncle Tom ?*

— Bien sûr et je suis contre Mrs. Stowe. Elle n'a vu que certains cas et elle a écrit comme s'il n'y en avait pas d'autres. Mrs. Sinclair n'a jamais entendu parler d'un maître aussi brutal que Legree.

— On m'a signalé, reprit Busby avec mépris, que ces Sinclair ont amené des esclaves avec eux.

— Parce que ces esclaves le leur ont demandé. Ils adorent le sol même sur lequel marchent leur maître et leur maîtresse. Et c'est assez beau ! Ces Sudistes sont de vrais aristocrates. On les sert à genoux. Quand je pense à l'affreux service que j'obtiens à grand-peine, j'ai vraiment pitié de moi.

— Mrs. Whiteoak, questionna Elibu Busby, vous aimeriez être servie par des esclaves ?

— Eh ! volontiers !

— Alors franchement, vous me faites honte, coupa David tout à fait bouleversé.

Elibu Busby commença à rire :

— Ne la crois pas, David, fit-il. Elle ne pense pas un mot de ce qu'elle nous raconte. Elle se vante !

— Elle nous montre un côté d'elle que j'aurais préféré ne jamais soupçonner, grommela Vaughan en tendant d'un geste dramatique le bras dans la direction des trois esclaves qui s'étaient réunis, béats d'admiration, autour du bébé Philippe. Ces esclavagistes se rendent-ils compte qu'ils sont maintenant dans un pays libre ? Et que ces misérables noirs peuvent à la minute précise s'en aller et les laisser se servir eux-mêmes ?

Les Sinclair accompagnés par leur hôte apparaissaient maintenant sous le porche. Adeline, avec un sourire triomphant, traversa la pelouse bien tenue pour aller vers eux. Par-dessus son épaule, elle jeta un au revoir à ses deux voisins.

— Quelle belle démarche a cette femme, répéta Busby.

Adeline savait, elle, qu'ils la regardaient. Elle le sentait dans tout son corps fier, sa longue jupe de taffetas puce balayait royalement l'herbe ; avant de monter les marches, elle se pencha pour respirer une rose thé qui grimpait le long d'un pilier.

Curtis Sinclair tenait à la main le dernier exemplaire du *New York Herald Tribune*. Les nouvelles que le journal apportait formaient la base des discussions militaires qui avaient lieu entre Sinclair et Whiteoak.

Le Sudiste expliquait par quelle voie son petit groupe était parvenu jusqu'au Canada. On avait voyagé jusqu'à Charleston, franchi le blocus par une nuit de tempête pour atteindre les Bermudes.

— Et là j'ai pu échanger des dollars confédérés contre des livres sterling.

— Mais quelle perte pour nous ! insista sa femme.

Curtis Sinclair continua :

— Nous avons enfin pu prendre un bateau anglais qui, en toute sécurité, nous a conduits à Montréal.

— Que d'aventures ! – Adeline dansait de plaisir sur le perron. – L'aventure est le sel de la vie !

Comme tous les habitants de cette région qui bordait la frontière des Etats-Unis, les Busby et les Whiteoak se passionnaient pour la guerre civile. Mais ces deux familles étaient peut-être plus conscientes que d'autres du fait que de nombreux agents clandestins, envoyés par la Confédération, passaient au Canada dans le dessein de détruire les bateaux yankees qui se trouvaient sur les Grands Lacs.

Cependant, tandis qu'Elibu Busby était tout entier pour la cause du Nord, la sympathie de Philippe Whiteoak allait vers le Sud. Cette sympathie avait été renforcée par les Sinclair bien que, les événements aidant, le capitaine sentît combien cette cause était sans espoir. En soldat, il comprenait l'importance de la lutte et sa signification pour le Canada, bien plus clairement qu'Elibu Busby.

3

Le précepteur

Lucius Madigan était un Irlandais venu au Canada pour chercher fortune, mais qui aimait à raconter combien il était moins à son aise dans cette nouvelle contrée qu'il ne l'avait été dans son cher pays natal. Il était arrivé pour servir de précepteur aux jeunes Whiteoak, six mois auparavant. Deux fois, pendant ce temps, il s'était absenté pour aller s'enivrer à mort, mais il était revenu si humble et si malade qu'on lui avait pardonné. Il était diplômé de l'Université de Dublin. Il avait voyagé en Europe, et Philippe, autant qu'Adeline, avait beaucoup de respect pour sa culture. De toute manière, il ne devait pas rester longtemps à Jalna car il était prévu que les enfants iraient, comme pensionnaires, dans des écoles en Angleterre.

Madigan, de nature, aimait la contradiction. Il lui était physiquement à peu près impossible d'être d'accord avec qui que ce soit, sur n'importe quel sujet. Cependant, il était très gentil avec les enfants. Il les éblouissait d'ailleurs par ses opinions fantaisistes. Il les suppliait d'excuser ses erreurs car affirmait-il, seule au monde, leur opinion à eux trois comptait pour lui. Pourtant, une fois, Nicolas, en répétant l'une des dangereuses convictions de son précepteur, s'était vu administrer une sévère correction par son père.

Madigan était extrêmement attiré par Lucy Sinclair. Son type exotique était nouveau pour lui et les gestes harmonieux de ses mains élégantes le fascinaient. Il était homme à mettre une femme sur un piédestal et à l'adorer, mais, s'il était déçu, son admiration pouvait se transformer en mépris total. Un moment auparavant, il avait été subjugué par Amelia Busby – elle préférait son second prénom au premier, Abigaïl – mais elle avait dû l'offenser de quelque façon. Maintenant tout chez elle, sa silhouette flexible comme ses déclarations hautement exprimées, le repoussait. Elle l'avait méprisé à cause de son goût immodéré pour la boisson ; cependant, il était bien supérieur à ses propres frères. Maintenant, la jeune fille était à la fois honteuse et désolée de l'avoir perdu.

En Lucy Sinclair, il avait trouvé un objet parfait d'adoration. Si Curtis Sinclair s'en était aperçu, il n'en avait rien montré. D'apparence, il restait aussi paisible, aussi charmant qu'un gentleman de Caroline peut l'être.

— Ah ! que cet homme est donc distingué ! s'écriait Adeline.

Et son mari questionnait :

— Que reproches-tu donc à mes manières ?

— Ce sont celles d'un officier de cavalerie, ripostait-elle d'un ton critique.

Au début de la guerre civile, Madigan avait été d'accord, au moins autant qu'il le pouvait, avec le Nord. Lorsqu'il avait appris que les Irlandais étaient pour l'armée du Nord, il s'était écrié avec ferveur :

— Ah ! nos gars combattront pour la liberté !

Mais lorsqu'il avait constaté l'aversion d'Elibu Busby pour le Sud, son opinion s'était modifiée. Il détestait profondément Elibu Busby et tout ce qui touchait Lucy Sinclair lui paraissait remarquable. Busby, lui, ayant une admiration presque superstitieuse pour Lincoln, Lucius Madigan en fit un portrait ridicule :

— C'est un type, déclara-t-il, qui s'installe avec ses compères dans l'arrière-boutique d'une épicerie et qui, en taillant un bout de bois, raconte de vilaines histoires.

C'est ce qu'il expliqua aux trois jeunes Whiteoak lorsqu'il les retrouva ce même jour dans les bois. En l'entendant Augusta détourna la tête, et il la vit rougir.

— Ma chère, fit-il avec contrition, excusez mes paroles, elles m'ont échappé. Je n'aurais pas dû m'exprimer ainsi devant vous.

Nicolas cligna de l'œil vers sa sœur, ce qui augmenta encore sa confusion.

— Répétez donc cela, Mr. Madigan, demanda le petit Ernest. Moi, j'ai pas bien entendu.

Le précepteur ignora cette question et se mit à parler avec poésie de la beauté des arbres. Dans les branches voletaient des chardonnerets, d'élégants petits oiseaux bleus et des loriots dorés et noirs. Arrivés à une clairière tapissée de fleurs, Augusta et Ernest commencèrent immédiatement à faire des bouquets.

Nicolas dit à Lucius Madigan :

— Si j'étais grand, cela ne m'ennuierait pas d'aller à la guerre. Ce qui me gênerait, c'est que je ne saurais pas de quel côté aller. Tous nos amis sont pour le Nord, mais mon père, ma mère et vous, êtes pour le Sud.

— Moi, je suis contre toutes les guerres, fit Madigan. La vie en Irlande était assez affreuse. Je ne suis pas venu dans ce pays pour être embringué dans une cause qui ne signifie rien pour moi.

— Mais vous avez pourtant des principes, non ?

— Que le diable les emporte, lança Madigan. J'en avais mais ils se sont envolés lorsque j'ai vu les paysans mourir de faim en Irlande.

Ernest revenait vers eux les bras chargés de fleurs :

— Mr. Madigan, vous aimeriez libérer les esclaves ?

— Ils ont bien de la veine, dit Madigan. S'ils devaient gagner leur vie au Canada, ils verraient ce que c'est que travailler...

— Mais pourtant ils sont des esclaves, reprit Nicolas.

— Plus depuis la proclamation de Lincoln. Ils peuvent tous s'en aller si cela leur plaît, mais ils savent bien qu'ils sont mieux ainsi.

Les Sudistes et leurs esclaves noirs fascinaient les enfants. Ils ne voulaient parler de rien d'autre. Les garçons avaient tenté d'amener les noirs sur ce sujet, mais ces derniers s'obstinaient à n'exprimer aucune opinion. Leurs sombres visages devenaient des masques. Augusta était elle-même trop réservée pour oser sonder les sentiments des autres.

Avant d'atteindre la maison, ils rencontrèrent leur père et Mr. Sinclair. Philippe montrait, avec beaucoup d'orgueil, le verger qu'il avait planté dès son arrivée à Jalna.

— Ce sont des plants envoyés d'Angleterre et, déjà, ils ont donné de bonnes récoltes pour de jeunes arbres. Surtout les reinettes ! Je n'ai jamais rien mangé de pareil.

— Des reinettes ? dit Sinclair. J'aimerais les goûter.

— J'ai aussi quelques bonnes pommes canadiennes. Les petites pommes de neige sont des merveilles. Peau écarlate, chair blanche et douce comme des poires. Elles ne seront pas mûres avant l'automne prochain mais vous savourerez bientôt une Early transparente. Et ici, nous n'avons rien à craindre des insectes. Les oiseaux se chargent de nous en débarrasser.

Et Philippe Whiteoak s'étendit longuement sur ses différentes récoltes.

— Combien d'employés avez-vous ici ? demanda Curtis Sinclair.

— Six, et tous excellents ouvriers.

— J'en avais plus de cent dans mes champs de coton mais il me les fallait tous pour faire la moitié du travail des blancs. Et, de plus, je devais nourrir et vêtir leurs innombrables familles.

— Ciel ! Je ne pourrais pas me permettre cela.

— Cela irait si l'on vendait le coton mais les Yankees arrêtent tout avec leur blocus. Ce sont toujours eux qui ont ramassé l'argent, et ils continuent. Au début, ils nous ont vendu les esclaves...

Curtis Sinclair parlait avec une certaine amertume.

— Oui, je sais, déclara Philippe qui, à la vérité, était peu au courant.

Ils marchèrent un moment en silence, puis Curtis Sinclair reprit :

— Capitaine Whiteoak, je crois que vos sympathies vont vers les Confédérés.

— C'est exact.

— Les Yankees ruinent ma province. Mon père avait d'immenses propriétés. Il possédait plus de sept cents noirs. Quelques-uns d'entre eux sont partis, mais une très grande majorité est restée avec nous, pour qu'on les habille et qu'on les nourrisse. De tous âges, des vieillards, de jeunes enfants... – Il hésita, puis leva ses beaux yeux vers le visage coloré de son hôte et poursuivit : – Capitaine Whiteoak, j'ai des projets. J'ai financé une entreprise qui, nous l'espérons, mettra fin aux activités des Yankees sur les Grands Lacs.

Philippe, stupéfait, le regarda en face :

— Je n'ai jamais entendu parler de cela, fit-il.

— C'est pourtant exact et je vous en dirai plus long un peu plus tard. Ce que je voudrais savoir aujourd'hui, c'est si vous verriez une objection à ce que certains des hommes qui sont engagés dans cette action viennent ici pour en discuter avec moi. Cela serait moins dangereux que de les rencontrer dans une auberge. Si vous y voyez le moindre inconvénient, dites-le, et ma femme et moi, nous partirons.

— Je serai content de recevoir vos amis ici.

Philippe parlait avec précaution. Il n'imaginait pas très bien les complications possibles de ce projet.

— On ne peut pas dire que ce sont des amis, expliqua Curtis Sinclair. Mais ils ne veulent pas, eux non plus, voir notre région absorbée par les Yankees.

Philippe chercha un peu ce que tout cela signifiait mais il pensa qu'il aurait aimé, lui aussi, voir ses amis en sécurité. Les deux hommes, au cours de leur promenade, furent rattrapés par les enfants et leur précepteur. Ernest grignotait, de toutes ses dents blanches, une pomme verte. Immédiatement, Philippe la lui enleva et gratifia le garçonnet d'une claque sur les fesses.

— Tu sais bien, fit-il, que les fruits verts donnent mal au ventre. Veux-tu donc tenir nos amis éveillés toute la nuit par tes hurlements ?

Ernest baissa la tête :

— J'avais oublié, reconnut-il.

Il avait déjà envie d'être choyé de nouveau. Il se glissa entre les deux hommes, passa une main dans celle de son père, puis, de l'autre, il prit celle de Sinclair.

Nicolas expliqua :

— Gussie lui avait dit de ne pas le faire.

— Oh ! il n'avait pas entendu, s'écria sa sœur.

— Je ne fais pas toujours ce que je devrais, dit Madigan. Je ne m'attends pas à mieux de mes élèves.

— Ce n'est pas une manière de parler devant eux, interrompit Philippe Whiteoak.

— Excusez-moi, monsieur, mais si je me place sur un piédestal, comment me croiront-ils ensuite ?

Philippe se tourna vers sa fille :

— Gussie, tu crois en Mr. Madigan ?

— Cela est-il possible, répondit-elle, alors que je l'ai devant moi toute la journée ?

— C'est très impoli, Gussie, fais des excuses.

— Mais pas du tout. – Madigan s'exclamait avec chaleur. – Personne n'a à s'excuser devant moi. Ce n'est pas impoli du tout. Au contraire, j'approuve cette réponse.

— Si je déclare que vous êtes un menteur, fit Nicolas, qu'est-ce que vous direz ?

— Je trouverai que tu es un garçon malin puisque tu l'as deviné.

Le chien Néron arrivant au galop à leur recherche fournit une diversion. Il était énorme, tout couvert de poils noirs frisés et son expression était celle d'une bonne grosse bête. Ce lointain successeur du Néron original devenait vieux et lourd, mais il rampa quand même devant les enfants en donnant tous les signes d'une grande joie. Ils gambadèrent avec lui. Les deux hommes et Madigan restèrent en arrière.

— Mes petits sacripants n'ont vraiment aucune discipline, constata le capitaine Whiteoak. Dieu merci, ils partiront bientôt pour l'école.

— Vous devriez les envoyer en France, conseilla Curtis Sinclair. C'est là que j'ai reçu mon éducation.

— Vous parlez français alors ?

— Oui.

— J'ai un Canadien français qui travaille ici. Il sera enchanté si vous parlez avec lui dans sa langue natale. C'est un excellent charpentier.

Les enfants revenaient vers eux avec Néron et ils pénétrèrent dans la maison qui était imprégnée de toute l'ardeur du crépuscule. Philippe se dirigea vers la vaste chambre à coucher qui s'ouvrait sur le hall et qu'il partageait avec Adeline. Il trouva sa femme qui brossait ses cheveux. Il admirait toujours cette masse flamboyante, plus rouge qu'une châtaigne mûre. Il ne le lui dit pas car elle en était déjà assez orgueilleuse, mais il demanda :

— Que mets-tu pour le dîner ?

— Ce brocart vert.

— Tu t'habilles donc… reprit-il en s'appuyant des deux mains sur le bord du lit dont le cuir peint montrait des fleurs luxuriantes parmi lesquelles apparaissaient de malicieuses figures de singes.

Ils avaient rapporté ce lit des Indes, avec le joyeux perroquet attentif sur son perchoir.

— Tu t'habilles… répéta-t-il, car il était convaincu qu'elle ne l'avait pas entendu avec tous ces cheveux sur les oreilles… Quel poison ! Pourquoi un gentleman-farmer a-t-il besoin de s'habiller pour dîner ?

Elle l'entendit et répliqua :

— Ce serait charmant si tu arrivais à table en sentant l'écurie ! Non… il faut faire un effort. Les Sinclair l'apprécient d'ailleurs. Tu as vu cette ravissante robe que Lucy portait hier soir ? Elle l'a achetée à Paris avant la guerre. Elle m'a dit que tous ses autres vêtements étaient en loques… elle a des trous dans ses souliers.

— Pourquoi ne lui en donnes-tu pas une paire à toi ?

— A moi ? Tu n'as pas vu ses petits pieds ?

Il avoua qu'il ne les avait pas remarqués.

Elle fut ravie et jeta ses bras autour du cou de son mari en l'embrassant :

— Tu es un amour ! cria-t-elle.

Il ne comprit pas ce qui lui faisait tant de plaisir, mais n'en chercha pas la raison. Elle poursuivit :

— C'est bien dommage pour Lucy qu'elle n'ait pas d'enfants. Elle en pleurait aujourd'hui en déclarant qu'ils étaient ruinés puisque leurs terres avaient été prises par les Yankees et que, par conséquent, ils n'auraient rien pu donner à leurs héritiers.

— C'est mieux qu'ils n'en aient pas, dit Philippe.

— Oh ! tu penses aussi à sa bosse ! Mais as-tu remarqué comme il a de belles mains ?

— Ne t'emballe pas sur lui, Adeline. Je ne le supporterais pas.

Philippe ôta ses habits et, en sous-vêtements, se planta devant la toilette au dessus de marbre. Celui-ci était d'un noir brillant mais la grande cuvette, le plat à savon et le bol à barbe étaient crème et ornés de roses écarlates. Philippe versa de l'eau dans la cuvette, se lava soigneusement les mains avec le savon d'Adeline, parfumé à *Quelques Fleurs*, puis nettoya son visage et son cou. Et ainsi, magnifique et rustique, il fut bientôt prêt à entrer dans la salle à manger.

Lucy maintenant sa traîne de velours, les Sinclair descendirent l'escalier. Ils pénétrèrent dans la pièce dont les fenêtres étaient largement ouvertes à la brise chaude. Sur la table ne se trouvaient pas les plats si variés auxquels les Sudistes étaient accoutumés. On y voyait le potage écossais, le canard rôti à la compote de pommes, les pommes de terre nouvelles, les petits pois frais et les asperges du jardin. Tout était excellent. On s'exclama devant la tarte aux framboises amplement recouverte de crème, et délicieuse. Les Sinclair trouvèrent le café atroce, mais ils le burent avec le sourire.

Au dîner, il y avait également les Lacey. Lui était un contre-amiral anglais en retraite, mais on l'appelait toujours amiral. Bien que leurs moyens fussent modestes, leur maison petite, ils se conduisaient comme s'ils étaient toujours dans la même situation que naguère. Tous deux étaient polis, mais un peu réservés. Tous deux étaient courts, rondelets, blonds et ils possédaient ce qu'on nomme « un charmant visage ». Ils se ressemblaient de façon curieuse bien que sans aucune parenté entre eux. Cette ressemblance les avait d'ailleurs attirés l'un vers l'autre et ils s'étaient réjouis d'avoir eu des enfants à leur image.

Philippe Whiteoak avait prudemment vérifié, avant de les inviter, vers quel côté allaient leurs sympathies. Après son premier verre de vin, l'amiral dit d'une chaude voix de basse à Lucy :

— Depuis que j'existe, madame, j'ai toujours détesté les Yankees.

Elle répondit avec ses douces intonations caroliniennes :

— Oh ! amiral, vous me donnez envie de vous embrasser !

Mrs. Lacey l'entendit. Son visage se colora et sa bouche s'arrondit en O. L'amiral rayonna sans souci des sentiments de sa femme. Il répéta :

— Oui, je les ai toujours détestés.

— Ils s'enrichissent grâce à cette guerre tandis que nous, nous sommes ruinés, déclara Lucy Sinclair.

Curtis Sinclair jugea bon de détourner la conversation vers un sujet plus léger, car il craignait toujours que sa femme n'éclatât en sanglots. Il vanta donc le canard :

— Je dois vous avouer, fit-il, que peu de temps avant de quitter Richmond, Mrs. Sinclair a payé une dinde soixante-quinze dollars.

Les commentaires furent généraux, puis Adeline s'écria :

— Comme j'aimerais connaître Richmond ! Le nom seul m'enchante. C'est tellement romantique, tellement gracieux alors que nous sommes encore des sauvages !

— Mais vous avez tout, riposta Lucy Sinclair. De beaux meubles, du linge ravissant, de l'argenterie superbe ! Vous ne savez à quel point nous avons été surpris de découvrir cela car nous nous imaginions qu'il n'y avait ici que des cabanes en bois – et des loups – et des Indiens rampant tout autour !

Les Whiteoak ne surent s'ils devaient prendre cela pour un compliment. Philippe dit :

— Il faut aller très loin dans le Nord ou l'Est pour trouver cela.

Du bout de la table où il se tenait avec les enfants, Lucius Madigan remarqua :

— Si vous voulez vraiment voir un pays sauvage, Mrs. Sinclair, il vous faut aller en Irlande.

— Nous avons dans notre armée beaucoup de soldats dont les ancêtres sont Irlandais, répondit-elle, et ce sont nos meilleurs combattants.

— Mon grand-père, lança Adeline, le marquis de Killiekeggan, était un grand batailleur. Il a eu sept duels.

— Un marquis ! souffla Lucy, les yeux grands ouverts. Vous dites que votre grand-père était un marquis ?

— Parfaitement, reprit Adeline, et il buvait ferme, même pour un marquis irlandais !

Nicolas s'exclama :

— C'est drôle que maman ne vous ait pas encore parlé de son grand-père, le marquis. D'habitude, elle commence par là.

Adeline aurait pu se mettre en colère. Au contraire, elle eut l'air de s'amuser et éclata de rire avec les autres.

Petit Ernest qui avait l'impression d'être depuis longtemps à l'écart lança d'une voix tremblante :

— Avant l'arrivée de nos amis, on mangeait à midi et on dînait à la nuit. Pourquoi ?

— Parce que c'est plus chic, idiot ! fit Nicolas.

Adeline lança vers ses fils un regard sombre :

— Une insolence de plus de vous deux, gronda-t-elle, et vous quittez la table.

Philippe poursuivit paisiblement :

— A Jalna, nous menons la même vie que les paysans. En fait, c'est nécessaire. C'est nécessaire dans un pays énergique comme celui-ci.

Il sembla que Madigan s'amusait d'une plaisanterie secrète. Il riait tout seul mais personne ne faisait attention à lui. L'amiral Lacey raconta des anecdotes datant du temps où il avait débarqué au Canada. Il n'était jamais las de ses souvenirs, ni du son de sa propre voix. Bien qu'il fût nettement du côté des Sudistes dans la guerre civile américaine, il était convaincu que ceux-ci conduisaient mal leur lutte et Curtis Sinclair était de son avis.

Après le dessert, les trois dames, ainsi qu'Augusta, passèrent au salon. Le précepteur et les deux garçons disparurent dans l'obscurité de la pelouse. Les hommes restèrent à table devant leurs verres de porto et Philippe Whiteoak remarqua :

— J'admire le calme que vous montrez, Mr. Sinclair. Je doute que je puisse me conduire comme vous.

— Cela me serait aussi impossible, renchérit l'amiral Lacey. J'essayerais désespérément de faire quelque chose.

— Vous voulez dire, demanda Sinclair, que vous n'auriez pas quitté votre pays pour vous réfugier à l'étranger ?

L'amiral eut l'air un peu embarrassé.

— Vous connaissez vos limites, dit-il en jetant un coup d'œil sur la bosse de Curtis Sinclair, mieux que moi...

La belle main du Sudiste serra la tige de cristal de son verre.

— Nous, du Sud, fit-il, avons beaucoup de raisons de nous venger. Brûler nos maisons et détruire nos plantations comme certains l'ont fait n'est pas suffisant. Il y en a qui veulent plus que la destruction de nos propriétés.

Il s'arrêta et regarda interrogativement le visage de ses deux interlocuteurs.

— Vous avez toutes nos sympathies quoi que vous fassiez, assura Philippe.

— Sauf que nous ne pouvons nous joindre à l'armée des Confédérés, lança furieusement l'amiral en vidant son verre, je ferais n'importe quoi pour vous aider. Mais je suis pauvre, je ne peux pas donner d'argent.

— Nous ne manquons pas de fonds, dit le Sudiste avec hauteur. – Il poursuivit : – Au printemps dernier, un officier, le colonel Dalgren, a été tué en pleine action. Nos hommes ont trouvé sur lui l'ordre de détruire et de brûler Richmond. Nous n'avons pas pardonné cela et nous ne le pardonnerons pas.

— Lâcheté ! déclara l'amiral Lacey. Aussi affreux que les gardes de Cromwell...

— Pire même, appuya Philippe. Alors, quel est votre plan ?

Curtis Sinclair se taisait. Nerveusement, il tambourinait la table du bout des doigts. Il dit enfin à voix basse :

— Cela me prendrait trop de temps de vous expliquer quels sont nos plans et je suis sûr que Mrs. Whiteoak nous attend dans le salon.

Il était clair que, pour le moment, il n'en dirait pas plus. Bientôt après les trois hommes rejoignirent les dames.

Philippe Whiteoak remarqua tout de suite que l'atmosphère de la pièce n'était pas très détendue. Lucy Sinclair était installée sur le divan de satin bleu, les plis de sa belle robe parisienne étalés gracieusement autour d'elle. On apercevait juste le bout de ses pieds fins. Elle s'exclamait sur la beauté de quelques petits éléphants d'ivoire provenant des Indes qu'Adeline avait retirés d'une vitrine pour lui montrer. Mais Mrs. Lacey se tenait un peu à l'écart et regardait vaguement les deux autres femmes. Son mari, sans un regard pour elle, alla tout de suite auprès de Lucy Sinclair. Curtis Sinclair s'approcha d'Adeline et de la vitrine. Philippe s'assit auprès de Mrs. Lacey.

— Est-il possible, demanda cette dernière en un murmure étouffé, que toutes les femmes du Sud soient aussi flirteuses ?

— Chut ! fit le capitaine tout bas, elle va vous entendre.

— Que racontez-vous tous les deux ? s'écria Mrs. Sinclair. J'espère qu'il n'est pas question de l'amiral et de moi ?

— Il me semble, lança Mrs. Lacey, qu'après tout ce par quoi vous êtes passée, vous pourriez être un peu plus réservée.

— Oh ! si vous m'aviez connue avant, répondit Mrs. Sinclair, vous trouveriez une grande différence. Mais, par nature, je suis gaie et quand je suis en si bonne compagnie…

L'arrivée du précepteur et des deux enfants, qui entraient par la porte-fenêtre donnant sur la terrasse, interrompit heureusement la discussion. La douce brise estivale agitait faiblement les rideaux et, à l'intérieur, on sentait l'odeur des pins venue à travers l'obscurité de la nuit, par-dessus le ravin. Un engoulevent répétait ses trois notes insistantes et monotones.

— Ernest, appela Adeline, tu devrais être au lit.

— Je viens dire bonsoir.

Le petit garçon parlait avec une extrême politesse en s'approchant de sa mère.

Elle ouvrit les bras tout grands et s'exclama :

— Alors, viens vite, embrasse-moi et file.

Elle faisait exprès de prendre l'accent irlandais et, consciemment, elle formait un beau tableau en serrant son fils dans ses bras comme si elle le protégeait des dangers de l'extérieur.

— Quels charmants enfants ! confia Lucy Sinclair à l'amiral Lacey. Comme j'envie leurs parents ! C'est un tel chagrin pour mon mari et pour moi de ne pas en avoir. Comme j'aurais aimé une fille !

— J'ai deux filles, fit fièrement l'amiral, et un fils qui est dans la Marine royale.

Adeline donna à Ernest un baiser bruyant.

— Maintenant, ordonna-t-elle, dis bonne nuit à tout le monde.

Pas gêné du tout, Ernest embrassa chacun à son tour. Il avait envie de s'attarder un peu au salon à la lueur des chandeliers. Quand il mit ses bras autour du cou de Lucy, il murmura :

— Je sais réciter *Bingen sur le Rhin*.

Lucy aimait le souffle doux de l'enfant. Elle le pressa contre elle et dit :

— Tu veux me le réciter ? J'adore ça.

Mrs. Lacey en voyant son geste songea : « Elle poursuit même les petits garçons. »

Ernest demanda :

— J' peux réciter, m'man ?

— D'accord, permit généreusement Adeline, si tu ne te couvres pas de honte en oubliant les mots.

— J'en oublierai pas, répondit-il avec confiance.

Il se planta devant toute la compagnie, et commença en tremblant un peu :

Un soldat de la Légion était étendu mourant à Alger.
Les soins des femmes manquaient, leurs larmes aussi,
Mais un camarade était auprès de lui tandis que sa vie le quittait
Et il se penchait plein de pitié pour entendre ses derniers mots.

Il continua bravement sans faire une seule faute.

Les applaudissements éclatèrent. Ernest rougit et courut vers sa mère.

— Qui lui a donc appris à réciter avec tant de sentiment et une telle diction ? demanda Lucy Sinclair.

— La femme du recteur, expliqua Adeline. Elle est très intelligente. Elle leur enseigne la récitation et le piano.

— Le piano ? s'exclama Lucy. Et quel est celui qui joue ?

Il était clair que c'était Nicolas. Ses yeux baissés, la moue de sa bouche montraient nettement son embarras.

— Viens ici, insista Adeline, et joue-nous ce joli morceau de Schubert.

— Non, m'man. – Il secoua la tête. – Je n' peux pas.

— Pourquoi ? Tu l'as si bien joué l'autre jour pour mes filles et pour moi ! s'exclama Mrs. Lacey.

— C'était pas la même chose.

— Allez, au piano tout de suite, monsieur, commanda son père.

Nicolas se leva et, l'air bourru, s'assit devant l'instrument. Presque sans fautes, il joua le morceau.

— Quel doigté ! Quelle perfection ! s'écria Lucy Sinclair.

— Ma femme s'y connaît, expliqua Curtis Sinclair, car elle a étudié la musique en Europe.

— Il faut qu'elle joue pour nous, lança Adeline.

— Je n'aime rien autant qu'une soirée de musique, déclara l'amiral qui, à la vérité, ne reconnaissait pas une note d'une autre.

— Moi, ce que j'aime, coupa Mrs. Lacey, ce sont les récitations.

— Oh ! il faut que vous entendiez ma fille ! dit Adeline.

Nicolas, après les compliments, était revenu s'asseoir auprès de son précepteur sur un sofa contre la porte.

— Gussie, dit le capitaine Whiteoak, lève-toi et récite-nous *La Charge de la Brigade légère*.

Sans sourire et avec une dignité charmante, Augusta s'installa dans un bon endroit, pas trop près de son public, pour que sa voix porte bien. Malgré sa jeunesse, elle faisait une forte impression avec son étroit visage et ses cheveux noirs qui tombaient en boucles sages jusqu'à sa taille.

Quand elle termina en accompagnant les derniers mots d'un vaste geste de la main, elle avait créé tout un climat.

Ainsi, ils avançaient vers les griffes de la mort...

C'était plus que Lucy Sinclair n'en pouvait supporter. Elle éclata en sanglots. En voyant sa peine, l'amiral eut lui aussi les yeux pleins de larmes. Adeline mit son bras autour des épaules de Lucy et la consola. Mais Lucy pleurait.

— Comme c'est noble et héroïque. Tu récites merveilleusement bien, Gussie.

— Moi aussi, j'ai du mal à ne pas sangloter quand j'entends cela, ajouta Adeline.

La voix de Lucius Madigan, qui semblait se parler à lui-même, s'éleva du sofa :

— Je ne comprends pas, disait-il, pourquoi on célèbre une si tragique erreur. On ferait mieux de l'oublier.

— Qu'auriez-vous fait si vous aviez reçu le même ordre ? demanda Nicolas à son précepteur.

— Je me serais enfui aussi loin que j'aurais pu, répondit celui-ci sans hésitation.

Comme il était irlandais, on considéra que c'était très drôle.

Tous, sauf Lucy, se mirent à rire. La jeune femme séchait ses yeux. Mrs. Lacey la regardait sans aucune sympathie. Quel droit avait-elle, cette Américaine, de s'attendrir sur les malheurs de *la Charge de la Brigade légère* ?

— Pourquoi, dit soudain le petit Ernest, Mr. Madigan ne nous chanterait pas une de ses chansons irlandaises ?

— Oh ! oui, je vous en prie, s'écria Adeline d'une voix emplie d'émotion, et pourtant elles me brisent le cœur.

Elle parlait toujours comme si son pauvre cœur déchiré était resté en Irlande, mais, au fond, elle était très contente d'avoir quitté son pays. Quoiqu'elle aimât beaucoup sa famille, elle ne s'entendait pas du tout avec son père.

— Mrs. Sinclair jouera l'accompagnement, j'en suis sûre. Elle joue si bien. Ses doigts filent sur les touches comme une vague sur des galets...

Et bientôt la voix de ténor de Madigan charma l'assistance avec son interprétation de *La Dernière Rose de l'été*.

4

Nuit

Lorsque les invités furent partis, Philippe Whiteoak et Curtis Sinclair sortirent dans l'ombre veloutée de la nuit d'été. Maintenant, il n'y avait plus de lune. Ils marchèrent de long en large devant la maison, en bavardant sans fin. La porte était ouverte et la lumière du hall éclairait, lorsqu'elles passaient devant, les deux silhouettes. Elles formaient un contraste frappant. Philippe Whiteoak était d'une tête plus grand que son ami. Son teint clair, son corps hardi et bien proportionné, ses épaules larges, son dos plat, son assurance, auraient fait envie à n'importe qui. Il ralentissait son pas pour l'accorder à la démarche maladroite du Sudiste. Et pourtant, malgré la bosse de son dos, Sinclair montrait beaucoup de dignité. Son allure frappait. Son visage était sensible et subtil.

Lorsque enfin ils se tournèrent pour entrer dans la maison, Sinclair s'arrêta :

— Bonne nuit, capitaine Whiteoak, dit-il, et merci. J'espère que je ne ferai rien qui puisse vous obliger à regretter votre bonté.

Ils se serrèrent chaudement les mains et Philippe se dirigea directement vers sa chambre.

Il pensait trouver Adeline endormie, mais dès qu'il parut, elle se redressa dans son lit. La timide lumière d'une bougie dessinait à peine la vigoureuse stature de son mari.

— Mais qu'as-tu fait jusqu'à présent ? demanda-t-elle. De quoi parliez-vous tous les deux ?

— Dors donc, répondit-il vivement.

— Je ne dormirai pas. Je veux savoir de quoi il était question.

— Pourquoi ?

Il vint de son côté.

— Parce que, cria-t-elle, je suis une femme et je ne peux pas dormir si je ne sais pas.

— Reste tranquille et dors, fit-il encore.

Elle attrapa la main de son mari et la pressa contre elle :

— Je meurs de curiosité, déclara-t-elle.

Il lui pinça gaiement la joue.

— Mais enfin, tu devrais savoir que j'ai du caractère, reprit-elle, et que je suis capable de tenir mon rôle dans n'importe quel plan.

Son perroquet éveillé par sa voix, ouvrant son bec et montrant sa langue rouge, lança une longue protestation en hindoustani.

— Qu'est-ce qui m'a pris d'épouser une Irlandaise que je n'arrive pas à comprendre, dit Philippe en s'asseyant sur le bord du lit.

Cependant, il était tellement impressionné par les détails du plan de Curtis Sinclair qu'il ne put se retenir d'en expliquer quelques-uns à sa femme. En fait, il était nécessaire qu'elle fût au courant. Elle n'était pas de ces femmes que l'on contente avec des demi-vérités. Elle était quelqu'un sur qui l'on pouvait compter. Parfois, Philippe aurait désiré qu'elle fût un peu moins forte, mais aujourd'hui, en admirant sans la moindre réserve ses yeux lumineux, en regardant son profil orgueilleux et intrépide, il ne souhaitait plus qu'elle fût différente. Les dentelles neigeuses de sa chemise de nuit caressaient le menton d'Adeline. Philippe mit un doigt sous ce menton et déclara :

— Eh bien ! voilà ce dont il s'agit.

— Raconte, fit-elle avec ardeur.

— Curtis Sinclair est l'un des organisateurs d'un groupe clandestin d'agents de la Confédération sudiste. Ils sont envoyés au Canada par le président Jefferson Davis.

Philippe hésita. Il défit un peu sa cravate.

— Je me demande si je devrais te raconter tout ceci, Adeline, fit-il.

— De toute façon, je le saurai par Lucy, répliqua-t-elle.

Il poursuivit avec un air soudain très sérieux.

— Ces hommes doivent accomplir des raids à travers la frontière pour détruire les bateaux nordiques qui se trouvent sur les Grands Lacs.

Adeline se rejeta en arrière sur ses oreillers. Elle tremblait d'excitation.

— Quelle glorieuse revanche ! cria-t-elle.

— Seigneur ! dit-il, ton sourire est terrible.

— Je me sens terrible quand je pense à ces affreux Yankees. – Brusquement, elle aussi devint sérieuse. – Et quel rôle jouons-nous là-dedans ? demanda-t-elle. Les Sinclair doivent attendre quelque chose de nous sans quoi ils ne t'auraient pas mis dans la confidence.

— Notre rôle est un rôle passif, expliqua Philippe. Il nous faut simplement permettre à Curtis Sinclair de recevoir quelques-uns des membres de ce groupe clandestin sous notre toit pour qu'ils y prennent leurs ordres.

— *Je* les recevrai. – De nouveau, elle était assise. – Personne ne pourra dire que je n'ai pas été à ma place.

— Tu n'as rien à voir là-dedans, cria fermement son mari. Toi, tu dois surtout ne rien voir... ne rien dire.

— Avec tous ces braves qui vont venir ici ? Jamais !

Comme elle élevait la voix, le perroquet s'envola de son perchoir en émettant des cris de protestation. Il atterrit au pied du lit, marcha tout le long du corps d'Adeline et, parvenu à sa tête, pressa sa joue emplumée contre la sienne.

— Cher Boney ! lui murmura-t-elle.

En hindoustani, le seul langage qu'il connût, il murmura des mots de tendresse.

Philippe commença à se dévêtir. Il lança :

— Renvoie cet oiseau sur son perchoir. Je refuse de me mettre au lit avec lui.

Adeline se leva et emporta Boney dans sa cage. A travers les barreaux, il injuria Philippe : *Haramzada-Iflatoon*.

Adeline, paraissant plus grande encore dans sa volumineuse tenue de nuit, alla vers la fenêtre :

— Le lilas n'a pas encore fini de fleurir, dit-elle, et comme il sent délicieusement bon ! Viens et respire !

Ensemble, ils humèrent le délicat parfum joint à celui de la campagne toute neuve. On n'entendait aucun bruit à part le froissement délicat des feuilles et la retombée de l'eau dans les profondeurs vertes du ravin.

En haut, les deux Sudistes, dans leur chambre, avaient discuté aussi. D'abord, de la soirée qui venait de s'écouler ; ensuite, des problèmes qui allaient bientôt se poser.

Lucy Sinclair s'exclama :

— J'adore ces Whiteoak. Ils sont si naturels, si spontanés et si beaux. N'est-elle pas délicieuse, elle ? Ces cheveux de feu, cette peau ravissante, et ces yeux ! Grand Dieu, je suis capable d'admirer les autres femmes !

— Whiteoak est un très chic type, continua Curtis Sinclair. Il accepte volontiers de me laisser user de sa maison comme d'un quartier général. Bien entendu, il faudra que cela reste secret. Les hommes passeront ici seulement durant la nuit. Et ils repartiront aussi silencieusement qu'ils arriveront. J'espère que les voisins ne soupçonneront rien.

A cette minute, la femme de chambre de Lucy Sinclair entra dans la pièce.

— Je viens pour brosser vos cheveux, missis. Mon Dieu, ils en ont bien besoin.

Elle élevait la brosse en parlant comme si c'était une arme. Son visage luisait d'agitation heureuse. Lorsque sa maîtresse, drapée dans un peignoir de satin, s'installa sur une chaise, elle commença à brosser les longues boucles soyeuses avec des gestes presque tendres.

— Cela va-t-il un peu mieux avec les autres serviteurs, Annabelle ? demanda Lucy Sinclair. J'espère que tu es toujours polie avec eux.

— Mon Dieu, missis, j' suis tout sourire quand j' leur parle. Sauf avec l'Irlandais Patsy parce que j' comprends pas la moitié de c' qu'il dit.

Annabelle riait, presque pliée en deux, à la simple pensée de Patsy.

Puis, la négresse Cindy entra, les bras chargés de linge fraîchement repassé, et elle commença à le ranger dans les tiroirs d'une commode tout en se plaignant de n'avoir pas pu obtenir les fers avant la soirée.

— Nous sommes en loques, missis, gémit-elle, il faut acheter bientôt des vêtements neufs. Regardez-moi ces souliers !

Elle levait son pied pour le montrer. La semelle avait en effet un énorme trou.

— Patiente, la consola Lucy Sinclair. Nous aurons toutes des robes neuves quand cette affreuse guerre sera terminée. Et puis nous retournerons aussi chez nous.

Curtis Sinclair était resté devant la fenêtre, tournant le dos à la chambre. Quand les servantes furent parties, il demanda à sa femme :

— Où dorment-elles ces deux-là ?

— Dans une petite chambre proche de la nôtre, répondit-elle. Et Jerry s'est installé quelque part dans le sous-sol.

— Nous n'aurions pas dû emmener ces trois esclaves avec nous, dit-il, c'est vraiment trop demander aux Whiteoak.

— Mais alors, qui se serait occupé de moi ?

Il y avait un accent de désespoir dans sa voix. Elle répéta deux fois sa phrase en tremblant.

— Bien sûr, bien sûr... grommela-t-il.

— Et tu sais, ces deux femmes ont absolument besoin de nouvelles robes, et de chaussures. Tous les trois ont vraiment besoin d'être habillés.

— Qu'ils aillent au diable, dit Curtis paisiblement. Je n'ai pas d'argent à dépenser pour eux.

Il prit sa montre et commença à la remonter. Sa femme ne dit rien de plus.

5

Une visite à Wilmott

Le lendemain matin Adeline s'en alla à pied, accompagnée de Néron, faire une visite à James Wilmott, un Anglais arrivé au Canada par le même bateau que les Whiteoak. Il avait acheté un lopin de terre et une maison en bois près du tournant de la rivière. Il s'était installé très confortablement quoique d'une façon assez primitive. Près de l'eau, un bateau plat était attaché. Sur la petite jetée, un attirail de pêche attendait. On entendait des murmures dans les joncs.

D'habitude, lorsque Adeline allait rendre visite à ses voisins, elle montait son cheval favori. Mais, cette fois, c'était une visite secrète. Elle suivit donc le sentier herbeux jusqu'à la porte à laquelle elle frappa. Tandis qu'elle attendait, elle goûta cette impression de mystère qui lui paraissait entourer Wilmott. Il avait été si réticent à propos de son passé. Adeline l'avait toujours considéré comme un célibataire jusqu'au jour où, quelque temps après son installation dans sa nouvelle maison, elle avait appris – il le lui avait avoué – qu'il avait secrètement quitté l'Angleterre pour fuir une épouse détestée. Il s'était ruiné pour qu'elle et son enfant ne manquent de rien.

Lorsque cette femme avait découvert où son mari se cachait et l'y avait poursuivi, c'était Adeline Whiteoak qui l'avait déroutée.

Adeline ne pouvait se souvenir de cette rencontre, cela faisait presque douze ans maintenant, sans rire sous cape. Et dès qu'elle avait vu cette Mrs. Wilmott, elle avait tout de suite compris pourquoi son mari avait fui loin d'elle.

Depuis cette époque, Wilmott avait vécu dans le plus parfait bonheur avec un domestique à la fois compagnon et élève, un jeune Franco-Indien nommé Tite. Ce fut celui-ci qui ouvrit la porte à Adeline. Durant les années qu'il avait passées avec Wilmott, il s'était transformé et de gosse maigre et brun, il était devenu un jeune homme solide, mais toujours mince. Cette année, il venait de passer son premier examen de droit. Wilmott était fier de lui et le considérait presque comme un vrai fils.

— Bonjour Tite, dit Adeline. Mr. Wilmott est-il là ?

— Il est presque toujours là, fit Tite avec une inclinaison digne de la tête. Je vais le prévenir. Pour l'instant, il recoud les boutons de son plus beau pantalon.

Tite s'éloigna de la porte et, quelques instants après, Wilmott apparut. Tite ne revint pas.

— Oh ! je regrette de vous avoir fait attendre, Adeline.

Wilmott parlait avec une grande politesse comme il en avait l'habitude mais ses yeux regardaient la jeune femme avec une telle intensité qu'elle se sentit rougir un peu.

— Ce n'est pas souvent que vous venez me voir, ajouta-t-il en lui offrant une chaise.

Elle ne la prit pas, mais regarda Wilmott en face.

— Je suis venue pour une mission importante, dit-elle.

Il avait l'habitude de ses exagérations et il attendit qu'elle continuât.

— Vraiment ?

Il parlait avec circonspection.

— Oh ! n'ayez pas peur, éclata-t-elle, je ne vous demanderai pas de *faire* quelque chose. J'ai seulement besoin de votre sympathie pour ce que Philippe et moi entreprenons.

— Philippe et vous ? répéta-t-il avec surprise.

— Philippe et moi nous entendons très bien... déclara-t-elle, quand nous sommes du même avis... Avant tout, dites-moi un peu avec qui vous êtes dans cette guerre civile des Américains ?

— Vous savez bien que je hais l'esclavage.

— Mais nos amis Sudistes aussi !... Seulement ils ont hérité de grandes plantations et de centaines d'esclaves. Ces noirs ont besoin d'eux. Ils étaient heureux avec leurs maîtres et maintenant les Yankees ont envahi le Sud et tout détruit, tout pillé, tout brûlé... Oh ! cela vous briserait le cœur d'entendre les malheurs qui se sont abattus sur cette joyeuse contrée. C'est vrai, vous devez vous souvenir que votre femme s'est promenée dans la Nouvelle-Angleterre en faisant des conférences sur sa haine pour le Sud. Après tout, cela ne la regardait pas ?

Wilmott ne voulait pas se souvenir de cette femme. Il repartit :

— Mais cette guerre ne nous regarde pas non plus.

Cependant, lorsque Adeline lui expliqua les plans de Curtis Sinclair, elle parvint à l'émouvoir. Elle savait qu'elle en était capable. Le simple fait que sa propre femme ait tout tenté pour semer la haine contre le Sud était suffisant pour qu'il ressentît de la sympathie à l'égard de ce pauvre pays.

Comme il hésitait, Adeline lui saisit la main dans les siennes et s'exclama :

— Oh ! James, comme vous êtes splendide !

— Mais je ne vous ai rien promis, grommela-t-il. Et j'espère que vous n'allez pas vous laisser embarquer dans une histoire dangereuse.

— Philippe et moi n'avons pas à agir vraiment. Il nous suffit de ne rien voir, de ne rien dire. Nous permettons seulement que les rencontres aient lieu...

— Les rencontres ?

Il retira sa main et regarda Adeline avec des yeux sévères.

— Maintenant que vous êtes avec nous, reprit Adeline, vous allez venir à Jalna ce soir et on vous donnera tous les détails. Comme vous serez content, James.

Sa voix tremblait un peu lorsqu'il répondit :

— Vous savez bien, Adeline, que je ferais n'importe quoi pour vous.

Cependant son visage ne changea pas d'expression car il menait une vie austère, et ses traits durcis et graves ne pouvaient pas s'adoucir facilement.

Lorsque Adeline fut partie, le métis entra. Il avait tout entendu mais il n'en laissa rien voir. Il dit :

— J'espérais que vous offririez une tasse de thé à cette dame, maître.

— Tu sais parfaitement, Tite, fit Wilmott, que je ne suis pas habitué à recevoir des dames.

— Mais Mrs. Whiteoak aime beaucoup boire du thé.

— Qu'est-ce que cela peut faire ? coupa Wilmott.

— Bien sûr, maître. Mais je crois qu'une tasse de thé lui aurait calmé les nerfs. Cela doit lui paraître étrange d'avoir des esclaves chez elle.

— Qu'est-ce que cela nous fait ? répéta Wilmott.

Un silence suivit. Puis, Tite, avec un regard de biais, demanda :

— Avez-vous vu les esclaves, maître ?

— Non. Combien sont-ils ?

— Trois.

— Eh bien ! lança Wilmott. Rien que ça ! Combien d'hommes et de femmes ?

— Un homme et deux femmes.

— Tu leur as parlé ?

— Je suis toujours aimable avec les étrangers, maître. Je leur ai parlé. La plus vieille femme est grosse, et elle attend un enfant...

— Ttt ! fit Wilmott.

— C'est vrai.

— Et l'homme est son mari ?

— Non. Elle a laissé son mari et trois autres enfants dans le Sud parce qu'elle est très dévouée à sa maîtresse, tout comme si je laissais une femme et trois enfants – si j'en avais – pour partir avec vous.

— Je te conseille, dit Wilmott, de ne pas questionner ces noirs. Il vaut mieux ne pas trop t'en approcher, Tite.

— Je suis un homme sociable, maître – le métis montrait ses dents blanches dans un beau sourire – et je n'ai pas de préjugés de race. Je suis moi-même un métis. Je suis à peine blanc. Et pourtant un jour une jeune femme blanche m'a dit que ma bouche était comme une fleur de grenadier. Vous croyez que c'était un compliment ?

— Ne me parle plus de cette histoire, Tite, répliqua sombrement Wilmott.

— Mais il y a des années de cela. Je suis devenu quelqu'un de beaucoup mieux aujourd'hui. Je sais qu'on cite souvent le « noble Indien », maître.

— Je suis content d'apprendre ta noblesse, reprit Wilmott en se demandant si l'éducation qu'il lui avait donnée avait été un bien ou un mal pour Tite.

— La plus jeune esclave – Tite parlait avec précaution – est une mulâtresse, très *café au lait*. Vous voyez, je sais un peu de français. C'est une très jolie fille.

— Tu ne dois pas t'approcher de cette jeune femme.

— Certainement, dit Tite avec dignité. Pourtant, elle est très jolie et elle se nomme Annabelle. Son visage est tellement sensible... On voit rarement cela chez les autres femmes.

— Ne t'approche pas, répéta Wilmott, ou tu auras encore des histoires.

— Des histoires avec qui ?

— Avec le noir sans doute.

— Oh ! non, maître. Annabelle est à des lieux au-dessus de lui. Il est complètement ignorant. Il ne sait ni lire, ni écrire bien qu'il puisse compter dans sa tête.

— Mais comment sais-tu tout cela, Tite ?

— J'ai appris à ouvrir les yeux et les oreilles. C'est ce qui rend la vie tellement intéressante.

Tite s'éloigna. Il alla pêcher dans un coin ombreux du cours d'eau qui abondait en poissons. Pour le repas du soir il nettoya et prépara celui qu'il attrapa. Il fit ensuite sa toilette. Lorsque le crépuscule fut tombé, il prit l'étroit sentier qui menait à Jalna, celui par lequel Adeline était venue le matin même.

Les bruits et les odeurs nocturnes commencèrent à se glisser partout d'abord timidement, puis prirent possession de la nuit. Le parfum de la terre vierge, des cèdres, des pins, de l'arbre au baume de Syrie, alourdissait suavement l'air nocturne. Le gazouillis des petits oiseaux, le coassement confidentiel des grenouilles, le chœur des sauterelles se joignaient à la fin du jour pour souhaiter la bienvenue à l'ombre.

Le métis s'abandonnait inconsciemment à ces plaisirs. Il les absorbait par tous ses pores, la plante de ses pieds, la peau de son visage sombre. Il était évident que cette marche dans le noir n'était pas sans but car Tite se détourna brusquement du chemin de Jalna. Il descendit un autre sentier qui aurait été difficile à trouver si le garçon n'avait pas été si sensible à la qualité du sol, aux nuances de l'air, tandis qu'il se dirigeait vers le fond du ravin. Là, un ruisseau filait vivement, invisible, mais faisant entendre son chant cascadeur. Il était enjambé par un pont rustique sur lequel un hibou blanc dont l'ouïe était encore plus fine que celle de Tite détecta la venue du jeune homme. Il s'envola avec un lourd bruit d'ailes et alla chercher abri dans un arbre énorme.

Tite eut un petit rire, et, faisant mine de lever un arc imaginaire, envoya une flèche également imaginaire dans la poitrine blanche du hibou. Comme émerveillé, l'oiseau lança un bruyant *hou-hou*. Tite poursuivit son chemin et, s'arrêtant sur le pont, il écouta. Il n'eut pas longtemps à attendre. Une silhouette souple sortit bientôt du bois. Silencieusement, la mulâtresse rejoignit Tite.

Tite la prit par la main et, ainsi enchaînés, ils restèrent immobiles un moment. Puis il dit :

— Tu as bien fait, Annabelle, de ne pas me faire attendre. Cela ne me convient pas et je t'aurais cherchée jusqu'à ce que je te trouve... et alors...

— Quoi alors ? souffla-t-elle.

— Je n'ai pas à te le dire. J'agis souvent par impulsion.

Quelquefois bien, quelquefois mal.

De sa voix douce, Annabelle répondit :

— Oh ! je sais que vous êtes bon, Tite.

— Pourquoi ? fit-il en riant.

— Vous avez une telle éducation.

— Qu'est-ce que cela change ? Nous sommes heureux ensemble. Et mon éducation... Un Indien a-t-il des chances ? Plus qu'un noir ?

— Mais je suis un peu blanche. Mon grand-père était un blanc. Ma grand-mère était son esclave. Seulement, elle était jolie.

— Comme toi, Belle... jolie comme un bijou.

Elle se rapprocha de lui. Il sentait l'odeur de sa chaude peau noire et de son parfum bon marché.

— Tite, murmura-t-elle, aimez-vous le bon Dieu ?

Il fut surpris, mais il questionna :

— Tu veux que je l'aime, Belle ?

— Oh ! certainement. Moi, je suis pieuse. Tous les trois, Jerry, Cindy et moi, nous aimons assister à un bel office, ou à un mariage ou à un enterrement.

Tite, après un moment d'hésitation, dit d'une voix qui fit frissonner la jeune fille émue :

— Je suis pieux, moi aussi.

— Vous n'êtes pas catholique, n'est-ce pas ?

— Qu'est-ce qui te fait croire ça ?

— C'est que vous m'avez dit être à moitié français.

— Et toi, Belle, de quelle religion es-tu ?

— Moi, quelque chose comme baptiste. Mais j'aime tous les offices...

— Moi aussi, dit-il avec chaleur.

Elle reprit avec un accent troublé :

— Nous sommes une trentaine dans cette région. Il y a même un prédicateur parmi nous. Le capitaine Whiteoak nous a donné une belle grange à foin pour nos réunions. Il y en aura une dimanche. Nous chanterons et nous prierons pour le Sud parce que nous voudrions rentrer chez nous bientôt. Voulez-vous venir avec nous, Tite ?

— Avec joie, dit Tite, imitant l'intonation de Wilmott.

Il mit son bras autour d'Annabelle. Et, joue contre joue, ils écoutèrent la chanson du ruisseau.

— Est-ce que la religion compte plus pour toi que l'amour ? demanda Tite en caressant les cheveux bouclés – ils n'étaient pas crépus – de la mulâtresse.

— Bien plus, murmura-t-elle.

Il se sentit légèrement offusqué.

— Pourquoi ? continua-t-il. Une jolie fille comme toi doit rêver à l'amour.

— J'aimerai l'amour d'un homme, mais je garderai toujours l'amour du bon Dieu, fut la réponse.

— Moi aussi, fit Tite avec ferveur.

Le lendemain matin, Tite leva les yeux au-dessus du poisson qu'il écaillait et annonça à Wilmott :

— J'ai une religion, maître...

Le sérieux de son ton s'alliait mal à l'expression de ses yeux car deux arêtes étaient collées sur ses longs cils.

Wilmott, avec scepticisme, tourna la tête vers lui.

— Et qui est-ce qui te l'a donnée ? fit-il.

Tite ôta les arêtes de ses cils.

— Il y a longtemps que j'en éprouvais le besoin, répondit-il. Et pendant que je vagabondais dans la brousse, cela m'a frappé comme une lumière aveuglante.

— J'espère que ce sera bon pour toi, fit Wilmott sans conviction.

— Certainement, maître. Un homme ne peut pas vivre seulement de poisson.

— Tu devrais aller raconter cela à Mr. Pink, le recteur, dit Wilmott.

— Vous ne pouvez pas me conseiller, vous ?

— Je n'ai aucune compétence. Va donc voir le recteur.

— Mais, je n'ai jamais été baptisé. Il le faudra peut-être ?

— Fais ce qui te plaît, lança Wilmott en le quittant.

En dépit de l'amicale surveillance de Wilmott, Tite était habitué à agir selon son gré. Et maintenant il lui était agréable d'aller chez Mr. Pink, le recteur de la petite église qui avait été construite par les Whiteoak. C'était l'une des deux églises dont s'occupait Mr. Pink. Contre celle-ci se trouvait le presbytère, presque aussi vaste que l'église. Mr. Pink était assis sous le porche, savourant sa première pipe de la matinée. Lorsque le métis s'approcha, le recteur lui fit un signe et dit :

— Tu es bien Tite Sharrow, n'est-ce pas ?

— Oui, monsieur, répondit Tite d'une voix gentille et polie. Je suis venu vers vous pour vous poser une question sur la religion.

Le recteur le regarda attentivement :

— Eh bien, vas-y !

— Dites-moi, je vous prie, fit Tite, si l'incrédulité est un péché ?

— Nous péchons tous de cette manière car personne, parmi nous, ne croit aussi complètement qu'il le faudrait.

— Et vous, monsieur le recteur, jusqu'où croyez-vous ?

— Je n'ai jamais parlé de cela à personne.

— Je suis un novice, reprit Tite. M'avez-vous dit tout ce que je dois savoir ?

— Assieds-toi, dit Mr. Pink, et je t'en dirai davantage.

Mais Tite s'éloignait déjà...

6

La réunion

La grange serait bientôt remplie avec le foin de l'année qui, pour l'instant, brillait dans le soleil de dix heures du matin. Le plancher avait été bien balayé et on y avait jeté de l'eau pour faire tomber la poussière. Un pupitre avait été fabriqué avec des planches neuves. Dessus était posée une bible. On avait lavé les carreaux de la fenêtre et on y avait pendu un rideau de calicot. C'était la mulâtresse, Annabelle, qui avait pensé à tout cela. Naguère dans le Sud, elle avait assisté à l'office dans une église dont les vitres étaient opaques. Elle avait toujours trouvé que cela donnait à l'endroit un air de plus grande sainteté. Dans la grange, son calicot rouge devait donc créer l'atmosphère voulue. Annabelle priait pour cela. Et, à la vérité, tandis que le soleil luisait à travers l'étoffe, une lumière rose se répandait dans toute la grange. On put emprunter trente chaises de cuisine dans le voisinage. Si la congrégation était plus nombreuse, le surplus des assistants s'installerait sur le sol, dans le fond, contre le tas de foin de l'année passée. D'en bas montait le meuglement d'une vache à qui on avait enlevé son veau.

Trente noirs attendaient que la réunion commençât. Vingt d'entre eux étaient sur les chaises. Le reste était accroupi plus loin, abandonnant quelques rangs de chaises, pour les visiteurs blancs. Ceux-ci étaient Adeline et Philippe, les deux Sinclair, Wilmott, David Vaughan et sa femme, Elibu Busby et sa femme. Ces deux derniers couples venaient pour encourager les noirs, pour montrer leur sympathie envers la cause de l'émancipation. Il leur était difficile de se sentir à l'aise à côté des Sinclair. L'élégance de ces derniers était particulièrement désagréable à Elibu Busby. Il était choqué qu'ils eussent osé montrer ainsi leurs visages de possesseurs d'esclaves. Et néanmoins, c'étaient leurs serviteurs qui les avaient priés de venir, avaient frotté leurs souliers, les avaient aidés à s'habiller pour ce qui était, à leurs yeux, un événement important.

Les noirs, qui formaient la majeure partie de l'assistance, étaient arrivés par des routes variées dans ce coin calme de la province de l'Ontario. Certains déjà avaient obtenu du travail et espéraient s'installer définitivement tandis que d'autres rêvaient au jour où ils pourraient retourner dans leur propre pays. Parmi ceux qui désiraient rester se trouvait un couple qui avait abandonné la plantation dévastée de ses maîtres en emportant tout ce qui les avait tentés. L'homme portait une lourde montre en or avec sa chaîne. La femme, nommée Oleander, était harnachée d'une robe de velours écarlate garnie de fronces. Elle arborait, sur sa tête laineuse, un bonnet de satin rose attaché par un large nœud sous le menton. Cindy avait bien du mal à cacher son mépris pour ces deux-là. Mais Annabelle ignorait jusqu'à leur existence. Les mains jointes sur sa poitrine, elle attendait avec ferveur le commencement de la réunion. Tite Sharrow, du fond de la grange, ne la quittait pas des yeux.

Parmi ceux qui s'étaient réfugiés dans le voisinage se trouvait également un homme qui disait l'office dans son village natal. Il avait une quarantaine d'années, une belle voix profonde, émouvante, un nez épaté, des yeux rouges et larmoyants. Sa bouche, aux lèvres épaisses, s'ouvrait sur des dents très blanches.

Il s'avança vers le pupitre et, baissant la tête, resta un moment en prière. Tite Sharrow, toujours debout, surveillait la scène avec un intérêt moqueur.

Le prédicateur indiqua le nom d'un hymne. Personne n'avait de livre mais les noirs connaissaient tout par cœur. La ferveur de leurs voix vigoureuses fit trembler les toiles d'araignée du plafond de la grange. Durant ces dernières années, des mois avaient passé sans qu'il y eût de réunions de ce genre. Maintenant, dans leur exaltation, ils se laissaient aller à leurs sentiments.

Après l'hymne, le célébrant d'un ton tranquille lut les tribulations de Job. Il fit ensuite un court discours, souhaitant la bienvenue à tous, remerciant ceux qui avaient rendu possible cette réunion. Il ne fit aucune allusion à la guerre entre le Nord et le Sud.

Adeline fut déçue car elle avait attendu quelque chose de plus émouvant. Les Busby et les Vaughan déchantaient, car ils avaient espéré une sortie violente contre l'esclavage. Les noirs attendaient patiemment les prières.

Le prédicateur, après avoir fait chanter un autre hymne, quitta le pupitre et tomba à genoux sur le sol. De sa voix sonore, il commença à prier, d'abord calmement, puis de plus en plus ardemment et avec de moins en moins de cohérence. Un frisson de ravissement galvanisa la congrégation noire. S'agenouillant, les yeux au ciel, tous levèrent vers le plafond des mains implorantes.

L'officiant n'émettait plus maintenant que des lambeaux de phrases : « Oh ! Dieu... Oh ! Seigneur... Sauvez-nous... Conduisez-nous... hors de la nuit... Sauvez-nous. »

Les noirs se balançaient sur leurs hanches, leurs visages ruisselaient. Annabelle sanglotait sans retenue. Brusquement, la grange parut aux blancs d'une chaleur intenable.

C'était plus qu'Adeline n'en pouvait supporter. A la consternation de Philippe, elle éclata en larmes. Elle s'écroula sur sa chaise en se couvrant la figure de ses mains. Son bonnet chavira et révéla ses magnifiques cheveux roux. Lucy Sinclair mit un bras consolateur autour de ses épaules. Philippe murmura :

— Arrête... Domine-toi... Adeline, tu m'entends ?

Il alla jusqu'à la pincer.

— Oh ! fit-elle tout haut, et elle s'assit convenablement en rajustant son bonnet.

Wilmott se couvrit la bouche avec la main pour cacher un sourire d'embarras.

Le prédicateur se leva et annonça un nouvel hymne. Le refrain était un cri de joie : « Alléluia... Nous sommes sauvés. » Et il le répétait inlassablement. De bonheur, les noirs sautaient en l'air et applaudissaient de toutes leurs mains. Ils hurlaient : « Alléluia... Le Seigneur nous a sauvés ! »

Ce fut un soulagement pour tous, spécialement pour Philippe, d'échapper à cette odeur de foin et de sueur chaude qui alourdissait l'atmosphère. Il ne fit aucune allusion à la scène d'Adeline tant qu'ils ne furent pas tranquilles dans leur chambre à coucher. Puis, il dit :

— Tu m'as vraiment fait honte.

— Pourquoi ? demanda-t-elle d'une voix aimable.

Elle examinait son visage dans la glace.

— T'exhiber ainsi... te donner en spectacle simplement parce qu'un noir entonne une prière hystérique.

— C'était bouleversant.

— C'était ridicule. Quant à toi... Tous nos amis te regardaient avec consternation.

— Vraiment ?

Cela ne lui déplaisait pas. Elle ôta son bonnet et remit ses boucles en place.

Philippe lui rappela qu'il avait une sœur dont le mari était diacre à la cathédrale de Penchester, dans le Devon. Qu'auraient-ils dit d'un pareil spectacle ?

— Cela leur aurait fait du bien, répliqua Adeline. Cela leur aurait montré qu'on peut prendre une prière au sérieux.

Elle jeta son bonnet sur le sol :

— Tu critiques... tu ridiculises mes sentiments les plus profonds... Mais alors pourquoi as-tu épousé une Irlandaise ? Une Ecossaise bien flegmatique aurait été une meilleure épouse pour toi. Quelqu'un qui t'aurait regardé avec des yeux délavés et qui t'aurait dit : « Ah ! que tu es un beau soldat ! »

Son visage mouillé de pleurs était rouge de colère.

Philippe ramassa le bonnet par terre et le colla sur sa propre tête. Il attacha les cordons sous son menton et lança vers Adeline une œillade assassine. Adeline ne voulait pas rire, elle était bien trop fâchée, mais elle ne put se retenir. Le rire éclata sur ses lèvres et partit gaiement. Philippe avait l'air si ridicule avec cc bonnet que sa femme ne pouvait lui en vouloir.

Ils n'entendirent pas un petit coup frappé à la porte. Celle-ci s'ouvrit doucement et on vit les trois enfants. Ils étaient allés à l'église, et ils venaient chercher des nouvelles de la réunion des noirs à laquelle ils auraient bien préféré se rendre. L'église, pour eux, c'était de l'histoire ancienne et cependant ils ne manquaient pas de sentiments religieux ; Augusta et Nicolas avaient même des idées très arrêtées sur ce sujet, et ils n'admettaient pas du tout la frivolité moderne.

Quand les enfants aperçurent leur père portant le bonnet de leur mère et cette dernière avec les yeux encore humides, les garçons éclatèrent de rire mais Augusta fut gênée.

— Vous ne devriez pas entrer ainsi, dit Adeline. Pourquoi n'avez-vous pas frappé ?

— On a frappé, firent-ils avec ensemble.

Philippe se tourna vers eux avec une expression sévère mais il était si comique avec ce bonnet et ce ruban attaché sous le menton, que les garçons délirèrent et qu'Augusta eut l'air encore plus gênée.

— Pourquoi riez-vous ? demanda Philippe à ses fils.

Il avait complètement oublié le bonnet.

— A cause de vous, p'pa ! dit Ernest.

Philippe le prit par l'épaule :

— Ainsi, tu te fiches de moi ?

Sans broncher, le petit Ernest répondit :

— Vous êtes si rigolo avec ce bonnet, p'pa.

Philippe aperçut son reflet dans la glace. Lui aussi se mit à rire. Il ôta la coiffure et la plaça sur la tête d'Augusta.

— Voyons, dit-il, quel genre de jeune femme Gussie fera.

— Impressionnante ! déclara Nicolas.

Augusta ne vit que de l'amusement dans les yeux de ses parents. Cependant, elle baissa la tête et dès qu'elle le put elle ôta le couvre-chef qu'elle posa sur le lit. Le perroquet s'envola de son perchoir et vint becqueter le bonnet comme s'il était décidé à le déchirer.

Lorsque les enfants furent partis, Adeline dit avec étonnement :

— Comment ai-je pu faire une fille si sage ?

— Je me le demande.

— Qu'est-ce que tu veux dire ?

Ses yeux étincelaient.

— Tu te souviens de ce Rajah, aux Indes ?

Adeline n'était pas mécontente.

— Quel Rajah ? demanda-t-elle avec un air innocent.

— Celui qui t'a donné cette bague avec un rubis.

— Oh ! c'était le bon temps ! s'exclama-t-elle. Quelle lumière... quelle belle vie !...

Elle rêva en s'admirant dans le miroir tandis que Philippe ôtait son col tout ramolli par la chaleur de la grange et qu'il en mettait un autre.

Adeline reprit :

— Nicolas est le seul enfant qui me ressemble. Dieu merci, il n'a pas hérité de mes cheveux. J'ai horreur des rouquins.

— Ton père l'est bien !

— Aussi, je l'ai presque toujours détesté.

Les enfants étaient sortis sur la pelouse par la grande porte. Leurs habits du dimanche leur donnaient un air sage mais, en dessous, couvait une certaine nervosité.

— Je ne comprends pas, se plaignit Nicolas de sa voix d'alto, pourquoi on ne nous a pas permis d'aller à cette réunion. C'était tellement plus drôle.

— Drôle, mon œil ! fit Ernest.

Augusta parla avec une réelle sévérité.

— Oh ! les garçons, faites un peu attention à ce que vous dites. On ne va pas à l'église pour s'amuser.

— Mr. Madigan y va pour ça, affirma Nicolas.

— Tant pis pour lui, répliqua Augusta. Mais je ne le crois quand même pas si vilain que ça. Il va à l'église parce que c'est son devoir d'y aller avec nous.

— Alors pourquoi rit-il lorsqu'on dit que nous sommes tous de pauvres pécheurs ? demanda Nicolas.

— Il se souvient peut-être de ses péchés en Irlande et il pense qu'il est bien meilleur ici, au Canada.

Nicolas enfonça ses mains dans ses poches et fronça les sourcils.

— J'irai à la prochaine réunion des noirs, dit-il, ou je saurai pourquoi.

— Moi aussi, fit Ernest. J'irai ou je saurai pourquoi.

— Le pourquoi, commenta Augusta, ce sera peut-être la ceinture de cuir de papa.

Les deux frères furent un peu impressionnés par cette remarque. Ils se redressèrent pourtant en voyant Cindy, celle que de tous les noirs, ils préféraient.

Elle portait le bébé Philippe qu'elle adorait. Et pour l'enfant, Cindy était une source de délices. Il attrapait son large cou, se frottait contre son sombre visage en criant :

— Zentille, zentille Cindy !

— Zentille Cindy, il m'appelle, le cher ange, criait la négresse. Les aînés regardaient leur frère sans enthousiasme. Il exagérait un peu.

Augusta dit sagement :

— J'espère que votre réunion a été un succès, Cindy.

— Un triomphe ! Oh ! Miss, le prédicateur nous a tous fait pleurer, parole d'honneur !

— Maman a pleuré ? demanda Ernest.

— Bien sûr, je vous le jure.

Les enfants étaient embarrassés.

— Elle a dû rire à en pleurer, dit Nicolas. Ça lui arrive quelquefois.

— Si elle a ri, dit Cindy, c'est en voyant Oleander qui est venue à la réunion habillée avec une belle robe de son ancienne maîtresse. Cette sale négresse, on devrait la fouetter. C'est un vrai scandale.

— Scandale, mon œil ! dit Ernest.

7

Les rôdeurs nocturnes

Le crépuscule était tombé. Tout était obscur car la lune n'était pas encore levée. Il était étonnant que les trois hommes aient pu trouver leur chemin vers la maison. Cependant, ils avaient été bien dirigés et l'un d'eux portait une lanterne. Juste derrière le portail, ils avaient laissé le cheval et le buggy dans lequel ils étaient arrivés. Ils marchaient paisiblement et parlaient à voix basse. Ils avaient l'accent du Sud.

Néron, le grand chien, avait l'oreille fine. Lorsque les hommes approchèrent, il émit un grondement profond et se redressa avec majesté sous le porche où il aimait s'asseoir durant les chaudes soirées. La lumière provenant des étroites fenêtres qui encadraient l'entrée tomba sur lui.

La porte s'ouvrit et sa maîtresse parut. Rapidement, elle le prit par le collier et le tira dans le hall. Il obéit mais avec un grognement contre les hommes qui approchaient.

Lorsque ceux-ci virent la porte fermée, ils avancèrent vers le porche non pas en se cachant mais comme des amis venus en visite. Quoiqu'ils n'eussent pas frappé, la porte fut de nouveau ouverte par Adeline qui dit : « Bonsoir à tous » en leur souriant de façon à montrer ses dents blanches dont l'une était légèrement cassée.

Les hommes s'inclinèrent gravement, admirant, de leurs yeux fatigués par leur voyage, sa beauté, le hall brillamment éclairé et l'élégant escalier. Néron avait été enfermé dans une petite pièce d'où provenaient encore ses grondements.

— Entrez, invita Adeline, et ils pénétrèrent dans le salon qui était à droite.

Il était éclairé par une lampe dont l'abat-jour chinois était brodé de roses. Sur la table d'acajou, il y avait une photographie encadrée des Whiteoak faite à Québec peu après leur arrivée au Canada. Le couple paraissait avoir été pris au milieu d'une tempête de neige habilement simulée par le photographe. On avait bien tiré les lourds rideaux devant les fenêtres. Pas un souffle d'air ne passait.

— Merci madame, dit l'un des hommes.

— Asseyez-vous, continua-t-elle. Je vais prévenir Mr. Sinclair que vous êtes là.

De ses grands yeux noirs, elle regardait les hommes avec bonté.

De nouveau, ils la remercièrent. Lorsqu'ils furent seuls, ils poussèrent des soupirs de soulagement et étirèrent leurs jambes. Ils avaient dû surmonter tant de difficultés. Maintenant, ils parvenaient à leur but, mais, malgré leur fatigue, ils étaient encore tendus et n'échangèrent pas un seul mot.

Adeline avait volé vers le premier étage.

Nicolas était penché sur la rampe.

— Et tu écoutes... bandit ! souffla-t-elle. Va dans ta chambre !

— Qui sont ces trois hommes, m'man ?

Adeline songea qu'il était trop curieux et trop audacieux. Mais elle ne pouvait pas perdre son temps avec lui. Elle se hâta de monter, les plis de sa volumineuse robe traînant sur les marches. Elle frappa à la porte des Sinclair.

Ce fut son fils Ernest qui lui ouvrit.

En voyant son expression, il dit d'une voix repentante :

— Je faisais juste une petite visite, m'man.

Il était si mignon avec sa veste de velours vert et son col de dentelle qu'elle ne put se retenir de l'enlever dans ses bras et de lui appliquer un baiser maternel sur les joues.

— Entrez... entrez, disait Lucy Sinclair.

— Où est Mr. Sinclair ? demanda Adeline qui tentait de rester calme. Il y a des visiteurs pour lui.

— Avec votre mari dans le fumoir.

Lucy Sinclair essayait, elle aussi, de contrôler son excitation.

— Je cours et je le préviens, cria Ernest. – Il fila dans le couloir et revint presque aussi vite. – Mr. Sinclair descend tout de suite, m'man. Est-ce que je peux aller le dire ?

— Non, non. Il est grand temps que tu te mettes au lit.

Adeline dégringola l'escalier et fit une entrée de conspiratrice dans le salon. Elle fut stupéfaite de trouver Augusta et Nicolas en aimable conversation avec les trois hommes. Elle entendait Curtis Sinclair arriver. Elle attendit qu'il fût là et balaya les enfants hors de la pièce. Elle les poussa devant elle dans le hall jusqu'au porche. Augusta avançait lentement, l'air outragé. Nicolas allait plus vite mais, pardessus son épaule, jetait un coup d'œil de défi vers sa mère.

— Est-ce une façon de me regarder ? s'exclama-t-elle en lui prenant le bout de l'oreille.

Augusta rougit :

— Vous nous avez toujours appris, maman, à être polis avec les étrangers, fit-elle.

— Pas d'insolence de ta part, dit Adeline, ou tu auras le même sort que Nicolas.

— Qui sont ces hommes ? demanda le garçon sans embarras. Ils ont l'air rude. Ils ne ressemblent pas à Mr. Sinclair.

— Cela ne te regarde pas.

— Le *savez*-vous ? demanda-t-il avec un sourire moqueur.

— Bien entendu, je le sais. Ils viennent voir Mr. Sinclair au sujet de ses propriétés. En temps de guerre, il faut agir secrètement. Aussi vous ferez bien de ne raconter leur visite à personne.

Gravement, ils promirent, et Adeline s'éloigna avec un air mystérieux.

— Elle est dans son élément, déclara Augusta en regardant sa mère d'un œil critique.

— Tu essayes de parler comme Mr. Madigan, fit Nicolas. – Il mit un bras autour de la taille de sa sœur qui ne portait pas encore de corset et la fit descendre vite les marches du perron, vers l'allée. – Dansons, dit-il. Une deux trois et un pas à droite. Une deux trois et un pas à gauche !

Volontiers, car la nuit et les étoiles scintillantes la rendaient nerveuse, Augusta se mit à danser. Leurs deux corps étaient enlacés et ils virevoltaient comme de charmantes marionnettes le long du chemin qui menait à la route. Les longs cheveux d'Augusta flottaient derrière elle. Près de l'entrée, ils s'arrêtèrent brusquement et écoutèrent. Ils entendaient le bruit des sabots d'un cheval, le raclement des roues d'un buggy. Quelqu'un tirait le cheval tout près du portail. Les enfants reconnurent Tite Sharrow et Annabelle, la mulâtresse.

Ils virent nettement Tite la serrer contre lui et lui donner un ardent baiser.

Surprise et choquée, Augusta voulait fuir, mais Nicolas la retint par le bras.

— Il faut qu'on sache ce qui se passe, chuchota-t-il.

Aucun murmure ne pouvait échapper à l'ouïe fine du métis. D'un bond, il fut, mi-menaçant, mi-confus, auprès du frère et de la sœur.

— Vous me surveillez ? demanda-t-il.

Annabelle se cachait dans les buissons.

— Oui, fit Nicolas courageusement. Nous voulions savoir ce que vous faisiez là.

Tite parla assez bas.

— Je faisais faire un peu d'exercice à ce pauvre animal. Quelqu'un l'a attaché trop court au poteau du portail et il devenait enragé avec les mouches. Je l'ai pris pour une petite promenade. Vous feriez aussi bien de ne le dire à personne. Il se passe de drôles de choses par ici.

Il y avait une menace voilée dans la voix douce de Tite.

Augusta et Nicolas s'en retournèrent vers la maison. Ils examinèrent avec curiosité les rideaux bien clos du salon.

— Gussie, questionna Nicolas, qu'est-ce que tu crois qu'ils font là ?

— Tite n'a pas le droit de dire qu'il se passe de drôles de choses, lança-t-elle.

— Mais qui sont ces inconnus ?

— Ils ont échappé à la guerre, j'en suis sûre, et ils viennent chercher refuge ici.

— Une chose est certaine, reprit Nicolas, nous, on doit garder nos yeux et nos oreilles ouverts et surtout ne rien répéter de ce qu'on sait à Ernest. Il ne sait pas garder un secret, tu comprends.

— Il me semble que j'ai un poids là.

Et Gussie mit sa main sur sa poitrine.

Lorsque, tranquillement, ils entrèrent dans le hall, ils arrivèrent juste à temps pour voir leur mère porter un plateau garni de verres et d'un flacon de vin. Ils furent étonnés qu'elle se dirigeât vers le salon. Ce n'était pas son habitude de servir ainsi.

— Que faites-vous à flâner ici tous les deux ? demanda Adeline. – Mais elle ajouta vite : – Nicolas, va dans la cuisine et attrape-moi la boîte de biscuits. File.

Le plateau à la main, elle attendit tandis que Gussie regardait avec désapprobation.

— M'man, dit Nicolas, laissez-moi porter ça.

Elle ne le lui permit pas mais il se pressa contre la porte et emporta la boîte de biscuits. Les Sudistes le regardèrent avec méfiance.

— Cet enfant, fit Adeline avec hauteur, est aussi sûr que nous. Il préférerait mourir que de dire qu'il vous a vus.

Et elle lança vers son fils un regard menaçant.

Lorsque quelques minutes plus tard, il rejoignit Augusta, il exultait de sa responsabilité.

— Hurrah ! lança-t-il. Je suis dans le coup jusque-là !

— Nicolas, dit Augusta, tu devrais apprendre à te dominer. Tu sais que Mr. Pink nous parle toujours de la maîtrise de soi. Son dernier sermon était là-dessus.

— Qu'il se contrôle lui-même et qu'il n'nous embête pas ! lança le gamin d'un air détaché.

Ernest apparut en haut de l'escalier. Sa longue chemise de nuit tombait jusqu'au sol et un tuyauté amidonné lui entourait le cou.

— Feriez bien de monter ! cria-t-il. Mr. Madigan chante étendu tout habillé sur son lit et il y a une bouteille par terre !

Nicolas et Gussie bondirent sur les marches.

Et l'atmosphère de mystère persista. Bien que Philippe essayât de mener une vie normale, cela était impossible avec toutes ces allées et venues secrètes. Parfois, il lui arrivait de regretter de s'être laissé mêler à cette conspiration. Cela allait pour le moins lui coûter l'amitié de deux de ses voisins si ces réunions clandestines étaient découvertes. Adeline était dans l'allégresse. Elle aurait souhaité un rôle moins passif. Elle ne se serait pas permis d'écouter à la porte du salon pour découvrir, même si elle l'avait pu, ce que réellement ces hommes préparaient, mais elle ne pouvait croire que Philippe n'était pas au courant de tout.

— Pourquoi n'insistes-tu pas ? demandait-elle. Curtis Sinclair te doit la vérité. Tu as le droit de savoir.

— Il y a une chose dont je suis certain, affirmait Philippe, c'est que je ne tiens pas à en savoir plus que je n'en sais maintenant.

— Mais que sais-tu ? lui lança-t-elle.

— Je prête ma maison comme lieu de réunion, dit-il. Cela ne va pas plus loin.

— Tu es fou ! cria-t-elle. Moi, je ne veux pas être traitée ainsi ni me contenter d'apporter des rafraîchissements à des hommes dont je ne saurai jamais ce qu'ils font !

— Interroge Lucy Sinclair, dit-il. Elle doit être au courant.

— Je lui ai demandé. Elle m'a répondu qu'elle avait juré sur ce qu'elle a de plus précieux de ne rien divulguer.

— Et cela te donne un air bien tragique, conclut-il.

Adeline avançait, nu-tête, sur l'étroit sentier qui conduisait au cottage de Wilmott. On était maintenant en août. L'été offrait son soleil le plus chaud. De gros nuages blancs apparaissaient, venant de nulle part, et étalaient leurs ombres sur la terre verte. Parfois, ils noircissaient et une averse tombait. Cela était arrivé dans la matinée et, sous les pieds d'Adeline, le chemin était boueux. Il serpentait le long du ruisseau pendant un bon moment avant que l'on découvrît le petit cottage de Wilmott. L'eau était grise comme une gorge de pigeon mais, lorsque le vent chassait doucement les nuages, par éclairs, elle devenait d'un bleu de gentiane. Pendant l'un de ces instants, Adeline s'arrêta au bord de l'eau pour en admirer la couleur. Mais tandis qu'elle regardait, les nuages avancèrent inexorablement comme une annonce de l'automne proche. De grandes fleurs mousseuses croissaient là, toutes proches. Adeline pensa qu'elle demanderait à Tite de lui en cueillir quelques-unes. Dans un vase de Chine assez haut, ces plumets feraient un ravissant effet.

Elle aperçut le bateau plat qui appartenait à Wilmott. Elle entendit les rames qui retombaient doucement. Elle vit alors Tite et la mulâtresse, Annabelle. Celle-ci, penchée, laissait pendre sa main dans l'eau claire. « Comme une dame qui se promène », songea Adeline.

Elle appela :

— Je vous vois, tous les deux ! Attention à ce que vous faites. Tite Sharrow !

Tite leva les rames et des gouttes étincelantes coulèrent dans la rivière. De sa voix douce, il répondit :

— J'emmène Annabelle faire un petit tour ! Elle n'est jamais allée en bateau !

— Ta maîtresse sait-elle où tu es, Belle ? demanda encore Adeline.

La jeune fille éclata de rire :

— J'lui dirai, missis Whiteoak. Ne vous inquiétez pas. J'lui dirai !

Ainsi debout, Adeline sentit l'humidité de la terre imprégner ses pieds. Ses chaussures étaient trempées. Elle s'en moquait. Ses regards curieux suivaient l'embarcation qui avançait romantiquement entre deux berges vertes et brumeuses. Qu'y avait-il entre le métis et la mulâtresse ? Il fallait prévenir Lucy Sinclair et James Wilmott du danger que courait Annabelle. Et pourtant, comme celle-ci avait parlé avec audace – et montré ses dents blanches en riant. Sans aucun doute, c'était une friponne.

Adeline jubilait encore lorsqu'elle avança vers la porte ouverte du cottage de Wilmott. Elle voyait ce dernier qui était assis et écrivait. Il paraissait serein et absorbé par ce qu'il faisait. Cependant, il l'entendit rire et leva la tête. La vue d'Adeline, sa gaieté, firent battre son sang plus vite.

— Bonjour, dit-elle.

Il se leva rapidement :

— Mrs. Whiteoak ! s'exclama-t-il.

— Ne suis-je pas Adeline… James ?

— J'ai décidé d'essayer de ne pas vous nommer ainsi, dit-il, ni de penser à vous ainsi.

— Cependant, fit-elle avec un sourire, moi, je ne me sens pas du tout coupable quand je pense à vous en tant que James, ou que je vous appelle par votre nom.

— C'est différent.

— Pourquoi est-ce différent ?

— Je n'appartiens à personne.

Elle réfléchit. Puis :

— Je refuse d'appartenir si complètement à quelqu'un que je ne puisse plus appeler un ami par son prénom – surtout lorsque c'est un nom aussi doux et aussi solennel que James.

Elle entra dans la pièce.

— Cher James, fit-elle, excusez-moi d'interrompre votre travail. Quel est ce livre ?

— J'ai l'habitude de copier des extraits de ce que j'ai lu, dit-il. Les passages qui m'ont particulièrement intéressé.

— C'est merveilleux ! lança-t-elle. Puis-je voir ?

Elle se pencha sur la page.

Wilmott tenta de ne pas regarder son cou de lait. Pas un homme ne pouvait l'admirer sans avoir envie de le toucher.

Adeline lut : *La partie la plus intime de la vie d'un homme, répétons-le, se trouve dans l'inconscient.*

— Thomas Carlyle, précisa Wilmott.

Adeline leva la tête et lui envoya un regard admiratif.

— Comme vous êtes intelligent ! soupira-t-elle.

— Vous êtes d'accord avec Carlyle ? demanda Wilmott.

— Cela me dépasse. – Elle parlait avec humilité. – Mais si vous êtes d'accord, vous, James, je le serai aussi.

Il eut un gloussement ironique.

— Cela est nouveau pour moi, dit-il.

Croisant ses bras sur sa poitrine, elle continua d'un ton de conspirateur.

— Les choses avancent, James. Nos plans vont aboutir à un fameux résultat !

Wilmott ferma la porte de la cuisine.

— Ne vous inquiétez pas pour Tite, fit Adeline. Il est sur la rivière avec Annabelle.

— Cette jeune fille, dit Wilmott, a une bonne influence sur lui. Il était assez cynique et superficiel. Maintenant, il étudie les Ecritures. Lorsqu'ils sont ensemble, ils ne parlent que de religion, m'a-t-il dit. Je crois qu'il est à la recherche de son âme.

— Mon cher James, dit Adeline, vous êtes si crédule !

— Crédule !

Il parut vexé.

— Je pense que c'est une bonne chose que je sois là pour vous protéger.

Elle fit un tour dans la pièce, songeant au plan dont elle avait parlé. Elle était si ardente que les Sinclair lui avaient tout confié.

— En fait de protection, dit Wilmott, je crois que c'est vous qui en avez plutôt besoin.

— Oh ! je m'amuse tellement, fit-elle gaiement. Je tremble d'excitation. James, ne vous êtes-vous jamais laissé emporter par vos sentiments ?

— Je ne crois pas.

— J'aimerais voir pourtant ça.

— Adeline, dit-il presque rudement, ne me tentez pas.

Il alla vers la porte ouverte et regarda le paisible paysage. Il aperçut deux hommes qui venaient du côté de la route. Ils étaient grands, maigres, énergiques, et demandèrent brusquement :

— Où sommes-nous, monsieur ? Nous avons perdu notre chemin.

Wilmott leur indiqua le village mais ils s'attardèrent... comme avec curiosité.

— Encore de vos amis du Sud, dit Wilmott à Adeline.

— Ce ne sont pas mes amis. A leur accent, ce sont des Yankees. Ils sont là pour nous espionner. Il faut que je prévienne Mr. Sinclair. Je vais les questionner moi-même.

Mais, quand elle sortit, les hommes avaient disparu. Les bois et la route solitaire les avaient absorbés. Pourtant, Wilmott était perturbé. Il accompagna Adeline un bout de chemin. Néron, qui traînait sur les bords de la rivière, n'avait pas remarqué les hommes.

— Drôle de chien de garde, dit Adeline avec mépris.

8

En remontant la rivière

C'était un bateau à fond plat, vieux et prêt à couler. Cependant, Annabelle, assise à l'arrière, sa main café au lait à la paume rose trempant dans l'eau, trouvait merveilleux de glisser doucement en remontant la rivière tandis que Tite Sharrow maniait les rames. Les crampons des avirons étaient rouillés et faisaient un bruit grinçant dans le silence ouaté. Pour Annabelle, Tite était un être fantastique, presque surnaturel. Il lui avait raconté comment ses ancêtres indiens avaient été les maîtres du pays avant que les Français n'arrivent et les conquièrent. Et il avait aussi en lui le sang de la race victorieuse. Il était libre comme l'air alors qu'elle et les siens étaient des esclaves amenés de force d'Afrique.

Elle ne s'était jamais souciée d'être une esclave, se trouvant heureuse dans sa sécurité. Elle avait aspiré aux jours où les Sinclair rentreraient dans le Sud, l'emmenant avec eux ainsi que Cindy et Jerry. Elle se souvenait de la plantation telle qu'elle l'avait connue naguère car elle ne pouvait l'imaginer ruinée. Elle savait aussi que Jerry souhaitait le retour aux jours anciens et pensait l'épouser quand cette époque viendrait. Mais tous ces rêves paisibles avaient été anéantis par son amour naissant pour Tite.

Cindy l'avait prévenue :

— Fais attention, Belle. Je n'ai pas confiance en cet Indien. Il a un vilain regard et son sourire n'est pas bon. Ses lèvres sont trop minces. Il doit mieux mordre qu'embrasser.

Mais Cindy n'avait jamais vu l'aimable courbe de la bouche de Tite lorsqu'il posait les rames et qu'il admirait le doux visage d'Annabelle et son corps attrayant. Et puis l'esprit de Belle était surtout tourné vers des réflexions spirituelles.

— Vous aimez le bon Dieu, Tite ?

— Je l'aime, disait-il, mais pas aussi bien que je t'aime...

Cela était troublant et Annabelle savait qu'elle aurait dû en être profondément choquée. Cependant, elle ne l'était pas. Au contraire, un frisson de délices passait sur tous ses nerfs. Elle ne pouvait retenir un rire heureux.

— Vous êtes vraiment très vilain, Tite, disait-elle.

— Il faut m'apprendre à être meilleur, Belle.

Et elle imaginait lui et elle, en tant que mari et femme, dans un cottage situé peut-être sur les bords de cette même rivière. Elle lui apprendrait à être meilleur, en effet, et il lui enseignerait l'amour, mais jamais, jamais, ils n'oublieraient le bon Dieu.

Ils atteignirent une petite clairière où visiblement quelqu'un avait eu l'intention de construire une maison. Des troncs d'arbres gisaient partout mais ils étaient cachés par les broussailles. Les deux promeneurs furent étonnés d'apercevoir deux hommes qui, assis sur un des troncs, étudiaient une carte étalée sur les genoux de l'un d'eux.

— J'ai déjà rencontré ces hommes, dit Tite. Ils posaient des tas de questions dans le village.

— Où voulaient-ils aller ?

— Je n'en sais rien, mais ils doivent être des amis de ton Mr. Sinclair.

— Ils ne ressemblent pas aux amis de massa.

— Tu n'as pas de massa, Belle. Tu es une femme libre.

— Je ne suis pas noire non plus, ajouta-t-elle.

— Tu es aussi blanche – et même plus blanche – que moi, Belle. – Il cessa de ramer, se pencha en avant, et mit sa main sur le genou de la jeune fille. – Pose ta main à côté de la mienne et compare.

Toucher la main de Tite faisait courir du feu dans les veines d'Annabelle. Elle posa pourtant la sienne près de celle du garçon.

— Hé ! là-bas du bateau ! cria un des deux hommes.

Tite se tourna vers lui avec dignité.

— Vous me parliez, monsieur ?

— En effet. – L'homme se leva et vint près du bord. – Pouvez-vous me dire où habite un homme nommé Sinclair ?

— Il était chez des amis, ici, répondit Tite. Il est peut-être parti, je n'en sais rien.

— Il possède des esclaves. – L'homme parlait avec mépris. – Il en a même amené avec lui. Vous n'en seriez pas, vous deux ?

— Pourquoi pas ? répondit Tite.

— Hé ! mais vous êtes libres maintenant. Est-ce que vous le savez ?

— Merci de nous prévenir, fit Tite.

Annabelle fut secouée d'un rire silencieux.

— Vous blaguez ? demanda l'homme.

— Ce jeune homme n'est pas un esclave, lança Annabelle. C'est un Indien.

L'homme fit une grimace :

— J' n'ai encore jamais vu un Indien amoureux d'une mulâtresse !

Annabelle cria avec audace :

— Je vois ! Vous êtes un Yankee !

— Parfaitement, et mon camarade aussi. Nous sommes réfugiés du Nord. Nous ne voulons pas nous battre. Nous ne voulons pas être embringués dans l'armée. Il y en a des tas comme nous au Canada. Peut-être que ce Mr. Sinclair pourrait nous aider à trouver du travail ?

— Mais alors, vous n'êtes pas contre le Sud ?

Annabelle regardait attentivement le visage de l'inconnu.

— Est-ce que je voudrais combattre mes frères ? Non, je suis pour la paix et la prospérité.

L'autre étranger s'avança.

— Pouvez-vous nous dire où il habite, ce Mr. Sinclair ? Nous ne voulons pas l'embêter mais lui demander conseil.

— Il habite dans une maison qu'on appelle Jalna, annonça Annabelle avec orgueil. C'est la plus belle propriété des environs, mais ce n'est pas aussi beau que nos plantations.

— Et où est cette maison ? fit l'homme que le reste n'intéressait pas.

La jeune fille leur indiqua le chemin. Les deux hommes s'en allèrent après avoir vaguement remercié.

— Tu n'aurais pas dû les renseigner, Belle, dit Tite. Je n'aime guère leur allure.

— Mais puisqu'ils ne se battent pas, répondit-elle, puisque ce sont de pauvres réfugiés.

— Ils ont plutôt l'air d'assassins, fit Tite.

Il amena le bateau contre la berge, l'attacha à un arbre et sauta à terre :

— Il faut que je sache où ils vont, dit-il. Attends-moi là, Belle.

— Fais attention, lui cria-t-elle.

Elle éprouvait, vis-à-vis de Tite, un exaltant sentiment de propriété et elle regarda disparaître, dans les fourrés, sa silhouette souple, qui la faisait songer à un ange noir. Des oiseaux aquatiques, ignorant la peur, passaient à côté d'elle. Un héron bleu parut arracher sa couleur au ciel en passant par-dessus la tête de la jeune fille. Elle aperçut ses pattes repliées sous lui comme s'il refusait à jamais de s'en servir afin de voler jusqu'à la fin du monde. Oh ! si elle et Tite pouvaient vivre toute leur existence sur les bords de cette eau en s'aimant et en servant le Seigneur ! Une petite maison de bois, d'une seule pièce, serait suffisante. L'hiver proche, les chutes de neige ne l'effrayaient plus. Elle serait en sécurité avec Tite à côté d'elle. Il n'avait pas encore parlé de mariage, mais il le ferait sans doute bientôt. Elle en était absolument sûre. Et elle ne pensait pas au moment plus éloigné où il passerait ses derniers examens, et deviendrait avocat. Elle ne croyait pas en un tel avenir. Cela la dépassait. Elle ne voyait en Tite qu'un métis habile, ayant du sang français dans les veines. Jamais un noir ne pourrait être aussi malin, avoir des réflexes aussi rapides.

Tite revenait vivement vers elle.

— Ils sont partis, dit-il, mais pas dans la direction de Jalna. Je suis certain que ce sont des espions yankees.

— Oh ! j'aurais eu peur si vous n'aviez pas été là, dit Annabelle.

— Et alors ? Et le bon Dieu ? Il ne t'aurait pas protégée ?

— Il a cette guerre sur les bras. Il n'a pas le temps de s'occuper d'une pauvre fille comme moi.

Tite lui jeta un regard tendre.

— Ne t'inquiète pas, Annabelle. Je m'occuperai de toi.

Et il grimpa dans le bateau.

— Pendant combien de temps ? fit-elle avec ardeur.

— Tant que tu voudras de moi.

Annabelle eut un soupir de joie.

— Je vous aime, Tite, dit-elle, et de nouveau, elle laissa sa main traîner dans l'eau tandis que le bateau reprenait sa promenade sur la rivière.

La berge était bleue de gentianes et d'asters. Les genêts étaient immenses dans ces coins secrets. Annabelle avait besoin de toute la persuasion de Tite pour s'aventurer dans cette jungle fleurie. Plus loin ils tombèrent sur le gazon et Tite entoura de son bras la taille de la jeune fille. Elle leva ses yeux langoureux vers son visage sombre.

— N'aie pas peur, murmura-t-il.

Sa main nerveuse la pressait contre lui.

Une voix d'enfant se fit entendre :

— Je vous vois ! cria Ernest.

Avec ses aînés, il rôdait dans la forêt.

— Vous faites un pique-nique ? demanda Nicolas.

— Pas encore, dit Tite.

Nicolas regardait Annabelle avec des yeux fâchés.

— On a besoin de toi à la maison, dit-il. Cindy a son bébé.

Annabelle bondit sur ses pieds.

— Et je ne suis pas là pour l'aider ! lança-t-elle. Oh ! mon Dieu ! Montrez-moi le chemin, les enfants, on va courir ! Est-ce qu'il y a un docteur ? Est-ce qu'il y a une sage-femme ?

— Il y a aussi ma mère, dit Nicolas. Nos servantes avaient très peur.

Son beau visage de garçonnet était rouge d'excitation.

— On vous a envoyé me chercher ?

— Non, on m'a dit d'emmener Ernest se promener. Il ne comprend pas encore ces choses-là.

— Si je comprends, mon œil ! dit Ernest.

Il était si énervé qu'il tournait en rond.

— Vous connaissez le raccourci pour Jalna ? demanda Tite à Nicolas.

— Oui. Viens vite, Annabelle. Fais voir comment tu sais courir.

Il filait sur le chemin et la jeune mulâtresse légère le suivait.

— Ce bébé, dit Tite, est né dans un pays libre. De quelle couleur est-il ?

— Noir comme l'as de pique, cria Nicolas.

— Je vous suis avec Ernest, lança Augusta.

Son pâle visage était plus pâle que jamais bien qu'elle eût couru. Elle attrapa fermement son frère par la main. La mousse humide rebondissait sous leurs pieds. Des mélèzes et des arbustes feuillus envahissaient le sentier au travers duquel un serpent s'arrêta juste le temps de cracher vers les enfants son venin jaune.

— Si Nicolas était là, dit Ernest, il l'aurait tué.

— Mais voyons, dit Gussie, nous devons aimer toutes les créatures du bon Dieu.

— Gussie, aimes-tu le bébé de Cindy ?

— Je n'en sais rien encore.

— Comment Nicolas sait qu'il est noir ?

— Maman lui a peut-être dit.

— Dis-moi, Gussie, comment ça naît un bébé ? Est-ce que ça prend du temps ou est-ce que ça va vite, vrrt… d'un coup ?

Il accompagna ses mots d'un grand geste.

Augusta tenait solidement sa main gauche. Elle dit :

— Tu ne devrais pas penser à ces choses tant que tu es petit.

— Mais quand j'aurai ton âge ?

— Oh ! et même plus tard. Fais un effort.

— J'essaye déjà d'être courageux, dit Ernest en jetant un regard inquiet vers le sous-bois humide.

— Tu peux ne pas réussir à être courageux mais tu dois être toujours sage.

— Est-ce qu'on est récompensé quand on est sage ?

— On nous l'a promis.

— Cindy, elle est sage ou non ?

— Je ne sais pas.

— Alors, tu n' sais pas si son bébé, c'est une récompense ou une punition ?

— Comment veux-tu que je sache le genre de vie qu'elle a menée ?

Ils avaient atteint maintenant un espace découvert qui menait à Jalna. Augusta lâcha la main de son frère et celui-ci galopa en avant. Nulle part on ne voyait Annabelle, mais Nicolas et Lucius Madigan vinrent au-devant des enfants.

Le précepteur dit :

— Vous connaissez la nouvelle ?

— Comment il est noir, l'as de pique ? demanda Ernest.

— Je n'ai pas le sens des couleurs, répondit Madigan.

— C'est pour ça qu' vous portez une cravate si verte ? s'informa Ernest.

Madigan tapota sa cravate avec plaisir.

— Je la porte, dit-il, en souvenir de cette chère vieille Irlande. Dieu merci, c'est le seul souvenir que j'en aie.

— Mr. Madigan, reprit Ernest, vous pouvez me dire combien de temps ça prend de naître ?

Augusta s'enfuit.

— Mes parents, expliqua Madigan, étaient mariés depuis dix ans quand je suis né. Je peux donc affirmer qu'il m'a fallu dix ans pour venir au monde. Mais, de nos jours, les choses vont plus vite.

Nicolas regardait avec curiosité trois hommes qui approchaient le long de l'allée où le capitaine Whiteoak avait planté des sapins qui commençaient à devenir imposants.

Un des hommes appela :

— Est-ce ici qu'habite un certain M. Elibu Busby ?

— Non, répondit Nicolas, mais je vais vous indiquer le chemin.

— Pourquoi est-ce que vous voulez le voir ? s'enquit Ernest qui cherchait toujours à se renseigner.

— Nous voudrions acheter du terrain pour nous installer, répondit l'homme.

Nicolas alla jusqu'au portail pour les guider.

— Menteurs, fit Madigan en regardant de loin les hommes. Ce sont des espions.

Ernest jubilait :

— Comme les histoires dans les livres, dit-il, et il courut dans la direction qu'avaient prise les hommes.

Lucius Madigan vit Mrs. Sinclair qui descendait les marches du perron. Sa lente et gracieuse démarche l'emplit d'un profond désir de la servir. Pourtant, elle détourna de lui son visage. Elle craignait qu'il ne mentionnât l'humiliant incident de la récente naissance. Il était humiliant pour elle parce que, affolée, elle s'était sauvée vers la petite cabane de bois cachée au milieu des arbres. C'était un kiosque qui avait été construit pour l'été et qui servait de refuge aux oiseaux. Ils y faisaient leurs nids et y élevaient leurs petits.

C'était Adeline au cœur solide qui avait accueilli le bébé, l'avait tenu par les pieds et lui avait donné des claques sur le derrière jusqu'à ce qu'il pousse son premier cri. Lorsque le jeune Dr Ramsay était arrivé, trop tard, elle l'avait reçu avec un rire moqueur.

— Je vais me placer comme sage-femme, avait-elle déclaré. Je peux mettre les gosses au monde plus rapidement que vous. Celui-ci ne m'a pris que dix minutes.

Le docteur examina l'enfant sérieusement.

— Eh bien ! il est d'un beau noir. Est-ce que Cindy sait qui est le père ?

— Cher puritain, menaça Adeline, Cindy est une honnête femme. Elle a un mari et trois enfants dans le Sud. Ils vivent tous avec sa mère.

— Elle devrait avoir honte de les avoir quittés, dit le docteur.

— Oh ! elle est dévouée à sa maîtresse. C'est merveilleux d'avoir un tel dévouement.

— Et qu'a-t-elle fait, elle, pour mériter cela ?

— Si nous ne recevions que ce que nous méritons, pauvres de nous ! fit Adeline.

Lucy Sinclair jeta vers le précepteur un regard timide, presque implorant.

— Mon mari et moi avons bu la coupe de l'humiliation jusqu'à la lie, dit-elle. Ce qui est arrivé aujourd'hui est le comble.

Ce qu'il y avait encore de puritain dans Madigan fut balayé par cette franchise. Il se hâta de dire :

— Mais, chère madame, ce n'était pas sa faute, pas sa faute du tout.

— C'est d'ailleurs vrai, admit-elle.

Madigan se pencha pour cueillir une rose pâle qui fleurissait près du porche.

— Voici la dernière rose de l'été, dit-elle de sa voix poétique, mais Madigan fut obligé de porter son pouce à sa bouche car une épine l'avait piqué.

Lucy sentit le parfum délicat.

— La dernière rose, murmura-t-elle. Oh ! si vous saviez comme je crains l'hiver dans ce climat. Il est terrible, n'est-ce pas ?

Elle ouvrait ses larges yeux et regardait Lucius.

— A vrai dire, répondit-il prudemment, je n'ai passé qu'un seul hiver ici, et je dois avouer que je l'ai trouvé moins pénible que les brouillards glacés de l'Irlande. Et puis, le capitaine Whiteoak veille à ce que la maison soit toujours chaude. Il y a du feu dans toutes les pièces principales.

— Si nos plans réussissent, dit-elle avec candeur, nous rentrerons chez nous peut-être plus tôt que nous ne le pensons.

— J'en serai heureux pour vous, fit-il, mais ce sera un jour triste... pour moi, quand vous partirez.

— C'est vraiment très aimable à vous de penser cela, Mr. Madigan, mais je crains que si jamais nous retournons là-bas nous n'y trouvions que deuils et soucis.

— Quant à vos plans, reprit-il avec un grand désir de l'aider, ils me font trembler quand je vois tant d'hommes inconnus circuler dans cette région.

Dans sa candeur elle oublia la discrétion. Elle dit tout bas :

— Ne vous inquiétez pas de ces hommes. Ce sont des Sudistes qui viennent voir mon mari... pour des choses importantes. Oh ! comprenez-moi. Ils tiennent à le consulter à propos de notre grand projet. Vous êtes avec nous, n'est-ce pas ?

— Corps et âme, Mrs. Sinclair. Mais pour tout vous avouer... il y a d'autres hommes que les vôtres qui rôdent. Des espions yankees. Ils sont venus ici pour savoir où habitait Mr. Busby.

Très émue elle lâcha la rose que tenaient ses mains tremblantes. Madigan la ramassa et la respira.

— Si je connaissais un peu vos plans, il serait plus facile d'égarer ces espions.

— Mais que dirait mon mari ?

— Il sait bien que je suis un ami sur qui on peut compter.

Les joues de Lucy Sinclair étaient écarlates. Elle ne pouvait cacher son admiration pour les intrépides Sudistes. Et, avec volubilité, elle raconta qu'une centaine d'entre eux, habillés en civil, vivaient dans cette province sous les ordres du président de la Confédération, afin de causer, à travers la frontière, le plus de dégâts possible aux Yankees.

— Ils feront des raids, expliqua-t-elle. Ils mettront le feu à des bâtiments. Et vous, qui êtes irlandais, vous pourrez prendre part à cela, surtout si vous affirmez que vous êtes avec nous !

— Chère Mrs. Sinclair, commença Madigan, mais il ne pouvait lui exprimer les sentiments qu'elle lui inspirait. – Il étendit une main tremblante et la posa sur l'épaule de la jeune femme. – Je ferai tout mon possible, continua-t-il, mais, en vérité, je ne peux pas grand-chose, sauf vous avertir du danger.

Le parfum qui montait de la robe élégante de Lucy, robe si peu adaptée au cadre de cette contrée nordique, le suffoquait. Elle eut conscience de son pouvoir et lui lança consciemment son plus délicieux sourire.

— Depuis l'instant où je vous ai entendu chanter, dit-elle, j'ai compris à quel point vous êtes différent des gens d'ici. L'Irlande doit être un pays merveilleusement romantique.

— Tout à fait, affirma-t-il avec ferveur, oubliant un instant combien il avait été content de le fuir.

Une silhouette sortit de la maison venant vers eux d'un pas hâtif. On devinait nettement la bosse de son dos.

— Bonjour, dit froidement Curtis Sinclair au précepteur. – Puis s'adressant à sa femme : – J'aimerais te dire un mot en particulier, ma chère.

Madigan s'éloigna en fronçant les sourcils. Il se sentait insulté et impuissant. Il eut envie de boire pour oublier le sentiment d'infériorité que lui donnait toujours cet homme difforme.

Sinclair déclara vivement à sa femme :

— Je ne veux pas te voir flirter avec ce Madigan. Tu devrais y penser de toi-même. Mais, en dépit de tous nos malheurs, tu sembles rester aussi frivole que naguère.

— Comme tu me comprends mal, Curtis, s'écria-t-elle. Viens avec moi dans un endroit plus discret et je te dirai de quoi nous parlions, Mr. Madigan et moi.

Il la suivit derrière la maison où s'étendait une prairie. Des fils soutenaient le linge qui séchait. Nappes et draps de lin blanc flottaient doucement sous la brise d'août. Dans le jardin potager, les asperges étaient devenues pareilles à une forêt de plumes légères dans laquelle les sauterelles se réunissaient pour chanter. Les courges trop mûres éclataient. Les tomates étaient énormes et certaines tombaient en s'ouvrant à la grande joie des poules.

Au-delà du potager s'étendait un espace vide avant le verger où les branches chargées des arbres étaient maintenues par des tuteurs pour qu'elles ne se brisent pas sous le poids de leurs pommes. Dans cet espace il y avait quelques poiriers et des pruniers. Leurs fruits, à travers le feuillage, étaient de pourpre et d'or.

— Est-ce assez discret ici ? demanda Curtis Sinclair.

Il jeta vers sa femme un regard qui n'appelait pas les confidences.

— Comme c'est ravissant ! s'exclama-t-elle. Comme il est difficile de songer que l'hiver sera là dans quelques mois. J'en ai si peur.

D'avance, elle en frissonnait.

— Tu ne seras plus là, fit-il brièvement. Que voulais-tu me dire à propos de cet Irlandais ?

— Ne le méprise pas, répondit-elle. Il en sait plus long que tu ne crois. Il n'est pas un homme ordinaire, c'est un intellectuel.

— Je suppose – Curtis Sinclair parlait avec une sévérité voulue – que tu n'es pas assez folle pour te confier à lui ? Cela serait dangereux.

— Oh ! non, fit-elle doucement. Au contraire, c'est lui qui m'a appris quelque chose de très ennuyeux. Il raconte qu'il y a des espions par ici.

— Et comment diable le saurait-il ? On lui a expliqué que les hommes qui viennent me voir sont ceux qui veulent échapper à l'engagement... Tu ne flirtes pas avec lui, j'espère ?

Elle commença à pleurer :

— Non, non, je n'ai aucun sentiment pour lui. Et lorsque nous nous rencontrons, les enfants sont toujours avec nous.

— Ils n'étaient pas là à l'instant.

— Oh ! pourquoi es-tu si dur ? Tout va bien pourtant.

Il parla plus doucement en appuyant sa belle main sur le bras de sa femme.

— Tout va très bien, dit-il, mais il y a beaucoup de choses qui m'irritent. Cette folie de Cindy, par exemple...

Cette fois, les larmes de Lucy se changèrent en rire.

— Avoir un bébé ! Tu appelles cela une folie ! Oh ! mon cher, que tu es drôle !

Elle tapotait la main posée sur son bras. Ses bagues, ornées de diamants, étincelaient au soleil.

Il s'adoucit :

— Pourquoi ce Madigan croit-il avoir vu des espions ? demanda-t-il plus tranquillement.

— Des inconnus sont venus poser des questions. Il affirme que ce sont des Yankees.

— Quelles questions ?

— Ils voulaient savoir où habitaient les Busby. Nicolas les a accompagnés pour les mettre sur la bonne voie.

— Ils viennent trop tard. – Curtis eut un petit rire. – Tout est réglé. Ne t'étonne de rien. Même si je m'en vais sans te prévenir.

Cela effraya véritablement Lucy :

— Oh ! non, ne pars pas, ne pars pas ! cria-t-elle. Ce serait trop affreux de penser que tu es en danger !

— J'ai autant le droit d'être en danger qu'un autre homme, répliqua-t-il.

— Je le sais, fit-elle vivement, craignant qu'il ne crût à une allusion à sa difformité, mais le danger que courent les autres hommes ne me concerne pas.

Ils revinrent vers la maison. Le cri du nouveau-né leur parvint ainsi que les voix des noirs qui bavardaient avec excitation.

— Cette diablesse de Cindy, dit encore Curtis. Pourquoi n'a-t-elle pas eu son bébé dans un des cottages des ouvriers au lieu de faire cela à la maison ? Quelle humiliation pour moi que Mrs. Whiteoak ait dû servir de sage-femme à l'une de nos esclaves.

— Elle est merveilleuse, s'exclama sa femme. Rien ne l'effraye. Elle est fière de ce négrillon comme si c'était elle qui l'avait eu !

— Et le père doit être un soldat yankee !

— Comment peux-tu dire une chose pareille de Cindy ! Elle est fidèle à son nègre de mari !

— Bien des femmes sont sans scrupules ! – Il poussa un profond soupir. – D'ailleurs, cela n'a pas d'importance. Ce qui nous occupe en a davantage. Lucy, je vais peut-être être obligé de m'absenter quelque temps.

Elle mit sa main sur son cœur.

— Tu ne risqueras rien, j'espère ? souffla-t-elle.

— Je pense que non. J'ai près de cent cinquante hommes solides qui sont assemblés à la frontière. Nous voulons attaquer les Yankees, brûler des propriétés... A Chicago, nous avons beaucoup de sympathisants. Ils iront au camp Douglas. Nous y avons plus de cinq mille soldats sudistes prisonniers. Lorsqu'ils seront libres, l'ensemble marchera sur Springfield, dans l'Illinois, pour délivrer sept cent mille Confédérés. C'est une prodigieuse entreprise. Lucy, si cela réussit, nous aurons peut-être sauvé notre pays.

Ses yeux brillaient d'émotion.

Lucy tremblait. Pour se soutenir elle s'appuya contre le tronc d'un bouleau. Une pluie fine avait commencé à tomber. Une brume grise cachait le spectacle d'août. Les pigeons, sur le toit, disparaissaient dans la bruine, mais leurs roucoulements s'entendaient comme si c'était le brouillard qui manifestait.

— Veille à ne pas dire un mot de tout cela, Lucy, ajouta Curtis Sinclair. Ma vie peut dépendre de ta discrétion.

— J'aimerais mieux mourir que lâcher un mot, mais... ces espions me remplissent de terreur.

— Ils viennent trop tard pour nous empêcher d'agir. Nos plans sont tout à fait prêts.

Ils firent demi-tour pour rencontrer Adeline Whiteoak qui sortait, en souriant, de la maison avec, à son côté, Néron, le grand chien. Adeline tenait l'animal par son collier. Il donnait une impression rassurante.

9

Complots et anticomplots

Nicolas, accompagné des trois étrangers yankees, alla jusqu'à la maison des Busby. Les Whiteoak, les Vaughan et les Lacey étaient arrivés directement d'Angleterre pour s'installer en Ontario. Chez les Busby, au contraire, c'était le grand-père d'Elibu qui avait reçu une concession dans ce pays encore sauvage lorsqu'il avait fui sa propriété de Pennsylvanie, fidèle à l'Empire Uni, après la Révolution américaine, avec toute sa petite famille. La vie avait beaucoup changé durant les quatre-vingts dernières années. Des routes avaient été aménagées pour relier l'un à l'autre les villages. Un chemin de fer faisait communiquer les bourgs avec les villes. L'existence n'était plus celle des pionniers. Les champs étaient tous cultivés et les fermiers vivaient dans la prospérité.

Elibu Busby avait élevé une nombreuse famille qui le redoutait mais considérait qu'il n'avait nulle part son pareil. Tous gardaient une loyauté ardente envers la Reine mais y joignaient un certain mépris pour les habitudes anglaises. Ils aimaient bien les Whiteoak et cependant, souvent, ils étaient heurtés par leurs manières qu'ils jugeaient hautaines. Ils entretenaient une vieille rancune contre les Américains, et exagéraient l'importance de la propriété qu'ils avaient abandonnée, deux générations plus tôt, en Pennsylvanie. Epris de liberté, l'esclavage leur semblait épouvantable, et ils étaient corps et âme avec le Nord contre les possesseurs d'esclaves du Sud.

Leur confortable ferme se trouvait à quatre miles de Jalna. Nicolas montra le chemin tout en répondant de façon circonspecte aux questions que lui posaient les espions. Il ne doutait pas qu'ils étaient des espions, et il se sentait en plein cœur d'une action clandestine.

Ils trouvèrent la famille Busby réunie autour de la table et terminant son repas. Les étrangers furent, à la manière ancienne, invités à se joindre à elle. Ils acceptèrent, mais Nicolas, qui était toujours le bienvenu, déclara qu'il rentrait à la maison. Cependant, dehors, il traîna, attendant il ne savait quoi. Son imagination de jeune garçon flambait autour du conflit de la frontière. Comme il aurait aimé jouer un rôle dangereux dans cette entreprise ! Mais il se contenta de ramasser des petites pommes vertes tombées d'un arbre et de les lancer de toutes ses forces sur le toit de la maison.

Amelia Busby vint le rejoindre.

— Ne faites pas cela, dit-elle. Vous pourriez casser un carreau. Et alors mon père vous passerait quelque chose. – Mais elle regardait Nicolas avec amitié et, au bout d'un moment, elle ajouta : – Mr. Madigan vous a quittés ?

— Qu'est-ce qui vous fait croire ça ?

— Oh ! je ne sais pas !

— Il n'est jamais content, c'est à ça que vous pensiez, dit le garçon, mais il ne s'en ira pas. Il restera à Jalna jusqu'à ce que nous, les jeunes, on parte dans une école.

Amelia ne put s'empêcher de demander :

— Est-ce qu'il parle quelquefois de moi ?

Nicolas répondit seulement :

— J'aurais dû dire jusqu'à ce que, les jeunes, nous partions pour une école.

— Il est difficile pour la grammaire ?

— Terrible.

Amelia trouvait Nicolas odieusement prétentieux, mais elle le supporta comme il était parce qu'elle voulait en savoir davantage sur Madigan. Aussi, elle répéta :

— Est-ce qu'il parle de moi ?

— Jamais, affirma Nicolas.

Il jeta encore une pomme verte vers le pignon.

— Ecoutez, reprit Amelia. Voulez-vous lui porter un message de ma part ?

— D'accord, dit Nicolas, mais court car j'ai peu de mémoire.

— Dites-lui – elle parlait lentement et son teint rougissait –, dites-lui que je suis navrée de l'avoir offensé.

Nicolas la regarda en face. Malgré lui, il était intéressé.

— Vous ne pourriez pas me dire qui sont ces drôles d'hommes qui s'installent comme chez eux dans votre cuisine ? demanda-t-il.

— Je ne sais vraiment pas, fit-elle franchement, sauf que ce sont des Yankees.

— Rien que ça, dit-il, ça me fait bouillir.

— Mais vous n'êtes pas pour l'esclavage ?

— Oh ! les noirs *aiment* être des esclaves. Mr. Madigan dit que nous sommes tous des esclaves... d'une manière ou d'une autre...

— Quel garçon intelligent vous êtes, Nicolas !

Il l'admit avec elle. Et en rentrant chez lui, il se souvint de cette conversation, trouvant qu'il s'était bien conduit.

Il dénicha Lucius Madigan dans le petit kiosque d'été. Il donnait une leçon de géographie à Ernest sur le globe terrestre.

— Cette petite île, c'est l'Irlande, disait-il en la montrant de son doigt osseux.

Ernest se pencha en avant jusqu'à ce que son nez touchât le globe.

— Pourquoi l'Irlande c'est si petit ?

— C'est à cause de l'oppression de l'Angleterre, dit Madigan.

— Notre pays est très grand, lança fièrement Ernest.

— Sa taille fait son malheur, repartit Madigan. C'est un grand trou de terre gelée.

— Pour l'instant, fit remarquer Nicolas, je sue comme un cheval.

— Dans quelques années, dit sombrement Madigan, ce pays sera envahi par les Américains.

— Nous avons le pôle Nord, claironna Ernest. Les Américains ne peuvent pas nous le prendre.

— Attendons et nous verrons, conclut Madigan.

Nicolas intervint :

— Vous ne devinerez jamais, m'sieur, avec qui j'ai bavardé... et parlé de vous ?

— Amelia Busby ? répondit Madigan.

— Exact ! Et vous savez ce qu'elle m'a dit ?

— Qu'elle m'aime ? fit le précepteur avec un sourire un peu fat.

— Pas tout à fait. Mais elle est navrée de vous avoir blessé.

— Aucune femme n'a le pouvoir de me blesser.

— Même pas Mrs. Sinclair ?

Le sourire de l'enfant n'était pas tout à fait innocent.

— Pour cette impertinence, décréta Madigan, vous me ferez cinquante lignes. Vous commencerez là où vous vous êtes arrêté la dernière fois.

— Est-ce que je peux, avant, donner son cadeau à Gussie ?

— Son cadeau ?

— Vous savez bien que c'est son anniversaire. J'ai un petit pigeon pour elle. C'est triste d'être puni un jour de fête de famille.

— Pour cette fois, je ne dirai rien, reprit Madigan, mais tâchez, dorénavant, de retenir vos insolences.

— Qu'est-ce que c'est, des insolences ? demanda Ernest.

— C'est comme impertinences. Fais attention de ne pas être impertinent toi non plus !

— Impertinent, mon œil ! lança Ernest, et il courut après son frère.

Ils découvrirent Augusta dans l'ombre de la petite grève aux bouleaux argentés. Elle était tout en blanc en l'honneur de son anniversaire. Avec joie, elle caressait un petit médaillon d'or retenu par une chaîne qui pendait à son cou. Elle n'avait jamais rêvé posséder quelque chose d'aussi précieux. Mais ce matin, sa maman le lui avait donné et son papa avait soulevé sa lourde masse de cheveux pour attacher le fermoir sur sa nuque. Dans l'une des faces du pendentif, sous un verre, s'enroulaient deux mèches de cheveux : une blonde, celle de Philippe ; une auburn provenant d'Adeline.

Les garçons admirèrent le bijou avec respect quand Augusta leur en découvrit le secret.

— Et vous voyez, leur dit-elle, il n'y a des cheveux que d'un côté ; de l'autre, je mettrai les vôtres et ceux du bébé. On les nouera soigneusement ensemble. Comme ça, toute la famille sera représentée.

Ernest applaudit de joie. Il s'étendit près de sa sœur de manière à pouvoir, lui aussi, toucher le pendentif. Il avait l'air si petit ainsi allongé à côté d'elle que, soudain, Augusta, devenue sensible à de nouvelles émotions, fut tout émue. Elle caressa la joue d'Ernest et tournant la tête, elle l'embrassa.

Nicolas, cédant à la jalousie, lança :

— Un cadeau de ma part ne t'intéresse sans doute pas ?

Elle s'aperçut alors qu'il tenait, bien calé sous son bras, un ravissant pigeon dont la tête au-dessus de son jabot gonflé tournait à droite et à gauche.

— C'est pour moi ? lança Gussie, ravie.

Nicolas posa l'oiseau sur ses genoux. Le pigeon ne s'effraya pas et commença à becqueter le médaillon.

— Il est à toi, déclara Nicolas, et je t'ai fait un pigeonnier pour lui.

Ernest qui s'était redressé étendit la main pour caresser le doux plumage.

— Il ne s'envolera pas, dit Nicolas, parce qu'il a un anneau à la patte et j'y ai attaché un ruban.

Il mit l'extrémité du ruban dans la main de sa sœur.

Et tous les trois, dans cet après-midi d'août merveilleux, ressentirent en eux un vrai bonheur. Tandis qu'ils se recouchaient sur l'herbe chaude, Augusta attira la tête d'Ernest contre son épaule et la caressa. Elle était dans une sorte d'extase. Nicolas posa sa tête sur son autre épaule.

— Caresse-moi aussi, demanda-t-il.

Dans la soirée, Lucius Madigan apparut dans la pièce qui servait de classe aux enfants. Augusta apprenait par cœur un poème en chantonnant les vers d'un ton monotone. Nicolas fabriquait un cerf-volant tandis qu'Ernest coupait des bandes de papier destinées à la queue du jouet.

Le précepteur avait une expression mi-amusée, mi-confuse lorsqu'il dit :

— Eh bien ! ce n'est pas mon anniversaire mais j'ai reçu un cadeau. Regardez.

Il n'était pas nécessaire d'attirer l'attention sur son présent car c'était un énorme coussin en satin rouge et or garni d'un gland à chaque coin.

— Et je vous avouerai que j'ai eu tellement chaud pour le transporter que j'ai bien failli le laisser au bord de la route, ajouta Madigan.

— Qu'il est beau ! fit Augusta.

— Je parie que je sais qui vous l'a offert ! dit Nicolas. C'est Amelia Busby.

Ernest sauta en l'air :

— Laissez-moi l' porter ! S'il vous plaît ! J' voudrais savoir si c'est lourd !

Lorsqu'il eut le coussin dans les bras, il s'exclama :

— C'est tout léger ! J'aurais pu l' porter tout le long du chemin sans être fatigué.

Mais, rapidement, il le laissa tomber sur le sol.

Comme s'il était épuisé Madigan s'assit par terre et posa sa tête sur le coussin.

— Et maintenant, nous pouvons tous nous reposer en paix, dit-il.

— Vous êtes un drôle de professeur, fit Augusta.

— Je vous instruis, répondit Madigan. Si vous me regardez avec attention, vous apprendrez tout ce que vous devez faire... et ne pas faire.

— Nous étions heureux ici, dit Augusta... jusqu'à ce que vous arriviez.

Elle parlait pour elle-même plutôt que pour exprimer une amertume.

— C'est mon lot, constata Madigan, d'apporter le malheur.

— Alors pourquoi, demanda Nicolas, Amelia Busby veut-elle vous épouser ?

Madigan, comme s'il était embarrassé, se gratta la tête :

— Ne me racontez pas qu'elle veut se marier avec moi !

— Maman dit, cita sérieusement Nicolas, que quand une femme commence à tourner autour d'un homme, c'est qu'elle veut se marier avec lui. Maman dit qu'il ne peut pas y échapper...

— Vous êtes futé pour votre âge, remarqua le précepteur. Bientôt, c'est vous qui me donnerez des leçons, vous verrez !

En riant, il les quitta et emporta son coussin dans sa chambre qui était sous le toit. En vérité, il ne savait qu'en faire et son visage exprimait son ennui. Il n'avait pas de divan dans sa chambre ; aussi, bêtement, il posa le coussin sur un fauteuil de rotin. Il eut alors l'impression que le fauteuil ne pourrait plus lui servir. Il était impossible de s'installer sur ce coussin luxueux. Il eut envie de le rapporter à Amelia en lui signifiant que, dans sa vie, il n'y avait pas de place pour un tel article. Il regretta de l'avoir montré aux enfants. Ils en parleraient certainement à leur mère. Il pensa même à disparaître dans la nuit en abandonnant le coussin derrière lui...

Les enfants signalèrent à leur mère le cadeau d'Amelia. Ils bavardèrent en se moquant, mais Adeline prit cela au sérieux. Elle aurait aimé voir Madigan confortablement installé dans la vie et elle craignait que lorsqu'il quitterait Jalna, il vagabonde de place en place. Elle admirait sa culture. Lorsqu'elle parlait de lui aux autres, elle vantait son instruction, la transformait en une science étonnante, mais avec les Sinclair, elle le nommait : « Ce vaurien d'Irlandais... Que Dieu l'aide ! » Car l'admiration qu'avait Madigan pour Lucy Sinclair était par trop évidente.

Ce fut à la table du thé qu'elle lança :

— J'ai appris qu'une jeune personne vous avait fait un beau cadeau, Mr. Madigan.

— Oh ! il m'est bien inutile, fit-il.

— Voyons, voyons, ne dites pas cela. Il n'y a rien de plus utile qu'un coussin moelleux pour poser sa tête. N'est-ce pas, Mr. Sinclair ?

— J'ai perdu l'habitude de me reposer, répliqua celui-ci.

Nicolas parla :

— Et ce coussin est en satin rouge et or, et il a un gland à chaque coin.

— Cher Mr. Madigan, dès que vous aurez terminé votre thé, vous nous le montrerez. Je meurs d'envie de le voir. Vous aussi, Lucy ?

— J'adore tous les jolis ouvrages, répondit-elle.

— Moi, il n'y a rien qui m'ennuie tant, affirma Madigan.

— Oh ! quelle vilaine remarque ! cria Adeline en lui versant une autre tasse de thé. Vraiment, cet Irlandais est impossible. Il tient à vous donner une mauvaise impression de lui. En réalité, il a le cœur tendre et la sensibilité d'un...

— ... loup d'Irlande, acheva Philippe. Donne-moi du thé, veux-tu ?

Lucius Madigan ne retint pas un rire silencieux. Brusquement, il se sentait de très bonne humeur. Il avait reçu ce jour-là une partie de son salaire. C'était en général l'occasion d'une disparition de quelques jours et d'un retour à Jalna, pâle, la mine contrite et la poche sérieusement allégée. Mais pour le moment le portefeuille était plein et lui, Lucius, était le centre d'une discussion aimable. Après le thé, il consentit à aller chercher le coussin pour le faire admirer. Tout le monde le trouva magnifique. Philippe l'installa sur le divan du salon et y posa sa tête blonde au grand embarras de sa fille qui se sentait toujours gênée lorsque ses parents lui paraissaient ne pas garder leur dignité. Le bébé Philippe vint avant d'aller se coucher et son père le fit sauter jusqu'à ce qu'il pleure de rire.

Adeline emmena Madigan dans le hall et là, debout, impressionnante, une main posée sur la pomme de l'escalier où était sculptée une superbe grappe de raisin, elle dit :

— Lucius, j'ai quelque chose d'important à vous dire et j'espère que vous y porterez attention.

C'était la première fois qu'elle s'adressait à lui en l'appelant par son prénom, et cela amena des larmes aux yeux de Madigan. Il se sentit un pauvre Irlandais isolé, tristement perdu dans cette virile région de pionniers. Il songea à sa pauvre mère, dans le comté de Cork, à qui il n'avait pas envoyé une seule ligne durant ces derniers dix mois.

— Je fais attention à tout ce que vous me dites, Mrs. Whiteoak.

Vraiment, il y avait des larmes dans sa voix.

— Eh bien ! voici, fit-elle, je crois que vous ne pourriez rien faire de mieux que d'épouser Amelia Busby.

— Mais... s'exclama-t-il, pris de panique.

— Ecoutez-moi. Il est évident qu'elle est folle de vous. C'est une jeune femme saine qui saura prendre soin de vous. Elle a une excellente nature. Elle meurt d'envie de se marier, ce que ses sœurs ont fait depuis longtemps.

— Mais je suis sans fortune. Comment me marier ?

La voix d'Adeline devint comme un murmure :

— Que cela ne vous inquiète pas. Son oncle, qui est célibataire, lui a laissé une belle ferme qu'elle loue. Il lui a laissé aussi une petite maison en ville. Vous pourriez aller y vivre. Amelia va sur ses trente ans et elle a fort envie de trouver un compagnon. Elle vous adore. C'est clair.

— Mais pourquoi... pourquoi ? bégaya Madigan. Que peut-on adorer en moi ?

— Vous ne connaissez pas votre valeur, dit Adeline. C'est toujours comme ça avec les Irlandais. Nous sommes trop modestes. Les Anglais sont tellement plus sûrs d'eux et les Ecossais, si suffisants. Suivez mon conseil, Lucius, de demander la main d'Amelia. Elle acceptera, je vous le jure.

Madigan avança une main devant lui, essaya de parler, n'y parvint pas, tenta de nouveau, et réussit enfin à articuler :

— Il y a un grand obstacle à mon mariage avec quelqu'un comme Miss Busby.

— Ne me dites pas que vous êtes déjà marié !

— Dieu merci, non, dit-il, mais je suis catholique.

Adeline fut surprise mais pas démontée.

— C'est étrange que vous ne m'ayez pas confié cela plus tôt, car j'imagine que vous avez craint que, dans ces conditions, je ne vous engage pas.

— C'est la raison. – Le précepteur regardait Adeline avec défi. – Ce n'est pas que j'étais honteux d'avoir été élevé comme un catholique, mais je cherchais désespérément une situation et je savais que la communauté ici était fortement protestante.

— Alors, fit-elle tristement, je crois qu'il n'y a rien à faire pour ce mariage.

La nature contrariante de Madigan réagit tout de suite :

— Je ne vois pas pourquoi, dit-il. La religion ne signifie pas grand-chose pour moi. Je ne me suis pas confessé depuis cinq ans.

— Et votre mère le sait ? demanda Adeline.

— Certainement pas.

— Pauvre femme… Elle a un fils capricieux.

— Je l'aime tendrement.

— J'espère que vous lui écrivez souvent.

Madigan se tordit les doigts :

— Pas souvent, avoua-t-il.

Elle respira lorsqu'ils furent interrompus par Ernest.

— Venez vite voir Néron, dit-il, il donne sa patte à papa.

Ils revinrent dans le salon. Néron était assis, et Philippe, en face de lui, lui tendait la main.

— Donne, dit Philippe.

Néron regarda la main avec inquiétude mais, sur un nouvel ordre, émis plus gentiment cette fois, il posa sa patte dans la main de son maître.

— Quel joli tableau ! s'exclama Lucy Sinclair. Quelle confiance ! quelle affection entre le maître et l'animal !

Philippe, souriant, s'approcha de la table et revint avec un morceau de gâteau que le chien avala d'une bouchée.

Tous avaient oublié le coussin sur le sofa, sauf Adeline et Madigan. De temps à autre, Adeline envoyait un sourire d'encouragement au précepteur. Lorsque celui-ci s'éloigna, il emporta le coussin dans sa chambre. Bientôt il en fut hanté : s'éveillant au milieu de la nuit, le clair de lune luisait dessus et il pensa qu'il ne pourrait plus se servir de son fauteuil, car il n'oserait pas écraser un si beau satin.

Et ce ne fut pas tout. Le lendemain matin exactement, il rencontra Amelia Busby dans le ravin où il était allé chercher refuge. Elle lui offrit une assiette remplie de beignets à la crème qu'elle venait de faire. Deux jours plus tard, elle lui donna un mouchoir où étaient brodées ses initiales L. M. dans un coin. Et avant même qu'il s'en fût aperçu, il lui donna rendez-vous pour faire un tour à pied sur le bord du lac.

Le temps était chaud et humide. La route était dure et pierreuse, mais Amelia paraissait ne pas s'apercevoir que cela meurtrissait ses pieds. Bientôt, elle eut une ampoule au talon, mais jamais ses regards amoureux ne vacillèrent. Elle montrait toutes ses dents blanches dans un sourire possessif.

Sur la rive, elle prouva qu'elle savait mieux lancer des pierres plates que Lucius. Elle mourait d'envie d'ôter ses bas et ses chaussures pour patauger dans la fraîche eau verte mais, avec modestie, elle s'en abstint. Les vagues qui roulaient et s'écrasaient sur le sable lui communiquaient des impulsions sauvages. Ses boucles brunes retombaient sur ses clairs yeux bleus. Madigan n'avait jamais encore remarqué à quel point elle était attrayante.

Adeline invita Amelia à souper à Jalna. A table, elle la mit à côté de Madigan, mais Amelia fut si impressionnée par la présence des Sinclair qu'elle ne put arriver à ouvrir la bouche, sauf pour manger. Après le repas, elle disparut sous le porche avec Madigan et elle s'assit tout contre lui sur un des bancs, près des grands chênes.

Doucement, Philippe dit à Adeline :

— Celle-là, elle court après Madigan avec toutes ses griffes. Il ne s'en tirera pas. Et tu fais tout ce qu'il faut pour l'aider. Ne le nie pas !

— Je voudrais voir ce pauvre diable confortablement installé dans la vie pour le moment où nous lui retirerons les enfants. Jamais il ne retrouvera un poste de précepteur.

— J'ai sur ce point une pauvre opinion de lui, reprit Philippe. D'abord, il boit trop ; ensuite, il n'a aucune discipline. C'est toi qui l'as engagé. Moi, je n'ai jamais pu m'y faire.

— Il y a un obstacle à son mariage, avoua Adeline. Lucius est catholique.

Philippe ouvrit de grands yeux.

— Elibu Busby ne consentira jamais à un mariage mixte.

— Il ne le saura pas, déclara Adeline. Lucius n'est pas un catholique pratiquant. Il n'est jamais entré dans une église, sauf dans la nôtre, depuis des années.

— Cela ne change pas mon opinion sur lui, dit Philippe. J'aimerais autant que cela cesse… mais à quoi bon ? Amelia est partie en guerre pour le conquérir, et elle y réussira.

Philippe avait raison. Tandis qu'autour d'eux tout bouillonnait de complots et d'anticomplots, Amelia Busby et Lucius Madigan se trouvèrent fiancés. Lui ne sut pas très bien comment cela arriva mais, lorsque la lutte fut terminée et qu'il fut vaincu, il ressentit une grande paix qui ressemblait à du bonheur. La famille d'Amelia, dans l'ensemble, fut enchantée de son départ prochain. Elle était d'un caractère difficile et voulait toujours avoir raison.

Elle confectionna elle-même sa robe de mariée et le couple fut uni dans la maison des Busby par un ministre presbytérien.

Amelia ne chercha pas à cacher son triomphe. Elle avait capturé l'homme de son choix. Personne dans toute la région, pas même le recteur, Mr. Pink, ne possédait une culture comme la sienne. A vrai dire, Madigan était d'un tempérament assez mélancolique mais elle aurait toujours assez de belle humeur pour deux. Elle espérait qu'il obtiendrait (grâce à son influence, car jamais elle ne doutait d'elle) une chaire de professeur à l'université.

Ils allèrent aux chutes du Niagara pour leur lune de miel. Et là, dans le fracas de la cataracte, ils se promenèrent la main dans la main. Et la nuit, la langue de Lucius se délia dans l'obscure intimité de la chambre d'hôtel. Il récita les longs poèmes nostalgiques qu'aimait son âme celtique. Amelia ne comprit pas la moitié de ce qu'il disait, mais elle savait merveilleusement écouter, ses yeux grands ouverts dans le noir, les paroles qui enchantaient ses oreilles.

Durant la troisième et dernière nuit au Niagara, Madigan se laissa aller à lui confier ce qu'il connaissait des plans de Curtis Sinclair. Par des bribes de conversations, par des demi-confidences de Lucy Sinclair, il en avait appris plus que quiconque à Jalna ne le supposait. Et là, affaibli par le manque de boisson et attendri par une satisfaction animale, il raconta tout ce qu'il savait. Amelia, avec horreur, découvrit les raids projetés de l'autre côté de la frontière, les incendies préparés, les bateaux menacés. Par ses sentiments et sa force de caractère, elle était bien la fille de son père. Elle cacha ses impressions et serra très fort Madigan contre elle jusqu'à ce qu'il s'endormît.

Elle passa la première nuit d'insomnie de sa vie.

Quand le matin parut, elle avait décidé ce qu'elle devait faire. Elle se glissa hors du lit, s'habilla sans réveiller Madigan et descendit dans la petite ville. Elle savait où se trouvait le cottage qui abritait le quartier général des espions yankees, car elle s'était trouvée dans la salle où l'adresse en avait été donnée à son père. Certainement on pouvait lui faire confiance.

Elle resta quelque temps dans la maison, racontant aux hommes tout ce qu'elle venait d'apprendre, mais elle ne leur confia pas par quelle voie elle avait fait ces découvertes. Elle en perdait presque le souffle tant elle était surexcitée, mais les hommes, eux, étaient assez inquiets et se raccrochaient à n'importe quel renseignement.

Et puis, Amelia portait sur elle, comme un ornement, un air de grande confiance.

Dans son exaltation, elle s'égara sur le chemin du retour et pour revenir il lui fallut plus longtemps qu'elle ne l'avait supposé. Son amoureuse inclination n'était en rien diminuée par ce que Lucius lui avait divulgué. Et elle courait presque en revenant vers lui. Elle avait vaguement l'intention de lui raconter qu'elle avait eu envie de faire une promenade matinale. Elle ne lui confierait jamais l'usage qu'elle avait fait de ses confidences nocturnes. Elle éprouvait comme un sentiment de puissance, et même de noble droiture. Elle ne se rendait pas compte à quel point une profonde jalousie envers Lucy Sinclair entrait dans son comportement.

Elle retrouva la chambre de l'hôtel dans un état d'extrême désordre. Lucius Madigan était parti en emportant tout ce qui lui appartenait, et sans un mot d'adieu.

10

Scènes variées

Tandis qu'Amelia et Lucius Madigan passaient leur brève lune de miel, l'intrigue amoureuse entre la mulâtresse, Belle, et le métis, Tite Sharrow, progressait de façon satisfaisante. Car Belle était heureuse à l'idée d'épouser ce lisse Lothario[1], et lui était heureux car il était convaincu qu'il parviendrait à la séduire.

Il fit part de sa joie un matin à Wilmott tandis qu'il lui apportait son jambon et ses pommes de terre frites. Wilmott leva les yeux au-dessus du journal de la semaine précédente qu'il lisait et contempla l'attitude dignement aimable de son protégé.

— Tu as l'air bien content ce matin, Tite, remarqua-t-il.

— Je me sens heureux, maître, dit Tite, bien plus que d'habitude. Je ne saurais expliquer pourquoi, mais je le sens. Le soleil est si doré. La rivière si douce. Hier, j'ai monté cette vieille jument grise de Whiteoak et je l'ai menée au bord de l'eau. Elle y est entrée jusqu'au ventre. Elle a bu longuement, puis elle a tourné sa tête vers moi comme pour me remercier. Elle semblait aussi reconnaissante qu'une femme. La vie est passionnante, n'est-ce pas ?

---

1. Personnage du *Beau Pénitent* de Row. Un joyeux libertin, séducteur des vertus féminines.

— Je crois que la vie est aussi intéressante que nous nous la faisons.

— J'ai beaucoup de curiosité, reprit Tite. Lorsque les vacances seront terminées, je recommencerai à étudier mon droit et je découvrirai encore des tas de choses sur ce qui est bien et ce qui est mal. Et vous m'en avez déjà tant appris, maître.

— Tu en trouveras encore beaucoup plus long dans tes livres.

— Avez-vous remarqué que je suis devenu pieux ?

— Je ne l'ai pas remarqué.

Tite baissa un instant la tête, mais un instant seulement, puis il dit :

— J'espère que vous avez noté que je suis plus modeste que je ne l'étais.

— Vraiment pas.

Tite continua :

— Ce n'est pas facile, pour moi, d'être humble parce que je suis d'une nature orgueilleuse, mais j'apprends à me dominer. J'ai un excellent exemple dans ma petite amie Annabelle. Elle m'enseigne à être humble et je lui enseigne à mieux connaître sa valeur.

— Tite – Wilmott parlait solennellement –, je t'ai déjà prévenu et je te demande encore d'éviter toute intimité avec cette jeune fille. Cela ne peut finir que par des ennuis pour vous deux.

— Mais nous sommes heureux ensemble. Nous avons tant à gagner l'un par l'autre.

— Commence donc par te souvenir que j'aime prendre mon petit déjeuner en paix... avec mon journal.

— Il n'y a rien de plus reposant, maître, qu'un journal vieux d'une semaine. On sait que tout ce qu'on lit est passé depuis longtemps, et bien passé. Je crois que ce serait une excellente idée de ne distribuer les journaux qu'avec une bonne dizaine de jours de retard.

Wilmott, la bouche pleine de toast et de jambon, prononça un seul mot :

— Va-t'en !

Tite, en plein accord avec le monde entier, partit vers l'endroit qu'il avait choisi pour son badinage avec Annabelle. C'était un petit coin découvert dans le creux d'un fourré dense et vert. Ils avaient chacun tracé un chemin presque invisible pour l'atteindre de Jalna ou de la maison de Wilmott. Annabelle s'y rendait le cœur en fête et rempli de l'amour de Dieu et du désir d'amener ce capricieux Tite à la sainte communion. Lui, il écoutait à peine ce qu'elle disait. De ses yeux étroits d'Indien, il regardait les courbes tentantes de ce jeune corps séduisant. L'endroit était parfait, et aussi le jour. Elle oublierait l'amour de Dieu dans son ardeur pour lui, Tite. Dans ce coin de verdure perdu voletaient sans crainte loriots, chardonnerets, rossignols. Les feuilles étaient aussi brillantes qu'au printemps, pourtant d'ici quelques semaines elles se pareraient des belles couleurs de l'automne. Encore quelques semaines et elles seraient arrachées par le vent qui dénuderait les branches des arbres. Mais maintenant, quelle luxuriance, quelle folie de vitalité ! Et pas seulement dans les arbres. Les lianes et les plantes grimpantes utilisaient tous les troncs pour courir leur aventure. Une vigne vierge sauvage accrochait ses vrilles à un aulne et parvenait à atteindre un jeune érable. Des paquets de grappes vertes pendaient tout au long de ces tiges volantes. Les plantes étaient insatiables et cherchaient à dévorer ce qui les soutenait.

Quelle solitude aussi ! La mulâtresse et le métis se serraient dans les bras l'un de l'autre.

— Tite, mon chéri, soupira Annabelle, n'est-ce pas merveilleux que le Seigneur nous ait réunis ? Toute ma vie, je l'en remercierai !

— Moi aussi, dit Tite en caressant la jeune gorge. Je prierai le Seigneur.

Essayant de l'amener à lui proposer de l'épouser, Annabelle dit :

— Un de ces jours, ma maîtresse va m'annoncer que nous repartons pour le Sud. Qu'est-ce que je deviendrai alors ?

De ses yeux humides, elle scrutait le mystère de l'esprit de Tite.

Il répondit :

— J'ai l'habitude de la philosophie qui conseille ceci : profite de ce qui vient à toi et laisse le reste aux mains des dieux.

— Mais, Tite, il n'y a qu'un seul Dieu.

— N'en sois pas si sûre, fit le métis. Mr. Wilmott parle des dieux et lui, il doit savoir.

Annabelle se recula, un peu choquée par l'étrangeté de cette remarque. Mais Tite était las d'attendre qu'elle se rende. Brutalement, il l'attrapa et la colla contre lui.

— Non !... Non !

Prise soudain de panique, elle se débattit mais elle n'avait pas de force contre lui.

Les dents blanches de Tite apparaissaient entre ses lèvres minces. Il se redressa comme un cobra prêt à frapper.

Mais le cri d'Annabelle avait atteint d'autres oreilles. Ils n'étaient pas les seuls à connaître cette épaisse retraite sylvestre. Curtis Sinclair l'avait atteinte par un sentier fantaisiste qui la reliait à Jalna. Et il était là, en consultation secrète, avec un de ses hommes.

Il serait difficile pour un témoin d'affirmer lequel des deux hommes était le plus furieux de cette coïncidence, Tite ou Curtis Sinclair. Tous deux étaient dans un état de tension extrême : Curtis Sinclair qui sentait ses plans déjoués, Tite Sharrow dont la sensualité était frustrée.

Il fut le premier à parler. Il cria :

— Laissez-nous tranquilles, monsieur. Nous ne nous occupons pas de vous.

Il était si furieux qu'il ne savait même pas ce qu'il disait. Un tel éclat était absolument contraire à sa nature.

Curtis Sinclair, d'autre part, n'était pas habitué à dominer ses émotions bien que, dans ces derniers mois, il eût été obligé à beaucoup se contraindre. Et là, il se laissa aller complètement à la colère en tant que propriétaire et protecteur de la mulâtresse. Appuyé sur sa canne, il arriva jusqu'à la retraite secrète et il examina, méprisant, le jeune couple. Annabelle était médusée.

— Comment osez-vous ? tonna-t-il et il leva sa canne sur Tite.

Le bâton retomba sur le nez aquilin. Le sang jaillit. Annabelle poussa un cri.

— Rentre à la maison ! ordonna Curtis Sinclair. Tu mériterais d'être battue. Que je ne te revoie plus !

La mulâtresse se glissa hors de vue dans le fourré tandis que son maître restait figé sur place. Tite attrapa une large feuille de la vigne vierge sauvage et il essuya le sang qui coulait sur son nez et sa bouche.

— Vous regretterez cela, monsieur, dit-il avec effort. Je pourrais vous le rendre mais je ne me bats pas avec un infirme.

— Filez ! lança furieusement Sinclair. J'en parlerai à votre maître, soyez-en certain.

Tite parla avec dignité :

— Aucun homme n'est mon maître. Mes aïeux étaient, eux, les maîtres de ce pays. Nous, Indiens, personne ne nous égale.

— Misérable ! dit Curtis Sinclair. Filez avant que je ne vous frappe de nouveau.

— Je n'ai pas peur de vous, dit Tite. Annabelle non plus n'a aucune raison de vous craindre. Elle n'est plus une esclave mais une femme libre. Un jour les Indiens du Canada et les noirs de votre pays posséderont tout et vous, les blancs, vous serez les esclaves.

— Cette femme n'est plus mon esclave, lança Sinclair avec véhémence. Qu'elle aille où elle veut. Qu'elle se débrouille !

Il se détourna du métis pour voir deux hommes qui, lentement, avançaient sur le chemin. Tite fila et fut bientôt invisible dans l'épaisseur du bois. Un peu plus tard, on aurait pu le voir marcher de son allure souple sur la route qui conduisait à la ferme d'Elibu Busby.

La sérénité de cette période dorée de l'été avait été troublée par le retour d'Amelia à la maison de son père. Elibu était effondré devant l'énorme outrage résultant de ces événements. Il n'y avait pas une heure que sa fille abandonnée avait passé sa porte lorsque Tite Sharrow, le nez encore sanglant, vint lui raconter qu'il y avait des inconnus dans les bois.

Elibu Busby fut partagé entre sa rage devant la façon dont sa fille avait été traitée par Madigan et sa colère contre Philippe Whiteoak qui donnait abri à des Sudistes. Il questionna Tite Sharrow qu'il n'avait jamais apprécié, en qui il n'avait pas confiance mais dont il désirait croire le récit, puisque Curtis Sinclair y était inclus. Cependant tout pâlissait devant l'affreuse humiliation d'Amelia.

Arrivé à Jalna, il attacha sa bête au pilier qui portait au sommet une tête de cheval sculptée. Il trouva Philippe dans le verger.

Après un accueil amical, Philippe dit :

— Regardez quelle belle récolte de pommes se prépare. J'espère que la vôtre est aussi belle.

— Je ne m'occupe que du blé, déclara Busby. Les fruits, ça ne paie pas. – Puis, il éclata : – J'ai une sacrée histoire dans ma maison ! Si je pouvais mettre la main sur votre satané précepteur, je le fouetterais !

— Madigan ? s'exclama Philippe, ses yeux bleus grands ouverts.

— Qui d'autre ? Il a épousé ma fille et il l'a quittée après... trois jours, le sacripant !

— Où est-il ?

— Je voudrais le savoir. Amelia est revenue à la maison... abandonnée.

— Vrai, reprit Philippe, je n'ai jamais eu confiance en lui.

Elibu Busby lui décocha un regard furieux.

— C'est un misérable. C'est un malheur pour ma famille que vous l'ayez amené ici.

— Que puis-je faire ? demanda Philippe.

— Tâchez de le retrouver si c'est possible. Et puis... autre chose... surveillez un peu ce Curtis Sinclair. Il se prépare à faire des bêtises. Je crois, capitaine Whiteoak, que vous ramassez de curieux personnages à Jalna. Certainement, cela ne vous remontera pas dans l'estime de vos voisins.

— Je n'ai besoin de l'avis de personne sur ce point, dit Philippe.

Peu après, il chercha Adeline et la trouva comptant les petites cuillères d'argent. Elle l'accueillit en affirmant :

— Il me manque trois cuillères.

— Il y a bien d'autres choses qui manquent, répondit-il.

— Quoi, par exemple ?

— Madigan.

— Qu'est-ce que tu racontes ?

— Il a abandonné sa femme. Busby vient de m'en avertir.

— Où est-elle ?

— Chez elle, avec ses bagages. Tu imagines dans quel état est Elibu Busby !

— Oh ! le pauvre !

— Qui ? Busby ?

— Mais non voyons, Lucius ! Il ne voulait pas se marier. Ah ! il aurait dû rester avec nous.

— Mais, dit Philippe en accusant sa femme, c'est toi qui l'as poussé à se marier avec Amelia. Tu ne le nieras pas ?

Adeline, de tout cœur, reconnut qu'elle s'était trompée :

— Mais je pensais que c'était pour son bien, assura-t-elle. Je ne croyais pas que cela tournerait ainsi !

— Et tu n'as pas pensé non plus que nos enfants n'auraient plus personne pour les instruire.

— Je les instruirai, moi, déclara-t-elle. Et tu m'aideras !

Philippe grogna :

— Je n'avais pas une grande confiance en Madigan comme professeur, fit-il, mais il était certainement plus qualifié que moi.

A cet instant, Nicolas arriva en courant dans la pièce. Il avait une lettre à la main.

— C'est pour vous, m'man, dit-il, le souffle court. C'est de Mr. Madigan. Il doit nous donner des nouvelles de sa lune de miel. Voulez-vous votre coupe-papier ?

— Oui, dit Adeline, et puis disparais. J'ai besoin de paix pour lire cette lettre.

— Vous voulez que je vous la lise ? – Le visage de l'enfant brillait de curiosité. – L'écriture de Mr. Madigan est compliquée mais je la lis facilement.

— Et moi aussi, dit Ernest qui, enfin, avait rejoint son frère.

Adeline ouvrit l'enveloppe mais elle eut du mal à déchiffrer les pattes de mouche du précepteur. Avant qu'elle ait pu l'en empêcher, Nicolas lisait tout haut par-dessus son épaule :

« Chère Mrs. Whiteoak,

Je vous prie de ne pas penser trop de mal de moi mais je n'ai pu supporter l'idée de la vie qui m'attendait. Je retourne en Irlande... probablement sur un bateau à bestiaux. Je vous serai toujours reconnaissant de votre bonté à mon égard. Transmettez mon affection à mes élèves. Je suis content de leur laisser tous mes livres.

Respectueusement à vous.

Lucius Madigan. »

Lorsque Nicolas eut terminé, Adeline lui donna une petite tape.

— Insolent garçon ! fit-elle. Comment oses-tu lire une lettre qui m'est adressée ?

— Elle n'est pas très personnelle, remarqua Nicolas. Tout le monde sait que Mr. Madigan a disparu et que le seul message qu'il envoie est pour nous, les enfants.

— Philippe, cria Adeline, comment peux-tu supporter les insolences de ce garnement ?

Philippe fit un pas vers Nicolas mais celui-ci s'enfuit.

— Viens, cria-t-il à Ernest, allons nous partager les bouquins !

— Les bouquins, mon œil ! dit Ernest. Je veux sa boussole et son crayon.

Mais lorsqu'ils parvinrent dans la chambre de Madigan, Augusta s'y trouvait déjà, un livre sur les combats de coqs dans les mains.

— Je n'ai jamais vu ça avant, dit-elle pensivement. Tu crois que c'est pour nous ?

— C'est moi qui peux juger ça. – Nicolas lui prit le livre. – Mais comment as-tu appris les nouvelles ?

— Tout le monde est au courant, dit-elle. Même les noirs. Et puis, j'étais dans le couloir quand tu as lu la lettre. Alors, je suis montée ici tout de suite.

— Voilà la boussole ! cria Ernest, triomphalement. Maintenant, je saurai quand j' vais au nord ou au sud. J' me le demandais toujours. Gussie, tu n' veux pas l' coussin ?

La nouvelle de la désertion de Madigan avait vraiment filé comme le feu. Cependant, il y avait cinq personnes à Jalna pour qui elle offrait peu d'intérêt. C'étaient les Sinclair et leurs serviteurs. Leurs pensées étaient occupées par un fait qui, à leurs yeux, était bien plus important. C'était le départ de Curtis Sinclair, le lendemain.

— Pour l'amour de Dieu, disait-il à sa femme, fais un effort, contrôle-toi. Ce ne sera pas agréable pour moi de partir dans ces conditions.

— Mais j'ai peur pour toi. Tu vas vers le danger.

— Je vais vers l'action, et j'attends cela depuis longtemps. – Un doux sourire illumina soudain son visage. – Sois heureuse pour moi, ma chérie. Songe aux cinq mille soldats confédérés que nous allons délivrer au Fort Douglas. D'autres se joindront à nous. Les maudits Yankees sauront enfin ce que nous valons.

— Si seulement nous pouvions sauver notre pays !

— Nous le sauverons. La chance est avec nous. Le droit est avec nous. – Puis il ajouta : – Laisse-moi me préparer en paix. Cela me trouble de te sentir près de moi… toujours au bord des larmes…

— Je vais essayer, assura-t-elle humblement.

Le domestique Jerry entra, portant des chemises fraîchement repassées.

— J'ai apporté une autre paire de bottes pour vous, massa, dit-il, avec les chemises.

Il montrait les bottes bien astiquées.

— Je crois qu'il n'est pas bon de trop me charger. Une paire est suffisante.

— Celles-ci sont vos meilleures, massa. Voulez-vous les essayer ?

Curtis Sinclair s'assit et le noir s'agenouilla à ses pieds pour voir l'effet des bottes sur lui.

— J' voudrais bien aller avec vous, massa, dit Jerry. Vous n'avez pas l'habitude d' vous habiller tout seul. Vous avez besoin qu'on s'occupe de vous.

— Tu auras une mission à remplir ici, expliqua Curtis Sinclair. J'espère que, sans tarder, ta maîtresse pourra venir me rejoindre. C'est toi qui voyageras avec elle. A moins que tu ne préfères rester dans ce pays.

— Que le Seigneur me pardonne ! – Jerry, toujours à genoux, roulait des yeux blancs vers le plafond. – J' voudrais rentrer sur not' plantation. Et Cindy aussi. Elle voudrait montrer son nouveau bébé à son mari. Elle n'a jamais r'çu d' nouvelles de lui. Il est p't'être vivant, il est p't'être mort !

— Bientôt nous saurons tout, déclara le maître. En attendant, tiens-toi prêt à partir dès que je te le demanderai.

Lorsque le noir se fut retiré, Curtis Sinclair marcha avec agitation de long en large dans la pièce, tandis que sa femme posait un regard inquiet sur lui pour découvrir ce qui le tourmentait. A la vérité, il était tellement préoccupé par la campagne qu'il allait entreprendre qu'il avait peu réfléchi aux problèmes domestiques. Enfin, il se dirigea vers un tiroir, ouvrit une enveloppe contenant des billets et il en remit quelques-uns dans les mains de Lucy en lui disant :

— Cet argent est pour tes dépenses quand tu viendras me rejoindre. Je voudrais pouvoir t'en donner plus...

Lucy regardait l'argent presque avec consternation. Elle avait si peu l'habitude de prendre une responsabilité quelconque !

— Que vais-je en faire maintenant ? balbutia-t-elle.

Il lui arracha les billets avec une certaine irritation, les plaça dans un portefeuille de cuir et les remit dans le tiroir.

— Laisse ça là pour le moment, dit-il. Puis, tu le remettras à Jerry pour qu'il l'emporte. On peut avoir confiance en lui. Quant aux deux femmes, je me moque absolument qu'elles viennent avec nous ou qu'elles restent au Canada. Cindy complique tout avec cet enfant.

Je me demande ce qu'en pensera son mari. Et Annabelle doit être enceinte de ce maudit métis.

— Non, non, je ne peux pas croire cela ! cria Lucy. Belle est très pieuse. Elle a tellement pleuré devant ta colère lorsque tu les as surpris au bord de la rivière.

— Je lui ai fait saigner le nez, au métis, lança Curtis Sinclair avec satisfaction.

— Ces Indiens savent se venger. J'ai vraiment peur de ce qu'il fera.

— Il ne peut rien contre moi.

Une ombre d'angoisse plana toute la journée sur la maison. Le lendemain matin, le Sudiste et son hôte sortirent, montés sur des chevaux vifs qui semblaient aussi désireux de s'en aller que Curtis Sinclair.

— Je ne sais comment vous remercier, vous et le capitaine Whiteoak, de tout ce que vous avez fait pour moi et les miens, avait dit Sinclair à Adeline. Jamais je ne pourrai vous le rendre, mais j'espère que, dans des temps meilleurs, vous viendrez nous voir dans le Sud. On nous dit accueillants, mais rien ne pourra surpasser l'hospitalité de Jalna.

— Chaque instant de votre visite nous a été précieux, déclara Adeline.

Et, avec Lucy, elle resta sous le porche pour voir partir les deux hommes. Elles se tenaient par le bras et arboraient le même sourire en agitant les bras pour un au revoir. Et pourtant, un étrange pressentiment les enveloppait, semblant monter de chaque pouce de la terre qui, soudain, avait pris un aspect automnal. L'herbe et les arbres paraissaient moins verts. Quelques feuilles commençaient à tomber et un vent froid les arrachait, en les livrant aux bourrasques de l'équinoxe, qui secouaient les branches.

Lorsque les cavaliers furent à mi-chemin du portail, une silhouette vêtue de coton bleu bondit de dessous les arbres et fila sur l'allée. C'était Annabelle. Elle se jeta littéralement à la tête du cheval de son maître et, empoignant la botte de celui-ci à pleines mains, elle leva vers lui des yeux ruisselants.

— Pardonnez-moi... pardonnez-moi, massa, sanglota-t-elle. Je ne voulais pas faire de mal. Je ne veux pas rester ici quand vous rentrerez à la maison !

Philippe Whiteoak passa doucement la main sur le cou du cheval rétif de Curtis Sinclair et regarda avec dégoût le visage de la mulâtresse.

— Je ne veux pas avoir des fils de métis chez moi, fit durement Sinclair.

— Non... non... il ne peut pas y en avoir ! pleura Annabelle désespérément accrochée à l'étrier.

Sinclair demanda :

— Où est ce métis ?

— Je n' sais pas ! Il est parti !

— Si tu le vois encore une seule fois, tu resteras ici.

— Vous n'allez pas me vendre, massa ? supplia-t-elle.

— Je ne peux pas te vendre au Canada et personne ne t'acceptera en cadeau.

Il poussa son cheval en avant. Et les deux hommes passèrent le portail que Jerry tenait ouvert.

— Bonne chance, massa ! cria Jerry.

Et il regarda les cavaliers s'éloigner sur la route.

Il faisait nuit lorsque Philippe revint. Adeline l'emmena vers leur chambre dont elle ferma la porte.

— Quelles nouvelles ? fit-elle.

Elle parlait avec énervement, mais Philippe répondait avec calme.

— Sinclair a rencontré les Confédérés, dit-il. Il est rempli d'espoir mais, à bien y réfléchir, c'est une aventure très risquée. Il passera la frontière cette nuit. Puis la campagne commencera. Comment est Lucy ?

— Elle tient, répondit Adeline, mais elle est brisée. Je te jure que je serai contente quand nous reprendrons notre vie d'autrefois.

Il montra sa surprise :

— Je croyais que la présence des Sinclair te plaisait ?

— Bien sûr, mais la tristesse de Lucy me fatigue. Elle n'est pas toujours agréable. Et puis, j'en ai assez de ces noirs qui sont là, partout.

Philippe lui raconta la rencontre avec Annabelle dans l'allée.

— Pourquoi les femmes sont-elles toujours si minables ? s'exclama-t-il. Il y a cette négresse... et Lucy Sinclair, et maintenant Amelia Busby... et toutes elles sont misérables. C'est extraordinaire !

— Pas du tout ! s'écria Adeline, et dans tous les cas, ce sont les hommes qui les rendent misérables. Moi, par exemple, maintenant que Madigan est parti, je ne sais plus que faire pour obtenir un peu d'obéissance. Dieu sait s'il ne valait pas grand-chose pour la discipline, mais c'était mieux que rien.

— Tu peux te reprocher le mariage de Madigan.

— Je pensais qu'il serait facile de trouver un autre précepteur pour le remplacer et cela paraît impossible. Regarde-moi ce trio. Ils sont complètement déchaînés. On ne peut rien en tirer.

Par la fenêtre encadrée de vigne vierge, ils apercevaient Augusta, vêtue de blanc, qui marchait sur la pelouse, un livre de Madigan à la main. Elle déclamait :

Ah ! aimer un jour
Et le monde est changé ;
Le soleil disparaît
Et l'oiseau s'enfuit
Le vent se tait
Et le ciel s'assombrit
L'été lui-même s'arrête.

Nicolas, vrai portrait de l'exubérance juvénile et de l'insouciance, avançait sur une paire d'échasses faites pour lui par Jerry. Ses cheveux noirs retombaient en boucles épaisses jusque sur ses yeux.

Ernest, plus loin, balançait la boussole du précepteur. Il chantait : « *Je voulais toujours savoir si j'allais vers le nord, vers le sud, vers l'ouest, ou vers l'est ! Maintenant, je sais et je vais en rond ! en rond ! en rond !* »

Une servante passa, portant le bébé Philippe qui hurlait de colère.

— Cela brise le cœur d'une mère de voir son enfant si prêt à rendre l'âme ! murmura Adeline.

— C'est que, vois-tu, répondit Philippe avec un sourire, nos enfants sont à moitié Irlandais !

11

Nouvelles du Sud

La vie à Jalna consista désormais à attendre des nouvelles de Curtis Sinclair. Le temps était troublé et brumeux le matin. Mais, tard dans l'après-midi, un soleil pâle dorait le tronc des sapins. Les moissons étaient rentrées. Les enfants, délivrés de toute contrainte, erraient dans le domaine comme des vagabonds, emportaient des pique-niques dans les bois, montaient les chevaux de la ferme ou, et là c'était une grande aventure, allaient se baigner dans le lac. La berge, bordée d'arbres touffus, s'étendait calme et superbe jusqu'au Niagara. L'existence à Jalna était comme suspendue. On attendait un événement qui bouleverserait tout mais on ne savait ce qu'il serait. Les deux esclaves, Cindy et Annabelle, n'aidaient en rien leur maîtresse à trouver quelque tranquillité. Elles ne cessaient de s'occuper d'elle, lui proposaient des plats du Sud pour exciter son appétit ou de curieux cocktails au sherry pour la remonter. C'était l'occasion de constantes querelles dans la cuisine, car elles étaient persuadées que rien n'avait d'importance en dehors du bien-être de leur maîtresse. Elles posaient mille questions sur Curtis à Lucy Sinclair qui aurait bien voulu pouvoir leur répondre. Dans combien de temps massa leur demanderait-il de venir les rejoindre ? Comment voyageraient-elles pour rentrer au pays ? Leur enverrait-il bientôt de l'argent pour acheter les vêtements indispensables ? Oh ! elles avaient tant besoin de chaussures ! Le bébé de Cindy grandissait rapidement. Jusque-là, il avait été vêtu avec de vieux habits des enfants Whiteoak. Le petit Philippe aimait jouer avec lui comme avec un jouet. Un jour même, alors que le négrillon tétait, il l'avait délogé pour avoir sa place. Et, en riant, Cindy avait enlevé le sein à son fils pour prendre Philippe dans ses bras. La tête blonde avait remplacé la noire. Mais le négrillon était si rassasié qu'il n'avait pas protesté. Et les deux esclaves avaient éclaté de rire.

Annabelle était presque complètement guérie de sa passion pour Tite Sharrow. Après sa rencontre avec Curtis Sinclair, le métis avait disparu. On supposait qu'il était parti rendre visite à des parents dans une réserve d'Indiens, mais certains prétendaient l'avoir rencontré avec des espions yankees. Il était certain que Wilmott ne savait rien de lui et ne semblait pas ennuyé à l'idée de ne plus le revoir, tant il était écœuré par son attitude envers Annabelle. Celle-ci, de son côté, s'était réfugiée, le cœur blessé mais non brisé, dans son amour pour Dieu. Elle se contentait, comme amour terrestre, de celui de Jerry, auprès de qui elle trouvait une sécurité qu'elle n'avait jamais sentie avec Tite. Ses larmes étaient alors si proches du rire qu'il arrivait à la jeune mulâtresse de sangloter au milieu de sa joie ou d'éclater en joyeux rires au plus fort de ses larmes.

Les trois noirs et le négrillon s'installèrent si bien dans le sous-sol de Jalna et les querelles atteignirent une telle fréquence qu'un jour, après avoir reçu son salaire mensuel, la cuisinière des Whiteoak disparut, purement et simplement. C'était une très solide paysanne à la volonté de fer et Adeline se reposait entièrement sur elle. Sans la cuisinière, elle se demanda comment toute sa maisonnée allait être tenue. La vie devenait vraiment trop compliquée. Elle en parla à Philippe.

— La maison ne nous appartient plus, dit-elle. Ces noirs sont partout. Ils sont sales. Et puis, je n'ai jamais vu quelqu'un d'aussi désordonné que Lucy Sinclair. Elle traîne en peignoir rose, les cheveux répandus dans le dos comme une reine de tragédie échevelée.

— Elle est bougrement jolie, remarqua Philippe.

Il ne pouvait faire remarque plus maladroite. Les yeux d'Adeline flambèrent. Elle répliqua :

— Elle peut bien l'être car elle ne lève jamais le petit doigt pour faire quoi que ce soit, sauf pour se pavaner. Quant à moi, je suis complètement à bout. Je passe mon temps à monter et à descendre l'escalier en essayant de mettre un peu d'ordre alors que tout le monde s'ingénie à répandre le désordre.

— Viens t'asseoir sur mes genoux, dit Philippe.

Adeline lui jeta un coup d'œil furieux.

— Rien de ce qui touche cette maison ne t'atteint, tempêta-t-elle. La cuisinière est partie. La cuisine va devenir le royaume de ces nègres. Tes enfants se transforment en sauvages... Tu t'en moques, pourvu que tout aille bien dans la ferme et aux écuries.

— Que veux-tu que je fasse ? demanda-t-il. Que je les passe au fil de mon rasoir ?

— Gussie n'est pas la plus facile à mener. Elle vient de me déclarer qu'elle aimait mieux couper ses boucles plutôt que d'avoir à les peigner. Nicolas passe des heures avec les noirs. Je ne peux plus croire un mot de ce que raconte Ernest. Le bébé lui-même jette sa bouillie par terre s'il ne la trouve pas assez sucrée.

Philippe grommela sévèrement comme il sied à un père outragé :

— Je vais m'occuper d'eux.

Et un silence se fit entre les époux. Chacun méditait sur le fait que la maison n'était plus ce qu'elle était auparavant. Bien qu'ils aimassent beaucoup les Sinclair, ils en étaient à souhaiter que leur visite ne se prolongeât pas davantage.

Philippe dit à voix basse :

— Parfois, je me demande si cette histoire avec les Confédérés peut réussir. Ils ont des forces trop puissantes contre eux.

— Mais leurs plans sont bien établis ! cria Adeline. Il faut qu'ils réussissent.

On entendit des pas légers sur le gravier. La voix de Nicolas cria :

— Papa, êtes-vous là ?

Philippe alla le rejoindre.

— Mr. Busby arrive, dit l'enfant à bout de souffle. Il veut vous voir. Il a des nouvelles pour Mrs. Sinclair.

Elibu Busby apparut à son tour. C'était sa première visite depuis l'arrivée des Sudistes. Il dit sans chercher à cacher son triomphe :

— Eh bien ! je crois que votre ami, le maître des esclaves, est arrivé au bout de son chemin, capitaine Whiteoak. Il a trouvé son Waterloo.

— Qu'y a-t-il ? demanda Philippe.

Nicolas, courageux maintenant que son père était à son côté, lança du même ton un peu agressif :

— Oui, qu'y a-t-il ?

Elibu Busby répondit :

— Simplement que votre Sinclair a été capturé par les soldats de l'Union dès qu'il a franchi la frontière. Il est en prison et, j'en suis sûr, il ne tardera pas à être pendu.

— Mon Dieu ! s'exclama Philippe. C'est affreux. On a dû le trahir.

— C'est un homme dangereux. – Et Elibu Busby avait l'air assez satisfait en poursuivant : – Ils ont bien fait de l'attraper. Je jurerais qu'il était en route pour combiner quelque chose de mal. J'ai toujours dit que, vous et votre femme, vous vous étiez mis dans une drôle de situation en les recevant chez vous.

— Et pourquoi ? hurla Philippe. Lincoln et son gang n'ont rien à voir avec ce que nous faisons ici. Nous sommes des sujets britanniques et nous ne les craignons pas.

— Bien, dit Busby, j'ai cru bon de vous avertir de ce qui était arrivé à votre beau gentleman du Sud.

— Vous avez eu raison, reprit Philippe. Les Sudistes sont des gentlemen.

— Ils sont battus, affirma Busby comme s'il appliquait la loi. Ces nids de cruauté que sont leurs plantations sont détruits. Leurs misérables esclaves sont libres.

— Je parierais, répliqua Philippe, que ces esclaves étaient plus heureux et mieux soignés que les ouvriers qui travaillent pour vous.

— Dieu merci, grommela Busby, personne encore ne m'a appelé maître !

— On vous donne sûrement des noms moins agréables, fit encore Philippe, calmement.

Il regarda Busby, furieux, monter sur son cheval et s'éloigner. Il se tourna ensuite pour parler à son fils, mais Nicolas avait filé, ravi d'aller répandre partout les nouvelles du désastre de Curtis Sinclair. Philippe dut l'appeler trois fois avant qu'il reparaisse.

— As-tu raconté ce que tu as entendu ? questionna-t-il.

Nicolas baissa la tête.

— Réponds-moi.

— Oui.

— Petit imbécile ! Viens avec moi !

Nicolas, le cœur battant, suivit son père. La punition qu'il reçut fut sévère. Il ne put retenir un cri ou deux. Ceux-ci, entendus par le perroquet Boney, furent l'occasion d'un affreux vacarme en hindoustani. L'oiseau, le bec vers le sol, les ailes battantes, la langue sombre toute sortie dans sa colère hurlait : *Haramzada ! Haramzada ! Iflatoon !* Il ajouta trois ou quatre mots récemment appris, des mots anglais que personne, apparemment, ne pouvait lui avoir enseignés. *Je hais l' cap'tain' Whiteoak !*

Montant du sous-sol, un autre cri, non moins perçant, se fit bientôt entendre, suivi de lamentations affreuses. Cindy et Annabelle joignaient leurs voix.

Adeline dégringola de l'étage supérieur. Son visage était blême. Philippe alla au-devant d'elle.

— Mais, mon Dieu, s'exclama-t-elle, que se passe-t-il ?

Elle paraissait sur le point de s'évanouir. Philippe mit son bras autour des épaules de sa femme et la conduisit vers le salon. Il ferma la porte derrière eux.

— J'ai reçu de mauvaises nouvelles, dit-il.

— D'Irlande ? demanda-t-elle.

Pour elle, les mauvaises nouvelles ne pouvaient venir que de là.

— Non, des Etats-Unis. Les Yankees ont pris Curtis Sinclair. Busby est venu triomphalement me l'annoncer. Il croit qu'ils vont le pendre.

— Miséricorde du Ciel ! cria Adeline. Oh ! le pauvre homme. Et c'est pour cela, tous ces cris ? Il ne faut pas que Lucy le sache. Pour elle, ce serait la mort.

— Je viens de le faire comprendre à Nicolas, expliqua Philippe. Il a tout entendu et n'a pas perdu une seconde pour avertir les noirs.

— L'idiot... que je ne le voie pas, car je le corrigerais à mon tour !

A cet instant, Nicolas apparut devant la porte-fenêtre. Son visage était marbré par les larmes.

Philippe retint Adeline.

— Ça suffit, dit-il. Mais va vite rejoindre Lucy. Explique-lui qu'il est heureux que Curtis soit vivant. Pas un mot de la pendaison possible. Tiens, la voilà qui descend.

On entendait la voix agitée de Lucy Sinclair qui, soudain, dominait les lamentations du sous-sol.

— Capitaine Whiteoak ! Adeline ! Oh ! c'est affreux ! Que dois-je faire ?

— Va auprès d'elle, ordonna Philippe. C'est ta place d'être à son côté.

— Je ne peux pas... je ne peux pas. Vas-y, toi.

Pour toute réponse, il la prit par les épaules et la poussa dans le hall. Les deux femmes se rencontrèrent au pied des marches. Adeline ouvrit les bras et serra Lucy sur sa poitrine :

— Mon pauvre ange, mon petit agneau, murmura-t-elle, mon pauvre petit ! Oh ! ces horribles Yankees ! Bientôt, ils envahiront ce pays aussi. Ils emmèneront les femmes et passeront les hommes au fil de l'épée.

A ces mots, Lucy s'évanouit dans les bras d'Adeline qui dut la porter dans la bibliothèque et l'étendre sur le sofa. Presque simultanément Cindy et Annabelle accoururent du sous-sol. Jerry était sur leurs talons. Tous trois se jetèrent aux pieds de Philippe. A l'unisson, ils psalmodiaient : « Sauvez notre massa, capitaine Whiteoak ! Ils vont sûrement le pendre ! »

Philippe prit alors la situation en main. Aux noirs, il déclara :

— Si vous avez la moindre affection pour votre maîtresse, commencez par vous taire.

A Adeline :

— Donne du cognac à Mrs. Sinclair pendant que j'envoie un homme chercher le docteur.

Sa voix autoritaire rétablit un certain calme. Après avoir bu un peu d'alcool, Lucy Sinclair revint à elle. Adeline maintenait la bouteille de sels sous ses narines et répétait, comme à une enfant :

— Là, là, ça va aller mieux.

Mais en reprenant conscience des événements, elle eut une crise nerveuse. Rien ne put empêcher les noirs de joindre leurs voix à celle de leur maîtresse. Philippe ne savait plus que faire. Il marchait de long en large devant la maison en attendant le médecin. Quand le Dr Ramsay eut administré un calmant à Lucy Sinclair, celle-ci finit par tomber dans une inconscience totale.

Lorsque enfin les deux hommes restèrent seuls, Philippe s'exclama :

— Quelle tragique situation, docteur. J'ai bien peur que les Yankees n'exécutent notre ami Sinclair, qu'ils ne confisquent ses biens et laissent cette pauvre femme sans un sou.

— Le mieux pour vous, à mon avis, répondit le docteur, c'est de vous débarrasser d'elle et de ses serviteurs dès que vous le pourrez. Tout le pays considère Jalna comme le lieu de conspiration des Confédérés. Les Yankees sont dangereux. Nous vivons à deux pas d'eux. Et moi, vous le savez, je suis contre l'esclavage.

— Mais, moi aussi ! fit Philippe. Cependant, j'ai encore la liberté de choisir mes amis, non ?

Ils s'étaient assis sous le porche sur les vieux bancs de chêne. Adeline apparut bientôt. Ses cheveux, d'un si beau rouge cuivré, s'étaient défaits et répandus sur ses épaules. Dans son pâle visage, ses grands yeux paraissaient plus lumineux. Le Dr Ramsay cacha son admiration sous un froncement de sourcils.

— C'est ridicule à vous, Mrs. Whiteoak, de vous laisser bouleverser par les ennuis de ces gens. Il en sera toujours ainsi. Vous savez ce que dit notre grand poète :

L'inhumanité de l'homme envers l'homme Fait partout d'innombrables deuils…

» A mon avis, renvoyez ces Sudistes dans leur pays où l'on s'occupera d'eux. Sinon, c'est vous qui souffrirez bientôt.

— Avez-vous entendu comment ces noirs hurlaient ? demanda Philippe. Ils se taisent maintenant, c'est curieux.

— Ils sont tranquilles parce que je les ai drogués, fit calmement Adeline.

— Drogués ? s'exclama le docteur. Avec quoi ?

— Du laudanum.

— Bon Dieu ! cria le docteur, où sont-ils ?

— Dans la petite pièce au bout du hall, étendus sur le sol.

En effet, ils étaient là, dormant et ronflant autant qu'ils le pouvaient. Le docteur s'agenouilla auprès de chacun d'eux, tâta leur pouls, releva leurs paupières. Puis, se redressant, il dit :

— Vous pouvez remercier le Ciel, Mrs. Whiteoak, de ne pas les avoir tués car vous leur en avez donné une belle dose. Comment avez-vous, ici, du laudanum ?

— J'en ai acheté chez le pharmacien pour soigner la dent de Patsy O'Flynn, répondit-elle paisiblement. Cela a calmé la dent et cela a calmé aussi ces pauvres noirs.

Adeline regardait avec satisfaction les formes endormies sur le sol.

Le silence de la maison était assez étonnant après un tel tumulte. Le docteur promit de revenir deux heures plus tard. Philippe et Adeline restèrent sous le porche pour le regarder partir.

— Nous avons de la chance d'avoir un tel docteur dans cet endroit perdu, remarqua Philippe.

— Si seulement, s'écria Adeline, les médecins ne prenaient pas cet air hautain et tellement sûr de soi ! Moi, je ne me sens supérieure à personne et pourtant ! Quoi ? Lui, il a calmé une pauvre femme fragile alors que moi, j'ai terrassé trois diables de noirs... et je n'en fais pas une histoire !

— Je m'en irai quand ils se réveilleront, annonça Philippe.

A cet instant, le bébé Philippe s'avança dans le hall. Le capitaine se baissa et prit le tout-petit sur son genou. Il permit à l'enfant d'écouter le tic-tac de sa grosse montre en or dont la lourde chaîne pendait sur son gilet à fleurs.

— Tic tac ! Tic tac ! fit le bébé.

— C'est mon préféré, celui-là, déclara Philippe. Je suis sûr que ce sera lui, le maître de Jalna.

— Pas avant de longues années, je l'espère, lança Adeline en regardant soudain son mari avec une profonde tendresse.

— Viens là et installe-toi sur mon autre genou.

Elle se hâta d'obéir.

Pendant que tout ceci se passait dans la maison, les trois aînés s'étaient cachés dans les bois. Le lien qui les unissait, probablement si fort à cause de l'absence de camarades de leur âge, était tel que lorsque l'un d'eux était puni les deux autres considéraient qu'ils l'étaient aussi. Et la punition dont l'un portait les traces était partagée également par le trio.

Nicolas était étendu sur le ventre sous les basses branches d'un magnifique hêtre. Ernest s'était allongé de toute sa taille à côté de lui, dans la même position. Augusta assise, les mains sur sa jupe, réfléchissait en dominant ses deux frères.

Ernest dit :

— Crois-tu que nous serons jamais heureux de nouveau ?

— J'en doute, répondit Augusta. Nous serons peut-être moins malheureux mais c'est tout à fait autre chose qu'être heureux.

— Il fallait que je dise ce qui était arrivé à Mr. Sinclair, expliqua Nicolas. Elibu Busby avait raconté la nouvelle. Les noirs auraient pu l'entendre. J'ai cru que je devais...

— Papa voulait sans doute la leur apprendre lui-même, fit Augusta.

— En tout cas, reprit Nicolas, il était dans une colère folle. Tu veux voir les marques ?

— Non. – Augusta détourna la tête. – Cela ne te fera aucun bien et, moi, ça me soulèvera l'estomac.

— Ça ne soulèvera pas le mien, dit Ernest. Je voudrais bien les voir. Ça ne doit pas être pire que ce que j'ai déjà reçu.

— Tu n'as jamais rien eu de pareil, grogna Nicolas en s'asseyant.

Ernest se redressa et s'approcha de son frère. Nicolas ouvrit sa fine chemise blanche au col tuyauté, la releva et descendit son pantalon.

— Ouïe ! cria Ernest. – Il était tellement impressionné, presque stupéfait par ce qu'il voyait qu'il dut reprendre son souffle avant de lancer un second : – Ouïe !

— Oh ! Gussie. – Dans son excitation, il parvenait à peine à articuler. – Tu devrais regarder ! Vrai, tu devrais !

A la dérobée, Augusta jeta un coup d'œil. Elle dit :

— Si papa te voyait ainsi à moitié dévêtu, tu recevrais une autre raclée.

— Eh bien, tu vois, fit Ernest, je me sens moins malheureux !

Augusta lui jeta un regard critique :

— C'est vraiment être sans cœur que se sentir moins malheureux lorsqu'on voit les coups qu'un autre a reçus.

— Bah ! fit Nicolas, ça me plaît de les montrer !

— C'est aussi mal, reprit Augusta, de se vanter des coups que de se vanter de recevoir des prix.

— J'ai eu un prix pour mon poney à la dernière foire, répondit Nicolas en remettant sa chemise.

— Moi, j'ai eu un prix, renchérit fièrement Ernest, pour avoir avalé une dose d'huile de foie de morue.

— Et qu'est-ce que tu aurais eu si tu l'avais refusée ?

Ernest se sentit insulté par cette question. Il se mit debout et s'éloigna un peu. Quand il revint, il mâchonnait des faînes de hêtre. Augusta, avec autorité, les lui retira.

— Quel sale gosse tu es ! fit-elle. Tu sais bien qu'il ne faut pas les manger avant les gelées.

— Et elles lui donneront encore mal au ventre et il me tiendra éveillé toute la nuit en pleurant, expliqua Nicolas.

Ernest leur tourna le dos.

— Je vais à la maison, annonça-t-il, j'ai envie de dîner.

Les deux aînés regardèrent s'éloigner la petite silhouette entre deux rangées de délicats bouleaux blancs. Deux fois, elle se retourna et, la seconde fois, leur fit, de la main, un signe d'adieu.

— Son chagrin n'a pas duré très longtemps, remarqua Nicolas.

— Il a faim, dit Augusta. C'est très différent !

— Je pense, déclara Nicolas, que Mr. Sinclair n'aura plus jamais faim. Surtout s'il sait qu'il va être pendu.

— Je voudrais – et la voix d'Augusta tremblait un peu – que Mr. Madigan soit là.

— Pourquoi ?

— Oh ! je ne sais pas, mais il rendait légères les choses graves. Il en ôtait tout le poids. – Elle souleva ses épais cheveux sur son front et poussa un soupir. – Ernest a de la chance d'être si jeune, ajouta-t-elle. Il peut être malheureux et heureux presque en même temps.

— S'il avait reçu ce que j'ai reçu, assura Nicolas, il aurait hurlé toute la journée.

— C'est qu'il est fragile. – Elle parlait en se frottant doucement les mains. – Il ne faut pas l'oublier.

— Peut-être, mais il est très content de lui et il sait être impertinent, dit Nicolas. Rappelle-toi comme il dit « mon œil ! » avec un vilain regard.

— Il faudra lui faire passer cette habitude.

Augusta regardait avec reproche la petite silhouette qui, maintenant, disparaissait dans la verdure du bois.

Mais, au bout d'un moment, Ernest revint vers eux.

— J'ai peur de m'en aller seul. Je pense tout le temps à Mr. Sinclair. Tu crois qu'ils l'ont déjà zigouillé ?

— Pendu est le mot correct, dit Augusta.

— Je sais, reconnut-il, puis il répéta : – Tu crois qu'ils l'ont déjà zigouillé ?

— Tu es incorrigible, fit Augusta en se levant et en prenant son frère par la main. Je vais aller avec toi. Qu'est-ce que tu manges ?

— Des prunelles. Un peu plus loin, il y en a autant que des mûres.

Sa sœur, promptement, les lui arracha.

Puis, elle se tourna vers Nicolas :

— Ferme ton col, dit-elle. Il y a quelqu'un qui vient.

— C'est Guy Lacey, annonça Nicolas. Il est en permission. Est-ce qu'il n'est pas beau avec son uniforme de la Marine royale ?

L'élégant officier les appelait :

— Hé ! là-bas. Vous m'avez oublié ?

D'une seule voix, ils dirent que non. Ils étaient soudain un peu intimidés devant ce jeune homme qui revenait de si loin.

— Comme vous avez grandi ! s'exclama ce dernier. Je vous aurais à peine reconnus, moi !

Il posa la main sur la tête d'Ernest.

— Ce gars-là était tout petit encore...

— Et nous sommes quatre maintenant, expliqua Nicolas. Il y a le bébé Philippe.

— Un bébé ?

— Il commence à bien marcher.

— On m'a dit que vous aviez des invités de la Caroline. Je ne les ai pas rencontrés. Nous, dans la Marine royale, nous avons beaucoup de sympathie pour les Sudistes. J'ai entendu dire que la France allait s'en mêler. Certainement, Washington n'aurait pu agir ainsi sans l'appui de la France. Mais j'imagine que tout ça, c'est du grec pour vous, les jeunes.

— Oh ! nous en avons beaucoup entendu parler, fit fièrement Nicolas.

— Vous avez de la chance, reprit Guy Lacey, de vivre dans un endroit si charmant.

Ses yeux admiraient le ciel tout bleu qu'on apercevait à travers les feuilles frémissantes des arbres de la forêt. Les oiseaux s'appelaient entre eux et des écureuils roux regardaient sans frayeur, au-dessous d'eux, les jeunes gens.

— Oui, vous avez de la chance, continua Guy Lacey, de vivre ici. C'est comme le paradis terrestre et vous, Gussie, vous êtes aussi romantique qu'Eve. J'espère que cela ne vous ennuie pas que je vous appelle Gussie, comme je le faisais autrefois ?

— Oh ! non, murmura-t-elle, ses joues pâles rosies par l'embarras.

— Nous, les garçons, on est Caïn et Abel. Je suis Caïn, dit Nicolas, et je vais tuer ce type-là.

Il posa ses bras autour d'Ernest et le jeta sur le sol où ils se mirent à rire comme des fous.

Guy Lacey reprit :

— Gussie, il y a un insecte dans vos cheveux. Le savez-vous ? Permettez-vous que je l'ôte ?

Et, avec une assurance de marin, il prit en main la lourde tresse noire et gentiment en retira l'insecte.

— Des cheveux de soie ! s'exclama-t-il, et il sourit à Gussie.

Augusta était si gênée qu'elle se tourna vers les deux garçons qui s'étaient relevés. Le visage de Nicolas portait encore la trace des larmes que la punition avait provoquées.

— Vous êtes deux barbares, dit Guy Lacey, vous devriez entrer dans la Marine. C'est une vie agréable.

Et avec une légère révérence vers Augusta, il s'éloigna.

— Dans la Marine royale, mon œil ! dit Ernest.

Augusta suivit ses frères à pas lents jusqu'à la maison. Sa longue tresse, d'où Guy Lacey avait retiré un insecte, pendait sur son épaule. Elle la souleva et la regarda avec étonnement. Il semblait qu'elle ne lui appartenait plus tout à fait. Timidement, elle pressa ses lèvres sur ses cheveux et les embrassa.

Sans bruit, les trois enfants pénétrèrent dans la maison silencieuse. Dès qu'elle fut entrée, Augusta fila pour voir comment allait son pigeon. Dès l'instant où elle l'avait reçu, elle l'avait aimé mais, maintenant et sans comprendre pourquoi, elle l'aimait encore davantage.

Nicolas traîna dans le hall, attendant humblement son père. Ernest remarqua que la porte de la petite pièce du fond était close. C'était inhabituel et, immédiatement, il alla voir un peu de quoi il retournait. Il entrouvrit la porte et jeta un coup d'œil à l'intérieur. Il vit alors Cindy, Annabelle et Jerry immobiles sur le sol et, avec un cri, il traversa le hall en courant.

— Les noirs sont morts ! hurla-t-il. Ils sont tous morts ! Et leurs cœurs noirs aussi !

Aux cris de son fils, Adeline sortit de sa chambre. Quand il la vit, Ernest se jeta sur elle. Elle le souleva dans ses bras et le serra contre elle pendant qu'il continuait à crier. Il se blottit plus près encore pour mieux jouir de la tiédeur du corps de sa mère.

12

Récompense

Dans les jours qui suivirent la nouvelle de la capture de Curtis Sinclair par les Forces Fédérales, la tension, à Jalna, fut presque insupportable. Personne, sous ce toit, n'était indifférent. Pour la première fois depuis la construction de la demeure, Philippe redoutait d'y revenir et passait ses journées dans les champs ou dans les écuries. Il s'en allait à toutes les foires d'automne, emmenant avec lui Nicolas et Ernest. Adeline était enchantée de les savoir loin, car elle était sans patience et elle trouvait que conduire la maisonnée et consoler Lucy Sinclair était au-dessus de ses forces. En réalité, Lucy refusait d'être consolée. Elle avait de fréquentes crises de nerfs et, la nuit, dans d'affreux cauchemars, elle assistait à l'exécution de son mari. Les noirs exaspéraient le Dr Ramsay car, lorsque leur maîtresse perdait le contrôle d'elle-même, immédiatement, ils perdaient le peu de retenue qu'ils avaient et se mettaient à hurler avec elle. Parfois Adeline les trouvait dans la chambre de Lucy, pleurant tous les quatre. Durant des heures, les noirs priaient : « Oh ! Dieu, sauve notre massa ! » Et cependant, même quand ils priaient, ils étaient convaincus qu'il était déjà mort. Ils oubliaient la sévérité dont il était capable et exagéraient tellement sa bonté qu'il en devenait presque un saint et un martyr.

Trois personnes, dans la maison, étaient moins affectées que les autres par le sort tragique de Sinclair. C'était, d'abord, le négrillon que Cindy avait nommé Albert comme le Prince consort dont elle avait entendu parler pour la première fois lorsqu'elle était venue à Jalna. Cet enfant poussait de façon étonnante, partageant son temps entre le sein de sa mère et un sommeil tout primitif. Le second était le blond petit Philippe Whiteoak.

Quant au troisième personnage, c'était Augusta, qui semblait peu émue par les mélancoliques réflexions que suggérait le sort de Sinclair. Elle paraissait perdue dans un rêve, absorbée dans ses pensées et, pourtant, elle aurait été bien incapable d'expliquer sur quoi elle méditait. Mais un de ses sujets de rêverie était le souvenir de sa rencontre avec Guy Lacey. Pour elle, le jeune marin représentait tout ce qu'il y avait de plus merveilleux dans le genre humain. Elle se promenait seule dans le bois, avec le vague espoir de le rencontrer, et cependant, un jour où elle l'aperçut, elle se cacha jusqu'à ce qu'il ait disparu. Une autre fois, elle entra dans le salon alors qu'il bavardait avec Adeline. Sa mère l'avait envoyé prendre des nouvelles de la santé de Lucy Sinclair. Mrs. Lacey, bien que choquée par les façons flirteuses de Lucy, était cependant navrée de la voir dans cet état. Elle avait envoyé du blanc-manger et un pot de confiture pour essayer d'exciter son appétit. Lorsque Augusta vit Guy Lacey qui avait apporté ces friandises, elle fut éblouie comme par une apparition et s'enfuit affolée.

Plus tard, Adeline lui dit :

— J'ai eu honte de toi, Gussie. Quelle façon de te conduire envers Guy Lacey ! Tu as filé comme une jument épouvantée.

Gussie ne répondit rien.

— Pourquoi as-tu fait cela ? demanda Adeline.

— Je... je ne sais pas, bégaya Augusta.

— Eh bien ! quand j'avais ton âge, expliqua Adeline, les garçons se battaient pour moi.

— En duel ? Avec des pistolets ?

— Dieu merci, non. Avec les poings et en se tirant les cheveux.

Gussie regarda sa mère avec admiration, puis s'éloigna en grommelant par-dessus son épaule :

— Je n'aimerais pas ça !

Adeline dit à Philippe :

— Je ne sais pas comment nous avons pu fabriquer une fille pareille.

— Bah ! elle sera le réconfort de nos vieux jours, répliqua Philippe avec bonhomie.

— C'est possible, mais moi je n'ai pas encore envie d'être mise au rancart.

— Oh ! tu sais, les roux vivent toujours très vieux.

En se regardant dans la glace, Adeline remarqua :

— Dieu merci, aucun de mes enfants n'a hérité de mes cheveux.

— Pour une fois, je suis d'accord avec toi, dit Philippe.

— Orgueilleux Anglais ! cria-t-elle. Pourquoi m'as-tu fait la cour ?

— Il me semblait que c'était toi qui courais après moi...

La plaisanterie aurait pu tourner à la querelle s'ils n'avaient pas, soudain, aperçu la mince silhouette de Tite Sharrow qui se glissait dans le hall.

— Il n'a certainement pas frappé, grogna Philippe. Je vais lui dire deux mots.

— Il a peut-être eu des nouvelles de Curtis Sinclair.

Adeline passa devant Philippe pour aller au-devant du métis.

— Excusez-moi de vous déranger, fit celui-ci, mais on m'a dit, à la cuisine, que je trouverais Mrs. Sinclair ici.

Il parlait avec la dignité des Indiens et aussi avec ce qui à ses yeux représentait la courtoisie française.

— Pourquoi désiriez-vous lui parler ? demanda Adeline.

— J'ai des nouvelles pour elle, répondit Tite avec gravité.

— Son mari est mort ?

Adeline parlait à voix basse, étouffée.

— C'est possible, admit Tite, mais je ne le crois pas. J'ai une lettre de lui sur moi et elle est de son écriture. Elle m'est parvenue par une filière secrète à laquelle j'appartiens.

— Je ne crois pas un mot de cette histoire, déclara Philippe. Donnez-moi cette lettre.

Tite hocha la tête :

— Non. J'ai promis, sur l'honneur de mes ancêtres, de ne la remettre à personne d'autre qu'à Mrs. Sinclair, mais je veux bien vous la montrer.

Il recula d'un pas, prit une enveloppe dans sa veste et la mit devant lui de manière que les Whiteoak puissent l'examiner.

— C'est l'écriture de Sinclair en effet ! s'écria Philippe. C'est vrai !

Tite replaça l'enveloppe dans sa poche.

— Vous voyez que je disais la vérité et rien que la vérité, ajouta-t-il.

— Je suis resté en contact étroit avec le gouvernement, dit gravement Philippe. J'ai lu tous les journaux que j'ai pu trouver et je n'ai jamais vu la moindre allusion à Mr. Sinclair.

Tite répliqua avec une sorte de ricanement :

— Peut-être n'est-il pas aussi important que vous le pensiez.

Une étrange procession descendait maintenant l'escalier. En tête venait Lucy Sinclair vêtue d'une vaste robe en cachemire noir qui paraissait bien trop épaisse pour ce doux temps d'automne. Mais Lucy n'avait jamais assez chaud, et Cindy, qui la suivait, portait un grand châle de laine à longues franges. Ensuite Annabelle qui tenait dans ses bras une grosse bouillotte d'eau chaude. Et enfin, sur les talons de cette dernière, Jerry chargé d'un plateau contenant un pot de café, une minuscule bouteille de cognac et un flacon de sels. Il y avait aussi, sur le plateau, une assiette de beignets.

Avec appréhension, les Whiteoak regardèrent la procession avancer lentement vers eux. Les yeux de Tite étaient fixés sur Belle. Jerry roulait ses yeux noirs remplis de toute sa haine pour le métis.

— Oh ! chers amis, fit Lucy d'une voix faible. Je suis honteuse d'apporter un tel trouble dans votre maison mais… je me sens si malade… j'ai le cœur brisé.

Philippe lui tendit la main pour l'aider sur les dernières marches. Tite audacieusement s'avança vers elle et lui montra l'enveloppe afin qu'elle puisse en discerner l'écriture. Au bord de l'évanouissement, Lucy s'exclama :

— Son écriture ! C'est son écriture !

Elle arracha la lettre au métis et la pressa sur sa poitrine. Puis se tournant vers Philippe, elle dit :

— Je ne peux pas la lire, capitaine Whiteoak. Je n'ose pas. Je vous en prie, voyez ce qu'il dit.

Elle lui tendit la lettre en s'appuyant sur le palier sculpté de l'escalier pendant que Philippe déchirait le papier. Il n'y avait que quelques lignes.

« J'ai été arrêté avec Vallandigham. J'ai appris que Lincoln allait nous envoyer à Richmond avec l'armée du Nord. Ne t'inquiète pas pour moi. Je m'en tirerai. Toute mon affection à tous.

Ton Curtis. »

Avec une vigueur étonnante, Lucy se redressa. Assistée de Philippe et suivie de ses noirs, elle descendit les dernières marches et ils entrèrent tous dans le salon.

— Quel soulagement pour vous, Mrs. Sinclair, dit Philippe.

Serrant la lettre contre elle, elle lança avec beaucoup d'énergie :

— C'est vrai ! Mais quand je pense que mon mari est aux mains de cette bête puante qu'est Lincoln, je me sens folle de rage !

— Ne pensez pas à cela. – La voix grave de Philippe était presque tendre. – Dites-vous seulement qu'il est vivant.

Elle leva ses grands yeux vers lui.

— Le reverrai-je jamais ?

— Bien entendu, vous le reverrez, fit-il avec une conviction qu'il était loin d'avoir, et il lui tapota doucement l'épaule.

Les trois serviteurs de Lucy se tenaient autour d'elle, pareils à des statues d'ébène. On les entendait respirer mais, à part cela, on les aurait à peine crus vivants tant ils étaient immobiles. On apercevait, par la fenêtre ouverte, Tite Sharrow qui marchait sous les arbres comme un sombre animal des bois. Chaque coup de vent jetait sa moisson de feuilles mortes sur le sol, mais le feuillage était si dense que leur chute ne se distinguait même pas dans la masse.

Adeline, après avoir versé des larmes de joie et serré Lucy contre elle, s'était hâtée vers le sous-sol afin de commander du thé pour tout le monde. Elle avait tiré trois fois la sonnette de la salle à manger, mais personne ne lui avait répondu. La domesticité était désorganisée. La bouillotte qui était toujours sur le feu lançait un énorme filet de vapeur et le couvercle semblait sur le point de sauter. Adeline versa six cuillerées de thé hindou dans une théière d'argent sur laquelle trônait un gros oiseau sculpté. Elle alla chercher du lait dans le garde-manger. Deux énormes bidons étaient posés sur une étagère. Le lait attendait d'être écrémé. Adeline plongea une tasse dans l'un d'eux et remplit un pot. Cela avait l'air si bon qu'elle en but une gorgée, qui orna sa lèvre supérieure d'une moustache blanche. Elle ne s'en rendit pas compte et, très fière d'elle-même, elle transporta le plateau au salon.

Philippe la regarda avec désapprobation :

— Essuie ta lèvre, dit-il. Tu as bu à même le pichet.

— Non, je n'ai pas touché au pichet, nia-t-elle.

Mais elle le regardait comme un grand enfant révolté.

Cela détendit les nerfs de Lucy Sinclair. Elle rit pour la première fois depuis le départ de son mari. Au même instant, devant ce visage réjoui, devant cette gaieté, les trois esclaves éclatèrent d'un rire heureux. Jerry se tapa les cuisses et s'exclama :

— Massa vivant ! Massa vivant dans le Sud !

Dehors, la sombre silhouette de Tite Sharrow bougea encore parmi les arbres. Mais ce fut seulement après avoir vu Philippe quitter la maison, les trois noirs s'installer dans le potager et entendu Adeline chanter un peu faux dans sa chambre : *Je rêve que je marche dans un palais de marbre*, qu'il se risqua à revenir auprès de Lucy Sinclair.

— Madame, dit-il.

Elle ouvrit ses yeux bleus.

— Qui êtes-vous ?

Elle parlait comme si elle allait se mettre à pleurer.

— Je suis celui qui vous a apporté les bonnes nouvelles, dit-il gentiment.

— Oh ! oui je m'en souviens. – Elle s'assit et ses regards étaient intensément fixés sur Tite. – Comment avez-vous reçu cette lettre ? Puis-je voir celui qui vous l'a confiée ?

— Madame, elle est passée entre plusieurs mains. J'ai risqué ma vie pour l'obtenir. C'était pour vous, car mon cœur est rempli de compassion pour vous. Je ne suis qu'un pauvre étudiant qui fait ses études mais je suis de sang noble par mes ancêtres français et indiens. On dit : « Noblesse oblige ». J'essaye toujours de me le rappeler.

Lucy Sinclair répondit d'un air accusateur :

— Vous avez obligé ma petite Annabelle à vous aimer. Elle a été très malheureuse.

— Annabelle m'a enseigné l'amour de Dieu, répondit-il. Elle m'aimait comme un berger aime un pauvre mouton perdu qu'il ramène dans le droit chemin. Je suis très pauvre.

— Que voulez-vous de moi ?

Brusquement, Lucy Sinclair semblait très décidée.

— J'ai pensé, dit doucement Tite, que vous aimeriez me récompenser, me donner quelque chose – pas trop minime – pour me permettre de continuer mes études.

Lucy se sentait une vigueur nouvelle depuis l'arrivée de la lettre. Elle se leva :

— Où est Jerry ? demanda-t-elle. Il sait où se trouve mon argent.

Le visage de Tite, si flegmatique d'habitude, parut s'altérer.

— Il vaudrait mieux, reprit-il encore plus doucement, ne rien dire à Jerry. Mais ne vous dérangez pas, madame, je n'ai pas besoin de récompense. Il suffit pour moi que votre cœur soit moins triste.

— Vous aurez votre récompense. – Elle parlait avec véhémence. – Je vais la chercher moi-même. Attendez là.

La maison était très silencieuse. Les enfants étaient partis avec leur mère dans le phaéton porter des citrouilles, du maïs, des bouquets d'asters blancs et bleu pâle à l'église, pour la fête de la Moisson. Le pigeon d'Augusta, trompé par le temps et croyant le printemps proche, roucoulait tant qu'il pouvait. Les roucoulades amoureuses excitaient l'imagination du perroquet Boney qui se gonflait tant qu'il paraissait deux fois plus gros. Il tournait en rond sur son perchoir et envoyait de tous côtés des regards langoureux. La porte d'entrée était grande ouverte et des feuilles rousses étaient poussées à l'intérieur par le vent, jusque sur le tapis.

Un nouvel espoir redonnait des forces à Lucy Sinclair. Elle monta l'escalier sans effort apparent alors que, depuis des semaines, cela lui était très pénible. Dans sa chambre, elle dénicha le portefeuille que son mari lui avait laissé. Il contenait toujours les billets destinés à payer leurs frais de voyage. A plusieurs reprises, elle avait compté cet argent, mais le résultat n'était jamais le même. Lucy se regarda dans la glace, qui ne renvoyait plus cette fois un visage blême et tendu d'anxiété. Il était brillant d'espérance. Elle se hâta de redescendre. Dans le salon, Tite Sharrow l'attendait. Il se tenait très droit et, malgré une apparente nonchalance, il était sur ses gardes.

Il s'inclina légèrement.

— Madame, dit-il.

Les mains de Lucy tremblaient tellement qu'elle pouvait à peine compter les billets. L'un d'eux tomba sur le sol. Tite le ramassa et l'examina avec inquiétude :

— C'est de l'argent des Confédérés, dit-il.

— Mais il a toute sa valeur, répondit-elle. Combien voulez-vous ? Je sais bien que tout ceci n'est pas suffisant pour vous remercier de ce que vous avez fait.

— Je n'accepterai que ce dont vous pouvez disposer, madame.

Ses regards avides étaient fixés sur le portefeuille où étaient incrustées deux initiales en or : C. S.

Elle le lui mit dans les mains.

— Comptez. Je n'y parviens pas.

Les doigts agiles coururent dans les billets.

— Il y a, dit-il, plus de six cents dollars.

— Prenez-en deux cents. Je voudrais pouvoir vous donner davantage.

Il lui rendit le portefeuille singulièrement moins épais. Puis, avec une révérence encore plus profonde, et ses yeux étroits fixés sur le sol, il ajouta :

— Mille remerciements, madame.

Il tenait à paraître devant elle tout à fait français.

— S'il vous est possible de m'apporter d'autres nouvelles de Mr. Sinclair, fit-elle, je vous en serai reconnaissante.

Elle sourit un peu et, soudain, parut ravissante, avec toute la fraîcheur d'une jeune fille.

Tite Sharrow, fuyant plus qu'il ne partait, se heurta soudain à Jerry. Le noir l'attendait-il ? Avec dignité, Tite tenta de l'éviter. Cet énorme noir était bien la dernière personne avec laquelle il désirait se prendre de querelle. Non pas qu'il fût poltron, mais il préférait des moyens plus pacifiques pour régler les disputes ou les rivalités.

Jerry, avec un mouvement incroyablement rapide, sortit un couteau.

— Tu vois ça ? gronda-t-il, la voix épaisse. Tu l' recevras dans l' ventre si tu essayes de r'voir ma Belle.

— Nègre, dit Tite.

— Tu f'rais bien d' faire attention à toi si tu veux pas t' faire étriper, hurla Jerry, oubliant le voisinage de la maison.

Philippe Whiteoak apparut sans que l'on sache d'où il sortait et il plaça sa haute taille entre eux. Telles des figures de la nuit dispersées par le dieu Soleil, ils s'éloignèrent.

— Que cela ne recommence pas, lança Philippe, ou je vous casse la tête à tous les deux. J'ai suffisamment de soucis comme cela sans encore que vous vous battiez.

— Maître, dit Tite Sharrow, je suis un homme tranquille. Je ne me battrais pas avec quelqu'un de ma race. Je n'irai donc pas me commettre avec un sale nègre.

— Tu verras, l' sale nègre, grommela Jerry, il te supprimera. J'ai le bon Dieu avec moi !

— Le bon Dieu a autre chose à faire, dit Tite. Sans quoi, tu ne serais pas un esclave.

Philippe Whiteoak ordonna :

— Allez-vous-en, Tite. Donnez-moi ce couteau, Jerry.

Jerry lui tendit le couteau immédiatement. Philippe en tâta la lame avec dégoût.

— C'est une vilaine arme, dit-il. Nous ne nous servons pas de couteaux par ici. Si tu veux te battre... sers-toi de tes poings.

Philippe regarda les deux hommes s'éloigner : Jerry en trottant, Tite en glissant ; Jerry au visage d'ébène, Tite brun comme le crépuscule ; Jerry lourd et gauche, Tite souple et agile. Philippe était habitué aux Indiens de l'Est et croyait comprendre le comportement de Tite. Un fieffé coquin. Quant aux noirs, il pensait qu'il n'y avait pas grand-chose à comprendre en eux : des animaux, très utiles probablement dans une plantation, mais pas du tout le genre d'animaux qu'un Anglais désire trouver dans ses jambes, dans sa maison.

Il resta là à regarder un couple d'écureuils qui vagabondait dans un vieux chêne, grimpant du tronc massif jusqu'aux plus hautes branches. C'était un arbre énorme et très haut qui avait donné des milliers de feuilles luisantes, encore toutes vertes. Les écureuils ramassaient des glands pour leur hiver mais s'arrêtaient de temps à autre pour se poursuivre et se taquiner.

— Des petits coquins sans cervelle, dit tout haut Philippe.

Il n'avait pas remarqué qu'Elibu Busby était debout à côté de lui.

— Quel arbre magnifique, remarqua Busby.

— Oui. Cela doit faire des centaines d'années qu'il est là. Je l'aime beaucoup. Ses branches sont si basses que mes garnements n'ont aucun mal à y grimper.

— Gussie ne grimpe certainement pas aux arbres.

— Que si ! Et pourquoi pas ?

— Bah ! je vous croyais un père très anglais qui exige que sa fille se conduise toujours comme une lady.

— Vraiment ?

Philippe se rendit compte que le silence qui suivit risquait de durer très longtemps et pourtant Elibu Busby était venu le trouver dans un but précis.

— Je voulais vous dire, commença-t-il enfin brusquement, que je regrette ma dureté envers ces Sudistes. Cela a dû vous paraître très inamical, mais je suis tellement contre l'esclavage ! Puis j'ai été vraiment très blessé par la façon dont votre précepteur a traité ma pauvre fille.

— Vous avez changé d'avis ? demanda Philippe.

— Pas du tout, mais j'ai toujours été en bons termes avec vous. Ma femme semble m'en vouloir parce que les choses ont changé. Je sais bien que j'ai parlé brutalement du Sud. Toutes mes sympathies vont vers les Yankees.

— Vous avez toujours semblé fier, dit Philippe, que vos ancêtres aient été des loyalistes de l'Empire Uni et qu'ils soient venus au

Canada après la Révolution. Si vous êtes pour les Yankees, vous devez être désolé que vos aïeux aient quitté les Etats-Unis.

Le teint de Busby s'empourpra. Il eut du mal à rester calme.

— Je ne voudrais pas habiter là-bas, déclara-t-il, même si l'on me rendait les belles propriétés que mes aïeux ont abandonnées.

Philippe l'examina sérieusement un long moment.

— Cela a été très dur pour moi, reprit Busby, que Jalna devienne le centre de la conspiration de ces propriétaires d'esclaves. Je me suis réjoui quand j'ai appris que Mr. Sinclair avait été arrêté avant de pouvoir mener à bien ses plans. J'ai été content de savoir que Lincoln le pendrait.

— Je ne vois pas pourquoi vous venez me raconter ce que je sais déjà, dit Philippe.

— Parce que je veux que vous sachiez que je suis désolé pour cette pauvre petite femme. On m'a dit que c'était une belle âme. La voilà dans une affreuse position, clouée ici avec ces misérables esclaves. Je puis vous affirmer que je suis resté des nuits entières sans dormir, et honteux de ce que j'avais dit.

— Eh bien ? lança soudain Philippe Whiteoak.

Elibu Busby poursuivit :

— J'ai cherché ce que je pourrais faire pour prouver que je n'avais que de bons sentiments envers elle. Ce matin, une chance s'est offerte. Cette lettre de son mari a été interceptée et on me l'a apportée pour que je la lise.

— Joli travail, coupa Philippe.

— J'ai cru que c'était une lettre d'adieu, écrite juste avant qu'il soit condamné à être pendu. Mais quand j'ai découvert que c'étaient de bonnes nouvelles, j'ai pensé à l'apporter ici tout de suite moi-même.

Les yeux bleu clair de Philippe étaient fixés sur Busby sans aucune expression.

La voix d'Elibu poursuivit :

— Et puis, quand je suis arrivé ici, je me suis senti intimidé. Il y a des mois que Mrs. Sinclair m'évite.

— Je ne l'avais pas remarqué, nota Philippe.

— Le malheur avec vous, reprit Elibu Busby, c'est que vous ne participez pas vraiment aux soucis de ce jeune pays. Un homme comme vous devrait être une puissance ici, mais vous ne vous inquiétez que de vos propres affaires. Vous vous intéressez plus à vos vaches de Jersey qu'au sort des malheureux esclaves.

— Leur sort ne me regarde pas.

— Croyez-vous ou ne croyez-vous pas que Lincoln soit un grand homme ?

— Je n'y ai jamais pensé.

— Mais pensez-vous quelquefois, capitaine Whiteoak ?

— Non, je peux m'en passer. Je laisse cela à ma femme.

— Il serait facile de se quereller avec vous, monsieur. Mais je ne suis pas venu ici pour me disputer. Je suis venu pour remettre une lettre à Mrs. Sinclair. En chemin, j'ai rencontré Tite Sharrow et je lui ai donné des instructions pour remettre cette enveloppe en main propre à cette dame. Maintenant, je voudrais savoir s'il l'a bien fait.

— En effet, il l'a remise.

— Parfait. Je lui avais donné un shilling pour la commission. Je considère que c'est largement suffisant. Ne le laissez pas vous extorquer autre chose.

— Certainement pas, dit Philippe.

— Mrs. Sinclair doit être folle de joie.

— C'est exact, et ses esclaves le sont encore plus.

— Vous voudrez peut-être bien lui dire que c'est grâce à moi que la lettre lui est parvenue ?

— J'y veillerai, fit Philippe assez laconique.

Ils se séparèrent. Au même moment, le métis arrivait à la maison de Wilmott après avoir suivi le capricieux sentier mousseux.

Tite était d'humeur joyeuse et, lorsqu'il entra, il dit :

— J'espère, maître, que vous êtes aussi content de me voir que je le suis d'être de retour.

— Je le suis en effet, reconnut Wilmott, car tu as laissé derrière toi une belle pagaille. Rien de propre, pas un pot, pas une assiette, même pas un brin de bois pour faire du feu. Où es-tu allé ?

— Rendre visite à ma grand-mère. J'aurais dû revenir plus tôt mais je l'ai trouvée très malade et sans personne pour prendre soin d'elle. Puis, en revenant j'ai rencontré Mr. Busby qui m'a confié une lettre pour Mrs. Sinclair – son mari est vivant. Mr. Busby avait peur de remettre cette lettre lui-même...

— Pourquoi ? interrompit Wilmott.

— Je ne sais pas, maître, mais il avait peur. Il m'a donné un shilling pour le faire à sa place. – Tite le tira de sa poche et le contempla pensivement en disant : – Ce n'est pas beaucoup, mais cela me permettra d'acheter un nouveau cahier pour les cours qui vont bientôt commencer. Je vais mettre cette pièce sous la pendule pour ne pas la perdre, et préparer votre déjeuner. Vous ne mangez pas très bien quand je ne suis pas là.

— Je n'ai pas pris un seul repas convenable, avoua Wilmott avec un regret non dissimulé.

Très vite, le bruit des ustensiles lavés arriva de la cuisine avec l'odeur de saucisses frites et d'un bon café. Tite étendit une nappe propre sur la table et mit deux couverts. Wilmott approcha une chaise, son visage mobile exprimait à la fois l'ennui et la faim.

— Quel énorme repas tu me donnes, fit-il en lorgnant les six saucisses et le tas de pommes de terre frites.

— Les saucisses sont pur porc, ce sont les seules bonnes, expliqua Tite, et les frites sont fraîches. Prenez aussi quelques tomates mûres que j'ai ramassées en revenant de Jalna. Et puis je vous servirai un bon café. J'ai de la crème épaisse comme du pudding, maître.

Un sentiment de bien-être revint en Wilmott. Il n'y avait aucun doute, Tite le gâtait et lui, malgré ses soupçons, le tolérait. Mais déjà, le métis reprenait :

— J'ai une vie très intéressante, maître. Chaque jour, quelque chose d'étonnant m'arrive. Rien n'est monotone. J'ai toujours à faire. Tout de suite après le déjeuner, je plumerai cette oie que j'ai vue pendue dans la cuisine.

Un peu plus tard, il entra, portant l'oie. Il la mit sous le nez de Wilmott.

— Dites-moi, maître, vous trouvez qu'elle sent bon, cette oie ?

Wilmott renifla et s'écria :

— Enlève-moi ça de là ! C'est horrible !

Tite, à son tour, renifla la carcasse presque avec plaisir.

— Oui, fit-il, c'est un peu fort.

— Emporte-la et enterre-la, ordonna Wilmott.

Cependant, lorsque un peu plus tard, il entra dans la cuisine, Tite, assis sur un tabouret bas, plumait l'oiseau.

— Il serait dommage, maître, de perdre ces belles plumes, expliqua-t-il. Quant à l'odeur, c'est drôle comme on s'y habitue vite.

— Je ne peux pas, moi, fit Wilmott, et il fit claquer la porte.

Quelques instants plus tard, ils étaient installés tous les deux, amicalement, dans le bateau à fond plat qui attendait toujours, attaché au petit ponton. Tite ramait paresseusement tandis que Wilmott se prélassait sur les vieux coussins fanés à l'arrière. Il laissait pendre des morceaux de l'oie comme appâts. La rivière était lisse, pareille à un miroir. Les vaguelettes créées par le bateau suffisaient à bercer les feuilles des saules qui y flottaient. De mystérieux chants d'oiseaux perçaient l'air mais les petits chanteurs étaient invisibles. Ils se rassemblaient parmi le feuillage roux pour préparer leur périlleuse migration vers le Sud. Seuls les geais bleus et les autres oiseaux qui resteraient là voletaient sans crainte et sans but sur les rives, projetant leur reflet sur les eaux claires qui seraient bientôt figées par la glace.

— Je pense encore, dit Tite, à la vie intéressante que j'ai, maître. Quelque chose d'inattendu m'arrive presque tous les jours. Je peux avoir des problèmes, ils sont toujours de quelque façon résolus pour moi. Vous êtes de mon avis, maître ?

— Moi, je ne souhaite pas d'autre existence, affirma Wilmott.

13

Départ

Depuis qu'elle avait reçu la lettre de Curtis Sinclair, Lucy était visiblement dans un état d'excitation extrême. Elle ne pouvait se décider à quoi que ce soit, même pas aux préparatifs de ce voyage vers le Sud qu'elle jugeait maintenant imminent. Elle commandait à Cindy et à Annabelle de sortir toutes ses robes, ses jupons à plis, ses chemises ornées de dentelle et ses robes de chambre pour les mettre en état, mais dès qu'elle apercevait ce tas de lingerie, elle était prise d'affolement et exigeait qu'on les retirât de sa vue. Elle se désolait en comptant sans arrêt les billets que contenait le portefeuille, oubliant complètement ce qu'elle avait remis à Tite Sharrow. Elle dormait très mal et se réveillait en sanglotant au milieu de cauchemars où elle voyait son mari avec la corde au cou. Cindy couchait maintenant sur un matelas à même le sol, dans la chambre de sa maîtresse. Quand le bruit du chagrin de Lucy la réveillait, elle joignait ses lamentations aux siennes et leurs larmes bruyantes réveillaient les enfants. Adeline et Philippe, dans leur chambre du rez-de-chaussée, n'entendaient rien mais Néron, qui dormait sur un paillasson à leur porte, montait l'escalier et regardait les visiteurs avec une sombre désapprobation. Il lançait parfois un profond « woof » de protestation, et redescendait dormir.

L'existence des trois aînés était étrangement agitée par le désordre qui régnait dans la maison. Personne ne les surveillait vraiment. Ils se livraient totalement à leurs volontés fantaisistes. Ils portaient les vêtements qui leur plaisaient et mangeaient quand cela leur chantait. Ils – surtout Augusta et Nicolas – avaient inventé un jeu, une sorte de spectacle à épisodes, dans lequel ils tenaient des rôles d'aventuriers élisabéthains découvreurs de pays nouveaux, et quelquefois pirates. Nicolas était sir Francis Drake, ou bien sir Walter Raleigh, mais Augusta était fidèle au rôle de sir Richard Grenville. Comme il n'y avait pas de rôle spécial pour Ernest, il représentait tous les peuples de couleur de ces étranges pays découverts, ou même les Espagnols de l'Armada. Il jouait avec un grand enthousiasme, exécutant des danses guerrières, vendant des terres pour quelques perles ou se convertissant au christianisme sur commande.

Pour l'instant, sir Richard Grenville était prisonnier des Espagnols. En la personne d'Augusta, il se tenait debout sur le pont de leur navire : « Ce vieux Richard enfin pris ! » Nicolas récita de son mieux :

Et ils admiraient son visage
Avec leur étrange courtoisie.

Revenant au langage normal, il dit à Ernest :

— Tu es les Espagnols. Avance et félicite-le.

Vivement Ernest déclama :

— Vous avez bien fait, monsieur.

— Ecoutez-le, s'écria Nicolas comme s'il s'adressait à une vaste audience. « Vous avez bien fait. » Ce n'est pas ainsi qu'un noble espagnol aurait parlé.

— Tu crois qu'il savait mieux dire, en anglais ? protesta Ernest.

— Bien entendu et, de plus, un Espagnol ne dirait jamais monsieur. C'est français. Il dirait señor.

— Señor, mon œil ! dit Ernest furieux.

Il avait l'impression qu'on le critiquait trop souvent.

Pendant cette altercation, sir Richard restait, fier et lointain, debout sur le pont du galion espagnol.

Alors Ernest (sachant que, s'il ne jouait pas bien, on le renverrait) répéta à haute et intelligible voix :

— Bravo ! Noble señor, quel beau travail !

... Et enfin, sir Richard put répondre :

J'ai combattu pour la Reine et pour mon pays comme un homme,
Je n'ai fait que mon devoir, comme tout homme aurait fait
Et c'est l'esprit joyeux que, moi, sir Richard Grenville, je mourrai...

En disant ces mots, Augusta s'écroula de tout son long sur le sol, ses longs cheveux répandus sur la carpette. Ernest l'examina avec quelque crainte.

— Elle est morte ? dit-il.

— Tu es un crétin. – Nicolas regardait son cadet avec mépris. – Elle joue très bien sir Richard, c'est tout. A toi, maintenant. Jette avec honneur son corps à la mer.

Ernest, courageusement, se pencha sur sa sœur. Il murmura :

— Où est la mer ?

— Au bout du tapis. Allez, les gars !

Augusta était étendue, les mains croisées sur sa poitrine. Malgré tous ses efforts, Ernest ne parvenait pas à la jeter à la mer. Son visage était rougi par l'effort. Sa bouche tremblait. Dans un brusque accès de colère, il s'écria :

— Je n' peux pas ! Je n' peux pas ! Du diable si j'essaye encore !

D'un bond, Augusta se leva. Elle prit fermement son frère par la main et le conduisit jusqu'à sa propre chambre.

— Donne-lui une bonne correction ! cria, derrière eux, Nicolas. Dans la pièce, Augusta ferma la porte.

— Pourquoi parles-tu de telle façon ? demanda-t-elle. Depuis quand dit-on « du diable » ?

— J' sais pas.

— Est-ce parce que tu aimes les vilains mots ?

— Non.

— Qui as-tu entendu dire ça ?

— M'man.

Augusta resta pensive.

— Quelquefois les mères disent cette sorte de mots quand elles sont énervées. Mais ce n'est pas une raison pour qu'un petit garçon les imite.

— Je n'étais pas un petit garçon quand j'ai dit ça. J'étais un Espagnol.

— Mais tu dois reconnaître, poursuivit sa sœur, le visage sévère, que très souvent tu parles mal.

— Mr. Madigan disait que c'était mieux que de toujours mentir.

— Ernest !

— Quoi, Gussie ?

— Crois-tu que Mr. Madigan soit un homme meilleur que notre recteur, Mr. Pink ?

— J'aime mieux écouter parler Mr. Madigan.

— Parler, ce n'est pas prêcher. Les sermons ne sont pas des conversations. Ils doivent être écoutés sérieusement.

Nicolas cognait à la porte. Il cria :

— Il n' pleut plus. J' vais m' balader. Vous v'nez ? Ils l'entendirent qui descendait l'escalier.

— Ernest, dit Gussie, promets-moi d'essayer de ne plus employer de vilains mots.

— Je te le promets, fit Ernest avec ferveur.

Et Augusta partit en courant pour rejoindre Nicolas. Avant de la suivre, Ernest entra dans la chambre qui, naguère, avait été occupée par Lucius Madigan. Il ouvrit un petit tiroir dans la commode et se pencha sur une pile de mouchoirs en linon. Chacun portait un M brodé. On avait recommandé à Ernest de ne pas y toucher, mais, cette fois, il décida d'en prendre un car son nez coulait vraiment trop. Il examina l'initiale du coin. Si on la tournait à l'envers, elle devenait un W, sa propre initiale à lui : Ernest Whiteoak. Il emporta le mouchoir dans la chambre de sa sœur et l'inonda de l'eau de Cologne que Mrs. Lacey avait offerte à Augusta pour son anniversaire. Il entendit Nicolas qui l'appelait dans l'escalier. Il sauta légèrement sur les marches. Le petit Philippe se dandinait dans le hall, traînant derrière lui un cheval de bois. Il se précipita sur Ernest.

— Moi aussi, supplia-t-il.

— Non, t'es trop petit. J' vais faire un tour.

— Moi aussi. Suis grand !

— Grand, tu parles !

Mais le tout-petit insista, se cramponnant à Ernest.

— Moi aussi, suppliait-il.

Ses petites mains roses étaient singulièrement fortes pour résister.

— Du diable si je t'emmène !

S'apercevant qu'une fois de plus il usait d'un langage peu protocolaire, Ernest mit sa main devant sa bouche et courut hors de la maison.

Le petit Philippe le regarda un grand moment puis, de toute sa voix de bébé, il hurla :

— Lucy ! Lucy !

Et, avec beaucoup d'attention, il entreprit de monter les marches de l'escalier.

Lucy Sinclair courut pour le prendre dans ses bras et l'emporter dans sa chambre. En vérité, elle s'amusait avec ce petit garçon et elle faisait tout ce qui était en son pouvoir pour le gâter. Mais la nature de l'enfant était si délicieuse qu'en dépit de tout, il gardait une âme fraîche et charmante. Son ami préféré était le négrillon Albert. La seule vue d'Albert suffisait à le faire éclater de rire. Il le serrait dans ses bras et frottait son visage d'ange blond contre la timide face noire. Si Albert pleurait, Philippe faisait aussi semblant de sangloter. Il aimait l'immense désordre de la chambre de Lucy où il pouvait toucher à tout et se cacher sous le lit lorsque sa nurse venait le chercher.

Cette nurse, une bruyante paysanne, était toujours en difficulté avec les trois noirs. Elle avait d'autres charges que celle de s'occuper du bébé qu'elle négligeait souvent. Cela l'exaspérait de constater à quel point l'enfant lui préférait les noirs et, parfois, elle lui flanquait une tape quand il le montrait trop. Les noirs tentaient alors de lui arracher de force l'enfant.

Et voilà que justement cette Bessie cherchait le bébé. Mais quand le petit Philippe entendit sa voix dans le couloir, il n'hésita pas à se faufiler sous le lit de Lucy Sinclair Bessie apparut dans l'encadrement de la porte.

Elle n'avait pas beaucoup de manières, et elle s'écria :

— Est-ce que vous avez vu Philippe ?

— Je ne l'ai pas vu, répondit gaiement Lucy.

— Je parierais qu'il a suivi les autres dehors, dit-elle. Ils ne font attention à rien. Ils seront tous mouillés comme des rats !

Lorsqu'elle eut disparu, Philippe rampa hors de sa cachette et Lucy le serra sur son cœur. Il avait parfaitement compris qu'elle avait menti pour le protéger :

— Lucy... Lucy, répétait-il en se blottissant contre elle. Donne un bonbon.

Elle glissa le caramel dans la petite bouche et il courut vers la fenêtre pour voir Bessie partir à sa recherche.

Jerry entra dans la pièce.

— J'ai pensé à tout l'argent que massa a laissé, dit-il. Vous n' voulez pas que j' le recompte, missis, pour être bien sûr qu' tout y est ?

Il se dirigea vers le tiroir où était le portefeuille. Lucy lui cria :

— Tout est là ! Je l'ai compté hier.

Mais elle ne parvint pas à l'arrêter. Il prit le portefeuille.

— Missis ! hurla-t-il, horrifié, il manque deux cents dollars ! Oh ! Seigneur Dieu... on nous a volés !

— Ne fais pas tant de bruit, ordonna-t-elle. – Puis, elle ajouta calmement : – Je les ai donnés à Tite Sharrow lorsqu'il a apporté la lettre.

Jerry commença à sangloter :

— Notre missis ! Oh ! notre missis ! Qu'est-ce qui va nous arriver ? On n' rentrera jamais à la maison !

— Mais nous avons bien assez d'argent, dit Lucy.

— Oh ! cet Indien ! cria Jerry. Pourquoi j' l'ai pas éventré avec mon couteau ? Mais j' vais l' faire ! Y perd rien pour attendre !

Le petit Philippe trébucha vers Jerry.

— Pleure pas, promène bébé...

Il claquait les mains de joie.

— C'est une bonne idée ! s'exclama Lucy. Sa nurse le cherche et il ne veut pas qu'elle le trouve, n'est-ce pas, mon petit cœur ?

Elle dorlotait le tout-petit.

— Oh ! j' déteste c'te Bessie. Elle est mauvaise avec cet ange. On s' fera pas attraper, viens mon mignon...

Jerry prit l'enfant et, bientôt, on les vit se diriger du côté des étables, le noir portant le petit blanc sur l'épaule et Philippe tenant à pleines mains les cheveux crépus.

Lucy tenta vainement de mettre de l'ordre dans ses affaires. Elle croyait à tout moment qu'elle recevrait de son mari l'ordre de venir le rejoindre. Et plus elle mettait d'énergie à préparer son départ, plus grande était la confusion. Cindy et Belle lavaient et repassaient sans arrêt. Elles raccommodaient, attachaient des ballots, les montaient et les descendaient dans l'escalier, faisaient et défaisaient les malles, augmentant encore le désordre. Les querelles de cuisine devenaient de plus en plus fréquentes et bruyantes. Cindy était sujette à des crises de larmes car elle était de plus en plus convaincue que toute sa famille dans le Sud avait été assassinée par les Yankees, ou bien que son mari avait pris une nouvelle épouse. Jerry, obstinément, demandait à Annabelle de l'épouser et elle, avec autant d'entêtement, reculait toujours la date. Pour tout dire, les choses étaient sens dessus dessous à Jalna.

Comme un coup de tonnerre, arriva un mot de Curtis Sinclair ordonnant à sa femme de le rejoindre. Il écrivait de la plantation de son père. Lucy et ses serviteurs seraient attendus à la frontière par une escorte de confiance qui apporterait de l'argent pour les derniers frais du voyage. La jubilation qui suivit porta le comble au chaos général. Alors, Adeline prit tout en main. Avec promptitude et précision, elle supervisa les bagages, guida Cindy et Annabelle dans le repassage et le lavage des lingeries compliquées de Lucy Sinclair. Le sous-sol s'agita dans l'odeur des fers fumants. Les noirs, le dos courbé, les mains à vif à force de frotter le linge contre la pierre dure du lavoir, exprimèrent leur joie dans des hymnes d'allégresse. Lucy, malgré les protestations de Philippe, fit à la famille des cadeaux somptueux. A Adeline, un rang de perles. A Augusta, une pierre de lune que la jeune fille dut porter tout de suite. A Nicolas, une montre en or avec sa chaîne. A Ernest, une plume à écrire en or. Au bébé Philippe, une épingle garnie d'une turquoise pour attacher son col. Lucy resta éveillée des heures à la recherche d'un présent pour le capitaine. Finalement, elle lui offrit une bague qui appartenait à Curtis et qui était ornée d'une pierre splendide.

— Non, non, chère Mrs. Sinclair, je ne puis accepter cela. D'abord, c'est trop beau pour moi et, comme vous le voyez, je porte déjà une bague aux armes de ma famille. Elle était à mon père. Ensuite, votre mari vous la réclamera sans doute dès qu'il vous retrouvera.

— Il sera ravi de savoir que je vous l'ai donnée.

— J'en doute.

— Alors, je lui dirai que je l'ai perdue.

Mais Philippe n'accepta aucun cadeau. Il dit à Adeline :

— Lucy est une petite menteuse. Mais je crois vraiment que toutes les femmes mentent à leur mari.

Alors que l'affolement général était à son comble, Annabelle décida soudain qu'elle épouserait Jerry avant d'entreprendre le voyage vers le Sud. Elle se sentirait plus à l'abri si elle était une femme mariée, car elle avait entendu de terribles histoires sur les soldats yankees qui attaquaient les jeunes filles. Elle voulait que la cérémonie fût faite par le prédicateur noir qui, régulièrement, présidait aux réunions. Avant la fin de la semaine quelques nouveaux noirs se joignirent au groupe. Des traînards arrivaient de partout mais étaient toujours bien accueillis. Elibu Busby apportait aussi sa contribution en leur offrant un toit et du travail en échange de leur nourriture. Il était généreux de son argent.

On décida que le mariage aurait lieu au milieu de la semaine. Adeline Whiteoak offrit à la mariée une robe de mousseline ornée d'une vaste ceinture. Elle y ajouta un chapeau de paille couvert de fleurs rouges et jaunes. Jerry, pour la première fois de sa vie, arbora un col dur si haut qu'il le blessait presque. Cela n'empêchait pas l'époux d'avoir l'air très fier. Les noires présentes avaient toutes des châles aux brillantes couleurs ou, faute d'un châle, des couvertures écarlates sur les épaules. C'était le premier mariage dans leur groupe. Elles témoignèrent leur joie par des hymnes vociférés à pleine voix, par des claquements de pieds et de mains. Plus tard, un souper leur fut offert par les Whiteoak.

Pour Philippe et Adeline, les derniers jours furent un véritable supplice. Il semblait que la date du départ n'arriverait jamais. Enfin le fameux matin se leva, clair et joyeux. Philippe devait conduire Lucy, ses serviteurs et ses bagages à la station de chemin de fer où ils rencontreraient Mr. Tilford, un Carolinien qui vivait depuis de nombreuses années à La Nouvelle-Orléans. C'était un homme influent, un homme sur qui on pouvait compter pour escorter Lucy jusqu'à l'endroit où elle retrouverait sa famille.

Tandis que la voiture attendait devant la porte, dans l'allée de gravier, Adeline et ses enfants, sous le porche, faisaient des signes d'adieu. Adeline avait mis le collier de perles donné par Lucy et bien que cela ne fût pas en accord avec sa robe de tous les jours, cela exprimait à quel point elle appréciait ce cadeau. Gussie levait la main où brillait la pierre de lune. Nicolas, très droit, avait la montre en or dans la poche de son gilet, la chaîne barrant sa poitrine. Ernest faisait semblant d'écrire dans l'air un message avec sa belle plume. Et le petit Philippe envoyait des baisers qui faisaient fondre en larmes Lucy.

— Au revoir !

— Au revoir !

Les mots d'adieu résonnaient sous le feuillage d'automne.

Lorsque les Whiteoak s'étaient installés à Jalna, la sœur de Philippe leur avait envoyé du Devon un couple, nommé Coveyduck, pour leur servir de jardinier et de cuisinière. Ce couple sérieux avait été, pendant des années, la force domestique de la maison. Mais un jour on l'avait persuadé de se rendre dans le Manitoba où d'autres parents qui y vivaient avaient écrit qu'ils gagnaient plus d'argent que dans l'Ontario, et que, de toute manière, la vie y était plus agréable. Or, soudain, juste le jour du départ de Lucy Sinclair, voilà que le couple reparut et demanda à reprendre son ancienne place. C'était une surprise si magnifique qu'Adeline serra Mrs. Coveyduck dans ses bras et tapa joyeusement dans le dos de son mari. C'était un vrai jour d'été. Adeline embrassa tous ses enfants et emporta le bébé Philippe dans le sous-sol. Mrs. Coveyduck n'avait encore jamais vu le bébé.

— Oh ! le petit chéri ! s'exclama-t-elle. – Elle lui tendit les bras. – Tu viens avec moi ?

Philippe allait volontiers avec n'importe qui, quels que fussent la couleur et l'âge. Immédiatement, il adopta Mrs. Coveyduck. Son mari et elle étaient fort aises de se retrouver à Jalna. Ils en avaient assez de la rude existence de l'Ouest. Ils avaient perdu leur teint frais et paraissaient vieillis et amaigris. Mais ils étaient remplis d'énergie ; ils avaient à peine vidé leur malle qu'ils se mirent à l'ouvrage pour rétablir l'ordre partout. De temps à autre, Mrs. Coveyduck s'exclamait que, de sa vie, elle n'avait jamais vu une cuisine et des ustensiles aussi sales. Et elle ne fut vraiment satisfaite que lorsque, avec l'aide de Bessie, elle eut remué la maison de fond en comble. Adeline bouillait d'impatience en attendant Philippe pour lui annoncer la grande nouvelle : le retour des Coveyduck. Toute la journée, elle parcourut les pièces en chantant. Parfois, c'était juste mais le plus souvent, c'était faux.

Au début de la soirée, elle commença à se sentir anxieuse. Pourvu qu'un accident ne soit pas arrivé à Philippe. Pourquoi rentrait-il si tard ? Les enfants l'attendaient au portail. Les jours diminuaient et bientôt, il ferait noir. Un hibou commença à hululer. Un vent frisquet secoua les feuilles mortes.

Adeline était sur le point d'aller voir ce que faisaient les enfants. Vraiment, il faudrait les gronder de rester là si tard. Le petit Philippe pouvait attraper un rhume.

Brusquement, elle les entendit courir, et, derrière eux, le bruit des sabots des chevaux retentit. Nicolas fut le premier à paraître. Il était hors de lui d'excitation.

— Ils arrivent ! cria-t-il.

— Ton père ?

— Tous ! Ils reviennent !

Dans le crépuscule, la voiture et les chevaux se montrèrent. Ils étaient chargés comme le matin même. Jerry sauta à terre et se mit à la tête des chevaux. Ceux-ci étaient rétifs, attendant leur repas du soir. Philippe descendit.

— Qu'est-il arrivé ? demanda Adeline.

— Rien.

— Rien ! Pourquoi reviennent-ils ?

— Nous n'avons trouvé personne. Le chef de gare a arrêté le train dont j'ai examiné tous les wagons. Il y avait un second train à six heures. Nous avons fait un bon déjeuner à l'hôtel. Tu imagines la déception de Mrs. Sinclair. Nous avons vu le second train. Personne. Alors, je les ai ramenés. Je ne sais que penser.

Il regardait tristement le visage désolé de sa femme.

Durant cet échange de paroles, tel une statue d'ébène, Jerry, immobile, se tenait près de la tête des chevaux. Cindy et Belle, épuisées d'émotion, étaient écrasées dans leurs châles. Le négrillon dormait. Lucy Sinclair capta le regard déçu d'Adeline. Lucy, qui était accoutumée à se prélasser luxueusement et paresseusement parmi les coussins, se tenait maintenant toute droite. Les coussins étaient bien là, mais elle, pareille à une actrice de tragédie, semblait taillée dans la pierre. Quand Philippe lui tendit la main pour descendre de la voiture, elle avança, rigide, devant lui, monta les marches qui conduisaient au porche, et dit de ses lèvres blêmes :

— Je ne reverrai jamais plus Mr. Sinclair. Il est mort, j'en suis convaincue.

Adeline tenta de l'embrasser mais ses bras pendaient lamentablement le long de son corps. Elle offrait l'image de la consternation. Ce qu'elle prévoyait, c'était la lutte entre les Coveyduck et les noirs dans le sous-sol. Sa langue était collée à son palais. Lorsque Cindy et Belle se levèrent enfin, elle parvint seulement à leur dire :

— Mettez votre maîtresse au lit et portez-lui un plateau.

Lucy Sinclair et ses femmes disparurent dans la maison. La statue qu'était devenu Jerry parla enfin :

— Et dire qu'Annabelle est ma femme et qu' j'ai pas encore été au lit avec elle.

D'un geste de la main, Philippe lui ordonna :

— Montez dans la voiture et menez-la aux écuries. Dites au garçon de s'occuper des chevaux.

Les enfants, la bouche ouverte, buvaient réellement la scène. Ce fut Ernest qui parla.

— Au lit, mon œil !

Seulement personne n'aurait pu dire s'il faisait allusion aux chevaux ou à Jerry. En réalité, sa remarque passa inaperçue.

Par contre Nicolas attira l'attention. Avec un regard soucieux, il dit à sa mère :

— Maintenant qu'*elle* est de retour, faudra-t-il rendre les cadeaux ?

Cette question trop directe rendit enfin la parole à Adeline.

— Quel sale gosse ! cria-t-elle. Egoïste ! Tu ne penses qu'à toi.

— Je pense à nous tous qui avons reçu des présents, répondit Nicolas avec audace.

Adeline descendit les marches pour se jeter sur lui, mais il courut hors de son atteinte.

— Philippe, cria-t-elle, attrape-le ! Et donne-lui ce qu'il mérite !

— C'était une question normale, dit Philippe. En effet, au point où en sont les choses, je crois qu'il faut proposer de rendre ce qui nous a été donné. Mrs. Sinclair aura besoin de toutes ses ressources.

Adeline, d'un geste, arracha le collier qu'elle portait et le lança vers son mari :

— Prends-les ! Prends-les ! Laisse-moi sans aucune compensation pour ces longs mois de patience. Laisse-moi avec pour tout souvenir la tête en morceaux et le dos cassé !

Comme toujours, dans les moments d'intense émotion, elle retrouvait son accent irlandais.

Philippe attrapa les perles.

— Franchement, reprit Adeline, si quelqu'un a souffert de cette visite interminable, c'est bien moi !

— Pour l'amour de Dieu, conduis-toi comme une lady, si tu le peux... implora Philippe.

— C'est cela, ricana-t-elle, insulte-moi devant nos pauvres enfants.

Des larmes coulaient sur ses joues pâles.

Nicolas parla encore :

— Papa, dois-je rendre la montre ?

— Ce serait élégant.

Les yeux pleins de larmes, l'enfant prit la montre dans son gousset et la remit à son père. Augusta, lentement, ôta la bague à la pierre de lune de son doigt mince et avec une soumission très digne la mit dans la paume de la main de Philippe. Ernest avait disparu dans les massifs, mais il revint.

— Et cette plume d'or ? demanda Philippe en regardant son fils d'un œil sévère.

— Je suis désolé, papa, mais je l'ai perdue, dit Ernest.

— Déjà ?

— Oui, p'pa.

— Viens ici, dit sa mère.

Adeline ouvrait tout grands ses bras à son enfant et celui-ci s'y précipita.

Ce que serait devenue cette scène de famille restera à jamais inconnu car Mrs. Coveyduck apparut annonçant :

— Coveyduck et moi... nous pensons que nous allons partir.

— Oh ! il ne manquait que cela ! fit Adeline.

— Je suis navrée pour vous, madame, dit la cuisinière, mais Coveyduck et moi, nous n'avons pas l'habitude de travailler avec des noirs. Ils sont en train de mettre la pagaille dans toute la cuisine que je viens de bien nettoyer. Les nouveaux mariés réclament la chambre du sous-sol que j'avais arrangée pour mon mari et pour moi. C'est plus qu'un être humain en peut supporter. Si vous voulez m'en croire, ces noirs sont terrifiants.

Le petit Philippe, maintenant, arrivait sur le porche. Il cria :

— Cubbyduck ! Cubbyduck !

Et il attrapa la brave femme par les genoux.

Adeline parla avec dignité.

— Bébé vous a accueilli avec joie. Tous nous avons été heureux de votre retour. Les noirs ne resteront pas longtemps ici...

Mrs. Coveyduck répondit tristement :

— Ils affirment que leur massa est mort.

— Non, non, il a juste été retardé par sa rencontre avec Mr. Lincoln. Pendant ce temps, votre mari et vous pourrez utiliser la chambre du dernier étage. C'est haut pour vous, bien sûr, mais ce ne sera que pour quelques jours, croyez-moi. Tâchez de tenir un peu avec les noirs. Si vous saviez à quel point je suis lasse, vous ne m'abandonneriez pas !

Alors les Coveyduck acceptèrent de rester. Les noirs reprirent possession du sous-sol. Lucy se déplaçait comme quelqu'un qui est en transe. Quand Philippe vint lui rapporter le collier de perles, la montre en or, et la bague à la pierre de lune, elle se récria ; mais il la persuada de les reprendre. Avec son exubérance habituelle, elle déclara que dès qu'on l'enverrait enfin chercher, elle les redonnerait à Adeline et aux enfants.

Quelques jours plus tard, lorsqu'elle eut surmonté la fatigue de ce faux départ, elle dit à Philippe qu'elle avait l'intention de vendre Jerry et Belle. C'était un couple jeune et courageux dont elle tirerait un bon prix. Philippe connaissait-il quelqu'un ici, au Canada, qui serait capable d'en offrir une somme intéressante ? Elle n'avait pas encore vraiment compris que l'émancipation avait eu lieu.

Dix jours passèrent. Le temps d'automne malmenait les dernières fleurs. Un vol de geais bleus, sur le point d'émigrer, se réunissait dans le jardin. Ils chantaient leurs douces chansons et, sans aucun orgueil, montraient leurs ravissantes couleurs.

Philippe Whiteoak essaya, par tous les moyens, d'avoir des

nouvelles de Curtis Sinclair. Il envisagea la possibilité d'acheter une petite maison pour Lucy et sa domesticité. Les choses ne pouvaient continuer ainsi. Il y a une limite à ce qu'un homme peut supporter. Il lui arrivait de rester assis... méditant sur ce qui allait encore surgir.

Et l'inattendu arriva. De la gare, dans une voiture de louage, apparut Mr. Tilford. C'était un homme important. Il était pourvu d'argent et de tous les passeports pour conduire Lucy Sinclair à Charleston. C'était un vieil ami, presque un parent. Il n'avait pas beaucoup de temps à perdre. Il décida que tout le groupe partirait le lendemain.

14

La visite est terminée

Une excitation fiévreuse, pareille à un feu de forêt, se répandit dans Jalna à l'arrivée de Mr. Tilford. Elle monta du sous-sol au grenier, courut des étables aux écuries et jusqu'aux deux cottages occupés par les fermiers. Tout le monde connut la nouvelle et l'on sut que la ravissante dame du Sud allait, le lendemain matin, partir pour un voyage dangereux, au bout duquel elle retrouverait son mari. Le voisinage fut au courant. Tous étaient d'accord pour reconnaître que le voyage était périlleux. Tous étaient également d'accord pour dire que ce mari, qu'elle allait rejoindre, avait quelque chose d'étrange. Cependant, Mr. Tilford envisageait la situation avec un calme fataliste. Il s'étendit peu sur la déception qu'avait éprouvée Lucy Sinclair lorsqu'elle ne l'avait pas trouvé à la gare au moment de son premier départ pour le Sud. Il n'avait pas grand-chose à dire sur la dévastation des plantations. Il était évident que lui-même était loin d'être ruiné. C'était un très habile homme d'affaires – encore jeune – et son avenir n'était pas sombre du tout. Il était entré dans le commerce du coton avec l'Angleterre grâce aux parents de sa mère qui étaient du Nord. Il ne montra, dans sa conversation avec les Whiteoak, aucun parti pris violent. Il en savait tant, et les Whiteoak, comme Lucy, connaissaient si peu la vraie situation aux Etats-Unis, qu'il préféra frôler la vérité plutôt que de s'y plonger.

Lucy Sinclair était partie dans sa chambre pour faire ses derniers préparatifs qui consistaient à mettre quelques bigoudis, à empaqueter des choses inutiles ; puis à les ressortir, à donner des ordres à ses servantes, et à s'étonner ensuite de ce qu'elles faisaient. Quant à

Cindy et Belle, sans aucun doute, elles ne fermeraient pas les yeux pendant cette dernière nuit.

Ils seraient bien restés tous debout à bavarder mais Mr. Tilford avait besoin de se reposer. A minuit, on lui montra sa chambre et il s'y rendit, marchant très droit malgré le whisky qu'il avait absorbé. Les Whiteoak avaient l'impression de découvrir un nouvel aspect de la situation aux Etats-Unis avec les suites possibles de la guerre civile et l'avenir qui en résulterait. Ils restèrent éveillés et parlèrent longtemps. Enfin, Philippe garda le silence malgré une question d'extrême importance (du moins Adeline la jugeait-elle ainsi). Elle la répéta sur un ton impératif. Mais un léger ronflement lui répondit. Elle se sentit furieusement vexée. « Goujat », voulut-elle dire, mais elle n'y parvint pas. Elle ferma le poing pour essayer de battre Philippe, mais elle eut à peine la force de lever la main.

Elle se réveilla lorsqu'on frappa à leur porte. C'était Mrs. Coveyduck, avec le thé du petit déjeuner. Dehors, un paon disait sa joie devant ce matin rayonnant et déployait sa queue splendide devant plusieurs de ses épouses admiratives qui traînaient leurs pattes dans l'herbe trempée de la pelouse. Philippe et Adeline s'assirent dans leur lit et attaquèrent leur thé accompagné de pain fait à la maison et tartiné de beurre frais. De nouveau, les Coveyduck prenaient possession de la demeure.

On frappa encore à la porte. Cette fois, c'était un petit coup très faible. Cependant l'intrus avait assez de courage puisqu'il ouvrit et entra. C'était Ernest, vêtu de sa petite chemise de nuit blanche toute tuyautée autour du cou.

— Eh bien ! jeune homme, dit Philippe, qu'est-ce qui t'arrive pour venir nous trouver si tôt le matin ?

— J'ai une écharde dans le talon, expliqua Ernest, et il grimpa d'un bond dans le lit de ses parents.

— Attention au thé ! cria Adeline. Fais attention à la théière !

— Mets-toi du côté de ta mère, ordonna Philippe.

Ernest se coula vers Adeline.

— J'ai apporté une aiguille. Gussie n'a pas pu retirer l'épine. Elle m'a dit de venir vous trouver. Elle s'évanouissait presque. J' peux avoir du thé ?

Adeline porta sa tasse aux lèvres de son fils.

— Ah ! C'est bon ! fit-il avec extase, et il attrapa une tartine de pain et de beurre.

— Quoi ? D'avoir une épine dans le pied ?

— Non, de prendre le thé avec vous.

Philippe trancha :

— Fais vite et je vais retirer cette épine.

Le thé fut bu, le pain et le beurre avalés. Ernest dut tendre son talon rose. Philippe attaqua l'épine avec l'aiguille. Ernest hurla.

— Allez, allez, conduis-toi comme un soldat, dit Philippe.

— Oh ! ça fait trop mal... j' peux pas supporter ça !

Philippe reprit :

— Tu apprendras dans la vie que plus tu te débats, plus tu souffres. Reste tranquille. Tiens, la voilà ton écharde... Regarde ! – Il montrait le bout de l'aiguille. – Une si petite chose qui te fait tellement crier !

Ernest était radieux. Il galopa dans l'escalier pour montrer son épine à Gussie. Ensuite, la matinée passa avec la rapidité de l'éclair. Un petit déjeuner substantiel fut servi dans la salle à manger, mais Lucy était si énervée qu'elle ne put y toucher. Cependant, pour la première fois depuis qu'elle savait que son mari était prisonnier, elle avait bien dormi. Heureusement, Adeline avait fait préparer une copieuse collation pour les voyageurs. Lucy, habillée avec soin, était d'une élégance un peu ridicule si l'on songeait au voyage qu'elle allait entreprendre. Comme dans un rêve, elle distribua les au revoir.

Mr. Tilford baisa la main d'Adeline.

— Au revoir, chère madame. J'espère que nous nous reverrons dans des circonstances plus heureuses. – Il ajouta un peu plus bas : – Ne vous inquiétez pas, au moins pendant quelque temps, pour Mrs. Sinclair. Je veillerai à ce qu'elle et ses serviteurs atteignent le but de leur voyage en toute sécurité. Et n'oubliez pas que j'ai beaucoup d'argent pour faire face à toute opportunité.

« Beaucoup d'argent. » Les enfants n'entendirent que ces mots et lorsque chevaux et voiture eurent disparu, ils entourèrent Adeline.

— M'man, demanda Nicolas sur un ton précis, Mrs. Sinclair a-t-elle rendu les cadeaux ?

— Sale gosse ! Toujours intéressé ! cria Adeline. Comment peux-tu penser aux cadeaux dans un moment pareil ? Bien entendu, non, elle ne les a pas rendus.

— Alors, on n'a rien pour tout notre mal, reprit Nicolas. Ernest a même perdu sa plume en or.

— J' la r'trouverai p't-être, dit Ernest.

Augusta attarda longuement sur lui le regard de ses larges yeux sérieux.

Philippe avait accompagné les voyageurs jusqu'à la station de chemin de fer.

Comme ce départ était différent du précédent ! La dernière fois, Adeline et ses enfants, bouleversés d'émotion, avaient, les bras levés, fait des signes depuis le perron. On avait envoyé des baisers et agité les beaux cadeaux que l'on avait reçus. Puis, certains que tout était bien, ils avaient attendu le retour de Philippe. Maintenant,

Mr. Tilford avait tout pris en main. Philippe n'était qu'un spectateur. Et cependant, Adeline aurait été à peine surprise si toute la troupe était revenue avec lui.

Bien qu'elle eût prévenu Mrs. Coveyduck que cela était possible, cette dernière s'était lancée à corps perdu dans un nettoyage à fond pour faire disparaître les traces des étrangers, ainsi qu'elle les appelait. Avec Bessie, elle grattait, frottait, cirait, balayait, essuyait, ouvrait en grand toutes les fenêtres pour que le vent chasse « l'odeur des noirs » qu'elle prétendait retrouver dans tous les coins.

Philippe apparut dans l'allée et retint ses chevaux devant le porche plus tôt qu'Adeline ne l'avait pensé. Coveyduck, épais et réjoui, l'attendait déjà. Philippe sauta hors de la voiture et les trois enfants grimpèrent sur le siège pour conduire jusqu'aux écuries.

— Ne restez pas longtemps ! cria Adeline. Il y a du pudding avec de la crème !

— Hourra ! hurlèrent les garçons.

Philippe, d'un bond, monta les marches pour atteindre Adeline. Il la serra chaudement dans ses bras.

— Ils sont partis, fit-il. Le train était même à l'heure, une merveille ! Tout était parfaitement en règle.

— Est-il vrai que nous soyons enfin seuls ? demanda-t-elle en souriant et en regardant son mari comme quelqu'un qui revient d'une lointaine et dangereuse aventure. Notre maison est-elle de nouveau à nous ?

— Nous sommes seuls... et elle est à nous, répondit-il ; et il ajouta : – Dieu merci !

Il enleva son dernier fils et l'assit sur son épaule.

— Et hop, en haut ! dit-il, et il galopa en caracolant dans le hall.

Il régnait partout une atmosphère de vacances et de liberté. Des draps fraîchement lessivés claquaient, trempés, sur les fils de fer. Le pudding dorait dans le four. Deux veaux de Jersey étaient nés dans l'étable. Les mûres noires s'étalaient sur la prairie. Et bien que tout eût demandé un effort – les draps avaient été lavés, le pudding préparé, la vache avait souffert pour mettre bas ses veaux, les arbustes avaient lutté contre la tempête pour produire les mûres, Philippe et Adeline avaient dû supporter bien des choses avec patience durant la longue visite des Sinclair –, en cet automne radieux, tout paraissait spontané tant les êtres vivants étaient heureux à Jalna.

Augusta dit :

— Il me semble que ce serait un beau jour pour faire un pique-nique.

— Quelle bonne idée ! dit Adeline. On va aller en pique-nique au bord du lac et on se baignera. Je vais préparer un panier avec de bonnes choses à manger. Nous inviterons James Wilmott et les Lacey. Cela te convient-il, Philippe ?

— C'est exactement ce dont j'ai besoin, déclara Philippe, un pique-nique près du lac !

— Moi, j'allais justement dire que j'avais envie d'un pique-nique près du lac, assura Ernest.

Philippe, de son œil froid et bleu, regarda son fils :

— Nous pouvons parfaitement nous passer de tes remarques, dit-il.

— Il se met toujours en avant, grogna Nicolas, comme s'il était le personnage le plus important de la maison.

Ernest baissa la tête. Mais il n'était jamais abattu pour longtemps. Bientôt, il prit part, dans la mesure où il le pouvait, aux joyeux préparatifs du pique-nique. Il y eut d'innombrables montées et descentes d'escalier à la recherche des costumes de bain ; des tas d'allées et venues dans le sous-sol où Mrs. Coveyduck et Bessie préparaient les provisions. Philippe envoya des messagers porteurs d'invitations aux Lacey et à James Wilmott.

Wilmott arriva vêtu d'une jaquette de couleur claire, d'un pantalon étroit, d'une large cravate noire et d'un vaste chapeau de paille. Il portait aussi un panier contenant des filets de saumon qu'il avait conservés dans sa glacière « avec la glace taillée dans sa propre rivière », expliqua-t-il. Cette même rivière que, depuis la mer lointaine, le saumon avait remontée. Mais il se désolait parce que chaque année, les saumons étaient moins nombreux.

Les Lacey apparurent aussi de fort belle humeur : les parents, les deux petites filles qui avaient l'âge de Nicolas et d'Ernest, et le fils, Guy, qui était encore en permission. La vue du jeune homme était pour Augusta aussi exaltante que celle du lac azuré qui envoyait des milliers de petites vagues brillantes sur le sable où des tringas sautillaient sans crainte des pique-niqueurs jusqu'à ce que Néron les pourchasse avec de bruyants aboiements. Le chien s'ébrouait de tous ses poils au bord de l'eau. Rien ne l'enchantait plus que ce pique-nique annuel.

Le bébé Philippe était aussi de la partie. C'était la première fois qu'il voyait le lac et il parut stupéfait par son immensité. Il ne savait pas encore qu'une étendue d'eau pouvait être si vaste. Chaque soir, on le mettait dans son petit tub qui était peint en bleu comme le lac et pour l'esprit de l'enfant, c'était bien suffisant.

Son père le prit donc et fit semblant de le jeter dans l'eau. Le petit, effrayé, s'accrocha aux revers de la veste de Philippe.

— Non ! Non ! murmura-t-il.

Nicolas et Ernest s'approchèrent pour s'amuser.

— Papa, vous voulez vraiment le jeter ? demanda Ernest.

— Bien entendu ! cria Philippe. Houp-là ! Allons-y !

Augusta ne s'amusait pas de la taquinerie.

— Papa, dit-elle fermement, donnez-moi ce bébé. S'il a peur, il va se mouiller.

En toute hâte, Philippe mit le petit dans les bras de sa fille. Il dit sombrement :

— C'est une vilaine habitude et qu'il faudra lui faire passer.

— Les mâles, prononça doctement Augusta, y sont plus sujets que les femelles.

Philippe ne sut que répondre. De ses yeux légèrement proéminents, il regarda gaiement sa fille et fit demi-tour pour aller jeter dans le lac des bâtons que Néron rapportait.

On décida de se plonger dans l'eau avant le repas. Mrs. Lacey et son mari ne se baignaient pas, mais ils se retirèrent derrière un buisson avec leurs petites filles. Ils vêtirent celles-ci de chemises de flanelle et de larges pantalons serrés aux genoux qui pouvaient tenir lieu de costumes de bain. Ceux de Philippe et d'Adeline étaient bleu marine : celui de Philippe un peu étroit car il datait de quelques années ; celui d'Adeline orné d'un col marin, sa jupe descendant jusqu'aux genoux. Le col et la jupe étaient garnis de plusieurs rangs de galon blanc. Nicolas et Ernest apparurent dans des costumes de flanelle grise à large ceinture rouge dont ils étaient très fiers, même si, au fond d'eux-mêmes, ils ne les trouvaient pas très pratiques. Augusta s'était fabriqué, avec l'aide de Lucy Sinclair, un ensemble de serge bleu clair. La jupe était assez courte et les manches n'atteignaient que le coude. Mais, avec cela, elle portait des bas de coton blanc et des souliers à semelles de caoutchouc. C'était la première fois qu'elle arborait cette tenue.

Très embarrassée d'elle-même, elle sortit de derrière les buissons. Elle se demandait surtout si elle était assez décemment vêtue et enviait l'assurance d'Adeline tout en déplorant ses attitudes devant l'amiral Lacey et son fils.

Tout le monde se retourna pour la regarder. Les deux petits garçons venaient juste d'être jetés à l'eau et ils en sortaient tout dégoulinants.

— Regardez Gussie !

— Hello, Gussie !

— Tu te prends pour une sirène, Gussie ?

Ils criaient et dansaient en faisant les fous.

L'amiral Lacey dit avec componction :

— Vous êtes fort jolie, ma chère. Très *comme il faut*, n'est-ce pas, Guy ?

Mais l'amiral ne regardait qu'Adeline.

Guy Lacey avait fait amitié avec le bébé Philippe et il le tenait dans ses bras. Mais l'enfant voulait aller avec Augusta :

— Gussie, appelait-il en s'étonnant de ce nouvel aspect de sa grande sœur.

Un monde nouveau se révélait à lui.

Augusta l'attrapa. D'une curieuse façon, elle avait l'impression que ce petit corps familier serait comme un bouclier pour dissimuler ce costume dont elle n'avait pas l'habitude. Philippe se serra contre sa poitrine.

Le costume de Guy Lacey était encore plus gênant pour Augusta que le sien. Elle trouvait normal que son père et ses frères batifolent dans l'eau à demi-nus sur la plage mais elle était habituée à voir ce jeune homme en uniforme de la Marine royale...

— Allons-y ! dit Guy.

— Oui, appela Adeline. Tu viens, Gussie ?

Adeline s'empara de son dernier-né. Guy prit fermement Gussie par la main. Et ils avancèrent dignement, comme pour une cérémonie, dans l'eau brillante du lac. Gussie sentit qu'il fallait parler. Le malheur, c'est que les seuls mots qui lui venaient étaient : « Ce lac est bien grand. » Lorsque ces paroles eurent passé ses lèvres, elles sautèrent devant ses yeux comme cette phrase que l'on trouve en haut des pages de copie d'écolière.

« Ce lac est bien grand. Ecrivez soigneusement, mes enfants. Pas de taches, s'il vous plaît. »

Puis, elle revit la page de son livre de lecture :

« Ce lac est très grand. Je vois le lac. Il est aussi grand que la mer. » Et elle ne parvint pas à s'empêcher d'ajouter de sa voix claire :

— Il est aussi grand que la mer.

Guy Lacey eut un petit rire gai :

— Avez-vous jamais vu la mer, Gussie ?

— Je ne m'en souviens pas. Quand j'étais un bébé, nous sommes allés des Indes en Angleterre en bateau... puis au Canada.

Elle était fière d'avoir déjà tellement voyagé, mais Guy Lacey dit seulement :

— Ce lac est minuscule en comparaison de la mer.

— Vraiment ? souffla-t-elle, les regards fixés sur l'horizon bleu. – Puis, elle ajouta : – Et la mer est-elle plus froide ?

— Vous trouvez cette eau froide ? demanda-t-il avec sollicitude. Alors une seule chose à faire... plongez dedans.

— Plonger ? répéta-t-elle.

— Oui, je compte jusqu'à trois, et on s'accroupit tous les deux !

— Allons-y !

Et elle rit, mais c'était si rare chez elle de se laisser ainsi aller à la gaieté qu'instantanément elle redevint sérieuse.

Guy comptait :

— Un, deux, trois... dedans !

Et ils s'enfoncèrent dans l'eau, mais le jeune homme attrapa les deux mains de Gussie. Ils furent engloutis, comme noyés dans l'immensité du lac. Gussie retint sa respiration.

Ils se redressèrent dans l'air embaumé. Les longues tresses de Gussie – Guy pensait toujours à ses cheveux comme à des tresses – s'étaient dénouées sur ses épaules.

— Oh ! Gussie ! s'exclama-t-il en riant, vous avez l'air d'une sirène avec vos admirables cheveux noirs et vos grands yeux !

Les dents blanches de Guy brillaient dans son visage tout mouillé. Une boucle de cheveux blonds se formait sur son front.

Ils dansèrent et sautèrent en se tenant les mains. Gussie n'avait plus froid. Son sang galopait dans ses veines. Elle se sentait pleine de vie et d'activité comme elle ne l'avait encore jamais été.

— Houp-là ! cria Philippe, et il se jeta à l'eau par-dessus eux.

Il fut imité par ses deux fils, par les deux fillettes et par Adeline. Une bataille d'éclaboussures s'ensuivit. Les petits garçons tentèrent de « faire boire » Guy, mais ce fut lui qui leur mit la tête sous l'eau. Adeline adorait ce genre de jeux. Aucun des jeunes n'était aussi audacieux et aussi enthousiaste qu'elle et Philippe.

Ceux qui étaient restés sur la plage étaient très occupés. Mr. Lacey s'était chargé du bébé Philippe qui, réfugié dans les bras de l'amiral, surveillait les ébats de sa famille et s'enchantait du spectacle. Il battait des mains sur son petit estomac et riait à perdre haleine. A chaque instant, l'amiral criait à ses filles :

— Faites attention, les petites !

Ou à son fils :

— Fais attention à tes sœurs !

Aucun d'eux n'écoutait ses cris ni même les entendait.

Mrs. Lacey était fort occupée à sortir les provisions et à préparer une table pour le thé. La nappe était de toile fine et il y avait une abondance de sandwiches, d'œufs durs, de concombres au vinaigre et de cake aux fruits.

James Wilmott n'avait pas de costume de bain, mais il s'affairait à construire un foyer pour faire bouillir l'eau du thé et cuire le maïs. Il était un expert en ce domaine et savait choisir les pierres exactes qu'il fallait pour supporter le grand pot d'eau. Son principal souci concernait le saumon qu'il avait apporté. Lorsque le soleil baissa vers l'horizon, la brise tomba et l'air devint délicieusement chaud. Les baigneurs avaient l'impression qu'ils pourraient rester dans l'eau toute la nuit. Mais Wilmott était inquiet à cause du saumon. Il avait creusé une minuscule cave dans les buissons pour le conserver au frais. A chaque instant, il allait le regarder et le sentir. Il était rassuré par son odeur. Néanmoins, il restait anxieux.

Il se rapprocha de Mrs. Lacey et lui dit :

— Je crois qu'il faudrait manger le saumon. Il ne pourra pas supporter cette chaleur.

Mrs. Lacey, le visage cramoisi, demanda :

— L'eau bout-elle ?

— Elle a bouilli.

— Alors, j'y mets le maïs.

Un à un, elle plongea les épis dans le pot bouillant et appela son mari.

— Dis aux enfants de revenir tout de suite. Cela fait trop longtemps qu'ils sont dans l'eau. – A Wilmott, elle déclara : – Je suis surprise que Mrs. Whiteoak permette à Ernest de rester si longtemps dans l'eau. C'est un enfant délicat et il prend mal facilement.

Wilmott répondit en grognant :

— Mrs. Whiteoak n'a pas plus de sens critique qu'un enfant.

Mrs. Lacey fut ravie de l'entendre parler ainsi d'Adeline parce qu'elle avait toujours cru qu'il l'admirait beaucoup trop. Elle trouva tout à coup James Wilmott sympathique, bien plus qu'elle ne l'avait jamais pensé auparavant. De nouveau, elle appela son mari.

— Dis à Guy de ramener ses sœurs immédiatement !

L'amiral Lacey plaça le bébé Philippe sur le sable et, faisant une coupe de ses deux mains autour de sa bouche, il cria :

— On rentre ! Ethel ! Violet ! Rentrez ! Maman le demande !

— On mange ! cria de son côté James Wilmott avec un regard méprisant dans la direction d'Adeline.

Les baigneurs ruisselants reparurent. Ils cherchèrent des cachettes convenables parmi les cèdres et les buissons pour se sécher et se vêtir. Philippe et Guy ensemble, les trois jeunes filles séparées, chacune avec sa serviette et sa pudeur. Nicolas se sécha à peine avant d'enfiler son étroit pantalon, sa chemise fine et sa jaquette bordée de soie. Déjà, ses cheveux formaient des vagues charmantes autour de ses oreilles et de son cou.

— Des cheveux pareils pour un garçon, c'est du gaspillage, dit Mrs. Lacey à Adeline qui venait d'apparaître vêtue d'une toilette de flanelle et tenant Ernest à la main.

Le petit garçon était fragile et, pour qu'il n'attrape pas de mal, elle l'avait vivement frictionné et enveloppé dans un grand plaid. Il était de fort bonne humeur et dansait tout seul en laissant traîner derrière lui les franges du châle.

Ils s'installèrent tous autour de la nappe à thé. Ils avaient faim et paraissaient impatients. Le premier service se composait de maïs chaud qu'il fallait manger avec du sel, du poivre, et beaucoup de beurre. Wilmott servait et plaçait dans chaque assiette un épi aux perles pareilles à des amandes. Les seuls qui n'en eurent pas furent le bébé Philippe et Néron. Adeline avait son tout-petit sur les genoux et, de temps à autre, lui donnait d'énormes cuillerées de pain et de lait, additionnés de sucre brun.

— Comme Bébé a été sage ! lança Mrs. Lacey. Il n'a pas pleuré une seule fois !

— J'ai faim ! s'écria Ernest.

Et Adeline regarda le maïs qu'il avait dans son assiette. Elle le prit et le donna à Nicolas.

— Ernest, tu ne dois pas manger de maïs, fit-elle, cela te donne de terribles maux de ventre.

— Mais j'ai faim !

Mrs. Lacey avait eu l'air horrifié par les termes « maux de ventre ».

— Qu'est-ce que je vais manger ?

La lèvre inférieure d'Ernest tremblait et il savait pourtant que sa mère avait raison.

Wilmott se leva avec empressement :

— Tu auras la première part de saumon, dit-il, et il alla vers l'endroit où il avait enterré la boîte contenant le poisson.

Quand il l'ouvrit, le saumon paraissait bien tentant. Les yeux d'Ernest brillèrent lorsqu'un beau morceau fut posé dans son assiette.

— Et tu ne dis pas merci ? fit Adeline.

— Merci beaucoup, monsieur, répéta Ernest, dont la faim augmentait.

Il engouffra une bouchée, mais la rejeta presque aussitôt.

Tous les visages se tournèrent vers lui.

— Qu'est-ce qui ne va pas ? demanda Wilmott.

Il prit l'assiette et renifla le poisson.

— Il pue, bougonna Ernest.

Philippe et Adeline étaient consternés par l'impertinence de leur fils.

— Comment oses-tu parler ainsi ? demanda sa mère avec sévérité.

Une perle de maïs pendait à sa lèvre rouge.

— Comment oses-tu dire cela ? reprit Philippe.

Ernest commença à pleurer.

— Quitte la table, ordonna son père.

— Oh ! s'écria Guy Lacey. Le pauvre gosse !

— Ne t'occupe pas de cela ! coupa l'amiral.

Mrs. Lacey dit à ses filles :

— Ethel, Violet, mangez ! Qu'est-ce que vous attendez ?

Wilmott se leva avec dignité. Il vida l'assiette d'Ernest dans la boîte, se leva et s'éloigna sur la plage.

Néron qui, jusque-là, avait surveillé avec envie le groupe attablé, renifla l'odeur du saumon et suivit Wilmott avec un air qui indiquait des intentions coupables. Seule, l'attention que portaient les pique-niqueurs à leurs propres affaires empêcha qu'on le remarquât.

Lorsque Wilmott eut enterré le saumon, rincé la boîte qui l'avait contenu avec de l'eau fraîche du lac, il revint à table. Philippe, immédiatement, lui tendit une assiette chargée de sandwiches au jambon.

— Prenez-en quelques-uns, mon vieux, dit-il. Ils sont de première classe. Attrapez les concombres. C'est trop bête, ce saumon, mais ce sont des choses qui arrivent. Je me rappelle un pique-nique aux Indes...

Adeline l'interrompit :

— Arrête, Philippe ! Ne parle pas de ce pique-nique ! Tu es pire que cette petite vipère d'Ernest !

Guy Lacey mit un sandwich dans sa poche.

Pendant ce temps, Ernest se promenait, solitaire, sur le sable. Il se sentait abominablement blessé. Il avait aussi affreusement faim et il grommelait à mi-voix : « Pourquoi c'était moi qui devais le manger, ce poisson ! Ils auraient dû tous en avaler une bouchée. Et surtout, papa et maman ! Personne ne s'inquiète si je suis malade. Personne ne pense que j'ai faim. Ils peuvent bien l'avaler, leur sale pique-nique. J'en veux pas. Je n' mangerai pas d' la semaine... sûr que j' mangerai rien ! »

Le soleil était maintenant une magnifique boule de feu cramoisie qui dardait fièrement ses rayons sur le lac placide. Des vols de mouettes filaient très près du bord. Le bruit des petites vagues qui léchaient le sable ne troublait pas le silence. Ernest cessa de marmonner et regarda avec admiration les nuages roses et améthyste qui disparaissaient dans le soleil couchant.

Ernest commençait à se sentir apaisé. Un frisson de joie – était-ce la solitaire beauté de ce ciel ? – le parcourait. Il entendit la voix de Gussie qui l'appelait :

— Ernest ! Ernest ! On s'en va !

Il eut l'idée de se cacher derrière les arbres enchevêtrés qui poussaient le long de la plage. Mais ils étaient trop gros et trop terrifiants. Du coin de l'œil, il aperçut Gussie qui courait vers lui.

— Ernest ! Ecoute, mon vieux ! Nous partons !

Elle l'appelait *mon vieux*. Eh bien ! il allait lui montrer ce qu'on lui avait fait. Il s'étendit sur le sable et commença à pleurer.

Et elle se pencha sur lui.

— Tu ne peux pas rester là, voyons. Patsy O'Flynn a déjà préparé les chevaux. Tu ne veux pas qu'on te laisse là tout seul, non ?

Elle l'aida à se remettre sur ses pieds. Brusquement, il se sentait faible et chancelant. Avec tout cela, il n'avait pour ainsi dire pas déjeuné. Un jour, il avait entendu sa mère dire à quelqu'un : « Pauvre homme, il est vieux avant l'âge ! » Et cette remarque lui revenait. Alors, il pensa : « C'est ça, je suis vieux avant l'âge ! Voilà où j'en suis. »

Les autres membres du groupe ne firent pas attention à lui lorsqu'il revint avec Augusta. Ils étaient occupés à ramasser ce qui leur appartenait, à grimper dans la voiture ou dans le phaéton des Lacey qui attendaient maintenant au bord de la route. Wilmott était venu sur une vieille jument noire qui avait presque un air d'enterrement. Il n'était pas tout à fait remis de la mésaventure du saumon. Mais tout le monde était très joyeux.

— Où est Néron ? cria Philippe. Nicolas ! va le chercher et fais vite !

Nicolas courut sur la plage en appelant le chien. Il revint bientôt en tenant la bête par le collier.

— Néron a déterré le saumon, annonça-t-il. Il a tout mangé.

D'un air contrit, le chien baissait le museau.

— Ciel ! cria Adeline. Il va mourir !

— Je ne l'avais sans doute pas enterré assez profondément, dit Wilmott, tout confus.

— Rien ne peut tuer ce chien, assura Philippe.

Il donna une tape à l'animal et l'enleva pour le jeter dans la voiture entre Nicolas et Ernest.

— Laisse-le suivre les chevaux ! dit Adeline.

— Ce serait trop dur après un pareil repas. C'est ça qui risquerait de le tuer. – Philippe montrait quelque impatience. – Allez, allez, chacun à sa place. Assieds-toi, Adeline. Le bébé dort ? Au revoir, Wilmott... Bonne chance pour une autre fois !

Wilmott, sur sa jument, fut le premier à démarrer. Il cria :

— Je vous préviens, ne m'invitez pas au prochain pique-nique. Je gâche tout ! Fais de beaux rêves, Néron !

Guy Lacey s'approcha de la voiture. Il se souvenait du sandwich qu'il avait dans sa poche et il le sortit pour l'offrir furtivement à Ernest. Mais, avant que le petit garçon ait pu l'attraper, Néron l'intercepta et, d'un seul coup, l'engloutit.

Nicolas rit.

— Ça lui fera une meilleure haleine ! dit-il. Car pour l'instant, c'est dégoûtant.

— Pas de veine, mon vieux, dit Guy en tapotant le genou d'Ernest. Tu dois mourir de faim !

Mrs. Lacey commençait à s'inquiéter pour ses filles.

— Dépêche-toi, Guy ! appela-t-elle. Tes sœurs ont attrapé de gros coups de soleil. J'ai eu bien tort de les laisser se baigner sans chapeaux ! Il faut tellement surveiller ces teints délicats.

— Dieu merci, dit Adeline, je n'ai pas à m'inquiéter du teint de Gussie. Elle est presque comme une Espagnole !

Mrs. Lacey lança vers Augusta un coup d'œil apitoyé.

Enfin, les voitures avancèrent sur la route. Celle-ci disparaissait sous la poussière. La nuit tombait avec une grande rapidité. Il n'y avait pas encore de lune. L'obscurité de la terre allait rejoindre celle du ciel.

15

La plume d'or

La maison était extraordinairement sombre et tranquille lorsque la famille revint du pique-nique. D'ordinaire c'était le moment où s'y déployait une grande activité. Lucy Sinclair s'habillait pour le repas du soir ; ses serviteurs se disputaient avec la cuisinière pour la préparation de leurs plats spéciaux ; Jerry, assis dans la cuisine, dévorait ce qui lui plaisait ; les deux gamins montaient et descendaient l'escalier pour ne pas aller se coucher ; le bébé Philippe pleurait, car il se trouvait seul dans le noir et Adeline cherchait impatiemment à ordonner ce chaos. Néron et Boney, le perroquet, ajoutaient leurs voix à cette confusion. D'un côté, on réclamait de l'eau chaude ; de l'autre les lampes à huile ; les volets et les portes claquaient pour chasser l'air du soir.

Comme tout était différent, maintenant !

Les pique-niqueurs furent accueillis par Bessie ; une Bessie au tablier impeccable, un sourire sur le visage au lieu d'un froncement de sourcils, qui attrapa gentiment le bébé dans ses bras.

— C'est bien tard pour son bain, madame, dit-elle à Adeline. Je crois que je vais simplement lui laver le visage, les mains et les genoux avec une éponge et le coucher tout de suite.

— Vous avez raison, approuva Adeline. Nous sommes tous fatigués. Quelle bonne journée ! Quelle paix dans la maison !

Bessie rayonnait.

— C'est que Mrs. Coveyduck fait des merveilles. Tout va comme sur des roulettes maintenant que ces noirs sont partis. Elle a préparé un bon dîner pour vous.
— Oh ! je n'ai pas faim du tout.
Mais quand Adeline entra dans la salle à manger, qu'elle vit la table agréablement préparée sous la lumière des chandeliers, elle changea d'avis et déclara qu'elle était affamée. De la soupière montait un délicieux parfum de bons légumes. Après le potage, il y eut une omelette légère comme une plume et, ensuite, une tarte aux pommes couverte de crème que seule Mrs. Coveyduck était capable de réussir à ce point.
Philippe et Adeline, Nicolas et Augusta s'installèrent avec un merveilleux sentiment de détente autour de la table. Aussi agréable et charmante qu'ait pu être Lucy Sinclair, il était évident qu'elle avait été une charge et Philippe ne s'était jamais senti à l'aise avec Curtis Sinclair. Maintenant, il contemplait la table familiale avec satisfaction. Cependant quelqu'un lui manquait.
— Où est Ernest ? demanda-t-il.
Augusta lui répondit avec un regard peiné.
— Papa, vous avez dit qu'Ernest irait au lit sans souper.
— Oh ! j'ai dit ça. Eh bien ! j'ai oublié pourquoi.
Il se servit une belle tranche de pain de ménage.
— C'est parce qu'il a craché le poisson de Mr. Wilmott et qu'il a dit qu'il sentait mauvais.
Cette remarque parut follement drôle à Nicolas. Il se plia en deux pour rire.
— Veux-tu suivre ton frère au lit ? demanda Philippe.
Cela calma le garçon. Le repas se poursuivit avec sérénité et bon appétit. Philippe et Adeline firent des remarques sur le charme et le bon sens de Guy Lacey. C'est bien dommage, disaient-ils, que sa permission soit bientôt finie. Augusta ne parla pas, mais dès qu'elle put s'échapper, elle fila dans sa chambre. Il y faisait noir et l'odeur de l'automne emplissait l'air humide de la nuit. Augusta craqua une allumette pour allumer une bougie sur sa table de toilette qui était recouverte d'un chintz tout froncé. Elle reconnut à peine son image dans le miroir, elle avait l'impression qu'une autre jeune fille était dans la chambre avec elle : une jeune fille que Guy Lacey avait comparée à une sirène avec ses longs cheveux sombres et ses grands yeux. Etaient-ce bien ses mots ? Elle pouvait à peine se les rappeler. Elle avait été si émue. Et puis, le fait de danser sur le sable avait encore ajouté à sa confusion et à son plaisir. Elle examina plus profondément les grands yeux noirs de cette jeune fille, cherchant à en déceler le mystère. Elle avait souvent entendu admirer les yeux

de sa mère, si lumineux et si gais. Elle avait remarqué les lumières dorées qui y dansaient et la façon dont ils changeaient selon son humeur. Mais ses yeux à elle étaient très différents : si sombres, si pareils à ceux d'une mélancolique Espagnole. Adeline l'avait d'ailleurs remarqué.

Son attention fut détournée par le reflet dans la glace de son pigeon bien-aimé qui avait passé la journée seul et abandonné, dans sa cage. Contrite, elle ouvrit la porte et parla à l'oiseau.

— Oh ! mon beau pigeon ! Oh ! mon petit amour… de pigeon !

Jamais auparavant elle n'avait utilisé de tels mots envers lui. Ce soir, ils venaient naturellement à ses lèvres. Tout était différent, ce soir. Et elle répétait les mots tendres sans se lasser. Mais le pigeon était vexé de son abandon. Il gardait la tête cachée sous son aile et il fallut un peu de temps avant qu'il se secouât et quittât son perchoir pour l'épaule de la jeune fille. Alors, seulement, il s'ébroua encore et fit entendre ce roucoulement doux qui venait du fond de sa gorge. Des vibrations délicates parcouraient tout son corps.

— Mon petit pigeon, mon cher pigeon, murmura Augusta. Mon amour a des yeux de pigeon.

Fatiguée par cette longue journée, elle tomba assise par terre.

Trois feuilles de la vigne vierge avaient volé dans la chambre et frémissaient encore sur le sol. Augusta se sentait étrangement heureuse. Mais sa paix fut brisée par le bruit d'un sanglot dans la pièce voisine. Elle fut convaincue qu'Ernest pleurait.

Il y avait un timide clair de lune chez les garçons. Les rayons tombaient sur le lit dans lequel la petite silhouette d'un Ernest replié sur lui-même était assez misérable.

Augusta entra et s'assit près de l'enfant. Immédiatement, il lui prit la main :

— C'est toi, Gussie ? murmura-t-il.

— Oui, répondit-elle calmement. Je t'ai entendu pleurer. As-tu faim ?

— Faim ? Non. – Sa voix était lourde de sanglots. – Je n'ai pas faim du tout, mais, Gussie, j'ai fait quelque chose de très vilain.

Elle tira le drap qui couvrait le petit visage tout strié de larmes.

— Alors, Ernest, qu'est-ce que c'est ? Dis-le à Gussie.

— C'est le pigeon qui est là ? demanda-t-il.

— Oui. Il a été seul si longtemps. Il est bien content que je sois de retour.

L'oiseau roucoulait de tout son cœur.

Ernest était facilement diverti, même au plus fort d'un chagrin. Enfin, il s'assit sur son lit et caressa le pigeon.

— Comme il est gentil. Je suis sûr qu'il me connaît et qu'il m'aime mieux que Nicolas. Tu crois qu'il m'aime, Gussie ?

— Dis-moi ce que tu as fait, répéta-t-elle.

— Tu ne le raconteras pas à papa ?

— Est-ce que je raconte jamais les choses ?

— Non, mais ça c'est tellement vilain...

— Quoi ? C'est la plume d'or ?

Il se rejeta sur son oreiller et tira le drap sur lui.

— Comment le sais-tu ? fit-il d'une voix étouffée.

— Je t'ai vu aller dans le buisson. Je t'ai vu en revenir.

— Je n'ai pas pu m'en empêcher, Gussie.

— Où l'as-tu cachée ?

— Oh ! elle est en sûreté.

Dans la pâle lumière du clair de lune, Augusta distinguait le visage de son frère. Il était rose et délicat, éclairé par des yeux couleur de myosotis, les cheveux étaient blonds tout bouclés comme ceux d'une fille, mais la bouche était bien celle d'un garçon, sensible et un peu arrogante.

Elle expliqua :

— Comprends-tu, Ernest, que c'est un vol ?

Il gigota sous son drap.

— Mais la plume était à moi, Gussie !

— Alors, pourquoi pleures-tu ?

Il ne sut que répondre.

Augusta poursuivit :

— Maman, Nicolas et moi, nous avons rendu nos cadeaux, le collier de perles, la montre et la chaîne, la bague. Ils n'étaient plus à nous. La plume ne t'appartient pas plus. La garder, c'était la voler.

— Je sais... je sais... gémit-il.

— En Angleterre, il n'y a pas tant d'années, continua-t-elle, il y avait plus de cent crimes de cette sorte pour lesquels une personne pouvait être pendue...

— Même un petit garçon ? souffla-t-il.

— Oui... même un petit garçon. On pouvait être pendu pour avoir volé un mouton, et une plume en or vaut bien plus qu'un mouton.

— Tu as dit plus de cent crimes ?

— Oui, plus de cent. Mr. Madigan nous l'avait expliqué.

Ernest tentait de sortir de ses draps. Gussie avait du mal à entendre ce qu'il répondait :

— Ainsi, murmurait-il, j'aurais pu être pendu chaque jour de la semaine ? Oh ! Gussie, dis-moi ce que je dois faire.

Elle lui tapa un peu dans le dos.

— Nous trouverons un moyen, fit-elle pour le réconforter.

Enfin le visage rouge apparut au-dessus du drap blanc.

— Je t'en prie, n'en dis rien à papa ! supplia-t-il. Je ne veux pas être fouetté.

— Mais pourquoi as-tu pleuré ce soir ?

— Je me sentais si seul et, maintenant, j'ai tellement faim.

— Couche-toi sur le ventre et presse-le sur tes poings, ça ira mieux.

Il obéit. Puis il dit :

— Je crois que j'ai encore plus faim.

— Ecoute, fit alors Augusta. Reste là, bien tranquille, et je vais aller à la cuisine te dénicher quelque chose…

— Ne me laisse pas seul !

La voix d'Ernest n'était qu'une plainte. Il se faisait encore plus petit garçon qu'il ne l'était.

— Alors, viens.

Gussie parlait avec résignation.

Ernest sortit du lit avec une rapidité étonnante.

— Tu sais que je ne devrais pas faire cela ! C'est contre les règles.

— Qu'est-ce que tu ferais si tu me retrouvais mort de faim demain matin ?

— Tu ne mourrais pas pour un repas manqué. Ce n'est pas la première fois que cela t'arrive.

— Mais c'est la première fois qu'il y a un tel poids sur ma conscience. Est-ce que la conscience est dans l'estomac, Gussie ?

— Tu n'es jamais fatigué pour parler, répondit-elle avec lassitude. Finissons-en, viens avec moi et ne fais pas de bruit.

Puis elle alla remettre le pigeon dans sa cage.

Le réconfort que lui procurait la présence de Gussie apportait à Ernest non seulement une vraie joie mais aussi un sentiment très agréable d'aventure après la frayeur qu'il avait éprouvée dans sa solitude. C'était la première fois qu'il descendait dans le sous-sol à pareille heure. Il serrait très fort la main de sa sœur et tous deux retenaient leur souffle. Philippe lisait dans le salon le journal hebdomadaire. Ils entendaient le froissement du papier lorsqu'il tournait les pages. Néron était avec lui. Il les sentit, et s'approcha de la porte en gémissant.

— Viens ici, dit Philippe, la pipe entre les dents.

Les enfants filèrent silencieusement dans le hall. Ils passèrent devant la porte de la chambre où ils écoutèrent leur mère chantonner doucement, et faux. Certainement, elle ne les entendrait pas. Ils descendirent l'escalier jusqu'au sous-sol. Il y faisait agréablement chaud. Le clair de lune s'étendait en larges rectangles sur les carreaux fraîchement lavés et faisait étinceler les cuivres qui pendaient aux murs. Les Coveyduck et Bessie étaient depuis longtemps dans leurs lits, fatigués des efforts faits pour effacer toutes les traces du passage des noirs dans la maison.

Tandis qu'ils se faufilaient à travers les pièces, Ernest murmura :

— On est comme des voleurs au milieu de la nuit, pas vrai ?

Les mots étaient à peine sortis de ses lèvres qu'il comprit à quel point ils s'appliquaient à lui-même. Il eut la chance d'être arrivé sur la dernière marche, sans quoi il en aurait perdu l'équilibre. Il mit sa main sur sa bouche et roula les yeux vers Augusta pour vérifier son impression.

Si elle avait fait le rapprochement, elle n'en dit rien et conduisit son frère vers le garde-manger. Grâce au clair de lune, on voyait bien les grands bidons de lait, les tranches de pain et beaucoup de choses tentantes, surtout pour quelqu'un qui avait faim comme Ernest. Augusta découvrit une bougie et des allumettes. Elle fit de la lumière et tint le chandelier pour bien éclairer les étagères.

— Du pain et du lait ? proposa-t-elle.

Mais l'enfant avait vu la tarte aux pommes et le bol de bonne crème.

— Oh ! Gussie, je t'en prie, un peu de ça, supplia-t-il.

Sans commentaire, Gussie coupa une belle part, la posa dans une assiette et la couvrit largement de crème. Comme une sorte de prêtresse druidique, elle revint vers la cuisine et installa chandelier et assiette sur la table bien nettoyée. Ernest s'installa sur une chaise et sa sœur lui mit une cuillère dans la main.

— Si tes pieds sont aussi froids que les miens, dit-elle, tu as besoin de boire chaud.

La bouche d'Ernest était trop pleine pour parler mais ses yeux pleins de gratitude désignaient la théière. Dans cette cuisine, la bouilloire pour le thé était toujours sur le feu. Gussie remua les charbons et, un instant plus tard, l'eau chantait. Elle la versa dans la théière préparée.

Elle s'assit à côté de son frère et versa du thé pour chacun d'eux. La première gorgée fit pleurer Ernest tant c'était chaud. Mais il était si content d'être ainsi avec sa sœur que, pour l'instant, il ne se sentait plus fautif.

Il dit :

— Nicolas va se demander où je suis. Il regrettera de ne pas avoir été à ma place, non ?

— Je ne sais pas si quelqu'un voudrait être à ta place, répliqua Augusta.

Cette remarque assombrit l'enfant, mais cela ne dura pas. Le plaisir que lui donnaient cette fête tardive et ces deux tasses de thé le rendait trop heureux. Cependant, il avait encore faim.

Gravement, Gussie considéra la demande d'un second morceau de tarte. Ernest était fragile. Ce second morceau pouvait nuire à la digestion. Cependant il avait si peu mangé depuis le petit déjeuner... Elle se leva.

— J'en prends le risque, dit-elle.

Ernest se souvint alors d'un proverbe qu'il avait entendu citer par Lucius Madigan. Et il trouva que c'était le moment de le placer. « Mieux vaut être pendu pour un mouton que pour un agneau. »

Augusta le regarda avec désespoir.

— Tu ne peux donc retenir que ce qui est mal ?

Il baissa la tête. Un instant, il resta sans parole, mais il dit bientôt :

— Ce qui est mal doit me paraître naturel.

— Et avec ça, tu as l'air si innocent ! reprit Augusta. C'est ça le danger. Tant pis, je vais te donner encore de la tarte.

Elle le servit et ils reprirent du thé. Ernest regardait sa sœur avec amour et reconnaissance. Sur le chemin du retour, à travers le hall, il ne sut cacher son bonheur.

— Quelle soirée épatante, Gussie ! Tu sais, ça vaut bien un crime ou deux pour s'amuser comme ça !

Ne comprendrait-il donc jamais ? Exaspérée, Augusta l'attrapa par l'oreille et le conduisit vers l'escalier. Il lança une protestation assez haute. La porte du salon déjà entrebâillée s'ouvrit toute grande. Philippe et Néron apparurent.

— Qu'est-ce que c'est ? demanda Philippe.

— J'ai fait un peu de thé pour Ernest, dit Augusta.

— Pourquoi le tiens-tu par l'oreille ?

— Pour qu'il ne fasse pas de bruit en passant devant votre porte, papa.

— Dis-moi, c'est une drôle de façon de faire rester un garçon tranquille, n'est-ce pas, Ernest ?

En deux enjambées, Philippe fut à côté d'eux. Il prit Ernest dans ses bras, le souleva pour que leurs visages soient au même niveau, puis l'embrassa.

— Bonne nuit, dit-il, et maintenant filez.

Il se pencha sur Augusta et toucha son front avec sa moustache blonde dont les pointes étaient brillantinées. L'une d'elles la piqua légèrement.

— Tu es gentille, Gussie, dit-il encore.

Et il resta là, levant la lampe à huile jusqu'à ce que les enfants aient atteint le palier, puis il éteignit. La lumière tombait doucement sur son beau visage bronzé, ses yeux clairs étaient levés vers ses enfants, ses cheveux qu'il portait assez longs étaient encore blondis par le soleil du pique-nique. Gussie hésita un instant, puis elle se tourna vers lui. Il était assez rare qu'elle sentît un élan d'affection vers son père. Le plus souvent elle l'examinait plutôt avec une certaine appréhension… Mais ainsi il semblait si jeune, si blond, si bon avec ses enfants…

A travers le hall envahi par l'obscurité, Augusta et Ernest atteignirent la chambre des garçons. Nicolas, dans le lit, dormait à poings fermés. Il avait bien tenté de rester éveillé en les attendant, mais sans succès.

— Si seulement il savait tout ce qu'on a fait, rit sous cape Ernest, il nous envierait, n'est-ce pas ?

— Tu as une drôle de manière de voir les choses, constata Augusta. As-tu dit tes prières ?

Il inclina la tête affirmativement et grimpa dans son lit. Eh bien ! ce n'était pas tout à fait un mensonge. Elle ne lui avait pas demandé s'il avait *récité* ses prières *ce soir*. Il les dirait bien au chaud dans ses draps, si toutefois il parvenait à ne pas s'endormir. Néron avait décidé qu'il coucherait dans la chambre des garçons. Il grimpa donc sur le lit et son poids fit craquer le sommier.

— Bonne nuit ! dit Augusta en soufflant la chandelle, et elle sortit doucement de la pièce.

Lorsque sa sœur fut partie, tout devint calme, un calme effrayant dans le noir. Ernest se pelotonna le long du dos de Nicolas et glissa ses pieds gelés sous Néron. Celui-ci grogna de mécontentement et Nicolas, dans son sommeil, bafouilla quelque chose. Ernest tenta de se souvenir de ses prières, mais il lui fut vraiment impossible de savoir par où elles commençaient. Tant pis, il dirait ce qui lui venait à l'esprit et ainsi parviendrait plus vite à la fin. Il murmura :

Si je meurs avant de me réveiller
Je prie le Seigneur de garder mon âme,
Sur mon petit oreiller
Dieu du Ciel, vois mes larmes.
Seigneur, conduis-moi sur le chemin
Et garde-moi sauf jusqu'au matin…

Il n'était pas très sûr de ne pas s'être trompé. Mais ça irait comme ça. La tarte aux pommes, la crème, le thé fort faisaient bon ménage dans son estomac. Son esprit était en paix car il savait maintenant ce qu'il devait faire.

Le bruit d'un sifflet monta du hall. Néron comprit que c'était lui qu'on appelait. Avec un grondement, il dégringola du lit pour descendre l'escalier. A ce moment, Ernest s'endormit.

Augusta, dans sa chambre, était assise devant sa fenêtre ouverte. Son coude sur le rebord, elle inclinait sa tête sur sa main. Engourdi, le pigeon somnolait sur son épaule. Elle savait qu'elle ne risquait rien en ouvrant les volets. Tant qu'elle serait avec lui, le pigeon ne partirait pas et, s'il s'envolait, il reviendrait la rejoindre comme il l'avait déjà fait plusieurs fois.

Elle souleva ses cheveux sur son front pour mieux sentir la brise nocturne. On lui avait souvent répété, depuis qu'elle était enfant, que l'air de la nuit était pernicieux. Il était mauvais pour toutes les maladies, et pouvait même rendre malades des gens bien portants. Mais il y avait quelque chose dans cette nuit qui était plus en accord avec son esprit que le jour. Les ciguës et les sapins serrés étaient mystérieux le long de l'allée de gravier. Augusta imaginait galopant vers elle un cavalier au pourpoint de velours et coiffé d'un casque à plumes. Il retenait son cheval juste sous sa fenêtre.

Il levait son bras et elle voyait briller sa cuirasse sous son manteau. Il baissait sa visière pour montrer son visage et c'était celui de Guy Lacey. La tête de la jeune fille s'inclina et elle baissa les paupières.

— Mon pigeon… mon pigeon chéri ! murmura-t-elle. L'oiseau lui répondit par un roucoulement. – Tu as vraiment des yeux de pigeon.

Et avec une tendresse extasiée, l'oiseau pressa son petit corps palpitant contre sa joue.

Lorsqu'elle ouvrit les yeux, le cavalier avait disparu. Mais n'entendait-elle pas le bruit des sabots de son cheval au loin ? Non, c'étaient seulement les remous du ruisseau au fond du ravin lorsque, dans la nuit froide, il passait sous le pont rustique. Et, sur la pelouse endormie, le jeune bouleau blanc déployait toute sa nudité. Ses feuilles étroites et argentées jonchaient le sol comme un vêtement abandonné.

Augusta posa son front sur la barre d'appui. Le pigeon, trouvant difficile de se maintenir en équilibre sur son épaule, se dirigea vers sa nuque. Un vent léger souleva les cheveux de la jeune fille. Elle sentit qu'elle était fatiguée et, un instant, s'assoupit.

Lorsqu'elle s'éveilla, elle vit que la bougie avait brûlé presque jusqu'en bas. Elle pensa à ses deux frères blottis dans leur lit. Rapidement, elle se dévêtit, dénicha sa chemise de nuit pliée sous son oreiller. Avant de la mettre, elle rapprocha la bougie de la glace et contempla pensivement son reflet dans le miroir. « Pourquoi cela m'intéresse-t-il tellement ? » se demanda-t-elle. « Hou-hou ! » fit le hibou dans le ravin. Le pigeon avait été remis dans sa cage, mais, à ce cri sinistre, il retira sa tête de dessous son aile et jeta un coup d'œil inquiet vers la fenêtre.

Le temps passa vite jusqu'au moment où le soleil brumeux du matin traversa les pins parfumés pour venir jusqu'à cette chambre. Les jours étaient plus courts. Augusta se souvint que c'était dimanche.

Sur la plus belle nappe, le petit déjeuner comporterait peut-être des poires mûres et l'on irait à l'église.

La jeune fille versa de l'eau dans une cuvette et cela fit un bruit joyeux. Déjà les garçons se querellaient dans leur chambre pour savoir si oui ou non Ernest avait lavé ses oreilles.

— Il y a du sable dedans, je le vois ! criait la voix de Nicolas.

— Mes oreilles sont plus propres que les tiennes ! répondait Ernest. Ce sont les plus propres de la famille !

— Va dire ça à maman !

— Parfaitement, j'irai !

— Quel menteur !

Gussie descendit vite l'escalier. Pour une raison qu'elle ignorait, elle se sentait légère et gaie.

Philippe et Adeline étaient à table et mangeaient leur porridge. Celui-ci avait été cuit par Mrs. Coveyduck pendant deux heures jusqu'à ce qu'il atteigne la consistance d'une crème. Un grand bol rempli jusqu'au bord était devant Philippe et il venait juste de se servir lorsque Augusta entra. Sagement, elle embrassa ses parents et, avec un regard anxieux vers le porridge, elle implora :

— Juste un tout petit peu pour moi, papa.

— Qu'est-ce qui t'arrive ? demanda Philippe.

— Rien, mais je n'aime pas beaucoup le porridge.

— Tu aurais meilleure mine si tu en mangeais un peu plus. Regarde ta mère.

— Mais elle a le teint que donne le climat irlandais, elle. Ici, l'air sèche la peau, Mrs. Coveyduck me l'a expliqué. – Elle recula devant l'assiette que son père lui servait. – Oh ! papa ! protesta-t-elle.

— Mange ça, ordonna-t-il.

Les deux garçons firent irruption dans la salle.

— Enfin ! s'exclama Adeline. Est-ce une façon de se conduire un dimanche ?

— Sortez ! commanda Philippe. Et rentrez convenablement ou bien vous n'aurez pas de petit déjeuner.

Repentants, les garçons se retirèrent et revinrent avec plus de dignité.

Adeline dit :

— Si mes frères étaient entrés en chahutant à la maison, en Irlande, mon père les aurait mis dehors lui-même, et ils n'auraient rien eu à manger. – Elle soupira profondément et poursuivit : – Ah ! comme mon père a de jolies manières ! La courtoisie, l'amabilité d'un gentleman irlandais ! C'est mon regret qu'il ne vive pas auprès de nous pour vous servir d'exemple.

Cette remarque parut sans doute très cocasse à Philippe, car il rit silencieusement un bon moment. Il eut de la chance que Mrs. Coveyduck plaçât juste à cet instant devant lui un plat d'œufs pochés sur toasts.

— Je parierais, dit-il à Ernest, que tu as très faim ce matin. Avale ton porridge et tu auras des œufs.

— Je n'ai pas faim, répondit le petit garçon, j'aimerais mieux aller à l'église que manger.

— Grand Dieu ! s'écria Philippe en posant sa fourchette et en regardant son fils avec inquiétude. Pour un peu, il voudra bientôt entrer dans les ordres !

Nicolas expliqua :

— Il est dans cet état de sainteté depuis qu'on est levés.

— Pas tout le temps, coupa Ernest, on a aussi parlé de mes oreilles !

— Il avait du sable dedans, expliqua Nicolas.

Après le déjeuner, Adeline d'un coup d'œil fit l'inspection de ses fils. Elle obligea Ernest à se laver les oreilles et s'attaqua elle-même aux cheveux épais et emmêlés de Nicolas, qu'il se contentait d'aplatir d'un coup de brosse.

Enfin la famille fut prête pour l'église et très élégante d'allure. Adeline portait une immense jupe qui l'obligeait à prendre deux places dans la voiture. Philippe conduisait une magnifique paire de chevaux bais. Les petits garçons, en jaquettes de velours et chapeaux à glands, s'installèrent près du conducteur, sur le même siège. Augusta, ses longs cheveux noirs flottant, s'assit près de sa mère. Néron galopa sur la route.

L'église se dressait sur une petite éminence et elle était entourée d'arbres qui, en ces trois derniers jours, s'étaient complètement dénudés. Au-dessus s'arrondissait un ciel d'un bleu extraordinaire, pareil à celui d'une mer du Sud. Des vols de pigeons traversaient l'azur comme si c'était un océan. Nicolas leva un fusil imaginaire et tira d'imaginaires coups de feu.

— J'en ai eu trois ! annonça-t-il.

Ernest, habituellement, aurait imité son frère mais, cette fois, il marchait avec dignité le long du chemin qui menait au porche. Ses souliers du dimanche craquaient, ce qui l'enchantait.

Un mince jeune homme en uniforme d'officier de marine s'avança pour rejoindre Gussie. Adeline l'accueillit gaiement. Elle attendait Philippe qui était allé mener ses chevaux et Néron dans un abri derrière l'église. Elle se tenait dans le cimetière près de l'emplacement que Philippe avait acheté pour sa famille. La pelouse en était douce. La sépulture n'était pas encore construite. Et, dans l'esprit de la jeune femme, une pensée se précisa mais qui lui parut inimaginable, qu'un jour, dans de très lointaines années, sa tombe serait exactement là.

La cloche sonnait.

Augusta s'aperçut qu'elle marchait au côté de Guy Lacey. La cloche s'était tue et, maintenant, James Wilmott jouait un hymne de procession sur l'harmonium. Augusta et Guy paraissaient suivre en mesure. Guy tenait sa casquette sous son bras et sa tête se penchait légèrement vers la jeune fille. Gussie se sentait presque éblouie par la splendeur d'un tel instant.

Ses parents et ses frères venaient juste derrière. Guy passa dans le banc des Lacey. Augusta s'agenouilla. Le large bord de son chapeau et les soyeuses boucles de ses cheveux lui assuraient un abri sûr.

Elle ne se sentait ni triste ni gaie mais semblable à un dormeur qui a l'impression d'être très loin de la réalité et qui ne demande rien sinon de demeurer ainsi dans le cristal magique de son rêve.

La voix sonore de Mr. Pink se faisait entendre. Le petit visage d'Ernest avec son nez brûlé par le soleil était dressé vers le recteur. Il buvait ses paroles.

« Je reconnais mes fautes, et mes péchés sont toujours en face de moi.

« Cache ta face devant mes péchés et débarrasse-moi de mes iniquités... »

Adeline regardait avec complaisance les épaules inclinées de son fils. Elle murmura :

— Sors ta main de ta poche.

Et elle prit cette main dans la sienne pour rassurer l'enfant.

L'office se poursuivit.

Quand vint le moment de la collecte, Philippe sortit de son banc et rejoignit Thomas Brawn, le minotier. Ils passèrent le long des rangs, présentant à tous le plat d'argent. Philippe regarda les siens remettre leur obole. Quand il fut arrivé devant Ernest, l'enfant, cérémonieusement, déposa la plume d'or dans le plateau. Puis, il croisa les bras dans un geste très napoléonien et regarda franchement son père dans les yeux.

Philippe et Thomas Brawn revinrent vers l'autel et remirent la quête à Mr. Pink. Celui-ci devint encore plus écarlate que d'habitude en contemplant avec incrédulité la plume d'or.

Le visage de Philippe Whiteoak était impénétrable. Il semblait que, pour lui, c'était la chose la plus naturelle du monde que de trouver ainsi une plume d'or. Il paraissait disposé à découvrir n'importe quoi dans ce plateau. Lorsqu'il revint à son banc, il jeta un regard courroucé vers Nicolas qui pouffait de rire. Dans tout ce côté de l'église, un murmure d'étonnement courait. De l'autre côté, les regards se croisaient pour essayer de surprendre ce qui arrivait. Les Lacey étaient en face et Augusta remercia le Ciel que Guy n'eût pu voir le geste d'Ernest. Elle sentait qu'elle se serait évanouie de honte.

Elle ne put cependant éviter le jeune homme. Dans la bousculade de la sortie, elle le vit près d'elle.

— Que s'est-il donc passé ? murmura-t-il.

— On a mis quelque chose dans le plateau, répondit-elle en faisant un effort.

— C'est vous ?

Ils avaient atteint l'extérieur. L'air était magnifiquement clair et tout le bleu du ciel étincelait.

Elle se redressa :

— Moi ? Oh ! non !

— Alors, c'est une blague du jeune Ernest.

Guy attrapa le petit garçon par le bras et lui dit tout bas :

— Ernest, as-tu mis un bouton de culotte dans le plateau ?

Ernest éclata d'un rire magnifique et, soulagé du poids qui l'oppressait, il lança :

— Un bouton de culotte, mon œil !

Lorsque les Whiteoak revinrent chez eux, Philippe prit son fils par la main et l'emmena dans la bibliothèque.

— Cette fois, il est bon, dit Nicolas.

— Gussie, demanda Adeline, explique-moi un peu ce qui se passe. Je n'aime pas qu'on me laisse en dehors de tout.

— Papa vous racontera ! lança Gussie, et elle grimpa vite l'escalier.

Nicolas colla son oreille contre le trou de la serrure de la bibliothèque.

— Et j'entends pas un cri, encore ! annonça-t-il.

— Mais entends-tu ce qu'ils disent ? demanda Adeline.

Nicolas fila lorsque la porte s'ouvrit. Au même instant, Bessie frappa le gong qu'on avait rapporté des Indes pour appeler la famille au repas de midi dominical.

Philippe et Ernest sortirent, la main dans la main.

Ce fut un matin ou deux plus tard que Guy Lacey vint à Jalna pour faire ses adieux, car son navire allait bientôt repartir d'Halifax.

Adeline appela sa fille.

— Augusta ! Gussie ! Descends et viens dire au revoir à Guy Lacey. Je l'ai vu ! Il arrive.

— Oh ! maman, j'aime mieux pas ! répondit-elle de sa chambre.

— Et pourquoi ? Il vient exprès. Il t'admire beaucoup !

— Non, maman, dites-lui que je suis malade.

— Tu es folle ! Descends tout de suite !

Augusta, lentement, descendit les marches. Adeline l'examina :

— Qu'est-ce qui t'arrive ? Tu es pâle comme une morte. Mords tes lèvres.

Obéissante, Augusta se mordit les lèvres y amenant, presque à regret, un peu de couleur. Guy Lacey apparut à la porte. Adeline ouvrit avant qu'il ne frappe.

— Bonjour ! dit-elle, et sa voix était chaude et accueillante. Entrez donc. Comme c'est triste de vous voir repartir ! Et où allez-vous ?

— En Irlande, Mrs. Whiteoak.

— En Irlande ! Par exemple ! Comme c'est drôle ! Gussie, ma chérie... Guy part pour l'Irlande ! Tu ne l'envies pas ?

Adeline se tournait vers l'escalier où, un instant auparavant, s'était trouvée sa fille, mais la jeune fille avait disparu.

— Excusez-la, fit-elle, résignée. Elle n'est pas très bien ce matin. En vérité, je crois qu'elle vient d'apprendre que vous repartez, et cela la bouleverse.

— Voulez-vous lui transmettre mes meilleures amitiés, dit Guy, et lui dire combien j'ai été navré de ne pas la voir.

— Et quand aurez-vous une seconde permission ?

— Dans deux ans, sans doute.

Rapidement, Guy s'en alla vers les écuries pour trouver Philippe. Il sifflait gaiement en marchant. Adeline fila vers la chambre de sa fille. Elle la trouva jetée en travers du lit et la tête enfouie dans l'oreiller. Elle la prit par les épaules et la retourna.

— Tu n'as pas honte ? demanda-t-elle avec un peu de colère. Courir te cacher quand un charmant jeune homme vient te voir ! Est-ce que je t'ai enseigné de pareilles manières ? Ton père t'a-t-il élevée pour en arriver là ? Tu n'es qu'une timide petite fille sans éducation ! Et Guy Lacey pense comme moi. Il me l'a dit !

C'en était trop pour Gussie. Elle roula sur elle-même et sanglota de tout son cœur. Adeline eut pitié d'elle. Elle reprit :

— Bah ! je me trompe peut-être. Guy n'a peut-être pas dit ça. Il a seulement parlé de ta timidité. Franchement, j'étais tellement fâchée que je ne m'en souviens plus. Ah ! oui, voilà, il a dit : une charmante petite fille timide !

Des larmes de gratitude coulaient à travers les doigts de Gussie.

— Je suis si contente, murmura-t-elle.

— Ce qui est ennuyeux avec toi, Gussie, reprit Adeline, c'est que tu es trop sensible. Je sais ce que c'est, je suis un peu comme ça moi-même. Allez, maintenant, lève-toi, arrange-toi un peu. On va appeler les garçons et on ira chercher des noisettes.

Les garçons écoutaient derrière la porte. Lorsque Ernest entendit les derniers mots, il ne put retenir un « hourra » de joie, car la cueillette des noisettes était, pour lui, au moins aussi agréable qu'un pique-nique près du lac. En plus des noisettes, on ramassait les faînes des hêtres, sans parler des mûres que l'on ne négligeait jamais. Il n'était pas étonnant qu'Ernest poussât un « hourra ! »

Adeline ouvrit en grand la porte.

— Qui a fait hourra ? demanda-t-elle.

Nicolas répondit :

— C'est moi !

— Mais qu'ai-je donc fait au Ciel pour mettre au monde de telles vipères ? cria Adeline. Là, sur le lit, je trouve ma fille unique – une enfant encore et déjà prête à avoir une idylle secrète avec un officier de marine ! Un fils qui écoute aux portes tandis que l'autre me regarde en face et ment !

— Excusez-moi, m'man, dit Ernest.

— Excusez-moi aussi, m'man, dit Nicolas.

Augusta murmura aussi des excuses. Mais l'idée d'une idylle secrète lui plaisait. Elle se redressa sur son lit, remit de l'ordre dans ses cheveux et rejoignit sa mère et ses frères. Ils entendaient le bébé Philippe, essayant de grimper l'escalier en rouspétant, grognant et émettant toutes sortes de cris de joie lorsqu'il réussissait à franchir une marche.

— Et celui-là, poursuivit Adeline. C'est le pire du lot ! Viens ici, mon chéri !

En vérité, elle se sentait si heureuse qu'elle ne savait plus que faire pour exprimer sa joie de vivre.

16

Les événements de l'automne

Wilmott pensait tour à tour au ciel menaçant de novembre et au calme de la petite rivière qui avait la couleur des pierres de lune. Les buissons bas qui encombraient les rives se paraient encore du vert sombre du cèdre, de masses écarlates de roses sauvages et d'airelles d'un rouge ardent. Un héron bleu volait au-dessus de l'eau et s'y reflétait.

Wilmott dit tout haut :

— Le héron lorsqu'il plane haut indique les vents.

La voix de Tite Sharrow monta d'un fourré d'airelles :

— C'est de la poésie, maître. Je suis un peu poète moi-même et j'apprécie, disait-il.

Wilmott avait lu quelques vers enfantins écrits par Tite sur ses cahiers de classe.

— Tu as réussi quelques rimes excellentes, dit-il avec bonté, excellentes, en vérité.

Tite se rapprocha de lui et sortit une coupure de journal de sa poche. Il y avait dans sa voix un frémissement :

— L'éditeur de ce journal les a trouvées assez bonnes pour les imprimer, dit-il. Voulez-vous y jeter un coup d'œil ?

Etonné, Wilmott examina les vers. Ils étaient follement sentimentaux et signés du nom de Tite.

— Félicitations ! fit Wilmott. Je suis sûr que tout le monde, dans les environs, serait heureusement étonné de découvrir un poète parmi nous.

Le ton de Wilmott était plein d'indulgence et un peu amusé. Tite répondit :

— J'ai décidé de ne plus étudier les lois car je suis certain de ne jamais réussir dans cette voie. Je veux être poète. Plus tard, dans le courant de l'hiver, j'écrirai un livre.

Wilmott avait, lui aussi, écrit un roman qui n'avait jamais été publié. Il ressentit une sorte de pitié pour la confiance en soi qu'éprouvait le métis.

— Sois prudent, Tite, dit-il. Tu tentes quelque chose qui a déçu bien des hommes plus intelligents que toi. Publier des vers dans un journal local, c'est une chose. Trouver sa propre littérature sous la couverture d'un livre, c'est tout différent.

— Maître...

— Oui, Tite ?

— Je suis né pour le succès.

— Qu'est-ce qui te fait croire ça ?

— Lorsque j'étais élève à l'école de la réserve des Indiens, je n'étais pas seulement le plus beau, mais aussi le plus malin. La maîtresse n'était pas jeune et pourtant j'ai vite découvert qu'elle m'aimait. Elle me donnait des notes meilleures que celles que je méritais parce qu'elle voulait me faire plaisir.

— Tout a conspiré pour te rendre fat, Tite, mais tu n'es pas aussi remarquable que tu le penses.

— Je crois que vous êtes remarquable, maître, et depuis que nous vivons ensemble, j'ai tout fait pour vous ressembler. – Wilmott le regarda avec stupéfaction. – Croyez-vous que j'y ai réussi ?

— C'est toi qui dis que tu es né pour le succès.

— Nous trouvez-vous semblables, maître ?

— Avec cette différence que moi, je suis né pour la faillite.

— Ne me faites pas rire, maître, et pardonnez-moi de rire !

— La faillite, ce n'est pas drôle.

— Voyons, vous avez ce petit cottage, un bateau, quatre costumes, cinq paires de chaussures, un fusil et des tas d'autres choses. Vous ne travaillez jamais. Je me modèle sur vous.

— J'ai travaillé dur en Angleterre. J'ai économisé ce que j'ai pu.

— Qu'est-ce qui vous paraît le plus important dans la vie ?

— Cela m'est facile de te répondre : la solitude.

— Alors, pourquoi m'avez-vous gardé auprès de vous ?

— Je me pose moi-même la question.

— Je peux y répondre, maître : c'est parce que vous êtes un solitaire et que moi aussi, j'en suis un. Les grands sont toujours des solitaires. Lord Byron l'était. Vous possédez un livre de lui et l'histoire de sa vie. J'ai lu les deux et je crois que c'était un grand poète aimé des femmes. Je suis comme lui. Les femmes me recherchent. Vous souvenez-vous de Miss Daisy Vaughan qui était venue à Jalna lorsque le petit Ernest était un bébé et que moi j'étais très jeune ?

— Je ne veux rien savoir de cette histoire, coupa Wilmott.

Tite poursuivit comme s'il n'avait pas été interrompu :

— Cette jeune femme, un jour, s'est perdue dans la forêt. C'est moi qui l'ai retrouvée et qui ai réclamé la récompense. Mais avant, j'ai passé un petit moment dans la forêt avec elle. Elle a été très gentille et elle m'aimait tendrement. C'est toujours la même chose. Elle ne pouvait s'empêcher de m'aimer. Aucune ne peut s'en empêcher. La dernière, c'était Annabelle. Elle croyait aimer Dieu, mais c'était *moi* qu'elle aimait. Elle ne pouvait m'épouser, alors elle s'est jetée à la tête du nègre, Jerry. Je ne pouvais pas l'épouser. Je suis un poète. J'ai besoin de solitude… comme vous, maître.

— Je ne sais ce que tu cherches à m'expliquer, dit Wilmott avec encore plus d'humeur.

Tite répondit patiemment :

— Je parle de Lord Byron, de vous, et de moi.

Wilmott se détourna pour s'éloigner. Tite se planta carrément devant lui.

— Maître, fit-il.

— Oui ?

— Vous m'avez dit un jour que j'étais comme un fils pour vous.

— Les fils parfois parlent comme des fous…

— Je suis navré si je vous ai offensé, car je vous aime plus que n'importe qui au monde, encore plus que ma grand-mère qui est la fille d'un chef indien. Par son côté français, je suis de sang noble.

— Tu me l'as déjà souvent raconté, déclara froidement Wilmott. Tu es de sang noble et tu es un poète.

— Avec cet hiver qui vient, vous, comme moi, nous avons besoin d'une femme qui s'occupe de nos affaires, une jeune femme comme Annabelle, aimable, gaie, travailleuse, agréable à regarder. Cela nous laisserait du temps pour écrire nos poèmes. Elle porterait le bois, nettoierait le poisson et ferait la cuisine. Cela ne coûterait pas cher.

— Explique-toi, dit Wilmott.

— J'ai une lettre d'Annabelle dans ma poche. Elle n'était pas plutôt arrivée chez elle qu'elle découvrait que Jerry avait été marié avant la guerre. Il a une femme et deux enfants. Alors, elle l'a quitté et elle est de retour au Canada pour chercher les enfants d'un couple qui est venu s'installer par ici. Elle est toujours inquiète de mon âme, et elle aimerait venir ici et travailler pour nous. Un grand écrivain comme vous...

— Mon Dieu, interrompit Wilmott, ne me mêle pas à tout cela, Tite. Tu es peut-être un poète, mais moi, je ne prétends pas du tout être un écrivain.

— On ne peut vous abandonner, affirma Tite, parce que vous êtes un grand homme. Il faut qu'on veille sur vous. – Ses étroits yeux sombres regardaient Wilmott avec intensité. – Vous souvenez-vous combien j'ai été malade l'hiver dernier et comment vous vous êtes occupé de moi ? Et pourtant vous n'étiez pas bien vous-même. Comme ce serait merveilleux si, vous et moi, nous avions une saine jeune femme pour nous soigner ! Belle a une bonne santé. Elle est forte. Elle m'aime. Elle vous admire. Et elle est aussi très pieuse...

— Où habiterait-elle ?

— Mais, avec nous.

— Cela ferait un beau scandale dans le voisinage. Je ne pourrais tolérer pareille chose.

— J'ai découvert que le monde s'habitue à tout. On vous respecte beaucoup.

— Hum !

— Réfléchissez. Combien nous serions heureux ! Nous avons notre cottage... nous avons notre rivière... nous aurions notre servante. Elle est accoutumée à être une esclave. Elle ne demande rien de mieux. Je vous en prie, permettez-lui de venir.

— Jamais !

Wilmott s'éloigna.

— Vous reviendrez là-dessus.

Tite resta profondément songeur. Le seul bruit qui parvenait jusqu'à eux était celui que faisait la rivière avant son engloutissement dans le lac.

Tite parla sur un ton particulièrement enjôleur :

— Maître, dit-il. Pour votre bien, j'accepterais d'épouser cette femme.

— C'est ce que j'ai entendu de plus stupide jusqu'ici, lança Wilmott. Tu as dit des choses assez folles, mais encore rien de pareil. Tu veux épouser une esclave ?

— Belle n'est plus une esclave. Et puis je vous ai entendu déclarer que personne n'est vraiment libre.

— Mais tu te vantes tout le temps de ton sang noble. Et voilà que, maintenant, tu veux épouser une mulâtresse.

— Belle n'est ni noire, ni brune, ni même jaune, fit Tite fièrement. Elle a les yeux d'une femme blanche.

— Je ne l'ai pas remarqué, dit Wilmott.

— Son père, poursuivit Tite, était un gentleman de Virginie.

— Tout cela est bien extravagant, conclut Wilmott. Je n'ai pas de temps à perdre.

— Mais ce serait moins extravagant si vous vous réveilliez un matin d'hiver en entendant pétiller un bon feu et en sentant la bonne odeur du café. Vous avez oublié que vous étiez souvent obligé de m'appeler trois ou quatre fois chaque matin, et même de lancer votre botte contre ma porte ! Et quand je me levais, je laissais les toasts brûler et je faisais trop cuire les œufs. Tout cela changerait si Annabelle était là.

Wilmott pensa à l'hiver qui allait venir. Il faiblit. Pourtant, il affirma :

— Je ne peux permettre cela.

— Mais pourquoi, maître ? Donnez-moi une bonne raison.

— Tu vivras dans le péché… comme disent les prédicateurs.

— Belle et moi, nous sommes pieux. Nous irons trouver ma grand-mère, dans la réserve des Indiens. Le recteur de la petite église, là-bas, nous mariera. Ce sera simple et légal. Ce sera très différent du mariage de Belle avec Jerry puisque lui était déjà un homme marié – marié et aussi noir que l'enfer.

— Tite, reprit Wilmott, je n'accepterai cette union bizarre que lorsque j'aurai consulté mes voisins, les Whiteoak.

— Ça, c'est une sage décision, fit Tite.

Pendant cette conversation, Tite était devenu momentanément plus digne, plus sérieux. Il regardait la rivière luisante, le ciel qui n'était ni argent ni or mais un étonnant mélange des deux et le héron bleu qui projetait son reflet sur l'eau.

Chose étrange, Adeline fut tout de suite d'accord pour reconnaître que la présence de la femme de Tite, dans le cottage, améliorerait le confort de Wilmott.

— Souvent, déclara-t-elle, je me suis inquiétée de l'abandon dont vous avez souffert durant les mois d'hiver lorsque les études de Tite le retenaient en ville. C'est de la folie pour celui-là, ajouta-t-elle, d'imaginer qu'il pourra jamais devenir un homme de loi. Vous vous êtes trompé, James, en l'encourageant.

— Il est malin, assura Wilmott. Je suis souvent stupéfait par sa compréhension. Il est loyal aussi, à sa façon. Pendant les nombreuses années où il a vécu avec moi, je me suis pris à l'aimer. J'avais rêvé pour lui d'un avenir meilleur qu'un mariage avec une mulâtresse.

Adeline parla avec décision.

— A mon avis, Belle est même trop bien pour lui. Elle est très douce. Elle est pieuse. Et elle l'adore. Lorsqu'elle m'a confié que son amour pour lui était éteint... je ne l'ai pas cru un seul instant. Elle aura une bonne influence sur lui.

— Il ne désire plus être un homme de loi, expliqua Wilmott. Il a l'intention de devenir un poète... Byron, comme il dit. Le journal local a publié certains de ses vers.

Adeline fut impressionnée :

— Oh ! j'aimerais les lire !

— Ils sont bien mauvais, reprit Wilmott.

Cependant, il vit que Tite avait sérieusement monté dans l'opinion de la jeune femme.

C'était l'après-midi. Adeline portait une robe de chambre en velours vert qui rehaussait son teint de perle, ses cheveux d'un acajou chaud que Philippe déclarait rouge. Des bûches de bouleau argenté brûlaient dans la cheminée et leurs flammes faisaient luire les diamants et les émeraudes des bagues de Mrs. Whiteoak. « Tant de bagues, c'est de bien mauvais goût pour une femme dans ce pays encore à peine civilisé, pensait Wilmott. Cependant, ajoutait-il en lui-même, Adeline n'appartient à aucun pays. Elle drape son passé autour d'elle comme un manteau. » La bague au rubis lui avait été donnée par un Rajah et, à son petit doigt, elle semblait normale.

Adeline regardait les flocons de neige qui, innombrables, comme les abeilles dans une ruche, dansaient derrière la vitre. Certains se collaient aux carreaux comme s'ils voulaient entrer dans la pièce. D'autres tourbillonnaient en montant vers le ciel gris. Ils dansaient dans l'air sur un rythme de brillant allegro faisant croire qu'aucun hymne funèbre ne suivrait jamais.

— James, dit Adeline. Etes-vous heureux ?

— Aussi heureux, répondit-il, que je suis capable de l'être.

— Ne vous sentez-vous jamais révolté ?

— Révolté ? Moi ? J'ai laissé tout cela en Angleterre. Ici, je suis satisfait comme une vache dans un pré.

— Une vache ! dit-elle en riant. *Vous*, une vache ! Oh ! James !

Il se permit un sourire timide :

— Je rumine. Je réfléchis un peu au sens des choses et je réalise combien j'ai de la chance d'être ici. Certainement non, je ne suis pas révolté.

— Me mépriseriez-vous si je vous avouais que, moi, je le suis ?

— Vous savez parfaitement que je ne peux pas vous mépriser mais... parfois, je me pose des questions.

— Pourquoi ?

— C'est que vous avez tout... la beauté...

Elle rit avec dérision :

— La beauté ? J'ai perdu celle que j'avais.

Il se leva à demi :

— Quand vous dites de pareilles bêtises, je sens qu'il est temps que je parte.

Elle tendit la main pour le retenir :

— J'ai reçu une lettre de Lucy Sinclair, lui confia-t-elle.

— Ne me dites pas que vous l'enviez !

— Comment lisez-vous dans mes pensées ? Dieu merci, Philippe ne vous ressemble pas. Nous nous battrions.

— Mrs. Sinclair, dit-il, m'a paru très insignifiante.

— Vous vous trompez, James.

— Je me trompe toujours... quand il s'agit des femmes.

— Lucy est courageuse. – Dans la voix d'Adeline frémissait la ferveur de son admiration. – Elle a passé des moments affreux et ne s'est presque jamais plainte. Enfin, j'ai reçu de ses nouvelles.

— Vous me l'avez déjà dit.

— Dans la vie étriquée que je mène ici, il me faut répéter les choses, sans quoi je n'aurais rien à dire.

— Oh ! Mrs. Whiteoak !

— Mrs. Whiteoak ! cria-t-elle. Ça, c'est trop ! Quand je pense qu'après tant d'années d'amitié, je ne suis pour vous que Mrs. Whiteoak !

Wilmott, embarrassé, se mordilla les ongles.

— Quand je pense, reprit-elle, qu'en plus de tous mes soucis...

Cela amena un sourire sur les lèvres sensibles de Wilmott :

— Vos *soucis*, ma chère. Bon, désolez-vous si vous voulez, mais n'oubliez pas que tout le monde vous envie. Vous menez une vie délicieuse.

— Et monotone. Vous avouerez qu'elle est monotone ?

— La monotonie vaut mieux que les vicissitudes par lesquelles les Sinclair sont passés. Mrs. Sinclair vous parle-t-elle de l'état de leur plantation ?

— En ruine, James, tout n'est que ruine. Mais Curtis Sinclair a acheté une belle maison à Charleston, ou dans ce qui reste de

Charleston. Ils nous supplient de venir les voir quand les conditions seront plus favorables.

Adeline eut un sursaut car on entendait soudain, au-dessus d'eux, le martèlement des pieds des enfants et leurs cris.

— Ecoutez-les, dit-elle. Ils ont inventé un jeu affreux. Ils appellent ça la Vieille Sorcière !

— Et qui fait la Sorcière ?

— Gussie, et elle est pire que les garçons !

— Mon Dieu, dit Wilmott, je croyais que Gussie était bien trop sérieuse pour un jeu pareil.

— Elle est à un âge idiot. C'est tantôt une enfant déchaînée, tantôt une jeune fille distinguée. Souvent timide et puis, tout à coup, effrontée... Ecoutez ça ! Même le plus jeune s'en mêle.

C'était vrai. Le bébé Philippe était le plus bruyant.

Adeline se leva. Et du pied de l'escalier, elle cria :

— Les enfants ! Venez un peu ici !

A regret, ils descendirent. Augusta tenait par la main le petit Philippe.

— Vous allez me faire avoir une crise de nerfs, déclara Adeline. Oh ! comme je regrette ce cher Mr. Madigan ! Nous avions la paix dans la maison quand il était là !

— C'est la première fois que vous reconnaissez ça, m'man, déclara Nicolas. Vous prétendiez qu'il ne savait pas ce qu'était la discipline !

— Tu peux remercier le Ciel, mon garçon, fit Adeline d'un ton solennel, que Mr. Wilmott soit là, sans quoi je te montrerais un peu ce qu'est la discipline.

— La discipline, mon œil ! lança Ernest.

Adeline faillit pousser un cri.

— Dieu du Ciel ! lança-t-elle. Me faut-il entendre des choses pareilles dans la bouche de mes enfants ?

— Fais des excuses immédiatement, Ernest, dit vivement Gussie.

— Excusez-moi, m'man, fit le petit garçon. Ça ne voulait rien dire.

On aurait vraiment pu croire qu'Adeline allait s'évanouir, n'était la fraîche couleur de ses joues. Elle parla avec une voix lourde de chagrin.

— De vilains mots, de vilaines phrases ! se lamenta-t-elle. Qu'est-ce que je ferai de lui ?

— Ce n'est rien, dit Wilmott. Il oubliera vite ces habitudes-là.

Le bébé Philippe, voyant Ernest en disgrâce, ferma son poing et le lui envoya dans le ventre, mais l'aîné ne s'en aperçut même pas.

— C'est un problème pour moi, soupira Adeline. Comment ces enfants terribles pourront-ils recevoir une éducation convenable dans un pays perdu comme ici ?

— Est-ce plus perdu que l'Irlande, m'man ? demanda Nicolas.

— L'Irlande est le plus vieux pays chrétien de l'Europe. C'est d'Irlande que Joseph d'Arimathie partit pour l'Angleterre afin d'évangéliser ces barbares.

Lorsque les enfants se furent éloignés, Adeline reprit :

— Pour servir de gouvernante aux enfants jusqu'au printemps prochain j'ai engagé la fille d'Elibu Busby, Amelia, celle que Lucius Madigan, son mari, a abandonnée. A ce moment-là, nous enverrons les deux aînés au collège en Angleterre.

— Pourquoi ne mettez-vous pas Nicolas au Grand Collège du Canada ? demanda Wilmott. Il a une assez bonne réputation.

Adeline rit tout bas :

— Parce que je meurs d'envie de changer d'air.

— C'est extraordinaire, constata Wilmott, je pensais que vous étiez contente à Jalna depuis que votre tribu de visiteurs était partie.

— Tout le monde a envie de changer, assura-t-elle.

— Tout le monde, sauf moi, dit Wilmott.

— Quelle chance vous avez !

— Quelle malchance plutôt, puisque vous voulez partir !

Il lui lança un regard mi-ironique, mi-tendre. Il était bien rare qu'il émît ainsi une remarque un peu personnelle et elle s'en réjouit aussitôt :

— Pauvre femme de pionnier que je suis ! lança-t-elle, mais elle poursuivit. Il y a quelque chose de gentil en vous, James. Vous comprenez à demi-mot ce que je dis.

— Je suis content qu'il y ait en moi au moins une chose gentille.

Il avait retrouvé sa voix distante.

Adeline se leva et prit une pose un peu théâtrale :

— Vous ne voyez rien de remarquable en moi ? demanda-t-elle.

— Il n'y a rien en vous qui ne le soit, mais ce qui me frappe aujourd'hui c'est que vous portez une de ces nouvelles tournures !

Elle rit et demanda, à travers son rire :

— Vous aimez ça, James ?

— Je ne vois rien à aimer ou à détester dans une tournure.

— Mais trouvez-vous que cela m'aille ?

Il répondit par une autre question.

— Philippe aime-t-il cela ?

— Non.

— Alors, moi non plus.

Adeline fit une moue que Wilmott trouva encore plus attirante que les sourires des autres femmes, mais il pensait que la tournure la désavantageait.

Des pas descendaient l'escalier. Les quatre enfants apparurent. Gussie marchait en avant avec le petit Philippe.

— Quoi ? Vous revenez ? cria Adeline.

— Un cadeau pour vous, m'man, dit Nicolas. Nous avons fouillé la chambre de Mrs. Sinclair et nous l'avons découvert, enveloppé dans un mouchoir avec un mot : « A rendre à mes chers amis »... mais elle a dû l'oublier en partant.

— Mon collier de perles ! s'exclama Adeline en l'attrapant aussitôt.

— Ma montre et ma chaîne ! fit Nicolas en se servant.

— Ma pierre de lune !

Gussie mit la bague à son doigt et la leva pour qu'elle prît la lumière.

— Mon épingle ! balbutia le bébé Philippe en la caressant sur son tablier.

— Et moi alors ? demanda Ernest en tremblant. Et moi, ma plume d'or ?

— Ne t'inquiète pas, trésor, fit Adeline. Je te donnerai le plus beau porte-plume de papa !

17

Le porte-plume d'ivoire

— Où est mon porte-plume d'ivoire ? cria Philippe de la bibliothèque. Quelqu'un l'a-t-il vu ?

Ernest, en haut de l'escalier, rit doucement ; puis, collant sa main sur sa bouche, il attendit que sa mère réponde.

— Ton porte-plume d'ivoire, Philippe ? fit-elle. Ton beau porte-plume d'ivoire ?

— Tu sais parfaitement que je n'en ai qu'un ! hurla-t-il. Je voudrais savoir qui l'a pris !

— L'as-tu donné par hasard à quelqu'un ? demanda-t-elle en faisant un clin d'œil à ses enfants.

— Je veux savoir où il est, cria-t-il encore. – Il se tenait maintenant au bas des marches. – Je ne suis pas fou au point de le donner à quelqu'un.

— Mrs. Sinclair l'a peut-être emporté.

— Je l'avais avant-hier. Quelqu'un de la maison l'a pris et ce sera tant pis pour lui.

Les yeux de Philippe, parcourant le groupe qui se tenait sur le palier, s'arrêtèrent sur Ernest.

— Tu vas voir, dit Adeline et sa voix était toute douce, nous allons descendre et t'aider à le chercher. Venez, les enfants.

En troupe, ils dégringolèrent en bas. Adeline dit alors à Philippe :

— As-tu pensé que c'est peut-être Néron qui l'a chipé ? Il l'a peut-être pris pour un os et il l'a mangé !

— Néron ne prend jamais rien sur mon bureau.

Néron, installé sur la peau d'ours, roulait des yeux innocents. Il bâilla comme pour prouver qu'aucun morceau d'ivoire ne restait entre ses dents. Il indiquait aussi que lui n'avait jamais mérité la moindre critique de la famille mais qu'il savait, si c'était nécessaire, se défendre.

Ernest s'accroupit, examinant la gueule du chien qui bâilla de nouveau.

— Pas la moindre trace d'ivoire, dit-il.

Nicolas s'accroupit à son tour. Il déclara :

— Sa langue aurait sûrement saigné.

Néron, maintenant, se roulait sur le dos comme s'il offrait tout son corps à l'inspection.

— Vous blessez ce chien, fit Augusta.

— Il est innocent, affirma Philippe, mais quelqu'un a touché à mes affaires et je saurai qui c'est.

— Le mieux, déclara sa femme, c'est de nous y mettre tous et de chercher. Venez, les enfants.

Ils fouillèrent avec joie toute la pièce. Augusta était à l'âge où l'on critique ses parents. Elle se demandait en elle-même : « Mais pourquoi font-ils ça ? » Et malgré tout, sachant parfaitement qu'il n'y avait aucune chance de retrouver l'objet – puisqu'elle l'avait vu dans la chambre d'Ernest –, elle jeta un coup d'œil dans tous les coins. Pour Nicolas, c'était un grand amusement. Il ouvrait les tiroirs et examinait leur contenu.

— J'ai une idée ! lança Philippe.

— Vraiment ? répondit Gussie.

Elle voulait être polie mais son père n'apprécia pas sa remarque. Ses yeux se firent proéminents.

— Qu'y a-t-il de curieux à ce que j'aie une idée ?

— Cela dépend de l'idée, dit-elle, mais l'expression de son père la fit un peu trembler.

— C'est plutôt moi qui en ai, des idées, déclara Ernest.

— Si je vous entends prononcer un mot de plus, lança Philippe, vous n'y coupez pas d'une fessée.

Philippe continua, s'adressant maintenant à Adeline :

— Je suis certain que c'est Boney qui me l'a chipé.

Avec beaucoup de bonne humeur, Adeline ouvrit le chemin vers la chambre qu'elle partageait avec Philippe. Boney était dans sa cage. Il se balançait, la tête penchée en avant. Il jeta un méchant regard vers Philippe.

— *Je hais l' cap'tain' Whiteoak*, énonça-t-il clairement.

— Bien entendu, dit Philippe. Tu es un vieux diable et c'est pourquoi tu as volé mon porte-plume !

Ils se remirent tous à chercher tandis que le perroquet moqueur, toujours tête basse, caquetait. Sur la coiffeuse d'Adeline, Ernest trouva un caramel enveloppé de papier. Il le mit dans sa poche.

Finalement, Philippe déclara :

— Je ne peux pas perdre plus de temps. Je me servirai de mon vieux porte-plume. Une chose est certaine, c'est que je ne garderai plus aucun oiseau dans la maison. – Il partit. Près de la porte, il se retourna. – Si l'un de vous, mes enfants, trouve mon porte-plume d'ivoire, il y aura une récompense !

— Tiens, tu as une chance d'avoir maintenant une belle récompense ! souffla Adeline à Ernest.

— Je préfère le garder, répondit-il.

Cependant, plus il réfléchissait à sa responsabilité morale, moins il se sentait heureux. Avec sa chique de caramel dans la joue, il s'installa sur le divan de la salle d'étude pour examiner la situation. Il n'avait pas volé le porte-plume. Sa mère l'avait pris et le lui avait donné. Mais, une fois, elle lui avait expliqué que ce qui appartenait au mari appartenait aussi à la femme. Les enfants, par exemple. Si maman n'avait pas volé le porte-plume, qui l'avait volé ? Cependant Gussie lui avait dit un jour que garder un objet volé, c'était comme le voler soi-même.

Gussie entrait justement. Il lui demanda :

— Qu'est-ce que je vais faire, Gussie ?

Elle répondit immédiatement :

— Le rendre.

— A papa ?

— Certainement.

— Mais qu'est-ce que je vais prendre ! Oh ! Gussie, je n'aime pas être fouetté.

Déjà, des larmes emplissaient ses yeux.

— Alors, donne-le à maman.

— Mais je ne veux pas m'en séparer.

Gussie s'approcha de lui et le regarda. Ses cils étaient comme une longue frange noire sur ses yeux pâles. Elle avait fourré un coussin sous sa jupe par-derrière pour avoir l'air de porter une tournure.

— Tu aimes ça ? dit-elle.

— C'est ravissant.

Elle se tourna de profil de façon qu'il appréciât mieux la tournure.

— Elle est un peu trop grosse, dit-elle.

— Plus c'est gros, mieux c'est.

Gussie le regarda avec reproche.

— Comment le sais-tu ? Tu n'as jamais vu une tournure, sauf celle de maman.

— Je les aime grosses, persista-t-il. Et j'aime les hanches larges et les tailles fines.

— Oh ! Ernest ! lança-t-elle brusquement, comme je voudrais être jolie !

Il fut étonné :

— Mais tu l'es, dit-il. Toutes les filles sont jolies.

— Oh ! non, voyons, fit-elle, mais *toi,* tu es joli. J'ai entendu Mrs. Sinclair dire à maman que tu aurais dû être une fille, que tu étais trop joli pour un garçon.

Nicolas entra à ce moment. Il entendit ce qu'affirmait Gussie et se mit à danser dans la pièce en chantant :

— Oh ! le joli petit garçon et quelle belle raclée il va recevoir quand papa découvrira la vérité !

Ernest tira le porte-plume de sa cachette et l'admira fièrement :

— Je ne le rendrai pas.

Augusta traversa la chambre et, la tournure proéminente, vint à son côté.

— Tu ne seras jamais heureux, dit-elle, tant que tu le garderas.

— Pourquoi ? fit-il d'une voix tremblante.

— Parce que tu as une conscience. Nicolas, continua-t-elle, n'en a pas. Il sera capable de faire des bêtises en se réjouissant, sans même y penser, sans même réfléchir si ce sont des bêtises ou non. Mais toi, tu auras toujours des démêlés avec ta conscience.

Cela plaisait à Ernest d'être ainsi analysé. Il ne comprenait pas toujours Gussie mais elle avait une façon de parler presque aussi attrayante que Mr. Pink.

— C'est pourquoi il est curieux, poursuivit-elle, que tu fasses si souvent des bêtises.

— Je fais des efforts pourtant, avoua-t-il.

— Il faut essayer plus fort, surtout maintenant que Mrs. Madigan va venir ici pour nous faire travailler.

— Pourquoi elle s'appelle Mrs. Madigan ? demanda Nicolas.

— Parce qu'elle a épousé Mr. Madigan.

— Alors pourquoi elle n'est pas allée avec lui en Irlande ?

Un instant, Augusta fut secouée par un rire silencieux. Puis elle murmura :

— Parce qu'il s'est enfui et l'a laissée en plan.

— Pourquoi ?

— Parce qu'il la détestait.

— Mais les gens mariés n'agissent jamais ainsi. Ils doivent rester ensemble et avoir des enfants, décréta Nicolas.

— Pas les Irlandais.

— M'man est irlandaise, reprit Nicolas. Est-ce qu'elle va s'enfuir aussi ?

— Cela ne m'étonnerait pas, affirma Augusta.

Mrs. Madigan arriva ce jour-là à Jalna, portant avec elle deux valises et un carton à chapeaux. Elle n'avait pas de tournure et elle regarda Adeline de travers. Comme elle avait été maîtresse d'école avant son mariage, elle se sentait parfaitement capable d'enseigner les jeunes Whiteoak et de les tenir en laisse. Son bref mariage avec Lucius Madigan l'avait bouleversée. Elle espérait qu'il reviendrait, et parfois, de sa froide façon presbytérienne, priait pour cela.

— Crois-tu qu'il soit possible, demanda Adeline à Philippe, de la mettre dans la chambre qu'il a habitée ?

— Pour elle, ce sera presque comme si elle le retrouvait, ricana-t-il.

Il en fut décidé ainsi, mais les enfants ne furent pas de cet avis. Ils ne voulaient pas l'avoir au dernier étage avec eux. Lorsqu'elle apparut, rondelette et remarquablement nette, les trois aînés se réunirent devant sa porte d'une manière plus hostile qu'accueillante.

— Cette chambre, dit Augusta, est habituellement occupée par mon pigeon.

— Un pigeon et un perroquet dans la même maison ! s'exclama Mrs. Madigan. Eh bien, je n'ai jamais vu ça ! Et en liberté encore ! Mais enfin, ils sont très sales !

— Ça nous est égal, déclara Nicolas.

— Ça nous plaît ! ajouta Ernest, en essuyant son nez sur sa manche.

Mrs. Madigan lui donna une tape sur le poignet.

— Dégoûtant ! - Elle parlait avec sévérité. - Cela m'étonne de vous.

— On lui a dit mille et mille fois, reconnut Augusta, mais il oublie.

— Il n'oubliera plus quand je serai là depuis quelque temps.

Brusquement son visage haut en couleur semblait vraiment menaçant.

Au bout d'un moment, elle parla de nouveau :

— Ne permettez plus à ce pigeon d'entrer dans ma chambre, ordonna-t-elle à Augusta. Il empeste.

— Mr. Madigan empestait aussi, dit Ernest, et il se hâta d'ajouter : - C'est maman qui l'a dit !

— Ce n'est pas vrai ! cria-t-elle. Ce n'est pas possible !

— Il n' se lavait jamais, ajouta Nicolas.

— Et ce lit ne vaut rien. Il le disait ! reprit Ernest.

— Je suis bien sûre, insista Gussie, que Mr. Madigan n'aurait pas voulu que vous dormiez ici.

— Je suis sa femme, répliqua la gouvernante avec fermeté.

— En êtes-vous sûre ? fit Ernest.

Le petit garçon n'avait aucune connaissance qui lui permît de poser une question sur la légalité de cette union. Il avait simplement pensé que c'était drôle. Mais Mrs. Madigan s'enflamma :

— Sortez d'ici immédiatement tous autant que vous êtes, et n'y revenez pas sans y être invités.

Les leçons commencèrent le lendemain matin et Mrs. Madigan déclara qu'elle n'avait jamais de sa vie rencontré une telle ignorance.

— Mr. Madigan ne nous enseignait rien, à part le latin et la poésie, expliqua Augusta.

— C'est ce que l'on appelle une éducation classique, ajouta Nicolas.

— Et à quoi une telle éducation vous servira-t-elle dans un pays comme celui-ci, je voudrais le savoir ? demanda Mrs. Madigan, les yeux perçants comme des vrilles. Ce qu'il vous faut connaître, c'est combien il y a de cordes de bois dans une pile, combien vous devez donner chaque mois à un ouvrier qui gagne trois shillings par jour. Et puis, quelques dates importantes.

— Je connais la date où Christophe Colomb a découvert l'Amérique, cria Ernest, 1066 !

— Faux !

— Mr. Madigan l'a dit.

— Ernest se trompe, dit vivement Nicolas. 1066, c'est la date de la première course du Grand Prix National.

— Miss Busby... commença Augusta.

— Mrs. Madigan, corrigea fièrement la gouvernante.

Augusta lui fit une petite révérence polie :

— Mrs. Madigan, dit-elle, croyez-vous que Shakespeare soit l'auteur de ses pièces ?

— S'il ne l'était pas, je voudrais savoir qui le serait.

— Je peux vous le dire, fit Ernest. C'était Charles Lever.

Mrs. Madigan fut tellement irritée qu'elle le gifla. Les trois enfants furent stupéfaits. Ils n'avaient pas pensé que cette femme se permettrait un tel geste. Bien qu'elle eût toujours été leur voisine, ils la connaissaient peu. Elle leur avait toujours paru d'un bon naturel, un peu sotte même. Et maintenant, voilà qu'elle était avec eux dans la maison et qu'elle y possédait une certaine autorité.

— Cela vous apprendra, fit-elle, à me traiter avec respect.

La joue giflée passait du rose au rouge. Ernest, après son premier recul, s'était assis tout droit et regardait Mrs. Madigan avec dignité. La gouvernante traita d'autant mieux les autres pour leur montrer ce que cela donnerait d'être dans ses bonnes grâces. Mais ils restèrent impassibles. Elle raconta chez elle qu'ils étaient des enfants orgueilleux et trop sûrs d'eux.

Des draps propres et des couvertures avaient été mis sur le lit qu'elle devait occuper. On avait bien nettoyé le tapis. Lorsque Bessie voulut enlever les quelques vêtements que Mr. Madigan avait laissés, la gouvernante ordonna :

— Laissez là les affaires de mon mari, je m'en occuperai.

Lorsque Bessie répéta cette remarque à Mrs. Coveyduck, elle n'essaya pas de cacher son amusement :

— Tout ça, ce n'est pas sérieux, dit-elle. Elle n'a même pas été mariée une semaine !

Les enfants s'approchèrent de la porte de la chambre quand ils se furent assurés qu'Amelia Madigan était bien partie en direction de la maison de ses parents. Elle ne pouvait attendre plus longtemps pour tout raconter chez elle et expliquer comment elle avait remis Ernest à sa place.

— Pensez-vous, demanda Augusta aux autres, qu'elle désire voir revenir son mari ?

— Bien sûr, dit Nicolas. Elle meurt d'envie qu'il la reprenne.

— Moi, j' voudrais, lança Ernest, qu'il apparaisse tout à coup, là, dans son lit, et qu'il lui fiche une bonne gifle.

— Vas-tu le raconter à papa et à maman ? demanda Nicolas.

— Non, fit Ernest. Je me vengerai d'elle à ma manière.

Et ses deux aînés le regardèrent avec étonnement lorsqu'il retira le gros traversin du lit, ouvrit les draps et l'y glissa. Il installa confortablement le traversin.

— Oh ! Ernest ! s'exclama Gussie. Il a l'air presque vrai. Il va lui faire une peur mortelle, à cette pauvre idiote !

— Ce n'est pas encore assez ressemblant, déclara Nicolas. Tu n' te souviens pas comment un jour, Mr. Madigan s'est mis au lit, complètement saoul, avec ses vêtements sur lui et même avec sa pipe ! C'est quand il y a eu le feu au lit qu'il s'est réveillé. Il a éteint le feu et il nous a demandé de n' pas en parler et après, lui non plus n'a jamais rien raconté sur nous.

— C'était un homme très noble, déclara Ernest.

— Nous l'apprécions mieux maintenant qu'il est parti, avoua Gussie.

Elle ouvrit le placard et découvrit une vieille veste en tweed de Madigan, un chapeau tout déformé et sa pipe culottée.

Alors, les enfants entourèrent le traversin avec la veste et remontèrent bien les couvertures. Par-dessus le mannequin, ils ajoutèrent le chapeau et la pipe sur l'oreille. Pendant un moment, ils restèrent là, pétrifiés d'admiration, puis, entendant des pas dans l'escalier, ils galopèrent vers la chambre de Gussie. Le pigeon vola immédiatement vers elle et se figea sur sa tête. Pour lui, aucun perchoir ne valait cette chevelure noire et soyeuse.

Le cœur battant, les enfants retinrent leur souffle.

Ils s'attendaient à tout mais certainement pas aux cris de terreur que poussa Mrs. Madigan. Ces cris sortaient de poumons puissants. Elle aurait certainement pu chanter Wagner à l'Opéra. Ils l'écoutèrent dégringoler l'escalier. Elle allait si vite qu'ils n'auraient pas été surpris si elle avait atteint le rez-de-chaussée d'un seul bond.

Ils se regardèrent avec consternation.

— On a été plus loin qu'on voulait, constata Gussie.

— Elle a l'air vraiment épouvantée, dit Ernest. – Par la fenêtre, ils voyaient la gouvernante fuir vers sa maison. Il ajouta : – Elle est complètement cinglée.

— Si tu crois, signala Augusta, qu'on va t'admirer pour ta façon de parler, tu te trompes !

— Gussie et moi, on pourrait aussi dire des gros mots, expliqua Nicolas, mais nous ne sommes pas si stupides.

— Essayez donc un peu, suggéra Ernest. A toi, Gussie, commence !

Mais tous trois n'avaient qu'un désir : examiner le lit de Lucius Madigan. Il était exactement comme lorsqu'ils l'avaient installé. Mrs. Madigan n'avait pas découvert la plaisanterie. Soigneusement, ils remirent tout en ordre.

Une heure plus tard, ils furent appelés pour descendre au salon. Il faisait déjà sombre et un feu flambait dans la cheminée. Adeline et Philippe étaient assis comme des juges. Néron était couché sur la peau d'ours. La chaleur du feu était si forte qu'il pantelait un peu. Il se levait et allait chercher une place plus fraîche mais, dès qu'il cessait de souffler, il revenait vers le tapis. Adeline travaillait à un ouvrage au crochet. Philippe faisait une réussite et il avait son plus jeune fils sur un genou. Lorsque les trois aînés entrèrent, il prit sa voix de commandement la plus autoritaire.

— Qu'est-ce que j'apprends ? Qu'avez-vous fait à cette gouvernante ?

— Actuellement, dit Gussie, nous ne savons pas ce que vous avez appris.

— Que voulez-vous insinuer là, mademoiselle ? fit-il avec sévérité.

— Nous pourrions vous répondre si nous savions de quoi il s'agit, reprit-elle.

— Vous auriez ainsi le temps de chercher quels mensonges nous servir, coupa Adeline.

— Je veux la vérité, insista Philippe. Que lui avez-vous fait ?

— Elle s'est formalisée parce qu'on a prétendu que son mari était de retour.

— Moi qui me suis donné tant de mal pour l'engager, ajouta Adeline. La voilà partie sans me prévenir et elle envoie un homme chercher ses affaires !

— Et si elle a pris le porte-plume d'ivoire, papa ? demanda Ernest.

— Pas d'impertinence, jeune homme ! s'écria son père.

— Ernest, fit Adeline, viens ici et tiens ma laine.

Heureux, il obéit tout de suite, sentant qu'il était le complice de sa mère. S'il y avait un jeu qu'il aimait dans la maison, c'était celui qui consistait à tenir la laine ou à enfiler des perles, et il se tirait parfaitement des deux occupations.

— Moi aussi ! fit le petit Philippe. Moi aussi, moi, moi !

Il se débattait pour quitter le genou de son père.

— Il veut tenir la laine lui aussi, expliqua Ernest.

— Je ne peux rien lui apprendre, dit Philippe. Lorsque j'avais son âge, je savais très bien jouer aux dominos.

Il mit le bébé sur le sol.

— Vous y jouez encore très bien, reconnut gentiment Nicolas.

Son père étendit un peu la main comme s'il voulait toucher son fils, mais il se reprit, croisa les bras sur sa poitrine, et regarda fixement le feu. Il dit à Adeline :

— Je ne voulais pas que tu engages Amelia Busby...

— Amelia Madigan, corrigea Augusta.

— Ce n'était presque pas un mariage, continua Philippe. Cette femme n'a aucune culture. Madigan ne pouvait rester avec elle.

— Elle sait lire et écrire, fit Augusta.

— Avant son mariage, elle a enseigné à l'école, commenta Adeline.

Philippe grogna :

— Je n'aurais pas supporté cette femme dans la maison, reconnut-il. J'ai déjà assez de mal à y vivre telle qu'elle est.

— Vous n'êtes pas chic avec la maison, p'pa, dit Nicolas.

— Je suis très occupé, déclara Philippe. Je surveille le travail des champs, l'organisation des vergers, l'élevage des chevaux, des vaches et des moutons. Je suis le premier hors du lit le matin et le dernier couché le soir.

— Chaque saison a ses désavantages, déclara Augusta.

— C'est une grande erreur, de la part de nos enfants, poursuivit Philippe, de croire que parce que j'ai l'air bon et facile à vivre, je puis tolérer d'eux des impertinences.

Il jeta une bûche de pin dans le feu avec tant de force que les étincelles filèrent dans toutes les directions et que Néron fit un bond derrière le sofa pour se mettre à l'abri.

L'obscurité était tombée comme un voile noir derrière les fenêtres mais, à l'intérieur, elle était vaincue par la flambée joyeuse et les couleurs vivantes de la famille. Pour cacher complètement la nuit, Bessie entra et tira les rideaux. En la voyant, le bébé comprit que c'était l'heure du coucher et il se faufila sous le divan, près de Néron, pour se cacher. D'habitude, son père l'aurait protégé mais, ce soir-là, il dit avec un froncement de sourcils :

— Emmenez-le, Bessie. L'heure est déjà passée, et on ne peut plus le tenir.

Tiré de sa retraite, le petit bonhomme allongeait des bras suppliants.

— Bécot à tout l' monde ! suppliait-il.

Il tendait également ses lèvres.

— Il veut dire bonsoir à tout le monde, traduisit Ernest pour se faire valoir.

— Quand je voudrai savoir ce qu'il dit, je t'appellerai, fit remarquer son père.

— Oh ! il parle si mal, balbutia Ernest.

— Il parle aussi bien que toi, et, au moins, il sait tenir sa langue !

Philippe se leva avec un grognement comme s'il souffrait d'un lumbago. Il alla vers son bureau et prit une cigarette. Il s'était mis depuis peu à en fumer, de préférence à la pipe ou au cigare, mais à sa femme elles semblaient peu masculines.

Adeline souffla à Ernest :

— Tu as eu tort de garder le porte-plume d'ivoire.

— C'est ça qui l'ennuie ? fit-il en examinant son père du coin de l'œil.

— Oui. Il ne sera jamais content tant qu'il ne l'aura pas retrouvé.

Elle levait vers son mari un regard tendre comme pour prouver combien elle le comprenait.

— Tu vois la fumée qui sort de ses narines ? murmura-t-elle à l'oreille d'Ernest.

— Oui, m'man.

— C'est la colère. Une vraie colère... toute prête à éclater. Nous n'aurons plus de paix à Jalna tant que tu n'auras pas rendu ce porte-plume.

— Alors, je le rendrai, accepta-t-il, prenant sur lui tout le poids de cette histoire comme si sa mère n'avait rien à y voir, ce qu'elle désirait d'ailleurs.

Ernest réfléchit pendant quelque temps sur la meilleure façon de rendre ce porte-plume, et il décida que rien ne serait mieux que d'utiliser le même moyen que pour remettre la plume d'or. Il chercha ce que cette dernière avait bien pu devenir et décida qu'elle avait dû être vendue au bénéfice de la Société des Missions pour laquelle la quête de ce dimanche avait été faite.

Demain, c'était de nouveau dimanche, le premier dimanche de décembre.

L'arrêt du vent qui avait soufflé pendant tout le mois de novembre, l'immobilité soudaine de l'air, la baisse rapide de température, annonçaient l'arrivée de l'hiver. Et, enveloppant tout, il y avait la neige. Des tornades de flocons blancs s'étaient déjà montrées mais rien de pareil à cela. Toute la nuit, la neige était tombée, lentement, tranquillement, sans arrêt, comme si elle était convaincue qu'elle avait tout le temps pour faire ce qu'elle devait. Et elle avait supprimé tous les repères des propriétés du voisinage. Les haies, les barrières et les portails étaient effacés. Plus aucune trace de chemin ne subsistait et les arbres les plus vigoureux n'étaient plus que des nids à flocons. Les branches ployaient sous leur poids. Chaque piquet en était chapeauté.

Le silence était remarquable. Le ciel paraissait bas. La terre ressemblait à un fantôme.

Philippe avait tout préparé pour ce moment. A dix heures et demie tapantes, le traîneau familial fut avancé devant la porte par un garçon d'écurie. Il brillait comme un piano. Des peaux d'ours pendaient derrière et d'autres étaient pliées sur les sièges, prêtes à couvrir les genoux de la famille bien emmitouflée. Les deux chevaux bais piaffaient et ronflaient, écrasant la neige dans leur hâte de filer, excités encore par le tintement des clochettes accrochées à leur harnachement. Au-dessus de leurs garrots, une cloche d'argent sonnait mélodieusement et contrastait avec le tintamarre des sonnettes du harnais.

Les chevaux furent maintenus avec peine tandis que la famille s'installait dans le traîneau. Le bébé Philippe, avec Bessie, derrière une fenêtre pour admirer ce départ, envoyait des baisers et les aînés l'imitèrent en s'éloignant. Son père le salua du fouet auquel était attaché un nœud de ruban rouge. Philippe portait une casquette de castor ; Adeline un manteau de peau de phoque et une petite toque assortie qui faisait ressortir la couleur de ses cheveux. Augusta avait l'air d'une jeune femme avec sa jaquette de velours rouge, bordée de fourrure aussi. Quand ils entrèrent dans l'église, les garçons ôtèrent leurs bonnets de laine et leurs cheveux se tinrent tout droits, révoltés. Augusta les regarda tous les deux avec sévérité.

Ernest s'assit entre ses parents. Il avait une main dans la poche de sa veste, ses yeux étaient fixés sur le livre de prières dont il était si fier, car sa tante le lui avait envoyé d'Angleterre pour Noël. Il avait du mal à attendre le moment de la quête. Un sentiment de bonté et de paix l'envahissait. La vie s'étendait devant lui comme une succession d'heureux dimanches parmi lesquels il y aurait quelques anniversaires et des Noëls.

Ce porte-plume qu'il caressait n'était pas seulement d'un ivoire délicat, il était aussi minutieusement sculpté de fleurs et de feuilles. Il était étonnant que tant de détails puissent tenir dans si peu d'espace.

Ernest était perdu dans ses pensées. Philippe quitta le banc et rejoignit Brawn, le minotier. Il reparut bientôt avec le plat d'argent, attendant la contribution de sa famille. Adeline, Gussie et Nicolas firent leurs dons et regardèrent Ernest avec un peu d'appréhension.

De sa poche, l'enfant tira le porte-plume et le posa dans le plateau. Puis, un peu timidement, il leva les yeux vers son père, certain cependant d'avoir accompli un acte méritoire.

Les sourcils de Philippe se levèrent, mais il n'hésita pas un instant. Rapidement, il ramassa l'objet dans le plateau et le ficha derrière son oreille. Comme un commis d'épicerie, il marcha le long de l'allée tandis que l'harmonium se déchaînait. Et il resta là, vigoureux et droit, le porte-plume derrière l'oreille, au pied de l'autel. En revenant vers le banc, il envoya un clin d'œil espiègle vers son fils.

18

Un visiteur de la nuit

Cet automne, ce Noël, cet hiver paraissaient à Augusta remplis d'expériences nouvelles. Elle avait presque l'impression de naître à nouveau. Elle ne se sentait plus une enfant. Elle ne songeait pas, consciemment, à Guy Lacey, mais il brillait, ici et là, au milieu de ses pensées, comme un fil étincelant dans la trame d'une tapisserie. Pour la première fois de sa jeune existence, elle se demandait ce que serait sa vie. Jamais ses amis ne lui demandaient, comme ils le faisaient avec Nicolas, quelle profession elle choisirait. Son frère répondait toujours : « L'armée, bien entendu. Et ensuite, je me retirerai dans une ferme au Canada. » Si l'on posait la même question à Ernest, il déclarait : « Je resterai à la maison avec papa et maman. » Tout le monde considérait que, puisqu'elle était une fille, elle se marierait et irait vivre avec son mari. Comment cela se passerait-il ? Que serait-ce d'être la femme d'un officier de marine et d'avoir une maison à soi ?

Il était décidé depuis plusieurs mois que les deux aînés iraient en Angleterre, dans des écoles, tandis que les deux plus jeunes resteraient au Canada sous bonne garde. Ce dernier point était le plus contestable car, justement, on n'avait personne de convenable sous la main. Mrs. Coveyduck ne pouvait faire l'affaire. Elle n'était déjà pas capable de se faire obéir par le bébé Philippe. Et Ernest était si précoce qu'il fallait quelqu'un de sûr pour s'occuper de lui. « Quel dommage que cet Irlandais et cette Busby ne se soient pas entendus. »

Ernest, debout, très droit et très décidé, déclara que, puisque ses deux aînés partaient pour l'Angleterre, il voulait y aller aussi. On lui répondit que cela coûtait trop cher d'avoir trois enfants à l'école en Angleterre et qu'il devait attendre son tour.

— Quand irai-je ? demanda-t-il.

— Dans deux ans.

— Mais je serai tout seul, sans Nicolas et Gussie. Je n'aurai personne pour jouer !

— Tu auras ton petit frère, lança Adeline en le regardant vaguement, car son esprit était tout à ses préparatifs.

— Pourquoi Mr. Madigan ne revient-il pas chez lui ?

— Chez lui !

— Il disait souvent que c'était sa maison, ici.

— Mais il a une maison à lui en Irlande, avec sa mère.

— Pauvre garçon !

Soudain, Ernest avait l'air d'un homme d'expérience.

Aussi étrange que cela soit, Nicolas et Gussie paraissaient heureux de quitter Jalna. Gussie donna des instructions précises à Ernest au sujet de son pigeon. Nicolas lui apprit à nourrir ses petits lapins. Il écoutait tout docilement, mais il cherchait quelle serait leur impression à eux si on les laissait à Jalna pendant que lui s'en irait en Angleterre. En lui-même, des émotions diverses le bouleversaient.

Mrs. Lacey, qui instruisait ses deux filles, donnait des leçons aux jeunes Whiteoak. Ce n'était pas très brillant. Sur certains points, ils la déroutaient par leur ignorance. Sur d'autres, ce qu'ils savaient la choquait. C'était le résultat de l'enseignement de Madigan. Cependant, eux considéraient qu'il était supérieur à tous ceux qui, depuis son départ, avaient tenté d'introduire quelque savoir dans leurs cervelles.

Mrs. Madigan leur rappelait une telle blague qu'ils éclataient de rire rien qu'en pensant à elle.

Par moments, Augusta était simplement une enfant comme ses frères, mais parfois, elle semblait les dominer, essayant de devenir une femme. Elle était si différente de sa mère qu'elles ne parvenaient pas à être amies. Ce qui semblait seulement ridicule à Adeline était pathétique pour Augusta. Ce qui mettait Adeline dans une colère noire n'effleurait même pas Augusta. Ce que la fille décrétait formidable était futile pour la mère. Augusta prisait avant tout la solitude. Adeline aimait le monde.

L'image de Guy Lacey troublait souvent le sommeil d'Augusta. Il semblait alors, souriant et charmant dans son uniforme de la marine, naître de l'obscurité. Et elle restait étendue, attendant qu'il parle, mais il disparaissait silencieusement comme il était venu.

Elle reçut un autre visiteur, mais celui-là était bien réel. Ce fut Lucius Madigan qui, un soir d'hiver, monta l'escalier et vint dans la salle d'étude où les trois jeunes Whiteoak faisaient semblant d'apprendre leurs leçons. Adeline et Philippe étaient partis en visite à Québec.

Madigan apparut à la porte en souriant.

C'était si naturel de le voir là, que, pendant un moment, les enfants ne bougèrent pas. Il surgissait de leur bref passé pour les étonner.

— Quelle vision agréable ! s'exclama-t-il. On travaille dur ! Oh ! mes enfants ! Je voudrais vous embrasser tous !

Il tendait les bras comme pour les recevoir.

Ernest fut le premier à revenir de sa surprise. Il se leva et courut vers Madigan.

— On nous a donné des raquettes de neige pour Noël. Vous voulez les voir ?

— Rien ne me ferait plus de plaisir, dit Madigan.

Le petit garçon courut les chercher.

Nicolas déclara :

— On était mieux quand vous étiez là, Lucius.

Augusta le corrigea :

— Tu ne dois pas appeler Mr. Madigan par son prénom.

— Je le faisais quelquefois, n'est-ce pas, Lucius ?

— Oui, et cela me plaisait bien.

Il avança dans la pièce et s'assit à leur table, avec eux. Il était exactement le même qu'autrefois et, comme alors, il semblait revenir d'une bombance. Ses yeux étaient fixés sur Augusta :

— Vous avez changé, Gussie, dit-il. Le sentez-vous ?

— Oh ! elle est la même, fit Nicolas. Tyrannique !

Augusta leva ses longs cils vers le visage de Madigan :

— Je me souviens des choses d'une manière différente, reconnut-elle.

— Vous commencez à comprendre que vous avez un passé, expliqua Madigan. C'est un triste moment, Gussie. Mais ne laissez jamais ce passé vous étouffer. Cela devient affreux.

Il passa ses mains dans ses cheveux pour les ébouriffer comme s'il avait peur.

— Vous allez revoir Mrs. Madigan ? demanda avec audace Nicolas.

— Oui, j'irai revoir ma mère, Mrs. Madigan, dès que j'aurai assez d'argent pour payer ma traversée, répondit-il.

— Je parlais de votre femme, reprit Nicolas.

— Grand Dieu ! cria l'Irlandais. Est-ce que cette Busby se fait appeler Mrs. Madigan ?

Il avait l'air désespéré.

Cela fit tordre de rire les jeunes Whiteoak. Ernest réapparut avec les raquettes. Alors, chacun lança une réflexion personnelle.

Nicolas dit :

— Elle est venue pour nous faire la classe mais on s'en est vite débarrassé !

— Mais, avant, elle a giflé Ernest, dit Augusta.

— Si vous voulez, dit Ernest, je vous montrerai comment j'avais arrangé son lit avec votre veste, votre vieux chapeau et votre pipe. Elle a eu tellement peur qu'elle est partie !

— Et c'est pour cette veste que je suis revenu, expliqua Madigan. Toutes mes économies sont cousues dedans et Dieu sait si j'en ai besoin ! – Il examina les enfants avec méfiance. – J'espère que personne n'a touché à la doublure, dit-il.

— Oh ! on est honnêtes ! fit Augusta.

Ernest posa les grosses raquettes sur la table, par-dessus la pile de bouquins. Madigan les regarda avec beaucoup d'intérêt.

— Comme je voudrais vous voir avec ça ! fit-il, une lueur dans ses yeux las.

Jusque-là les enfants n'avaient pas compris tout ce que sa présence signifiait pour eux.

— Comment avez-vous su que nos parents étaient absents ? demanda Augusta.

— Je me suis informé au village, répondit humblement Madigan. Mais je ne vais pas rester. Dès que j'aurai repris mon argent, je filerai.

— Comme je voudrais partir avec vous ! s'écria Nicolas.

— Et quitter ce paradis ! s'exclama Madigan. Si vous écoutiez mes conseils, vous grandiriez ici et jamais, jamais vous ne voyageriez. Si j'étais resté en Irlande, je serais moins misérable qu'aujourd'hui.

— Gussie et moi irons à l'école en Angleterre au printemps

prochain, annonça Nicolas, mais ce jeune garçon – et il mit gravement sa main sur la tête d'Ernest – restera à Jalna avec le bébé.

— J' veux pas ! J' veux pas ! – Ernest secouait la main de son frère et parlait très fort. – Je m'enfuirai !

Madigan eut l'air encore plus mélancolique.

— Je ne connais rien de plus triste que les écoles d'Angleterre, fit-il, sinon les écoles d'Irlande. J'y suis allé.

— Notre père dit que nous apprendrons beaucoup de choses.

— Vous apprendrez comment supporter avec stoïcisme d'être fouetté… après le premier trimestre pendant lequel vous pleurerez tous les soirs dans votre lit jusqu'à ce que vous tombiez de sommeil.

— Mais pourquoi on nous battrait ? demanda Nicolas sans sourciller.

— Pour le plaisir, répondit Madigan. Les grands garçons battent les petits pour le plaisir de les voir souffrir.

— Mais on ne bat pas les filles, remarqua Augusta.

— Il y a plus douloureux que les peines physiques, dit Madigan. Pour ma part, être battu est moins douloureux que les humiliations morales.

— Racontez-nous ça, demanda Ernest, j'aime quand on parle des souffrances.

Madigan dit :

— Je n'ai pas faim, mais j'ai une soif terrible. Croyez-vous que votre père a laissé un peu de whisky dans le flacon du placard ? Mais, pour l'amour de Dieu, évitez que les servantes vous entendent car si cette Busby découvrait que je suis là, elle chercherait sûrement à me voir.

— Son père et ses frères surtout voudraient vous rencontrer, prévint Augusta.

Un instant, Madigan eut l'air effronté, puis il demanda :

— Vous avez toujours le pigeon avec vous ?

— Il est la joie de ma vie, avoua gentiment Augusta.

Nicolas dégringola les deux étages : celui du haut, recouvert de linoléum, et le second, d'un tapis rouge. Il revint rapidement avec le flacon à moitié plein et une timbale. Madigan se servit.

— Il me fait plus de bien sec, dit-il.

Il l'avala d'un coup.

— Vous employez le mot « joie », Gussie, reprit-il. Moi, j'ai cessé d'éprouver cette émotion mais je suis content que ce pigeon puisse vous donner, à vous, de la joie. Et vous, Nicolas ? Quelque chose a-t-il le pouvoir de vous donner de la joie ?

— Marcher dans la neige, reconnut Nicolas. Quand je suis dans les bois avec mes raquettes, je suis fou de joie.

— Et vous, Ernest ?

J'éprouve de la joie à vous avoir avec nous, ici, dit le petit garçon.

Les yeux de Madigan se remplirent de larmes. La main qui tenait la timbale trembla. La maison était silencieuse, toute caparaçonnée de neige. Les mains d'Augusta, fines et si pâles, étaient croisées sur la table devant elle.

Madigan continua :

— Ne laissez pas vos parents vous envoyer au loin. Vous serez à moitié morts de chagrin de ne plus voir la maison. Vous serez maltraités et malheureux.

— Mais que faire ? demanda Augusta.

Madigan avala un deuxième verre. Il regarda la couleur ambrée du flacon et assura :

— Si j'étais à votre place, je m'enfuirais.

Les yeux d'Augusta regardaient la fenêtre tapissée de neige. Elle murmura :

— Mais comment faire ?

— Pourquoi, dit Madigan, ne mettriez-vous pas ces merveilleuses raquettes et ne fileriez-vous pas dans les bois, pour ne jamais revenir ?

Il avait son coude sur la table, sa tête était posée sur sa main. Il avait l'air désespérément fatigué.

— Prenez encore un peu de whisky, suggéra Nicolas.

Madigan refusa avec dignité :

— Je dois garder l'esprit clair, expliqua-t-il. Je vais reprendre mes économies, et je partirai d'ici dès demain matin.

Un peu vacillant, il se leva et s'avança vers son ancienne chambre. Les enfants le suivaient. Augusta, la tête basse, les cheveux tombant sur ses joues pâles, marchait lentement comme si elle réfléchissait à des choses lointaines. Nicolas allait d'un pas décidé comme s'il était prêt à combattre n'importe quoi. Ernest, nonchalamment, venait le dernier.

— Excusez-moi, dit Augusta à Madigan, mais mon pigeon dort là. Je ne peux pas le garder dans ma chambre parce qu'il reste toujours sur mon oreiller.

— Cela m'est égal, répondit Madigan, mais il faut me dire son nom pour que je puisse bavarder avec lui.

— Je lui donne un nouveau nom à chaque saison, confia Augusta, mais ces noms sont des secrets que lui et moi seulement connaissons.

— Une fois, jeta Ernest, je t'ai entendue l'appeler Mortimer !

— Mortimer, c'est le second prénom de Guy Lacey ! dit Nicolas en riant. Quel nom pour un pigeon !

L'oiseau était bien installé sur son perchoir, Augusta s'approcha et caressa sa tête soyeuse.

Les garçons se serraient contre Madigan lorsqu'il attrapa sa veste dans le placard. Quand il la retourna, ils virent que la doublure avait été coupée. Madigan y glissa les doigts mais n'y trouva rien. Il eut un regard furieux.

— Bon Dieu ! fit-il. Maintenant, je m'en souviens, j'ai pris moi-même cet argent pour la lune de miel avec cette Busby !

Ernest rectifia :

— Mrs. Lucius Madigan.

Madigan serra les poings.

— Vous voulez que je vous boxe ? menaça-t-il.

— Elle m'a giflé, protesta Ernest.

— Ce n'est pas permis, ajouta Augusta. Si l'on doit être corrigé, c'est par les parents seulement.

— Et ils aiment ça ! conclut Ernest.

Madigan s'assit au bord du lit.

— Il faut que je me repose, dit-il. Demain, je me lèverai avec le soleil. Il faut que je me sauve avant que les domestiques ne m'aperçoivent. – Il examina les enfants, l'un après l'autre. – Je ne vous oublierai jamais, assura-t-il.

Sa voix tremblait et ses yeux étaient pleins de larmes. Il tomba sur le lit et, presque immédiatement, s'endormit.

Augusta apporta un gros édredon et l'étendit sur lui. Tous les trois regardèrent ce visiteur avec sollicitude. Dehors, le vent jetait les flocons de neige contre les vitres, emmitouflant la maison d'un profond silence que troublait seulement le léger ronflement de Lucius Madigan.

Augusta repartit vers sa chambre et, sur le rebord de la fenêtre enneigée, elle prit quatre vieux petits fruits tout ridés. Elle en donna un à chacun de ses frères, puis, avec un geste charmant, elle mit la dernière nèfle dans la main du dormeur.

19

Faits et gestes des enfants Whiteoak

Et le matin suivant, Madigan disparut. Personne, à part les enfants, ne s'était douté de sa visite. Il n'avait même pas laissé une seule trace de pas dans la neige, car le vent les avait effacées.

Cependant, son épouse délaissée apprit, Dieu sait comment, qu'on l'avait vu dans le voisinage et elle affronta la tempête, pour venir aux nouvelles jusqu'à Jalna. Sa longue et lourde robe était maculée de boue presque jusqu'aux genoux. Elle entra dans la pièce où les enfants dessinaient des cartes de géographie, et demanda :

— Quelqu'un, ici, a-t-il vu mon mari ?

— Il a dépensé toutes ses économies pour la lune de miel, dit Ernest en suçant le crayon avec lequel il coloriait en vert l'Irlande.

Amelia traversa la chambre et vint près de lui.

— Comment osez-vous m'insulter ?

On ne voyait que ses dents, ses joues écarlates et ses petits yeux furieux.

— Ernest n'a pas voulu vous insulter, expliqua Augusta.

Elle baissa la tête sur sa carte et ses cheveux noirs tombèrent sur son visage.

— Gussie lui a donné une nèfle, continua Nicolas, et nous ne savons même pas s'il l'a mangée.

— Bien sûr, il l'a mangée, dit Ernest. Je le sais. J'ai trouvé les pépins dans son lit.

— Ainsi ! Il a passé la nuit ici ! Quand est-il parti ?

Et l'épouse frustrée se redressa. Des flaques de neige fondue se formèrent auprès d'elle.

— Miss Busby... commença Nicolas.

— Mrs. Madigan, corrigea-t-elle, crachant presque les syllabes tandis qu'elle rougissait encore davantage.

Nicolas continua :

— C'était une jolie petite nèfle mais on ne peut les manger que lorsqu'elles sont vieilles et ridées.

— Tout cela paraît bizarre à Mrs. Madigan, dit Augusta avec politesse et dignité. Nous n'avons qu'un seul néflier ici et c'est la première fois qu'il a porté des fruits cette année.

Ernest poursuivit comme s'il donnait une leçon :

— Chaque nèfle contient cinq graines dures. Je les ai trouvées dans le lit de Mr. Madigan. Voulez-vous les voir ?

Pour toute réponse, Mrs. Madigan tourna les talons, sortit et descendit l'escalier. Néron qui ne l'avait jamais aimée apparut soudain et, prenant entre ses dents le bas de sa robe, l'accompagna jusqu'à la porte. Au second étage, les enfants coururent à la fenêtre pour la regarder partir.

Elle avait à peine disparu dans la neige qui tombait toujours qu'on entendit le chant joyeux des clochettes accompagnant, un jour plus tôt qu'on ne les attendait, l'arrivée de Philippe et d'Adeline. Les enfants dégringolèrent l'escalier comme des fous pour les rejoindre.

Adeline, magnifique avec son manteau de peau de phoque et sa toque, les prit dans ses bras. Mais quand le tout-petit lui fut apporté, elle les lâcha pour l'embrasser.

Durant les jours qui suivirent, ils ne furent qu'une heureuse famille au cœur d'un bel hiver. Mais une telle tranquillité ne pouvait durer, surtout avec des enfants si indisciplinés et qui avaient trop de liberté.

— Quel trio vous faites ! déclara Adeline en regardant ses trois aînés, le tout-petit serré contre elle comme s'il était son seul trésor. Si, moi, lorsque j'étais jeune, j'avais montré aussi peu de jugeote, mon père m'aurait jetée dehors. Je n'aurais eu qu'à me réfugier chez les bohémiens.

— Quelle chance ! fit Nicolas.

— Pourquoi dites-vous toujours « mon père », et jamais « ma mère » ? demanda Augusta.

— Parce que je ressemble à mon père, expliqua Adeline.

Les enfants essayèrent de comprendre, mais sans succès.

Le remède à leur ignorance vint de Wilmott.

— Quand vos jeunes enfants seront en classe, en Angleterre, on les montrera du doigt parce qu'ils ne sauront rien, Mrs. Whiteoak, dit-il un jour.

— Mais pourquoi ? Je ne comprends pas. – Elle se sentait vraiment insultée. – Nicolas joue correctement du piano. Gussie et Ernest récitent très bien.

— Et les mathématiques ?

— Je m'en suis passée, lança fièrement Adeline.

— Mais, vous, vous pourriez vivre sans rien savoir du tout. – Il était rare qu'il parlât avec un tel abandon. – Je venais vous offrir de leur donner des leçons pendant le reste de l'hiver, si cela vous convenait.

— Oh ! James, quelle merveilleuse idée !

Avant qu'il ait pu l'arrêter, elle avait mis les bras autour de son cou.

— Je ne dirai pas que c'est merveilleux, et les enfants seront de mon avis, fit-il assez froidement en reculant, mais j'essayerai de rendre mes leçons intéressantes, si vous leur permettez de venir chez moi cinq fois par semaine de neuf heures à midi.

Et cela fut entendu ainsi.

Alors les fameuses raquettes données aux enfants pour Noël furent précieuses.

Avec l'hiver arrivèrent les grandes bourrasques de neige légère qui, dans l'ombre, prenait un ton bleu volé au ciel. La nuit, la lune dans toute sa splendeur écrasait la nature terrestre. Les enfants se mettaient en route assez tôt afin d'atteindre le cottage de Wilmott vers neuf heures en comptant un peu de temps pour profiter du paysage. Ils chaussaient leurs mocassins par-dessus deux paires de chaussettes de laine, en vérité une paire de bas et une de chaussettes. Dehors, ils fixaient leurs raquettes.

Dans les semaines qui avaient suivi Noël, ils s'y étaient habitués. Maintenant, elles ne leur donnaient plus l'air maladroit, elles ne s'embarrassaient plus l'une dans l'autre, et ils filaient rapidement, laissant sur la neige des traces pareilles à celles des oiseaux. Souvent, à cette heure matinale, il faisait vraiment très froid, mais les enfants n'en avaient cure. Leurs estomacs étaient réchauffés par un bon porridge bien cuit. Sur leurs têtes, les garçons portaient des toques de laine rouge, mais Augusta avait une capuche du même ton attachée par un nœud de satin sous son menton pointu. Sur leur dos, ils portaient des sortes de gibecières qui contenaient leurs livres.

Bien avant qu'il soit temps de partir pour le cottage de Wilmott, Néron s'installait sous le porche, les yeux fixés sur la porte. Lui aussi avait reçu son plat de porridge, sans compter des morceaux de bacon, de pain, de la confiture et un grand bol de thé. Il se sentait en forme et prêt pour une balade. Rien ne pouvait l'arrêter. Avant que les enfants soient arrivés chez Wilmott, lui était déjà là, grattant pour être admis à l'intérieur.

Invariablement, la porte était ouverte par Tite Sharrow. Wilmott était assis à une petite table et accueillait les écoliers avec un tranquille « bonjour ». Ils traversaient la cuisine avec leurs raquettes, et Néron les recevait avec toutes les manifestations de la joie. Puis le chien s'installait devant le poêle et commençait à secouer les larges flocons de neige qui restaient accrochés à son épaisse toison.

Wilmott donnait sérieusement ses leçons. Il trouvait, dans l'esprit de ses élèves, des contrastes très intéressants. Il découvrait qu'ils en savaient plus qu'il n'aurait cru. L'Irlandais, à sa manière, leur avait enseigné beaucoup de choses. Mais malgré tout, ils n'étaient pas d'aussi bons étudiants que le métis Tite Sharrow. Celui-ci avait une puissance de concentration dont ils manquaient. Tite était très fier de ce qu'il savait mais parfois Wilmott se demandait s'il n'était cependant pas resté le jeune sauvage qu'il avait connu. Pendant la durée des leçons, Tite se tenait habituellement debout près de la porte de la cuisine, les bras croisés, étudiant les visages l'un après l'autre. Généralement, il était un spectateur silencieux, mais s'il arrivait que Wilmott manifestât de l'enthousiasme pour quelque mot d'esprit ou quelque trouvaille, alors il se pliait en deux et riait silencieusement en se tapant sur les cuisses.

Néron finissait par avoir si chaud qu'il se levait en gémissant, cherchait une place plus fraîche, et s'installait de nouveau avec un grognement. Mais, très vite, il revenait auprès du poêle.

Au début de l'année, la jeune mulâtresse était arrivée à Jalna où elle avait été bien reçue par Adeline et la cuisinière, Mrs. Coveyduck. Elle racontait de si tristes histoires sur les dévastations du Sud qu'elle broyait le cœur des deux femmes. Mais leurs sentiments différaient lorsqu'il s'agissait du mariage prévu entre Tite et Annabelle. Pour Adeline, c'était une bénédiction sans nuage. Enfin, une jeune femme gentille et de bonne santé allait s'occuper de Wilmott, tenir son cottage propre et satisfaire Tite. Que serait-il arrivé à Wilmott si Tite était parti vers l'Ouest comme parfois il le racontait ? « Il n'y resterait pas, affirmait Philippe. Un paresseux comme lui ! Dans l'Ouest, il faut travailler ! »

Mais comme Mrs. Coveyduck n'avait jamais eu confiance en Tite, elle trouvait qu'Annabelle était beaucoup trop bien pour lui. Les airs qu'il se donnait la rendaient furieuse. Cependant, quand elle comprit qu'Annabelle aimait Tite et que rien ne la ferait changer d'avis, elle tricota un châle de fine laine bleue et des mitaines assorties pour qu'elle ait chaud pendant sa lune de miel.

Mais il n'y eut pas de vraie lune de miel. Adeline avait dit à Wilmott :

— James, c'est vous qui devez conduire Annabelle. J'ai arrangé la cérémonie. Cela mettra un peu de gaieté dans ce long hiver...

— De gaieté ? répéta-t-il. Ce n'est pas gai de se marier. Et si j'accompagne quelqu'un, ce sera plutôt Tite.

Cela avait fait rire Adeline. Elle était fort amusée par le fait que Wilmott allait ainsi acquérir une servante active et docile sans avoir de gages à lui donner. Elle apporta deux beaux oreillers de duvet dans la petite chambre près de la cuisine de Wilmott que Tite et Annabelle devaient occuper. Et, sur chacun d'eux, elle mit une enveloppe garnie de dentelles et où étaient brodés, en rouge, les mots : « Je dors et je rêve que la vie est Beauté. Je me réveille et je découvre que la vie est Devoir. »

Lorsque Tite vit ceci, il fut plus impressionné qu'Adeline ne l'avait supposé.

— Maître, dit-il, j'ai toujours rêvé d'élégance et me voilà comblé. Annabelle et moi nous dormirons et rêverons de Beauté. Et vous, maître, vous vous réveillerez avec l'odeur du bacon et des pommes frites, et cela fera palpiter vos narines...

Tite resta pensif pendant un instant tandis que Wilmott s'absorbait dans son livre.

— Puis-je savoir ce que vous lisez ? demanda Tite.

— L'office du mariage, répondit Wilmott. Je veux savoir ce que tu vas promettre.

Tite demanda, comme s'il était choqué :

— Vous avez oublié cette cérémonie, maître ?

— Je l'ai oubliée, dit Wilmott nettement.

— Je crois qu'il serait mieux que Belle et moi nous allions à la réserve des Indiens pour être mariés par le recteur de là-bas, annonça Tite. Ma grand-mère serait si contente de connaître ma femme. Nous lui ferions une visite de quelques jours et nous ferions connaissance des autres membres de la tribu. Ce serait utile pour Belle et un grand événement pour ma grand-mère.

Wilmott fut soulagé par cette suggestion. Moins il verrait les nouveaux mariés, plus il serait content. Parfois, il regrettait d'avoir permis au jeune ménage de venir s'installer avec lui. Il était si bien là, seul, quoiqu'il dût s'avouer qu'il trouvait les soirées d'hiver assez longues et la présence de Tite lui manquerait, cela ne faisait aucun doute.

Si bien que, lorsque le jeune couple apparut un soir à sa porte, accompagné du bruit des clochettes du traîneau et d'une petite tempête, il fut le bienvenu. Wilmott n'avait pas remarqué, ou bien il l'avait oublié, combien Annabelle était jolie. En fait, le couple était charmant. Il s'installa sans faire de bruit dans la petite chambre. Et, ainsi que Tite l'avait prévu, Wilmott se réveilla le lendemain en sentant la bonne odeur du café frais. Jamais il n'avait bu un café comme celui d'Annabelle. Jamais il n'avait imaginé qu'un poulet pût être aussi tendre et croustillant. Et la jeune femme était, dans la maison, aussi silencieuse qu'une souris. Elle portait des pantoufles de feutre. Jamais elle n'élevait la voix. Tite aussi était plus tranquille et plus attentif au confort de Wilmott. Mais ce dernier n'imaginait absolument pas l'hilarité qui s'emparait des deux jeunes gens lorsqu'il lui arrivait à lui de s'absenter pour dîner ou passer la soirée chez des voisins. Tite et Belle se mettaient alors à danser, à chanter, à crier. Ils se poursuivaient dans toute la maison sans se gêner. Ils s'amusaient comme des fous.

L'hiver passant, Wilmott permit à Tite de l'aider à faire travailler les enfants. Il découvrit que Tite avait un talent exceptionnel pour intéresser les jeunes Whiteoak à leurs études. Il sentit qu'il était un professeur-né. Mais en même temps, il réalisa qu'il ne regretterait rien lorsque les enfants partiraient pour l'Angleterre car s'il aimait bien les avoir pour élèves, ils lui prenaient beaucoup trop de son temps. Les enfants, eux, ne s'étaient jamais sentis aussi heureux. Ils éprouvaient une chaude affection pour Wilmott. Mais ils trouvaient, en Tite, un professeur plus passionnant. Quand Annabelle apparaissait, vers le milieu de la matinée, portant un plateau avec un pot de cacao et un plat de toasts bien chauds et beurrés, leur bonheur n'avait pas de borne. Les garçons ne pensaient pas à l'avenir. Ils vivaient dans le présent. Seule, Augusta attendait le printemps comme un temps prometteur d'événements merveilleux.

Les mois passant, la neige tomba plus épaisse encore. Les raquettes étaient un enchantement, surtout quand le soleil, plus chaud avec l'approche du printemps, faisait fondre la surface de la neige, puis que le froid glacial de la nuit enveloppait le pays d'une croûte ferme et scintillante. Quels jeux magnifiques en descendant leur colline favorite bien calés sur leurs raquettes !

Un jour, Wilmott laissa Tite faire la classe aux enfants. C'était le vendredi saint, et il devait répéter, avec le recteur, la musique de Pâques. Il passait donc la journée au presbytère. Wilmott avait invité les enfants à rester au cottage. Belle avait préparé un festin pour le déjeuner. Avec Tite, elle avait bien mis la table pour faire quelques façons qu'ils oublièrent bien vite. Tous les cinq se mirent à manger simplement le bon gâteau, les noix et les raisins, puis ils burent une sorte de cordial. Tite fuma l'un des cigares de Wilmott. De temps à autre, allongé sur le sofa, il poussait un joyeux cri d'animal.

Cependant, Annabelle devint tout à coup sérieuse :

— Ce jour est un jour solennel. C'est celui de la Crucifixion de Notre Seigneur. Nous devrions y penser et ne plus nous amuser ainsi.

— Qu'est-ce que ça fait quand on est solennel ? demanda Ernest.

— Pense à Mrs. Madigan ! suggéra Nicolas.

— Ça me rendrait malade ! affirma Ernest.

Annabelle resta un instant assise, les yeux levés vers le ciel, puis elle dit :

— Je sais ce qu'on va faire. On va jouer une pièce religieuse. J'en ai vu une à la maison... avant la guerre. On peut imiter la foule qui voulait crucifier le Seigneur. On peut jouer la Crucifixion, pas réellement bien sûr, mais l'imiter, et après on termine par la Gloire de la Résurrection.

— Expliquez, dit Augusta, ça peut être passionnant.

Et pendant que Belle expliquait le déroulement des événements sacrés, ils se sentirent tous égaux : les trois jeunes Whiteoak, le souple métis, et l'esclave libérée. C'était même elle le chef. Les autres buvaient ses paroles jusqu'au moment où Tite s'exclama :

— Je serai le soldat.

— Vous croyez que vous le jouerez bien ? demanda Augusta.

— Regardez-moi, dit-il avec ferveur.

Exaltée, Annabelle admirait Augusta :

— Petite missis, décréta-t-elle, vous serez la Madone. Vous avez juste le visage et les beaux cheveux qu'il faut.

Tite examina Gussie comme s'il la voyait pour la première fois.

— Et moi, qu'est-ce que j' serai ? demanda Ernest.

— Vous jouerez Notre Seigneur, dit Belle.

— Et moi ? s'enquit Nicolas. Quelqu'un de terrible, s'il vous plaît !

— Pilate, répondit immédiatement Belle. Tite et moi, on sera la foule.

— D'accord, accepta Nicolas. Rangeons un peu pour avoir plus de place.

Ils débarrassèrent la pièce. Tite alla dans la remise et revint avec deux morceaux de bois cloués en forme de croix. Il les étendit sur le sol.

— Vous n'allez pas me crucifier vraiment ?

Ernest, bien qu'il fût fier d'avoir été choisi pour jouer Jésus, avait un peu peur.

— On n' touchera pas un cheveu de vot' tête, promit Annabelle en le prenant dans ses bras.

Elle alla chercher un morceau de toile blanche et drapa l'enfant dedans.

— Il devrait être nu, dit Tite.

La pudeur d'Ernest se révolta. Annabelle s'exclama :

— Non, non. Il est très bien comme il est.

Elle étendit une écharpe bleue sur les épaules d'Augusta et brossa ses longs cheveux. Belle était dans son élément. Elle plaça chaque enfant à l'endroit voulu. Nicolas se lava les mains dans une cuvette d'eau, et dit tout haut :

— Je ne vois rien de mal dans cet homme.

Tite cria :

— Crucifiez-le !

Et il gigota autour d'Ernest d'une manière qui ressemblait assez à une danse de guerre indienne.

Il attrapa Ernest et l'étendit sur la croix. Augusta s'agenouilla aux pieds de son frère, laissant couler de vraies larmes. Nicolas oublia qu'il était Pilate et se joignit à Tite pour gambader et pousser des hurlements sauvages. Belle oublia qu'elle était civilisée. Elle commença à sauter si haut que son crâne touchait presque le plafond en criant : « Seigneur, sauvez-nous ! » Ernest restait étendu sur la croix et ses petites mains roses se croisaient et se décroisaient sur sa poitrine pour montrer combien il souffrait. Néron aboyait de toutes ses forces. Le spectacle était affolant.

Il faisait une chaleur torride dans la pièce. Personne ne remarqua les visages qui se pressaient contre les vitres avant que, ébranlée par un grand choc, la porte (Tite l'avait fermée à clef) ne s'ouvrît. Cela fit l'effet d'un coup de tonnerre. Wilmott, Adeline et Philippe apparurent. Après le vacarme qui avait régné, le silence qui s'établit fut stupéfiant.

20

Punition

Le silence fut brisé par la voix de Wilmott, une voix que jamais personne encore n'avait entendue :

— Vous me faites honte. Vous me faites honte tous autant que vous êtes.

Philippe éclata :

— Mais c'est de la folie ! Rien moins que de la folie !

— Et comment cela se serait-il terminé, demanda Adeline, si nous n'étions pas arrivés ? J'ai peur d'y penser. – Elle ajouta d'une voix qui tremblait de curiosité : – Mais si j'avais su, si j'avais su !

Tite ne perdit pas la tête. Il resta debout, très digne et droit. Il dit :

— Nous n'étions pas fous du tout, et faisant un geste d'invitation avec la main : si vous voulez bien vous asseoir, messieurs et madame, nous poursuivrons notre pièce et vous verrez qu'elle n'a rien de répréhensible.

Annabelle pleurait à chaudes larmes.

Lorsque la porte avait été ouverte, Néron avait filé dans la neige. Maintenant il grattait pour rentrer.

Wilmott reprit :

— Tout d'abord, mettez-moi de l'ordre ici.

— Ernest, commanda Philippe, ôte-moi cette draperie blanche. Gussie et Nicolas, préparez-vous pour rentrer à la maison.

— On met les raquettes ? demandèrent-ils ensemble.

— Laissez-moi vous expliquer, commença Tite.

— Je n'ai pas besoin de vos explications.

Le ton de Philippe était terrifiant, mais le visage de Tite resta impassible. Il reprit en s'adressant à Wilmott :

— Vous me connaissez, et vous savez bien que je ne ferais jamais rien dont vous puissiez avoir honte. Nous jouions une pièce religieuse. Nos sentiments nous ont emportés. N'est-ce pas une belle chose, d'être entraîné par une inspiration pieuse ?

— Emmène Annabelle dans sa chambre, ordonna sévèrement

Wilmott qui resta les bras croisés tandis que Tite accompagnait la mulâtresse sanglotante. Je suis désolé de tout ceci, dit il enfin à Adeline.

— Cela prouve combien les races noires ont du mal à garder leur contrôle. Mais si j'avais été là, je les aurais guidés et la pièce aurait vraiment été religieuse.

Ses yeux brillaient. Elle regardait avec étonnement la croix sur laquelle son jeune fils avait été couché.

— Tu aurais probablement sauté et dansé comme les autres, lui souffla à mi-voix son mari.

Il était rare que les enfants fussent emmenés la nuit dans le grand traîneau rouge garni de peaux de buffles. Mais voilà qu'ils étaient entassés à l'arrière, la fourrure remontée jusqu'au menton, les joues rouges et cinglées par le vent glacé, les oreilles remplies de la joyeuse musique des clochettes. La nuit était si claire que chaque son et chaque image semblait brillamment intensifié. La lune se levait dans la profondeur bleue du ciel, dessinant en ombres splendides les silhouettes des arbres sur la neige, transformant les crinières des chevaux en métal flottant.

Adeline adorait cette vitesse sur la route lisse, dans cette solitude sans limite.

— Si l'on rentrait par le chemin le plus long en passant par l'église ? Oh ! Philippe, j'aime tant filer en traîneau par une nuit pareille ! On dirait que la terre entière est à nous.

Et ils prirent la plus longue route, mais Néron avait choisi le raccourci et les attendait devant le porche quand ils arrivèrent en cliquetant sur l'allée entre deux rangs de sapins chargés de neige. Adeline et les enfants entrèrent dans la maison (Ernest tombait de sommeil) tandis que Philippe emmenait le traîneau et les chevaux à l'écurie.

Quand il revint à pied, ses pas faisant craquer la neige, le clair de lune inondait encore le paysage. Dans le hall, Philippe écouta. Il entendit sa famille qui remuait dans le salon. Ernest disait : « M'man, j'ai faim ! » d'une petite voix faible et elle lui répondait : « Moi aussi, il n'y a rien de mieux qu'une promenade en traîneau pour vous mettre en appétit. » Elle était tellement contente qu'elle avait oublié la scène désagréable du cottage, et elle s'amusait avec ses enfants. Ils se débarrassèrent tous de leurs manteaux. Lorsque Adeline tomba dans un fauteuil, Nicolas s'accroupit devant elle pour lui ôter ses souliers fourrés et Ernest sauta sur ses genoux en répétant : « M'man, j'ai faim ! » Néron attrapa une des chaussures, la secoua un bon coup, et l'emporta sous le sofa.

D'une voix sonore, Philippe, de la porte, remarqua :

— Ainsi, c'est comme ça que vous êtes punis, jeunes sauvages ! Eh bien ! vous ne serez pas aussi fiers quand vous aurez affaire à moi.

Adeline se mit vite à l'unisson :

— Et vous serez encore moins fiers quand vous aurez affaire à moi !

Elle chassa Ernest et parvint à atteindre Nicolas avec une claque. Ce dernier s'éloigna et dit :

— Ce n'est pas tout à fait notre faute. C'est Tite et Belle. Elle avait vu une pièce comme ça dans le Sud.

— Vous n'auriez pas dû vous prêter à pareille mascarade, répondit Philippe. Ce couple est un mauvais exemple pour vous. Mais vous partirez – et tous les trois – pour l'Angleterre au printemps prochain dans des écoles où l'on vous dressera comme vous ne l'avez jamais été.

La pensée d'être laissé à la maison tandis qu'Augusta et Nicolas s'en allaient en Angleterre avait épouvanté Ernest. Maintenant, l'idée qu'il les accompagnerait dans ces horribles écoles était terrifiante. Comme toujours quand il était bouleversé, son estomac criait famine. Il gémit :

— Oh ! j'ai faim !

— Au lit tous les trois ! ordonna Philippe.

— Merci pour la belle promenade en traîneau, souffla Ernest.

— Cette promenade était pour votre mère, répliqua Philippe. C'est par hasard que vous en avez profité. – Il sourit dans sa moustache blonde. – Vous pouvez vous réjouir de ne pas être fouettés avant l'aube.

Trois paires d'yeux tristes se levèrent vers lui.

— Mais, on le sera demain ? tremblota Nicolas.

— Avant ou après le petit déjeuner ? ajouta Ernest.

Philippe réfléchit :

— Avant, dit-il, et avec ma lanière de cuir à rasoir.

— Et Gussie ? dit encore Nicolas.

— Sa mère s'occupera d'elle.

— Je préférerais que ce soit vous, assura calmement Augusta.

— *Quoi ?* Tu préférerais ?

— Oui, papa.

— Tu entends ça, Adeline ?

Adeline avait l'air contente d'elle.

— Tu vois, ils ont vraiment peur de moi.

— J' peux pas avoir un vieux croûton de pain ? demanda Ernest.

Philippe se leva, alla jusqu'à la salle à manger et revint avec une boîte de biscuits qui avait la forme d'un baril de bois à poignées d'argent.

— Prenez ça, dit-il. Mangez dans vos chambres. Puis au lit !

Il tira Néron de dessous le sofa et récupéra la bottine d'Adeline.

— Il manque une boucle, dit-il.

Il s'adressait sévèrement au chien qui, immédiatement, cracha l'objet.

Augusta le porta à sa mère et s'informa en même temps :

— Voulez-vous me dire quelle sera ma punition, maman ?

— Une dose de poudre de rhubarbe ! lança Adeline. Ce sera à la fois une punition et une cure. Le goût en est affreux et cela t'évitera une crise de foie.

— Mais pourquoi aurais-je une crise de foie ?

— Tu sais parfaitement l'effet que font sur le foie les excitations nerveuses.

Les deux garçons étaient déjà à la moitié de l'escalier avec la boîte de biscuits. Augusta les suivit. Elle ne voulait rien manger. L'affreuse vision de la poudre de rhubarbe était devant elle. Elle se croyait déjà malade.

Sa chambre était inondée par le clair de lune. Elle ferma la porte derrière elle, s'abandonnant tout entière au silence et à cette lumière magique. C'était la première fois qu'elle ressentait un sentiment de solitude. Elle avait l'impression de n'appartenir à personne, de n'avoir pas de place à elle. Même pas à Jalna. Et pourtant la pensée de s'éloigner l'épouvantait. Si elle avait pu voler au loin avec son pigeon et se perdre – avec lui – dans quelque pays mystérieux et magnifique ! Mais, bien qu'elle se sentît l'esprit léger, elle avait plus conscience de son corps que jamais.

Ses bras et ses jambes lui paraissaient lourds, sa tête étonnamment vide. Elle éprouvait un ressentiment bizarre contre la façon dont ses parents la traitaient : leur rigueur un peu ironique, leur refus de la considérer comme une adulte. « Si Guy Lacey était là, il me protégerait », songea-t-elle.

21

Le plan

Le temps changea justement cette nuit-là. Un vent tumultueux, rempli des promesses du printemps, souffla sur la terre. Les trois jeunes Whiteoak n'avaient pas leurs raquettes pour leur promenade matinale jusque chez Wilmott. Ils furent obligés de mettre des galoches et de patauger dans la neige épaisse. Tout, songeaient-ils, était contre eux. Ils formaient un sombre trio. Sombre aussi était Wilmott et Tite semblait tragique. Annabelle ne parut pas avec le bon cacao. Wilmott renvoya les enfants de bonne heure. C'était le samedi saint.

En revenant à la maison, ils entendirent le croassement des corbeaux. Les oiseaux aux ailes noires parcouraient le ciel tourmenté, comme des pirates sur une mer agitée. « Caw-caw-caw », criaient-ils, comme s'ils menaçaient la terre assoupie. Pareilles à des fléaux, leurs ailes battaient le ciel.

— C'est boueux, remarqua Nicolas. Même si on avait nos raquettes, on n' pourrait pas les mettre.

— On ne s'en servira plus de cette année, dit Augusta.

Ernest demanda :

— Croyez-vous que Mr. Wilmott va garder nos raquettes pour lui, Tite et Belle ?

— C'est probable, fit Augusta.

Elle avançait péniblement dans la neige fondue. Elle serrait ses deux mains nues, rougies par le froid, comme si elle était en prière. Elle constata :

— La vie devient bien difficile.

— Tu crois qu'elle sera meilleure, ou pire ? demanda Nicolas.

— Pire, répliqua-t-elle.

— Plus sinistre encore ? insista Nicolas.

— Bien plus sinistre.

— Sinistre, mon œil ! lança Ernest.

Une giboulée de pluie glacée tomba.

— Papa ne m'a pas touché, signala Ernest. Je lui ai raconté que j'avais un rhume. – Puis, avec un regard en coulisse vers Nicolas, il demanda : – Est-ce que ça fait mal, la lanière du rasoir ?

— Tais-toi ! hurla Nicolas, et il donna à son frère un coup de poing qui le fit tomber, sur son derrière, dans une flaque glacée.

Toujours assis, Ernest envoya un regard ironique à sa sœur :

— C'est bon la poudre de rhubarbe, Gussie ? C'est dur à avaler ?

Ernest n'aurait jamais parlé ainsi à sa sœur s'il n'avait été dans cette flaque froide, et s'il ne s'était senti tout malheureux.

Augusta détourna la tête :

— Je crois que je vais la rendre ! gémit-elle, et elle courut au milieu des cèdres.

— Là, tu as réussi ! fit Nicolas, et il donna une claque sur le crâne d'Ernest.

Cela ne lui fit pas mal car il avait son bonnet de laine mais cela le vexa terriblement. Aussi, il resta dans cette eau gelée un peu plus longtemps, jusqu'à ce que les deux autres eussent disparu parmi les arbres. Et les corbeaux passaient encore et croassaient comme pour se moquer de lui. « Caw-caw-yah-yah-yah ! » criaient-ils. Puis, de nouveau, une giclée de pluie tomba, comme si elle venait de leurs ailes.

Ernest parvint à se lever et il trébucha vers la maison. Il lui semblait qu'il n'arriverait jamais. Il pensa à s'étendre sur la neige pour y mourir de froid. Alors, sa famille aurait du chagrin. Ils pleureraient – même son père. Ernest imaginait la scène avec satisfaction. Les souffrances de Gussie et celles de Nicolas n'étaient rien à côté des siennes. Qu'était-ce que quelques coups de lanière ou une dose de poudre de rhubarbe comparés à ce qu'il éprouvait ?

Il était de règle à la maison que les galoches fussent quittées sous le porche à moins que l'on n'empruntât la porte de côté. Mais Ernest entra directement, laissant des traces de neige sur le tapis. Le bébé Philippe courut vers lui. C'était étonnant à quel point, en quelques mois, l'enfant était devenu petit garçon. Malgré sa robe bleu ciel, ornée d'un galon, malgré ses cheveux longs qui pendaient en boucles blondes sur ses épaules, il se comportait comme un garçon.

— Moi aussi, j' monte, dit-il en tentant de suivre Ernest sur les marches.

— Non, fit Ernest, tu n' viens pas.

— Pourquoi ?

— Parce que j' suis malade.

— Malade ? répéta Philippe. Pourquoi ?

— Pourquoi on est malade ? Je mourrai et tu t'en fiches. Tout le monde s'en fiche !

Le petit gars parut prendre cela comme une belle blague. Il sourit, puis il rit autant qu'il put.

— J'ai pas bobo, moi ! fit-il à travers son rire.

— Tu parles comme un idiot ! s'exclama Ernest. Tu n' peux pas dire comme tout le monde que tu n'es pas malade ?

Il se penchait sur la rampe, regardant le bébé avec mépris.

Adeline, de sa chambre, cria :

— Qu'est-ce que j'entends ? Qui est méchant avec le petit frère ? Montez dans votre chambre, vilain, et changez-vous !

Ernest se traîna jusqu'à sa chambre mais il n'ôta pas ses vêtements mouillés. Il se jeta sur son lit et s'endormit.

Il y resta durant les trois semaines suivantes, souffrant d'une belle angine. Et pendant ce temps, l'hiver s'enfuyait avec des rugissements d'eau et de légères tornades de neige. Le printemps apparut, exceptionnellement chaud. Lorsque Ernest entra en convalescence, les arbres étaient déjà tous vêtus de bourgeons roses, les pissenlits étaient apparus sur la pelouse où les nouveau-nés du poulailler et de l'étable piaillaient, grattaient ou mugissaient. Ernest entendait le ruissellement de l'eau de la rivière qui abandonnait ses derniers liens avec l'hiver. Nicolas, quand il montait faire ses devoirs dans la chambre après le thé, ne parlait que de pêche – quels étaient les meilleurs appâts pour telle ou telle sorte de poissons, quels étaient les endroits où ça rendait le plus. Nicolas restait dans la chambre pour tenir compagnie à Ernest, et il ne faisait pas ses devoirs. Il ne pensait qu'à la pêche et aux bateaux.

Un samedi de mai, Nicolas et Augusta furent emmenés sur le lac par Tite. Celui-ci avait acheté, ou tout au moins s'était, on ne sait comment, procuré un bateau à voile. Sans la permission de quiconque, il invita les deux enfants et les emmena faire un tour sur l'eau ondulante. D'abord avec le bachot, ils ramèrent depuis le cottage de Wilmott. Tite tint les avirons jusqu'à ce qu'ils fussent sur le lac. Là, sur la grève solitaire, ils trouvèrent le petit hangar où le dinghy était abrité. Tite, avec l'aide des deux jeunes Whiteoak, le tira sur les galets et, bientôt, il dansa sur les vaguelettes. Tite leva la voile. La brise de mai joua avec.

— Vous avez déjà été à la voile ? demanda Tite.

— Vous savez très bien que non, répondit Augusta. Mais nous en avons tellement envie.

— Emmenez-nous, Tite ! demanda Nicolas.

— Votre père le permettrait-il ?

— On ne le lui dira pas, assura Nicolas, ni à maman non plus. Ils ont été sévères avec nous depu' le vendredi saint. Nous n'avons aucune raison d'être sages.

Tite maintint le bateau en place tandis que le frère et la sœur y grimpaient. Il dit :

— La liberté, c'est ce qu'il y a de meilleur dans la vie si l'on sait en profiter.

Augusta leva son visage dans le vent, et questionna :

— Pourquoi vous êtes-vous marié, Tite ? Maintenant, vous devez tout le temps penser à Belle.

— Vous croyez que Belle m'entrave ?

— Mais vous n'êtes pas libre, n'est-ce pas ?

Tite montra ses dents blanches dans un sourire énigmatique.

— Depuis que j'ai épousé Belle, expliqua-t-il, je suis encore plus libre. Lorsque je m'en vais, elle s'occupe de mon maître pour moi. Quand je suis à la maison, elle veille sur nous deux. Elle fait tout le travail. Elle est habituée à être une esclave. La liberté ne lui sert à rien. Pour moi, c'est différent. Je descends d'Indiens qui étaient nobles, et d'un noble explorateur français. Je dois être libre ou mourir.

— Nous aussi, déclara Nicolas en reniflant la brise printanière. C'est vrai, Gussie ?

Le dinghy, comme un être vivant, se battait avec les vagues qui devenaient plus hautes à mesure qu'ils s'aventuraient plus loin. La végétation du bord de l'eau se confondait avec la masse liquide. Les oiseaux aquatiques volaient près de la terre. Et les oiseaux terrestres essayaient follement leurs ailes au-dessus du lac.

Tout bougeait. Partout, les éléments s'entremêlaient. Augusta avait l'impression qu'elle n'avait encore jamais connu un bonheur si parfait. C'était la liberté d'aller où l'on veut, c'était ce que l'on choisit. Ses yeux examinaient les visages de ses deux compagnons. Un curieux sourire, un sourire inexplicable ne quittait jamais les lèvres de Tite. Sur le front de Nicolas se formait un pli de concentration tandis qu'il mettait toute sa volonté à suivre les gestes de Tite. Mais sa figure pourtant était sereine. Augusta lui dit :

— Et si on ne revenait jamais ? Rappelle-toi ce que Mr. Madigan nous disait : qu'il fallait fuir.

— C'est une bonne idée, fit Nicolas. – Au bout d'un moment, il dit à Tite : – Je voudrais avoir un bateau exactement comme celui-ci. C'est précisément ce dont nous avons besoin.

— Pourquoi ne demandez-vous pas à votre maman de vous en acheter un ?

— Pourquoi parlez-vous de maman ? demanda Nicolas. C'est papa qui l'achèterait.

— Mais c'est sa femme qu'il faut convaincre, expliqua Tite.

— Belle vous convainc, elle ?

— Nous n'avons pas d'argent, dit Tite.

— Alors, comment achetez-vous sans argent ?

— Il y a d'autres moyens. – Et il ajouta avec une satisfaction évidente : – Je les connais tous.

Augusta rejeta sa tête en arrière, ressentit l'extrême douceur du jour léger, et déclara :

— Nous pensons, mon frère et moi, à quitter la maison.

Il était impossible de surprendre Tite. Il eut donc l'air de trouver cela très naturel. Mais il demanda :

— Avec quoi vivrez-vous, ma petite demoiselle, et où vivrez-vous ?

Augusta répondit sans hésitation :

— Nous avons des amis, Mr. et Mrs. Sinclair. Ils nous ont invités à aller chez eux quand nous le voudrons, et nous pourrons rester autant qu'il nous plaira à Charleston. Vous ne savez pas, Tite, que nos parents ont l'intention de nous mettre pensionnaires dans une école en Angleterre ?

— Et nous ne le voulons pas, affirma Nicolas.

— Mais, mon cher, reprit Tite, vous recevrez une merveilleuse éducation en Angleterre, meilleure que partout au monde. C'est en Angleterre que mon maître a été élevé et personne, ici, n'est aussi instruit que lui. Je voudrais avoir votre chance !

— Nous, on ne tient pas à être instruits, persista Nicolas. Nous voulons être libres.

— Et vivre d'étranges aventures, ajouta Augusta.

— Dans les écoles anglaises, on vous regardera comme des sauvages. Vous serez maltraités. Même votre jeune frère le sera...

— Et cela lui brise le cœur de rester ici, dit Augusta.

— Suivez mon conseil – et les yeux étroits de Tite ne quittaient pas les deux visages tendus vers lui –, apprenez tout ce que vous pourrez. C'est du solide sur quoi vous appuyer. Après, vous écouterez les autres parler – ils bavardent tellement – et, pendant ce temps, vous songerez que vous en savez bien plus qu'eux. Réfléchir est un agréable passe-temps. – Il s'adressait en particulier à Augusta. – Il n'y a pas de meilleur moyen de tuer le temps. Votre visage, Miss, dit que vous êtes faite pour la réflexion.

— Et... l'aventure, insista Augusta.

— Et l'aventure, continua Tite. Mais voyez, le vent a changé. Il faut revenir.

Pendant un moment, ils furent occupés avec la voile. Nicolas était spécialement doué pour la manœuvrer. Le calme se fit et, tandis qu'ils flânaient avec le petit bateau, Augusta raconta son plan à Tite. C'était la première fois que Nicolas l'entendait. Cependant, il écouta sans broncher. A la vérité, un observateur aurait cru qu'il avait lui-même échafaudé ce projet tant il semblait peu étonné.

Lorsque Augusta et Nicolas revinrent à la maison après leur promenade, ils entrèrent par la porte de côté, selon leur habitude. Ils passèrent sur la pointe des pieds devant la chambre de leur mère qu'ils entendirent raconter une histoire au petit Philippe pour le faire rester tranquille pendant qu'elle démêlait ses cheveux. Elle interrompit son histoire pour constater :

— Tes cheveux sont vraiment comme de l'or.

Philippe était arrivé au point qu'il se considérait maintenant comme un individu avec des sentiments différents de ceux de sa famille, ou de qui que ce soit au monde. Il répondit donc :

— Non.

— Mais qu'est-ce qui te prend ? s'écria Adeline. Comment peux-tu savoir quelle est la couleur de tes cheveux ? Je te dis qu'ils sont comme de l'or pur et que tu ressembles absolument à ton papa qui est le seul homme des environs que l'on puisse regarder !

— Non, dit Philippe.

— Reste tranquille, ordonna Adeline, ou je te gifle.

— Non, répéta Philippe.

— Vas-tu obéir ?

— Non.

Et l'on entendit le bruit d'une claque. Philippe fut remis sur ses pieds et il courut en pleurant dans le hall. Quand il aperçut Augusta et Nicolas qui tentaient de se dissimuler dans l'escalier, ses pleurs se changèrent en rires et il les rejoignit, prenant la main de chacun d'eux.

— Gussie... Nicky... fit-il gentiment.

— On l'emmène ? demanda Nicolas.

Augusta inclina la tête et ils filèrent. Ils entendirent Adeline qui appelait :

— Philippe ! Philippe ! Viens ici et laisse maman te mettre une robe propre !

— Non, dit Philippe.

Ils découvrirent Ernest sur le palier. Il jouait à son jeu secret. Cela consistait en quelques pièces d'échecs, quelques morceaux de papier et des pierres colorées. Il écrivait des ordres pour les personnages, les faisait avancer d'un pas ou deux, et en même temps émettait des remarques telles que « Vis longtemps, ô Roi », ou « Voici ma Chance Solitaire » ou encore « Appelez les Loups pour le Thé ». Augusta et Nicolas éprouvaient du respect pour un tel jeu. Ils n'avaient jamais essayé de le comprendre, mais ils savaient qu'il avait été d'un grand secours pour leur frère pendant sa maladie. Ernest les regarda vaguement tandis qu'ils conduisaient le petit Philippe en faisant attention de ne pas le déranger dans son jeu solitaire.

Il ne fallut pas longtemps pour qu'il allât les rejoindre dans la chambre d'Augusta. Son frère et sa sœur remarquèrent combien il était pâle et qu'il portait une flanelle rouge autour de sa gorge. Il en montait une agréable odeur d'onguent.

Ernest dit :

— J'ai entendu parler pendant que j'étais dans l'escalier.

— De quoi ? demanda Nicolas.

— Tu devais être occupé par ton jeu, remarqua Augusta.

— On peut jouer et écouter, fit-il.

— Qu'as-tu entendu ? s'inquiéta vivement Nicolas.

Ernest avait l'air d'en savoir long.

— Quelque chose à propos d'une fuite, fit-il en se balançant sur ses pieds.

Le petit Philippe dit alors :

— Moi s'en va aussi !

— Ainsi, tout se sait ! lança Nicolas, furieux.

Ernest reprit :

— Si vous partez, je pars aussi. – Il se tenait résolument droit. – J'irai jusqu'au bout du monde avec vous !

Nicolas reprit :

— Et qu'est-ce que tu sais à ce propos ?

— Je sais que Mr. Madigan nous l'a conseillé.

Augusta restait très songeuse. Elle dit :

— Je crois qu'il vaut mieux parler à Ernest. Il sait garder un secret puisqu'il a un jeu secret. Et puis, il sera utile pour porter les provisions et conduire le bateau.

Nicolas n'était pas convaincu.

— Ernest est trop jeune, affirma-t-il.

Le bébé Philippe se poussa en avant :

— Moi suis grand !

La voix d'Adeline monta d'en bas appelant l'enfant.

Augusta, fatiguée, elle ne savait pourquoi, avait posé son visage pâle sur la table et fermé les yeux. Elle les ouvrit d'un coup, se leva et attrapa Philippe.

— Va avec maman, dit-elle, et elle descendit l'escalier.

Le bébé aimait bien la façon dont sa sœur le portait. Le visage qu'elle penchait sur lui lui paraissait, pour la première fois, une figure réconfortante. Il cessa de vouloir être un garçon et se résigna à n'être qu'un tout-petit. Un flot de tendresse passa en lui et, par ses bras et par toutes ses veines, se communiqua à Augusta. Son cœur battit très fort et elle s'arrêta à mi-étage en se demandant si elle pourrait continuer.

De nouveau, on entendit la voix d'Adeline appelant son fils.

— Je l'amène, maman ! répondit Augusta.

Et elle le conduisit par la main. Adeline grommela :

— C'est l'enfant le plus désobéissant que j'aie eu. Quand il aura sept ans, il faudra un homme pour le surveiller.

Mais Philippe mit ses bras autour de son cou et lui planta un baiser humide sur la joue.

Lentement, Augusta remonta les marches.

Elle trouva Ernest occupé à établir une liste de ce dont ils auraient besoin pour le voyage.

— Regarde-le ! s'exclama Nicolas. Nous venons à peine de lui donner la permission de nous accompagner et le voilà qui prend tout en main !

— Je sais très bien faire les listes, dit Ernest. Regardez.

Il arracha une feuille à son bloc et, déjà, deux choses étaient inscrites :

Onguent pour la gorge.
Poudre de rhubarbe.

Augusta demanda :
— Pour quoi faire ?
Ernest répondit :
— Il ne faut jamais quitter la maison sans onguent... – Il hésita et poursuivit : – La rhubarbe, c'est pour toi au cas où tu aurais mal au foie.
Augusta, d'une main ferme, barra la poudre. Elle dit :
— Nous aurons besoin d'une couverture et d'une toile imperméable...
Ernest ajouta :
— Et ma boussole, et mon livre de notes pour le bateau...
— Une lanterne, poursuivit Nicolas, et beaucoup à manger.
Ernest inscrivit, puis claqua des mains :
— Comme c'est amusant ! lança-t-il en riant.
— Mais c'est sérieux, remarqua Augusta.
Elle insista pour qu'ils fissent leurs devoirs, mais chaque moment de détente devait être consacré aux préparatifs de départ. Le plan d'Augusta consistait à traverser le lac et à prendre le train du côté américain. Ils vendraient le bateau aux Américains, ce qui leur procurerait l'argent du voyage.
— Où prendrons-nous l'argent pour payer le bateau à Tite ? s'inquiéta Nicolas. – Augusta était le chef de l'expédition, cela ne faisait aucun doute. – Et puis, on n'est pas sûr qu'il accepte de nous le vendre, n'est-ce pas ?
— Tite vendrait n'importe quoi, répondit-elle. Nous lui paierons son bateau avec les cadeaux que les Sinclair nous ont faits. Ma bague et ta montre, Nicolas.
Tandis qu'on décidait de ces sacrifices, Ernest était occupé à enduire sa gorge d'onguent. Il chantonnait en même temps. Il ne pouvait contribuer aux dépenses de l'aventure que par son imagination et son courage. Ce fut lui qui proposa d'emporter le pigeon d'Augusta. Il dit :
— Nous pourrons le lâcher comme Noé lâcha les siens, et il reviendra à la maison apporter un message expliquant que nous nous sommes enfuis, que nous sommes bien, et contents !
Nicolas trouva que c'était une bonne idée, mais Augusta eut besoin d'être convaincue. Secrètement, elle espérait que si le pigeon se comportait bien pendant le voyage, elle le garderait avec elle.

Cependant, elle savait que si elle était obligée de le lâcher, comme dans l'arche, il retrouverait son chemin, et que Mrs. Coveyduck prendrait soin de lui. Deux fois déjà, le pigeon s'était échappé et était revenu tranquillement à Jalna.

Cette nuit-là, elle ne put dormir. Trop préoccupée par le plan, son imagination allait grand train. Le lendemain matin, la plus douce brise de printemps qu'elle eût jamais sentie battait les volets de sa chambre, secouait les branches, caressait ses cheveux et amenait un pigeon sauvage contre la vitre pour roucouler des mots d'amour au pigeon d'Augusta.

Un soupçon atteignit la jeune fille. Son pigeon était-il une femelle ? Cette pensée ne lui était jamais venue. A moitié vêtue, elle dégringola vers la chambre de ses parents. Elle tapa à la porte qui fut ouverte par Adeline dans une nouvelle robe de chambre rose et blanche. Philippe passait du savon sur son visage.

— Maman… commença Augusta. Croyez-vous que…

— Gussie, commença Adeline, crois-tu que… – Mais sa voix était la plus forte et elle poursuivit : – Crois-tu que je puisse porter du rose ? Réponds-moi !

— Non, fit Augusta sans hésiter.

Adeline, immédiatement, se mit en devoir d'ôter sa robe de chambre.

— Je le savais ! cria-t-elle. Et ce vendeur a réussi à me convaincre. Avec mes cheveux… il disait que ce serait raffiné !

— Et c'est raffiné, reconnut Philippe. Gussie est envieuse, c'est tout. Pas vrai, Gussie ?

— Oui, papa. – Et elle ajouta : – Je suis venue vous poser une question importante.

— Alors, vas-y ! dit Philippe en appliquant son rasoir sur sa joue.

— Croyez-vous possible, reprit Gussie, que mon pigeon soit une femelle ? – Elle déglutit et reprit : – Il y a un autre pigeon là-haut et il insiste beaucoup…

— C'est sûrement ça ! lança Philippe. Laisse entrer le copain !

— Croyez-vous qu'il soit ce que Mrs. Coveyduck appelle un soupirant ?

— Certainement, affirma Philippe.

— Tu es la fille la plus sotte que je connaisse ! sourit Adeline. Et ce que tu aurais de mieux à faire, c'est de laisser ton pigeon s'envoler pour qu'il aille rejoindre les autres. C'est tout ce qu'il demande !

Augusta repartit lentement vers le hall. Avant qu'elle atteigne l'escalier, Adeline l'appela :

— Reviens ici, Gussie ! – Et quand l'enfant fut revenue dans la chambre de sa mère, Adeline reprit : – Embrasse-moi ! Embrasse-moi !

L'étreinte dura un bon moment. Augusta en sortit avec la sensation de ce corps vibrant et chaud qui l'avait serrée contre lui. Il y avait peu de tendresse dans ce baiser. C'était plutôt l'expression d'un désir physique, ou peut-être, Augusta avait cru le comprendre, l'expression du besoin d'être protégée contre le monde par les bras de ses enfants.

Ce jour-là, le marché fut conclu avec Tite. Il devait toujours rester secret. La bague d'Augusta et la montre de Nicolas furent remises au métis. Les enfants étaient maintenant propriétaires d'un bon petit voilier. Tite, durant la semaine suivante, leur donna des leçons de navigation. Chaque après-midi ils furent en retard pour le thé. Wilmott avait un lumbago et il était content lorsque Tite lui proposait d'emmener les enfants dans le kiosque d'été de Jalna pour leur leçon de mathématiques. Mais ils passaient leur temps dans le bateau sur le lac. Dans le hangar solitaire de la plage, les provisions furent cachées. Elles avaient été apportées en secret. La broussaille était si dense, les sentiers empruntés par Tite et les enfants si bien dissimulés qu'ils purent mettre leur plan à exécution sans être découverts.

Pareils à des membres de tribus oubliées, ils se faufilaient dans les chemins de la forêt en portant leurs charges.

— Reverrons-nous jamais la maison ? demanda Ernest un soir alors que les préparatifs étaient terminés.

— Quand nous aurons fait fortune, fit fièrement Nicolas, nous reviendrons et nous rapporterons des cadeaux pour tous.

22

Départ

— Nous mangerons un copieux petit déjeuner pour bien commencer notre journée, déclara Augusta.

Les garçons furent d'accord mais, quand ils s'installèrent à table, ils se sentirent très peu d'appétit. Philippe venait de terminer son jambon et ses œufs. Il tendit une joue brunie à ses enfants pour être embrassé. Cela leur parut extraordinaire qu'il ne remarquât rien de curieux chez eux. Adeline n'était pas encore levée.

— Alors, dit gaiement Philippe tandis que les trois aînés s'asseyaient, on est contents d'aller à l'école comme d'habitude ?

— Presque plus contents encore, répondit Augusta, mystérieuse.

Philippe ne prit pas la peine de faire l'effort mental nécessaire pour analyser cette étonnante remarque mais, quand même, il demanda :

— Pourquoi ?

Ernest prit sur lui de répondre :

— Parce que nous commençons à étudier Euclide, dit-il.

Philippe les regarda, puis s'exclama :

— Mais vous êtes d'affreux pédants !

Cela fit rire Nicolas. Philippe était de très bonne humeur et il rit avec eux. Il s'adressa de nouveau à Ernest :

— Je vois que ton angine va mieux.

— Oui, dit fièrement Ernest. Mais je prends ma flanelle rouge et mon onguent avec moi, au cas où ça me reprendrait.

Sous la table, Nicolas lui envoya un grand coup de pied.

— Ouch ! cria Ernest.

Philippe ordonna à Nicolas :

— Quitte la table !

Nicolas s'en alla et courut au sous-sol où le plus jeune membre de la famille, assis sur une haute chaise dans la cuisine, mangeait son porridge. Nicolas lui tapota le dos.

— Au revoir, dit-il. Je te reverrai quand tu seras grand.

— Au revoir ! Au revoir !

Le petit Philippe agita sa cuillère, puis la jeta sur le sol.

Mrs. Coveyduck chassa Nicolas de la cuisine.

— Laissez votre petit frère manger, dit-elle. Il est sage comme une image quand vous n'êtes pas là. Vous mettez du désordre partout.

Les trois aventuriers se réunirent dans le hall. Ils entendaient la machine à coudre cliqueter vivement dans le salon où la couturière travaillait déjà. Ils en profitèrent pour filer par la porte de côté et courir le long du chemin qui menait au cottage de Wilmott. Mais ils tournèrent avant d'y parvenir pour prendre le sentier secret qui conduisait à leur bateau. Les bois étaient enchantés par la musique des oiseaux.

Tandis qu'ils galopaient sur la terre moussue, Ernest vit des larmes sur les joues d'Augusta.

— Pourquoi pleures-tu, Gussie ? demanda-t-il.

— La vie est si triste.

Ses yeux étaient immenses et mélancoliques.

Le garçon fut stupéfait.

— Qu'est-ce que tu veux dire, Gussie ? La vie est triste ! Pourquoi, Gussie ? Tu me rends triste, moi aussi.

Elle ne put lui répondre.

Nicolas, en avant, lança :

— Si tu commences à pleurnicher, Ernest, on n' t'emmène pas !

Cela produisit l'effet désiré. Ernest repartit comme un homme.

Lorsqu'il jeta un coup d'œil vers sa sœur, il constata qu'elle ne pleurait plus. Il glissa sa main dans la sienne.

Tite attendait. Les provisions étaient déjà embarquées dans le voilier accosté au petit ponton.

— Tout est prêt, annonça Tite. Et il est grand temps que vous partiez parce que le maître va tout à fait bien maintenant. Il s'apprête à vous donner votre leçon ce matin et il a déjà préparé ses livres. Bientôt, il m'enverra voir pourquoi vous n'êtes pas là. Ah ! voilà Annabelle. Filez avant qu'on ne parte à votre recherche.

— Et vous serez parmi ceux qui nous chercheront, Tite ? demanda Augusta.

— Ce sera moi qui les conduirai, assura-t-il.

Il avait un sourire sur ses lèvres minces.

— Et où les mènerez-vous ? s'inquiéta Nicolas.

— Je les perdrai, répondit Tite.

— Que c'est drôle ! fit Ernest.

— C'est méchant. – Belle parlait soudain. – Que le Ciel nous pardonne ce que nous faisons. C'est mal !

— Mal, mon œil ! chanta Ernest, en gambadant avec excitation.

Ces enfants étaient habitués à être servis. Ils attendirent patiemment pendant que Tite rangeait avec soin leurs provisions dans le bateau qui dansait légèrement sur les vaguelettes ensoleillées comme s'il était désireux de partir. Chaque petite vague se hâtait vers le rivage, cherchant un objet, ne serait-ce qu'une coquille ou un peu d'herbe, pour jouer. Une multitude de vairons nés du matin tourbillonnaient avec une assurance toute nouvelle dans une flaque luisante.

Puis Tite tendit une main déférente à Augusta pour l'aider à monter dans l'embarcation. Sur son poing, elle tenait son pigeon attaché par un ruban fixé à sa patte. Pour la première fois, Belle vit l'oiseau. Elle cria hautement sa détresse :

— Oh ! missis ! Ne prenez pas ce pauvre oiseau ! Il n'est jamais allé en bateau ! Ça va sûrement le tuer !

— Il ne faut pas qu'il s'ennuie de moi, expliqua Augusta.

— Laissez-le-moi ! J'en prendrai grand soin !

Annabelle éclata en larmes.

— Tu vas prouver, dit Tite, que tu étais au courant de ce départ. Ne sois pas folle. – Il donna une poussée au bateau et ordonna à Annabelle : – Allez, viens, et cache vite la trace de tes larmes !

A eux deux, ils firent avancer le voilier. Ils entrèrent dans le lac pour le lancer aussi loin que possible. Le pigeon était tranquillement installé sur le poignet d'Augusta, et de ses yeux, pareils à des joyaux, il regardait autour de lui. Ernest était à la barre. Nicolas surveillait la voile. Le dinghy ne bougeait pas, sauf quand on le poussait. Les yeux de Nicolas étaient fixés sur la voile. Les mains d'Ernest étaient crispées sur la barre. Gussie et son pigeon étaient aussi immobiles que dans un rêve.

Mais, soudain, un frisson passa. La voile fit entendre un bruit doux comme une chanson. Et tout devint vivant. Le bateau commença à danser sur les vaguelettes. La barre frémit dans la main du garçon.

— Ils sont partis ! Ils sont partis ! cria Annabelle, comme si elle était heureuse, mais bientôt ses larmes coulèrent et elle se tordit les mains en se lamentant : – Que va-t-il leur arriver ?

Elle n'était pas la seule à regarder le départ avec consternation. Néron, les yeux hors de la tête, déboulait à travers les broussailles. Des bulles sortaient de ses narines tant il soufflait fort. Il parvint à atteindre le bateau.

— Il va nous renverser ! cria Gussie.

Mais Tite était juste derrière. Il poursuivit Néron jusqu'à ce qu'il eût de l'eau sous les bras. Il l'attrapa par le collier. Néron semblait près d'étouffer quand Tite le tira avec lui. Mais alors la brise se leva et souffla dans la voile, transformant ses molles ondulations en claquements rapides. Les enfants furent suffoqués de voir Néron et Tite s'éloigner si rapidement – ce n'étaient plus que deux petites silhouettes se débattant dans l'eau – et Belle, si loin, se tordant les bras…

— Nous sommes partis ! hurla Nicolas. Nous sommes partis !

— Au revoir à tous ! chanta Augusta.

— Je suis à la barre ! J'ai ma boussole ! cria Ernest.

Le pigeon lui-même battit des ailes et fit entendre des petits bruits de joie.

Le voilier filait sur les vagues bleu-vert qui gargouillaient et murmuraient sous lui. Puis, il y eut le bruit de la voile qui battait comme si elle voulait se détacher du mât. Un vol de mouettes vint tout près, criant de gourmandise pour qu'Augusta leur jette un peu de pain. Mais les enfants n'avaient pas le lac pour eux seuls. Au loin, on apercevait une grande goélette, vers laquelle Augusta tourna la longue-vue que Mrs. Lacey lui avait donnée pour son anniversaire. Elle avait appartenu à Guy Lacey et, après le pigeon, c'était le plus cher trésor de la jeune fille. A vrai dire, elle tenait même une plus grande place que le pigeon dans son affection. Et maintenant elle levait l'instrument devant ses yeux tandis que la brise jouait avec ses longs cheveux.

Au bout d'un moment, le hangar et les silhouettes lointaines furent perdus de vue. On ne voyait plus non plus la goélette. Les mouettes furent laissées loin en arrière. Ernest contemplait la vaste étendue d'eau.

— Est-ce qu'on va bien de l'autre côté ? demanda-t-il, un peu effrayé.

— Droit sur la rive américaine, répondit Augusta.

De plus en plus vite, le bateau courait comme s'il voulait atteindre un but. Le vent était favorable, le soleil chaud, la brise fraîche. Augusta était le chef. C'était pour elle une nouvelle vie, une nouvelle autorité. Elle avait des provisions pour son équipage. Elle savait où elle allait. Elle était libre. Les deux garçons dépendaient entièrement d'elle. Nicolas sentait qu'aucune des histoires d'aventures qu'il avait lues n'était comparable à celle-ci qui était la plus merveilleuse. Ernest était tout au bonheur de sa liberté : plus de leçons ! plus de contraintes !

— Gussie, dit-il, les yeux fixés sur la bourriche, j'ai faim. Nicolas éclata de rire à la pensée que cette bourriche était remplie de bonnes choses.

— Je meurs de faim, reconnut-il.

Gussie leva la serviette bien blanche qui contenait les sandwiches et en mit un dans la main de chaque garçon. Elle leur donna, à chacun, une timbale de café.

— Que c'est amusant ! fit Ernest. Pourquoi Belle pleurait ?

23

La recherche

Le matin était si frais, si chargé de la vigueur de mai, si vibrant de toutes les chansons de milliers d'oiseaux, qu'Adeline ne put s'empêcher de fredonner son air favori : *Je rêve que je marche dans un palais de marbre*, lança-t-elle de sa voix claire, et un peu fausse, de soprano.

Elle époussetait le contenu d'une des vitrines d'objets des Indes, et elle avait l'impression qu'elle agissait avec plus de délicatesse et de soin qu'aucune domestique. Cependant, lorsque la sombre figure de Tite Sharrow se dessina dans la porte-fenêtre, elle fut si surprise qu'elle lâcha un singe en ivoire délicatement sculpté et il tomba avec bruit sur le sol. Après être apparu comme un fantôme, Tite instantanément s'anima et fit preuve de grande habileté. Il ramassa le bibelot, l'admira longtemps avant de le rendre, avec une profonde salutation, à Adeline qui tendait la main. Il dit, dans son meilleur style français :

— Votre chant, madame, était très beau. Je suis heureux d'avoir pu l'entendre un peu.

— Vous êtes un drôle de garçon, répondit-elle en remettant le singe à sa place.

Mais elle était satisfaite du compliment de cet intelligent métis. Il y avait si peu de gens capables de faire attention à elle dans cet endroit perdu !

Elle regardait Tite maintenant d'un air interrogateur et il s'expliqua gentiment :

— Je suis envoyé par le maître pour savoir ce que font les enfants.

— Les enfants ? reprit-elle avec étonnement.

— Ils ne sont pas venus ce matin prendre leur leçon. Mon maître est remis de son lumbago et il désire recommencer ses leçons. Je suis, moi, anxieux...

Tite parlait avec une telle autorité qu'Adeline s'impatienta.

— Les bandits ! s'écria-t-elle. Ils ont dû traîner en chemin. Vous les trouverez certainement, si vous les cherchez un peu.

— Je les ai cherchés, madame. Il est onze heures. Le chien Néron lui-même est inquiet. Il gémit et roule des yeux comme s'il voulait dire quelque chose.

— Ils jouent aux voleurs et se cachent sans doute ! expliqua Adeline.

Elle prit cependant le sentier qui menait au cottage de Wilmott, et le chien la suivit. Avec un air affairé, il passait devant elle comme s'il la guidait. Elle remarqua que ses poils étaient trempés. Quel drôle de chien ! Aller se baigner dans la rivière à cette heure – et à son âge ! Mais la promenade plaisait à Adeline et, de temps à autre, élevant la voix, elle appelait ses enfants :

— Gussie ! Nick ! Ernest !

Elle trouva Wilmott assis sur un banc près de sa porte, au soleil.

— Ne vous levez pas, dit-elle en allant vers lui, toute contente. Oh ! James, comme c'est bon de vous voir bien de nouveau ! Mais vous avez l'air fatigué. – Il formait, en effet, un fort contraste avec Adeline dont la santé et la vitalité s'accordaient avec la matinée printanière. – Ces hivers canadiens, ajouta-t-elle, nous laissent complètement à plat.

— La vérité, dit Wilmott, c'est que je suis trop bien nourri. Depuis qu'Annabelle est là, ma table regorge de pâtisserie et de pain chaud. Je lui ai dit qu'elle me tuait, la pauvre âme, avec sa gentillesse.

— Mais cela vous plaît de l'avoir près de vous, n'est-ce pas, James ?

— Je lui suis reconnaissant.

— Alors, pourquoi l'appelez-vous « pauvre âme » ?

Adeline s'était assise sur le banc à côté de lui. Elle avait baissé la voix.

Il répondit tout bas :

— J'ai quelquefois peur que Tite ne soit pas bon avec elle. Je l'ai entendue pleurer.

— Il faudra que je parle à Tite, décréta Adeline. Mais, pour l'instant, il est à la recherche des enfants. Ils doivent jouer aux voleurs !

— Qui pourrait les en blâmer par un jour pareil ? soupira Wilmott.

— Que voudriez-vous ? Fuir vous aussi ? rit Adeline.

— Moi ?

— Oh ! c'est ce que l'on pense lorsqu'on a eu un lumbago. Vous vous sentirez tout différent dans un jour ou deux.

Elle se leva et alla au bord de la rivière. Elle mit ses mains en coupe près de ses lèvres et elle cria :

— Gussie ! Nicolas ! Ernest ! Où êtes-vous ? Vous verrez ce que dira votre père quand vous rentrerez ! – Elle revint vers Wilmott. – Naturellement, il n'est pas au courant de cette nouvelle bêtise !

Bien que la voix d'Adeline fût claire et forte, elle ne pouvait atteindre les trois fuyards. Mais lorsque l'après-midi passa et que Philippe rentra des champs, Adeline était furieuse et très inquiète. Son mari lui conseilla de ne pas se faire de souci. Les jeunes avaient dû partir en expédition, assura-t-il. Le printemps les travaillait sans doute. Ils rentreraient à la maison avant qu'il fasse noir, et, Dieu du Ciel, lui, il réchaufferait sérieusement le derrière des garçons. Une enquête révéla que Mrs. Coveyduck ne leur avait rien donné pour un pique-nique. Certainement, il était arrivé quelque chose.

Lorsque le soir tomba, Philippe ordonna à Tite Sharrow d'organiser les recherches. Tite connaissait chaque arbre des bois alentour et presque toute la forêt le long de la rivière. La lune était pleine et la tranquille nuit de mai se révélait avec tout son mystère et sa séduction. Chaque arbre portait un revêtement étrange. Le clair de lune ne permettait pas de distinguer les nids cachés dans les branches.

Philippe partit lui aussi. Et c'était étonnant de voir les silhouettes des hommes qui paraissaient prendre des attitudes grotesques déformées par la lueur des lanternes qu'ils portaient. On parlait de choses effrayantes : d'ours qui avaient été vus dans la région, de hurlements de loups que l'on avait entendus pendant l'hiver. La plus grande inquiétude de Philippe était la rivière qui descendait des collines lointaines et passait le long du cottage de Wilmott, mais il n'en dit rien à Adeline. Elle montra du courage en se joignant aux hommes du voisinage. On la pria de rester à la maison avec les autres femmes pour lui tenir compagnie, mais elle repoussa cette suggestion avec mépris. « Moi, rester à la maison, cria-t-elle, pendant que mes trois enfants sont en danger ! Jamais tant que je pourrai tenir sur mes jambes ! » Et elle se servait de ses deux magnifiques jambes pour marcher avec les hommes ; de temps à autre, elle élevait la voix en appelant ses enfants par leur nom. Deux fois pendant la nuit, on servit des rafraîchissements aux hommes dans la ferme voisine. Lorsque la lune disparut, il y eut encore des lumières pour trouer l'obscurité, des voix pour crier...

Les nuits étaient courtes. Lorsque le jour se leva, trois hommes étaient réunis dans la grande pièce du cottage de Wilmott et faisaient des plans pour poursuivre les recherches. C'étaient Philippe, Wilmott et Tite Sharrow. Annabelle leur avait apporté un lourd plateau chargé de sandwiches, du pain tout frais et un énorme pot de café. Mais le pain était brûlé et le café si mauvais que Wilmott s'en excusa.

— La pauvre fille, dit-il, a perdu la tête. Elle est vraiment malade d'anxiété.

— Mais je m'inquiète pour vous, dit Philippe. Vous êtes resté debout toute la nuit alors que vous sortez tout juste de ce lumbago. Quant au café, j'en ai bu de pire.

— Pas à la table de mon maître, affirma Tite en se levant. Je vais le rendre à Annabelle et elle en fera du frais.

Il porta le pot à la cuisine.

Un moment plus tard, ils entendirent Annabelle pleurer, et Tite baisser la voix. Wilmott dit :

— La pauvre fille semble croire qu'elle est pour quelque chose dans la disparition des enfants.

Philippe se leva et alla à la cuisine.

— Annabelle, dit-il, il ne faut pas vous accuser de ce qui est arrivé... à moins... qu'ils ne vous aient dit quelque chose ?

Elle tomba à genoux en sanglotant :

— Oh ! Seigneur, pardonnez-moi ! Oh ! Massa Whiteoak, pardonnez-moi !

Philippe se tourna vers Tite.

— Qu'est-ce qu'elle veut dire ?

Tite, gentiment, releva la jeune femme. Il expliqua :

— Belle est tellement pieuse, monsieur, qu'elle se croit coupable de tout ce qui arrive depuis que le monde existe.

— N'avez-vous rien à me raconter, Belle ? demanda Philippe.

Tite la tenait dans ses bras.

— Parle, Belle, dit-il doucement. Dis au monsieur ce que tu sais.

— J' sais rien. – Elle parlait avec une force passionnée. – J' sais rien ! Que Dieu m'aide !

Lorsqu'il revint près de la table, Philippe dit à Wilmott :

— C'est un étrange couple que vous avez là. On se demande ce que leur progéniture donnera.

Wilmott, après avoir bu un peu de café, déclara :

— Que Dieu fasse qu'ils n'en aient pas !

Philippe reprit :

— Quant à mes pauvres enfants... Je crois que, dès qu'il fera jour, nous devrons draguer la rivière.

— Je suis sûr qu'ils ne sont pas noyés, affirma Wilmott. Nous les trouverons dans la forêt.

Néanmoins, ils fouillèrent la rivière qui, à cette époque, était à son plein. Ils cherchèrent même dans le ruisseau qui zigzaguait non loin de Jalna mais ils ne trouvèrent nulle part trace des fugitifs. Le travail de la ferme fut abandonné pour les recherches. Tous les voisins s'y mirent.

On apprit que Philippe Whiteoak promettait une récompense de mille dollars pour n'importe quelle information sur ses enfants.

Personne n'était aussi actif que Tite Sharrow. Dans les profondeurs de la forêt, il conduisait tout un groupe. Suivant la grand-route du village, des chercheurs allèrent jusqu'au lac d'où venait un vent léger. Mais la plage était si boisée, si touffue, qu'ils n'eurent aucun espoir de ce côté-là. La barque de Wilmott était paisiblement attachée à son ponton.

Un des témoins les plus intéressés par ces recherches était Néron. Avec une bonne volonté évidente, il fouinait dans chaque buisson, creusait un tunnel dans chaque hallier, aboyait furieusement à tout étranger. Il revint portant la flanelle rouge qui avait entouré la gorge d'Ernest et la déposa aux pieds d'Adeline. Lorsqu'elle la vit, elle tomba sur le sol en répandant un flot de larmes.

Le jour passa sans nouvelle des fuyards. La nuit vint, sombre et venteuse. Le matin reparut, gris et triste. La police fut avertie. A midi, le jour s'assombrit ; dans ce crépuscule apparut le pigeon d'Augusta, blanc et fantomatique. Il se posa sur un pignon du toit, près de la fenêtre de la chambre d'Augusta. Alors, perché là, il émit un triste roucoulement. Adeline fut la première à le voir et il lui sembla qu'il disait : « Gussie est partie !... Gussie est partie !... »

24

Les fugitifs

Bien que les enfants eussent passé toute leur vie à quelques kilomètres du lac, ils n'en connaissaient pas les humeurs. Deux fois pendant l'été, il y avait le pique-nique familial au bord de l'eau, auquel s'ajoutait le plaisir du bain, puis lorsque la nuit venait d'un énorme feu de joie. Une fois, durant l'hiver, bien protégés contre le froid, on les emmenait en traîneau voir les grandes masses de glace qui s'étaient formées. Quand une tempête secouait le lac de sa furie, les coups de bélier des vagues sur la plage s'entendaient depuis Jalna. Ces sortes de détonations faisaient la joie des enfants. Quelquefois, ils prétendaient que Jalna était une place assiégée par des hordes d'Indiens sauvages qui approchaient avec leurs tam-tams et leurs cris menaçants. Mais Augusta alors se retirait, et elle préférait se blottir dans le kiosque d'été avec ses pensées. D'autres fois, tous trois, ils entreprenaient une longue promenade dans les bois où la rumeur du lac se mêlait au bruissement des branches.

Mais maintenant, ils se trouvaient au cœur même de cette mer intérieure et ils filaient vers le rivage américain. Le vent était si favorable qu'aucune manœuvre de voile n'était nécessaire. Le petit bateau et ses trois aventuriers étaient gentiment poussés vers cette Amérique accueillante. Augusta avait emporté la carte sur laquelle était noté le port vers lequel ils se dirigeaient. Elle l'avait dépliée sur ses genoux et, la tête penchée au-dessus, elle étudiait la distance à parcourir. Elle essayait aussi de calculer combien de temps il leur faudrait. Ils n'auraient, songeait-elle, aucune difficulté à vendre le voilier car il était peint à neuf et sa voile était blanche comme le pigeon. Celui-ci semblait heureux de sa nouvelle situation. Sa bien-aimée Gussie, à côté de lui, lui donnait à chaque instant des miettes et lui parlait doucement. Attaché comme il l'était, il sautillait sur le pont et allait boire dans un bol préparé pour lui. Pour lui ? Ou pour elle ? se demandait encore Gussie. Elle ne pouvait oublier le visiteur qui était apparu sans prévenir et s'était conduit en séducteur.

Pendant qu'Augusta examinait sa carte et son carnet de notes – elle avait l'intention de tenir un vrai journal de leur voyage par eau et par terre –, Ernest gardait sa longue-vue et sa boussole. Déjà, il prenait des airs de propriétaire avec la longue-vue et sa sœur regrettait un peu de lui avoir permis de la porter. Il en prenait d'ailleurs le plus grand soin. Avec la longue-vue, il regardait la rive canadienne, si richement boisée qu'elle semblait une immense forêt, sauf dans un endroit où l'on apercevait quelques maisons et le clocher d'une église qui indiquaient un village. Cependant, rien ne leur était familier. Les trois enfants exploraient vraiment un nouvel univers.

Chaque fois qu'Ernest scrutait l'horizon avec l'instrument, il consultait ensuite la boussole et déplaçait un peu la barre. Il ne permettait ni à Augusta ni à Nicolas de partager sa responsabilité. Cela ne concernait que lui et lui donnait son prestige dans le groupe. Comme toujours lorsqu'il était excité, il avait faim. Bien avant qu'il fût temps pour un vrai repas, il réclama un sandwich, puis un autre, et enfin un troisième. Ils avaient tous faim d'ailleurs. Augusta sortit une nappe blanche que Belle leur avait procurée, et elle étendit dessus des provisions appétissantes. Il leur fallait deviner l'heure car ils n'avaient pas de montre.

Nicolas était heureux et plein de confiance. L'immensité du lac était un émerveillement pour lui. Il pensait qu'il connaissait tout ce qui était nécessaire pour naviguer s'il le fallait dans le monde entier. Les enfants terminèrent leur repas par quelques morceaux de cake aux raisins et du thé froid. Ils étaient repus, et, soudain, se sentirent assoupis. Ernest, en vérité, s'endormait tout assis, une main sur la barre. Nicolas fut le second à lâcher. Il admira les exquises couleurs du crépuscule, le visage tout teinté par les reflets, jusqu'à ce qu'il ne puisse plus maintenir ouverts ses grands yeux sombres. Cependant, il luttait contre le sommeil.

Augusta décréta :

— Je veillerai jusqu'au lever du jour. Puis, je t'appellerai. Il faut toujours un officier de quart.

Elle aida Ernest à s'étendre sur le fond du bateau, attacha la barre avec une corde et prit la place de Nicolas pendant que celui-ci se pelotonnait contre son frère. Elle étendit une couverture sur eux. En caressant le pâle plumage de son pigeon pour le rassurer, elle s'installa pour veiller toute la nuit.

Maintenant, elle était seule avec ses responsabilités. Et malgré cela, elle se sentait glorieusement libre. Droit comme une flèche, le dinghy semblait voler vers le Sud, vers la rive américaine. On ne distinguait encore aucune lumière, mais une grosse lune se leva, inondant le lac de sa clarté. Les petites vagues étaient frangées d'argent. La voile était d'argent. Le pigeon était un oiseau d'argent immobile, son bec d'argent plongé dans son poitrail d'argent.

Augusta ne voulait pas s'attendrir longtemps sur les deux silhouettes de ses frères, parfaitement endormis au fond du bateau. Ils semblaient si fragiles et, elle le sentait, ils comptaient sur elle. Pourtant, elle n'avait pas peur. Elle se mit à compter les étoiles qui devinrent plus lumineuses lorsque la lune commença à baisser.

Elle vit, au bout d'un moment, des lumières qui bougeaient sur le lac. C'étaient celles d'un bateau à vapeur qui paraissait venir droit sur eux. Il s'approcha tellement qu'Augusta entendit les moteurs et le barattage de la grande roue. Le bateau, énorme, vint très près et puis – miraculeusement – passa. Mais, derrière lui, les vagues se dressèrent et heurtèrent si brutalement le voilier qu'il fut sur le point de se retourner. Et les deux garçons dormaient toujours paisiblement. Enfin, lentement, le balancement diminua. La paix et la lueur des étoiles reprirent possession du lac. La tête d'Augusta tomba sur ses genoux. Elle s'endormit.

Le pigeon et les trois enfants dormaient si paisiblement, si tranquillement, la voile recevait si bien le vent et, la barre bien attachée, faisait toujours si vite avancer l'embarcation qu'elle semblait guidée par une force surnaturelle. On aurait pu croire que ses quatre occupants étaient sous l'effet d'une magie que seul le jour dissiperait.

Le soleil n'était pas encore levé mais déjà couraient sur l'horizon de petits nuages abricot et dorés qui avaient intercepté les premières couleurs de l'aube. Elles se reflétaient sur la voile et sur les visages des deux garçons, leur donnant un aspect fantastique. Le pigeon s'éveilla et battit des ailes comme s'il voulait s'envoler. Il émit quelques roucoulements.

Gussie avait si longtemps dormi avec sa tête sur ses genoux que, lorsque les roucoulements de son pigeon l'éveillèrent, elle fut d'abord incapable de bouger. Lentement, elle leva la tête et, faisant face à l'Est, elle reçut le premier rayon rouge du soleil levant. Elle entendit la voix d'Ernest.

— Gussie !

— Oui, Ernest.

— As-tu dormi ?

— J'ai sommeillé.

Nicolas se redressa d'un coup.

— Tu devais veiller !

— Il n'est rien arrivé.

— J'ai faim ! lança Ernest.

Ils avaient tous faim.

Le bateau continuait sa route dans la roseur étonnante du matin. Les vagues – qui étaient maintenant plus joyeuses – étaient touchées par le flamboiement des couleurs. La voile se raidit comme pour gagner de la vitesse avec le vent. Les nuages devinrent blancs et, comme des anges aux blanches robes, s'envolèrent vers l'est et leur ombre se refléta sur l'eau. Alors, le lac parut étrange et un peu menaçant.

— J'ai faim, répéta Ernest, en jetant vers le ciel un regard inquiet.

— Tu ne mangeras pas avant d'être lavé, déclara Augusta. Et toi aussi, Nicolas, lave-toi !

Ernest tendit ses deux petites mains sales.

— Je suis propre ! fit-il en riant.

— Moi aussi, répéta Nicolas en montrant des doigts encore plus noirs.

Son visage était pire encore.

— Lavez-vous, ordonna Augusta en lançant du savon et une serviette dans leur direction.

Ils obéirent en se penchant tellement par-dessus bord qu'Augusta leur cria :

— Faites attention ! Vous allez tomber dans l'eau !

Les garçons rirent comme s'ils se révoltaient. Ils perdirent le savon. Ils se battirent pour avoir la serviette.

— Attention ! fit encore Gussie, et ils tournèrent vers elle des faces hilares et trempées.

Mais le rire disparut quand une rafale saisit la voile, et quand le bateau se mit à tanguer de dangereuse façon. Nicolas, très calme, se chargea du maniement de la voile. Augusta se mit à la barre.

— Où est ta boussole ? demanda-t-elle à Ernest.

L'enfant avait des mèches toutes mouillées et raides sur sa tête. Il pleurnicha :

— J'ai faim ! Je la trouverai quand j'aurai mangé.

— Attrape quelque chose dans la bourriche, dit Gussie, mais je ne pouvais vraiment pas vous laisser manger avec des figures aussi noires.

— La tienne est sale aussi ! repartit Nicolas avec un rire moqueur auquel répondit Ernest.

Brusquement, les deux frères n'étaient plus un équipage fidèle. Augusta sentit qu'ils étaient contre elle. Elle entendait Ernest grommeler :

— La boussole, mon œil !

L'équipage allait se mutiner.

Elle se pencha sur le plat-bord pour laver sa figure et ses mains. Elle s'aperçut que les garçons allaient manger tout le cake. Ils avalaient gloutonnement en prenant de longues gorgées de thé froid.

— T'en veux ? dit Nicolas, lui offrant une tranche de cake.

Les garçons la regardaient comme des mutins.

— Merci, fit-elle froidement, et elle mangea un sandwich au poulet.

Le soleil montait victorieusement. La brise se transformait en vent modéré. Soudain, les deux frères revinrent à de meilleurs sentiments.

— Que dois-je faire ? demanda Nicolas quand le vent, comme pour les taquiner, changea de côté.

— Tu ne sais pas ? lança Augusta.

— Non.

— Mais je croyais que tu savais manœuvrer la voile !

Ernest, regardant avec la longue-vue, s'informa :

— Quand est-ce qu'on arrive à Charleston ?

Doucement, Augusta s'approcha de lui et étendit la carte sous ses yeux.

— Tu n'as donc pas compris que, d'abord, on doit atteindre la rive américaine, ensuite vendre le bateau, et prendre le train jusqu'à Charleston ?

Ernest déclara :

— Mais, je ne vois plus de rivage.

— Nous y arriverons quand il faudra.

— J'ai mal à la gorge, dit encore Ernest.

Nicolas affirma à Augusta :

— On n'aurait pas dû l'emmener avec nous. Il va pleurnicher et se plaindre !

— Toi, tais-toi ! fit Ernest.

Nicolas répliqua en criant :

— Si je n'avais pas cette voile à tenir, tu verrais ce que tu prendrais !

Ernest commença à pleurer un peu :

— Gussie, balbutia-t-il, Gussie !

Augusta se fâcha :

— Ne sois pas dur comme ça avec lui, Nicolas. Il est le plus jeune.

De nouveau, les garçons se tournaient vers leur capitaine. Mais le lac n'était plus amical avec eux. Sur les vagues frémissantes, une écume blanche apparaissait. Le vent, maintenant, était très froid. Augusta mit la couverture autour des épaules d'Ernest. Elle calma le pigeon qui s'énervait, tirant sur le ruban qui lui attachait la patte.

— Quelle heure peut-il être ? s'inquiéta Nicolas. Je voudrais bien avoir ma montre.

— Moi, je voudrais une brosse et un peigne.

Gussie tentait de discipliner ses longs cheveux avec ses doigts.

— Je crois, déclara Nicolas, l'œil collé à la longue-vue, qu'il doit être midi.

Ernest lui arracha l'instrument.

— Qui t'a permis d'y toucher ?

Il parlait avec colère.

— Voyons, fit leur sœur, vous n'allez pas vous disputer. Nous avons encore un long voyage devant nous. Il y aura peut-être même du danger.

Et elle montrait les vagues plus menaçantes.

— Du danger ? répéta Ernest. Alors, est-ce qu'on arrivera jamais à Charleston ?

— Non, si vous vous disputez tout le temps, répondit-elle.

— Je serai sage, répondit Ernest, et je permettrai même à Nicolas de regarder avec ma longue-vue.

Il avait l'effronterie de dire *ma* longue-vue. Il tendit la main pour proposer l'instrument. Nicolas voulut l'attraper. Entre eux deux, la longue-vue tomba. Elle cogna le plat-bord et rebondit dans l'eau. Personne ne comprit comment cela était arrivé. En tentant de la sauver, Ernest faillit la suivre. Gussie le rattrapa par les cheveux. Il éclata en sanglots comme si un désastre terrible était arrivé. Puis il vomit et rendit tout le cake. Il se pencha vers l'eau tandis que Gussie le tenait dans ses bras. Une vague heurta le dinghy et lui passa par-dessus. Ils eurent de l'eau jusqu'aux genoux.

— Excuse-moi, dit Nicolas. Excuse-moi, Gussie.

Ernest regardait dans le lac verdâtre.

— Tu as vu où elle était partie ? balbutia-t-il.

— Elle a roulé et s'est enfoncée, expliqua Nicolas, et il ajouta : - Je suis désolé.

— Ça fait rien ! lança Ernest. J'ai encore ma boussole.

Il tâtait sa poche pour la trouver. Levant ses yeux qui étaient encore pleins de larmes, il vit le gentil visage de Gussie, et il demanda :

— Tu sais où elle est, ma boussole ?

— Je vais la trouver, dit Nicolas, et il commença à fouiller partout.

— Attention à la voile ! cria Augusta.

Le voilier commençait à danser sérieusement et la voile à claquer comme si elle voulait se déchirer contre le mât.

— Je croyais, reprit Augusta, que tu savais manœuvrer une voile.

Le vent, le bruit de la voile claquante, les mots jetés dans la bourrasque, tout ce vacarme noyait le son de sa voix. Elle répéta :

— Je croyais que tu avais compris !

— Je n' sais pas, avoua-t-il.

— Tu ne sais pas ce qu'il faut faire ? cria-t-elle.

— Non ! hurla-t-il encore, et il commença à pleurer.

— Il faut baisser la voile ! lança-t-elle, et elle avança à quatre pattes dans l'eau qui clapotait au fond du bateau.

La voile démente fit s'agiter follement la barre et il sembla que c'étaient ces deux objets qui menaient le bateau. Il tournait, il valsait sur les vagues. Augusta et Nicolas, sans trop savoir comment, parvinrent à baisser la voile. Gussie attacha la barre pour qu'elle restât fixe. Et le dinghy ballotta d'une vague à l'autre.

Lorsque Ernest vit les larmes de Nicolas, ses propres pleurs se séchèrent. Il cessa de chercher sa boussole. Jetant les yeux sur les vagues turbulentes, il demanda :

— Pourquoi l'eau qui était bleue est devenue verte, Gussie ?

— Ce sont les nuages, répondit-elle.

— Quand tu crois qu'on reverra la terre ? continua-t-il.

— Bientôt, je pense.

— Je serai content, pas toi ?

— Je n'ai pas peur, affirma-t-elle avec force.

Cela donna du courage aux deux garçons. Nicolas dit :

— J'ai faim.

Elle leur passa des biscuits secs et une figue à chacun.

— Déjeunez, annonça-t-elle, et elle bâilla largement.

— Pourquoi bâilles-tu ? demanda Ernest.

— J'ai veillé toute la nuit.

— Tu n'as pas dormi ? Même pas un tout petit peu ?

— J'ai oublié, répliqua-t-elle, fâchée.

— Un peu plus de thé, demandèrent-ils.

Elle remplit la bouteille vide avec l'eau du lac. Les vagues vertes menaçaient de submerger bouteille et bateau. Quoique les nuages eussent maintenant envahi tout le ciel, il y avait, par moments, des aperçus de soleil. De pâles rayons, quelquefois proches, quelquefois lointains, touchaient les vagues. Le lac était comme un étrange océan sans limites.

Et puis Ernest retrouva sa boussole. Tous trois l'étudièrent. Augusta s'exclama, criant pour se faire entendre :

— Nous allons vers l'est ! Nicolas, va à la barre ! Essaye de changer de route !

Mais Nicolas était incapable de changer la capricieuse avancée du bateau qui escaladait une vague, s'enfonçait dans le creux suivant, regrimpait péniblement de nouveau et donnait à chaque instant l'impression qu'il allait se retourner.

Ernest se rapprocha de sa sœur :

— T'as peur, Gussie ?

Elle secoua la tête :

— Non, je n'ai pas *vraiment* peur, mais il faut retrouver notre chemin. Le vent nous a détournés de notre direction.

Elle tenait bien fort Ernest par la main.

Il dit :

— J'ai pas fait beaucoup d'histoires pour la perte de la longue-vue, n'est-ce pas ?

Ses yeux de myosotis, encore tout barbouillés de larmes, scrutaient le visage de sa sœur pour y trouver du réconfort. Gussie pensa avec chagrin à cette longue-vue qui avait été l'un de ses plus chers trésors.

Les nuages s'effilochèrent et permirent au soleil de se frayer un chemin entre eux. Le lac parut s'amuser de cette danse échevelée sous un soleil gelé, mais brillant. Comme un accompagnement de ce sauvage ballet de vagues, le vent sifflait aigrement et des coups de tonnerre grondaient au loin pareils à des roulements de tambour. Les enfants ne pouvaient que surveiller le temps qui semblait bien décidé à les stupéfier.

Parmi les nuages variés qui, depuis le lever du jour, s'étaient rassemblés puis dispersés dans le ciel troublé, l'un d'entre eux paraissait plus net et plus menaçant que les autres. Maintenant, les autres nuages fuyaient vers l'horizon, découvrant pour lui servir de fond un large espace d'un vert sinistre. Ce nuage prenait la forme d'un homme portant une cape. Il levait un bras dans un geste terrifiant. Et non seulement ce bras était levé, mais une main sortait de son poignet et un doigt était tendu vers le petit bateau.

— T'as peur, Gussie ? répéta Ernest, d'une voix tremblante. Il nous montre…

— Ce n'est qu'un nuage de printemps, répondit-elle. Ce qui m'ennuie, c'est que nous avons perdu notre route.

— Quand le lac se calmera, assura Nicolas, nous remettrons la voile et je prendrai la barre.

De sa petite voix aiguë, Ernest cria :

— T'as peur, Nicolas ?

— Non !

— Tu voudrais pas être à la maison ?

— Non ! fut la réponse fanfaronne.

— Y a quelque chose de mort dans le lac ! hurla Ernest avec terreur. C'est un bébé noyé !

Ce n'était qu'un grand poisson mort, pâle et flottant, que les vagues retournaient dans tous les sens.

Et la pluie se mit à tomber, à dégringoler du nuage menaçant, comme un rideau aveuglant. Elle était si violente qu'elle aplanit le sommet des vagues furieuses et prit possession de tout le ciel. Le bateau, avec ses jeunes occupants, semblait être l'objet de sa vindicte. Ernest se cacha la tête dans la jupe trempée de sa sœur. Nicolas ne fit plus étalage de la moindre bravoure. Il rampa dans l'eau du fond du dinghy pour venir se blottir contre Gussie. Aveuglés par les trombes d'eau, mouillés jusqu'aux os, ils se serrèrent les uns contre les autres. Ils ne cherchaient pas à parler. Cependant les mains fines de Gussie, glacées mais réconfortantes, de temps à autre tapotaient amicalement le dos des garçons. Le pigeon s'était perché sur son épaule, son bec perdu sous son poitrail, laissant pendre ses ailes trempées. Il avait l'air d'un très vieil oiseau.

Ce déluge de pluie finit par s'arrêter après un très long temps qui, pourtant, n'avait duré qu'une trentaine de minutes. Il était impossible d'imaginer l'heure. Une étrange lueur jaunâtre enveloppait ciel et lac. Le vent avait diminué, mais les vagues audacieuses se crêtaient de blanc, formant à l'horizon une ligne ininterrompue d'écume.

Nicolas, honteux de ses larmes, souriait à Gussie.

— J'ai faim, dit-il.

Il était content de se détendre. Elle lui sourit en retour et dit :

— Voyons un peu ce qui reste dans la bourriche.

Mais ce qui restait nageait dans l'eau. Nicolas attrapa un morceau de gâteau qui s'effrita dans sa main. Il dut le jeter par-dessus bord. Sous la poussée d'une nouvelle vague, le bateau tangua dangereusement, la bourriche se retourna et ce qu'elle contenait encore flotta ou fondit. Nicolas sauva un beignet.

— Ce n'est pas si mauvais, dit-il en mordant dedans. T'en veux ? demanda-t-il à Ernest.

Mais le petit garçon secoua la tête et pressa son visage sur l'épaule de Gussie.

— Je n'aurai plus jamais faim, murmura-t-il.

Le mouvement des nuages annonçait qu'un autre déluge était imminent.

— Si nous chantions un hymne, ça irait mieux, proposa Gussie.

Ernest redressa la tête.

Leurs jeunes voix étaient à peine audibles dans le vacarme général. Les garçons levèrent leurs yeux vers l'endroit où ils espéraient que Dieu tendrait une oreille vers eux tandis qu'ils chantaient.

Père éternel qui peut nous sauver,
Dont les bras savent calmer la vague impatiente ;
Qui commande à l'océan furieux
De garder ses limites fixes,
Oh ! écoute-nous, nous qui t'implorons,
Nous qui sommes en péril sur la mer.

Les garçons dressaient leurs visages mais Gussie gardait ses lourdes paupières baissées. Sa face était pâle entre les deux masses de cheveux noirs et trempés qui pendaient sur ses épaules. Elle aurait pu être une jeune créature de la tempête sortie des éléments déchaînés.

L'hymne était à peine terminé que le second déluge les submergea. Ils le supportèrent en silence, cramponnés les uns aux autres, Ernest de nouveau caché contre sa sœur. Cette pluie fut plus brève que la précédente, mais plus pénétrante. Le moindre coin encore sec jusque-là fut absolument inondé.

Enfin l'averse cessa, ce qu'elle fit comme à regret en se transformant en bruine, les nuages filèrent vers l'ouest et le lac, vert et tumultueux, reparut. L'eau dans le fond du bateau battait de gauche et de droite, à sa surface valsaient des morceaux de nourriture ainsi que les trésors que les enfants avaient emportés. Le soleil brillait maintenant et dispensait un peu de chaleur. Ernest montra sa figure toute tachetée de rouge et de blanc. Il examinait le ciel et regardait le lac de travers.

Tourbillonnant dedans, le poisson pâle était toujours là.

— Le poisson ! cria-t-il. Le poisson !

Et il se jeta contre Gussie.

— Ce n'est pas le même, dit Nicolas. - Sa voix était enrouée. - C'est un plus grand.

Il le regardait avec curiosité.

A la minute suivante, le bateau plongeant dans un creux, le poisson s'éleva sur une vague et fut projeté littéralement dans l'embarcation.

— Nicolas ! jette-le ! ordonna Gussie avec une peur folle.

Le garçon, pataugeant dans l'eau, attrapa le poisson à deux mains. Mais il était glissant et, de frayeur, l'enfant le lâcha.

— Il n'est pas mort ! cria-t-il. Il vit ! Si tu veux qu'on le jette, fais-le toi-même !

Désespérée, Gussie se libéra de l'étreinte d'Ernest. Elle souleva ce brochet de dix livres et le jeta par-dessus bord. Absorbé par la vague suivante, il disparut.

En fouillant dans le fond de la bourriche, Augusta dénicha encore quelques figues et les offrit aux garçons. Nicolas les dévora sans gêne, mais Ernest détourna la tête :

— Je ne mangerai jamais plus, dit-il.

Et, de nouveau, il se colla contre Gussie pour cacher son visage. Elle le serra dans ses bras, mais jamais, de toute sa vie, elle ne s'était sentie si fatiguée. Des douleurs ficelaient son corps. L'épuisement pesait sur ses paupières. Elle crut qu'elle n'avait fermé les yeux que quelques minutes mais quand elle les ouvrit de nouveau, le vent avait diminué, les vagues étaient un peu moins agressives. Elle vit la figure tendue de Nicolas qui tentait de lever la voile mais celle-ci résistait tant elle était mouillée, et quand il la soulevait un peu, qu'elle prenait le vent, le gui alors se tendait durement et le bateau ruait dangereusement. Ils étaient bousculés, maltraités par les vagues furieuses.

— Je meurs de faim, avoua Nicolas d'une voix creuse. Je suis trempé. Tu as l'air dans le même état, Gussie. Est-ce qu'Ernest va mourir ?

— Si seulement j'avais quelque chose de chaud et de sec pour l'envelopper, dit-elle.

Nicolas s'écria :

— Regarde ton pigeon ! Il est en train de mourir !

Le pigeon s'était résigné au ruban qui l'attachait. Les doigts de sa petite patte rouge étaient tournés en dedans et son poitrail s'appuyait dessus. Ses yeux étaient fermés. Il ignora le grain de blé que Gussie lui offrit.

Alors, Augusta rassembla tout son courage pour faire un effort désespéré et atteindre enfin cette rive américaine. Ses doigts étaient raides. Elle eut du mal à détacher le ruban qui tenait le pigeon. Mais, même lorsqu'il fut libre, il resta immobile.

— Gussie, qu'est-ce que tu fais ? cria Nicolas.

— Je l'envoie à la maison. Il retrouvera son chemin. La direction qu'il prendra nous indiquera notre route.

Le soleil reparaissait entre les nuages. Le pigeon ne bougea pas avant qu'un peu de chaleur ne l'ait pénétré. Puis, comme si une nouvelle vie lui était insufflée, il leva ses ailes – deux triangles pointus – vers le ciel. Et, dans un accès d'énergie, il atteignit le haut du mât. Ce n'était pas un perchoir tranquille car il se balançait comme un arbre mince dans une tornade. Mais le pigeon s'y accrocha, regardant le soleil, immobile comme s'il était sculpté dans l'albâtre.

Impressionnés, les enfants trempés le regardaient en frissonnant. Soudain, sans prévenir, l'oiseau ouvrit les ailes et vola vers le ciel. Il n'était plus le pigeon de Gussie mais un oiseau qui n'appartenait qu'au ciel et au lac. Il n'hésita pas sur la direction à prendre, mais s'y dirigea tout droit, gagnant de la vitesse et s'amenuisant jusqu'à n'être plus qu'un brin de duvet.

Gussie déclara :

— C'est bien ce que je pensais. Nous revenons là d'où nous sommes partis.

— Alors, dit Nicolas de sa voix rauque, nous reverrons peut-être la maison…

Augusta resta là, d'une main accrochée au mât et, de l'autre, abritant ses yeux contre la violence du soleil.

25

Le sauvetage

Adeline Whiteoak était réveillée depuis le lever du soleil, et cela après une nuit sans vrai sommeil. Le soleil était très brillant. Après quelques heures d'assoupissement grâce à des comprimés, l'éclatante lumière la frappa en plein visage. En ouvrant les yeux, sa première vision fut celle de Philippe penché au-dessus d'elle et la réflexion inconsciente qu'elle se fit fut la suivante : « Comme il a l'air drôle ! » car la figure de son mari était couverte d'une mousse blonde et ses paupières étaient rouges. Et tout lui revint d'un coup. Les cauchemars de ces quelques moments pendant lesquels elle avait dormi.

— N'aie pas cet air terrifié, fit-il. Enfin, nous avons des nouvelles.

— Des nouvelles ? répéta-t-elle, essayant de s'asseoir. Des nouvelles ? Pour l'amour de Dieu, quelles nouvelles ?

Il l'aida à se redresser.

— Rien qui te fasse plaisir.

Elle murmura :

— On a retrouvé leurs corps ?

— Non. Je crois même qu'ils sont vivants. Il y a là un jeune homme dont ils ont pris le bateau. Tite Sharrow l'a amené. Essaye de venir le voir. Essaye de te dominer, chérie.

Elle pressait ses mains contre sa poitrine pour calmer les battements de son cœur.

— Qui est-ce ?

— Un jeune employé de banque de la ville. Il possède un petit bateau à voile qu'il apprend à manœuvrer. Il le garde dans un hangar de bois qu'il a construit lui-même.

— Alors, ils sont noyés, murmura-t-elle, les lèvres tremblantes.

— Nous ne savons rien. Viens lui parler.

Il la conduisit vers le hall où tout lui semblait étrange. Le jeune homme était sous le porche avec Tite Sharrow.

Il était blond et mince ; il fit vivement un pas au-devant d'Adeline.

— Je m'appelle Blanchflower. Je crains bien que vos enfants n'aient pris mon bateau.

— Blanchflower ? répéta Adeline comme si la répétition de ce nom reculait un peu les mauvaises nouvelles qu'il apportait. En Irlande, j'ai connu quelqu'un qui s'appelait ainsi.

— Je travaille à la Banque royale. J'ai fait des économies pendant des années pour m'offrir ce bateau... C'est affreux de penser que peut-être il a servi...

— Vous croyez que mes enfants sont sur le lac dans votre bateau ?

— Il n'est pas dans son hangar, Mrs. Whiteoak.

Il la regardait avec pitié.

Tite Sharrow parla :

— J'ai découvert que le bateau de monsieur n'était pas dans son abri. Alors je suis allé en ville le trouver.

Le jeune homme l'interrompit :

— Ce garçon – il indiquait Tite de la tête – a fait le trajet à pied pour me dénicher. Il a dû marcher toute la nuit. Mais nous avons trouvé une voiture pour venir. Et j'ai constaté que mon bateau était parti. J'ai trouvé des petites empreintes de pas. J'ai peur que...

— Et sur le lac, vous n'avez pas aperçu le bateau ?

— Non, Mrs. Whiteoak, et je crains bien que le lac ne soit mauvais.

Le jeune homme avait l'air très triste.

Philippe reprit :

— Le pire c'est que nos jeunes fous ne connaissent rien à la navigation à voile.

Tite leva des yeux fatigués sur le visage de Philippe :

— Maître, dit-il d'une voix grave, je connais à Steal un homme qui possède un petit bateau à vapeur. Il promène des groupes l'été. Si j'avais de l'argent à lui offrir...

Philippe parla avec une grande impatience et une anxiété terrible.

— Conduisez-moi immédiatement vers cet homme. Pouvez-vous monter à cheval et galoper ?

— Je peux tout faire, maître, si c'est pour une bonne cause.

— J'y vais aussi ! cria Adeline.

Il fut impossible de l'en dissuader, mais elle dut changer de vêtements.

Tite, chargé du poids de sa responsabilité, partit en avant pour interroger le patron du bateau. Tandis qu'il galopait sur la route de campagne parfois creusée d'énormes trous, il n'y faisait attention ni pour lui ni pour son cheval. Sa seule et unique pensée était de sauver les enfants. Des nuages noirs s'amoncelaient dans le ciel. Une pluie diluvienne menaçait. On entendait les roulements du tonnerre sur le lac.

Le jeune Isaac Busby vint lui aussi à Jalna – après un message urgent de Philippe. Il était à peine arrivé quand le déluge commença. Adeline était au désespoir. Enveloppée d'une vaste robe, elle marchait d'une pièce à l'autre, se tordant les mains après avoir tenté de regarder à travers le mur de pluie qui obscurcissait les vitres. A midi, c'était comme au crépuscule. Et c'est dans cette demi-obscurité que la forme blanche du pigeon d'Augusta apparut. La pluie avait cessé.

Le jeune homme à qui appartenait le bateau était resté avec Adeline. Quand Bessie, dans son excitation, affirma reconnaître le pigeon, il courut dans l'herbe trempée pour aller voir. Adeline le suivit.

— Est-ce celui de Gussie ? fit-elle en portant sa main à sa gorge.

— La femme de chambre est montée ouvrir la fenêtre de votre fille. Elle est sûre, répondit le jeune Blanchflower, que si c'est son pigeon, il entrera dans la maison.

Et ils restèrent là, tous les deux, à observer le pignon où se tenait l'oiseau. Ils le virent bientôt, lentement, comme s'il était épuisé, soulever ses ailes pour pénétrer chez Gussie. Pour Adeline, ce fut le dernier coup. Elle serait tombée sur le sol si Blanchflower ne l'avait soutenue. Philippe les trouva ainsi quand il revint en annonçant qu'on s'était mis d'accord pour louer le bateau à vapeur.

— Les enfants sont perdus... noyés. – Adeline était à peine capable d'articuler. – Le pigeon est revenu nous le dire...

— Il ne faut pas perdre espoir, assura-t-il et, en deux bonds, il fut chez sa fille.

Quand il revint, il marchait plus lourdement.

— Alors ? demanda Adeline.

— C'est le pigeon de Gussie... Il a l'air d'avoir traîné dans la boue. Mais je suis sûr qu'il apporte de bonnes nouvelles... Viens-tu sur le bateau ? Le patron le prépare. Isaac Busby est ici et son cheval est rapide.

Blanchflower dit à mi-voix à Philippe :

— Croyez-vous que Mrs. Whiteoak doive nous accompagner ? Imaginez que nous trouvions mon bateau... sans personne dedans ?

— Ma femme, dit Philippe avec hauteur, n'est pas quelqu'un qu'on laisse en arrière.

Deux heures plus tard, le bateau à vapeur, tout flambant neuf et prêt pour son service d'été, avançait sur le lac de façon capricieuse à la recherche du voilier et des enfants perdus. A bord, il y avait le capitaine et son équipage de deux hommes, Philippe, Adeline, Wilmott et Isaac Busby, le jeune Blanchflower et Tite Sharrow.

Tite avait la vue la plus perçante. Il se tenait à l'avant et ce fut lui qui, le premier, après des heures de recherche, aperçut le bateau.

— Le voilà ! cria-t-il. Le voilà ! Vous le voyez ?

Mais personne d'autre n'arrivait à distinguer le dinghy. Ils étaient groupés à l'avant. Adeline était debout sur un siège. Philippe la tenait. Enfin, elle vit le bateau et les trois petites silhouettes à moitié noyées dedans.

— Ils sont morts ! cria-t-elle tandis que Philippe se cramponnait à elle.

— Ne regarde pas ! fit-il. Ne regarde pas !

Le moteur du bateau ralentit sa vitesse. Lorsque les deux embarcations furent très proches, Tite sauta par-dessus bord. Après quelques brasses, il atteignit la coque de noix. Le bateau à vapeur stoppa.

— Mes enfants ! Mes enfants ! hurlait Adeline. Je suis là ! Regardez-moi !

Trois petits visages pâles se tournèrent vers elle... Tite était monté dans le dinghy... Ce fut lui qui souleva les enfants un par un pour les placer dans les bras tendus.

Le jeune Blanchflower dit à Philippe :

— Ce métis est extraordinaire. Je n'ai jamais vu personne agir avec autant d'habileté.

— Il sera bien récompensé, assura Philippe.

— C'est surprenant qu'il ait découvert le hangar et ait pensé que les enfants avaient pris mon bateau.

— C'est un garçon très remarquable, reprit Philippe. Mr. Wilmott pourra vous l'assurer.

Mais Philippe savait à peine ce qu'il disait. Ses yeux étaient fixés sur les trois petits corps trempés et presque inconscients. Ce fut lui qui les reçut dans ses bras.

— Gussie... Nick... Ernie... disait-il tout le temps. Papa est là. Vous êtes sauvés... Maman est là... parlez-lui.

Mais seuls des gémissements sortaient des lèvres bleuies. Nicolas fut le premier à réaliser qu'ils étaient sauvés :

— Tite... finit-il par articuler, mais il ne put continuer.

— Oui... Oui... dit Philippe. Tite vous a retrouvés. C'est lui qui vous a vus le premier.

Nicolas sourit :

— J' suis content qu' vous nous ayez retrouvés !

— Quelle voix il a ! cria Adeline. Oh ! comme il a l'air malheureux !

— Il sourit, fit remarquer Philippe.

Blanchflower portait Gussie. Elle lui semblait belle et romantique. Il pensa, lorsqu'il franchit le seuil de la petite cabine qui sentait la peinture et le mastic : « Je pourrais être un marié d'autrefois portant l'épouse volée dans l'ombre de mon château ! » Il était un jeune homme incorrigiblement romantique.

Le bateau à vapeur, après cette première excursion de la saison, fit demi-tour et revint au port. Sur les deux divans de la cabine, les enfants, roulés dans des couvertures, étaient étendus. Ernest surtout donnait de l'anxiété à ses parents. Malgré de fréquentes gorgées de cognac, il continuait à frissonner. Il semblait à demi conscient.

Adeline le tenait dans ses bras. Philippe partageait son temps entre les deux aînés, frictionnant leurs mains et leurs pieds, tapotant leur dos pour les rassurer. Sur le pont, Tite Sharrow s'était accroupi au soleil qui, maintenant, se faisait agréablement sentir. Une expression de paix infinie s'étendait comme un voile sur son visage. Sans savoir pourquoi, Wilmott évitait de le regarder.

Le propriétaire du voilier, Peter Blanchflower, passa du bateau à vapeur dans son embarcation. Il était si heureux de la récupérer sans dommage ; un peu salie seulement. Il pataugea dans l'eau sur laquelle flottaient les débris du voyage des enfants. Il trouva une boîte vide et commença à écoper l'eau. Wilmott, penché sur le bastingage, demanda :

— Voulez-vous que je vous aide ?

— Si vous voulez, monsieur.

— Vous retournez jusqu'au hangar ?

— Oui. Le vent est dans la bonne direction. Nous arriverons avant les autres qui doivent passer par la jetée et par la route. Je serai content d'avoir votre compagnie, monsieur.

Passant avec agilité par-dessus bord, Wilmott sauta dans le voilier. Et, à eux deux, ils mirent de l'ordre. Isaac Busby vint les regarder et dit au jeune Blanchflower :

— A mon avis, vous devriez partager la récompense avec Tite Sharrow.

Blanchflower leva son visage que le soleil printanier rendait particulièrement candide et attrayant. Avec la corde de la voile entre les dents, il répondit :

— Moi, je n'ai rien fait.

Wilmott reprit :

— Je suis d'avis aussi que la récompense doit être partagée.

Wilmott sentait qu'il serait plus juste que Tite ne reçoive pas toute la récompense. A son avis il y avait, dans ce sauvetage, quelque chose de bizarre qu'il ne pouvait définir.

Blanchflower pourtant s'obstinait à refuser absolument tout partage. Tite, debout maintenant à quelque distance, écoutait. Silhouette lisse et sombre, son beau torse luisant dans le soleil, il écoutait comme si cela ne le concernait pas.

Et c'est alors que le bateau à vapeur et le voilier prirent des directions différentes sur le joyeux lac ensoleillé, l'un retournant vers Steal, l'autre, poussé par la brise, rejoignant son hangar. Philippe lança une invitation à dîner à Wilmott et à Blanchflower. Aussi, après avoir rangé le voilier et donné les nouvelles du sauvetage à Annabelle, ils se mirent en route pour Jalna. Sur le chemin, Blanchflower déclara à Wilmott :

— Je ne connais pas d'existence plus agréable que celle que vous menez, vous et les Whiteoak. Lorsque je prendrai des vacances, j'aimerais venir camper près de votre rivière si vous le permettiez.

— Vous serez le bienvenu, répondit Wilmott qui trouvait le jeune homme très sympathique.

Il lui confia même que, quelques années auparavant, il avait écrit un roman mais qu'il n'avait jamais eu le courage de l'envoyer à un éditeur. Blanchflower, qui s'avoua grand lecteur, déclara vivement qu'il lirait avec beaucoup de joie le manuscrit.

Lorsqu'ils arrivèrent à Jalna, ils y trouvèrent la famille. La voiture du docteur attendait devant la porte et les enfants étaient au lit. On leur avait donné du pain et du lait chaud quoique Nicolas eût beaucoup de mal à avaler à cause de ses amygdales qui étaient très gonflées. Le petit Ernest semblait en plein paradis tandis qu'il tenait la main de sa mère et qu'il levait vers son visage attendri un regard de ses yeux boursouflés. Il ne remarquait pas à quel point elle était pâle et quels cernes bleus elle avait sous les yeux. Il était émerveillé de se trouver étendu près d'elle dans le grand lit. Nicolas était sur le divan de la bibliothèque, et Néron restait couché sur le tapis près de lui. Philippe n'était pas loin. De temps à autre, il disait : « Alors, ça va, mon vieux ? » et Nicolas inclinait la tête. Ses yeux se remplissaient de larmes, sa main se tendait vers son père.

Augusta, à qui l'on avait donné un bain chaud, avait bu du bouillon de bœuf et était couchée dans son lit. Elle entendait son pigeon qui roucoulait sur le pignon du toit. Elle était heureuse d'être couchée, tranquille, épuisée de fatigue, savourant le fait qu'elle et ses frères avaient été sauvés du péril.

Elle sommeillait, mais elle fut tirée de son inconscience par quelqu'un qui se penchait au-dessus d'elle et la regardait. C'était le jeune Blanchflower. Il avait une tasse de café fumant à la main.

— Votre mère vous envoie cela, dit-il, mais elle a l'air si fatiguée que je lui ai offert de la remplacer. – Et il ajouta : – J'ai une jeune sœur de votre âge.

Elle ne chercha pas à lui dissimuler sa faiblesse.

Il mit une main derrière ses épaules et, la soulevant un peu, il porta la tasse à ses lèvres. Elle but.

Jamais plus dans sa vie aucun café ne lui paraîtrait aussi délicieux. Jamais plus dans sa vie aucun jeune homme ne lui semblerait aussi beau. Elle avait envie de lui baiser la main. Et pourtant, elle murmura :

— Je me suis enfuie.

— Moi aussi, un jour, dit-il, et il tapota son oreiller. Je suis venu… au Canada.

— Quelle chance ! murmura Gussie.

Quand elle rouvrit les yeux, il était parti mais, dans son imagination, son image avait sérieusement effacé celle de Guy Lacey.

26

Tite et Belle

Une semaine plus tard, Wilmott se trouvait assis à sa table de travail dans son petit salon. Il n'écrivait pas mais, la tête dans sa main, il réfléchissait. Il songeait au jeune Blanchflower qui avait lu le manuscrit, écrit dix ans auparavant, et qui en était enthousiasmé. Wilmott tenait compte de son opinion. Et, de plus, Adeline Whiteoak avait promis, avec son enthousiasme habituel, de le déposer sur le bureau d'un éditeur londonien. Elle était contente de faire cela pour son ami, et elle y était bien résolue.

En cet instant, Wilmott essayait de comprendre ce qui causait la tristesse silencieuse de la mulâtresse, Belle. Elle était si souriante d'habitude, presque exubérante. Et maintenant, son visage mobile n'exprimait qu'inquiétude et tristesse. Ses yeux étaient rougis comme après des nuits d'insomnie et de larmes. Elle aurait pourtant dû être plus contente que jamais. Elle était là, mariée à l'homme que, de toute évidence, elle adorait. Elle lui était soumise comme une esclave alors qu'elle était une femme libre, aussi libre que n'importe quelle femme. En plus de cette raison d'être heureuse, il y avait cette récompense qu'on avait entièrement versée à Tite. Le métis avait tenu à garder cet argent sous le matelas de son lit, ce qu'il avait fait pendant les deux premières nuits. Durant la troisième, Wilmott avait été réveillé par une crise de nerfs de Belle. Ce n'était pas la crise hystérique d'une créature à demi sauvage mais la peine profonde d'un cœur brisé, celle de toute la détresse d'une femme.

Wilmott s'était levé d'un bond et, sans frapper, il était entré dans la chambre du jeune couple. Tout était sombre à l'exception du clair de lune. Tite serrait Belle dans ses bras alors qu'elle semblait vouloir s'échapper.

— Alors, qu'y a-t-il ? avait péremptoirement demandé Wilmott.

Belle avait complètement disparu sous les draps mais ses sanglots secouaient encore le lit. Tite s'était levé et, silhouette de bronze en chemise de nuit, avait fait face à Wilmott. Ils étaient passés dans l'autre pièce.

— J'ai tout supporté, dit Wilmott, mais ceci doit cesser.
— Belle souffre, expliqua Tite.
— Elle attend un bébé ?
Tite eut un air de reproche :
— Maître, je ne vous en aurais pas parlé ainsi, voyons… Non, Belle souffre parce qu'elle est trop pieuse. Elle s'accuse tout le temps de pécher. Elle se tourmente avec des péchés imaginaires.
— As-tu une idée de ce qui l'inquiète ?
— Pas la moindre…
— Je vais aller la trouver, décida Wilmott. Peut-être se confiera-t-elle à moi.
— Je vous en prie, ne faites pas ça, maître. Cela l'excitera davantage. Ce dont elle a besoin, c'est de changer d'air. Ma grand-mère est très adroite pour soigner les malades… avec des herbes et de bons conseils. Si vous pouviez vous passer de nous, j'irais voir ma grand-mère dans la réserve des Indiens.

En vérité, la pensée qu'il serait pendant quelques jours débarrassé de ce couple gênant plaisait à Wilmott. Il avait apprécié la présence de la jolie mulâtresse dans sa maison. Elle était si douce, si gaie, si pleine d'attentions. Son revirement était déprimant. L'humeur de Belle était devenue terrible à supporter… et pire encore ! Lorsque le couple partit enfin dans un buggy qui était arrivé Dieu sait d'où, Wilmott le regarda avec un certain soulagement.

Mais comme la petite maison, soudain, paraissait solitaire et vide ! Le bruit de la rivière courant parmi les roseaux était aussi mélancolique. La pensée de Wilmott retournait vers les jours où Tite et lui se tenaient heureusement compagnie. Bien entendu, il y avait toujours les invitations à dîner à Jalna, chez le recteur, chez les Lacey ou les Busby, mais Tite continuait à lui manquer. Il était tellement habitué à sa présence, à ses mouvements souples quoique très virils, à sa voix grave et bien modulée ! Il avait pris Tite sous son toit lorsqu'il était vraiment un illettré. Il avait trouvé en lui un élève attentif, si absorbé dans ses livres, si doué d'ambition, qu'ils avaient envisagé ensemble cette possibilité d'en faire un brillant avocat. Mais tout cela n'était que paroles. Car, en fait, quelle chance avait un métis de devenir avocat dans ce pays ? Et Tite n'était pas réellement ambitieux – pas plus que Wilmott ne l'avait été. La vie qu'ils menaient leur convenait parfaitement. Ils étaient de parfaits compagnons.

En réalité, Wilmott était jaloux du rôle que Belle jouait dans la vie de Tite. Sa bonne cuisine elle-même ne compensait pas la perte d'un compagnon.

Tite n'avait pas dit quand lui et Belle reviendraient. Parfois, durant la longue semaine pluvieuse qui suivit leur départ, Wilmott songea qu'il ne les reverrait peut-être jamais. Il y avait eu quelque chose de si définitif, de si déterminé, dans leur façon de partir...

Un soir, pourtant, la pluie ayant cessé, Wilmott, dans son bachot, se préparait à s'éloigner du ponton, lorsque la voix douce de Tite se fit entendre au-dessus de lui, disant :

— Je suis de retour.

Wilmott fut stupéfait. Pendant un moment, il resta sans parole, puis il dit :

— Et Belle ?

— Elle est restée à la réserve, maître.

— Avec ta grand-mère ?

— Non, avec mon cousin. Je la lui ai vendue.

— Mais tu ne peux pas... la loi le défend !

— Pas la loi indienne, maître.

— Belle aura le cœur brisé. C'est une façon abominable de te conduire avec elle.

Tite se laissa tomber légèrement dans la barque.

— Belle est une esclave, dit-il. Elle est habituée à être vendue et achetée.

— Tu ne penses jamais à ce qu'elle ressent. Comment ton cousin la traitera-t-il ?

— Très bien. Il est très bon... C'est un veuf avec trois petits enfants. Il a besoin d'une femme, maître. Nous n'en avons pas besoin, nous.

— Tout cela est impossible. Sors de ce bateau ! dit très haut Wilmott.

Il avait l'impression qu'il haïssait ce métis cruel qui maintenant ajoutait :

— Belle est une jeune femme très pieuse. Mon cousin est pieux lui aussi. Moi, j'ai vraiment essayé de l'être...

— Tu es un hypocrite, Tite.

— Au contraire, maître, je suis sincère. Je fais ce que je pense, ce que les autres hommes voudraient faire et penser. Ce que j'aime, c'est vous servir... penser à ce que vous me dites.

— Sors de ce bateau, répéta Wilmott.

En réponse, Tite attrapa la canne à pêche qui était sur le ponton à portée de la main. Il prit aussi une boîte d'appâts. Il choisit paisiblement un ver et l'accrocha à l'hameçon. Le bachot dérivait avec le courant. Tite lança la ligne et bientôt un saumon fut pris.

— Quel âge a ton cousin ? demanda Wilmott.

— Soixante ans, maître.

— Qu'est-ce que tu dis ?

Wilmott pouvait à peine parler.

Tite examinait le saumon. Il expliqua :

— Mon cousin m'a donné quarante dollars cash. Il m'a aussi donné deux acres de terre. C'est un Indien fortuné. Belle sera bien soignée. Elle a de la chance d'avoir un tel mari.

Les douces odeurs de l'été proche montaient des bords de la rivière. Sur les rives, des soucis de marais fleurissaient. La colère de Wilmott contre Tite tombait. Ils s'assirent l'un à côté de l'autre pour leur repas du soir. Une mince lune nouvelle se levait sur la rivière et déversait sa lumière d'argent sur eux.

Tite remarqua :

— Il me semble, maître, que vous et moi, nous ne sommes pas faits pour le mariage. Nous sommes si heureux dans la compagnie l'un de l'autre. Une femme est vraiment de trop.

27

Un autre voyage

Les trois fugitifs étaient si épuisés quand ils furent ramenés à la maison, ils étaient si reconnaissants d'être là, qu'ils ne pensèrent pas, sur le moment, à ce qu'il leur faudrait payer pour leur escapade. Mais lorsqu'ils revinrent à eux, ils s'attendirent à une punition sévère. Ils se trompaient tout à fait. Philippe avait dit à Adeline : « Nos bandits ont été assez malheureux, je crois » et elle avait été d'accord. Elle-même était si heureuse de les avoir là en bonne santé qu'elle s'accrochait à tout ce qui pouvait préserver la paix de son esprit.

Ce fut un beau moment que celui où les enfants purent enfin se joindre aux grands autour de la table du thé. Wilmott et Blanchflower étaient là, eux aussi. Le jeune homme était maintenant accepté dans le cercle de famille.

— Mais ces enfants ont beaucoup changé, déclara Wilmott. Ils ont grandi.

Et il leur décocha ce sourire qui avait, chez lui, tant de douceur.

Philippe regardait autour de lui avec beaucoup de complaisance.

— Ils ont un appétit terrible, dit-il, et pourtant, ils ont tous perdu du poids. Ernest est squelettique.

— Le voyage en mer leur rendra des couleurs. Ils reviendront avec du rose aux joues, dit Wilmott.

— Regardez Gussie ! – Philippe fixait son regard bleu sur sa fille. – Elle est jaune comme un coing.

Le jeune Blanchflower jeta un regard admiratif vers Augusta.

— Il me semble à moi, dit-il, que Miss Gussie a un teint d'une rare qualité d'ivoire.

Cette remarque jeta les garçons dans une crise de rire inextinguible. Augusta gardait ses longs cils baissés.

— Je suis affolée à l'idée de tout ce que j'ai à préparer avant que nous partions, lança Adeline. Pensez, nous sommes six à habiller.

— Je ne voyais que cinq personnes, dit Wilmott.

— Et mon bébé ? s'exclama Adeline. Jamais plus les enfants ne resteront loin de mes yeux.

— Mais quel souci il vous donnera, reprit Wilmott.

Philippe cligna de l'œil :

— Quoi ? Vous ne vous souvenez pas comment, pendant le voyage d'aller, je n'ai pas quitté Gussie ? N'est-ce pas Gussie ? Je faisais tout - vraiment tout - pour cette enfant.

Les garçons partirent à rire de nouveau.

Philippe, voyant qu'ils avaient fini leur thé, les envoya dans leur chambre.

Adeline leur cria :

— Et ne vous éloignez pas de la pelouse ! - Puis, se tournant vers Blanchflower, elle ajouta : - Il faut bien que je chérisse les quelques enfants qui me restent.

Le visage du jeune homme se remplit de sympathie.

— Je ne savais pas... je suis désolé... balbutia-t-il.

Adeline eut des larmes dans les yeux.

— Ce sont mes pauvres nerfs, dit-elle. Je ne me souviens plus combien je devrais en avoir !

— Tous les quatre sont bien vivants, commenta en riant Philippe. Et Dieu merci, nous n'en avons pas d'autre.

— Le plus jeune est un amour. - Adeline avait les yeux tout brillants. - Il est blond comme son père. Nous n'avons pas de roux, ce qui nous prouve que je suis vraiment très modeste. Oh ! mais mes pauvres nerfs sont à bout. Vous ne devineriez jamais combien j'ai changé. N'est-ce pas que j'ai beaucoup changé, Gussie ?

C'en était trop pour Gussie. Elle s'approcha de sa mère et la regarda avec pitié. Quoique Gussie fût très grande, Adeline l'attira sur ses genoux, regardant avec fierté ceux qui étaient autour de la table. Wilmott fit signe à Nicolas, son favori, et le prit également sur son genou. Voyant cela, Ernest escalada celui de son père et s'empara d'un gâteau supplémentaire. Le jeune Blanchflower pensa qu'il n'avait jamais vu famille si unie.

— J'ai entendu dire, dit Adeline, que Tite Sharrow est revenu sans Belle et qu'ils se sont séparés. Est-ce vrai, James ?

— Je vous répondrai sur ce point quand ces enfants seront partis, répondit Wilmott.

— Oh ! dites-le maintenant ! s'écria Ernest. On adore les cancans.

Philippe éclata de rire.

— Tu ne sais même pas ce que c'est !

— On en entend pourtant beaucoup, affirma Nicolas, mais nous n'avons rien entendu de drôle depuis qu'on a été sur le lac. Racontez !

— Non, non.

Wilmott le repoussa. Philippe regarda sa montre.

— Il est temps que vous alliez au lit tous les trois. Le Dr Ramsay a ordonné que les pirates soient couchés en même temps que le soleil pendant quinze jours. Allez, dites bonsoir à tout le monde, et en haut !

Augusta se leva, elle embrassa sa mère, puis Philippe, et enfin Wilmott. Quand elle arriva à Blanchflower, elle hésita.

— Continue, Gussie... donne-lui un gentil baiser, dit Adeline en riant gaiement.

La toison soyeuse d'Augusta tomba sur le jeune homme. Gussie toucha à peine son front du bout de ses lèvres qui étaient encore toutes pâles de l'émotion qu'elle avait éprouvée.

De retour dans sa chambre, elle songea :

— Pourquoi ? Oh ! pourquoi ne lui ai-je pas donné un vrai baiser ? Mais... si je l'avais fait, ils se seraient tous moqués de moi !

C'était merveilleux d'être en paix dans la maison. C'était une bénédiction de se réveiller la nuit et de sentir les draps autour de soi. C'était un bonheur d'entendre la pluie frapper le toit et de savoir qu'elle ne pouvait vous atteindre.

Les semaines qui suivirent furent remplies par les préparatifs du voyage par terre et par mer. Les trois garçons étaient nés au Canada, Augusta aux Indes, mais elle ne se souvenait absolument pas des traversées.

On considéra que les enfants n'étaient pas encore assez bien pour se remettre au travail. De son côté, Wilmott jouissait complètement du temps plus chaud, de la richesse de la végétation, de l'abondance du poisson dans le cours d'eau, des chants d'oiseaux qui résonnaient dans les bois, et par-dessus tout, du retour d'un Tite célibataire. Délibérément, il avait chassé de son esprit la façon dont cela était arrivé.

De tous ceux que ce voyage perturbait, Néron, qui comprenait le moins, était le plus affecté. On ne lui avait rien dit, mais il devinait tout. Il savait par exemple qu'il était trop gros pour être dissimulé dans un bagage à main. Son seul espoir était de s'incorporer à quelque chose que les voyageurs emporteraient sûrement pour qu'ils l'embarquent sans s'en apercevoir. Lorsque la première malle fut descendue dans le hall, il colla sa grosse masse poilue tout contre. Quand les autres malles et les sacs apparurent, il tourna autour, examina tout, et parut tout rassembler comme si cela était sous sa surveillance. Mais quand les membres de la famille, en tenue de voyage, vinrent dans le hall, Néron leva vers eux des yeux si suppliants qu'ils auraient fait fondre un cœur de pierre. Mais tous étaient tellement occupés par leurs propres affaires qu'ils le remarquèrent à peine. De temps à autre, il poussait un profond soupir. Tite Sharrow était arrivé avec une énorme laisse de cuir qu'il fixa au collier du chien. Tite était fort, mais il fut épuisé après avoir traîné Néron derrière lui depuis Jalna jusqu'au cottage de Wilmott. Il se passerait des mois avant que cet ami fidèle ne revienne à Jalna, mais tous les jours, il s'y rendrait pour s'assurer que tout était bien en ordre, et, peut-être, pour soutirer à Mrs. Coveyduck un second repas.

Quant au pigeon d'Augusta (on était sûr maintenant que c'était une femelle) elle s'était définitivement associée à quelques pigeons et elle construisait un nid avec l'assistance du beau mâle qui lui avait, précédemment, fait la cour. Deux jours avant le départ de la famille, elle fit un œuf qui absorba complètement son attention. Il représentait davantage pour elle que les longs mois d'adoration qu'Augusta lui avait consacrés.

Les enfants étaient maintenant presque complètement remis des souffrances qu'ils avaient endurées et, pourtant, ils avaient beaucoup changé. Augusta plus que les autres. Elle avait grandi et son corps d'enfant s'était transformé. L'expression de ses grands yeux, toujours pensifs, était souvent vague, quelquefois triste. Elle semblait perdue dans ses pensées, et cependant, elle n'aurait su expliquer où vagabondait son esprit. Parfois ses lèvres s'ouvraient dans un sourire secret. Elle étendait alors ses mains et les examinait avec intérêt, ou bien elle les refermait vivement et se redressait comme une actrice de tragédie. Les taquineries de son père, les remarques de sa mère, lui devenaient presque insupportables. Elle aurait voulu éclater en sanglots. Et, en même temps, elle était pleine de gratitude pour la magnanimité dont ils avaient fait preuve envers leurs fuyards. Elle avait peur d'aller sur la mer et la pensée du mouvement du navire la rendait malade.

Le changement de Nicolas était remarquable aussi. Il était plus audacieux et semblait avoir oublié à quel point leur fuite avait été désastreuse. Il se vantait des dangers qu'il avait courus et les exagérait un peu en paroles. Il n'y avait pas un coin du navire qu'il n'eût exploré. Et bien qu'il ne montrât aucune reconnaissance à l'égard de l'indulgence de ses parents, il semblait pourtant l'avoir appréciée tant il mettait de bonne volonté à s'occuper du bébé Philippe, à l'aider à marcher sur le pont, ou à le porter dans ses bras pour lui faire visiter les différentes parties du navire. Ils étaient les favoris dans tous les domaines. Adeline déclara qu'elle prendrait une vraie nurse pour son dernier-né quand ils arriveraient en Angleterre.

Il n'y avait aucune ressemblance physique entre les garçons, et cependant, lorsqu'on remarquait leurs gestes et qu'on entendait leurs rires, on savait immédiatement qu'ils étaient frères. Le petit Philippe tentait d'imiter Nicolas en tout, tandis que ce dernier imitait son père, sa démarche, son accent, son allure de soldat.

Le second jour du voyage, Ernest, qui vivait une existence assez solitaire au milieu de toute cette agitation de navire, de mer, de passagers, se promenait le long du pont où les dames étaient étendues dans des transatlantiques, pour se remettre du mal de mer, ou goûter simplement la joie de l'air salin. Il regarda l'une d'elles à deux reprises. Elle lui rappelait quelqu'un qu'il aimait bien longtemps auparavant, quand il était un tout petit garçon. Maintenant, il se sentait un voyageur expérimenté, et il avançait calmement, vêtu de sa tunique à ceinture qui lui descendait presque jusqu'aux genoux, de ses bas rayés et de ses bottines à boutons.

Puis il trotta vers Augusta qui se penchait par-dessus le bastingage.

— Gussie, fit-il, devine qui est à bord ?

Elle dirigea vers lui un regard rêveur.

— Je ne sais guère deviner. Dis-le-moi, fit-elle.

— Mrs. Sinclair !

— Elle t'a vu ?

— Non. J'ai couru vite. On lui dira qu'on voulait aller la voir ?

— Pour l'amour du Ciel... non.

— On peut raconter qu'on a changé d'avis.

Augusta pencha son beau front.

— Moi, je mourrais de honte, dit-elle. Maman lui dira qu'on s'est enfuis et qu'on nous a ramenés pleurant toutes les larmes de notre corps ; je ne veux pas les voir, les Sinclair. Je vais m'enfermer dans ma cabine et dire que je suis malade.

— Alors, qu'est-ce que je fais ?

— Ce que tu veux.

Ernest sentit que Gussie l'abandonnait et il se souvint que, de temps à autre, lui, il avait été gentil avec elle. Faisant demi-tour, il repartit sur le pont.

Lucy Sinclair était toujours assise là où il l'avait vue.

Il s'approcha d'elle et demanda :

— Vous souvenez-vous de moi, Mrs. Sinclair ?

Elle le regarda avec étonnement, puis s'exclama :

— Mais c'est le petit Whiteoak ! Comment, vous êtes là ? Vos parents sont là aussi ?

— Nous sommes tous là. Tous, sauf Gussie.

— Oh ! et je ne le savais pas !

Ernest contemplait avec admiration Lucy dans son ravissant manteau beige bordé de fourrure, avec ses cheveux roulés en un lourd chignon.

A cet instant, Curtis Sinclair apparut, souriant mais très différent de l'homme dont Ernest se souvenait.

— Ah ! Mr. Sinclair ! cria sa femme. Vous troublez beaucoup ce petit Whiteoak avec vos favoris !

— Whiteoak ? répéta Curtis Sinclair avec stupéfaction. Mais... c'est Ernest ! Ta famille est à bord aussi, mon garçon ?

— Tous, sauf Gussie, reprit Ernest, ses clairs yeux bleus ne quittant pas les favoris.

Cela changeait beaucoup l'aspect de l'Américain et Lucy trouvait que c'était beaucoup mieux. Certainement, la déformation de son dos se voyait moins avec ces beaux favoris qui flottaient vers chaque épaule. L'expression de son visage mobile était plus assurée. Son visage était plus large. Il avait vraiment l'allure d'un gentleman à la mode.

Philippe et Adeline, qui se promenaient, arrivaient justement, en se donnant le bras. Adeline poussa un cri de joie lorsqu'elle vit les Sinclair.

— Quelle merveilleuse rencontre ! dit Philippe. Et quelle surprise ! Ma parole, Sinclair, vous êtes superbe ! Vous avez mis longtemps à faire pousser ça ?

— Pas très, confia Curtis Sinclair en caressant ses favoris.

— On m'a dit que cette mode faisait rage à Londres, dit Adeline. Je me demandais s'ils étaient vrais ?

— Constatez vous-même ! Ne vous privez pas d'un plaisir que je peux vous donner ! fit en souriant Curtis Sinclair.

Lucy les interrompit :

— Vous devriez en porter vous-même, capitaine Whiteoak. Vous seriez vraiment splendide !

— Des favoris jaunes ? dit Adeline. Je ne vois rien de moins attrayant !

— Une moustache me suffit, assura Philippe.

Nicolas s'approchait sur le pont, tenant par la main les doigts potelés du plus jeune Whiteoak. Les Sinclair les accueillirent avec affection, remarquant combien ils avaient grandi et comme ils étaient beaux. Puis Lucy dit :

— Pourquoi n'avez-vous pas amené Gussie avec vous ? C'est une enfant si charmante.

— Mais elle est là, répondit Philippe. Elle ne doit pas être loin.

— Ernest m'a dit qu'elle n'était pas à bord.

Philippe étendit son long bras et attrapa son fils par le col.

— Qu'est-ce encore que cette sottise ?

Sa voix était menaçante.

— Où est ta sœur ? demanda Adeline.

Ernest trembla :

— Elle est partie. Elle est tombée par-dessus bord.

— Par-dessus bord !

La voix d'Adeline ne fut qu'un cri. Tout le monde se redressa.

— Envoyez le bateau de sauvetage ! cria Lucy.

— Elle est peut-être encore dans sa cabine ! lança Ernest. J'y cours ! Je vais voir !

Il galopa, Adeline filant derrière lui. Elle trouva la porte de sa fille fermée à clef et elle tambourina sur le bois, appelant Augusta par son nom.

La porte s'ouvrit. Augusta était là :

— Maman, fit-elle d'une voix tremblante, je ne peux pas voir les Sinclair... Après ce que j'ai fait... je vous en prie... laissez-moi rester ici.

— Oh ! quelle peur cet enfant m'a donnée ! commença Adeline en tremblant rétrospectivement.

Mais Gussie insista :

— C'est ma faute, maman. Je vous en prie, ne le punissez pas. Ernest a dit cela pour me protéger.

— Moi, je croyais que tu serais fière de ton aventure, dit Adeline. Les Sinclair seront flattés de savoir que vous étiez partis pour les voir.

— Non... non... c'était si... bête, balbutia Gussie. Je vous en prie, n'en parlez pas.

— A-t-on jamais vu de pareils enfants ? Ce qu'ils inventent finira par me ruiner la santé complètement !

Ernest demanda de sa voix douce :

— Je monte sur le pont pour dire que Gussie va bien ?

Et il allait franchir la porte, lorsque Philippe entra. Adeline, avec un peu d'incohérence, commença à tout lui expliquer. Ernest, tandis qu'il courait légèrement le long d'un couloir, entendait sa voix. La vie soudain était devenue intéressante pour lui. Quand il trouva les Sinclair, toujours sur leurs transatlantiques, Nicolas et le petit Philippe avaient disparu. Ernest s'installa au pied de la chaise de Lucy, disant :

— Gussie aurait pu passer par-dessus bord mais je l'aurais sauvée.

Elle voulait aller vous faire une visite à Charleston, mais le lac était trop mauvais. Alors, je les ai sauvés, elle et Nicolas. Mais je vous en prie, n'en dites rien à personne. Je ne veux pas de récompense. Gussie pleurait parce qu'elle avait peur que je le raconte. Je ne veux pas paraître un héros. J'aime sauver ma famille.

— Comment as-tu sauvé Gussie ? demanda Lucy Sinclair.

— J'ai sauté par-dessus bord, dit-il avec complaisance. C'est heureux que je nage si bien. C'est la seconde fois que je la sauve. Mais, je vous en prie, n'en dites rien.

Les Sinclair, amusés et étonnés, promirent.

Philippe et Adeline revinrent. Elle s'exclama :

— Quel tempérament a ma fille ! Elle est trop sensible ! Je ne parviens pas à suivre ses humeurs.

Elle se laissa tomber sur une chaise longue.

Lucy Sinclair déclara :

— Moi, je trouve, Mrs. Whiteoak, que vous avez la famille la plus fascinante que je connaisse. Mon mari et moi, nous vous admirons tous beaucoup !

— Oh ! ils sont très vivants ! soupira Adeline. Nicolas est plutôt de mon côté. Ernest et le petit sont très Whiteoak. Mais Gussie, elle, ne ressemble à personne, sauf à elle-même.

Au même instant, Gussie, seule dans sa cabine dont la porte était de nouveau fermée à clef, ouvrait son sac et en tirait une longue-vue. C'était un cadeau offert par le jeune Blanchflower juste avant le départ. Elle lui avait raconté comment elle avait perdu l'autre ; elle le lui avait dit sans la moindre timidité, sans l'ombre d'une arrière-pensée. Et il lui avait répondu que, à son départ d'Angleterre, un oncle lui en avait donné une qui restait, oubliée, inutile, négligée, sous une pile de chemises dans son placard. Voudrait-elle l'accepter comme un cadeau d'au revoir, un petit signe de l'affection qu'il avait pour elle ? Et elle avait accepté avec modestie, mais elle l'avait soigneusement cachée à toute la famille. C'était maintenant un trésor qu'elle chérissait.

Et voilà qu'elle la sortait de son sac ; après l'avoir essuyée avec un grand mouchoir de soie qui appartenait à son père et sentait le cigare, elle ouvrit le hublot et regarda au travers.

Quelqu'un frappa très fort à la porte. C'était Nicolas qui disait tout haut :

— Gussie ! Viens ! Viens voir le bout du Canada. Mrs. Sinclair demande que tu viennes !

— Je n'en ai pas envie.

— Papa ordonne que tu montes. Et tu sais, on n'a rien dit aux Sinclair ! Viens vite !

Sans plus d'hésitation, Gussie, maintenant pleine d'audace, suivit Nicolas dans l'escalier qui menait au pont. Elle emportait sa longue-vue. La mer était un peu grosse. La côte apparaissait rocheuse et floue. Follement, les mouettes filaient de la côte à la mer puis repartaient.

— Elle devient mauvaise, dit Curtis Sinclair. – Et il s'approcha de Gussie. – Je vous envie, dit-il avec son accent du Sud.

Elle en croyait à peine ses oreilles.

— Mais… pourquoi ? demanda-t-elle.

Sa voix grave et douce était à peine distincte.

— Parce que, sourit-il, vous êtes en route pour l'Angleterre. C'est votre premier vrai voyage et vous avez une longue-vue.

Elle la lui offrit mais il la refusa :

— Non, Miss Gussie, j'aime mieux vous regarder vous en servir. Puis-je vous dire que vous faites un tableau ravissant à contempler ?

Il se recula un peu et resta là, à l'admirer.

Les cheveux de Gussie étaient rejetés en arrière par un fort vent frais. Elle tenait la longue-vue devant ses yeux et regardait, semblait-il, son avenir et non pas la côte qui s'estompait. Pendant tout le reste du voyage, elle resta rêveuse, absente.

Adeline et Philippe étaient heureux d'être de nouveau en compagnie des Sinclair. Ils découvrirent qu'ils allaient dans le même hôtel à Londres. Les Sinclair étaient très mondains et semblaient avoir retrouvé toute leur influence.

— Ma parole ! dit Adeline à Philippe. Je danserai de joie en arrivant à Londres et je suis capable de prendre une nurse pour le petit… il me tue.

— Il devient très garçon, admit Philippe, ce n'est plus un bébé. Les Sinclair l'aiment beaucoup.

— Philippe – Adeline parlait sérieusement –, d'où crois-tu qu'ils tiennent tout leur argent ? Je croyais qu'ils avaient été ruinés par la défaite du Sud ?

— Du coton. – Les yeux de Philippe brillaient. – Le père de Sinclair envoie son coton à Manchester. Sinclair s'y rend pour signer de nouveaux contrats. Il me conseille de faire des placements dans le coton.

— J'aimerais visiter la France avec eux, dit-elle, mais les enfants entraveront tous nos voyages. Je pensais que Gussie s'occuperait du petit… mais non… elle regarde la lune et se promène avec cette longue-vue ridicule.

— J'organiserai quelque chose pour te faire plaisir, assura Philippe. Je te le promets.

Elle jeta ses bras autour du cou de son mari et lui donna trois baisers. Après le troisième, elle murmura :

— Les enfants seront très heureux avec mes parents en Irlande. T'ai-je dit qu'ils venaient au-devant de nous ? J'ai reçu une lettre de ma mère.

— Et tu ne m'as rien dit ! s'exclama-t-il.

— J'ai oublié.

Il réfléchit.

— Ce sera agréable. – Il pensait, en effet, qu'il serait mieux de voir ses beaux-parents en Angleterre plutôt que de les recevoir à Jalna. Il ajouta : – Ne raconte surtout pas à ton père que j'espère gagner de l'argent avec le coton.

— Je te le promets. Je ne dirai rien car il chercherait tout de suite à t'en emprunter.

Le voyage fut ensoleillé et sans histoire. Quand le navire arriva à quai à Liverpool, les parents d'Adeline les attendaient. Le jour suivant, ils firent le voyage jusqu'à Londres avec les Sinclair.

Adeline était fière de ses parents, fière de l'impression qu'ils produisaient sur les Sinclair. A la vérité, ils avaient peu changé depuis qu'elle les avait quittés.

Les six grandes personnes et les quatre enfants prirent possession d'un vaste salon à l'hôtel *Adelphi*. Lucy Sinclair dit à Renny Court, le père d'Adeline :

— Il est facile de voir de qui Mrs. Whiteoak tient ses beaux yeux... et ses cheveux.

— Les yeux ne sont pas mal, reconnut Renny Court, mais les cheveux... A mon avis, c'est plutôt une catastrophe pour une femme.

— Moi, je les admire beaucoup, répliqua-t-elle. Votre fille est la femme le plus étonnamment belle que je connaisse. Ses enfants sont ravissants. Je les lui envie.

— Ma femme et moi emmenons les enfants en Irlande pour un long séjour, lui confia Renny Court.

— Quelle chance ils ont ! s'exclama Lucy Sinclair.

MARY WAKEFIELD

Mary Wakefield

1949

Traduit par G. Lalande

1

La gouvernante

Elle n'avait jamais connu semblable réveil, dans une maison étrangère au milieu d'étrangers sur une terre étrangère. Les quelques objets personnels qu'elle avait déballés étaient disséminés dans la chambre et accentuaient encore son impression de dépaysement.

Un jour viendrait, cependant, où ce cadre lui serait devenu familier, où ses objets personnels auraient perdu leur aspect tout à la fois égaré et émouvant. La chambre n'était pas très grande mais confortablement meublée avec une coiffeuse en acajou et une table de toilette supportant une cuvette et un pot à eau décorés de roses rouges ; la lourde courtepointe blanche et deux gravures représentant l'une le pont des Soupirs, l'autre la reine Victoria et le prince Albert entourés de leurs enfants, complétaient sa décoration. Une vigne vierge grimpante dont Mary avait remarqué, la veille au soir, la lourde masse contre la façade de la maison et autour du porche poussait ses jets vigoureux jusqu'au travers de la fenêtre.

Mary se félicita de son réveil matinal ; elle avait besoin du calme de son lit et d'un peu de temps pour mettre de l'ordre dans ses pensées. Son esprit lui apparaissait comme un kaléidoscope qui a été secoué au point de ne jamais plus pouvoir retrouver ses images primitives. Ce qui, jadis, se plaçait dans son cadre, c'était sa vie à Londres, auprès d'un père brillant mais instable, journaliste dont les écrits tantôt excellents, tantôt détestables, stupéfiaient toujours ses éditeurs. Incapable de modération, oscillant entre la plus folle gaieté et la plus noire mélancolie, il effrayait sans cesse Mary qui n'était qu'une enfant à la mort de sa mère ; rien n'avait donc pu combattre l'instabilité de sa vie de jeune fille. Lorsque son regard n'était pas perdu dans un rêve, il semblait toujours légèrement effrayé. Ses yeux étaient gris et ses cheveux blonds si fins qu'ils s'échappaient sans cesse en désordre des épingles qui les retenaient. Ils possédaient heureusement une ondulation naturelle. Son père avait été fier de sa beauté, si fier que la seule pensée de la voir travailler pour gagner sa vie lui avait été insupportable. Peut-être était-ce aussi de l'orgueil tout court ! Ni lui ni elle ne s'étaient rendu compte de son déclin physique avant l'instant où il fut trop tard pour le sauver. Et un jour, elle s'était trouvée seule.

Couchée maintenant dans ce lit étranger entre les draps de fine toile, Mary enfouissait sa tête dans l'oreiller en évoquant les souvenirs atroces de ce terrible début de printemps. Le compte en banque de son père avait presque entièrement fondu au cours de sa maladie. Mary se souvenait de la façon dont il avait jeté l'argent par les fenêtres ; mais à la fin, il n'en dépensait plus guère que pour la boisson. Le passé, avec tout ce qu'il portait en lui, cherchait à renaître et frappait à la porte de sa mémoire mais elle se refusait à le laisser entrer. En cette matinée de juin, elle devait conserver toute sa maîtrise d'elle-même, toute son énergie, car une nouvelle vie s'ouvrait devant elle, s'étendait comme une mer inconnue sur laquelle elle s'était embarquée sans carte, sans aucune expérience passée qui pût lui venir en aide.

Elle n'avait jamais souhaité remplir les fonctions de gouvernante et si elle avait pu envisager une autre façon de gagner sa vie, elle l'aurait, certes, choisie sans hésiter, mais les débouchés étaient rares pour les femmes au XIXe siècle. Tenant compte de son ignorance et de son manque d'expérience, le seul travail dont elle se sentît capable était de s'occuper de jeunes enfants. Et le fait qu'elle n'en eût guère approché ne la troubla pas un instant ; ils n'étaient à ses yeux que d'innocents réceptacles qu'elle emplirait d'une science puisée dans des manuels ou sur des cartes multicolores. Elle leur ferait apprendre par cœur des poèmes, des listes de pays étrangers avec leurs capitales, leurs rivières, leurs caps, leurs montagnes et leurs richesses naturelles. L'important était de trouver une situation : une fois assurée de celle-ci, elle se sentait de taille à l'affronter. En vérité, elle n'avait pas le choix : elle devait trouver du travail ou mourir de faim.

Elle avait déjà répondu à plusieurs annonces, rencontré un certain nombre d'employeurs possibles, mais aucune de ces entrevues n'avait abouti. Elle ne possédait ni l'extérieur, ni l'attitude, ni la voix que l'on pouvait souhaiter pour une gouvernante de jeunes enfants. Très jolie, grande, mince et très blonde, elle avait une peau si délicate qu'elle semblait n'avoir jamais subi le contact d'une bise un peu rude ou d'un soleil brûlant et desséchant. Mais son plus grand ennemi n'était autre que son propre sourire. Il illuminait son visage de la façon la plus extraordinaire, et sa bouche habituellement pensive et un peu mélancolique devenait gaie, séduisante et même provocante. Dangereuse créature à introduire dans une maison où vivaient un grand fils ou même un mari !

Si seulement elle s'en était doutée, elle aurait pu voiler ce sourire, lui en substituer un autre plein de réserve et convenant aux circonstances, mais il n'y avait personne pour l'avertir et avant même la fin de ses entrevues, elle s'était trahie, avait perdu toutes ses chances. Son visage n'avait rien de commun avec celui que les mères de famille souhaitaient pour la gouvernante de leurs enfants au cours de la dernière décennie du XIXe siècle.

Son manque de références lui avait nui presque autant que sa beauté. Elle n'en possédait qu'une, celle de l'éditeur d'un journal auquel son père avait quelquefois collaboré et chez qui elle avait vécu un mois pour garder sa petite fille pendant une maladie de sa femme. Celui-ci, désireux de venir en aide à Mary, avait vanté au maximum sa compétence et sa parfaite façon d'agir avec l'enfant. En lisant cette référence, Mary n'y avait rien trouvé d'excessif. Elle se sentait au fond d'elle-même parfaitement capable de faire tout ce que cet aimable éditeur avait écrit. Il fallut donc plusieurs échecs pour commencer à la décourager et quand elle ouvrait son journal et parcourait les annonces, c'était chaque jour avec moins d'espoir.

Maintenant, son drap frais remonté sous le menton, elle contemplait sur la tapisserie les branches de lilas nouées de flots de ruban rose et évoquait cette matinée à Londres, vieille déjà d'un mois, qui avait décidé de sa venue dans cette maison canadienne. Ce jour-là aussi, l'air vibrait de lumière ; le martèlement des sabots de chevaux, rythme même de la vie londonienne, semblait contenir une nouvelle vitalité. Des camions traînés par de lourds chevaux roulaient avec fracas sur les pavés ; les omnibus, des fiacres et des calèches tirés par des bêtes bien nourries et bien étrillées animaient les rues, donnaient une impression d'activité et de prospérité. La brise qui pénétrait par la fenêtre ouverte semblait, elle aussi, imprégnée d'une vie nouvelle et un renouveau d'espoir fit frémir Mary tout entière tandis qu'elle épluchait les annonces.

Presque aussitôt ses regards furent attirés et retenus par les lignes suivantes :

« On recherche gouvernante compétente pour le Canada afin de prendre la charge complète de deux enfants. Traversée et tous frais payés. Seule une femme de caractère peut convenir. Se présenter à l'hôtel Brown et demander Mr. Ernest Whiteoak. »

Le cœur de Mary se mit à battre avec violence. Elle laissa tomber le journal sur le sol et se leva. Le désir de l'aventure naissait en elle. Jusqu'à ce matin-là, elle n'avait même pas imaginé pouvoir entendre son appel. Elle avait depuis longtemps atteint l'âge adulte, qu'elle vivait encore dans le monde de rêves d'une enfant imaginative. Maintenant que les brouillards de l'enfance avaient été balayés par la mort de son père et que l'implacable nécessité de gagner sa vie s'imposait à elle, elle se découvrait pour la première fois libre de prendre conscience de sa véritable personnalité.

— Traverser l'océan ! s'écria-t-elle à haute voix. Vivre dans un pays nouveau. Dieu du Ciel, quelle aventure !

Elle ramassa vivement le journal et relut l'annonce. Son imagination perçut aussitôt la pulsation du moteur sous le pont du bateau ; elle se vit installée sur une chaise longue enveloppée dans une couverture de voyage, tandis qu'un steward lui offrait des rafraîchissements sur un plateau chargé de verres. Au cours des dernières semaines, elle avait dû se nourrir avec tant de parcimonie que des envies de plats savoureux s'insinuaient de plus en plus souvent en elle. Elle était jeune et bien portante en dépit de sa constitution délicate.

Une seconde lecture de l'annonce ne fit qu'accroître son désir d'obtenir cette place de gouvernante qui lui apparaissait comme une réponse à une prière. Si elle ne parvenait pas à convaincre ce Mr. Whiteoak de l'engager, ce serait la fin de tous ses espoirs de trouver une place de gouvernante. Il lui faudrait alors accepter n'importe quel genre de travail, si détestable fût-il.

Elle avait si peu la notion de ce qui convenait à une gouvernante qu'elle décida de se rendre aussi séduisante que possible pour cette entrevue avec Mr. Whiteoak. Elle sortit ses plus jolies chaussures à talons hauts et bouts pointus et les fit briller ; elle mit un jupon garni de volants brodés et une robe légère verte et blanche, à manches courtes. Son père lui avait interdit de porter son deuil. Sa capeline à larges bords était garnie de roses roses accompagnées de feuilles vertes brillantes. Ses gants longs étaient en soie et elle portait un large bracelet d'argent. Se trouvant trop pâle, elle mit un soupçon de rouge sur ses joues et sur ses lèvres et se déclara satisfaite d'elle-même. Elle descendit alors l'escalier d'un pas plus léger qu'elle ne l'avait fait depuis bien des mois.

Elle avait habité avec son père un appartement de cette vieille maison de Vincent Square qui faisait partie d'un groupe de deux maisons jumelles. Ils y avaient vécu agréablement car Mary avait le talent de rendre intime et familier n'importe quel logement. Quand elle fut dans la rue, elle se retourna pour jeter un regard sur son balcon, évoquant le souvenir de cette nuit où elle s'y était tenue après la mort de son père, en regardant le ciel. Quels sentiments éprouverait-elle la prochaine fois qu'elle y viendrait ?... Son cœur recommença à battre sourdement. Elle eut peur de ne pouvoir parler avec calme et assurance quand elle se trouverait en face de ce Mr. Whiteoak qu'elle imaginait avec d'épaisses moustaches collées et retroussées en pointes.

Elle grimpa sur l'impériale d'un omnibus tiré par de vigoureux chevaux bais. Les rues n'offraient aux regards que peintures fraîches et cuivres étincelants, et des marchands de fleurs se tenaient aux carrefours. Si quelques créatures humaines misérables et vêtues de loques se trouvaient mêlées à la foule, Mary ne les vit pas. Ses regards s'accrochaient aux femmes élégantes soigneusement coiffées, portant des jabots de dentelles et des jupes frôlant le sol ; aux hommes en jaquettes et hauts-de-forme, aux enfants tenant à la main des cerceaux multicolores qui se rendaient au parc avec leurs nurses. Mais cette foule s'écoulait devant elle comme dans un brouillard mouvant, tant son être tout entier était tendu vers cette rencontre qui allait transformer sa vie à moins qu'elle ne signifiât au contraire la fin de tous ses espoirs.

A l'hôtel Brown, on lui apprit que Mr. Whiteoak était sorti mais ne tarderait pas à rentrer et la recevrait dans le petit salon. Elle commença par aller et venir dans la pièce, gênée par sa haute taille comme il arrivait chaque fois qu'elle était sur le point de rencontrer des étrangers. Peut-être ferait-elle mieux de s'asseoir pour se lever quand Mr. Whiteoak entrerait, en prenant soin de ne pas se redresser complètement. Elle s'efforça de prendre une attitude, arrangeant les plis de sa jupe à son avantage et croisant les mains sur ses genoux. Elle examina les tableaux accrochés au mur, prêtant l'oreille aux bruits de l'hôtel, essayant, pour apaiser ses nerfs, de se réciter à elle-même quelques fragments de poèmes ; vains efforts car sa mémoire était rebelle et son esprit demeurait vide. La crainte et le découragement s'étaient emparés d'elle. Elle tremblait au point qu'elle voyait frémir les fleurs de sa robe. Elle mit ce trouble sur le compte de l'attente. Si seulement il arrivait et que tout se terminât ! Elle l'imaginait petit et gros, terriblement intimidant. Quand elle entendit ses pas – son instinct l'avait avertie que c'était Mr. Whiteoak – elle fut sur le point de défaillir.

Mais il n'avait absolument rien de commun avec l'homme qu'elle attendait ! Il était grand, mince, soigneusement rasé, avec un teint frais, des yeux bleus, très doux, et un sourire rassurant. Il tenait son chapeau haut de forme à la main et portait avec élégance sa jaquette qu'une fleur ornait à la boutonnière. Il devait approcher de la quarantaine.

— J'espère que vous ne m'avez pas attendu trop longtemps, lui dit-il. J'avais à m'occuper de certaines affaires. Dois-je comprendre que vous êtes...

Il hésita un peu, interdit par le charme et la beauté de Mary. Cette jeune femme, aussi séduisante que la plupart de celles qu'il avait croisées ce matin même dans Regent Street, ne pouvait postuler une place de gouvernante.

— Oui, répondit-elle d'une voix tremblante. Je désire… Je souhaite ardemment… Je m'appelle Mary Wakefield.

— Oh ! vous êtes Miss Wakefield ! Je vous en prie, asseyez-vous. Il hésita de nouveau, puis s'assit lui-même à côté d'elle sur une petite chaise de velours rouge. Sa présence était rassurante et Mary vit en lui l'incarnation même de la bienveillance.

— Je suppose que vous avez bien compris qu'il s'agit de partir pour le Canada, reprit-il.

— Oh ! oui ; je désire tant y aller !

— Puis-je vous demander pourquoi ?

— Je veux quitter l'Angleterre. Mon père est mort il y a quelques mois. Je suis seule et j'aimerais connaître un autre pays.

— Vous sentez-vous capable d'instruire et de discipliner deux enfants débordants de vie, de sept et dix ans ?

— J'en suis convaincue. J'adore les enfants.

— Parfait. Ce sont du reste d'aimables enfants. Le fils et la fille de mon frère. Le garçon n'avait que quatre ans quand leur mère est morte. C'est un fameux luron, je vous l'assure.

— J'en suis ravie.

Mary lui tendit la référence de l'éditeur qu'il relut deux fois avant de la lui rendre ; son beau front était chargé de rides soucieuses.

— Vous n'avez certainement pas beaucoup d'expérience, dit-il. – Puis il s'écria, sur un ton confidentiel : – La vérité, Miss Wakefield, c'est que nous nous trouvons dans un terrible embarras. Ma mère, la grand-mère des enfants, avait engagé une gouvernante expérimentée, d'âge mûr, qui convenait parfaitement sous tous les rapports. Son billet était pris et elle devait faire le voyage avec des amis et voisins de notre famille qui l'auraient accompagnée jusque chez mon frère. Ma mère est donc partie, sans aucune inquiétude, chez ma sœur, dans le Devon. Mon frère aîné et moi-même partons pour Paris dans trois jours, aussi pouvez-vous imaginer dans quel pétrin nous nous trouvons.

— Certainement.

Mary, plutôt déconcertée, s'efforça de donner à son regard une expression parfaitement compréhensive.

— Mais où est donc cette gouvernante ? demanda-t-elle.

— Elle s'est cassé les deux jambes.

Mary parut si étonnée qu'il crut l'avoir choquée et reprit :

— Elle s'est cassé deux membres dans un accident d'omnibus.

— Je suppose qu'une fois rétablie, elle partira pour le Canada ; ce ne serait donc pour moi que provisoire.

— Pas du tout, la rassura-t-il. Il est très peu probable qu'elle puisse recouvrer complètement l'usage de ses jambes et il en faut deux en parfait état pour la situation que nous offrons.

Si les références écrites de Mary étaient maigres, ses jambes étaient certainement admirables et elle se hâta de dire :

— Les miennes sont excellentes.

Il lui jeta un regard un peu surpris et s'écria :

— C'est parfait !

Mais cette conversation si peu conventionnelle avait réussi à transformer la situation. Toute contrainte disparut de part et d'autre. Mary se détendit et sourit, révélant ses dents blanches et bien plantées.

« Par Dieu, pensa Ernest Whiteoak, c'est une beauté ! »

Et il reprit, très naturellement :

— Malheureusement, il faudrait que vous partiez dans un délai très court.

— En ce qui me concerne, déclara-t-elle, je peux partir demain.

— J'aurais bien voulu que ma mère fût là pour prendre une décision. C'est vraiment très difficile pour moi.

Mais tout en disant cela, il savait fort bien qu'il se réjouissait de l'absence de sa mère qui, il en était sûr, aurait refusé de voir en cette charmante créature une gouvernante convenable pour ses petits-enfants. Mais les enfants eux-mêmes seraient séduits par elle et Philippe serait également enchanté de son charme et de sa bonne éducation.

Dès cet instant, il décida de l'engager. Son naturel indolent souffrait à la pensée de poursuivre ses recherches. Il commença à lui parler de son salaire, des dispositions des deux enfants, attirants mais débordants de vitalité et quelque peu indisciplinés. Avant même qu'il n'eût rien dit de définitif, Mary sut que l'affaire était faite. Le visage d'Ernest Whiteoak rayonnait de soulagement en lui disant :

— Je suis sûr que vous aimerez Jalna. C'est le nom de notre maison. Mon père était officier aux Indes et se rendit au Canada, il y a quarante ans, avec ma mère et ma sœur qui n'était encore qu'un bébé. Mon frère aîné naquit à Québec. Mon père acheta alors un millier d'acres dans l'Ontario – presque uniquement de la forêt vierge – et y construisit une maison où je fus le premier à naître.

Il prononça ces derniers mots avec orgueil et Mary en fut vivement impressionnée.

— Mon plus jeune frère naquit huit ans plus tard. C'est le père de vos futurs élèves et, je le dis en passant, un garçon très facile à vivre.

Qu'on lui parlât si gentiment en la mettant parfaitement à son aise était un baume sur les blessures d'amour-propre que Mary avait éprouvées au cours de ses précédentes entrevues.

« Voilà bien le Nouveau Monde », pensa-t-elle, désirant plus que jamais partir au Canada. Mais que disait donc Mr. Whiteoak ?

— Nous avons essayé, Miss Wakefield, de conserver à Jalna les mœurs de notre vieux continent, de nous tenir à l'écart de l'étroitesse d'esprit, de la vanité du Nouveau Monde. Nous avons des voisins sympathiques. Mais voilà que je parle comme si je vivais à Jalna alors qu'en réalité, mon frère aîné, ma sœur et moi-même vivons en Angleterre. Mais nous y faisons de longs séjours et j'espère bien qu'à ma prochaine venue, je vous y trouverai heureusement installée auprès des enfants.

Jamais entrevue de ce genre n'aurait pu se passer plus agréablement. Si le Mr. Whiteoak du Canada était seulement à moitié aussi aimable que celui qui se trouvait en face d'elle, Mary serait certainement plus heureuse qu'elle ne l'aurait cru possible.

Comme elle s'asseyait sur l'impériale de l'omnibus qui la ramenait à Vincent Square, l'atmosphère autour d'elle résonnait de bruits joyeux ; les sabots des chevaux frappaient les pavés d'un rythme plus allègre ; on percevait au loin l'écho d'un orchestre militaire et, plus proche, la clochette argentine d'un repasseur de couteaux. Mary découvrait sur les visages des passants une expression plus joyeuse, dans leur démarche une plus grande alacrité, mais elle était trop excitée pour penser clairement. Tantôt elle revivait son entrevue avec Ernest Whiteoak, revoyait son beau visage aquilin, son sourire rassurant, entendait sa voix pleine de charme ; tantôt son imagination s'échappait déjà vers cette maison lointaine où elle allait bientôt demeurer, et elle voyait un autre Ernest Whiteoak un peu plus jeune, tenant par la main deux enfants, deux vrais petits anges ; la maison était entourée d'une grande forêt où les élans, les ours et les loups vivaient en liberté sans cependant jamais s'approcher suffisamment de la maison pour y semer l'effroi.

Quand elle se retrouva devant sa demeure de Vincent Square et qu'elle leva les yeux, les murs lui en parurent déjà étrangement lointains. Mary ressemblait à un cygne qui suit le cours d'un fleuve paisible, fuyant dangers et inquiétudes.

Trois semaines avaient passé depuis ce jour et elle se trouvait maintenant couchée dans ce lit étranger, entre quatre murs tapissés de bouquets de lilas. « Quel beau papier, pensa-t-elle, et comme cette gravure du pont des Soupirs est bien placée ! » Dès qu'elle aurait achevé de défaire ses bagages elle poserait les photographies encadrées de son père et de sa mère sur la cheminée où se trouvait déjà un globe de verre ovale abritant un groupe de fleurs et de fruits en cire : trois roses rouges, une grappe de raisins, trois prunes violettes, trois pommes sauvages et, semés sur le sable qui tapissait le fond, quelques coquillages marins en forme de corne d'abondance. Cette garniture de cheminée avait retenu le regard de Mary la veille au soir à l'instant même où elle pénétrait dans la chambre. En dépit de sa fatigue et de son énervement et même sous le regard pâle et glacé de la femme de charge, elle n'avait pu en détourner les yeux. Une fois débarrassée de son manteau de voyage et de son chapeau de feutre, elle s'était approchée du globe et avait longuement contemplé son contenu. Elle n'aurait jamais cru trouver quelque chose d'aussi artistique, d'aussi ravissant au cœur même du Canada !

Mrs. Nettleship, la femme de charge, était seule, la veille au soir, pour accueillir Mary à son arrivée ; la jeune fille en avait éprouvé un certain soulagement car elle savait que la fatigue de ce long voyage de trois jours en chemin de fer avait marqué son visage de larges cernes violets au-dessous des yeux qui pouvaient faire croire à une faible constitution. Mais elle avait, en même temps, perçu de l'hostilité dans cette réception. Elle s'était fait une image particulièrement nette d'un veuf entre deux âges, grand, mince et distingué, tenant dans chaque main un enfant timide et disant avec la voix même d'Ernest Whiteoak : « Miss Wakefield, voilà mes deux petits enfants sans mère ; je vous les confie. » Mais quand la voiture s'était arrêtée devant la porte, celle-ci ne s'était pas ouverte largement mais seulement entrouverte, comme à regret, pour laisser apparaître la lourde silhouette de Mrs. Nettleship qui, après avoir fait entrer Mary, avait ensuite refermé la porte comme celle d'une forteresse. Dans le hall une seule lampe à pétrole en cuivre répandait sa lumière tranquille sur les tapis aux riches coloris, les sièges en acajou au dossier droit et le bel escalier. Une tête de renard sculptée ornait le portemanteau auquel étaient accrochés plusieurs chapeaux, une laisse de chien et un imperméable. Mrs. Nettleship portait une robe imprimée bleu clair et un tablier d'une blancheur immaculée : ses cheveux frisés étaient couleur de sable et son sourire plus hostile que cordial.

— Mr. Whiteoak n'est pas à la maison, dit-elle, et même s'il y était, je doute qu'il désirerait vous voir à cette heure-ci.

Son ton semblait rendre Mary responsable de l'arrivée tardive du train. Se tournant vers l'homme qui allait entrer dans le hall avec la malle de Mary, elle, lui ordonna :

— Martin, faites passer ceci par la porte de service.

Et son ton signifiait que Martin aurait dû introduire la jeune gouvernante par la même entrée. Le domestique se retira d'un air maussade.

— Avez-vous faim ? demanda Mrs. Nettleship comme si la faim

était bien la dernière chose qu'elle eût pu supporter de la part de Mary.

— Non merci, certainement pas, répondit Mary qui eût cependant payé bien cher une assiette de potage.

— Heureusement, car le feu est éteint. Je suppose que vous ne demandez qu'à aller tout droit dans votre chambre.

— Oui, je suis plutôt fatiguée.

— Une ombre dans un linceul, voilà de quoi vous avez l'air, déclara Mrs. Nettleship. Etes-vous toujours comme cela ?

— Mon Dieu, non ! s'écria Mary qui commençait à éprouver une certaine irritation. N'oubliez pas que je viens de faire un long et pénible voyage. J'ai été malade pendant presque toute la traversée.

Mrs. Nettleship regarda sans broncher le bout de ses pieds.

— Je n'ai jamais traversé la mer, dit-elle. Je crois préférable de rester chez soi et de gagner sa vie dans le pays où l'on est né.

— Mais comment ce pays se serait-il peuplé si tout le monde était resté chez soi ?

— Il en est assez venu maintenant. Il est temps que cela s'arrête.

— De toute façon, je suis ici, dit Mary en riant tout en se demandant quelle pouvait bien être la position de Mrs. Nettleship dans la maison.

Celle-ci se chargea elle-même de le lui apprendre quand elle l'eut accompagnée dans sa chambre.

— Je tiens la maison de M.. Whiteoak depuis que sa femme est morte, déclara-t-elle en croisant ses deux mains sur son estomac. Il y a cinq ans de cela et si une autre avait pu mieux faire, j'aimerais la rencontrer. Vous aurez de quoi vous occuper.

— Je suppose que deux enfants, quels qu'ils soient, fournissent une occupation suffisante.

Mrs. Nettleship sourit, ses yeux brillèrent.

— Ils feraient tout pour moi.

« Vous êtes jalouse, pensa Mary. Vous êtes furieuse de ma venue. Il en est d'ailleurs toujours ainsi. Je ne crois pas qu'aucune gouvernante ait jamais pénétré dans une maison privée d'une autorité féminine légitime sans exciter le mécontentement de la femme de charge.

Mrs. Nettleship parut lire dans ses pensées ; son sourire devint une grimace ironique.

— En ce qui me concerne, dit-elle, je suis ravie de votre arrivée. Je ne peux venir à bout de mon travail avec deux enfants ne cessant d'aller et venir en courant dans ma cuisine. Evidemment, quand la vieille dame reviendra, ce sera différent. Elle a une volonté de fer et n'accepte aucune sottise de personne.

Mary se rendit compte que la domestique s'attarderait volontiers pour bavarder. Son sourire s'élargissait sur des lèvres qui pâlissaient en s'écartant. Mary bâilla deux fois en répétant qu'elle était affreusement lasse et Mrs. Nettleship se décida enfin à se retirer ; elle s'arrêta encore sur le seuil pour dire :

— A ce dernier étage il n'y a que vous et les enfants. Mieux vaut ne pas faire de bruit et ne pas les réveiller. Ils se lèveront de bonne heure. Elisa et moi couchons au sous-sol ; il y fait frais l'été et chaud en hiver ; il faudra venir nous y voir.

Quand elle se fut retirée, son sourire grimaçant qui découvrait ses dents semblait encore flotter dans l'air.

Mary ne comptait pas dormir. Tout était trop nouveau, trop étrange. Le silence obscur et enveloppant de la nuit sans lune pénétrait par les fenêtres ouvertes. Chaque pièce de cette maison inconnue semblait se replier sur elle-même pour se glisser ensuite auprès de la nouvelle venue et s'efforcer d'être la première à frapper son esprit, à s'accrocher à sa mémoire sans qu'elle pût jamais l'oublier. Même si elle ne restait qu'un mois dans cette maison, elle ne serait plus jamais la même. Cette maison, cette famille dont elle n'avait jusque-là rencontré qu'un seul membre, la marqueraient de leur empreinte. Elle remonta le drap sur sa tête essayant de s'y enfermer pour se protéger contre l'appel de la maison. Il y avait tout près d'elle la chambre où dormaient les enfants. Elle aurait aimé les voir endormis, inconscients ; étudier leurs visages et même les toucher avant qu'ils ne fussent eux-mêmes capables de la toucher. La confiance qui l'avait soutenue au cours de ses préparatifs à Londres, puis au cours du voyage, s'effondrait soudain. Elle se sentait infiniment seule. Quoi qu'il pût arriver, nul ne viendrait la réconforter, nul ne se soucierait d'elle. Comme une vague glacée la submergeant lui vint la conscience de sa solitude. Elle s'y laissa engloutir et s'endormit épuisée, pour ne s'éveiller que lorsque la grande et vieille horloge au bas de l'escalier sonna six heures.

Elle vit alors la silhouette fantomatique du bateau qui l'avait amenée d'Angleterre se fondre dans les brumes de l'océan. Elle vit cette maison appelée Jalna s'élevant comme une forteresse dans ce pays neuf, entourée de ses bois et de ses champs. Elle entendit un cardinal lancer vigoureusement son joyeux coup de sifflet comme s'il devait vivre intensément chaque instant de sa vie ; elle entendit bêler les moutons et s'élever soudain le rire d'un petit garçon, le petit garçon de sept ans dans la chambre voisine ; un rire léger, clair et étonnant de vitalité. Puis des pas légers et rapides parcoururent le corridor et quelque chose de lourd rebondit contre sa porte.

Elle sauta hors du lit et l'ouvrit toute grande mais il n'y avait personne.

2

Les enfants

Renny Whiteoak se réveilla ce matin-là dans la joie de vivre et jaillit de l'étang profond du sommeil comme un poisson chatoyant. Il portait une légère chemise de nuit bleue. Sa peau était blanche et rose, et ses cheveux châtains prenaient une teinte rousse dans le rai de soleil qui tombait sur le lit. De l'alcôve où il dormait, il promena ses regards sur la grande chambre qu'il partageait avec sa sœur Meg et où se trouvaient presque tous ses trésors : son étagère de livres, le placard plein de jouets qu'il abandonnait en grandissant, sa canne à pêche, son train mécanique quelque peu détraqué qui refusait de marcher, sa tirelire dans laquelle il glissait à regret quelques pièces d'argent quand on l'y forçait et dont son père avait la clef. Une large étendue de ciel bleu sur laquelle voguait un nuage en forme de galère remplissait la fenêtre à l'exception d'un petit espace où se balançait la branche la plus haute d'un bouleau argenté. L'air était chaud. Brusquement Renny, d'un coup de pied, rejeta ses couvertures et lança ses jambes en l'air comme un poisson l'eût fait de sa queue ; il les lança si haut dans le soleil que seules ses épaules touchaient encore le lit ; il répéta ce mouvement à plusieurs reprises, creusant chaque fois davantage la dépression déjà formée dans le matelas. Puis il resta allongé, immobile, se souvenant que la nouvelle gouvernante de Meg avait dû arriver la veille au soir et qu'elle dormait en ce moment dans la chambre voisine. Il y pensait uniquement comme à la gouvernante de Meg car, à la rentrée prochaine, il partirait en pension comme l'avait déjà fait son ami Maurice Vaughan, de deux ans plus vieux que lui ; il n'y avait pas, près de Jalna, d'école où il pût se rendre chaque jour. Les pensées du petit garçon revinrent à la gouvernante ; il se ramassa sur lui-même, sauta hors du lit et traversa légèrement la chambre jusqu'au lit de sa sœur. Meg dormait, roulée en boule, et sa natte châtain clair barrait l'oreiller. Elle reposait dans sa chaude retraite féminine. Renny s'assit à côté du lit et posa son visage près du sien, respirant bruyamment. Leurs souffles se mêlèrent, chauds et vigoureux comme le parfum du trèfle dans le soleil.

Furieuse d'être réveillée, Meg se recroquevilla encore davantage ; ses genoux se rejoignirent sous son menton ; la peau blanche et lisse de son front se plissa.

— Va-t'en !

Et elle lui lança un coup de pied, tout son corps convulsé sous les couvertures.

— Meggie, écoute. Ta gouvernante est arrivée. Je l'ai entendue hier soir.

— Ce n'est pas ma gouvernante.

— Mais si.

— Mais non. C'est aussi la tienne.

— Elle sera la tienne pendant des années.

Jusqu'à ce point de la discussion, Meg avait tenu ses yeux hermétiquement fermés ; elle les ouvrit enfin ; ils étaient très bleus.

— L'as-tu vue ? demanda-t-elle.

— Non, mais Mrs. Nettleship est montée avec elle. Je les ai entendues parler. Je vais te dire ce qu'elles racontaient.

Il posa ses pieds sur le bord du lit et serra ses genoux dans ses mains. Meg aperçut les plantes noires et hurla :

— Retire-toi de mon lit !

— Pourquoi ? demanda-t-il étonné.

— Tes pieds dégoûtants ! Regarde-les un peu.

Il souleva son pied gauche et le contempla sans la moindre émotion :

— Ce n'est que ça !

— On te défend de te coucher avant de te laver. On te défend de marcher pieds nus. Si papa te voyait...

— Eh bien, je m'en vais. Je ne te dirai rien.

Elle l'attrapa par le fond de sa chemise de nuit.

— Allons, dis-moi ce qu'elles racontaient.

— La vieille Nettle disait qu'il y avait de quoi faire avec nous, qu'elle ne pouvait supporter que nous courions dans sa cuisine et qu'elle était contente qu'une gouvernante soit arrivée.

— Sapristi ! s'écria Meg.

— La gouvernante avait l'air de jouer un peu à la dame, reprit Renny qui avait entendu son père employer cette expression et répétait avec assurance.

— *Nous* lui ferons jouer ce jeu-là ! dit Meg.

— Je vais te dire ce que nous allons faire ; habillons-nous, jetons quelque chose contre sa porte et sauvons-nous.

Ce n'était pas encore l'époque des shorts et des chandails, des robes courtes et des jambes nues ou de toute autre tenue de sport aussi rudimentaire. Renny enfila un sous-vêtement, une chemise, des pantalons tenus par des bretelles dont il était fier et une veste ; des chaussettes noires et des souliers lacés complétèrent sa tenue. Meg, encore à demi endormie, revêtit un sous-vêtement, des bas noirs fixés à des jarretelles qui pendaient d'un corset lourdement baleiné, des pantalons blancs garnis de dentelles, un jupon blanc amidonné boutonné dans le dos, une jupe de serge plissée bleu marine descendant au-dessous du genou et une blouse de toile blanche avec un col marin amidonné. La journée de juin s'annonçait comme devant être très chaude et des gouttes de sueur perlaient déjà sur le nez de Meg quand elle eut achevé de s'habiller. Elle trempa un coin de serviette dans le pot à eau et se frotta le visage avec, puis s'essuya avec un autre coin. Elle hésita devant la détestable corvée qui consistait à se brosser les dents et décida d'y renoncer. Après tout, il s'agissait d'un jour exceptionnel et ses dents avaient droit au repos. Mais elle ne négligea pas ses prières. S'agenouillant au pied de son lit, elle croisa ses mains et murmura :

Seigneur, entends ma prière matinale,
Protège-moi du péché, de tout mal et tout piège,
Guide-moi dans la connaissance de ton amour,
Et garde mes pensées levées vers le Ciel.

Ses dévotions achevées, Meg se releva, défit la natte de ses cheveux et leur donna six coups de brosse. Sa chevelure reprit vie, capta le soleil et s'étala sur ses épaules comme un épais mais léger manteau brun. Elle était maintenant prête pour la journée. Renny s'était couché en travers du lit, tenant son fox-terrier dans les bras. Le petit chien léchait systématiquement son oreille.

— Tais-toi, dit-il. Je compte les coups de langue, cent huit, cent neuf, cent...

— Tu peux rester là si tu veux, dit sa sœur, moi, je m'en vais. Je veux déjeuner avant qu'*elle* ne descende.

Renny sauta sur ses pieds. Il tenait dans une main une grosse balle en caoutchouc et, en passant devant la porte de Mary, la jeta avec force contre le panneau ; puis saisissant la main de Meg, il l'entraîna à toute vitesse dans l'escalier. Les marches de ce dernier étage étaient raides et assez étroites ; le temps était encore proche où ils descendaient avec précaution, une marche après l'autre. Mais ce matin-là, ils se jetèrent en quelque sorte en bas, puis s'arrêtèrent sur le palier du premier étage pour écouter. Le silence régnait partout. La porte de la chambre paternelle était fermée ; la porte des autres chambres également mais celles-ci étaient vides, leurs volets clos et leurs lits bien plats sous les blanches courtepointes. Meg posa son oreille contre la serrure de la chambre de son père.

— Il respire, murmura-t-elle. Il ne ronfle pas tout à fait.

— Ecoutons.

Et Renny, à son tour, tendit l'oreille.

Bien que la porte fût close, leur père leur était aussi proche que s'il se fût trouvé devant eux. Il était la merveilleuse réalité de leur vie et son souffle comptait plus à leurs yeux que tous les cris des autres hommes.

Quand leur grand-mère était à Jalna, elle devenait un grand personnage, mais lorsqu'une mer lointaine d'Irlande ou d'Angleterre l'avait absorbée, elle devenait comme un spectacle grandiose – une montagne, une falaise – que l'on pouvait oublier quand on ne le voyait plus. Les visites de leurs oncles et tante étaient un mélange de plaisir exquis – car ils apportaient toujours des cadeaux – et de profonde humiliation, car ils ne ménageaient pas leurs critiques : « Ne te tiens pas comme cela. Tiens ta fourchette comme ceci. » Ils faisaient aussi répéter ce qu'on leur disait, lentement et correctement. Ces critiques s'adressaient beaucoup plus souvent à Renny qu'à Meg. Les oncles regardaient son père avec stupeur et disaient : « Ma parole, Philippe, cet enfant devient un vrai petit voyou. »

— Il ronfle aussi, affirma Renny.

— Certainement pas. Si tu appelles ça ronfler, que dirais-tu alors si tu entendais la vieille Nettle.

C'était ainsi qu'ils appelaient Mrs. Nettleship.

— Quand l'as-tu entendue ?

— Quand elle dort, l'après-midi. Tiens, écoute.

Et Meg fit une imitation bruyante qui effraya le fox-terrier et provoqua de sa part des aboiements furieux. Les enfants achevèrent de descendre le grand escalier suivis du chien aboyant toujours ; ils traversèrent le hall en courant et dégringolèrent à grand bruit l'escalier sans tapis qui conduisait au sous-sol. Mrs. Nettleship et Elisa déjeunaient devant une petite table. Les deux femmes et la pièce tout entière resplendissaient de propreté. Le soleil matinal fouillait chaque recoin, s'étalait sur le bois bien lavé de la grande table et brillait sur le fourneau bien astiqué ainsi que sur les rangées de casseroles où il n'aurait pu découvrir la moindre trace de négligence ou de poussière. Une délicieuse odeur de bacon et de pain grillé était répandue dans l'air. Le petit chien courut aussitôt vers la table et sauta dessus.

Un jour ordinaire, Mrs. Nettleship eût tout simplement envoyé promener les enfants, mais ce matin-là elle éprouvait pour eux une douloureuse pitié qu'elle exprimait par un hochement de tête chaque fois qu'elle les regardait.

— Pauvres petites créatures, murmura-t-elle à Elisa. Pas de mère et encore une de ces gouvernantes !

— Mon Dieu, mon Dieu, gémit Elisa, introduisant subrepticement un débris de bacon dans la gueule du terrier.

Les enfants s'assirent tous deux au pied de l'escalier.

— A quoi ressemble-t-elle ? demanda Renny.

— Attendez de la voir, répliqua Mrs. Nettleship en ricanant. Une vraie poupée, c'est flagrant ! Jamais de ma vie je n'ai vu une institutrice de ce genre !

— Qu'est-ce que c'est *flagrant* ?

— Scandaleux, voilà ce que c'est !

— Oh ! a-t-elle de la peinture sur la figure ?

— Je n'en serais pas surprise. Elle porte des vêtements extravagants.

— Cela me paraît bien, dit Meg, mieux que les deux autres.

— Le Ciel veuille que vous ne soyez pas déçue. Elle est de l'espèce intrigante. Aimable par-devant, et disant du mal par-derrière.

— Voulez-vous dire qu'elle racontera des histoires à papa ? demanda Meg.

Renny s'approcha de Mrs. Nettleship. Il était parfaitement conscient du faible qu'elle éprouvait à son égard et lui adressa un sourire câlin.

— Je veux de la confiture de groseilles sur mon pain ce matin, et puis du bacon avec un œuf dessus. Pas de porridge.

La femme de charge l'entoura de ses bras ; il vit ses lèvres bleues se plisser et s'approcher de son visage et rejeta en arrière son petit corps souple pour en éviter le contact. D'un doigt circonspect il lui chatouilla le bas du cou :

— Allons, Nettle, insista-t-il, de la confiture de groseilles. Un œuf frit, deux œufs frits et pas de porridge.

Elle ferma les yeux, ne cherchant pas à résister. Meg, impassible, contemplait la scène. La femme de charge demanda alors :

— Vous êtes-vous lavé, hier soir ? Vos pieds et vos jambes étaient pleins de sable, vous en souvenez-vous ?

— Oui, affirma-t-il en réponse à cette dernière question seulement.

— Vous êtes un brave garçon...

Elle jeta à Elisa un regard de côté qui signifiait : « Vous voyez comme il m'aime. » Quelque chose dans ce regard impressionna désagréablement Elisa qui se leva et commença à débarrasser la table.

Mrs. Nettleship était venue d'une ville située à soixante milles de là. Nul ne savait rien de son passé, ni si son mari était mort ou vivant. Avant de venir à Jalna, elle avait été placée huit ans chez une vieille dame paralysée qui avait fini par mourir. Et, depuis six ans, elle combattait obstinément la saleté et le désordre de la maison de Philippe Whiteoak, entraînant Elisa à sa suite. Philippe répétait souvent qu'un homme pouvait difficilement avoir deux meilleures domestiques mais ajoutait avec un haussement d'épaules : « Elles ne sont pas précisément ce que l'on appelle des femmes faciles à vivre. »

— Voulez-vous déjeuner à la cuisine ? demanda Mrs. Nettleship à Renny en ignorant la présence de Meg. C'est probablement votre dernière chance de le faire d'ici bien longtemps.

Pour toute réponse, il tira une chaise vers la table en la raclant contre le plancher. Meg fit aussitôt de même et Mrs. Nettleship dit à Elisa :

— Allez faire vos lits, je m'occuperai de lui.

S'appuyant de ses deux mains posées à plat contre le bord de la table, Renny pencha sa chaise en arrière et surveilla les préparatifs de son déjeuner avec un regard de connaisseur.

— Ce sera bien pire pour vous que pour votre sœur d'avoir cette Anglaise ici.

— Je vais aller à l'école.

— Pas avant un an, railla-t-elle. Elle peut vous en faire voir de toutes les couleurs d'ici là.

— Je voudrais la voir essayer.

Il y eut un silence au cours duquel l'attention de Mrs. Nettleship se concentra sur la poêle à frire ; elle posa l'assiette encore grésillante devant le petit garçon.

— Les dames doivent être servies les premières, dit Meg.

Renny poussa aussitôt l'assiette devant elle :

— Alors, prends-la, dit-il.

Mais Mrs. Nettleship lui saisit violemment le poignet.

— Pas de ça, dit-elle. Je n'aime pas qu'on se mêle de mes affaires.

— Puisqu'il a dit que je pouvais la prendre, c'est que c'est vrai, dit Meg avec obstination.

— Pas dans cette cuisine. Si vous ne voulez pas faire ce que je veux, vous irez déjeuner en haut, avec *elle*.

Elle regarda avec satisfaction Renny attaquer son bacon et passa une main dans ses cheveux.

— Seigneur, quelle tignasse ! s'écria-t-elle. Je parie que vous ne l'avez pas même effleurée d'un coup de brosse ce matin.

Elle posa une assiette devant Meg avec une indifférence calculée et quand elle apporta le pot de confiture de groseilles, elle le plaça à la portée de la main de Renny.

— Maintenant, dit-elle, quand ils eurent fini, je vais prendre une brosse et démêler vos cheveux, jeune homme. Servez-vous de vos serviettes, tous les deux.

Elle disparut dans le couloir qui conduisait dans les chambres des domestiques.

Une seconde plus tard les enfants grimpaient silencieusement l'escalier. Le fox-terrier les suivait, mordillant dans son excitation tantôt une de leurs jambes, tantôt l'autre. Arrivés en haut des marches, tous trois s'abandonnèrent à leur joie et détalèrent dans le hall, riant et aboyant. La porte d'entrée était grande ouverte. La nature merveilleusement verte dans sa fraîcheur les appelait au-dehors. Ils s'élancèrent sous le porche.

— J'arrive le premier à la barrière, hurla Renny.

3

Philippe

Une heure plus tard, Philippe ouvrit la porte de sa chambre et la referma sans bruit. Il jeta un regard vaguement inquiet sur l'escalier qui menait à l'étage supérieur où dormait la nouvelle gouvernante. La timidité n'y était pour rien mais il redoutait les complications qu'elle ne manquerait pas d'introduire dans son existence. Jamais il n'oublierait les désagréments dus à la présence de Miss Turnbull, la gouvernante précédente. Celle-ci était de l'espèce pédante et dédaigneuse, odieuse à l'égard des domestiques, absolument déraisonnable (aux yeux de Philippe tout au moins) dans sa conduite avec les enfants et l'accablant de ses récriminations. Les spectacles et les bruits de la ferme étaient, pour Miss Turnbull, un scandale perpétuel. Philippe souhaitait que la nouvelle venue fût une campagnarde. Ernest avait singulièrement peu parlé d'elle dans sa lettre, disant simplement qu'elle semblait agréable et très intelligente et qu'elle avait de bonnes références. Philippe poussa un grand soupir à la pensée qu'il devrait supporter trois femmes étrangères dans sa maison, mais comment pouvait-il en être autrement ? Mrs. Nettleship n'était certainement pas capable de s'occuper convenablement d'une petite fille. Le sort d'un homme qui avait le malheur d'être veuf n'était pas toujours enviable. Philippe s'était parfaitement habitué à son veuvage mais n'avait pas cessé de regretter la façon dont Margaret venait toujours à bout des difficultés domestiques. C'était une créature vigoureuse, toujours persuadée qu'elle avait raison, un caractère violent. Elle était morte âgée seulement de vingt-cinq ans ; peut-être avec le temps se serait-elle un peu adoucie. C'était stupéfiant de la voir tenir tête aux accès de colère de sa mère, également terribles. Cependant sa mère avait connu Margaret dès sa tendre enfance, l'avait tenue bébé sur ses genoux. Philippe avait l'impression qu'on ne pouvait faire moins que de comprendre parfaitement les êtres que l'on a toujours connus. Mais les femmes diffèrent des hommes...

Il sortit sa montre en or de la poche de son gilet et fit une grimace.

Trop tard pour aller jusqu'aux écuries avant le déjeuner comme il en avait l'intention. Après tout, autant faire face tout de suite à la situation, avaler la corvée et déjeuner avec les enfants et cette Miss Wakefield. Il descendit l'escalier avec la moue chagrine d'un enfant gâté et jeta un regard dans la salle à manger ; le couvert y était mis pour deux. Son visage n'exprima plus alors que la désolation. Où étaient donc les enfants ? Il n'allait tout de même pas se voir contraint de déjeuner en tête à tête avec cette femme le premier matin après son arrivée. Il ne le pouvait ni ne le voulait. Il alla tirer le cordon de la cloche et Elisa apparut aussitôt.

— Vous désirez votre déjeuner, monsieur ? demanda-t-elle.

— Elisa, où sont les enfants ?

— Ils ont déjeuné de bonne heure et ils sont sortis.

— Allez me les chercher, je vous prie. Non, je les appellerai moi-même. – Et jetant à Elisa un regard désolé, il demanda : – Elisa, où est cette gouvernante ?

— Dans la bibliothèque. Je crois qu'elle vous attend, monsieur, répondit Elisa qui ne put retenir un sourire devant le regard consterné de son maître. Elle a apporté des livres, des crayons et du papier avec elle.

— Dans la bibliothèque ! répéta-t-il, les yeux fixés sur la double porte qui séparait les deux pièces.

La bibliothèque, qui était plutôt un petit salon, lui était particulièrement attribuée et la pensée qu'une étrangère en avait pris possession dépassait ce qu'il pouvait supporter. Il fallait l'informer que ce n'était pas sa place.

Il se dirigea vers une porte de côté qui s'ouvrait du hall dans le parc et qui était grande ouverte. Il sortit dans l'air matinal et fit une large inspiration avant de chercher dans sa poche un sifflet qui servait à appeler aussi bien les enfants que les chiens. Ce sifflet était taillé dans de l'os et s'accrochait à une solide chaîne d'argent. Philippe lança un appel perçant puis attendit. Un second coup de sifflet resta encore sans réponse. Fronçant un peu les sourcils, il respira profondément et lança un appel plus péremptoire encore. Du fond du verger qui s'étendait derrière la maison, à l'endroit même où les pétales des fleurs de pommiers formaient un tapis blanc, deux petites silhouettes apparurent.

— Renny, cria Philippe, Meggie !

Renny s'efforçait de dissimuler sa canne à pêche dans l'herbe haute du verger.

— Je t'ai vu, lança Philippe ; apporte-moi ça ici.

Les deux enfants trottèrent vers leur père, Renny portant sa canne à pêche dont la ligne se balançait dangereusement, l'hameçon se rapprochant à chaque pas du visage de sa sœur.

— Regarde donc ce que tu fais, jeune imbécile ! Attention à l'hameçon !

Philippe était exaspéré. Les enfants se trouvèrent enfin devant lui, levant les yeux vers son visage. Il prit la canne à pêche et enroula le fil autour du moulinet, opération qui lui suggéra l'idée de partir quelques jours à la pêche pendant que la nouvelle institutrice s'installerait.

— Voilà qui est fait, dit-il en appuyant le roseau contre le mur. Maintenant nous allons aller voir Miss Wakefield. Il faudra travailler, vous entendez.

Les grands yeux bleus de Meg étaient lourds de tristesse ; le chagrin rétrécissait ceux de Renny. Ils glissèrent chacun une main dans celle de leur père. Il se sentit alors plus fort pour affronter l'épreuve et se pencha pour les embrasser l'un après l'autre. Par la même occasion, il remarqua l'état de leurs chevelures.

— Un instant, dit-il. – Prenant un petit étui de cuir dans sa poche il en sortit un peigne qu'il passa d'abord dans l'épaisse chevelure d'un brun roux de Renny, s'écriant : – Par Dieu, quelle crinière ! Il faudra la couper. A toi, Meg.

Il ne put que mettre un peu d'ordre autour du visage de la petite fille qui le regardait avec la même expression confiante que ses épagneuls quand il les peignait. « Ce sont vraiment de beaux enfants, songea-t-il, des enfants très intelligents, nul ne peut le nier. »

— Allons, venez, cela suffira.

Il les entraîna jusqu'à la porte de la bibliothèque où ils pénétrèrent.

Mary était debout devant la fenêtre. Elle se retourna, surprise, et leur fit face. Elle se sentait pâlir d'émotion. Le terrible moment était enfin venu, l'heure de sa rencontre avec son employeur et ses futurs élèves. Un instant lui suffit pour prendre enfin conscience de son inaptitude et de son incapacité. Elle n'avait jamais été institutrice et elle ignorait tout de la nature enfantine. Elle ne savait même pas vivre en société. Elle dut se raidir contre un sentiment de panique d'abord, et ensuite contre une sorte de stupeur. Elle s'attendait à voir un homme entre deux âges, légèrement plus jeune qu'Ernest Whiteoak. Elle supposait que tous les veufs étaient d'âge mûr comme elle s'imaginait que tous les enfants étaient d'adorables petits anges. Or, elle se trouvait soudain en face d'un jeune homme – à peine plus de trente ans – ayant les plus beaux yeux bleus qu'elle eût jamais vus, qui lui souriait tout en tenant par la main deux enfants qui n'avaient absolument rien d'angélique.

Philippe prit la parole.

— Je regrette de vous avoir fait attendre, Miss Wakefield. Je suis Philippe Whiteoak et voici Meg et Renny.

Il lui tendit la main, prit la sienne et sous la chaude étreinte de ses doigts, elle sentit sa frayeur se dissiper.

Elle serra ensuite les petites mains des enfants. Meg leva vers elle un visage vide de toute expression avec, cependant, une nuance d'hostilité dans cette absence même d'expression. Les yeux noirs et brillants de Renny croisèrent les siens avec circonspection. Il esquissa un faible sourire comme si ses lèvres étaient paralysées puis referma la bouche. En se rendant dans la salle à manger, Philippe lui demanda des nouvelles de son voyage. Ils s'assirent à leurs places, Mary entre les deux enfants, Philippe au milieu de la table.

— Nous avons déjà déjeuné, s'écria Meg. J'avais oublié.

— Oui, nous avons déjeuné. Nous ne pouvons pas déjeuner deux fois, papa.

Et Renny éclata soudain d'un rire joyeux et aigu de petit garçon. Il sauta à bas de sa chaise, courut à côté de son père et lui jeta un bras autour du cou.

— Je mangerais bien encore un petit peu, dit Meg. Nettle ne m'a presque rien donné.

Philippe jeta à Mary un regard rieur.

— Je suppose, dit-il, que tous vos petits élèves anglais avaient des manières parfaites.

— Certainement pas.

Que répondrait-elle s'il lui demandait de combien d'enfants elle s'était occupée ? Une sorte d'angoisse l'envahit. Elisa lui offrait du porridge et un pot du lait le plus crémeux qu'elle eût jamais vu.

— Merci, dit-elle, et elle commença à se servir.

Ce fut de Meg que vint la question redoutée.

— De combien d'enfants avez-vous été la gouvernante ? demanda-t-elle.

— Pas de beaucoup. En réalité d'un seul, pendant quelque temps.

— Etait-ce une petite fille ?

— Oui.

— Combien de temps êtes-vous restée auprès d'elle ?

Mary eut la certitude que l'enfant devinait son trouble. Elle rougit profondément mais se tourna avec toute la dignité possible vers Philippe.

— J'espère que Mr. Ernest Whiteoak ne vous a pas dit que j'avais beaucoup d'expérience ; je n'ai jamais eu cette prétention car cela n'est pas vrai.

— Vous le pourriez difficilement à votre âge, répondit gaiement Philippe.

— En réalité, je n'ai qu'une seule référence.

— Une seule référence ! s'écria Meg, bien que son visage restât impassible.

— Tais-toi et mange ton porridge, lui dit son père.

— Je n'en veux pas. J'ai dit que je mangerais bien encore un petit peu, mais pas de porridge.

— Je suppose, reprit Mary, que votre frère devait être tout à fait découragé quand il m'a engagée. L'autre gouvernante s'était cassé les deux jambes.

Philippe exprima sa sympathie pour la gouvernante absente par une inclinaison de la tête, mais les enfants éclatèrent d'un rire moqueur.

— Cassé les jambes ! hurla Renny. Cassé les deux jambes. Elle ne pouvait plus servir à rien après cela. Est-ce qu'on l'a abattue avec un fusil ?

— Ah ! ah ! ah ! Je n'ai jamais rien entendu de pareil, s'écria Meg. L'a-t-on abattue, Miss Wakefield.

« Jeunes sauvages », pensa Mary, presque effrayée. Ils semblaient former un tout si parfait à eux trois, être si sûrs d'eux-mêmes. Qu'y avait-il derrière le sourire heureux de ce jeune père ? Elle regarda ses belles mains qui repoussaient gentiment Renny vers sa chaise, sa belle tête à la chevelure blonde, épaisse et un peu en désordre. Mais ses yeux surtout la fascinaient non par la flamme mystérieuse et caressante des yeux noirs dont elle avait toujours paré le mari de ses rêves, mais par leur teinte bleue, douce, profonde et tendre derrière les paupières bien découpées. Mary cessa de manger son œuf poché et ferma les yeux afin de peser plus exactement la valeur des adjectifs qui pourraient s'appliquer à ceux de Philippe.

— Ces enfants sont de vrais démons, dit ce dernier. Il faudra que vous les transformiez.

— Pourquoi fermez-vous les yeux, Miss Wakefield ? demanda Meg.

— Pour ne pas te voir, répondit son père. Allons, plus de question. Tais-toi jusqu'à ce qu'on te demande de parler.

Une étrange exaltation se mêlait à l'appréhension qu'éprouvait Mary quant à l'accomplissement de sa tâche future. Etait-ce la présence chaude et sereine de Philippe qui contrastait si bien avec l'irritabilité de son père ? Elle avait vécu au cœur même de Londres une vie singulièrement isolée, toujours sur le qui-vive en attendant ce père dont elle ne pouvait jamais prévoir le retour. Bien qu'elle eût certainement refusé de le reconnaître, c'était dans sa nature de se faire l'esclave d'un homme. Etait-ce de se trouver seule femme auprès de ce mâle rayonnant ? Car personne, pensait-elle, n'aurait pu nier ce rayonnement tandis qu'assis au haut de la table, ses larges épaules légèrement voûtées, il étalait du miel sur une épaisse tranche de pain blanc fait à Jalna même.

— C'est notre propre miel, dit-il comme pour la mettre à son aise.

— Vraiment ! Quelle merveille !

— Avez-vous peur des abeilles ? Je veux dire de leur dard.

Elle remarqua pour la première fois qu'il avait un léger défaut de langue, prononçant les *je* comme des *ve*. La vérité était que la nonchalance de Philippe petit garçon l'avait empêché de corriger ce défaut en dépit des observations de sa mère, et maintenant il n'en avait même plus conscience.

— J'en ai peur, du moins je le suppose. Je ne me souviens pas avoir jamais approché une abeille.

Cette réponse provoqua une fois de plus le rire aigu de Renny.

Meg à qui l'on avait défendu de parler pointa son doigt dans la direction du miel qui brillait dans son rayon et le porta ensuite à sa bouche. Philippe fit un clin d'œil à Mary comme pour dire : « Voyez comme je les dresse. » Ce clin d'œil brisa plus de barrières entre eux que ne l'aurait fait un mois de bonne camaraderie. Les deux paupières se rencontrèrent une seconde sur le bleu doux de la pupille, la cachant puis s'écartant à nouveau pour permettre à son regard souriant de plonger dans celui de Mary qui pensa : « Il n'a aucune dignité, mais il est adorable. »

Il servit Meg de miel puis désignant d'un geste de la tête les deux portraits peints à l'huile qui se trouvaient derrière Mary, déclara :

— Ce sont les portraits de mes parents. Mon père est mort. Mais vous verrez ma mère un de ces jours. C'est un caractère. Elle a plus de soixante-cinq ans, mais vous ne vous en douteriez pas.

Mary se tourna sur sa chaise afin de voir les portraits et Philippe en profita pour mieux la regarder. La façon dont ses cheveux étaient roulés sur la nuque à la mode française lui plaisait comme lui plaisait aussi la longue ligne pleine de grâce de son cou et de ses épaules. « Quel dommage, pensa-t-il, que les femmes portent ces larges rubans passés deux fois autour du cou et noués par-derrière en un gros nœud. » Le ruban que portait Mary était bleu clair avec des pois blancs ; son corsage était blanc et sa jupe de serge bleu marine atteignait juste sa cheville. « Elle est fraîche comme le matin, pensa-t-il encore, et très jeune. » C'était une agréable surprise et la satisfaction éclairait son beau visage quand elle se retourna vers lui.

— Quels beaux portraits, s'écria-t-elle, et quel bonheur pour vous de les posséder ! Ma mère était charmante, mais je n'ai d'elle qu'une photographie fanée.

— Je suppose que vous lui ressemblez.

Elle sentit son regard soudain assuré fixé sur elle et rougit en faisant un signe d'assentiment.

— On le dit. Et vous, vous ressemblez à votre père ?

Il avança les lèvres et plissa son front.

— Une bien faible imitation, si l'on en croit ma mère. Vous le voyez en uniforme de hussard, bien que sa famille qui était une famille de militaires, eût la plupart de ses membres dans les Buffs. Ces deux portraits ont été peints à Londres avant leur départ pour le Canada. Ils les ont apportés avec eux sur le même bateau. Ils ont construit cette maison où je suis né ainsi que celui de mes frères que vous avez vu à Londres. Belle maison, n'est-ce pas ?

— Oh ! oui, approuva-t-elle avec enthousiasme.

— J'élève des chevaux, continua-t-il, comme pour faciliter le développement de leurs relations.

— Que c'est intéressant !

Elle se pencha un peu vers lui pendant que Meg ne cessait de l'observer bien en face.

— Et du bétail.

— C'est délicieux.

— J'ai aussi quelques moutons de Southdown.

— J'adore les moutons.

— J'élève aussi des enfants, continua-t-il, d'horribles petits enfants. Un vrai fléau. J'envisage la possibilité de me débarrasser d'eux dans le cas où vous ne pourriez rien en tirer.

On entendit à nouveau le rire perçant de Renny dans lequel Mary crut discerner, cette fois, une nuance de dérision.

— J'essaierai de toutes mes forces, dit-elle en se redressant pour affirmer de son mieux sa compétence.

— La tâche d'un homme est difficile quand la mère n'est plus là, déclara-t-il gravement. – Si c'était de la sympathie qu'il cherchait, elle était là, toute proche, dans les yeux de Mary, tandis qu'il ajoutait : – On fait pour le mieux.

— Je suis sûre que vous vous en êtes tiré merveilleusement.

— Entends-tu, Renny ? Miss Wakefield croit que je suis un modèle de père. Cela signifie qu'elle croit également que vous êtes des enfants modèles.

Il entoura le petit garçon de son bras et se retourna vers Mary avec orgueil :

— Je parie que vous ne trouveriez pas de teints plus éblouissants en Angleterre.

— Ils sont l'image même de la santé.

Sa crainte de demeurer seule avec les enfants allait croissant ; il y avait en eux quelque chose qui l'intimidait. Ils ne ressemblaient pas du tout à de petits réceptacles attendant qu'on les remplisse de connaissances puisées dans des manuels.

— J'ai apporté quelques livres, dit-elle.

— Très bien. Ils en ont également. Si vous désirez quelque chose, dites-le-moi. Maintenant je vais aller à mon travail et vous au vôtre. Renny ?

— Oui, papa.

— Pas de singeries. Meggie ?

— Oui, papa.

— Sois une bonne fille. Aide Miss Wakefield.

Un instant plus tard, Mary se trouva seule avec les deux enfants qui la regardaient d'un œil appréciateur. Elle sourit aussi naturellement qu'elle le put et demanda :

— Est-ce que nous travaillons dans ce salon ?

— Seigneur non ! répondit Meg. C'est là que papa fume.

Et tout en parlant elle continua d'examiner froidement Mary. Le petit garçon ne disait rien mais accroché par une main au bouton de la porte, il balançait doucement son petit corps.

— Montrez-moi le chemin, alors.

Elle entoura de son bras les épaules de Meg. Quelle rondeur et quelle fermeté ! La petite fille dégageait de l'obstination à travers ses vêtements et elle se libéra en se tortillant, du bras de Mary. Cette dernière pensa : « C'est bien la dernière fois que je mets mon bras sur votre épaule sans que vous m'y invitiez. »

Mary les entraîna dans le hall. En face de la salle à manger il y avait une porte ouverte. Elle y jeta un coup d'œil furtif, mais les deux enfants le saisirent au passage, se regardèrent et échangèrent un sourire complice.

— C'est la chambre de grand-mère, dit Renny de sa voix claire et perçante. Elle va bientôt revenir. Tout le monde a peur d'elle.

Il regarda Mary comme pour constater l'effet produit par sa déclaration.

— C'est elle qui a renvoyé Miss Turnbull.

— Pourquoi ? ne put s'empêcher de demander Mary.

— Oh ! elle ne l'aimait pas.

— Voulez-vous voir sa chambre ? demanda Renny. – Tout en parlant il ouvrit la porte plus largement encore et entra fièrement dans la pièce avec un air de propriétaire. – Je peux faire tout ce que je veux ici. Entrez donc.

— Certainement pas, protesta Mary. – Mais Meg la prit par la main et l'entraîna dans la chambre : – Il vaut mieux que vous la visitiez maintenant, dit-elle, parce que quand grand-mère sera revenue, vous ne le pourrez pas.

— Moi, je peux toujours, déclara Renny. Voilà son lit. Aimeriez-vous y dormir ?

Mary vit un bois de lit recouvert de cuir peint représentant un magnifique dessin de fleurs et de fruits entrelacés ; des figures de singes apparaissaient entre les pétales et les feuilles brillantes sur lesquelles des papillons aux lourdes ailes s'accrochaient comme en proie à une ivresse sensuelle.

Le matelas était recouvert d'un dessus-de-lit en satin brodé aux Indes avec des fils d'or et de soie. Sur la cheminée se dressait la statue d'une déesse chinoise et des meubles en ébène incrusté voisinaient avec le mobilier anglais en noyer. Cette pièce à demi orientale ne pouvait que déplaire à Mary, mais devant la fenêtre ouverte un grand lilas blanc suspendait ses grappes et imprégnait l'air de son parfum.

Mary vit aussitôt en esprit dans cette chambre la belle jeune femme aux lèvres rouges et aux yeux noirs du portrait ; elle essaya ensuite de l'imaginer approchant de sa soixante-dixième année. Peut-être était-elle courbée, gémissante, souffrant de rhumatismes.

— Vous n'auriez pas dû me forcer à entrer, Meg, dit-elle. Allons, venez ; il faut se mettre au travail.

Elle s'empara de la main de Renny et fut surprise par l'étreinte des vigoureux petits doigts. Il tira de toutes ses forces sur la main de Mary.

— Cette chambre vous plaît-elle ? Aimeriez-vous y dormir ? demanda-t-il.

— Non, répondit-elle avec fermeté. Maintenant montrez-moi la salle d'étude.

— Elle ne vous plaît pas ? cria-t-il, son petit visage exprimant le chagrin, presque la colère. Pourquoi ? C'est une très belle chambre.

Mary se hâta de dire :

— Je ne dis pas que je ne la trouve pas belle mais simplement qu'elle est trop imposante pour moi. Je préfère dormir dans une chambre plus modeste.

— Aimez-vous la chambre qu'on vous a donnée ?

Il se balançait suspendu à la main de Mary comme il l'avait fait un instant plus tôt accroché au bouton de la porte.

— Beaucoup. Voulez-vous maintenant vous décider à me montrer la salle d'étude ?

Les deux enfants s'élancèrent d'un même élan dans le hall, grimpèrent les deux étages, et Mary entendit claquer une porte. Elle les suivit avec dignité et, arrivée en haut, appela :

— Enfants, où êtes-vous ?

Renny ouvrit brusquement la porte de leur chambre et la regarda bien en face. Elle aperçut derrière lui une table chargée de livres.

— Je considère, dit-il, que je suis trop grand pour travailler avec une femme.

— C'est pourtant la raison pour laquelle votre papa m'a fait venir, aussi faut-il le faire de bon cœur et le plus agréablement possible. Qu'en pensez-vous ?

Mary s'efforçait d'arborer un gai sourire mais le petit garçon l'intimidait.

— Je considère, continua-t-il, que vous n'en savez pas assez.

Meg se jeta sur un divan de cuir déchiré et se mit à rire sottement.

— J'en sais plus que vous ne le pensez. Allons, venez, soyez un gentil petit garçon.

— Je *considar,* je *considar,* je *considar,* continua-t-il, sur un ton affecté et en soulevant ses sourcils d'un air supérieur.

Un sentiment de panique commença à gagner Mary. Qu'arriverait-il si elle ne pouvait venir à bout de ces enfants ? Si elle devait faire appel à Philippe Whiteoak ?

Renny changea soudain de tactique. Il se précipita vers un placard, ouvrit une porte, et farfouilla sur une étagère. Il revint auprès d'elle avec un petit pot de verre dans les mains.

— Voulez-vous les voir ? demanda-t-il.

Meg sauta à bas de son divan et vint à côté de son frère.

— Qu'est-ce que c'est ? s'enquit Mary soulagée et méfiante à la fois.

Il lui mit le pot sous le nez. Elle y vit deux horribles petits débris d'un rose brun.

— Les amygdales de Meggie ! s'écria-t-il.

— Quelle horreur !

Elle s'écarta, dégoûtée.

— Je les considère comme mes plus chers trésors, déclara Renny en les contemplant avec ravissement.

— Pourquoi répétez-vous toujours : je considère ? demanda Mary pour changer de conversation.

Sa sœur répondit pour lui :

— Miss Turnbull le disait à chaque instant. Cela ne vous plaît pas ?

— Non, ce mot paraît très égoïste.

Renny ne voulut pas lui laisser voir qu'il ignorait complètement le sens de cet adjectif et répliqua :

— C'est la raison pour laquelle il me plaît.

Un pas se fit entendre dans l'escalier ; un pas familier pour les enfants et dont Mary devina le propriétaire. Philippe entra dans la chambre. Son regard tranquille se posa un instant sur le petit groupe avant de dire :

— Eh bien, c'est une drôle de façon d'accueillir Miss Wakefield. Croyez-vous que ce genre de choses lui plaisent ?

— Cela n'a aucune importance, dit Mary.

— Enlève ça, Renny, ou plutôt donne-le-moi ; je m'en charge pour quelques jours. – Le pot passa de la main de son fils dans la sienne. – J'étais monté vous dire que je vais cet après-midi en voiture dans une ferme au bord du lac et si les enfants sont sages, Miss Wakefield, je veux dire *très* sages, vous viendrez tous les trois avec moi... A condition bien entendu que cela vous plaise.

Ses yeux interrogeaient Mary.

— Cela me plairait beaucoup.

Son cœur débordait de reconnaissance. Si elle parvenait seulement à établir son autorité pendant les quelques jours à venir, tout irait bien.

— Si vous avez des difficultés, quelles qu'elles soient, Miss Wakefield, dit-il en regardant ses enfants, dites-le-moi.

Il les quitta et atteignait à peine l'escalier que Renny, se plantant devant Mary, prononça d'un ton traînant :

— Je considère...

— Que dis-tu ? cria Philippe.

— Rien, papa. Nous commençons à travailler.

Philippe continua de descendre en se souriant à lui-même. Il ne laisserait pas ce jeune gredin empoisonner l'existence d'une aussi charmante fille. Chaque fois qu'il voyait Mary, son étonnement allait croissant. Quelle mouche avait bien pu piquer Ernest pour qu'il engageât une aussi belle créature ? A coup sûr, si sa mère ou sa sœur avaient eu à en décider, Mary n'aurait jamais été engagée. Elles avaient toujours pris beaucoup de peine pour choisir des gouvernantes dépourvues de tout charme. Elles avaient pourtant bien tort de se tourmenter ! Il ne désirait nullement se remarier. Son sort le satisfaisait pleinement ; il possédait une belle propriété et ses occupations convenaient à merveille à son tempérament. Du matin au soir, il faisait ce qu'il voulait. Il était profondément reconnaissant à son père de lui avoir laissé Jalna. Pas plus Ernest que Nicolas ne l'aurait apprécié à moitié autant que lui ; leurs goûts étaient ceux du Vieux Monde, Londres et Paris avec une échappée de temps en temps sur la Riviera. Lui, Philippe, appartenait tout entier au Nouveau ; il s'était donné pour toujours au Canada et Jalna c'était le Canada. Ses deux frères avaient eu leur part de la fortune de leur père. Nicolas avait dépensé une grande partie de la sienne en menant une vie extravagante. On ne s'offre pas pour rien à Londres des chevaux, un coupé luxueux et une femme aux goûts dispendieux. Grâce au Ciel, Nicolas était maintenant débarrassé de cette dernière. Evidemment un divorce est toujours regrettable mais c'était elle qui était partie, abandonnant Nicolas qui n'avait rien à se reprocher. La seule visite qu'elle ait faite à Jalna avait été une catastrophe ; elle avait fait preuve d'une arrogance du diable et cela s'était terminé par une dispute entre elle et leur mère...

Ernest était très différent. C'était un garçon avisé. Les questions financières – du grec pour Philippe – n'étaient que jeux d'enfants pour ce vieil Ernie. Il semblait destiné à devenir très riche. Philippe ne pensait à lui qu'avec respect.

Dans l'allée sablée et bien entretenue, il aperçut un dog-cart, et, descendant de celui-ci, son beau-père, le docteur Ramsay. Ecossais de naissance, ce dernier approchait de soixante-dix ans mais conservait cependant une nombreuse clientèle disséminée dans la campagne. C'était un homme maigre à la charpente osseuse et bien proportionnée ; il était doué d'esprit critique en même temps que d'une confiance absolue en la rectitude de ses propres opinions. Ses sentiments à l'égard de son gendre étaient un mélange d'affection et de blâme. Le mariage de sa fille unique Margaret avec Philippe l'avait enchanté ; à ses yeux, il n'y avait jamais eu mariage mieux assorti dans toute la province. Mais la nonchalance de Philippe, son attitude indolente, son très léger défaut de langue qui, aux yeux de certaines femmes, lui conférait un charme de plus, irritaient souvent le docteur Ramsay. Philippe n'était pas l'homme que son père, le capitaine Whiteoak des Hussards de la Reine, avait été.

La mort de sa fille avait cruellement frappé le docteur. Il l'avait soignée lui-même pendant sa maladie dont l'issue avait été terriblement inattendue. Il avait lutté jusqu'à l'extrême limite pour la sauver. Depuis sa mort, il éprouvait tout au fond de son cœur le sentiment que, n'ayant pas réussi à la sauver, il devait faire tout ce qui était en son pouvoir pour maintenir sa place vide auprès de Philippe. Cela l'aidait à supporter son décès prématuré. Margaret avait été terriblement jalouse, ne supportant pas que Philippe jetât un regard admiratif sur une autre femme. Le docteur Ramsay n'avait d'ailleurs jamais compris qu'elle pût s'en préoccuper car elle était aussi intelligente et aussi séduisante que n'importe quelle autre femme de la province. Il regrettait amèrement qu'aucun des enfants ne ressemblât à sa mère et considérait cela presque comme une injure personnelle. Meg ressemblait aux Whiteoak et il semblait qu'on dût retrouver chez le petit garçon tous les traits de sa grand-mère irlandaise. Certes le docteur Ramsay admirait profondément la belle femme qu'avait été et qu'était encore Adeline Whiteoak, mais si l'enfant devait emprunter une ressemblance à l'un de ses grands-parents, pourquoi pas à lui-même ?

— Bonjour, cria Philippe de sa voix naturellement chaude et cordiale.

— Bonjour. Belle journée !

Malgré quarante-cinq ans passés au Canada, le docteur avait conservé un accent écossais très prononcé et Philippe savait qu'il fouillait sa mémoire à la recherche d'une citation appropriée de Robert Burns, exactement comme un homme cherche dans sa poche la pièce de monnaie dont il a besoin. L'ayant enfin trouvée, il sourit en récitant :

La voix de la nature crie avec force,
Et plus d'un message du Ciel nous avertit
Que quelque chose en nous ne mourra jamais.

— Vrai, très vrai, approuva Philippe. Le temps est de plus en plus magnifique ; les récoltes seront belles.

Le docteur le saisit par le revers de son veston.

— Ce pays, dit-il, vivra une période difficile si les prix continuent à monter. J'ai fait quelques courses ce matin et que croyez-vous que j'ai payé pour du bacon ? Treize *cents* la livre ! C'est ridicule. Les œufs sont à quinze *cents* la douzaine au lieu d'un *cent* pièce. Le beurre à vingt *cents* la livre. Ce sera la ruine si...

Philippe l'interrompit :

— Mais pourquoi achetez-vous donc ces denrées quand vous savez très bien qu'il y en a à la ferme autant que vous en voudrez ?

— Je n'ai rien acheté, j'ai seulement demandé les prix.

Il acceptait volontiers les cadeaux de Philippe, considérant avec raison que la surveillance médicale des deux enfants les valait largement. En ce qui concernait les adultes vivant à Jalna, il envoyait sa note d'honoraires d'ailleurs fort raisonnables.

— Je n'ai besoin de rien ce matin, merci. J'étais entré en passant pour voir si les enfants voulaient m'accompagner dans ma tournée. Cela les changerait.

Meg et Renny avaient passé l'âge où une tournée de visites avec leur grand-père leur apparaissait comme une grande réjouissance. Ils avaient maintenant leurs propres poneys. De plus, leur grand-père exigeait d'eux trop d'immobilité et avait une tendance à leur faire la morale. Philippe le remercia et dit :

— Ils sont au travail ; la nouvelle gouvernante est arrivée hier soir.

— Vraiment. Et comment est-elle ?

— Charmante.

— Charmante ! répéta avec une certaine irritation le docteur. Cela ne me dit rien. Je voudrais savoir si elle se présente comme une femme de caractère pourvue d'une solide instruction. La dernière était stupide.

Philippe frappa légèrement le cou de la jument.

— Je n'ai pas eu assez de temps pour en juger. Je suppose que mon frère est allé au fond des choses.

— Hum ! Quel âge a-t-elle ?

— Difficile à dire. Plutôt jeune.

— Moins de quarante ans ?

— Oui.

— Je ne suis pas d'accord avec vous sur la nécessité d'avoir une institutrice anglaise pour vos enfants. Si encore elle était Ecossaise, ce serait différent.

— En réalité, c'est ma mère et Ernest qui y tiennent. A propos, ce dernier a fait de merveilleux placements ces temps derniers.

— Tant mieux, car c'est généralement le contraire qui se produit.

Philippe suivit du regard son beau-père qui s'éloignait très droit sur le siège de son dog-cart. Que dirait-il quand il apercevrait Miss Wakefield ? Apercevoir était le mot juste pour une créature aussi étonnante ! Car elle était étonnante. On restait muet devant elle pour la contempler. Ce n'était peut-être pas tant le résultat d'une beauté parfaite que de cette grâce de saule, de ce sourire un peu mélancolique. Sa bouche s'abaissait légèrement aux coins quand elle souriait.

Les trois épagneuls, Sport, Spot et leur fils Jake arrivaient derrière lui en bondissant. Il se pencha pour distribuer des caresses aussi équitables que possible, malgré les efforts de Jake pour en obtenir plus que sa part. Son maître devait l'écarter doucement pour faire place à ses parents.

— Allons, venez faire un tour, leur dit-il en prenant la direction du verger tout blanc de fleurs de pommiers.

La récolte s'annonçait splendide. Ce matin-là, la terre entière, champs et bois, resplendissait. La maison elle-même se parait de son manteau de vigne vierge en souriant, comme consciente de l'élégance de sa toilette. Les myriades de petites feuilles du bouleau argenté de la pelouse frémissaient de vie.

Philippe ressentit au fond de lui-même un sentiment de réalisation presque créateur, comme s'il était lui-même un fragment du dessein secret de l'univers.

4

La maison au bord du lac

Cette matinée s'acheva pour Mary sans trop de difficultés. Elle s'efforça de conquérir la sympathie des enfants tout en cherchant à découvrir où ils en étaient de leurs études ; elle examina leurs livres de classe dont un certain nombre avait servi à leurs père et oncles ; d'autres, vieux de quarante ans et dont toutes les pages étaient cornées, n'étaient plus à la mode ; c'étaient cependant les préférés des enfants. Il y avait une histoire de l'Irlande en lambeaux dont la première page portait le nom d'Adeline Court et son âge : quatorze ans. Les livres ayant appartenu à Ernest étaient en meilleur état que ceux de Nicolas. Ceux qui portaient le nom de Philippe étaient les plus abîmés de tous.

Chaque fois que Mary effleurait Meg, la petite fille faisait un geste de recul, mais Renny s'appuyait quelquefois délibérément sur son épaule. Il alla même une fois jusqu'à plonger ses regards dans les siens et la jeune fille se demanda quel univers se dissimulait derrière ces prunelles sombres et mystérieuses. Il lisait et écrivait fort bien pour un enfant de sept ans, et Mary retrouva un nouveau courage pour entreprendre sa tâche. La matinée s'acheva rapidement.

Les enfants, encouragés par leur père, ne cessèrent de jacasser au cours du déjeuner ; Philippe était intimidé par la nouvelle gouvernante si différente de celle qu'il attendait et il était intensément conscient de sa présence. Il ne cessait de se demander, avec une sorte de joie secrète, quelle serait l'expression du visage de sa mère quand elle verrait Miss Wakefield.

Quand il vit avec quel soin elle s'était habillée pour sortir, il regretta la négligence de sa propre tenue ; mais l'effort nécessaire pour y porter remède dépassait ses forces et il décida de partir tel qu'il était, dans un vieux costume de sport un peu minable, et coiffé d'un chapeau de paille tout bosselé. Mais l'éclat du cabriolet et le lustre de l'attelage qui le tirait étaient incomparables. Les deux chevaux rivalisaient de perfection ; leur harnachement reluisait à grands coups d' « huile de coude » ; leurs beaux yeux brillaient de joie. L'effroi s'empara intérieurement de Mary quand elle vit leurs sabots frapper le gravier de l'allée. Deux bras suffiraient-ils à les maintenir dans le droit chemin ? Entravée par sa longue jupe, elle eut des difficultés à monter sur le siège ; elle mit un pied sur le marchepied et Philippe dut la prendre par un bras d'abord puis par les deux et la soulever presque à moitié. Elle se trouva assise sur la banquette arrière tandis que Meg se hissait derrière elle.

Philippe prit les rênes des mains du garçon d'écurie et donna gaiement aux chevaux le signal du départ qu'ils attendaient. Ils s'élancèrent, frappant vigoureusement le sol et projetant de leurs quatre fers le gravier de l'allée jusque sur le bord de la pelouse soigneusement entretenue. Ils tournèrent sur la route et Mary remarqua avec quelle adresse Philippe maniait les rênes et contrôlait les deux puissantes bêtes. Sa frayeur disparut et une sorte de joie sauvage s'empara d'elle. C'était merveilleux de rouler ainsi sur la route blanche, sous les branches entrecroisées des énormes chênes, libérée de toute responsabilité et s'abandonnant librement au plaisir. Combien de fois avait-elle vu passer des équipages du même genre dans les rues de Londres et regardé avec envie leurs occupants ? Et voilà qu'elle se trouvait dans ce nouveau pays aux larges perspectives, assise derrière deux chevaux magnifiques auprès de sages petits élèves dont le père… Non, il ne fallait pas laisser ses pensées s'arrêter sur ce dernier, ni son regard s'attarder sur ses larges épaules bien faites, sur la façon dont ses cheveux poussaient dans le cou hâlé. Mais au moment même où elle décidait de bannir Philippe de son esprit, elle s'écriait intérieurement : « Il ne ressemble à aucun autre homme. Il est merveilleux. »

Il n'avait pourtant pas fait grand-chose pour elle ; il lui avait simplement parlé quelques instants de sujets tout à fait ordinaires, l'avait aidée à monter sur le siège de la voiture et maintenant étalait son dos devant elle. Sa séduction tenait probablement au fait qu'il différait totalement des hommes qu'elle avait rencontrés jusqu'à ce jour et qui avaient été, pour la plupart, des journalistes amis de son père, travaillant d'arrache-pied, souvent pressés d'argent et souvent déçus. Philippe Whiteoak semblait n'avoir jamais eu un désir qu'il ne pût réaliser, jamais éprouvé la moindre préoccupation. Il avait cependant connu l'épreuve ; il avait enterré la mère de ses enfants ; il l'avait probablement tendrement aimée et l'avait perdue. Et cependant, sa beauté blonde et virile était intacte.

La route les conduisait maintenant vers le lac, longeait le sable de la plage. Les chevaux penchaient leurs cous rutilants et jetaient des regards furtifs sur l'eau dansante. Qu'arriverait-il si les vagues leur faisaient peur et s'ils prenaient le mors aux dents ? Ils relevaient leurs sabots ferrés, comme pour marquer leur étonnement, et des frémissements parcouraient leurs queues brunes. Un train sifflant dans le lointain fit se dresser leurs oreilles. Une vague frangée d'écume retomba sur la plage. Les bêtes effrayées précipitèrent leur course. Arbres et champs défilaient à droite tandis que la vaste étendue du lac ondulait à gauche. Mary leva la main et se cramponna au dossier du siège devant elle. Elle n'avait pu retenir ce geste de frayeur.

Philippe lui jeta un rapide coup d'œil et sourit.

— Un peu vifs, mes chevaux. Ils ont besoin d'exercice.

— Papa, laissez-moi conduire ! cria Renny en posant ses mains sur les rênes.

— Oh ! non, je vous en prie ! ne put s'empêcher de dire Mary.

Meg lui lança un regard lourd de mépris. Au-delà d'un tournant apparut une charrette remplie de cochons que l'on menait au marché. La route était étroite, les cris perçants des cochons pressés les uns contre les autres achevèrent d'affoler les chevaux qui s'emballaient.

— Là... Là... dit Philippe tirant de toutes ses forces sur les rênes. Braves bêtes qui montrez tous vos talents à Miss Wakefield. Il n'y a aucun danger.

Mary s'aperçut alors qu'elle avait poussé un cri.

Les chevaux avaient déjà retrouvé un trot allongé et Philippe jeta de nouveau un regard derrière lui.

— Un peu impressionnable, n'est-ce pas ? Mais cela passera.

Meg la regarda de nouveau avec mépris.

— Je n'ai pas l'habitude des chevaux. J'ai un peu honte, avoua Mary en rougissant.

— Papa, demanda Renny en tirant la manche de son père, je vous en prie, laissez-moi conduire.

Philippe mit les rênes dans les mains de l'enfant tout en jetant à Mary un regard rassurant.

— Soyez sans crainte, Miss Wakefield, ce petit gredin sait fort bien manier les rênes. Et je suis là. Ces chevaux sont très bien dressés.

Sa frayeur ayant disparu, Mary s'abandonna à la jouissance précaire de la course rapide des puissantes bêtes sous le seul contrôle du petit garçon qui, raide d'orgueil et les bras tendus, serrait les rênes de ses petites mains ; le bras de Philippe reposait sur le dossier du siège et elle remarqua une bague ornée d'un rubis sur sa main, cette main qui l'avait aidée à monter en voiture.

Les feuilles aussi nombreuses que les vagues du lac s'épanouissaient par myriades ; les papillons sentaient leurs jeunes ailes se fortifier et les oiseaux interrompaient leurs chants au bruit des sabots des chevaux. Le cabriolet passait de l'ombre fraîche au soleil brûlant. Meg se prélassait sur son siège avec une expression de bien-être. « C'est merveilleux, pensa Mary ; je serai heureuse ici. Grâce à Dieu, j'ai sollicité cette place et, grâce à Dieu, je l'ai obtenue ! » Sa prière reconnaissante jaillissait du plus profond de son cœur. Pour une raison mystérieuse, jamais elle n'avait été aussi heureuse.

Les dix milles furent bientôt derrière eux, dix grands milles parcourus sans aucun effort apparent des chevaux. Ils avaient dépassé de petites fermes si vite qu'elles avaient disparu sans que Mary ait eu le temps de les regarder. Ils traversèrent un paisible village où ils ne rencontrèrent qu'un autre véhicule dans la grand-rue, mais les commerçants vinrent sur le pas de leurs portes pour les regarder passer. Philippe Whiteoak semblait connaître tout le monde.

En faisant tourner ses chevaux sous un imposant portail de pierre, il déclara :

— Nous sommes chez les Craig.

— Est-ce que nous les connaissons ? demanda Renny de sa voix aiguë.

— Moi, je les connais. Mr. Craig vient d'être malade et va vendre ses chevaux que je vais acheter.

— Merveilleux ! s'écria Meg.

Les chevaux s'arrêtèrent devant une maison en pierre, quelque peu prétentieuse, construite au bord du lac, la première d'une rangée de maisons similaires construites par des citadins retirés des affaires. On attendait certainement Philippe car un homme sortit pour tenir les chevaux et au même instant une grande et belle femme d'une trentaine d'années apparut sous la véranda encombrée de jardinières où poussaient de hautes fougères et des palmiers. Dissimulé derrière ces plantes luxuriantes, on apercevait un hamac rouge et jaune très profond d'où la jeune femme s'était levée. Et la première pensée de Mary fut pour se demander comment elle avait pu s'étendre dans ce hamac sans que sa toilette en ait subi le moindre dommage. Il y avait, en effet, une élégance nette et même rigide dans le « col droit rabattu » de sa chemisette dont le devant plissé était empesé. Elle portait un peigne de fantaisie dans ses cheveux d'un brun clair et ses larges yeux clairs exprimaient l'intelligence. Son nez aux narines écartées était *retroussé*[1].

— Je suis Miss Craig, dit-elle, et je vais vous conduire du côté ensoleillé de la maison, où mon père est installé dans sa chaise roulante.

Elle serra la main de Philippe et ajouta :

— Peut-être que les enfants et votre...

Elle hésita et Philippe dit aussitôt :

— Voici Miss Wakefield qui vient d'arriver d'Angleterre pour tenter d'introduire quelques connaissances dans ces deux petites têtes. Voyez-vous des inconvénients à ce qu'ils se promènent tous les trois par ici pendant que je causerai avec votre père, si vous croyez qu'il est assez bien pour me recevoir ?

— Il sera enchanté.

1. En français dans le texte.

Miss Craig salua froidement Mary – du moins celle-ci en jugea-t-elle ainsi sous le regard des larges yeux clairs – mais elle adressa aux enfants un sourire charmant. Sa voix était grave et agréable.

— Mon père souffre du manque de société masculine bien que son infirmière et moi-même fassions de notre mieux pour le distraire.

Philippe aida Mary à descendre et les enfants sautèrent sur le sol. Ils voulurent suivre leur père mais il les renvoya auprès de Mary et suivit Miss Craig de l'autre côté de la maison, dans un coin abrité où ils trouvèrent Mr. Craig en compagnie d'une infirmière accomplie qui lui faisait la lecture. Il avait eu une attaque d'hémiplégie et son corps se penchait un peu du côté atteint. Mais son visage était coloré et dans l'ensemble il ne paraissait pas très malade. L'infirmière était une femme un peu lourde avec de petits yeux noirs très brillants et un sourire professionnel. Elle se leva et, quand les présentations furent achevées, elle alla rejoindre Mary en train d'admirer un grand massif de géraniums. Les enfants avaient disparu et l'infirmière adressa aussitôt la parole à Mary avec trop de familiarité. La jeune fille peu désireuse de rester en sa compagnie demeura sur la défensive.

— Il faut que je cherche les enfants, dit-elle.

— Oh ! vous ne les trouverez jamais. Je les ai vus courir vers les écuries, derrière leur père. C'est un coin charmant que celui-ci.

— Oui, certainement.

— Quel dommage pour Mr. Craig d'être tombé malade si vite après avoir fait construire sa maison.

— C'est bien mon avis.

— Miss Craig est charmante.

— J'en suis certaine.

— C'est une fille très dévouée à son père. Et c'est bien dommage pour elle aussi qu'il soit tombé malade.

— Certainement.

— Vous venez de Londres ?

— Oui.

— Miss Craig y a été ainsi qu'à Paris et à Rome, sans parler de New York et de Washington.

— Vraiment ?

— Ne trouvez-vous pas que Miss Craig est très jolie ? Je l'appelle le « type parfait de la jeune fille américaine ».

Un hurlement poussé par Renny permit à Mary de s'échapper sous prétexte d'aller à sa recherche. Elle erra un instant, se dissimulant derrière les arbustes jusqu'au moment où elle entendit la voix de Philippe, s'adressant au garçon qui tenait ses chevaux. Sortant de derrière un massif de seringas, elle s'avança vers lui, sa jupe traînant sur l'herbe. Il l'aperçut se détachant sur le massif embaumé et vint à sa rencontre.

— Je suis désolé de vous avoir fait attendre si longtemps, dit-il sans chercher à dissimuler son admiration. Mais le vieux monsieur est bavard. Je lui ai acheté une belle jument. Je ne comprends vraiment pas ce qui l'a poussé à s'occuper de chevaux de course. Il n'y connaît absolument rien.

Il s'adressait à Mary avec une charmante familiarité qui n'avait rien de commun avec l'indiscrète familiarité de l'infirmière. Elle goûta intensément la joie de sa présence retrouvée. Elle s'était sentie si douloureusement seule au cours des minutes précédentes.

— Je suis contente que vous ayez acheté ce cheval, se hasarda-t-elle à dire.

Il la regarda amicalement.

— Vous n'aurez plus peur, dit-il, et vous aimerez les promenades en voiture dans ce pays que nous vous ferons connaître.

Il prit son sifflet, appela les enfants et, un instant plus tard, ils repartirent à toute vitesse pour Jalna. Mary était moins nerveuse qu'à l'aller et les chevaux filaient droit vers l'écurie où les attendait leur repas du soir.

L'ombre des arbres s'étendait sur la poussière blanche de la route ; une fraîcheur délicieuse s'élevait de la terre humide. Les petits oiseaux oubliaient les œufs qu'ils couvaient pour s'élancer dans le soleil vers des insectes étincelants. Mary devint consciente de l'intense vitalité qui l'entourait, de cette force de conservation qui guidait aussi bien les chevaux au galop que les insectes fuyant pour échapper à la mort.

Elle ne s'effrayait plus de la façon dont Philippe conduisait et qui lui avait paru si téméraire. Et n'ayant aucune expérience du métier de gouvernante, elle oublia qu'elle en remplissait les fonctions ; lorsque Philippe sauta à terre et se disposa à l'aider à descendre, elle lui tendit les bras en souriant, exactement comme si elle était une élégante jeune femme en visite à Jalna.

— Fatiguée ? lui demanda-t-il.

— Oh ! non, pas le moins du monde.

Il rit légèrement en la déposant sur le sol et Mary se demanda pourquoi. Elle aurait tout donné pour le savoir et le regarda dans les yeux afin de découvrir la raison de cette gaieté, mais elle ne rencontra que leur profondeur bleue.

— Vous êtes grande, Miss Wakefield, remarqua-t-il, plus grande que je ne l'aurais cru.

— Je suis trop grande.

— Vous verrez ma mère et ma sœur ; elles sont plus grandes que vous.

— Alors c'est que vous êtes tous grands dans votre famille, dit-elle avec un regard d'admiration pour la haute taille de Philippe.

— Mes frères sont plus grands que moi et mon père l'était également. Malgré ma ressemblance avec lui, je ne suis pas d'aussi belle taille et ma mère me le reproche.

La pensée qu'on pût lui reprocher quelque chose parut incroyable à Mary qui commença à éprouver une certaine antipathie pour la mère de Philippe.

— Je manque aussi de sa distinction comme vous pouvez en juger par son portrait.

— C'est parce qu'il porte un splendide uniforme.

— C'est juste. Figurez-vous que nous possédons toujours cet uniforme, et chaque printemps ma mère le sort et le suspend en plein air à cause des mites. C'est généralement moi qui l'aide. Triste besogne ! Mais elle est courageuse. C'est dur de perdre son compagnon d'existence.

Il fronça les sourcils et Mary ne douta pas qu'il ne pensât à sa jeune femme morte.

Renny s'approcha de son père qui l'entoura de son bras.

— Ce garnement, dit-il, n'a rien de moi. Qu'en pensez-vous ?

— Je ne découvre aucune ressemblance, répondit-elle.

Et elle pensait : « C'est bien dommage », car elle trouvait quelque chose de peu attirant dans les narines volontaires du petit garçon, dans la forme de sa tête, d'une sévérité presque sculpturale.

— C'est ma mère tout crachée. N'est-ce pas drôle ?

Renny rit de son rire clair et aigu.

— Je suis content, dit-il. Cela me plaît de ressembler à Gran.

— Pourquoi ? demanda Mary un peu sèchement.

— Parce que tout le monde a peur d'elle.

L'enfant souriait largement en découvrant ses dents blanches.

— Vous ne voulez pas dire que vous désirez faire peur aux gens.

— Bien sûr que si !

— Eh bien, tu ne me fais pas peur, s'écria Meg, qui saisit une poignée de cheveux sur la tête de son frère, les tira de toutes ses forces et s'enfuit en courant, poursuivie par le petit garçon.

— Petits coquins sans vergogne, s'écria Philippe en riant.

Il parlait encore avec Mary quand la porte de la maison devant laquelle ils se trouvaient s'ouvrit pour laisser passer Mrs. Nettleship qui jeta sur Mary un regard glacé et accusateur.

— Je vous demande pardon, monsieur, dit-elle en s'adressant à Philippe du bout des lèvres sans détacher son regard de Mary, mais je cherche les enfants. Je ne sais pas si cela me regarde encore ou non, mais s'ils doivent faire leur toilette avant le thé, il est grand temps d'y penser.

— Oh !... s'exclama Mary dont le visage s'empourpra. Je vais les trouver tout de suite, ils ne doivent pas être allés très loin.

Elle partit rapidement, suivie du regard hostile de Mrs. Nettleship.

Les chevaux frappaient avec impatience le gravier de l'allée. Philippe monta nonchalamment sur le siège et prit les rênes.

— Gardez votre sang-froid, Mrs. Nettleship, conseilla-t-il. Miss Wakefield s'occupera fort bien des enfants.

Il s'éloigna et disparut aussitôt derrière la rangée de sapins qui servait d'écran entre la maison et les écuries. On n'entendit plus que le piétinement des chevaux.

— Gardez votre sang-froid ! s'écria Mrs. Nettleship en s'adressant aux arbres. Gardez votre sang-froid ! Soyez sans crainte, Mr. Whiteoak. J'apprendrai une ou deux petites choses à votre mère quand elle reviendra ! Faire la cour à cette jeune évaporée moins de vingt-quatre heures après son arrivée ! Je garderai mon sang-froid et je garderai ma place aussi, ce qui est plus qu'elle n'en fera elle-même.

Mrs. Nettleship regagna le sous-sol où Elisa retirait une écharde du pouce de Renny ; elle souffrait plus que lui qui se pliait en deux et faisait des contorsions, affectant une souffrance très exagérée.

— Je vous en supplie, ne bougez pas, implora-t-elle, ou je ne la retirerai jamais !

— Qu'y a-t-il ? demanda Mrs. Nettleship.

— Une écharde dans son doigt. Cela n'arrive qu'à lui.

Mrs. Nettleship la poussa résolument de côté et prit l'aiguille.

— Laissez-moi faire.

Tout en retirant le petit débris de bois, elle éprouvait une joie sensuelle de son pouvoir sur ce petit corps mâle qu'elle sentait tendu sous sa poigne de fer. Meg la regardait, vaguement consciente que la femme aurait eu une tout autre attitude si l'écharde s'était enfoncée dans son doigt de petite fille.

— Nous avons mangé des cerises aujourd'hui, des quantités de cerises, dit-elle pour attirer l'attention sur elle. Je ne veux pas de thé.

La femme de charge serra les lèvres et brandit l'écharde au bout de l'aiguille. Renny fourra aussitôt son pouce dans sa bouche et appuya sa tête rousse sur l'épaule de la domestique.

— Je veux mon thé, déclara-t-il.

Elle lui caressa les cheveux et demanda :

— Où avez-vous été ?

— Chez Mr. Craig. Nous avons acheté un cheval.

— Dieu du Ciel ! Comme s'il n'y en avait déjà pas suffisamment à l'écurie !

Elle l'attrapa par les épaules et le maintint en face d'elle.

— Miss Wakefield a-t-elle été gentille avec papa ?

— Je ne sais pas.

— Vous le savez fort bien. Lui a-t-elle souri ? A-t-elle ri à tout ce qu'il disait et lui a-t-elle fait de l'œil ?

— Oui, dit Renny.

— Elle a été charmante avec lui, déclara Meg.

Mrs. Nettleship se tourna avec violence vers Elisa.

— Que vous disais-je ? Dès l'instant où je l'ai aperçue, j'ai su ce qu'elle valait. Une intrigante, voilà ce qu'elle est. Dire qu'ils ont été assez insensés pour l'envoyer dans cette maison où vit un beau jeune homme comme Mr. Philippe ! Avez-vous entendu ce que votre papa et Miss Wakefield disaient ?

— Il lui a dit de ne pas avoir peur, répondit Meg.

— Peur ! Peur de quoi ?

— De lui, déclara Renny.

Meg poussa un cri de joie.

— C'est bien ça. Il lui a dit : « N'ayez pas peur de moi, Miss Wakefield. Je ne voudrais pas faire de mal à un seul de vos cheveux d'or. »

Elisa rougit et regarda Mrs. Nettleship d'un air scandalisé :

— Oh ! sûrement pas. Sûrement pas si vite...

— Ecoutez-moi, enfants. Rappelez-vous bien tout ce qu'ils ont dit et je vous ferai une grande casserole de crème.

Les enfants échangèrent un regard.

— Il a dit qu'il l'emmènerait faire d'autres promenades, affirma Meg, tandis qu'un sourire de bonheur arrondissait ses lèvres. Elle a répondu que ce serait charmant et il a ajouté qu'il n'y aurait aucune difficulté ; elle a dit aussi que c'était un rude travail que de nous donner des leçons et il lui a recommandé de ne pas se fatiguer.

Mrs. Nettleship poussa un grand soupir.

— Pauvres enfants ! Mais qu'ont-ils encore dit ? Essayez de vous rappeler.

La voix de Mary leur arriva de l'extérieur.

— Les enfants, où êtes-vous ?

— Cachez-vous, dit Mrs. Nettleship. Ne répondez pas.

Ils coururent sur la pointe des pieds dans l'office.

Mary s'agenouilla sur l'herbe devant la fenêtre et regarda dans la cuisine.

— Les avez-vous vus, Mrs. Nettleship ?

— Ils étaient là tout à l'heure mais ils sont partis.

— Mon Dieu ! Je suppose pourtant que c'est l'heure de leur goûter.

— On les a laissés se bourrer de cerises ; ils m'ont dit qu'ils ne voulaient pas goûter. Ce n'est pas une façon d'élever les enfants.

Et elle couvrit la réponse de Mary du fracas de ses casseroles.

— Je ne resterai pas dans cette maison, dit elle à Elisa, avec cette fille pour maîtresse. Je peux m'en aller quand je voudrai. J'ai des économies. Je vous l'ai souvent dit, la vieille dame que j'ai soignée m'a laissé cinq mille dollars.

Les enfants assis sur leurs talons dans la lumière grise et froide de l'office se regardaient dans les yeux et y lisaient leur commune pensée : le vieux jeu avait recommencé, le jeu de Nettle contre la gouvernante. Mais cela n'avait jamais été comme cette fois-ci ; il y avait quelque chose de nouveau dans la fureur de Nettle contre la nouvelle venue. Ils n'éprouvaient pas de pitié pour Mary ; ils se demandaient seulement, en toute impartialité, combien de temps elle résisterait ; ils jugeaient que Miss Cox et Miss Turnbull avaient résisté longtemps car, pour des enfants, les mois de leur règne représentaient des siècles. Pour Renny, Miss Cox n'était déjà plus qu'un lointain et vague souvenir, mais Miss Turnbull était encore très nette dans sa mémoire. Bien qu'il n'eût jamais accepté de le reconnaître, quelque chose en elle lui plaisait : une sûreté calme et froide, un sens paisible et intact de son infaillibilité qui le fascinait.

Se souvenant d'elle, il se releva et regardant dans le vague, murmura :

— Je considère...

Meg lui en voulut de troubler l'exaltation du moment présent avec le souvenir d'un être depuis longtemps sorti de leur vie. Elle le saisit par la main et le tira vers la porte :

— Allons viens, déclara-t-elle. Allons voir où elle est allée.

Il céda et se laissa entraîner mais sans se départir d'une gravité très digne.

— Je *considar*, je *considar*... commença-t-il de répéter avec affectation.

Il traversa la cuisine sans regarder ni à droite ni à gauche.

5

Chez les Lacey

Mrs. Lacey dont le beau-père était un des premiers officiers britanniques qui s'étaient installés à Jalna et dont le mari avait atteint le grade d'amiral dans la Marine royale, s'assit auprès de la table à thé dans une pièce à peine assez grande pour contenir son majestueux mobilier victorien. Le canapé et la plupart des fauteuils étaient recouverts en tissu de crin de cheval et leurs bois étaient en noyer sculpté. A l'inverse des Whiteoak qui avaient apporté leur mobilier d'Angleterre, les Lacey avaient acheté le leur chez les célèbres fabricants canadiens Jacques et Hayes et il était de si belle qualité qu'il semblait devoir durer toujours ; mais il assombrissait un peu la pièce la plus claire même lorsque celle-ci se trouvait, comme c'était le cas en ce moment, inondée de soleil. Mrs. Lacey et ses filles avaient confectionné des dossiers de fauteuils de couleurs gaies et brodé une draperie de soie bleu pâle pour le piano droit. Une autre draperie, rose vif celle-là, tombait du dessus de cheminée et une troisième, d'un rose nacré, entourait un tableau représentant un trois-mâts pris dans la tempête. Une des filles de la maison faisant de la peinture sur porcelaine, ses œuvres décoraient généreusement la pièce et ses étagères. Le sol était recouvert d'un tapis vert à fleurs roses sur lequel tombait le soleil de juillet qui pénétrait par les petites fenêtres. Peut-être y avait-il un peu trop de meubles dans cette pièce, mais il s'en dégageait une impression de confort et de durée. Les filles de la maison représentaient la troisième génération de Lacey vivant sous ce toit, ce qui était une ancienneté considérable dans ce jeune pays. La silhouette de Mrs. Lacey s'intégrait à merveille dans son cadre ; elle était petite, grassouillette et son teint conservait une agréable fraîcheur. Ses cheveux grisonnants soigneusement partagés par une raie médiane frisaient sur son front lisse. Elle portait une rangée de petits boutons brillants et une longue chaîne d'or terminée par une montre en or glissée dans sa ceinture. Une légère ruche blanche éclairait son col et faisait ressortir ses joues roses. Elle se tenait toujours très droite sur son siège et s'asseyait rarement sans un ouvrage de couture dans les mains. La bonne humeur brillait le plus souvent sur son visage et elle n'hésitait pas à se déclarer satisfaite de l'existence. L'amiral Lacey était exactement le mari dont elle avait rêvé et ses filles exactement les filles qu'elle avait désirées. Le mariage de ces dernières à qui les occasions n'avaient pourtant pas manqué, aurait, certes, mis le comble à son bonheur, mais, d'autre part, leur présence prolongée dans la demeure familiale signifiait beaucoup de joie pour leur père qui les aimait tendrement et aurait souffert de leur absence. Elles avaient, du reste, à peine trente ans et tout espoir n'était pas perdu.

Violet et Ethel entrèrent dans le salon les mains pleines de lis des bois qu'elles étaient allées cueillir dans les bois voisins.

— Regardez, maman ; mes fleurs ne sont-elles pas ravissantes ? s'écria Violet. Je n'en ai jamais vu d'aussi belles !

Mrs. Lacey approuva du regard tout en disant :

— Mettez-les vite dans l'eau et allez vous coiffer. Philippe Whiteoak va venir ; je suppose que vous ne l'avez pas oublié.

— J'ai peur que si, répondit Violet en riant ; offrir le thé à son plus proche voisin n'a rien de bien passionnant.

Elle eût certainement trouvé beaucoup plus passionnante la venue de Nicolas. Bien des années plus tôt, elle avait rêvé d'épouser l'aîné des Whiteoak ; Nicolas était le seul homme dont elle eût désiré devenir la femme. Mais pour Nicolas, le mariage avec Violet qu'il connaissait depuis toujours n'offrait aucun attrait ; il était parti pour l'Angleterre et s'y était marié ; au bout de quelques années de vie conjugale sa femme s'était enfuie avec un jeune Irlandais et Nicolas avait obtenu le divorce. Depuis lors Violet ne l'avait pas revu mais il lui arrivait parfois, dans ses rêveries solitaires, d'évoquer une rencontre possible avec Nicolas de retour dans son vieux Jalna.

Ethel leva son bouquet à bout de bras pour l'admirer.

— J'ai envie de les peindre, dit-elle. Ne seraient-ils pas absolument ravissants, blancs sur un fond bleu pastel ?

— Ethel, je voudrais tant que vous renonciez à ces excès de superlatifs ! Les choses sont toujours trop jolies ou trop ravissantes pour vous.

— Les fleurs seulement. Il n'y a pas d'adjectifs trop forts pour elles.

— Allons, je veux bien, dit sa mère avec un sourire indulgent ; appelez-les comme il vous plaira mais mettez-les dans un vase quelconque et venez prendre votre thé.

— Où est père ?

— Ici, attendant comme d'habitude, grommela l'amiral Lacey en entrant.

Mais la bonne humeur empreinte sur son visage démentait ses paroles.

— J'attends toujours l'une de vous trois, mesdames. Qu'est-ce que vous avez rapporté, Ethel ?

— Des lis des bois. Vous ne les trouvez pas ravissants ? A croire qu'ils ont recueilli tout le printemps sur leurs pétales.

— Vraiment, s'écria Mrs. Lacey, je ne pourrai jamais rien faire de cette fille !

— Je proteste surtout, déclara son mari, contre ces longues jupes qui recueillent les feuilles mortes et les brindilles. C'est une vraie gageure que de se promener dans les bois dans un pareil accoutrement !

— Que voulez-vous que nous portions ? demanda Ethel.

— Des jupes plus courtes, avec des culottes bouffantes. Nous autres, hommes, n'ignorons pas que vous avez des jambes. Pourquoi les cacher ?

— Vous n'êtes qu'un cher vieux papa sans moralité, dit Ethel en l'embrassant.

— Philippe est devant la porte, dit l'amiral qui alla lui-même ouvrir.

— C'est trop tard maintenant pour aller mettre de l'ordre dans votre toilette, s'écria Mrs. Lacey navrée.

Elle regardait ses filles comme un propriétaire regarde deux jeunes pur-sang fougueux, fier de leur ardeur mais déplorant leur indocilité.

Philippe, le teint hâlé, en tenue de sport, entra. Mère et filles l'accueillirent avec une familiarité quelque peu cérémonieuse. Lorsqu'ils furent tous assis autour de la table, que les tartines beurrées se trouvèrent dans les assiettes et le thé dans les tasses, Mrs. Lacey s'enquit de la nouvelle gouvernante.

— Miss Wakefield ! s'écria Philippe joyeusement. C'est une perle !

Le mot retentit dans la pièce comme un coup. Puis une des femmes se mit à rire ; c'était Ethel.

Mrs. Lacey se tourna légèrement pour regarder Philippe en face.

— Une perle ! répéta-t-elle.

— Eh bien, je veux dire qu'elle est exactement la personne qui convient. Elle vous plaisait, il me semble.

— L'amiral et moi avons trouvé que c'était une charmante jeune fille.

— Vous avez été vraiment très gentils de vous occuper d'elle pendant le voyage.

— C'était un plaisir pour nous.

L'amiral avait répondu avec un peu trop de vivacité et sa femme se retourna vers lui. Il mit un morceau de sucre supplémentaire dans sa tasse et le remua avec obstination.

— Je suis tout à fait de l'avis de Philippe, reprit-il ; cette jeune fille est une vraie...

Mais il ne put prononcer le mot qui était devenu soudain odieux à Mrs. Lacey car elle l'interrompit brusquement :

— Guy, déclara-t-elle, si vous étiez sur le point de mourir, penseriez-vous avec plaisir qu'une de vos filles, quelques mois seulement après votre mort, portera des vêtements de couleur comme le fait Miss Wakefield ?

L'amiral répondit, en scandant ses mots du bout de son index :

— Son père lui a fait donner sa parole d'honneur de ne pas se mettre en noir pour lui. Je trouve cela très intelligent. Qui peut souhaiter voir une jolie femme encombrée de vêtements noirs ?

— Moi, quand c'est une question de convenance. Et je suis sûre qu'Ethel et Violet sont de mon avis. N'est-ce pas, mes filles ?

Mais ses filles n'hésitèrent pas à se ranger du côté paternel.

— Vous voulez dire que vous porteriez une branche de pavots jaunes sur votre chapeau alors que votre père serait à peine refroidi dans sa tombe ?

Le ton de Mrs. Lacey exprimait la plus vive indignation.

— Par Dieu, quelle conversation déprimante ! s'écria l'amiral.

— Si père l'avait souhaité, affirma Ethel, je porterais des pavots jaunes.

— Tu es une bonne fille, déclara l'amiral. Voilà donc une affaire réglée. Tu porteras des pavots jaunes et Violet des pavots rouges.

— Je déteste que l'on tienne des propos aussi stupides, déclara Mrs. Lacey mécontente. Je me mettrai en noir et mes filles aussi.

— Pour qui ? demanda l'amiral.

— Pour vous.

— Ah ! voilà qui me plaît ! - Ses joues s'empourprèrent. - Pour quelle raison êtes-vous sûre que je mourrai le premier ?

— Les hommes meurent toujours les premiers.

Il n'y avait rien à répondre à cela et l'amiral parut désarmé.

— Ma mère prit le deuil à la mort de mon père et ne l'a jamais quitté depuis, dit Philippe.

— Elle a raison.

Et Mrs. Lacey secoua la tête à plusieurs reprises, comme pour affirmer silencieusement qu'elle avait la ferme intention d'en faire autant ; mais elle ne voulait pas blesser les sentiments de son mari en le disant clairement.

— Après tout, dit Philippe avec gravité, les maris survivent quelquefois à leurs femmes. Je suis veuf.

— Merveilleux ! s'écria l'amiral Lacey ravi ; mais il se rendit compte tout aussitôt que son exclamation était pour le moins déplacée.

Violet intervint avec tact.

— Philippe, dites-nous si les enfants sont satisfaits de Miss Wakefield ?

— Très contents. Hier nous sommes tous allés en voiture chez Mr. Craig qui habite au bord du lac et j'ai acheté une jument splendide. Nous avons fait une course merveilleuse. Avec des menaces et des promesses, j'ai réussi à convaincre mes petits gredins de se bien tenir.

— Parlez-nous un peu de ces Craig, demanda Ethel ; j'ai entendu dire qu'ils étaient très riches.

— Je le crois. A propos, Mr. Craig est veuf, lui aussi.

— Splendide ! s'écria l'amiral, et, par Dieu, en voilà un troisième !

La maigre silhouette du docteur Ramsay passait en effet devant la fenêtre. Violet courut lui ouvrir la porte et quand il entra dans le salon, il jeta autour de lui un regard professionnel comme si les gens bien portants qui s'y trouvaient pouvaient, à chaque instant, tomber malades. Les trois jeunes gens présents étaient venus en ce monde par ses soins. Il avait assisté Mrs. Lacey au cours de trois accouchements et avait vu l'amiral immobilisé par une sciatique. Tous s'étaient trouvés couchés devant lui, en humble posture.

Il refusa toute nourriture mais accepta une tasse de thé. Philippe prit deux tranches de pain et de beurre, les appliqua l'une sur l'autre et les attaqua avec appétit.

— Je suppose, dit le docteur Ramsay à Ethel et à Violet, que vous êtes heureuses du retour de vos parents.

Et il accompagnait ses paroles d'un coup d'œil complice, comme s'il était bien entendu qu'elles avaient fait des extravagances en l'absence de toute autorité.

— Oh ! oui, répondirent-elles.

— C'était bien la première fois que nous les laissions seules, dit Mrs. Lacey, et nous étions un peu inquiets.

— Pas moi, répliqua son mari. Je n'ai pas pensé à elles un seul instant.

— Vraiment, Guy, vous devriez avoir honte !

Mais Mrs. Lacey riait en disant cela.

— J'ignore ce que c'est que d'avoir honte.

— Allons, allons, déclara le docteur Ramsay, ne me dites pas que vous n'avez jamais eu honte de vous.

— Jamais. Et vous ?

— Plus d'une fois.

Ils le regardèrent tous avec étonnement mais, sans prendre garde à eux, il cita :

Dieu le sait, je ne suis pas celui que je devrais être,
Je ne suis même pas celui que je pourrais être.

Il remua son thé avec gravité et même mélancolie.

Mais s'il était en droit d'exprimer ainsi son opinion, ses amis l'étaient également de se refuser à la partager. Ils protestèrent tous avec vivacité.

— Ma foi, déclara Philippe, j'ai passé une bonne partie de ma vie à avoir honte ou à essayer d'avoir honte. Entre des parents sévères et deux frères et une sœur plus âgés, j'ai toujours entendu quelqu'un me dire : « Philippe tu devrais avoir honte de toi. »

— Vous étiez le préféré de votre père, dit Mrs. Lacey.

— De votre mère aussi, ajouta l'amiral.

— Je n'en suis pas si sûr pour cette dernière. Je la déçois souvent. Je ressemble beaucoup au gouverneur, mais je ne lui arrive pas à la cheville.

— Il est bien certain, soupira le docteur, que l'homme a atteint son plus haut degré de perfection morale et intellectuelle au cours des deux ou trois précédentes générations. Il ira maintenant en dégénérant. Si l'un d'entre vous vit encore dans cinquante ans, ce sera vraisemblablement pour voir un monde misérable.

Les deux jeunes femmes rirent sous cape et le docteur Ramsay se tourna brusquement vers Philippe.

— J'ai été chez vous pour jeter un coup d'œil sur la nouvelle gouvernante mais elle était partie je ne sais où. J'espère qu'elle n'est pas de ces filles toujours en train de flâner au-dehors.

— C'est difficile d'en juger, répondit Philippe. Elle n'est à Jalna que depuis trois jours.

— Est-ce possible, s'écria Mrs. Lacey, que vous, le grand-père des enfants, ne l'ayez pas encore vue ?

— On ne m'en a pas prié.

— Venez avec moi, dit Philippe, et nous la mettrons à l'épreuve.

— Philippe, vous êtes odieux, déclara Mrs. Lacey. Mais attendez-vous à une chose, docteur Ramsay, c'est à la voir vêtue de couleurs claires, bien que son père ne soit mort que depuis quelques mois.

Philippe avança un peu les lèvres.

— Tous ses vêtements ne sont pas de couleurs vives ; elle était vêtue très simplement ce matin.

— Je veux l'espérer, dit Mrs. Lacey avec une pointe de dureté. On n'enseigne pas la table de multiplication à deux enfants en travesti.

— Allons, Mrs. Lacey, ne soyez pas méchante pour cette jeune fille ; cela ne vous ressemble pas.

Philippe lui caressa les genoux ; elle prit sa main avec un regard tendre et la garda un moment dans la sienne. Elle était plus coquette qu'aucune de ses filles.

— A quoi ressemble-t-elle ? demanda le docteur.

— Répétez ce que vous avez dit d'elle en arrivant, Philippe, cria Ethel. Je vous mets au défi de le faire.

— Qu'était-ce ? demanda sèchement le docteur Ramsay.

— Venez voir par vous-même.

— Pourquoi prendre une gouvernante anglaise ? demanda Ethel.

— Une brave Ecossaise ferait beaucoup mieux l'affaire. C'est ce que j'ai toujours dit.

— Pourquoi pas une Canadienne ? continua Ethel.

— Elles ne se placent guère comme gouvernantes, répondit Philippe. Mais je crois que ce serait une bonne idée. Nous nous sommes trop cramponnés au Vieux Monde, dans cette province.

L'amiral prit la parole avec vivacité :

— Les Whiteoak, les Vaughan, les Lacey et tous ceux qui s'installèrent ici au début, s'engagèrent à conserver leurs principes anglais, leur culture et…

— Et leurs préjugés, interrompit Philippe.

— Parfaitement. Leurs préjugés. Préjugés contre le fétichisme du progrès matériel, contre la poursuite éhontée de l'argent qui se livre dans les grandes villes américaines. Ils désiraient mener une vie paisible et satisfaite tout en apprenant à leurs enfants à craindre Dieu, à respecter leur reine, à se battre pour elle en cas de nécessité. En un mot, à se conduire en gentlemen.

— Je n'ai nullement l'intention de vous faire de critiques, amiral. Je veux seulement dire que ce pays se développe et qu'il se développera de plus en plus. Il possède déjà une population de plusieurs millions d'âmes. Nous ne pourrons continuer à nous modeler toujours sur le vieux continent. Dans votre jeunesse, vous êtes entré dans la Marine royale…

— Il n'y avait pas de marine canadienne et j'avais la mer dans le sang.

— Je le sais. Mais la conséquence en est que vous êtes aussi Anglais que l'était votre père. Vous avez épousé une Anglaise.

— Oh ! Philippe, me le reprochez-vous ?

Et Mrs. Lacey lui adressa un séduisant sourire.

— Jamais, répondit-il en lui rendant son sourire. Mais votre foyer est un foyer anglais avec deux filles qui sont Anglaises.

— Nous sommes nées ici, dit Ethel.

— Et j'adore le Canada, ajouta Violet.

Philippe les ignora et continua :

— Prenez ma mère, maintenant. Elle est Irlandaise autant qu'elle l'a jamais été. Dieu sait qu'elle ne peut l'empêcher. Ma sœur et mes deux frères vivent en Angleterre. En venant à Jalna, ils s'attendent à voir mes enfants élevés exactement comme de petits Anglais. C'est impossible. Je pense qu'avec le temps les habitants de ce pays s'américaniseront largement.

— Le Ciel nous en préserve ! s'écria l'amiral.

Mrs. Lacey se tourna vers le docteur qui contemplait le plafond, les bras croisés sur sa poitrine.

— Que pensez-vous de tout cela, docteur Ramsay, demanda-t-elle.

Sans détacher ses regards du plafond, il déclama vigoureusement :

Mon cœur est dans les Highlands, mon cœur n'est pas ici.
Mon cœur est dans les Highlands, chassant le daim[1].

1. Robert Burns, poète écossais du XVIIIe siècle.

6

Intimité croissante

Laissant le docteur Ramsay dans le salon, Philippe monta en courant l'escalier à la recherche de Mary et des enfants. Au pied du second étage, il attendit, écouta, puis appela doucement : « Meggie ? »

Le silence continua à régner à l'étage supérieur. Il monta et regarda dans la chambre des enfants ; elle était vide. Il alla jusqu'à la chambre de Mary et frappa à la porte.

— Miss Wakefield ? appela-t-il à voix basse.

— Oui. Qu'y a-t-il ?

Elle avait répondu aussitôt mais sans ouvrir la porte.

— Mon beau-père est en bas et désire faire votre connaissance. Il est très attaché aux conventions comme de porter le deuil et autre chose de ce genre. Je me demande si vous ne pourriez pas trouver une robe sombre à enfiler. Je regrette beaucoup de vous tracasser mais vous connaissez les Ecossais. Mieux vaut que nous fassions bonne impression, ne croyez-vous pas ?

Son ton de conspirateur donna aussitôt à Mary l'ardent désir de satisfaire à sa demande et elle répondit :

— Merci beaucoup de me prévenir. Attendez une minute et je vous montrerai ce que j'ai.

Mary avait vécu à Londres avec son père dans une atmosphère aussi peu conventionnelle que possible. Enfilant une robe de chambre, elle ouvrit un peu sa porte et se tint devant Philippe tenant dans une main une jupe bleu marine et dans l'autre un chemisier blanc. A peine s'il entrevit les vêtements ; ses yeux ne pouvaient se détourner de la blancheur nacrée de ses bras et de son cou, du triangle de sa gorge dessiné par le décolleté du peignoir.

— Merveilleux, dit-il. Enfilez ça rapidement et descendez tout de suite.

Philippe ne savait pas et ne pouvait apprendre comment il convient de se conduire avec une gouvernante, pas plus que Mary ne savait se conduire en gouvernante.

— Je serai en bas avant que vous n'ayez compté jusqu'à dix, promit-elle en riant.

En s'éloignant rapidement Philippe faillit renverser Mrs. Nettleship qui arrivait, les bras chargés des vêtements des enfants fraîchement repassés. Son visage exprimait un étrange mélange de surprise et de soupçons confirmés. Elle se rangea délibérément de côté pour laisser passer Philippe bien que le couloir fût suffisamment large pour deux.

— Je vous demande pardon, dit-elle.

— Pardon de quoi ?

— Eh bien, j'ai mes pantoufles de feutre qui ne font pas le moindre bruit et j'ai peut-être effrayé la jeune dame.

Il y avait une nuance de dérision dans le mot « dame ».

— Miss Wakefield n'a aucune raison de s'effrayer.

Quand il entra dans le salon, son front était encore assombri.

— On ne peut donc pas la trouver ? demanda le docteur Ramsay.

— Elle sera là dans un instant.

— Oh ! Vous dites que c'est votre mère qui l'a engagée.

— Ils étaient trois pour le faire.

— J'aurais préféré une Ecossaise.

— Pourquoi ne pas l'avoir dit !

— Mais je l'ai toujours dit.

— Ma mère ne supporte pas les « Scotch[1] ».

— « Scots », rectifia le docteur. Elle me supporte bien.

— Il a bien fallu, vous êtes son médecin, cher monsieur.

— Quand votre mère rentre-t-elle ?

— Le mois prochain.

— Elle doit terriblement vous manquer.

— Certainement, assura Philippe fort gaiement.

Un pas léger se fit entendre dans le hall et Mary apparut sur le seuil. Non seulement, elle portait la sévère jupe sombre mais elle avait entouré son cou d'un ruban noir qui se nouait sur la nuque. Mais la sévérité de sa tenue s'arrêtait là. Sa chevelure dorée bouclait abondamment autour de son visage mobile et ses lèvres souriaient de cet étrange petit sourire qui les abaissait légèrement aux coins, comme au voisinage d'une souffrance toujours proche. Philippe la présenta à son beau-père et après les politesses d'usage, ils s'assirent tandis que le docteur Ramsay déclarait :

— Vous avez assumé une lourde responsabilité, Miss Wakefield.

— Oui, je le sais bien.

Elle redressa ses minces épaules comme pour affirmer sa volonté de réussir.

— Ce n'est pas une petite affaire que d'entreprendre l'instruction de deux enfants supérieurement intelligents.

— Certainement pas.

Mary fronça légèrement les sourcils comme pour mieux souligner à quel point elle comprenait la difficulté de sa tâche.

---

1. Terme un peu méprisant pour désigner les Ecossais.

— Avez-vous un titre universitaire ?
— Malheureusement pas, mais...
— Avez-vous beaucoup d'expérience ?
— Non. – Elle rougit jusqu'à la racine des cheveux – J'ai été engagée à la dernière minute. Il fallait quelqu'un pour prendre la place de la gouvernante qui venait de se casser les deux jambes. Il m'a semblé qu'on recherchait plutôt le caractère que l'instruction. C'est-à-dire, que, étant donné les circonstances, Mr. Ernest Whiteoak a pensé et moi-même j'ai pensé... – Elle jeta un regard désespéré à Philippe.
— Je le pense moi aussi, acheva-t-il avec fermeté.
Le docteur Ramsay agita la main et déclama :

Donne-moi une étincelle du feu de la Nature,
C'est la seule science à laquelle j'aspire.

Sans hésitation, Mary s'écria :
— De Robert Burns !
Une seconde plus tôt le pessimisme du docteur à l'égard des connaissances de Mary n'aurait pu être plus noir, mais un sourire ravi éclaira soudain ses traits austères.
— Stupéfiant ! s'écria-t-il. Je ne pensais pas qu'il pût exister une seule Anglaise vivante capable de reconnaître cette citation.
— Un des meilleurs amis de mon père était un...
— « Scot », lui souffla Philippe sans que son beau-père, légèrement sourd d'une oreille, pût l'entendre.
— « Scot », répéta Mary assez fort.
Le docteur Ramsay poussa un cri de joie.
— Un « Scot ». J'aurais eu moins bonne opinion de vous si vous aviez dit un « Scotch ».
— « Scot » est beaucoup plus joli. Cet ami de mon père, ce « Scot », venait souvent nous voir et citait Burns.
— Très bien, très bien. Vous aimez sa poésie ?
— Je l'adore.
— Je vous prêterai tous ses poèmes. Je les ai, joliment reliés. Je vous les prêterai tous.
Le docteur Ramsay s'abandonna soudain à un silence rêveur ; il voyait par les yeux de son imagination la chambre londonienne où le père de Mary et ses amis se réunissaient ; au milieu d'eux, un « Scot » lui ressemblant étrangement, récitait des vers de Burns que le reste du groupe écoutait avec déférence. Mary le remercia de son offre et après une agréable conversation au cours de laquelle il lui promit de venir la voir aux heures des leçons pour l'aider auprès des

enfants, il se retira. Philippe et Mary restèrent seuls l'un en face de l'autre après avoir raccompagné le docteur jusqu'à la porte.

Philippe tourna la tête pour la regarder ; il y avait une lueur malicieuse dans ses yeux bleus.

— Vous avez réussi, Miss Wakefield, très bien réussi. Dire que vous connaissiez cette citation !

— J'ai l'impression d'avoir agi malhonnêtement, d'avoir commis un abus de confiance.

— Erreur ! Nous devons vivre en société et vous avez pu voir que ce vieux docteur n'est pas toujours commode ! Vous avez été très adroite.

— C'est si gentil de votre part de m'avoir prévenue pour ma robe.

— J'ai pensé que c'était plus sûr.

Elle le regarda bien en face et ses yeux demandèrent une réponse sincère à la question qu'elle allait poser.

— Mr. Whiteoak, trouvez-vous mes vêtements déplacés pour une gouvernante ?

— Non, pas du tout. Ils me plaisent infiniment.

La chaleur de son ton, son approbation emplirent Mary d'une nouvelle et joyeuse confiance en elle-même.

— J'en suis si contente ! Car les vêtements que je porte en ce moment sont les seuls vêtements un peu austères que je possède. J'ai peur d'aimer un peu trop les dentelles et les volants.

— C'est comme moi ; je les adore.

Ils échangèrent un sourire et au même instant le jeune épagneul de Philippe, Jake, sortit de dessous la table qu'un immense tapis rouge recouvrait en retombant jusqu'au sol ; il encadrait maintenant les épaules du chien qui regardait Philippe avec des yeux suppliants. Mary éprouva soudain un besoin irrépressible d'exprimer son émotion ; elle se baissa, prit la tête du petit chien entre ses mains et l'embrassa.

— Cher petit animal ! soupira-t-elle.

— Vous aimez les chiens ?

— Oh ! oui, j'ai toujours rêvé d'en posséder un.

— Et vous n'en avez jamais eu ? Quelle honte !

Il se promena dans la pièce, prit sa pipe puis la reposa. Il dit enfin :

— J'espère que vous serez heureuse ici.

— Je suis sûre de l'être.

Et certes, à ce moment-là, elle n'en doutait pas.

— Je redoutais ce que vous auriez pu être : collet monté, à cheval sur les convenances, comme l'était Miss Turnbull.

— Je ne suis pas assez conventionnelle.

— Moi non plus. Aussi nous entendrons-nous fort bien.

Un instant plus tard il la quittait et elle se retrouva seule au pied de l'escalier. La maison était silencieuse. Elle posa sa main sur le pilastre en bois de la rampe et caressa les grappes de raisins brillantes qui s'y trouvaient sculptées. La porte du salon et celle de la chambre de la mère de Philippe étaient fermées ; mais Mary sentit des présences humaines derrière ces portes, des présences prêtes à se manifester, à se montrer sur le seuil, à venir l'entourer pour l'examiner de plus près. C'étaient les formes encore floues de la mère de Philippe, de ses frères, de sa sœur qui apparaissaient dans le lointain et qui, chaque jour, devenaient plus visibles. Leurs pas résonnaient au loin ; le jour approchait où ils ouvriraient les portes. Mary éprouvait un indicible soulagement en pensant qu'elle avait tout un mois devant elle pour s'habituer à sa nouvelle position, pour acquérir un peu d'autorité sur les enfants, pour goûter la joie – oui, la joie – de se trouver seule à Jalna avec Philippe Whiteoak. Elle ne pouvait s'arracher de cet endroit, au pied de l'escalier, sans revivre ces instants enchanteurs de conversation intime qui avaient suivi le départ du docteur Ramsay. Elle se souvenait de chacune de ses paroles et le miroir de son imagination lui renvoyait fidèlement chacun de ses traits. « Etait-ce parce qu'il était beau ? » se demanda-t-elle. Non, mille fois non. Elle avait vu de beaux hommes avant ce jour ; il n'en manquait pas à Londres. Peut-être était-ce parce que son visage exprimait ce don qu'il possédait de jouir de sa propre vie et du monde qui l'entourait. Elle revit le visage de son père, sur lequel se lisaient seulement et simultanément les souvenirs amers du passé et l'inquiétude des jours à venir. Quel contraste avec cet homme qui semblait ne jamais s'interroger sur la vie et l'acceptait simplement dans sa plénitude !

Mrs. Nettleship traversa le hall au moment où Mary commençait à monter l'escalier. Elle s'arrêta brusquement devant le pilastre de la rampe, comme pour y chercher les empreintes digitales de quelque criminel. Puis saisissant un coin de son tablier amidonné, elle entreprit de le faire briller davantage.

— C'est très joli, remarqua Mary aimablement, en se retournant.

— Comment en serait-il autrement ? Tous ces raisins ont été sculptés par un ébéniste de Québec.

— Vraiment !

Accoutumée à la sculpture riche et compliquée de l'architecture médiévale anglaise, Mary n'était pas frappée d'admiration et quelque chose dans son ton exaspéra Mrs. Nettleship ; ce n'était pas que celle-ci eût elle-même une particulière admiration pour la rampe sculptée mais elle éprouvait à l'égard de Mary un sentiment croissant d'antipathie et de méfiance. Elle se redressa et jeta un regard vers le haut de l'escalier.

— Que se passe-t-il ? demanda-t-elle.

Mary fut trop étonnée pour répondre. En effet, Renny qui courait dans le couloir venait d'enfourcher la rampe et de se laisser glisser jusqu'en bas à une allure vertigineuse. Les deux femmes s'écartèrent instinctivement de sa jeune virilité déchaînée. Mais quand il arriva en bas, Mrs. Nettleship le saisit avec violence par l'épaule.

— Vous n'avez pas la permission de faire ça ! s'écria-t-elle avec force. Si je dis...

— J'ai la permission, cria-t-il. Grand-père me l'a recommandé.

Il s'arracha à son étreinte et s'échappa au-dehors en lui jetant au passage un regard de défi.

— Vous, revenez ici.

— Vous, allez au... diable.

Mary éclata de rire. Il n'en fallut pas davantage pour cristalliser la haine de Mrs. Nettleship à son égard.

Au cours des semaines qui suivirent, elle fit tout son possible pour saper l'autorité que Mary s'efforçait d'acquérir auprès des enfants, tournant devant eux leur gouvernante en ridicule dès qu'elle avait le dos tourné, les encourageant à arriver en retard à leurs leçons, à se cacher quand on les appelait. Mary songea bien une ou deux fois à mettre Philippe au courant de leur conduite et de l'attitude de la femme de charge, mais elle ne put se décider à assombrir même un instant les moments trop courts où ils se trouvaient seuls ensemble. Elle attendait ces moments-là avec de plus en plus d'impatience. Ses journées se divisaient en trois parties bien distinctes. D'abord le temps consacré aux enfants, à leur travail, à la surveillance de leurs vêtements, ainsi qu'aux repas auxquels Philippe assistait le plus souvent, tantôt les taquinant gaiement, tantôt brusquement les réprimandant et avec quelle vivacité ! Il ne la tourmentait jamais en enquêtant sur leurs progrès mais lorsque Renny débitait en vers les noms de tous les souverains d'Angleterre ou que Meg nommait chaque cap des îles Britanniques sans reprendre son souffle – car elle savait bien que si elle s'arrêtait, elle ne pourrait pas continuer sans reprendre depuis le début – il était ravi. Il y avait ensuite les instants où ils se trouvaient seuls tous les deux, discutant peut-être des enfants mais, plus vraisemblablement, Mary écoutant et Philippe parlant longuement des perfections de ses chevaux ou d'une vente avantageuse qu'il avait réussie. Elle ne parvenait pas à savoir s'il élevait des chevaux pour son plaisir ou pour le profit qu'il en retirait. L'argent ne semblait pas manquer à Jalna ; la ferme et les écuries occupaient une importante main-d'œuvre bien payée et apparemment satisfaite. Philippe Whiteoak vivait certainement dans l'insouciance et transportait partout où il allait une atmosphère de prospérité. La troisième partie de la journée de Mary se passait dans la solitude des bois où elle aimait se promener. En Angleterre, elle avait connu Londres et le bord de la mer. Ici, pour la première fois de sa vie, elle pouvait plonger ses regards au milieu des branches sombres des pins, vestiges de la forêt vierge primitive, fouler de ses pas un sol recouvert d'un épais tapis d'aiguilles rousses. Là régnait un silence tel que Mary n'en avait jamais connu auparavant. Un silence profond, tout imprégné d'un parfum de résine et que ne brisait pas même un chant d'oiseau. Dans les bois où croissaient ensemble érables, chênes et bouleaux, les oiseaux, dans leurs transports printaniers, s'égosillaient à qui mieux mieux, chacun s'efforçant de l'emporter sur les autres. Mais quand ils volaient dans la pinède, ils restaient silencieux et se reposaient dans la fraîcheur des sombres ramures. Ils n'y construisaient jamais leurs nids.

Mary s'étendait sur le sol, dans l'ombre la plus profonde, et fixait ses regards sur les faîtes pointus, perdue dans des pensées confuses, s'abandonnant à l'ivresse d'être seule, loin de tout être vivant, sauf d'un seul dont la présence pénétrait avec elle dans les bois ; elle essayait quelquefois de l'oublier mais sans y parvenir. La plupart du temps et en pleine conscience, elle laissait son regard intérieur se fixer longuement sur chacun de ses traits : ses cheveux presque aussi blonds, sur les tempes, que les siens propres, ses yeux tranquilles qui pouvaient s'animer d'une lueur malicieuse d'écolier, sa belle bouche, son menton, son corps vigoureux. Quel malheur, pensait-elle, si elle n'était jamais venue dans ce pays, n'avait jamais vu ce coin de terre, jamais possédé cette image d'homme pour compagne de sa solitude !

Par une fin d'après-midi, il entra dans le bois en chair et en os. Elle était couchée à plat ventre, la joue appuyée sur le tapis d'aiguilles. Elle entendit un bruit de pas et l'aperçut marchant dans le sentier, tout près d'elle. Elle s'était maintes fois imaginé la scène suivante : elle, dans la solitude des bois ; lui la rencontrant, et leur émoi respectif ; mais elle n'avait jamais permis à son imagination d'aller au-delà, l'arrêtant aux abords mêmes d'une scène d'amour ; le bois sombre, pensait-elle, ne pouvait être le cadre que d'un émoi profond. Quand elle s'y trouvait, elle ne désirait rien *éprouver*, mais simplement rêver sur les confins de la pensée consciente. Elle ne fit pas un mouvement et Philippe passa sans la voir.

La température allait chaque jour croissant. Mary n'avait jamais rien connu de semblable. L'air vibrait de chaleur. Les fleurs s'épanouissaient, se fanaient et séchaient prématurément. Dans les écuries, bétail et chevaux chassaient les mouches à grands coups de queue.

Philippe déclara qu'il faisait trop chaud pour travailler et les enfants vécurent en liberté.

— Je ne fais rien, s'écria Mary, presque avec violence, rencontrant un jour Philippe dans le hall ; je ne fais rien pour justifier mon salaire. Ce n'est pas juste.

— Vous aurez bien de quoi faire plus tard.

Et jetant un regard curieux sur le livre qu'elle tenait à la main, il ajouta :

— Que lisez-vous ?

— Tennyson. J'adore ses poèmes. Et vous ?

— J'avoue n'en pas connaître grand-chose. Mon beau-père ne cesse de citer Burns et ma mère, Thomas Moore. Mon frère Ernest affirme que Shakespeare est le seul poète digne de son attention. Tennyson a été quelque peu négligé.

Il sourit amicalement à Mary en ajoutant :

— Lisez-moi quelque chose de lui, voulez-vous ?

Cette demande la stupéfia, l'effraya même.

— Oh ! je ne suis pas sûre du tout de trouver quelque chose qui puisse vous plaire.

— Certainement si.

— Je lirai très mal.

— Pourquoi donc ?

Il se moquait d'elle maintenant.

— Je serai troublée.

— Pensez-vous ! Pas avec moi. Je suis l'homme le plus dépourvu de sens critique du monde. Vous dites que vous ne gagnez pas votre salaire. Voilà une manière de le gagner. Un colon, éleveur de chevaux, perdu dans les brumes de l'ignorance, assis à vos pieds afin d'ouïr la lecture des vers de Tennyson.

— Eh bien, où nous assiérons-nous ? demanda Mary, soudain décidée à accéder à sa demande.

— Venez avec moi ; je vous montrerai le coin le plus frais de tous les environs.

Il lui fit traverser le pré éblouissant de soleil et la conduisit par un petit sentier jusqu'au bord d'un ravin qu'une ombre épaisse et le bruit d'un ruisseau coulant au fond vers le lac enveloppaient de mystère. Du moins, Mary en jugea-t-elle ainsi et ce coin lui plut aussitôt. Il y faisait, en vérité, plus frais que partout ailleurs. Philippe lui prit la main pour l'aider à descendre la pente.

— Relevez votre jupe, dit-il ; c'est plein de ronces par ici.

Ses mains tenaient solidement celles de Mary et cette dernière ressentait jusqu'au tréfonds de son être la vigueur de leur étreinte. Il s'arrêta sur une sorte de marche couverte de mousse. Le ruisseau, vert dans l'ombre, reflétait les ajoncs et les branches des arbres toujours verts ; un pont rustique le traversait et, sous ce pont, il faisait très sombre. Philippe s'assit avec un soupir de bien-être aux pieds de Mary.

— Où pourrait-on être mieux qu'ici ? demanda-t-il en la regardant.

Elle se laissa tomber sur l'herbe à côté de lui.

— C'est divin. Et si calme. On n'entend que le murmure de la rivière.

— C'est une bien petite rivière, dit-il, mais je l'aime.

— Jalna est magnifique.

— C'est vraiment un joli coin, approuva-t-il. Mais nous en avons déjà parlé. Maintenant je voudrais vous entendre lire.

Il s'installa pour l'écouter, la regardant bien en face, son propre visage recueillant la tache lumineuse d'un rayon de soleil qui se glissait à travers les branches.

Elle ouvrit son livre ; elle savait que ses mains tremblaient et craignit que sa voix ne fît de même. Pour gagner du temps, elle se pencha pour montrer à Philippe le portrait de Lord Tennyson qui se trouvait sur la couverture, exactement comme elle l'eût fait pour Renny.

— Je trouve que c'est un noble visage, dit-elle.

Il reconnut qu'elle avait raison, mais, en réalité, c'était ses longues mains blanches qu'il admirait. Elle se redressa aussitôt et commença à lire ; cela se révéla plus facile qu'elle ne l'avait cru. Il était immobile, appuyé sur ses coudes, et sa présence était apaisante. Peut-être sa voix encouragea-t-elle les oiseaux dans la fraîche obscurité des branches car ils commencèrent à chanter doucement.

Philippe écoutait, ne prêtant qu'une faible attention au sens des mots jusqu'à ce qu'il entendît :

Pas de maître plus subtil sous les cieux,
Qu'une passion très pure, pour une jeune vierge,
Non seulement pour contenir les instincts vils de l'homme,
Mais pour lui révéler les nobles pensées, les paroles aimables,
La courtoisie et le désir de la gloire,
L'amour de la vérité et tout ce qui fait l'homme.

Il posa une main sur la page.

— Arrêtez-vous, dit-il ; et relisez ce passage.

Elle rougit :

— Ce passage... Lequel ? balbutia-t-elle.

— Vous le savez bien.

Il retira sa main et répéta le premier vers.

— Ai-je lu trop vite ? demanda-t-elle.

— Non ; je désire seulement l'entendre à nouveau.

— Cela vous plaît-il et dois-je continuer ?

— Je vous en prie.

Elle relut le passage et continua, mais d'une voix moins ferme. Elle était profondément troublée. Philippe avait ramassé une baguette et frappait le sol en mesure comme pour scander le rythme des vers.

Aucun des deux ne vit le docteur Ramsay descendre le versant d'en face et ce dernier ne les aperçut qu'en atteignant le pont rustique. Si le calme de Mary avait été quelque peu ébranlé, celui du docteur subit un choc brutal, comme à l'approche d'un tremblement de terre. Philippe couché sur l'herbe aux pieds de Miss Wakefield ! Et cette dernière vêtue, non pas de vêtements qu'il lui avait vus précédemment mais d'une robe légère à manches courtes, son corps penché dans une attitude pleine de langueur.

— Dieu du Ciel ! murmura le docteur. En sont-ils déjà là ?

Il traversa le pont à grandes enjambées et monta le chemin dans leur direction, faisant craquer bruyamment sous ses pas des morceaux de bois sec. Philippe et Mary l'aperçurent soudain tout près d'eux. Il était un peu haletant quand il parla.

— Je ne songeais nullement à vous interrompre, surtout dans un aussi agréable passe-temps. Mais j'avais apporté le volume de poèmes de Robert Burns que je vous avais promis, Miss Wakefield. Je suis déjà venu deux fois sans réussir à vous trouver, mais je vois que d'autres poèmes vous captivent. Aucune importance. Je remporterai les miens.

— N'en faites rien, s'écria Mary, je les aime infiniment.

Il jeta presque le livre sur ses genoux. Philippe se leva.

— Il fait chaud, n'est-ce pas ? dit-il.

— Oui. La chaleur est accablante lorsqu'on doit, comme moi, circuler sur les routes poussiéreuses de la campagne. Vous avez de la chance, vous et Miss Wakefield, de n'avoir aucune obligation professionnelle.

Il remonta rapidement sur le sentier et les quitta.

— Croiriez-vous vraiment qu'il a soixante-dix ans ? remarqua Philippe en le suivant des yeux.

7

Le cercle de famille

Quatre dimanches successifs, Mary s'était rendue à la petite église de campagne en compagnie de Philippe et des enfants. Assise au banc familial avec Renny à sa droite et Meg à sa gauche, regardant les familles du voisinage qui entraient et allaient occuper leurs places accoutumées, elle avait éprouvé une sensation de plénitude inconnue d'elle jusqu'alors. A Londres, il lui était souvent arrivé de sortir de chez elle à pas de loup, le dimanche matin, pour se rendre à l'église sans éveiller son père. Mais c'était une église de grande ville, où elle se trouvait perdue au milieu d'étrangers. Ici, dans l'intimité de cette petite église solidement construite, entourée de visages qui lui devenaient chaque jour plus familiers, elle goûtait un profond apaisement qui était moins une émotion religieuse qu'une sensation de joie intérieure.

Philippe ne s'asseyait pas auprès de Mary et des enfants mais gagnait la sacristie avec Mr. Pink dont le père avait été également recteur de cette paroisse ; il y revêtait un surplis pour servir d'assistant au pasteur et lire les Leçons. Mary pouvait alors le regarder librement, le comparer au portrait de son père, le capitaine Whiteoak, au grand désavantage de ce dernier ; le comparer à tous les hommes qu'elle avait connus, au grand désavantage de ceux-ci. Le léger défaut de langue de Philippe ne faisait qu'accroître son plaisir lorsqu'elle l'entendait lire à haute voix ; il lui inspirait alors un sentiment maternel et protecteur.

Le cinquième dimanche qui suivit l'arrivée de Mary à Jalna, on chanta l'hymne *Père éternel, Force de salut* et à en juger par l'ardeur avec laquelle la belle voix grave de Mr. Pink, le chœur et la congrégation tout entière l'entonnèrent, on ne pouvait douter du désir de tous d'attirer les regards du Tout-Puissant sur les cinq membres de la famille Whiteoak, y compris Sir Edwin Buckley, actuellement en route vers Jalna. A droite et à gauche de Mary, s'élevaient les voix claires des enfants ; elle remarqua qu'ils prononçaient péril : « péryil ». Meg connaissait toutes les paroles mais Renny s'arrêta après le premier verset, reprenant seulement de sa voix haute et perçante le dernier vers de chacun des versets suivants :

Pour ceux qui affrontent les périls de la mer.

Mary rendit grâce au Ciel qu'il n'y eût que quatre versets car, au cinquième, elle se serait sûrement couverte de honte en donnant libre cours à son envie de rire.

Sans aucune raison précise, les émotions de Mary, tristes ou gaies, étaient, en ces jours-là, toujours prêtes à se manifester ; elle ne se comprenait pas elle-même ; tantôt riant pour des riens avec les enfants, ce qu'elle savait parfaitement incompatible avec l'exercice de son autorité, tantôt – surtout le soir – s'apercevant que, sans aucun motif, ses yeux étaient pleins de larmes.

A mesure qu'approchait le jour de l'arrivée des voyageurs, deux femmes se sentaient vivre plus que jamais dans leur élément ; c'était Mrs. Nettleship et Elisa. Du matin au soir, elles livraient un combat sans merci à la poussière et au désordre. Mary avait l'impression d'avoir jusqu'à ce jour ignoré ce qu'était la vraie propreté. Les grands tapis furent traînés au-dehors et battus ; les plus petits secoués ; les murs lavés, les vitres frottées au point qu'on ne distinguait même plus leur transparence ; les cuivres et l'argenterie resplendissaient. Philippe n'utilisant que la bibliothèque, les meubles du grand salon avaient été recouverts de housses ; on les en dépouilla et le salon redevint une pièce splendide. Mary s'y trouva seule un jour, se pénétrant de son atmosphère inconnue, faite du parfum léger d'un tapis hindou, du mobilier, des coussins du sofa sur lesquels des têtes inconnues avaient reposé en pensant Dieu seul sait à quoi ! Les statues de porcelaine sur la cheminée, le singe de jade et les éléphants d'ivoire dans la vitrine, tous la regardaient sans aménité, comme s'ils ne pouvaient en aucune façon entrer en relation avec elle. Il y avait de la musique sur le piano. L'air semblait vibrer encore de lointaines mélodies. Bientôt le piano s'ouvrirait à nouveau mais pas pour elle, bien qu'il fût prévu qu'elle donnerait plus tard des leçons de piano à Meg. La pendule en bronze doré avait été montée et son rapide tic-tac semblait pressé de rattraper le temps perdu. Un bouquet de roses serrées dans un vase penchait déjà un peu la tête comme incapable d'attendre le retour des personnalités attendues.

Toute la journée de ce retour, les enfants furent déchaînés ; ils ne pensaient qu'aux cadeaux qu'on leur rapporterait, se refusaient à parler d'autre chose ; il eût été vain d'essayer de les calmer. Mary errait comme une âme en peine ; elle aurait voulu disparaître quelque part au fond des bois mais il pleuvait ; une pluie régulière, fine et parfumée succédant à une nuit d'orage. Mary n'aperçut pas Philippe de toute la journée. Elle se sentait perdue dans cette immense maison ; elle visita les quatre chambres prêtes à accueillir leurs occupants. Celle de Mrs. Whiteoak avec son lit en cuir magnifiquement peint ; les trois autres avec leurs courtepointes d'un blanc de neige et d'énormes taies d'oreillers raides et amidonnées. Les épagneuls eux-mêmes étaient surexcités. Le plus jeune, Jake, courait en reniflant dans les chambres récemment ouvertes et venait lever la patte contre les pieds du lit à colonnes destiné à Sir Edwin et à Lady Buckley

La voiture devait aller à la gare du village attendre le petit train local qui correspondait non sans une certaine fantaisie avec le train de Montréal. Les deux trains étaient en retard et la soirée s'avançait déjà quand le bruit des sabots annonça l'arrivée tant attendue. Les joues de Renny étaient rouges d'excitation et Meg sautait sans répit d'un pied sur l'autre. Tous deux portaient leurs vêtements du dimanche. Mary avait également mis une de ses plus jolies robes, rose pâle avec un volant à la jupe et un ruché au bas des manches qui s'arrêtaient au coude. Elle avait pris beaucoup de peine pour se coiffer et ses beaux cheveux formaient de gracieux bouffants et de nombreuses bouclettes. Quand Philippe l'avait aperçue au moment de partir pour la gare, il avait été frappé de consternation. Il aurait dû lui conseiller de s'habiller autrement ! Par Dieu, qu'allaient penser sa mère et les Buckley ! Mais après tout, elle avait été engagée en Angleterre ; il n'y était pour rien. Mary, sur les confins de la panique, s'écria :

— Qu'est-ce qui ne va pas, Mr. Whiteoak ?

— Rien, rien, répondit-il avec un sourire rassurant. Je croyais avoir vu une araignée, mais je me suis trompé.

— Sur moi ?

— Oui. Mais je me suis trompé. Il faut que je me dépêche, je pars pour la gare.

Il s'attarda cependant encore un instant, regrettant soudain l'arrivée de sa famille et même de sa mère. Il s'était trouvé si bien, seul à Jalna avec Miss Wakefield et les enfants. Il avait joui infiniment de la présence de la jeune fille ; il en avait joui sans se rendre compte à quel point. Et jamais il ne l'avait vue aussi jolie qu'en ce moment. - en ce moment où il allait la perdre, avait-il presque pensé. Jamais plus les choses ne seraient ce qu'elles avaient été. Faisant un retour sur le mois écoulé, il regretta les occasions perdues de se trouver seul avec Mary. Plus de lecture à haute voix depuis le jour où le docteur Ramsay les avait surpris dans le ravin. C'était une semaine plus tôt. Mais s'il l'avait voulu, il y en aurait certainement eu d'autres ! Qui pouvait s'y opposer ? Il aurait bien voulu le savoir. Il regarda Mary avec intensité.

— Qu'y a-t-il ? demanda-t-elle, et tout son corps semblait interroger.

— Je pensais seulement.

— Pensées plutôt graves, suggéra-t-elle.

Elle avait tant de peine à garder ses distances avec lui. Il sourit.

— Il s'agissait de vous, Miss Wakefield.

— J'espère ne vous avoir en rien mécontenté.

— Je vous le dirai un jour. Mais maintenant il faut que je me sauve. Représentez-vous ma famille tapant des pieds sur le quai de la gare. Ils ne me le pardonneraient jamais !

Mary le regarda s'éloigner en pensant : « Quand il dit "sa famille" cela signifie "sa mère". Ce doit être une odieuse vieille dame ; je commence à la détester. »

Elle poussa un grand soupir découragé. Toutes les pièces de la maison étaient vivantes maintenant, averties de sa présence et ouvertement hostiles. Elle n'était chez elle nulle part, même pas dans sa chambre. Les enfants passèrent devant elle en courant comme s'ils ne la voyaient pas.

— Etes-vous prêts ? cria-t-elle. Avez-vous les mains propres ?

Ils répondirent par un rire moqueur et se sauvèrent.

Jake arriva dans le couloir, haletant et flairant le sol. Il entra dans la chambre des Buckley et leva de nouveau sa patte contre le lit. Cette fois encore personne ne le vit.

Mary descendit l'escalier et trouva Elisa dans le salon où elle éclairait une lampe à huile en cuivre repoussé. Elisa était toujours gentille quand Mrs. Nettleship était absente.

— Cela paraît un peu tôt pour éclairer la lampe, dit-elle à Mary, mais Mrs. Whiteoak aime que tout ait un air de fête quand elle arrive.

— Ce serait impossible de trouver une maison plus claire et plus reluisante de propreté que celle-ci, dit Mary. – Levant les yeux vers le lustre de cristal, elle ajouta : – Chaque facette de ce lustre étincelle.

Elisa était ravie.

— Je les ai toutes nettoyées séparément. Quand il y a une réception, nous allumons toutes les bougies ; par exemple, le jour de son anniversaire.

Jake qui descendait lentement les escaliers, entra dans le salon et s'assit sur ses pattes de derrière à côté de Mary. Au même instant, Mrs. Nettleship arriva, venant du sous-sol, et enveloppa la jeune fille et le chien d'un même regard de désapprobation.

— Je ne veux pas de chiens dans mes pièces propres, déclara-t-elle en frappant vindicativement des mains dans la direction de l'animal.

Il poussa un hurlement d'effroi et s'enfuit, renversant presque Mary ; il se précipita au-dehors, toujours aboyant, et se mit à la recherche de ses dignes parents pour se placer sous leur protection. Il essaya d'abord de se pelotonner sous le ventre de son père et n'y réussissant pas, se réfugia auprès de sa mère. Mrs. Nettleship claqua la porte derrière lui.

Une heure se passa qui parut un siècle à Mary. Elle tirait à chaque instant sa montre de sa ceinture pour en consulter les aiguilles trop lentes. Son visage était brûlant. Les lampes avaient cessé d'être inutiles car la nuit était presque complètement tombée.

Les sabots des chevaux se firent enfin entendre dans l'allée.

Mary s'enfuit et se réfugia dans sa chambre. Elle resta sur le seuil, immobile et tendant l'oreille. Le hall semblait plein de monde. Les voyageurs attendus pouvaient-ils à eux seuls faire autant de bruit ? Le bruit des conversations était de temps à autre dominé par un rire d'une vitalité masculine et cependant d'une gaieté légère toute féminine. Un peu plus tard, Mary entendit monter les bagages ; elle entendit parler dans les chambres à l'étage au-dessous. Une voix d'homme au timbre grave appela : « Viens ici une minute, Ernest. » La voix du Whiteoak qu'elle avait rencontré à Londres répondit : « Oui, Nicolas, dès que j'aurai mis un col propre. »

Mary ferma résolument sa porte. Elle avait décidé de rester où elle était jusqu'à ce qu'on l'envoyât chercher. Elle lirait et… fumerait une cigarette ! Son père lui avait donné cette habitude fâcheuse qui avait pris sur elle une telle emprise qu'en période de tension, elle y avait souvent recours comme à un calmant. En temps ordinaire, une cigarette quotidienne lui suffisait. Elle en avait apporté plusieurs paquets d'Angleterre.

Elle s'assit, les deux fenêtres grandes ouvertes pour que le courant d'air chassât la fumée odorante, puis plaçant une cigarette entre ses lèvres, elle l'alluma, prenant soin de jeter l'allumette le plus loin possible dans le massif. Tout en tirant doucement sur sa cigarette, elle prit un livre, *Le Secret de Lary Audley*, qui l'avait tenue éveillée une partie de la nuit précédente, et se plongea à nouveau dans sa lecture. Peut-être la maison était-elle devenue plus silencieuse. Peut-être avait-elle réussi à s'isoler ; mais elle sursauta en entendant soudain frapper vigoureusement à sa porte. Sa cigarette était depuis longtemps terminée ; mais elle vaporisa cependant un peu de parfum sur ses cheveux et sur son col pour chasser ce qui aurait pu persister de l'odeur du tabac.

— Miss Wakefield ! cria Renny.

Elle ouvrit la porte.

— On vous demande en bas. Ma grand-mère désire vous voir. Que croyez-vous qu'ils m'ont rapporté ? Un train qui se monte et qui traverse toute la chambre ! Et Meggie a eu une boîte à musique. Venez voir !

Il la prit par la main avec une chaleur nouvelle de sa part et la tira vers la porte.

— Vous sentez ! s'écria-t-il.

— Qu'est-ce que je sens ? demanda-t-elle, effrayée.

— Quelque chose de bon, dit-il en la tirant de nouveau.

Il la tenait toujours par la main quand ils entrèrent dans le salon et cette chaude étreinte lui donna du courage. Ses regards anxieux allèrent à la recherche de Mrs. Whiteoak. Mais il était inutile de chercher ! Sa personnalité vigoureuse attirait aussitôt et retenait les regards bien que tous ceux qui l'entouraient fussent, eux aussi, sauf un, de fortes individualités. Cette exception elle-même, Sir Edwin, était loin d'être insignifiante et ne pâlissait que par contraste avec les autres. Mary s'attendait à voir une vieille femme mais, à soixante-huit ans, Adeline Whiteoak aurait passé pour une femme de cinquante ans sans ses vêtements de coupe un peu lourde et le bonnet de dentelles garni de rubans qui était posé sur ses cheveux. Ce bonnet raide et assez haut ajoutait encore à son expression autoritaire. A peine si quelques touches grises s'apercevaient dans l'épaisseur de sa chevelure qui conservait son reflet roux. Son beau visage au profil aquilin, ses yeux bruns expressifs, ses belles dents firent briller d'admiration les yeux de Mary. Après tout, elle souriait et Mary lui rendit son sourire.

— Bonsoir, Miss Wakefield.

Elle lui tendit une main dans laquelle la main libre de Mary disparut. Renny n'avait pas lâché celle qu'il tenait serrée.

— Venez, insista-t-il. Venez voir mon train.

Il sembla à Mary qu'une douzaine de voix au moins ordonnaient à l'enfant de se taire.

— J'espère que tout marche bien, dit Mrs. Whiteoak et que vous serez capable d'introduire quelques connaissances dans la tête de ces enfants.

— Je fais de mon mieux.

La voix de Mary était à peine perceptible.

— Je dois devenir sourde, remarqua Mrs. Whiteoak en enveloppant son oreille de sa main comme d'un cornet ; je ne vous entends pas.

— Tout marche bien, merci.

La voix de Mary s'élevait maintenant claire et même, pensa-t-elle, un peu trop forte.

Meg prit la parole.

— Nous n'avons pas travaillé, ces derniers temps, il fait trop chaud.

Le regard brillant de sa grand-mère l'enveloppa.

— Il y a d'autres choses que le travail, dit-elle.

— Quelles choses ? demanda Renny.

— La bonne tenue. Miss Wakefield vous apprend-elle cela ?

Il rit aux éclats.

— Y a-t-il une réception ? demanda alors Mrs. Whiteoak en regardant Mary de la tête aux pieds.

Sa robe ! Elle n'aurait jamais dû mettre cette robe claire ! Elle aurait voulu disparaître sous terre.

Ernest Whiteoak s'approcha ; il semblait vouloir excuser quelqu'un ; était-ce sa mère ou était-ce Mary ? Cette dernière ne put le deviner. Mais il lui serra aimablement la main.

— Il est déjà loin, le jour où je vous ai rencontrée à Londres, à la place de ma mère, dit-il.

— Et où tu as vu Miss Wakefield avec les yeux de ta mère, je suppose, ajouta Mrs. Whiteoak.

Se tournant vers Mary, elle demanda :

— Quel âge avez-vous, ma chère ?

— Vingt-quatre ans.

— Hum ! Cela correspond parfaitement à la description que mon fils m'a faite de vous : assez jeune, des cheveux qui ne sont pas encore gris et toutes ses dents. Eh bien, moi aussi, j'ai toutes les miennes et j'ai soixante-huit ans.

Mary était trop troublée pour savoir exactement de qui Mrs. Whiteoak se moquait ; elle resta immobile, les yeux fixés sur elle, comme fascinée. Renny était parti en courant rejoindre Meg et leurs nouveaux jouets dans la pièce voisine.

— Je ferais mieux de vous présenter tout le monde, déclara Mrs. Whiteoak. Nicolas, Augusta, Edwin – Miss Wakefield. Miss Wakefield : – Mr. Whiteoak, Sir Edwin et Lady Buckley.

Le bel homme grand et brun, porteur d'une moustache, qui causait près de la fenêtre, sourit aimablement et salua. Sir Edwin et Lady Buckley se contentèrent d'une légère inclinaison de la tête.

— Où sont les enfants ? demanda Mrs. Whiteoak.

— Ils ont emporté leurs jouets dans la bibliothèque, répondit Philippe.

Mrs. Whiteoak fit un geste impérieux de la main dans la direction de Mary.

— Vous feriez mieux de les rejoindre, ils vont faire des sottises.

Mary remarqua la longueur et la souplesse de cette main, les reflets des rubis et des diamants qu'elle portait. Elle s'inclina légèrement et disparut. A peine était-elle dans le hall qu'elle entendit Mrs. Whiteoak demander que l'on fermât la porte du salon.

Derrière cette porte close, les six occupants du salon se retrouvèrent libérés de toute contrainte. Nicolas parla le premier.

— Charmante fille, dit-il. Vraiment charmante. Ma parole, Ernest, tu as un goût très sûr en ce qui concerne les femmes.

— Elle était très différente à Londres, répliqua Ernest avec vivacité.

— Sans doute le climat l'a-t-il rajeunie ? dit Sir Edwin qui était petit, soigné de sa personne et un peu terne.

— Devons-nous prendre cette remarque au sérieux, Edwin ? lui demanda sa femme qui était grande et coiffée avec une épaisse frange bouclée sur le front ; elle portait une robe prune et parlait d'une belle voix grave.

— C'est la seule explication possible. Ernest lui-même affirme qu'elle n'est plus la même.

— Si elle était à Londres ce qu'elle est aujourd'hui, Ernest a eu certainement un accès de folie, affirma Lady Buckley.

— Que lui reprochez-vous ? demanda Philippe.

— Tout, répliqua sa sœur. Elle a l'air d'une actrice et s'habille comme une de ces créatures.

Pour rien au monde, Adeline Whiteoak n'aurait voulu reconnaître qu'elle partageait l'opinion de sa fille, aussi ignora-t-elle l'affirmation de cette dernière et demanda simplement à Ernest :

— Qu'avait-elle de différent à Londres ?

— C'est assez difficile à dire ; il s'agit d'une différence impalpable.

— Je n'engage pas de gouvernantes dans des conditions impalpables.

— Nous n'aurions jamais dû nous fier à Ernest, dit Lady Buckley ; il faut trop peu de chose pour qu'une femme le séduise.

Ernest répliqua avec humeur :

— Je suis le seul d'entre vous qui ne soit jamais tombé dans les rets du mariage.

Sir Edwin rit doucement :

— Ma séduction était trop forte pour qu'Augusta pût y résister. N'est-ce pas vrai, Augusta ?

Sa femme le regarda comme si elle refusait de trouver encore en lui la moindre trace de séduction et affirma :

— Une fille de ce genre n'est pas à sa place auprès des enfants.

— Que voulez-vous donc que je fasse ? s'écria Philippe avec force. La renvoyer parce qu'elle est jolie et porte de jolies toilettes ! Eh bien, je m'y refuse. Vous me l'avez envoyée et elle est diablement plus agréable à voir que les deux autres.

— Il se calma un peu et continua : – Attendez de la connaître un peu avant de la condamner. Je suis sûr qu'elle vous plaira.

— Philippe a raison, reconnut Ernest. Soyons patients et restons calmes.

Cette remarque n'apaisa pas sa mère qui se leva brusquement et traversa tout le salon.

— Par Dieu, Ernest, s'écria-t-elle, tu as une façon d'exaspérer les gens !

— Pas moi, dit Augusta, car je sais que ses intentions étaient bonnes.

Mrs. Whiteoak revint au milieu du salon en souriant.

— Philippe a raison, dit-elle. Nous devons certainement accorder un préjugé favorable à cette jeune personne et la voir à l'œuvre. Pour ma part, j'ai l'intention de faire preuve de la plus grande politesse à son égard.

— Jamais la pensée de faire preuve d'impolitesse à l'égard de qui que ce soit ne m'est venue en tête, prononça Augusta de sa voix grave.

— Nous serons tous gentils pour elle, promit gaiement Sir Edwin, et nous verrons bien ce qui arrivera.

— Elle vous en sera très reconnaissante, répondit Philippe en souriant à son beau-frère ; il fut sur le point d'ajouter : « Et à moi aussi », mais jugea préférable de s'abstenir.

Nicolas bâilla bruyamment :

— Je vais dans ma chambre défaire mes malles, viens avec moi, Philippe.

D'un geste affectueux, il mit son bras sous celui de son frère et ils se dirigèrent vers la porte. Les Buckley se levèrent et les suivirent. Augusta demanda :

— Puis-je vous aider en quelque chose, maman ?

— Non, merci. Mrs. Nettleship m'aidera.

Ernest demeura seul avec sa mère, sans la moindre méfiance.

— Puis-je faire quelque chose pour vous ? demanda-t-il gaiement quand tous les autres furent partis.

Elle se contenta de secouer la tête.

— C'est délicieux d'être de retour chez soi, déclara-t-il.

— Pour toi, peut-être. C'est une condition de bonheur d'être irresponsable à ce point.

— Mais... il ne s'est rien passé, maman.

— Il se passera quelque chose. As-tu vu le visage de Philippe quand il parlait de cette jeune fille ?

— Non.

— Alors, tu n'es pas observateur. Il est très attiré par elle ; peut-être l'aime-t-il déjà ?

A court d'arguments, Ernest mordit son pouce. On frappa à la porte. Avant d'ouvrir, il regarda sa mère et dit :

— Tout semble parfaitement en ordre à Jalna, qu'en dites-vous ?

— A peu près, à peu près, murmura-t-elle, puis avec exaspération elle s'écria : – Quel fou tu as été, Ernest, d'engager cette jeune écervelée !

Ernest ne pouvait la contredire et fut heureux d'entendre frapper une seconde fois à la porte qu'il alla ouvrir. Mrs. Nettleship se tenait sur le seuil, ses deux petites mains croisées sur sa ceinture. Ernest se glissa derrière elle et monta l'escalier.

— Excusez-moi, madame, dit-elle, mais pourrais-je vous aider ?

Elle referma la porte derrière avec soin.

— Oui, vous pouvez défaire mes bagages mais pas avant demain matin, à l'exception de mon nécessaire de toilette.

— C'est déjà fait.

— Alors, c'est tout pour ce soir. Attendez... Vous pourriez me verser un autre verre de porto.

Elle s'installa sur un sofa, à demi étendue sur les coussins, son long corps souple plein de grâce et parfaitement à l'aise en dépit de ses lourds vêtements.

A petits pas silencieux, Mrs. Nettleship traversa le salon et prit le carafon sur le plateau d'argent.

— Je pensais bien que vous seriez fatiguée et que vous aimeriez boire un peu de porto.

— C'est une bonne pensée. Un demi-verre seulement.

Mrs. Nettleship lui apporta son verre qu'elle porta à ses lèvres en regardant la femme de charge par-dessus les bords.

— Comment les choses se sont-elles passées... ces temps derniers ? demanda-t-elle.

— Vous voulez dire au cours des cinq dernières semaines, Mrs. Whiteoak ?

— Oui, exactement.

Mrs. Nettleship était cagneuse et une jupe et deux jupons ne parvenaient pas à dissimuler son infirmité. Elle se planta carrément sur ses pieds au milieu du tapis.

— Ces cinq dernières semaines ont été un vrai martyre, dit-elle, et si ça n'avait pas été pour vous, Mrs. Whiteoak, je ne les aurais pas supportées. J'en étais malade.

— Que voulez-vous dire exactement ? demanda Adeline Whiteoak un peu haletante.

— C'est cette gouvernante. Cela me brise le cœur de voir ces chers petits et de penser à ce qu'elle a entrepris de faire.

— Qu'a-t-elle donc entrepris ?

— Oh ! Mrs. Whiteoak, ne me demandez pas de vous le dire ; je ne le pourrais pas. Mais je n'en dors pas la nuit, en pensant à ce que cette maison sera avec cette femme à sa tête. Naturellement, je ne resterai pas, mais, partout où je pourrai être, je penserai à ces pauvres petits enfants.

Elle poussa un soupir. Adeline reprit avec beaucoup de calme :

— Dites-moi, qu'a donc fait Miss Wakefield pour vous inspirer de tels soupçons ?

Mrs. Nettleship fit un pas en avant et les pupilles de ses yeux pâles se durcirent. Elle se mit à parler avec volubilité.

— Oh ! Mrs. Whiteoak, cela commença dès son arrivée dans cette maison. J'ai vu tout de suite que c'était une intrigante. Jamais habillée convenablement mais toujours comme si elle se rendait à une réception. Elle se met du parfum et pis encore, madame, du rouge.

— Du rouge ? où ? sur les joues ?

— Sur les lèvres. J'ai remarqué qu'elles étaient plus rouges à certains jours qu'à d'autres. Ensuite, j'ai vu.

— Qu'avez-vous vu ?

Mrs. Nettleship s'approcha tout près d'Adeline et sa voix ne fut plus qu'un murmure.

— C'était le troisième jour, dit-elle.

Puis elle fit une pause.

— Eh bien, continuez.

— Le troisième jour, j'apportais les affaires repassées des enfants dans leur chambre. J'avais des pantoufles et ne faisais aucun bruit. Au dernier étage, devant la porte de Miss Wakefield, il y avait Mr. Whiteoak. La porte était ouverte et elle se tenait là, dans un peignoir *vague*.

L'accent particulier que Mrs. Nettleship mit sur le mot *vague* impliquait les intentions les plus coupables de la part du peignoir. Elle ne perdait pas des yeux le visage d'Adeline et put se déclarer satisfaite du résultat de ses révélations.

— Que firent-ils quand vous êtes arrivée ?

— Miss Wakefield fut très troublée. Mais Mr. Whiteoak m'a parlé très durement.

— Que vous a-t-il dit ?

— Comme je m'excusais et disais que j'espérais ne pas avoir effrayé la jeune dame, il m'a répondu qu'elle n'avait aucune raison d'être effrayée.

— Bien. Que se passa-t-il ensuite ?

— Le docteur Ramsay entra – il était déjà venu deux ou trois fois pour la voir sans jamais la trouver – et au bout d'un moment elle s'habilla et descendit. Après le départ du docteur, j'ai traversé le hall ; elle se trouvait encore dans la bibliothèque avec Mr. Whiteoak. Jake y était aussi et j'ai pensé que je ferais bien de voir s'il avait besoin de sortir ; nous n'avons jamais eu de petit chien qui donne autant de peine. Eh bien, je ne suis pas entrée, Mrs. Whiteoak, non je ne suis pas entrée ! Je sais où est ma place, surtout après que Mr. Whiteoak m'eut parlé de cette façon devant la porte de la chambre de Miss Wakefield. Je me suis précipitée au sous-sol aussi vite que mes pauvres jambes ont pu me porter.

— Pourquoi, mon Dieu, vous précipiter ainsi ?

— Pour ne pas me trouver sur le chemin de Mr. Whiteoak.

— Ma pauvre femme, ne pouvez-vous parler clairement ?

La voix de Mrs. Nettleship devint dure.

— J'avais entendu un baiser, un doux baiser, suivi du rire satisfait de Mr. Whiteoak.

— Peut-être avait-elle embrassé Jake ! s'écria Adeline d'un air sombre.

— Ça alors, c'est une bonne plaisanterie, Mrs. Whiteoak ! Je ne vois pas du tout cette jeune dame embrassant un chien, surtout avec un beau jeune homme à côté.

Adeline reposa le verre vide.

— Avez-vous autre chose à me dire ? demanda-t-elle presque avec indifférence.

— Simplement ceci.

La femme de charge mit la main dans une poche de son tablier et en sortit un petit paquet enveloppé de papier de soie. Elle déplia le papier qui contenait plusieurs bouts de cigarettes qu'elle mit sous les yeux d'Adeline. Je les ai trouvés dans les arbustes sous sa fenêtre. Elle fume, Mrs. Whiteoak.

Adeline respira plus librement.

— Je vois, dit-elle, que c'est une jeune femme très à la page.

— A la page ! Comme s'il pouvait y avoir un mot pour qualifier sa conduite. Cette semaine, elle a traversé deux fois la maison en chantant, exactement comme si elle était chez elle.

Adeline se leva et si Mrs. Nettleship s'attendait à un éclat de sa part, elle dut se trouver fort déçue car la mère de Philippe paraissait beaucoup plus calme qu'au début de l'entretien. Mais lorsqu'elle se retrouva dans sa chambre, la porte close, elle frémit à la fois de fureur et de consternation. Elle resta un instant le dos appuyé contre la porte, les paumes de ses mains pressant le panneau et ne résistant qu'au prix d'un effort violent au désir de courir vers Philippe et d'exiger de lui une explication. Mais la sagesse, l'expérience de la vie lui dirent qu'il était préférable, bien préférable de découvrir par ses propres moyens jusqu'où les choses avaient été.

Quant à Ernest, elle l'aurait volontiers pris par les épaules et secoué avec violence. Dire qu'il avait jeté délibérément une telle tentation sous les pas de son frère ! « Si cet imbécile était là... », dit-elle à haute voix en frappant de son poing fermé la paume de son autre main. Elle n'acheva pas la phrase car au même instant, retentit le gong indien qui battait le rappel de la famille au moment des repas.

8

Plus de chambres vides

Mary traversa le hall et se dirigea vers la porte ouverte de la bibliothèque. Sa rencontre avec les membres aux personnalités si accusées de cette famille Whiteoak l'avait profondément troublée, ils semblaient élever un mur entre elle et Philippe et ce dernier ne lui apparaissait plus que comme perdu dans le lointain ; entourée d'un bruit de voix, elle était seule, désespérément seule. L'air était étouffant. Un autre orage se préparait.

Dans la bibliothèque, les enfants s'amusaient avec leurs nouveaux jouets. Renny, à genoux sur le plancher, remontait son train. Meg était debout devant la table, écoutant sa boîte à musique qui égrenait : « Enfants de Vienne. »

— Ecoutez, dit-elle. N'est-ce pas que cet air est joli ?

— Délicieux, reconnut Mary. Quels beaux cadeaux !

— Nous avons aussi un jeu de volants, cria Renny, avec des soldats de plomb pour moi, et pour Meggie une corbeille à ouvrage avec un dé ; et nous avons eu deux livres chacun !

Il se releva et entreprit de montrer ses trésors à Mary. Tout son petit être débordait de vitalité et de joie. Meg ignorait ce que c'était que d'éprouver un bonheur aussi intense. Mais elle s'efforçait d'imiter son frère, ne voulant pas être en reste avec lui aux yeux des grandes personnes.

Mary regarda les cadeaux mais son esprit était ailleurs. Elle pensait : « Que se passe-t-il derrière la porte close du salon ? Que disent-ils à mon sujet ? Je ne leur plais certainement pas et il doit y avoir une raison pour cela. » Elle éprouvait un violent désir d'entendre un mot, de recevoir un regard de Philippe pour y puiser quelque réconfort.

A grand-peine, elle parvint à persuader les enfants d'emporter leurs cadeaux dans leur chambre, mais elle ne put obtenir d'eux qu'ils se couchent. Ils affirmèrent qu'ils devaient redescendre pour souhaiter une bonne nuit à leurs aînés et avant même qu'elle ait pu accorder ou refuser la permission, ils s'étaient échappés et avaient dégringolé les escaliers... Mary se mit à la fenêtre. L'air était imprégné d'humidité et chargé d'orage ; des éclairs de chaleur montaient presque sans interruption dans le ciel, derrière les arbres qui se dressaient entre eux deux. Elle était seule dans cette maison pleine de monde. Ses tempes battaient douloureusement ; elle les serra dans ses mains.

Seule ! Cette famille si unie n'avait pas de place à lui offrir ; et pourquoi l'aurait-elle fait ? Elle s'en irait un jour, ne laissant aucun souvenir derrière elle, pas plus que Miss Cox ou Miss Turnbull... Et Philippe Whiteoak ? L'oublierait-il aussi ? Il garderait sûrement au fond de son cœur un léger souvenir d'elle. Elle pouvait envisager la possibilité qu'il l'oublierait parce qu'en réalité elle n'y croyait pas, mais la seule pensée du souvenir qu'il garderait d'elle remplissait ses yeux de larmes amères. Elle entendit les enfants remonter l'escalier en tapant chaque marche de leurs pieds pour être sûrs que toute la maisonnée les entendît. Ils venaient de la salle à manger où le souper était servi. Chaque convive trouvait sur la table ce dont il avait rêvé et ils étaient tous au comble de la joie.

Mary ne referma sa propre porte que beaucoup plus tard ; l'orage s'était rapproché. Ces orages chargés d'électricité la terrifiaient ; jamais elle n'en avait connu d'aussi violents. Et quand ils éclataient, la nuit, c'était encore pire car leurs éclairs sinistres étaient renforcés par l'obscurité. Mary aurait voulu que les enfants lui demandent de rester auprès d'eux pour leur tenir compagnie mais elle savait qu'ils ne le désiraient pas. Cependant, Meg mourait de peur quand elle entendait gronder le tonnerre. Pourquoi Meg lui était-elle aussi hostile ? Que Mrs. Nettleship en fût responsable, Mary n'en doutait pas. Si seulement cette femme renonçait à s'occuper des enfants ! Son influence sur eux était indiscutable.

L'orage finit par se diriger vers le lac ; on n'entendait plus le moindre grondement dans le lointain ; il avait passé, laissant derrière lui un calme profond. Il avait passé comme un rêve de bataille et Mary, harassée, s'endormit. Elle dormit d'un sommeil sans rêves, dans la nuit chaude, pendant une heure ou deux, puis l'orage revint. Il repassa majestueusement au-dessus du lac, regroupant toutes ses forces pour une manifestation de faste et de terreur. Il ne pleuvait pas encore, bien que le frémissement des feuilles ressemblât au bruit de la pluie ; elles frémissaient en se touchant avec un bruit de gouttes d'eau qui tombent.

Mary sursauta au premier coup de tonnerre. Elle fut éblouie et il lui fallut quelques instants pour retrouver ses esprits. Elle se ramassa sur elle-même dans l'attente du coup suivant ; simultanément celui-ci éclata et la chambre s'éclaira brillamment d'une lumière rosée qui révélait les moindres détails, donnant une beauté nouvelle et transparente aux fruits et aux coquillages sur la cheminée. Le coup de tonnerre avait éclaté juste au-dessus de la maison. Mary poussa un cri mais son cri ne s'entendit pas plus que le cri d'une taupe dans son terrier.

Il fallait qu'elle aille dans la chambre des enfants voir s'ils n'avaient besoin de rien ! L'air de sa propre chambre était étouffant, ses cheveux collaient à ses tempes. Elle enfila un peignoir et se hâta vers la chambre voisine. Un violent courant d'air l'enveloppa dès qu'elle eut ouvert la porte. Elle entendit Meg pleurer et courut vers elle.

— Je suis là, chérie, dit-elle en entourant l'enfant de ses bras.

Meg se cramponna à elle.

— Fermez la fenêtre, dit-elle en sanglotant.

— Que je suis sotte ! s'écria Mary qui se précipita pour fermer la fenêtre.

Au même instant un nouvel éclair l'aveugla et un coup de tonnerre ébranla toute la maison. Meg hurla et Mary, titubant presque, revint s'asseoir sur le bord du lit et la serra dans ses bras.

— Allumez la lampe, implora la petite fille.

Mary prit une boîte d'allumettes et de ses mains tremblantes éclaira la lampe à huile ; cette lampe avait un abat-jour en porcelaine blanche avec des roses roses ; dans un accès de colère, Meg avait, un jour, arraché une de ces roses avec son ongle. La lumière la calma. Elle leva vers Mary un regard voilé de larmes.

— Ne partez pas dit-elle, et comme un nouveau coup de tonnerre éclatait, elle s'écria : – Je veux que papa vienne.

— N'est-ce pas suffisant que je sois là, demanda Mary.

— Non ; dites à papa de venir. J'ai peur.

— Papa est là, dit soudain une voix sur le seuil.

Philippe, vêtu seulement d'une chemise et d'un pantalon, entra dans la chambre.

— Pour un orage, c'est un orage, dit-il gaiement avec une nuance d'admiration dans la voix.

— Venez ici, venez ici, appela Meg, et asseyez-vous sur mon lit.

Philippe obéit et la petite fille, se glissant jusqu'à lui, s'installa sur ses genoux, le serrant très fort par le cou.

— Avez-vous fermé la fenêtre de Renny ? demanda-t-il à Mary. – Puis il s'écria : – Mais... vous avez peur, vous aussi ! Les deux petites sottes que voilà !

Sa tranquille présence dans la chambre avait suffi pour rassurer Mary ; son cœur battait moins fort. Elle eut honte d'avoir oublié la fenêtre de Renny et avec une exclamation consternée courut vers l'alcôve où dormait le petit garçon ; un éclair illumina, révélant la fenêtre grande ouverte ; le vent s'engouffrant dans le peignoir de Mary le gonfla comme une voile ; avec ses cheveux d'or qui tombaient sur ses épaules, elle ressemblait à un de ces anges que peignaient les Primitifs.

Renny était debout, tout nu, devant la fenêtre et contemplait l'orage. Le roulement du tonnerre qui semblait se répercuter dans le ciel, de nuage en nuage, ne l'effrayait pas le moins du monde. Il était immobile et la pluie qui tombait maintenant avec violence inondait son petit corps blanc. L'obscurité revint et Mary lui cria :

— Renny, vous êtes un vilain ! Ne savez-vous pas combien c'est dangereux de rester dans un courant d'air pendant un orage ?

Elle s'avança à tâtons, foulant de ses pieds nus la descente de lit trempée d'eau de pluie ; au moment où elle fermait la fenêtre devant laquelle se tenait Renny, les petites mains mouillées de celui-ci essayèrent de l'en empêcher.

— Je veux qu'elle reste ouverte, dit-il ; j'aime l'orage.

Simultanément un éclair aveuglant sillonna le ciel et un coup de tonnerre, véritable explosion, éclata. Mary laissa échapper un gémissement de terreur.

— Vous avez peur ! dit l'enfant en riant. Moi, j'aime tant ça, j'aime tant ça ! Je voudrais que ça dure toute la nuit.

Et il se mit à sauter et à danser, son corps mince baignant dans la lumière d'un éclair prolongé.

La peur donna des forces à Mary. Elle ramassa la chemise de nuit qui traînait par terre, attrapa l'enfant et la lui enfila de force ; puis elle le prit par la main et l'entraîna dans la chambre. Quand il aperçut son père, il la lâcha, se précipita sur Philippe et prit sa main qu'il frotta contre sa joue.

— Papa, cria-t-il, je suis si content que vous soyez venu. Je voudrais toujours que vous veniez.

Philippe, assis entre les deux enfants, se moqua de Mary ; il serrait Meg et Renny contre lui ; des bruits s'élevaient de l'étage au-dessous ; on entendait parler. La jeune fille hésita, se demandant si elle ne devrait pas regagner sa propre chambre.

— L'orage s'apaise, déclara Philippe ; il sera bientôt terminé.

Les enfants jacassaient et demandèrent à boire de l'eau fraîche. Une étrange et précaire atmosphère d'intimité s'était créée. Philippe en était-il conscient ? Il était impossible de lire dans ses pensées. Peut-être ne faisait-elle pas sur lui plus d'impression que Miss Cox et Miss Turnbull.

Il dit soudain :

— Voilà ma famille de retour.

C'était si évident que cette constatation n'appelait aucun commentaire :

— Ils sont nombreux, continua-t-il.

— Oui. La maison semble pleine.

— C'est leur façon d'être.

— Ils sont très... remarquables.

— Ma mère surtout. N'ayez pas peur d'elle ; elle est très vive mais elle a un cœur d'or.

— J'ai peur de manquer de caractère.

— Manquer de caractère ! Je crois au contraire que vous en avez beaucoup. Il fallait du caractère pour venir jusqu'ici, si loin de chez vous.

— Je n'ai plus de chez moi.

— Miss Wakefield, reprit-il gravement, je voudrais que vous me disiez une chose...

Elle l'interrompit d'un coup d'œil qui lui rappela la présence des enfants. Elle ne pouvait parler d'elle-même, de ses sentiments, sous le regard inquisiteur de Meg et avec la certitude que toutes ses paroles seraient répétées à la cuisine.

Philippe la regarda étonné, puis comprit.

La voix de Lady Buckley lui arrivait d'en bas.

— Philippe ! Es-tu avec les enfants ?

Il alla jusqu'à la porte et répondit :

— Oui, je suis là avec eux.

— Sont-ils rassurés ?

— Tout à fait. Je descends tout de suite. L'orage est terminé.

Il remit Renny dans son lit tandis que Mary bordait Meg étendue immobile et silencieuse dans le sien, son regard attentif un peu hostile fixé sur sa gouvernante. Mary sentit que l'enfant ne désirait pas qu'elle l'embrassât.

— S'il vous plaît, Miss Wakefield, dit-elle seulement, laissez la lampe allumée.

— Mais il va faire jour.

— Je voudrais la lampe allumée, je vous en prie.

— Vous n'y toucherez pas ?

— Je vous le promets.

Mary baissa la lampe et quitta la chambre. Tout était calme maintenant. Des milliers de gouttes tombaient des feuilles comme une pluie douce et régulière.

Philippe sortit à son tour dans le corridor, fermant derrière lui la porte des enfants. Mary dit précipitamment :

— Je suis désolée. J'ai dû vous paraître un peu brusque, Mais... les enfants... Non pas que cela ait de l'importance... Mais... vous alliez me demander quelque chose.

— Oui. Etes-vous heureuse à Jalna ? Est-ce que... – Il la regarda droit dans les yeux. – Est-ce que vous nous aimez ? Je veux dire, les enfants et moi.

Elle fut incapable de répondre, se trouvant à la fois sans mots et sans voix.

Il insista :

— Vous aimez les enfants, je suppose.

Elle répondit d'une voix tremblante :

— Oui, je les aime beaucoup.

— Eh bien, c'est la seule chose qui compte. Mais j'ai l'impression que vous êtes trop émotive. Par Dieu, si les choses allaient mal, vous en souffririez terriblement et je ne peux supporter cette pensée.

Elle s'écria presque durement :

— Vous m'avez demandé si je vous aimais et c'est oui aussi. Comment pourrais-je m'en empêcher ? Vous êtes si...

— C'est magnifique, interrompit-il. Maintenant allez vite vous coucher. Vous êtes épuisée par l'orage et vous ne vaudrez rien, demain matin, si vous ne dormez pas un peu.

Il effleura son bras d'un geste apaisant et descendit.

Mary entendit des voix en bas. Il l'avait quittée si brusquement qu'elle se demanda s'il s'était rappelé que sa sœur l'attendait en bas de l'escalier. Elle regagna sa propre chambre et ferma la porte.

La nuit n'était plus complète. Un demi-jour gris et humide apparaissait derrière les arbres. Mary s'appuya des deux mains au pied de son lit et dit, comme si elle s'adressait tout haut à quelqu'un qui y était couché : « Mais ce n'est pas de la simple amitié que j'ai pour lui ; c'est de l'amour ; je l'aime véritablement. » Elle répéta plusieurs fois ces mots et se sentit plus calme. Elle répéta aussi le nom de Philippe. Puis elle se souvint de la façon brusque dont il l'avait quittée. Avait-il compris qu'elle était sur le point de se trahir, sur le point de dire quelque folie ? Elle eut un instant le désir fou de descendre l'escalier, d'aller frapper à la porte de sa chambre et de lui arracher un démenti. Puis elle pensa que les autres membres de la famille sortiraient de leur chambre pour s'étonner et s'indigner. Avec plus de précision encore, son imagination lui représenta la mère de Philippe sortant comme une tigresse de son repaire richement meublé pour monter défendre son fils.

« Il ne se soucie pas de moi le moins du monde, pensa Mary, pas plus qu'il ne se souciait de Miss Cox ou de Miss Turnbull.

Elle frissonnait. Elle se glissa dans son lit, tira les couvertures par-dessus sa tête, mais ne réussit pas à s'endormir.

Le matin, elle mit sa jupe bleu marine et son chemisier blanc. Elle était très pâle. Après le déjeuner, elle emmena les enfants dans leur chambre et ferma la porte. Meg aussi était lasse et se couchait à moitié sur son cahier. Renny voulut à tout prix mettre son bras autour du cou de Mary pendant qu'elle lui faisait apprendre sa table de multiplication. Ce fut le seul moyen d'obtenir qu'il restât tranquille.

9

Lendemain matin

Adeline Whiteoak avait bien dormi et se sentait merveilleusement détendue. L'orage avait nettoyé l'atmosphère, laissant derrière lui un paysage bien lavé, dont tous les contours étaient nets, comme gravés. Adeline pouvait entendre de sa chambre la voix sonore d'un homme conduisant son attelage dans un champ assez éloigné. Tout en s'habillant, elle pensa que c'était vraiment dommage qu'une femme fût obligée de porter des vêtements encombrants. Ce serait si agréable de n'avoir qu'une chemise et des pantalons, comme cet homme dans son champ. Elle sourit en se voyant en imagination vêtue d'un tel costume ; malgré son âge, elle le porterait mieux que la plupart des femmes. Grâce à Dieu, elle avait gardé la taille fine et une poitrine de jeune fille. Non sans complaisance, elle enfila son long corset baleiné dont chaque agrafe se fermait avec précision. Elle revêtit une robe de cachemire noire, mit à son cou une lourde chaîne d'or terminée par un médaillon qu'elle tint un instant dans sa main et porta à ses lèvres. Elle faisait ce geste chaque matin pour la mèche de cheveux qu'il contenait.

La salle à manger était vide car elle avait dormi tard ; cela n'était pas pour lui déplaire. Elle aimait prendre le premier repas de la journée dans la solitude, entourée seulement des bruits familiers et charmants de la maison. Ce matin-là, après une absence de plusieurs mois, ces bruits la charmaient particulièrement. Dans la vigne vierge qui grimpait autour de la fenêtre, les oisillons demandaient en gazouillant leur nourriture à leurs parents. Un dindon lançait son cri arrogant. Un homme ratissait le gravier de l'allée. Adeline sourit en retirant la grande serviette de toile de son coulant d'argent et en glissant un coin de celle-ci dans son col, sous son menton. Le porridge était délicieux, cuit juste à point et presque transparent. Quant au lait, eh bien, elle n'en avait pas goûté de pareil depuis qu'elle était partie. Après le porridge, elle se servit une assiette de framboises bien mûres, accompagnées de crème fraîche, deux toasts épais et bien beurrés et trois tasses de thé noir. Tout en mangeant, elle promenait ses regards autour de la pièce, regardant successivement toutes choses, savourant la joie de revoir les objets familiers si bien entretenus. Ses yeux s'arrêtèrent un instant sur les deux portraits, mais pas longtemps. Ils étaient trop ressemblants, elle et son Philippe dans leur jeunesse ! Elle pouvait bien regarder son image avec un petit sourire connaisseur, se dire : « J'étais exactement comme cela ! Une belle jeune femme ! » Mais les deux portraits, l'un près de l'autre – lui, dans son bel uniforme, elle, dans sa robe de bal en satin jaune – évoquaient des souvenirs trop poignants !... Comme ils s'étaient aimés ! Les piètres amours de la plupart des humains ne méritaient, à ses yeux, aucune considération. L'amour de Nicolas et de sa femme, par exemple, ou celui du jeune Philippe et de Margaret Ramsay. Non, qu'elle n'eût jamais regardé avec intérêt un autre homme ! Elle n'était pas de ces femmes qui lient leur égoïsme féminin à un seul objet, qui étouffent l'âme de celui qu'elles aiment par leur surveillance incessante. Adeline avait une nature trop ardente pour cela. Mais elle n'avait éprouvé qu'un seul grand amour.

Elisa entra dans la salle à manger pour s'informer si elle désirait quelque chose.

— Un peu plus de thé, madame, ou d'autres toasts ?

— Pas une goutte de thé, ni un atome de pain, Elisa. Vous me ferez grossir si vous continuez à me nourrir ainsi. Où sont-ils tous ?

— Ces messieurs sont aux écuries. Lady Buckley est dans sa chambre et les enfants sont avec Miss Wakefield.

— Ah !... Boney me manque. Est-ce que Miss Pink sait que je suis revenue ?

— On le lui a fait dire. Je crois qu'il s'est très bien porté.

— Tant mieux. Pauvre vieil oiseau ! Il sera si content de me voir.

Elisa en convint, bien qu'elle n'éprouvât pas une affection très vive pour le perroquet. Puis elle s'écria :

— J'entends une voiture. C'est peut-être Miss Pink.

Elle se dirigea vivement vers le hall puis revint sur ses pas en disant :

— Oui, madame, c'est Miss Pink avec l'oiseau.

— Faites-la entrer dans la bibliothèque et dites-lui que j'arrive immédiatement.

Adeline s'essuya les lèvres avec énergie, se leva, décida qu'elle mangerait bien encore une framboise, en prit une dans le plat et la glissa dans sa bouche. Puis elle traversa le hall dont la porte était ouverte et aperçut le poney bien gras des Pink et leur cabriolet. Elle pénétra dans la bibliothèque, un sourire de bienvenue aux lèvres.

Lily Pink se tenait au milieu de la pièce, portant la cage du perroquet qu'elle avait gardé et soigné en l'absence d'Adeline. Elle avait vingt ans mais l'expression innocente d'une petite fille de douze ans. Ses légers cheveux bruns étaient tirés et formaient un chignon serré sur sa nuque. Elle portait une robe rose avec des manches à gigot. Son grand-père avait été le premier pasteur de la petite église construite par le capitaine Whiteoak, quarante ans auparavant. Son père, d'abord missionnaire en Chine où ses enfants étaient nés, était revenu deux ans plus tôt à la mort de son père pour prendre en charge la petite paroisse.

— Lily, ma chère enfant, s'écria Adeline en l'embrassant. Je suis si contente de vous voir. Et Boney ? S'est-il bien porté ?

— Parfaitement bien, Mrs. Whiteoak, pendant tout son séjour.

— Je vous en suis si reconnaissante. J'aurais souffert de le laisser tant de temps à quelqu'un d'aussi dur que Mrs. Nettleship. Il y avait aussi les enfants ; ils auraient pu le laisser s'échapper ; je me méfie du jeune Renny.

Sa haute et souple silhouette se pencha vers la cage et le perroquet, poussant un cri de joie, sautilla vers la porte, s'accrocha aux barreaux de la cage pour grimper sur le toit et sauta sur l'épaule d'Adeline. Elle tourna son visage vers lui. Il appuya son bec contre son nez, émettant des sons graves et triomphants tandis que tout son corps éclatant vibrait d'amour pour Adeline.

— A-t-il parlé ? demanda-t-elle.

— Très peu, madame. Sauf lorsqu'il était en colère. Vous lui avez beaucoup manqué.

— Il se mettait en colère ? Que disait-il alors ?

Lily rougit en répondant :

— Je ne le comprenais pas.

Elle ne pouvait pas dire à Adeline qu'elle avait reçu de son père l'ordre de recouvrir la cage de l'oiseau quand il se livrait à des écarts de langage un peu trop colorés.

Boney était le successeur du perroquet qu'Adeline avait rapporté des Indes ; quand celui-ci était mort, quinze ans plus tôt. Adeline avait été si désolée que le capitaine Whiteoak n'eut pas de repos avant d'en avoir trouvé un autre, absolument semblable. Ensemble, ils lui avaient appris le vocabulaire du premier Boney, et leur élève avait si bien mis leurs leçons à profit que, pour la famille Whiteoak, les deux oiseaux, le mort et le vivant, s'étaient fondus en un seul.

Adeline balança doucement sa tête de haut en bas pendant que tout le corps de l'oiseau oscillait de joie sensuelle. Il n'aimait qu'elle, haïssait tous les autres.

Il commença à parler :

— *Dilkhoosa... Dilkhoosa...* murmura-t-il amoureusement. *Nur mahal... Mera lal.*

— Est-ce qu'il jure ? demanda Lily.

— Jurer ? Pas le moins du monde. Ce sont des mots d'amour. Ils savent ce que c'est que l'amour, en Orient, Lily. Perle du Harem, voilà comment il m'appelle.

La pudeur de Lily Pink s'effarouchait d'entendre une femme de l'âge d'Adeline, mère de fils déjà mûrs et deux fois grand-mère, prendre un plaisir aussi évident à entendre ces paroles câlines. Il lui semblait inconvenant qu'une femme d'un certain âge se laissât adresser des mots d'amour, même lorsque ces mots venaient d'un perroquet. Lily n'espérait pas, pour elle-même, de pareilles effusions. Depuis trois ans, elle brûlait d'un amour sans espoir pour Philippe Whiteoak, amour qui se manifestait par un silence à peu près complet de sa part lorsqu'elle se trouvait devant lui, cherchant par tous les moyens à éviter son regard.

Au même instant, Philippe entra dans le hall par la porte de côté.

— Hello, maman ! cria-t-il. Déjà levée.

— Déjà ! La matinée est plus qu'à moitié passée, et c'est la première fois que tu t'occupes de ta mère !

— Pas du tout ! Je suis déjà venu deux fois. Bonjour, Lily. Vous nous ramenez donc Boney ?

Lily s'inclina, remuant les lèvres sans qu'aucune parole s'en échappât. Philippe embrassa sa mère et chatouilla le perroquet sous le bec. Boney lui donna un coup sec sur le doigt et reporta aussitôt toute son attention sur Adeline.

— Quel temps splendide ! L'atmosphère est d'une pureté parfaite. Qu'allez-vous faire ?

Adeline dissimula derrière un sourire forcé le regard sombre qu'elle lui jeta. « L'atmosphère est loin d'être purifiée, mon garçon, pensa-t-elle, et la première chose que je vais faire c'est de découvrir jusqu'où tu es allé. » Elle dit tout haut :

— Je crois que j'irai voir les Lacey. Lily me laissera devant leur porte ; voulez-vous, ma chérie ?

— J'en serai ravie, Mrs. Whiteoak.

— Parfait. Je vais chercher mon chapeau. Laissez-moi seulement vous offrir ceci.

Elle prit dans sa poche une petite boîte d'où elle sortit une jolie ceinture de cuir à laquelle était fixée une bourse de soie ; elle la boucla elle-même autour de la taille de Lily. Philippe la regardait faire avec approbation.

— Voilà une taille que l'on pourrait serrer dans ses deux mains, dit-il.

— Elle ne te permettrait pas d'essayer, n'est-ce pas, Lily ?

Lily remercia Adeline de son présent tout en gardant résolument les yeux détournés de Philippe. Elle éprouvait un véritable sentiment de panique à la pensée de se trouver seule avec lui. Elle suivit Adeline dans la salle à manger et l'aida à suspendre la cage de l'oiseau à la place habituelle. Il fallut déployer mille ruses et chatteries pour le décider à y entrer et quand Adeline le laissa après de nombreuses protestations de tendresse, il lança de furieux jurons hindous.

— Je serai bientôt de retour, mon trésor, cria-t-elle.

Et elle se hâta d'aller dans sa chambre mettre son chapeau.

Philippe sourit à Lily restée auprès de lui comme une épave.

— Le cadeau de ma mère vous plaît-il ? demanda-t-il.

— C'est ravissant, répondit-elle dans un souffle.

Il désigna la bourse du doigt, l'ouvrit et y jeta un coup d'œil.

— Elle est vide. Pas même un penny dedans.

Elle réussit à dire :

— Il n'y en aura jamais ; je n'ai pas d'argent.

Et ses joues devinrent pourpres.

— Soyez sans inquiétude, Lily ; vous en aurez un jour. Un jour, quelque millionnaire viendra à passer...

Adeline apparut coiffée d'un chapeau de paille à larges bords. Philippe les accompagna jusqu'au cabriolet, les aida à monter sur le siège et flatta le poney à qui il donna une poignée d'herbe. Il les vit s'éloigner au trot, le cheval mâchant son herbe et des gouttes de salive verte tombant de sa bouche. Ses sabots faisaient jaillir l'eau des flaques ; ses petits flancs fermes brillaient dans le soleil. Adeline pensa au plaisir qu'elle éprouverait si seulement Philippe s'était conduit correctement. Elle dit négligemment :

— Je suppose que vous avez rencontré la gouvernante des enfants ?

Loin de Philippe, Lily retrouvait la faculté de parler.

— Oui. Je l'ai rencontrée chez les Lacey et mère l'a invitée à prendre le thé avec les enfants. Je l'ai rencontrée aussi deux fois sur la route. La trouvez-vous jolie, Mrs. Whiteoak ? Tous ces messieurs chantent ses louanges.

— Votre père aussi ?

— Certainement.

— Et l'amiral Lacey ?

— Plus que tous les autres.

— Et le docteur Ramsay ?

— Non ; du moins, je ne l'ai pas entendu en parler.

La situation semblait pire qu'Adeline ne l'avait supposé.

— Faites marcher le cheval plus vite, Lily, dit-elle. Donnez-lui un petit coup de fouet.

Lily détacha à regret le fouet recourbé et en effleura le flanc droit de l'animal qui tourna un peu la tête vers elle.

— Un autre, insista Adeline.

Lily effleura le flanc gauche ; l'animal s'arrêta net.

— Allons, marche, le pressa Adeline, avance !

L'animal se contenta de regarder de côté.

— Donnez-moi ce fouet, Lily.

Lily le lui abandonna et Adeline donna un bon coup au cheval qui alla droit dans le fossé sans toutefois les renverser.

— Il fait toujours cela si on le touche avec un fouet, dit Lily.

— Pourquoi ne pas m'avoir avertie ? Remontera-t-il si nous le tirons en arrière ?

— Non, il faut attendre le passage de quelqu'un pour le sortir de là.

— Je le ferais bien moi-même si je ne craignais de mettre de la boue à ma jupe. Sale bête !

Elle frappa de nouveau le flanc de l'animal ; il tourna vers elle son regard profond et lointain et manifesta l'intention de se coucher dans le fossé. Les deux femmes se hâtèrent de descendre du cabriolet et au même instant le docteur Ramsay apparut sur la route, conduisant son imposante jument. Il salua chaleureusement Adeline.

Quand il vit dans quelle fâcheuse situation elles se trouvaient, il descendit de son boghei et d'un geste autoritaire ramena le poney sur la route ; ce dernier le suivit sans difficulté, comme s'il n'avait attendu que la venue du docteur.

— Qu'avait donc cet animal pour aller dans le fossé ? demanda Adeline.

— Il est toujours allé dans le fossé depuis que je le connais, répondit le docteur Ramsay, et je le connais depuis trente-cinq ans.

— De quel côté allez-vous, docteur ? demanda Adeline. Si c'est dans la direction des Moorings, j'irai volontiers avec vous.

— C'est justement aux Moorings que je vais porter un flacon de liniment pour le dos de l'amiral.

— Souffre-t-il ?

— Un petit accès de lumbago. Rien de grave. Je vous en prie, venez avec moi Mrs. Whiteoak. J'aimerais bavarder avec vous.

Adeline fit ses adieux à Lily et monta sur le siège à côté du docteur. Il fouetta la jument qui partit d'un bon pas tandis que le petit poney s'efforçait, malgré ses courtes pattes, de la dépasser.

— Eh bien, s'écria le docteur, regardant avec une discrète admiration les yeux brillants d'Adeline, vous me semblez avoir fort bien supporté votre voyage.

— Je me porte mieux que jamais. Il n'existe pas de meilleur remède que d'abandonner quelque temps les soucis et les responsabilités de son chez-soi.

— Rien de plus vrai. Lady Buckley se porte-t-elle bien ?

Adeline ne pardonnait pas à sa fille de posséder un titre qui, sur le plan social, la situait au-dessus d'elle, mais le docteur Ramsay ne manquait jamais une occasion d'en user, bien qu'il ait appelé Augusta par son nom jusqu'à son mariage.

— Augusta va bien.

— Et Sir Edwin ?

— S'il souffre, il ne m'en a rien dit.

— Et Nicolas et Ernest ?

— Comme des ponts neufs ! Ernest est en voie de devenir très riche. Il est devenu très habile dans l'art d'effectuer des placements.

— Ah !... Il fera bien d'être prudent. Si j'avais de l'argent à investir, je le mettrais sur des propriétés... Comment avez-vous trouvé toute chose à Jalna ?

Adeline regarda droit entre les deux oreilles de la jument.

— Un fameux gâchis, voilà ce que j'ai trouvé.

— Vraiment ?

— Allons, s'écria-t-elle, vous n'allez pas me dire que vous n'avez recueilli aucune rumeur.

— Absolument rien, si ce n'est des louanges de cette jeune femme, sauf de la part de Mrs. Lacey. Elle semble ensorceler tout le monde.

— Eh bien, ma femme de charge m'en a dit long sur son compte ! Elle l'a vue bavardant en déshabillé sur le pas de sa porte avec Philippe, moins d'une semaine après son arrivée. Elle les a entendus s'embrasser dans la bibliothèque.

Le docteur Ramsay arrêta sa jument à la grille des Moorings et chassa les mouches de ses flancs avec le bout de son fouet.

Lily Pink et son poney les dépassèrent, l'animal se hâtant vers l'avoine qui l'attendait à l'écurie, la jeune fille souriant au passage et les saluant de la main.

Le docteur regarda alors Adeline, d'un air très grave et parla avec décision et un accent écossais plus sonore que jamais.

— J'ai dit que je n'avais rien entendu mais maintenant je vais vous dire ce que j'ai vu.

Adeline s'affermit sur le siège, une main sur chaque genou.

— Dès le début, j'ai eu de la peine à rencontrer cette jeune personne. Je m'étais rendu deux fois à Jalna sans l'y trouver ; la seconde fois, Elisa m'ayant dit qu'elle l'avait vue se diriger vers les bois, je suis parti à sa recherche car, en ma qualité de grand-père, j'ai une certaine responsabilité. J'ai marché longtemps puis je suis arrivé dans cette petite clairière au milieu du bois où l'herbe est si douce, et que croyez-vous que j'aie vu ?

— Dieu seul le sait.

— J'ai vu Miss Wakefield sans bas ni chaussures qui courait sur l'herbe ; elle avait relevé sa jupe jusqu'aux genoux. C'était un spectacle peu édifiant et même indécent. Je me suis éloigné.

— Vous avez bien fait, dit Adeline avec un regard plein de malice.

— J'ai tout de même réussi à la trouver un jour à Jalna et j'ai eu une courte conversation avec elle. Je dois dire que mon opinion se modifia légèrement car elle montra une intelligence à laquelle je ne m'attendais pas. Au cours de notre conversation, il m'arriva de citer le poète Burns et elle manifesta un vif désir de lire quelques-uns de ses poèmes. Je promis de lui en prêter un volume. Il y a une semaine environ, je suis venu le lui porter ; je venais de faire une visite professionnelle aux Vaughan chez qui j'avais laissé mon boghei et je me rendais à Jalna par le ravin où il fait toujours délicieusement frais. La chaleur, ce jour-là, était presque intolérable. En traversant le pont, je les ai aperçus.

Adeline tourna la tête et le regarda en face, haletante.

— Ils avaient tous deux une attitude parfaitement abandonnée. Elle lui faisait la lecture à haute voix ; un poème d'amour de Tennyson dont j'ai saisi quelques mots. Je me suis dirigé vers eux, je lui ai remis le livre avec un geste aussi désapprobateur que possible et je les ai quittés. Je ne les ai pas revus depuis.

— Eh bien, dit Adeline en poussant un grand soupir, c'est assez regrettable, mais j'ai entendu pire.

— Et certainement, personne n'a vu le pire, Mrs. Whiteoak ! Quand je pense à cette jeune personne comme à la remplaçante possible de ma propre fille, je suis consterné.

— Les hommes n'épousent pas toujours les femmes à qui ils font la cour, répliqua Adeline. Allons maintenant écouter ce que Mrs. Lacey peut avoir à nous dire.

Ils trouvèrent Mrs. Lacey et ses filles assises sur des sièges rustiques sous un vieux pommier. Mrs. Lacey cousait pendant que Violet et Ethel écossaient des pois. Toutes trois se levèrent d'un même élan pour embrasser Adeline et l'interroger sur son voyage. Ethel courut sous la véranda chercher un fauteuil à bascule pour Adeline. Le docteur Ramsay alla au-devant d'elle et le lui enleva de force des mains.

— Quelle écervelée que ma fille ! s'écria Mrs. Lacey.

Ethel écarta la frange bouclée qui tombait sur ses yeux, reprit son siège et vida le contenu d'une cosse de pois dans sa bouche. Sa mère jeta un regard d'intelligence à Adeline.

— Je parie que vous ne vous êtes pas assise sur un de ces sièges pendant tout votre voyage, déclara le docteur.

— Certainement pas. Ils sont excellents pour les nerfs. Elle s'enfonça dans le fauteuil et se balança de toutes ses forces.

— Le sol est toujours sec, dit le docteur Ramsay ; la terre est si dure que l'eau ruisselle sans pénétrer.

Il s'attarda un peu et entra à regret dans la maison pour rendre visite à son malade. Un silence tomba. Puis Mrs. Lacey demanda :

— Etes-vous contente de votre nouvelle importation ?

— Vous voulez parler de Miss Wakefield ?

— Naturellement. C'est la créature la plus excitante qu'il y ait eu par ici depuis bien longtemps.

— Elle est très agréable à regarder, un peu trop élégante peut-être.

Mrs. Lacey secoua gravement la tête.

— Si ce n'était que cela ; mais, Mrs. Whiteoak, cette jeune fille se met du rouge sur les lèvres. C'est Mrs. Pink qui s'en est aperçue. Ethel et Violet ne peuvent le nier, bien qu'elles prennent toujours sa défense car elle semble véritablement les fasciner.

— Oh ! non, mère, répliqua Ethel. C'est simplement qu'elle est originale, tout à fait différente de ce que nous connaissons.

— Elle est très amusante quand on reste seule avec elle, continua Ethel. Je veux dire hors de la présence de Mrs. Pink et de maman.

Et la jeune fille se mit à rire.

— Ethel, tu es vraiment incorrigible ! Maintenant que vos pois sont écossés, vous feriez bien de les porter à la cuisine. Mrs. Whiteoak et moi avons envie de bavarder entre nous.

— Parfait, mère, dit Ethel. Mais ne soyez pas trop dure pour Miss Wakefield.

Quand ses filles eurent disparu, Mrs. Lacey s'écria :

— Vraiment, ces petites sont intenables !

— Ce sont des filles délicieuses.

Mrs. Lacey essaya de dissimuler son orgueil maternel.

— Je suis contente que vous le pensiez. Mais elles se laissent si facilement emporter par leur imagination.

Adeline essaya de se balancer et étendit ses longues jambes d'une façon que Mrs. Lacey trouva fort peu convenable.

— Je suis une femme de mon temps, dit-elle. Si une jeune fille veut se farder, fumer et être à la dernière mode quand elle se trouve à Londres, je lui en laisse toute liberté. Mais je ne veux pas qu'à Jalna elle soit une tentation pour mon plus jeune fils. Je ne veux pas qu'une autre femme commande à Jalna. Vous savez le mal que j'ai eu avec la première femme de Philippe. Nous ne nous entendions guère ; vous devez vous en souvenir.

Mrs. Lacey s'en souvenait, en effet, fort bien.

— Vous dites que cette jeune fille fume ? demanda-t-elle.

— Oui. Mrs. Nettleship a trouvé des bouts de cigarettes dans le massif sous la fenêtre.

— C'est incroyable.

— Incroyable, mais vrai. Je les ai vus.

— Mrs. Nettleship les avait ramassés pour vous les montrer ?

— Oui. Du reste, si Philippe doit se remarier, je veux qu'il épouse une femme riche, une femme avec une dot. Je ne supporterai pas qu'il épouse une évaporée.

— Vous ne lui avez rien dit ?

— Non, rien encore. Il n'a peut-être en réalité aucune intention de l'épouser. Mais il est bien évident qu'elle cherche à mettre le grappin sur lui. De la poésie ! Lire de la poésie de Tennyson ! Qu'en dites-vous ?

Les yeux de Mrs. Lacey brillaient.

— Vous parlez de la poésie de Tennyson. Cette jeune personne a des lectures étranges. Mes filles l'ont emmenée l'autre jour dans le verger où elles se sont assises sous les arbres ; elles en sont revenues complètement changées et, depuis, ne sont jamais redevenues ce qu'elles étaient. Mais je crois préférable de garder leur confiance et je les ai encouragées à parler. Elles m'ont dit que Miss Wakefield avait lu tous les ouvrages de Rhoda Broughton, et non seulement ces ouvrages mais aussi tous ceux de *Ouida*. Avez-vous jamais lu *l'horrible* roman de cette dernière : *Amitié* ? J'ai honte de dire que je l'ai fait ; c'est le comble de l'immoralité. Elle a des exemplaires du *Livre Jaune* avec des illustrations insensées d'Aubrey Beardsley et une revue contenant un article d'Oscar Wilde intitulé : « Le déclin de l'Art de Mentir. » Je pense que cela est significatif ; qu'en pensez-vous, Mrs. Whiteoak ? Elle divague véritablement en parlant des petits restaurants de Soho où « l'atmosphère est si pleine de couleur ». Mon mari a failli avoir une attaque quand je lui ai répété cette expression. Les journalistes la « captivaient ». Elle a rencontré plusieurs fois des acteurs et des actrices. Il paraît qu'elle rêve d'aller à Paris et à Vienne. Nous connaissons tous la dépravation de ces villes. Voilà les sujets de conversation qui ont occupé ces trois jeunes filles tout un après-midi sous le pommier !

Adeline sourit ironiquement :

— Il ne faut pas s'étonner que Violet et Ethel ne soient plus les mêmes depuis, dit-elle.

10

Rencontre avec Miss Craig

Mary se demandait s'il entrait encore dans ses attributions d'accompagner les enfants à l'église le dimanche matin, maintenant que leur grand-mère et leur tante étaient de retour et pouvaient les surveiller. Elle n'avait pas revu Philippe depuis l'arrivée des siens, c'est-à-dire depuis deux jours, et elle le cherchait pour lui poser la question car si elle n'avait pas à se rendre à l'église, elle passerait la matinée dans les bois de pins. Elle l'aperçut debout au milieu de la pelouse devant la porte qui conduisait du hall à l'escalier descendant au sous-sol. La pipe à la bouche, il exprimait par tout son être une telle sérénité qu'elle se demanda s'il lui arrivait parfois de perdre son calme. Elle hésita à le déranger. Elle éprouvait, sans savoir pourquoi, une certaine contrainte en sa présence.

Pendant qu'elle hésitait sur le seuil, il l'aperçut et, retirant sa pipe de sa bouche, lui cria :

— Bonjour, Miss Wakefield. J'espère que vous êtes remise des émotions de l'orage. Vous aviez très peur.

— Un peu. Mais c'est sans importance. Je ne suis pas habituée à de tels orages.

— Mais vous vous y habituerez. Vous vous habituerez à tout.

— C'est déjà fait. C'est-à-dire, à presque tout. Je voulais vous demander si je dois aller ce matin à l'église avec les enfants, comme de coutume.

— Préféreriez-vous ne pas venir ?

Elle le regarda dans les yeux.

— Mr. Whiteoak, ce n'est pas là la question. Je veux savoir ce que l'on attend de moi.

Il sourit gentiment.

— Que vous fassiez ce qu'il vous plaît, bien entendu.

— Alors, répliqua-t-elle fermement, le mieux sera que je mette ma plus vieille robe, que je prenne les chiens et que j'aille vagabonder dans les bois.

— Est-ce vraiment ce que vous préférez ?

— Oui.

Il hocha la tête.

— Cela ne ferait pas du tout l'affaire. Ma mère serait mécontente. Je crains que vous ne soyez obligée d'aller à l'église.

— Merci. C'est tout ce que je désirais savoir.

Elle s'aperçut aussitôt qu'elle s'était exprimée avec sécheresse. Mais comment devait-elle lui parler ? Elle semblait toujours l'ignorer.

— Il y a une brise fraîche et délicieuse, ce matin, observa-t-il.

Elle avait remarqué la brise ; mais seulement parce qu'elle soulevait l'épaisse mèche blonde sur le sommet de sa tête. Les épagneuls étendus au soleil se levèrent et s'approchèrent de lui, flairant ses jambes.

— Ils savent que c'est dimanche, dit-il d'un ton mélancolique.

— Oui. Le dimanche ici est encore plus dimanche que partout ailleurs. C'est une journée reposante et je l'aime bien.

— Cela ne vous ennuie vraiment pas trop d'aller à l'église ?

— Certainement pas. J'adore votre petite église. Allons, il faut que j'aille préparer les enfants.

Elle le quitta, le cœur soudain allégé. « Que se passe-t-il ? pensa-t-elle. Je change d'humeur toutes les deux minutes. » Puis elle repassa mentalement tout ce qu'elle avait dû supporter au cours des mois précédents et en conclut qu'il était fort naturel qu'elle éprouvât un certain trouble.

Elle mit à Renny son costume marin blanc et aida Meg à nouer le ruban de ses cheveux. Ils ne cessaient de bavarder tout en s'habillant.

— Gran a douze paires de bas de soie.

— L'oncle Nick a une montre à arrêt.

— Tu ne dois pas l'appeler oncle Nick. C'est mal élevé.

— Ça m'est égal. Je dirai aussi oncle Ernie.

— C'est mal élevé, n'est-ce pas, Miss Wakefield ?

— Miss Wakefield s'en moque, déclara-t-il.

— Tante Augusta dit que nous nous tenons de plus en plus mal et que c'est votre faute, Miss Wakefield. Est-ce vrai ?

— Miss Wakefield, est-ce qu'on vous paie pour nous donner des leçons ?

Tout en continuant de brosser vigoureusement les cheveux de Renny, Mary répondit :

— Certainement.

Les yeux noirs du petit garçon s'écarquillèrent de stupeur.

— On vous paie ! répéta-t-il. Avec de l'argent vrai ?

— Mais bien sûr. Pensez-vous que j'aie traversé l'océan simplement pour l'amour de vous ?

— Mais oui ! – Il la regarda, la voyant désormais sous un jour nouveau. – Miss Cox et Miss Turnbull étaient-elles payées aussi avec de l'argent vrai ?

— Naturellement.

Il leva la tête pour qu'elle nouât sa cravate, mais son petit visage exprimait un certain trouble. Un étonnement un peu pénible accompagnait cette révélation que certaines personnes étaient bel et bien payées pour faire ce qui n'aurait dû être pour elles qu'un plaisir.

Un vieux cabriolet soigneusement astiqué et un immense phaéton déversèrent devant l'église neuf personnes qui, suivant leur sexe et leur âge, en descendirent avec dignité, en sautèrent légèrement, ou réclamèrent aide et assistance pour en sortir avec plus ou moins de facilité.

C'était un groupe de fidèles impressionnant pour n'appartenir qu'à une seule famille ! Mary fut étonnée de voir Philippe portant un manteau et un chapeau à la mode du prince Albert. Comme en signe de protestation, il portait ce dernier légèrement incliné de côté et, sous prétexte de parler à Renny, murmura à Mary :

— N'est-ce pas ridicule de s'habiller ainsi pour venir à l'église, à la campagne ?

Mary ne l'avait encore jamais vu en grande toilette ; dans ce costume magnifique, il lui arrachait une évidente admiration. Tout ce qu'elle put dire fut :

— Je ne pourrais l'en blâmer.

— Dites-vous cela à cause des conventions ou parce que vous me trouvez beau ?

— Vous êtes tous beaux.

Et ses yeux s'arrêtèrent sur Nicolas, Ernest et Sir Edwin également revêtus de leurs plus beaux atours !

Un carillon sonné à toute volée rendit toute conversation impossible pendant qu'ils montaient les marches du perron. Adeline, avec son bonnet de veuve dont le long voile retombait sur ses épaules, était une silhouette familière pour tous les fidèles qui assistaient à l'office. Ils éprouvaient une joie réelle à la voir enfin de retour. Quant à elle, elle soupira profondément et hésita un instant à mi-chemin, non pas qu'elle fût essoufflée par la montée, mais, comme à chaque retour après une absence, elle sentait la présence toute proche de son mari auprès de qui elle avait assisté à la construction, pierre par pierre, de la petite église, et dont les os reposaient maintenant dans le cimetière. Les cloches cessèrent de carillonner.

— Mon Philippe, murmura-t-elle en soupirant si fort que Sir Edwin qui se trouvait à côté d'elle demanda :

— Avez-vous dit quelque chose ?

— Non, non. Je ne faisais que pousser un soupir.

— C'est presque une ascension, par cette chaleur.

— Pas pour moi. Cette chaleur me paraît délicieuse... après l'Angleterre.

Ils étaient maintenant sous le porche. Philippe les avait quittés pour se rendre à la sacristie. Renny aperçut la corde de la cloche qui se balançait et cédant à une tentation irrésistible, sauta, en saisit l'extrémité et se mit à se balancer. Nicolas lui administra une bonne tape sur les fesses, le remit sur le sol et tout en lui appliquant une main sur la bouche pour prévenir tout cri intempestif, il le prit par l'autre main et l'entraîna dans le bas-côté.

— Cet enfant finira mal, murmura Augusta à l'oreille de son mari.

— C'est la destinée de bien des garçons, répondit-il avec douceur.

Lady Buckley avait l'air plus offensée que jamais quand elle se glissa à sa place.

Mary s'assit avec les deux enfants sur un banc placé devant celui qu'occupaient Adeline, ses deux fils, sa fille et son gendre. Elle sentait cinq paires d'yeux épiant chacun de ses gestes et la sensation qu'elle éprouvait de ces regards attentifs devint si intense que ses mains tremblaient en cherchant les offices du jour dans le livre de prières des enfants.

Les nouveaux venus de ce jour fournissaient aux chants de l'office une nouvelle ampleur ; ils avaient de belles voix, savaient par cœur les divers hymnes et les chantaient avec enthousiasme. Au cours des précédents dimanches, Mary avait remarqué la faiblesse du chœur ; elle le sentait maintenant complètement submergé et même subjugué ; ses membres étaient annihilés ; leurs bouches semblaient s'ouvrir et se fermer sans qu'aucun son en sortît. Le service parut interminable. Mary eut soin de garder son visage détourné de la place où Philippe s'était assis en attendant le moment de lire les Leçons, mais quand il monta dans la chaire, elle se permit de le regarder. Pour elle, sa tête, la forme de ses épaules sous le surplis étaient plus émouvantes que les mots qu'il prononçait.

Ses frères échangèrent un regard ; ils avaient oublié à quel point Philippe lisait mal. Renny laissa tomber la pièce de dix *cents* qu'il devait donner à la quête ; elle roula très loin dans l'allée latérale Mary hésita à lui permettre d'aller la chercher, mais il ne cessa de remuer jusqu'au moment où elle le laissa faire. Alors, d'un bond de sauterelle, il ramassa sa pièce et jeta un regard de triomphe à sa grand-mère, assise derrière lui. Celle-ci se pencha en avant et il se trouva enveloppé de l'odeur de son lourd voile de crêpe tandis qu'elle murmurait :

— Sois sage ou gare à toi.

Il serra bien fort la pièce dans sa main sans perdre de vue son oncle Nicolas qui faisait la quête, et quand celui-ci lui tendit le plateau, il planta son offrande au beau milieu avec un grand geste.

— Cet enfant a perdu toute notion de discipline, remarqua Augusta, et Ernest, à qui elle s'adressait, approuva d'un signe de tête. Nicolas et Walk, le forgeron, un beau garçon du village, étaient debout côte à côte sur les marches de l'autel et présentaient le plateau à Mr. Pink[1] dont le nom répondait si merveilleusement à son teint. Ce que l'on pouvait dire de mieux de ses sermons, c'est qu'ils étaient courts ; ce qu'on pouvait en dire de pire, c'est qu'ils ne traitaient jamais la question. Mr. Pink semblait toujours sur le point d'exprimer une

1. En anglais, « pink » signifie « rose ».

pensée profonde, mais elle lui échappait toujours, à moins que, comme le prétendait Nicolas, elle n'eût jamais existé.

Les fidèles descendirent peu à peu l'allée centrale. Renny réussit à rejoindre le petit Maurice Vaughan de deux ans plus vieux que lui, qui avait quitté son collège du Haut Canada pour passer les vacances dans sa famille.

Sous le porche, Adeline fut aussitôt entourée d'amis la félicitant de son retour. Elle ressemblait à une reine entourée de ses courtisans et ses lèvres pleines souriaient.

Mr. Vaughan lui présenta une nouvelle venue dans la petite église.

— Voici Miss Craig, dit-il, qui habite loin d'ici et fait dix milles en voiture pour venir dans notre paroisse.

— Voilà ce que j'appellerai un compliment, répondit Adeline en serrant la main de la jeune fille tout en l'examinant d'un regard satisfait. Dites-moi pourquoi vous venez de si loin dans notre insignifiante petite église ?

— Votre fils m'en a parlé ; il m'a dit comment vous et le capitaine Whiteoak l'aviez fait construire en pleine forêt vierge. J'y suis venue une première fois par curiosité et j'y reviens parce qu'elle me plaît infiniment.

— Vous êtes des nouveaux venus dans cette province ?

— Oui. Mon père a fait construire une maison au bord du lac. Malheureusement, il a eu une attaque et ne peut plus se déplacer.

— Oh ! c'est désolant.

Adeline se tourna ensuite pour saluer un fermier voisin et sa femme.

— C'est l'anniversaire de notre mariage, Mrs. Whiteoak, dit l'homme. Quarante ans de mariage.

— Six enfants et dix-huit petits-enfants, ajouta sa femme.

— C'est un grand bonheur. Vous avez aussi la chance d'avoir encore votre homme auprès de vous.

— Oh ! Mrs. Whiteoak, je me souviens de vous et du capitaine dansant à notre mariage. Quel bel homme c'était !

— Oui, c'était un bel homme. Je vais me rendre maintenant sur sa tombe.

Elle se dirigea vers le cimetière, suivie de tous les siens ; Philippe les avait rejoints. Mary suivit également mais de loin. Elle les vit se réunir autour d'un enclos signalé par une haute stèle de granit et entouré d'une grille en fer forgé. Il y avait deux tombes dans cet enclos, celle du capitaine Philippe Whiteoak et celle de Margaret, la jeune femme de son fils Philippe ; une petite croix de marbre portait le nom de cette dernière.

La haute silhouette d'Adeline, toute drapée de noir, s'arrêta devant la tombe de son époux ; la brise d'été soulevait son voile. Augusta inclina la tête, les quatre hommes se découvrirent.

Une image se dégagea de la brume des souvenirs d'Augusta, celle de son père la portant sur ses épaules quand elle n'était qu'une petite fille en petits pantalons de dentelle ; elle sourit tendrement à l'image de cette petite fille et murmura de sa voix grave : « Cher papa ! »

Sir Edwin se souvint qu'il avait toujours éprouvé une vive sensation d'insignifiance aux côtés de cette vigoureuse personnalité militaire ; il évoqua le souvenir du regard du capitaine Whiteoak dont les yeux bleus proéminents le fixaient, comme étonnés de sa présence. « Certes, pensa Sir Edwin, il pouvait être charmant, quand il le voulait bien. »

Dans l'esprit de Nicolas surgit soudain le souvenir d'une correction particulièrement sévère que lui avait infligée son père. Il en avait reçu un assez grand nombre, mais il se souvenait surtout de celle-ci, bien qu'il en eût complètement oublié la cause. Et cependant, avec quelle générosité cette main qui l'avait châtié l'avait également comblé... Et maintenant elle était... Le cœur de Nicolas se serra douloureusement pendant qu'il se représentait un court instant l'état actuel de cette main. Combien dit-on qu'il y a d'os dans une main ? Vingt-huit. Vingt-huit petits os, secs, peut-être détachés les uns des autres, dans cette caisse, sous l'herbe épaisse de l'été ! A la place de la belle main dont il gardait le souvenir.

« Un officier et un gentleman, s'il en fut jamais un », pensait Ernest en regardant la tombe. Quel talent de conteur il possédait ! Surtout lorsqu'il s'agissait de décrire la vie qu'il avait menée aux Indes. Mais il n'avait rien d'un intellectuel. Ernest se demandait parfois de qui lui venait son goût des travaux intellectuels. Certainement pas de sa mère dont la haute intelligence était avant tout féminine et intuitive... L'expression du visage de celle-ci le fit souffrir ; ne valait-il pas mieux s'éloigner de cette tombe ?...

« Cher vieux gouverneur ! » pensa Philippe qui écarta résolument de son esprit toute pensée mélancolique. Il tourna son regard vers Mary dont le grand chapeau de paille ombrageait le visage.

Adeline criait dans le fond de son cœur : « Mon amour, mon cher amour. » Un court instant, elle fut sur le point de se jeter sur la tombe, de se serrer contre elle, comme elle s'était serrée contre Philippe étendu mort – son Philippe qui, une heure plus tôt, avait quitté la maison plein de vie et d'entrain ! Mais elle se domina, leva la main et arrangea sur son épaule son voile de veuve. Puis elle s'éloigna de la tombe, toujours la première, d'un pas ferme.

Renny resta seul devant la stèle de granit. Il rêvait depuis longtemps de l'escalader et se sentait soudain assez fort pour essayer. Il sauta par-dessus la balustrade en fer forgé, entoura la pierre de ses petits bras, mit un pied sur la saillie la plus basse, s'y suspendit comme une patelle, bien que la base en fût assez instable. Au prix des plus grands efforts, il atteignit la corniche supérieure et s'y accrocha. Il ôta son béret marin, le posa au sommet du monument et dans l'ivresse du succès, il ne put se contenir et hurla :

— Hurrah !

Toute la famille se retourna et resta clouée sur place.

Philippe fit un pas vers son fils.

— Ses fesses vont lui en cuire ! s'écria-t-il.

Mais Adeline le retint.

— Non, non, dit-elle. Laisse-le. Il n'a aucune mauvaise intention et nous offre là un joli tableau qui me plaît.

Au cours du déjeuner, elle fut de merveilleuse humeur. Quels que fussent les défauts de Mrs. Nettleship, c'était une excellente cuisinière. Certains estomacs eussent peut-être trouvé le repas trop copieux par une telle chaleur, mais Adeline n'était pas de ceux-là. Elle savourait chaque bouchée. Leurs voisins, les Vaughan, s'étaient joints aux Whiteoak et Adeline aimait leur société, particulièrement celle de Robert Vaughan ; celui-ci, dans sa jeunesse, avait été amoureux d'elle, bien qu'elle fût déjà mariée et il n'avait jamais tout à fait cessé de l'être.

En sortant de table, ils se réfugièrent dans la fraîcheur du salon aux volets clos et Adeline demanda alors à Mrs. Vaughan :

— Que savez-vous de ces Craig ? La jeune femme est avenante et bien faite.

Mrs. Vaughan ne jugea pas convenable de parler des formes d'une jeune femme dans une réunion comportant des représentants des deux sexes. Elle se contenta de répéter :

— Oui, elle est avenante. Elle est également très gentille. Je regrette pour elle qu'elle soit privée de tous les plaisirs de son âge. Ils vivent dans cette immense maison sans pouvoir recevoir leurs amis, avec la seule compagnie d'une bonne infirmière.

— Miss Craig est une riche héritière, ajouta son mari. L'un de vous trois, mes chers amis, pourrait faire son affaire.

Les yeux d'Adeline brillèrent.

— Quelle bonne idée ! Nicolas est tout à fait l'homme qui convient. Sa première femme était trop extravagante pour qu'il la garde et il lui en a coûté cher pour se débarrasser d'elle. C'est l'homme qu'il faut à Miss Craig.

Les Vaughan n'avaient pas entendu sans en éprouver quelque gêne l'allusion au divorce de Nicolas, et la suggestion d'un second mariage de sa part était terriblement embarrassante. Combien de fois, au cours de leur longue amitié, Adeline ne les avait-elle pas choqués par ses remarques intempestives ! Tous deux rougirent mais Nicolas resta imperturbable, se contentant de dire :

— Chat échaudé craint l'eau froide. Je ne me remarierai jamais.

— Pourquoi pas Philippe ? demanda Sir Edwin.

— Philippe a assez à faire, dit sèchement Adeline.

— Alors, ce sera Ernest, déclara Nicolas. Il a un nouveau costume dans lequel il est irrésistible.

Ernest essaya de prendre un petit air modeste.

— Ne dis pas de bêtise, Nicolas. Si jamais je me marie, ce sera par amour. Je suis heureux de pouvoir dire que l'argent ne m'intéresse pas.

— Mon fils Ernest est devenu un grand financier, déclara Adeline avec satisfaction. Il n'ignore plus rien de l'art de faire des placements. Vous auriez dû lui demander conseil, Robert, et doubler ainsi votre capital.

Pour son propre compte, Adeline se contentait parfaitement des revenus assez faibles qu'elle touchait pour une fortune personnelle fort respectable de cent mille dollars, placés de la façon la plus traditionnelle. Elle vivait à Jalna sans rien dépenser pour son entretien et ne faisait jamais allusion à sa propre fortune ; elle aimait même parfois jouer le rôle d'une pauvre veuve à la charge de son fils Philippe.

Philippe, le préféré de son père, avait hérité de Jalna, de toutes les terres qui en dépendaient ainsi que d'assez d'argent pour y vivre sans extravagance. Une partie considérable de son revenu provenait des terres fertiles affermées de Jalna. Dans le domaine de l'argent, il était d'une folle générosité et tout ce qui touchait aux questions financières le déconcertait. Il parlait toujours de lui comme d'un fermier et d'un éleveur de chevaux. Outre ce que leur avait laissé leur père, ses deux frères aînés avaient reçu des sommes importantes de la sœur de leur père qui vivait en Angleterre. Nicolas avait perdu pas mal d'argent l'année précédente avec des valeurs portugaises, grecques et mexicaines, mais Ernest était le seul à le savoir. Nicolas qui tenait de sa mère le goût de la nouveauté et du pittoresque était attiré par des placements de ce genre ; il se réjouissait d'avoir pu garder le secret sur ses pertes car il pouvait facilement imaginer les observations mordantes d'Adeline si elle les avait connues.

Ernest aussi avait perdu de l'argent. Les actions des grandes lignes de chemin de fer avaient baissé de même que celles des chemins de fer anglais. Mais ces pertes n'étaient rien comparées à ses gains. Debout, une main dans l'ouverture de son gilet, il parlait avec aisance de ses placements qui avaient doublé son capital. Il éprouvait une exquise sensation à faire un peu la roue !

Mr. Vaughan fut très impressionné. Il était naturellement prudent, mais son ambition pour son jeune fils venu tardivement à leur foyer était illimitée. Il désirait en faire un homme distingué, utile et influent dans la région. La richesse l'aiderait certainement pour ce brillant avenir, car l'avenir de Maurice ne pouvait être que brillant. Il était si sérieux, si doué, si différent de ce petit étourdi sans cervelle de Renny !

Robert Vaughan déclara donc fermement :

— Je serais heureux d'avoir votre avis, Ernest. Le dimanche n'est certes pas un jour pour discuter de questions d'argent, mais, si vous êtes libre demain matin, j'aimerais venir causer avec vous.

— Ernest vous mettra sur la route de la fortune, affirma Sir Edwin.

— C'est un vrai magicien, dit sa sœur avec admiration.

Ernest sourit avec un peu d'affectation. C'était si exaltant de se savoir un grand homme d'affaires !

— Je fais ce que je peux, dit-il.

Philippe était occupé à arracher des débris de paille et de feuilles de la queue de son chien et les cachait sous la chaise qu'il occupait.

— La terre me suffit, déclara-t-il. Je préfère placer mes fonds en farine, en avoine et en pommes.

Ernest le regarda avec indulgence.

— Je crois que tu fais preuve de sagesse, Philippe, en ne t'écartant pas de ce que tu comprends.

— Je suis perdu dès que je me préoccupe d'argent.

Sa mère tendit le cou dans sa direction.

— Que fais-tu donc ? lui demanda-t-elle.

— Rien. Je suis tranquillement assis à me tourner les pouces.

Il lança un clin d'œil à Augusta qui ne put s'empêcher de lui sourire en retour bien qu'elle eût aperçu les débris de feuilles sous sa chaise.

11

Le bal

— J'ai envie de donner un dîner suivi d'un bal, déclara Adeline. Je veux que mes amis sachent que je suis de retour.

— Tout le monde le sait, chère vieille mère, répliqua Philippe ; ne croyez-vous pas préférable d'attendre que le temps soit moins chaud ? Les gens fondront véritablement, à danser par cette chaleur.

— J'ai dansé par un temps bien plus chaud avec un corset lacé serré et une énorme tournure. Je n'arrive pas à comprendre d'où vient ta paresse, Philippe. Ton père et moi ne redoutions aucun effort.

Philippe alluma sa pipe et, avant de répondre, dissimula l'allumette éteinte sous sa chaise.

— Ni vous ni mon père n'avez jamais accompli ce que j'appelle une vraie journée de travail...

Sa mère l'interrompit avec indignation :

— Que veux-tu dire ? Que ton père et moi n'avons jamais travaillé ! Il fallait le voir au moment de la construction de Jalna. Il soulevait un arbre, à lui seul d'un côté, alors qu'il fallait deux hommes à l'autre bout. Il avait la force de deux !

— Oui, j'ai entendu raconter ça. Mais c'était un effort d'un instant et non le travail d'une journée entière.

— Il fallait qu'il conserve sa force ; c'était indispensable à cette époque.

— Eh bien, je fais comme lui. J'ai mon avoine à rentrer avant que le temps change. Vous n'ignorez pas que je mets la main à la pâte et que j'aide mes hommes.

— Un beau teint de Peau-Rouge que tu as pris à faire cela !

— Je me trouve ainsi en sécurité. Aucune fille ne voudrait courir après un veuf au teint de Peau-Rouge.

Adeline eut un rire moqueur.

— Regarde-toi donc dans ta glace et tu verras si tu es vraiment devenu « à faire peur ». Ce teint hâlé fait paraître tes cheveux plus brillants, tes yeux plus bleus et tes dents plus blanches.

— Quelle horreur ! Je dois ressembler à un couvercle de boîte à cigares.

— Tu es un bel homme, tu ressembles beaucoup à ton père.

Adeline n'acceptait pas souvent de reconnaître cette ressemblance, aussi Philippe en fut-il dûment flatté et émit un grognement satisfait.

— Tu étais son préféré.

— Hum !

— Il fondait de grands espoirs sur toi, tout comme moi, d'ailleurs.

— Quels espoirs, maman ?

Il la mettait ainsi au défi de préciser ces espoirs ; Philippe avait à peine trente ans et n'avait jamais manifesté la moindre ambition. Il insista :

— Allons, maman, qu'espérez-vous de moi ?

Elle prit la vigoureuse main brune de son fils et la serra dans sa longue main fine.

— Que tu ne te conduises pas comme un imbécile. N'est-ce pas beaucoup espérer d'un homme que d'en espérer seulement cela ?

— C'est même en espérer trop.

— Philippe, tu es un enfant terrible. Cela me déchirerait le cœur de te voir épouser sottement une jeune écervelée.

— Votre cœur est fait d'une étoffe trop solide pour se déchirer aussi facilement, maman.

— Tu dis que je n'ai jamais travaillé. Réfléchis un peu. J'ai porté trois fils dans ce Canada sauvage et j'y ai élevé quatre enfants avec le peu d'aide que j'ai pu rencontrer.

Il sourit de son sourire si séduisant :

— Comme vous parlez bien, maman ! Si vous continuez ainsi, je vais me mettre à pleurer.

Sa pipe s'était éteinte ; il la ralluma.

Adeline s'écria soudain :

— J'ai vu où tu as mis cette allumette ! Il y en a deux sous ta chaise. Ramasse-les tout de suite, Philippe, et mets-les dans un endroit convenable.

Renny entra en courant ; Philippe l'attira auprès de lui et mit les allumettes brûlées dans la poche de sa blouse.

— Tiens, voilà un beau cadeau pour toi, dit-il. Enterre-les et il en sortira du tabac.

— Ce n'est pas vrai, n'est-ce pas, Granny ? – Il grimpa sur les genoux de sa grand-mère et noua ses bras autour de son cou. – Chantez-moi quelque chose, implora-t-il, comme vous le faisiez avant de partir.

Elle le serra contre elle.

— Je ne peux pas chanter.

— Mais si, vous pouvez.

Elle avait, en réalité, une assez belle voix mais aucune oreille. Elle chanta :

Il était une vieille femme qui avait trois fils,
Jerry, Jacques et Jean,
Jerry fut pendu, Jacques fut noyé,
Jean se perdit et ne fut jamais retrouvé,
Ainsi finirent ses trois fils,
Jerry, Jacques et Jean.

Renny se prélassait sur ses genoux, savourant chaque mot de la chanson ; ses jambes nues et hâlées s'abandonnaient sur celles de sa grand-mère, et les petits talons heurtaient doucement ses tibias. Elle regarda Philippe par-dessus la tête de l'enfant.

— Ce garçon est la prunelle de mes yeux, dit-elle.

— Il est certain qu'il vous ressemble, maman.

— Il montre par là son bon sens !

Elle l'embrassa avec passion et Boney, dans sa cage, poussa des cris de jalousie.

— Je voudrais avoir un petit frère, déclara Renny.

— Qu'en ferais-tu donc ?

— Je lui apprendrais à monter à cheval ; j'en prendrais soin.

— Mais non, mais non. Il y a bien assez d'un petit garçon dans la maison.

Sir Edwin entrouvrit la porte ; Renny l'aperçut et abandonna aussitôt les genoux d'Adeline.

— Oncle Edwin, cria-t-il, vous m'avez promis de m'aider à faire marcher mon train qui ne veut pas rouler.

Sir Edwin le regarda, fronçant légèrement les sourcils.

— Un peu de tenue alors, si tu veux que je t'aide.

Le petit garçon sortir en courant et revint avec son train. Sir Edwin releva légèrement ses pantalons, s'agenouilla avec précaution et inclina ses favoris vers le jouet. Philippe et Adeline se penchèrent en avant, captivés par le spectacle.

Augusta entrant dans le salon s'écria :

— Le spectacle d'Edwin penché sur un objet mécanique me stupéfie toujours.

— Vous oubliez, ma chère, répliqua son mari, que mon grand-père était un savant.

— Et qu'il a obtenu le titre de baronnet en découvrant quelque chose à propos des punaises ! dit Adeline en riant. J'ai toujours trouvé cela si drôle !

— C'était une découverte extrêmement importante qui a sauvé des milliers de vies, déclara Sir Edwin avec dignité.

— Si nous continuons à sauver des vies à ce point, répliqua Adeline, dans cinquante ans la terre sera surpeuplée.

Sir Edwin fit la sourde oreille. Son regard était fixé sur la petite locomotive.

— Maman veut organiser une grande réception, dit Philippe à sa sœur.

— Je trouve que c'est une excellente idée, répondit Augusta.

— Tu ne trouves pas qu'il fait trop chaud ?

— Au Canada, le temps est toujours ou trop chaud, ou trop froid.

— Les gens auront affreusement chaud en dansant.

— Si les boissons sont bonnes, cela leur sera égal. Un bon vin blanc glacé fera l'affaire.

Adeline glissa à l'oreille de Philippe :

— Chez elle, je n'ai jamais pu boire quelque chose de meilleur que du madère de cuisine.

La petite locomotive était maintenant réparée et faisait son petit bonhomme de chemin sur le parquet. Fou de joie, Renny battit des mains.

Nicolas et Ernest tombèrent d'accord avec leur mère pour reconnaître qu'une réception serait fort agréable. On lança seize invitations à dîner et trois fois autant pour le bal qui suivrait. La maison bourdonna bientôt d'activité afin de préparer cette grande soirée. Mary vécut dans l'incertitude de savoir si oui ou non on comptait sur sa présence. Mais Adeline la rassura bientôt en lui disant avec un sourire :

— Il faudra revêtir vos plus beaux atours, vendredi soir, Miss Wakefield.

« Son sourire est gai et charmant, pensa Mary. Pourquoi ai-je peur d'elle ? » Elle répondit à Adeline :

— Merci beaucoup madame. C'est très aimable de votre part de m'inviter.

— Vous dansez, je suppose ?

— Oh ! oui !

— Moi aussi. Cela vous étonne ?

Mary trouvait bien que Mrs. Whiteoak avait passé l'âge de la danse, mais par ailleurs, rien ne pouvait la surprendre de la part d'Adeline.

— Je suis sûre que vous dansez à la perfection, répondit-elle.

Adeline sourit avec malice.

— Je peux encore remuer mes jambes en mesure.

Dès lors, Mary fut incapable de penser à autre chose qu'à la soirée. C'était pourtant folie, pensait-elle, que de se faire belle pour l'amour de Philippe. Elle ne le voyait guère qu'aux moments des repas au cours desquels elle se trouvait assise et isolée entre les deux enfants qui n'avaient plus la permission de parler à table. Ils ne bronchaient pas et gardaient le silence tout en buvant les paroles que prononçaient les grandes personnes et que Meggie trouvait plus intéressantes que les plats qu'on lui servait. Quel contraste, pensait souvent la jeune gouvernante, avec le premier repas qu'elle avait pris à Jalna !

Mary sortit la seule robe du soir qu'elle possédât ; elle était bleu turquoise, d'un tissu transparent, et décolletée très bas ; elle était terriblement froissée et Mary redoutait de descendre au sous-sol pour la repasser. Elle attendit que Mrs. Nettleship fût sortie pour une journée et descendit avec l'espoir de ne rencontrer personne. Elisa fut très gentille et admira la robe. Ni Miss Cox ni Miss Turnbull n'avaient jamais rien eu d'approchant ; quand il y avait des réceptions, elles restaient dans leur chambre. La robe bien repassée répondit enfin victorieusement à l'examen critique de Mary ; elle y serait certainement à son avantage. Mary ne se rendait pas compte que la vie au grand air et le soleil de Jalna l'avaient transformée : son cou s'était arrondi, la séduisante pâleur de ses joues se teintait légèrement de rose. Elle savait seulement qu'elle se sentait plus forte et qu'elle pouvait faire de longues promenades en terrain accidenté sans en éprouver la moindre fatigue.

Le soir du bal, une brise fraîche venant de l'ouest tempérait délicieusement l'atmosphère. Adeline vit donc sa décision justifiée et ne manqua pas de souligner à maintes reprises sa perspicacité. Elle se trouva habillée pour le dîner une grande heure trop tôt mais s'en soucia fort peu, sortant sous le porche pour revenir ensuite inspecter le couvert dans la salle à manger et l'état du parquet dans le salon ; se risquant même jusqu'à la cuisine pour y donner ses dernières directives. Mrs. Nettleship n'y était que froideur et muette désapprobation car elle détestait toute forme de plaisir. Bien qu'elle mendiât la faveur d'Adeline, elle la détestait, comme elle détestait toutes les femmes. Par contre elle aimait les hommes mais prenait un sadique plaisir à leur rendre l'existence insupportable.

Les tapis, grands et petits, avaient été enlevés, les parquets cirés et astiqués. Les portes et les fenêtres grandes ouvertes laissaient pénétrer l'air du soir tout chargé du parfum des nicotianes dont les fleurs blanches étoilées se dessinaient en clair dans le crépuscule d'août. Les jours raccourcissaient déjà.

De sa fenêtre, Mary voyait arriver les invités attendus pour le dîner ; elle-même n'avait pas été conviée à cette partie du divertissement ; ces invités privilégiés étaient tous de vieux amis de la famille Whiteoak et nul doute qu'elle ne se serait sentie *de trop*[1]. Elle se félicitait d'attendre le bal tranquillement assise dans sa chambre, se reposant des efforts qu'elle avait dû déployer pour décider les enfants à se coucher. Existait-il de par le monde des enfants aussi débordants de vitalité ? En dépit de l'amélioration de sa santé, elle les trouvait souvent bien fatigants.

Assise devant sa fenêtre, un coude sur l'appui et sa joue reposant dans sa main, Mary se représentait Philippe assis au milieu de la table et prodiguant ses attentions aux invités. Elle se demanda si, au cours de la journée, il avait eu une seule pensée pour elle ; s'il en avait eu une seule pour sa courte vie conjugale et pour la jeune épouse qui aurait dû, ce soir-là, être à ses côtés. Elle éprouva un instant d'immense pitié pour Margaret. Les enfants lui avaient montré une photographie de leur mère dans un album au lourd fermoir d'argent et ces petits êtres sans pitié n'avaient pas exprimé le moindre sentiment de tendresse ou de regret pour cette jeune femme au visage grave qui tenait une gerbe de lis dans ses bras.

1. En français dans le texte.

Mary entendit soudain des petits pieds trottant dans le vestibule. Elle sortit, les sourcils froncés, pour essayer de faire preuve d'autorité. Elle aurait tant voulu qu'ils se soient sagement endormis. Mais elle eut beau froncer les sourcils, elle n'obtint que des regards stupéfaits et admiratifs.

— Oh ! Miss Wakefield, dit Meg, que vous êtes belle !

— C'est une princesse ! cria Renny qui l'entoura de ses bras.

— Renny, vous froissez ma robe !

Elle essaya en vain de l'écarter. Meg le tira en arrière avec force et déclara :

— Tournez, qu'on vous voie bien.

Mary obéit pour leur faire plaisir.

— Tournez plus vite, ordonna Meg, pour que nous voyions l'effet que vous produirez quand vous danserez.

Mary tournoya le long du couloir, l'ampleur de sa jupe se balançant autour d'elle comme les vagues de la mer.

— J'entends des roues dans l'allée ! cria Renny. Les invités arrivent pour le bal.

Les deux enfants se précipitèrent à la fenêtre. Les obliger à regagner leurs lits aurait exigé beaucoup de temps et de peine. « Qu'ils restent levés, pensa Mary ; pour une fois, ils ne s'en porteront pas plus mal. »

Revenue dans sa chambre, elle prit dans un verre une rose d'un rouge foncé, en sécha la queue et la fixa sur sa nuque, dans la torsade de son chignon. Mais elle ne se décidait pas à descendre. Deux fois elle se pencha sur la rampe de l'escalier, écoutant les premiers accords des violons et de la harpe, et remonta les marches en courant. Si elle avait eu seulement quelqu'un pour descendre avec elle ! Mais elle était seule, toujours seule.

Soudain Elisa apparut.

— On m'envoie vous demander si vous ne descendez pas danser, dit-elle.

Philippe l'envoyait chercher ! Car ce ne pouvait être que lui qui avait envoyé Elisa.

— Qui vous a dit de venir ? demanda-t-elle.

— C'est Mrs. Whiteoak.

— Je descends tout de suite.

Mais elle se demanda pour quelle raison Mrs. Whiteoak avait pris la peine de l'envoyer chercher.

La vérité était qu'Adeline ne voulait pas courir le risque que Philippe considérât Mary comme une pauvre gouvernante persécutée. Il pouvait se permettre de l'oublier. Mais sa mère ne le devait pas.

Les beaux sourcils de cette dernière se soulevèrent de stupeur lorsque Mary entra. Quelle beauté ! Et combien rehaussée par sa toilette ! Que de volants à sa robe ! Ces épaules et cette poitrine de neige ! Il n'y avait pas dans le salon, une seule robe décolletée aussi bas. Les yeux d'Adeline allèrent à la recherche de sa fille. Cela valait la peine, après son propre choc, de constater *de visu* celui qu'éprouverait Augusta. Elle la découvrit juste en face de Mary Wakefield et ne put réprimer une exclamation de plaisir devant le changement qui s'opéra sur le visage blafard de Lady Buckley. Ce visage aimable et accueillant revêtit soudain une expression véritablement outragée, comme si, en même temps, elle doutait du témoignage de ses propres sens. Puis des couples passèrent en dansant et Adeline perdit Augusta de vue. Elle se fraya un chemin jusqu'à Mary.

— Eh bien, ma chère, dit-elle, vous êtes très jolie.

— Merci, Mrs. Whiteoak, répondit Mary en rougissant.

— Mais il ne faut pas rester ici sans danser. On forme justement un quadrille des Lanciers et c'est la seule danse que connaisse ce cher Mr. Pink ; je suis certaine qu'il sera ravi de le danser avec vous.

Elle saisit au passage le bras de Mr. Pink.

— Voilà une délicieuse partenaire toute disposée à danser ce quadrille avec vous.

Mr. Pink avait bien dîné. Il avait, certes, des idées très arrêtées sur la toilette et la modestie féminine et n'aurait jamais autorisé sa propre fille à porter une robe décolletée. Mais si Adeline s'attendait à ce que sa digestion l'empêchât de danser ou à ce qu'il fût trop offensé par le décolleté de Mary pour l'accepter comme partenaire, elle ne put qu'être déçue. Mr. Pink salua la jeune fille avec allégresse et arrondit son bras potelé pour le lui offrir. Il ressemblait à un chérubin dans un costume d'ecclésiastique.

Les violons et les harpes attaquèrent. Le salon était plein à craquer car lorsque Adeline décidait de donner une réception, elle se souvenait d'un nombre toujours plus grand d'amis qu'elle aimait à recevoir. A l'encontre de la coutume actuelle qui veut qu'une réunion mondaine comporte exclusivement des membres d'une même génération – les générations successives vivant, de nos jours, sur le pied de guerre – les invités d'Adeline étaient de tous âges. Lily Pink n'était pas la plus jeune et il y avait des invités plus âgés qu'Adeline. Ils dansaient tous avec entrain le quadrille des Lanciers et si Mr. Pink ressemblait à un chérubin, il dansait comme un ange. Il avait la légèreté de la plume et certainement, Mrs. Pink, au cours de sa vie conjugale, ne le regarda jamais aussi sévèrement que lorsqu'elle le vit suivre avec une ardeur juvénile le mouvement des autres danseurs simplement pour rejoindre Miss Wakefield et la faire tournoyer ; lorsqu'elle le vit revenir sur ses pas, toujours avec les autres danseurs, tandis que Mary se retirait avec les dames à l'autre extrémité, l'expression du visage de Mr. Pink mit le comble au mécontentement de Mrs. Pink ; il ressemblait véritablement à un homme égaré, et son épouse se demanda avec terreur si au cours de son long séjour chez les païens, il n'avait pas adopté quelques-unes de leurs coutumes. Lorsque le quadrille s'acheva, il remercia Mary et essuya son front ruisselant.

— Il fait plutôt chaud ! remarqua-t-il. Mais vous restez fraîche comme une rose.

— Je n'ai jamais trop chaud en dansant, répondit-elle, et cette musique est divine.

— Vous pouvez faire confiance à Mrs. Whiteoak pour avoir de bons musiciens.

— Le plaisir est tellement plus grand avec de la bonne musique !

— Oui, avec de la bonne musique et une partenaire qui danse comme vous le faites, Miss Wakefield.

— Vous dansez très bien, vous aussi, Mr. Pink.

— Je ne suis pas très entraîné. C'est la seule maison où j'aie l'occasion de danser.

— Quel dommage !

Le ton de Mary était si sincère que Mr. Pink se demanda un instant s'il n'avait pas commis une erreur en entrant dans les ordres, ce qui impliquait de multiples restrictions.

— Voilà l'amiral ! s'écria-t-il. Et on joue une scottish. Heureux homme !

L'amiral Lacey s'inclina, demanda à Miss Wakefield de lui faire l'honneur de cette danse et l'entraîna. C'était maintenant à son tour de déplaire à sa femme. Mrs. Lacey aimait à le voir se distraire ; aucune femme ne se réjouissait plus qu'elle du plaisir de son mari. Mais l'air satisfait de lui-même qu'il affectait ce soir, la façon dont il comptait « un, deux, trois, un coup de talon », étaient inadmissibles. On ne pouvait comparer aucun couple à celui qu'il formait avec Mary ; peu à peu tous les autres s'arrêtèrent et leur abandonnèrent le parquet. Mrs. Lacey chercha ses filles du regard ; il lui était insupportable de penser qu'elles étaient témoins de la conduite insensée de leur père. Mais cette tête folle d'Ethel était sortie dans le jardin avec son danseur et Violet semblait n'avoir d'yeux que pour Nicolas Whiteoak. Cette pauvre Mrs. Lacey avait de bonnes raisons de se tourmenter. Son mari, pourtant d'âge mûr, dansait comme un marin sur le pont inférieur avec une jeune femme partiellement dévêtue ; une de ses filles se promenait dans l'obscurité avec Dieu sait qui et l'autre flirtait effrontément avec un homme divorcé ! Mrs. Lacey admirait Nicolas et sa tenue parfaite d'homme du monde. Il y avait une époque où son mariage entre lui et Violet l'aurait ravie ; mais c'était avant que le divorce n'eût terni son nom. Maintenant, non, mille fois non ! Quant à Mary, au cours de cette période de la soirée, peu lui importait son partenaire pourvu qu'elle dansât. Danser était son seul désir ; se sentir libre comme l'air, légère comme la musique, rejeter toute entrave, tout oublier.

Mrs. Whiteoak se dirigea vers elle en compagnie d'un jeune homme fort agréable et Mary s'étonna de la voir se préoccuper de lui trouver des danseurs.

— Miss Wakefield, dit Adeline, voici Mr. Clive Busby qui désire vivement danser avec vous. – Et elle ajouta, pendant que le jeune homme s'inclinait devant Mary : – La famille de Mr. Busby était déjà installée ici quand nous sommes arrivés. Maintenant, il demeure dans l'Ouest.

Au cours de la folle polka qui suivit il leur fut malaisé de causer autrement que par bribes, mais il lui réclama la valse suivante, et, tout en tournant inlassablement en rond – car il ne songeait même pas à renverser le pas – il lui dépeignit la merveilleuse existence qu'il menait dans son ranch. Mary l'écoutait, fascinée ; ses yeux, au même niveau que ceux du jeune homme, inspiraient à celui-ci le désir de lui conter toute l'histoire de sa jeune vie ; il lui demanda si elle accepterait de faire une promenade en voiture avec lui le lendemain ; il emprunterait un cheval et un boghei aux Vaughan chez qui il était en visite.

Adeline les regardait, le sourire aux lèvres. Le succès de sa manœuvre l'enchantait. Mary avait tout ce qu'il fallait pour séduire un jeune homme, propriétaire d'un ranch, qui aurait eu besoin d'une robuste et forte femme, bien terre à terre et sans imagination ! Si elle pouvait seulement écarter Mary de Jalna sans difficulté de la part de Philippe, comme elle serait heureuse ! La pensée de Philippe se remariant lui était intolérable.

Le jeune Busby et Mary avaient maintenant disparu par une porte-fenêtre dans le jardin. Le parfum des nicotianes les enveloppait. Il lui avait déclaré qu'à son avis Mary était le plus joli nom de femme qu'il connût.

— Je suppose, dit-elle, qu'on vous a appelé Clive en souvenir du général Clive.

— Tout juste. Quant à mon père, il doit son nom au général Brock.

— Au général Brock ? demanda-t-elle sans comprendre.

— Le général Isaac Brock. Vous savez bien, celui de la bataille de Queenston Heights où nous battîmes les Américains.

L'expression étonnée de Mary lui révéla qu'elle n'avait jamais entendu parler de cet événement historique. Le jeune Busby en fut un peu scandalisé et il resta silencieux, respirant le parfum des fleurs.

— J'ai entendu parler de la bataille des Plaines d'Abraham, se hâta-t-elle de dire.

Mais cela ne sembla pas l'adoucir.

— Je croyais que tout le monde connaissait la bataille de Queenston Heights, dit-il.

— J'ai peur d'être terriblement ignorante.

— Et vous êtes professeur !

— Il faut que je m'instruise sur le Canada ?

— C'est surtout l'Ouest qu'il faut étudier. Ces vieilles provinces sont finies.

— Je vous en prie, parlez-moi encore de votre ranch.

Il sourit de nouveau. Ils se promenèrent sur la pelouse humide et Mary ne sentit même pas qu'elle avait les pieds mouillés. La conversation de Clive était intéressante et elle éprouvait une telle sensation de liberté ! Mais au bout d'un certain temps, son attention faiblit ; elle cessa d'écouter le jeune homme lui parlant de sa vie dans la Prairie et souhaita ardemment rentrer dans la maison, pour voir si Philippe Whiteoak l'inviterait à danser.

Au cours de la soirée, ils n'avaient fait que se prendre la main dans la Grande chaîne et échanger un regard souriant.

Quand, bien à regret, son compagnon la ramena dans le salon, le premier couple qu'ils aperçurent fut celui de Philippe et de Muriel Craig. Ils dansaient une gavotte et la jalousie mordit Mary au cœur quand elle entendit Clive Busby s'écrier :

— Quel couple splendide ! Savez-vous qui est cette jeune femme ? Par Dieu, qu'elle danse bien !

Ils restèrent sur le seuil, suivant du regard les évolutions des danseurs. Du fond de la nuit d'été, dominant le bruit de la musique, s'éleva le cri mélancolique d'un engoulevent. Mary s'appuyait au bras de Clive, le souffle à demi coupé par l'étreinte douloureuse d'une jalousie qu'elle savait injustifiée puisque Philippe n'avait pas fait attention à elle de toute la soirée. Elle n'était rien pour lui. Il ne se préoccupait que de Miss Craig et il n'y avait pas lieu de s'en étonner. Mary était forcée de reconnaître que Muriel Craig était bien faite et assez belle. Elle était moins grande que Mary et son visage était plus court. Son cou potelé était blanc et vigoureux ; ses épaules, sortant du taffetas brodé crème de sa robe, étaient pleines. Dans la masse de ses légers cheveux bruns relevés haut sur sa tête, une perle brillait et un diamant lançait ses feux. Ses lèvres étaient entrouvertes comme si, pensa la jalouse Mary, l'admiration qui remplissait ses grands yeux clairs levés vers Philippe la rendait haletante.

— Si nous dansions ? demanda Clive Busby.

— Non merci, je suis fatiguée.

— Vraiment ?

Mais il ne semblait pas être convaincu.

— Oui, un petit peu. De toute façon, cette danse s'achève.

— Evidemment, il y a d'autres jeunes hommes avec qui vous désirez danser. Je ne peux pas espérer vous garder pour moi seul.

— C'est très gentil de votre part de m'inviter.

— Dieu que nous sommes conventionnels ! Est-ce que toutes les jeunes Anglaises le sont à ce point ?

— Mais je ne suis pas du tout conventionnelle.

— Je voudrais savoir ce que vous pensez en ce moment.

— Vous en seriez peut-être bien étonné.

— Je parie que je le serais moins que vous si vous connaissiez mes propres pensées !

— Qu'est-ce que jouent les musiciens en ce moment ?

— L'ignorez-vous ? C'est une danse écossaise. Mrs. Whiteoak et le docteur Ramsay vont sûrement la danser ensemble.

Adeline et le docteur étaient déjà en place, le visage de ce dernier empreint d'une sombre gravité tandis que celui d'Adeline rayonnait de satisfaction.

— Voici une scottish authentique que j'ai apprise à Mrs. Whiteoak dans sa jeunesse.

— Pas du tout, c'est une gigue irlandaise et c'est moi qui vous l'ai apprise.

Scottish ou gigue, ils s'élancèrent, leurs deux corps soulevés par une énergie toute celtique, leurs pieds volant littéralement. Le visage du docteur restait figé comme si sa vie même dépendait de la précision de ses pas. Il n'ouvrit la bouche qu'une seule fois pour pousser un cri bref réclamant une seconde fois la même danse. En le voyant danser, on regrettait qu'il ne portât pas le kilt.

Adeline avait ouvert le bal avec son fils aîné ; tous deux formaient un couple remarquable. Elle avait, depuis, dansé à plusieurs reprises, mais il y avait, dans cette danse écossaise, un élément sauvage et primitif qui convenait mieux que tout autre à sa nature. Elle avait relevé sur son bras sa jupe de moire violette, découvrant ainsi ses chevilles fines et ses petits pieds chaussés de bas de soie noire et d'escarpins de satin noir à talons bas et boucles d'argent.

Augusta assistait à cet exploit maternel avec un mélange d'admiration et de mécontentement ; admiration devant la légèreté d'Adeline et mécontentement devant sa conduite en public. Elle trouvait cette danse sauvage et souffrait du plaisir évident qu'y prenait sa mère. Augusta se doutait un peu que le docteur Ramsay avait toujours été amoureux d'Adeline et cette pensée la gênait.

Nicolas et Ernest assistaient au contraire à cette exhibition avec un vif plaisir. Ils étaient fiers d'Adeline. Au beau milieu de la danse, Philippe prit son nez entre ses doigts et imita, de façon étonnante, le son d'une cornemuse.

Un nouvel élan s'empara alors des danseurs qui commençaient à s'essouffler, mais les trois épagneuls qui attendaient Philippe à l'extérieur reconnurent sa voix, même ainsi déguisée, et le croyant en difficulté, se précipitèrent à son secours.

Les musiciens s'interrompirent.

Philippe prit Sport et Spot par leur collier et les traîna dehors mais Jake continua à courir au milieu des invités en hurlant de peur jusqu'au moment où Mary réussit à l'attraper. Il abandonna alors sa tête sur l'épaule de la jeune fille qui suivit Philippe sur la pelouse.

Le visage de ce dernier s'éclaira de satisfaction étonnée quand il la vit.

— Quelle fille parfaite ! s'écria-t-il en la débarrassant du petit chien.

Mary le regarda, toute son âme criant intérieurement de détresse. « Une fille parfaite, certes ! Mais vous ne m'avez pas invitée et vous ne m'inviterez pas une seule fois à danser ! »

Adeline apparut sur le seuil, suivie de Clive Busby ; elle était ravie des attentions de son fils pour Miss Craig ; elle était également très satisfaite de Mary.

— Tes chiens sont très mal dressés, Philippe, dit-elle. Je t'en prie, enferme-les et emmène Miss Craig souper. Tous nos invités meurent de faim. Voilà Clive Busby qui vient chercher Miss Wakefield.

Elle attendit, la main sur la poignée de la porte, et sourit à Mary quand celle-ci passa devant elle. Elle dit alors à mi-voix à Philippe :

— Extraordinaire ! Le jeune Busby a le coup de foudre. Quel beau mariage pour cette jeune fille !

— Oui, répondit distraitement Philippe qui se demanda quel charme Mary pouvait bien trouver à Clive Busby.

— Allons, Philippe, ne fais pas attendre Miss Craig en jouant avec tes chiens.

Elle lui donnait des ordres, avec un plaisir tout féminin, comme s'il était encore un adolescent, et il obéit avec une ombre de maussaderie.

Miss Craig glissa sous son bras une main blanche et ferme et de l'autre releva sa jupe en disant :

— C'est la soirée la plus agréable que je passe depuis bien longtemps. Vous ne pouvez imaginer à quel point ma vie est devenue triste depuis que mon père est malade.

— Je suis heureux que vous ayez trouvé du plaisir à danser.

— Je crois que nos pas s'accordent parfaitement.

— Je le crois en effet.

Son regard s'arrêta sur les musiciens qui quittaient l'estrade pour aller se rafraîchir au sous-sol. Muriel Craig continua :

— J'espère que vous viendrez souvent voir père ; il s'est pris d'une vive amitié pour vous. Je crains qu'il ne soit fatigué de la société de son infirmière, et même un peu de la mienne.

— J'irai le voir demain.

— Dans la matinée ?

— Oui.

— Resterez-vous pour le déjeuner ?

— Avec plaisir. Je vous remercie.

Dans la salle à manger, la foule des invités se pressait autour de la table où des bougies de cire plantées dans l'immense lustre jetaient leur lumière sur des roses blanches et rouges, ainsi qu'un reflet doré sur la brillante nappe damassée. Il y avait des pâtés de poulet chauds, de la langue froide, des œufs frits, des pêches coupées en tranches dans de la crème fraîche, des pêches à l'eau-de-vie, des glaces faites par Elisa dans une sorbetière tournée à grand renfort d'huile de coude. Il y avait aussi du café, du vin blanc, des gâteaux fourrés à la noix de coco, des macarons aux amandes et des petits gâteaux secs à l'eau-de-vie. C'était Adeline qui avait donné des ordres pour le souper. Elle jouissait de la présence autour d'elle, après une absence, de ses amis vieux ou jeunes. Elle jouissait de la bonne nourriture, mangeant de bon appétit, certaine qu'aucun trouble digestif ne suivrait. Elle était satisfaite de ses fils. Nicolas, débarrassé de son extravagante femme, était heureux et épanoui. Il se dépensait sans compter pour le plus grand agrément de ses hôtes. Quelle mère ne se serait sentie fière d'avoir un fils comme Ernest gagnant de l'argent à ne savoir qu'en faire sans prendre plus de peine que de donner des ordres à ses agents de change ? Quant à Philippe, il semblait avoir complètement oublié la gouvernante, et prêtait l'oreille à la conversation certainement fort agréable de Miss Craig.

Muriel Craig avait choisi un coin où Philippe tournait le dos à la salle et donc à Mary Wakefield. Elle parlait inlassablement, ne lui permettant pas d'égarer un seul instant son attention. Il la trouvait agréable et pleine de vie. Elle ne parlait pas seulement de ses voyages ; il n'existait pour ainsi dire pas d'endroits qu'elle n'eût visités, pas de livres qu'elle n'eût lus. Philippe était pour elle un excellent compagnon car il était de tempérament réceptif, n'avait pas voyagé et n'avait que très peu lu. Son rire heureux ponctuait chacune des anecdotes de sa compagne. Elle lui dit qu'elle adorait la glace et il veilla à ce qu'on lui en servît plusieurs fois. Comme ils regagnaient le salon où les musiciens, de retour du sous-sol, accordaient leurs instruments, elle déclara :

— Je trouve que vous avez eu de la chance pour la gouvernante de vos enfants. Elle me paraît être une charmante créature.

— Oh ! elle est très gentille, répondit-il un peu sèchement.

— C'est si important d'avoir auprès d'eux une femme bonne et compréhensive.

— Certainement.

Et il chercha autour de lui, sans la découvrir, cette femme bonne et compréhensive.

— Je ne peux plus danser après un pareil souper, s'écria Muriel. Si nous allions faire un tour de promenade. Il y a un clair de lune divin.

Adeline entra dans le hall.

— Vous avez bien raison, s'écria-t-elle. Je voudrais en faire autant mais l'air de la nuit fait bourdonner mon oreille gauche. Les infirmités viennent avec l'âge !

Elle découvrit ses belles dents blanches dans un sourire qui s'effaça aussitôt quand elle aperçut Mary seule sous le porche.

— Vous voilà, Miss Wakefield ! Je vous cherchais. Il y a ici un jeune homme qui meurt d'envie de danser une valse avec vous. Mr. Robertson, ajouta-t-elle en se tournant vers ledit jeune homme qu'elle venait de découvrir à l'instant, voici Miss Wakefield qui danse comme une sylphide.

Mr. Robertson était pâle, avec une raie au milieu de la tête et un col très haut que la chaleur avait ramolli. Il offrit distraitement son bras à Mary et commença à tourner en rond sans beaucoup de mesure. Il n'avait certainement jamais entendu parler du pas renversé ! Mary était complètement étourdie. Une sensation soudaine et presque insupportable de déception l'alourdissait. Elle aurait voulu se trouver là-haut, dans sa chambre, toute seule. Elle eut vaguement l'idée de s'excuser sous prétexte d'aller voir si les enfants étaient bien bordés ; elle éprouvait soudain un sentiment de tendresse à leur égard ; auprès d'eux, cette douloureuse jalousie disparaîtrait. Mais Mr. Robertson, malgré l'imprécision de ses pas, la tenait solidement. Il tournait inlassablement en la serrant contre lui.

Et quand il lui rendit sa liberté, Clive Busby vint lui rappeler sa promesse d'une promenade avec lui le lendemain.

Le temps se traînait maintenant. Minuit. Deux heures du matin. Les invités se retiraient peu à peu. Les chevaux impatients de regagner leurs propres écuries piétinaient le gravier de l'allée. Les lanternes des voitures brillaient. On entendait des exclamations, des ordres de départ.

Lily Pink devait passer la nuit à Jalna. Sa mère, de santé délicate, ne pouvait veiller tard et l'avait laissée. Comme celui de Mary, son cœur était douloureux. Elle n'avait jamais envisagé de danser avec Philippe et si même il l'avait invitée, se serait montrée piètre danseuse. Mais elle ne parvenait pas à retrouver sa sérénité et à chasser sa peine. Debout auprès des Whiteoak dans la salle qui semblait maintenant immense et nue, elle souriait et les écoutait se féliciter du succès de la soirée.

— Vous êtes-vous amusée, ma chérie ? demanda Augusta.

— Oh ! oui, Lady Buckley, c'était merveilleux.

— Vous étiez charmante en dansant. J'adore la mousseline suisse à pois pour une jeune fille.

— Mère et moi avions fait nous-mêmes ma robe.

— Votre mère est très habile couturière et je suis contente de voir que vous suivez ses traces. J'ai toujours aimé la couture.

— Pour ma part, je la déteste, déclara Adeline.

Ernest observa galamment :

— La danse la plus agréable de ma soirée est celle que j'ai dansée avec Lily.

— Elle n'a eu pour moi que dédain, dit Philippe, et n'a jamais regardé une seule fois de mon côté.

— Il y en avait d'autres qui ne s'en privaient pas, glissa Sir Edwin. Personne n'a pu manquer de remarquer les regards langoureux dont Miss Craig vous a gratifié.

— Cette jeune personne est un étrange mélange de froideur et de sensualité, remarqua Nicolas. Des pieds à la ceinture, elle danse comme une pensionnaire et au-delà, comme Salomé.

— Cette conversation n'est guère à propos devant une jeune fille, protesta Augusta.

— Cela ne me gêne pas ! – Lily rougit légèrement et ajouta : – Après tout, Salomé est un personnage biblique.

Philippe revint dans la salle à manger où tous les vestiges du souper avaient disparu à l'exception des restes de langue qui se trouvaient dans un plat sur le buffet. Il en coupa trois tranches minces qu'il emporta au creux de sa main dans le petit réduit au fond du hall où se trouvaient les trois chiens, chacun sur sa natte. Il donna une tranche de langue à chacun ; les parents prirent la leur doucement et avec un peu de rancune, ne voyant là qu'une maigre compensation à leur soirée perdue. Mais Jake se jeta sur la sienne avec fureur, comme s'il allait avaler en même temps la main de Philippe. Celui-ci les caressa tous les trois. « Braves chiens. Couchez-vous maintenant. A vos nattes. »

Jake essaya successivement de s'emparer du tapis de chacun de ses parents mais, repoussé par eux, vint se rouler en boule sur le sien, entrouvrant seulement un œil plein de malice pour manifester son existence.

Quand Philippe traversa le hall, il songea avec satisfaction que la fête était terminée, que ses récoltes, toutes de qualité supérieure, étaient presque complètement rentrées et que ses chevaux étaient pleins de promesses. Dans un jour ou deux, il partirait pour cette partie de pêche qu'il projetait depuis déjà quelque temps. La chasse au canard s'ouvrirait bientôt. Jake serait-il jamais un bon chien de chasse ? Il en doutait. Jake n'avait pas beaucoup de cervelle, il fallait bien le reconnaître.

Quand il passa devant la porte de sa mère, celle-ci l'appela :

— Entre, Philippe, et viens me souhaiter une bonne nuit.

Il la trouva encore habillée mais les cheveux sur les épaules ; son perroquet, perché sur son poing, contemplait son visage d'un œil de propriétaire ; il poussait des cris de joie en la voyant revenue auprès de lui.

— Il ne veut pas me laisser me déshabiller, dit-elle. Il va roucouler toute la nuit.

— Cela n'est pas étonnant. Il est sensible à la séduction de vos cheveux épars. J'espère que vous n'êtes pas trop fatiguée.

— Peut-être un peu. Mais j'ai donné ma soirée et je suis contente.

Adeline était satisfaite de son dernier-né, ce soir-là. Tenant Boney à bout de bras afin qu'il ne pût le mordre, elle attira Philippe à elle de son autre main et lui planta un vigoureux baiser au coin des lèvres.

— Mon trésor de fils, soupira-t-elle.

— Chère vieille mère !

— Aucun des autres n'est pour moi ce que tu es.

— Aucun des autres ne vous aime comme moi.

Ils se balancèrent tendrement jusqu'au moment où Boney se mit à grimper le long du bras d'Adeline avec un regard meurtrier. Elle repoussa alors Philippe avec douceur.

— Cet oiseau est jaloux. Il vaut mieux que tu t'en ailles.

— Bonne nuit, maman.

— Bonne nuit, chéri.

Il ferma la porte derrière lui et découvrit que le salon était vide, à l'exception de Lily. Après le départ des autres, elle s'était attardée, sans trop savoir pourquoi. Mary avait disparu depuis longtemps au dernier étage sans dire si elle reviendrait ou non. Lily contemplait son visage dans la glace qui surmontait la cheminée. C'était un très vieux miroir dans lequel son image était un peu floue et mouvante, comme une image reflétée dans l'eau. Mais elle se trouvait plus jolie qu'elle ne l'avait jamais été et regrettait que sa robe de mousseline n'eût pas été plus largement décolletée. Philippe aurait alors dansé avec elle ; elle savait qu'elle avait de jolis bras et de jolies épaules car sa mère le lui avait dit.

Philippe s'arrêta sur le seuil du salon.

— Tout le monde est couché sauf nous, Lily.

— Tout le monde excepté Miss Wakefield ; je ne sais pas où elle est.

Ils échangèrent un regard en silence, puis Philippe entra dans la pièce et alluma une cigarette. Elisa apparut sur la porte.

— Faut-il remettre les tapis ce soir, monsieur ? demanda-t-elle.

— Non, allez vite vous coucher, vous devez être fatiguée.

— Merci, monsieur, mais je ne suis pas vraiment fatiguée.

De nouveau, ils se trouvèrent seuls. Lily restait muette mais pouvait entendre les battements de son cœur. Le parfum des nicotianes arrivait jusqu'à eux, d'une douceur presque écœurante. L'esprit de Lily était un véritable chaos où ses pensées s'entrechoquaient. Si seulement elle pouvait parler ! Si son cœur pouvait cesser de battre avec une telle violence !

Elle entendit Mary qui descendait. Quel soulagement ! Et quelle déception.

Philippe tourna ses regards vers Mary qui entrait dans le salon.

— Eh bien, Miss Wakefield, dit-il, Lily et moi avions renoncé à vous revoir. Nous pensions être les derniers encore debout.

— J'étais montée voir si les enfants n'avaient besoin de rien.

— A cette heure ! Que pensiez-vous donc qu'ils faisaient ?

— Ils ne s'étaient pas décidés sans peine à aller se coucher.

Elle découvrit du scepticisme dans son sourire et pensa qu'il savait fort bien qu'elle était montée pour se recoiffer et se poudrer. Elle n'aurait jamais dû redescendre !

— Vous êtes-vous bien amusée ? demanda-t-il, avec une légère contrainte dans la voix.

Elle tournait le dos à Lily et ses lèvres formèrent silencieusement le mot : « Non. »

— Que disiez-vous, Miss Wakefield ? demanda Lily à haute voix.

— Je ne disais rien.

— Lily, dit Philippe, jouez-nous quelque chose.

— Moi ? Pourquoi jouerais-je ? – Elle pouvait s'obliger à parler maintenant qu'un tiers se trouvait entre eux. – Mon jeu paraîtrait horrible après celui de vrais musiciens.

— Quelle sottise ! J'ai trouvé leur jeu un peu dur. Qu'en pensez-vous, Miss Wakefield ?

— J'ai aimé leur façon de jouer.

— Ne dérangerai-je personne – votre mère, par exemple ? demanda Lily.

— Personne n'est encore couché. Jouez, Lily. Et il ferma la porte du salon.

Lily étala sa jupe sur le tabouret du piano, pencha sa tête sur le clavier, chercha ce qu'elle allait jouer. Elle qui brûlait du désir de danser avec Philippe, allait jouer pour qu'il dansât avec une autre. Elle sentit un sanglot l'étreindre à la gorge et l'étouffa dans les premiers accords d'une valse de Strauss. Non seulement, elle acceptait de jouer mais elle voulait jouer de son mieux.

On pouvait apercevoir par la porte-fenêtre la lune qui commençait à décroître.

— Nous n'avons pas besoin de lumière, déclara Philippe.

Il prit un éteignoir sur la cheminée et en coiffa successivement toutes les bougies du lustre ; leur reflet éclairait son visage ; des dizaines de facettes de cristal décomposaient leur lumière en toutes les teintes de l'arc-en-ciel. Les bougies s'éteignirent comme des étoiles et d'une oscillation du lustre jaillit une faible musique cristalline. Philippe entoura la taille de Mary de son bras. Ils commencèrent lentement à valser ; le clair de lune inondait maintenant la pièce.

A son talent de couturière, Lily en ajoutait un second : elle jouait à la perfection de la musique de danse. Cependant, jamais elle n'avait joué comme ce soir. Les larmes qui remplissaient ses yeux lui cachaient presque complètement le clavier. La musique jaillissait de son cœur comme de ses doigts. Les deux autres se mouvaient comme un seul corps et Lily pensa qu'elle n'avait pas vu, au cours de la soirée, un couple aussi parfait. Leur grâce, le plaisir qu'ils goûtaient au rythme de leurs mouvements, leurs longs pas glissés qui semblaient les emporter hors de la pièce jusque dans le clair de lune la remplissaient d'une joie amère. Elle cherchait des comparaisons. « Ils sont comme deux oiseaux volant de compagnie, comme deux vagues dansantes, comme deux fleurs écloses sur une même tige. » Elle ne trouvait pas de mots assez forts pour se satisfaire et se torturer à la fois.

— Splendide, Lily, cria Philippe quand elle s'arrêta.

Mary s'appuyait encore à son épaule, la tête vide de toute pensée. Son esprit était aussi lisse qu'une grève que vient de balayer un orage d'été.

— Une autre ? demanda-t-il au bout d'un instant.

— Oui.

— Encore une valse, Lily. Jouez-nous une autre valse.

Lily retourna le couteau dans la plaie et joua comme elle n'avait jamais joué, déversant son propre désir dans le rythme lent de la valse.

Ils dansèrent jusqu'à l'extrémité la plus obscure du salon et Mary sentit les lèvres de Philippe sur ses cheveux, l'étreinte plus vigoureuse de son bras autour de sa taille. Elle aurait voulu que le reste du monde restât lointain, lui abandonnât ce court instant, mais l'écho du piano s'était glissé dans toute la maison tant Lily avait fini par mettre de passion dans son jeu. La porte s'ouvrit et Adeline apparut en robe de chambre.

Musicienne et danseurs s'arrêtèrent.

— Continuez, dit Adeline. Je ne veux pas vous interrompre.

Ils la regardèrent sans dire un mot.

— Je vous ai aperçus avant que vous ne cessiez, reprit-elle, et je n'ai jamais vu danser aussi parfaitement. Pourquoi avoir attendu, pour danser ainsi, que tout le monde soit parti ? Nos invités auraient été ravis.

Philippe s'écarta de Mary pour s'approcher de sa mère.

— Inutile de vous fâcher, dit-il à voix basse.

Mais elle répondit tout haut :

— Laisse-moi dire ce que j'ai à dire.

Il la regarda en silence, le visage durci. La lampe du hall envoyait sa lumière par la porte grande ouverte.

— Miss Wakefield, reprit Adeline, je crois que vous avez manqué votre vocation. Vous ne devriez pas être institutrice mais danseuse ; vous dansez trop bien pour un salon et je me réjouis de ce que vous ayez eu l'intelligence d'attendre, pour vous manifester, le départ de mes invités car ils sont un peu conventionnels et je suppose qu'une attitude aussi abandonnée les aurait scandalisés. Pour ma part, je ne suis certes pas conventionnelle, mais votre façon de danser m'a ouvert les yeux sur ce que peut faire une jeune fille quand elle se laisse aller.

— Vous vous contredisez ouvertement, dit Philippe. Vous commencez par dire que vous n'avez jamais vu de meilleurs danseurs, vous nous demandez pourquoi nous n'avons pas dansé plus tôt pour le plus grand plaisir de tous vos invités, et l'instant d'après, vous vous félicitez de ce que nous ayons attendu car nous les aurions scandalisés.

— Tu sais très bien ce que je veux dire, cria Adeline.

— Je regrette, dit seulement Mary qui quitta le salon en courant.

Lily Pink pleurait sur le clavier. Adeline lui parla avec plus de douceur.

— Allez vous coucher mon enfant, il fait presque jour.

Lily se leva, le visage décomposé, comme une enfant qui vient de pleurer.

— Vous n'avez aucune raison de pleurer, Lily, dit Philippe quand elle passa devant lui.

Il tendit la main pour lui donner une petite tape réconfortante, mais elle s'écarta violemment comme s'il allait la battre et cria :

— Non.

— Je veux bien être damné si je comprends quelque chose, dit Philippe en la suivant du regard.

— Tu le mériterais, dit Adeline d'un ton lugubre.

— Mais qu'ai-je donc fait ?

— Tu en as assez fait pour me donner envie de prendre un bâton et de te battre. Si ton père avait assisté à une telle scène, il aurait soulevé le toit de fureur.

Augusta, Nicolas et Ernest étaient maintenant sur le seuil. Augusta portait un long peignoir rouge foncé mais ses frères avaient simplement enfilé leurs pantalons sur leurs chemises de nuit. L'épaisse chevelure noire de Nicolas se dressait dans un splendide désordre, mais les beaux cheveux blonds d'Ernest étaient encore soigneusement coiffés.

— Qu'arrive-t-il ? demanda Nicolas.

— Nous dansions, répondit Philippe.

— Nous ? répéta la voix grave d'Augusta.

— Oui, répliqua-t-il avec un regard furieux, Mary Wakefield et moi.

C'était à dessein qu'il s'exprimait avec cette liberté et ce qu'il disait n'en était que plus mordant.

— Dis-leur donc comment vous dansiez, dit Adeline.

Il était toujours parfaitement calme.

— Eh bien, je n'avais pas dansé une seule fois avec cette pauvre gosse au cours de la soirée et nous avions maintenant tout le salon pour nous seuls.

— Oui, reprit Adeline, ils avaient tout le salon pour eux seuls ; il avait éteint les bougies mais il y a un beau clair de lune. Bien assez de lumière pour me permettre de voir cette honteuse exhibition.

— Qui jouait du piano ? demanda Nicolas.

— Qui, si ce n'est Lily Pink ?

— Je ne l'aurais pas crue capable de jouer ainsi.

— Edwin, qui s'était enfoui sous les couvertures pour essayer de dormir, m'a fait remarquer que cette musique était positivement malsaine.

Un sourire éclaira une seconde le visage d'Adeline puis disparut.

— C'est bien cela, dit-elle, et je pense que ses pauvres parents se seraient voilé la face de honte s'ils l'avaient entendue et s'ils avaient vu ce que j'ai vu. La gouvernante des enfants balayant le salon en tous sens, pâmée dans les bras de Philippe comme une courtisane.

— Je ne supporterai pas un seul mot contre elle, s'écria Philippe.

— Tu entendras tout ce que j'ai à dire, répliqua Adeline dont les yeux flamboyaient.

Il était tout près d'elle mais, dans sa fureur, cria comme si elle était sourde :

— Je répète que je ne le supporterai pas.

— Comment osez-vous crier ainsi en me parlant, monsieur ?
— Comment osez-vous dire de telles choses sur Miss Wakefield ?
— Je dis que c'est une débauchée.
— Alors, vous mentez.
Adeline se jeta sur Philippe et le prit par les épaules pour le secouer, mais il la saisit par les poignets et l'immobilisa. Boney qui n'avait pas épuisé la joie du retour de sa maîtresse ne prit pas garde à la discussion mais continua de se nicher sous son menton tout en murmurant des mots caressants dans sa langue étrangère. Mère et fils se regardèrent jusqu'au fond des yeux.
Nicolas gronda.
— Ce n'est pas une façon de parler à maman. Je te le défends.
— Je regrette, murmura Philippe, mais c'est elle qui m'y a poussé.
Il tenait toujours Adeline par les poignets.
— Lâche-moi ! implora-t-elle.
Son visage était à quelques centimètres seulement de celui de son fils.
— Que ferez-vous si je vous lâche ? demanda-t-il, riant à moitié.
— Tu verras bien, dit-elle d'une voix sifflante, comme le scélérat d'un mélodrame.
Ernest s'approcha et écarta doucement les doigts de Philippe.
— Tout ceci ne vous vaut rien, maman. Vous devriez être au lit.
Elle le repoussa.
— Je veux être sûre, dit-elle en croisant les bras et en faisant face à Philippe, que cette... – Elle hésita sur le qualificatif qu'elle appliquerait à Mary et continua : – ... que cette jeune débauchée quittera Jalna dès demain.
— Je ne peux pas la renvoyer, répondit Philippe avec calme. D'abord, elle n'a rien fait de mal. Et ensuite, je l'ai engagée pour un an.
— Tu n'es pas lié si elle se conduit mal.
— Elle n'a rien fait de mal.
Nicolas intervint.
— Si j'étais vous, je ne reviendrais pas maintenant sur la question, j'attendrais demain pour en parler en toute tranquillité.
— Il est inutile d'en parler en toute tranquillité, répliqua Adeline. Elle partira demain.
— Non maman. Je ne peux ni je ne veux la renvoyer.
Philippe parlait sur un ton volontairement calme. Adeline demanda alors avec violence :
— Combien de fois es-tu monté dans sa chambre ?
Augusta poussa une exclamation désolée, en voyant l'apaisement compromis.

— Pas une fois, répondit Philippe en articulant chaque mot.

Adeline se mit à rire :

— Allons, allons, dis la vérité. Combien de fois ?

— Ce genre de distraction était peut-être toléré dans la maison de votre père, mais pas dans la mienne.

— Philippe, cria Adeline, pourquoi répètes-tu toujours que Jalna est ta maison ? Tout le monde le sait.

— Et c'est très vexant pour les autres, glissa Nicolas tandis qu'Augusta ajoutait :

— Après tout c'est Nicolas l'aîné...

— Tout ce que je dis, c'est que dans *ma* maison, il ne se passe pas de ce genre de chose.

— Tu insultes la mémoire de mon pauvre père ! Tu l'insultes alors qu'il est dans sa tombe.

— Je vous ai souvent entendue dire bien pire de lui.

Adeline ne pouvait le nier. Elle frappa la paume de sa main gauche de son poing droit fermé.

— Si *votre* père, dit-elle, dont nous reconnaissons tous le bon caractère, même si *mon* pauvre père - que Dieu ait son âme - n'était pas...

— Maman, interrompit Ernest, pourquoi parlez-vous comme un paysan irlandais lorsque vous êtes en colère ? Cela manque de naturel.

— Cela donne plus de poids à ce que je dis, répliqua-t-elle, et Dieu sait à quel point cela est nécessaire quand mon plus jeune fils noircit ainsi la mémoire de mon père et fait étalage de sa...

— Inutile de continuer, maman, dit Philippe ; je n'en serais que plus décidé à ne pas me laisser marcher sur les pieds en cette affaire.

— Ce que j'essaie de dire, sans réussir à placer un mot, c'est que si le père de Philippe était là, il mettrait cette fille dehors dès demain matin.

— J'aurais bien voulu assister à cette danse, dit Augusta.

— Moi aussi, reconnut Ernest ; si seulement nous étions descendus un peu plus tôt !

— J'aurais voulu moi-même que vous soyez là, déclara Philippe. Vous n'auriez rien pu voir de mal.

Adeline sourit ironiquement.

— Parce que tu avais pris soin d'éteindre les lumières... *Pourquoi* avais-tu éteint ?

— Parce que cela me plaisait de danser au clair de lune.

— Je regrette de voir que toi, un jeune père, veuf de la plus noble femme qui ait jamais vécu...

Les yeux un peu proéminents de Philippe s'écarquillèrent de stupeur.

— Voilà une découverte un peu tardive de votre part, maman.

— Maman, demanda Ernest qui mordait rêveusement son pouce, que voulez-vous dire exactement en disant que Miss Wakefield était pâmée dans les bras de Philippe. Je pense que toute la question est là.

— Je vais vous le montrer, répondit Adeline avec vivacité. Reculez-vous ; je vais vous le montrer. Mets ton bras autour de ma taille, Philippe... Joue-nous une valse, Nicolas.

D'un geste irréfléchi, Philippe obéit et tint un instant son bras autour de la taille de sa mère ; mais il resta raide et immobile et, brusquement, se retira. Il se dirigea vers la porte et lança du seuil, d'une voix tremblante de colère :

— Vous perdez tous votre temps et feriez mieux d'aller vous coucher. Rien de ce que vous pourrez dire ne me décidera à renvoyer Miss Wakefield. Voilà qui est clair, je suppose.

Ils l'entendirent monter l'escalier et le visage d'Adeline s'assombrit. Mais pas pour longtemps.

— Allons. Ernest, mets ton bras autour de moi ; nous allons leur montrer.

— C'est impossible, maman. Ce serait tout différent.

— La vérité, dit Nicolas en bâillant, c'est que Philippe est dans une de ses crises d'obstination. Rien ne le fera changer d'idée.

— C'est une tête de mule, dit Augusta, mais il ne pourra s'entêter longtemps s'il se sent entouré d'une désapprobation muette et parfaitement polie.

— Augusta a tout à fait raison, dit Ernest. Je suis certain, moi aussi, que Philippe n'a qu'un sentiment passager pour cette jeune fille. Il était seul et elle s'est trouvée jetée sur son chemin.

— Par toi, ajouta Adeline d'un air sombre.

Ernest rougit mais continua...

— J'ai remarqué qu'à la fin de la soirée, il avait un peu, un tout petit peu trop bu. Cela, combiné avec le clair de lune, la musique...

— Par Dieu, s'écria sa mère, il avait soif. Il a déjà été marié ! S'il ne peut supporter un pauvre petit clair de lune et une valse jouée par Lily Pink...

— Il faut reconnaître que Lily jouait de tout son cœur, remarqua Nicolas.

— C'est donc que le cœur de Lily est étrangement troublé, déclara sa sœur.

Nicolas se mit à rire.

— Je vais me coucher, dit-il. Laissez-moi vous raccompagner dans votre chambre, maman.

— Non, dit-elle avec tristesse et dignité. J'irai seule. Il est temps que j'apprenne que je ne suis qu'une pauvre veuve à qui ses enfants ne tendront pas une main secourable.

Elle les embrassa les uns après les autres et quitta le salon la tête à peine un peu moins haute.

Le perroquet avait posé sa poitrine sur son épaule, gonflé son plumage et clos ses paupières.

Nicolas lança un clin d'œil aux deux autres.

— Très belle sortie ! dit-il.

Quand ils atteignirent le corridor du premier étage, tout était silencieux dans la maison, à l'exception d'un ronflement sonore venant du lit de Sir Edwin.

12

Rencontres sur la route

La rentrée des récoltes fut à Jalna comme une apothéose ; jour après jour, de lourds chariots transportaient leurs précieux chargements des champs à la grange. L'année était exceptionnelle pour tout sauf pour la céréale qu'Adeline appelait le maïs[1]. Il avait poussé haut mais un violent orage l'avait couché. Il s'était cependant en partie redressé et la récolte avait été sauvée. Les branches des pommiers pliaient sous leur fardeau de fruits merveilleusement sains : duchesses, astrakans, baldwins, reinettes, pommes des neiges, les meilleures de toutes. Dans le fond de la vallée, là où le ruisseau passait à côté des étables, poussait un pommier sauvage dont les petits fruits sucrés, les préférés de Meg et de Renny, avaient un goût de poire. Les deux enfants se cachaient dans ses branches pour les dévorer. Il y en avait toujours dans leurs poches. Ils en cachaient sous leur oreiller pour les manger le soir dans leur lit. Ces fruits étaient responsables de leur manque d'appétit, de leurs poussées d'urticaires et de leurs coliques. Mais personne ne suspectait le pommier.

Le soleil ayant mûri les grains et coloré les fruits s'attaquait maintenant, au gré de son caprice, aux fossés qu'il éclaboussait de grandes taches d'or et de mauve, et aux lisières des bois où les asters d'or et les marguerites d'automne buvaient l'humidité du sol par leurs racines vigoureuses. Les champignons eux-mêmes n'échappaient pas

1. En Amérique le maïs s'appelle « corn », du même nom que le blé en Angleterre.

à son pinceau ; il en sortait çà et là des rouges et des mauves. Adeline les considérait tous comme vénéneux et apprenait aux enfants à les considérer comme tels.

Les vaches, les moutons et les porcs de Philippe avaient tous bien réussi mais comptaient peu à côté de ses chevaux. Il était réputé comme le meilleur éleveur de Clydesdales de la région. Cependant il n'était pas heureux et toute la prospérité de sa terre ne pouvait compenser l'inconfort de sa vie familiale. On ne pouvait se trouver en difficulté avec Adeline et l'oublier. Son humeur la précédait comme un piqueur et s'accrochait à ses jupes comme une traîne. Si elle en voulait à quelqu'un, sa rancune était tenace et toujours présente. Or, elle en voulait à Philippe et son mécontentement était profond. Elle était déconcertée parce que, en dépit de son refus, le soir du bal, de renvoyer Mary Wakefield, Philippe ne l'avait jamais – pour autant qu'elle pût le savoir – revue seule depuis ce même soir. Elle les avait cependant surveillés tous deux de près. « Ma parole, s'avouait-elle à elle-même, je suis excédée par cette surveillance et cependant, c'est mon devoir de m'y livrer. » La surveillance de Mary était aisée car elle passait maintenant dans sa chambre la plus grande partie de son temps libre, mais Philippe se déplaçait sans cesse, ici, là, un peu partout. Adeline envoyait souvent Ernest ou Nicolas à sa recherche sous un prétexte quelconque. Tous deux savaient fort bien à quoi s'en tenir et se pliaient aux caprices de leur mère, Nicolas avec cynisme – car il était persuadé que Philippe poursuivait à sa manière propre son intrigue avec Mary, c'est-à-dire, avec indolence mais persévérance – Ernest avec le désir d'écarter tout mariage qui pourrait introduire le trouble dans la famille. En vérité, ce dernier n'accordait à cette affaire qu'une part minime de son attention, car il avait ses propres inquiétudes qu'il portait en silence, sans en rien dire à personne.

Ernest, Nicolas et les Buckley allaient prochainement regagner l'Angleterre. Adeline se trouverait donc seule avec Philippe et les enfants car elle était persuadée qu'elle aurait, d'ici-là, obtenu le départ de Mary. Depuis le soir du bal, elle affectait d'ignorer presque complètement la présence de la jeune fille, mais si, par hasard, elle lui parlait, c'était toujours avec une politesse de tigre, comme si elle allait, d'un coup de dent, lui arracher la tête. Quant à Mary, la seule vue d'Adeline se dirigeant vers elle accélérait les battements de son cœur. Elle évitait toute la famille à l'exception des enfants. Les jours s'écoulaient pour elle comme dans un rêve, et dans l'attente de quelque événement qui se produirait certainement car elle ne pourrait continuer à vivre ainsi.

Toute la pompe de l'automne commençait à se dérouler comme

pour le dernier acte d'une pièce dans laquelle elle jouait le rôle principal, mais dont elle ignorait les dernières répliques, ne sachant même pas s'il s'agissait d'un mélodrame ou d'une farce. Elle était parfaitement avertie de son inaptitude à tenir son rôle au milieu des autres acteurs si bien adaptés à leur personnage.

Il lui arrivait, en traversant le salon, d'apercevoir les deux fils d'Adeline et Lady Buckley jouant au whist avec leur mère après le thé. Les soirées devenaient fraîches sans qu'il fît cependant encore assez sombre pour allumer la lampe. Le soleil, très bas, glissait ses rayons mouvants entre les branches agitées par le vent. Il n'était pas toujours facile de distinguer un huit d'un dix ; Augusta leva sa main, au niveau de ses yeux, afin de mettre son jeu dans la lumière. Ernest essayait bien de ne pas voir les cartes de sa sœur mais leur jetait cependant de furtifs coups d'œil. Nicolas se servait des lorgnons qu'il venait d'acheter pour lire et jouer aux cartes et qui pendaient à un ruban noir. Mais Adeline, un pli moqueur sur les lèvres, scrutait le visage de ses partenaires comme s'ils pouvaient, mieux que ses propres cartes, la guider dans son jeu. Parfois Mary apercevait Sir Edwin jouant au tric-trac avec sa belle-mère. Son visage régulier, encadré de ses favoris soigneusement entretenus, restait impassible ; quand il parlait, c'était d'un ton contenu et monotone, mais la voix d'Adeline résonnait haut et clair.

— Deux, murmuraient presque les lèvres fines de Sir Edwin.

— Trois, lançaient les lèvres vigoureusement modelées d'Adeline.

— Coup double !

— Quatre !

Et Boney, perché sur son épaule, répétait après elle.

Ils affectaient de ne prêter aucune attention au passage de Mary. Tous semblaient avoir oublié la scène qui avait suivi le bal. Tous semblaient presque ignorer l'existence de Mary. Sa danse avec Philippe commençait à appartenir au domaine du rêve. Cependant, dans sa solitude, elle la revivait sans cesse, comme si cet instant seul existait réellement dans sa vie. Elle se souvenait à peine du moment où elle était redescendue, recoiffée et repoudrée. C'était un moment gonflé d'espoir ! D'un espoir inconscient et sans fondement puisque pas une fois au cours de la soirée, il ne s'était approché d'elle. Et cependant, comme l'événement avait justifié cet espoir ! Il s'était épanoui, était devenu une réalité dont la force l'avait presque suffoquée. Contre toute vraisemblance, elle s'était trouvée enlacée par Philippe dont le corps vigoureux se déplaçait si légèrement avec le sien tandis que ses bras la tenaient comme dans un monde clos. Rien n'avait plus compté que la glissade de leurs deux corps enlacés dans l'immense pièce, éclairée seulement par le clair de lune, que le rythme de la valse, que le parfum des nicotianes pénétrant par la fenêtre ouverte. Elle avait cru vivre, dans un monde qui n'appartenait qu'à elle, une vie entièrement sienne. Rien ne redeviendrait comme avant… Cela continuerait toujours ainsi, l'enveloppant de toute part…

Mais tout était redevenu comme avant, avec la souffrance en plus ! La routine de ses journées, ses longues insomnies nocturnes se succédaient sans que personne ne remarquât le changement de ses traits, le cerne de ses yeux. Ses cheveux eux-mêmes se refusaient à boucler et pendaient en mèches plates.

Elle était certaine que Philippe l'évitait, du moins lorsqu'elle se trouvait seule. Si les enfants étaient avec elle, il redevenait lui-même, taquinant Renny, caressant les cheveux de Meg, posant, sur leurs progrès, des questions pour lesquelles il semblait à peine attendre une réponse. Parfois Mary, avec une obstination presque féroce, contraignait ses regards à rencontrer les siens. Et pour un instant c'était comme s'ils étaient de nouveau seuls ; le rythme de la valse remplaçait la voix des enfants ; son cœur battait avec force ; puis elle détournait les yeux sans prononcer une parole. Si seulement, pensait-elle, sa situation n'était pas aussi ambiguë ; si elle était sûre de son terrain d'un côté ou d'un autre ! Mais même avec les enfants, même avec Mrs. Nettleship et Elisa, elle se sentait incertaine. Les enfants se montraient parfois affectueux, presque tendres, mais il arrivait aussi qu'ils revinssent à leurs murmures et à leurs clins d'œil complices du début, la rejetant ainsi de leur intimité. C'étaient les jours où Mrs. Nettleship avait fait son œuvre.

Un jour, Renny l'embrassa brusquement sur les lèvres, puis s'essuya la bouche avec le dos de sa main qu'il examina ensuite attentivement. Mary, d'abord stupéfaite, se fâcha et s'écria :

— Si c'est là le cas que vous faites de mes baisers, ne m'embrassez plus.

— Ce n'est pas votre baiser que j'effaçais, répondit-il. Je voulais seulement voir si la couleur s'en allait.

Mary devint écarlate puis déclara posément :

— Vous êtes un très vilain petit garçon.

— Vous peignez vos lèvres, n'est-ce pas ? demanda Meg, une lueur cruelle dans ses yeux clairs.

— Pourquoi donc ? interrogea Renny. Et pourquoi ne les peignez-vous pas en vert, ou bleu, ou en n'importe quelle couleur ?

— Pour être plus jolie, imbécile, répondit Meg. C'est Nettle qui le dit.

Elle trouva un jour Renny ayant entre les dents une vieille pipe en terre qu'il avait dénichée et qu'elle lui enleva. Il la regarda avec mépris.

— Eh bien, si vous fumez, je ne vois pas pourquoi je ne pourrais pas fumer, moi aussi.

Mary resta stupéfaite. Ces deux enfants ignoraient-ils encore quelque chose d'elle ? Elle remarqua, sur un ton indifférent :

— Encore Mrs. Nettleship, je suppose.

Ils se regardèrent en riant.

— Admettons que nous l'avons senti sur vous, dit Meg.

Renny fronça ses sourcils bien dessinés avec une expression de blâme :

— Miss Turnbull ne se mettait pas de rouge et ne fumait pas.

— Le faites-vous, Miss Wakefield ? demanda Meg ouvertement.

— Cela ne vous regarde pas. Occupons-nous de notre géographie.

— Je *considar* que c'est mon affaire, dit Renny, et il répéta avec onction : – Je *considar*... je *considar*... jusqu'à ce que Mary l'eût menacé des foudres familiales.

Par un étrange phénomène, Mary commençait à voir en Nicolas presque un allié. Il lui jetait parfois, de ses yeux noirs profondément enfoncés dans les orbites, un regard mi-moqueur, mi-complice, comme pour lui dire qu'il comprenait les difficultés de sa position et que, de toute façon, il n'était pas son ennemi. Il n'admettait pas les frasques de Renny et un jour que l'enfant criait et se débattait en refusant de monter avec Mary, son oncle Nick était arrivé et lui avait administré une fessée salutaire.

Depuis la nuit du bal, Mary n'avait rencontré Lily Pink qu'une seule fois. Elles s'étaient trouvées face à face sur la grand-route, près de l'église et il n'y avait personne aux alentours. Mary avait eu l'impression que Lily se serait enfuie, si elle l'avait pu. « Ma parole, pensa-t-elle, je pourrais presque appeler cette nuit : “La nuit fatale”. » Elle se dirigea en souriant vers Lily ; l'après-midi s'achevait et leurs ombres s'allongeaient sur la route.

— Voilà deux semaines et même plus que nous ne nous sommes pas rencontrées, dit Mary après les politesses d'usage.

— Oui, le temps vole, observa Lily comme une vieille grand-mère.

Elle portait une gerbe de glaïeuls.

— Quels beaux glaïeuls !

— Ils sont pour l'église.

— Y allez-vous maintenant ?

— Oui, pour jouer de l'orgue.

— Vous jouez si bien. Je n'oublierai jamais la façon dont vous avez joué pendant que nous dansions.

Le visage de Lily frémit au souvenir de cette nuit qui aurait dû, pensait-elle, tomber pour toujours dans l'oubli.

— Vous jouiez, insista Mary, comme si vous composiez à mesure cette valse. C'était merveilleux.

— Je suis contente que vous ayez pris du plaisir à l'entendre.

Lily parlait avec une rigidité très puritaine, comme si la seule pensée d'un plaisir était une faute.

— Nous avons joliment bien dansé, n'est-ce pas ?

— Je n'ai pas remarqué.

Mary dut s'avouer battue ; elles étaient des étrangères l'une pour l'autre. Le chariot d'un fermier, lourdement chargé de foin, s'avançait sur la route et les gros sabots des chevaux s'enfonçaient dans la poussière. Les jeunes filles se séparèrent pour laisser passer l'attelage. Mary aspira une bouffée d'air parfumé ; les glaïeuls accrochèrent au passage quelques brins de foin qui restèrent autour de leurs corolles.

— Au revoir, dit Lily, puis elle jeta à Mary un regard qui était presque un regard de panique. – Le voilà ! murmura-t-elle dans un souffle tandis que son bouquet frémissait au creux de son bras.

Philippe leur parut particulièrement insouciant ; il venait dans leur direction comme si leur existence ou toute autre existence féminine ne signifiait rien pour lui. Il rayonnait d'une virilité qui se suffisait à elle-même.

— Il faut que je me dépêche, je suis en retard, dit Lily. Mais elle s'attardait sur la route.

— Hello ! cria Philippe. De quoi parlez-vous donc toutes les deux, petites bavardes ?

Lily le regarda, silencieuse et terrifiée. Mary sourit et dit :

— Nous ne pouvons parler que d'un seul sujet.

— Je parie que je le connais, c'est moi.

Lily le regarda avec stupeur. Qu'allait-il dire maintenant ?

— Nous parlions de la façon dont Miss Pink joue du piano.

Et Mary le regarda droit dans les yeux.

Il répliqua gaiement :

— Lily est étonnante. Elle paraît toujours si froide et si lointaine et cependant personne ne sait ce qui se passe en elle. Quelque chose d'un peu démoniaque peut-être, n'est-ce pas, Lily ?

Elle fit demi-tour et les quitta, courant presque sur la route, avec ses glaïeuls qui se balançaient sur son bras.

— Voilà que je l'ai bouleversée. Je n'aurais pas dû parler ainsi, dit Philippe en la regardant s'éloigner.

— A-t-elle toujours été aussi timide ?

— Depuis que je la connais, et je la connais depuis sa naissance. Mais cela va en s'aggravant. Je commence à croire qu'elle me déteste.

Mary fut sur le point de lui crier la vérité : « Vous détester ! Alors qu'elle vous aime follement ! » Mais elle se contenta de dire :

— Je crois que cela lui ferait du bien de partir un peu. Elle est trop émotive.

— Oui. Cela ne vaut rien. J'ai peur que vous n'ayez tendance à lui ressembler sur ce point.

— Mais d'une façon toute différente.

— A propos, Miss Wakefield – il décapita un chardon avec une baguette qu'il tenait à la main – je voulais vous dire combien je regrette la façon dont ma mère vous a parlé, le soir où nous avons dansé. Mais elle est comme ça. Elle vous tombe dessus à bras raccourcis, puis oublie aussi vite.

La bouche de Mary se durcit pour répondre :

— Mais elle n'a pas oublié. Je suis sûre qu'elle me déteste. Lady Buckley aussi d'ailleurs. C'est terrible de se sentir détestée.

— Mais non, elles ne vous détestent pas.

— Je crois que je ferais mieux de m'en aller.

— Les enfants et moi – nous serions inconsolables.

Elle fut blessée de l'entendre mettre ses sentiments et ceux des enfants sur le même plan. Cela ne pouvait signifier qu'une seule chose : qu'il s'était joué d'elle et n'avait jamais éprouvé un sentiment sincère à son égard. Il s'abritait maintenant derrière ses enfants. Elle se raidit pour répondre :

— Evidemment, si je vous donne satisfaction...

— Satisfaction ! répéta-t-il avec chaleur. Votre présence ici signifie beaucoup plus que cela. Vous avez été... il hésita, puis trouva une expression qu'il jugea convenable... si pleine de sympathie pour moi. Je voudrais que vous sachiez que nous avons besoin de vous.

— Merci, dit-elle froidement.

— Et vous ne parlerez plus de nous quitter ?

Un nuage de poussière signala l'approche du docteur Ramsay dans son boghei. Il arrêta sa jument et salua les deux jeunes gens sur la route avec un sourire ironique.

— La sécheresse persiste, dit-il. Je doute que nous ayons de bonnes récoltes l'année prochaine.

— La pluie viendra, répondit Philippe tranquillement.

— A l'ouest, la terre réclame de l'eau.

— Je dois dire que j'aime ce temps.

— Naturellement ! Par tempérament, vous goûtez le plaisir du moment sans vous préoccuper de l'avenir. Bonne façon d'envisager l'existence, n'est-ce pas, Miss Wakefield ! Et sans attendre de réponse, il demanda tranquillement : – Puis-je prendre l'un de vous deux avec moi ? Je n'ai qu'une place.

— Merci, mais je vais du côté opposé au vôtre. Et j'ai besoin d'exercice. Au revoir.

Et Mary s'éloigna rapidement sur la route. Philippe la suivit d'un regard rêveur puis grimpa dans le boghei à côté de son beau-père.

— Charmante fille, remarqua le docteur Ramsay. Dommage qu'elle soit si délicate.

— Délicate ? Je ne l'avais pas remarqué.

— Vous ne pensez tout de même pas que c'est une fille vigoureuse.

— Peut-être pas vigoureuse, mais bien portante.

— Je voudrais être de votre avis. Elle a le cœur faible. Je peux m'en rendre compte rien qu'en l'entendant respirer. Elle ne devrait pas faire ces longues promenades. Je crains aussi que ses reins ne soient pas fameux. Pauvre fille ! Elle a de la chance d'être dans une maison agréable et tranquille comme la vôtre.

Ils croisèrent un autre boghei conduit par Clive Busby qui prolongeait sa visite chez les Vaughan. Sans en connaître la raison, Philippe éprouvait toujours un sentiment désagréable quand il le rencontrait. Il se pencha à l'extérieur du boghei pour le suivre des yeux. Le jeune pionnier de l'Ouest lui avait jeté un sourire trop satisfait ; sa cravate rayée était de teinte trop vive. Allait-il rester chez les Vaughan tout l'automne ? Ils devaient certainement en être fatigués. Philippe vit le boghei de Clive s'arrêter. Clive lui-même en descendre et aider Mary à monter sur le siège. Le docteur Ramsay poursuivait son bavardage. La jument allait toujours son petit bonhomme de chemin.

— Quelle chance de vous avoir rencontrée ! disait Clive Busby à Mary. En fait, je savais que vous vous promeniez car je suis allé à Jalna avec le bateau à voile que j'ai fait pour Renny, et les enfants m'ont dit que vous étiez venue par ici.

— Vous êtes si gentil pour les enfants, et vous leur faites tant de jolies choses !

Il se tourna vers elle, le souffle un peu précipité.

— Je suppose que vous savez pourquoi, dit-il, et que ce n'est pas pour l'amour des enfants.

Elle pensa que son visage était un des plus agréables qu'elle eût jamais vus. C'était un homme qui, malgré sa jeunesse, inspirait confiance ; on pouvait lui conter ses difficultés, être assuré de sa sympathie. Pendant les semaines qui avaient suivi le bal, il avait réussi à passer beaucoup de temps avec elle et elle l'avait senti se rapprocher d'elle un peu plus à chacune de leurs rencontres. Il y avait quelque chose de fatal dans cette intimité croissante, comme dans la croissance rapide d'un arbre devant une petite maison, l'assurant ainsi de sa protection, mais l'isolant du reste du monde, la privant de lumière, de liberté. Mary s'attachait à lui de plus en plus, se sentait de plus en plus en confiance à ses côtés, le comprenait facilement. Elle ne comprendrait jamais les Whiteoak, pensait-elle ;

ils changeaient constamment d'attitude, tantôt confiants et accueillants, tantôt se repliant brusquement sur eux-mêmes. Elle souhaitait parfois se trouver à cent milles de cette famille, à cent milles de celui qu'elle aimait. Mais ne pourrait-elle pas aisément aller s'installer à cent milles – à deux cents milles même ? A quelle distance se trouvaient-elles, ces lointaines prairies canadiennes ?

Clive Busby lui disait justement :

— Je vous vois si bien dans l'Ouest avec le vent soufflant dans vos cheveux, une immense étendue de terres autour de vous. Je n'ose vous dire combien de fois je vous ai vue ainsi !

L'instant était proche ! Elle faillit tendre les mains pour l'empêcher et dit seulement :

— Je crains de ne pas être de l'étoffe dont on fait les pionniers.

— Mais si ! Certainement si ! Vous n'avez aucune idée du nombre de femmes comme vous qui sont parties pour l'Ouest et qui l'ont aimé. C'est une vie magnifique. Rien ne les déciderait maintenant à revenir dans l'Est. Oh ! Miss Wakefield, seriez-vous fâchée si je vous appelais Mary ?

— Cela me plairait infiniment.

— Et voudriez-vous m'appeler Clive ?

— Vous êtes Clive quand je pense à vous.

Il tourna vers elle ses yeux bleus éclairés d'une lueur inquiétante et elle fut heureuse qu'il eût les mains occupées par les rênes.

— Est-ce bien vrai ? Alors, c'est que vous m'aimez.

— Oh ! oui. Il me semble que je vous connais depuis des années.

— Et cependant vous avez continué à m'appeler Mr. Busby, et moi, Miss Wakefield ! Miss ! Quel calembour[1] ! Bien mauvais, je le reconnais. Je ne peux me résigner à vous *manquer*. Vous êtes la seule femme au monde pour moi. Je ne pensais pas vous le dire aujourd'hui ; j'avais décidé de vous demander de m'épouser un soir au clair de lune et voici que je le fais sur la route, en voiture !

La bouche de Mary se dessécha brusquement et de ses lèvres durcies elle répondit :

— C'est un endroit aussi bon qu'un autre...

Il prit les rênes dans une seule main et posa l'autre sur les mains jointes de sa compagne, comme si elles représentaient leurs deux êtres qu'il unissait par le mariage.

— Mary – il prononça son nom lentement et avec une infinie douceur – ne me dites pas non. Nous sommes faits l'un pour l'autre.

1. Intraduisible en français. « Miss » signifiant à la fois « mademoiselle » et « manquer ».

Vous pourriez parcourir le monde que vous ne trouveriez pas un autre homme qui vous aimerait autant que moi.

Elle regarda sa main vigoureuse hâlée par le grand air des vastes prairies. Une sensation de sécurité émanait de sa seule présence et Mary se vit transportée à des milliers de lieues de ce Jalna où nul ne se souciait d'elle, dans un lieu où l'amour de Clive Busby la protégerait de tout mal. Elle qui ne possédait rien ni personne au monde, le posséderait tout entier ; il ne serait qu'à elle et elle ne serait plus jamais seule, plus jamais inquiète de ce que les uns ou les autres pouvaient penser d'elle, plus jamais entourée d'intrigues et comme écrasée par une foule au milieu de laquelle elle était cependant toujours seule. Elle vivrait chez elle, avec un homme dont la présence signifiait confort et sécurité, et au-delà de sa maison, l'immense plateau s'étendrait jusqu'à l'horizon resplendissant.

— Mais Clive… commença-t-elle.

— Répétez-le, s'écria-t-il. C'est merveilleux de vous entendre prononcer mon nom. Répétez-le, Mary.

Il n'était pas question pour elle de le repousser. Avant même de s'en rendre compte, elle aurait dit oui. Il la regardait avec une telle ardeur qu'elle en était émue jusqu'au fond de son cœur.

— Clive, répéta-t-elle, et ce mot contenait l'assurance de tout le bonheur qu'elle pourrait lui donner.

Que pourrait-elle faire de mieux de sa vie que de le rendre heureux ?

— C'est oui, n'est-ce pas, dit-il en l'interrompant, c'est oui ; Mary ?

— Donnez-moi un peu de temps. Je ne peux pas vous répondre aujourd'hui.

— Quand alors ? Demain.

— Non, dans une semaine.

Son visage s'assombrit.

— Une semaine ! C'est bien long… Enfin, puisque vous demandez une semaine, Mary, ma chérie, j'attendrai une semaine. Dieu sait que j'attendrais même un an si je savais que vous disiez oui au bout de ce temps. Mary, il n'y a personne d'autre dans votre vie, n'est-ce pas ?

— Personne ne songe à m'épouser.

— J'en remercie Dieu. Je craignais d'avoir à compter avec quelque riche propriétaire. Avec quelqu'un comme… Philippe Whiteoak.

— Oh ! non !

— Mary, je sais que vous direz oui dans une semaine. Puis-je vous voir tous les jours d'ici là ?

— Non. Pas une seule fois.

— Pas une seule fois ?

Son regard exprimait la désolation.

— Non... Je vous le demande, Clive.

— Très bien. J'essaierai de le supporter mais ce sera presque ma mort.

Il retira tristement sa main des siennes, saisit les rênes et en fouetta le dos du cheval. Celui-ci fit semblant d'accélérer son allure. Le soleil devenait de plus en plus chaud. Les asters d'or flamboyaient dans les fossés.

Lily remonta la nef de l'église, portant toujours les glaïeuls sur son bras. Par un étrange phénomène, l'église semblait encore plus petite quand elle était vide. Lily avait l'impression que les vitraux la touchaient presque. Leurs riches couleurs se reflétaient sur les fleurs qu'elle portait. Elle avançait avec grâce, comme si une longue traîne tombait de ses épaules et s'étalait derrière elle. Elle avançait avec dignité comme si tous les regards d'une église bondée étaient fixés sur elle.

Quand elle atteignit les marches du chœur, elle s'arrêta un instant, les yeux clos. La silhouette de Philippe Whiteoak, dans un costume de prince Albert orné d'un œillet blanc à la boutonnière, l'attendait là. Ils avançaient maintenant l'un vers l'autre pour se trouver enfin côte à côte. Mr. Pink, en soutane et surplis, allait commencer à célébrer l'office du mariage.

Lily suivait le service mot à mot, répondant en silence, entendant par les oreilles de son imagination la voix de Philippe répéter les mots qui lui étaient assignés. Glissait-il l'anneau au doigt ? Que faisait-elle ? Mais peut-être cette feinte était-elle coupable ? Elle ouvrit les yeux. Le vide, le silence de l'église l'effrayèrent. Que penserait sa mère de la comédie qu'elle venait de se jouer à elle-même ? Elle n'était qu'une fille sans moralité. Comme Philippe le lui avait dit, il y avait sûrement en elle quelque chose de démoniaque. Quelque chose de démoniaque... de démoniaque... Elle ne put s'empêcher de rire tandis que le mot se répétait dans son esprit comme un écho ; d'un rire silencieux qui la secoua tout entière, et fit trembler les glaïeuls.

Puis elle reprit possession d'elle-même. Elle se rendit à la sacristie pour prendre deux vases de cuivre, sortit pour aller les remplir d'eau à la pompe. Elle leva son visage innocent vers le ciel dont elle pensa qu'il était extraordinairement bleu. Elle regarda ensuite le ruisseau qui coulait au-dessous de l'église et y vit réfléchi le bleu du ciel. Ses vases étaient froids comme de la glace dans ses mains.

Elle emporta les fleurs dans le chœur et les posa avec respect sur l'autel. Puis elle redescendit quelques marches et les admira... Elle alla enfin s'asseoir devant l'orgue. Ses mains étaient encore froides et humides ; elle sécha leurs paumes contre sa jupe.

Un instant plus tard, les accords de la *Marche nuptiale* de Mendelssohn remplissaient la petite église.

13

Epreuves

Au cours des dernières semaines, l'inquiétude s'était emparée d'Ernest Whiteoak mais il avait réussi à garder jusqu'à ce jour ses soucis pour lui seul. Il avait perdu de l'argent sur des actions du Crystal Palace ; il en avait perdu sur des actions de Brasseries, sur des actions cotonnières. Un agent de change lui avait fait sottement acheter des valeurs à terme. Et il avait jeté sans compter ce bel et bon argent pour conserver ces actions ; car il jouait avec un capital qui ne lui appartenait pas. Il jouait à la Bourse et n'avait à verser qu'une partie de la somme en jeu. Sa nature un peu crédule en avait éprouvé un sentiment trompeur de puissance ainsi qu'une exquise sensation à exercer cette puissance. Il était encore moins que Nicolas préparé à jouer à la Bourse ; malheureusement ses premiers succès l'avaient grisé.

Il regrettait maintenant amèrement d'avoir quitté l'Angleterre ; il n'avait pu entrer en contact avec son agent de change que par câble et était persuadé que s'il s'était trouvé sur place, il aurait pu mener ses affaires avec succès.

Les dernières nouvelles qu'il avait reçues avaient achevé de le bouleverser. Son esprit affolé par le chiffre de ses pertes ne pouvait que répéter :

— Si seulement j'avais été là-bas !

Il avait été si sûr non seulement d'augmenter sa fortune, comme il l'avait fait jusque-là, mais encore de la doubler ! Maintenant, profondément abattu, il était à la recherche de son frère Nicolas : Nicolas était installé au soleil sur le banc rustique, sous le majestueux bouleau argenté qui occupait le centre de la pelouse. Jake, assis entre ses jambes, le contemplait avec ravissement pendant que Nicolas caressait ses oreilles et lui grattait doucement le bas du crâne.

Ernest traversa rapidement la pelouse et s'arrêta devant son frère.

Nicolas leva les yeux et devant l'expression de son visage, demanda aussitôt :

— Quelque chose qui ne va pas ?

Ernest gémit puis s'assit sur le banc auprès de son frère.

— Cela pourrait difficilement aller plus mal. Les nouvelles Gaston Mining sont tombées de 3,5 à 0,5.

— Oh ! Que faire ?

— Rien. Les Chemins de fer du Sud ont baissé également.

Nicolas tourna vers Ernest ses grands yeux débordants de sympathie.

— Terrible déveine ! murmura-t-il.

— Si seulement je m'étais trouvé en Angleterre, j'aurais agi à temps et m'en serais sorti.

— Je me le demande. Pareille chose m'est arrivée, tu ne l'ignores pas.

— Mais Nick, tu n'as pas comme moi le sens de la spéculation. Si seulement j'avais été en Angleterre !

— Ce qu'il y a de certain, reprit Nicolas, c'est que nous pourrons mettre de l'eau dans notre vin quand nous aurons regagné Londres.

— Nick, quand j'aurai fait le décompte de la catastrophe, je crois que je me retrouverai ruiné.

— Ce ne peut être aussi terrible !

— Nick, il faudra que je prolonge mes séjours à Jalna.

— C'est vrai, il y a toujours Jalna.

— Si seulement j'avais été en Angleterre en ce moment.

— Tu n'aurais rien pu faire, mon pauvre vieux !

— Maudit soit cet agent de change !

— Il y a quelques semaines seulement, tu paraissais si satisfait de lui et... de toi.

— Je l'étais. Je pensais faire plus que compenser mes premières pertes.

— Je t'ai maintes fois répété que tu lui faisais trop confiance.

— Personne n'a eu plus de confiance en son agent de change que toi-même.

— Je ne prétends pas m'y connaître en matière de placement.

— Moi non plus. Je ne le *prétends* pas, mais je suis très instruit des questions de Bourse. Mon agent de change m'a souvent dit que ma compréhension dans ce domaine était extraordinaire. Que je voudrais être à Londres !

— Pourquoi ne pas partir ?

— C'est trop tard, je te le répète. A moins, évidemment, que je puisse avoir un peu de capital frais. Je me demande si maman...

— N'y compte pas. Elle ne prêtera jamais un sou.

— Elle le fera peut-être si je lui promets de le doubler.

— Tu es plus optimiste que moi.

— Peut-être Philippe...

— Tu peux toujours essayer mais je doute fort !

— Le voilà justement. Il revient de la pêche ; c'est le moment favorable.

Philippe, les ayant aperçus, se dirigea vers eux. Il portait une vieille jaquette d'une propreté douteuse, des pantalons de toile blanche déformés et avait indiscutablement besoin d'aller chez le coiffeur. Mais pour une fois, l'impeccable Ernest ne remarqua pas ces détails.

— Hello, Philippe ! lui cria-t-il d'un ton parfaitement naturel. Bonne chance à la pêche ?

Philippe souleva son panier au fond duquel huit truites scintillaient.

— Oh ! merveilleux ! Cela te change de la dernière fois où tu étais revenu bredouille.

— Le plaisir avait été le même, répondit Philippe sans autre commentaire.

— C'est tout de même autre chose, une belle prise comme celle-ci !

— Evidemment. Mais le plaisir y était quand même. Quelle délicieuse matinée !

— L'automne approche.

— Oui. Regardez ce bouleau. J'aime ses petites feuilles jaunes. Ce sont les premières à changer de couleur.

Nicolas se pencha pour regarder les poissons.

— Ils sont beaux, déclara-t-il. J'en mangerai un pour déjeuner.

— Assieds-toi, Philippe, dit Ernest. Il faut que je te parle.

Ils lui firent place sur le banc rustique ; il s'assit et alluma sa pipe. Jake, semblant jeter un regard d'excuse à Nicolas, quitta ses genoux pour venir s'installer entre ceux de Philippe. Celui-ci regardait Ernest avec curiosité et un peu de défiance.

Ernest alla droit au but.

— J'ai reçu de mauvaises nouvelles, dit-il. Les valeurs que je soutenais sont tombées. Je crains de perdre beaucoup d'argent.

— Quelle surprise ! s'écria Philippe. Je te croyais sur le point de devenir très riche.

— Rien de plus vrai et je le serais encore si j'avais du capital. Je vais tout t'expliquer.

Il s'embarqua dans une longue explication sur l'état de ses affaires et si parfois il s'embrouillait un peu, cela n'avait aucune importance.

— Tout cela n'est que du grec pour moi ! dit Philippe. Que veux-tu que je fasse ?

Ernest avait retrouvé sa confiance en lui.

— Si tu pouvais seulement me prêter un peu d'argent, je serais sauvé.

— Comment cela ?

— Ces valeurs remonteront certainement. Je m'y accrocherai jusqu'à ce qu'elles le fassent.

— Cela ne me dit rien de jouer en Bourse.

Philippe ouvrit la bouche de Jake et concentra son attention sur la dentition de l'animal.

— Ce n'est pas jouer, Philippe. Ces placements sont sûrs. Il n'y a que très peu de risques. Tu es bien de mon avis, n'est-ce pas Nicolas ?

— Je ne veux pas me compromettre.

— Mais, comme mon agent de change me l'a souvent dit, j'ai un flair remarquable...

— Qu'est-ce que c'est que toute cette histoire ? demanda soudain une voix vibrante.

Ils se levèrent tous trois et découvrirent Adeline debout derrière eux. Elle posa ses mains sur le dossier du banc et les regarda tour à tour d'un air moqueur.

Ernest se demanda ce qu'elle avait bien pu entendre. Mais que ce fût peu ou beaucoup, elle découvrirait tout un jour. Il ne pouvait rien lui cacher et ne l'ignorait pas.

— Venez vous asseoir, chère vieille mère, dit Nicolas.

Il alla vers elle et l'entoura de son bras pour l'amener jusqu'au banc en lui donnant d'amicales petites tapes sur la hanche.

Sa voix avait une note dure quand elle parla :

— Tu as déjà prêté de l'argent à Ernest, Philippe. Ne recommence pas. Je m'y oppose.

— Alors, s'écria Ernest avec force, vous voulez que je perde toute ma fortune par seul manque d'un peu de capital supplémentaire !

— Je préférerais que tu la perdes plutôt que de démembrer Jalna. S'il s'agissait d'un autre que Philippe, je dirais : cours ta chance.

— Peut-être alors, vous-même accepteriez-vous de m'aider, dit Ernest avec vivacité.

— Je ne suis qu'une pauvre femme, répliqua-t-elle, regardant avec tristesse le bout de ses chaussures. J'ai à peine de quoi vivre.

— Pauvre vieille ! dit Nicolas.

— Par conséquent, reprit Philippe désireux de l'entendre répéter son opposition, vous ne me conseillez pas d'entrer dans cette combinaison.

— Non seulement je ne te le conseille pas, mais je te le défends.

Nicolas jeta un clin d'œil à Philippe.

Adeline posa sa main sur le genou d'Ernest.

— Allons, dit-elle ; accepte cette perte comme un homme. J'ai entendu tes explications et je suis sûre que c'est une mauvaise affaire. Remercie le Ciel de conserver quelque chose et ne jette pas du bon argent après le mauvais. J'espère que Robert Vaughan n'a pas acheté ces valeurs.

— Je crains que si, répondit Ernest, mais sans que cela soit un désastre.

Adeline soupira puis s'écria soudain avec vivacité :

— Je vais vous dire ce qu'il convient de faire. Ernest, il faut que tu épouses Muriel Craig ! Elle héritera d'une fortune considérable ; tu n'aurais plus à te tourmenter.

— Miss Craig ne s'intéresse nullement à moi, répliqua Ernest mécontent. C'est après Philippe qu'elle court.

— Tu n'as qu'à l'obliger à s'intéresser à toi, reprit Adeline. Quel est ton sentiment à son égard ?

Ernest appuya les extrémités de ses doigts les unes contre les autres et dit judicieusement :

— Une sorte de tiède admiration.

— Pas de meilleur commencement pour un homme de ton tempérament. A mesure que le temps passe, tu t'échaufferas à ses côtés.

— Je répète que c'est Philippe qu'elle veut.

— Eh bien, elle arrive comme Pâris avec la pomme d'or dans ses mains et vous êtes trois à l'attendre ! Laissons-la faire son choix.

De l'épaisse bordure de sapins qui longeait l'allée déboucha soudain le cabriolet de Muriel Craig traîné par un joli cob à la robe noisette. Elle était assise très droite sur le siège, tenant haut les rênes dans une main et dans l'autre un joli petit fouet ; elle semblait plus embarrassée que sûre d'elle-même. Les trois frères se hâtèrent à sa rencontre et Adeline les suivit du regard en pensant : « Si elle choisit la distinction, ce sera Nicolas ; si c'est l'élégance, ce sera Ernest ; si elle préfère un garnement mal tenu, comme c'est probablement le cas, ce sera Philippe. »

Elle accueillit chaleureusement Muriel, la regardant en même temps avec satisfaction de son œil sombre, légèrement rétréci.

— Comme vous êtes fraîche, ma chère, et quel joli chemisier rayé !

— Je suis contente qu'il vous plaise. Mon père trouve la raie un peu vulgaire et criarde.

— Pas du tout. Si quelqu'un peut porter une raie de ce genre, c'est bien vous. Qu'en dis-tu Ernest ?

— Je trouve que cela lui va fort bien, répondit-il avec indifférence.

— Mr. Ernest ne paraît pas très enthousiaste, dit Muriel. Je crains qu'il ne trouve lui aussi ma toilette un peu vulgaire. – Se tournant vers Philippe elle demanda : – Qu'en pensez-vous, Mr. Philippe ?

— J'ai toujours aimé les raies. Et je les aime très vives.

Nicolas pensa : « Cette fille se meurt d'amour pour Philippe. Ernest n'a aucune chance. »

Les enfants sortirent de la maison en courant, leur travail achevé, libres pour la fin de la journée. Ils se mirent à arracher de l'herbe pour le cheval de Miss Craig.

— Les amours d'enfants ! s'écria-t-elle. Il faut que j'aille les voir.

Elle se leva et traversa la pelouse. On aurait pu tirer une ligne droite de son menton à sa cheville.

— Venez ici, les enfants, cria-t-elle ; je vous ai apporté des bonbons.

Pour la plus grande joie des enfants, elle prit sur le siège de son cabriolet une boîte de caramels. Meg en fourra un énorme dans sa bouche et ne put prononcer que des remerciements inarticulés.

— Il fallait passer la boîte à la ronde, espèce de vieille gloutonne, dit Renny.

La joue déformée, les dents collées, Meg tendit à ses aînés la boîte qu'elle tenait devant elle.

Philippe se disposa à aller rejoindre Miss Craig. Adeline lui jeta alors le regard noir qu'elle avait momentanément adopté à son égard.

— N'y va pas, lui dit-elle, laisse faire Ernest.

Ce dernier se leva ; il refusa de prendre un caramel, mais Adeline ne se fit pas prier pour se servir.

— Bien petite boîte, glissa-t-elle à mi-voix à Nicolas. J'espère qu'elle n'est pas avare.

Philippe suivit Ernest du regard.

— Quel ardent soupirant ! remarqua-t-il.

— Ce garçon ne se décidera jamais à demander la main d'une jeune fille, dit Nicolas.

— Ernest a du caractère, répliqua Adeline. Donnez-lui le temps de se décider.

Ernest avait maintenant rejoint Miss Craig. Avec un sourire aimable, il lui demanda :

— Comment va votre père, Miss Craig ?

— De mieux en mieux chaque jour. Il recommence à marcher. Il a une infirmière remarquable qui ne le quitte guère.

— C'est très heureux pour vous.

— Oui. Mais c'est une femme odieuse !

— Quel dommage !

— J'ai entendu dire que toutes les infirmières devenaient insupportables.

— Cela ne m'étonne pas. – Après un silence il ajouta : – Aimeriez-vous voir nos dahlias ? Ils sont très beaux.

Elle hésita :

— Je crois que je vais repartir. Mon père…

— Nos dahlias sont particulièrement beaux.

Les yeux de Miss Craig s'arrêtèrent sur le groupe installé au milieu de la pelouse. Ernest pensa :

« Je ne suis pas du tout fait pour cela. Courir après la fortune ! C'est humiliant. » Puis le souvenir des biens de Mr. Craig se dressa comme une promesse de délivrance pour tous ses soucis financiers. C'était une belle et séduisante jeune femme et Ernest se reprocha sa froideur.

Mary apparut soudain sous le porche dont le revêtement de vigne vierge commençait à rougir. Bientôt les premières gelées la feraient flamboyer et noirciraient les dahlias.

— Ernest emmène Miss Craig voir les dahlias, observa Nicolas. Cela s'annonce bien.

— Voilà Miss Wakefield ! cria Renny. Puis-je lui porter un caramel ?

— Pas seulement un caramel, dit Adeline. Présente-lui la boîte. Puis tu lui demanderas si elle serait assez aimable pour aller jusqu'au presbytère demander à Mrs. Pink la recette qu'elle m'a promise. Vous feriez bien d'aller avec elle, les enfants. Mais venez d'abord m'embrasser.

Renny grimpa sur ses genoux, la serra dans ses bras et l'embrassa. Philippe se leva et alla ôter de la bouche de Jake un morceau de caramel avec lequel il était en difficulté. Il le jeta ensuite dans le massif où Jake se précipita à sa recherche.

— Ne t'en va pas, Philippe, dit Adeline avec plus de gentillesse qu'elle n'en avait montré depuis le soir du bal. Je t'ai à peine vu aujourd'hui.

— Je serai de retour avant peu, maman, dit-il avec entêtement. Nick est avec vous.

Il se dirigea vers le porche.

— Regardez-moi la forme de ces pantalons ! gémit Adeline. Et le pli de cette jaquette. Je ne comprends pas ce que les femmes voient en lui. Quand je pense au dos de votre père, à la façon dont il portait ses vêtements ! Le contraste est accablant. Je suis toujours stupéfaite à la pensée que Philippe puisse être le fils de mon mari !

— Ne vous tracassez pas pour lui, maman. Toutes les femmes lui courent après.

— Si je pouvais seulement débarrasser la maison de cette gouvernante ! Mais j'y arriverai par n'importe quel moyen.

Philippe s'était arrêté devant Mary et la regardait.

— Vous a-t-on fait la commission de ma mère, Miss Wakefield ? demanda-t-il.

Pour la première fois, il remarqua sa mine défaite.

— Oui, je vais partir.

— Nous voulons venir aussi, dit aussitôt Renny.

— Je crois qu'il vaut mieux qu'il ne vienne pas, dit Mary ; il court comme un fou tout le long du chemin, prend chaud et se plaint ensuite de son urticaire.

— Je resterai avec lui, dit Meg spontanément.

— Bonne petite fille ! dit son père.

Elle saisit une de ses mains et Renny l'autre. Mary pensa qu'à eux deux, ils élevaient un mur entre elle et Philippe ; et elle était persuadée qu'il le voulait ainsi.

— Vous sentez-vous bien ? demanda-t-il, songeant à ce que le docteur Ramsay lui avait dit.

— Très bien, je vous remercie.

Trouvait-il qu'elle négligeait son travail ?

— Vous me paraissez un peu pâle. Peut-être perdez-vous votre fraîcheur anglaise.

Meg se mit à rire et passant un bras autour du cou de Renny, lui glissa à l'oreille :

— Elle a oublié de se farder.

— C'est la chaleur qui m'éprouve un peu, dit Mary, mais ce temps est délicieux.

Ernest et Muriel Craig revenaient, ayant fait le tour de la maison.

— Quels magnifiques dahlias ! s'écria Miss Craig. Je n'ai jamais vu leurs pareils. Mr. Whiteoak m'a promis des bulbes.

Elle salua Mary avec cet air de condescendance qui donnait chaque fois à la jeune fille le désir de fuir sa présence ou de se montrer impolie à son égard.

— Quelle belle mine ont vos élèves ! s'écria-t-elle. Ils vous font vraiment honneur.

— Nous avons bonne mine parce que nous nous peignons, dit Renny dont le sourire malicieux découvrait une dent de devant absente.

— Petit coquin ! s'écria Miss Craig entourant de ses bras enthousiastes le cou du petit garçon. Cette façon de parler ! Je tremble à la pensée de l'homme que vous serez plus tard !

Elle parlait comme si elle avait déjà beaucoup souffert de la part d'hommes audacieux, et cela non sans un certain plaisir.

— Un vaurien, voilà ce qu'il sera, déclara Ernest.

Serrant toujours l'enfant contre elle, Miss Craig dit à Philippe :

— J'ai une commission à vous faire de la part de mon père. Il est extrêmement désireux de vous voir. Je ne sais trop au sujet de quoi. Votre seule présence suffit à lui faire du bien. Il se demandait si vous ne pourriez pas me raccompagner. Un de nos domestiques doit revenir ce soir par ici et vous ramènerait. Pour ma part, je serais ravie si vous vouliez m'apprendre à conduire le cob ; je sais bien que je ne suis qu'une sotte petite créature, mais il me fait très peur.

Renny n'avait jamais entendu une femme se traiter elle-même de « sotte petite créature ». Ni sa grand-mère ni sa tante n'avaient l'habitude de se voir sous ce jour et Mary prétendait être une encyclopédie vivante possédant la fermeté du roc de Gibraltar ! Il y avait quelque chose qui ne sonnait pas très juste dans les mots de Miss Craig. Renny échangea avec Mary un regard qui, de son côté, aurait pu être qualifié de sardonique.

Philippe accepta avec plaisir ; il avait remarqué la façon timorée et maladroite dont Miss Craig tenait les rênes.

— Mais il faut d'abord que j'aille faire un brin de toilette, dit-il.

— Je vous en prie, n'en faites rien. Nous savons que vous revenez de la pêche et si le fait de venir avec moi vous obligeait à vous changer, je ne me le pardonnerais jamais. N'êtes-vous pas de mon avis, les enfants, que votre papa est très bien comme ça ?

Les enfants ne purent qu'approuver chaleureusement, ce qui n'empêcha pas Philippe d'aller jusqu'à la maison pour se rendre plus présentable. Mary partit aussitôt pour le presbytère car elle ne désirait pas rester un instant de plus qu'il n'était nécessaire auprès de Miss Craig. Ernest et Muriel virent sa silhouette disparaître au bout de l'allée. Ernest ressentait comme une offense personnelle le peu d'intérêt que la jeune fille avait manifesté à son propre égard et à l'égard des dahlias. Pour la première fois de sa vie, il ne fit aucun effort pour chercher à plaire à un visiteur mais demeura silencieux et lointain. Muriel Craig aussi se taisait ; ses yeux clairs et ronds s'attachaient au moindre détail de la robe de Mary et semblaient, au-delà de la robe, scruter le corps qu'elle revêtait.

Mais les pas de Philippe se firent entendre dans le hall ; elle tourna ses regards vers la pelouse où les enfants bondissaient avec les chiens et s'écria :

— Que j'aime ces deux enfants !

Ernest garda le silence tandis que Philippe la remercia d'un regard, disant :

— J'en suis heureux. Mais ils sont quelquefois terriblement insupportables.

Elle protesta vivement et assura qu'elle ne le croyait pas. Ernest tint le cob par la bride pendant que Philippe l'aidait à monter sur le siège ; un pied bien chaussé, une fine cheville, un jupon de taffetas tout bruissant s'offrirent un instant aux regards curieux.

Ernest leur dit au revoir froidement et allumant une cigarette fit les cent pas devant la maison. Son tempérament optimiste reprit le dessus. Après tout, il n'était pas ruiné ; il lui restait suffisamment de fortune pour vivre et même vivre largement pourvu qu'il fît chaque année un séjour prolongé à Jalna. Il y avait toujours été heureux. Philippe était un hôte accueillant et généreux. En réalité, Adeline et ses trois aînés ne considéraient pas Philippe comme un hôte mais plutôt comme le plus jeune fils qui a eu la chance d'être désigné par son père pour être l'héritier du domaine ; c'était son devoir de les accueillir tous et en tout temps avec joie. Quant à Philippe, il ne souhaitait qu'une chose ; les avoir toujours auprès de lui.

Ernest se décida à rejoindre le banc rustique et s'y laissa tomber avec un soupir. Nicolas le regarda avec un peu d'anxiété ; il espérait bien qu'Ernest surmonterait ses idées noires et ne s'appesantirait pas sur ses pertes.

Adeline observa :

— Avez-vous remarqué comme le cob a descendu sagement l'allée ? Il savait qu'il y avait derrière lui un cavalier expérimenté.

— Cette jeune femme, dit Nicolas, tient les rênes comme un pique-feu rougi.

Sa mère se tourna vers Ernest.

— As-tu déjà pris sur elle des avantages ? lui demanda-t-elle.

— Pas l'ombre d'un, répliqua-t-il avec humeur. Et pour dire la vérité, je ne le désire pas. Ce n'est pas du tout mon genre et je n'ai nullement envie de me marier.

— C'est dommage de ne pas tendre la main pour essayer d'avoir cet argent. Il y a une fortune, à notre porte, et j'ai deux fils séduisants qui...

— Pourquoi pas Philippe ? demanda Nicolas.

— Je ne veux pas d'autre femme à Jalna.

— Maman, déclara Ernest, c'est inévitable que Philippe se remarie un jour et cela crève les yeux que Miss Craig désire l'épouser. Croyez-moi, ne faites rien pour le décourager ; vous vous exposeriez sans doute à devoir accueillir une belle-fille qui vous plairait beaucoup moins. Vous pourriez même être contrainte d'accueillir Miss Wakefield qui n'a pas un centime.

Adeline lui demanda avec vivacité :

— As-tu vu depuis le bal quelque chose qui t'incite à avoir des soupçons ?

— Non. Mais le voisinage seul suffit souvent à engendrer la sympathie.

— Ernest, tu as fait du bien mauvais travail le jour où tu as engagé cette intrigante. Je n'aurais pas dû compter sur toi pour agir avec bon sens du moment qu'une femme était en jeu.

— Vous auriez eu raison, reconnut-il tranquillement. J'ignore tout des femmes ordinaires. Vous êtes la seule femme que je prétende connaître mais c'est que vous vous exprimez toujours si clairement !

— Il est certain, gloussa Nicolas, que Miss Craig ne dissimule pas ses intentions. Elle se dispose à jeter ses filets sur Philippe et, à mon avis, il ne demande qu'à se laisser pêcher.

— A propos de pêche, dit Ernest, voilà ses poissons. Il est parti en les oubliant complètement. Je crois que je ferais mieux de les descendre à la cuisine.

Il prit le panier sur la table rustique, hésita un instant, puis déclara :

— J'ai un placement en vue qui, j'en suis sûr, compensera les pertes que j'ai faites ; non seulement il les compensera mais me laissera un important bénéfice. L'indispensable, c'est que je sois sur place pour surveiller les fluctuations du marché. Si j'avais été en Angleterre cet été, tout serait bien différent maintenant.

Il se dirigea vers la maison, balançant doucement le panier de poissons au bout de son bras.

— Crois-tu qu'il puisse faire ce qu'il dit ? demanda Adeline en le suivant des yeux.

— Cela ne m'étonnerait pas. Il a le goût de la spéculation mais ne vous laissez pas entraîner à placer votre argent selon ses conseils, maman.

— Fais-moi confiance pour m'accrocher à ce que je possède, s'écria-t-elle. C'est assez modeste, hélas ! mais cela suffit pour assurer la tranquillité de mes vieux jours.

Elle regarda Nicolas allumer une nouvelle cigarette et tendit la main pour en avoir une. Mais elle l'alluma subrepticement à l'allumette qu'il lui tendit et, tout en fumant, jetait des regards presque craintifs vers la maison.

— Cette coquine de Mary Wakefield fume, dit-elle. Et pour rien au monde, je ne voudrais que Nettle me vît en faire autant.

Le cabriolet roulait gaiement sur la route plantée d'arbres, et le cob se pliait sans peine à la souple direction des rênes. Philippe et Muriel Craig formaient un beau couple. Elle, assise très droite sur son siège, son béret de marin incliné en avant, lui, en veston à carreaux et gants jaunes. Il jouait avec le fouet et admirait le nœud de ruban rouge qui ornait sa poignée.

— Je ne peux vous dire, déclara-t-elle, quel plaisir c'est pour moi d'être simplement assise là, les mains sur les genoux, pendant qu'un autre conduit, surtout lorsque celui-ci manie les rênes aussi bien que vous.

— Ce cob est très doux, répondit-il, mais il a besoin d'exercice. Je crains que vous ne soyez un peu nerveuse Miss Craig.

— Je le suis terriblement et j'en ai honte ! Je crois que je le serais moitié moins à cheval, mais la pensée que ce cabriolet pourrait se renverser me terrifie ! Mon père m'a promis de m'acheter un cheval de selle, si j'apprends à monter. Mais qui me donnera des leçons ? Il y a si peu de gens qui montent à cheval en dehors de votre famille.

— Je serais heureux d'être votre professeur.

Elle battit joyeusement des mains.

— Comme ce serait délicieux ! Etes-vous sûr que ce ne sera pas une corvée pour vous ?

— Comment pouvez-vous imaginer, Miss Craig, que cela puisse être une corvée pour moi d'être en votre compagnie ?

— Je voudrais ne pas pouvoir l'imaginer, dit-elle avec un petit air modeste. Mais je crains de *tout* pouvoir imaginer ! J'ai beaucoup trop d'imagination.

Philippe plongea ses regards dans ses yeux ronds et prosaïques et douta de l'imagination de Miss Craig. Deux générations plus tôt elle aurait prétendu s'évanouir.

— Oh ! cria-t-elle, voilà Miss Wakefield sur la route devant nous. Croyez-vous que nous puissions lui faire une petite place sur le siège ? Elle marche comme si elle était fatiguée.

— On serait très serré, répliqua-t-il, le regard fixé sur le dos de Mary. De plus, elle ne va que chez les Pink. Trouvez-vous vraiment qu'elle ait l'air fatiguée ?

— Peut-être est-ce seulement la faute de ses chaussures. J'ai toujours pensé qu'il fallait choisir ses chaussures selon l'usage que l'on veut en faire. Je veux dire que sur ces routes inégales de la campagne, il vaut mieux de gros souliers comme les miens.

Ils avaient rattrapé Mary. Philippe arrêta le cheval. Elle leva les yeux vers eux, se tenant sur la défensive. Miss Craig se pencha vers elle avec sollicitude.

— Nous disions que vous aviez l'air très fatiguée, Miss Wakefield. Nous voudrions bien vous prendre avec nous mais il n'y a pas de place pour trois sur le siège. Aussi, je vais proposer à Mr. Whiteoak de vous conduire chez les Pink tandis que je marcherai comme un homme sur la route avec mes gros souliers. Vos souliers sont trop fins ; ils conviendraient mieux aux pavés d'une ville.

— Je vous remercie. Je ne suis pas fatiguée.

— Mais si, vous l'êtes, vous ne pouvez pas nous tromper. Cela se voit à votre façon de marcher. Laissez-moi descendre, Mr. Whiteoak.

— Si quelqu'un descend, ce sera moi.

Il mit les rênes dans les mains de Miss Craig ; leurs mains se touchèrent et elle lui adressa un petit sourire complice, comme s'ils parlaient un langage connu d'eux seuls.

Mary les enveloppa tous deux du même regard glacial.

— Je préfère marcher, dit-elle. Mes souliers ne sont peut-être pas ce qu'ils devraient être, mais je m'y trouve fort bien. Au revoir.

Elle repartit.

— Voilà que nous vous avons fâchée, s'écria Miss Craig. Je vous en supplie, ne vous fâchez pas, Miss Wakefield. Cela me brise le cœur si je pense que j'ai fait de la peine à quelqu'un. Il ne faut pas mal interpréter mes paroles. Vos souliers sont les plus jolis souliers que j'aie jamais vus. Je voulais seulement dire... J'aimerais faire une petite promenade à pied pendant que Mr. Whiteoak vous conduira chez les Pink.

Mary lui lança un regard de fureur muette et continua son chemin, courant presque. Des petits tourbillons de poussière s'élevaient autour de sa jupe. Miss Craig rendit les rênes à Philippe. Elle s'affaissa presque contre son épaule et il vit ses yeux noyés de larmes.

— Quoi ? s'écria-t-il stupéfait. Vous ne pleurez pas, je suppose ?

— Je suis si stupide ! dit-elle dans un sanglot.

— Rien de plus vrai ! – Ses yeux étaient pleins d'étonnement et de douceur à la fois. – Je ne comprends rien à ce qui se passe.

— Elle me déteste et je ne peux supporter qu'on ne m'aime pas.

— Quelle sottise de parler ainsi !

— Avez-vous vu l'expression de son visage ?

Il ne put le nier.

— Mais il ne faut pas pleurer, dit-il en lui tapotant la main.

Sa sympathie était plus qu'elle n'en pouvait supporter. Sa tête reposait maintenant complètement sur l'épaule de Philippe, son béret marin s'inclinait dangereusement sur une oreille. Il fouetta le dos de l'animal avec les rênes, et ils dépassèrent Mary dans cette attitude. Jamais Philippe ne s'était trouvé aussi mal à son aise, qu'avec la tête de Miss Craig sur son épaule, « exactement comme s'il était un salarié emmenant sa petite amie faire une promenade en voiture » ; et sentant les yeux de Mary lui transpercer le dos, il évoquait en soupirant les heures qu'il avait passées avec sa canne à pêche.

Il déplaça un peu son épaule ; elle se redressa et affermit son chapeau. Son visage était rouge mais elle souriait maintenant. Il ne l'avait jamais vue aussi jolie. Elle se penchait en avant pour sourire à une silhouette qui sortait de l'ombre d'un bouquet de cèdres.

— Regardez un peu, dit-elle en riant. N'est-ce pas là le jeune Mr. Busby qui attend Miss Wakefield ? Ce n'est pas étonnant que mon offre de la prendre en voiture l'ait contrariée. Elle ne voulait pas le manquer.

— Il ne l'attend probablement pas.

Mais certainement si. J'avais bien senti quelque chose dans l'air. Je suis *si* contente, maintenant, de savoir qu'elle ne m'en voulait pas vraiment et que seule mon intervention dérangeait ses plans. Je suis si contente parce que je sais que c'est une adorable créature et qu'elle a toujours l'air *si* malheureuse. – Sa voix prenait maintenant un ton plus intime. – Jetez seulement un regard derrière vous et vous assisterez à la rencontre. Ce sera drôle de les voir enfin réunis malgré tous nos efforts pour les séparer.

— Je n'en ferai certainement rien.

Il toucha le cob avec son fouet et fixa obstinément son regard entre ses deux oreilles. Au bout d'un moment, il demanda :

— Eh bien, se sont-ils retrouvés ?

— Vous *saviez* que je regarderais. Je ne peux vraiment pas m'en empêcher. C'est tellement fascinant de jeter un coup d'œil indiscret sur un roman d'amour. Le jeune et riche propriétaire d'un ranch et la pauvre gouvernante ! Là, ça y est. Ils se sont rencontrés. Et quelle rencontre ! Comment ai-je pu dire que ses pieds étaient fatigués ! J'ai tout compris de travers. Elle a tout bonnement couru vers lui ; et il lui a pris les deux mains. Oh ! c'est divin ! Pourquoi conduisez-vous si vite, Mr. Whiteoak ? Pensez-vous que ce ne soit pas bon pour moi de voir deux êtres heureux ?

Mary avait vu passer à côté d'elle le cabriolet et avait saisi au passage avec surprise l'attitude de ses occupants. Elle était tellement stupéfaite de voir la tête de Muriel Craig sur l'épaule de Philippe, son béret marin posé en désordre sur le côté, qu'elle demeura un certain temps sans éprouver d'autre sentiment.

— Dieu du Ciel ! s'écria-t-elle à haute voix. En sont-ils là ? Il va maintenant l'embrasser sur la grand-route !

Sa voix frémit et s'étrangla dans sa gorge, sous une poussée de jalousie. Elle ne put que répéter :

— Philippe, oh ! Philippe, comment pouvez-vous ?...

Le nom du bien-aimé devint un couteau qu'elle enfonça dans son cœur. La jalousie la fit trébucher ; à peine pouvait-elle se tenir sur le bord de la route. Elle eut la tentation de se jeter dans le fossé poussiéreux, d'arracher avec ses mains nues les orties et les chardons. Elle n'avait pas imaginé que la jalousie pût être aussi dévastatrice. Les sentiments qu'elle avait éprouvés au cours du bal, lorsqu'il n'avait fait aucune attention à elle n'étaient rien comparés à la violence de sa souffrance actuelle.

Que s'était-il passé entre eux pour que cette fille guindée s'inclinât sur son épaule comme une fleur amollie par la chaleur du soleil ? Et son chapeau ? La bouche mobile de Mary se plissa à la pensée du chapeau de Muriel Craig. Cette écervelée, cette stupide créature… et *lui*, ce flirt sans cœur, la traitant, Mary qui était seule, si terriblement seule dans ce pays étranger, avec une cruauté calculée !

Ses yeux grands ouverts ne virent même pas Clive Busby qui se dirigeait vers elle. Elle l'aurait dépassé sans le voir, l'ayant chassé de sa mémoire, mais il se hâta vers elle, les mains tendues. Il prit les siennes et les serra à lui faire mal. Elle le regarda en face, le voyant à peine.

— Qu'y a-t-il, Mary, s'écria-t-il, vos mains sont de glace ! Dans le soleil, par une journée comme celle-ci…

Derrière lui, elle vit le cabriolet disparaître au-delà d'un tournant.

— Je suis restée toute la journée assise à faire travailler les enfants, dit-elle, et j'ai une circulation paresseuse. Mais je vais fort bien.

Elle retira doucement ses mains et continua de marcher.

Il marcha à côté d'elle.

— Etes-vous sûre d'aller tout à fait bien ? insista-t-il. Vous êtes très pâle.

— Je vais parfaitement bien.

— Mary, vous n'avez pas pâli parce que vous m'avez vu venir ?

— Je ne vous avais pas vu.

— Vous savez quel jour nous sommes ?

— Non. Quel jour est-ce ?

— Mary, vous me torturez !

Elle se souvint tout à coup.

— La semaine est achevée, dit-elle. Je me souviens maintenant.

La voix de Clive tremblait de souffrance.

— Cela signifie-t-il si peu pour vous ? Oh ! Mary !…

Elle vit son visage perdre toute couleur et se mit à parler très vite sans reprendre haleine.

— J'ai tellement réfléchi ; mon esprit est troublé ! J'avais oublié le jour précis. Mais il ne faut pas m'aimer, Clive, il ne faut pas.

— Comme si je pouvais m'en empêcher. Autant dire au Niagara : Arrête-toi ! Mary, j'ai vécu des années pendant cette dernière semaine et toutes avec vous, là-bas dans mes prairies, toutes avec vous !

Elle détourna les yeux.

— N'avez-vous pas envisagé un refus de ma part ?

— Non. Je m'y suis refusé. J'avais décidé d'espérer toute la semaine, même si… Mais non, je ne veux même pas y penser… Je ne le peux pas.

Il parlait avec un peu d'incohérence tout en s'efforçant, par ses yeux suppliants, d'attirer vers lui les regards de Mary.

« Tout cela est-il si important ? pensait-elle. Quelle différence cela fera-t-il pour moi, que je l'épouse ou non ? Qu'importe ce que je deviendrai ? Mais j'ai peur de la solitude. C'est réconfortant de le sentir marcher à côté de moi sur la route, de savoir que, si j'étends la main, je le toucherai.

Quand elle reprit la parole, sa bouche était sèche, ses lèvres comme paralysées. Le poison de la jalousie s'était répandu dans ses veines comme le feu se propage dans l'herbe sèche d'une prairie.

— Clive, dit-elle, vous ne voudriez pas épouser une femme qui...

— En aime un autre ! interrompit-il avec force, d'une voix dure. C'est ce que vous vouliez dire. Je sais que vous en aimez un autre et cet autre, je crois le connaître. Mary, est-ce Philippe Whiteoak que vous aimez ? Essayez-vous de me faire comprendre que vous aimez Philippe Whiteoak ?

Elle le regarda stupéfaite, comme si un étranger l'avait arrêtée sur la route et cherchait à lui arracher les secrets de son cœur. Toute couleur avait fui son visage. Elle marcha plus vite, la brise fraîche plaquant contre son corps raidi le tissu léger de sa robe.

— Vous n'avez pas le droit... Si je l'aimais, ce serait mon secret. Mais je ne l'aime pas, je le déteste.

— Voilà donc ce qu'il en est, dit-il lentement.

Ses jambes semblaient devenir de plomb et il resta derrière elle.

— Voilà le malheur !

Elle s'arrêta et l'attendit. Il était jeune et émouvant. Elle éprouva pour lui une pitié maternelle.

— Clive, dit-elle, avec ses yeux clairs et francs ; j'aurais voulu que ce fût vous. J'aurais aimé vous aimer.

— Mais le fait est, répliqua-t-il avec violence, que vous préférez le détester plutôt que m'aimer.

— Vous n'avez aucune idée à quel point je suis malheureuse !

Leurs mains se frôlèrent un instant.

— Je voudrais pouvoir faire quelque chose pour vous. Mais il me semble que je ne peux rien. C'est la situation la plus grotesque que j'aie jamais vue : celle d'un garçon qui s'entend dire par une fille qu'il adore qu'elle aimerait l'aimer. Par Dieu, il y a de quoi perdre la tête !

— C'est cependant vrai.

— Alors, mon cas est désespéré ?

— Vous n'accepteriez pas une femme qui ne vous aime pas.

— Vous l'avez déjà dit.

— Clive, je voudrais vous rendre heureux plus que tout autre.

— Plus que lui ! Allons, Mary, répondez-moi.

— Il est heureux, répondit-elle amèrement, heureux, comme un homme désire l'être.

— Je vais vous dire ce que je pense. Philippe Whiteoak est riche. Il est bon et généreux, dit-on. Mais moi je dis qu'il ne pense qu'à lui. Il ne se préoccupe jamais de comprendre une femme. Il poursuit son petit bonhomme de chemin, dans la plus parfaite insouciance, sans remarquer si sa femme est heureuse ou non. Peut-être est-ce misérable de parler ainsi mais j'ai entendu dire qu'il n'avait pas rendu sa première femme très heureuse.

— Pourquoi chercher à m'expliquer Mr. Whiteoak ? lui cria-t-elle avec violence. Il ne m'est rien. Absolument rien. Si j'ai dit que je le détestais, je me suis mal exprimée. Je l'ai pris en horreur, lui et toute sa famille ! Je les déteste au point que j'ai compris que je devrais m'en aller et chercher une autre situation. Je ne peux plus supporter cette maison.

— Mary, tout ceci est-il vrai ?

— Oui.

— Vous allez vraiment quitter Jalna ?

— Oui.

— Alors venez avec moi, Mary, mon amour. Je vous chérirai si tendrement que vous serez obligée un jour de m'aimer aussi. Dites oui, je vous en conjure.

Elle le regarda bien en face et pensa qu'elle pourrait apprendre à l'aimer ; son sentiment pour lui était déjà proche de l'amour. Elle éprouvait à son égard une tendresse plus profonde que n'en éprouvent la plupart des femmes quand elles se marient. Il l'emmènerait vers une vie nouvelle et libre, loin de ce Jalna et de cette famille Whiteoak qu'elle souhaitait ne plus jamais revoir. Elle était si seule ! Son cœur criait de solitude ! Et devant elle se tenait un homme qui l'aimait sans mensonge ni égoïsme. Elle pourrait traverser la vie sans jamais rencontrer son pareil. L'amour de Clive, sa présence si proche l'emportèrent. Elle ne put dire un seul mot mais tendit sa main pour étreindre la sienne.

14

Félicitations

Elle dormit plus paisiblement qu'elle ne l'avait fait depuis bien des nuits, s'abandonnant au sommeil comme une barque ballottée par les vents s'enfonce dans le sable fin de la grève. Son sommeil fut profond et elle retrouva ses rêves doux et familiers, ses rêves enfantins dont elle n'aurait jamais voulu s'éveiller. Il y avait celui au cours duquel elle revenait à l'école et gagnait tous les premiers prix.

Les autres élèves et les examinateurs la regardaient avec étonnement car autrefois elle n'obtenait jamais de prix, étant toujours beaucoup trop troublée par les questions d'examen. Il y avait ensuite celui dans lequel elle s'élevait à son gré au-dessus d'une rue encombrée par la foule et flottait au-dessus des têtes ; les gens s'arrêtaient, quoi qu'ils fissent, pour la regarder. Parfois, elle se penchait sur un toit d'où elle leur faisait des signes, parfois se cachait derrière une cheminée. Elle finissait toujours par s'installer sur le dôme de la cathédrale Saint-Paul, tandis qu'au-dessous, omnibus, charrettes, camions, chevaux de toutes sortes, marchands de fleurs, porteurs, mendiants, gentlemen en chapeaux hauts de forme, s'arrêtaient comme ensorcelés. Cependant à travers ses rêves, passaient toujours quelques personnages inquiétants qui se moquaient d'elle.

Au cours de cette nuit-là, elle ne rêva pas une seule fois de Philippe Whiteoak, ni de Clive Busby et, dans aucun de ses rêves, ne figura sa personnalité d'adulte.

Le cri perçant du dindon sur la pelouse au-dessous de sa fenêtre l'éveilla de très bonne heure. C'était la première fois qu'il faisait sortir sa famille aussi tôt. De toute la force de ses poumons, il cherchait à stimuler le monde, à le défier pour le plaisir de ceux qui le suivaient.

Mary se leva, s'enveloppa d'une couverture et se mit à la fenêtre. Elle voulait contempler le nouveau jour qui se levait à la lumière du nouveau sentiment qui remplissait son cœur, et en découvrir l'aspect. Elle vit le dindon, la tête un peu inclinée, regarder fixement vers l'est qui devenait plus clair au-dessus des sapins. Toutes les teintes étaient douces à l'exception du rouge écarlate des barbes du dindon. Il les faisait trembler en secouant la tête, ne perdant pas de vue ses sept femmes et ses nombreux fils et filles. L'air était si frais et si pur qu'il semblait glacé. Le soleil commençait maintenant à apparaître au-dessus de la masse sombre des arbres ; l'immense ciel s'emplissait de clarté. C'était un ciel pommelé et la lumière se jouait dans les innombrables petits nuages comme dans des écailles de poisson. La corbeille de géraniums rivalisait maintenant d'éclat avec le cou du dindon.

Il laissa tomber ses ailes brillantes avec un bruit métallique et tourna lentement en rond. Le rouge de ses barbes et de la languette de chair dressée au-dessus de son bec devint plus vif. Les extrémités de ses ailes tracèrent une ligne dans l'herbe grise de rosée. Il regarda son entourage d'un œil sombre et autoritaire. Son fils aîné secoua son plumage, laissa tomber à demi ses ailes puis les releva. Les dindes firent entendre de petits cris hésitants.

Mary respira une bouffée d'air pur, tout parfumé de l'odeur des pins ; elle resserra la couverture autour d'elle, s'y trouvant en sécurité comme la noix dans sa coquille. Elle ne vivait que dans la partie supérieure de son être dont elle avait résolu de fermer une demeure. Et dans cette demeure close, se trouvait le visage de Philippe Whiteoak. Les murs se resserreraient peu à peu sur lui jusqu'au jour où il disparaîtrait complètement.

Le soleil laissait maintenant tomber la tiédeur de son rayon sur son visage et sur ses cheveux, lui communiquant sa force coutumière. Elle commença à prévoir l'emploi de sa journée. Elle chercherait Mrs. Whiteoak et l'informerait de son désir de quitter Jalna. Elle savait avec quelle satisfaction cette nouvelle serait accueillie et demanderait la permission de partir le plus tôt possible. Clive viendrait informer Philippe de son désir de hâter leur mariage. Il ne pouvait demeurer plus longtemps dans l'Est et désirait emmener Mary.

Elle pensa aux vastes étendues de prairies, à la maison de bois avec son mobilier neuf et sans prétentions, au piano, aux petits arbustes poussant à l'abri de la maison, aux épis ondulant dans des champs sans clôtures, aux chevaux à demi sauvages, au bétail prospère, à Clive lui-même dont les épaules et les mains si bonnes s'interposeraient entre elle et la brutalité de la vie. Peut-être aurait-elle des enfants. Mais elle ne voulait pas y penser ; c'était un trop grand saut dans l'avenir. L'espace vide qui séparait le jour présent de ceux qui allaient suivre suffisait à ses pensées. Elle s'appuyait presque avec abandon sur le rebord de la fenêtre, se préparant à cette nouvelle journée… « Quand les leçons des enfants seront terminées, j'irai tout droit chez Mrs. Whiteoak ; je lui dirai que j'espère qu'elle ne verra aucun inconvénient à mon départ ; je lui demanderai si elle peut me laisser partir sans tarder. Je la regarderai droit dans les yeux et lui parlerai froidement. Si elle me demande la raison de mon départ, je lui dirai que je suis fiancée ; je resterai un instant silencieuse après cette révélation… Puis je lui dirai que c'est avec Clive Busby. Elle sera ravie et Dieu sait pourtant si je regrette de lui être agréable !… Mais *lui*, que pensera-t-il ? Qu'il pense ce qu'il voudra ! Cela m'est égal. »

Le dindon avait entraîné sa famille dans le ravin d'où arrivait son « gobble-gobble » tout pénétré de sa propre importance. Quels trésors attendaient, dans l'ombre fraîche, les becs vigoureux et ravageurs ? A peine si l'on entendait le faible murmure du ruisseau appauvri par la sécheresse. Il y avait un adieu dans son murmure ; elle l'avait aimé. Elle avait aimé le petit pont qui l'enjambait ainsi que les arbres qui descendaient jusqu'au bord de l'eau sans désunir leurs branches.

Il fallait maintenant dire adieu à tout cela.

Elle se leva, plia la couverture et commença à s'habiller. Délibérément, elle garda un visage net et sans artifices, comme un mur de marbre dressé face aux habitants de cette maison. Face à tous excepté aux enfants. Elle éprouva pour eux une soudaine pitié. Quelle belle-mère antipathique serait Muriel Craig ! Ce matin, ils furent plus gentils que de coutume. Plus tranquilles. Comme s'ils devinaient en elle quelque chose de nouveau ; Meg la regarda d'un œil critique comme si elle portait un nouveau vêtement. Mary s'efforça de leur faciliter le plus possible leur travail et les mit de bonne humeur en leur donnant l'impression qu'ils étaient en progrès. Ils étaient assis très droits, jetant des regards rayonnants tantôt sur leurs livres, tantôt sur elle.

— Comme vous êtes gentille, ce matin ! remarqua Renny en la regardant bien en face, comme s'il avait voulu lui arracher de force cette gentillesse pour l'examiner de plus près.

— Je croyais que j'étais toujours gentille.

Il fit entendre son petit rire aigu :

— Pas du tout. Vous êtes souvent aussi vilaine… aussi vilaine que moi !

— Ce qui signifie beaucoup.

— Qu'est-ce que cela veut dire ?

— Eh bien, que vous pouvez être fameusement désagréable.

Il fronça les sourcils, regarda le bout de son nez comme il avait vu Miss Turnbull le faire et répondit :

— Je *considar* que je ne le fais que pour votre bien.

Cédant à une brusque impulsion, Mary l'entoura de son bras et le serra contre elle. Comme il était sensible ! Son petit corps nerveux répondit au sien par une vigoureuse étreinte. Meg eut un regard désapprobateur.

— Nettle dit que c'est stupide pour un garçon d'embrasser sa gouvernante, déclara-t-elle.

« C'est bien cela, des antagonismes de tous côtés ! pensa Mary. Que je suis contente de m'en aller ! » Elle se leva, alla à la fenêtre et regarda le ciel comme pour y chercher la liberté. La chambre lui devint irréelle ; elle se sentait déjà sur sa nouvelle route !

Les enfants réclamèrent la permission d'aller monter leurs poneys. Elle les renvoya et descendit lentement l'escalier. La lumière du soleil s'était modifiée au cours des derniers jours. Elle revêtait maintenant tout ce qu'elle touchait de la teinte rousse de l'automne ; celle qui traversait les vitraux de l'escalier s'étalait en taches vives. Quand Mary atteignit la dernière marche, un reflet vert éclaira son visage et lui donna un instant l'aspect d'une noyée. Elle s'arrêta pour écouter, la main posée sur les grappes sculptées du dernier pilastre de la rampe. En face d'elle se dressait le portemanteau auquel était accroché un des chapeaux de Philippe, un chapeau souple très usé avec lequel

Jake avait joué plus d'une fois. Elle en détourna les yeux. De la bibliothèque venait le bruit d'une plume grinçant sur le papier ; elle s'approcha de la porte et aperçut Adeline assise devant le bureau ; elle la contempla un instant sans être vue par elle. Jamais Mary n'avait été aussi frappée par sa distinction. Elle avait toujours cru que le bonnet de dentelle, haut monté sur son front, y était pour une part, mais en ce moment ce bonnet était absent, et l'on pouvait voir la forme de la tête, les cheveux grisonnants. Ses épaules étaient très belles de même que ses mains, pensa Mary. Le front d'Adeline se plissa quand sa plume trop pointue s'accrocha et cracha sur le papier. Elle leva les yeux et aperçut Mary.

— Miss Wakefield, dit-elle, avez-vous quelque chose qui ressemble à une plume neuve ? Si je ne songe pas à mettre la mienne de côté chaque fois que j'écris une lettre, un de mes fils vient, s'en sert et la met hors d'usage.

— Oui, j'en ai une ; je vais la chercher tout de suite.

— Non, pas maintenant. Cette lettre est terminée ; c'est quelque chose de beau ! Mais cet après-midi, je vous serai très reconnaissante d'une plume neuve.

— Les miennes sont courtes.

— Je peux utiliser n'importe quelle espèce de plume. C'est Nettle qui m'a donné celle-ci et je dois dire qu'elle est à l'image de son caractère.

— Mrs. Whiteoak, pourrais-je vous parler en particulier ?

— Mais oui, certainement. Entrez et fermez la porte.

La curiosité rétrécissait les yeux noirs d'Adeline et ses lèvres se pressèrent comme si elle s'attendait à une contrariété.

— Je désire vous dire, commença Mary lentement, que je souhaite m'en aller.

— Vous en aller ? Et pourquoi ?

— Parce que - les joues de Mary se colorèrent et elle acheva rapidement - parce que je vais me marier.

— Vous marier ! Ah !...

— Je me demande s'il serait possible que je parte assez vite. Naturellement, je ne veux pas vous mettre dans l'embarras, pas plus que Mr. Whiteoak, mais si je pouvais...

— Puis-je vous demander qui vous allez épouser, Miss Wakefield ?

— Mr. Busby.

Le visage d'Adeline se détendit et exprima un profond soulagement. Cela semblait trop beau pour être vrai. Le plan qu'elle avait dressé spontanément le soir du bal lui apparaissait maintenant parfaitement réalisé. Elle leva vers le visage empourpré de Mary un regard débordant de bienveillance.

— Miss Wakefield, dit-elle, je suis sincèrement heureuse car je ne connais pas de jeune couple qui me paraisse mieux assorti. Clive Busby est viril, vigoureux, ambitieux, doué d'une nature aimante. Avant lui, j'ai connu son père et son grand-père. Tous des hommes distingués. Vous ne devez avoir aucune crainte. De votre côté vous lui apporterez la beauté et le goût dont sa nature éprouve le besoin. Ma chère enfant, vous avez fait preuve de bon sens ; je vous félicite – et Clive aussi. Je vais écrire à mon ami Isaac Busby pour le féliciter de sa future belle-fille.

Elle se leva et retint un instant la main de Mary dans la sienne. Elles se regardèrent dans les yeux, puis Mary demanda :

— Quel délai désirez-vous que je vous donne ? Généralement la durée du préavis est de trois mois, mais...

Adeline fit claquer ses doigts.

— Il n'est pas question de préavis dans cette maison. Je désire vous aider dans la mesure du possible. Je serai franche et vous dirai que c'est autant et peut-être plus encore pour le fils de mon vieil ami que pour vous. Je sais qu'il désire regagner son ranch et même qu'il doit le faire. Et je veillerai à ce qu'il puisse emmener sa femme avec lui.

— Vraiment ?

La voix de Mary tremblait d'impatience. Elle ne partirait jamais trop tôt à son gré. Elle ne fuirait jamais assez vite cette maison pour se créer une nouvelle vie, arracher de son cœur la pensée de Philippe Whiteoak.

— Dans combien de temps ? demanda-t-elle.

— Aussitôt que vous le voudrez. – Elle s'assit, frappa de la paume de sa main la lettre qu'elle venait d'écrire et sourit, montrant ainsi des dents encore belles. – N'est-ce pas une étrange coïncidence ? Cette lettre est pour une tante de Clive. Elle me supplie depuis toujours d'aller la voir et je lui écris afin de lui annoncer ma visite pour demain. Je pourrai lui apporter la bonne nouvelle. Pendant mon absence qui ne durera pas une semaine, vous pourrez faire vos préparatifs. Et quand je reviendrai, nous célébrerons le mariage. Est-ce trop tôt ?

— Je... je suppose que cela ira fort bien.

— Je ne pense pas que vous ayez besoin d'un trousseau important pour partir dans les prairies de l'Ouest.

— Certainement pas.

— Je suppose que vous ne désirez pas non plus un grand mariage.

— Seigneur, non !

— Vous partirez de cette maison pour aller vous marier. Mon fils, Mr. Nicolas Whiteoak, vous conduira à l'autel. Nous inviterons les Vaughan, les Lacey, les Pink, juste nos proches voisins. Je veux que vous me laissiez vous offrir un bon manteau bien chaud en rat musqué. C'est ce qu'il faut dans ces régions où vous irez vivre. Non pas que le froid y soit terrible mais enfin il pique. C'est très tonique. J'ai souvent désiré m'y rendre. Quand mon mari et moi sommes partis pour venir dans ce pays, nous avions l'intention d'aller dans l'Ouest, mais mon cher papa nous l'a déconseillé.

Mary était stupéfaite. Elle ne put que dire :

— Merci. Vous êtes très bonne.

— Mais non, pas du tout. C'est si peu de chose, ce que je fais pour vous ! J'ai seulement une faveur à vous demander. Gardez le secret de vos fiançailles jusqu'à mon retour. Si les enfants s'en doutaient, vous ne pourriez plus en venir à bout. Et si ma fille, Lady Buckley, l'apprenait, elle viendrait troubler nos plans. Elle insisterait pour que vous donniez les trois mois réglementaires de préavis. Mieux vaut garder tout cela pour nous. Dites-le à Clive, voulez-vous ?

Mary accepta avec plaisir. La curiosité des enfants, l'intervention de Lady Buckley étaient des maux à éviter. Elle ne désirait qu'une chose : quitter Jalna sans bruit, repartir comme elle était venue.

Quand Adeline se retrouva seule, elle resta un instant immobile, un sourire de satisfaction écartant légèrement ses lèvres. Elle reprit la lettre qu'elle venait d'écrire et la relut d'un œil critique. Puis avec un regard de travers pour le bout de sa plume, elle ajouta en post-scriptum : « Abigail, ma chère amie, je crois que je peux tout de même m'arranger pour venir vous faire une petite visite ; Philippe et moi arriverons donc demain un peu plus tard. »

Elle emporta sa lettre aux écuries où Philippe était en train d'examiner les muscles froissés d'une jambe de son cheval favori. Il se redressa et lui sourit.

— Comment va cette jambe ? demanda-t-elle.

— De mieux en mieux.

— Splendide.

Il comprit qu'il avait regagné sa faveur rien qu'à la façon dont elle lui rendit son sourire.

La jument le regarda et entreprit de mordiller sa manche.

— Adorable créature, dit Adeline.

— Oui et je l'aime.

— Aimes-tu suffisamment ta mère pour l'accompagner dans une petite visite qu'elle désire faire à des amis ? J'ai promis depuis très longtemps à Abigail Rutherford – c'est-à-dire à Abigail Busby – d'aller la voir et j'ai fini par me décider à le faire. Ce n'est qu'à trente milles d'ici, mais difficilement accessible par le train. Voudrais-tu m'y conduire en voiture ?

— Volontiers, mais je ne pourrai pas rester.

Adeline poussa un grand soupir.

— Oh ! alors, je n'irai pas. J'avais organisé cette petite excursion simplement pour nous deux parce que, entre mon voyage en Irlande et ton travail ici, il me semble que je t'ai très peu vu. Mais cela n'a d'importance pour personne, sauf pour moi. Je vais déchirer cette lettre et en écrire une autre pour décliner l'invitation.

— Non, non, ne faites pas cela, maman. Je vous accompagnerai et je reviendrai vous chercher à la fin de votre séjour.

— Que dis-tu ? Faire cent vingt milles pour un aussi court séjour ! N'en parlons plus. Je prendrai le train, bien qu'il y ait deux heures à attendre pour une correspondance dans une gare abandonnée du Ciel. Mais cela m'est égal. J'irai par le train, même si cela doit réveiller la douleur de mon dos.

— Mais je croyais que cette douleur était tout à fait guérie ?

— Oh ! ça va, ça vient.

— Ne croyez-vous pas qu'une longue course en voiture sera mauvaise pour votre dos ?

— Non, c'est la secousse du train qui fait tout le mal.

— Alors je vous conduirai en voiture et je resterai avec vous, s'écria-t-il avec chaleur, dans un élan qui n'était pas tout à fait dépourvu d'intérêt personnel.

Cela ne lui déplaisait pas du tout de s'en aller pour une semaine. Il se voyait entraîné inexorablement à passer de plus en plus de temps avec Muriel Craig. Il y avait maintenant les leçons d'équitation qu'il lui avait promises. Il y avait les invitations pressantes de son père. Partout où il se rendait il était sûr de la rencontrer ; à croire qu'il y avait un complot organisé pour les mettre toujours en face l'un de l'autre. Elle lui plaisait, il l'admirait, mais depuis l'instant où elle avait laissé tomber sa tête sur son épaule, il la considérait avec quelques restrictions. Elle était trop facile. Sa femme Margaret avait toujours été une femme très réservée. Elle ne s'était jamais donnée complètement et bien qu'elle n'eût jamais été facile à conquérir et n'eût jamais distribué ses caresses qu'avec parcimonie, cependant, quand elle les donnait, on ne regrettait plus de les avoir attendues. Il semblait étrange qu'une femme d'un tel caractère eût laissé deux enfants qui lui ressemblaient si peu, physiquement et moralement. Philippe n'avait cependant aucune peine à imaginer une douce fille comme Mary ayant un fils à sa ressemblance. Mais pourquoi la pensée de Mary se glissait-elle en lui ? se demanda-t-il. Il l'avait très peu vue, ces temps-ci, et, quand il la voyait, il percevait un changement en elle. Qu'était-ce ? De la froideur ? de l'éloignement ?

Les lèvres de sa mère étaient sur son visage. Des plis profonds creusèrent leurs sillons sur son front tandis qu'il essayait de penser à deux choses à la fois et ne parvenait à penser à rien.

Adeline lui disait :

— Tu seras content d'être venu. Il y a des années que nous n'avons rendu ensemble visite à nos amis. Te souviens-tu ?

Ils traversèrent le verger bras dessus, bras dessous. Adeline mangeait une pomme rouge tandis qu'ils organisaient leur voyage, décidaient des chevaux qu'ils prendraient, de la route qu'ils suivraient, des cadeaux qu'ils apporteraient à leurs amis. Elle n'aimait rien tant que ce genre de chose : une excursion impromptue mais réalisée à loisir et suivant les conventions.

Au jour fixé, elle partit avec Philippe, assise derrière une paire de chevaux bais magnifiquement étrillés, tandis que le reste de la famille assistait au départ avec admiration car Adeline, pour se donner de l'importance, s'était emparée des rênes et tenait l'attelage impatient bien en main quoique avec un peu d'ostentation. Le long voile de son bonnet de veuve soulevé par le vent flottait sur ses épaules et ajoutait à sa silhouette une note à la fois sombre et élégante.

Levant un instant les yeux quand l'équipage s'avança dans l'allée sablée, elle aperçut le visage de Mary à une fenêtre de l'étage supérieur et lui sourit amicalement.

15

Révélations

Chaque journée de cette semaine s'écoula à Jalna dans une splendeur d'automne. Une gelée précoce avait teinté d'un rouge éclatant la vigne vierge et les érables ; les feuilles jaunissantes du bouleau argenté commençaient à tomber. Le ciel était si bleu qu'on était tenté de le comparer à un ciel d'Italie. Les chevaux de la ferme flânaient dans les champs comme s'ils n'étaient destinés qu'à une existence de loisir et que leurs muscles vigoureux n'eussent de prix que pour leur seule apparence. Les oiseaux n'étaient pas encore partis pour le sud et tenaient de mystérieux conciliabules au cours desquels un chef de file gazouillait aux autres ses inquiétudes. Jake grossissait rapidement et affectait un petit air raisonnable parfaitement trompeur car en dessous, il conservait ses manières de jeune chiot. Il passait la plus grande partie de son temps à attendre le retour de Philippe et s'enfuyait en hurlant à la seule vue de Mrs. Nettleship.

Quand elle venait secouer le chiffon avec lequel elle avait combattu la poussière, il allait se cacher dans les arbustes, mais dès qu'elle avait disparu, il revenait attendre Philippe.

Mary et Clive avaient de longues conversations. Il ne pouvait échapper à personne qu'il venait chaque jour à Jalna et que Mary feignait de moins en moins de retenir les enfants. Mary vivait dans une sorte de rêve. Tout, autour d'elle, était irréel sauf sa décision d'épouser Clive Busby et de quitter Jalna. La nuit, cette décision la retenait dans son lit comme une ancre, car sans elle, elle aurait sauté sur le plancher, aurait marché sans fin dans sa chambre, incapable de trouver ni sommeil ni repos. Elle se félicitait de ce que Philippe ne dormît pas sous le même toit qu'elle et aurait souhaité partir sans le revoir. Il y avait peu de chance pour cela mais quand ils se rencontreraient, ils n'échangeraient que des propos indifférents et professionnels. Il lui réglerait son salaire ; elle s'excuserait de partir sans le préavis habituel. Il la féliciterait cordialement de son prochain mariage ; elle sourirait et dirait avec quelle joie elle envisageait son existence future dans l'Ouest.

Puis elle partirait.

Il ne pouvait être question qu'elle se marie à Jalna. Clive l'emmènerait chez son frère, à quelque cent milles de Jalna et ils s'y marieraient tranquillement. Il s'était confié à ce frère et aussi à Mr. Pink qui l'aidait à obtenir une licence spéciale. C'était parfaitement simple. Tout ce qu'elle avait à faire était de s'endurcir pour rompre avec sa vie actuelle qu'elle n'apercevrait plus ensuite qu'à une certaine distance, loin derrière elle, pâlissant chaque jour davantage. Le visage de Philippe s'estomperait dans son souvenir ; elle oublierait sa voix. C'est ainsi que Mary apaisait son cœur douloureux par des mensonges.

Il n'y avait personne à qui elle pût parler en toute franchise. Elle trouva un jour Jake assis dans une tache de soleil, près de la grille d'entrée. Ses yeux d'épagneul emplis d'une mélancolie inexprimable sous leurs paupières retombantes étaient fixés sur la route. Quand il l'aperçut, un court mouvement de plaisir agita sa queue mais il reprit bientôt sa faction.

Elle courut vers lui et mit sa main sur sa tête frisée.

— Cher petit Jake ! dit-elle. Que je t'aime ! Bien plus que ne t'aiment Sport et Spot !

Il accepta sa caresse avec une dignité triste sans détacher ses yeux de la route.

— Ne te tourmente pas, dit-elle, demain il sera de retour !

Il y avait quelque chose dans sa voix qui émut Jake. Il gémit et en même temps agita sa queue comme pour la rassurer.

— Je crains que tu ne prennes la vie trop au sérieux, dit-elle. C'est mauvais pour toi, Jake. Il faut essayer de rester indifférent comme ton père et ta mère, et comme ton maître. Tu peux être certain qu'il ne pense pas à nous.

Dans les branches des sapins, les pigeons se poursuivaient et roucoulaient. Ils lissaient leur plumage bleu-vert comme s'ils ignoraient que le temps des amours était passé. Le ciel, d'un bleu virginal, se reflétait dans les flaques brillantes de la route car il avait plu la nuit précédente. Mary aperçut Clive qui marchait sur la route à grands pas balancés, cherchant à dépenser ainsi toute son énergie rayonnante. « Il faut que j'aille à sa rencontre, se dit-elle, et ne sais comment le faire. Jake, il faut venir avec moi pour m'aider. » Elle le prit par son collier et l'obligea à se mettre sur ses pattes ; ensemble, ils franchirent la grille.

— Nous venions à votre rencontre, cria-t-elle, s'efforçant d'adopter un pas léger et souple comme celui de Clive.

Il prit sa main qu'il garda dans la sienne puis, jetant un regard autour d'eux pour être sûr que personne ne les verrait, il l'embrassa sur la joue. Il se pencha ensuite et caressa l'épagneul.

— Il faut que je vous donne un chien qui sera bien à vous, dit-il. J'ai deux chiens de berger mais ils me suivent toute la journée dans le ranch. Quelle race préférez-vous ?

— Un carlin, répondit-elle sans hésiter.

— Un carlin ! Un petit carlin enrhumé avec une queue en tire-bouchon ! Oh ! Mary, sûrement pas !

— Si. Je les adore.

— Alors, vous aurez un carlin. Je me souviens du premier que j'ai vu. J'étais en visite chez les Vaughan avec mes parents. Le capitaine et Mrs. Whiteoak sont venus prendre le thé. Je n'étais qu'un petit garçon. C'était la mode des énormes tournures. Je les ai vus franchir la grille et remonter l'allée ! Dieu, quel beau couple ils formaient ! Le capitaine était de ces hommes qui semblent porter un uniforme même lorsqu'ils sont en civil. Ce que vous appelez un officier éblouissant. Mais elle !... Elle était vraiment stupéfiante ! Elle portait une sorte de dolman sur une jupe très large et, sous les bords d'un immense chapeau de paille qu'elle avait garni de pensées de teintes vives cueillies dans le jardin, ses yeux apparaissaient noirs et immenses et ses dents très blanches. Certes son chapeau était extravagant mais ce qui me frappa le plus, ce fut un petit carlin assis sur sa tournure, un petit carlin de grandeur naturelle mais deux fois plus spectaculaire. Quand il était fatigué de marcher, disait-elle, elle le posait ainsi sur sa tournure et il chevauchait comme un prince.

— Je me ferai une tournure, dit Mary en riant, et j'apprendrai à mon petit chien à s'y asseoir.

Elle parla ensuite de chiens et de chevaux, interrogeant Clive sur son ranch. Il n'était jamais fatigué d'en parler, ni d'évoquer le temps où ils y vivraient, mari et femme. Il faisait souvent allusion à la part qu'Adeline avait prise à leur rencontre. « Je l'aime infiniment pour cela, disait-il. Bien que rien n'aurait pu nous tenir éloignés l'un de l'autre. »

Le lendemain, il avait à faire en ville et ne pourrait la voir que dans la soirée.

— Mrs. Whiteoak revient demain avec son fils, dit-elle.

— Je m'en réjouis car nous n'aurons plus besoin de garder nos fiançailles secrètes. Je me suis presque trahi au moins une douzaine de fois. Je pourrai écrire à mes parents qui doivent me croire fou de rester si longtemps loin de mes champs.

Mary éprouva ce soir-là une immense fatigue, comme si elle vivait dans une sorte de tension au lieu de préparer dans la joie son mariage prochain. Aucune évocation de son union avec Clive ne put ce soir-là lui procurer le sommeil, ni apaiser la tension de ses nerfs. Au début, les heures s'écoulèrent avec la douloureuse conscience de chaque minute qui s'écoulait sans lui apporter le repos. Elle jeta son oreiller sur le sol et se retourna sur son drap. Peu à peu, elle réussit à maintenir son corps dans l'immobilité, mais c'était l'immobilité d'un oiseau qui s'est débattu dans sa cage. Elle était étendue raide et très droite, ses yeux grands ouverts, attendant la venue de l'aurore. Quand celle-ci se leva, elle s'endormit puis se réveilla sans se rendre compte qu'elle avait dormi. Elle entendit les enfants rire et courir de pièce en pièce avec le fox-terrier.

Ce fut au milieu de l'après-midi qu'un bruit de sabots annonça le retour d'Adeline et de Philippe.

Il prit les mains de sa mère et elle descendit de voiture d'un pas ferme mais avec une secrète appréhension ; quel effet produirait sur Philippe l'annonce des fiançailles de Miss Wakefield ? Cependant cette appréhension ne suffisait pas pour gâter le plaisir de son retour à Jalna. Son séjour d'une semaine dans la propriété mal gérée de son amie lui avait amplement suffi, bien que les yeux de cette amie eussent toujours exprimé la plus vive admiration pour toutes les paroles et tous les gestes d'Adeline et que Philippe eût pu acheter deux vaches de Jersey sur un grand marché. D'ailleurs, même s'il n'était pas satisfait du départ de Miss Wakefield, que pouvait-il faire ? Rien. La jeune fille était fiancée au jeune Busby. Mr. Pink avait promis de leur obtenir une licence spéciale. Demain, elle inviterait ses voisins à prendre le thé et annoncerait le mariage prochain, presque comme si Mary était une fille de la maison. Elle lui offrirait une robe de soie pour la cérémonie, une robe bleu foncé – qui pourrait lui servir par la suite dans sa maison au milieu des prairies – avec une berthe en dentelle et un jupon de taffetas bleu assorti. Elle achèterait le manteau de rat musqué qu'elle lui avait promis et elle choisirait aussi, parmi les siens, pour le lui offrir, un joli bijou ; un petit médaillon avec sa chaîne, par exemple. Il fallait aussi penser au linge ; elle donnerait à Mary trois nappes, douze serviettes, six draps et une paire de belles couvertures blanches. La famille Busby les ferait marquer et offrirait l'argenterie. Ces aimables projets avaient occupé sa pensée pendant le voyage de retour au cours duquel Philippe, lui aussi, s'était absorbé dans ses pensées.

— Fatiguée ? lui demanda-t-il.

— Pas du tout. Ce séjour chez notre amie a été délicieux, qu'en penses-tu ?

— Parfait. Hello, voilà Jake !

Le jeune épagneul tourna la tête et rampa, presque ventre à terre, pour aller flairer la main de Philippe ; l'odeur de cette main bien-aimée l'emplit d'une joie frénétique. Il se mit à tourner en rond, battant des oreilles, poussant des cris de bienvenue. Il était hors de lui, se roulait par terre comme un fou, se redressait pour finir par s'asseoir aux pieds de Philippe en le contemplant avec des regards d'adoration.

— Quel accueil enthousiaste ! dit Adeline qui se pencha pour le caresser. Et voilà toute la famille !

Les voix des Whiteoak étaient si sonores qu'elles noyaient le timbre plus faible de Sir Edwin, mais il souriait aimablement et embrassa sa belle-mère sur la joue. Boney vola à sa rencontre et les cris du perroquet empêchèrent les Whiteoak eux-mêmes de se faire entendre.

— Où sont les enfants ? cria Philippe.

— En pique-nique avec leur gouvernante, répondit la voix grave d'Augusta.

— Nous prendrons le thé de bonne heure, maman, dit Ernest. Vous devez mourir de faim. – Et passant son bras autour d'elle, il lui glissa à l'oreille : – J'ai reçu de bonnes nouvelles d'Angleterre. Certaines de mes valeurs remontent. Je vais gagner beaucoup d'argent.

— Merveilleux ! Il faut que tu ailles t'en occuper sur place.

— Certainement.

— Ernest, je suis ravie.

— Je savais que vous le seriez.

Elisa, tout en blanc et les joues roses, annonça que le thé était servi dans la salle à manger ; il était plus substantiel que de coutume et ils s'assirent tous autour de la table avec une sensation de plaisir anticipé. Tous les détails du séjour chez Abigail Busby méritaient d'être relatés et entendus. La famille jouissait d'autant plus de sa réunion qu'elle se trouverait bientôt dispersée du fait du retour des Buckley, de Nicolas et d'Ernest en Angleterre. Ernest était si heureux des bonnes nouvelles reçues de son agent de change qu'il riait pour un rien, mangeait et buvait beaucoup et attirait l'attention de tous sur la bonne mine d'Adeline. Il remarqua soudain :

— Vous avez un drôle d'air, maman, comme si vous étiez porteur de bonnes nouvelles.

Ces mots incitèrent Adeline à dévoiler sur-le-champ les fiançailles. Après tout, pourrait-elle choisir un meilleur moment ? Mary et les enfants n'étaient pas là. Si Philippe devait en être contrarié, autant qu'il le soit tout de suite et qu'on en finisse. Elle porta sa tasse à ses lèvres, la vida jusqu'à la dernière goutte et croisa ses mains devant elle.

— J'ai en effet de bonnes nouvelles, de très bonnes nouvelles, dit-elle.

Ils la regardèrent fixement.

— Je considère du moins que ce sont de bonnes nouvelles et je suis sûre que vous serez de mon avis. Il est toujours doux d'apprendre qu'une jeune fille qui se trouve seule au monde fait un bon mariage.

— De qui diable parlez-vous, maman ? demanda Nicolas.

Adeline le regarda droit dans les yeux, évitant les regards de Philippe.

— Je parle de Miss Wakefield. C'est une charmante fille, bien qu'un peu sotte, et j'ai tout de suite deviné qu'elle avait besoin d'un aimable jeune homme, honnête et plein d'avenir pour s'occuper d'elle.

— Est-ce Clive Busby ? demanda Augusta.

— Oui.

— Elle ne pouvait mieux faire, s'écria Nicolas. C'est un excellent garçon.

— Il est venu ici tous les jours depuis votre départ et j'avoue que je commençais à être inquiète, dit Augusta.

— Aucune raison d'être inquiète. Tout était décidé. Ils se marieront immédiatement.

— Voilà qui explique bien des choses, dit Ernest. Elle nous a évités toute la semaine.

— Elle me paraît être une très habile jeune personne, remarqua Sir Edwin.

Adeline se mit à rire.

— Oh ! elle sait fort bien se débrouiller ! J'ai vu dès le début qu'elle tendait ses filets pour y prendre Clive Busby et qu'il n'avait aucune chance de lui échapper. Mais je suis contente, très contente. Elle sera pour lui une excellente femme.

Elle se permit alors de regarder Philippe. Il fixait sur elle ses yeux bleus exorbités absolument semblables à ceux de son père quand un événement quelconque arrachait celui-ci à sa nonchalance. Elle en éprouva un léger choc mais continua à sourire.

— Depuis combien de temps le savez-vous ? demanda-t-il.

— Je l'ai su par Abigail, juste avant de partir.

— Busby le lui a-t-il écrit ?

— Oui.

— Alors, c'est une menteuse éhontée car les dernières paroles qu'elle m'a dites sont : « Dites à Clive de m'écrire, je n'ai reçu qu'une lettre de lui depuis qu'il a quitté l'Ouest ».

— Eh bien, c'était cette lettre.

— Mais elle m'a dit que cette lettre datait du début de son séjour.

— Abigail ne sait jamais ce qu'elle dit.

— Quand dites-vous qu'elle a reçu cette lettre ?

— Elle est restée dans le vague à ce sujet.

— Pourquoi n'avez-vous rien dit jusqu'à maintenant ?

— Clive demandait qu'on gardât le secret jusqu'à mon retour à Jalna.

— Pourquoi ?

— Je suppose que Miss Wakefield redoutait de perdre toute autorité sur les enfants s'ils avaient su qu'elle allait partir.

Philippe regarda fixement le plat d'argent qui contenait les muffins et le rouge envahit peu à peu jusqu'à son front. Il garda le silence.

— Pour ma part, je serai contente qu'elle s'en aille ; elle n'avait rien d'une gouvernante, dit Augusta.

Sir Edwin ajouta :

— Elle ne m'a jamais convaincu de ses capacités pédagogiques.

— Pauvre jeune Clive ! dit Nicolas. Quelle épouse à emmener dans un ranch ! Je la vois dans cinq ans avec trois ou quatre enfants délicats pendus à ses jupes.

Ernest sourit à cette image et dit simplement :

— Une chose est certaine : je ne choisirai pas la prochaine gouvernante.

Adeline jeta un regard accompagné d'un sourire à demi provocateur vers la place occupée par son dernier fils.

— N'as-tu rien à dire sur les avantages de ce mariage ? demanda-t-elle, sa propre irritation allant à la rencontre de celle de Philippe.

— Simplement ceci, répondit-il.

Et saisissant le plat de muffins, il le jeta contre la porte.

Augusta laissa presque tomber la tasse qu'elle portait à ses lèvres et renversa la moitié de son contenu. Les paupières de Sir Edwin battirent rapidement.

Adeline frappa la table avec la paume de sa main.

— Je ne veux pas de telles violences ! Philippe, comment oses-tu ?

Il se leva et alla vers la porte. Puis il se retourna et dit :

— C'est un complot pour l'écarter de ma route. Je le vois maintenant et vous y êtes tous mêlés.

Sans attendre de réponse, il sortit dans le hall et quitta la maison.

Elisa arriva du sous-sol en courant :

— Est-ce que quelque chose est tombé, madame ? demanda-t-elle à Adeline. Faut-il que je le ramasse ?

— Oui. Mr. Philippe a renversé le plat de muffins. Vous serez bien aimable de le ramasser.

Elisa se pencha et ramassa les morceaux épars.

— Faut-il en apporter d'autres ? demanda-t-elle.

Mais un refus unanime lui répondit. Quand ils se retrouvèrent seuls, Ernest remarqua :

— C'est extraordinaire comme Philippe s'emballe au moment où on s'y attend le moins.

— Je m'y attendais, dit Adeline.

— J'ai vu rougir son front, dit Augusta. C'est toujours un signe de colère, chez lui.

— Mon grand-père, déclara Sir Edwin sur un ton volontairement tranquille - pas celui qui avait reçu le titre de baronnet, mais celui qui...

— ... fabriquait des bas à Birmingham, interrompit vivement Adeline. C'est celui que je préfère. Parlez-nous de lui.

Sir Edwin continua :

— Il avait toujours le hoquet quand il était en colère. Si vous entendiez un hoquet, vous saviez ce qui allait arriver.

— Qu'arrivait-il si, par hasard, il avait le hoquet sans être en colère.

— Cela ne se produisait jamais. Il n'avait le hoquet que lorsqu'il était en colère.

— Cela prouve à quel point la colère agit sur les organes de la digestion, déclara Ernest.

— C'est impossible. Je n'ai jamais entendu parler de ça.

Et Adeline se servit un autre morceau de gâteau.

— Ce qui est certain, dit Nicolas, c'est que Philippe est bouleversé par cette nouvelle. Cela laisse prévoir des difficultés.

— Philippe ne peut rien faire, répliqua Adeline. Tout est réglé. J'ai l'intention d'offrir à cette jeune fille un gentil mariage, un manteau de fourrure, quelques draps et un peu de linge de table.

— La fille qui convient à Philippe, c'est Miss Craig.

— Je détesterais l'épouser, affirma Sir Edwin.

— Ceci est une éventualité qu'il est inutile d'envisager, dit Augusta.

Adeline se leva.

— Je ne souhaite pas voir à Jalna une seconde femme, mais s'il doit y en avoir une, que ce soit une femme de caractère et pas une écervelée comme cette Mary Wakefield.

Elle passa la première dans le salon devant Ernest qui passa le dernier et referma la porte.

— Maintenant, maman, dit-il en se laissant tomber à côté d'elle dans un fauteuil confortable, racontez-nous tout depuis le commencement. Je crois que vous avez été très habile en arrangeant cette affaire et en évitant à Philippe...

Il hésita mais Augusta acheva la phrase pour lui :

— ... une très mauvaise affaire.

Philippe avança à grands pas sur le chemin qui conduisait aux écuries sans bien savoir où il allait. Tout autre sentiment était pour le moment submergé en lui par l'étonnement et la fureur. Il avait été l'objet d'un complot, s'était laissé pousser comme un pion sur un échiquier sans se douter de quoi que ce soit. On l'avait trompé pendant que ce nigaud de Busby s'insinuait dans les bonnes grâces de Mary et réussissait à obtenir sa main. Tout cela lui apparaissait très clairement maintenant. Toute la famille avait craint qu'il ne tombât amoureux de Mary, surtout depuis le soir du bal. Mais ils s'étaient trompés. Il n'était pas amoureux d'elle ; seulement il ne voulait pas la perdre. Les enfants avaient besoin d'elle. Il se vit lui-même à son tour sous les traits d'un pathétique jeune veuf avec deux enfants sans mère. Il ne parvenait pas à mettre de l'ordre dans ses pensées. Un bruit de sabots rapides derrière lui l'obligea à se retirer sur le bord du chemin. Un domestique montant la jument qu'il avait achetée à Mr. Craig le dépassa et se retourna pour lui crier avec fierté :

— Elle va merveilleusement !

— Parfait !

Ses yeux parcoururent rapidement les flancs soyeux de la bête qui brillaient dans le soleil ; mais elle lui semblait très loin, presque inaccessible.

Il fit demi-tour et prit le sentier qui conduisait dans le verger des pommiers. Là il serait seul et pourrait réfléchir. Il dépassa le vieux poirier qui se dressait solitaire hors du verger ; ses fruits étaient énormes, mais des guêpes les dévoraient ; elles étaient trois à creuser le même trou dans une poire tombée à terre comme si leur vie en dépendait. Philippe lui lança un coup de pied ; elle éclata en morceaux et les guêpes regagnèrent l'arbre en tournoyant. Le verger était silencieux ; les fruits lourds attendaient la dernière cueillette. Des bouquets de marguerites sauvages, sur lesquels voltigeaient de petits papillons blancs, se dressaient au-dessus de l'herbe dure du verger. Philippe s'arrêta et, appuyant sa main contre une grosse branche, resta immobile, les yeux fixés au sol. Il s'efforça de penser avec plus de calme, essaya de découvrir ses vrais sentiments. Il n'avait pas l'habitude de s'analyser mais seulement de suivre ses impulsions naturelles. La fureur, provoquée par la nouvelle des fiançailles de Mary, accélérait encore la course de son sang dans ses veines. Il était satisfait d'avoir jeté le plat d'argent contre la porte et sentait la colère frémir au fond de son cœur. « Sur mon âme, pensa-t-il, cinquante ans plus tôt, je me serais battu en duel avec ce Busby ! »

Mais qu'avait donc fait Busby ? Il s'était simplement trouvé fiancé à une jolie fille qu'on avait jetée sur sa route... Mais il avait agi sournoisement..., le rusé compère ! Philippe n'avait jamais vu Busby et Mary ensemble depuis le soir du bal. Si, cependant... il y avait le jour où, sur la route, Muriel Craig avait vu Mary courir à sa rencontre. Le jour aussi où elle flânait sur la route avec Lily Pink, attendant certainement Busby. Cela remontait donc déjà loin dans le passé. Sa mère avait raison. Dès le début Mary avait jeté ses filets sur Clive. Pourquoi ne l'aurait-elle pas fait ? Elle avait le droit de se marier si elle... Mais il ne voulait pas qu'elle se marie ; il voulait qu'elle restât à Jalna. Il avait besoin d'elle. Il avait eu trop d'ennuis avec les deux gouvernantes qui l'avaient précédée. Elles se trouvaient toujours sur son chemin, affectant des airs supérieurs ou offensés, ou l'accablant de leurs récriminations. Mary était si charmante... Comme elle se conduisait mal... Elle le blessait, le décevait profondément... Il n'avait jamais pensé à elle comme à une gouvernante, comme à une personne qu'il payait. Il pensait à elle comme à une amie. Il l'aimait ! Voilà la vérité. Il l'aimait. Et elle avait choisi ce garçon lourd et terre à terre, ce Busby, le dédaignant, lui, Philippe Whiteoak ! Elle ne lui avait jamais donné aucune chance. Il aimait à prendre son temps, surtout quand il s'agissait de choses importantes comme le mariage. Il connaissait Margaret depuis vingt ans quand il lui avait demandé sa main. Ils n'avaient certainement que quelques mois, l'un et l'autre, quand ils s'étaient rencontrés pour la première fois, mais cela ne faisait que démontrer qu'il n'aimait pas se presser...

Quel maudit complot organisé contre lui ! Sa mère le persuadant de l'accompagner pour une absence de quelques jours, à seule fin de l'écarter de Jalna ! Il parierait bien qu'Adeline et la tante de Clive avaient ri de bon cœur sur le succès de leur plan, de leur maudit complot ! Le sang lui monta à la tête. Il serra dans sa main ses tempes qui battaient. Un écureuil bondit à travers les branches de l'arbre contre lequel il s'appuyait et s'immobilisa à un mètre de sa tête ; chacun de ses poils roux se hérissa ; ses petits yeux brillaient de peur ; il affermit son corps sur ses petites pattes de derrière comme pour l'empêcher de volet en éclats. Philippe sifflota pour le rassurer. Un instant se passa et l'écureuil, déployant le panache de sa queue, sauta sur un autre arbre et disparut.

« Je vais chercher cette jeune personne, pensa Philippe, et voir ce qu'elle a à dire pour sa défense. »

Il traversa le verger d'un pas ferme, dans la direction du bois. Si Mary avait emmené les enfants en pique-nique, ce ne pouvait être que là. Mary, sortant au même instant de la pinède avec Meg et Renny, le vit quitter le verger et traverser un champ de chaume pour venir dans leur direction.

— Enfants, dit-elle, voilà votre père. N'aimeriez-vous pas courir à sa rencontre pendant que je remporte le panier à la maison en passant par le verger ?

Ils n'attendirent pas la fin de la phrase. Renny lui poussa vivement l'anse du panier dans la main, rejoignit Meg et traversa le champ en courant. Ils poussaient des cris de joie en se précipitant vers leur père.

Mary courut presque jusqu'au verger et lorsqu'elle s'y trouva à l'abri, se retourna pour savoir quelle direction prenaient Philippe et les enfants. Elle vit leur petit groupe serré, les visages enfantins levés vers celui de leur père. Elle attendit, étreignant de toutes ses forces l'anse du panier, remuant les extrémités de ses pieds dans ses chaussures minces, à travers lesquelles elle sentait le sol doux et sablonneux du sentier. Elle vit alors que le petit groupe se séparait : les enfants coururent vers la maison tandis que Philippe demeurait immobile, attendant qu'ils aient atteint la pelouse. Il se dirigea alors tout droit vers le verger. Mais elle ne voulait pas s'y trouver seule en face de lui ; elle ne pouvait supporter de le rencontrer hors de la compagnie protectrice des enfants. Si c'était possible, elle ne se trouverait jamais seule avec lui, avant de quitter Jalna. Il fallait cependant qu'elle envisageât l'éventualité d'une telle rencontre, qu'elle s'y préparât, qu'elle fût prête à le regarder en face avec sang-froid. Elle accepterait ses félicitations ou toute autre chose qu'il aurait à lui dire avec le plus grand calme, mais maintenant… La pensée de le rencontrer maintenant et seule lui était intolérable.

Il traversait pourtant le verger de biais de telle sorte qu'il ne pourrait éviter de la rencontrer au moment où elle en sortirait. Si elle restait sous les arbres, il n'aurait qu'à suivre le sentier ; de toute évidence, il cherchait à la rencontrer seule et tout de suite. Il n'avait renvoyé les enfants à la maison que dans ce but. La perplexité l'immobilisa un instant. Ne ferait-elle pas mieux d'accepter courageusement cette rencontre pour ne plus avoir à y penser ? Elle aperçut Philippe qui pénétrait dans le verger, les derniers rayons de soleil dorant sa chevelure. Ce coup d'œil suffit pour la convaincre que ce n'était pas l'endroit où il convenait de le rencontrer ; ce verger était trop beau au coucher du soleil, avec ses arbres ployant sous leur fardeau de pommes éclatantes tandis qu'un loriot lançait son chant d'adieu sur la branche même où pendait son nid vide. Mary quitta en courant le sentier et s'enfonça au milieu des arbres jusqu'à l'extrême limite du verger, jusqu'au hangar où se trouvaient les tonneaux et les emballages destinés aux expéditions. Elle y entra et se réfugia dans un coin sombre où s'accrochaient les toiles d'araignées. Un jouet cassé de Renny traînait sur le sol. Elle se sentit à l'abri ; Philippe ne viendrait pas la chercher là. Elle appuya sa main sur son côté pour apaiser les battements de son cœur.

Le loriot laissa tomber nonchalamment ses dernières notes comme s'il sentait le silence de l'automne ramper tout près de lui. On entendit le grattement des pattes de l'écureuil sur le toit ; il jeta un coup d'œil à Mary par une fente. Elle entendit le pas de Philippe venant vers elle ; l'écureuil l'avait trahie ; l'animal en grattant le toit envoya un nuage de poussière par la fente. Mary attendit que le bruit de pas s'éloignât mais il cessa et Philippe apparut sur le seuil. Il ne put tout d'abord l'apercevoir, puis sa silhouette se détacha dans l'obscurité ; il distingua ses mains et son visage clairs.

— Pourquoi vous cachez-vous ? demanda-t-il.

— Me cacher... Je viens d'arriver.

— Vous me fuyez et je vais vous dire pourquoi : vous avez honte de votre conduite à mon égard.

Les yeux de Mary s'élargirent. Elle était effrayée par sa présence et la fermeté avec laquelle il l'accusait. Elle se raidit silencieusement et finit par répondre :

— Je ne crois pas avoir mal agi à votre égard à moins que vous ne fassiez allusion à...

— A quoi ?...

— A ce que je ne vous ai pas donné un préavis suffisant.

— Vous savez bien qu'il ne s'agit pas de ça.

— Vous voulez parler alors de mes fiançailles ?

— Oui.

— Cela revient au même. C'est toujours à cause de mon départ qui laisse les enfants sans...

Il l'interrompit :

— Pourquoi continuez-vous à me parler comme à un employeur ?

Elle répondit avec une nuance nouvelle dans la voix :

— Je ne sais pas sur quel ton vous désirez que je vous parle, Mr. Whiteoak. Je ne l'ai jamais su.

— *Mr. Whiteoak !*

Il répéta son nom avec mépris.

— Vous ne vous attendez tout de même pas à ce que je vous appelle par votre prénom !

— Je m'attends à ce que vous me traitiez comme un ami, répondit-il avec violence. Ne me suis-je pas conduit amicalement avec vous ?

— Certainement.

— Trouvez-vous que ce soit me traiter en ami que de me laisser partir avec ma mère dans l'ignorance la plus complète de la cour que vous fait Clive Busby et sans que je puisse me douter que vous étiez, en réalité, fiancée avec lui avant même que je parte ? Car vous l'étiez, n'est-ce pas ?

— Oui.

— Vous l'avez tenu caché. Et au moment où je reviens, ma mère m'apprend ce que tout le monde, sauf moi, savait depuis le début. Pourquoi me l'avoir caché ?

Mary sortit de derrière les tonneaux qui exhalaient une douce odeur de bois vert. Il y avait une lueur de défi dans son regard.

— Je ne pensais pas que cela vous intéressait, dit-elle.

— Cela ne m'intéressait pas ! Après la valse que nous avons dansée ensemble ! L'avez-vous oubliée, Mary ?

C'était la première fois qu'il l'appelait Mary, la première fois qu'il parlait de cette danse qu'elle conservait dans son souvenir comme l'instant le plus précieux de sa vie. Elle s'appuya des deux mains contre le tonneau qui se trouvait derrière elle.

— Je ne l'oublierai jamais.

A peine put-il entendre ses paroles.

— Cependant, continua-t-il, son visage devenant plus rouge encore, vous vous êtes fiancée à un autre homme. Je ne vous comprends pas.

— C'est moi qui ne vous comprends pas ! – Elle avait retrouvé une voix vibrante, presque dure. – Vous n'avez pas fait attention à moi un seul instant, le soir du bal, avant que tous vos invités, sauf Lily, se soient retirés. Alors, vous vous êtes souvenu de moi ; vous avez regardé autour de vous, vous m'avez aperçue et vous avez pensé : « Pauvre petite, je devrais bien lui accorder le plaisir d'une danse avec moi ! » Nous avons valsé, nos pas se sont accordés et nous avons trop bien dansé ! Ce qui a déplu à votre mère. Je crois qu'elle avait raison. Un homme qui ne s'intéresse pas à une jeune fille ne doit pas danser avec elle.

— Mais je m'intéresse à vous ! cria-t-il.

— Pendant cette seule valse ! répondit-elle, se forçant à rester indifférente. Mais depuis, à peine si vous m'avez accordé une pensée.

— Je vous ai accordé des milliers de pensées. Mais je ne suis pas de ces hommes qui ne peuvent laisser un instant seule la femme qui les attire. Je vous voyais si lointaine, si détachée...

D'une voix tremblante, elle demanda :

— Après cette valse ? Je croyais m'être si honteusement laissé aller.

— Mary, m'aimiez-vous ce soir-là ?

— Non, car je ne pensais à rien, je ne pouvais penser à rien.

— Vous étiez simplement emportée par le plaisir. Et moi de même. Réfléchissons un peu avec calme à nos rapports. Ils ont été amicaux dès le début, n'est-ce pas ?

— Oui.

— Ils contenaient même quelque chose d'un peu spécial.

— Oui.

— Puis Clive apparut sur la scène. – Philippe s'approcha d'elle et prit doucement un de ses poignets dans sa main. – Dites-moi si Clive se mit entre nous dès le début ? Fut-ce de l'amour presque au premier coup d'œil ? Cela doit s'être passé ainsi car il n'est pas ici depuis très longtemps.

Elle retira sa main, et le poignet qu'il avait tenu la piqua comme au sortir d'un fourré de broussailles.

— Comment pourrais-je le dire ? – Puis elle cria, incapable de se dominer plus longtemps : – Comment Clive aurait-il pu se mettre entre nous puisque vous n'étiez pas là !

— Je n'étais pas là ?... Pas dans votre cœur, voulez-vous dire ?

— Oui... Clive m'a aimée ; il m'a demandé de l'épouser.

— Et vous l'aimez ?

— Oui.

— Vous n'avez jamais éprouvé pour moi quelque chose qui ressemblât à de l'amour ?

— Comment pouvez-vous être aussi cruel, Mr. Whiteoak ? Vous n'avez pas le droit.

— C'est vous qui êtes cruelle, Mary.

Il y avait dans sa voix et dans ses yeux comme un appel puéril qu'elle jugea voulu. Elle se raidit pour répondre :

— Si vous m'avez aimé, vous avez gardé votre amour bien caché. Il y a des semaines que vous m'avez à peine regardée.

— J'étais heureux par votre seule présence sous le même toit. Je pensais que vous...

— Soyez sincère, interrompit-elle avec violence. Vous ne m'avez pas accordé la moindre pensée. Votre pêche, votre existence quotidienne suffisaient à votre bonheur. Je ne crois pas avoir connu d'homme plus privilégié par la fortune que vous. Vous avez tout.

— Je suis d'un naturel indolent. Je préfère que les choses suivent leur cours.

— Eh bien, qu'elles suivent leur cours ! Ce cours, vous le connaissez.

— Grand Dieu ! cria-t-il ; dois-je vous perdre sans lever seulement la main pour l'empêcher ?

— C'est trop tard.

Il vit sa gorge battre au rythme de son cœur.

— Cela signifie, dit-il plus tranquillement, que vous m'avez aimé ; que, peut-être, vous m'aimez encore.

Elle le regarda dans les yeux, sans parler.

— Pouvez-vous aimer deux hommes, Mary ?

— Oui, murmura-t-elle.

— C'est impossible. Ou vous ne les aimez pas du même amour. Je crois que vous éprouvez pour Clive de la sympathie, de la bienveillance, mais c'est moi que vous aimez... Seulement vous n'éprouvez pour moi aucune bienveillance, Mary.

— Quelle espèce d'amour éprouvez-vous alors pour moi, cria-t-elle, si quelques remarques méprisantes de votre mère ont suffi pour vous écarter de moi pendant des semaines !

— Je crois que vous m'évitiez aussi. Je crois que nous avons tous les deux manqué d'audace. Nous éprouvions un sentiment auquel nous n'étions pas préparés.

— Peut-être. – Elle hésita puis décida de libérer son esprit de ce qui l'avait torturé si longtemps. – Je me demande quel sentiment vous éprouviez le jour où vous rameniez chez elle Miss Craig dont la tête reposait sur votre épaule.

Il fut si déconcerté que son visage en devint comique ; puis il fit une grimace :

— De la gêne, répondit-il. Une très grande gêne. Rien de plus. Je jure n'avoir rien dit qui ait pu l'émouvoir et avant même que nous ayons dépassé le tournant, elle s'était redressée et assise correctement. Muriel, en vérité, ne m'a jamais attiré mais pendant tout votre séjour à Jalna, Mary, mon amour a pris de plus en plus d'emprise sur moi... Avez-vous entendu parler de l'histoire de cet ange que l'on avait reçu dans une maison sans le reconnaître ? C'est l'histoire de mon amour pour vous.

— Je préférerais que vous ne parliez pas ainsi. – Elle hocha la tête comme devant un spectacle qui lui inspirait de la pitié puis répéta : – Il est trop tard.

— Je découvre maintenant, continua-t-il comme si elle n'avait rien dit, je découvre en moi à quel point je vous aime.

Elle passa rapidement devant lui et sortit dans le verger, puis se retournant pour lui faire face dit :

— Je ne peux traiter Clive de cette façon. Je ne peux écouter de semblables paroles d'un autre homme. Me croyez-vous donc dépourvue de toute loyauté ?

— Alors vous allez l'épouser ?

— Oui.

Il la suivit et l'entoura de son bras.

— Je ne le permettrai pas.

— Rien ne m'en empêchera. Je l'ai promis.

— Vous ne l'aimez pas.

— Je l'aime tendrement.

— Pas comme vous m'aimez.

Ses deux bras l'entourèrent et la serrèrent contre lui. Cet enchantement qu'elle avait subi à son contact la nuit où ils avaient dansé ensemble s'empara d'elle à nouveau, s'intensifia jusqu'à devenir une sorte d'extase. Le loriot dont le plumage brillait dans les derniers rayons de soleil le sentit et reprit sa chanson.

— Ma chérie, ma douce, Mary… Mon amour… Je ne veux pas vous laisser partir… Vous ne pouvez me faire ça… Mary, embrassez-moi.

Elle lui rendit ses baisers.

— La lune se lèvera ce soir, Mary, dit-il ; nous sortirons ensemble au clair de lune.

— Non.

Elle mit ses mains sur sa poitrine pour le repousser mais il ne la lâcha pas.

Et pendant un instant enchanteur, ils demeurèrent immobiles, comme changés en statues de pierre. Puis Philippe fut ramené à la réalité par des pas lourds sur le sentier du verger. Il se détacha de Mary et ils aperçurent un laboureur de la ferme, Noah Binns, qui avançait, balançant dans sa main la petite marmite qui avait contenu son déjeuner ; son sourire satisfait montrait des dents noires et cassées bien qu'il fût encore jeune. Ses petits yeux porcins fixèrent les jeunes gens avec curiosité, mais pour faire croire que son esprit était occupé ailleurs, il remarqua :

— Les punaises se répandent.

— Les punaises ? Quelles punaises ? demanda Philippe.

— Les ignobles punaises. Quand il y en a une, il y en a dix.

Il poursuivit son chemin.

Mary et Philippe le regardèrent s'éloigner. L'enchantement était rompu. Ils ne savaient plus que se dire. Mary rit doucement.

— Quel homme étrange ! Chaque fois que je le rencontre il me parle de punaises, de vers, de pourriture, de ruines.

Et son rire devint nerveux.

— Il se plaît à envisager la vie sous ce jour... Il nous a vus, Mary.

— Cela veut-il dire qu'il jasera ?

— Sans aucun doute. Mais cela n'a aucune importance.

— Cela en a beaucoup pour moi qui vais me marier bientôt. Les gens parleront. Mais tant pis ! Je vais partir très loin.

— Mary, votre cruauté est-elle voulue ?

— J'essaie d'écarter loin derrière moi cet après-midi.

— Vous ne le pouvez pas ! Pas plus que je ne le peux. Il se dresserait toujours entre vous et Clive si vous l'épousiez. Mais vous ne pouvez l'épouser... Ce ne serait pas honnête à son égard, Mary, m'aimant comme vous m'aimez.

Elle avait d'abord détourné son visage, puis elle le regarda soudain dans les yeux :

— Ce qui vient de se passer, dit-elle, n'est qu'un instant de notre vie.

— Un instant qui change tout. Je savais que je vous aimais... Je sais maintenant que vous m'aimez.

— Vous m'aimez ! Mais alors, au nom du Ciel, pourquoi ne pas l'avoir dit plus tôt ?

— J'ai été un imbécile... Je ne voulais pas me presser.

— Maintenant, c'est trop tard.

— Mary – il lui prit la main et l'entraîna dans le hangar où l'air était chargé du parfum des pommes – Mary, revenons sur la question. Il n'est pas trop tard... Personne ne peut nous séparer.

Elle céda et se laissa entraîner. Ses yeux immenses brillaient de larmes, larmes de pitié pour lui et pour elle-même. Chacun était pour l'autre le havre qu'il cherchait. N'étaient-ils pas l'un et l'autre une créature fragile dont la vie pouvait, à tout instant, être engloutie ? Elle leva vers lui son visage et noua ses bras autour de son cou.

Et, bien qu'elle ne fût en cet instant que faiblesse, une force souveraine passa d'elle en lui comme une flamme : il se sentit capable de la soulever dans ses bras, de l'arracher à la surface même de la terre. Il baisa ses mains, le petit creux de sa gorge, ses lèvres.

— Laissez-moi partir, dit-elle, et il ne la retint plus.

Elle suivit le sentier du verger, traversa le champ où se dressait le vieux poirier dont les fruits brillaient maintenant comme de l'or. Les fenêtres de la maison, elles aussi, brillaient dans le soleil couchant. Mais à mesure qu'elle se rapprochait, le soleil s'enfonçait derrière la pinède, et la maison se dressa soudain dans le froid crépuscule. Elle ne rencontra personne sur son passage. Du salon lui parvint l'écho du piano ; Nicolas jouait. Mary gagna directement sa chambre.

16

L'orage

Noah Binns repartit de son pas lourd et traînant. Ses chaussures avaient été si souvent trempées de pluie et séchées dans le four qu'elles semblaient faites non plus de cuir mais de bois grossier et ridé. Leurs extrémités se relevaient, leurs lacets pendaient. Il poussait de temps en temps un « Ah ! » de satisfaction.

Il aperçut Lily Pink venant dans sa direction sur la route solitaire ; elle portait un flacon de liqueur de mûres que sa mère envoyait à Adeline Whiteoak. Elle sourit aimablement à Noah Binns et s'enquit des rhumatismes de sa mère.

— Cela ne va pas mieux, merci ; cela ira encore plus mal, comme je ne cesse de le lui dire.

— Ce n'est pas très encourageant de lui parler ainsi. Mon père dit qu'il faut toujours réconforter les malades.

— C'est le travail de votre père, Miss, que d'encourager les malades et d'enterrer les morts. Il est payé pour ça. Pas moi.

Lily le regarda avec étonnement et ne sut que répondre.

— Allez-vous du côté de Jalna ? demanda-t-il.

— Oui, répondit-elle froidement.

En quoi cela le regardait-il ?

— Alors, Miss, je vous conseille de passer loin du hangar aux pommes.

— Pourquoi ?

Noah secoua sa marmite et prêta l'oreille au bruit de la petite timbale enfermée à l'intérieur, comme si ce bruit lui procurait un plaisir sensuel. Puis il répondit :

— Il y a des amoureux qui sont occupés dans le hangar.

Lily s'écarta de lui avec horreur.

— Quoi ? Que dites-vous ? bégaya-t-elle.

Il sourit devant son trouble :

— Ne vous inquiétez pas, tout est terminé, je crois. Je crois que vous pouvez passer sans crainte, maintenant.

Elle restait sur place, frappée de stupeur. Noah continua :

— Je suppose que le patron a bien le droit de faire la cour à la gouvernante comme on l'appelle, s'il le désire, mais il me semble qu'elle ne s'est pas privée de traîner dans les bois avec Mr. Busby.

— Je l'ignore, répondit Lily avec force.

Elle le quitta et marcha rapidement dans la direction de Jalna en prenant soin d'emprunter le chemin qui ne passait pas par le verger. Noah Binns la suivit des yeux d'un air rêveur. « Qu'ils soient tous pendus, se dit-il à lui-même, si je sais pourquoi elle fait tant d'histoires ! N'ai-je pas le droit de dire ce que j'ai vu ? Si elle avait vu les punaises comme moi, elle *pourrait* faire des histoires ! *Dix* là où il y en avait une ! »

Lily attendait sous le porche qu'on vînt lui ouvrir. Elle ne s'était permis aucun retour sur les paroles de Noah Binns, après l'avoir quitté, de peur de manquer de courage pour continuer sa route. Elle serrait de toutes ses forces le flacon de liqueur de mûres quand Elisa montra ses joues roses derrière la porte.

— Mère envoie ceci à Mrs. Whiteoak, dit-elle. Vous voudrez bien le lui remettre.

— N'est-ce pas Lily Pink ? cria la voix d'Adeline de l'intérieur.

— Oui, Mrs. Whiteoak, c'est moi.

Elisa s'écarta et Lily entra dans le hall.

— Entrez dans ma chambre ; je veux vous voir.

Lily traversa le hall jusqu'à la chambre d'Adeline. La porte était ouverte et cette dernière était assise devant sa coiffeuse. Elle portait un ample jupon de toile à volants garni d'entre-deux de dentelle et un cache-corset à pointes très décolleté. Dans cette attitude, toute en blanc, les épaules nues et les cheveux défaits, elle semblait se parer pour une fête. Boney était perché à la tête du lit et quand il aperçut Lily il ouvrit le bec et hurla de joie :

— *Shaïtan ! Shaïtan Ka batka ! Shaïtan Ka batka !*

— Puis-je entrer ? demanda Lily. Ne sera-t-il pas furieux ?

— Non. Entrez. Quelle bonne mine ! J'aime voir une jeune fille fraîche et rose. On n'en voit pas souvent dans ce pays ; il faut aller en Irlande pour cela. Regardez notre petit Renny ; tout de lis et de rose, mais comment sera-t-il dans vingt ans ? Tanné et hâlé. Qu'y a-t-il dans cette bouteille ?

— De la liqueur de mûres que mère vous envoie. C'est utile en hiver si l'on tousse.

Adeline était ravie. Elle enleva la serviette blanche qui enveloppait la bouteille, leva le flacon dans la lumière pour admirer la couleur de son contenu, le déboucha et avala une gorgée.

Elle se lécha les lèvres.

— Fameux ! Il n'y a rien de meilleur pour la gorge. Remerciez votre mère des millions de fois... Et maintenant j'ai quelque chose pour vous.

D'un tiroir de sa coiffeuse, elle sortit une petite boîte en velours bleu et de cette boîte, un dé en or.

— Donnez-moi votre main. – Elle prit la main droite de Lily et plaça le dé à son troisième doigt. – C'est ma grand-mère qui me l'a donné quand j'avais juste votre âge.

— Mais, Mrs. Whiteoak, il ne faut pas vous en séparer !

— Je n'ai jamais été femme à coudre beaucoup. J'ai fait un peu de broderie quand j'étais jeune mais maintenant le raccommodage de mes petites affaires me suffit amplement et un dé en argent est bien assez bon pour cela.

Le visage de Lily brilla de joie. Elle jeta ses bras autour du cou d'Adeline et l'étreignit, murmurant des remerciements incohérents. Puis soudain, elle éclata en sanglots.

— Eh bien, eh bien, qu'y a-t-il donc, Lily ?

Elle serra la jeune fille contre elle, l'enveloppant de ses bras nus ; son corps répandait une fraîche odeur de savon de Windsor et son jupon amidonné craquait doucement.

— Je ne sais pas.

Mais elle pleurait toujours. Adeline lui tapota le dos :

— Allons, allons, c'est assez maintenant. Pas d'ennui d'aucune sorte chez vous ?

— Non.

— Lily... Ce n'est pas une affaire d'amour, je suppose ?

— Oh non ! cria-t-elle d'une voix enrouée.

— Alors, au nom du Ciel, que se passe-t-il ?

— C'est... C'est la gouvernante. Mary Wakefield.

Adeline la serra plus fort.

— Allons, dites-moi tout. Qu'a-t-elle fait ?

— Elle est mauvaise ! Voilà ce qu'elle est ! Mauvaise !

— Que savez-vous, ma chérie ? Nous allons nous asseoir tranquillement sur mon lit et vous me raconterez tout.

Lily se traîna jusqu'au lit et s'assit, s'appuyant de tout son poids contre Adeline.

Le visage décomposé, elle murmura au milieu de ses larmes :

— Je voudrais n'avoir rien dit.

— Mais vous n'avez fait que votre devoir. Cela vous soulagera de débarrasser votre esprit de ce qui le tourmente. De plus, Miss Wakefield demeure dans ma maison et s'occupe de mes deux innocents petits-enfants. J'ai le droit de savoir ce dont elle est capable.

Lily se redressa, sécha ses yeux avec la main sur laquelle brillait le dé d'or.

— C'est une honte, dit-elle, de me conduire ainsi après avoir reçu un aussi joli cadeau.

Elle regarda attentivement le dé à travers ses larmes.

— Allons, allons, qu'est-ce que c'est que cette histoire, Lily ? insista Adeline qui commençait à s'impatienter.

— Mrs. Whiteoak, est-ce bien vrai qu'elle est fiancée à Clive Busby ?

Les sourcils d'Adeline se soulevèrent.

— Oui. Qui vous l'a dit ?

— Oh ! je sais que c'est un secret. Mais Clive l'a dit à Violet Lacey ; il lui a fait promettre de ne pas en parler, mais il était si heureux qu'il n'a pu renoncer à le lui dire.

— Et elle vous l'a répété ?

— Oui. Et j'ai promis de ne rien dire. J'ai tenu ma promesse sauf avec vous car je suppose que vous le saviez déjà.

— Naturellement. Et maintenant, qu'a-t-elle donc fait ?

— Je ne sais pas, je ne sais vraiment pas... Mais en venant ici, j'ai rencontré Noah Binns et il m'a dit avec un sourire *odieux* de ne pas passer près du hangar où l'on met les tonneaux et les emballages à l'autre bout du verger ; je lui ai naturellement demandé pourquoi et il m'a dit... Oh ! je ne peux pas le répéter !

— Allons, Lily, ne faites pas la sotte et continuez.

— Il m'a dit de ne pas passer là parce qu'il y avait des amoureux fort occupés. Il m'a dit que c'était Mr. Whiteoak et Mary Wakefield. Je n'ai pas compris ce qu'il voulait dire. Et vous ?

Les yeux de Lily brillaient de curiosité en interrogeant Adeline.

Celle-ci sourit :

— Noah Binns est de ces êtres qui ont l'esprit mal tourné. Il ne faut pas les écouter, Lily. Quant à mon fils, il est au courant des fiançailles de Miss Wakefield et s'en réjouit autant que moi. Il devait probablement prendre avec elle ses dispositions pour les enfants. Noah n'a-t-il rien dit de plus ?

— Il a dit qu'elle avait traîné dans les bois avec Clive et que maintenant elle était dans le verger à se faire courtiser par Mr. Whiteoak. Mais il fallait voir comment il disait ça ! Avec un regard vicieux.

— C'est un vilain individu et je crois que je lui dirai un mot. A cause de lui, vous avez couru, ma chère enfant...

Elle entretint ensuite Lily d'autres choses.

Quand la porte se referma derrière la jeune fille, Adeline resta un instant immobile ; mais ce n'était plus l'aimable et consolante femme qui venait d'embrasser Lily avant son départ. Ses sourcils se creusaient profondément et ses lèvres se serraient sous l'empire de la colère.

« Voilà donc ce qu'elle est ! pensa-t-elle. Une femme sans mœurs ! Une courtisane ! Exactement ce que j'avais pensé le jour où je l'ai surprise dansant comme *une fille de joie*[1] avec *mon* Philippe. Elle les a attrapés tous les deux dans ses filets, ces jeunes imbéciles ! Et

1. En français dans le texte.

elle m'a attrapée, moi aussi, vieille imbécile que je suis ! » Puis elle dit tout haut mais avec calme : – Que faire maintenant ?

La pensée que Mary l'avait trompée l'exaspérait plus encore que de savoir qu'elle s'était jouée des deux hommes. Elle se demanda si elle réussirait à garder son calme en face d'elle pendant le souper. Mais peut-être cette petite sotte de Lily s'était-elle monté la tête à propos de rien. Cependant, pourquoi Noah Binns l'avait-il avertie de fuir le verger ? Pourquoi ce regard inquiétant qui avait fait peur à Lily ? A peine si Adeline l'avait vu parfois ébaucher un sourire. Il semblait être un garçon convenable et Mr. Pink en disait du bien. Si seulement c'était elle qui l'avait rencontré au lieu de Lily !

Mary n'apparut pas à table, ce soir-là. Elle avait la migraine, dit Elisa.

Les émotions ne réussissaient qu'à creuser l'appétit d'Adeline. Jamais agneau froid, accompagné de tomates coupées en tranches épaisses et assaisonnées de vinaigre et de sucre ne lui avait paru meilleur. Mais la colère grondait en elle. Sa fille et ses deux fils aînés le sentaient et attendaient un éclat qui ne se produisit pas. Elle acheva son repas comme elle l'avait commencé, en faisant complaisamment le compte rendu de sa visite à Abigail Rutherford. C'était une occasion pour elle de manifester ses talents d'imitation et son esprit enjoué et espiègle, et l'on ne pouvait que s'émerveiller à la voir aussi pleine d'entrain en face de Philippe assis, sombre et silencieux, de l'autre côté de la table. Après le souper, elle joua au tric-trac avec Sir Edwin. A l'heure habituelle, elle souhaita une bonne nuit à tous, sauf à Philippe qui était sorti avec les chiens, et se retira dans sa chambre. Philippe avait fait dire à Mary par Meg qu'il désirait la voir. L'enfant était revenue en disant que Mary était souffrante, qu'elle était couchée et qu'elle espérait qu'il pourrait attendre au lendemain. « Et elle paraît vraiment malade, papa », avait dit Meg, sentant quelque chose d'anormal dans l'air. Philippe avait grommelé : « Parfait, Meggie. Dis à Miss Wakefield que je la verrai demain matin de bonne heure. » Il se sentit frustré, envisagea un court instant d'aller jusqu'à elle, mais avec les enfants et sa famille, comment auraient-ils pu s'isoler ? Il fallait attendre jusqu'au lendemain matin. Et pourtant, c'était tout de suite qu'il aurait voulu l'avoir auprès de lui, qu'il aurait voulu l'emmener au clair de lune et lui faire oublier jusqu'à l'existence de Clive Busby. Il ne put supporter de demeurer dans la maison, ni même dans ses propres bois. Il franchit la grille et prit la route conduisant au lac. La lune venait à peine d'atteindre son premier quartier mais jetait cependant des ombres noires sur la route silencieuse. Sur deux milles de distance, il ne rencontra pas un véhicule mais, dans un champ, deux chevaux s'approchèrent de la barrière et le regardèrent de leurs grands yeux. Les trois épagneuls et le fox-terrier couraient inlassablement sur la route, descendant puis remontant les fossés, reniflant aux entrées des terriers, s'aplatissant pour se glisser sous les barrières dans les champs où ils couraient ventre à terre, flairant le sol mais revenant toujours à Philippe. Il n'avait pas besoin de les siffler, il ne les perdrait pas ; ils éprouvaient trop de joie de son retour.

Philippe traversa une haie, suivit un chemin serpentant au milieu de cèdres rabougris et d'ormes et se trouva sur la grève. Le lac s'étendait froid et paisible, reflétant la lune. Les galets crissèrent sous ses pas, puis il atteignit le sable, au bord de l'eau. De petites vagues frangées d'argent s'étalaient sans bruit sur la grève. Les chiens s'approchèrent de l'eau et se désaltérèrent avec avidité, sans crainte de mouiller leurs pattes de devant. Le fox-terrier frissonnait mais il ne cessa de boire que lorsque les épagneuls s'arrêtèrent.

Philippe songea au nombre incalculable de fois où il était venu en ce lieu ; la campagne environnante lui était aussi familière que le visage d'un de ses proches. Ses frères étaient partis, sa sœur aussi, mais c'était là que lui désirait vivre. Ce pays était sa vie même, il y avait grandi, s'y était marié, y avait engendré ses enfants au cours de sa courte vie conjugale, et maintenant il y aimait... Si seulement Mary était avec lui au bord du lac !... Il aurait déversé sur elle tout cet amour nouvellement découvert, non pas en paroles, mais par le contact même de sa main, par le battement de son cœur, par sa poitrine contre la sienne.

L'air rafraîchit son front brûlant ; il lui offrit son visage et marcha le long du lac. Si seulement elle était là ! Vivraient-ils de longues années ensemble qu'il regretterait toujours cette soirée au cours de laquelle ils auraient pu errer au bord de ce lac, en regardant la lune s'enfoncer dans l'eau brillante, et marcher, les doigts enlacés, le long de la grève. Etait-elle vraiment malade ? Il le croyait, car sans cela elle ne lui aurait pas refusé cette soirée. Mais une nuit de repos lui ferait du bien et demain, il réglerait tout avec sa mère d'abord, avec Clive ensuite. Sa mère !... Il fit la grimace en pensant à elle. Sa colère à l'égard d'Adeline s'était en partie apaisée mais il saurait lui montrer qu'il était le maître à Jalna.

Adeline resta dans sa chambre à lire jusqu'au moment où elle entendit Philippe enfermer ses chiens et monter l'escalier. Elle sortit alors dans le hall, s'arrêta un instant, la main posée sur les raisins sculptés de la rampe jusqu'au moment où elle entendit Philippe ouvrir ses fenêtres pour la nuit. Elle monta au premier étage et attendit dans le couloir que le rai de lumière sous sa porte disparût ; silencieuse et immobile devant cette porte, elle tendit l'oreille, entendit sa respiration vigoureuse et régulière. Elle acheva alors de monter jusqu'au dernier étage.

Très légèrement elle frappa à la porte de Mary. Il y avait de la lumière à l'intérieur. La voix de Mary répondit, toute proche :

— Qui est là ?

« Elle attend Philippe », pensa Adeline qui dit tout haut :

— Puis-je vous parler un instant, Miss Wakefield ?

La porte s'ouvrit sur-le-champ et Mary apparut sur la défensive, le visage décoloré, respirant à peine.

— Merci, dit Adeline en entrant et en refermant la porte derrière elle.

Elles restèrent face à face, toutes les deux grandes et vêtues de longues chemises de nuit blanches, fermées jusqu'au cou et serrées aux poignets : celle d'Adeline était soigneusement repassée et plissée et elle avait jeté sur ses épaules un châle oriental aux couleurs éclatantes. Ses cheveux qu'elle brossait lors de la visite de Lily, retombaient sur son cou et ses épaules ; c'était une femme splendide, une silhouette éminemment pittoresque.

La chevelure de Mary était tressée en une seule natte et elle était pieds nus. Elle s'aperçut qu'elle tremblait comme une feuille, déjà effrayée par la présence d'Adeline.

— Que désirez-vous, Mrs. Whiteoak ?

— Je voudrais savoir pourquoi vous vous jouez du jeune Busby ?

— Je ne me joue pas de lui ; j'ai l'intention de l'épouser.

Adeline se mit à rire.

— Vous avez l'intention de l'épouser et cependant vous étiez dans les bras de mon fils cet après-midi, lui donnant des baisers. J'ai le droit de savoir ce que tout cela signifie.

— Ce n'était pas... Je n'ai pas...

— Ne faites pas la sotte, interrompit Adeline durement. Un de nos journaliers vous a vus et à cette heure-ci tout le monde est au courant. Une demi-heure plus tard, on me l'avait déjà raconté. Je me suis doutée dès le début que vous ne valiez pas grand-chose mais vous conduire ainsi avec deux hommes à la fois, l'un étant l'ami de mon fils et l'autre mon propre fils lui-même ! Grand Dieu, croyez-vous donc que vous pourrez tromper tout le monde ? Qu'essayez-vous d'obtenir ? Voilà ce que je veux savoir.

Mary recula. Son cerveau refusait de fonctionner ; il était pris dans un tourbillon. Elle ne parvenait pas à trouver les mots nécessaires à une explication.

— Supposez-vous donc que Clive Busby vous épousera après cela ?

— Je ne sais pas, répondit Mary d'une voix étranglée.

— Peut-être croyez-vous que Philippe vous épousera ? N'y comptez pas. Il en a assez du mariage. Etes-vous sa maîtresse ?

La question atteignit Mary comme un coup en plein visage.

— Etes-vous sa maîtresse ? répéta Adeline. Allons... Combien de fois est-il monté dans votre chambre ?

Mary porta la main à sa gorge. Elle aurait voulu crier ! Elle était seule, désarmée. Les silhouettes de Philippe et de Clive se dressaient comme des ombres énormes dans la chambre. Clive la regardait avec horreur. Philippe...

— Il est monté la nuit dans votre chambre, n'est-ce pas ?

— Laissez-moi seule ! cria Mary.

— Je veux une réponse. Etes-vous la maîtresse de Philippe ?

La peur de Mary, son irritation devinrent de la rage.

— Oui, lança-t-elle, folle de colère, oui je le suis.

Adeline ouvrit la bouche de stupeur. Elle ne s'attendait pas à un tel aveu et la surprise l'empêcha tout d'abord de parler. Elle regarda Mary comme si elle la voyait pour la première fois.

Celle-ci ne tremblait plus ; elle se dressait, rayonnante, comme une actrice au cours d'un rappel triomphant.

— Vous attendez-vous, après cela, à épouser Clive ? demanda tranquillement Adeline.

— Je ne vous dirai rien de plus. Ce que je ferai ne regarde que moi. – Elle conservait son attitude de triomphe et se glissa derrière Adeline jusqu'à la porte qu'elle ouvrit toute grande : – Voulez-vous vous retirer, Mrs. Whiteoak ? dit-elle.

— Je ne partirai pas avant que nous n'ayons éclairci cette affaire, répliqua Adeline, croisant ses bras d'un geste théâtral.

— Retirez-vous, vous dis-je, Mrs. Whiteoak, cria Mary.

Elle était presque hors d'elle et Adeline craignit qu'elle n'éveillât toute la maison.

— Parfait, dit-elle. Je m'en vais mais laissez-moi vous dire ceci : vous avez commandé l'orchestre et demain vous paierez les musiciens. – Elle se retourna sur le seuil et ajouta : – Ce fut un mauvais jour pour Jalna que celui où une aventurière endurcie comme vous s'y présenta, mais il y aura demain un règlement de comptes.

Mary claqua la porte derrière Adeline et le bruit résonna dans la maison silencieuse. Adeline s'attendit sinon à l'éveil de la famille tout entière, du moins à l'apparition sur le pas de sa porte d'Ernest, plus nerveux que les autres. Mais il était loin, à Londres, rêvant de spéculations dont le succès éclatant dépasserait tous ceux qu'il avait déjà obtenus. Adeline descendit lentement l'escalier ; la maison était plongée dans l'obscurité et elle éprouva un certain plaisir à retrouver la lumière de sa chambre avec l'ombre de Boney endormi se dessinant sur le mur. Mais son retour éveilla l'oiseau qui vola tout droit sur son épaule, ébouriffant, dans sa joie, son plumage éclatant et l'appelant, dans son langage, Perle du Harem. Elle s'assit devant la table sur laquelle se trouvait le portrait de son mari dans un cadre de velours, et le coude sur la table, le menton dans sa paume, elle demeura longtemps perdue dans ses pensées. Jamais elle ne s'était plus grossièrement trompée sur le compte de quelqu'un que sur celui de Mary Wakefield, cette Mary au regard lointain, aux grands yeux suppliants, qui venait de se conduire de façon aussi stupéfiante. Elle lui avait tenu tête, l'avait presque intimidée, l'avait chassée de sa chambre. Un sourire d'admiration mélangée d'ironie écarta les lèvres d'Adeline.

— Je n'ai pas beaucoup dormi cette nuit, furent ses premières paroles à Augusta, le lendemain matin.

— Je le regrette, maman. Vous dormez généralement si bien.

— Je ne me plains pas mais j'ai passé plus d'une nuit blanche à me tourmenter au sujet de mes enfants. Augusta, Edwin et toi, vous faites bien de ne pas en avoir, que ce soit volontairement ou par incapacité.

— S'est-il passé quelque chose de particulier, maman, et aimeriez-vous me le dire ?

— Il s'en est passé suffisamment pour scandaliser tout le pays. Les enfants sont-ils avec Miss Wakefield ?

— Je le suppose.

— Dès que j'aurai mangé un peu pour me soutenir, je verrai Philippe.

— Seule, maman ?

— Non. Je veux que vous soyez tous là. Dis à Philippe de m'attendre dans la bibliothèque.

Les enfants n'étaient pas avec Mary. Ils s'étaient éveillés à l'heure habituelle et avaient été les premiers à prendre leur petit déjeuner, repas que Mary partageait presque toujours avec eux. Libérés de toute contrainte, ils étaient, ce matin-là, absolument déchaînés. Renny, bien que le plus jeune, courait plus vite et Meg le suivait de près, haletante, sa légère chevelure brune flottant derrière elle. Ils allaient à la porcherie voir une nouvelle portée de petits cochons roses et propres, se vautrant contre la masse protectrice de leur mère. Philippe les y trouva longtemps après qu'eut sonné l'heure des leçons et les renvoya à la maison. Ils montèrent en courant les deux étages et pénétrèrent dans leur chambre sur la pointe des pieds. Mary ne s'y trouvait pas et la porte de sa chambre était fermée.

— Son mal de tête a augmenté, dit Meg avec un rire moqueur et satisfait. Elle va rester au lit.

— Hurrah !

— Nous aurons congé toute la journée.

— Hurrah !

— Sortons doucement de la maison. Descendons dans le ravin, passons le pont et allons jouer aux Indiens dans les bois.

— Hurrah !

— Nous irons jusque chez les Vaughan. J'ai entendu Mr. Vaughan dire hier que Mrs. Vaughan avait acheté six paniers de pêches.

— Ils vont placer un anneau dans le museau d'un ours. C'est Hodge qui me l'a dit. Courons ; nous arriverons à temps.

Ils disparurent sans que personne ne les vît.

Ayant achevé de boire sa troisième tasse de thé, Adeline se leva et se dirigea majestueusement, toutes voiles dehors, vers la bibliothèque. Elle s'assit dans un fauteuil à haut dossier, recueillant sur son visage toute la lumière tombant de la fenêtre. Elle pouvait apercevoir les nuages rapides de l'équinoxe qui se rassemblaient déjà pour obscurcir le soleil. Un de ces nuages creva en une averse d'eau lumineuse puis disparut.

Nicolas entra dans la pièce avec l'expression tolérante d'un homme du monde que rien ne peut plus étonner ni bouleverser.

— Bonjour, maman, dit-il en l'embrassant sur le sommet de la tête ; vous avez dormi tard ce matin.

— Oui et cela n'a rien d'étonnant car je suis restée éveillée la moitié de la nuit à me tourmenter sur ce qui se passe dans cette maison.

Nicolas gonfla ses joues :

— Gussie m'a dit, en effet, que quelque chose vous tracassait. Espérons que ce n'est pas grave.

— Resterais-je éveillée la nuit sans raison grave ?

— Evidemment pas. Voulez-vous me dire ce qui ne va pas ?

— Attends que nous soyons tous réunis. Où sont les autres ? Pourquoi ne viennent-ils pas ?

— Les voilà.

Augusta, Sir Edwin et Ernest entrèrent. Augusta s'assit sur le sofa. Ernest, après avoir salué sa mère, vint s'installer à côté d'elle. Sir Edwin resta hésitant.

— Peut-être, dit-il, suis-je de trop.

— Vous n'êtes pas de trop, répliqua sa belle-mère. Je désire que vous restiez.

— Je suis certaine, ajouta Augusta, que s'il est besoin d'un conseil sur un sujet délicat, le vôtre sera le meilleur.

— Il ne s'agit pas d'un sujet délicat, affirma Adeline péremptoirement.
— Philippe est-il en cause ? demanda Ernest.
— Oui.
— Et Miss Wakefield ?
— Egalement.
— Mon Dieu !
Augusta intervint :
— Peut-être, après tout, Edwin est-il de trop.
Adeline sourit à sa façon mordante et brusque :
— Il n'est jamais trop tard pour s'instruire, dit-elle.
— Comme cela est vrai, dit Ernest. Il y a très peu d'années encore j'ignorais tout du marché de la Bourse, et maintenant vous pouvez dire que je connais ses méandres sur le bout du doigt.
Il appuya les unes contre les autres les extrémités de ses doigts fins et sourit avec satisfaction. Sa famille le regarda avec respect.
— Où est Philippe ? demanda Adeline. Ernest, va le chercher.
— J'espère qu'il est de meilleure humeur qu'hier soir, dit Nicolas.
On entendit la voix de Philippe dans le hall.
— Quelqu'un m'appelle ? demanda-t-il.
— Je suppose qu'on t'a fait ma commission, répondit Adeline.
Il apparut sur le seuil et avec sa bonne humeur habituelle, déclara :
— Que se passe-t-il donc ?
— Assieds-toi, mon cher, lui dit sa mère. Assieds-toi. Nous avons quelques explications à te demander.
Sir Edwin rougit.
— Pas moi. Je ne vous demande rien, Philippe.
Philippe eut un rire bref et s'assit à côté de la porte.
« Après tout, pensa Sir Edwin, il est chez lui et a bien le droit de faire ce qu'il lui plaît. »
Jake vint s'asseoir entre les pieds de son maître. Adeline prit son menton dans sa main comme un homme prend sa barbe. Elle regarda silencieusement Philippe, puis demanda :
— Dis-moi, Philippe, as-tu considéré Miss Wakefield comme une jeune femme digne de se voir confier tes enfants ?
La bonne humeur de Philippe disparut sur son visage. Il répondit, en fronçant les sourcils :
— Sans aucun doute.
— Ferme la porte.
Il tendit la main et fit ce que sa mère lui demandait.
— Cependant, continua-t-elle, cette jeune fille s'est fiancée avec Clive Busby qui est bien le meilleur garçon que je connaisse et tout en préparant son mariage, elle t'a permis de la courtiser.

— Je lui ai à peine parlé au cours de ces dernières semaines. Il n'y a rien eu entre nous.

— Vraiment ? Que dire alors de votre rencontre dans le verger, hier soir ?

— Noah Binns vous en a parlé ?

— Non. Il en a parlé à Lily Pink qui me l'a répété.

— Petite sotte !

— Tu ne nies pas qu'il y a eu entre vous une scène d'amour passionnée ?

— Noah Binns ! De la passion ! Vous me faites rire. Je croyais que l'intelligence de Noah n'allait pas au-delà des punaises et de la pourriture.

Adeline saisit au vol ce dernier mot.

— De la pourriture, voilà ce qu'elle est ! Une honte dans cette maison. Elle va épouser Clive Busby la semaine prochaine et cependant elle te serre dans ses bras et...

— Allons, interrompit-il, n'allez pas me dire que Noah Binns est entré dans les détails ! A moins que ce ne soit Lily.

Adeline éleva la voix ; ses yeux lancèrent des éclairs.

— N'essaie pas de plaisanter, Philippe. Je ne le supporterais pas. Et je n'ai pas besoin de Noah Binns pour savoir ce que cette femme est pour toi.

— Que voulez-vous dire ?

— Je veux dire qu'elle est ta maîtresse.

— C'est un mensonge ! cria-t-il.

Adeline se leva brusquement :

— Oserais-tu dire que je mens ?

Il répondit avec plus de calme :

— C'est un mauvais commérage, quel qu'en soit le responsable. Mary est aussi pure que la plus pure des jeunes filles.

— Je répète qu'elle est ta maîtresse. – Et levant la main d'un geste péremptoire, elle ajouta : – Elle me l'a avoué elle-même.

Un courant de consternation se propagea dans le salon. Ernest se leva et fit un pas en avant, comme pour se placer entre sa mère et Philippe qui était devenu très pâle. Nicolas tira sa moustache pour dissimuler le sourire moqueur qui durcissait ses lèvres. Le visage blafard d'Augusta rougit profondément. Sir Edwin marmonna quelques propos inaudibles. Il prit sa montre et regarda l'heure. « C'est l'heure d'une scène, murmura-t-il pour lui seul, l'heure d'une scène. »

— Mère, dit Philippe, d'une voix tremblante, pouvez-vous me regarder en face et répéter ce que vous venez de dire ?

— Certainement. Je suis montée hier soir dans sa chambre...

— Pourquoi n'êtes-vous pas venue me trouver ?

— Je voulais lui donner une chance de se défendre elle-même.

— Quand êtes-vous montée ? Où étais-je ?

— Dans ton lit. Comme je le disais, je suis montée dans sa chambre...

— Pauvre enfant ! s'écria Philippe.

— Ne t'inquiète pas pour elle. Elle est capable de se défendre. C'est une aventurière avec un passé derrière elle. Ensuite – ne m'interromps pas – je lui ai demandé, très simplement, ce que cela signifiait de sa part de se préparer à épouser le jeune Busby et de poursuivre en même temps une intrigue amoureuse avec toi. Elle ne trouva rien pour sa défense. Alors je lui ai demandé tout carrément si elle était ta maîtresse. Elle a commencé par refuser de répondre. Je lui ai dit alors : « Il est monté la nuit dans votre chambre, n'est-ce pas ? » Et elle a répondu : « Oui. »

— Elle ne vous a pas comprise ! cria Philippe.

Les lèvres d'Adeline formèrent un sourire méprisant.

— Ne pas me comprendre ! Est-ce que je ne m'exprime généralement pas avec clarté ? Elle m'a très bien comprise. J'ai répété : « Etes-vous sa maîtresse ? » et cette fois encore elle m'a parfaitement comprise. Autant essayer de blanchir un nègre que de chercher à prouver sa vertu.

— C'est impossible qu'elle vous ait comprise, répéta obstinément Philippe.

— Fais-la descendre. J'aimerais l'entendre revenir sur ce qu'elle m'a répondu.

— Je vais la chercher, par Dieu.

Il ouvrit la porte avec violence, monta les escaliers quatre à quatre suivi de Jake qui, croyant qu'il s'agissait d'un nouveau jeu, aboyait de joie. Du salon, on l'entendit escalader les marches du second étage. Puis ce fut le silence.

— J'aimerais savoir ce qu'ils se disent là-haut, observa Sir Edwin.

— Il vaut bien mieux que vous l'ignoriez, répliqua sa femme.

— C'est moi, dit Ernest, qui suis cause de tout ce trouble et je le regrette. Jamais, de toute ma vie, je n'ai été plus déçu. Ce sera un autre que moi qui choisira la prochaine gouvernante !

— Ce qui m'étonne, remarqua Nicolas, c'est qu'elle ait fait preuve d'une telle impudence. Dites la vérité, maman, n'avez-vous pas été un peu surprise ?

— Certainement.

— Que croyez-vous qu'elle va faire ?

— Chut ! Philippe revient.

Tous les visages se tournèrent vers la porte. Philippe était seul.

Augusta et Ernest parurent soulagés. Adeline, Nicolas et Sir Edwin déçus.

— Elle n'est pas là, dit Philippe très vite. Elle est partie !

— Elle est sortie avec les enfants, suggéra Ernest.

— Elle est partie, vous dis-je. Sa malle est toute prête et sa valise n'est plus là. Le lit n'a pas été défait.

— C'est Elisa qui a fait le lit, dit Augusta.

— Non, elle était là-haut et je lui ai posé la question. Elle m'a dit que la chambre était exactement dans son état actuel quand elle y est entrée. – Et se tournant vers Adeline, il continua : – Vous avez obligé Mary à s'enfuir. Dieu seul sait à quel point vous l'avez bouleversée et à quelles extrémités vous l'avez réduite !

Son regard était désespéré ; dans son émoi, il avait passé sa main dans ses cheveux qui se dressaient maintenant sur sa tête et ajoutaient à son aspect égaré. Adeline se mit à rire en se moquant :

— Moi, l'avoir bouleversée ? Mon cher ami, elle ne se laisse pas bouleverser pour si peu. Elle est très capable de s'occuper d'elle-même. Mais pour si impudente qu'elle soit, elle ne pouvait se présenter ce matin devant nous après son aveu d'hier soir.

— Je vous répète qu'elle ne savait pas ce qu'elle disait.

— Un peu de bon sens, Philippe, dit Nicolas avec fermeté. Mary Wakefield n'est plus une écolière ingénue.

— Elle semble même être une femme de caractère, ajouta Sir Edwin.

— On m'a appris à considérer de tels caractères comme légers, dit Augusta.

— Et maintenant, Philippe, reprit Adeline sur un ton qui semblait destiné à clore toute discussion, il est temps d'en finir avec ces sottises. Je suis certaine que tu n'es pas le premier pour Mary Wakefield. Et que tu ne seras pas le dernier...

— Je n'entendrai pas un mot de plus contre elle, cria-t-il. Et si vous ne voulez pas la croire, peut-être me croirez-vous. Je n'ai jamais couché avec elle. Je le jure, bien que j'aie honte de prendre la peine de nier ce que quiconque connaissant Mary...

Il ne put continuer. Debout, se tordant les mains, il les regardait d'un regard fixe.

— Mais voyons, dit Ernest, aucune jeune fille ne voudrait volontairement se déshonorer.

— Elle savait exactement ce que je disais et ce qu'elle disait, affirma Adeline une fois de plus.

— Alors, elle est folle, dit Philippe.

— Peut-être sa folie est-elle seulement son amour pour toi et sa déception de t'avoir perdu.

— Elle ne m'a pas perdu. Ne vous y trompez pas. Je vais aller à sa recherche et je l'épouserai.

— Idiot ! cria Adeline. Tu épouserais une fille à qui il ne restera pas un lambeau de réputation !

Dans le hall, Renny se mit à chanter de sa voix perçante la nouvelle chanson qu'il venait d'apprendre d'un garçon d'écurie :

Ta ra ra boom de-ay.

Adeline l'appela ; il apparut avec ses joues roses, ses cheveux roux, ses yeux bruns et son vêtement marron, comme paré de toutes les teintes de l'automne. Il avait oublié son escapade du matin mais s'en souvenant soudain, s'arrêta et resta immobile.

— Avez-vous vu votre gouvernante ce matin ? demanda Adeline.

— Non, Granny, elle est malade.

— Comment le sais-tu ?

— Elle n'est pas sortie de sa chambre.

— Vous n'avez rien entendu dire à son sujet ?

— Non.

— Parfait. Va courir.

Son front s'éclaircit et, rassuré, il s'enfuit en courant et chantant :

Ta ra ra boom de-ay
Ta ra ra boom de-ay.

17

Fuite

L'oreille collée au panneau de la porte, Mary entendit Adeline descendre l'escalier. Elle écouta un instant, puis tout retomba dans le silence. Elle revint alors au milieu de la chambre et regarda son visage dans la glace. Il lui sembla voir une étrangère. Une Mary tout à fait différente la regardait, une Mary aux narines frémissantes et dilatées, aux yeux provocants. Elle rit devant sa propre image qui exprimait encore sa victoire. « J'ai eu le dessus sur Mrs. Whiteoak, pensa-t-elle ; elle est restée muette, ne sachant plus que dire. J'ai triomphé d'elle. »

Elle commença à aller et venir dans la chambre, incapable de voir clair en elle, sauf sur un point : « J'ai eu l'avantage sur elle. Elle est venue pour m'humilier, m'accuser mais je l'ai empêchée de parler. Elle pensait m'effrayer mais je me suis montrée son égale. Ses yeux semblaient jeter des flammes dans les miens mais elle a vu que les miens pouvaient s'embraser en retour. Jamais je n'ai vécu un tel instant. C'était un peu comme sur les planches d'un théâtre, seulement, au théâtre, personne n'oserait jouer une telle scène : une jeune fille disant qu'elle est déshonorée alors que c'est... tout le contraire. Cela bouleverserait toutes les idées de moralité. Ce serait un scandale. Quelle horrible pièce, dirait-on. Et cela n'aurait rien d'étonnant ! Je suis une horrible femme... Mais cela m'est égal, je m'en moque... Tout ce qui m'intéresse, c'est d'avoir eu l'avantage sur elle. Je ne me suis pas laissé intimider. Jusqu'ici, tout en elle me faisait peur : la façon dont ses yeux sont disposés, les gestes de ses mains. Il me semblait voir quelque chose de fatal en elle. Mais ce soir, elle a dû être abasourdie... Elle doit se demander en ce moment ce qu'elle pourra bien faire et aussi ce que je vais faire. Cette fille, doit-elle penser, n'épousera pas Clive maintenant. Que faire si elle a l'intention d'épouser mon Philippe ?

Philippe. Ce nom était comme une main glacée posée sur son cœur. Son cerveau surexcité cessa de fonctionner ; ses nerfs tendus se relâchèrent, ses jambes mollirent soudain et elle dut s'asseoir sur son lit, regardant devant elle, comme dans le vide. Elle ne sut pas combien de temps s'écoula ainsi mais éprouva soudain une vive sensation de froid ; sa bouche était desséchée et cependant elle ne pouvait se décider à aller chercher de l'eau ; elle restait assise, semblable à une condamnée, tandis que le nom de Philippe résonnait comme une cloche dans le vide de son esprit.

Bientôt des larmes brûlantes remplirent ses yeux. Elle les essuya avec le volant qui garnissait le poignet de sa chemise de nuit ; mais elles la libérèrent, l'arrachèrent à cette impuissance, à cette léthargie qui l'accablait. Elle regarda autour d'elle, remarquant les ombres grotesques projetées par la lampe ainsi que l'endroit déchiré du tapis devant la coiffeuse. Elle arrêta ses yeux sur les fleurs et fruits de cire sous le globe de la cheminée, puis les abaissa devant elle et découvrit ses pieds nus, glacés, l'un près de l'autre, très blancs et un peu émouvants. « Ils m'emporteront, pensa-t-elle, loin de cette maison, comme ils m'y ont apportée... » Car elle savait maintenant clairement qu'elle allait partir. Mrs. Whiteoak répéterait à Philippe dans la matinée ce qu'elle lui avait dit. Jamais plus elle ne pourrait le regarder en face après cet absurde mensonge !

Elle s'approcha de la table de toilette et remplit un verre d'eau. La fraîcheur du liquide indiquait que les nuits devenaient plus froides. Elle but avidement. Puis prenant le couvre-pied plié au pied du lit, elle s'en enveloppa et s'assit, relevant ses pieds pour les réchauffer dans ses mains ; il était difficile de savoir lesquels étaient les plus froids, de ses pieds ou de ses mains, mais ils se réchauffèrent mutuellement.

Il fallait examiner maintenant ce qu'elle allait faire.

Elle se retrouvait capable de penser. L'exaltation de sa rencontre avec Adeline avait disparu de même que la dépression qui l'avait suivie. Une partie de son esprit fonctionnait à nouveau normalement tandis que, dans ses recoins, subsistait encore un sombre tumulte de sentiments.

Irait-elle trouver Clive pour tout lui dire ? Parviendrait-elle à le convaincre que ce qu'elle avait dit à Adeline n'était que mensonge ? Et si elle y parvenait, accepterait-il d'épouser une jeune fille capable de mentir à ce point ? Mais elle ne voulait plus l'épouser ! Elle mourrait plutôt que de dire à Clive ce qu'elle avait fait. Elle mourrait plutôt que de l'épouser, quand elle aimait Philippe de tout son être. Maintenant que Philippe avait soufflé sur la flamme de son amour pour lui et l'avait fait monter très haut, elle se demandait comment elle avait pu seulement envisager d'épouser Clive... Mais si Clive devait la considérer avec horreur en apprenant le mensonge que lui avait inspiré la colère, quel ne serait pas le mépris de Philippe ! Philippe qui lui avait dit qu'il l'aimait, l'avait embrassée dans le verger, l'avait suppliée de sortir avec lui au clair de lune. Ils ne comprendraient ni l'un ni l'autre, et comment comprendraient-ils, puisqu'elle-même ne se comprenait pas ? Toujours assise sur son lit, enveloppée dans le couvre-pied tandis que l'aube froide pâlissait aux fenêtres, le souvenir du moment où elle avait réduit Adeline à sa merci fit battre son cœur d'un nouveau triomphe. Comme ces yeux noirs dont elle avait trouvé le regard si difficile à soutenir s'étaient écarquillés de stupeur ! Comme cette bouche sinueuse s'était ouverte ! A ce souvenir, Mary rit, bien qu'elle sût fort bien qu'à cet instant-là elle avait ruiné son avenir. Elle se souvint de ce que l'on disait en parlant d'une fille séduite : il a ruiné sa réputation ! Eh bien, on pourrait dire qu'elle avait elle-même ruiné sa propre réputation. Son rire devint un rire moqueur qui vieillit étrangement son visage décoloré.

Une chose était certaine : elle devait quitter Jalna. La pensée de rencontrer Philippe, de faire face à sa famille était inconcevable. Et l'aiguillon de cette perspective suffit à la faire se lever ; elle commença à s'habiller. Elle ignorait où elle irait ; il serait temps de faire des plans quand elle aurait franchi le seuil de Jalna. Quand elle se trouva en jupon, elle versa l'eau du pot à eau dans la cuvette. Elle avait toujours aimé cette cuvette dont les grosses roses rouges brillaient sous l'eau claire. Cette eau qui venait d'une citerne était douce comme si elle venait de tomber des nuages. Mary inonda son visage, tamponna ses yeux brûlants. La grande serviette de toilette sentait la bonne lessive en plein air.

Elle fit sa malle, en fixa les courroies et plaça dans sa valise les objets dont elle pouvait avoir besoin dans un court délai. Puis elle mit son chapeau et son manteau. La précipitation la rendait haletante. Le soleil commençait à effleurer le haut des sapins. D'un instant à l'autre, les domestiques allaient se lever et seraient alertés par les aboiements des chiens sur son passage. Il ne fallait pas qu'on la vît.

Elle jeta un dernier coup d'œil autour d'elle pour s'assurer qu'elle n'oubliait rien. Cette chambre tout imprégnée de ses émotions pourrait-elle jamais redevenir la même ? Dans de lointaines années, l'ombre de Mary Wakefield apparaîtrait sûrement à celui ou à celle qui occuperait son lit.

Portant sa valise, elle se glissa au bas de l'escalier. Devant la porte de Philippe, elle hésita ; son cœur sembla sur le point de s'arrêter pendant qu'elle lançait un dernier message à travers le panneau de bois : « Je vous aime, Philippe, et n'en aimerai jamais un autre que vous. Adieu, mon cher amour. »

Elle acheva de descendre et atteignit le hall. La porte d'entrée était grande ouverte et laissait pénétrer l'incomparable douceur de ce matin de septembre. Elle n'était pas la première levée dans la maison ! La voix fausse et chevrotante de Mrs. Nettleship lui parvenait du sous-sol, chantant un cantique comme une prière : « Tire jusqu'à la grève, matelot, tire jusqu'à la grève. »

L'oreille fine de Jake entendit le pas léger de Mary dans le hall. Il gratta à l'intérieur de la porte de son réduit et gémit. Effrayée, elle se hâta de sortir et de descendre les marches du perron. Elle ne regarda pas derrière elle avant de se trouver à l'abri des lourdes branches de sapins qui transformaient l'allée en un tunnel de verdure. Elle regarda alors la maison à travers les ramures. Des spirales de fumée bleutée s'élevaient de deux des cinq cheminées. Sur la partie du toit que le soleil réchauffait de ses rayons, les pigeons s'étaient réunis, se saluant de la tête, se faisant des confidences avec des bruits de gorge tandis que leurs ventres irisés brillaient dans le soleil. La vigne vierge avait perdu beaucoup de ses feuilles et laissait voir le rouge de la brique. La maison, vieille maintenant de quarante ans, ressemblait à une aimable femme aux joues fraîches approchant de la maturité. Elle exprimait la sérénité, la satisfaction, la confiance en l'avenir.

Mary en détourna les yeux et reprit sa marche pénible le long de l'allée. Par un phénomène étrange, ce n'était pas à Philippe qu'elle pensait mais à Adeline. Depuis leur rencontre de la veille au soir, l'image de cette dernière occupait le premier plan du champ de sa conscience, au point qu'elle se demandait si elle pourrait jamais l'en chasser. « Si j'étais sculpteur, se disait-elle, je pourrais modeler sa tête de mémoire. Ses narines, ses paupières, ses lèvres me sont plus familières que les miennes propres. Et le pire de tout, c'est que quelque chose en moi a toujours été attiré vers elle. Mais qu'importe puisque je ne la reverrai jamais, que je ne franchirai jamais plus cette grille, que je ne reverrai jamais plus *son* visage.

Sa valise était plus lourde qu'elle ne l'avait cru et heurtait sa jambe à chaque pas ; elle la changeait sans cesse de main. La gare n'était guère à plus d'un mille de là et elle savait qu'il y avait un train matinal pour Montréal. Elle prendrait ce train et, une fois à Montréal, trouverait un emploi, n'importe lequel, grâce auquel elle mettrait de l'argent de côté pour regagner l'Angleterre. Elle pourrait peut-être obtenir le prix de la traversée en prenant en charge un malade ou des enfants. Le seul but précis qu'elle envisageât pour l'instant était de partir très loin de Jalna. « Je préférerais mourir de faim, pensait-elle, plutôt que de rencontrer l'un d'entre eux. »

Elle entendit un bruit de sabots de cheval et se retira sur le bord de la route. Assis sur le siège du boghei qui s'approchait, elle reconnut le docteur Ramsay. Il arrêta son cheval et la regarda avec étonnement.

— Bonjour, Miss Wakefield, dit-il ; c'est vraiment une surprise que de vous rencontrer sur la route de si bon matin ! Vous avez une valise ! Partez-vous en vacances ?

— Oui, répliqua-t-elle. Je vais prendre le train.

— Ils vous ont laissée partir à pied avec cette lourde valise ! Montez ; je vais vous conduire à la gare. – Il commença à attacher les rênes au tablier de la voiture. – Une seconde et vous serez, vous et vos bagages, dans le boghei.

— Non, non, merci. Je n'ai presque plus de chemin à faire et je préfère marcher.

Le docteur Ramsay avait entendu trop de femmes mentir pour être dupe de cette réponse.

— Qu'est-ce qui ne va pas, Miss Wakefield ? demanda-t-il, son beau visage intelligent exprimant la curiosité. Je suis certain qu'il ne s'agit pas de vacances ordinaires.

Quoi qu'elle pût dire, il irait le répéter à Jalna ; de cela, elle était certaine, aussi répondit-elle :

— Si vous voulez le savoir, docteur Ramsay, je renonce à ma place et je retourne en Angleterre.

— Voilà qui est encore une surprise ! Je crois connaître un jeune homme dont le cœur sera brisé.

— Personne n'aura le cœur brisé, docteur Ramsay.

Un instant, elle fut sur le point d'éclater en sanglots et de crier, à travers ses larmes : « Personne sauf moi ! Personne sauf moi ! » Mais elle se domina et le regarda dans les yeux :

— Je préfère marcher, dit-elle. Adieu.

Elle lui tendit une main qu'il prit dans sa main osseuse et serra vigoureusement d'une étreinte faite pour inspirer confiance. Mary comprit que si elle se laissait installer dans le boghei, elle lui dirait toute la vérité, aussi obligea-t-elle ses lèvres pâles à sourire et répéta :

— Adieu ; faites mes amitiés aux enfants.

— J'insisterais, dit-il, si je n'étais en route pour un cas d'urgence, un accouchement. Adieu, Miss Wakefield, et bonne chance.

Seule l'urgence de sa tâche professionnelle le détourna de Mary et l'empêcha d'aller tout droit à Jalna s'informer des événements. Les lèvres serrées, il ne songea plus qu'à se rendre où son devoir l'appelait. D'un coup de fouet, il effleura le dos de son vieux cheval qui reprit la route.

Mary dépassa les deux boutiques et les quelques maisons du petit village. La route était bordée de chaque côté par les plus beaux chênes et les plus beaux pins de la province ; elle leva les yeux sur leurs énormes branches et se souvint de l'orgueil qu'en tirait Adeline, absolument comme si elle en était propriétaire. A ses attitudes et à ses actes, on aurait pu croire que la terre tout entière lui appartenait.

Mary dut traverser les voies dont le mâchefer roulait et craquait sous ses pieds et atteindre le quai. La peur de manquer le train s'empara d'elle. Le chef de gare, derrière son guichet, la regarda à travers des lunettes cerclées d'acier. Mary lui demanda un billet pour Montréal.

— Vouliez-vous partir aujourd'hui ?

— Oui. Par le train du matin. Est-il en retard ?

— En retard ! Il est parti il y a dix minutes. N'avez-vous pas entendu son coup de sifflet ?

Il avait dû passer pendant qu'elle parlait avec le docteur Ramsay ! Consternée, elle alla s'asseoir dans la salle d'attente, posant sa valise à ses pieds. Elle ne savait quelle décision prendre. Si seulement elle avait laissé le docteur la conduire jusqu'à la gare, elle serait maintenant à des milles et des milles de là. Mais elle semblait toujours choisir la mauvaise solution. « Y aurait-il dix-neuf bons chemins et un seul mauvais, je prendrais certainement le mauvais ! » pensa-t-elle. Elle entendit le cliquetis du téléphone derrière le guichet.

Sortant de la gare, elle ferma doucement la porte derrière elle afin qu'on ne l'entendît pas, retraversa les voies et se dirigea vers la route du lac. Elle se souvint que le prochain village, Stead, n'était qu'à sept milles et décida de s'y rendre ; il y avait un bon hôtel ; elle y prendrait une chambre en attendant le train suivant pour Montréal. Elle rencontrerait sûrement quelqu'un sur la route qui lui offrirait de la transporter. Mais la route était, ce matin-là, particulièrement déserte. Un lourd chargement de foin la dépassa, suivi d'un camion d'où la regardèrent deux veaux effarouchés ; puis passèrent un boghei sur le siège duquel se serrait un ménage corpulent et enfin un homme dans un cabriolet entraînant un trotteur pour les courses d'automne. La vitesse à laquelle marchait ce véhicule coupa presque le souffle à Mary ; c'était un véritable danger sur une grande route.

Les mouettes du lac planaient au-dessus des champs et revenaient au lac. Celui-ci était d'un gris vert et soulevé par un vent violent qui commençait à souffler. Il poussait les nuages en larges bandes lumineuses voguant sur le bleu du ciel jusqu'à ce que l'une d'elles recouvrît le soleil qui la teinta d'un pourpre menaçant. Mary n'avait guère franchi plus d'un mille quand une averse se mit à tomber de biais, comme si elle la visait particulièrement. Les branches serrées des mélèzes sous lesquels elle s'abrita ne suffirent pas à la protéger. Elle regarda avec désolation la route qui s'étendait devant elle ; elle était déjà épuisée de fatigue. Des ampoules se formaient sur ses paumes. Son chignon se desserrait et une épingle à cheveux glissa sous son col dans son dos. Une odeur de terre mouillée venait des bois et se mêlait à l'odeur du lac.

L'averse passa. Mary repartit. Elle avait pris une paire de gants dans sa valise, et la poignée ne la blessait plus. Mais à mesure qu'elle avançait, son fardeau lui paraissait de plus en plus lourd. Sa longue jupe, mouillée par l'averse, collait à ses genoux. Le soleil avait réapparu ; les mouettes volaient dans le vent ou se laissaient tomber pour se poser audacieusement sur les vagues vertes et grondantes. Elle n'était sûrement plus très loin de Stead. Elle s'arrêta dans une ferme au bord de la route pour demander à quelle distance se trouvait encore le village. Un mille environ, lui dit-on, et la femme du fermier lui offrit d'entrer et de boire une tasse de thé. Un plateau de buns sortait justement du four. La cuisine était chaude et sentait bon la pâtisserie. Mary fut heureuse de s'asseoir devant la table, de boire une tasse de thé, de manger un bun si chaud encore que le beurre fondait dessus. Elle s'aperçut qu'elle tombait d'inanition car elle n'avait rien mangé depuis son pique-nique avec les enfants. La femme du fermier parut prendre plaisir à sa compagnie. Sa propre mère était venue d'Angleterre, d'un petit village dont elle dit le nom à Mary, ainsi que celui de sa mère.

Mary pensait repartir reposée et réconfortée pour achever sa route mais la nourriture et le thé l'avaient alourdie ; elle était sans force et trébuchait en marchant, la tête vide, préoccupée seulement d'avancer. Elle s'arrêta machinalement pour laisser passer un camion sans songer à faire signe au conducteur. Le camion continua bruyamment sa route, les crinières blondes de ses chevaux de ferme flottant dans le vent. Le conducteur était un vieillard tout courbé sur son siège. « Vieille brute, pensa Mary, il aurait pu voir que j'étais prête à tomber. » Des larmes s'échappèrent de ses yeux et roulèrent sur ses joues. Elle ne pensa même pas à les essuyer. Son cerveau était vide de nouveau. Elle ne vit le cabriolet tout neuf, le cheval bien étrillé qui venaient dans sa direction, sur le côté de la route, que lorsqu'ils furent tout près d'elle. Elle s'essuya le visage avec son mouchoir et se prépara à faire appel au conducteur. Mais c'était inutile. Le cheval s'arrêta à côté d'elle. Elle leva les yeux et découvrit le visage rond de Muriel Craig dont le regard hardi était fixé sur elle.

— Comment, Miss Wakefield, est-ce bien vous qui errez sur la route si loin de chez vous ?

Mary sourit froidement.

— Je vais à Stead, dit-elle.

— Vous allez me permettre de vous prendre en voiture, je vais justement au-delà de Stead.

Mary aurait accepté d'être transportée par le diable lui-même. Elle souleva sa valise pour la mettre dans le cabriolet et monta à son tour.

— Merci, murmura-t-elle.

Un instant plus tard, le cabriolet roulait rapidement sur la route au pas cadencé du cheval. Mary s'abandonna contre le dossier confortable du siège avec un soupir de soulagement.

— Je suis contente, dit Muriel Craig en maniant les rênes avec élégance, de vous voir avec de bonnes grosses chaussures. Vous ne pouviez qu'y venir dans ce pays.

— Je les ai apportées d'Angleterre.

— Vraiment ? En effet, je le vois en les regardant de près. Les chaussures anglaises sont les meilleures.

Elle sourit à Mary avec gentillesse comme elle ne l'avait jamais fait jusqu'à ce jour.

— Vous me laisserez en arrivant à Stead, dit Mary. J'irai facilement jusqu'à la gare.

— Quel train prenez-vous ?

— Le premier partant pour Montréal.

— Alors, vous quittez Jalna ?

— Oui.

— Pour des vacances seulement ?

— Non. Pour toujours. Je retourne en Angleterre.

Muriel Craig ramena l'allure du cheval au pas de promenade et demeura silencieuse. Mary jeta un regard de côté sur son profil retroussé, ombragé par le béret marin légèrement incliné. Muriel Craig se décida à parler.

— Je parie que vous vous êtes disputée avec quelqu'un à Jalna. Je soupçonne que c'est avec Mrs. Whiteoak. J'ai entendu dire qu'elle est très difficile à vivre.

Mary accepta aussitôt cette interprétation de son départ.

— Oh ! oui, elle est très difficile à vivre.

— Je crois qu'elle était si exigeante à l'égard des autres gouvernantes qu'elles n'ont pu le supporter.

— Je le crois aussi.

— Avez-vous une autre situation en vue ?

— Pas précisément. Je crois qu'il vaut mieux que vous me laissiez là ; je ne veux pas vous écarter de votre route.

— Ecoutez-moi donc un peu. J'ai quelque chose à vous offrir et j'espère que cela vous intéressera.

Mary commençait à comprendre pourquoi la plupart des gens s'attachaient à Muriel Craig. Maintenant qu'elle avait renoncé à ses allures protectrices, elle se révélait franche, agréable et pourvue d'un solide bon sens.

— Voilà ce que j'ai à vous proposer. J'ai une amie à New York. Elle est à son aise et même riche. Elle a trois petits enfants et serait enchantée d'avoir quelqu'un comme vous pour les instruire ; il lui faut une personne de confiance. Quel que soit le moment où vous voudrez repartir pour l'Angleterre, vous vous trouverez déjà au port d'embarquement. Vous gagnerez un salaire double que celui que vous auriez à Montréal. Ne soyez pas assez sotte, ma chère amie, pour refuser. Vous ne le pouvez pas. C'est une occasion envoyée par le Ciel. Vous allez venir chez moi pendant que j'écrirai à mon amie. – Elle posa sa main sur celle de Mary et la serra avec une chaleur réconfortante. – Cette amie a été si bonne pour moi que je meurs d'envie de lui rendre service. Quant à vous, vous l'aimerez ainsi que ses amours d'enfants.

Mary était si épuisée par le manque de sommeil et sa longue marche en portant sa valise, que le geste d'une main amicale tendue vers elle était irrésistible. Elle éprouva un vif remords d'avoir mal jugé Miss Craig et répondit, les lèvres tremblantes :

— Cela me paraît une parfaite situation pour moi et c'est si bon de votre part de m'offrir d'aller chez vous, mais je crois que je pourrais m'installer à l'hôtel.

— A l'hôtel ! Quelle idée ! Comme si je pouvais l'accepter ! Non, vous allez venir tout droit à la maison. Il n'y a dans cette grande demeure que mon père et moi, et une pauvre petite fille comme vous parle d'aller à l'hôtel !

Elle donna un bon coup de fouet au flanc du cheval, fit claquer sa langue pour l'avertir et ils repartirent tous trois sur la route à une allure presque inquiétante, comme si Muriel redoutait que Mary ne changeât d'avis.

Mary fut étonnée de trouver Mr. Craig se promenant sur la pelouse au bras de son infirmière. C'était le malade le plus robuste qu'on pût imaginer et le hâle de l'été ajoutait encore à son apparence d'homme bien portant. Il accueillit Mary très aimablement :

— Vous êtes la bienvenue, Miss Wakefield. Soyez ici comme chez vous... Je ne comprends pas très bien pourquoi vous êtes là ? Avez-vous quitté les Whiteoak ?

Sa fille répondit pour Mary.

— Père, Miss Wakefield repart pour l'Angleterre.

L'attaque dont il souffrait avait alourdi son intelligence ; son infirmière ne cessait de le regarder d'un air moqueur et encourageant à la fois.

— Très bien, dit-il. Quoi qu'il en soit, vous semblez très fatiguée. Vous devriez aller vous coucher. Demandez à mon infirmière de vous faire un lait de poule ; c'est son triomphe.

Dès que possible, Muriel Craig conduisit Mary au premier étage et l'installa dans une grande chambre. Elle avait monté elle-même la valise, la soulevant comme une plume. Elle s'attarda un instant pour donner à Mary des renseignements complémentaires et rassurants sur la maison de son amie, sur ses enfants et sur son bon cœur.

— Maintenant, finit-elle par dire, vous allez prendre un bon repos pendant que je vais écrire ma lettre. Comme je suis contente de vous avoir rencontrée ! Pauvre petite créature ! Vous étiez l'image même de la détresse, vous traînant sur la route avec cette lourde valise !

D'un geste spontané, elle vint entourer Mary de ses bras et l'embrassa.

« Pauvre petite créature, en effet, pensa Mary. Je suis plus grande qu'elle, mais quelle vitalité ! On dirait un rouleau à vapeur. »

Mary n'aspirait qu'à se jeter sur le lit et à se plonger dans l'oubli. Mais quel lit ! Il était recouvert d'une lourde courtepointe blanche, les oreillers énormes étaient protégés par des enveloppes raides et amidonnées avec des volants tuyautés. Mary en retira une avec précaution et demeura un instant sans savoir ce qu'elle devait en faire. Comment pourrait-elle jamais redonner à ce lit l'aspect qu'il avait maintenant ? Et ce lait de poule qu'avait conseillé Mr. Craig ? Son estomac touchait à sa colonne vertébrale. Dans un éclair de folie, elle se vit mangeant l'enveloppe de l'oreiller ! Elle tremblait de fatigue et de faim. Remettant l'enveloppe en place, elle prit le couvre-pied de satin plié sur le lit et l'étendit par terre. Elle ouvrit ensuite une fenêtre car la pièce manquait d'air, et se jeta par terre, enfouie dans le couvre-pied. Elle comptait s'endormir aussitôt mais un frisson douloureux secoua tous ses nerfs. Elle demeura les yeux grands ouverts ; un avenir aussi sombre que la nuit s'ouvrait devant elle comme un désert. Seule. Seule. Elle ne pouvait dormir. Elle était trop fatiguée. Elle ne pourrait plus jamais dormir. Le couvre-pied de satin sentait le camphre et la suffoquait. Elle se jeta de côté, resta étendue sur le tapis. D'immenses médaillons verdâtres sur un fond mauve se pressaient autour d'elle comme des monstres hideux et affamés, rampant dans sa direction. Elle appuya ses mains sur ses yeux pour les tenir fermés. Elle était mieux ainsi. Un souffle d'air frais faisait onduler les rideaux et parvint jusqu'à elle, lui apportant l'odeur de terre humide de l'automne.

Elle resta couchée, immobile, et brusquement sombra dans un profond sommeil sans rêve.

18

Recherches

La voix de Renny leur parvint de l'étage, claire et perçante comme s'il soufflait de toutes ses forces dans une flûte.

Quelle chanson idiote !

— J'ai entendu Hodge la chanter.

— Je me suis souvent demandé, dit Sir Edwin, d'un ton rêveur, pourquoi la répétition de mots dépourvus de sens est si fascinante.

— C'est exact, reconnut Ernest, et dans les chansons de l'époque shakespearienne, c'était exactement la même chose : *Hey, nonney, nonney*.

Ces remarques légères ressemblaient à de petites vagues se brisant sur deux rocs menaçants. Adeline et Philippe ne se perdaient pas de vue mais ne disaient rien.

Nicolas s'approcha de Philippe et mit un bras autour de ses épaules :

— Allons, mon vieux, prends cette affaire avec un peu de bon sens. Tu t'en réjouiras plus tard. J'en suis certain.

— Je suppose que tu me conseilles par là de m'asseoir et de me tourner les pouces pendant que la victime de ce complot, la femme que j'aime...

— Il n'y a pas eu de complot.

— Il y a eu un complot et maman le sait bien.

Adeline demanda :

— Cela faisait-il partie d'un complot quand tu suivais cette fille dans le verger pour lui faire la cour, sachant qu'elle allait en épouser un autre ?

— Cela n'a rien à voir avec *votre* complot.

— Tous les voisins en parlent.

— Que m'importent les voisins. La seule chose qui compte pour moi c'est de retrouver Mary.

— Philippe, tu ne t'es préoccupé de Mary que lorsque tu as appris son prochain mariage avec Clive.

— Elle était là, dans la maison, à mes côtés. Je l'aimais.

— Je t'en supplie, Philippe, réfléchis froidement, demanda Augusta.

Il quitta le salon, lançant derrière lui :

— Tout ce que vous direz est peine perdue, je vous en avertis.

Un bruit de roues leur parvint de l'extérieur. Ernest, qui se trouvait près de la fenêtre, s'écria :

— C'est le jeune Busby ! Pas l'air très content !

Philippe se dirigea vers le porche. Clive Busby descendit de son boghei, attacha son cheval à l'anneau passé dans le nez de la tête de cheval en fer, près du perron ; son visage était dur et d'une pâleur mortelle. Toute la famille avait suivi Philippe dans le hall à l'exception de Sir Edwin qui regardait dehors à travers les rideaux, tout en tiraillant nerveusement ses favoris.

Clive monta le perron comme un messager de fâcheuses nouvelles.

— Bonjour, dit-il en s'efforçant de contrôler sa voix. Puis-je voir Miss Wakefield ?

— Elle n'est pas là, répondit Adeline, soutenant le regard du jeune homme. Nous avons eu ensemble une conversation qui lui a déplu, et elle est partie. Je pense que vous devriez la suivre, Clive ; cette jeune fille est impulsive et un peu extravagante mais il ne lui arrivera aucun mal.

— Elle n'est pas là ! répéta-t-il stupéfait. Où est-elle ?

— Personne ne le sait. Nous venons de découvrir son départ.

— Par Dieu, s'écria-t-il avec violence, elle a peut-être accompli un geste irréparable !

— Il y a peu de chance. Elle a emporté sa valise.

Le bruit d'une autre voiture se fit entendre et le docteur Ramsay ayant achevé son accouchement apparut, poussant l'allure de sa vieille jument. Il salua tout le monde sans manifester aucune surprise.

— Journée de giboulées ! dit-il. Nous avons attrapé une belle averse.

— Avez-vous, par hasard, rencontré Miss Wakefield ? demanda Philippe.

— Miss Wakefield ! Justement. Nous avons eu une petite conversation rapide ce matin. Elle allait prendre le train pour Montréal, comme vous devez le savoir.

— Montréal ! répéta Philippe. Elle a pris le train pour Montréal ! Vous a-t-elle dit où elle descendrait ?

— Non. Elle ne s'est pas montrée très communicative, mais avait certainement fait tous ses plans.

Clive Busby se tourna vers Philippe :

— Puis-je vous voir seul ? demanda-t-il.

— Oui. Venez...

Adeline s'écria :

— Je vous suis.

— Merci bien ! dit Philippe. Nous préférons être seuls.

Il s'engagea le premier sous le tunnel de pins et de mélèzes qui conduisait de la grille du parc à la maison. Là, dans la lumière verte qui éclairait leurs visages, Philippe très rouge, Clive Busby d'un blanc gris sous son hâle, ils se mesurèrent du regard, comme avant un duel. Philippe dit alors :

— Il faut rompre vos fiançailles, Busby. Mary m'aime. Elle s'est trompée. Je le regrette pour vous.

— Je ne renoncerai à elle que lorsqu'elle me le demandera, de sa propre bouche. Elle s'est montrée parfaitement heureuse au cours de nos fiançailles ; nous avons tout préparé ensemble. C'est vous qui vous trompez.

— Dites-moi alors la raison de votre visite ?

— Des commérages que j'ai entendus.

— De Noah Binns !

— Dieu, pensez-vous que j'écouterais cet individu !

— De Lily Pink ?

— Non, de Mrs. Pink. Elle est venue ce matin à Vaughanland.

Philippe poussa une exclamation de colère, puis son front se dérida :

— Autant régler tout cela entre nous dès maintenant. Je suppose que Mrs. Pink a dit qu'on m'avait vu embrasser Mary dans le verger.

— Oui.

— C'est vrai.

— Vous ne me ferez pas croire que Mary ne m'aime pas. Quand je la retrouverai, elle m'expliquera tout.

Philippe brisa une branche d'arbre et la contempla d'un regard fixe.

— Je me demande si elle vous dira ce qu'elle a raconté à ma mère.

— Quoi donc ?

— Elle a dit à ma mère qu'elle était ma maîtresse.

Les lèvres de Clive qui avaient gardé leur couleur devinrent grises comme son visage.

— Vous mentez ! cria-t-il.

— Non. C'est bien ce qu'elle a dit à ma mère. Mais ce n'est pas vrai. Il ne s'est jamais rien passé de plus entre Mary et moi que ce qu'a raconté Mrs. Pink. Je le jure, Clive.

— Je ne vous demande pas de me jurer quoi que ce soit, dit Clive d'un ton pitoyable. Je suis malade rien qu'à la pensée que nous pouvons parler d'elle de cette façon. Mary, de toutes les jeunes filles !... Elle mourrait de honte si elle le savait.

— Le fait demeure, reprit Philippe, qu'elle a dit ça à ma mère hier soir. Vous ne pouvez pas en être plus abasourdi que moi-même.

— Je ne crois pas qu'elle ait dit une semblable chose. Votre mère l'a imaginé.

— Ma mère n'a pas l'habitude d'imaginer des choses de cette nature.

— Vous vous êtes mal conduit à mon égard. Vous saviez que Mary et moi étions fiancés.

— Je ne l'ai su qu'hier, en rentrant à la maison.

— Et vous êtes allé droit à elle pour essayer de me l'enlever.

— Oui, parce que j'ai l'intention de l'épouser.

— Mary ne me délaissera jamais ; elle a trop le sens de l'honneur.

— Epouseriez-vous une fille qui aime un autre homme ?

— Je ne veux pas discuter là-dessus ! interrompit Clive. Je vais la chercher et elle me dira la vérité.

— C'est tout ce que je demande. Je vous accompagne.

Ils revinrent côte à côte vers la maison et débouchèrent dans l'allée sur le terre-plein sablé devant la maison. Clive détacha son cheval et sauta dans le boghei. Son regard rencontra celui de Philippe avec une expression qui était un mélange de souffrance et de haine.

— Je vais à Montréal par le prochain train, dit-il.

— Moi aussi. Mais il n'y en a pas avant demain matin.

— Ce sera long d'attendre !

Sans un mot de plus, Clive s'éloigna et rejoignit la route, pensant : « Je ne franchirai plus jamais cette grille. » Au lieu de se diriger vers Vaughanland, il se rendit d'abord à la gare. Mieux valait s'assurer que Mary avait réellement pris le train.

Le chef de gare vint sans se presser au guichet et Clive se contraignit à lui demander tranquillement :

— Pourriez-vous me dire si Miss Wakefield a pris le train pour Montréal ce matin ?

— Miss Wakefield ? La jeune dame de Jalna ?

— Oui.

Le chef de gare sourit avec ironie.

— Elle a manqué le train. C'est assez drôle que dans un pays comme celui-ci les gens puissent manquer le train. Alors qu'ils n'ont rien d'autre à faire qu'à le prendre. Mais elle l'a tout de même manqué !

— Avez-vous remarqué quel chemin elle a pris ensuite ?

— Elle s'est assise un instant puis elle est repartie très doucement et a pris la route de Stead. Je suppose qu'elle a décidé d'y passer la nuit à l'hôtel et de prendre le train du matin pour la ville où elle changera pour Montréal. Car la ligne de Stead est une ligne d'intérêt local. Elle peut aussi prendre le train de ce soir pour la ville et y passer la nuit. Quoi qu'elle décide de faire, elle est obligée de changer de train.

— Oh ! je ne savais pas. Je vous remercie.

Elle avait manqué le train. S'il allait tout droit à Stead, il pourrait peut-être la trouver à l'hôtel. Il remonta en voiture et s'engagea sur la route qui suivait le lac. Son visage était moins pâle mais il avait l'impression qu'une main de fer lui enserrait la tête. Il fallait pourtant à tout prix qu'il se hâtât et il fit galoper son cheval sur tout le trajet. Il n'aurait pas de repos avant d'avoir retrouvé Mary, avant de lui avoir arraché l'explication de sa conduite insensée.

Il la demanda à l'hôtel de Stead ; il s'enquit de son séjour possible dans un tout petit hôtel très modeste. Il alla ensuite jusqu'à la gare. On ne l'avait vue nulle part. Il en conclut qu'elle avait à Stead une amie chez qui elle était descendue. Il n'y avait rien à faire qu'à attendre le train du soir.

Il revint à Vaughanland et mena le cheval à l'écurie. L'étau qui enserrait sa tête était devenu une douleur insupportable. Il s'étendit sur un sofa et l'aimable Mrs. Vaughan lui fit du thé et frictionna son front avec du camphre. Elle essaya de le faire parler, mais quand elle vit la souffrance qui brillait dans ses yeux dès qu'elle abordait le sujet douloureux, elle resta silencieuse, mettant toute sa sympathie dans le geste qui caressait le front. « Si elle savait tout, songeait-il, que penserait-elle ? » Son cœur se tordait de souffrance au souvenir de ce que Philippe lui avait dit.

Cependant la journée s'acheva et il repartit pour la gare de Stead. Mary ne s'y trouvait pas. Il avait averti les Vaughan qu'il passerait peut-être la nuit hors de chez eux et se réjouit de pouvoir rester seul. Il avala plusieurs verres au bar de l'hôtel puis alla se coucher. Il dormit mieux qu'il ne s'y attendait, d'un sommeil profond presque sans rêve.

Le lendemain matin, sous un déluge de pluie, il alla à pied jusqu'à la gare. Mary ne se trouvait pas parmi les voyageurs mal éveillés qui attendaient le train. Elle ne se montra pas davantage au moment où il s'ébranla. Clive revint à l'hôtel et se força à déjeuner, essayant de penser à ce qu'il pourrait bien faire. Il ne pouvait sonner à la porte de toutes les maisons de Stead pour s'y enquérir de sa présence. Cependant elle ne pouvait être qu'à Stead. Quand la pluie eut cessé, il marcha inlassablement dans les rues du village, regardant les fenêtres des maisons dans l'espoir d'y découvrir son visage.

Il se décida enfin à repartir pour Vaughanland ; peut-être y avait-on reçu des nouvelles de Mary ? Mais Robert Vaughan ne put qu'annoncer le départ de Philippe Whiteoak pour Montréal.

Clive sourit amèrement en pensant à cette vaine poursuite. Il sortit et erra dans les bois sombres où Mary et lui s'étaient promenés la main dans la main, préparant l'avenir, cet avenir qui lui semblait maintenant aussi sombre que ces arbres dégouttant d'eau et se dépouillant de toute leur gloire estivale.

Tard dans l'après-midi, il revint à nouveau à Stead et à la gare ; il passa une seconde nuit à l'hôtel et renouvela ses recherches du matin précédent. La peur commençait à s'emparer de lui. Mary s'était peut-être noyée ! Elle avait perdu la tête et s'était jetée dans le lac. En revenant chez les Vaughan, il regardait avec appréhension les vagues vertes qui retombaient. Pour lui, homme de l'Ouest, le lac était un océan. Apercevant des mouettes rassemblées sur un point au milieu de l'eau, le cœur de Clive se glaça de terreur. Puis il s'aperçut qu'il s'agissait d'une branche d'arbre. Il s'arrêta dans plusieurs maisons, demandant si l'on avait vu Mary.

La femme qui lui avait offert du thé et un bun se trouva parmi les personnes interrogées. Elle regarda Clive avec curiosité et insista sur l'état de fatigue de Mary et sur le fait qu'elle-même s'était tourmentée au sujet de la jeune fille.

Le cheval n'eut pas besoin d'encouragement pour se hâter vers l'écurie.

Mrs. Vaughan attendait Clive, une lettre à la main.

— Le domestique de Miss Craig a apporté ceci, Clive, dit-elle, désireuse de l'aider de sa sympathie, souhaitant pouvoir l'entourer de ses bras et le consoler comme s'il était son propre fils.

Clive déchira l'enveloppe et lut :

« Cher Mr. Busby.

Mary Wakefield est chez moi. Je crois que ce serait une bonne chose que vous veniez la voir. Elle ne sait pas que je vous écris,

mais je suis certaine qu'elle vous est encore très attachée. Si vous venez, que ce soit aujourd'hui et demandez-moi
Bien à vous.

Muriel Craig. »

19

Chez les Craig

Mary entendit à deux reprises un coup léger mais ferme contre sa porte avant de pouvoir s'arracher à ce puits de sommeil dans lequel elle était tombée. Elle eut besoin d'un peu de temps pour reconnaître la chambre où elle se trouvait. Pourquoi était-elle couchée par terre ? S'était-elle évanouie ? Etait-elle tombée ? Un coup retentit encore une fois et une voix cria :

— Mary Wakefield ! Mary ! Puis-je entrer ?

Mary se leva en chancelant : tous ses muscles étaient douloureux.

— Un instant, répondit-elle.

Elle jeta le couvre-pied sur le lit et ouvrit la porte. Ses yeux troublés par la fatigue et un sommeil lourd distinguaient mal la silhouette si nette, si alerte qui se tenait sur le seuil.

— Quel courant d'air ! s'écria Muriel Craig. C'est étonnant qu'il ne vous ait pas fait tomber du lit ! Mais... vous ne vous êtes pas couchée par terre, je suppose. Dieu du Ciel ! Je parie que vous vous êtes couchée par terre et que vous vous êtes endormie !

— Je me suis installée dans ce grand fauteuil, enveloppée du couvre-pied, dit Mary, et j'ai dormi comme une souche.

— Vraiment ? – Il y avait une nuance de reproche dans ce mot. – Vous semblez absolument épuisée et frissonnante. Donnez-moi votre main. Elle est glacée. Vous devez aussi être morte de faim. J'ai retardé le lunch autant que je l'ai pu pour vous permettre de prendre un peu de repos, mais mon père le réclame à grands cris. Entre ses réclamations et celles de l'infirmière, je deviens folle.

Elle s'était assise pour attendre Mary qui aurait donné bien des choses pour mettre de l'ordre dans sa toilette dans la solitude. Ses mains tremblaient en ouvrant sa valise d'où elle sortit sa brosse et son peigne.

— Quels beaux cheveux vous avez ! dit Muriel tandis que les mèches soyeuses de Mary volaient sous sa brosse. Ils sont si fins !

Presque aussi fins que les miens. C'est une vraie catastrophe d'avoir des cheveux comme les miens ! C'est du reste la même chose pour mon cou-de-pied ; il est si haut que j'ai toutes les peines du monde à trouver des chaussures qui m'aillent. Je crois qu'il faudra me décider à les faire sur mesure.

— Quel ennui ! dit Mary.

— Evidemment, tout le monde admire mes chevilles mais pas moi.

Elle avança un pied parfaitement chaussé et l'examina avec la plus grande attention.

— Un autre ennui, pour moi, c'est ma taille fine. L'avez-vous remarquée ? Je ne peux jamais avoir une ceinture de jupe bien faite. Les couturières sont si sottes... J'ignorais le retour de Mrs. Whiteoak à Jalna jusqu'au moment où je vous ai rencontrée. Etait-elle contente de son voyage ?

— Je le crois.

— J'aime votre façon très simple de vous coiffer ; cela vous va très bien... Je suppose que son fils est revenu avec elle.

— Oui.

— Voulez-vous venir dans la salle de bains pour vous laver les mains ?

Elle lui montra le chemin et l'attendit dans le corridor. Mary revint un peu délassée après avoir baigné son visage dans l'eau chaude. Les deux jeunes filles descendirent ensemble l'escalier. Mr. Craig était déjà installé à table avec son infirmière et s'excusa de ne pas se lever.

— Il faut excuser mes mauvaises manières, dit-il.

— Oh ! Mr. Craig, protesta l'infirmière, vos manières sont excellentes.

— Nurse dit que mes manières sont excellentes, fit-il remarquer à Mary. Il y a des gens faciles à satisfaire.

Tout au long du repas, il ne cessa de parler de sa maladie et des soins merveilleux qu'il avait reçus. Il hésita pour savoir de quelle main il devait tenir sa fourchette et de quelle main son couteau jusqu'au moment où l'infirmière le mit sur la voie avec son expression d'encouragement un peu étrange. Ses petits yeux ronds brillaient à chaque plaisanterie puérile de son malade tandis que le regard pâle de Muriel s'efforçait au contraire de l'ignorer.

Mary avait plus que jamais une sensation d'irréalité. Son cerveau était comme paralysé et elle était reconnaissante à Mr. Craig de ses petites plaisanteries qu'elle pouvait comprendre et qui la faisaient sourire. Il ne put faire assez d'éloges du docteur Ramsay et de ses soins.

— C'est un homme distingué, dit-il de sa voix lente et un peu enrouée. Un homme de valeur. Il a un gendre remarquable également, Mr. Philippe Whiteoak. Le connaissez-vous ?

— Miss Wakefield a été la gouvernante des enfants de Mr. Whiteoak, père, dit sa fille avec impatience. Vous le savez certainement.

— Je l'ai oublié, murmura-t-il.

— Le vilain garçon qui oublie ! minauda l'infirmière en lui caressant la main.

— Je peux vous nommer quelqu'un qui l'admire, reprit Mr. Craig. C'est ma fille, cette jeune personne que voilà. Mais elle ne l'aura pas. Il ne prendra pas une autre femme. Le docteur Ramsay me l'a dit. Il est fidèle au souvenir de sa première femme.

Le visage de Muriel rougit de colère mais elle garda le silence.

— Et c'est très bien ainsi, n'est-ce pas, Miss Wakefield ? Je suis sûr que vous n'approuvez pas les seconds mariages. Moi non plus. J'avais une compagne parfaite. Mais... elle n'était pas compatissante. Je n'aurais jamais supporté cette maladie sans une présence compatissante.

— Vous allez mieux, il me semble, dit Mary.

— Mieux ! Je fais des progrès comme le feu dans une maison.

Il fit un grand geste et renversa son verre de lait. L'infirmière se hâta de l'éponger avec sa serviette.

— Vilain garçon ! répéta-t-elle en riant.

Il s'empara du cordon de son tablier.

— Attaché par le cordon de son tablier, voilà mon sort, déclara-t-il sur un ton théâtral, en contemplant le plafond.

Le premier gâteau à la citrouille de la saison était sur la table ainsi qu'un grand compotier de raisins noirs. Muriel Craig était trop en colère pour y toucher. Dès qu'elle put s'échapper avec Mary, elle conduisit cette dernière sous la véranda où elles s'assirent côte à côte dans le hamac.

— Mon père parle comme un vieux fou, dit Muriel avec véhémence. Il essaie toujours d'être drôle sans y réussir le moins du monde sauf aux yeux de cette imbécile d'infirmière. Ne vous déplaît-elle pas ?

Mary put répondre sans mentir qu'elle ne voyait pas grand-chose qui pût plaire dans cette femme.

— C'est si agréable de vous avoir là, dit Muriel l'entourant de son bras et balançant doucement le hamac. J'ai très peu d'amies véritables.

Au bout d'un silence au cours duquel Mary chercha vainement à dire quelque chose qui en valût la peine, Muriel remarqua :

— Vous avez une si jolie peau que cela semble dommage de la poudrer. Ma mère me disait toujours : « Muriel, tu as un teint parfait ;

ne mets jamais de poudre sur ton visage. » Et je ne l'ai jamais fait. Me trouveriez-vous mieux avec de la poudre ?

— Je vous admire telle que vous êtes.

— C'est agréable d'être admirée.

— Je crois que tout le monde vous trouve charmante.

— Pensez-vous que ce soit le cas pour Philippe Whiteoak ?

Ses grands yeux clairs plongèrent dans ceux de Mary. Cette dernière se mit à rire.

— Il y a peu de chance qu'il me le confie.

— Il aurait pu le faire. Ne vous a-t-il jamais fait de confidences ?

— J'étais à Jalna pour m'occuper de ses enfants et non pour être sa confidente.

— Mais il vous plaisait, n'est-ce pas ?

— Certainement. Il est très aimable.

— Très aimable ! Seigneur ! – Son bras serra Mary avec plus de force. – Je crois que vous pourriez vous confier à moi, me dire vos ennuis et la raison de votre brusque départ de Jalna.

— Mrs. Whiteoak et moi nous sommes disputées.

— Dieu du Ciel ! Je parie que c'est elle qui a eu le dessus. J'aurais peur d'elle ! Je vous en prie, racontez-moi.

Mary rougit légèrement.

— C'est vraiment impossible.

— Etiez-vous toutes les deux seules ?

— Oui.

— *Il* n'en savait rien ?

— Non.

Muriel sortit un pied du hamac et s'assit, s'absorbant silencieusement dans la contemplation de sa cheville. Elle finit par dire d'un ton pensif :

— Je connais quelqu'un qui est terriblement épris de vous. Mais tout le monde le sait !

Mary lui jeta un regard interrogateur.

— Il s'agit de Clive Busby. Quelqu'un – j'ai oublié qui – m'a dit que vous étiez fiancés ; vous n'auriez pas quitté Jalna comme vous l'avez fait si c'était vrai. Mais ce dont je suis sûre, c'est que, si vous le voulez, vous pouvez devenir sa femme. Je l'ai rencontré un jour à une garden-party offerte par quelques officiers du régiment des Fusiliers de la Reine et quand je lui ai dit à quel point je vous admirais, ses yeux ont positivement lancé des flammes. Il est terriblement épris de vous. Ne me dites pas qu'il ne vous a pas offert de l'épouser.

— Je ne vous dirai rien, dit Mary froidement, car je ne suis pas du tout une personne communicative. J'espère que vous ne m'en voudrez pas.

— Mais bien sûr que si ! Nous allons nous balancer dans ce hamac en nous faisant des confidences. J'ai écrit à mon amie de New York et fait partir ma lettre.

— Merci beaucoup. Vous êtes très bonne.

Mary mit sa main devant ses yeux ; la tête de Muriel, démesurément grossie, flottait devant elle.

— Je suis un peu honteuse mais… je crois que je ferais bien d'aller m'étendre à nouveau. J'ai des éblouissements. C'est stupide de ma part.

Muriel sauta hors du hamac.

— C'est du repos qu'il vous faut, du repos vous en prendrez. Et au lit !

Avec sa débordante énergie, elle porta presque Mary dans l'escalier et lui prépara son lit pendant qu'elle changeait sa robe pour un peignoir ; Muriel parlait sans arrêt mais uniquement de ses difficultés avec son père et l'infirmière. Elle couvrit Mary avec le couvre-pied, lui administra une tape affectueuse sur l'épaule et lui dit de dormir jusqu'à ce qu'elle soit complètement reposée.

« Je me demande si ce jour viendra jamais », pensa Mary. Elle goûta le confort et la solitude de son lit avec autant de joie qu'un poisson que l'on rejette à l'eau. Elle tira le couvre-pied au-dessus de sa tête et le sommeil la submergea. Mais ce ne fut point un sommeil réparateur car partout où ses rêves l'entraînaient, Adeline Whiteoak apparaissait pour la chasser.

Elle s'éveilla heureusement avant qu'on l'appelât, aussi put-elle s'habiller en toute tranquillité. Elle vit dans la glace qu'elle était moins pâle et que les cernes bleus de ses yeux avaient presque disparu. Elle retrouva un peu de courage.

Après le souper, Mr. Craig proposa une partie d'écarté. Il n'avait pas joué aux cartes depuis sa maladie et la présence de Miss Wakefield lui faisait du bien. Une table à jeu fut dressée dans le salon glacial ; ils s'y assirent tous les quatre, Mr. Craig et sa garde jouant ensemble. La lumière qui tombait de la suspension à gaz accrochée au plafond jetait des ombres dures sur leurs visages. Muriel semblait très mécontente tandis que son père était très satisfait de lui-même et de son infirmière qui l'accablait de clins d'œil et de sollicitude. Il avait des difficultés à se souvenir de l'atout ou à décider de la carte à jouer. De temps en temps, l'infirmière se levait et se précipitait à son secours. Mary remarqua que lorsqu'elle se penchait sur l'épaule de son malade, elle effleurait presque sa tête avec sa joue. Muriel ne remarqua rien, contemplant ses cartes avec une moue d'écolière boudeuse. Mary eut une rapide vision des Whiteoak, jouant aux cartes ou au tric-trac, de leurs visages animés et rieurs, de la joie bruyante d'Adeline quand elle avait gagné et que Boney célébrait sa victoire par des cris perçants.

Mr. Craig ne se déclara satisfait qu'après trois parties. S'appuyant alors lourdement au bras de son infirmière, il s'éloigna en traînant la jambe, après avoir aimablement souhaité une bonne nuit à Mary et l'avoir remerciée de s'accommoder de la sottise d'un vieillard. Muriel et son père échangèrent un léger signe de tête accompagné de vagues paroles. Mary se souvint, le cœur serré, de la chaude étreinte de son père lorsqu'ils se séparaient chaque soir pour la nuit, du parfum de son tabac, de la caresse de sa moustache contre sa joue. Elle se souvint aussi des baisers sonores des Whiteoak.

A la grande déception de Muriel, Mary manifesta le désir de remonter dans sa chambre pour écrire une lettre. Elle avait heureusement apporté avec elle son petit sous-main en cuir.

— Puis-je remonter écrire dans ma chambre où j'ai tout ce qu'il faut ? dit-elle à Muriel.

— Oh ! j'avais rêvé une autre soirée ! s'écria Muriel. Je pensais que nous aurions bavardé jusqu'à minuit.

— Je suis désolée, mais il faut absolument que j'écrive cette lettre ce soir, fut tout ce que Mary trouva à dire.

Elle finit par réussir à s'échapper.

Quand elle se retrouva dans sa chambre, elle s'assit devant la table dont le dessus de marbre semblait de la glace sous son bras nu.

« Mon cher Clive », écrivit-elle. Mais elle resta ensuite longtemps les yeux perdus dans l'obscurité extérieure.

Elle fit un nouvel essai.

« Mon cher Clive,

Ecrire cette lettre est pour moi un très grand chagrin. C'est pour vous dire que je ne peux vous épouser, pour vous dire – je voudrais tant trouver les mots les moins cruels – que je ne vous aime pas assez pour cela. Je me reproche de ne pas l'avoir découvert plus tôt. Mon bien cher Clive, je ne suis pas digne de vous. Je n'oublierai jamais votre bonté et votre tendresse. Je ne vous demande pas de m'oublier, mais je vous supplie de me pardonner et d'essayer de penser à moi sans amertume.

Mary. »

Elle relut sa lettre. Ce n'était pas absolument tout ce qu'elle aurait voulu dire à Clive, mais cela pouvait aller. Elle ne pourrait trouver d'autres mots. Elle mit l'adresse, ferma l'enveloppe et colla le timbre, se refusant à penser au visage de Clive quand il lirait cette lettre. Elle avait maintenant une autre lettre à écrire, une lettre à Philippe. On ne pouvait lui refuser le droit de lui envoyer un message d'adieu..., une ligne seulement pour lui dire qu'elle l'aimait et n'aimerait jamais un autre homme. Là, dans cette chambre mal éclairée, tandis que la nuit sombre tombait derrière la fenêtre, elle pouvait libérer son âme, révéler sur le papier ce qui ne franchirait jamais ses lèvres. Elle prit une feuille et écrivit :

« Mon cher, mon seul amour ; »

Mais sa main se refusa à continuer ; une crampe aiguë la paralysait. Mary serra les dents et essaya de la forcer à écrire mais en vain. Elle serra son poignet dans sa main gauche, mais lorsqu'elle le reposa sur le papier, elle ne put que griffonner le nom de Philippe. Il lui était impossible d'écrire.

Elle enfouit son visage dans ses mains et éclata en sanglots désespérés qui la secouèrent avec violence sans qu'elle se souciât plus de rien, pas même d'être entendue. Mais nul ne l'entendit et, peu à peu, elle se calma. Elle se leva, se déshabilla, s'agenouilla auprès du lit très haut dans sa longue chemise de nuit blanche et fit sa prière. Elle n'y glissa aucune allusion à sa peine, n'adressa au Seigneur aucune supplication, mais les simples mots quotidiens l'apaisèrent.

Le lendemain matin, elle demanda à Muriel Craig où elle pourrait jeter une lettre à la poste. Elle tenait sa lettre à la main.

— Donnez-la moi, dit Muriel. Le domestique va justement chercher le courrier, il l'emportera. Quelle matinée ! Un vrai déluge.

Elle lui arracha presque la lettre et sortit rapidement. Dans le corridor, elle lut l'adresse et resta un instant pensive. Puis elle monta doucement dans la chambre de Mary et la parcourut du regard. Elle vit le sous-main et l'ouvrit, mais il ne contenait que du papier à lettres et deux cartes postales d'Angleterre. Elle regarda dans l'immense corbeille à papiers et découvrit quelques fragments déchirés. Elle les défroissa et les emporta dans sa chambre. La culpabilité se lisait sur toute sa personne, mais nul ne la vit. Elle rapprocha entre eux les morceaux de papier et lut ce que Mary avait écrit : « Mon cher, mon seul amour »... et son nom... « Philippe ». Le papier et l'écriture portaient des traces de larmes.

Qu'est-ce que cela signifiait ?

Mary avait-elle rompu toutes relations avec Clive pour se tourner vers Philippe ? Cela pouvait-il signifier autre chose ? Mais Mary ne mettrait sûrement pas la main sur Philippe si elle, Muriel, pouvait l'empêcher !

Son visage était rouge d'excitation quand elle eut terminé son petit mot à Clive. Elle redescendit l'escalier pour le remettre à l'homme qui attendait, vêtu de son imperméable et ne manifestait pas un très grand enthousiasme pour sortir sous la pluie.

— Portez ceci chez Mr. Vaughan, lui dit-elle. C'est pour Mr. Busby.

Quand vous rapportez le courrier de la poste, vous me le remettrez directement.

Pour la septième fois, Clive Busby suivait en voiture la route du lac, à la recherche de Mary. Cette route était devenue pour lui la route la plus odieuse du monde ! Chacun de ses tournants, chaque arbre, chaque pierre, chaque bouquet de chardons lui étaient désormais aussi familiers que le creux de sa main ; le cheval en connaissait le moindre caillou et la détestait ; il manifestait son mécontentement en secouant la tête et en faisant rejaillir à grands coups de sabots l'eau des flaques jusque par-dessus le tablier de la voiture.

« Je vais enfin savoir la vérité, pensa Clive ; je vais la savoir de sa propre bouche ! » Son esprit fatigué avait atteint le point où il ne désirait plus qu'une chose ; savoir où il en était, et arracher le filet qui l'enserrait. En arrivant chez les Craig, il attacha son cheval et se dirigea vers la porte. Une servante le laissa dans le hall où il retira son imperméable, le plia soigneusement sur une chaise et passa sa main sur ses cheveux. Mais le battement sourd de son cœur était fort loin de correspondre à cette attitude calme et indifférente. Il entendit des voix dans une pièce voisine ; la porte s'ouvrit et Muriel entra en souriant dans le hall.

— Mary est là, dit-elle, mais elle ne sait pas que c'est vous.

Lorsque Clive fut entré dans la pièce, elle referma la porte derrière lui mais demeura à proximité.

Il se trouva seul, en face de Mary.

Chacun d'eux, à la vue de l'autre, éprouva un choc violent. Les yeux de Mary rougirent, ses traits se brouillèrent. Le visage de Clive vieillit de dix ans. Une véritable frayeur s'empara d'elle en se voyant seule avec lui et elle s'écria :

— N'avez-vous pas reçu ma lettre ?

— *Votre* lettre ? Non.

— C'est vrai que c'est impossible. Elle n'est partie que ce matin.

— Me demandiez-vous de venir, dans cette lettre ?

— Non, je vous demandais au contraire, de ne pas venir.

— Mary – il était resté jusque-là près de la porte et s'approcha d'elle – Mary, pour l'amour du Ciel, dites-moi ce qui se passe.

— Clive, je vous en supplie, ne me demandez rien. Repartez et lisez ma lettre ; essayez de comprendre que cela me brise le cœur de vous traiter ainsi.

Elle appuya sa main sur ses lèvres tremblantes.

— Il n'est pas question de lettre. Je veux tout apprendre de votre bouche.

— Alors... dans ce cas... Voilà, je ne vous aime pas assez pour vous épouser. Je veux dire que je ne vous aime pas de cette façon. Oh ! sûrement, vous me comprendrez.

— J'essaie, mais c'est difficile ! Il y a si peu de jours nous étions heureux ensemble. Vous teniez ma main et nous nous promenions en riant dans les bois. Vous avez même choisi la race du petit chien que vous désiriez que je vous offre.

Sa voix se brisa.

— Je sais. Je sais. Je ne peux plus être à vos yeux qu'une horrible créature.

— Qu'est-il arrivé ? Il s'est passé quelque chose après le retour de Philippe Whiteoak à Jalna ?

— Oui.

— Dans le verger ?

— Oui.

— Il vous a dit de ne pas m'épouser ? Vous ne faites que lui obéir ?

— Je n'avais pas besoin qu'on me le dise ! cria-t-elle. Je l'aime. Je l'ai toujours aimé. Je pensais que vous l'aviez deviné. Mais j'ai cherché à étouffer cet amour... Je l'ai combattu. Je me suis tourné vers vous avec l'espoir de vous rendre heureux, peut-être d'être heureuse moi-même, mais il est revenu et il m'a dit qu'il m'aimait.

— Allez-vous épouser Philippe ?

— Non. Je n'épouserai personne.

— Pourquoi ne pas l'épouser ? Vous l'aimez certainement « de cette façon », lui ! Pourquoi l'avez-vous fui, Mary ?

Il s'approcha d'elle comme pour prendre une de ses mains, mais elle les mit toutes deux derrière son dos.

— Je suis partie, répondit-elle en le regardant fermement dans les yeux, parce que je ne voulais plus le revoir, ni aucun de ceux que j'ai connus à Jalna.

Clive regarda tristement le plancher, puis en rougissant profondément, demanda à voix basse :

— Mary, avez-vous dit à Mrs. Whiteoak quelque chose que vous avez regretté depuis ?

— Vous a-t-*il* parlé de ça ? demanda-t-elle, la gorge serrée.

— Oui. Mais en affirmant que ce n'était pas vrai.

Elle le regarda fixement, incapable de prononcer une parole.

— Mary, dites-moi... Pour l'amour de Dieu, dites-moi la vérité !...

Comme un oiseau pris au piège, battant des ailes entre ses barreaux, l'esprit de Mary se débattait contre la question de Clive. Si elle affirmait avoir dit la vérité, il la regarderait avec horreur ; si elle reconnaissait avoir menti, il la mépriserait.

— Laissez-moi ! Allez-vous en ! Je ne regrette rien de ce que j'ai dit ou fait. Tout ce que je désire, c'est de rester seule, de ne plus jamais revoir aucun d'entre vous !

Clive chancela comme si elle l'avait frappé. Il recula, regardant tristement son visage décomposé. La main sur la poignée, il dit simplement « Adieu, Mary », et disparut.

A la fin de l'après-midi, il se rendit à Jalna pour faire ses adieux à Adeline. Il serait volontiers parti sans la revoir, avec l'intention de lui écrire dès son arrivée chez lui. Mais Mrs. Vaughan insista pour qu'il allât à Jalna. Adeline Whiteoak était une vieille amie de sa famille et avait été très bonne pour lui. Il devait faire preuve de déférence à son égard.

La pluie avait cessé. A travers les nuages, on apercevait le ciel lumineux. Les dindes qui traînaient leurs ailes mouillées dans le ravin, restèrent sur place pour le regarder traverser le pont. Le ruisseau gonflé par la pluie coulait doucement et brillait entre les herbes aquatiques et le cresson qui le bordaient.

Lorsque Clive atteignit le haut du ravin, après avoir franchi le ruisseau, la maison se dressa devant lui dans son manteau de vigne vierge récemment lavé par la pluie et avec ses fenêtres qui réfléchissaient les rayons du soleil. Il leva les yeux vers celles de la chambre de Mary et ressentit dans son cœur une souffrance encore inconnue, un renouveau douloureux d'étonnement. Quelles pensées, quels gestes cette chambre avait-elle abrités ? Quel motif mystérieux avait conduit cette Mary qu'il avait aimée à devenir une autre Mary ?

Adeline le reçut elle-même à la porte. Elle l'avait vu venir, sortit sous le porche et referma la porte derrière elle.

— Vous voilà donc, Clive ? dit-elle, les sourcils arqués et la main tendue. Comme votre main est froide ! Mon cher enfant, les mains des jeunes gens ne doivent pas être froides !

— Je pense que c'est parce que mon cœur est froid, Mrs. Whiteoak. Je ne désire pas... Je ne peux pas parler de mes affaires. Cela me tuerait, voilà la vérité. – Il serra la main d'Adeline au point de lui faire mal. – Je suis venu vous dire adieu et aussi... vous remercier de votre bonté.

— Ne désespérez pas. Asseyez-vous là et racontez-moi tout. Tout ira mieux ensuite.

Il retira sa main.

— Je regrette, mais... je ne peux pas. Adieu.

Il n'y avait rien à faire qu'à le laisser partir.

A Vaughanland, il apprit que Philippe Whiteoak était à Montréal, au Windsor Hotel. De la gare où il prit le train pour regagner l'Ouest, Clive envoya à Philippe le télégramme suivant :

« Mary Wakefield est chez les Craig. C.B. »

20

Au bord du lac

Un seul voyageur descendit ce matin-là du train, c'était Philippe Whiteoak. Il laissa son sac de voyage à la gare où on viendrait le chercher et partit à pied sur la route. Il marchait comme si chaque seconde était précieuse et cependant rien ne lui échappait de la beauté claire et piquante de ce matin d'automne, du bleu de campanule du ciel, des petits nuages lumineux que le vent vif gonflait d'importance, des feuilles mortes qui tourbillonnaient au-dessus des flaques de la route. Tout cela formait un cadre merveilleusement adapté à son humeur faite d'impatience heureuse et d'une certaine appréhension. Jake qui l'attendait à la grille l'avait momentanément oublié et tentait de mettre la patte sur une chenille brune et noire. Quand il entendit le pas de son maître, il jeta les yeux autour de lui, sa patte toujours posée sur la chenille. La surprise et la joie le laissèrent un instant sans force puis le galvanisèrent ; il se précipita vers Philippe avec des cris ressemblant plus à des cris de douleurs qu'à des cris de joie et se jeta dans ses jambes.

— Hello, Jake ! – Il souleva le petit chien à la hauteur de son visage. – Heureux de me voir, n'est-ce pas ? Regardez un peu dans quel état vous m'avez mis, jeune voyou !

Ils remontèrent ensemble l'allée. Jake s'efforçant de se faufiler entre les jambes de Philippe ou de se mettre en travers de son chemin. Ils rencontrèrent Ernest dans le hall. Ce dernier, désireux de se retrouver en bons termes avec Philippe, lui demanda avec une chaude sollicitude :

— Des nouvelles de Miss Wakefield ?

— Elle n'est pas à Montréal, répondit Philippe sans autre commentaire.

— Alors tu as fait ce long voyage pour rien.

— Oui.

— C'est vraiment mystérieux.

— Je sais où elle est.

— Vraiment ! Puis-je le savoir ?

— Chez les Craig.

— Chez les Craig ! Tu m'étonnes grandement. Je ne croyais pas ces deux jeunes filles attirées l'une vers l'autre.

— Moi non plus. Mais avec les femmes, sait-on jamais... Où est maman ?

— A Vaughanland.

Philippe eut un rire bref et demanda :

— Qu'est devenu Busby ?

— Il est reparti hier pour l'Ouest.

— L'as-tu vu ?

— Non, mais il est venu faire ses adieux à maman. Philippe, tu sais que je suis le dernier à vouloir me mêler de tes affaires, mais je pense, je pense très sincèrement que...

— Mettons que tu penses comme Ernest, dit Philippe en riant. C'est parfait, mon vieux. Continue à penser comme lui, c'est un type épatant !

Il monta les escaliers en courant, laissant son frère mi-furieux, mi-satisfait, état dans lequel Philippe réussissait souvent à mettre les siens.

Il réapparut bientôt en costume de cheval.

— Tu repars déjà ? demanda Ernest.

— Oui.

— Chez les Craig, je suppose ?

— Tu ne te trompes pas.

— Tu sais, Philippe, j'ai horreur de me mêler des affaires des autres mais je... – Il essaya de s'arrêter mais trop tard et laissa échapper : – Je pense très sincèrement que...

— D'accord, déclara Philippe en sortant sous le porche avec Jake sur ses talons. Continue, continue à penser comme Ernest, mais cela ne changera rien à ma décision !

Jake fut enfermé à l'écurie avec ses parents et Philippe, monté sur sa jument alezane, franchit au trot le portail et gagna la route du lac. Son soulagement en apprenant où se trouvait Mary avait été presque du bonheur. Son inquiétude, sa consternation après sa disparition, les deux jours affreux de recherches dans les hôtels et les bureaux de messageries maritimes de Montréal et jusque sur le quai d'embarquement à l'heure du départ d'un bateau pour l'Angleterre, tout cela appartenait au passé. Sa nature optimiste ne se préoccupait plus que de sa rencontre prochaine avec Mary. Le message de Clive avait apaisé sa crainte que Mary n'eût perdu la tête, car dans ce cas-là Clive n'aurait jamais envoyé ce message. Mary ne serait jamais allée chez les Craig. Il était évident que Clive l'avait retrouvée et qu'elle avait rompu ses fiançailles. Le cœur de Philippe débordait de reconnaissance pour Clive qui lui avait envoyé ce télégramme.

Muriel lui ouvrit la porte elle-même. Elle avait aperçu son cheval galopant sur la route, aussi s'était-elle préparée à le recevoir avec un sourire rayonnant.

— Bonjour, Mr. Whiteoak !

Ses yeux exprimaient clairement que le jour où il se présentait à sa porte ne pouvait être qu'un beau jour.

— Bonjour, répondit-il un peu hésitant, se demandant comment il pourrait exposer le but de sa visite matinale.

— Voulez-vous voir père ? J'ai peur qu'il ne soit pas encore levé, mais il ne tardera pas. Je vous en prie, entrez.

— Merci : – Il entra dans le hall et continua : – Miss Craig, je viens en réalité pour voir Mary Wakefield. On m'a dit qu'elle est chez vous.

— Elle y était, mais elle est partie. Elle est partie pour New York où elle a trouvé une situation.

— En êtes-vous sûre ?

— Vous voulez me taquiner, Mr. Whiteoak, dit-elle en riant.

— Je crois plutôt que c'est à vous que je pourrais faire ce reproche.

— Je ne comprends pas ce que vous voulez dire, dit-elle en rougissant.

— Je veux dire qu'en remontant l'avenue à cheval, je vous ai vues toutes les deux à la fenêtre. Vous regardiez au-dehors, vos deux têtes à côté l'une de l'autre.

— Vous vous êtes trompé.

— Certainement pas.

La poitrine de Muriel se gonfla et elle soupira, un peu troublée. Elle dit alors, presque dans un murmure :

— Mary ne veut pas vous voir. Elle m'a priée de vous dire qu'elle était partie pour New York.

Il la regarda un instant, incrédule, puis se souvint que Mary s'était enfuie de chez lui.

— Il faut qu'elle me reçoive. Allez le lui dire. Je ne partirai pas avant de l'avoir vue.

— Je suis l'amie de Mary et c'est mon devoir de l'aider. Elle ne désire qu'une chose : partir loin d'ici et oublier ce qu'elle y a souffert.

— Si vous êtes l'amie de Mary, vous lui demanderez de me recevoir, ne serait-ce que cinq minutes... Ou bien menez-moi auprès d'elle. Voulez-vous le faire ?

Ses yeux la suppliaient.

— Je vais le lui demander, mais je crains qu'elle ne refuse.

— Répétez-lui ce que je vous ai dit – que je ne partirai pas avant de lui avoir parlé.

D'une voix étranglée, Muriel murmura :

— Vous l'aimez, n'est-ce pas ?

— De toute mon âme.

Elle lui tourna le dos et sortit rapidement de la pièce. Dans l'escalier, elle se jeta contre la rampe et se mit à pleurer. Puis, se ressaisissant, elle se dirigea lentement vers la chambre de Mary. Celle-ci, debout devant la fenêtre, attendait de voir sortir Philippe.

— Est-il parti ? demanda-t-elle.

— Non. Il refuse de partir avant de vous avoir vue.

— Oh ! Muriel... Je ne sais pas comment paraître devant lui !

— Je voudrais que ce soit moi ! Oh ! que je voudrais que ce soit moi qu'il demande ! C'est terrible, alors que je l'ai aimé dès la première de nos rencontres.

Et elle s'appuya en pleurant contre la porte.

— Je suis désolée, Muriel !

— Pourquoi refusez-vous de le rencontrer ?

— Je ne peux pas vous le dire.

— J'ai le droit de le savoir après tout ce que j'ai fait, l'aimant comme je l'aime.

— C'est impossible que je vous le dise.

— En tout cas, vous pouvez toujours répondre à cette question : jouez-vous simplement avec lui, pour exciter sa passion ?

Mary eut un rire nerveux :

— Grand Dieu non ! Je n'ai qu'une pensée : l'éviter !

Sa frayeur allait croissant. Rencontrer les yeux de Philippe avec ce mensonge monstrueux qui la marquait au front la tuerait ! Elle pouvait se résigner à toute une vie de solitude mais il lui était impossible de paraître devant lui.

On frappa à la porte et l'infirmière tendit un télégramme à Muriel.

— J'espère, Miss Craig, que ce ne sont pas de mauvaises nouvelles, dit-elle en jetant un rapide coup d'œil dans la chambre.

— Absolument rien d'important, répondit Muriel froidement. – Elle attendit que la femme fût repartie et demanda à Mary : – Croyez-vous qu'elle se soit rendu compte que je pleurais ?

— Oh ! non. Est-ce le télégramme de New York ?

Muriel l'ouvrit et lut : « Situation actuellement occupée de façon satisfaisante. Merci pour la proposition. Lettre suit. »

— Quelle déception ! soupira Muriel. Qu'allez-vous faire ?

— Simplement chercher une autre situation.

— Vous pouvez rester ici jusqu'au moment où vous en aurez trouvé une.

— Et courir le risque de le rencontrer ?

— Où voulez-vous aller ? Une jeune fille comme vous ne peut demeurer seule à l'hôtel.

— J'irai à Montréal comme j'en avais d'abord eu l'intention.

— Avez-vous assez d'argent pour payer votre traversée de retour ?

— Je travaillerai pour le gagner.

— Mais ce n'est pas facile de trouver un travail qui vous convienne. Supposons que vous n'en trouviez pas.

Mary arpenta la chambre en se tordant les mains.

— Mr. Whiteoak vous doit-il de l'argent ? demanda Muriel.

— Oui, mais je ne le demanderai jamais.

— Je le ferai pour vous. J'y vais tout de suite.

— Non, je ne le supporterai pas. – Elle cessa de marcher et regarda Muriel avec tristesse et une certaine froideur. – Non, j'ai changé d'avis. Je vais le voir, il n'y a pas d'autre solution ; mais... comment le pourrai-je ?

— Voulez-vous que je vienne avec vous ?

— Non, non ; il faut que je sois seule... Et pas dans la maison.

— Vous serez parfaitement seuls dans le salon et je vous attendrai à l'extérieur.

Mary eut quelque doute sur la discrétion de Muriel. Elle était décidée, si elle rencontrait Philippe, à ce que rien ne pût être entendu des propos échangés entre eux. Aussi dit-elle :

— Nous l'avons fait attendre si longtemps que le mieux serait de lui dire que je suis sortie me promener, que vous m'avez cherchée... mais je ne veux pas vous obliger à mentir pour moi.

— Voilà qui m'est bien égal ! s'écria Muriel. Et je trouve que vous avez bien raison de le voir et de mettre fin à son tourment.

Elle se précipita vers la glace pour mettre de l'ordre dans ses cheveux tout en disant :

— Où pourrais-je lui dire qu'il vous trouvera ?

— Au bord du lac. Donnez-moi quelques minutes d'avance.

Mary quitta la chambre et descendit doucement l'escalier de service.

Muriel alla rejoindre Philippe.

— Je crains que vous n'ayez trouvé mon absence un peu longue, dit-elle.

— En effet, assez longue.

— Elle est réellement partie.

— Et elle est partie pour m'éviter.

— Je le crois. Elle est très émotive. Voulez-vous que je lui transmette un message de votre part ? Ce serait le mieux.

— Impossible. Dites-moi de quel côté elle est allée.

— Avant que je vous le dise, je veux rappeler, juste une fois, la merveilleuse promenade que nous avons faite, le jour où nous avons rencontré Mary qui courait avec tant de joie pour rejoindre Clive Busby.

— Je n'ai rien vu du tout.

— Je crains de m'être conduite très sottement ce jour-là. Une jeune fille ne devrait jamais montrer ses sentiments comme je l'ai fait.

Philippe, fort embarrassé, essaya, par de vagues exclamations, de lui assurer que sa conduite avait été irréprochable.

— Mais non, répliqua-t-elle. J'aurais dû me dominer. Mais j'ai tant de peine à dissimuler mes sentiments ! Vous me pardonnerez, n'est-ce pas ?

Elle s'approcha de lui et posa ses deux mains sur son bras.

Il redouta un instant que sa tête ne retombât une seconde fois sur son épaule et lui donna de petites tapes rassurantes dans le dos en disant :

— Il n'y a rien à pardonner et je vous suis très reconnaissant de votre bonté pour Mary. Il faut maintenant que j'aille à sa recherche.

Il sortit de la maison et traversa la pelouse soigneusement tondue qui s'étendait derrière. Des corbeilles de cannas bordées de géraniums aux feuilles argentées dressaient leurs tiges raides qui semblaient ignorer la proximité du lac tumultueux soulevé, la nuit précédente, par la tempête, en énormes brisants verts. Le vent n'était plus maintenant qu'une brise légère : les larges vagues brillaient dans le soleil et retombaient bordées d'écume. Mary était debout sur la digue, sa robe battant autour d'elle, une mèche de ses cheveux flottant librement comme une algue marine blonde.

Philippe s'arrêta à quelques pas, buvant des yeux la beauté du spectacle qu'elle lui offrait ainsi, aspirant à pleins poumons une bouffée de cet air vif de l'automne avant de crier son nom.

Elle lui tournait le dos, faisant face au lac. A l'appel de son nom, elle se retourna et leurs yeux se rencontrèrent ; il y avait si longtemps que leurs regards s'étaient croisés pour la dernière fois ! Elle fit appel à tout son courage pour supporter cette épreuve mais ne réussit qu'à prendre une attitude de défi. Il s'approcha du bord du lac.

— Mary, dit-il, en élevant la voix pour dominer le bruit des vagues, dans quel but êtes-vous venue ici ? Est-ce pour vous jeter dans le lac si j'essaie de vous toucher ?

— Non ! oh ! non !

— Alors, revenez, à moins que vous préfériez me parler d'où vous êtes. Dans ce cas...

Avant même qu'elle ait pu lui répondre, il était à son côté. Elle avait cru ne jamais le revoir et voilà qu'il était si proche d'elle qu'elle se sentait presque subjuguée. Sa présence et le bruit des vagues la troublaient profondément.

— Je ne peux pas vous parler, dit-elle. Pas ici.

— Alors, allons nous asseoir sur ce banc et vous me direz tout.

Elle se laissa conduire jusqu'au siège rustique mais refusa de s'asseoir, s'appuyant seulement sur le dossier d'écorce rugueuse. Un arbuste à baies rouges poussait derrière le banc.

— Du moins, personne ne nous verra ici, dit-il. Je n'aurais pu supporter d'être à portée de l'oreille de cette femme.

Mary gardait le silence, les yeux fixés sur ses mains blanches et sans bijoux qui serraient le banc.

— Dites-moi, pour l'amour de Dieu, pourquoi vous vous êtes enfuie ?

— Vous le savez. Vous devez le savoir.

— Je suppose que c'est à cause de ma mère. Elle est montée dans votre chambre. Que vous a-t-elle dit ?

— Qu'importe ce qu'elle m'a dit ? cria Mary avec force. Il n'y a que ce que je lui ai dit qui compte. Si vous m'avez jamais aimée, ne m'obligez pas à en parler. C'est trop cruel.

— Mary, dit-il doucement, je vous en supplie, ne soyez pas aussi enfant... Vous pouvez sûrement tout me dire ; si vous m'aimez vous ne refuserez pas de le faire. Vous m'aimez, n'est-ce pas ?

— Je... je ne sais pas.

— Vous ne savez pas ! Vous m'étonnez. Avez-vous oublié notre rencontre dans le verger ?

— Je vous aimais, à ce moment-là.

— Et maintenant... vous ne savez pas !

— Mon cerveau est troublé : je ne vois plus clair en moi.

Il scruta son visage avec inquiétude.

— Vous êtes exténuée, dit-il. Si vous vouliez vous confier à moi – tout me dire – alors vous ne seriez plus troublée. Vous retrouveriez le calme. Je vois bien que vous n'êtes pas dans votre état normal. – Il posa sa main sur les siennes qui se crispaient sur le dossier du banc. – Allons, ma chérie...

Ma chérie ! avait-il dit. S'entendre appeler ainsi ! Des larmes ruisselèrent soudain de ses yeux et roulèrent sur la main de Philippe.

— Je pensais que vous me mépriseriez, dit-elle.

— Vous mépriser ! Comment le pourrais-je ? J'essaie seulement, de toutes mes forces, de découvrir pourquoi vous avez dit à ma mère que vous étiez ma maîtresse ?

Il fallait à tout prix lui arracher la vérité ; même si c'était nécessaire d'agir avec une certaine brutalité. Les joues de Mary s'enflammèrent. Elle retira ses mains des siennes et les pressa sur ses yeux, comme pour faire rentrer ses larmes. Lorsqu'elle le regarda à nouveau, elle ne pleurait plus.

— Mrs. Whiteoak m'a demandé si c'était vrai, dit-elle presque avec indifférence. J'étais folle de colère et j'ai dit oui.

— Aviez-vous bien compris ce qu'elle disait ? N'y avait-il pas erreur de votre part ?

— J'avais très bien compris. Elle m'a accusée une seconde fois et j'ai encore répondu oui.

— Je vois. Et comment l'a-t-elle pris ?

Le triomphe de cet instant illumina une fois encore le visage de Mary. Elle sourit de ce sourire étrange si proche de la souffrance :

— Mrs. Whiteoak fut stupéfaite car elle ne croyait pas elle-même à ce dont elle m'accusait... J'ai fait cet horrible mensonge simplement parce que j'étais furieuse... Vous voyez quelle drôle de créature je suis.

Philippe fit le tour du banc et l'entoura de ses bras. Il l'obligea à venir s'asseoir et prit place à côté d'elle.

— Mary, dit-il, je ne prétends pas vous comprendre, mais je vous aime plus que jamais ; vous allez venir à la maison avec moi et nous nous marierons le plus tôt possible.

— Vous ne me détestez pas pour avoir dit ce que j'ai dit ?

— Je vous adore, au contraire, pour cela même.

Elle abandonna son corps fatigué contre sa force virile. Son âme, comme une rivière qui rencontre la mer, se perdit dans la sienne. Elle avait froid car elle n'était pas vêtue suffisamment pour le vent venant du lac, mais elle trouva dans la chaleur du bras qui la serrait un bien-être qui lui sembla divin. Les mains chaudes de Philippe serraient ses mains glacées. Elle regarda l'étendue verte et argentée du lac et emportée par son imagination se compara elle-même à un bateau qui a déposé son chargement et qui, léger et plein d'entrain, offre ses voiles à la brise. Elle aurait voulu être poète. Elle aurait alors, certainement, épanché son cœur dans un poème.

21

Explications

Philippe se retourna sur sa selle pour regarder une dernière fois Mary qui, du portail, lui faisait des signes d'adieu. Se séparer d'elle avait été dur et, maintenant, il s'efforçait de fixer son image dans sa mémoire. Cependant une partie de lui-même était tournée vers Jalna où il allait annoncer son mariage prochain. Il voulait auparavant passer chez le recteur et informer Mr. Pink des changements apportés aux projets de Mary.

Il avait parcouru cette route à cheval des centaines de fois mais elle lui paraissait plus belle, plus merveilleuse que jamais en cette matinée de fin septembre où le vent soufflait, où les vagues, là où le lac empiétait sur la corniche, venaient se briser presque sur la route. Il faudrait un jour aménager cette portion de la route mais, ce matin-là, Philippe n'aurait pas voulu qu'elle fût différente. Les mouettes tournoyaient au-dessus de sa tête, leurs ailes brillaient dans le soleil et leurs pattes jaunes palmées repliées contre leur poitrine ressemblaient à des appendices inutiles qui ne leur serviraient jamais plus. L'une d'elles volait rapidement au-dessus de la jument qui allongea son trot comme pour faire une course de vitesse avec elle. La jument arquait le cou et jetait vers les vagues un regard mi-enjoué, mi-inquiet. Philippe lui parlait tendrement, lui donnait de petites tapes caressantes sur le cou ; elle lui appartenait, elle était douce, elle était toute féminité.

Dans son jardin entouré d'une barrière blanche, Lily Pink cueillait des fleurs pour l'autel, car le lendemain était un dimanche. Elle resta clouée sur place, ses ciseaux en l'air, quand Philippe apparut à la porte.

— Bonjour, Lily, lança-t-il. Vous coupez les dernières fleurs avant la gelée !

— C'est demain dimanche, répondit-elle sans pouvoir le regarder.

Le souvenir de ce qu'elle avait répété à Adeline sur son compte l'accablait. Mais Philippe avait maintenant tout oublié ! Il lui demanda gaiement :

— Votre père est-il chez lui ?

— Oui, répondit-elle presque dans un souffle. Il écrit son sermon.

— Oh ! s'écria Philippe déçu.

— Puis-je lui transmettre un message ?

— Non, soupira-t-il, je reviendrai.

Mais Mr. Pink l'avait aperçu de sa fenêtre ; il se hâta vers la porte de la maison et cria :

— Entrez, entrez. Mon sermon est terminé.

Il était heureux, comme un écolier sortant de l'école et remarqua le joli tableau qu'offraient Lily et Philippe, la jument alezane et le jardin plein de fleurs. Il se sentit plein de gratitude devant ce monde paisible et beau : « Dieu est dans les cieux et tout est très bien sur la terre. » Il glisserait cette pensée dans son sermon du lendemain. Il dirait à ses ouailles qu'aussi longtemps que les hommes seraient fidèles au Dieu qui veille sur eux du haut du Ciel, qu'aussi longtemps qu'ils observeraient l'enseignement du Christ, tout irait bien ici-bas. Aucun homme vivant ne pouvait le contredire.

— Entrez, cria-t-il à Philippe.

Il était tourmenté au sujet de ce dernier ; cette histoire qui courait sur ses rapports avec Mary Wakefield lui déplaisait et il espérait que

Philippe venait pour lui fournir des explications. Il l'introduisit dans son cabinet et ferma la porte derrière eux.

Une heure plus tard, Philippe ayant ramené sa jument à l'écurie franchissait le seuil de sa propre maison. Renny dégringola l'escalier pour aller à sa rencontre :

— Papa ! Papa ! Que je suis content de vous voir !

Philippe le souleva et le serra contre lui. Une vague de bienveillance à l'égard des habitants de la maison s'élevait en lui, sans toutefois englober complètement Adeline ! Un sourire où il y avait plus qu'une nuance de malice éclairait son visage quand il pensait à elle.

— Je vais faire le saut périlleux, venez voir, déclara Renny.

— C'est certainement l'heure de dîner, répondit Philippe.

A Jalna on appelait ainsi le repas du milieu du jour.

— L'heure de dîner ! répéta le petit garçon. Il y a longtemps que nous avons dîné ! Mais on vous a gardé quelque chose dans le four.

— Tant mieux. J'ai une faim de chasseur.

— Qu'avez-vous chassé ? Etait-ce Miss Wakefield ? Nettle dit qu'elle s'est sauvée.

— Quelle sottise ! Elle est allée voir Miss Craig.

— C'est agréable quand elle n'est pas là.

— Tu ne l'aimes pas ? demanda vivement Philippe.

— Oh ! elle est comme les autres. Toujours à vouloir nous apprendre quelque chose.

— Et tu ferais joliment bien d'apprendre, autrement tu seras le dernier de la classe quand tu iras à l'école avec Maurice.

— Granny dit qu'elle me donnera des leçons. En ce moment, elle fait une petite sieste dans sa chambre.

— Parfait. Ne la réveille pas.

Philippe prit son repas seul mais, pour la première fois depuis le matin de la disparition de Mary, il mangea avec appétit. Quand il eut terminé, il n'éprouva aucune envie de rencontrer quelqu'un de la famille et s'échappa par la porte de côté, la pipe à la bouche, à la recherche de ses chiens qu'il voulait emmener dans les bois. Il avait besoin d'être seul pour penser à Mary et à l'avenir de bonheur qui s'étendait devant eux. Il savait qu'elle redoutait les difficultés de son retour à Jalna en tant que maîtresse de maison, mais ces difficultés, il les aplanirait.

Une première décision s'imposait : le départ de Mrs. Nettleship dont les cheveux jaunes, le regard pâle et perçant, les commérages l'exaspéraient. Qu'importait qu'elle fût, comme le lui rappelait constamment Augusta, un modèle d'ordre et de propreté. En vérité, ces qualités ne la rendaient que plus exaspérante. Il fallait s'en débarrasser avant le retour de Mary.

Ce n'était pas de gaieté de cœur qu'il avait laissé celle-ci chez les Craig, auprès de cette extravagante Muriel. Il aurait voulu pouvoir la prendre en croupe sur son cheval, comme les cavaliers de jadis et, dans le premier élan de sa joie, lui faire franchir au galop la grille de Jalna. Il avait décidé de demander à Mrs. Lacey d'abriter sa chère fiancée sous son toit jusqu'au jour de leur mariage. Elle ne pourrait le lui refuser.

Dès la fin de l'après-midi, il se rendit aux Moorings après avoir ramené ses chiens à l'écurie et chargé le jeune Hodge d'avertir sa mère qu'il ne rentrerait pas pour l'heure du thé. Il savait que Mrs. Lacey le prierait de partager leur repas du soir et désirait éviter tout contact avec sa famille jusqu'au lendemain matin où ils se retrouveraient tous à l'église. En sortant de l'office, il informerait les siens de ses intentions et exigerait de sa mère la vérité sur ce qui s'était passé dans la chambre de Mary. Il fallait clarifier l'atmosphère avant le retour de celle-ci.

Philippe et Mrs. Lacey eurent un long entretien, toutes portes closes. L'âme romanesque de cette dernière ne pouvait manquer d'être séduite par la perspective de jouer un rôle dans une affaire d'amour mais, en même temps, elle redoutait les foudres d'Adeline. Depuis qu'elles se connaissaient – et cela remontait à de lointaines années – elle avait fait de son mieux pour se maintenir dans les bonnes grâces d'Adeline et y avait admirablement réussi. Elle ne voulait pas courir le risque de se fâcher avec elle. Aussi ne dissimula-t-elle pas ses craintes à Philippe tout en lui promettant de discuter de la chose avec son mari et de lui donner une réponse lundi. Il dut se contenter de cette demi-promesse.

Le dimanche matin, il ne se rendit pas à l'église en voiture, mais suivit le sentier qui passait à travers champs et, pour la première fois depuis des mois, arriva assez tôt pour revêtir son surplis sans se presser et sans s'attirer un regard insistant de Mr. Pink. La famille Whiteoak arrivait toujours en un groupe compact qui traversait la nef suivi du regard par le reste des fidèles avec un intérêt qui ne faiblissait pas. Adeline marchait la première, la main appuyée sur le bras de son fils aîné ; ils étaient suivis des Buckley, la main d'Augusta posée sur le bras gracieusement arrondi de son époux. Ernest arrivait le dernier, encadré des deux enfants. Leur groupe évoquait le vieux continent plutôt que le nouveau. Bien qu'ils se fussent presque entièrement identifiés avec le pays où ils vivaient, ils conservaient cependant d'une façon étonnante l'empreinte de leur pays natal.

Adeline s'asseyait rarement à sa place sans éprouver un choc rapide et toujours nouveau en ne voyant plus à son côté le mari qu'elle avait tant aimé. Les années n'avaient pas affaibli cette émotion et lorsqu'elle appuyait son front contre le banc qui se trouvait devant le sien, cet instant était toujours consacré au capitaine Whiteoak. Elle se redressait ensuite et levait les yeux sur le vitrail qu'elle avait fait placer en souvenir de lui. Elle soupirait profondément, cherchait le numéro du premier psaume et ouvrait son livre à la bonne page. Elle jetait un coup d'œil à Renny et tenait le livre de façon qu'il pût suivre avec elle. Elle n'avait du reste pas besoin de livre car elle savait par cœur tous les psaumes chantés dans cette église, sauf lorsque, par exception et dans un soudain esprit d'aventure, Mr. Pink en choisissait un tout à fait inconnu. Dans ce cas, elle dressait des sourcils incrédules, fermait bruyamment son livre comme si tout était terminé pour elle et assistait aux exploits du chœur comme s'il s'agissait de quelque étrange gymnastique qu'elle ne comprenait pas et n'admirait pas davantage.

Ce dimanche-là, pendant que l'office se déroulait, elle regardait son fils Philippe avec un intérêt concentré. Qu'allait-il faire ? se demandait-elle. Ernest lui avait dit qu'il était allé chez les Craig où Mary se trouvait. Il essayait évidemment d'entrer en contact avec cette étrange fille, mais s'il voulait l'épouser, pourquoi éviter sa famille ? Où était-il, la veille au soir ? Adeline ne pouvait en conclure qu'une chose, c'est qu'il avait peur de se trouver en face d'elle par crainte qu'elle ne devinât ses plans et s'y opposât. Elle supposait aussi, plus vraisemblablement encore, que Mary ne pouvait se décider à accepter de l'épouser après ce qui s'était passé ; ce dont on ne pouvait s'étonner !

Mais Philippe semblait en forme parfaite, ce matin-là, avec son teint coloré, ses yeux bleu clair et son surplis blanc. Il lut les Leçons au goût d'Adeline, bien que ses frères fussent toujours prêts à critiquer sa façon de prononcer. Il y avait de la chaleur dans sa voix et un accent de conviction sincère. Adeline pensa qu'il sortirait sain et sauf de cette affaire. Ernest ne lui avait rien dit de l'attitude obstinée de Philippe au cours de leur brève rencontre car il savait bien que, tôt ou tard, mère et fils régleraient leur différend. Il redoutait cet instant et cependant, connaissant leurs tempéraments respectifs, attendait avec une impatience secrète et même joyeuse le dénouement de la crise.

Mais la crise devait se dénouer dans le silence, quand le moment en serait venu. Ni Philippe ni sa mère ne prononceraient une parole. Un calme religieux envelopperait toute la scène.

Philippe venait d'achever la lecture de la seconde Leçon. Il regagna sa place d'un côté de l'autel, imprimant à son surplis un mouvement que les yeux maternels jugèrent provocant et qu'Ernest trouva particulièrement dégagé. Mr. Pink se leva et se dirigea à sa place avec dignité. La voix de Mr. Pink était sonore et les mots qu'il prononça se seraient entendus aussi bien dans une cathédrale que dans cette petite église de campagne.

« Je publie les bans de mariage entre Philippe Piers Whiteoak de cette paroisse et Mary Wakefield, également de cette paroisse. Si quelqu'un d'entre vous connaît un motif juste qui s'oppose à ce qu'ils soient unis par les liens sacrés du mariage, il doit le déclarer. Ceci est la première publication. »

Philippe était assis, imperturbable, les mains croisées sur son surplis ; ses yeux plus larges encore et plus bleus que de coutume fixaient un point dans l'espace, au-dessus des têtes.

Un mouvement de surprise accompagné d'un murmure se propagea à travers l'assistance, comme un coup de vent sur un petit champ de blé. Les Vaughan jetèrent de leurs bancs un regard furtif sur Adeline. Le visage de l'amiral Lacey devint cramoisi et Mrs. Lacey s'efforça, mais en vain, de conserver un air innocent. Ethel serra les mains de Violet dans la sienne. Les autres voisins, les fermiers des environs, les habitants du village, le jeune forgeron Chalk penchèrent leur cou dans la direction des Whiteoak ou scrutèrent le visage de Philippe avec curiosité. Très rares étaient ceux que n'avait pas atteints le récit de Noah Binns sur ce qu'il avait vu dans le verger au moment où tout le monde savait que la jeune gouvernante était fiancée à Clive Busby.

Nicolas porta la main à sa moustache qu'il tira comme pour chasser le sourire qui avait, un instant, écarté ses lèvres. Ernest prit son mouchoir de soie blanche et se moucha. Il éprouvait le besoin impérieux de faire quelque chose et ne voyait pas d'autre geste possible. L'air légèrement offensé qui était l'expression habituelle d'Augusta et qui n'avait, du reste, rien de commun avec son caractère naturellement aimable, s'accentua. Sir Edwin se contenta d'une muette déclaration qu'un liseur de pensée aurait pu traduire par : je fais opposition à ces bans.

Mais ce fut Adeline qui attira et retint les regards. Sa silhouette sombre irradiait l'essence même de l'opposition qu'aucun voile noir ne pouvait dissimuler. Elle se leva majestueusement. Un frémissement de crainte parcourut l'assistance. Mrs. Whiteoak allait-elle faire opposition aux bans ? Tous les yeux, sauf ceux de Noah Binns assis au dernier banc, étaient fixés sur elle. Noah regardait Philippe avec une intense curiosité. Il le vit pâlir.

Lily Pink aurait dû jouer les premiers accords du *Jubilate Deo ;* les fidèles auraient dû se lever pour chanter. Mais Lily resta comme paralysée, incapable d'enfoncer les touches avec ses doigts, assise un peu de côté sur son tabouret pour suivre des yeux la haute silhouette qui descendait majestueusement la nef latérale. Car, en dépit du peu de dignité de son impulsion, Adeline n'en était pas moins toute majesté, laissant flotter derrière elle son long voile de veuve, tandis que son visage était l'incarnation même du déplaisir.

Ne regardant ni à droite ni à gauche, elle se dirigea lentement et d'un pas ferme vers la porte ; quand elle l'atteignit, le jeune Hodge qui l'avait conduite à l'église se leva et l'ouvrit. Au même instant, Lily retrouva le contrôle de ses doigts, l'orgue retentit, les fidèles se levèrent et la sortie d'Adeline fut accompagnée du chant du psaume.

Ernest, voyant sa mère quitter le banc familial, avait fait un mouvement pour l'accompagner mais un regard d'Adeline l'avait arrêté et il s'était rassis, la tête basse. Le service se poursuivit avec une sorte d'intensité craintive comme si tous les assistants étaient décidés à garder leur sang-froid. Mais au moment du sermon, Mr. Pink éprouva de la difficulté à y introduire, comme il en avait eu l'intention, les beaux vers de Browning. Il n'était plus aussi aisé d'affirmer que Dieu était dans le Ciel et que tout était parfait en ce monde quand Mrs. Whiteoak venait de déserter sa place.

Le psaume de sortie fut enfin chanté et les fidèles quittèrent l'église, formant dans le cimetière des groupes animés discutant de l'événement. Les Vaughan et les Lacey se hâtèrent de repartir avant de se voir obligés d'entrer en conversation avec les Whiteoak. Hodge, qui avait ramené Adeline à Jalna, était revenu avec la voiture chercher les Buckley et les enfants. Nicolas et Ernest étaient venus ensemble dans le cabriolet.

Nicolas, tout en détachant le cheval qui se trouvait dans la remise de l'église, demanda à son frère :

— L'attendons-nous ?

— Non, répondit Ernest presque avec violence. Je ne pourrais vraiment pas monter dans la même voiture que lui. Mais si tu veux l'attendre, je rentrerai à pied.

— Qu'il revienne comme il est venu, déclara Nicolas sèchement en grimpant dans le cabriolet.

En rejoignant la route, il salua les gens qu'il connaissait en touchant le bord de son chapeau avec son fouet, le plus naturellement du monde, comme si rien ne s'était passé. Mais une fois sur la route encombrée de voitures revenant de l'église, Nicolas s'écria :

— Philippe mériterait le fouet pour ce qui s'est passé ce matin ! Il nous a tous insultés et maman en particulier.

— Es-tu sûr que Mr. Pink n'était pas au courant de notre ignorance au sujet des bans ?

— Pink au courant ! Mais dans ce cas, rien n'aurait pu le contraindre à nous insulter de cette façon !

— Il y avait de quoi donner une attaque d'apoplexie à maman, dit Ernest avec solennité.

— Par Dieu, je ne voudrais pas être dans ses souliers quand il se trouvera devant elle !

— Peut-être n'osera-t-il se montrer qu'après le dîner. Il est possible qu'il aille maintenant chez les Lacey. Je dirai même que je l'espère. C'est curieux, mais de l'agitation pendant le repas trouble toujours ma digestion.

Nicolas grogna puis s'écria :

— Grand Dieu, je crois que si l'on m'avait seulement effleuré avec une plume pendant la lecture de ces bans, je serais tombé.

— J'ai cru que maman se levait pour y faire opposition.

— Il n'y aurait pas eu à s'en étonner.

— Rien ne peut empêcher ce mariage maintenant ; nous n'aurons qu'à l'encaisser.

— Après tout, c'est une fille très séduisante.

— Nick, aurais-tu de ton plein gré, accepté qu'une fille aussi dépourvue de moralité devienne l'épouse de Philippe et la mère de ses enfants ?

— Il jure qu'elle n'a rien à se reprocher.

— Le crois-tu ?

— Philippe n'a jamais été menteur.

— Il le fait peut-être pour sauver la réputation de la femme qu'il aime.

— C'est possible. Mais je crois que, si Mary Wakefield avait dit la vérité, il n'aurait pas affirmé le contraire.

— Mais alors, au nom du Ciel, pour quelle raison a-t-elle raconté cette horrible chose ?

— A mon avis, elle aurait voulu que cela soit vrai.

— Nick, tu es un affreux cynique.

Ils franchirent le portail de Jalna, les roues de leur cabriolet soulevant le sable fin de l'allée. A l'écurie, ils remirent le cheval à Hodge qui semblait abattu et même coupable ; c'était un jeune homme émotif entièrement dévoué à Adeline. Ses deux fils trouvèrent cette dernière assise dans le fauteuil qui lui était réservé dans le salon. Augusta et Edwin se trouvaient là également, auditeurs attentifs, semblait-il, d'un monologue dans lequel Adeline décrivait la stupeur qu'elle avait ressentie et l'injure qui venait de lui être faite à l'église.

Nicolas se pencha et l'embrassa sur une joue.

— Chère vieille mère, dit-il. Quelle belle sortie vous avez faite ! Je n'ai jamais rien vu de pareil, même au théâtre.

Elle semblait satisfaite d'elle-même, en dépit de son air sombre.

Ernest l'embrassa sur l'autre joue, disant :

— Je voulais vous escorter mais j'ai vu que vous préfériez partir seule.

— Une escorte aurait gâté tout l'effet, remarqua Sir Edwin.

— J'ai montré au monde, dit Adeline, ce que je pensais de ces bans.

— Mais en vérité, sourit Nicolas, nous ne pouvons rien faire contre.

— Dire, s'écria Adeline en serrant une main de chacun de ses fils, dire que j'ai mis au monde mon dernier fils pour qu'il me traite de cette façon. Huit ans j'ai attendu après la naissance d'Ernest, et quand j'ai su que j'allais avoir un autre...

— Philippe est devant la porte ; si vous voulez répéter ce que vous venez de dire, il se trouvera dans le hall juste pour l'entendre.

Adeline lui jeta un regard foudroyant, ce qui ne l'empêcha pas de répéter avec plus de grandeur tragique que jamais :

— Dire que j'ai mis mon dernier fils au monde pour qu'il me traite de cette façon ! Huit ans j'ai attendu après la naissance d'Ernest, et quand j'ai su que j'allais avoir un autre enfant, j'ai pensé : « Celui-là sera comme son père. Il aura des cheveux d'or, et des yeux bleus et ce sera le soutien de mes vieux jours. »

Au milieu de ce discours, Philippe apparut sur le seuil. Un fermier l'avait ramené à Jalna dans sa voiture et il était descendu devant la grille de l'entrée peu après le passage d'Ernest et de Nicolas. Il s'arrêta pour écouter Adeline sans entrer dans le salon, les bras croisés, les yeux fixés sur sa mère. Il y avait quelque chose dans la chaleur rayonnante de tout son être qui allégea l'atmosphère de la pièce, modifia les sentiments de ses frères et sœur à son égard ; en outre, l'affectation évidente du discours d'Adeline parut soudain fort déplacée à Augusta, à Edwin et à Ernest. Leur sympathie à l'égard d'Adeline s'amenuisa et Nicolas pensa : « Notre chère vieille est battue, et elle le sait. Aussi l'Irlandaise reparaît-elle ! » Il retira sa main qu'elle tenait toujours et dit sévèrement à Philippe :

— Qu'as-tu à dire pour ta défense ?

— Je ne pouvais pas agir autrement. J'ai ainsi tout réglé d'un seul coup.

— Un coup ! Voilà ce que c'était, s'écria Adeline. Un coup à la face du monde entier.

— Ce n'était pas à la face du monde entier, mais devant une toute petite partie seulement, dit-il d'un ton apaisant.

— C'est *mon* monde, répondit-elle tristement.

A la voir, on ne pouvait regretter qu'une chose : qu'elle brillât seulement devant un public si restreint !

— Chère Mrs. Whiteoak, nous étions tous avec vous. Votre détresse était la nôtre, déclara Sir Edwin.

Et Augusta ajouta :

— J'aurais voulu quitter l'église avec ma mère mais j'ai jugé préférable d'y renoncer.

— Après le regard qu'elle m'a jeté, acheva Nicolas.

Philippe entra dans le salon :

— Si vous aviez tous gardé votre sang-froid, personne, dans l'église, n'aurait deviné votre surprise.

Adeline se mit debout :

— Voilà qui me plaît ! cria-t-elle. Vraiment, voilà qui me plaît ! Ainsi j'aurais dû rester assise à mon banc, le sourire aux lèvres, pendant que le recteur publiait les bans du mariage de mon fils dont j'ignorais tout ! Est-ce cela que tu attendais, Philippe ? Allons, dis-le.

— Je ne sais pas du tout ce que j'attendais, répondit-il d'un ton boudeur.

Les narines d'Adeline s'élargirent tandis qu'elle disait :

— Tu t'attendais peut-être à me voir prendre un coin de mon mouchoir pour m'essuyer les yeux. M'essuyer les yeux, courber la tête et dire *Amen*. Est-ce cela que tu espérais ? Réponds-moi, gredin !

Ces derniers mots vibrèrent dans l'air et l'on put voir Sir Edwin mettre le pouce de sa main droite sur un de ses favoris blonds et les quatre doigts sur l'autre pour dissimuler sa bouche sur laquelle flottait un sourire incongru.

Philippe devint plus rouge. Il regarda sa mère en silence. Il regarda aussi la miniature de son père sur la broche de son corsage.

— Peut-être, continua-t-elle, t'attendais-tu à ce que je me sentisse coupable, alors que tu m'insultais. Peut-être pensais-tu que j'allais me lever et me mettre à genoux.

— Maman, intervint Augusta, je suppose que vous ne pesez pas la valeur de vos paroles et que vous ne réalisez pas ce qu'elles ont d'irrévérencieux !

— Mêle-toi de tes affaires, Augusta.

— Je n'ai jamais eu l'intention de vous insulter.

— Evidemment, cela valait peut-être mieux qu'un coup de bâton sur la tête. Mais y a-t-il une seule personne dans l'église qui n'ait pas aussitôt compris que tu insultais ta pauvre vieille mère ?

Les yeux de Philippe s'élargirent et saillirent légèrement de ses orbites.

— Vous n'êtes pas ma *pauvre vieille mère !* dit-il très haut. Vous êtes une mère autoritaire qui fait une scène, même dans une église, si on l'empêche d'en faire à sa tête. Si quelqu'un a été insulté ce matin, c'est moi. Moi qui étais assis face à l'assistance pendant que vous quittiez l'église comme une reine de tragédie.

Ces deux derniers mots ravirent Adeline. Elle médita une seconde sur eux et demanda, d'un ton plus doux :

— Que s'est-il passé après mon départ ? Le service s'est-il poursuivi ?

— Evidemment. Pour si importante que soit votre situation ici, maman, il ne pouvait être question d'interrompre la cérémonie parce que, de colère, vous aviez quitté l'église. Et j'ai dû rester à ma place sous les regards convergents de tous.

— Au temps jadis, dit-elle, un homme aurait été livré aux scorpions pour moins que ça !

— C'était une époque qui vous aurait convenu, répliqua-t-il.

— Allons, allons, Philippe, intervint Nicolas.

— Le fait qui demeure, dit Philippe, c'est que les bans ont été lus et seront relus les deux dimanches qui vont suivre et que, peu de jours après, Mary et moi serons mari et femme.

Adeline ignora cette déclaration et demanda :

— Mr. Pink savait-il que j'ignorais tout de ces bans ?

— Il ne savait rien.

— Si je croyais qu'il le savait, cria-t-elle, je *le* chasserais et il ne me faudrait pas trois semaines pour cela ! Trois minutes me suffiraient !

— Maman, vous n'êtes pas un archevêque, ni même un évêque, dit Philippe tranquillement.

— C'est ton père et moi qui avons construit cette église.

— Est-elle encore à vous ?

— Philippe, protesta Ernest, as-tu fini d'être grossier à l'égard de maman ?

— Avez-vous tous fini de prendre ma défense ? répliqua Adeline. Je n'ai besoin de personne pour me défendre contre ce jeune gredin doublé d'un ingrat.

— Pourquoi vous dois-je de la gratitude ? demanda Philippe avec brutalité.

Adeline leva les mains dans un geste de désespoir, puis se laissa retomber dans son fauteuil et étendit ses longues jambes comme si elle était épuisée. Après un silence, elle dit :

— Je t'ai protégé dans le passé contre des intrigantes qui te couraient après. Et tu en étais très satisfait. Tu me l'as dit toi-même.

— C'est possible. Mais je me serais bien protégé moi-même.

Elle eut un rire méprisant :

— Comme tu t'es protégé de cette femme dont tu es devenu l'amant dans la chambre voisine de celle où dort ton innocente petite fille ! Ne proteste pas, mon garçon, elle me l'a dit elle-même !

— Eclaircissons maintenant cette histoire. C'est déjà fait entre Mary et moi. Maman a tellement exaspéré Mary par son accusation que, dans sa colère, celle-ci s'est reconnue coupable d'une faute qu'elle n'avait jamais commise. C'est l'explication qu'elle fournit. Mais je crois plutôt qu'elle était si intimidée qu'elle aurait avoué n'importe quoi.

— Tu ne parlerais pas ainsi si tu l'avais vue, dit Adeline.

La voix grave d'Augusta s'éleva :

— Ce que dit Philippe me rappelle une circonstance de son enfance. Ernest et Nicolas avaient environ treize et quinze ans et possédaient un magnifique chien de berger à la fourrure particulièrement belle. Un jour, ils découvrirent sur son dos des plaques où le poil avait été apparemment coupé très ras avec des ciseaux. On avait déjà puni Philippe plusieurs fois pour des méfaits de ce genre commis à l'aide de ciseaux ou de couteaux et ses frères pensèrent aussitôt que c'était lui le coupable. Ils l'accusèrent donc avec violence, comme il convient à des garçons ; j'étais là et je crois bien que je l'ai accusé aussi. Il n'a rien dit et nous a seulement regardés comme quelqu'un qui est heureux d'avoir joué un bon tour. On le traîna devant papa qui lui demanda d'une grosse voix : « Est-ce vous qui avez fait cela, monsieur ? » Philippe répondit oui en le regardant bien en face. Il fut donc sévèrement puni. Mais, peu de jours plus tard, on s'aperçut que le chien avait une forme particulière d'eczéma qui faisait tomber son poil par plaques. Je me souviens avoir été si bouleversée de la punition injuste de Philippe que j'en ai pleuré. Mais quand je lui ai demandé pourquoi il s'était reconnu coupable d'une faute qu'il n'avait pas commise, il m'a répondu qu'il n'en savait rien. Je pense qu'il était content qu'on pût le supposer capable d'une telle énormité... Te souviens-tu de cela, Philippe ?

— Je ne peux l'affirmer. J'ai reçu tant de corrections !

— C'est une histoire qui donne à réfléchir, observa Nicolas.

Sir Edwin regarda sa femme avec admiration et dit :

— Augusta a un esprit remarquablement analytique.

Philippe se mordit un doigt, incapable de décider si l'analogie avec cette anecdote rendait le cas de sa bien-aimée meilleur ou pire.

L'appel lent et sourd du gong indien qui monta et redescendit sous la main d'Elisa annonça que le dîner dominical était servi. C'était une famille dotée d'un robuste appétit et lorsqu'ils s'assirent autour de la table et que l'odeur des quatre jeunes canards dodus posés sur un plat devant Philippe, vint caresser leurs narines, pas un seul ne se sentit capable de refuser sa part. Philippe découpait parfaitement, occupant la place de son père depuis la mort de ce dernier. Il découpait lentement mais avec une parfaite connaissance de l'anatomie des canards et tous les yeux étaient fixés sur lui.

Les deux enfants s'intéressaient davantage aux visages de leurs aînés qu'aux morceaux qu'on allait leur servir. Nicolas, Ernest et Sir Edwin essayèrent d'entretenir la conversation sur des sujets impersonnels, mais, au milieu du repas, Adeline demanda brusquement à Meg :

— As-tu entendu les bans publiés ce matin à l'église ?

Meg leva vers sa grand-mère un visage sans expression et répondit :

— Oui, Granny.

— As-tu compris ce que cela signifiait ?

— Oui ; cela veut dire que papa va se marier avec Miss Wakefield.

— L'avais-tu compris tout de suite ?

— Non. C'est Nettle qui me l'a dit.

— Es-tu contente ?

— Non. Je ne désire pas du tout que papa se remarie.

— Et toi, Renny. Cela te plaît-il que papa se marie avec Miss Wakefield ?

La voix aiguë du petit garçon répondit sans hésiter :

— Certainement, si ça doit l'empêcher de nous faire travailler.

— Nettle dit que c'est affreux d'avoir une belle-mère, ajouta Meg.

— Cette femme partira dès demain, gronda Philippe.

— De toute façon, elle partira, continua Meg avec gravité. Elle ne veut pas rester... sous les ordres de Miss Wakefield.

— Plus un mot, Meg, je te prie ! dit Philippe sévèrement.

Renny lança de son timbre clair :

— Dans les contes de fées, les belles-mères transforment les enfants en oiseaux et en autres animaux. J'espère que Miss Wakefield me transformera en cheval.

Un léger rire fit le tour de la table et Philippe lui-même réussit à sourire en s'écriant :

— Que ferai-je alors ? Je n'aurai plus de petit garçon !

— Vous monterez sur mon dos, cria Renny débordant de joie. Je courrai plus vite que n'importe quel cheval et vous n'aurez jamais besoin de me toucher avec un fouet.

Philippe posa sa main sur la petite main de son fils.

— Si Miss Wakefield te transforme en cheval, dit-il avec sérieux, je te monterai et nous partirons tous les deux pour ne jamais revenir.

Meg qui, depuis la réprimande de son père, était sur le point de fondre en larmes, éclata en sanglots bruyants. Son père avait manifesté une préférence pour Renny.

Un jour ordinaire, on l'aurait priée de quitter la table mais Adeline l'appela auprès d'elle, l'entoura de ses bras et l'embrassa, murmurant :

— Pauvre petite ! Pauvre petite !

— Elle n'est pas à plaindre le moins du monde, déclara Philippe ; elle se conduit comme un bébé de quatre ans !

— Je suis de cet avis, dit Nicolas ; ces lamentations sans cause sont odieuses.

— Si elle se conduit sans se maîtriser, elle ne fait pas pire que Philippe.

— Je trouve que j'ai fait preuve d'une grande maîtrise de moi-même, répliqua ce dernier.

Mais sa mère continua :

— Mon cher papa m'a appris qu'il n'y a pas de qualité plus importante pour se guider dans la vie que la maîtrise de soi-même.

— C'est la première fois que je vous entends dire du bien de lui, dit Nicolas.

De toute évidence, Nicolas avait passé à l'ennemi.

— Si tu avais ressemblé davantage à mon cher papa, riposta Adeline, ta femme ne serait pas partie avec un autre homme.

— Maman ! implora Augusta. N'oubliez pas la présence des enfants.

— Je ne l'oublie pas et je voudrais qu'ils soient plus nombreux ; mais Nicolas n'en a jamais eu, et toi et Edwin n'avez pas davantage réussi à en avoir un. Tandis que mon père en a eu onze, et leur a appris la maîtrise d'eux-mêmes. Quel homme distingué c'était ! Si jamais j'ai dit un seul mot contre lui, je mérite d'être punie. En réalité, je ne l'ai vraiment apprécié qu'après sa mort.

Elle poussa un profond soupir :

— C'est toujours ce qui se passe entre parents et enfants et je suppose qu'il en sera de même pour moi. Je ne suis plus aussi jeune.

— Je ne vous ai jamais vue en meilleur état qu'en ce moment, maman, s'écria Ernest avec vivacité.

— Oh ! je ne me plains pas.

Elisa apportait sur la table une tarte aux pêches recouverte de crème fouettée ; sa main tremblait en déposant le plat car le jeune Hodge l'avait bouleversée en lui rapportant les incidents de l'église. Adeline fut si frappée de l'état d'Elisa que lorsqu'elle prit la lourde fourchette d'argent et la cuillère pour servir la tarte, sa propre main tremblait comme une feuille.

— Elisa, dit-elle, voulez-vous donner ce plat à Lady Buckley qui servira ; je suis incapable de le faire.

Elisa obéit, avec un regard de profonde sympathie.

— Allons, maman, cria Ernest, la tarte aux pêches est un de vos gâteaux favoris ! N'en prendrez-vous pas ?

— Non, pas aujourd'hui... pas aujourd'hui, répondit-elle d'une voix douce. Je n'ai pas faim. Mais ne vous tourmentez pas à mon sujet. Je vais rester là tranquillement à me réjouir de votre plaisir. Meggie, reviens à ta place et tiens ta fourchette convenablement. Dieu sait si j'ai fait de mon mieux pour vous donner les bonnes manières auxquelles j'ai été habituée. Si un de mes frères ou moi-même avions le malheur de nous mal tenir, mon père nous donnait une claque sur l'oreille qui nous envoyait promener.

Elle considéra un instant, avec tristesse, la disparition de la tarte, puis déclara :

— Je crois que je vais aller m'étendre un peu. Je ne me sens pas bien. Quel est celui de mes fils qui m'offrira son bras ?

Nicolas et Ernest se précipitèrent aussitôt et elle quitta la salle à manger soutenue par leurs bras vigoureux. Augusta, avec beaucoup de bon sens, se mit à parler gaiement aux enfants, les servit une seconde fois et quand ils eurent terminé, leur permit de quitter la table. Nicolas et Ernest revinrent de la chambre de leur mère.

— Comment va-t-elle ? demanda Sir Edwin d'un ton inquiet.

— Un peu mieux, répondit Ernest. Elle veut te voir, Philippe.

— Elle n'est sûrement pas en état de poursuivre cette discussion, s'écria Augusta.

— Je crois qu'il vaut mieux que Philippe aille auprès d'elle, assura Ernest avec sagesse. – Il reprit sa place en disant : – Voilà qui va me donner une indigestion.

Mais d'un air résigné, il attaqua à nouveau son morceau de tarte. Philippe dit alors :

— Excuse-moi, Augusta.

Il quitta la pièce d'un pas plus chargé d'opiniâtreté que d'esprit de conciliation.

— J'espère qu'il n'y a rien de grave dans l'état de votre mère, dit Sir Edwin.

Nicolas acheva sa tarte, se renversa sur sa chaise et, essuyant ses moustaches tombantes, s'écria :

— Il n'y a rien de grave, à part le fait que maman a assez de bon sens pour comprendre qu'elle est battue !

Elle le savait en effet parfaitement bien et en attendant Philippe, étendue sur son lit, elle accepta le fait sans amertume. Il apparut sur le seuil, sa tête blonde se détachant contre les tentures sombres, dans l'attitude même que prenait son père, sur cette même porte, quand il était jeune.

— Approche-toi, dit-elle. Viens à côté de mon lit.

Philippe obéit et s'agenouilla auprès du lit en l'entourant de son bras.

— Maman, demanda-t-il, êtes-vous malade ?

— Cela va mieux maintenant.

Etendant le bras, elle l'attira contre elle et il appuya son visage contre sa poitrine.

— Tu es mon préféré, dit-elle, mon dernier-né. Je ne peux rien te refuser. Si tu veux épouser cette jeune fille, épouse-la. – Elle poussa un grand soupir résigné et ajouta : – Amène-la à Jalna ; je serai gentille avec elle.

Boney s'était perché sur la cheville d'Adeline ; il remonta tout le long de son corps, à pas mesurés, et quand il atteignit la hauteur de sa tête rentra son cou dans sa poitrine et écarta les ailes comme pour la protéger.

Le lendemain, Philippe conduisait à nouveau sa jument alezane sur la route du lac. Mary était assise sur le siège à côté de lui et la valise était derrière eux. La matinée était fraîche et claire ; les feuilles jaunes et pourpres flottaient dans l'air comme de petits oiseaux tandis que des troupes d'oiseaux migrateurs se dirigeaient vers le sud poussées par le vent comme des feuilles. Les vagues grondantes retombaient sur la plage en un rythme régulier auquel la jument semblait prendre plaisir à accorder son pas. Chaque poil de sa crinière et de sa queue vibrait d'une vie intense.

Mary devait retenir son chapeau à deux mains pour l'empêcher de s'envoler. Le vent avait coloré ses joues, d'un rose un peu plus foncé que celui de ses lèvres, ce que Philippe trouva charmant.

— Vos lèvres sont moins rouges que de coutume, Mary, ma chérie, remarqua-t-il.

Elle se mordit légèrement la lèvre inférieure.

— J'ai un aveu à vous faire, murmura-t-elle.

— Vraiment ? dit-il en souriant.

— Je mettais toujours un peu de rouge sur mes lèvres.

Elle scruta son visage, anxieuse de connaître l'effet de ses paroles et ajouta :

— Je ne le ferai jamais plus, si vous m'aimiez mieux sans cela.

— Je vous aime comme vous êtes, répondit-il

Ils se rendaient chez les Lacey où il avait été amicalement décidé que Mary demeurerait jusqu'à son mariage. Jalna se trouvait sur leur chemin et Philippe arrêta son cheval devant la grille, laissant le fouet pendre dans sa main.

— Ne prenez pas cet air effrayé, Mary, dit-il. Je ne veux pas vous contraindre à faire quelque chose qui vous déplaît, mais je crois qu'il serait préférable pour vous d'entrer avec moi pour voir ma mère. Il faudra le faire, tôt ou tard, et le plus tôt sera le mieux. De plus, je crois qu'elle sera heureuse que vous veniez la voir directement avant d'aller chez les Lacey.

— Oh ! non, pas encore ! Je ne peux pas !

— Mais si, vous pouvez... Allons, soyez raisonnable. Maman ne vous en aimera que mieux de venir tout de suite. Souvenez-vous aussi que je suis à vos côtés.

A ses côtés ! Elle était capable de tout, avec lui à ses côtés ! Elle pouvait faire face à une douzaine d'Adeline Whiteoak, sous la protection de Philippe ! Cependant son cœur battait à lui faire mal tandis qu'elle s'armait de courage pour consentir au désir de Philippe.

— Très bien, dit-elle. Je pense que vous avez raison. Mais quant à l'amour de votre mère pour moi, je n'imagine pas du tout un tel sentiment !

Philippe lui-même n'était pas sans être assez vivement ému à la pensée de cette rencontre. Il était navré pour Mary, mais il fallait reconnaître que la pauvre enfant n'avait fait qu'aggraver les choses par son mensonge inconsidéré. Il posa sa main sur les siennes qu'elle tordait presque sur ses genoux et les serra.

— Vous vous sentirez tellement mieux quand ce sera fait, dit-il.

— Je l'espère, car je pourrais difficilement me sentir plus mal qu'en ce moment.

Elle aurait voulu que l'allée fût dix fois plus longue. A peine avait-elle eu le temps de se reprendre que le cabriolet s'arrêtait devant la porte ; Philippe sauta à terre et se retourna pour l'aider à descendre.

— Je ne peux pas, cria-t-elle, saisie d'une terreur soudaine.

— Vous ne pouvez pas ?

— Non.

— Quand voudrez-vous alors ?

— Demain.

— Bien.

Il se disposa à remonter sur son siège mais la déception assombrissait son visage ; il ajouta :

— Je croyais que vous aviez plus de cran !

— Je veux bien ! Je viens !

Elle ne pouvait supporter de le voir déçu par elle. Et de nouveau le souvenir de cet instant où elle avait tenu tête triomphalement à Adeline se dressa devant elle et la fortifia. Elle se jeta presque dans les bras de Philippe de peur de revenir sur sa décision ; il la déposa à terre.

— Redressez votre chapeau, lui dit-il avec un regard satisfait. Il a de trop larges bords pour ce vent.

Elle obéit, prit son courage à deux mains, monta les marches du perron et franchit le seuil de la maison. Quand ils furent dans le hall il l'embrassa.

— C'est votre maison, Mary. Soyez-y la bienvenue, ma chérie.

Elle aurait voulu s'accrocher à lui, s'annihiler tout entière en lui, mais il la conduisit au salon et l'y laissa. Elle écouta ses pas s'éloigner dans le hall à la recherche de sa mère. Elle entendit le bruit de ses pas. Philippe ne la suivait pas. Avait-il peur d'une scène ou jugeait-il préférable que leur rencontre eût lieu sans témoin ? Mary ne le savait pas et ne s'en préoccupait pas ; une seule chose comptait maintenant pour elle : que cette terrible entrevue soit terminée ! Mais comment pourrait-elle parler à Adeline ? Sa bouche était desséchée. Elle se redressa face à la porte dans une attitude à la fois provocante et effrayée.

Adeline se trouva enfin devant elle, vraiment superbe dans une toilette qui semblait faite pour la circonstance : une robe d'après-midi en lourde soie d'un violet magnifique, garnie d'une courte traîne et de dentelle aux manches et sur la gorge. Tout le jour elle s'était conduite, avait mangé et parlé comme une convalescente, mais sa vitalité naturelle avait maintenant repris le dessus. Trois pas rapides suffirent à la mettre auprès de Mary ; elle ouvrit largement ses bras et Mary s'y trouva enveloppée et serrée contre sa poitrine vigoureuse, respirant le parfum oriental que la lingerie d'Adeline empruntait aux coffrets de bois de santal dans lesquels elle la gardait.

— Mon enfant ! – Il y avait une chaleur sincère en même temps qu'une vibration un peu théâtrale dans la voix d'Adeline. – Mon enfant, tout est pardonné !

22

Il était un petit garçon

Renny Whiteoak se leva à six heures ce matin-là ; bien qu'on fût en octobre, la journée était aussi chaude qu'en été, mais d'une chaleur plus légère et plus douce. Le ciel était du même bleu lumineux que le jersey du petit garçon ; Renny sentait l'intérieur de son corps parfaitement propre et léger. Il était mince et souple comme une anguille. Il se dirigea vers les écuries, en criant, chantant, riant tout seul sans savoir pourquoi ! Quand il arriva, Hodge était en train d'ouvrir le lourd cadenas de la grande porte.

— Hello, Hodge ! hurla-t-il, comme si Hodge était sourd. Je suis venu vous aider à faire votre travail.

— Magnifique, répondit Hodge, en ouvrant la porte d'un geste large. J'ai grand besoin d'un aide. Quels gages demandez-vous ?

— Un dollar par mois.

— Diable ! Je ne pourrai jamais payer ce prix-là.

— Alors, je me contenterai de vingt-cinq *cents*, dit Renny avec vivacité.

— D'accord. Je vous engage. Nous allons commencer par abreuver les chevaux.

Hodge, chaussé de gros souliers, se dirigea sans se presser vers le coin où les seaux étaient rangés ; Renny allongeait ses petites jambes pour le suivre. Et quand Hodge ramassa un seau, Renny en prit un également. Les chevaux penchèrent leurs cous hors des stalles pour les regarder faire et accompagnèrent de hennissements graves et satisfaits leur marche jusqu'au puits qui était situé au-delà du box le plus éloigné. Hodge souleva le lourd couvercle, et une odeur humide et froide s'éleva de l'obscurité profonde. Il fit descendre le seau et le remonta plein jusqu'au bord. Des gouttes d'eau s'accrochaient aux poils blonds et bouclés qui recouvraient ses bras. Il remplit ensuite le seau de Renny, qui s'était accroupi à côté de lui ; les deux visages se reflétaient en sombre dans l'eau du puits.

— Ne venez jamais faire le singe tout seul par ici, dit Hodge, vous tomberiez.

— Me sauveriez-vous, si je tombais ?

— Comment diable saurais-je que vous êtes tombé ? Je pourrais travailler ailleurs.

— Mais si je criais ?

— Pas d'histoire ! Ne vous approchez jamais de ce puits. Allons, n'essayez pas de soulever ce seau ! Vous vous tuerez, un de ces jours, à vouloir soulever de tels chargements.

Renny saisit l'anse du seau et le porta avec Hodge. Il fit de son mieux pour prendre sa part du poids quand ils le soulevèrent jusqu'à la bouche de la vieille Laura, installée dans le box le plus vaste. Agée maintenant de trente ans, elle avait été la monture favorite du capitaine Whiteoak. En plongeant sa petite tête intelligente dans le seau, elle jeta à Renny un doux regard de ses yeux lumineux.

— Elle m'aime, dit-il. Croyez-vous qu'elle vive encore assez longtemps pour que je puisse la monter ?

— Cela ne m'étonnerait pas. C'est un coureur de grande classe. Regardez cette encolure. – Hodge caressait amoureusement l'épaule de l'animal. – J'ai entendu dire à mon père que votre grand-père faisait plus de cas de Laura que de tous les chevaux qu'il avait possédés. Il en avait pourtant eu un certain nombre, que ce soit en Angleterre, aux Indes ou au Canada.

— J'en fais cas, moi aussi, dit Renny avec véhémence. Je fais cas de tout, à Jalna.

Joe, le vieux garçon d'écurie, avait apporté de l'avoine et du foin ; le jeune Tom nettoyait les stalles, ramassait le fumier avec sa pelle, en remplissait des brouettes qu'il transportait dans la cour de l'écurie. Hodge était le préféré de Renny qui ne le quittait pas plus que son ombre. Ensemble, ils s'occupèrent de panser les chevaux ; à peine si la main de Renny était assez grande pour tenir l'étrille, mais il mettait toute sa force à la manier, sifflant entre ses dents à l'instar de Hodge. Son propre poney gallois, si plein de vie, brillait comme du noyer ciré quand il eut fini de le panser et Hodge le félicita. Le poney tourna la tête et frotta son museau contre son jeune maître, bavant de tendresse sur son oreille. Renny demanda soudain à Hodge :

— Viendrez-vous cet après-midi à la réception, Hodge ?

— Oh ! je serai bien par là si on a besoin de moi.

Renny se planta sur ses petites jambes écartées, mâchonnant une paille.

— Savez-vous en l'honneur de qui est cette réception ? demanda-t-il.

Hodge se gratta la tête sur laquelle poussait une brosse de cheveux couleur d'étoupe.

— Mon Dieu, répondit-il évasivement, je ne pourrais le dire exactement.

— C'est pour Miss Wakefield. Elle va devenir ma belle-mère.

— Oh ! voilà qui est parfait..., je suppose.

— Hodge, aimeriez-vous avoir une belle-mère ?

— Mon Dieu, je le pense.

Renny poussa une exclamation de mépris :

— Quoi ! Et être transformé par elle en serpent ou en crapaud ?

— Vous ne croyez pas à ces mensonges, je suppose.

— Je ne sais pas. C'est Nettle qui dit ça.

— Elle est partie et c'est un bon débarras... Par le diable, il est temps que j'aille déjeuner. Vous ferez bien vous aussi, d'aller prendre le vôtre. Vous vous êtes joliment sali. Voulez-vous que je vous aide à vous laver à la pompe ?

— Hurrah ! Je vous parie que je le fais.

Cette perspective l'enchantait. Il suivit Hodge à cloche-pied jusqu'à la pompe, dans la cour de l'écurie, Hodge prit un morceau de savon au phénol.

— Ce sera froid, dit-il à Renny.

— Cela m'est égal.

— Enlevez votre jersey alors, et penchez-vous.

Jersey et sous-vêtement volèrent ; le petit corps blanc était droit comme un i sous le visage éveillé.

— Je n'ai sali que ma figure et mes mains, dit-il.

Hodge mouilla le savon puis il le fit ensuite mousser sur les mains et le cou de Renny.

— Lavez vous-même votre figure, je pourrais vous mettre du savon dans les yeux.

Une fois bien savonné, Renny, s'arc-boutant des deux mains sur ses genoux, se pencha sous le jet d'eau glacée que Hodge fit couler de la pompe. Ses joues rouges devinrent roses, puis mauves. Hodge le frictionna vigoureusement avec une serviette grossière. Puis, à son tour, il se mit torse nu et Renny se jeta sur le bras de la pompe, le manœuvrant avec tant de force qu'à chaque remontée du bras il était soulevé de terre. Il riait de plaisir en voyant l'eau ruisseler sur le buste carré de Hodge, inonder sa chevelure d'étoupe.

Les vaches apparurent, sortant, à pas lents et majestueux, de l'étable où l'on venait de les traire. Tom portait deux seaux de lait destinés à la maison. L'écume débordait et Renny perçut au passage l'odeur du lait chaud.

— Voulez-vous en boire ? demanda Tom.

— Si vous n'y voyez pas d'inconvénient, dit Hodge.

Il prit le gobelet de métal de la pompe, le plongea dans le seau et le tendit à Renny.

— Vous d'abord, dit celui-ci poliment.

— Non. Vous êtes le patron, dit Hodge en riant.

Renny porta la timbale à ses lèvres et la vida d'un seul coup ; il était un peu haletant mais le regard des deux jeunes gens fixé sur lui exigeait une attitude virile.

— Un autre ? demanda Hodge.

— Non, merci.

Hodge vida deux fois le gobelet pour son compte et Tom en fit autant, puis se dirigea à pas pesants vers la maison. Hodge partit dans la direction de sa chaumière, une des nombreuses habitations du même genre disséminées dans la propriété pour loger la main-d'œuvre agricole. Hodge vivait là avec sa mère.

Renny monta les escaliers en courant pour aller réveiller Meg. Il s'étonnait toujours qu'elle aimât tant dormir le matin. Lui n'avait jamais sommeil et Nettle disait que c'était la raison pour laquelle il était si maigre, et Meg si dodue. On avait renvoyé Nettle parce qu'elle n'avait pas été gentille pour Miss Wakefield. Est-ce qu'on renverrait tous ceux qui ne seraient pas gentils avec Miss Wakefield ? Devrait-il s'en aller, lui aussi, s'il n'était pas gentil avec elle ?

Meg dormait, roulée en boule ; une adorable petite boule rose et blanche, et sa natte qui coupait l'oreiller ressemblait à une poignée destinée à la soulever. Renny la saisit par le nœud du ruban fané qui l'attachait et lui imprima le même mouvement de bas en haut et de haut en bas qu'il avait imprimé un instant plus tôt au bras de la pompe. Meg s'éveilla en sursaut, déroula son petit corps et plissa son joli visage d'une expression boudeuse.

— Va-t'en ! cria-t-elle, furieuse. Laisse-moi seule, Renny !

Il lui chatouillait le cou de ses doigts glacés.

— Réveille-toi ! dit-il en posant son visage à côté du sien.

Meg avait d'étranges goûts en fait d'odeur. Elle adorait l'odeur de la peinture, de la cire, de l'essence et autres odeurs du même ordre. L'odeur du savon au phénol avec lequel Renny s'était lavé, caressa voluptueusement ses narines.

— Quelle bonne odeur ! s'écria-t-elle en respirant profondément et elle immobilisa la tête de son frère contre l'oreiller.

Il était ravi de lui plaire et resta quelques minutes sans bouger, savourant la douceur d'être câliné par Meg ; mais un creux qu'il ressentit dans son estomac le fit bientôt se redresser. Il arracha les couvertures du lit.

— Allons, lève-toi, dit-il. On va bientôt installer la tente.

— Cela m'est égal, dit-elle d'un ton boudeur ; je n'irai pas à la réception.

Renny fut stupéfait.

— Voyons, Meggie, il y aura des glaces, des fruits dans du punch et toutes sortes de bonnes choses.

— Ça ne m'intéresse pas !

Mais ça l'intéressait au contraire beaucoup, et elle voulait assister à l'installation de la tente sur la pelouse. Elle se mit sur son séant et regarda autour d'elle à la recherche de ses bas. Ils étaient sous le lit ; Renny les ramassa et les lui tendit ; elle les lui arracha et commença de les enfiler avec mauvaise humeur.

— Je m'en vais, lança-t-il de la porte, et il descendit bruyamment l'escalier.

La porte de la chambre d'Ernest s'ouvrit ; il apparut et saisit Renny par le bras.

— Tu fais un bruit d'enfer, lui dit-il sévèrement, en montant et en descendant cet escalier. Ne sais-tu pas qu'il est encore de bonne heure et que certains de tes aînés dorment encore ?

— J'avais oublié !

— Oublier le bien-être des autres est une faute impardonnable. Je suppose que tu désires que nous pensions à ton propre bien-être ?

— Oui.

— Oui qui ?

— Oui, oncle Ernest.

— Donne-moi la main, nous allons descendre ensemble tranquillement. Ta main est glacée. Pourquoi est-elle froide ?

— Je ne sais pas.

— Es-tu déjà sorti ?

— Oui. Il fait chaud dehors.

— Tant mieux. Nous aurons beau temps pour la garden-party.

Ils se mirent à table ; Elisa plaça devant eux des assiettes de porridge et Ernest pensa qu'Elisa était beaucoup plus gaie depuis le départ de Mrs. Nettleship. Il fit remarquer à son neveu :

— C'est aujourd'hui un jour important pour toi, Renny.

Le petit garçon tourna vers son oncle un regard interrogateur.

— Il y a une goutte de lait sur ton menton. Essuie-la. Pas avec la main, avec ta serviette. Voilà qui est mieux. Ce jour est important pour toi parce que c'est le jour où ton père va présenter à ses amis la jeune femme qui va devenir ta nouvelle mère. Tout le monde sera heureux de la voir et de l'admirer. Elle est très jolie, tu le sais. Il faudra rester auprès d'elle pendant qu'elle recevra les invités et être très poli. Si tu fais passer une assiette, il faudra faire attention de ne pas la renverser. Si une dame et un monsieur se trouvent ensemble, prends soin de l'offrir d'abord à la dame.

— Oui, oncle Ernest. Mais je croyais que c'était Granny qui donnait cette réception.

— Elle la donne en l'honneur de Miss Wakefield.

— Je croyais qu'elle la donnait en son honneur.

— Vraiment, Renny, tu m'étonnes parfois par ta stupidité ! Tu es si absorbé par tes propres affaires que tu n'écoutes rien de ce qui se passe autour de toi.

— J'ai entendu la lecture des bans.

— Cela n'a rien à voir avec la réception... Bien que, après tout, il y ait tout de même quelque rapport ! Veux-tu un œuf ?

— Oui, je veux bien.

Ernest décapita un œuf à la coque pour Renny et lui donna un toast qu'il prit dans un plat largement garni ; les tranches de pain avaient été si généreusement beurrées que le beurre avait suinté au travers et formait sur le plat de petites taches d'un jaune d'or.

Ernest remarqua soudain :

— Tu sens bien mauvais.

— C'est l'odeur du savon, répondit Renny.

— Pas du tout. C'est l'odeur de l'écurie. Tu ne dois pas venir à table après avoir touché les chevaux.

Renny courba la tête.

— Je me suis lavé, murmura-t-il.

— As-tu changé de vêtements ?

— Non.

— Eh bien, dépêche-toi de manger cet œuf. Tu mettras ensuite un peu de confiture sur une tartine et tu quitteras la table. Je ne pourrai pas manger tant que tu seras dans la pièce.

Il s'essuya les lèvres et se renversa sur sa chaise ; ses yeux de myosotis, fixés sur le petit garçon, étaient lourds de reproches.

Renny acheva son œuf en deux cuillerées, prit un toast et partit en courant vers la porte.

— Reviens ici, dit Ernest, et remets ta chaise en place – pas comme ça – doucement. Qu'est-ce qu'on dit maintenant ?

— Excusez-moi, je vous prie.

— Certainement.

Renny sortit en courant sur la pelouse où des hommes étaient en train de dresser la tente apportée de la ville. Elle était en toile rayée rouge et blanc avec une bordure découpée en festons. Il y avait aussi de longues tables à tréteaux. Les hommes pleins d'entrain riaient et lançaient de temps en temps un juron tout en travaillant. Les épagneuls et le fox-terrier couraient en tous sens dans leurs jambes, mais lorsqu'ils virent le toast dans la main de Renny, plus rien ne les intéressa ; il le leur distribua, glissant un morceau dans chaque gueule aux dents blanches. Puis Jake, saisissant l'occasion, s'empara de ce qui restait et l'emporta dans le massif.

Le docteur Ramsay remontait en voiture la grande allée, entre les sapins et les mélèzes. Il descendit de son siège et attacha son cheval. Renny courut vers lui.

— Hello, grand-père ! cria-t-il. Nous avons une garden-party, cet après-midi.

— C'est ce que je vois, répondit le docteur regardant sans enthousiasme la tente rouge et blanche. Puis-je savoir la raison de cette réception ?

— Ne la connaissez-vous pas ? demanda Renny, étonné.

— Si, je la connais, mais je me demande si tu comprends ce que cela signifie.

— Nous allons présenter Miss Wakefield à tous nos amis. Elle va devenir ma nouvelle mère.

— Vraiment. Te souviens-tu de ta mère qui est morte ?

— Oh ! oui.

— C'était ma seule enfant.

— Est-ce vrai ?

— Ne le savais-tu donc pas ?

Renny perçut de la tristesse et un reproche dans le regard du docteur Ramsay.

— Oui, je le savais, se hâta-t-il de dire. – Puis il ajouta, très vite : – Apporterez-vous des bébés à Miss Wakefield ?

— Dieu sait... Tu voudrais que je lui apporte des bébés ?

— Oui, je veux un petit frère. Je prendrai soin de lui et je lui apprendrai à monter à cheval.

— Eh bien, nous verrons.

— Grand-père, est-ce vrai que vous les apportez dans votre sac noir ?

— T'imagines-tu que je vais trahir pour toi les secrets de ma profession ?

— Les veaux sont trop gros pour venir dans votre sac. Aussi les vaches se les procurent-elles elles-mêmes. J'en ai vu une le faire dans un pré.

— J'espère que Meggie n'était pas là ! dit le docteur vivement.

— Non, j'étais seul.

— Le lui as-tu raconté ?

Le regard du docteur Ramsay était sévère.

— Non, répondit Renny.

Adeline traversait rapidement la pelouse dans leur direction.

— Quelle journée ! s'écria-t-elle. Nous ne pouvions mieux tomber. J'ai toujours dit que c'était la meilleure saison de l'année.

— Je suis heureux que vous soyez aussi satisfaite, dit le docteur Ramsay sèchement.

Elle lui prit le bras et le serra.

— Allons, dit-elle, un peu de courage et faites comme moi, prenez-en votre parti. Pour dire vrai, j'ai de plus en plus d'affection pour Mary. La façon dont elle a agi au cours de ces dix derniers jours est stupéfiante. C'est un caractère très complexe et il fallait un caractère comme le mien pour la comprendre. Je l'ai prise désormais sous mon aile. – Et Adeline arrondit son long bras souple dans un geste imaginé et significatif. – Je lui ai offert moi-même son trousseau. Quand elle devait épouser Clive Busby j'avais décidé de lui offrir un manteau en rat musqué qui convenait parfaitement à la vie dans un ranch ; mais maintenant le manteau sera en peau de phoque.

— Ce qui, évidemment, conviendra mieux à la maîtresse de Jalna.

Adeline fit un pas en arrière.

— La maîtresse de Jalna, dites-vous ! La maîtresse ! Sachez, docteur Ramsay, que je continuerai toujours à me considérer comme la maîtresse ici, devrais-je, à Dieu ne plaise, vivre cent ans !

Le docteur Ramsay la regarda avec admiration.

— Je ne connais pas de femme, dit-il, aussi bien faite que vous pour porter allégrement le poids d'un siècle.

— Puissiez-vous être là pour me donner un cordial après la célébration de mon centenaire, dit-elle en riant.

— Ce ne sera sûrement pas moi, dit-il en secouant la tête. – Puis il demanda : – Avez-vous su quelque chose du jeune Busby ?

— Oui. Mrs. Vaughan a reçu une lettre de sa mère. Il va bien et travaille beaucoup. Il y a là-bas une charmante jeune fille dont il s'occupait avant de venir à Jalna. Ses parents espèrent qu'il l'épousera.

Je suis très heureuse car Mary n'était pas faite pour cette vie dans les prairies de l'Ouest... Elle est faite pour Jalna, ajouta-t-elle avec satisfaction.

Le docteur Ramsay était presbytérien et n'avait pas assisté à la première publication des bans, mais on lui avait raconté avec force détails la scène qui avait eu lieu à l'église. Et le regard qu'il jeta cette fois à Adeline était moins admiratif que perplexe. Ils furent rejoints par les autres membres de la famille et l'arrangement des tables, la disposition des chaises pour le petit orchestre et les invités qui préféreraient s'asseoir, donnèrent lieu à une intense activité. Les enfants et les chiens ne cessaient d'aller et venir, ici, là et partout. Elisa qui s'était merveilleusement épanouie depuis le départ de Mrs. Nettleship, dirigeait la situation de main de maître, donnant ses directives à la mère du jeune Hodge qui ne cessait d'aller et venir.

Philippe s'assit à une des longues tables sur laquelle on venait d'étendre une nappe blanche damassée. Il alluma sa pipe et la fuma tranquillement jusqu'au moment où un cri général le fit se lever précipitamment.

— Morbleu ! s'écria-t-il, je n'avais pas vu la nappe !

Il entreprit de la défriper mais Elisa la retira aussitôt et en étendit une autre.

Jake découvrit la nappe abandonnée dans une corbeille sur le gazon ; il s'en saisit et la tira dans le massif sans que personne le vît, sauf ses parents qui le désavouèrent totalement.

A midi, tout était prêt pour la réception. Après un léger repas, chacun s'octroya un peu de repos, à l'exception de Renny qui se rendit dans un champ où la rivière coulait à découvert ; elle était peu profonde avec un fond calcaire. Cette journée d'été de la Saint-Martin était très chaude. Renny se mit à travailler à la digue qu'il avait commencée pendant les vacances avec son ami Maurice Vaughan. Debout dans la rivière, il mettait en place des pierres plates qu'il prenait sur le bord. Il les fixait ensuite avec de la boue, tendant au maximum ses petites mains maigres, employant toutes ses forces pour soulever les pierres. Trois canards qui nageaient dans l'étang ne le perdaient pas de vue. Trois chevaux de ferme s'approchèrent pour boire. Renny perdit toute notion de temps ; il oublia la réception ; il oublia les glaces ! Il aurait travaillé ainsi jusqu'à la nuit, si Meg, tout en blanc, avec une ceinture bleu pâle, n'était survenue. Elle le regarda consternée.

— Renny Whiteoak ! cria-t-elle. Qu'est-ce que tu vas prendre ! Regarde-toi un peu ! Les invités arrivent. Granny te cherche partout. Vite, vite dépêche-toi ! Il y a longtemps que je suis prête !

Il la regarda, la trouva jolie et le lui dit :

— Tu es jolie !

— Tu es affreux. On ne te permettra pas de venir à la réception.

— Peu m'importe.

Mais il se précipita à sa suite vers la maison et grimpa dans sa chambre. Il transformait une cuvette d'eau en une mare boueuse lorsque Adeline apparut. Elle lui jeta un regard de dégoût.

— Vilain garçon, dit-elle, j'ai envie de t'administrer une bonne correction et de t'enfermer dans un placard pour le reste de la journée. Que dirais-tu de cela ?

Le front têtu, il souleva la lourde cuvette et vida la mare de boue dans le grand seau de toilette. Il souleva de même le grand pot à eau.

— Attention ! Tu vas le renverser, cria-t-elle. Laisse-moi faire.

Elle remplit la cuvette, s'empara de l'éponge et commença de le laver. Elle le tenait par une oreille en lui frottant le cou, et ses manches courtes arrêtées au coude laissaient à découvert ses avant-bras tendus.

— Oh ! mon oreille ! hurla-t-il.

Mais elle ne le lâcha pas, continuant à le laver, tout en le tenant à bout de bras.

— Et maintenant, déshabille-toi, ordonna-t-elle.

Il se dépouilla de ses vêtements. Tout en poursuivant son commentaire sur l'état de son petit-fils et sur ce que son propre père aurait fait à elle-même ou à un de ses frères dans pareille circonstance, Adeline continua son opération de nettoyage.

Quand il se dressa enfin devant elle, semblable à un rameau blanc s'achevant en un bouquet roux, elle s'adoucit et sourit. Il n'en fallut pas davantage. Il se jeta sur elle, la serrant dans ses bras jusqu'à ce qu'elle s'écriât :

— Allons, tu froisses ma robe. Maintenant, vite, ton beau costume marin blanc. Laisse-moi te le mettre et voir comme tu es beau.

Il s'admira dans la glace. Le nœud de soie noire, le cordon blanc avec le sifflet glissé dans la poche faisaient grand effet.

Quand Adeline eut soigneusement brossé ses cheveux, elle se recula pour l'admirer.

— Tu es l'image du parfait gentleman irlandais ! s'écria-t-elle.

— Mais les Whiteoak sont Anglais, Granny.

— Je le sais, murmura-t-elle avec son sourire malicieux, mais nous ne le dirons à personne.

Il aurait crié de joie s'il avait osé, quand il entendit le petit orchestre qui jouait au milieu de la pelouse. Mais il regrettait qu'il n'y eût pas de tambour. Le flûtiste le charma plus que tous les autres ; il se glissa près de lui, admirant les mouvements agiles des doigts sur l'instrument.

Mary recevait les invités aux côtés de Philippe et d'Adeline. Elle avait acheté avec son propre argent une robe de mousseline de soie bleu turquoise et une grande capeline en paille d'Italie garnie de roses roses. Philippe portait un costume de flanelle blanche. Et tout le monde dut reconnaître qu'il aurait fallu voyager très loin avant de rencontrer un plus beau couple. Adeline elle-même n'aurait guère pu paraître plus heureuse si elle avait parcouru le monde pour découvrir Mary.

Renny n'avait jamais vu tant de monde réuni sauf à une foire d'automne. Il réussit à courir jusqu'à l'écurie pour jeter un coup d'œil sur les douzaines de chevaux et de véhicules confiés à Hodge. Il avait apporté un gros morceau de gâteau à ce dernier et, tout en discutant des chevaux, suçait le sucre glacé qui restait collé à ses doigts. Il tomba d'accord avec Hodge pour reconnaître que pas un des chevaux garés dans la cour ne supportait la comparaison avec les chevaux de Jalna.

Il revint ensuite auprès des invités avec l'intention de manger un peu plus de crème glacée. Il aperçut Meg se rendant utile dans sa plus jolie robe ; il vit l'oncle Ernest en compagnie d'une des plus jolies jeunes dames, et l'oncle Nicolas auprès de Violet Lacey. Il courut se glisser entre Philippe et Mary. Philippe lui prit la main.

Muriel Craig arriva tenant à la main une assiette largement servie de salade de poulet, avec un petit pain bien beurré. Elle portait une robe à raies multicolores avec d'énormes manches. Elle avait déjà salué Mary mais lui murmura à l'oreille.

— Pourrions-nous causer un instant ensemble tranquillement ? J'ai quelque chose à vous dire.

Mary la conduisit sous le porche.

— Que croyez-vous qu'il soit arrivé ? demanda aussitôt Muriel.

— Je n'en ai pas la moindre idée.

— Vous serez horrifiée quand je vous l'aurai dit. Il y a deux jours, mon père et cette horrible infirmière sont partis ensemble et se sont mariés ! N'est-ce pas épouvantable ?

L'iris de ses yeux était contracté.

— Oh ! je suis navrée ! dit Mary avec une chaleur sincère.

— C'est à vous briser le cœur. Je ne m'en remettrai jamais. – Elle prit sur sa fourchette une large bouchée de poulet en salade et continua : – J'ai pleuré toute la nuit. Je vais certainement quitter la maison. Je ne pourrai vraiment pas vivre avec cette femme.

— Il y a toujours une consolation à cela, dit Mary. Elle soignera bien votre père.

— Il n'a pas besoin d'elle ! Il va mieux chaque jour. Mais il faut que je me résigne. La première chose que je vais faire sera d'aller voir mon amie à New York... Je crois que, si je veux un peu de crème glacée et du punch, c'est le moment. Ce délicieux Mr. Biggs est allé m'en chercher. Que vous êtes jolie, Mary ! C'est extraordinaire ce qu'une robe peut changer une jeune fille !

— Merci, dit Mary.

— En ce qui me concerne, les vêtements ne font aucune différence. Comme le remarquait l'autre jour un de mes admirateurs, je suis tout aussi jolie dans une simple robe de coton que dans de la mousseline de soie.

De même que pêches et ananas atteignent à leur plus parfaite saveur à l'instant où ils vont se gâter, de même cette journée se parait des plus riches couleurs et ses souffles légers transportaient, comme en se jouant, des parfums de fruits mûrs et de fumée de bois lointaine, d'une douceur merveilleuse. Des menaces splendides d'un orage proche s'élevaient vers l'ouest mais la réception d'Adeline se déroulait dans une atmosphère estivale. La tente aux gaies rayures, les jolies ombrelles, le petit orchestre laborieux n'auraient pu prêter leur concours à une fête plus réussie.

« De quoi parlent-ils donc tous ? » se demandait Renny qui ne découvrait aucun sens aux bribes de conversation qu'il recueillait au passage. Quand il parlait, il avait toujours quelque chose à dire.

— J'ai mangé trois assiettes de crème glacée, confia-t-il à Meg.

— J'en ai eu seulement deux, répliqua-t-elle, mais j'ai eu trois morceaux de gâteau et aussi un verre de punch.

— Mais je croyais que nous ne devions pas boire de punch ! s'écria-t-il, à la fois horrifié et jaloux.

— Eh bien, moi, j'en ai bu.

— Quelqu'un t'a-t-il vue ? Qui t'a servie ?

— Personne. C'était un verre plein qu'une dame avait posé et que j'ai pris.

— Te sentais-tu drôle après ?

— Un peu. La tente tournait.

— Est-ce qu'elle tourne encore ?

— Non. C'est fini maintenant. Je pourrais boire un autre verre.

— Oh !

Il considéra sa sœur avec admiration.

L'heure du départ finit par sonner pour les invités. Il y eut des poignées de main échangées, des félicitations renouvelées, la bousculade et l'aimable cohue des adieux. Il y eut aussi le roulement des voitures et le fracas satisfait des sabots. Mary partit la dernière, raccompagnée en voiture par Philippe chez les Lacey. Renny avait couru derrière le cabriolet jusqu'au portail ; ils lui avaient fait des signes d'adieu mais debout devant la grille, dans le soleil couchant, il éprouva soudain une sensation de solitude. L'allée était sombre et les arbres semblaient immenses ; ils ne laissaient pas pénétrer la lumière et tout en remontant l'allée, Renny se souvint d'histoires de fantômes, de farfadets et de sorcières. Sur la pelouse, les hommes démontaient la tente ; les musiciens avaient disparu sans qu'il les ait vus partir. Les chiens, harassés, étaient étendus sous le porche. L'herbe était piétinée et comme morte. Au-delà du ravin, le soleil couchant apparaissait derrière les arbres comme un œil rouge. Renny fit le tour de la maison pour aller rejoindre deux valets de ferme qui venaient de charger une charrette de barriques de pommes venant du fruitier. Il grimpa dans la charrette et s'accrocha au bord du tonneau pour ne pas tomber tandis que le conducteur frappait avec les rênes le dos des chevaux. L'odeur épicée des pommes du Nord s'échappait des tonneaux.

Un des hommes demanda à Renny sans se retourner :

— Vous êtes-vous bien amusé cet après-midi ?

— Oh ! oui. Où vont ces pommes ?

— A Montréal. Demain matin. Il faut fermer les tonneaux ce soir.

— Pourquoi travaillez-vous si tard ?

— Nous n'avons pas travaillé de la journée. Le patron nous avait donné congé. Mais nous avons pensé qu'il fallait placer les couvercles de ces tonneaux.

— Est-ce que je pourrai aller avec vous à la gare ?

— Si vous êtes levé assez tôt.

— Je serai levé.

Il prit une pomme dans le tonneau auquel il se cramponnait et la tint dans sa petite main ; elle était ronde comme la terre et froide comme de la glace. Il la renifla ; elle sentait bon. Son esprit s'envola vers un autre parfum, celui de l'arbre de Noël. Tout son être frémit au souvenir de cette odeur. Sa mémoire ne remontait pas plus loin que le dernier Noël, mais c'était un souvenir qui se suffisait à lui-même, qui l'emplissait d'une joie puissante. Un instant il oublia où il se trouvait. La charrette s'arrêta brusquement devant la grange. Les hommes sautèrent sur le sol et l'un d'eux tendit les bras à Renny.

— Sautez, dit-il.

Renny sauta dans les bras de l'homme qui le déposa à terre.

— Que tenez-vous là ? lui demanda-t-il. Une pomme ? Ne savez-vous pas que c'est défendu de prendre une pomme dans les tonneaux ? Vous savez où en trouver, si vous en voulez.

Il prit la pomme de la main de Renny, tendit le bras et la remit dans le tonneau. L'autre homme dételait les chevaux.

— Il fait trop sombre pour placer les couvercles, dit-il. Nous le ferons demain matin.

Il conduisit à l'écurie les chevaux qui marchaient lourdement.

L'homme qui avait aidé Renny à descendre de la charrette apporta des sacs et en recouvrit les tonneaux. Renny courut à l'écurie. Une odeur de paille propre l'accueillit, dans un crépuscule plein de vie. Tout y était mouvements lents et souffles profonds.

— Eh bien, crièrent les deux hommes ; sortez de là. Voulez-vous qu'on vous y enferme ?

Renny ressortit en courant. Il faisait presque nuit. L'œil vermeil du couchant s'était clos. Les hommes n'étaient plus que des ombres mouvantes.

— Au revoir, cria-t-il sans se retourner, en repartant en courant.

— Au revoir, répondirent les hommes.

Il plongea ses regards dans l'obscurité profonde du fruitier ; il avait si grande envie d'une pomme ! Une silhouette se dirigeait lentement vers lui venant de la cuisine. C'était Noah Binns qui était venu recueillir quelques miettes de la garden-party.

— Hé, Noah ! appela Renny.

— Quoi ? grommela Noah en s'approchant.

— Voudriez-vous attendre là pendant que j'entre dans le fruitier ?

— Vous avez peur !

On discernait encore un peu le sourire moqueur de Noah.

— Non. Mais je pensais que quelqu'un pourrait m'enfermer à clef.

— Allez, mais faites vite.

Renny descendit les marches humides dans l'obscurité. Sur des claies, comme des dormeurs sur leurs couchettes, s'étalaient les pommes ; pommes épicées du Nord, pommes vertes et rouges, tolmans parfumées, pommes des neiges, pommes reinettes emplissaient l'air de leur parfum. Il mit la main dans le coin où il savait trouver les pommes des neiges, en prit une et remonta les marches en courant.

— Extraordinaire récolte de pommes, cet automne, dit Noah. Mangez-en tout votre content. Il n'y en aura pas une l'an prochain.

— Pourquoi ?

— Trois punaises sont au travail sous l'écorce, suçant la bonne sève des arbres. Je les ai vues et je les ai entendues sucer.

— Nous vaporiserons les arbres.

— Grand bien vous fasse ! Cette espèce de punaises est nouvelle. Elle aime qu'on la vaporise. Elle vient des Etats-Unis.

Renny considéra un instant Noah avant de reprendre sa course vers la maison. Il éprouva un réel bien-être à entrer dans le hall et à fermer la porte derrière lui. La pomme rouge était dans sa main.

Un brusque changement s'était opéré dans l'atmosphère. La soirée était froide. De grandes bûches de bouleau flambaient dans la cheminée du salon ; toute la famille se trouvait là, à l'exception de Philippe, et s'entretenait de la garden-party.

— Eh bien, jeune homme, dit Ernest, il serait temps que vous rentriez.

— As-tu faim ? demanda Adeline.

— J'ai seulement envie de cette pomme.

— Je n'ai pas faim non plus, dit Meg.

Elle était assise sur un tabouret devant Augusta, tenant sur ses mains un écheveau de laine magenta que sa tante mettait en pelote. Ses légers cheveux bruns brillaient dans la lumière du foyer.

Renny se dirigea vers Nicolas.

— Oncle Nick, dit-il, voulez-vous me lire dans le livre ?

— Trop tard, grommela Nicolas.

— Mais si vous ne lisez pas, nous ne finirons pas le livre avant votre départ pour l'Angleterre.

— Dans ce cas, je vais lire quelques pages.

Renny apporta le vieux livre relié en cuir, grimpa sur les genoux de son oncle, et s'y installa confortablement, la tête appuyée sur l'épaule de Nicolas qui s'écria :

— Quel sacré petit bonhomme, il est glacé ! Où as-tu été ?

— Chercher une pomme. Vous en voulez un peu ?

Il tendit sa pomme à Nicolas, y planta ensuite ses vigoureuses petites dents blanches et contempla la chair veinée de rose du fruit dans lequel se creusait un trou qu'il grignota tout autour. Nicolas avala son quartier de pomme et se mit à lire.

« Comme le soir approchait, elle plaça sur la pierre du foyer un pot contenant deux pieds d'ours salés destinés au souper du soir ; ensuite nous nous assîmes pour attendre avec anxiété le retour de nos jeunes chasseurs. Nous finîmes par entendre le fracas des sabots qui s'approchaient rapidement et l'écho lointain de cris joyeux. J'allai au-devant des cavaliers.

« Quand ils m'aperçurent, ils lâchèrent les rênes comme de véritables hussards, sautèrent à bas de leurs montures, enlevèrent les selles et laissèrent les bêtes jouir en toute liberté de l'herbe douce et de l'eau fraîche du ruisseau. Ils se hâtèrent alors de rejoindre leur mère sous la tente ; elle les accueillit avec joie.

« Jack et Frank portaient chacun un jeune chevreau en travers de leurs épaules, et un mouvement dans la gibecière de Fritz me donna l'impression qu'elle contenait quelque chose de vivant.

« Vive la chasse ! cria Jack d'une voix puissante. Quels magnifiques coursiers que Storm et Grumble en terrain plat ! Ils ont tellement fatigué le petit gibier que nous avons poursuivi sur une longue distance que nous avons pu l'attraper de nos propres mains.

« Oui, papa ! s'écria Frank à son tour. Frank a deux si jolis lapins dans son sac ! Nous allions vous rapporter du miel, maman, mais nous nous sommes arrêtés pour entendre le coucou.

« Vous oubliez le meilleur ! cria Frank. Nous avons rencontré une troupe d'antilopes si peu sauvages que nous aurions pu en ramener une si nous l'avions voulu.

« Arrête-toi, mon garçon, lui dis-je. Vous avez tous oublié le meilleur : la bonté de Dieu qui vous ramène sains et saufs dans les bras de vos parents après vous avoir préservés des dangers du chemin. Tout à l'heure, quand vous aurez pris un peu de repos, vous nous ferez le récit complet de votre expédition, depuis le début. »

Nicolas lisait page après page. Une atmosphère de bien-être s'était répandue dans le salon. Les aînés l'écoutaient avec un intérêt à peine moins grand que celui du petit garçon, mais celui-ci se trouvait transporté sur une terre étrangère, en compagnie d'animaux et d'oiseaux fantastiques et de jeunes chasseurs. Il était là-bas, mais il était aussi dans la pièce chaude et confortable, se prélassant sur les genoux de l'oncle Nick, regardant paresseusement Meg qui dévidait autour de ses mains l'écheveau de laine.

Un bruit de pas interrompit la lecture et Philippe entra. Nicolas ferma le livre.

— Il est l'heure d'aller se coucher, jeune homme.

Et il remit l'enfant debout.

Adeline l'appela :

— Qu'as-tu fait des pépins de la pomme ? demanda-t-elle.

— Je les ai avalés. Je ne voulais pas interrompre la lecture.

— Avalés ! Ne recommence jamais ça ! Ton grand-père m'a dit que les pépins de toutes espèces se mettent dans l'appendice et vous tuent. C'est une nouvelle maladie ; fais attention de ne pas l'attraper. As-tu compris ?

— Oui, Granny.

— Maintenant, remercie ton oncle pour la lecture et au lit, tous les deux.

Meg protesta.

— Ce n'est pas juste que j'aille me coucher en même temps que Renny. J'ai deux ans de plus que lui.

— Eh bien, reste encore une demi-heure.

La laine formait maintenant une grosse pelote avec laquelle Augusta allait tricoter un gilet. Meg se leva et s'approcha de Sir Edwin dont elle caressa les soyeux favoris.

— J'aime les favoris, dit-elle.

— Merci, ma chère, répondit-il avec un sourire épanoui.

— J'espère, dit Augusta avec satisfaction, que lorsque tu seras grande, tu auras la bonne fortune d'épouser un homme avec des favoris.

— Meggie est bien décidée à n'épouser qu'un homme qui aurait, comme moi, une moustache noire, déclara Nicolas.

— Pas du tout, dit Ernest avec un sourire ; elle veut un homme bien rasé comme moi.

— Allons, Meg, dis-nous quelle sorte d'homme tu désires épouser ? lui demanda son père.

— Un homme comme vous, cria-t-elle en se jetant sur lui.

— Merci pour votre lecture, oncle Nick, dit alors Renny.

Il mit les bras autour du cou de chacun de ses aînés et donna à chacun un baiser en leur souhaitant une bonne nuit.

Adeline dit à Philippe :

— J'espère que Mary n'était pas trop fatiguée après cette réception.

— Un peu, mais pas trop ; juste ce qu'il fallait.

— Elle était jolie comme un portrait, dit Ernest.

— Granny, murmura Renny à l'oreille d'Adeline, viendrez-vous me border ?

— Je t'ai entendu, dit Philippe. Ta grand-mère est restée debout toute la journée ; elle n'a pas besoin de grimper deux étages de plus.

— Viendrez-vous alors, tante ?

Adeline intervint :

— Je monterai border ces enfants. Renny, n'oublie pas tes dents, ni tes prières.

Il monta les longs escaliers sombres. Elisa avait allumé la lampe à huile posée en applique contre le mur. La journée écoulée laissait derrière lui une vision confuse de formes, de bruits et d'odeurs qu'il n'essayait pas de démêler, auxquels il ne songeait même pas. Les seules choses réelles pour lui, c'était son lit, la lampe contre le mur, la pleine lune flottant dans le ciel au-dessus des arbres. La lampe était rassurante mais la lune donnait au salon et à ses occupants un aspect lointain et à Renny l'impression d'être tout petit.

Il se suspendit au pied de son lit, laissant pendre ses jambes et se représentant les pépins de la pomme voyageant au travers de son corps, se préparant à le rendre malade. Déjà il croyait ressentir une légère douleur. Il se laissa retomber sur ses pieds, comme pour tendre l'oreille. S'il ressentait encore quelque chose, il redescendrait vite... Mais il ne sentit plus rien.

Il regarda dans le coin de la chambre réservé à Meg. Les vêtements qu'elle avait quittés avant de s'habiller pour la réception formaient un petit tas sur une chaise et ses chaussures usées et tournées en dedans gisaient au milieu de la chambre ; il se promena un instant, regardant les objets qui appartenaient à sa sœur, tripotant ce qui se trouvait sur la table de toilette. Il alla ensuite dans la chambre de Miss Wakefield qu'inondait le clair de lune. Y dormirait-elle encore ou descendrait-elle dans une des chambres plus grandes et plus belles du premier ? Il espérait bien qu'elle changerait de chambre car il ne tenait pas à la rencontrer le matin dès son réveil pour lui dire : « Bonjour, maman. » Il répéta cependant plusieurs fois, très fort : « Bonjour, maman !... » Comme c'était drôle...

Il essaya de retrouver l'image de sa mère morte, mais, malgré tous ses efforts, ne put se souvenir que de ses bras qui le soulevaient. Elle était morte. Elle était au Paradis. Quelque part, plus loin que la lune. Y était-elle heureuse ? Grand-père l'affirmait. Renny regarda la lune. Puis, brusquement, il repartit, regagna en courant sa propre chambre et commença à se déshabiller. Il venait de se glisser dans son lit quand il entendit Meg dans l'escalier, suivie bientôt par sa grand-mère. Ravi, il cria :

— Je suis couché et bien couvert !

— Heureusement, répondit Adeline.

Elle ramassa la serviette qu'il avait laissée tomber par terre et l'examina de près.

— J'ai envie, dit-elle, de te faire lever pour te laver de nouveau complètement. As-tu brossé tes dents ?

— Oui, très fort. Regardez.

Il fit une grimace pour les montrer ; il en manquait une en bas.

— As-tu dit tes prières ?

— Oui, hurla-t-il.

Il se dressa d'un bond sur son lit et jeta ses bras autour de son cou. Elle le serra contre elle avec une sorte de roucoulement.

— Tu as une nature vivace, dit-elle. C'est une bonne chose dans l'existence. Je me demande ce que la vie te donnera. J'espère qu'elle te sera douce.

— Granny ?

— Qu'y a-t-il ?

— Vous m'avez promis de monter à cheval avec moi un matin, de bonne heure. Voulez-vous demain ?

— Le temps de monter à cheval est fini pour moi ! Je deviens vieille.

— Mais vous me l'avez promis.

— Eh bien... nous verrons.

— Demain.

— Non. Après le mariage. J'ai trop de choses à faire en ce moment pour monter à cheval de bon matin.

— Mais vous le ferez sûrement ?

— Oui.

Elle le recoucha et le borda soigneusement.

— Maintenant, plus un mot.

Elle l'embrassa, baissa la mèche de la lampe et s'approcha du lit de Meg. Bientôt, il l'entendit descendre l'escalier.

— Meggie ! appela-t-il. Viens m'embrasser et me dire bonne nuit.

— Non, il fait trop froid. J'ai sommeil.

Il bondit hors de son lit et alla sur la pointe des pieds jusqu'à celui de Meg. Sa bouche trouva la joue ronde et fraîche ; il comprit qu'elle souriait dans le noir.

— Bonne nuit, murmura-t-elle. Dors bien. Ne te laisse pas mordre par les petites punaises.

Il regagna en courant son propre lit dans lequel il sauta. La lune le regardait, plus grosse que jamais. Elle était trop grosse. Il remonta la couverture par-dessus sa tête, pour ne plus la voir, et s'endormit instantanément.

23

Mariage et jours suivants

Le jour du mariage se leva clair et froid. Le sol était plus dur. Les premiers véhicules roulant sur la route brisèrent la glace mince qui brillait dans les ornières. La voiture dans laquelle l'amiral Lacey devait conduire Mary à l'église avait été lavée et astiquée jusqu'à ce qu'elle brillât de tout son éclat. L'amiral en avait fait autant pour lui-même. Une vive agitation régnait aux Moorings pendant que Mary et Ethel s'habillaient. Ethel en bleu pâle, un bouquet de roses et de violettes dans les bras, était demoiselle d'honneur. Son visage souriant, son teint coloré qui devait plus tard devenir fleuri la faisaient paraître très jeune et tout à fait apte à escorter Mary qui était particulièrement pâle et grave. A l'orée de sa nouvelle existence, elle jetait un regard ému en arrière, sur les mois qui venaient de s'écouler. Comme elle serait heureuse demain, pensait-elle, quand elle serait vraiment la femme de Philippe. Plus jamais elle ne regarderait en arrière.

— Allons, mes filles, cria Mrs. Lacey, dépêchez-vous. Il n'y a plus une minute à perdre si vous voulez être à l'heure. Ethel, petite folle, mets-tu seulement tes chaussures ? Violet, je t'en prie, aide-la. Mary, avez-vous sur vous quelque chose de vieux, quelque chose de neuf, quelque chose que vous avez emprunté et quelque chose de bleu ?

— Mais bien sûr, mère, cria Violet. Elle a le livre de prières en parchemin blanc de sa mère qui est vieux. Sa robe et son voile sont neufs. Ses jarretelles sont bleues et elle m'a emprunté mon plus beau mouchoir de dentelle.

— En parlant de mouchoir, dit Mrs. Lacey, il faut que je m'assure d'en avoir un à portée de la main, car je pleure toujours à une cérémonie de mariage.

— Pour l'amour du Ciel, cria son mari de la chambre voisine, que quelqu'un vienne me trouver mon bouton de col !

Il semblait que personne ne serait prêt à l'heure et cependant ils l'étaient tous quand Nicolas vint chercher Mrs. Lacey et ses filles avec le phaéton pour les conduire à l'église.

— Ma parole, dit l'amiral Lacey, je crois que j'ai pris vingt livres depuis la dernière fois que j'ai mis cet habit.

— Vous êtes magnifique, affirma Nicolas.

— Est-ce qu'il ne fait pas de plis dans le dos ?

— Pas du tout, mentit Nicolas.

— Parfait. Est-on déjà parti de chez vous pour l'église ?

— Ma mère, les Buckley et Renny sont déjà partis. Philippe, Ernest et Meggie doivent les suivre. On ne retrouve pas Meg. Quelle peste que les enfants !

— Quel bonheur que votre mère ait décidé d'accepter ce mariage.

— Oui, et elle désire que tout le monde le sache. Elle est partie de bonne heure à l'église, pour que tout le monde puisse la voir, souriant de satisfaction.

— C'est une femme de caractère.

— Elle a ses bons côtés, reconnut Nicolas en souriant.

Elisa, en grande toilette à l'occasion du mariage, cherchait frénétiquement Meg ; elle savait à quel point la petite fille était opposée au mariage de son père et redoutait qu'elle n'assistât pas à la cérémonie. Quelle honte de sa part que de tout gâter par sa méchanceté d'enfant !

Philippe appela :

— Elisa, ne cherchez plus. Hodge et sa mère vous attendent. Il faut que je parte tout de suite.

Il sauta dans le cabriolet à côté d'Ernest dont le beau front se plissait d'inquiétude.

— Mon Dieu, cria-t-il, la cloche sonne.

Elle sonnait clair dans l'air vif.

— Consolons-nous en pensant qu'ils ne peuvent rien faire sans nous, dit Philippe.

— Quel manque de dignité pour un marié que d'arriver à toute vitesse.

— Mieux vaut ça qu'une allure de tortue. Je suppose qu'il y aura foule à l'église.

— Ton mariage avec la mère des enfants a été le dernier mariage venant de Jalna.

L'allusion manquait d'opportunité ! Les deux frères gardèrent le silence, évoquant ce jour passé.

Il y avait en effet foule dans l'église et aux abords. L'enclos des voitures était plein. La cloche sonnait toujours quand Philippe et Ernest qui lui servait de garçon d'honneur, se précipitèrent vers la porte de côté qui conduisait à la sacristie. Elle se tut dès qu'ils entrèrent et de l'orgue montèrent des accords majestueux et apaisants. Mais la paix n'habitait pas l'âme de Philippe ! Son beau visage était cramoisi ; il était nerveux et agité. Il passait sa main sur ses cheveux qui se dressaient sur sa tête. Ernest avait retrouvé tout son calme.

Le visage de Meg se montra à la porte.

— Vous me cherchez, papa ? demanda-t-elle.

— Tu n'as rien à faire ici, dit Ernest ; tu devrais être dans le banc avec ta grand-mère.

Les yeux de Meg s'élargirent de chagrin.

— J'étais triste, dit-elle.

— Regardez ses cheveux ! s'écria Ernest.

Elle avait bien mis sa robe neuve mais ses cheveux étaient encore nattés comme pour la nuit. Philippe arracha le ruban fané qui les attachait, défit et secoua la masse brillante. Son geste n'avait aucune douceur.

— Tu n'as pas de raison d'être triste, dit-il.

— Vous me faites mal.

Ses yeux se remplirent de larmes.

Il se pencha et l'embrassa.

— Tu vas faire le tour par la grande porte et remonter tranquillement par le côté jusqu'à notre banc. Où est ton chapeau ?

— Le voilà – Elle le lui tendit. Il le prit et l'en coiffa. Elle sourit et ajouta, avant de partir en courant : – Vos cheveux aussi ont besoin d'être coiffés.

Il les aplatit avec sa main. Mr. Pink apparut, revêtu de son surplis.

— Je crois que c'est le moment, dit-il. La mariée descend de voiture.

Philippe demeura sur les marches de l'autel pendant que Mary s'avançait vers lui. Elle se trouva enfin à son côté. Il lui jeta un regard rapide et vit son beau visage pâle sous le voile. Il vit trembler dans sa main le livre de prières de sa mère. Mr. Pink commença :

— Mes chers bien-aimés, nous sommes réunis ici sous le regard de Dieu...

Le service se poursuivit. Ils répondirent : « Je le veux », Philippe d'une voix sonore et confiante, s'engageant avec tout son cœur, Mary d'une voix plus basse, mais ferme. Puis Mr. Pink fit se joindre leurs deux mains droites et ils échangèrent leurs serments.

Ils détachèrent leurs mains. Mary reprit la main droite de Philippe dans la sienne et d'une voix maintenant plus forte, prononça sa promesse ; elle s'entendait elle-même comme s'il s'agissait d'une autre et que sa voix résonnât très fort dans l'église.

Ce fut ensuite Philippe qui posa l'anneau sur la Bible ; Mr. Pink le lui rendit, il le glissa au quatrième doigt de Mary et prononça en même temps, toujours de la même voix sonore et confiante :

— Avec cet anneau, je m'unis indissolublement à toi ; de mon corps je te fais honneur et de tous mes biens temporels je te dote, au nom du Père, du Fils et du Saint-Esprit. *Amen*.

Ils s'agenouillèrent ensemble.

« Voilà qui est terminé, pensa Adeline. Il a agi à sa guise et j'espère qu'il n'en sortira que du bien. Nul ne pourra dire que je n'ai pas souri pendant ce mariage. Et personne n'aura jamais l'occasion de dire que je ne suis pas une bonne belle-mère. »

Quand Philippe et Mary eurent signé sur le Registre, quand Lily Pink eut déchiré son cœur en jouant la *Marche nuptiale*, quand famille et amis se pressèrent autour des jeunes époux pour les féliciter, Adeline fut la première à embrasser la mariée. Elle le fit peut-être avec une certaine ostentation. En vérité, les yeux étaient fixés sur elle autant que sur la mariée. Elle en avait parfaitement conscience en descendant la nef et chacun de ses gestes visait à exprimer le plaisir qu'elle en éprouvait. Comme ses amis, ainsi que les fermiers et leurs femmes qui étaient venus assister au mariage, s'approchaient d'elle, son sourire s'accentua au point de devenir une grimace. Elle aurait voulu prendre l'accent irlandais mais jugea préférable de n'en rien faire.

Les dimensions de la maison des Lacey n'avaient permis de réunir que les parents et un petit nombre d'amis. Mary s'en félicitait. Elle aspirait au moment où Philippe et elle se trouveraient dans le train, en route pour New York où ils allaient passer leur lune de miel. Dans la voiture qui les ramenait de l'église, il prit sa main dans la sienne, la tint un moment en silence et dit :

— Je suis l'homme le plus heureux de la terre.

— Oh ! dit-elle, j'espère que nous aurons de longues vies et que chacune de nos journées sera une journée de bonheur parfait.

— Cela sera certainement... Vous avez été assez malheureuse, mon amour. Je prendrai soin que vous ne le soyez jamais plus.

Quand il n'y eut plus personne autour de l'église, il fallut repartir à la recherche de Meg. Elle était revenue dans la sacristie pour chercher son ruban, qui, bien que fané et très vieux, faisait soudain figure de trésor à ses yeux.

Le déjeuner fut délicieux. On but, à la santé du couple, du champagne offert par Nicolas. Le gâteau, une glace magnifique décorée au sommet de cloches d'argent, était un cadeau d'Ernest, Adeline se déclara fort satisfaite des cadeaux de noces, sauf en ce qui concernait les Buckley. Elle ne dissimula pas son mécontentement et dit à Nicolas :

— Je trouve très beaux les candélabres que tu leur as offerts ; le cadeau d'Ernest est également charmant. Mais ceci – et elle tendit, posé sur sa main souple, un lourd pot à fougère en argent – ceci est un cadeau de ladres. Qu'ont-ils besoin d'un pot à fougère !

— Ils peuvent, un jour, décider d'en avoir une, dit Nicolas.

— Que dis-tu là ? Aller dans les bois, arracher une fougère et l'apporter à la maison ?

— Pourquoi pas ? Ils possèdent un pot à fougère. Il faut bien qu'ils y mettent quelque chose.

— J'appelle ça un cadeau misérable. Qu'avaient-ils donné à Philippe pour son premier mariage ?

— Je l'ai oublié.

— Demande-le-lui.

— Maman, ce n'est pas le moment de rappeler de tels souvenirs.

— Ernest, viens ici.

Ernest s'approcha et elle lui demanda :

— Qu'est-ce qu'Edwin et Augusta avaient donné à Philippe et à Margaret comme cadeau de noces ?

— Un pot à fougère, répondit-il sans hésitation.

— Où se trouve-t-il maintenant ?

— Dans la chambre de Nick. Il y met ses pipes.

— C'est donc ce pot ? dit Nicolas. Je l'avais oublié.

Sir Edwin, les voyant réunis autour du pot incriminé, s'approcha.

— Edwin, lui dit Adeline, Ernest m'assure que vous et Augusta aviez déjà offert à Philippe un pot à fougère en argent pour son premier mariage. Ce n'est sûrement pas possible.

Son gendre hésita un instant et finit par répondre :

— C'est pourtant vrai. Nous désirons que Philippe sache que nos sentiments étaient les mêmes, dans les deux cas.

Violet Lacey arriva en courant :

— Ils vont partir, dit-elle. Comme Mary est jolie dans son costume de voyage !

Elle était en effet très jolie. Adeline la prit dans ses bras et la serra contre elle.

— Au revoir, ma chérie, dit-elle ; j'espère que vous serez très, très heureuse.

Elles restèrent un instant enlacées, poitrine contre poitrine, leurs yeux conservant leur mystère. Par un étrange phénomène, Mary revit la scène qui avait eu lieu dans sa chambre ; elle se revit triomphant d'Adeline, de ce triomphe qui lui avait valu tant de larmes. « J'ai été la plus forte ce soir-là, pensa-t-elle ; mais cela ne se renouvellera plus jamais. »

— Merci, chère Mrs. Whiteoak, murmura-t-elle.

Philippe entra, son chapeau à la main, et sa mère l'étreignit à son tour. Les enfants vinrent se placer à ses côtés. Il se pencha et les embrassa.

— Me rapporterez-vous quelque chose de New York ? demanda Renny.

— Certainement. Sois sage pendant mon absence.

Mary embrassa la joue froide que Meg tournait à demi vers elle, puis la petite bouche serrée de Renny.

— Au revoir, Miss Wakefield, dit-il de son timbre un peu aigu.

Tout le monde rit.

— Mrs. Whiteoak ! corrigea sa tante.

— Pas Mrs. Whiteoak... Maman ! cria Violet.

Il pencha la tête, embarrassé.

— Dépêchez-vous, cria Nicolas, ou vous manquerez le train. – Il donna une bourrade à Philippe et ajouta : – Comme la dernière fois. T'en souviens-tu ?

Philippe ne l'oublierait jamais. Il prit Mary par le bras et ils traversèrent en courant, sous une averse de riz, la courte distance qui les séparait du portail. Ils se penchèrent hors de la voiture en faisant des signes d'adieu.

« Au revoir ! au revoir ! » leur cria-t-on. Renny courut jusqu'à la route et resta là, agitant le bras, écoutant le bruit des sabots qui allait s'affaiblissant, suivant la voiture des yeux jusqu'à ce qu'elle eût disparu. Soudain le monde faisant écho aux bruits du départ parut plus vaste, et lui plus petit. Il revint dans la maison rejoindre les autres. Le docteur Ramsay étendit le bras et l'attira près de lui.

— Pauvre petit garçon ! dit-il.

Le mariage célébré, des activités de nature différente animèrent Jalna. Nicolas et Ernest, Edwin et Augusta se penchèrent sur leurs préparatifs de départ. Les Buckley firent les leurs sans bruit, se confinant pour cela, autant que possible, dans leur propre chambre. Mais Nicolas et Ernest étaient ici, là et partout. Leurs bagages jonchaient le vestibule. Leurs voix vigoureuses s'appelaient d'une chambre à l'autre. Nicolas se réjouissait de reprendre sa vie facile de Londres. Ernest était excité par la pensée de ses nouveaux placements. Les cœurs d'Edwin et d'Augusta aspiraient à la paix de leur maison du Devon. Mais Adeline était heureuse de se trouver là où elle était. Le Canada était devenu son pays ; elle avait passé à Jalna les années les plus heureuses de sa vie et envisageait avec satisfaction l'hiver à venir. Mary, bien qu'un peu énigmatique, était facile à vivre. Elle-même réussissait généralement à manier Philippe à son gré. Elle conserverait les rênes de Jalna. Une petite école venait très opportunément de s'ouvrir dans la commune, dirigée par deux femmes expérimentées, et les enfants pourraient y aller quelque temps. Ils avaient vécu suffisamment longtemps sans discipline.

Enfin, après un branle-bas plus grand encore que celui de la garden-party et du mariage réunis, les voyageurs pour l'Angleterre partirent et Adeline resta seule avec les enfants. Il était tombé de la neige qui avait ensuite fondu et l'été de la Saint-Martin avait réchauffé l'atmosphère de novembre, rendu au ciel une teinte bleue sans tache, assombri l'horizon d'un gris de fumée. Le vent léger n'avait d'autre fardeau que les fils de la Vierge. Le ruisseau gonflé par les pluies coulait paisiblement entre ses rives.

— Il ne manque que des cygnes, avait dit Mary, le jour de la garden-party.

— Nous en mettrons, avait promis Philippe.

Il suffisait qu'elle exprimât un désir pour qu'il se hâtât de l'exaucer.

Renny aussi avait un désir et après de grands efforts de persuasion, il avait obtenu de sa grand-mère qu'elle y accédât. Si elle s'était fait prier, ce n'était pas pour le contrarier, ni parce qu'elle n'envisageait pas elle-même avec plaisir le dessein qu'il poursuivait, mais elle était devenue un peu paresseuse. Se lever à l'aurore lui demandait maintenant un certain effort, surtout s'il s'agissait d'enfiler un costume de cheval et d'aller se promener au bord du lac, l'estomac vide ; car qui donc pourrait avaler à cette heure-là un déjeuner digne de ce nom ? Mais le petit garçon implora avec tant de force qu'elle fut touchée par ce grand désir qu'il avait de faire cette promenade avec elle. Elle ne put lui refuser. Elle éprouvait une certaine tristesse en songeant au temps jadis, lorsqu'elle et son Philippe se levaient avec le soleil, sans effort et le cœur léger, pour parcourir la propriété et galoper sur les routes sablonneuses des environs. Qu'il était beau ce pays en 1850, 1860 et même 1870 ! Elle se demandait ce qu'il serait dans cinquante ans. On lui avait raconté qu'il y avait des blanchisseurs chinois dans les grandes villes et elle avait vu, de ses propres yeux, un Italien qui poussait dans une rue une brouette de bananes rouges et jaunes. Philippe, son mari, n'aurait pas aimé cela. Il voulait que cette province restât strictement anglaise. Pour sa part, Adeline aimait assez les mélanges.

Le soleil matinal dorait les briques veloutées de la maison et mettait des flammes dans les fenêtres lorsque Hodge amena devant la porte la vieille jument du capitaine Whiteoak, sellée et bridée. Renny suivait sur son poney. Adeline sortit sous le porche dans son costume de cheval, avec une jupe longue et un chapeau melon posé hardiment sur sa tête. Le soleil, en l'effleurant, éclaira les reflets roux qui subsistaient dans sa chevelure. C'était encore une belle femme. Les yeux de Hodge brillaient d'admiration mais Renny ne vit que sa grand-mère qui venait enfin faire une promenade à cheval avec lui.

Hodge l'aida à se mettre en selle. L'ombrageuse Laura piaffait et faisait voler le sable de l'allée.

— Laura, vous devriez avoir honte à votre âge ! s'écria Adeline. – Elle frappa doucement le cou lustré de la jument. – Mais vous n'êtes pas plus inconvenante que moi. Nous ne savons pas vieillir, n'est-ce pas, ma jolie !

Sous la voûte toujours verte des arbres, cheminèrent, éclaboussés d'ombre et de lumière, la jument et le poney, la femme avancée en âge et le petit garçon. Ils franchirent le portail et gagnèrent la route déserte. Adeline sourit malicieusement à Renny.

— Tu as enfin réussi à me faire sortir de bon matin, dit-elle.

Il se mit à rire.

— Oui. N'êtes-vous pas contente ?

— Certainement. – Elle renifla l'air. – Pour rien au monde je n'aurais voulu manquer cela. C'est merveilleux.

— Nous recommencerons souvent, voulez-vous ? Tous les jours.

— Peut-être pas tous les jours.

— Un jour entre autres, alors.

— Prends le plaisir du moment et ne t'occupe pas de l'avenir.

Ils firent un petit galop sur la route et jusqu'au moment où ils atteignirent le lac ne parlèrent plus que pour signaler au passage quelque petite bête sauvage, remarquer une nouvelle grange ou admirer une meule de paille particulièrement belle. Ils prirent alors la route sinueuse qui suivait la grève. L'atmosphère n'était plus la même ; elle était imprégnée de l'odeur du lac, fraîche et comme frémissante. Deux mouettes volaient au-dessus du bleu de l'eau, précipitant leur allure comme pour montrer leur puissance. Adeline et Renny s'arrêtèrent pour admirer le paysage qui, en vérité, se composait seulement de la surface bleue du lac et de la voûte également bleue du ciel, où n'apparaissait ni voile ni nuage. Il n'y avait rien qu'une étendue bleue et un horizon brumeux.

— C'est un beau spectacle, dit Adeline.

— Oui, c'est beau, reconnut l'enfant.

— J'ai toujours admiré ce monde si beau dans lequel nous avons la chance de vivre, continua Adeline. Quand j'étais une petite fille vivant en Irlande, j'avais coutume de considérer la mer immense, les promontoires et les montagnes grises et je les trouvais magnifiques. Quand j'ai épousé ton grand-père aux Indes, j'ai admiré le Cachemire, ses fleurs et ses temples. Quand je suis allée dans le Devon pour rendre visite à ma tante et que j'ai visité les landes avec leurs bruyères, les ruisseaux d'eaux vives et les troupeaux de poneys sauvages, je les ai trouvés splendides.

— Mais ici, c'est encore plus beau, dit Renny.

— Oui. C'est encore plus beau. Et j'espère que tu as devant toi une vie heureuse. Ton père te racontera toujours que tu es un Whiteoak et que les Whiteoak sont Anglais, mais il faut te souvenir qu'il y a une part de sang irlandais en toi et que c'est ce qu'il y a de meilleur. Mon grand-père était comte.

— J'ai aussi une part de sang écossais, dit-il en secouant la tête. Mon grand-père écossais est médecin et va m'apporter un petit frère.

— Peut-être, dit-elle sans enthousiasme. Mais Ecossais ou non, tu tiens de moi et de ma famille. Tu as mes cheveux. Tu as mes yeux. Plus tard tu auras mon nez et ma bouche.

Il rit à cette pensée.

— Repartons-nous, Granny ? Continuons notre promenade.

— D'accord. Mais pas trop loin. Je n'ai qu'une tasse de thé dans l'estomac et je commence à avoir faim.

— J'ai mangé une pomme ! Allons, venez, Granny. Piquons un galop.

Elle effleura l'épaule de Renny de sa cravache.

— Oui, dit-elle. Piquons un galop. Mène le train.

JEUNESSE DE RENNY

Young Renny

1935

Traduit par Simone Sallard

A Edward et Anne Dimock en souvenir de l'été 1934
et de notre amitié avant et après.

1

La répétition

Tout dans la maison avait été remis en parfait état. Des ouvriers étaient venus réparer le toit, consolider les ferrures des persiennes et recouvrir les boiseries d'une couche brillante de peinture fraîche. Ils avaient coupé et refoulé la vigne vierge qui, dans sa poussée exubérante, aurait complètement masqué les fenêtres et aurait ainsi dissimulé, même aux regards du soleil, les faits et gestes des Whiteoak en ce début de l'été de 1906.

Les coups de râteau du jardinier avaient tracé sur la grande allée sablée un dessin régulier et Philippe Whiteoak hésita un instant avant de la traverser. C'était dommage de l'abîmer, bien que ce raffinement lui parût plutôt une perte de temps. Il lui fallait pourtant reconnaître que la maison avait un air très pimpant, un peu comme un homme rasé de frais, aux cheveux bien coupés et portant une cravate neuve.

Philippe pour sa part avait l'air rien moins que pimpant. Une veste de velours côtelé, pleine de taches, couvrait ses larges épaules et des bottes à revers boueuses chaussaient ses jambes vigoureuses. Il tenait une ligne et un panier dans lequel miroitaient une douzaine de truites tachetées. L'une d'elles était encore vivante et de temps en temps se soulevait avec un soubresaut vif au-dessus des corps de ses congénères.

Tout en flânant le long de l'allée et en remontant les marches étincelantes du perron, Philippe se demandait nonchalamment quel serait le premier membre de la famille qu'il verrait en entrant dans la maison. Il espérait assez que ce ne serait pas sa mère avec qui il s'était disputé le matin, ni sa femme qui lui ferait sentir qu'il aurait dû rentrer par-derrière avec sa boue et son poisson.

En fait ce fut sa femme ; il la vit qui descendait l'escalier dans une robe de broderie blanche avec une large jupe à volants. Il s'approcha d'elle en souriant un peu timidement, mais en réalité il n'avait pas honte.

— Hello Molly ! dit-il. Vous êtes jolie comme un cœur.

Elle s'arrêta de descendre, juste hors de sa portée, et regarda d'un air réprobateur le beau visage coloré et les vêtements peu soignés de son mari.

— Oh ! Philippe, s'écria-t-elle, vos bottes sont pleines de boue ! Vous auriez pu passer...

— Non, je n'aurais pas pu, interrompit-il. Je voulais vous apporter tout de suite ma pêche pour vous la montrer. N'est-ce pas qu'elles sont belles ?

Elle descendit en courant les marches qui la séparaient de son mari.

— Les jolies bêtes !

Elle posa ses mains jointes sur l'épaule de Philippe, et son regard plongea dans le panier.

— Nous les mangerons au petit déjeuner. Il y en a une qui vit encore ! J'ai horreur de la voir haleter comme cela.

— Elle est comme moi, elle souffre de la chaleur. Les premiers jours chauds me fatiguent toujours.

Il posa son panier et prit Mary dans ses bras.

— Embrassez-moi, Molly !

Elle lui fit baisser la tête, appuya sa joue contre la sienne.

— Savez-vous, Molly, que votre joue est une vraie fleur ?

— Et la vôtre, une vraie râpe ! Vous ne vous êtes pas rasé aujourd'hui.

— Si vous me grondez, je laisserai pousser ma barbe et je jouerai au patriarche. Ce ne serait peut-être pas une mauvaise idée. On ne me respecte pas autant qu'on le devrait.

— Ce n'est pas étonnant, avec une mère si autoritaire !

— Mais non, mais non ! Elle sait qu'elle ne peut pas me tyranniser – et n'a jamais pu !

Il eut un sourire indulgent et ses yeux d'un bleu particulièrement beau brillèrent d'un éclat sympathique.

Quand Philippe était avec elle, Mary avait l'impression que rien d'autre ne comptait. Sa haute et fine silhouette se balançait à côté de la sienne. A travers les vitres teintées des fenêtres de chaque côté de la porte d'entrée, la lumière l'éclaboussait d'ambre et de vert et fonçait ses cheveux blonds en leur donnant un éclat métallique.

— Que s'est-il passé tantôt ? demanda Philippe.

— Rien de particulier si ce n'est que Meg fait des courses en ville et que Peep a percé une nouvelle dent.

Il accueillit par un grognement de satisfaction la seconde nouvelle et en réponse à la première s'écria :

— Il me tarde que ce trousseau soit fini ! Meggie n'est jamais satisfaite.

Mais son sourire indulgent démentait le ton de reproche de ses paroles.

— Elle doit se dire que c'est la dernière chose qu'elle puisse obtenir de vous.

Mais Mary se hâta d'ajouter :

— Evidemment ! c'est une occasion qui ne se présente qu'une fois dans la vie d'une jeune fille et c'est naturel qu'elle veuille en tirer tout le parti possible.

En réalité, Mary Whiteoak était si heureuse de voir sa belle-fille quitter le cercle de famille qu'elle était prête à excuser tout ce que faisait Meg. L'idée d'être débarrassée de cette jeune fille entêtée qui lui rendait toujours les choses difficiles, qui était toujours pendue au cou de son père, la comblait de bonheur.

— Qui l'y a menée ? demanda Philippe.

— Vera Lacey l'accompagnait, Renny les a conduites à la gare. Elle devrait revenir d'une minute à l'autre.

— Hum ! J'espère que Vera reviendra avec elle. Charmante fille !

Une femme de chambre d'aspect rébarbatif sortit de la salle à manger pour annoncer que le thé était prêt. Au même moment la porte du bout du hall s'ouvrit et la vieille Mrs. Whiteoak entra. Elle avait célébré son quatre-vingtième anniversaire, mais elle marchait avec vigueur et ses larges épaules commençaient à peine à se voûter. Malgré la douceur estivale de ce jour de mai, elle portait une lourde robe et une large bande de velours noir en bas de sa longue jupe. Un bonnet de dentelle, garni de cocardes de ruban mauve, ajoutait à sa taille déjà imposante. Ses yeux grands autrefois étaicnt encore d'un brun intense et brillant. On lisait le caractère et la race sur les lignes de sa bouche, et son nez fortement busqué défiait ses quatre-vingts ans.

— En retard pour le thé, comme d'habitude, Philippe ! s'écria-t-elle d'une voix forte avec un soupçon prononcé d'accent irlandais.

— Non, je ne suis pas en retard, maman, répondit-il. Je suis rentré depuis un moment.

— Tu es en retard, s'obstina-t-elle. Tu n'es pas prêt. Regarde tes bottes, et ta veste, et tes mains. Regardez-le, Molly ! Un beau spectacle, n'est-ce pas ?

— Je l'aime comme cela, dit Mary par esprit de contradiction.

— Naturellement ! Cela ne m'étonne pas de vous.

Philippe tendit à la femme de chambre le panier de poisson.

— Tenez, Elisa, dit-il. Portez-les à la cuisinière.

— Attendez un instant que je les regarde, dit sa mère.

Et elle se pencha vivement sur le panier.

— Une belle pêche ! J'en prendrai une à mon dîner avec du citron et du persil. N'oubliez pas le citron et le persil, Elisa.

— Non, madame.

La femme de chambre allait descendre l'escalier qui menait à la cuisine en sous-sol, quand une porte de côté donnant sur la pelouse s'ouvrit, et les deux frères aînés de Philippe entrèrent et demandèrent à voir les poissons. Leur mère les prit chacun par un bras et eut un regard approbateur pour leurs visages colorés par l'exercice.

— Vous avez fait une bonne partie, n'est-ce pas ? Je vous voyais de ma fenêtre. Une bonne partie de tennis avant le thé, rien de meilleur pour garder sa souplesse.

Elle prononçait « seuplesse ».

— Je crois, dit Nicolas en rejetant en arrière ses épais cheveux grisonnants, que je deviens un peu lourd pour le tennis. Cela me donne très chaud. Pensez que j'ai cinquante-trois ans. Je crois que je devrais me mettre au croquet ou au golf.

Sa mère lui donna une tape sur l'épaule.

— Ne dis pas de bêtises. Quand tu auras mon âge tu pourras parler de te ménager.

— Je ne serai jamais ce que vous êtes, maman. Vous vivrez cent ans.

— On verra, on verra.

Et, toujours appuyée sur ses fils aînés, elle pénétra la première dans la salle à manger.

Un thé substantiel était servi sur la table d'acajou. Sur une assiette on avait coupé en deux des scones et on les avait beurrés et recouverts de gelée de raisin. Il y avait des crumpets grillés sur un plat d'argent, un rayon de miel doré et des montagnes de pain blanc tout frais recouvert d'une épaisse couche de beurre. Les yeux de la vieille dame brillèrent et ses fortes lèvres eurent un sourire qui découvrit des dents belles autrefois, mais maintenant branlantes et jaunâtres.

— Du thé bien fort, Mary, demanda-t-elle. Et trois morceaux de sucre.

Molly Whiteoak souleva la lourde théière d'argent et la ligne gracieuse de son bras blanc sous la manche au coude de sa robe retint le regard de son mari. Il ne vit pas tout de suite la tasse de thé que lui tendait Ernest.

— Réveille-toi, Philippe, dit Nicolas. A quoi rêves-tu ?

— A quoi peut-il rêver si ce n'est au mariage de sa fille ? dit leur mère. Ce sera un événement, je vous assure. Depuis longtemps il ne s'est rien passé d'aussi beau dans notre famille. Ce n'est pas comme ton mariage, Nick, qui t'a coûté une belle somme et conduit au divorce.

— Il y a quinze ans de cela, maman, remarqua tranquillement Nicolas.

— Eh bien, repartit-elle avec un reniflement, il y a eu des mariages depuis – et qui ne valaient pas mieux, acheva-t-elle à mi-voix.

Les grands yeux très bleus de Philippe se fixaient sur elle d'un air de défi.

— Il y a eu notre mariage, maman, le mien avec Molly. Si Meg et Maurice sont moitié aussi heureux, ils auront de la chance.

— Je ne parle pas de ce genre de bonheur à la noix, repartit vivement Adeline. Je parle d'un mariage qui unit deux bonnes familles et deux grandes propriétés. Ce que fait Meggie est parfait et je suis contente également qu'elle reste dans le voisinage.

— Oui, dit Ernest en prenant avec hésitation un gâteau, car il avait hérité de l'appétit de sa mère mais non de son excellent estomac. C'eût été triste de perdre notre seule fille. L'élément mâle domine tellement dans notre famille. Maman était fille unique dans une famille de garçons. Elle a eu trois fils et une seule fille. Puis trois petits-fils et une seule petite-fille.

Une ombre passa sur le visage de Mary, car elle avait perdu une petite fille de cinq mois. Elle lança un regard de reproche à Ernest qu'il interpréta comme un avertissement à ne pas manger de gâteau.

— Eh bien, murmura-t-il, je ne crois pas qu'après une partie de tennis fatigante un gâteau me fasse du mal.

— Ne viens chercher aucune sympathie chez moi, si tu as mal à l'estomac, dit son frère.

Ernest, agacé, répondit :

— Je n'ai jamais attendu de toi la moindre sympathie.

— Ecoutez nos vaillants athlètes ! dit Philippe en recouvrant son scone de crème grumeleuse et en le mettant d'un seul coup dans sa bouche.

Nicolas et Ernest sourirent avec bonne humeur. Philippe, avec ses quarante-quatre ans, était de beaucoup leur benjamin et ils pouvaient se permettre d'être patients à son égard, car sa générosité ne faisait jamais état de la longueur des séjours de ses frères chez lui. Ils avaient eu leur part de la fortune de leur père. Celui-ci avait laissé sa maison, ses terres ainsi qu'un beau revenu à Philippe, son plus jeune fils et son favori. Aussi longtemps qu'ils avaient eu de l'argent, le Canada avait peu vu Ernest et Nicolas. C'était à Londres qu'ils se sentaient chez eux et ils n'étaient revenus à Jalna que lorsqu'il n'y avait plus rien d'autre à faire. Ernest espérait encore, si certaines de ses valeurs remontaient, passer au moins régulièrement une partie de l'année en Angleterre.

Quant à leur mère, la vieille Adeline, ses sentiments à l'égard de

Philippe la déconcertaient elle-même. Elle l'aimait et quelquefois le haïssait presque. Elle lui en voulait d'être le maître de Jalna qui, selon elle, aurait dû lui être laissé intégralement. Elle aurait si bien su se servir de cette propriété comme d'une menace ou d'un appât pour ses trois fils ! Différente en cela de Nicolas et d'Ernest, l'hospitalité de Philippe ne la rendait nullement indulgente. Elle en profitait pour faire des économies et s'entourait de mystère à ce propos.

Elle en voulait à Philippe de sa ressemblance physique avec son mari qui s'appelait aussi Philippe et qu'elle avait aimé de toute la force de sa nature ardente. Mais peut-être était-ce moins en ressemblant à son père qu'en en différant qu'il l'irritait. Le capitaine Whiteoak avait été un militaire au corps droit comme une épée. Philippe était un aimable gentleman-farmer à la démarche irrémédiablement nonchalante. Le capitaine Whiteoak faisait résonner ses phrases d'une voix de commandement. Philippe parlait avec indolence. Le capitaine Whiteoak avait été la terreur de ses enfants. Philippe était faible envers les siens au point de les gâter. Le capitaine Whiteoak avait eu une haute idée de l'importance de sa situation dans la province car, bien qu'il n'eût jamais fait de politique, son opinion avait du poids dans les questions d'ordre public et avait généralement été approuvée avec une vigoureuse conviction. Philippe ne se souciait pas de son peu d'importance.

Et pourtant le père et le plus jeune fils avaient un trait commun, c'était leur complète indifférence à la critique. C'était cela qui déconcertait Adeline. Furieuse, elle regardait Philippe avec sa veste de pêche qui lui donnait l'air d'un bandit, ses cheveux en désordre, et réalisait qu'il n'était pas en son pouvoir de le transformer. Il refusait de se nettoyer pour faire plaisir à sa vieille mère avant de venir à la table à thé. La colère faisait trembler la main qui portait à ses lèvres sa tasse pleine jusqu'au bord et un peu de thé déborda.

— Maman, dit Ernest avec nervosité, faut-il…

Il hésita.

— Faut-il quoi ?

Son regard quitta le visage de Philippe pour se fixer sur lui.

— Que vous renversiez votre thé ?

Il termina sa phrase comme en s'excusant.

— Oui, il le faut, répondit-elle avec fureur, il le faut, il le faut, il le faut et ce n'est pas étonnant ! Si mon fils vient à table aussi sale qu'un porc, faut-il s'étonner si je mange comme un porc ? Il me faut une auge. Nous mangerons dans une auge, Philippe et moi, et nous grognerons ensemble, n'est-ce pas Philippe ?

— Oui, ma bonne dame, approuva Philippe.

Et pour n'être pas en reste de grossièreté avec sa vieille mère, il ajouta :

— Prenez de la crème, elle fond merveilleusement dans la gueule.

Ernest et Nicolas rirent sous cape, mais Molly s'écria :

— Philippe, vous êtes dégoûtant !

On entendit le bruit des sabots des chevaux dans l'allée et ensuite les éclats de rire des jeunes filles dans le hall. La porte s'ouvrit toute grande et la fille de Philippe et son amie Vera Lacey entrèrent dans la pièce. Vera, une jeune Londonienne parente de voisins, passait l'année chez ses tantes. Ses parents l'avaient envoyée faire ce séjour à la suite d'une histoire de cœur qui ne leur plaisait pas et elle était bien décidée à transformer la punition en réjouissance. Son visage piquant était poudré et contrastait avec celui de Meggie luisant de chaleur et d'excitation. Meg se jeta sur les genoux de son père et mit ses bras autour de son cou.

— Mm... ! roucoulèrent-ils ensemble en se regardant dans les yeux.

— Que Meggie est gâtée ! s'écria Vera. Il faudrait qu'elle ait mon père pendant quelque temps. Ce n'est pas lui qui la câlinerait.

Mary Whiteoak lança un regard irrité au père et à la fille. Elle avait été l'institutrice de Meg avant d'épouser Philippe et la jeune fille avait la même faculté de la tourmenter qui avait fait de l'enfant une élève redoutable. Mary dit :

— Le thé de votre père va refroidir, Meg. Vous ne nous racontez pas ce que vous avez acheté. Avez-vous eu votre trousseau chez la couturière ?

Meg n'eut pas l'air de l'entendre et mordilla de petits baisers la joue de son père.

Avant l'arrivée des deux jeunes filles, Mary Whiteoak, au milieu des trois hommes mûrs et de la vieille dame, paraissait elle-même une vraie jeune fille. Maintenant, devant l'exubérance de leur véritable jeunesse, elle s'effaçait et devenait une femme délicate, fatiguée par la maternité.

— Oui, oui, insista la vieille Mrs. Whiteoak, d'accord pour une fois avec sa belle-fille, cesse tes câlineries, Meggie, et parle-nous de la ville.

Philippe repoussa sa fille et revint à son thé.

— Ce mariage, dit-il, me mettra sur la paille.

— C'était tellement amusant ! s'écria Meg. Et savez-vous ce que Vera a fait ? Elle s'est approchée d'une cliente chez Murdock et s'est mise à examiner sa robe en croyant que c'était un mannequin ! Si vous aviez vu la tête de la cliente !

— Les magasins sont amusants comparés à ceux de Londres, dit Vera. Mais il faut que je vous raconte ce qu'a fait Meg.

Meg l'interrompit et toutes deux furent prises de fou rire. Amusée par leur exubérance, Adeline reprit de la confiture et demanda une autre tasse de thé.

— Si vous aviez vu mon trousseau, dit la vieille Mrs. Whiteoak, là vous auriez vu quelque chose de chic. Je l'ai transporté d'Irlande aux Indes dans onze grandes malles. Mon père n'avait pas fini de le payer le jour de sa mort, disait-on.

Une agréable conversation battait son plein quand les rideaux de chenille, qui recouvraient la porte à deux battants menant à la bibliothèque, s'écartèrent et le fils aîné de Philippe, Renny, considéra le groupe réuni autour de la table. Il avait deux ans de moins que Meg et sortait à peine de l'adolescence.

— Entre, entre, dit Ernest d'un ton aigre. Tu m'envoies un abominable courant d'air dans la nuque. J'ai eu très chaud en jouant au tennis.

— Pourquoi est-il toujours en retard pour le thé ? grommela Nicolas.

— Je t'en prie, n'amène pas ton chien crotté, cria sa sœur.

Et les deux jeunes filles poussèrent des cris tandis que l'épagneul tournait autour de la table en agitant sa queue aux longs poils.

Avec une grimace mi-contrariée, mi-insolente, Renny disparut derrière les rideaux, mit son chien dehors et réapparut par la porte du hall.

C'était un jeune homme grand et mince, musclé et nerveux, dont les traits hautains ressemblaient déjà d'une façon frappante à ceux de sa grand-mère. Son teint qui avait été de lait dans son enfance se hâlait à être exposé au soleil et au vent en toute saison. Ses vifs yeux bruns brillaient sous des sourcils si mobiles qu'une ride horizontale marquait déjà son front. Ses cheveux bruns dans l'ombre devenaient roux foncé quand la lumière les éclairait. Cette chevelure plutôt extraordinaire recouvrait une tête aux contours nets, sculpturaux, dont Meg avait dit une fois que si elle venait à se cogner contre un mur de pierre, ce serait le mur qui en souffrirait. Etant l'héritier de Jalna, il avait été pendant son adolescence l'objet de tant de critiques de la part de sa grand-mère, de ses parents, de ses oncles et de ses tantes, ses actes avaient suscité tant de théories, d'encouragements et de reproches, qu'il avait l'air sur ses gardes comme s'il était toujours prêt à faire face à une attaque.

Son arrivée attira sur lui l'attention des deux jeunes filles, et Nicolas dut élever la voix et redire à Meggie qu'il avait reçu une lettre de sa sœur et qu'elle et son mari embarquaient la semaine suivante pour le Canada.

— Tant mieux ! dit Meg distraitement.

Puis elle ajouta avec plus de chaleur :

— Je me demande ce qu'ils vont m'apporter comme cadeau de mariage.

— Un bijou en jais ou en toc que ta tante ne porte plus, dit la vieille Mrs. Whiteoak en raclant le pot de confiture.

Meg plissa sa jolie bouche.

— Ils devraient m'apporter quelque chose de vraiment bien.

— Je suis sûr qu'Augusta et Edwin te feront un charmant cadeau, dit Ernest.

— Je ne vois pas ce qui te le fait supposer, dit sa mère. Leurs cadeaux sont toujours fanés ou sentent la naphtaline... Encore du thé, Molly ! Vous dormez derrière la théière ? Ah ! – parfait – beaucoup de sucre.

Nicolas interrompit.

— Ils apportent quelque chose de plus intéressant que ton cadeau, Meggie. Ils amènent un invité pour ton mariage, ton cousin au deuxième ou troisième degré – Mr. Malahide Court.

Meg ouvrit de grands yeux.

— Je n'en ai jamais entendu parler. Quel nom !

Sa grand-mère la foudroya du regard, à travers la table.

— Ne vous moquez pas de ce nom, mademoiselle !

— Je ne m'en moquais pas. J'ai juste dit : « Quel nom ! »

— Tu t'en moquais ! Je le sais et je ne veux pas de cela ! J'étais une Court, et il n'existe pas de meilleure famille. Malahide est un vieux nom Court. Les Malahide ont épousé des Court et ont vécu dans leurs châteaux quand les Whiteoak étaient encore des paysans, permets-moi de te le dire ! Peut-être as-tu oublié que je suis la petite-fille d'un comte, hein ? Tu l'as oublié ?

Grand-mère se mettait en colère. Elle tapait sur la table avec sa cuiller pour ponctuer ses phrases.

— Calmez-vous, maman, dit Philippe conciliant. Nous savons tous que nous avons de nobles ancêtres et que nous ne sommes que de pauvres coloniaux. Ce n'est pas la peine de s'agiter pour cela.

— Malahide Court, dit sentencieusement Ernest, doit avoir largement dépassé la quarantaine. Je me souviens qu'il est entré à la même école que moi en Angleterre juste lorsque j'en sortais.

— Comment était-il ? demanda Nicolas.

— Un pauvre petit gringalet.

— Avait-il le nez des Court ? demanda la vieille Mrs. Whiteoak.

— Hum ! je ne me rappelle pas, mais ce n'était pas une beauté.

— J'ai hâte de le voir. J'espère qu'il restera tout l'été.

Philippe haussa les sourcils.

— Attendons de le voir avant de faire ce souhait, maman.

On entendit des petits pas courir dans le hall et Mary tourna vers la porte son visage tout éclairé. Elle s'ouvrit et Eden, son fils aîné, entra en bondissant.

— Je suis un poney, déclara-t-il.

Et il galopait autour de la table. Mary étendit le bras pour l'attraper au passage. Elle avait perdu trois bébés avant leur naissance, et, dans sa tendresse passionnée pour celui-là, elle craignait toujours de le perdre. Il évita sa main mais fut attrapé par Meg et couvert de baisers. Renny et elle faisaient tous deux preuve d'une affection démonstrative pour leurs petits demi-frères, prenant, à ce qu'il semblait à Mary, un malin plaisir à se mettre entre elle et eux.

Maintenant Meg lui demandait :

— Devine ce que je t'ai apporté de la ville ?

— Je ne sais pas. Une locomotive ?

— Non, petit serin ! Mais j'ai rapporté ton costume de page en satin blanc avec un col de dentelle.

— Oh !

Il était impressionné.

— Est-ce que je peux l'essayer tout de suite ?

Sa mère dit vivement :

— Non, Eden, il faut que tu attendes jusqu'à demain. Tes mains sont sans doute sales et ce sera bientôt l'heure de te coucher.

— Regarde, mes mains sont propres !

Et il les montra.

Meg le prit sur ses genoux. Elle lui parla à l'oreille et lui chuchota quelque chose qui dut le satisfaire. Il prit le morceau de gâteau que Renny lui tendait et avec un regard de défi pour sa mère se mit à le manger. Les grandes personnes continuaient à parler de Malahide Court et à faire des suppositions sur les motifs de son séjour.

Après le thé, les deux jeunes filles emmenèrent Eden dans la chambre de Meg et fermèrent la porte à clef.

— Cette idée de mère de dire qu'il ne faut pas qu'il essaie son costume de page ! s'écria Meg. Elle est toujours comme cela, à essayer de gâter notre plaisir.

— Cela doit être affreux, dit Vera, d'avoir une belle-mère.

— C'est abominable ! Surtout quand elle a été autrefois votre institutrice. Elle vous attaque des deux côtés. Mais Renny et moi nous ne nous laissons pas faire.

Elle mouilla le coin d'une serviette de toilette dans son pot à eau et lava la figure et les mains d'Eden. Il la regardait sérieusement.

Vera déballait le costume.

— C'est gentil à vous, dit-elle, d'aimer autant ses enfants.

— Je vous en prie, ne les appelez pas ses enfants ! Elle les a mis au monde – c'est ce qu'elle a fait de mieux –, mais ce sont de purs Whiteoak.

— Celui-ci lui ressemble, ne trouvez-vous pas ?

— Hum ! il a son teint mais il ne lui ressemble pas.

Elle avait retiré à Eden son costume marin et il était debout devant elles en chemise, blanc, fragile, pourtant très bien bâti. Meg se mit à lui passer les vêtements de satin blanc.

En redescendant, elles virent que la famille s'était installée sur la pelouse pour jouir de la fin d'après-midi ensoleillée. Philippe, Nicolas et Ernest étaient debout et admiraient ensemble la maison. Elle affrontait avec sérénité les rayons du soleil comme si elle avait conscience d'être irréprochable. Il n'y avait ni brique effritée, ni latte pourrie, ni persienne branlante pour lui retirer son air de confortable aisance. La masse des écuries était dissimulée par un bouquet de vigoureux sapins et loin derrière elle s'étendaient les champs, les bois, les prés, le ravin et la rivière sinueuse, les six cents acres de terrain, qu'un demi-siècle plus tôt le capitaine Whiteoak avait incorporés au domaine.

Renny avait ramassé une raquette et envoyait des balles dans le filet. La vieille Mrs. Whiteoak s'empara de la seconde et se plaça en face de lui.

— Allons, allons, le défia-t-elle. Une balle pour ta grand-mère, petit coq.

Renny en riant lui en lança une qui rebondit doucement près d'elle. Elle la dédaigna et resta debout, sa raquette à angle droit avec son épaule, paraissant formidable sous son grand bonnet enrubanné.

— Tu appelles cela une balle ! Tu ne me crois donc plus bonne à rien ? Allons, une vraie !

Renny la regarda d'un air menaçant.

— Renny ! recommanda Ernest. Fais attention.

— Occupe-toi de tes affaires, Ernest ! ordonna-t-elle. Est-ce toi qui joues ou moi ?

Une balle fut lancée droit sur son bonnet.

Elle la reçut sur sa raquette et la renvoya par-dessus le filet d'un coup vigoureux, mais elle ne pouvait pas en risquer une autre. Elle sourit d'un air triomphant.

— Eh bien, est-ce que je sais jouer au tennis ?

— Vous êtes merveilleuse, Gran.

Il lui sourit par-dessus le filet et vint près d'elle. Elle lui prit le bras et le serra.

— Voilà les jeunes filles. Regarde ce qu'elles ont fait.

Meg et Vera descendaient sur la pelouse, Eden entre elles deux.

— Regardez, papa ! cria Meg. Une répétition.

Elle mit l'ourlet de sa robe dans la main d'Eden et s'avança posément sur la pelouse, suivie de Vera.

— Splendide ! s'écria Nicolas.

— Bonté divine ! L'enfant est charmant ! dit Ernest.

Philippe alla au-devant de sa fille et elle posa la main sur son bras.

— Maintenant, maman, il faut que vous fassiez le pasteur. Renny, ne peux-tu pas représenter le marié ?

— Je n'aime pas qu'on joue avec les choses sérieuses, dit sa mère. Cela porte malheur. Viens près de Granny, chéri, lui montrer ton beau costume neuf.

Mais Eden tenait la jupe de Meg bien serrée et se comportait avec dignité.

Renny poussa un cri :

— Oh ! voilà Maurice ! Viens, Maurice ! Voilà enfin le précieux marié !

Maurice Vaughan était passé par une petite porte qui s'ouvrait dans la haie de cèdres. Il avait traversé le ravin qui séparait de Jalna la propriété de son père et avait cueilli en route un bouquet de muguet.

— Bravo ! s'écria Philippe, enchanté. Le voici avec le bouquet !

Nicolas entonna la *Marche nuptiale*.

— Qu'est-ce qui se passe ? demanda Maurice.

— Une répétition, dit Mrs. Whiteoak. Et je n'aime pas cela, je n'aime pas cela du tout. Je suis superstitieuse.

Maurice s'approcha de sa fiancée et lui donna le bouquet de muguet. Il fit un petit salut démodé, mais il y avait une gravité sur son visage, un sérieux dans son regard qui éteignirent la gaieté de Meggie. Elle pressa les fleurs contre elle et demanda :

— Est-ce que quelque chose ne va pas ?

Il secoua la tête.

— Non. Enfin, mon père n'est pas très bien. Nous nous tourmentons à son sujet, maman et moi.

— Je connais votre père depuis toujours, dit Philippe, et je ne l'ai jamais vu bien. Ne vous tracassez pas, il nous enterrera tous.

Il éleva Eden dans ses bras.

— Et que dites-vous de ce petit page ?

Maurice sourit et le visage de Meg s'éclaira.

A ce moment, Mary sortit de la maison, portant son plus jeune enfant, un garçon de vingt mois qu'on appelait Peep. Il était assis bien droit sur le bras de sa mère, décidé à n'avoir pas sommeil bien qu'il sût qu'on l'amenait dehors pour dire bonsoir. Il avait une ravissante peau blanche et rose, de fins cheveux blonds et des yeux un peu proéminents d'un bleu intense.

— Oh ! c'est une folie d'avoir mis ce costume à Eden, dit-elle fâchée. Il va le salir.

Mais elle sourit de ravissement en le voyant si beau tandis qu'il accourait près d'elle.

— Regardez-moi ! Regardez-moi ! cria-t-il.

Renny le suivait.

— Donnez-moi Peep, dit-il. Comme cela, vous pourrez surveiller Eden.

A regret elle lui laissa le bébé. Il bondit en balbutiant dans les bras de Renny qui l'emmena près de Maurice un peu à l'écart.

Renny approcha la tête duveteuse de l'enfant du visage de Maurice.

— Prends-le, dit-il en riant. Tu berceras bientôt un gosse à toi. Voyons si cela te va.

Maurice recula comme si on l'avait frappé.

— Pour l'amour de Dieu, ne l'approche pas de moi ! dit-il brutalement. Renny, il faut que je te voie seul. Il faut que tu te débarrasses de ces jeunes filles et que tu viennes avec moi dans le ravin. J'ai quelque chose de terrible à te dire.

2

Dans le ravin

Les deux garçons franchirent la petite barrière et prirent le sentier qui descendait dans le ravin au moment où y pénétraient les derniers rayons du soleil. L'herbe nouvelle et les crosses des fougères qui se dépliaient s'étaient colorées d'un vert irréel tandis que les arbres, encore éclairés par le soleil, scintillaient et frémissaient sous la brise légère. Les troncs des pins paraissaient teints de pourpre pendant que ceux des bouleaux d'argent irradiaient à travers leur blancheur une pâle lueur intérieure.

Le contraste entre les mouvements de Maurice et ceux de Renny était significatif, non seulement de leur état d'esprit, mais de leur nature même. Maurice descendait le sentier en faisant rouler de petits cailloux devant lui, sans presque paraître regarder où il allait. Renny avançait d'une allure dégagée comme une créature sauvage et rien n'échappait à son regard brillant. Il s'arrêta une ou deux fois et parut sur le point de s'enfoncer dans le bois quand Maurice le rappela :

— Tu viens ?

Et il reprit le sentier.

La rivière, qui coulait dans le ravin, et qui dans les années qui suivirent devint un petit ruisseau, à cause de la construction d'un barrage, entreprise par laquelle la famille tenta de compenser les dépenses et les mauvais placements de Nicolas et d'Ernest, était maintenant dans la plénitude de sa force. On l'entendait distinctement murmurer, tandis qu'elle coulait dans les courbes richement boisées, et chanter d'une voix plus claire quand elle rencontrait le sombre obstacle d'un bloc de pierre ou la pression de lisses rebords rocheux.

Renny se dirigeait vers un pont qui traversait la rivière à son point le plus étroit, mais Maurice l'entraîna à l'abri de quelques cerisiers sauvages.

— Viens ici, dit-il, là on ne pourra pas nous voir. On ne sait jamais si quelqu'un ne va pas traverser le pont. Tiens, regarde, voilà mon père. Quand je pense à ce que je lui prépare, j'ai envie de me jeter dans cette rivière !

Renny fixa les yeux sur la silhouette de l'homme qui traversait le pont. Il aurait voulu pouvoir échapper à Maurice. Il dit :

— Ton père ne sera pas sévère à ton égard, quoi que tu aies fait.

La mince silhouette droite traversa le pont et attaqua la montée d'un pas alerte. Maurice suivait ses mouvements d'un regard plein de tristesse. Mr. Vaughan passa si près d'eux qu'ils purent entendre sa respiration haletante.

Maurice gémit :

— Je suis dans un pétrin épouvantable ! Je ne sais pas comment te raconter cela...

— Peut-être ferais-tu mieux de ne pas me le raconter, dit Renny, une lueur d'espoir dans les yeux. Je me suis toujours mieux trouvé d'avoir gardé mes ennuis pour moi.

— Mais il faut que je t'en parle ! Il faut que tu m'aides ! Tu es le seul qui puisse.

— Alors vas-y.

Maurice se jeta sur l'herbe.

— Assieds-toi ! Assieds-toi à côté de moi !

Renny se laissa tomber à côté de lui et lui offrit une cigarette, mais Maurice secoua la tête.

— Non, non, je ne peux pas fumer ! Renny, je suis dans un effroyable pétrin. Je ne sais pas ce que je dois faire !

Il se rapprocha de son ami et arracha une poignée d'herbe. Puis, comme si les mots également lui étaient arrachés, il dit :

— C'est une jeune fille que j'ai séduite. Elle va avoir un bébé. Si ta famille l'apprend – si mon père et ma mère l'apprennent –, je suis perdu ! Et ce n'est pas que j'aime cette fille. Elle me fait horreur maintenant que je sais ce qui va lui arriver. Je n'ai jamais aimé que Meggie.

— Qui est-ce ?

Renny parlait d'une voix froide.

La réponse arriva tellement étouffée qu'il put à peine entendre le nom. « Elvira Gray. »

— Elvira ! répéta Renny d'un ton étonné et il regarda son ami qui lui apparaissait sous un jour nouveau, étrange et sensuel.

Une lueur de défi passa sur le visage de Maurice. Il eut un petit rire.

— Tu n'avais jamais pensé à Elvira à ce point de vue, n'est-ce pas ?

— Je n'ai jamais pensé à elle à aucun point de vue.

Renny parlait d'un ton bourru et évitait les yeux de Maurice.

— Mais je ne comprends pas comment tu as pu ne pas la remarquer. Elle est si différente des autres filles du village.

— Oui, elle est jolie, je sais, mais je ne lui ai jamais accordé une pensée.

Il songea à sa sœur et éclata :

— C'est une honte ! C'est abominable ! Meg ne pourra jamais t'épouser après cela !

Maurice s'assit et dit avec désespoir :

— Il ne faut pas que Meggie le sache. Elle ne le saura jamais. Il faut que tu m'aides !

— Comment diable puis-je t'aider ?

— Elvira s'en ira. Elle a des parents qui se chargeront d'elle si elle a l'argent nécessaire pour elle et l'enfant jusqu'à ce qu'elle puisse travailler... Renny, il faut que tu voies Elvira pour moi... Je ne peux plus la voir. Elle fait des scènes terribles... Ce n'est pas prudent... nous serons pris... Tout sera découvert.

— Crois-tu – Renny parlait avec passion – que je puisse envisager l'idée de te voir épouser ma sœur après cela ?

— Quelle différence cela fera-t-il si elle ne le sait jamais ? Je lui serai fidèle. Je jure que je le serai ! Je ne regarderai jamais une autre femme. Tu as sûrement entendu assez de conversations dans ta famille pour savoir que ce genre de choses arrive quelquefois. Les hommes se laissent aller.

Il parlait comme un homme expérimenté parle à un enfant.

Renny murmura :

— Tu n'aurais pas dû te laisser aller.

— Tu n'as pas besoin de me le dire. Le remords m'a rendu presque fou. Je n'ai pas eu une nuit de vrai sommeil depuis qu'elle m'a prévenu au sujet du bébé.

— A-t-elle menacé de le dire à tes parents ?

— Non, mais tout le monde en parlera dans le village. Tu sais comme ils aiment jaser. Nos familles en entendront forcément parler. La tante d'Elvira viendra me relancer pour que je l'aide. D'ailleurs elle l'a déjà fait. Je lui ai donné de l'argent – tout ce que j'ai pu rassembler – pour la faire taire.

— Comment a commencé cette histoire ?

— Elvira avait l'habitude de venir dans nos bois cueillir des mûres. Je chassais par là. Je lui ai parlé et une fois je l'ai aidée à remplir son seau. Elle avait un charme un peu étrange. Mais je ne l'ai jamais aimée un seul instant, remarque bien. Je n'ai jamais cessé d'aimer Meg. Meg a voulu un an de fiançailles. Elle me laissait à peine l'embrasser. Chaque fois que je regardais Elvira, je voyais qu'elle avait envie que je l'embrasse. Puis un jour, en août dernier, j'ai perdu la tête, je l'ai prise dans mes bras... Alors j'étais perdu. C'était comme un rêve.

Renny dit :

— Oui ? Et elle ?

— Elle était passionnée et bizarre. Elle me faisait presque peur. J'étais décidé à ne plus la revoir... mais quand je suis retourné dans le bois – la fois suivante – elle y était.

Le visage de Renny se durcit :

— Pourquoi n'as-tu pas évité le bois ?

— J'ai été stupide. Mais je voulais être seul pour réfléchir à tout cela.

— Es-tu sûr que tu n'avais pas envie de la rencontrer ?

Maurice rougit sous le regard de Renny.

— Je ne sais pas. Peut-être en avais-je envie. Je me suis conduit comme un idiot, mais je t'assure que je l'ai payé cher.

— Je crois que ce n'est encore que le commencement.

— Mon Dieu ! Tu es dur. Je croyais que tu étais mon ami, que tu m'aiderais.

— Je ne sais pas si je souhaite que ma sœur t'épouse, maintenant.

— Je te jure de lui rester fidèle toute ma vie. Tout le monde peut avoir une défaillance. Ta famille sera très déçue et mes parents auront le cœur brisé si cette malheureuse histoire nous sépare, Meg et moi. Mon Dieu, quel supplice j'ai enduré ! Meg achetait son trousseau pendant qu'Elvira se jetait à mes genoux en me suppliant de l'épouser. C'est plus que je ne peux en supporter.

Il se jeta sur l'herbe et gémit.

Renny fut apitoyé.

— Voyons, dit-il en posant la main sur l'épaule de Maurice, du courage ! Nous allons faire quelque chose. Je verrai Elvira et nous lui ferons quitter le pays tout de suite. As-tu de l'argent pour elle ?

— Oui. Mon père m'a donné un chèque destiné à couvrir mes dépenses de mariage. J'en prendrai une partie.

— Tu veux dire que ce sera aux dépens du voyage de noces de Meggie ?

Renny considérait son ami d'un air soupçonneux.

— Mon Dieu ! non. Je peux toujours avoir de l'argent.

— Hum ! Tu as de la chance.

— Verras-tu Elvira demain ?

— Oui.

— Il faut qu'elle parte bientôt, avant qu'il soit trop tard.

— Pour quand est-ce ?

— Je ne sais pas exactement. Dans à peu près un mois je crois.

— Alors, les gens ne jasent pas ?

— Cela ne se voit pas.

— Elle te raconte peut-être des histoires.

— Non, cela j'en suis sûr.

— Es-tu sûr que l'enfant est de toi ?

— Je crois.

— Alors, comme dit Gran, voilà un joli gâchis. Je me demande ce qu'elle en penserait.

Maurice répondit vivement :

— Elle prendrait mon parti, tu peux en être certain, Renny ! C'est une femme qui connaît la vie. Mes parents ont eu une vie étriquée, ce sont des puritains. Ta famille est différente, elle met les choses à leur place.

Renny eut un mouvement de protestation et de nervosité.

— Pas cette chose-là. Elle y verrait un affront pour Meg. Je crois qu'on ne voudrait plus te laisser l'épouser.

— A mon avis tu te trompes complètement. Mais personne n'a besoin de le savoir si tu m'aides.

— Oh ! pour cela je t'aiderai. Quand puis-je voir Elvira ?

— J'arrangerai cela. Mon Dieu quel poids tu me retires !

Et il serra la main de Renny.

La fraîcheur montait de la rivière et un léger nuage de brume en indiquait les méandres. La surface ridée de l'eau prenait une teinte olive, pendant que le haut des saules était encore doré par le soleil. Un martin-pêcheur plongea et ressortit avec un petit poisson dans le bec.

Puis deux cygnes débouchèrent d'une courbe de la rivière abritée par les saules. Ils nageaient au milieu du courant, les ailes bien repliées et le cou ployé. C'était un couple que le père de Renny avait ramené d'Angleterre. L'expérience avait été tentée plusieurs fois, mais ceux-ci étaient les premiers qui eussent survécu et se fussent acclimatés à la rivière. Maintenant, dans une attitude inconsciemment méprisante, ils dépassèrent en nageant les deux jeunes gens, leur blancheur de neige se réfléchissait dans l'eau sombre tandis qu'un long sillage argenté se formait de part et d'autre de leurs jabots impassibles.

3

Elvira

Ce soir-là Renny ne pouvait s'empêcher de penser à Elvira. Après avoir reconduit Vera Lacey chez elle et l'avoir laissée intriguée par sa distraction, il suivit la route jusqu'au village et tourna dans la pauvre rue où vivaient la jeune fille et sa tante. Il savait que la tante était couturière et était venue on ne savait d'où, il y avait environ cinq ans. Elvira était alors une petite fille aux jambes maigres avec des cheveux qui se dressaient en un halo sombre autour de sa figure pâle. Il savait qu'elle aimait les chevaux car il se souvenait qu'elle traînait souvent autour des écuries de Jalna pour voir ce qui s'y passait. Il se rappelait vaguement avoir paradé devant elle en montant un poulain rétif, parce qu'il aimait son attitude, la façon dont elle rejetait la tête en arrière et serrait les mains sur sa poitrine comme si l'émotion l'étouffait. Il n'avait guère fait que l'entrevoir, croyait-il, pendant les deux dernières années. C'était étonnant à la réflexion cette aventure de Maurice avec elle, Maurice toujours tellement indifférent, Maurice qui n'avait jamais regardé d'autre jeune fille que Meggie.

Il considéra d'un air songeur l'unique fenêtre éclairée du cottage. Il voyait une cuisine où les deux femmes, assises de chaque côté de la table, étaient en train de prendre une tasse de thé. La lampe à huile placée entre elles accusait leurs traits avec une intensité dramatique, durcissant ce qui était déjà dur comme la ligne des lèvres de la plus âgée, rendant encore plus brillants ses cheveux blonds et raides et ses yeux mobiles. En même temps cette lumière donnait plus d'éclat à la joue fraîche de la plus jeune et avivait le rouge de ses lèvres. Elvira était assise, les coudes sur la table, et regardait, par-dessus le bol de thé qu'elle tenait en attendant qu'il refroidît, sa tante qui, les yeux fixés sur le fond de sa tasse, lisait sans aucun doute l'avenir dans les feuilles de thé. Un mannequin de couturière vêtu d'une blouse rouge se dressait dans un coin.

Renny regardait, fasciné. Il n'avait encore jamais assisté à une scène semblable : la pauvreté de la petite chambre, la chaleur de cet intérieur – car un poêle ronflait –, les deux femmes blotties dans leur quiétude. Il s'était attendu à un endroit triste, à des visages déprimés, anxieux. Il pensait que la tante serait une femme corpulente d'un certain âge, non cette créature sauvage aux yeux de bohémienne et à la bouche petite et rouge. Toutes deux avaient les mêmes traits fins et délicatement modelés, mais les cheveux d'Elvira étaient bruns. Elle se leva pour aller près du poêle et Renny vit à l'épanouissement de son jeune corps que Maurice avait dit vrai, elle allait avoir un enfant.

Il eut brusquement honte de l'avoir épiée. Il fit demi-tour et serait parti aussi silencieusement qu'il était venu si un coq dans le poulailler ne l'avait entendu remuer et n'avait lancé un cri sonore ; les poules s'alarmèrent et remplirent l'air de caquètements effrayés. L'aînée des femmes se leva d'un mouvement vif, félin. Avant que Renny ait pu s'en aller, elle s'était glissée dans l'embrasure de la porte et avait vu sa silhouette contre la haie. Il revint alors sur ses pas et traversa le rai de lumière de la lampe. Il dit avec nervosité :

— J'espère que je ne vous ai pas fait peur ?

— Oh ! non, répondit-elle avec calme. C'est-à-dire que j'étais un peu effrayée en pensant que quelqu'un s'attaquait à mes poules, mais dès que j'ai vu que c'était vous... – Elle eut un petit rire. – Vous êtes le jeune Mr. Whiteoak, n'est-ce pas ?

— Oui, acquiesça-t-il, essayant de voir son visage, de distinguer ses traits.

— Vous ne devez pas savoir qui je suis, continua-t-elle avec un soupçon de taquinerie dans la voix. Les gens qui vivent dans de grandes maisons avec beaucoup de terre autour n'entendent même pas prononcer le nom des pauvres gens.

— Je sais le nom de tout le monde au village, répondit-il. Comment pourrait-il en être autrement ? J'y ai toujours vécu.

Quand elle parla ensuite ce fut avec chaleur :

— Vous êtes un grand ami du jeune Mr. Vaughan, n'est-ce pas ?

Il répondit d'un ton brusque :

— Nous avons parlé de cette affaire aujourd'hui, lui et moi. C'est pour cela que je suis venu vous voir.

Une ombre passa sur le visage de la femme. Il eut l'impression qu'elle était déçue. Il demanda pour tâter le terrain :

— Voulez-vous me dire quand je pourrai voir Elvira pour lui donner l'argent ?

Elle répondit plutôt sèchement :

— Elvira ne voit plus personne maintenant. Vous ferez mieux de me l'apporter ici.

— Très bien.

— Venez demain soir, vers cette heure-ci. Nous pourrons bavarder un peu tous les deux. Je vous ferai une bonne tasse de thé et je vous dirai la bonne aventure, je m'y entends. J'étais justement en train de la dire à Elvira quand vous êtes arrivé.

— Oh !

Il se demandait pourquoi Elvira n'avait témoigné aucune curiosité pour le motif qui avait fait accourir sa tante à la porte.

— Et qu'arrivera-t-il à Elvira ?

— Elle va avoir une fille, une fille très belle qui évoluera dans la haute société. Mais c'est à vous que j'aimerais prédire l'avenir. Votre visage annonce une destinée qui sort de l'ordinaire. Je parie que je vous dirais des choses qui vous surprendraient.

— Croyez-vous ?

— Il y a une chose que je peux vous dire sans même regarder les feuilles de thé. Vous plairez aux femmes. Elles ne sauront rien vous refuser. On a dû déjà vous aimer, n'est-ce pas ?

Il lui lança un regard sombre, méfiant.

— Moi ! Mais je n'ai pas encore vingt ans.

— L'âge n'y fait rien. Vous avez l'âge d'aimer depuis bien des mois.

Sans répondre, il se rapprocha un peu d'elle et la regarda dans les yeux. C'étaient des yeux étroits, curieux, qui avaient l'éclat de gemmes sous cet éclairage.

— Où avez-vous pu les prendre ? dit-il. Ils ne sont pas tout à fait humains.

— Quoi ?

— Vos yeux.

— Je vous parlerai de moi demain soir. Je suis jeune, vous savez. Je n'ai que dix ans de plus qu'Elvira. Nous serons seuls. Je vous prédirai l'avenir et vous dirai d'où me viennent mes yeux.

Elle eut un rire provocant et posa brusquement sa main sur la tête de Renny.

— Dieu, que vous êtes séduisant !

A ce moment on baissa la lampe dans la cuisine. Maintenant elle ne répandait plus qu'une pâle lueur bleutée. Le coq toujours agité eut un cri plaintif de protestation. Il tomba de son perchoir et on l'entendit y remonter avec des battements d'ailes et les protestations des poules.

Cette scène avait quelque chose de biblique, la lumière diffuse, le chant du coq. Renny lança un regard inquiet à la femme et, murmurant qu'il apporterait l'argent le lendemain soir, il traversa le bout de jardin où les jeunes pousses vertes des oignons sortaient de terre et franchit la haie.

En revenant chez lui le long de la rivière sombre qui tantôt se montrait, tantôt se cachait comme une femme amoureuse, Elvira et sa tante remplissaient toutes ses pensées.

Mais le lendemain soir il n'entra pas dans le cottage. Il frappa à la porte et, quand la jeune fille lui ouvrit, il lui mit dans la main l'enveloppe que Maurice lui avait donnée. Puis, après un rapide coup d'œil sur son visage surpris, il disparut.

4

Sir Edwin, Lady Buckley et Malahide Court

On astiqua de nouveau la maison la veille de l'arrivée des parents d'Angleterre. Elisa, en robe de cretonne empesée et tablier blanc impeccable, allait et venait avec une brosse et un essuie-meubles à la recherche d'une poussière imaginaire dans les recoins du salon. L'entrée de Philippe dans la maison lui donnait des émotions contradictoires ; à l'horreur pour la boue qu'il apporterait presque sûrement se mêlait le plaisir que lui procurait la vue de sa stature athlétique et de son visage affable. Elisa était une femme agitée, irritable, énergique, pourtant elle admirait de tout son cœur les qualités diamétralement opposées du maître de maison. Elle était même fière de son désordre et lorsqu'elle descendait l'escalier de la cuisine avec les cendres de sa pipe qu'il avait secouées par terre ou les bourres qu'il avait retirées de la queue de son chien et cachées sous sa chaise, elle les mettait en évidence sur sa pelle à poussière pour scandaliser la cuisinière et la fille de cuisine.

Béatrice, la fille de cuisine, que Renny appelait généralement Beet[1], ce qui lui allait très bien, vu son teint, était en train de frotter le pilier de noyer sur lequel étaient sculptées des grappes de raisin et des feuilles de vigne. Adeline Whiteoak ne passait jamais devant sans les caresser.

Celle-ci s'intéressait vivement aux derniers préparatifs, car elle était pleine d'une vitalité refoulée à laquelle son corps vieillissant ne pouvait plus donner libre cours. Elle avait commencé cette année à se servir d'une canne dont on entendait à toute heure le martèlement agressif dans la maison, quand Adeline n'était occupée ni à manger, ni à jouer au trictrac, ni à faire une sieste.

1. *Beet* veut dire betterave.

Elle raillait tous les embarras que l'on faisait, pourtant elle voulait que la maison apparût sous son plus beau jour, pas tant pour sa fille et son mari que pour Malahide Court qu'elle n'avait jamais vu. C'était un cousin au troisième ou au quatrième degré qui appartenait à une branche de sa famille qu'elle avait toujours détestée à cause d'une querelle bien plus vieille qu'elle. Elle désirait l'impressionner par l'élégance de son cadre, car elle savait que sa famille la considérait comme enterrée dans cette colonie. Elle était aussi très curieuse de l'homme lui-même. Tous les Court étaient intéressants. Ils pouvaient être des démons, mais ils n'étaient jamais ennuyeux ni vulgaires.

Elle caressa les grappes de raisin brillantes et regarda l'épée de son mari qui était accrochée au mur dans son fourreau.

— Oh ! dit-elle un peu essoufflée, car elle venait juste de remonter du sous-sol, où elle avait inspecté les préparatifs qu'on y faisait. Vous frottez bien la rampe, Béatrice, vous la frottez très bien. Rien ne vaut l'huile de coude. C'est meilleur que tous les ingrédients pour lesquels les journaux font de la publicité.

— Oui, M'me, répondit Béatrice en frottant plus fort que jamais.

La vieille Adeline resta à contempler le pilier aussi neuf et aussi d'aplomb que le jour où on l'avait dressé au pied de l'escalier. Elle revoyait son mari droit et robuste en descendre les marches. Mais ce fut un autre Philippe qui entra dans le hall, la prit dans ses bras et dit :

— Comment cela va-t-il ? Pas mal, n'est-ce pas ?

Et il embrassa la joue où poussaient quelques poils raides.

Elle lui rendit bruyamment son baiser.

— Non, non, je ne me plains de rien. L'appétit est bon. Mais je suis un peu agacée par toute cette agitation à propos des Buckley et de ce Court. Pourquoi Molly veut-elle toujours que tout soit si bien astiqué ?

— Allons, maman, vous aussi vous êtes contente de voir la vieille maison propre.

Elle le regarda en avançant sa lèvre inférieure.

— Naturellement, je suis contente. Mais je ne peux pas admettre qu'on donne tant d'importance aux Buckley. Qu'est-ce qu'il est, lui ? Un troisième baronnet. Comment son grand-père a-t-il obtenu le titre ? En découvrant quelque chose sur les moustiques au Brésil. Les moustiques ! Les punaises ! En voilà un titre reluisant, oui vraiment !

Elle eut un ricanement de triomphe, pensant avoir effacé les droits de Sir Edwin à la noblesse. Celui-ci ne lui déplaisait pas quand il avait épousé Augusta. Un gentil petit homme avec des favoris blond cendré et une lèvre supérieure qui remuait comme celle d'un lapin quand il parlait. Il l'avait débarrassée de sa fille et lui avait toujours montré de la déférence, il avait ri modérément à ses plaisanteries grossières même lorsqu'il en était l'objet. Mais il montrait les dents quand elle s'attaquait à Augusta. Sa femme et lui avaient accepté avec modestie l'héritage inattendu d'un titre et d'un château dans le Devon. Mais Adeline ne pouvait pardonner à sa fille d'avoir un rang social supérieur au sien. Elle lui en voulait de ce titre, refusait d'admettre qu'elle s'en souvenait et écorchait invariablement le nom d'Augusta en l'appelant « ma fille Lady Bilgeley, Lady Bunkum » ou en lui donnant un nom de ce genre.

Son intérêt pour Malahide Court grandissait à mesure que l'heure de l'arrivée se rapprochait. Elle se creusait la tête pour retrouver l'histoire de cette branche de la famille et tantôt rappelait son peu d'honorabilité, tantôt insistait sur l'inaccessible majesté de la branche mère des Court. Bien avant que les invités fussent attendus, elle était habillée pour les recevoir d'une robe de cachemire amarante garnie d'innombrables choux et de bandes de velours. Elle portait une énorme broche, et des diamants et des rubis scintillaient sur ses belles mains ridées. Son bonnet était un savant échafaudage de dentelles et de rubans amarante. Elle apparaissait comme un spécimen remarquable d'un temps révolu, imposante, haute en couleur, pleine d'une vitalité dont la parfaite assurance n'était pas sans beauté.

Les deux chevaux bais arrivaient en trombe par la grande allée en faisant voler avec leurs sabots le sable bien ratissé. Par un vide entre les feuilles nouvelles on apercevait pendant un bref instant leur épaule musclée ou leur croupe bien étrillée brillante comme du satin. Hodge, le cocher au teint vermeil, arrêta avec style l'attelage devant la porte. Il était juste midi. Un vent frais agitait les branches si bien que sur la pelouse les ombres intenses changeaient sans cesse de forme.

Nicolas, Ernest et Philippe étaient debout sur les marches du perron. Hodge sauta à bas de son siège et alla retenir ses chevaux. Nicolas ouvrit la portière de la voiture. Augusta en descendit en relevant sa jupe et fut trois fois embrassée fraternellement. Sir Edwin suivit et serra cordialement les mains. Alors le cousin Malahide extirpa d'un coin de la voiture un corps incroyablement long et mince et se dirigea avec un sourire amer vers ses hôtes. Les gros sourcils de Nicolas remontèrent jusqu'à la racine de ses cheveux grisonnants. Il tira sa moustache. Ernest répondit au sourire de Malahide par un rictus de ses lèvres sensibles. Philippe serra la main qu'on lui tendait languissamment.

— Soyez le bienvenu à Jalna, dit-il.

— Je suis désolé d'apprendre que vous avez eu une mauvaise traversée, ajouta Ernest en lui serrant aussi la main.

— Une abominable traversée, répondit Malahide Court.

Sa voix était étonnamment pleine et profonde. Son regard malveillant engloba la maison, les corbeilles de fleurs avec leurs géraniums à peine poussés, les visages des trois frères.

— Comme c'est charmant ! dit-il en s'adressant à Sir Edwin.

— Oui, oui, acquiesça nerveusement Sir Edwin. J'ai toujours aimé cet endroit. Voulez-vous que nous entrions, Philippe ? Augusta et moi avons hâte de voir mère.

— Et maman doit être impatiente de nous voir, répondit Augusta de sa voix de contralto.

Ils montèrent le perron, Sir Edwin et Philippe étaient les derniers.

— Eh bien, demanda Sir Edwin, que pensez-vous de lui ?

Philippe répondit sans détour :

— Je ne peux pas le définir. Je me demande ce que nous ferons de quelqu'un d'aussi bizarre à Jalna.

Sir Edwin parut ennuyé.

— Voyons, voyons, vous le trouvez vraiment si extraordinaire ? Il est fort cultivé. Il est très calé sur la sculpture grecque ancienne. Nous avons eu ensemble des conversations intéressantes.

— Comment se fait-il que vous l'ayez amené avec vous ?

— Vraiment, je ne sais pas exactement. Il faisait un séjour chez nous, et le temps passait... et il est parti avec nous.

— Vous voulez dire que vous n'avez pas pu vous en débarrasser.

— Exactement.

— Mais pourquoi a-t-il voulu venir ici ?

— Je n'ai pas pu le tirer au clair. Je crois que sa situation n'était pas très facile en Irlande. On lui a momentanément supprimé une pension que lui verse sa mère, aussi ne peut-il pas habiter Paris où il va généralement quand il n'est pas en Irlande.

— Bon, bon, nous n'avons qu'à en prendre notre parti, dit Philippe avec philosophie. Il amusera peut-être maman.

Maman l'accueillait au même instant avec un sourire intrigué en le regardant attentivement. Il était tout en noir. Si la canne d'ébène d'Adeline avec sa poignée d'ivoire avait tout à coup quitté sa main et s'était inclinée pour la lui baiser, elle aurait beaucoup ressemblé à Malahide Court. Son visage avait la pâleur du vieil ivoire. Il avait des yeux aux paupières épaisses et luisantes, un menton pointu, son nez très aquilin avec deux grandes narines écartées ressortait dans sa figure étroite.

— En voilà une surprise ! dit Adeline. Je suis heureuse de vous voir et je serai contente d'avoir des nouvelles toutes fraîches de la famille.

Elle le regarda et ajouta :

— Etes-vous en deuil ?

— Oui.

Il toucha sa cravate d'une main dont il avait retiré le gant noir et la passa sur son gilet.

— En deuil de ma jeunesse perdue.

La main aurait pu servir de modèle aux maîtres anciens dans leurs portraits.

Adeline préféra prendre la chose en plaisanterie. Elle rit aux éclats. Le bruit réveilla son perroquet Boney, à moitié endormi sur son perchoir derrière un écran. Il se dressa sur ses pattes, regarda pardessus l'écran et déversa un torrent de jurons hindous.

— *Shaitan ! Shaitan ka bata ! Shaitan ka butcka ! Piakur ! Piakur ! Jab kutr !*

Il termina cette tirade par un grand éclat de rire.

— C'est mon perroquet, dit fièrement Adeline. C'est moi qui lui ai appris tout cela. Je parie que vous n'avez pas compris un seul mot de ce qu'il a dit.

Malahide Court non seulement avait compris, mais répondit à l'oiseau par d'autres jurons hindous qui provoquèrent l'admiration d'Adeline.

Le perroquet était au paroxysme de la rage. Criant furieusement, il battait des ailes et se serait jeté au visage du nouveau venu si une mince chaîne ne l'avait retenu par la patte.

Lady Buckley trouvait la scène déplaisante et le dit à son frère préféré, Ernest. Ils étaient l'un près de l'autre et se tenaient le bras, heureux d'être réunis. A ce moment Meg apparut à la porte, pressée de voir les voyageurs.

Ernest demanda à sa sœur :

— Comment trouves-tu maman ? Voilà deux ans que tu ne l'as pas vue.

— Etonnante, répondit Augusta. J'aimerais seulement être aussi exubérante à son âge.

— Alors tu feras bien de commencer sans tarder, répondit Ernest, car tu en es fort loin, d'ailleurs je crois que cela ne me plairait guère. Ce n'est pas du tout ton genre.

Il la regarda avec admiration.

A vrai dire Augusta n'avait jamais été aussi bien de sa vie qu'à cette époque. La maturité lui seyait. Sa frange à la reine Alexandra, d'un brun chaud, pas tout à fait naturel, accentuait la noblesse tranquille de ses traits. Elle portait trop de chaînes, de bracelets, de broches, pourtant cela ne la faisait pas paraître trop richement habillée mais soulignait plutôt un peu de souci de la mode.

Meg eut peine à réprimer son envie de rire lorsque Malahide Court se mit le dos en arc pour lui baiser la main. Voilà donc ce séduisant cousin irlandais que dans des rêves elle s'était représenté capable de rendre Maurice un petit peu jaloux !

— Meggie n'a pas l'habitude du baisemain, dit sa grand-mère. C'est une jeune campagnarde.

— Alors ceci sera plus naturel.

Et il embrassa la joue ronde de Meg.

Meg recula, dégoûtée par le contact de ce visage contre le sien, et, pour faire diversion, Augusta s'écria :

— Il faut que nous voyions les autres ! Mary et ses enfants. Et où est Renny ?

— Il n'est jamais où il devrait, dit Philippe. Je ne sais pas ce qu'il fait. Ah ! voilà Mary et le bébé !

Grande et blonde, elle resta un instant hésitante dans l'embrasure de la porte, son enfant dans les bras. Il lui serrait le cou dans ses petits bras et pressait sa joue rose contre la sienne.

Augusta embrassa Mary d'autant plus chaleureusement qu'elle savait que sa mère ne l'aimait pas. Elle parla au bébé d'une voix basse et caressante. Il agrippa le jais qui ornait le devant de sa robe.

— C'est le portrait de Philippe, déclara-t-elle.

— Il ressemble bien plus à son grand-père, dit Adeline. Il a exactement le regard de mon mari et son dos droit. Avez-vous jamais vu un dos pareil chez un enfant de vingt mois ? Tournez-le, Molly, qu'on puisse voir son dos.

Mary le tourna et tous les yeux se fixèrent sur le dos potelé et la tête duveteuse. Malahide Court était oublié.

Augusta demanda :

— Où est Eden ?

Le petit garçon était son favori.

Une ombre d'ennui traversa le visage de Mary.

— Je n'en sais absolument rien. Il était habillé et avait promis de m'attendre sur le palier mais il a disparu. Je pense qu'il est parti je ne sais où avec Renny.

— L'insupportable garçon ! dit sa grand-mère. Pourquoi n'est-il pas là ? Attendez, Malahide ! vous verrez un véritable Court avec les cheveux roux et tous les traits caractéristiques.

Malahide Court taquinait le bébé avec un long index.

— L'âge idéal ! dit-il. L'âge de la voiture ; l'âge où l'on est porté dans les bras ; l'âge du sein, des couches et du talc ! Pourquoi ai-je assez vécu pour le dépasser ?

Ils le regardaient en essayant de se le représenter bébé, quand Renny, tenant Eden par la main, entra dans la pièce. Ils furent accueillis par les reproches de toute la famille, à l'exception de leur grand-mère dont la voix domina celle des autres.

— Arrive, Renny, et montre-toi à mon cousin Malahide. Voilà un beau garçon, Malahide. Il faut le voir à cheval. Il vous rappellera mon père le vieux Renny Court.

Malahide et Renny se serrèrent la main en s'examinant, le premier sans enthousiasme, et le second avec étonnement, antipathie et une légère envie de rire.

Avec une intensité peu enfantine, Eden regarda le visage inconnu penché vers lui, puis il leva les yeux vers sa mère et sourit.

— Un sourire très curieux, dit le cousin Malahide qui tenait toujours la petite main. Il y entre une certaine tristesse qui montre qu'il sait déjà que la véritable gaieté n'existe pas.

— Rien d'étonnant s'il a l'air triste, murmura Renny à Meg. Cet individu me rend malade. Tu crois que nous l'avons pour plusieurs semaines ?

— Pour des mois, répondit Meg. Il est épouvantable. Ses vêtements, sa taille ! Il doit porter un corset ! Regarde la tête de papa !

Le visage de Philippe valait en effet d'être observé tandis qu'il suivait des yeux le cousin Malahide qui avait quitté le groupe et circulait dans la pièce en examinant les meubles Chippendale avec le sérieux d'un connaisseur.

Plus tard, quand on annonça le déjeuner et qu'Adeline sortit la première en donnant le bras à Malahide, suivie de tante Augusta qui donnait la main à Eden et de Mary avec Sir Edwin, Renny s'étira, rentra complètement son diaphragme, sourit dédaigneusement et offrit son bras à Meg. Quant à elle, imitant aussi bien que le pouvait sa figure ronde et enfantine le ricanement de la vieille dame, elle s'accrocha à son bras et l'entraîna vers la table servie. Les trois frères qui fermaient la marche regardaient cette caricature avec indulgence et même avec une joie malicieuse.

Philippe dit :

— Je plains cet individu si ces deux jeunes chenapans décident de lui empoisonner la vie. Dieu, qu'il a la taille mince ! Le croyez-vous capable d'engloutir un repas copieux ?

Mais le cousin Malahide, bien qu'il eût relevé les sourcils jusqu'à les faire presque disparaître en voyant le repas préparé, fit preuve d'un appétit étonnant. Il rivalisa avec Adeline pour reprendre de tout, fit l'éloge du sherry et, après quelques verres, devint si amusant qu'ils se demandèrent si, après tout, ce ne serait pas un compagnon agréable.

5

L'hôte

Les jours suivants, le nouveau venu se familiarisa tout à fait avec la maison. Il l'explora depuis la cuisine en sous-sol et ce qu'on appelait un peu prétentieusement « la cave à vin » jusqu'au grenier. Il n'était jamais embarrassé en quelque endroit qu'on le découvrît et trouvait toujours une explication éloquente à sa curiosité puis, sans se laisser déconcerter, il continuait ses investigations.

Il consacrait au moins deux heures chaque jour à bavarder avec sa vieille parente. Pour la distraire il déterrait d'anciens scandales, il lui rappelait des membres presque oubliés de sa famille en insistant sur ce qu'il y avait de moins sympathique dans leur vie. Il allait la voir le matin avant qu'elle fût levée, quand elle portait encore sa chemise de nuit à collerette, il s'asseyait près de son lit, lui prodiguait des flatteries et gavait son perroquet de pain grillé.

Il montra aussi qu'il savait monter à cheval, sa longue personne incroyablement mince semblant faire corps avec la fougueuse pouliche de laquelle Renny avait espéré le voir tomber.

Cette visite inattendue, ce renouveau d'intérêt pour son passé, donnaient à Adeline une force et une vivacité nouvelles. Elle avait senti le poids de ses quatre-vingts et quelques années, marchant plus lentement, parlant moins, mangeant plus souvent et moins chaque fois, se tenant avec négligence à table. Le fait de ne plus pouvoir bien mâcher ses aliments la déprimait. Elle regardait d'un air morose autour de la table ses descendants qui croquaient la peau grillée du rôti de porc et murmurait :

— Pour vous c'est parfait ! Mais dois-je vivre de pommes de terre et de jus de viande ?

— La sauce aux pommes est très bonne, maman ! répondit Philippe en pressant le pied de sa sœur sous la table et, comme il s'y attendait, mettant sa mère en fureur.

— La sauce aux pommes ! La sauce aux pommes ! Vous croyez que je peux vivre d'un tel brouet ! Vous croyez que je peux garder mes forces avec de la bouillie ! Vous croyez que je veux rester à regarder mes enfants et mes petits-enfants s'empiffrer pendant que je jeûne ! Moi qui ai mis au monde de gros bébés et mangé pour deux en les attendant !

— Vous mangiez peut-être trop, Grannie, suggéra Meg ?

— Mangeir, mangeir, en voilà une façon de prononcer un mot convenable ! Je dis manger et ma famille dit manger !

— On m'a appris à prononcer *eir* à l'école, grand-mère.

— Eh bien, alors oublie-le. Je ne veux pas d'une manière aussi stupide et aussi affectée de parler dans cette maison. Manger c'était et manger ce sera. Plaise à Dieu que je puisse manger.

Et elle regarda d'un air désespéré le rôti de porc.

— Eh bien, dit Philippe, je vous le répète depuis quelque temps, ce qu'il vous faut c'est deux bonnes rangées de fausses dents qui vous permettront de bien mâcher.

— Parfaitement, approuva Sir Edwin. Tout à fait exact.

La vieille dame regarda avec mépris son gendre.

— Les vôtres n'ont pas l'air si bonnes que cela ! Vous mâchonnez vos aliments comme un lapin.

— Maintenant, dit Malahide, on fait une piqûre dans la gencive qui supprime la douleur. On m'a arraché quatre dents de cette façon et je n'ai rien senti.

Sa cousine le regarda attentivement.

— Il ne vous en manque pas, remarqua-t-elle.

— C'étaient mes dents de sagesse, ricana-t-il. C'est pour cela que je suis venu ici.

Adeline tapa sur la table avec le manche de sa fourchette.

— Je ne le supporterai pas plus longtemps, dit-elle, je vais me les faire arracher.

Bien que, de son propre aveu, Philippe l'eût poussée à cet acte, la brusque décision de sa mère le consterna. Il avait horreur des corvées et il pensa tout de suite que sa mère allait lui demander de l'accompagner pour cette opération. Il se mit immédiatement sur la défensive. Il se pencha pour lui taper gentiment sur l'épaule.

— Bravo ! s'écria-t-il, vous serez mille fois mieux. Je connais un excellent dentiste. Edwin et Augusta vous conduiront chez lui.

Augusta rentra son menton.

— Impossible ! déclara-t-elle. Cela me serait trop pénible de voir souffrir maman.

— Mais je ne souffrirai pas, Malahide dit que je ne souffrirai pas.

— Maman, je vous en prie, ne me demandez pas cela ! dit Augusta. C'est à Philippe de vous accompagner. C'est lui qui a eu cette idée.

Philippe prit un air maussade.

— Que Nicolas y aille. C'est lui l'aîné.

Nicolas se renversa sur son dossier.

— Je suis comme Gussie, dit-il, je m'en sens incapable. Ernest est l'homme qu'il faut pour accompagner maman. Il a du tact. Il joint la douceur d'une femme au courage d'un homme.

C'est avec une expression amère qu'Ernest écoutait cet éloge de lui-même.

— Tu sembles avoir complètement oublié que j'ai été malade en voyant le vétérinaire extraire six dents à une jument.

— Et j'en ai seize, dit sa mère. Tu ne peux pas faire l'affaire.

Elle regarda un peu angoissée les visages qui l'entouraient.

— Alors il faudra que j'aille seule chez le dentiste ? demanda-t-elle.

— Si vous voulez de moi, dit Malahide, je serai charmé de vous accompagner.

La famille se tourna vers lui avec sa première et dernière expression de gratitude. Grand-mère lui prit la main.

— C'est très aimable à vous, Malahide. Heureusement vous êtes là pour me soutenir, oui, heureusement !

— Maman, vous savez bien, dit Ernest, que c'est parce que nous ne pouvons pas supporter de vous voir souffrir.

— Souffrir ! répondit-elle. Je ne souffrirai pas ! Et si cela m'arrive, ce ne sera pas la première fois. J'ai assez souffert quand j'ai mis au monde ta misérable petite carcasse !

Ernest sourit d'un air triste tandis que ses frères éclataient de rire et qu'Augusta sympathisait avec lui. Sir Edwin restait comme toujours impassible au milieu d'eux.

— Vous les ferez-vous toutes arracher d'un seul coup ? demanda-t-il.

— On verra, on verra, répondit-elle tranquillement, nous agirons à notre idée, Malahide et moi.

Malahide sourit sournoisement et Renny pinça Meg sous la table.

Les deux jours suivants, Adeline ne se montra pas déprimée par l'épreuve qui l'attendait. Elle était plutôt très gaie et marquait une grande préférence pour la compagnie de son cousin à l'exclusion de tous les autres.

Le troisième jour elle ordonna à Hodge d'amener la voiture à dix heures. A neuf heures un quart elle avait mis son manteau de velours et son grand voile de veuve encadrait son vieux visage intrépide. Elle s'assit pour attendre dans le salon près d'une fenêtre qui donnait sur la grande allée, son perroquet près d'elle sur son perchoir. Elle le caressait d'une main qui tremblait un peu.

— Pauvre vieux Boney ! murmura-t-elle. Bientôt je serai comme toi sans une dent dans la bouche.

Il ondula du cou pour frotter son bec contre la paume de la main d'Adeline. *Dilkhoosa... Mera lal*, murmura-t-il doucement.

Cinq minutes avant l'heure de partir, le cousin Malahide fit son apparition.

— Vous êtes prête et vous attendez, dit-il.

— Je suis une personne rapide, répondit-elle avec aigreur. Je suis toute seule ici depuis près d'une heure... Regardez mon fils ! Cela lui est bien égal !

Elle désigna de la tête la fenêtre devant laquelle passait Philippe vêtu d'un vieux manteau déformé, les cheveux en désordre et sa ligne à la main.

— Où sont vos autres fils ? demanda Malahide d'un ton qui soulignait leur indifférence.

— Nicolas est encore au lit. Ernest est plongé dans un livre. Sans vous, Malahide, j'affronterais seule cette épreuve. Ah ! voilà les chevaux !

Hodge les arrêta devant la porte avec brio. Adeline monta un peu lourdement en voiture, son voile retombait sur son visage. Hodge lui enroula soigneusement les jambes dans la couverture. Malahide lui tapota la main.

— Ce ne sera pas long, dit-il doucement.

L'été resplendissait sans que rien atténuât son premier éclat. Midi n'avait pas encore dissipé la fraîcheur du matin. Les feuilles étaient complètement déployées et les champs s'étendaient à perte de vue de chaque côté de la route. Là où, la semaine dernière, on ne voyait qu'un brin d'herbe il y en avait cent maintenant. Adeline songeait :

« La terre s'épanouit et moi je suis sur mon déclin. Mais je ne suis pas encore tout à fait à bout. Je me ferai mettre des fausses dents et je tiendrai ma place à table. J'aimerais qu'un de mes enfants fût avec moi au lieu du cousin Malahide. »

Elle se redressa et regarda par-dessus le dos de Hodge les magnifiques croupes des chevaux bais. Malahide lui prit la main.

Il la tenait encore quand ils revinrent à Jalna. Ernest se précipita pour ouvrir à sa mère la portière de la voiture. Il la regarda avec anxiété. Elle était un peu rouge mais, quand elle lui sourit, il vit, avec un soulagement mêlé de contrariété, qu'elle avait encore des dents.

— Mais, mais, maman, bégaya-t-il, on ne vous les a pas arrachées !

Elle répondit avec hauteur :

— Ai-je dit que j'allais me les faire toutes enlever à la fois ? Pas du tout. J'ai dit que j'allais me les faire arracher et c'est ce que je fais. Une par jour jusqu'à ce qu'il n'en reste plus. On m'a arraché la première ce matin. Regarde.

Elle ouvrit la bouche toute grande et montra la cavité sanglante laissée par une grosse molaire.

Ernest regarda avec un certain dégoût.

— Cela doit vous faire mal. Vous a-t-on fait une piqûre, maman ?

Elle répondit, le doigt toujours dans le coin de sa bouche :

— Non ! Le dentiste m'a montré l'instrument, mais cela ne me disait rien du tout. Je ne veux pas de cela, ai-je dit. Arrachez-moi les dents à la mode d'autrefois. Une par jour jusqu'à ce qu'elles soient toutes ôtées.

— Elle a été vraiment héroïque, dit Malahide.

Adeline était d'une humeur excellente. Elle parla durant tout le déjeuner de l'habileté, de la gentillesse et de la compétence du dentiste. Elle eut un mot aimable pour Malahide et son appui opportun.

— Combien de dents a-t-elle ? demanda, d'un ton lugubre, Philippe à son frère aîné.

— Seize, grogna Nicolas. Cela va continuer ainsi pendant seize jours.

Philippe haussa ses larges épaules.

— Bon, nous n'avons qu'à nous résigner.

— Nous devrions bénir le Ciel, remarqua Augusta, qu'elle puisse trouver de l'agrément à ces extractions.

Mais c'était un plaisir mêlé d'appréhension. Adeline était surexcitée depuis le moment où elle revenait à la maison jusqu'à celui où elle allait se coucher. Cependant le matin suivant c'était une autre histoire. Elle se réveillait avec l'impression d'une menace suspendue au-dessus de sa tête. Après avoir pris son porridge et mâchonné son toast elle était dans un état voisin de la panique. Une fois habillée elle était d'une humeur massacrante. Une grande heure avant le moment où Hodge devait arriver avec les chevaux, elle était installée dans son fauteuil du salon, drapée en son voile de veuve, l'air lugubre et les yeux fixes. Tantôt elle serrait les mâchoires d'un air déterminé, tantôt elle caressait tristement de la langue les surfaces familières de ses dents usées à la peine.

Son perroquet toujours sensible à son humeur se hérissait sur son perchoir, béquetait les écailles grises de ses pattes et de temps en temps proférait d'une voix métallique des jurons hindous.

A cette heure-là, Philippe était invisible. Nicolas avait une crise de lumbago fort opportune et passait ses matinées dans son lit. Aussi était-ce Augusta et Ernest qui faisaient de leur mieux pour aider leur mère à passer cette heure pénible. Leur sympathie ne leur valait nulle reconnaissance et l'heure ne s'écoulait jamais sans qu'Adeline leur lançât une pointe qui les atteignait au cœur.

C'était avec un profond soulagement qu'ils voyaient le cousin Malahide entrer lui offrir le bras.

Mais le retour ! La grande joie du retour ! Les chevaux impatients de recevoir leur ration de midi auraient galopé si Hodge ne les avait retenus. Leurs sabots faisaient voler le gravier propre de l'allée sur l'herbe récemment tondue. Hodge rayonnant sautait pour ouvrir la portière. Toute la famille était réunie pour accueillir l'aïeule. Elle ouvrait tout grands les bras à celui qui était le plus près d'elle et le serrait sur sa poitrine.

— Encore une ! s'écriait-elle, et c'était un étonnant vieux monstre avec des racines comme des serpents ! Le dentiste a failli me soulever du fauteuil en l'arrachant. Malahide peut vous le dire. Il l'a enveloppée dans un papier pour vous la montrer.

Et Malahide, avec une grimace de satisfaction, exhibait le trophée sanglant.

Et il en fut ainsi pendant seize jours à l'exception des dimanches, jusqu'à ce qu'Adeline n'eût plus une dent dans la bouche ! Elle s'asseyait et Boney se perchait sur son épaule et frottait contre sa joue son bec crochu.

— *Dilkhoosa. Dilkhoosa...* murmurait-il d'un ton caressant. *Nur Mahal... Mera lal...*

— Des mots d'amour ! s'écriait-elle. De beaux mots d'amour orientaux ! Ah ! on sait aimer en Orient.

Elle était sans dents et triomphante. Elle était anxieuse d'avoir son appareil installé à temps pour le mariage. En famille on en parlait autant que du trousseau de Meg. Elle se réjouissait à la pensée des bons repas qu'elle pourrait faire à ce moment-là. Pour l'instant elle en était réduite presque uniquement aux purées. Mais elle ne mourrait pas de faim. Elle sortit des profondeurs d'un tiroir un ancien manche à os d'argent. On commanda un os à moelle et il mijota pendant des heures. Trois fois elle descendit l'escalier de la cuisine pour le surveiller. Elle eut peine à attendre l'heure du repas. Alors, l'ayant solidement fixé dans le manche, elle en retira de grandes cuillerées de moelle lisse et sombre.

— C'est bon, déclara-t-elle. C'est excellent, cela va me soutenir jusqu'à ce que j'aie mon appareil.

Elle appela Eden et lui en mit une cuillerée dans la bouche.

— Ça lui fera du bien, dit-elle, cela lui donnera de la force et du muscle.

Mais le petit garçon fit une grimace de dégoût et recracha le morceau par terre où il fut happé par l'épagneul de Philippe, qui s'assit en face d'Adeline et aboya pour en avoir davantage.

— Cela suffit, affreuse bête ! dit-elle en enfonçant profondément sa cuiller, mais quand j'aurai fini tu auras l'os.

Les nouvelles dents se révélèrent d'une efficacité parfaite. Ce fut un beau jour que celui où elle et Malahide revinrent à la maison avec l'appareil. Si jamais il la gêna, elle ne l'avoua pas. Les dents étaient solides, d'une jolie forme et d'un ton ni trop clair ni trop foncé. Elle passa près d'une heure à grimacer devant la glace. Mais cette exhibition faillit tourner au désastre car Boney, à la vue de cet éclat inaccoutumé dans la bouche de sa maîtresse, vola brusquement sur son épaule pour l'examiner et donna un tel coup de bec dans une des incisives du devant qu'il la déplaça presque. Pendant un instant elle n'osa pas regarder, elle n'osa pas tâter la place avec sa langue mais, quand elle vit que sa dent était saine et sauve, elle fut tellement heureuse qu'elle s'écria :

— Dieu soit loué !

Elle se dit qu'il fallait qu'elle fît un cadeau à Malahide pour le remercier d'avoir été à ses côtés durant cette longue épreuve. Elle passa en revue le contenu de son coffre à bijoux et y prit une boucle d'oreille d'une paire très élégante qu'elle n'avait pas portée depuis longtemps. Elle la donna à Malahide pour qu'il en fît monter un diamant en épingle de cravate.

Il eût aimé que ce cadeau restât secret, mais Adeline n'était pas de celles qui cachent leur lumière sous un boisseau. La première fois qu'il mit l'épingle, la vieille dame attira l'attention de la famille en disant :

— Eh bien, qu'en pensez-vous ? C'est ce que j'ai donné à Mally pour le remercier de ce qu'il a fait pour moi. Et, permettez-moi de vous le dire, il peut être fier de ce diamant.

La famille digéra le nouveau diminutif de Malahide, mais elle ne put digérer l'épingle.

Sir Edwin mordilla sa lèvre inférieure et dit :

— C'est très généreux de votre part, chère Mrs. Whiteoak, mais sûrement... vraiment vous savez...

— L'épingle appartenait-elle à mon père ? éclata Augusta.

— Non, non, intervint Ernest. Elle est visiblement neuve.

— La pierre, dit leur mère, vient d'une de mes anciennes boucles d'oreilles, celles qui ont la forme de bannière. Le diamant pendait au bout de la bannière.

— Ma parole, grommela Nicolas, je trouve que c'est une honte de les avoir dépareillées. Vous auriez sûrement pu trouver quelque chose d'autre pour le cousin Malahide.

— De si belles boucles d'oreilles, dit Ernest. Je les ai toujours admirées. Pas plus tard que l'autre jour je me demandais pourquoi vous ne les portiez plus.

— Un travail aussi délicat ne se trouve plus maintenant, continua Augusta.

— Le jour viendra, dit pompeusement Sir Edwin, où on l'appréciera de nouveau. Les gens rechercheront ce genre de bijoux.

Philippe murmura :

— Si j'avais su que c'était l'occasion de se faire donner des épingles de cravate en diamant, j'y serais allé moi-même.

Adeline se tourna vers lui.

— Parle tout haut ! Je n'entends pas un mot de ce que tu dis. Crois-tu que je devienne sourde ?

Philippe éleva la voix.

— Je dis que je vous aurais conduite moi-même si…

— Bien sûr, tu serais venu. Vous seriez tous venus ! Vous m'auriez accompagnée en corps, vous auriez fait les allers et retours si vous aviez pensé y gagner quelque chose ! Mais je ne vous ai pas prévenus. C'était une épreuve si vous voulez. Malahide n'a jamais songé que je pourrais lui faire un cadeau, n'est-ce pas, Mally !

— Je n'en avais pas la moindre idée, dit Malahide en tripotant son épingle.

— Seize fois il m'a accompagnée chez le dentiste avec un parfait désintéressement.

Adeline hocha vigoureusement la tête pour souligner ses paroles.

— Mais je trouve vraiment, grand-mère, dit Meg, que, comme je vais me marier, vous auriez dû me donner les bijoux dont vous ne vouliez plus.

— Dont je ne voulais plus ! Dont je ne voulais plus ! Qui dit que je n'en voulais plus ? J'y tenais beaucoup au contraire et c'est pour cela que j'en ai fait cadeau à Malahide.

— Tout de même, insista Philippe, ce n'était pas correct envers nous.

Il se mit à ôter les bourres de la queue de son épagneul et à les cacher sous sa chaise.

— Regarde ce que tu fais, tempêta Adeline. C'est une honte, si ton père était là, il te dirait sa façon de penser.

— Pas du tout, répondit tranquillement Philippe, ce cher papa trouvait tout ce que je faisais parfait.

Renny était entré juste à temps pour entendre cela. Il alla derrière la chaise de son père et mit sa main sur son épaule. Philippe tourna la tête vers son fils et ils échangèrent un affectueux regard de complicité.

6

L'enfant

Robert Vaughan, bien qu'il eût soixante-treize ans, s'éveilla avec un sentiment de plaisir juvénile en ce matin d'été. Il aimait à se lever tôt, pourtant il resta un moment sans bouger pour savourer la satisfaction que lui apportait la vie. Les choses se passaient comme il l'avait toujours souhaité tout en redoutant le contraire. Maurice, son fils unique, était un garçon sérieux, assez studieux, vivement intéressé par la politique de la province. De toute évidence il deviendrait un grand homme dans son pays, un leader du parti libéral. Il était un peu orgueilleux, mais c'était un défaut inhérent à sa jeunesse et à son rang. Dans quelques semaines il épouserait Meg Whiteoak, la seule jeune fille, parmi les quelques familles avoisinantes, que Robert Vaughan trouvât digne de la sienne.

Depuis l'enfance de Maurice et de Meg, leurs parents avaient désiré ce mariage. Les Whiteoak n'étaient pas indifférents aux mille acres achetées au gouvernement par le premier Vaughan ni au revenu annuel de dix mille dollars qui les accompagnait et qui était principalement constitué par de solides valeurs minières.

C'était le premier Vaughan, le père de Robert, un colonel en retraite de l'armée des Indes, qui avait décidé le capitaine Whiteoak à s'installer sur la rive sud si fertile de l'Ontario, il y avait plus de cinquante ans. « Ici, écrivait-il, les hivers sont doux. Nous avons peu de neige et pendant les longs étés la nature fournit poissons et fruits en abondance. Il se forme un agréable petit groupement de familles *respectables*. Vous et votre charmante femme, mon cher Whiteoak, recevriez l'accueil que *méritent* des gens comme vous. »

Le colonel Vaughan avait non seulement décidé les Whiteoak à s'installer dans son voisinage, mais il les avait reçus dans sa propre maison pendant près d'un an, tandis qu'on construisait la leur.

Comme Robert se souvenait bien de cette arrivée ! Il n'était qu'un très jeune homme alors et il ne devait jamais oublier l'impression que fit sur lui Adeline Whiteoak avec ses soies brochées, ses châles de l'Inde aux dessins éclatants, ses chapeaux à plumes et ses belles mains chargées de bagues. C'était un être venu d'un autre univers. Il avait été aux petits soins pour la jeune Augusta et Nicolas.

Mais les Whiteoak ne devinrent jamais partie intégrante du pays comme c'était le cas pour les Vaughan. Les Vaughan n'avaient plus aucune attache sur l'ancien continent et n'y retournaient jamais. Nicolas, Ernest et Philippe allèrent faire leurs études en Angleterre et les Whiteoak traversaient souvent l'Atlantique.

Robert Vaughan pensait avec tendresse à la jeune Meg, qui devait bientôt épouser son fils. Avant la fin de l'été elle serait installée au-dessus du hall dans la grande chambre qu'on avait déjà remise à neuf pour la recevoir. Meg était charmante, elle avait un heureux caractère, la mère de Maurice trouverait en elle la fille qu'elle avait toujours désirée. En ce moment la mère de Maurice dormait tranquillement et Robert pour se retourner, l'entoura doucement de son bras pour ne pas la déranger. Maurice était né longtemps après leur mariage et, bien qu'il fût devenu le centre de leur vie, ils avaient gardé l'un envers l'autre des manières d'amants.

Le rayon de soleil qui atteignait les barreaux du lit de noyer devenait plus brillant, et pourtant Robert ne pouvait se résoudre à quitter son lit confortable, ni à rompre le fil heureux de ses pensées. Un oiseau commençait à nourrir ses petits dans un nid au-dessus de la fenêtre ouverte et Robert Vaughan souriait tout seul en entendant leurs pépiements impatients. Il imaginait l'oiseau se balançant au bord du nid, choisissant parmi les becs ouverts celui qui recevrait le gros ver qu'il apportait.

Le bruit devint plus fort, mais n'était-ce pas un bruit différent ? Oui, c'était sans aucun doute un autre bruit qui venait d'en bas. Peut-être un chat regardait-il le nid sous le rebord du toit.

Mais aucun chat n'aurait poussé ce cri faible et plaintif ! C'était sûrement le cri d'un tout petit enfant ! Pourtant – c'était impossible –, à moins qu'une paysanne ne fût en bas avec son enfant. Il n'avait cependant pas entendu marcher dans l'allée et son ouïe était excellente. Les cris augmentèrent, devinrent un gémissement. Il sortit de son lit, mit ses pantoufles et descendit doucement jusqu'à la porte d'entrée. A part lui, personne n'était levé. Il était en vêtement de nuit sur le seuil baigné de soleil.

Là il vit presque à ses pieds un paquet enveloppé d'un châle écossais. Un papier était épinglé sur le châle et, comme s'il avait regardé quelqu'un d'autre, il se vit prendre le papier, le déplier et lire les mots écrits d'une main maladroite. « Maurice Vaughan est le père de ce bébé. Je vous en prie, soyez bon pour lui. »

La petite figure qui émergeait à peine du châle ressemblait à une fleur en bouton. Les mots qu'il venait de lire lui faisaient horreur. Il tomba évanoui sur le sol.

Noah Binns, un garçon de ferme, le découvrit. Il vit le morceau de papier chiffonné jeté par terre à côté de lui. Il le ramassa, le défroissa et le lut. Rien d'étonnant à ce que le vieux monsieur fût bouleversé ! Noah n'était pas surpris. Il aurait pu raconter certaines choses si on le lui avait demandé. Quelle chance pour lui d'être le porteur de cette nouvelle !

Il frappa très fort le marteau de cuivre. Simultanément la bonne accourut à la porte d'entrée et Mrs. Vaughan mit sa tête à la fenêtre de sa chambre.

— Noah ! cria-t-elle. Qu'est-il arrivé ?

— C'est Mr. Vaughan, madame. Il s'est évanoui. J'ai sonné parce que j'ai pensé qu'il valait mieux vous avertir.

La bonne cria à Noah :

— Imbécile. Pourquoi ne lui avez-vous pas soulevé la tête ?

A ce moment elle vit le bébé.

— Qu'est-ce que cela signifie ? s'écria-t-elle haletante.

— C'est l'enfant du jeune monsieur, dit Noah. Le sien et celui d'Elvira Gray. Je les ai vus ensemble dans les bois.

Mrs. Vaughan descendit l'escalier en courant et en serrant sa robe de chambre autour d'elle.

— Robert ! cria-t-elle. Mon chéri !

Au bruit de sa voix il ouvrit les yeux.

— Je vais chercher du cognac, dit la bonne.

Mrs. Vaughan s'agenouilla à côté de son mari et prit sa tête sur ses genoux. Il se cacha la figure contre sa robe de chambre et gémit. Elle vit le papier et le ramassa avec crainte.

— Non, non, dit-il haut et distinctement. Il ne faut pas le lire.

Mais il n'avait pas la force de l'en empêcher.

Elle le froissa dans sa main et pâlit.

La bonne arriva en courant avec le cognac.

— J'ai téléphoné au docteur, dit-elle en tremblant tellement qu'elle renversait la liqueur.

Mrs. Vaughan ramassa l'enfant et sentit le pouvoir étrange et pénétrant du petit corps fragile.

Noah Binns les regardait tous trois sans perdre un détail du tableau lamentable qu'ils formaient. Mr. Vaughan semblait moins pâle.

— Donnez-moi la main, Noah, dit-il. Je me sens mieux. Je ne sais vraiment pas pourquoi je me suis évanoui. Cela ne m'était encore jamais arrivé. C'est sans doute le choc que j'ai éprouvé en trouvant ce pauvre petit enfant sur le seuil. Une malheureuse fille du village l'a laissé ici dans l'espoir que nous nous en chargerions, c'est ce qu'il y a sur le papier. Elle espérait que nous en aurions pitié et que nous le prendrions. Pauvre fille ! – pauvre fille ! – si quelqu'un vous demande ce qui s'est passé, Noah, répétez simplement cela, n'est-ce pas ?

Avec l'aide de Noah Binns il se releva.

— Je répéterai exactement ça, monsieur, acquiesça Noah. Ce n'est pas mauvais d'avoir une histoire qui tient debout. Il y en a pas mal qui bavardent par ici.

— Vous avez dit que vous aviez téléphoné au docteur, demanda Robert Vaughan à la bonne quand ils furent dans le hall, après avoir fermé la porte, tandis que Noah Binns se dirigeait vers Jalna en martelant le sol de ses lourdes bottes.

— Oui, monsieur.

— Eh bien – il parlait avec humeur –, retéléphonez et empêchez-le de venir, s'il y a moyen. Je suis tout à fait remis. Je me demande vraiment pourquoi je me suis évanoui. Sans doute la surprise —, on ne s'attend pas à trouver un petit bébé sur le seuil de sa porte.

— Non vraiment, monsieur.

La bonne le regardait avec pitié.

— Est-ce que j'emmène le bébé à la cuisine, madame ?

— Non, je le garde avec moi jusqu'à ce que nous ayons décidé ce qu'on en fera.

Mrs. Vaughan se sentait accablée par le poids de l'enfant comme s'il avait le pouvoir mystérieux de l'écraser. Elle ployait sous le fardeau en arrivant en haut de l'escalier et son mari la retint.

— Tu ne vas pas t'évanouir aussi, n'est-ce pas ?

Il eut un sourire lamentable.

— Ce serait pourtant bien naturel.

Elle se laissa tomber sur une chaise en serrant l'enfant sur sa poitrine. Elle regardait la chambre familière comme si c'était quelque sinistre demeure dans laquelle on l'avait brusquement jetée. Même la figure de son mari lui paraissait étrange et changée. La seule chose, dans la pièce, qui lui parût naturelle c'était le visage de l'enfant, car c'était le visage de Maurice bébé. Elle le regardait sans pouvoir en détacher les yeux. Elle défit le châle et examina les petites mains et les petits pieds.

— Personne ne croira que cet enfant ne nous est rien, grommela Robert Vaughan. J'aurais aussi bien pu faire lire le papier à Binns et lui dire de le claironner dans toute la région.

— Personne ne peut prouver que cet enfant est de Maurice. Pourtant c'est son enfant – j'en suis sûre ! Voyons, Robert, n'est-ce pas frappant ? Regardez-le d'où je suis. Vous avez donc oublié la figure de Maurice quand il était bébé ?

— Le gredin ! Le misérable ! Le répugnant personnage !

Jamais jusqu'ici il n'avait eu un mot de blâme envers son fils. Maintenant il les articulait péniblement d'une voix que ni lui ni sa femme ne connaissaient. Elle dit :

— Si les Whiteoak soupçonnent Maurice d'être le père de ce bébé, ils ne laisseront jamais, jamais Meggie l'épouser !

— Il ne faut pas qu'ils s'en doutent. Nous devons éviter cela à tout prix. Je prendrai plutôt cette paternité à ma charge. Ah ! Dieu, oui.

Mrs. Vaughan eut un pâle sourire de pitié. Il paraissait tellement plus vieux que d'habitude.

— Grâce au Ciel vous avez mis le papier à l'abri, dit-elle. Si Noah Binns l'avait lu, c'eût été terrible.

Il déplia le papier et le relut encore une fois.

— Qui est-ce ? Qui peut bien être cette fille ?

— Je n'en ai aucune idée. Mais, Robert, c'est impossible ! Nous faisons injure à Maurice en le soupçonnant un instant. Comme s'il *pouvait* faire une chose pareille ! Il doit se marier dans quelques semaines et avec cette charmante Meg.

— Et ce que vous disiez il y a un instant sur cette ressemblance ?

— J'ai dû l'imaginer.

Il s'approcha et tous deux se penchèrent sur l'enfant.

Celui-ci eut un petit hoquet et un peu de lait coula du coin de sa bouche.

— Oh ! pauvre petit !

Mrs. Vaughan lui essuya le menton avec son mouchoir.

— De quelle couleur sont ses yeux ?

— Bleu très foncé – non, marron.

— Hum ! Ceux de Maurice sont gris.

— Robert, il n'y a aucune ressemblance. J'étais folle.

— Nous serons bientôt fixés. Je vais avoir un entretien avec ce jeune homme.

Il parlait d'un ton menaçant.

— Mais cela ne peut pas être vrai. Ah ! si vous ne vous étiez pas évanoui, nous aurions pu emmener l'enfant sans que personne n'en sache rien.

— Est-ce que l'histoire que j'ai racontée à Binns paraissait vraisemblable ?

— Oh ! oui.

Et elle le regarda encore avec pitié.

Il prit sa tête dans ses mains.

— Mon Dieu, ma femme, que ferons-nous de l'enfant – si Maurice le reconnaît ?

— Robert, vous croyez qu'il est de lui ?

— Oh ! pour inventer cette histoire, il faudrait que cette fille fût une peste. Tout le monde sait qu'il est sur le point de se marier.

— Ce ne serait pas la première qui aurait menti.

L'enfant remua les lèvres comme pour téter et se mit à crier. Ses cris étaient d'une force et d'une acuité surprenantes. Les deux vieillards tremblaient comme deux conspirateurs. Mrs. Vaughan calma le bébé en le tapotant pour le consoler.

— Maurice va l'entendre.

— J'ai bien envie de l'emmener dans sa chambre et de les mettre face à face.

— Non, non, je crois qu'il vaut mieux que ce soit moi qui y aille.

— Non, il faut que je voie mon fils moi-même.

Il parlait avec autorité et s'habilla rapidement.

— Oh ! ne soyez pas trop dur pour lui.

— S'il dément cette histoire, je lui demanderai pardon à genoux !

Il se répétait ces mots en longeant le corridor qui menait à la chambre de Maurice. De sa vie il n'avait jamais eu de scène avec son fils. Ils s'étaient toujours parfaitement entendus. Et maintenant…

Il se rappelait avoir vu Nicolas Whiteoak, quand il avait à peu près l'âge de Maurice, frappé si violemment par son père qu'il était tombé. Le capitaine Whiteoak avait battu tous ses garçons. Sa femme l'avait même aidé. Robert Vaughan avait eu des échos de la scène dont le jeune Renny avait été le centre quand il avait été renvoyé du collège le mois dernier.

Il ouvrit doucement la porte de Maurice.

Maurice était couché la main sur la joue, le front lisse. Il avait repoussé les couvertures et sous le drap son corps vigoureux avec ses jambes repliées était celui d'un homme. Robert le regarda presque avec crainte. Lui, mince et délicat, avait conçu ce vigoureux garçon musclé. Maurice était du côté de sa mère. Pourtant il y avait toujours eu une telle intimité entre son fils et lui qu'en le regardant dormir avec calme, il refusait de croire qu'il avait mené en cachette cette vie honteuse. Il lui toucha l'épaule.

— Maurice !

Son fils ouvrit les yeux, les cligna, eut un demi-sourire.

— Oui, père.

Il n'était pas étonné. On le réveillait quelquefois de cette façon pour l'engager à sortir et à profiter de la beauté de la matinée, ou pour lui rappeler que sa mère aimait qu'il prît son petit déjeuner avec elle.

— Maurice, assieds-toi et lis ceci.

Robert Vaughan mit le bout de papier chiffonné dans la main de Maurice. Au même moment le bébé, comme s'il était anxieux, poussa un cri perçant dans la chambre de Mrs. Vaughan.

Maurice pâlit. Sa main tremblait en tenant le papier. Il le regardait fixement, incapable de lire.

— Lis-le, répéta son père, lis-le tout haut.

Maurice lut d'une voix tremblante :

— Maurice Vaughan est le père…

Epouvanté il regarda son propre père.

— Continue, dit doucement Robert Vaughan.

— … le père de ce bébé.

De nouveau le cri de l'enfant traversa les murs.

— Elle ment, éclata Maurice.

— Qui ment ?

— Elvira Gray.

— Oh ! mon Dieu !

Robert Vaughan se laissa tomber sur le bord du lit et se cacha la figure dans ses mains.

— Père, arrêtez ! Je vous dis que ce n'est pas vrai.

Robert Vaughan se mit à pleurer. Tout son corps tremblait convulsivement.

— Père ! je ne peux pas supporter cela ! Que voulez-vous que je vous dise ?

Son père découvrit un visage ravagé.

— Quand as-tu rencontré cette Elvira Gray ? Où est-ce arrivé ? N'aie pas peur. Raconte-moi tout.

La détresse de Maurice était complète. Le bruit des sanglots de son père, la vue de son visage le bouleversaient.

— Quand l'a-t-elle amené ici ? demanda-t-il.

— Ce matin, avant que personne fût levé. Elle l'a laissé sur le perron. Ses cris m'ont réveillé.

— Elle avait promis... elle avait promis !...

— Quoi ?

— De s'en aller. Je lui avais donné de l'argent.

— Tu lui as donné de l'argent - oui -, quel argent, Maurice ?

— Oh ! père, ne me demandez pas cela.

— Non, je n'ai pas besoin de te le demander... Je le devine. Mon Dieu, dire que nous avions une telle confiance en toi, ta mère et moi - que nous étions si fiers de toi !

— Père, j'aurais mieux aimé mourir avant de vous causer un tel chagrin.

— Ne dis pas cela ! Nous devons en envisager ensemble les conséquences.

Maurice se tordait les mains. Son visage était décomposé par le remords et la honte.

— Continue, dit son père froidement.

— Vous ne pourrez jamais me pardonner, maman et vous.

— Maurice, je t'en prie, raconte-moi tout. Il faut que je sache quoi dire aux Whiteoak.

Maurice gémit.

— S'ils apprennent la vérité, ils ne me laisseront jamais épouser Meg.

Il avait l'impression d'avoir touché le fond du désespoir. La figure cachée dans ses mains, il raconta l'histoire de ses rendez-vous avec Elvira.

7

Oiseau de malheur

Meg Whiteoak se réveilla tôt ce matin-là. Quelque chose de nouveau et d'excitant dans l'air frais de l'été la tira de ses rêves. Ou était-ce quelque courant subtil qui traversait ses propres nerfs ? Elle ne fit aucun effort pour le discerner, mais resta couchée, les yeux mi-clos, à regarder à travers les rideaux froncés de mousseline blanche de sa fenêtre le haut des arbres qui oscillait légèrement. Elle aimait voir les arbres se balancer doucement comme des dames majestueuses en train de s'éventer. Elle aimait à entendre deux pigeons bavarder avec insouciance sur le bord du toit. Elle sortit son bras nu et très blanc et laissa son regard errer sur sa surface lisse. Elle remarqua la teinte rosée de ses paumes et ses jolis ongles ovales.

Cette chambre – et tout ce qu'elle contenait – faisait tellement partie d'elle-même qu'elle ne pouvait imaginer être ailleurs que là. Pourtant elle savait que dans très peu de temps elle partagerait la chambre de Maurice à Vaughanland. Elle emporterait d'ici quelques objets pour rendre sa nouvelle chambre plus intime. Les deux petites filles en porcelaine de Dresde qui étaient sur la cheminée, l'aquarelle d'oncle Ernest qui représentait un cottage du Devon couvert de roses, la gravure en sépia de la reine Louise et la Vierge de la Sixtine dans un cadre doré ovale sur son bureau. Elle aimerait aussi emporter son confortable fauteuil de chintz bien rembourré et les rideaux de chenille qui recouvraient la porte. Mrs. Vaughan avait fait l'acquisition d'un mobilier neuf pour la chambre du jeune ménage, un lit tout en cuivre, une coiffeuse et un lavabo émaillé blanc. C'est Meg qui l'avait demandé car elle en avait assez des meubles massifs de noyer et d'acajou.

Il faisait une chaleur étonnante ce matin. C'était vraiment l'été. Une bouffée d'air odorant et presque chaud passa entre les rideaux et caressa le visage et les bras de Meg. D'un mouvement énergique elle renvoya les couvertures et resta étendue toute souriante dans sa longue chemise de nuit blanche. Elle tendit ses doigts de pied roses à la brise tiède. Elle avait délicieusement conscience de son corps ce matin comme si c'était une jeune plante vigoureuse, heureuse de sa prochaine maturité. Deux épaisses nattes châtaines pendaient sur ses épaules et se terminaient par une grosse boucle soyeuse. Elle prit ces deux extrémités bouclées et joua à les balancer. Elle entendit sous sa fenêtre un bref reniflement puis un aboiement excité. C'était

Keno, l'épagneul de son père, que personne ne laissait jamais sortir le matin sauf Philippe. Son père devait donc être levé et se proposait d'attraper un ou deux poissons avant le petit déjeuner !

Meg sauta de son lit et courut à la fenêtre. Elle passa sa tête entre les rideaux et regarda en bas. Ses yeux dansaient, ses lèvres s'écartaient en un sourire malicieux.

Elle vit son père avec sa veste de velours côtelé, ses bottes de pêche et un affreux panama. Il avait posé sa ligne sur l'herbe et prenait quelque chose dans sa poche. C'était un peigne et il se mit à peigner les longs poils noirs frisés des oreilles de Keno. L'épagneul regarda en l'air et vit Meg accoudée à l'appui de la fenêtre. Il grogna de plaisir et essaya de gambader, mais Philippe le tenait solidement par l'oreille.

— Du calme, Keno. Sois sage ! Il faut peigner cette broussaille, voyons.

Il donna une petite tape au chien.

Des fossettes se creusèrent dans les joues de Meg. L'appui de la fenêtre était froid et dur contre sa poitrine mais cela lui était égal. Elle s'y appuyait plus fort en se penchant pour faire à Keno des signes d'encouragement. Les yeux du chien excité s'exorbitaient. Il lécha la main de Philippe et se mit hors de portée du peigne.

Meg allait taper dans ses mains pour surprendre son père, quand elle vit la silhouette d'un homme qui montait en se dépêchant le chemin escarpé du ravin. Comme elle tournait la tête dans cette direction, des profondeurs de la terre humide et des feuilles chauffées par le soleil monta à ses narines une odeur riche, pénétrante. Plus tard elle ne put jamais évoquer cette matinée sans sentir de nouveau cette odeur.

Noah Binns franchit la porte et traversa la pelouse au petit trot. Meg recula derrière le rideau. Philippe se redressa à la vue de Noah, et l'épagneul sauta sous la fenêtre de Meg et roula joyeusement les yeux. Pendant un instant la transparente matinée d'été resta comme en suspens.

— Eh bien, Noah, dit Philippe, que se passe-t-il ? C'est la première fois de ma vie que je vous vois aller plus vite qu'un escargot au galop.

Noah dit tout essoufflé :

— J'ai une terrible nouvelle à vous annoncer !

Philippe le regarda en écarquillant ses yeux bleus.

— Mr. Vaughan a trouvé un bébé à sa porte il y a un instant et il s'est évanoui et je suis passé et il y avait un bout de papier par terre et je l'ai regardé et il disait que le bébé était l'enfant du jeune Mr. Vaughan et cela ne m'a pas étonné parce que je les avais vus tous les deux bavarder dans les bois plus d'une fois.

— Qui, tous les deux ?

— Le jeune homme et Elvira – la nièce de la couturière. Ils ne faisaient rien de bien, c'était clair.

Philippe parla lentement :

— Un bébé, dites-vous ? L'avez-vous vu ?

— Oui je l'ai vu. Enveloppé dans un châle et avec une figure pas plus grosse que mon poing. La fille n'a pas perdu de temps pour l'apporter, il avait l'air de venir de naître.

— Qu'est-ce qu'on a fait de l'enfant ?

Les yeux de Noah pétillèrent.

— Mrs. Vaughan est descendue quand elle l'a entendu pleurer et l'a emmené. Elle était aussi dans un état terrible. Je pense qu'il n'y aura pas de mariage maintenant, n'est-ce pas, monsieur ?

— Allez au diable, espèce d'insolent ! dit Philippe.

Il jeta un regard de regret sur sa ligne et son panier posés innocemment sur l'herbe verte et sur Keno qui retroussait les babines. Puis il ramassa son matériel, siffla son chien et rentra dans la maison.

Noah Binns le regarda avec ressentiment.

— Le diable l'emporte ! dit-il. Le diable les emporte tous !

8

Les Whiteoak partent à cheval

Philippe monta lentement l'escalier, le front barré d'un pli soucieux. Personne n'était encore levé et ses pas ne faisaient aucun bruit sur le tapis épais. Devant la porte de Meg il hésita. Pauvre petite fille, autant la laisser dormir tranquillement aussi longtemps que possible ! L'épagneul connaissait sa chambre et se rappelait bien l'avoir vue à la fenêtre. Il voulut gratter à la porte, mais Philippe le prit par son collier et le tira doucement le long du couloir. Il ouvrit la porte de sa chambre et la referma derrière lui.

Sa femme était profondément endormie, le plissé du col montant de sa chemise de nuit lui donnait un air étrange et médiéval. Elle s'était couchée en diagonale dans le lit depuis que le grand corps de son mari n'était plus là. Keno mit ses pattes sur le bord du lit et la lécha en plein sur la bouche.

Elle sursauta et le repoussa.

— Oh ! Philippe, comment pouvez-vous le laisser faire cela !

Elle s'essuya les lèvres sur un coin du drap.

— J'appelle cela un réveil agréable, dit Philippe en s'asseyant à côté d'elle. Très différent de celui que je vous réserve.

Il la taquinait tout le temps, aussi était-elle sur ses gardes.

— Je le trouve parfaitement désagréable, dit-elle, en jouant avec les oreilles de Keno qui s'était aussi installé sur le lit.

— Je parle sérieusement, Molly, dit-il. Il vient d'arriver quelque chose d'affreux. On a déposé un bébé à la porte des Vaughan ce matin et on dit que Maurice en est le père. J'ai peur que le mariage de ma pauvre petite Meggie ne soit rompu. Je voulais vous en parler immédiatement. Ensuite il faudra que je le dise à Nicolas et à Ernest. Nous allons nous rendre à Vaughanland et faire un beau tapage. On verra ce que Robert Vaughan et ce jeune gredin ont à dire.

Mary le regarda, pétrifiée par la soudaineté de la catastrophe. Le mariage de Meg rompu ! Ce n'était pas possible ! Ce serait trop affreux ! Ce mariage autour duquel convergeaient tous ses efforts depuis un an, ce mariage qui la délivrait de la présence de Meg et lui semblait le paradis ! Durant les derniers mois elles étaient même devenues tout à fait bonnes amies en s'occupant de tous les préparatifs.

— Mais, Philippe, ce n'est peut-être pas vrai ! Qui vous l'a dit ?

— Noah Binns. Il a vu le bébé. Il a vu Robert Vaughan évanoui et a lu le papier qui accusait Maurice. A moins qu'il ne soit devenu complètement toqué, cela doit être vrai.

— Ce que Noah a vu – oui. Mais ce n'est sans doute qu'un tissu de mensonges en ce qui concerne Maurice.

— Souhaitons que vous ayez raison, Molly. Nous le saurons bientôt. Je vais maintenant réveiller Nick et Ernest.

— Au petit déjeuner je ferai comme s'il ne s'était rien passé... A quel endroit faudra-t-il dire que vous êtes tous les trois ?

— A l'écurie. Spitfire a eu un poulain cette nuit.

Il alla doucement à la chambre d'Ernest et entra sans frapper.

Mary se retourna dans son lit et se cacha la figure dans le creux de son bras. Un sombre désespoir s'empara d'elle. C'était vrai ! Les fiançailles seraient rompues et Meg resterait à la maison pendant des années, peut-être toute sa vie. Il y avait peu de partis possibles dans le voisinage. Meg était le seul sujet de désaccord entre Philippe et elle. Il avait toujours abominablement gâté sa fille. Mary se la rappelait telle qu'elle lui était apparue la première fois, quand elle était arrivée à Jalna comme institutrice des deux orphelins. Depuis un an on leur laissait la bride sur le cou. Philippe était monté les chercher et elle les avait attendus assise dans le salon, impressionnée par les majestueuses proportions de la pièce, encore plus impressionnée par la prestance de Philippe, par ses beaux yeux bleus, par son sourire nonchalant. Elle avait attendu en essayant de garder son calme, décidée, si c'était possible, à obtenir cette situation et à devenir l'amie de ces enfants. Dès le moment où ils étaient entrés dans la pièce en donnant la main à Philippe, ils lui avaient fait peur ; Renny avec son air de bête sauvage prise au piège, Meg avec son visage rond indéchiffrable, son regard scrutateur. Elle avait dix ans à ce moment-là, une masse de cheveux brun doré en désordre et le volant de son pantalon passait sous sa robe. Lui avait huit ans, était très sale, ses cheveux roux descendaient jusqu'à son col, ses yeux bruns brillants et sa maigreur extrême lui donnaient un air méchant, affamé.

« Ce qu'il leur faut, avait pensé Mary, c'est la tendresse d'une femme. » Mais ils n'avaient pas répondu à son affection. Ils avaient été intraitables, malfaisants, difficiles dès le premier jour. Elle ne pouvait pas les rendre semblables aux enfants bien élevés dont elle s'était occupée avant dans un presbytère du Warwickshire.

Elle leur avait lu de la poésie, leur avait joué du piano et avait chanté dans l'espoir de les adoucir, mais ils se sauvaient dans le verger, le ravin, les bois et la considéraient avec méfiance comme si elle appartenait à un monde différent.

Mais bien vite elle avait été trop amoureuse de Philippe pour se soucier des méfaits de ses enfants. Pendant six mois elle l'avait eu rien qu'à elle, avant que sa mère et ses frères aînés mis en éveil par une phrase d'une de ses lettres fussent revenus en hâte d'Angleterre pour se mettre en travers de ses projets. Mais ils avaient complètement échoué. Philippe s'était montré aussi entêté dans son amour pour Mary qu'il l'était pour tout le reste. Ils s'étaient mariés avant la fin de l'année.

Maintenant Philippe et ses frères étaient en route pour Vaughanland. Il n'était pas encore huit heures et demie. Fait typique chez eux, bien qu'habitués à prendre un copieux petit déjeuner, ils n'accordaient pas une pensée à la nourriture dès qu'il s'agissait d'une affaire de ce genre. Ils avançaient de front. Nicolas et Ernest sur des hongres brun foncé, Philippe sur une jument châtain clair avec une étoile blanche sur le front. Les deux aînés étaient habillés avec recherche, leurs costumes de cheval venaient de Londres. Ernest avait passé une fleur à sa boutonnière, mais l'avait ensuite retirée, la trouvant peu de mise dans ces circonstances. Philippe était tête nue et avait gardé son horrible costume de pêche, Keno trottait sur les talons de sa jument.

Robert Vaughan vit les trois cavaliers arriver dans l'allée. Ils marchaient côte à côte et de temps en temps les croupes luisantes de leurs chevaux se touchaient, donnant aux animaux ce sentiment de camaraderie qu'ils aimaient.

Robert Vaughan les regardait venir, comme ses ancêtres, dans leur maison battue par les vents aux confins du Pays de Galles, avaient dû regarder s'avancer au galop une bande de maraudeurs. Mais il vint au-devant d'eux d'un pas ferme.

Dans la salle à manger, où le petit déjeuner intact était préparé, Philippe éclata.

— Eh bien, votre fils a fait un beau gâchis ! Grands dieux, je regrette de n'avoir pas pris ma cravache.

— Je comprends que vous soyez mécontents, dit Robert Vaughan. Cela a été pour moi un coup terrible.

— Mécontents, s'écria Nicolas. Mécontents ! C'est peu dire !

— Comment l'avez-vous appris ?

— Cette crapule de Binns me l'a raconté, répondit Philippe. Vous ne pensiez pas qu'il allait tenir sa langue, si ?

— Lorsque les bêtises se matérialisent en bébés criards, il devient difficile de les dissimuler, dit Ernest. Toute cette affaire est un terrible affront pour ma nièce.

Philippe ajouta très haut :

— Oui... un affront pour Meggie ! Où est Maurice ? Je veux le voir.

— Il est parti dans le bois, dit Robert Vaughan. Il est complètement bouleversé, le pauvre garçon !

— Le pauvre garçon ! cria Philippe. Que diriez-vous de ma pauvre fille ?

— Oui, tonna Nicolas, et Meggie ? La voilà couverte de honte aux yeux de toute la région. Une innocente jeune fille... une Whiteoak !

Il avait jeté de l'huile sur le feu.

La voix d'Ernest tremblait de fureur en disant :

— Dans notre famille aucune femme n'a jamais été traitée de la sorte. Maurice s'est conduit comme un goujat.

— Je sais. Je sais, acquiesça Robert Vaughan machinalement. Mais vous savez ce qu'une fille peut faire d'un jeune homme.

— S'il est assez faible, dit Nicolas.

— Où aviez-vous les yeux ? demanda Philippe. Le malheur c'est que vous ayez outrageusement gâté Maurice.

— Savez-vous tout ce que fait votre fils ? demanda Robert Vaughan dont la colère montait.

— Je voudrais bien le voir rendre mère une fille du village et s'en tirer. S'il faisait ce que Maurice a fait, je lui romprais les os !

— Oh ! non, vous ne le feriez pas ! Vous...

— Vous me traitez de menteur ?

— Non, non, mais...

— Si mon fils, je le répète...

— Mais écoutez, Philippe...

Ernest interrompit :

— Mr. Vaughan trouve que nous manquons de calme.

— Qu'il se mette à notre place, dit Nicolas.

— Comment le pourrait-il, s'écria Philippe, il n'a pas de fille !

— Pas de nièce, ajouta Ernest.

— Il a un fils, dit Nicolas, qui a gâché la vie de Meggie et nous a à tous fait affront.

Robert Vaughan semblait sur le point de s'évanouir de nouveau.

— N'y a-t-il pas moyen, demanda-t-il, de cacher cela à Meg ? On peut mettre l'enfant en nourrice suffisamment loin d'ici. Maurice me dit qu'Elvira et sa tante ont quitté leur cottage et partent je ne sais où chez des parents.

— Je parierais, dit Nicolas, que cette femme est la mère de la jeune fille et non sa tante. J'ai entendu dire certaines choses sur elle.

Philippe se rapprocha de Robert Vaughan.

— Est-ce que vous croyez, dit-il, que je vais laisser ma fille épouser un homme qui a fait un enfant à une traînée du village ?

— Si notre père vivait, déclara Ernest, il exigerait que Maurice reçoive une bonne correction.

Philippe devint écarlate.

— Qu'on amène ce garçon ici. J'ai deux mots à lui dire.

En fureur ils s'agitaient autour de Robert Vaughan, eux dans la force de l'âge tandis que lui commençait à sentir le poids des années, jusqu'à ce qu'il trébuchât et se retînt au dos d'une chaise pour ne pas tomber. Il parvint à dire :

— Je crains de ne pas pouvoir parler de cela plus longtemps. Cette matinée a été affreuse. Si tout est fini... si on ne peut rien faire... mais... je ne peux pas en supporter davantage.

Il était pâle comme un spectre.

— Si seulement Noah Binns ne le savait pas, dit Ernest.

— C'est impossible à tenir secret, dit Nicolas, les domestiques ici sont au courant.

— Toute cette affaire m'écœure, dit Philippe.

— Elle m'écœure aussi, gronda Nicolas, et ce que je ne comprends pas c'est comment les choses ont pu en arriver là sans que ni Robert, ni Mrs. Vaughan se doutent de rien.

— N'avez-vous jamais réussi à cacher à vos parents ce que vous faisiez ? repartit Robert Vaughan.

— Pas à ce point-là.

— Non, confirma Ernest, et nous n'avons jamais fréquenté les filles du village... sauf Philippe une fois... et on s'en est aperçu à temps.

Philippe regarda Ernest avec rancune. Il s'approcha du buffet et remplit un verre pour Robert Vaughan. Il vit le couvert mis pour trois.

— Je m'excuse, dit-il, de vous empêcher de déjeuner, vous et Mrs. Vaughan.

Robert Vaughan but le brandy.

— Servez-vous, dit-il. Je suis sûr que vous avez besoin de prendre quelque chose.

Les trois frères avec ensemble s'approchèrent du buffet. L'atmosphère se détendit. En parlant plus tranquillement de cette affaire, ils se mirent d'accord pour constater que ce genre de choses s'était déjà produit, qu'on avait vu des mariages débuter sous de fâcheux auspices et tourner très bien. Robert Vaughan ne pouvait en croire ses oreilles lorsqu'il entendit Philippe Whiteoak dire d'un ton presque amical :

— En somme, nous tenons tous trop à ce mariage pour qu'il soit rompu. Il faut essayer de ne pas tenir compte de ce malheureux événement et continuer les préparatifs.

— Merci, dit Robert Vaughan, je peux vous promettre que Maurice ne recommencera jamais... cette fille lui est complètement indifférente... c'est elle qui l'a entraîné.

— Hum !... comment est-elle ? Jolie ?

— Mais... sans doute... je ne sais pas. Je pense.

— Je l'ai aperçue, dit Nicolas, une fille assez ensorcelante.

— La tante est séduisante aussi, dit Ernest, dans le genre bohémien. Des cheveux blonds.

Philippe rit.

— Ce vieil Ernest est au courant de tout ce qui les concerne !

Il prit son frère par l'épaule.

— Es-tu sûr que ce n'est pas toi le père de l'enfant ?

Nicolas rit. Mr. Vaughan eut un sourire contraint. En haut l'enfant cria.

— Qu'est-ce que c'est ? demanda Philippe. Pas un garçon, j'espère ?

— Non, une fille.

— Bon. Appelez-la Pheasant.

Robert Vaughan pensait : « Est-ce que je comprendrai jamais ces gens, est-ce que je réussirai à deviner leurs réactions ? »

Il répéta avec un peu d'impatience :

— Pheasant ! Pourquoi Pheasant ? C'est un nom très bizarre pour une petite fille.

— Je vais vous expliquer pourquoi je l'ai choisi. En venant ici j'ai vu une faisane sortir d'un buisson et passer au soleil. Elle était belle et éclatante et je me suis dit tout à coup : quel joli nom pour une fille !

Nicolas se versa de nouveau à boire.

— Tu es un drôle de type, Philippe. C'est plaisant de te voir, dans un moment pareil, choisir le nom de l'enfant naturel de ton futur gendre !

— Peut-être, mais c'est comme cela, répondit Philippe avec entêtement.

— On l'appellera comme vous voudrez, dit Robert Vaughan qui se souciait peu du nom qu'on donnerait à l'enfant.

Philippe but d'un trait son second whisky à l'eau.

— Montrez-la-nous, dit-il presque aimablement. J'aime les bébés.

— Mon Dieu, s'écria Ernest. Pas les nouveau-nés ! Et surtout pas ce bébé-là !

— Je les aime tous. Vous ne pouvez pas la descendre, Robert ?

— Cela va étonner les domestiques, dit Ernest. Nous allons dissimuler la chose, n'est-ce pas ?

Robert Vaughan répondit :

— Je dirai simplement qu'une pauvre femme a laissé l'enfant à ma porte avec un mot me demandant de le secourir. Nous sommes, je crois, des gens charitables ; aussi cette histoire est-elle plausible. Je dirai que nous avons accepté de nous occuper de l'enfant. Notre femme de charge nous quitte pour aller vivre avec sa mère infirme. Je suis sûr qu'elle sera heureuse de s'en charger. Elle va assez loin d'ici.

— Cela paraît possible, dit Ernest. Le principal c'est de nier tout rapport entre Maurice et Elvira.

— On racontera la même chose à Meggie, il ne faut pas qu'elle soupçonne jamais la vérité, dit Nicolas.

— La pauvre petite ! gémit Robert Vaughan.

— Je voudrais voir le bébé, répéta Philippe.

Nicolas regarda Robert Vaughan comme pour lui dire : « Autant satisfaire le caprice de mon drôle de frère. »

Robert Vaughan objecta :

— Je suis de l'avis d'Ernest. Les domestiques vont trouver très bizarre... que je vous montre cet enfant.

— Pensez-vous, dit Philippe. Cela les déroutera.

Robert Vaughan acquiesça. Mince et voûté, sa calvitie grandissante dissimulée par de rares cheveux, il sortit à pas lents.

— Il fait vieux, vous ne trouvez pas ? remarqua Nicolas.

— Il l'est, dit Philippe d'un ton bref.

Il regardait son épagneul qui venait de poser ses pattes sur la table du déjeuner et de prendre dans le plat une tranche de viande.

— Keno ! Bandit ! Laisse cela ! ordonna Nicolas.

— Trop tard pour l'empêcher, dit Philippe. Il a faim. Moi aussi.

Ernest s'approcha de la table et regarda le plat de viande préparé et abandonné là :

— Du jambon froid... c'est très appétissant. Des coquetiers... ils auront des œufs à la coque. Pas de cuillers à porridge, je me dis quelquefois que je ferais aussi bien de ne pas en prendre. C'est vraiment trop bourratif.

Nicolas remplissait son verre.

— Eh bien, dit-il, c'était une vilaine affaire. Mais Dieu merci, nous avons réussi à tout arranger ! Ce sera une leçon pour le jeune Maurice. Il est probable qu'il filera droit pendant le reste de ses jours. Tiens, voilà la coupe que papa et maman ont donnée aux parents de Robert pour leurs noces d'argent.

Ernest vint l'examiner. Philippe s'était assis sur le large appui de la fenêtre. Il regardait son épagneul nettoyer soigneusement avec sa langue la place où était tombé le jambon. Son maître avait l'air un peu abattu mais pas triste. Il prenait la vie comme elle venait, une fois sa première réaction de protestation passée.

Mr. Vaughan rentra, chargé de l'enfant. Il s'était senti troublé en descendant l'escalier, il avait même cru un instant que c'était Maurice bébé qu'il tenait dans ses bras. Mrs. Vaughan avait retiré à l'enfant son châle écossais et il apparaissait vêtu d'une robe blanche très propre. Sa petite tête était couverte d'un nuage de cheveux bruns. Nicolas et Ernest vinrent tout de suite l'examiner, le premier avec un sourire ironique, le second avec une grimace de dégoût. Philippe ne se hâtait pas de se déranger. Il avait allumé sa pipe et en aspirait avec délices la première bouffée odorante. Il tenait Keno par l'oreille et la lui tripotait amicalement tout en fumant.

— Quel âge lui donnez-vous ? demanda Nicolas.

— Deux ou trois semaines, pense ma femme.

— Elle est beaucoup plus jolie que ne sont généralement les bébés de cet âge-là, remarqua Ernest. Dites-moi, Maurice savait-il déjà qu'elle était née ?

— Non. Il avait reçu un mot de la jeune fille disant qu'elle partait avec sa tante. Il était persuadé que l'enfant ne naîtrait pas ici.

— Gênant pour lui... tout cela ! dit Nicolas d'un ton lugubre.

Robert Vaughan se tourna vers Philippe.

— Vous avez demandé à voir l'enfant, dit-il d'une voix glaciale.

Philippe se leva, s'approcha avec nonchalance et se pencha sur l'enfant.

— Un gentil bébé. Une jolie petite fille. J'espère que la femme de charge l'aimera bien. Quel effet cela vous fait-il d'être grand-père, Vaughan ?

Robert Vaughan se raidit devant ces mots comme devant une main menaçante.

— On ne peut guère me traiter de grand-père… à la façon normale, dit-il d'une voix tremblante.

— Fichtrement normale à mon avis, déclara Philippe.

Avançant les lèvres, il souffla doucement une petite bouffée de fumée au visage de l'enfant. Ses traits se contractèrent d'une façon comique et elle éternua.

Philippe eut un sourire aimable.

— Je le fais toujours aux miens, dit-il. C'est amusant à regarder.

Ses frères aînés avaient hâte de rentrer à Jalna. Ils avaient envie de leur petit déjeuner et puis il fallait mettre leur mère au courant avec certaines précautions car, d'un commun accord, on avait trouvé imprudent de la tenir en dehors de l'histoire. Elle aurait tout de suite des soupçons et ne cesserait de poser des questions et de faire des enquêtes jusqu'à ce qu'elle découvrît la vérité. Elle, Mary et Augusta devaient, avec l'aide des hommes, former un rempart autour de Meg.

Ils repartirent à cheval botte à botte, comme ils étaient venus, sous le soleil déjà ardent. Keno trottait juste derrière la jument. Mr. et Mrs. Vaughan les regardaient de la fenêtre de leur chambre.

— Dieu merci, dit Robert, c'est fini. Il faut maintenant que vous descendiez essayer d'avaler quelques bouchées, ma chérie.

Mais elle se souciait peu de son petit déjeuner. Elle avait rempli de lait chaud un biberon qui avait servi à son fils et elle essayait de mettre la tétine dans la bouche de l'enfant. Mais le bébé tournait la tête en grognant et cherchait en tâtonnant le jeune sein dont il avait l'habitude.

9

Meg

Maintenant le contact de l'appui de la fenêtre contre sa poitrine faisait mal à Meg… lui faisait très mal. Elle avait l'impression qu'un couteau entrait dans sa chair délicate, y pénétrait cruellement jusqu'à son cœur. C'était même une certitude. La pierre dure et froide s'était enfoncée comme un couteau au plus profond de son cœur. Elle y appuya les mains et regagna son lit où elle se glissa en tirant les couvertures d'abord jusqu'à son menton, puis par-dessus sa tête. Au premier moment sa seule pensée fut : « Que j'ai froid ! Que le bord de la fenêtre était froid et dur ! » Ensuite, bien qu'elle fermât les yeux très fort, la tête de Keno qui regardait sa fenêtre en découvrant ses dents lui apparut. A mesure qu'elle se représentait la scène, l'expression du chien lui sembla devenir de plus en plus effrayante, à tel point qu'elle se mit à trembler de peur comme une feuille.

Elle ouvrit les yeux tout grands et ne vit rien que la lueur pâle qui traversait ses couvertures. Elle sentait l'odeur délicate que dégageait son corps. Elle se rappelait le bain chaud qu'elle avait pris la veille au soir, dans la vieille baignoire dont l'émail était écaillé. Elle avait frotté son corps ferme et blanc avec un gant tout mousseux de savon. Elle s'était sentie tellement heureuse qu'elle ne savait de quelle façon manifester sa joie ! Elle s'était savonnée, s'était éclaboussée, s'était seulement à moitié essuyée et avait laissé le grand peignoir de bain en tas par terre au milieu de la pièce...

A présent elle entendait une voix qui traversait les couvertures tirées par-dessus sa tête. C'était la voix de Noah Binns qui disait :

— J'ai une terrible nouvelle à vous annoncer. Je pense qu'il n'y aura pas de mariage.

Au début, les mots n'étaient qu'un murmure plaintif qui semblait pénétrer en elle par ses moindres fibres. Puis ils se répétèrent de plus en plus fort jusqu'à devenir des hurlements qui faisaient vibrer le drap par leur tonnerre. Meg avait l'étrange impression d'être dans l'eau et s'aperçut qu'elle était en nage. Elle s'assit et repoussa les couvertures. L'une de ses nattes s'était enroulée autour de son cou et elle crut que c'était pour l'étrangler. Haletante, elle la déroula et la garda dans sa main en fixant sans la voir la boucle soyeuse qui la terminait. Elle se mit à tordre sa natte, la tirant et la secouant comme si elle voulait l'arracher. Soudain elle se rejeta sur son oreiller et commença à gémir. L'instant suivant elle eut envie de se mettre à hurler et de réveiller toute la maison. Mais elle mordit dans sa natte de toute sa force et réussit à se contenir. Enfin elle resta tout à fait immobile.

Elle avait eu une jeunesse pure et heureuse, préservée de toutes pensées pénibles et elle ignorait les suppositions malsaines concernant les rapports sexuels. Maurice était pour elle l'homme qu'elle allait épouser ; après son mariage il l'emmènerait habiter Vaughanland. Elle avait écarté toute idée troublante, avait laissé les préparatifs du mariage occuper entièrement son esprit. Maintenant toutes les allusions à la luxure faites devant elle, toutes les phrases qui l'avaient intriguée en lisant la Bible devenaient claires, d'une clarté effrayante, elle découvrait l'âme sinistre du monde. Elle resta un long moment immobile à se remémorer délibérément tout ce qu'elle savait de ces choses. Un ou deux mots grossiers qu'elle avait entendus lui revinrent en tête. Le gong qui sonnait l'heure du lever résonna et, au bout d'un instant, elle entendit Eden rire et babiller et le petit Peep pousser des cris de joie. Les pigeons qui avaient quitté la gouttière pour chercher leur déjeuner étaient maintenant revenus et avaient repris leurs caresses et leurs roucoulements. Quels ignorants, se disait-elle, quels ignorants !

Maintenant la maison s'animait et les bruits familiers agissaient sur Meg comme un calmant. Elle se mit à réfléchir à l'attitude qu'elle adopterait envers la famille. Elle savait que ce qui venait d'arriver était une affreuse humiliation pour une jeune fille à la veille de se marier. Elle se demandait comment son père, ses oncles et sa grand-mère prendraient la chose. Elle se demandait si Renny adresserait encore la parole à Maurice de sa vie.

Elle se souvint d'un ou deux cas semblables dans les romans démodés qu'elle avait lus. Dans l'un, l'héroïne avait crié et s'était évanouie à plusieurs reprises. Dans l'autre elle avait montré devant le désastre une indifférence tragique. Meg avait besoin de réfléchir. Au fond elle préférait avoir appris la nouvelle ainsi pour pouvoir se préparer en secret.

Elle était surprise que les bruits de la maison fussent si normaux. Elle entendait dans le couloir tante Augusta parler à Molly de la dent que Peep perçait, Renny sifflait gaiement dans sa chambre. Peut-être son père n'avait-il rien raconté et avait-il couru voir Mr. Vaughan pour lui dire ce qu'il pensait de la trahison de son fils.

C'était affreux de considérer Maurice comme un traître. Il lui avait toujours paru si voisin de la perfection. Elle avait été tellement heureuse de le voir devenir grand et beau comme son père. Bien entendu elle était persuadée qu'elle et Maurice auraient beaucoup d'enfants.

Meg essaya de se rappeler les traits d'Elvira, mais elle revit seulement deux yeux sombres et des cheveux qui paraissaient ne pas connaître la brosse. Et pourtant cette étrangère avait traversé sa vie pour la saccager. Meg pensa à sa robe de mariée soyeuse et blanche, enveloppée de papiers neigeux et rangée dans son armoire. Pour la première fois ses yeux se remplirent de larmes. Elle se cacha la tête dans son oreiller et sanglota.

Elle pleura longtemps. La maison était silencieuse. Une fois elle entendit des chevaux rentrer au trot aux écuries. Une autre fois elle entendit les coups secs que frappait un pivert sur l'érable sous sa fenêtre. Ces deux bruits résonnèrent tristement à ses oreilles, comme des bruits entendus au plus profond de la nuit.

Au bout d'un long moment, on frappa un coup au bas de sa porte.

— Qui est là ? dit-elle.

— Eden. Maman demande si cela te ferait plaisir de prendre ton petit déjeuner au lit ? C'est elle qui te l'apporterait.

— Non. Je ne veux pas déjeuner. Va-t'en.

— Oh !

Il était déçu. Il hésita encore devant la porte. Elle le revit dans son costume de page et dut étouffer ses sanglots.

— Meggie ! Tu dis quelque chose.

— Non, chéri. Meggie a mal à la tête, dis-le à maman. Dis à maman que Meggie ne veut pas déjeuner.

— Bon.

Mais il ne partit pas.

Peu après la voix de l'enfant résonna de nouveau.

Elle entendait sa respiration dans le trou de la serrure.

— Meg, est-ce que tu pleures ?

— Mais non ! Va vite faire ma commission à maman !

Il partit en trottinant.

De nouveau elle s'abandonna aux larmes. Elle n'essayait pas de les retenir car la douleur des larmes était supportable. Elle se rappela qu'enfant elle était capable de pleurer indéfiniment. Elle se souvint aussi des hurlements de rage et de désespoir de Renny quand il était petit : Renny allait-il se battre avec Maurice, le provoquer en duel ? Elle les voyait à l'aube, dans le ravin, face à face, armés de pistolets. Elle entendait le murmure triste de la rivière.

Elle entendit des pas s'arrêter devant sa porte. Sans frapper, Mary l'ouvrit doucement et passa sa tête.

— Meg, ma chérie, vous n'êtes pas bien. Que diriez-vous d'une bonne tasse de thé ? On a servi les premières fraises ce matin. Eden m'a dit que vous étiez sans doute malade.

Elle parlait avec un peu d'agitation. Elle ne voulait pas se trahir. Meg éprouva un léger sentiment de satisfaction à la pensée que Mary essayait de faire croire que rien n'était changé, sans se douter qu'elle savait tout depuis le début.

— Je ne veux rien, répondit-elle.

Mary s'approcha rapidement du lit et regarda le visage ruisselant de larmes de la jeune fille.

— Mais Meggie...

Meg se redressa et fixa sur Mary ses yeux humides.

— Je sais tout, dit-elle. J'ai entendu Noah Binns tout raconter à papa.

La consternation fit pâlir Mary jusqu'aux lèvres. Pendant un instant elle ne sut que dire, mais regarda Meg en balbutiant :

— Mais... mais... oh...

Puis elle reprit possession d'elle-même, s'assit près de Meg et la prit dans ses bras.

— Pauvre petite fille ! C'est affreux pour vous, je le sais bien ! C'est affreux d'avoir entendu cela. Mais il ne faut pas le croire. Moi, je n'en crois pas un mot. Il faut essayer de n'y plus penser et faire comme si de rien n'était. Ce sont des histoires colportées par les méchants et les envieux.

Meg s'écarta.

— Est-ce que papa est en bas ?

— Oui.

— Est-il allé chez les Vaughan ?

— Oui, il y est allé avec vos oncles.

— Qu'est-ce qu'a dit Maurice ?

— Ils ne l'ont pas vu. Ils ont vu Mr. Vaughan.

— Ont-ils vu le bébé ?

De nouveau Mary la prit dans ses bras.

— A votre place, Meg, dit-elle, je ne croirais pas ces vilains racontars.

— Mais, si ce ne sont pas des racontars ? Si c'est vrai ?

— Il ne faut pas croire que c'est vrai. Vous aimez Maurice et Maurice vous aime. Je l'ai vu vous suivre des yeux, il avait le regard d'un homme vraiment épris.

Meg la repoussa.

— Envoyez-moi papa, je vous en prie. Je veux qu'il me dise ce qu'il en pense.

— Alors je ne peux rien pour vous ? Si seulement vous pouviez me considérer comme une amie en cette circonstance...

Meg lui tourna le dos et enfouit sa tête dans son oreiller.

Elle écouta décroître le bruit des pas de Mary qui descendait l'escalier. Elle aurait aimé entendre ce qu'on disait en bas. Brusquement elle sauta à bas de son lit et courut sur le palier. Elle se pencha par-dessus la balustrade et tendit l'oreille. Tout le monde semblait parler à la fois. Seule la voix de contralto de tante Augusta se distinguait au milieu des grondements des hommes et tout à coup celle de sa grand-mère, vieille et criarde, s'éleva.

Elle voulait rester écouter, jusqu'au moment où elle entendrait son père entrer dans le hall, alors elle courrait dans son lit et s'y étendrait sans bouger, les yeux fermés. Il faudrait qu'il l'appelât plusieurs fois avant qu'elle répondît. Elle sursauta en entendant les pas de Renny dans le corridor. Elle essaya de bondir dans sa chambre, mais elle ne put l'éviter. Elle se retourna et lui fit face, pitoyable dans sa chemise de nuit blanche avec ses nattes châtaines terminées par une boucle.

— Renny, dit-elle, je n'épouserai jamais, jamais Maurice. Tout est fini, crois-moi ! Tu ne désires plus ce mariage toi non plus !

Renny lui jeta un regard de côté. Il aurait voulu s'esquiver. Il ne répondit pas, mais eut un sourire embarrassé. Meg ne réussit pas à déchiffrer ce visage masculin à l'expression avertie, âgée. Elle songea : « Il y a des années que ce genre d'histoire lui est familier, tandis que c'est la première fois que j'en entends parler ! »

Elle lui demanda vivement :

— Savais-tu quelque chose avant ce matin ?

— Peu de chose, répondit-il.

— Peu de chose ! Que veux-tu dire par là ?

— Eh bien, Maurice m'avait parlé un peu d'Elvira.

— Oh ! et dire que mère me demandait de faire comme s'il ne s'était rien passé ! De continuer comme avant ! De croire que ce n'étaient que des racontars !

— Il y a sûrement pas mal de racontars là-dedans.

Il descendit une marche et leurs visages se trouvèrent au même niveau. Furieuse, elle le regarda en face.

— Et le bébé, est-ce un racontar ?

Il s'écarta d'elle et s'appuya contre le mur. Philippe entrait dans le hall. Il les vit en arrivant en bas de l'escalier. Cela lui rappela brusquement que c'était toujours là qu'ils s'installaient pour regarder quand on donnait une réunion. Mais ils n'étaient plus des enfants. Ils lui donnaient fort à faire. C'est avec soulagement que Renny le vit venir. Meg se cacha la figure dans son bras et se mit à pleurer.

— Pourquoi pleures-tu ? demanda Philippe. Il n'y a aucune raison de pleurer.

— Oh ! papa, comment peux-tu dire cela !

Elle se jeta en sanglotant dans ses bras.

— J'ai le cœur brisé.

Philippe lui caressa les cheveux.

— Meggie, Meggie, ne pleure pas comme cela ! Tu vas te rendre malade. Viens, allons dans ta chambre parler de tout cela. Renny ne croit pas un mot de cette histoire, n'est-ce pas Renny ?

— C'est précisément ce que je lui disais.

— Mais si ! Mais si ! Il sait que tout est vrai.

Philippe l'emmena dans sa chambre et ferma la porte derrière eux. Il s'assit sur le bord du lit et prit Meg sur ses genoux. Son jeune corps potelé pesait dans ses bras. Elle examinait anxieusement le visage de son père.

— Papa, je veux que tu me dises un seul mot. Crois-tu ou ne crois-tu pas que Maurice soit le père de ce bébé ?

— Meggie, je crois que ce qui est arrivé c'est que...

— Un seul mot ! J'ai dit un seul mot. Oh ! papa, ne me mens pas aussi !

L'embarras ridait le front de Philippe. Il répondit d'un air sombre :

— Oui.

Son dernier espoir, si elle en avait encore, était détruit. Elle s'échappa des bras de son père et se jeta sur le lit où elle se mit à se rouler convulsivement de côté et d'autre. Elle saisit l'ourlet du drap dans ses dents et le mordit.

— Meggie, veux-tu finir ! dit sévèrement Philippe.

Il lui donna une claque.

Elle ne bougea plus et le regarda avec des yeux tellement meurtris par les larmes qu'ils étaient presque fermés. C'est à peine si Philippe reconnaissait sa fille.

Il se leva lourdement et alla à la toilette tremper une éponge dans le pot à eau, puis il revint près de Meg et se mit à lui baigner doucement les yeux.

— Pauvre petite fille ! murmura-t-il, ma pauvre petite fille !

Elle saisit sa main et l'embrassa.

— Oh ! papa, sanglota-t-elle, je resterai toujours avec vous !

Ses larmes semblaient intarissables. A mesure qu'il les essuyait, d'autres coulaient. Désespéré il demanda :

— Veux-tu que je t'envoie ta mère ?

— Non. Non !

— Gran alors ?

— Non !

— Ta tantc ou un des oncles ?

— Je ne veux personne.

— Veux-tu que je te laisse un peu seule ?

Il ne pouvait supporter cette scène plus longtemps.

— Oui.

— Si je m'en vais, tu me promets de ne pas te rouler par terre ?

— Oui.

— Tu resteras bien tranquille et tu essaieras de ne plus te tourmenter ?

— Oui, je resterai tranquille.

Il redressa les oreillers et lui tira bien sa chemise de nuit jusqu'aux chevilles. Puis il la reborda et toucha ses nattes en disant :

— Les beaux cheveux.

Arrivé à la porte il se retourna et dit très sérieusement :

— Il ne faut pas te figurer que c'est la première fois que ce genre de chose arrive à une fiancée. C'est très pénible pour toi, j'en conviens. Mais les jeunes gens se laissent entraîner, vois-tu ? Ce sera une bonne leçon pour Maurice. Il vaut bien mieux que cela se produise avant le mariage qu'après. Il sera sans doute un bon mari pour toi le reste de ses jours.

Il sortit et ferma la porte.

En bas il flâna un moment dans le hall en regardant par la porte ouverte la pelouse où l'un des lapins d'Eden, échappé de sa cage, broutait au soleil. Philippe soupira en pensant qu'il ne pourrait pas pêcher ce jour-là. Il jeta un coup d'œil sur la pendule du grand-père et vit qu'il n'était pas encore onze heures. Dieu – quelle journée ! Elle paraissait déjà durer depuis une semaine !

Il se dirigea vers la bibliothèque où s'était réunie la famille. On avait peu mangé au petit déjeuner ce matin-là et Elisa venait juste d'apporter un plateau avec du thé et une assiette de scones. Sa mère était assise près du plateau et son visage assombri par le désappointement s'éclaira un peu à la vue de la collation. Malahide Court était nonchalamment étendu à côté d'elle sur le canapé. Il avait l'air pensif. Sir Edwin était assis bien droit près d'une fenêtre en train de lire un numéro du *Times* vieux de quinze jours, ses lunettes posées à l'extrémité de son nez pour pouvoir, quand il en avait envie, regarder par-dessus le groupe formé par sa belle-famille. Ernest avait *Quo vadis* ouvert sur les genoux, mais ce n'était qu'une attitude pour paraître plus calme qu'il ne l'était. Les événements de la matinée l'avaient profondément secoué, il avait très envie de manger, mais hésitait à le faire pendant qu'il était aussi agité. Nicolas était dans un fauteuil et fumait la pipe ; il attira Philippe sur un siège à côté de lui. Augusta, dans une robe de cachemire lie-de-vin avec un jabot de dentelle, avait Eden sur les genoux et Molly était assise tout près d'elle et lui parlait sérieusement. La porte à deux battants qui donnait sur la salle à manger était ouverte et, sous sa voûte, les mains enfoncées dans ses poches, Renny allait et venait. Il jeta à son père un regard anxieux quand il entra. Les rideaux de tulle des fenêtres étaient légèrement agités par la brise.

— Eh bien, demanda Adeline, comment le prend-elle ?

— Très mal, sans aucun doute, répondit tristement Philippe. Elle n'a pas cessé de pleurer. J'ai même cru un moment qu'elle allait avoir une crise de nerfs. Elle se roulait sur son lit en mordant les draps.

La famille laissa échapper un « tch » unanime.

— Elle avait besoin d'une bonne claque, dit Adeline.

— Elle l'a eue, répondit Philippe.

— Ah ! très bien. Cela l'a calmée.

— Je trouve cela brutal, remarqua Ernest.

— Oh ! ce n'était qu'une tape, dit Philippe, mais cela l'a calmée, la pauvre petite !

— L'important, intervint Nicolas, c'est de savoir si elle veut toujours se marier.

— C'est impossible de le dire pour le moment. Elle ne veut voir personne. Elle veut qu'on la laisse tranquille.

— C'est ce qui vaut le mieux pour elle, dit Augusta. Plus on la laissera tranquille pendant quelques jours, mieux cela vaudra. Il faut lui parler gentiment, lui préparer des repas appétissants. Peut-être un cadeau de mariage lui changerait-il les idées ? Je crois qu'on peut l'amener à une attitude raisonnable !

— Il le faut, dit Adeline. Prends du thé, Philippe.

Elle se mit à remplir les tasses. Ernest se leva et, *Quo vadis* d'une main, une assiette de scones de l'autre, fit le tour de la pièce. Bientôt tout le monde fut en train de manger et de boire le breuvage réconfortant dont ils avaient grand besoin, car leur amour-propre avait reçu un rude coup et leur projet longtemps caressé avait failli échouer.

— Ce que je ne peux admettre, dit Adeline, c'est de penser que Robert Vaughan et sa femme, qui n'ont que ce gosse en tout et pour tout à surveiller, n'aient rien su de ce qui se passait. J'appelle cela une belle paire de ramollis, de poules mouillées, d'incapables, de gâteux et de crétins.

— Ils ont gâté ce garçon, dit Ernest.

— Ils parlaient toujours de son intelligence et de sa sagesse, ajouta Nicolas.

— Ils étaient très ennuyeux quand ils se mettaient à énumérer les perfections de leur fils, ajouta Augusta. Je suis convaincue qu'ils le trouvaient très supérieur à notre garçon.

Philippe s'esclaffa.

— Oui, quand Renny a été renvoyé le trimestre dernier, Vaughan n'a pas tenté de cacher combien il se félicitait des hautes facultés intellectuelles de son fils.

— Eh bien, cela lui rabattra le caquet, dit Nicolas. Renny méritait son renvoi, c'est vrai, mais ce n'était pas à cause d'une histoire de femme.

La grand-mère lança à Renny un regard sévère de dessous ses sourcils épais. Elle voulut parler, mais avait mis un si gros morceau de scone dans sa bouche que cela se révéla impossible. Les siens la regardaient poliment et avec un peu d'inquiétude tandis que son visage devenait écarlate et qu'elle essayait en vain d'avaler.

— Buvez une gorgée de thé, maman, conseilla Ernest. C'est dangereux de vous remplir tellement la bouche de scone sec.

De sévère son regard devint furieux en se tournant vers Ernest, mais elle suivit son avis et avala la moitié d'une tasse de thé. Cela la débarrassa du scone et elle se tourna de nouveau vers son petit-fils.

— Si jamais tu oses t'amuser avec une jeune fille du village, gare à toi ! dit-elle d'une voix pâteuse.

Un murmure d'approbation se leva des lèvres de ses fils.

L'objet des menaces d'Adeline se tenait dans l'embrasure de la porte et souriait d'un air embarrassé. Son regard brillant allait d'un visage à l'autre.

Eden était sûr qu'on grondait encore Renny. Il se laissa glisser des genoux de sa tante, alla près de lui et le tira par sa manche.

— Allons nous promener, dis, Renny, chuchota-t-il.

Renny posa sa main sur le cou rond et lisse d'Eden.

— Ne mets pas ta main sur le cou de cet enfant, ordonna la grand-mère. Tu vas le rendre bossu à marcher comme cela avec lui. Tu le fais tout le temps.

Renny ricana mais n'ôta pas sa main.

— Tu me nargues ! cria Adeline.

— Maintenant que vous en faites la remarque, dit Ernest, je m'aperçois que dès que Renny est avec Eden, il lui pose la main sur le cou. C'est très mauvais pour l'enfant comme vous dites. Tu avais remarqué cette habitude, Philippe ?

Philippe considéra ses fils.

— J'ai remarqué, dit-il, que Renny aime beaucoup Eden. Approche un peu, Eden, et montre-nous si ton dos est droit.

Mary dit d'un ton plein de ressentiment :

— La façon dont Renny tient tout le temps Eden m'ennuie souvent. Je crois que c'est mauvais pour lui. Pourtant Eden aime cela, il court auprès de Renny dès qu'il le voit.

— Et pourquoi pas ? s'écria Adeline. C'est parfaitement naturel. Ce qui ne l'est pas, c'est que Renny fasse peser le poids de sa main sur son cou.

— Vous ne voulez me voir porter la main sur personne, n'est-ce pas, Gran ?

Il lui lança un de ses étranges regards de côté.

— Pas d'impertinence, jeune homme !

Sir Edwin intervint :

— La colonne vertébrale d'un jeune enfant est très fragile. Une déviation peut facilement se produire.

— Approche un peu, Eden, que nous te regardions, dit Philippe avec sévérité.

Renny poussa doucement son frère et le petit garçon avança jusqu'au milieu de la pièce, les joues rouges et la tête baissée.

— Qu'est-ce que je vous disais, s'écria Adeline. Cet enfant est voûté.

— Redressez la tête, monsieur, ordonna Philippe.

Eden leva un peu la tête, il était à la fois effrayé et content d'être le centre de cette discussion.

— Plus haut.

Il y avait de l'inquiétude dans la voix de Philippe.

— Il ne peut pas, cria Molly.

Augusta dit :

— Eden est admirablement et même parfaitement proportionné. Si Renny a provoqué une déviation...

— Bien sûr, il en a provoqué une, interrompit sa mère, il n'y a aucun doute ! J'ai vu cela venir.

— Alors c'était cruel de ne pas me prévenir, cria Molly.

— Vous ne tenez jamais compte de ce que *je* dis.

Ernest déclara :

— Je me souviens d'un nain que j'ai vu à Alger...

— Oh ! je me le rappelle, dit Nicolas. On racontait qu'il avait été élevé dans une cage.

Sir Edwin remarqua :

— Il n'est pas nécessaire d'aller à l'étranger pour voir de curieux spécimens de gens difformes.

— Mon Dieu, interrompit Philippe, n'exagérons pas ! Il a peur.

Il étendit le bras et attira Eden entre ses genoux.

A ce moment Eden jouissait de la situation. Quand son père prit sa tête entre ses deux mains et voulut la redresser, il se raidit, les sourcils froncés et les lèvres contractées comme par la douleur. Philippe, effaré, regarda autour de lui.

— C'est vrai, dit-il, l'enfant ne peut pas se redresser. Comment ne l'avons-nous pas remarqué plus tôt ?

— Oh ! mon petit chéri ! sanglotait Molly.

Adeline posa sa tasse et se leva. Elle saisit Eden par la tête et le souleva de terre. Le petit garçon hurla. Quand elle le lâcha, il resta planté, les yeux brillants, droit comme un jonc.

— Voilà, dit-elle triomphante, je l'ai redressé !

— Je crois qu'il n'y avait rien à redresser, dit Philippe. File, Eden, va jouer.

Molly l'attira à elle et l'embrassa passionnément, mais il s'échappa et courut après Renny. Quand il le rattrapa sur le perron, Renny posa machinalement sa main sur le cou du petit garçon. D'un mouvement câlin, Eden se rapprocha de son frère.

— Où allons-nous ? demanda-t-il en lui lançant un regard d'adoration.

— Où veux-tu aller ?

— Au bord de la rivière.

— Très bien.

— Est-ce que je suis bossu ?
— Tu es droit comme un i.
— Pourquoi ont-ils dit cela ?
— Pour m'ennuyer.
— Pourquoi ? On ne t'aime pas ?
— Mais si, voyons. Tu ne peux pas comprendre.
— Je t'aime Renny. Quand je serai grand je veux te ressembler. Nous nous amuserons tous les deux, n'est-ce pas ?
Il avançait à grands pas à côté de Renny.
— Beaucoup. Regarde ce martin-pêcheur !
Deux ailes, de la même couleur que l'horizon derrière les champs de blé, jaillirent comme un éclair des grosses branches d'un chêne sur le bord de la rivière et tombèrent dans l'eau qui brillait au soleil. Des rides concentriques indiquaient l'endroit où le poisson et l'oiseau s'étaient rencontrés, l'oiseau s'envola tranquillement, une jeune truite étincelant dans son bec. Le soleil répandait son agréable chaleur. C'était le premier jour vraiment chaud.
Renny descendit en courant le sentier en pente qui menait au bord de l'eau, en tenant solidement Eden par la main. Quelquefois le petit garçon perdait pied complètement et restait suspendu, impuissant, mais il n'avait pas peur, accroché à cette main ferme. Il rit en s'agenouillant sur une grande pierre et en voyant son reflet le regarder.
La rivière coulait encore avec son impétuosité printanière et se frayait un chemin en murmurant doucement dans les recoins herbeux et dans les creux de rochers les plus secrets. Le milieu en était éblouissant mais dans l'ombre elle prenait une fraîche teinte vert olive. Elle semblait heureuse de vivre et coulait vite ou lentement avec la même assurance insouciante.
Eden regarda Renny d'un air troublé.
— Où penses-tu que soit la truite maintenant, Renny ?
— Dans l'estomac du martin-pêcheur.
Eden réfléchit.
— Je n'aime pas penser à cela.
— Moi si.
— Pourquoi ?
— Parce que l'oiseau avait faim.
— Cela t'est égal que le petit poisson ait été mangé ?
— Tout à fait.
— Alors cela m'est égal aussi.
Renny le prit par le bras et montra :
— Regarde les cygnes !
Le couple suivait côte à côte une courbe bordée de joncs, leurs

poitrines pleines et blanches semblaient caresser l'eau. On voyait à peine le mouvement de leurs pattes.

Ils s'approchaient des deux garçons avec une indifférence hautaine, mais, quand ils furent en face d'eux, le mâle se tourna et avec une lueur de colère dans les yeux déploya ses ailes en ouvrant tout grand son bec. Pendant un instant il resta en équilibre dans cette belle attitude menaçante. Puis avec calme il abaissa ses ailes, ploya orgueilleusement le cou et avec un air presque aimable rejoignit sa compagne.

— Ne t'approche pas de lui, recommanda Renny, ils ont leur nid par ici.

Eden, captivé, regardait le couple disparaître derrière un saule pleureur. Le doux clapotis de la rivière remplissait ses oreilles. Le rocher sur lequel il se tenait était chauffé par le soleil. Son frère, son héros intrépide et invincible, était agenouillé à côté de lui. Son cœur battait d'orgueil et d'une joie troublante qu'il ne pouvait pas comprendre.

10

Réclusion

Philippe vidait les cendres de sa pipe dans un pot de terre où s'épanouissait la fleur chétive d'un grêle cactus, quand il vit qu'Elisa le regardait. Elle apporta un cendrier et le posa à portée de sa main sur la table à côté du cactus. Mais Philippe continua obstinément à se servir du pot, tout en éprouvant un certain embarras. Pour détourner de lui l'attention d'Elisa, il demanda :

— Est-ce que Miss Meggie a pris son thé ?

Elisa, tout à fait au courant des événements de la journée, répondit :

— Non, monsieur, elle n'y a pas touché, elle n'a pas déjeuné non plus. J'ai posé à sa porte de jolis plateaux appétissants, comme monsieur me l'avait dit, mais elle n'a pas répondu quand j'ai frappé et les plateaux sont tels que je les ai apportés.

Philippe eut l'air déconcerté.

— Mais c'est affreux, Elisa ! Cette enfant n'a pas avalé une bouchée de toute la journée ! Elle va se rendre malade.

— C'est ce que je crains, monsieur. J'ai connu autrefois une jeune fille qui était devenue très bizarre après un chagrin d'amour. Elle ne voulait plus se coiffer et ses cheveux formaient une grosse masse sur le côté de sa tête, comme un nid de corneille.

— Tch ! Mais... il faut qu'elle mange ! Voyez-vous quelque chose de particulier qu'on pourrait lui faire pour la tenter ? Une bonne omelette ?

Elisa réfléchit un instant.

— Miss Meggie adore les petits puddings à la confiture. Si la cuisinière lui en faisait pour le dîner et que monsieur les lui porte lui-même, elle céderait peut-être.

— Bonne idée ! Dites qu'on mette beaucoup de confiture sur les puddings.

Elisa ne répondit pas immédiatement. Avec le coin de son chiffon elle retirait les cendres du pot de fleurs. Puis avec un autre coin elle essuya méticuleusement les feuilles du cactus pendant que Philippe la regardait avec calme. Elle dit alors :

— Ce qu'il faudrait, c'est de la confiture de fraises.

Mais tous leurs essais pour tenter Meg furent vains.

Philippe eut beau monter l'escalier qui craquait, en portant avec précaution un plateau chargé d'un appétissant dîner et la supplier d'ouvrir sa porte, il n'obtint pas de réponse. Réellement inquiet, il s'écria :

— Meg ! Tu n'es pas malade ?

— Non, papa.

Sa voix avait un son étouffé.

— Alors ouvre ta porte, je t'apporte un délicieux dîner. C'est une surprise. Quelque chose que tu aimes beaucoup.

— Je me sens incapable de rien avaler.

— Mais, ma chérie, il faut manger. Tu vas te rendre malade. Allons, c'est un ordre.

Pas de réponse.

— Tu veux que j'enfonce la porte ?

— Je t'en prie, papa, laisse-moi tranquille ! C'est tout ce que je demande.

Insister semblait cruel. Il dit doucement :

— Ecoute, Meggie, je vais laisser le plateau là et quand je serai parti tu ouvriras la porte un instant pour y jeter un coup d'œil. Tu me promets de le faire ?

— Mais... oui.

Il redescendit l'escalier grinçant.

— Elle est têtue comme une mule, dit-il à sa mère.

— Ne t'en prends qu'à toi, répondit-elle.

— Vous voulez dire que je l'ai gâtée.

— Je veux dire que c'est bien ta fille.

Quand ils se couchèrent le plateau était toujours à la même place, la confiture figée sur le pudding, le thé et la crème intacts. Mais Keno avait mangé le poulet, car l'os de l'aile gisait rongé non loin de là.

Adeline attendait au pied de l'escalier. Philippe se pencha pardessus la rampe et chuchota d'une voix rauque :

— Elle n'y a pas touché.

— Dieu me pardonne, ça fait longtemps pour garder le ventre creux.

— Presque vingt-quatre heures.

Adeline eut un petit grognement.

— Allons, il ne faut pas la bousculer, la pauvre petite ! Elle va reprendre le dessus. Demain matin elle sera toute disposée à prendre son petit déjeuner. Couche-toi, Philippe, tu as besoin de repos après une journée pareille.

La vieille dame regagna sa chambre au rez-de-chaussée derrière le salon. C'était la pièce de la maison qu'elle préférait. Elle renfermait ses souvenirs merveilleux, voluptueux, douloureux, passionnés, déchirants. Depuis près de cinquante ans elle dormait dans cette chambre, dans ce lit peint où elle couchait déjà aux Indes lointaines. Les oiseaux éclatants et les fleurs qui l'ornaient n'avaient rien perdu de leur fraîcheur. Quant à elle, son corps jeune était devenu vieux. Dans ce lit, Philippe, son mari, l'avait serrée dans ses bras. Dans ce lit elle avait mis au monde ses enfants, Philippe y était mort. Il avait dépassé la soixantaine mais, avec son teint clair et sa vigueur, on ne lui donnait pas plus de cinquante ans, elle l'aurait juré. Des écuries on l'avait ramené dans le hall car il avait reçu un coup de pied de cheval. Elle avait descendu l'escalier comme une folle. Il avait levé la tête et avait dit de sa voix profonde :

— Regardez, Adeline, comment cette brute m'a arrangé !

Elle avait regardé et avait réprimé un cri d'horreur. On avait transporté son mari dans cette chambre, on l'avait couché sur le lit et en moins d'une heure ce n'était pas son Philippe mais un cadavre qu'elle serrait dans ses bras en essayant passionnément de lui transmettre une étincelle de vie.

Cette scène revécut devant ses yeux et son cœur s'arrêtait de battre à mesure que les détails pénibles lui revenaient à l'esprit. Mais elle repoussa ces souvenirs comme elle s'efforçait de le faire depuis des années. Elle ne voulait pas s'affaiblir dans les regrets. Elle poussa un grand soupir, alla à la fenêtre et l'ouvrit.

— Il faut plus d'air ici, dit-elle tout haut.

La brise tiède de la nuit entra et lui caressa la joue avec une douceur surprenante.

Son râtelier lui meurtrissait les gencives. Pas une fois depuis qu'elle le portait elle ne l'avait retiré devant les siens. Mais maintenant elle était seule. Elle l'ôta et le mit dans un verre d'eau préparé à cet effet. Son image dans la glace la frappa. Ce vigoureux visage aux lèvres rentrées ressemblait d'une façon étonnante à son père.

— Le vieux Renny Court, murmura-t-elle avec une grimace ironique.

Oh ! quel soulagement d'avoir retiré son dentier ! Quelle impression de repos ! Elle n'avait plus envie de se coucher. Elle songea à demander à l'un de ses fils de venir passer un moment dans sa chambre. Mais ils avaient eu une journée pénible, les pauvres garçons. Nicolas serait sinistre si elle le dérangeait. Ernest parlerait trop et Philippe s'endormirait probablement sous son nez. Après tout il valait mieux se contenter de sa propre compagnie.

Elle s'approcha de son perroquet qui, la tête cachée sous l'aile, était perché sur le pied de son lit. De sa belle main ridée elle caressa le dos vert tout bossu. Dans son sommeil l'oiseau reconnut la main familière. Mais il ne dégagea pas sa tête. Du fond de sa gorge il poussa un cri guttural de protestation.

— Pauvre vieil oiseau ! dit-elle. Pauvre vieux Boney ! Lui aussi a besoin de se reposer.

C'est à regret qu'elle retira sa broche et la piqua dans la pelote capitonnée de satin rouge sur sa coiffeuse. Ses doigts commencèrent à jouer avec la longue rangée serrée de boutons qui fermaient le devant de sa robe. Mais l'idée de se coucher ne lui disait toujours rien.

Un vieux lilas poussait sous sa fenêtre. Il était trop près, il empêchait l'air de pénétrer et elle avait souvent décidé de le faire couper, mais elle n'avait pu se résoudre à en donner l'ordre. Elle avait vu grandir la petite bouture et, quand ce lilas n'était encore qu'une mince tige, elle l'avait souvent arrosé avec son pot à eau. Maintenant les lourdes grappes blanches arrêtaient l'air avant qu'il ne pénétrât dans sa chambre. Entre les feuilles elle voyait scintiller la lune à son déclin qui descendait vers le ravin.

Elle éprouva soudain l'envie de sortir seule dans la nuit. Il y avait très longtemps qu'elle ne l'avait fait. Toujours Nicolas, Ernest ou Philippe s'étaient trouvés là pour lui donner le bras. Elle devenait sûrement bien vieille pour être l'objet d'une telle surveillance de la part des siens. Elle ne voulait pas de cette surveillance. Elle voulait aller et venir à son gré sous le soleil ou les étoiles. Elle leva ses longs bras vigoureux et s'étira. Elle était fatiguée, ennuyée et pourtant surexcitée par les événements de la journée. Elle ne pouvait pas se coucher. Elle avait besoin d'air.

Il fallait faire très attention en ouvrant la lourde porte d'entrée. Comme elle s'ouvrait facilement sans bruit ! Jalna était de la bonne construction et non de la camelote comme ce qu'on fait maintenant ! Mais attention, il ne faut pas claquer la porte. Elle traversa l'allée sablée et marcha sur l'herbe fraîche de la pelouse. Elle voyait la lune scintiller très bas derrière les arbres. Un bouleau argenté se dressait devant les sapins comme s'il venait à sa rencontre et toutes ses petites feuilles brillaient au clair de lune. Dans le lointain elle entendait le murmure de la rivière.

Elle avait des chaussures minces qui laissaient la plante de ses pieds communiquer délicieusement avec la vie profonde de la terre. Des nerfs très sensibles semblaient relier ses pieds à la terre. Elle jouissait de chaque pas. Son œil vif apercevait les silhouettes de lapins qui couraient dans l'ombre.

Elle alla jusqu'au bouleau et posa ses mains sur son tronc satiné. Elle sentait circuler la sève de l'arbre sous sa paume. Elle pensait aux minces couches d'écorce qui enserraient l'arbre. Elle se souvenait que Philippe, le jour de leur cinquième anniversaire de mariage, avait gravé dans ce même arbre deux cœurs percés d'une flèche que tirait avec son arc un Cupidon assez grossier. Ses doigts cherchèrent sur l'écorce la cicatrice et la caressèrent tendrement. Sa gorge se serra. Dire qu'au bout de tant d'années ce souvenir l'émouvait encore !

A quelques pas elle aperçut la masse d'un vieux treillage qui abritait un puits dont on ne se servait plus que rarement. Pourtant c'était de la bonne eau fraîche. Elle le savait. Elle allait en boire, ici même, toute seule dans la nuit. Elle sentirait le froid de la poignée de fer de la pompe dans le creux de sa main.

Le puits se trouvait contre un massif où les boutons blancs du seringa commençaient à éclore. Une odeur d'humidité régnait à l'intérieur et elle vit la roue argentée d'une toile d'araignée. Sur le rebord de bois moussu une cruche contenait de l'eau pour amorcer la pompe. Elle la prit à deux mains et versa de l'eau dans l'ouverture d'en haut. Elle se mit à élever et abaisser le bras de la pompe. Cela faisait un bruit désagréable mais très vite l'eau claire jaillit et, avant qu'elle ait eu le temps de reculer, ses pieds furent éclaboussés.

Elle remplit la timbale rouillée et but avidement l'eau glacée qui la ravigota.

— Ha ! C'est bon ! dit-elle en posant la timbale et elle passa sa main sur son menton dont les courts poils rudes étaient mouillés.

Près de la pompe, presque caché par un rideau d'herbes, elle découvrit un essaim d'abeilles aussi gros qu'un chapeau d'homme qui luisait faiblement, une sphère lisse, un monde endormi d'une activité forcenée.

— Si Eden passait par là, murmura-t-elle. Il faudra le dire au jardinier.

Et pourtant l'idée de faire enfumer toutes ces petites abeilles lui déplaisait. « Voilà leur domaine, pensait-elle. Cela représente pour elles ce que Jalna est pour nous. Elles entassent du miel pour leurs vieux jours... leur hiver... Qu'Eden en coure le risque. Je n'en parlerai pas. »

Elle regarda la masse sombre de la maison et vit Meg accoudée à sa fenêtre, pâle et ravissante au clair de lune. Cette petite entêtée... Meg l'avait aperçue et rentra dans l'ombre.

Adeline traversa la pelouse et s'arrêta sous la fenêtre.

— Descends donc, dit-elle, et nous ferons un tour ensemble.

— Non, Granny, je m'en sens incapable.

— Je te raconterai des histoires sur les jeunes gens que j'ai connus si tu descends.

— Je ne veux rien savoir de plus.

— Peuh ! Pour ce que tu sais !

— Je ne veux rien savoir.

— Tu ne vas pas passer dans cette chambre le reste de tes jours.

— J'y passerai le reste de mes nuits.

Sa grand-mère éclata de rire.

— Alors je te plains !

En riant toujours et en se parlant à elle-même, elle s'en alla, contourna la maison, franchit la petite porte et gagna la crête du ravin d'où elle pouvait voir la rivière. Tantôt elle scintillait au clair de lune, tantôt elle se cachait parmi les joncs et faisait le tour d'un gros rocher détaché de la pente, tantôt elle coulait impétueusement comme si elle avait hâte d'en avoir fini de tous ces détours, tantôt elle s'abandonnait paresseusement au charme de son lit de roseaux.

Adeline aurait aimé descendre au bord de l'eau, mais elle n'osait pas de crainte de ne pouvoir remonter. Ce serait humiliant d'être obligée de passer la nuit dans ce ravin. Elle saisit une branche basse qui dépassait et s'y appuya pour regarder la rivière. Par la pensée elle la suivait à travers les vallées et les champs jusqu'à sa source dans les collines.

Puis comme une rivière elle remonta le cours de sa vie.

Vers l'orient... vers l'orient et vers le sud jusqu'à son mariage aux Indes. Vers l'ouest et vers le nord jusqu'à sa source dans les collines brumeuses du comté de Meath. Elle était une toute petite fille que son père prenait sur son épaule pour lui montrer le vaste monde.

11

Un amour dédaigné, un amour fugitif

Trois nuits plus tard un autre rôdeur nocturne revivait son passé. C'était le jeune Maurice qui, incapable de dormir ni même de supporter son insomnie, avait sorti son cheval de l'écurie et galopait sur la route silencieuse pour essayer de calmer ses pensées et de fatiguer son corps agité. Mais, si vite qu'il galopât, ses pensées allaient aussi vite que lui. Côte à côte avec lui courait le noir coursier de sa honte, de sa déception. Le passé qu'il revivait tenait dans une courte année et datait du jour où Elvira et lui s'étaient rencontrés pour la première fois dans les bois.

C'étaient les cris de son enfant qui lui avaient fait fuir la maison. Il avait vu de la lumière dans la chambre de sa mère et savait qu'elle s'était levée pour s'occuper du bébé. La vue de cette petite, le son de sa voix, la pensée que ce corps fragile se dressait comme un rempart entre lui et Meg lui étaient odieux. L'idée que ce petit corps avait été conçu par le sien lui faisait horreur. Il en voulait à ses parents de la tendresse tutélaire qu'on lisait dans leur regard quand ils parlaient de l'enfant.

La lune était haute dans le ciel d'été d'un bleu profond quand il dépassa Jalna. La jument avait tellement l'habitude de tourner à cette grille qu'il dut l'en empêcher en tirant sur les rênes. Aujourd'hui la maison lui paraissait sombre et rébarbative. Y entrerait-il encore ? Avec le courage du désespoir il fit faire volte-face à sa jument, en descendit et ouvrit la grille. Il prit l'animal par la bride, traversa la pelouse et s'arrêta sous la fenêtre de la chambre de Meg.

— Meg ! appela-t-il doucement. Meg !

Il n'obtint pas de réponse, alors il ramassa une poignée de gravier et la lança contre les vitres.

— Meg ! Meg ! appela-t-il désespérément.

Il entendit remuer dans la chambre. Elle apparut éclairée par la lune dans le cadre de la fenêtre tel un tableau. Il avait toujours trouvé Meg jolie mais en ce moment elle lui parut belle. C'était affreux de se dire qu'il allait la perdre. La jeune fille, en voyant le visage levé de Maurice debout la bride passée à son bras, réalisa pour la première fois le tragique et le romanesque de la situation. Elle était affaiblie par son jeûne prolongé et brusquement elle se sentit heureuse. Elle n'aurait pas voulu que les choses fussent différentes de ce qu'elles étaient. De l'abri sûr de sa chambre elle pouvait contempler sans émotion le désespoir de Maurice.

— Oh ! Meggie ! dit-il. Si vous pouviez savoir à quel point je me fais horreur ! Mettez-moi de nouveau à l'épreuve... je ferai absolument ce que vous voudrez tout le reste de ma vie ! Oh ! Meg, vous êtes trop charmante pour être cruelle. Il faut me pardonner !

Elle le regarda sans répondre.

— Mon Dieu ! s'écria-t-il. Avez-vous un cœur de glace pour ne pas vouloir me parler ?

Elle resta silencieuse, toujours en proie à cette même joie étrange.

— Si seulement vous saviez, continua-t-il, ce que j'ai souffert ! Je ne comprends pas comment j'ai pu y survivre. Quand je pense au chagrin de papa et de maman et à ce que je vous ai fait, l'avenir me paraît lugubre comme la tombe. Mais, si vous consentiez à m'aimer encore, je ne serais plus le même homme ! Oh ! Meg, je vous en prie. Dites que vous me pardonnez !

Elle écouta tout ce qu'il avait à dire, écouta jusqu'à ce qu'il se tût et qu'il la regardât avec une certaine frayeur. Elle parla alors d'une voix calme mais où l'on sentait la trace des leçons de diction données à l'école.

— C'est fini. Je ne peux pas vous épouser, Maurice. Je ne me marierai jamais.

Il ne pouvait pas et ne voulait pas la croire. Il rassembla toutes ses forces pour un dernier assaut. Il vint tout près de la fenêtre et recommença du commencement.

— Oh ! si vous pouviez savoir à quel point je me fais horreur et combien je vous aime !

Avec incohérence il essaya de tout expliquer et s'embrouilla si bien dans son explication qu'il se jeta par terre en gémissant. La jument continuait tranquillement à brouter l'herbe à côté de lui.

Le bruit de la voix de Maurice avait réveillé Renny et il ne put s'empêcher d'entendre ce qu'il disait. Il plaignait Meg, mais à mesure que Maurice mettait à nu son cœur sans obtenir même un mot d'elle, l'impatience gagna Renny et les gémissements de Maurice le décidèrent à se lever.

Il resta un instant indécis. Irait-il à la porte de Meg la supplier d'être plus indulgente ? Non, cela réveillerait la famille. C'était un miracle qu'ils ne fussent pas encore réveillés. Il est vrai que les oncles et tante couchaient de l'autre côté de la maison. Il en fallait beaucoup pour réveiller son père une fois qu'il dormait et il y avait peu de chance pour que sa belle-mère intervînt dans ce qu'elle espérait sûrement être une réconciliation.

Renny, pieds nus, descendit en courant et rejoignit son ami sous la fenêtre de Meg. Elle était de profil et levait la tête vers la lune, si elle avait vu venir son frère elle n'en témoigna rien.

— Cela ne peut pas continuer comme cela, dit-il d'une voix basse et ardente. Tu ne peux pas rester dans ta chambre à ressasser ton chagrin. Il faut prendre sur toi, Meggie ! Maurice t'aidera, je t'aiderai ! Je serai votre allié et tout s'arrangera. Voyons, Meggie, pense à toutes ces jolies robes et aux cadeaux qui commençaient à arriver ! Cela ne peut plus durer !

Il savait la prendre. Et elle se mit à pleurer. Mais elle ne voulut pas céder. D'un geste théâtral elle ferma la fenêtre et baissa le store.

Chaque membre de la famille vint à son tour essayer de lui faire entendre raison. Elle mangeait maintenant les repas appétissants qu'on lui montait et cela leur donnait de l'espoir. Mary lui amena Eden dans son costume de garçon d'honneur et à ce spectacle elle éclata en sanglots, mais rien ne la fit revenir sur sa décision. Elle ne voulait plus revoir Maurice.

L'entrevue de Meg avec sa grand-mère fut la plus orageuse. Adeline se mit en colère et pour la première mais non la dernière fois, se servit de sa canne comme instrument de punition et en donna un coup sec à sa petite-fille. Le cri de Meg fit accourir Philippe et il y eut une scène violente entre lui et sa mère. Il ne voulait pas, déclara-t-il, qu'on obligeât sa fille à faire un mariage qui lui déplaisait. Et il ne fallait pas s'étonner si Meggie ne voulait pas épouser un garçon qui venait de faire un enfant à une fille du village.

Ces événements eurent une profonde répercussion sur Renny. Il se mit à penser aux rapports sexuels comme cela ne lui était encore jamais arrivé. Il avait grandi au milieu de gens qui parlaient crûment de l'élevage des chevaux et de leur reproduction, et son adolescence n'avait pas été troublée par des pensées compliquées ou malsaines. Les rapports sexuels étaient une chose naturelle, un jeu taquin et quelquefois plein de calcul. Lui et Maurice en parlaient rarement. Renny n'aimait pas aborder ce sujet avec Maurice parce que c'était le fiancé de sa sœur.

Mais maintenant tout était changé. Les fiançailles étaient rompues et, lorsque Maurice et Renny se trouvaient ensemble, très vite Renny ramenait la conversation sur l'aventure de Maurice avec Elvira. Maurice avec une complaisance pleine d'amertume lui racontait les moindres détails de leurs rencontres. Cela lui faisait du bien de se souvenir du tendre attachement d'Elvira. Mais il n'avait rien à dire de la tante d'Elvira sinon qu'il était allé quelquefois chez elle voir Elvira et qu'elle ne lui avait pas plu. Il éprouvait près d'elle un sentiment de gêne. Elle paraissait bizarre et étrangère. Il s'était parfois demandé si elle n'était pas la mère d'Elvira.

— C'est impossible, avait interrompu Renny, elle n'a guère que dix ans de plus qu'Elvira.

— Attends de la voir en plein jour, dit Maurice.

— Comment la trouves-tu ? Pas aussi jolie qu'Elvira, n'est-ce pas ?

— Elle n'est pas jolie du tout ! Mais elle a de beaux yeux, ils ont quelque chose d'attachant. Elle a peut-être été jolie autrefois.

— Sais-tu où elles sont parties ? demanda Renny à voix basse.

— Oui. Elles habitent un village à une vingtaine de milles au nord de Brancepeth. Un simple hameau, je crois. Elles ont de la famille là-bas.

Sans en avoir l'air, Renny fit dire à Maurice tout ce qu'il savait sur l'endroit où elles étaient allées. Il s'informa aussi auprès d'une jeune fille du village qui avait été l'amie d'Elvira. Il était franc avec lui-même. Il ne disait pas : « J'ai envie de savoir où sont allées ces femmes. Un jour je passerai peut-être par là. » Mais : « Il faut que je sache où elles sont et je ferai l'impossible pour les revoir. »

Mais la difficulté était de trouver un prétexte pour s'absenter. Il ne voulait pas dire qu'il allait faire un séjour chez un ami. Il n'avait pas d'amis dans le voisinage avec qui il fût assez lié pour faire un séjour chez eux. La compagnie de Maurice lui avait toujours suffi pendant les vacances et il ne voulait pas mentir à Philippe.

Il se souvint qu'on avait récemment vendu un poulain à un homme qui habitait près du hameau où étaient allées les deux femmes. Il proposerait de livrer lui-même le poulain.

Son père le regarda avec surprise.

— Mais ce poulain n'est qu'à moitié dressé, objecta-t-il, et entre nous c'est une vilaine petite brute et je doute qu'on puisse jamais rien en faire.

— C'est pour cela que vous avez proposé de le livrer ?

— Oui, et c'est pour cela que je ne l'ai pas vendu plus cher. L'homme a fait une affaire s'il réussit à monter cette bête.

— Eh bien, moi, je m'en sens capable.

Philippe fronça ses sourcils blonds.

— Je n'aime pas cela. Joli bénéfice pour moi si mon fils aîné se casse le cou dans l'affaire.

Renny eut un rire nerveux.

— Voulez-vous me permettre de le faire ?

Quelque chose dans son rire incita Philippe à le regarder attentivement.

— Quelle est ton idée de derrière la tête ? demanda-t-il.

— Rien de dangereux, répondit Renny.

— Hum !... Eh bien, si tu te casses le cou, ne viens pas te plaindre auprès de moi.

Il s'en alla.

Renny partit le lendemain de bonne heure. La journée s'annonçait chaude, déjà une brume de chaleur tremblait au-dessus des arbres. Les ombres au-dessous d'eux avaient quelque chose de lumineux. De petites pommes de pin, que les écureuils avaient grignotées, jonchaient l'allée. La corbeille de géraniums devant la pelouse du croquet resplendissait.

Il voyait les fruits briller sur le mûrier près de la grille. Il quitta l'allée et mit le poulain au pas pour traverser la pelouse. Il le sentait docile et plein d'une énergie contenue. L'animal tourna avec inquiétude ses grands yeux humides vers les piquets peints du terrain de croquet.

Renny fit halte sous l'arbre et cueillit une poignée de mûres. En les mangeant il se demandait ce que serait ce voyage. Scotchmere, le palefrenier en chef, un homme maigre, tanné par le grand air et aux cheveux blond très pâle, vint lui ouvrir la grille.

— Ce n'est pas un petit travail que vous entreprenez, dit-il d'un air bourru tandis que Renny la franchissait.

— Pensez-vous, dit gaiement Renny. J'aime cette bête et elle m'aime.

— Alors bonne chance ! Et s'il se conduit trop mal, fouettez-le.

— Non, pas si je peux l'éviter !

Il donna une légère tape sur la croupe du poulain qui partit au petit trot sur la route blanche, poussiéreuse.

Scotchmere le regarda s'en aller.

— Bon Dieu ! dit-il tout haut, c'est la crème des cavaliers !

C'était son expression favorite pour décrire le fils aîné de la maison.

Celui qui l'aurait vu trotter le long de la route aurait approuvé cette description. Le corps de Renny épousait si bien le trot du poulain qu'on aurait pu croire que le même sang coulait dans leurs veines et que le torse du jeune homme sortait de l'épine dorsale du poulain.

Ils firent sans incident un mille ou plus sur la route tranquille. Une brise légère et capricieuse venait du lac. Renny était enchanté de sa monture.

— Tu es un amour ! s'écria-t-il en flattant le cou musclé. Nous serons amis tout le long du chemin, n'est-ce pas ?

Tout alla bien encore quelque temps, quand soudain un vieux bout de papier vola dans le fossé à côté d'eux. Le poulain s'arrêta puis bondit comme si on l'avait piqué et fit un écart presque dans le fossé.

Renny lui parla d'un ton encourageant.

— Voyons, voyons, mon vieux, du calme.

Mais le poulain ne voulait rien entendre. Dans les flancs puissants de l'animal, Renny sentait des frémissements de colère, de rage contenue. Le rythme de ses sabots sur la route devint irrégulier. L'une de ses oreilles était dressée et l'autre couchée.

Ils dépassèrent sans accident un char de ferme, le paisible attelage rustique avançait lentement dans la poussière dorée. Un groupe d'enfants qui sortaient de l'école se sauva en criant.

Puis une auto déboucha d'un tournant de la route. Elles étaient encore rares dans la région et celle-ci était la première que Renny rencontrait à cheval.

— Oh ! le diable l'emporte, murmura-t-il. Allons mon vieux, allons, tout ira bien. Damnation !

Cette dernière exclamation était provoquée par un coup de trompe. Le poulain se dressa comme un cheval de cirque et resta debout sur ses jambes de derrière tandis que l'auto approchait. Renny voyait le visage des deux occupants pâlir et ses traits se détendirent en un sourire moqueur.

Le poulain se tenait sur ses postérieurs comme s'il était transformé en une statue de pierre grise, ses sabots qui paraissaient énormes menaçant les deux automobilistes. Il agitait ses sabots ferrés comme deux projectiles qu'il se préparait à leur lancer. Le conducteur essaya de faire une embardée, mais il y avait le fossé et un tas de cailloux. Renny tenta de faire retomber le poulain sur ses jambes, mais l'animal ne sentait pas la blessure du mors. Les visages des deux automobilistes étaient déformés par la peur tandis que la voiture passait bruyamment, l'homme baissant la tête pour éviter le sabot tout proche. Une écœurante odeur d'essence s'échappait de l'arrière de l'auto. Un rire moqueur découvrit les dents blanches du jeune garçon et les dents jaunes du poulain.

L'odeur de l'essence écœurait le poulain. Tout son être, des naseaux à la croupe, en était offusqué. Il ramena ses jambes sous lui pour s'échapper en bondissant mais eut soudain conscience de la meurtrissure de sa bouche et, au lieu de bondir en avant, il recula les jambes écartées contre la barrière fragile qui séparait la route du bord escarpé du lac. La barrière céda en se brisant comme une allumette et Renny s'attendait à se trouver en bas sur le bord du lac, écrasé sous le poids du poulain. Il lui enfonça ses éperons dans les flancs et lui donna un coup de cravache. D'un bond le poulain quitta la falaise qui s'écroulait déjà.

Ils étaient de nouveau sur la route et le poulain galopait comme pour se débarrasser de toutes les terreurs et de toutes les haines qui le poursuivaient. Renny le laissa agir à sa guise et rit de soulagement. Ils prirent une route très mauvaise qui s'écartait du lac et marchèrent longtemps sous l'ardeur croissante du soleil. Ils arrivèrent à une côte raide, et le poulain, sur les flancs satinés duquel la sueur avait formé de grandes taches sombres, se remit au pas. Mais il se tenait sur ses gardes. L'aboiement d'un chien le fit se cabrer de nouveau.

Ils arrivèrent à un village appuyé contre les collines, comme s'il y avait cherché un abri. Il s'y trouvait un petit hôtel où Renny se rappelait être allé avec Philippe pendant la foire d'automne. Il fit mettre le poulain dans l'écurie et le frictionna lui-même. Il dit au palefrenier de lui donner à boire et peu à manger. Le poulain avait un air presque docile. Ses yeux pensifs étaient mi-clos. La sueur donnait une teinte sombre aux cheveux de Renny. Ses vêtements lui collaient au corps. Après s'être lavé il dévora deux côtelettes, une montagne de pommes de terre et de petits pois et un morceau de tarte aux pommes et à la crème. C'étaient les premières pommes de l'été, cuites elles étaient dorées et transparentes, la crème était jaune et épaisse. Il demanda un verre de bière et alluma une cigarette.

Il ne s'était jamais senti plus de confiance en lui, plus maître de lui qu'aujourd'hui. Le trajet mouvementé de la matinée faisait paraître Jalna très loin. Il repensait aux événements qui y avaient eu lieu. L'amour brisé de Meg lui parut soudain affecté. Il éprouva un léger mépris pour le désespoir de Maurice. Il mènerait différemment sa propre vie. Il se demandait pourquoi au juste il se mettait à la recherche de ces deux femmes. Il eût aimé savoir le nom de la plus âgée. Cela l'agaçait de ne pouvoir la nommer dans ses pensées. C'était elle qu'il avait envie de voir. Le désir de la revoir, de parler avec elle, avait couvé en lui comme un orage. Il sentait qu'il serait au désespoir s'il ne réussissait pas à la rencontrer. Ce qu'il désirait d'elle exactement, il préférait n'y pas penser. Son esprit reculait devant cette idée comme le poulain reculait devant ce qui était nouveau ou étrange. Quand il songeait à cette femme il voyait sa propre image reflétée et déformée comme si elle se réfléchissait dans un sombre ruisseau coulant dans les bois.

Pendant qu'il réglait son addition le valet d'écurie entra.

— Votre poulain, dit-il, a renversé le seau et arraché avec ses dents un bout de râtelier et il a donné un coup de pied au cheval du box d'à côté. Je crois que vous allez être obligé de payer un dédommagement au patron.

Le propriétaire et Renny allèrent avec lui à l'écurie.

Le poulain les regarda en roulant les yeux par-dessus son épaule. Sa grande langue pendait sur le côté de sa bouche comme par moquerie. Dans le box voisin un homme âgé mettait une pommade sur la jambe d'une vieille jument tranquille.

— Vous avez là une brute vicieuse, dit-il. Je ne sais pas comment elle a pu faire pour donner un coup de pied à ma jument. Mais voyez l'entaille qu'elle lui a faite.

Renny témoigna sa sympathie. Il toucha légèrement la patte meurtrie. La jument le regarda d'un air doux.

— Qu'est-ce que vous mettez dessus ? demanda-t-il.

L'homme lui montra la boîte.

Renny releva les sourcils de surprise.

— A votre place je l'ôterais, dit-il. Chez moi on a toujours fait de l'élevage de chevaux et pour rien au monde on ne se servirait de cette pommade. Mais je vous recommande ceci.

Il se retourna et mit une pièce dans la main du palefrenier en lui donnant le nom du médicament.

— Cela guérira la plaie en un rien de temps. Nous ne nous servons jamais d'autre chose dans nos écuries.

— Merci, dit le propriétaire de la jument d'un air morose.

— Vous serez content, continua Renny, qu'elle ait eu ce petit accident quand vous verrez combien ce remède est merveilleux. J'espère bien que vous l'aurez toujours sous la main à l'avenir.

Il s'approcha de la jument et lui caressa la tête.

— Une jolie bête ! Quel âge a-t-elle ?

— Vingt-neuf ans !

— Grands dieux ! Je ne l'aurais jamais cru. Elle paraît douze ans, et quelles dents !

Il lui mit lui-même la pommade et aida l'homme à atteler la jument à un buggy. Ses mains expertes resserraient une courroie, en relâchaient une autre. La jument tourna la tête et le caressa de sa grande lèvre douce. Son propriétaire empocha le pot de pommade, content bien qu'il en eût.

Renny ramassa le seau tout bosselé, l'examina et se tourna en ricanant vers le palefrenier.

— Vous ne pensez tout de même pas, dit-il, que je vais reprocher à mon poulain de ne pas vouloir boire dans un seau qui fuit. Il n'est pas habitué à cela. J'avais remarqué que le seau fuyait pendant que vous le lui apportiez.

Le palefrenier décontenancé regarda le fond du seau.

— Et le râtelier ? demanda l'hôtelier. Il va falloir remplacer le bord.

Renny répondit avec impatience :

— Si vous m'ennuyez encore avec ces petits méfaits de rien du tout dont mon poulain s'est rendu coupable, je jure bien de ne jamais remettre les pieds ici !

— Bon, bon, grommela l'hôtelier, n'en parlons plus.

Renny régla sa note et resta seul avec le poulain.

— J'espère, dit-il d'un ton de reproche, que tu ne feras plus de bêtises pendant le reste du trajet.

Le poulain baissa sa longue tête grise et redressa les oreilles. Quand

Renny lui mit le mors, il le mordit à l'épaule et déchira la manche de sa veste jusqu'au milieu du bras.

— Tu l'as voulu, n'est-ce pas ? s'écria le jeune homme furieux.

Et il lui donna une bonne tape. Le poulain serra le mors entre ses dents, aplatit ses vigoureuses oreilles et voulut donner un coup de pied à Renny, mais celui-ci lui prit la tête entre les mains et la pressa contre lui.

— Non, non, non, il ne faut pas faire cela.

Il fit sortir le poulain du box et l'enfourcha dans la cour. Le poulain passa dédaigneusement devant le palefrenier et un garçon d'écurie.

— Tu as vu sa veste ! dit d'un ton moqueur le palefrenier.

— Elle est à moitié arrachée de son dos, dit le garçon. Il n'est pas maître de cette bête.

Renny dirigea le poulain droit sur le valet d'écurie, mais l'animal sortit de la cour en gambadant. Le reste du trajet s'annonça plus paisible. L'ardeur du soleil avait peut-être réussi à calmer même le poulain qui pourtant montrait encore sa nervosité en faisant des écarts sur la route et en secouant constamment la tête.

L'après-midi était déjà avancé quand Renny et sa monture arrivèrent à un passage à niveau. Renny entendit un train siffler au loin. Le garde-barrière sonna et les barrières commencèrent à s'abaisser. Renny tira sur les rênes en se demandant comment allait se comporter le poulain en présence de cette situation nouvelle. Au même instant, l'auto qu'ils avaient rencontrée le matin arriva derrière eux. Le conducteur cornait nerveusement.

Un renâclement de terreur secoua le poulain jusqu'à ses entrailles. Il bondit sous la première des barrières mais, avant qu'il eût pu traverser la voie, la seconde barrière se ferma, et cheval et cavalier se trouvèrent prisonniers devant le train qu'on voyait arriver, énorme et effrayant.

Le garde-barrière affolé essaya de relever les barrières, mais le mécanisme refusa de fonctionner et elles ne bougèrent pas. Le poulain faisait cliqueter ses sabots sur les rails luisants en caracolant et en se cabrant. Le garde-barrière prit un drapeau rouge et courut l'agiter devant la locomotive. Renny amena le poulain devant la barrière, lui donna un bon coup de cravache et l'encourageant des mains et des genoux essaya de le faire sauter.

Queue et crinière au vent le poulain s'élança et passa en planant au-dessus de la barrière. Etait-ce son premier saut ? Renny l'ignorait mais il rit de plaisir en sentant la bête bondir sous lui. Il se retourna sur sa selle et fit un pied de nez au garde-barrière, à la locomotive et aux automobilistes, son épaule nue et blanche apparaissait dans la déchirure de sa veste.

C'était de l'amour que Renny ressentait pour le poulain ; dans l'élan de son affection il se pencha et l'embrassa sur l'encolure. Les narines dilatées, la lèvre retroussée sur ses dents jaunes, l'animal filait comme une flèche sur la route. Il passa à travers une ondée orageuse sans même remarquer, dans sa surexcitation, les éclairs qui illuminaient la route ni le grondement du tonnerre. Il sentit le picotement des gouttes d'eau sur sa croupe, mais crut que le cavalier qui le serrait entre ses cuisses en était la cause. Il filait toujours plus vite.

— Mais tu es un vrai cheval de course ! s'écria Renny. Quel malheur que papa t'ait vendu !

L'averse avait fait retomber la poussière sur la route. Les feuilles fraîchement lavées retenaient les dernières gouttes de pluie. Les couleurs luttaient d'éclat. Les petits oiseaux lançaient leur chant du soir ou lissaient leur plumage mouillé. Dans un creux, juste après un hameau, s'élevait, sur le flanc d'une colline escarpée, la ferme où s'étaient réfugiées les deux femmes. A l'horizon, un nuage rougi par le soleil couchant se déployait comme un drapeau.

Renny éprouva une timidité étrange et inconnue. Que dire en arrivant ? De quelle façon aborder Elvira ou sa tante, si c'était elle qu'il voyait en premier ? Il réalisa tout à coup que sa veste était déchirée, qu'il était mouillé jusqu'aux os, et c'est tête basse et épuisés de fatigue que lui et le poulain s'engagèrent lentement dans le chemin de la ferme.

A côté de la grange se dressait une meule. Un homme, armé d'une fourche, la chemise trempée, rentrait le foin dans le grenier et, à l'intérieur, Renny vit Elvira qui l'étalait sur le plancher. Sa longue jupe de toile était relevée avec des épingles plus haut que les genoux, mais, comme pour compenser ce manque de pudeur, ses cheveux s'étaient défaits et leur masse sombre couvrait ses épaules. La façon dont elle le regarda émut Renny. Elle avait l'air d'une petite fille innocente, abandonnée dans cette grange éclairée par le soleil couchant. Il pensa qu'elle était la mère de l'enfant de Maurice. Et pourtant Maurice haïssait son souvenir.

— Hello ! Elvira, dit-il en contournant la meule de foin de telle façon qu'elle se trouva entre lui et le fermier.

— Oh ! bonjour, Mr. Whiteoak, répondit-elle avec calme en s'appuyant sur sa fourche.

— Il fallait que je passe par ici pour livrer ce poulain, continua-t-il. Mon père l'a vendu à un certain Mr. Ferrier qui n'habite pas loin, aussi j'ai eu l'idée d'entrer prendre de vos nouvelles.

— Oh ! fut tout ce qu'elle répondit.

Elle le regardait timidement, embarrassée, elle semblait se demander si elle allait poser sa fourche et descendre le retrouver.

Le fermier fit le tour de la meule et regarda Renny d'un air agressif.
— C'est de John Ferrier que vous parlez ?
— Oui.
— Il n'habite pas près d'ici. Il habite à dix kilomètres, à Creditford.
— Dix kilomètres ne sont rien pour ce poulain, dit Renny. Vous avez de la chance d'avoir mis votre foin en meule avant la pluie. Il a l'air beau et bien sec.
— En effet, répondit l'homme d'un ton bourru, il faut maintenant que je le rentre dans la grange avant la nuit. Il pleuvra encore cette nuit.
Il regarda le nuage rouge suspendu au-dessus de la colline.
— Allons, Elvira, nous avons perdu assez de temps comme cela.
Il se remit à l'ouvrage.
— C'est la première fois que je vois une femme travailler aux champs, remarqua Renny. Cela me fait un drôle d'effet.
— Vous en verriez des quantités dans le pays d'où je viens, dit l'homme.
Il lança une brassée de foin avec une maladresse voulue de telle sorte qu'il en tomba une partie sur Renny et sur le poulain. L'animal sursauta et pointa ses oreilles. Renny descendit.
— Voyons, je vais vous aider. A cette allure, vous ne l'aurez jamais rentré avant la nuit !
— Merci, murmura le fermier. Il y a un box libre là-bas.
Sans lâcher sa fourche, il le conduisit à l'écurie et donna à Renny un petit baquet d'avoine pour le poulain.
Renny monta dans le grenier et Elvira lui tendit docilement sa fourche. Il avait l'air d'un ouvrier agricole, avec son visage brûlé par le soleil, ses cheveux en désordre et sa veste déchirée, pensait-elle. Quelle différence avec Maurice ! Sa présence lui rappelait toute sa vie passée. Son cœur se brisait de regret pendant que, debout dans les derniers rayons du soleil, elle le regardait disposer adroitement le foin. Renny et le fermier formaient une bonne équipe. La meule diminuait à mesure que le ciel s'assombrissait. De tous côtés, les cigales se mirent à chanter doucement. Une vache mugit en bas dans l'étable. Le fermier regarda Elvira.
— Pourquoi Lulu ne vient-elle pas traire les vaches ? demanda-t-il.
— Faut-il que j'aille le lui dire ? demanda Elvira.
Elle se tourna vers Renny.
— C'est notre cousin Bob. Nous habitons ici.
Renny et Bob se firent un petit salut à cette présentation comme s'ils venaient de se rencontrer. Bob dit :
— Je vais prévenir Lulu. Et ensuite vous pourrez aller à la maison nous préparer à dîner.

Il sentait que Renny et Elvira désiraient rester un peu seuls. Quand il fut parti, la jeune fille regarda Renny d'un air interrogateur.

— Votre bébé va bien, dit-il pour la rassurer, mais cela doit vous être égal, sans cela vous n'auriez pas agi comme vous l'avez fait.

— C'est Lulu qui l'a voulu, dit Elvira, très simplement.

— Diable, elle l'a voulu. Et vous faites tout ce qu'elle veut ?

— Oui.

— Au fond, je crois que c'est une bonne solution. Les Vaughan sont décidés à garder la petite. Maurice dit que sa mère l'aime déjà comme si c'était sa vraie petite-fille.

— L'avez-vous vue ?

Elle croisait et décroisait ses doigts minces griffés par la paille.

— Oui, c'est un amour. J'ai regardé par la fenêtre du salon et je l'ai aperçue.

— Comment était-elle habillée ?

Renny réfléchit, appuyé sur sa fourche.

— Voyons, elle avait une grande robe blanche et un petit manteau de laine rose avec un nœud sous le menton.

— Cela devait être ravissant, dit-elle, et elle sourit de plaisir à cette image.

Il se tourna brusquement vers elle.

— Croyez-vous que cela ennuie Bob que je sois venu vous voir toutes les deux ?

— Non. Il doit être bien content que vous l'ayez aidé pour le foin. Il est très satisfait de nous avoir. Sa femme est au lit pour la naissance de leur cinquième enfant. Il ne dira rien du tout.

— Mon Dieu ! s'écria Renny, vous êtes neuf dans cette petite maison ?

Elle hocha la tête et répéta :

— Bob aime bien qu'on l'aide.

Elle lui montra sa main où une ampoule s'était formée.

— Regardez.

Renny lui prit la main et vit au même moment l'autre femme plus âgée, Lulu, arriver par le sentier, chargée d'un seau à lait. Son apparition lui fit oublier l'existence d'Elvira. Il regarda Lulu et remarqua sa démarche souple, animale. Ses cheveux formaient un chignon lâche, bas sur la nuque. Elle s'était fardé les joues et portait une robe d'indienne blanche à pois rouge, toute fraîche. Un ruban rouge faisait deux fois le tour de son cou et se terminait devant par un nœud retenu par une broche ornée d'une pierre jaune.

Grand, mince, le jeune homme debout la regardait venir d'un pas nonchalant. Pour dissimuler par une phrase indifférente les battements précipités de son cœur, il dit :

— Vous mettez-vous toujours sur votre trente et un pour traire les vaches ?

Elle le regarda bien en face en balançant le seau.

— Je me mets toujours sur mon trente et un quand je sais que vous êtes là.

Elvira dit :

— Je vais aller préparer le dîner.

— Oui. C'est une bonne idée.

Sa tante lui sourit.

— Bob est rentré voir Lizzie. Elle en a un peu assez d'être seule. Elle a besoin de le voir. Je lui ai dit que je finirais le foin. Il est éreinté.

— Avec cette robe ! s'écria Renny stupéfait.

Elle releva sa jupe, grimpa sur le haut de la meule et s'empara de la fourche de Bob. Il ne restait plus beaucoup de foin à rentrer. Elvira redescendit du grenier par l'échelle et se dirigea vers la maison. Elle avait les jambes raides comme si elle était très fatiguée.

— Pauvre petite ! dit Renny en la regardant s'éloigner.

— Ne la plaignez pas ! Elle a eu sa part de bonheur, nous la payons toujours.

— Et vous, l'avez-vous eue ?

— Oui.

— Et vous l'avez payée ?

— Plutôt deux fois qu'une.

— On dirait que cela vous est bien égal.

— Oh ! je suis coriace.

Il rit.

— Moi aussi, cela m'est égal de payer.

— Vous ! Vous n'êtes qu'un enfant.

— Si vous me parlez comme cela… je m'en vais.

— Qu'est-ce que cela peut vous faire ce que je dis ?

— C'est pour vous voir que j'ai fait tout ce chemin.

— Vraiment.

De ses yeux jaunes un peu bridés elle lui lança un regard provocant.

— Vous vous souvenez de ce que vous m'avez dit ce soir-là ? Vous deviez me lire l'avenir dans les feuilles de thé et me dire d'où vous venaient ces yeux étranges.

— Ces yeux *étranges*, j'aime bien cela.

— Eh bien, ne le sont-ils pas ?

— Ils ne vous plaisent pas ?

— Je n'ai pas dit cela.

— Alors ils vous plaisent ?

— Je répète qu'ils sont étranges.

— Les vôtres aussi.

— Les miens ! Je ne leur trouve rien d'extraordinaire.

— Ils sont diaboliques.

— Vous y voyez votre propre reflet.

— Quel garçon intelligent ! Je vous affirme que vos yeux sont aussi foncés qu'un nuage d'orage et que vos cils sont plus noirs qu'il n'est permis de l'être.

— Oui, et mes cheveux sont un soleil couchant, mes dents des pierres tombales et mon nez une hache d'armes. Oh ! je suis un démon au physique extrêmement poétique.

— Comment avez-vous déchiré votre veste ?

— C'est le poulain qui l'a arrachée. Il était jaloux de mon affection pour vous.

— Cela lui vaudra un baiser.

— Parfait, je veux que vous soyez amis tous les deux.

En guise de réponse, elle prit du foin au bout de sa fourche et le lui lança. Il l'attrapa et l'étala sur le tas à ses pieds. Elle lui en renvoya une seconde fois, puis une troisième. Grande, vigoureuse, les seins petits, elle travaillait avec une énergie farouche en tournant rapidement la tête sur son cou souple. Lui, bien d'aplomb, les jambes un peu écartées, attrapait le foin au bout de sa fourche avec une rapidité presque rageuse. Le foin était si sec que la grange était pleine de poussière. Il toussa et s'essuya le nez sur sa manche.

Au moment où la terre recevait le dernier rayon du soleil et où les petits nuages se fondaient dans le gros nuage au-dessus de la colline, tout le foin fut rentré. En bas, dans l'écurie, le poulain s'agitait et les volailles se disputaient les meilleures places sur les perchoirs.

Renny fit rentrer les chevaux de ferme dans leurs box et leur donna à boire.

— Je me demande, dit-il, pourquoi votre cousin n'est pas revenu ?

— Il était mort de fatigue. Je lui ai dit que nous finirions de rentrer le foin. Il couche les enfants, c'est un homme d'intérieur. Elvira met le couvert.

La jeune femme retira des brins de foin accrochés à sa robe et remit de l'ordre dans ses cheveux. Renny la regardait avec calme. Pourtant chaque geste de Lulu avait pour lui une signification.

— Suis-je invité à dîner ? demanda-t-il. Je meurs de faim.

— Bien sûr. Rentrons maintenant.

Elle parlait d'une voix posée et elle marcha devant lui, dans le chemin, sans se retourner une seule fois pour le regarder.

— Il va encore pleuvoir, dit-il.

— Oui. Bob sera content que son foin soit rentré.

Ils trouvèrent Bob dans la cuisine en train de boutonner la chemise de nuit de flanelle d'une belle petite fille de quatre ans. Un bébé, à moitié nu, se traînait par terre. Malgré sa carrure, Bob paraissait maigre. Son visage était tiré de fatigue. Ses mains calleuses habillaient l'enfant avec beaucoup d'adresse.

Elvira n'avait pas eu le temps de s'arranger. Ses cheveux étaient toujours épars sur ses épaules et sa jupe relevée avec des épingles, mais elle avait préparé un repas substantiel sur une nappe blanche très propre. Il y avait des pommes de terre frites, du porc froid, des pickles, des framboises sauvages, des buns au raisin et un fromage jaune du pays.

Bob se tourna vers Renny et dit :

— Elvira m'apprend que vous êtes un « Monsieur ». Vous n'allez sans doute pas vouloir manger avec des gens comme nous. Je n'aurais pas dû vous laisser travailler au foin.

— Ne dites pas de bêtises ! Je meurs de faim et j'ai été très heureux de vous aider à rentrer le foin.

— Parfait, alors. Je vais mettre les enfants au lit.

Bob prit un enfant sous chaque bras et monta lourdement l'escalier étroit. A travers la mince cloison on entendait le faible vagissement d'un nouveau-né.

Elvira regarda Lulu d'un air interrogateur.

— Crois-tu qu'il y ait assez à manger ?

— Grands dieux ! s'écria Renny. C'est un festin !

Lulu dit à mi-voix :

— Quel malheur que nous ne soyons pas rien que nous trois ! On aurait pu s'amuser.

— Oui, approuva Elvira, Bob n'est pas drôle.

Bob redescendit pesamment l'escalier et passa sa main sur son front.

— Il fait une chaleur de four là-haut, dit-il.

Il leva sa tête et cria à travers le plafond :

— Taisez-vous, les enfants, ou vous aurez affaire à moi.

Les bruits de disputes et les rires étouffés des enfants cessèrent.

— Voulez-vous vous laver ? demanda Elvira à Renny.

Elle le conduisit dans un coin de la cuisine où elle avait préparé sur une table une cuvette d'eau, une serviette blanche et son propre savon rose et parfumé.

Il remonta ses manches et s'aspergea le visage, le cou et les bras. « Sapristi ! Que c'est bon de se rafraîchir ! pensait-il. Si la famille me voyait ! » Il rit la tête dans la cuvette.

Bob était heureux d'avoir un homme à qui parler, surtout quelqu'un qui s'y connût en agriculture ! Quand Renny était embarrassé il cachait son ignorance en prenant un air entendu. D'ailleurs Bob désirait surtout un auditeur. Il parlait, parlait, exposait ses théories, racontait ses efforts et ses déboires. Comme beaucoup de paysans il mangeait peu, mais insistait pour que Renny reprît de tout. Les deux femmes se taisaient, les yeux fixés sur Renny. Un profond silence régnait dans la chambre voisine et à l'étage supérieur. Sur une étagère un réveil faisait tic-tac à une vitesse absurde. Lulu prit sur le fourneau une théière ronde, vernie.

— Maintenant, dit-elle, voyons ce que racontent les feuilles de thé.

Bob eut un sourire condescendant :

— Ne vous faites pas prédire l'avenir, conseilla-t-il. Elle vous dira des choses désagréables.

— Pourquoi ? demanda Renny en s'appuyant sur le dossier de sa chaise et en allumant une cigarette.

Bob fumait déjà sa pipe.

— Ce genre de femme porte toujours malheur.

— Ce n'est vraiment pas gentil de dire cela, déclara Lulu.

Bob allongea la main et toucha la robe de la jeune femme.

— Voyons, Lulu, comprenez-moi. Je veux dire que vous n'êtes pas une personne de tout repos comme ma Lizzie. Mais vous avez été bonne pour nous, cela je le reconnais ! Et Elvira aussi.

Lulu se rassit et regarda dans l'intérieur de la théière.

— Je crois qu'il a suffisamment infusé, dit-elle.

Elle agita les feuilles et remplit chaque tasse.

Ils burent tous en même temps avec des mines de conspirateurs en train d'accomplir un rite. Par la porte un éclair illumina le paysage d'été.

— Voyons, dit Lulu en croisant les jambes, par qui vais-je commencer ?

— Pas par moi, dit Bob. La dernière fois vous m'avez dit que les pommes de terre auraient la maladie et c'est ce qui est arrivé...

Il regarda le fond de sa tasse d'un air morose.

— Et la fois précédente vous m'aviez dit que ma femme aurait encore une fille... et elle a eu une fille. Assez de prédictions pour moi !

— Comment pouvez-vous dire cela ! s'écria Lulu. Ne vous ai-je pas annoncé que vous recevriez une belle visite dans les trois jours ?

— Oui ! dit Bob. Je m'en souviens. Mais j'ai l'impression que la visite est pour Elvira.

— Ce n'est pas pour moi qu'on est venu, dit la jeune fille d'un ton boudeur.

Lulu se tourna vers Renny.

— Qui êtes-vous venu voir ? demanda-t-elle en le regardant les yeux mi-clos.

Il se sentit tout à coup gêné et très petit garçon. Bob se leva et repoussa sa chaise. Il dit :

— Eh bien, discutez la question entre vous. Je vais finir le travail de la journée.

— Je trairai les vaches, dit Lulu d'une voix sèche et un peu autoritaire.

— Parfait.

Les deux femmes tirèrent leurs chaises tout près de celle de Renny et regardèrent le fond de sa tasse.

— Eh bien, demanda-t-il. Qu'en pensez-vous ?

— Je vois, dit-elle avec lenteur, de l'amour et des combats, mais peu de tranquillité.

— Qui souhaite la tranquillité ?

Il rit.

— Si j'avais voulu être tranquille, je ne serais pas venu ici.

— Je vois des femmes qui vous aiment, je ne peux pas les distinguer.

— J'espère que je pourrai.

— Le nom de l'une commence par un A et celui de l'autre par un C.

— Et avec B qu'est-ce qui se passe ?

— Rien. Je vois aussi une garce qui n'a pas de nom.

Il rit doucement. Les pensées se succédaient rapidement dans sa tête.

— Parlez-moi encore de cette inconnue.

— Elle viendra et elle s'en ira, mais vous ne l'oublierez pas.

— L'aimerai-je ?

— Une seule nuit.

Elvira se leva et pressa ses mains contre sa poitrine. Des larmes roulaient sur ses joues.

— Qu'y a-t-il ? demanda Renny.

— Je me sens tout à coup tellement triste !

— C'est une très drôle de fille, dit Lulu. Elle a toujours été comme cela.

Après s'être tourné vers Elvira, son regard oblique revint à la tasse. Renny prit la jeune femme par la taille.

— Je vois le poulain, continua-t-elle.

— Que fait-il ? Il rue dans les feuilles de thé ?

— Non, mais il ne reste pas où on le conduit.

Renny redevint immédiatement sérieux.

— C'est ennuyeux. Si je ne le conduis pas chez Mr. Ferrier, j'aurai des ennuis avec mon père.

— Je vois votre grand-mère sur son lit de mort, continua-t-elle.

Il eut un air atterré.

— Grands dieux ! Pas avant longtemps, j'espère ?

— Non, dans très longtemps.
— Pourriez-vous me dire, demanda-t-il, à qui elle lègue son argent ?
Lulu eut un sourire malicieux.
— Elle vous laisse plus d'elle-même qu'à aucun autre.
— Parfait !
Il rit.
— Son argent c'est elle-même, elle y tient comme à la vie.
Lulu continua :
— Je vois des responsabilités, des quantités de responsabilités, des gens qui s'accrochent à vous.
Il releva fièrement la tête.
— Cela ne m'effraie pas.
— Mais vous aimerez un endroit plus que personne au monde.
Elle reposa la tasse.
— Je ne vois plus rien. Il faut que j'aille traire les vaches. Il fait nuit.
Bob entra, une lanterne allumée à la main.
— J'ai fini, dit-il, sans regarder Lulu ni Renny. Vous aviez dit que vous trairiez les vaches, Lulu.
— Oui, dit-elle en s'emparant de la lanterne et en baissant la mèche qui fumait.
Tandis que Renny et Lulu suivaient le sentier en pente, une brise fraîche passa, chargée de toutes les délicieuses odeurs que dégageait la terre mouillée. Il n'y avait pas de lune mais une multitude d'étoiles lointaines répandaient une pâle clarté. Sous le toit bas de l'étable les deux vaches tournèrent leurs grosses têtes vers Lulu d'un air de reproche. On avait sorti les chevaux de ferme, mais le poulain était couché, masse grise anguleuse, dans une stalle sombre où ses yeux luisaient doucement à la lueur de la lanterne.
Lulu s'assit sur un tabouret en repliant sous elle ses jolies jambes et appuya son front sur le flanc roux de la vache. Du pis gonflé elle fit jaillir un jet de lait dans le fond du seau.
Renny était adossé à la paroi.
— Vous êtes une femme étonnante, dit-il. La première fois que je vous ai vue, vous étiez couturière.
— Pas une bien fameuse couturière, interrompit-elle. J'ai souvent gâché les étoffes qu'on m'apportait.
Il continua.
— Je vous revois en train de faner. Ensuite vous dites la bonne aventure. Maintenant vous voilà laitière !
Elle dit d'un ton léger :
— J'ai eu le temps d'apprendre pas mal de choses. Je ne suis pas née d'hier.

— C'est probablement indiscret de vous demander votre âge ? dit-il avec curiosité.

— Oui, dit-elle sèchement, je ne vous le dirai pas.

Elle acheva de traire la seconde vache, puis elle les mit toutes deux dehors dans la nuit en donnant de petites tapes sur leurs flancs osseux au moment où elles passaient devant elle et franchissaient en trébuchant la marche inégale.

Encore une fois la lueur pâle d'un éclair illumina les champs. Lulu se dirigea vers une fontaine dans l'écurie et plongea ses bras jusqu'au coude dans l'eau fraîche.

— Je déteste l'odeur du lait, dit-elle.

Il la regardait gravement. Il dit :

— Je crois qu'il est temps que je m'en aille. Il faut que je trouve un endroit où passer la nuit.

Un éclair se joua sur les traits de Lulu.

— Nous pouvons aller nous asseoir un peu dans le foin si vous le voulez, dit-elle avec une feinte indifférence. Mais si vous pensez qu'il vaut mieux que vous partiez...

— Si cela n'ennuyait pas Bob, je dormirais bien ici, dans le foin. Le poulain est à bout.

— Et vous ? demanda-t-elle, et ses dents brillaient.

Il la prit dans ses bras et l'attira contre lui en l'embrassant violemment sur la bouche.

— Eh bien, alors, chuchota-t-elle sans s'émouvoir, montons.

Ils grimpèrent l'échelle et elle se laissa tomber par terre, mais à une certaine distance de lui. Il restait debout si grand qu'il devait courber la tête sous le toit mansardé.

— Vous ne vous asseyez pas ? demanda-t-elle.

— Je suis très bien.

Sa voix tremblait un peu.

Elle retira sa broche et défit le ruban rouge de son cou.

— Je déteste avoir le cou serré, dit-elle. J'aimerais que ce soit la mode d'aller le cou nu. Mettez cela dans votre poche. Si cela tombait dans le foin, je ne le retrouverais jamais.

Il mit soigneusement le ruban et la broche dans sa poche.

Elle s'étira et bâilla.

— Alors, demanda-t-elle d'une voix nonchalante, qu'aviez-vous envie de savoir ?

La voix de Renny résonna dans la pénombre.

— Vous deviez me dire de qui vous teniez vos yeux.

— C'est ma mère qui en est responsable. Son mari était un brave homme. C'était un homme respecté. Mais ma mère a aimé un bohémien qui faisait du colportage... Je suis tout ce qu'il lui a laissé.

Renny vint s'agenouiller à côté d'elle.

— Laissez-moi les regarder, dit-il, et sa respiration devenait courte.

Elle toucha l'épaule blanche du jeune homme qui apparaissait dans la déchirure de la veste.

— Il fait trop nuit pour voir ! murmura-t-elle.

Les éclairs se succédaient, dévoilant les toiles d'araignées dans le grenier, éclairant le foin odorant.

Renny mit sa main sur les lèvres de la jeune femme qui la lui embrassa. D'un mouvement rapide cette main caressa Lulu de la tête aux pieds en suivant les courbes de son corps, puis Renny la tint levée au-dessus d'elle comme une menace... comme s'il lui avait arraché une arme qu'elle aurait cachée sur elle.

Elle s'abandonna à lui en gémissant comme si elle était blessée.

12

Le retour

Il fut réveillé par un grincement, une sorte de craquement. Son visage était enfoncé dans le foin et il avait l'impression d'étouffer à moitié. Les yeux encore fermés il étendit le bras pour tâter si Lulu était là. Sa main glissa sur le creux formé par le corps de la jeune femme. Il ouvrit les yeux et s'assit. L'oreiller parfumé avait marqué sa joue fraîche.

A travers les fentes du toit les rayons du soleil dardaient obliquement leurs pointes brillantes. Renny pensait à la nuit qui venait de s'écouler avec une absence égale d'orgueil et de regret, mais cette expérience étrange et nouvelle l'avait transformé comme la douce pénombre de la grange était transformée par les légers rayons du soleil.

Il serait encore resté un peu à réfléchir si du bruit en dessous ne l'avait pas inquiété. Le poulain était-il en train de commettre une nouvelle sottise ?

D'un mouvement souple il se leva et descendit l'échelle. Quand le poulain reconnut ses jambes, il cessa de mordre les planches de son box et poussa un hennissement de bienvenue. Quand la tête de Renny apparut, le poulain releva sa lèvre et montra ses grandes dents en une grimace de soulagement. Des éclats de bois restaient accrochés aux poils raides qui entouraient sa bouche. Il avait arraché un gros barreau du râtelier et envoyé à coups de pied toute sa litière dans le passage.

C'est avec prudence que Renny s'approchait de lui, mais le poulain tendit vers lui sa longue tête et se mit à lui raconter à mi-voix son interminable nuit solitaire et sa hâte de partir.

Renny serra dans ses bras le cou massif.

— La bonne bête, murmura-t-il, la gentille bête ! A qui est-il ce brave cheval, à qui est-il ?

Tout à coup une profonde tristesse le saisit à l'idée de se séparer du poulain.

Pendant qu'ils s'embrassaient, Elvira apparut dans l'embrasure de la porte. Elle avait l'air fraîche et reposée, mais un peu étonnée comme une biche surprise dans la forêt.

— Vous ne voulez pas venir prendre le petit déjeuner ? demanda-t-elle.

— Regardez donc, s'écria-t-il, ce qu'a fait ce démon !

— Cela ne fait rien. L'écurie tombe en ruine de toute manière.

— Pas du tout. Il faut que je dédommage Bob.

— Il ne voudra pas.

D'un porte-monnaie tout neuf Renny sortit un billet de cinq dollars.

— Voilà, dit-il, vous le lui donnerez quand je serai parti.

Elle le prit, puis dit avec hésitation :

— Je voulais vous dire combien je suis désolée pour votre sœur... de ce que je lui ai fait.

Il poussa un profond soupir.

— Oui, dit-il, elle déclare que sa vie est gâchée.

Elvira le regarda d'un air malheureux.

— Je l'aimais, mais je suis sûre maintenant qu'il ne m'a jamais aimée. Le sait-elle ? Cela l'aiderait peut-être à lui pardonner.

Renny répondit sèchement :

— Ma sœur fera ce qu'elle jugera bon.

Il apporta de l'eau au poulain, lui donna à manger et suivit Elvira jusqu'à la maison. Il pensait à Lulu. Quel serait son accueil en présence des autres ? Il aurait aimé la voir seule d'abord.

Mais elle était là, dans la cuisine propre et en ordre, qui faisait déjeuner les quatre petites filles. Bob travaillait déjà aux champs.

Renny jeta à Lulu entre ses cils un regard inquisiteur. Il se dirigea avec un certain embarras vers la table, puis tourna pour aller près de la toilette dans le coin. Les enfants, fascinés, suivaient ses moindres mouvements, la cuiller en l'air, sans toucher à leur porridge bleuâtre.

Lulu posa une serviette propre sur l'épaule de Renny et lui donna une petite bourrade. Elle était parfaitement à son aise. Quand il se fut assis en face des enfants, elle se pencha vers lui et prit un pot rose pour verser sur son porridge de la crème qui tombait en épaisses gouttes jaunes. L'attitude de Lulu laissait entendre que rien n'était trop bon pour lui.

Elle était assise à un bout de la table et Elvira à l'autre. Renny essaya de faire rire les petites filles, mais elles se contentèrent de le regarder, muettes et pleines d'émoi. Elvira ne parlait pas, froissée par la rebuffade, et Lulu paraissait uniquement occupée à servir Renny.

Mais, pendant qu'il sellait le poulain, elle vint près de lui et, lorsqu'il se retourna pour la regarder d'un air interrogateur, elle dit :

— Non, ne revenez pas. Nous avons eu notre heure de bonheur. C'est fini.

— Fini ! répéta-t-il incrédule.

— Oui... vous ne pouvez pas continuer à venir ici. Cette nuit restera pour vous un beau souvenir. Mais je ne suis pas femme à vouloir qu'un garçon tourne autour de moi.

— Mais vous m'aimiez, n'est-ce pas ?

Elle sourit d'un air énigmatique.

— Vous m'aimiez, répéta-t-il avec colère en s'avançant vers elle.

Elle recula et s'écria presque sauvagement :

— Ne me touchez pas ! Tout ce que je vous demande, c'est de partir.

L'expression du visage de Lulu le satisfit. Il n'était plus fâché ni peiné. Il enfourcha le poulain et, passant ses doigts dans la crinière de l'animal, il dit :

— Alors si je repasse par ici, vous refuserez de me voir ?

— Oui, je refuserai de vous voir.

— Vous ne me reverrez plus jamais ?

— Oh ! je ne dis pas cela.

— Vous ne m'embrassez pas avant que je parte ?

Elle vint contre l'étrier et lui tendit un visage rigide comme un masque de pierre.

Il se pencha puis se redressa.

— Croyez-vous que je vais embrasser cela ?

— C'est ce que j'ai de mieux à vous offrir.

— Vous ai-je déçue ?

— Seigneur ! Non.

Elle se dressa dans une sorte de frénésie sur la pointe des pieds, pressa son visage contre celui du jeune homme et l'embrassa avec passion. Puis elle se détourna et partit d'un pas rapide dans le chemin.

Tout en trottant sur la grand-route il repensait à tout ce qui s'était passé depuis son départ de Jalna. Il avait vécu des heures étonnantes et il eût aimé rentrer directement à la maison sans livrer le poulain à son nouveau propriétaire. L'idée de se séparer de lui l'empêchait de penser à autre chose. Ce matin il sentait que l'amitié naissait doucement entre le poulain et lui. Sa volonté était maintenant celle du poulain. Quand il prit la route qui menait chez Mr. Ferrier, il se sentit accablé de tristesse.

Il était près de midi quand le poulain docile franchit en trottant la grille. Mr. Ferrier, un gros homme cramoisi, vint au-devant d'eux.

— Je vous attendais hier, jeune homme, dit-il sévèrement.

Renny le regarda, l'air navré.

— Moi aussi je pensais être là hier, monsieur, répondit-il.

— Alors pourquoi n'êtes-vous pas venu ?

Renny caressait la crinière du poulain.

Mr. Ferrier considéra les deux compagnons :

— Vous semblez avoir eu pas mal d'aventures.

Renny fit une moue et descendit de cheval. Il tendit la bride à Mr. Ferrier.

— Voyons, dit Mr. Ferrier, maintenant je veux que vous me disiez pourquoi votre veste est à moitié arrachée, pourquoi vos vêtements sont comme si vous aviez dormi dans une meule de foin et pourquoi le poil de cette bête est collé par la sueur et la poussière. Si vous ne voulez pas me le dire, je le demanderai à votre père.

— Je vous avoue, répondit Renny, que j'ai eu du mal à arriver ici.

— Je veux la vérité ! cria Mr. Ferrier. Cette bête est-elle vicieuse ou non ?

Le poulain répondit lui-même. Il ouvrit la bouche toute grande puis la referma en grinçant des dents à un millimètre du visage de son nouveau maître. Mr. Ferrier recula terrorisé. Il lâcha la bride comme si elle lui brûlait les mains. Renny la reprit et sourit d'un air embarrassé.

— Remmenez-le ! ordonna Mr. Ferrier. Je ne veux pas le garder ! Votre père entendra parler de moi ! Dieu merci, je ne lui ai pas donné mon chèque ! Et vous savez, jeune homme, ces gens en auto à qui vous avez fait peur hier, c'était mon beau-frère et sa femme. Ils m'ont raconté la façon dont cette bête s'est comportée sur la route et au passage à niveau. J'écrirai à votre père une lettre qui lui fera dresser les cheveux sur la tête !

En galopant sur la route du retour, Renny avait l'impression que ses sens avaient tous acquis une finesse nouvelle. Il lui semblait pouvoir distinguer les nervures des plus petites feuilles des arbres récemment mouillés, l'odeur de cuir de la selle, l'odeur du poulain, celle de la terre au soleil lui arrivaient avec une intense perfection. Le contact du cheval, le martèlement rythmé des sabots, le souvenir du baiser de Lulu encore chaud sur ses lèvres, le remplissaient d'une ardeur joyeuse. La vie brûlait en lui comme une torche.

13

Plaisirs familiaux

Philippe et Mary se tenaient de chaque côté d'une balançoire accrochée à la branche basse d'un chêne, près de la pelouse du croquet. Eden était assis sur la balançoire et tenait les cordes bien serrées, ravi de voler dans les airs de son père à sa mère. Celle-ci le poussait doucement dans le dos et, toutes les cinq fois environ, Philippe l'attrapait par les pieds, le retenait un instant puis le renvoyait à sa mère avec une vitesse accrue. Le petit Piers trottinait de-ci de-là en traînant un cheval de bois à roulettes. Mais il était maintenant assez grand pour éprouver de la jalousie quand on s'occupait exclusivement de son frère. Il installa son cheval sous les branches tombantes d'un seringa en fleur et s'approcha de la balançoire le sourcil froncé.

— Moi ! Moi ! Moi ! demanda-t-il.

— Attention ! cria Philippe.

Mary prit le bébé dans ses bras. Il la repoussa.

— Moi ! répéta-t-il en montrant la balançoire.

— Mettez-le sur mes genoux, cria Eden, je le tiendrai.

Mary installa bien le bébé sur les genoux d'Eden et les balança doucement en continuant à tenir le petit Piers. Mais ce n'était pas ce que voulait l'enfant. De sa main potelée il s'empara de la corde et, de l'autre main, il essaya de chasser Eden de la balançoire.

Philippe lança à Mary un coup d'œil amusé.

— Il ne sera pas commode, remarqua-t-il. Asseyez-vous sur la balançoire, Molly. Il admettra peut-être de rester dans vos bras.

On opéra le changement. Mary étala sa jupe à volants, assit l'enfant, et Philippe, la pipe entre les dents, les fit voler vers les feuilles vertes. Piers criait de joie, la jupe de Mary se soulevait et laissait voir son jupon blanc brodé et ses chevilles fines gainées de soie noire.

— Oh ! c'est délicieux, s'écria-t-elle.

Au bruit du trot d'un cheval à la grille, Eden s'élança comme une flèche à travers le massif et déboucha dans la grande allée en face de Renny et du poulain au moment où ceux-ci s'y engageaient.

Le poulain se cabra et resta un instant dressé sur ses postérieurs, comme s'il se préparait à danser.

Eden courut au-devant de lui en criant :

— Oua ! Oua !

— Va-t'en, Eden, petit imbécile ! ordonna Renny.

La phrase s'acheva par une imprécation car le poulain lui fit mordre la poussière. Philippe accourut sur les lieux, après avoir lancé une dernière fois la balançoire tellement de travers que Mary se mit à zigzaguer dangereusement.

Maintenant le poulain ne bougeait plus et laissa Philippe le prendre par la bride, ce qu'il fit en fixant sur l'animal et son fils ses grands yeux bleus.

— Eh bien, dit-il posément, vous êtes jolis tous les deux !

— C'est la faute d'Eden, dit Renny. Il faut qu'il perde l'habitude de courir dans l'allée comme cela.

— Et l'état dans lequel tu es, c'est la faute d'Eden ? demanda Philippe.

Mary, son bébé sur le bras, quitta l'abri des arbres. En voyant saigner la joue de Renny qui se l'était écorchée sur le gravier, et l'aspect débraillé de son beau-fils, elle poussa un cri. A la vue de l'émotion de sa mère, Eden aussi poussa un cri aigu.

— Cela suffit, s'écria Philippe mécontent. Si quelqu'un doit crier, c'est bien moi. Maintenant, dit-il, en se tournant vers son fils aîné, explique-toi !

Renny se passa la main sur la tête.

— Mr. Ferrier a refusé de garder le poulain.

— Refusé de garder le poulain ! Mais pourquoi ?

— Le poulain a voulu le mordre, père. Il a failli lui arracher la figure. Après cela je ne pouvais pas lui demander de le garder.

Philippe grogna.

— Et dire que je n'ai pas mon chèque.

Renny continua :

— Et cet animal a déchiré ma veste, comme vous le voyez, il a failli sauter dans une auto où étaient deux personnes qui se trouvaient justement être des parents de Mr. Ferrier, à l'hôtel il a mangé le râtelier, il a manqué me faire tuer à un passage à niveau. C'est une chance que je sois revenu sain et sauf, après tout ce qu'il m'a fait voir.

Philippe eut un rire moqueur.

— *Vous* pouvez rire, dit Renny.

— Qu'allons-nous bien pouvoir faire de cette brute ? demanda Philippe en considérant le poulain d'un air désespéré.

Renny répondit avec vivacité.

— C'est une bête splendide, papa ! Jamais aucun poulain ne m'a autant plu. Ce sera un excellent sauteur. Il a seulement besoin d'être bien dressé. Et je m'en charge. Je vous en prie, laissez-moi le dresser, rien ne me ferait autant de plaisir !

Philippe regarda attentivement son fils bien en face, puis il dit :

— Bon, je suis d'accord. Mais s'il continue à mordre... Eden ! ne reste pas près de sa tête, veux-tu t'écarter !

Renny sauta en selle et Eden demanda :

— Est-ce que je peux aller jusqu'à l'écurie avec lui ?

Piers aussi tendit les bras à Renny.

— Non ! Non ! dit Mary. Je ne veux pas que tu t'approches de cette bête. Renny, je vous en supplie, vous ferez attention aux enfants.

Renny la regarda d'un air taquin.

— Il n'y a aucun danger à les emmener jusque-là, dit-il.

— Philippe, cria-t-elle. Vous l'entendez ? Il faut lui dire de ne jamais, jamais laisser les enfants s'approcher de ce cheval.

— Ne laisse jamais, jamais les enfants s'approcher de ce cheval, répéta Philippe avec calme. Et à propos, où as-tu couché la nuit dernière ?

Renny le regarda effaré.

— Mais... je... j'ai...

— Qu'as-tu donc à bégayer ? continua Philippe. Je te demande où tu as passé la nuit dernière.

— Dans une petite ferme près de chez Mr. Ferrier.

— Pour quelle raison ? Le garçon de l'hôtel a rencontré quelqu'un d'ici et lui a dit que tu avais déjeuné là de bonne heure. Qu'as-tu fait entre le déjeuner et le soir ?

— Mais tu comprends...

Il fit un récit détaillé de l'incident du passage à niveau.

Philippe le regarda d'un air songeur.

— Ce que je ne comprends pas, c'est que tu sois passé par là. C'est à près de cinq kilomètres de la route directe.

— Je me suis perdu.

— Tu n'as pas pu te perdre sur cette route. C'est tout droit.

Les yeux de Mary pétillaient de malice en regardant l'air embarrassé de son beau-fils.

— Ce que je pense, continua Philippe, c'est que tu as fait un détour pour voir une jeune fille et que tu as passé la nuit là où tu n'avais rien à faire. J'ai idée que tu es allé voir cette Elvira de la part de Maurice. Tu lui as peut-être porté de l'argent. Ai-je raison ?

— Ce n'est pas la peine que j'essaie de vous cacher quelque chose, grommela Renny, et il donna une petite tape au poulain et partit au galop dans la direction des écuries.

A peine à mi-chemin il fit demi-tour. Eden courut à sa rencontre.

— Qu'est-ce que tu vas faire, Renny ? cria-t-il.

— Retourne dire à papa que Maurice n'a rien à voir là-dedans.

Eden, enchanté de faire une commission pour son héros, partit comme une flèche.

— Qu'y a-t-il, chéri ? demanda Mary.

Il répondit avec fierté :

— Maurice n'a rien à voir là-dedans. C'est Renny qui l'a dit.

Mary lui caressa les cheveux. Elle avança ses jolies lèvres en une moue d'impatience.

— Qu'avez-vous, Molly ? demanda Philippe.

— On dirait que, dès que nous avons un moment agréable ensemble, Renny vient tout gâter. Ou bien s'il ne vient pas, c'est vous qui vous demandez où il est et ce qu'il fait.

— Il traverse un âge difficile, répondit Philippe. Mais je suis content qu'il ne soit pas menteur. Est-ce que vous voulez encore que je vous balance ?

Elle secoua négativement la tête, puis demanda :

— Qu'est-ce qui vous fait croire qu'il a passé la nuit dans cette ferme ?

Philippe n'avait nullement l'intention de lui faire part de ses soupçons. Pour faire diversion il dit :

— Regardez Peep ! Il est en train de se bourrer de mûres !

Le bébé avait ramassé les mûres tombées et en entendant son nom il se retourna et leur montra sa bouche enfantine toute violacée. Quand sa mère lui donna une petite tape sur la main, il poussa des cris de rage et essaya de la frapper de ses petits poings potelés. Elle l'emporta à la maison.

Philippe rit et on entendit résonner le gong du déjeuner. Il prit Eden par la main et traversa lentement la pelouse, l'esprit préoccupé par la conduite de son fils aîné. L'aventure de Maurice avait-elle amené Renny à envisager l'amour sous son aspect le plus déplaisant ? Il s'intéressait aux jeunes filles, ses attentions pour Vera Lacey avaient amusé la famille mais, jusqu'à présent, il n'y avait rien eu de sérieux, rien de secret dans ses escapades. Philippe savait qu'Elvira et sa parente, sœur ou tante – Dieu seul savait ! – étaient parties du côté de chez Mr. Ferrier. Mais sûrement ce n'était pas Elvira ! Cela eût été trop révoltant. Et certainement pas l'autre femme âgée. Cependant il y avait la phrase qu'il avait chargé Eden de répéter : « Maurice n'avait rien à voir là-dedans. » C'est volontairement que Renny était parti. Il avait évidemment eu du fil à retordre avec le poulain. Eh bien, qu'il le dresse, on verrait bien ce qui en résulterait ! Comme le disait Scotchmere, il était « la crème des cavaliers ».

Il trouva Elisa dans le hall.

— Mr. Ferrier demande monsieur au téléphone, dit-elle sans aménité. Je lui ai dit que c'était l'heure du déjeuner, mais il n'a rien voulu entendre. Il a appelé trois fois ce matin.

— Va avec Elisa, Eden, dit Philippe.

Il gagna la bibliothèque et il courba sa haute taille pour répondre au téléphone et écouter une violente diatribe contre son poulain, son fils et lui-même.

Quand il pénétra dans la salle à manger, sa mère qui brandissait un morceau de pudding au bout de sa fourchette, lui lança un regard accusateur.

— Regarde, Philippe, j'en suis à ma dernière bouchée de pudding ! Mon assiette est vide. Nous ne t'avons pas attendu. Molly, Edwin et Augusta voulaient t'attendre, mais Nick, Ernest, Malahide et moi n'avons pas voulu et c'est nous qui avons eu gain de cause.

Elle avala le morceau de pudding.

Philippe se servit.

— C'était Ferrier, dit-il, qui faisait une scène du diable à propos du poulain.

— J'ai vu qu'il était revenu, remarqua Nicolas. Cela ne m'étonne pas. J'ai toujours dit que cet animal était vicieux.

— Je crains que tu n'aies de la peine à t'en débarrasser maintenant, ajouta Ernest.

— Ce qui commence mal finit mal, dit Sir Edwin.

Augusta dit d'un ton péremptoire :

— Qu'on l'attelle à un char de ferme et qu'on le fasse travailler. Cela l'empêchera de devenir incorrigible.

Adeline regarda sa fille.

— Vous n'y connaissez rien en chevaux, Lady Buckham ! Atteler une bête de race à un char de ferme ! Il n'en est pas question. L'animal ne vaudrait plus rien.

Sir Edwin se tourna vers sa belle-mère.

— C'est étonnant, dit-il aimablement, qu'une femme aussi intelligente que vous, Mrs. Whiteoak, ne soit pas capable de se rappeler le nom de sa fille.

Adeline parut déconcertée comme seul Sir Edwin avait le pouvoir de l'embarrasser.

— Oh ! marmotta-t-elle. Je perds la mémoire. Je vieillis.

— Renny fait grand cas du poulain, dit Philippe. Il veut lui apprendre à sauter. Je crois que je vais le laisser essayer.

— Comme d'habitude, dit Ernest.

Et Mary l'approuva du regard.

La porte s'ouvrit et Meg entra suivie de Renny. Pour que son entrée passât inaperçue, le jeune homme avait décidé sa sœur à reparaître pour la première fois à la table familiale. Son apparition provoqua une tendre émotion et un grand soulagement chez tous à l'exception de Mary et de Malahide ; celle-là considérait la jeune fille avec surprise et mécontentement, celui-ci avec une curiosité amusée.

Ses oncles lui avancèrent sa chaise placée entre eux deux et elle s'y assit en couvrant son visage de sa main. Philippe jeta un rapide coup d'œil investigateur sur le plat pour y découvrir un morceau appétissant pour sa fille.

— L'aile, dit Adeline, donne-lui l'aile. Rien de meilleur pour une délicate jeune fille. Cela rend légère comme un oiseau.

— Oui, Granny, répondit Meg, et les larmes se mirent à couler sur ses joues.

— Meg, Meg, essayez de prendre sur vous ! s'écria Mary.

Philippe considérait l'assiette qu'il lui avait préparée comme s'il avait voulu y joindre une vertu consolatrice extraite de son propre cœur, puis il la lui tendit. Nicolas lui tapotait l'épaule, et Ernest lui ramassa sa serviette de table qui était tombée et l'étendit soigneusement sur ses genoux.

— Qu'est-ce qu'elle a ? demanda Eden.

La famille en chœur dit « Chut ! » et il se remit à contempler les multiples bijoux de sa tante.

Philippe remplissait maintenant une assiette avec ce qui restait du pâté pour Renny, qui l'attaqua avec appétit. Mais s'il espérait qu'on ne parlerait plus de son absence de la nuit précédente, il se trompait.

— Où as-tu couché la nuit dernière ? demanda Nicolas.

— Dans une ferme.

— Mais pourquoi as-tu été obligé de le faire ?

— J'ai eu toutes sortes d'ennuis avec le poulain. Père ne vous l'a pas raconté ?

— Dans quelle ferme es-tu allé ? s'enquit Ernest.

— Dans une petite ferme – des gens pauvres –, je ne les avais encore jamais vus.

— Comment s'appelait le fermier ? demanda sa tante. Autrefois je savais le nom de tous les fermiers des environs.

— Voyons, tante, vous ne connaissez pas ce coin-là, dit Renny agacé.

— Si, peut-être, insista Augusta, dis-moi donc le nom du fermier.

— Bob. Je ne lui ai pas demandé son nom de famille.

Il aurait aimé qu'on le laissât profiter tranquillement de son déjeuner.

— Qu'est-ce qu'il avait comme famille ?

— Une quantité de petites filles. Il venait juste d'en arriver une autre.

Philippe le regardait avec un sourire malicieux, mais ne disait rien.

Meg parla brusquement.

— Vera m'a dit ce matin que ces horribles femmes sont parties de ce côté-là. Peut-être as-tu passé la nuit avec elles.

Si elle avait jeté une bombe au milieu d'eux, la famille eût été à peine moins stupéfaite. Leurs regards allaient d'elle à Renny qui posa son couteau et sa fourchette et, ahuri, regarda sa sœur.

Philippe parla le premier.

— Elle ne sait pas ce qu'elle dit, la pauvre petite !

Augusta ajouta de sa profonde voix de contralto :

— Elle a l'esprit dérangé et ce n'est pas surprenant après ce qui lui est arrivé. Ce n'est pas la première fois que je vois cela se produire après un coup sur la tête.

Grand-mère frappa sur la table avec sa cuiller.

— Voulez-vous insinuer, Lady B...

Elle avait peur de mal prononcer le nom de sa fille à cause de Sir Edwin et pourtant se refusait à le dire correctement.

— Voulez-vous insinuer que Meg n'a plus toute sa tête à cause de la petite tape sur le crâne que je lui ai donnée ?

— Cela ne m'étonnerait pas, maman.

Sa mère ricana.

— Tu en as reçu de plus fortes.

— Mais pas après un chagrin d'amour, Mrs. Whiteoak, répondit doucement Sir Edwin.

— Est-ce que Meg a une bosse sur la tête ? demanda Eden.

Meg fondit en larmes et quitta la table.

— Voyons, voyons, dit Ernest très gentiment.

Il l'entoura de son bras et la fit sortir de la pièce toute en pleurs.

Philippe regarda tristement l'assiette intacte de Meg et poussa un soupir.

— Vous voyez, dit-il, elle n'y a même pas touché.

— Elle va se remettre peu à peu, dit Nicolas. Il faut de la patience. En attendant je vais prendre cette aile, je n'ai eu que du noir.

Et il s'empara de l'aile.

Pour détourner de Renny l'attention de la famille, Philippe se mit à parler avec vivacité des qualités du poulain et la conversation s'anima. Ernest revint dire que Meg était montée dans sa chambre mais avait laissé entendre qu'elle prendrait un peu d'entremets si on lui en montait.

Aussi Philippe grimpa-t-il l'escalier avec un gros morceau de tarte aux groseilles recouverte de crème pour sa fille. En redescendant il était rouge et décoiffé.

— Philippe ! vos cheveux ! s'écria Mary.

— La pauvre chérie m'a serré si fort, dit-il d'une voix un peu tremblante, et le visage de Mary s'assombrit.

En sortant de table Philippe alla s'installer avec sa pipe sur un banc circulaire qui entourait un gros chêne sur la pelouse. Quand Renny apparut sur le perron, Philippe lui fit signe de la main.

Renny traversa lentement l'herbe tiède et vint s'asseoir près de son père. Philippe demanda :

— Tu n'as rien à me dire ?

— Si, murmura Renny.

— Il s'agit de la nuit dernière ? dit doucement Philippe pour l'encourager.

— Oui, j'y suis allé.. où Meggie croit.

— Ah !... Mais pas pour Maurice !

— Maurice n'en savait rien. J'y suis allé... pour moi.

Philippe tira sur sa pipe qui menaçait de s'éteindre. Son regard s'arrêta avec admiration sur l'éclatante corbeille de géraniums.

— Quelles belles couleurs, n'est-ce pas ?

— Oui, dit entre ses dents Renny en jetant un rapide coup d'œil de côté sur le visage de son père.

Il ajouta très vite :

— Je ne suis pas allé voir la jeune fille de Maurice, mais la plus âgée, la tante d'Elvira.

Philippe regardait les abeilles qui bourdonnaient sur les géraniums. Il demanda à voix basse :

— Tu la connaissais déjà, quand elle habitait ici ?

— Je ne l'avais vue qu'une fois. J'étais allé porter de l'argent à Elvira de la part de Maurice. Il ne voulait plus la revoir. Il avait peur d'une scène. Il était très ennuyé.

— Alors il a envoyé mon fils dans un bordel, pour éviter les ennuis - que le diable l'emporte !

Il parlait avec calme, la pipe entre les dents et tirait des bouffées régulières. Il ajouta au bout d'un instant :

— J'aimerais aller tout de suite chez lui le corriger sous le nez de son père.

Le ton nonchalant de Philippe retirait beaucoup de poids à ses menaces. Renny se rapprocha de son père. Il dit d'une voix rauque :

— Il n'y a rien eu entre nous la première fois, rien que quelques plaisanteries. Je l'avais vue par la fenêtre, qui lisait l'avenir dans les feuilles de thé, et elle m'a dit qu'elle me lirait le mien si je venais la voir.

— Et l'a-t-elle fait ?

— Oui.

— Qu'est-ce qu'elle t'a dit ?

— Oh ! surtout des bêtises.

— Et elle ne t'a rien promis d'autre, la première fois ?

— Elle m'a dit qu'elle me raconterait d'où lui venaient des yeux aussi étranges.

— Une histoire peu correcte sans doute.

— Un bohémien avait été l'amant de sa mère.

— Est-elle jolie... cette femme ?

— Non... elle n'est pas jolie. Mais on ne peut pas la quitter des yeux.

Le souvenir de la nuit lui revint. Il se tordit les doigts entre ses genoux.

— Je n'ai pas envie de parler d'elle, père. Mais il fallait que je vous dise pourquoi j'étais allé là-bas.

Philippe demanda tranquillement :

— As-tu couché avec elle ?

La voix de Renny était à peine perceptible :

— Oui.

— La garce ! Et tu n'as même pas dix-neuf ans. C'était la première fois, n'est-ce pas ?

Ses grands yeux bleus se posèrent sur son fils.

— Oui. Quand elle m'avait vu ici, quelque chose dans mon attitude lui a fait croire le contraire. Alors elle ne savait pas, je ne crois pas que ce soit le genre de femme que vous pensez, père. Elle a dit qu'il ne faut jamais que je revienne la voir !

Il parlait avec une simplicité enfantine.

— Cela, c'est bien de sa part, répondit Philippe. Renny, je veux que tu me fasses une promesse. Si tu étais tenté de retourner voir cette femme, je veux que tu viennes me demander de l'argent. Je te ferai voyager quelque part. Je viendrai moi-même avec toi si tu en as envie. En attendant il reste le poulain ! Tu vas voir ce que tu peux en tirer. Et puis tu retourneras bientôt au collège.

— Vous serez bien content quand j'y retournerai, papa, dit Renny d'un ton contrit. Je ferai ce que vous me demandez et c'est si gentil à vous de me donner le poulain. Je crois que mère a raison quand elle dit que vous nous gâtez.

Philippe prit la main de son fils et la serra.

— Eh bien, dit-il aussi gaiement qu'il put, il faut qu'on ne puisse rien vous reprocher à Meggie et à toi, sinon c'est moi qu'on blâmera. Je regrette que cela soit arrivé juste après l'histoire de Meg. C'était tout à fait inutile. Mais... il se passe tant de choses inutiles dans la vie. Tu t'en apercevras en vieillissant.

14

Que la paix règne dans vos murs

Durant la semaine qui suivit, le cousin Malahide ne resta pas inactif. Sa nature sournoise prenait plaisir à vérifier la supposition de Meg au sujet de Renny. Quand il eut rassemblé les faits, il les exposa à Adeline comme un colporteur étale ses marchandises. Elle s'en délecta et, tout en étant furieuse contre Renny, elle exultait malgré elle de voir que son petit-fils était un Court et que son père, le vieux Renny Court, revivait en lui.

Mais on était samedi soir et il était déjà tard : la vieille dame se sentait trop fatiguée pour la scène que laissait présager la découverte de Malahide. Le dimanche matin il fallait assister au service religieux, puis c'était le déjeuner dominical dont elle voulait jouir sans interruption et ensuite sa petite sieste. Pour l'instant elle était dans son lit et, tandis qu'elle comptait le nombre des heures qui s'écouleraient avant qu'elle pût révéler la vérité, son perroquet, à la lueur douce de la veilleuse, se profilait au plafond en une ombre énorme.

Elle n'éprouvait aucune animosité à l'égard de son petit-fils. Mais elle voulait montrer à Philippe qu'il avait mal élevé son fils, qu'il avait eu tort de ne jamais suivre les conseils de sa mère et surtout de ne jamais les lui demander, qu'il n'avait été ni un bon père ni un bon fils. Elle compta les dix-sept heures qu'il fallait passer encore avant de dire son fait à Philippe.

Elle avait l'impression qu'elle venait de s'endormir, qu'elle avait seulement un peu somnolé durant ces longues heures ; pourtant le premier rayon du soleil avait effacé l'ombre du perroquet sur le plafond et la projetait tout allongée sur le mur tendu de jaune.

Ensuite Elisa apparut en robe d'indienne amidonnée, chargée du plateau du petit déjeuner ; le gros œuf brun dans le coquetier d'argent, la pile de toasts beurrés, le pot de confitures, les deux galettes dorées enveloppées dans une serviette d'un blanc de neige. Elle ne prenait pas de porridge le dimanche matin pour garder de l'appétit pour ces deux galettes qui étaient un petit extra en l'honneur du dimanche et pour pouvoir les digérer facilement.

Elle prit le coquetier et le fit miroiter au soleil pour voir s'il était bien brillant, sinon les domestiques auraient affaire à elle. Mais il étincelait comme un sou neuf et avec un petit grognement mi-déçu mi-satisfait, elle se mit à casser son œuf.

Le perroquet souleva ses paupières grises, battit des ailes et bâilla en montrant sa langue noire. Il lança un coup d'œil à la serviette qui enveloppait les galettes pour lesquelles il avait un faible tout particulier.

— Non, non, dit-elle en secouant sa cuiller à œuf. Tu es trop gourmand. Retourne à ta graine de topinambour.

Mais elle se laissa fléchir et commença avec une certaine maladresse à déplier la serviette. En voyant qu'on allait lui donner l'objet de sa convoitise, le perroquet courut d'un bout à l'autre du pied du lit en se trémoussant de plaisir, en faisant onduler son cou soyeux, en ouvrant et en refermant ses griffes tandis qu'il disait d'une voix rauque :

— *Chota Rami – Dilhi – Dil Pasand !*

Il ne laissa pas une seconde de répit à Adeline avant qu'elle lui eût jeté des morceaux de galette. Elle attaqua rapidement la deuxième de peur qu'il ne la réclamât également.

— Tu es un farceur, s'écria-t-elle. Toi et le cousin Malahide vous faites une bonne paire.

Avant tout le monde elle fut prête à partir pour l'église et elle s'assit en manteau de velours et lourds voiles de veuve près d'une des fenêtres du salon.

Ensuite ce fut Eden qui descendit, en costume marin blanc, une pièce de dix sous bien serrée dans sa petite main. Il tira un tabouret près du fauteuil de sa grand-mère et s'y assit en disant :

— Maman m'a dit de rester avec vous pour ne pas me salir jusqu'à ce qu'elle soit prête. Regardez, j'ai dix sous pour la quête. Jamais on ne m'avait donné autant.

Il ouvrit la main.

— Surtout ne mets pas la pièce dans ta bouche.

— Cela n'aurait pas d'importance, répondit-il avec dignité. Maman l'a lavée avant de me la donner. Je me demande pourquoi.

— Encore une de ses drôles d'idées, répondit Adeline avec brusquerie.

Ernest entra tiré à quatre épingles, en jaquette, son haut-de-forme à la main. Sa mère le regarda d'un air approbateur.

— Tu es superbe, dit-elle.

— Et vous plus belle chaque jour, répondit-il avec galanterie en l'embrassant.

Elle rayonna et dit :

— Mary a lavé la pièce que cet enfant doit donner à la quête. Cela va lui mettre en tête ces idées nouvelles sur les microbes. Je n'aime pas cela.

— Ce que je trouve charmant chez Mary, dit Ernest, c'est ce raffinement. A la réflexion, il est plus correct de donner à la quête une pièce bien propre plutôt qu'une sale qui a pu traîner la veille dans un bar.

— Tu es stupide, repartit sa mère. Dix sous sont dix sous d'où qu'ils viennent. Veux-tu dire – elle sortit de son sac une pièce de cinquante centimes et la fit tinter sur une petite table à côté d'elle – veux-tu dire que mon argent ne vaut pas celui de Mary ?

— Mais si, il a la même valeur, dit Ernest doucement. Cela ne m'empêche pas d'admirer la délicatesse de Mary.

Les Buckley apparurent juste au moment où Hodge amenait les chevaux bais devant la porte. En tenue d'apparat, Augusta était pour Sir Edwin une compagne un peu imposante, mais il portait leurs deux livres de prières et il lui fit descendre le perron d'un air protecteur et l'aida à monter dans la voiture où Ernest installait déjà sa mère et où Eden grimpait sur le siège à côté de Hodge. Ils prenaient la plus belle voiture, celle que le capitaine Whiteoak avait fait faire à Londres, il y avait bien des années. Philippe conduisait une élégante jument grise à la queue et à la crinière taillées, mère du poulain de Renny. Mary, Nicolas et Meg l'accompagnaient. Malahide n'était pas encore levé et Renny allait à l'église à pied, à travers champs.

C'était la première fois que Meg ressortait et elle trouvait au monde un aspect étrange. La saison était certainement plus avancée qu'avant sa réclusion, mais à ses yeux l'été était fini, l'herbe sèche, les fleurs fanées et les grands nuages qui venaient de l'ouest annonçaient l'automne.

Elle était persuadée que tout le monde à l'église connaîtrait la rupture de ses fiançailles avec Maurice et en saurait la raison. Elle se demandait comment elle ferait pour affronter tous ces regards. Déjà maintenant dans la voiture, seule la vue des larges épaules de son père devant elle l'empêchait de fondre en larmes.

Quand ils atteignirent les marches de l'église, Philippe lui offrit le bras au lieu de le donner à Mary comme d'habitude. Elle pénétra donc dans l'église au bras de son père comme elle l'avait souvent imaginé, mais il ne s'agissait plus de son mariage. Sa main gantée de soie serrait très fort le bras de Philippe et elle se demandait si elle pourrait monter la nef. Leur banc paraissait très loin et l'orgue faisait un bruit un peu effrayant.

— Oh ! papa, je ne pourrai jamais ! dit-elle.

Il n'entendit pas ce qu'elle disait, mais vit ses lèvres remuer et lui sourit. Bientôt ils dépassèrent le banc où étaient assis l'amiral Lacey, sa femme, ses deux filles et sa petite-fille. Tous tournèrent la tête à son passage et elle eut soudain le sentiment de la tristesse et de la dignité de sa situation.

En s'agenouillant elle regarda à travers ses doigts le banc des

Vaughan de l'autre côté de la nef. Mr. Vaughan était là l'air très triste, pensa Meg, et Mrs. Vaughan, massive et très droite, faisait bonne contenance malgré la honte de son fils qui rejaillissait sur elle. Maurice se tenait les bras croisés et la tête baissée. Meg ne pouvait voir son visage.

Renny était en retard comme de coutume et, quand il se glissa dans le banc à côté de Meg, elle eut l'impression qu'il lui apportait un peu de la sécurité de sa vie habituelle. Elle jeta un coup d'œil sur le visage de son frère qui lui apparut fier et distant avec une expression qu'elle ne put définir. Ils s'agenouillèrent tous ensemble et commencèrent la confession générale.

Eden était entre sa mère et Nicolas mais avait fort envie d'aller avec Renny et Meg. Mary voulait qu'il fût sage. Quand il tripotait le sifflet qui pendait au bout de sa cordelière ou faisait sauter sa pièce dans ses mains, Mary lui prenait doucement la main et la gardait dans la sienne. Il n'y avait aucune douceur dans le regard qu'oncle Nick lançait au petit garçon quand il se tortillait. Eden baissait la tête et rougissait, pourtant il ne réussissait pas à rester tranquille.

— Est-ce que je peux m'asseoir à côté de Renny ? demanda-t-il tout bas.

Mary secoua négativement la tête et lui donna à regarder un petit livre de prières avec des images en couleurs. Déçu il regarda les images et essaya de déchiffrer le texte en dessous sans y réussir. Il se laissa glisser de son siège jusqu'à ce qu'il fût presque assis sur sa colonne vertébrale et serait tombé si Nicolas ne l'avait vivement rattrapé et redressé.

Maintenant on se levait pour chanter une hymne et Eden se pencha par-dessus le bord du banc pour regarder les affaires d'Ernest, de grand-mère et des Buckley ; il vit qu'il était possible d'attraper le manche du parapluie de tante Augusta, celle-ci se retourna et fit non de la tête. Philippe passa le bras derrière Mary et prit Eden à côté de lui. Il se tint tranquille un instant puis, quand on se rassit, chuchota :

— Papa, est-ce que je peux m'asseoir entre Renny et Meg ?

Tous deux s'écartaient déjà pour lui faire une place. Philippe le laissa passer et il se blottit entre eux. Il sourit avec bonheur en les regardant. Il glissa ses mains dans les leurs. Celle de Meg était douce et potelée, celle de Renny maigre et musclée.

Les Whiteoak occupaient deux bancs et remplissaient l'église entière de leurs voix puissantes. Ils se jetèrent sur l'hymne comme des cavaliers sur l'obstacle. En ce moment on chantait *la Fondation de l'Eglise* et ils gardaient toujours une légère avance sur l'organiste. Meg essaya de chanter aussi mais quand il fallut dire : « Du Ciel Il vint la chercher – pour être Sa sainte Epouse », la voix lui manqua et elle ne put que serrer la main d'Eden et regarder sans la voir la page brouillée de son livre de prières.

Le jeune pasteur n'était pas tout à fait assez Haute Eglise pour plaire à la vieille Mrs. Whiteoak et à ses deux fils aînés, pas tout à fait assez Basse Eglise pour Philippe et les Buckley. Les Lacey étaient Haute Eglise, les Vaughan Basse Eglise et, comme c'était un jeune homme aimable, il variait le rituel dans la mesure du possible de telle façon que, si personne n'était satisfait, personne n'était absolument fâché.

Ce jour-là il prit pour texte de son sermon : « Que la paix règne dans vos murs et la prospérité dans vos palais. » C'était un texte bien choisi pour plaire aux Whiteoak bien que Mr. Fennel n'y eût mis aucune intention. Dans leurs habits de velours et de drap fin, ils s'appuyèrent au dossier du banc pour ne pas perdre une parole. Adeline déploya un grand éventail de soie noire sur lequel l'aînée des demoiselles Lacey avait peint des violettes et l'agita doucement. Paix, Prospérité et Palais. C'étaient de beaux mots, pensait-elle. Ils commençaient tous par un P, sa lettre favorite, puisque c'était l'initiale de son cher mari. Elle servait aussi d'initiale à des mots énergiques tels que : pompe, pourpre, préjugé, pilori, pique, et à d'autres plus doux tels que : piano, pâtisserie, poésie. Elle fixait le pasteur de ses yeux bruns toujours brillants et buvait littéralement tout ce qu'il avait à dire de la paix chez soi et des dangers d'une trop grande prospérité, jusqu'à ce que cela devînt un peu long à son gré et qu'elle se remît à penser à la bombe qu'elle se préparait à faire éclater parmi les siens.

Elle avait sommeil et se serait assoupie si une mouche ne l'avait agacée. L'insecte se posa finalement sur le banc d'en face et, repliant son éventail, Adeline mit fin à ses jours d'un coup sec qui fit tourner toutes les têtes dans sa direction. Elle eut un sourire satisfait et arrangea son voile sur ses épaules.

Meg s'aperçut avec ennui que c'était un jour de communion. Pour rien au monde elle ne pouvait envisager la possibilité de s'agenouiller à la Sainte Table à côté de Maurice. Mais il était plus que probable que, si elle quittait l'église avant la fin de l'office, il sortirait aussi et ils descendraient donc la nef ensemble… non pas unis pour la vie, mais séparés à jamais.

Pendant qu'elle hésitait, Philippe se pencha vers elle et lui dit :

— Veux-tu emmener Eden avec Renny ?

Il lui lança un chaud regard affectueux.

Elle réveilla le petit garçon qui entre ses aînés descendit en trébuchant le bas-côté et ils sortirent par une petite porte au niveau du banc des Lacey. Vera les rejoignit dehors.

— Je ne pouvais plus rester en vous voyant partir ainsi tous les deux, s'écria-t-elle, alors j'ai dit tout bas à grand-père que j'avais une horrible migraine, le cher homme m'a fait signe de sortir, mais les tantes avaient l'air furieuses.

Meg glissa son bras sous celui de son amie et elle éprouva un brusque sentiment de réconfort à se trouver dehors avec de la jeunesse. Il n'y avait pas trace de Maurice, car il était sorti par la porte principale et s'était caché dans le cimetière jusqu'à ce qu'ils fussent hors de vue.

Renny éclairé par son expérience toute neuve voyait Vera avec des yeux différents. Il était sensible à son charme délicat. Mais, contrairement à son habitude, il se montra taciturne à son égard et il marcha sur le bord de la route, la main sur le cou d'Eden, sans faire attention aux deux jeunes filles.

Vera dit à Meg de façon à être entendue :

— Qu'est-ce qui est arrivé au fils et héritier du nom ce matin ? Il semble perdu dans les nuages.

— Je suppose qu'il pense au cousin Malahide, répondit Meg. Nous le détestons tous les deux, voyez-vous.

— Cela ne m'étonne pas. Je le trouve *impossible*.

— Nous prions le Ciel pour qu'il retourne en Angleterre avec tante Augusta et l'oncle Edwin.

— Voyons, il ne les laissera sûrement pas repartir *sans* lui !

— Il en est parfaitement capable ! Je sais que papa le redoute. Je crois que le fond de l'histoire c'est que le cousin Malahide n'a pas un sou pour l'instant et que sa seule ressource c'est d'être reçu chez les uns et les autres.

— Et quel hôte séduisant !

Vera se mit à imiter Malahide Court. Elle voulait distraire Meg et elle y réussit. Les deux jeunes filles suivaient la route poussiéreuse en riant aux éclats.

Renny leur lança un regard peu aimable. En ce moment, toute présence féminine lui était antipathique. La pensée que l'indésirable Malahide restait à la maison le remplissait de fureur.

— S'il ne quitte pas Jalna, dit-il en donnant un grand coup de pied à une pierre qui se trouvait sur son chemin, je lui en ferai voir de toutes les couleurs.

— Qu'est-ce que tu feras ? demandèrent ensemble les jeunes filles.

— Je vais y réfléchir, répondit-il d'un air sombre.

Ils laissèrent Vera à la porte de la maison de son grand-père et rentrèrent à Jalna à travers champs. Eden était tout à fait réveillé maintenant et bondissait autour d'eux en faisant sans cesse une nouvelle découverte qui le comblait de joie, une coquille d'escargot, un nid d'oiseau.

Dans le hall Renny prit sa sœur par la taille :

— Je suis content de te revoir parmi nous, Meggie. Tu descends déjeuner, n'est-ce pas ?

— Je pense.

Elle caressait les raisins bien cirés de la rampe de l'escalier.

Le cousin Malahide descendait.

— Quel charmant spectacle ! dit-il d'une voix traînante.

— C'est ironique ? lui demanda Renny avec brusquerie.

Les coins de la bouche de Malahide se relevèrent un peu de chaque côté de son long nez.

— Grands dieux non ! Je vous aime beaucoup trop tous les deux pour cela !

L'idée qu'il les aimait leur déplaisait souverainement et ils étaient déçus de son refus d'entamer une discussion.

Eden montra sa coquille d'escargot.

— Regardez ce que j'ai trouvé.

Malahide la prit et dit avec un sourire ambigu :

— Combien j'envie le colimaçon, qui porte sa maison sur son dos !

Meg, au souvenir de la façon dont Vera avait imité son cousin, fut secouée d'un rire intérieur. Elle était assez énervée pour passer facilement des larmes au rire.

Renny les quitta et sortit toujours suivi d'Eden. Malahide glissa son bras sur les épaules de Meg.

— Permettez-moi de vous consoler, demanda-t-il.

Meg continuait à avoir le fou rire. Ils étaient toujours dans la même attitude quand la première voiture s'arrêta devant la porte. Meg se dégagea et monta en courant l'escalier. Malahide s'avança au-devant de sa vieille parente.

— Vous voilà donc de retour, ma chère Adeline, l'âme sereine et prête à jouir du bon repas dont je sens le fumet ! Comme vous avez tous bonne mine ! Pour ma part je me suis un peu assoupi après une nuit entière passée à me faire du souci pour mes affaires. J'ai reçu hier une lettre extrêmement désagréable de ma mère. Je ne peux que la comparer à ces monstres de la fable qui dévorent leurs petits. Peut-on m'accuser, Edwin, de n'être pas pour elle un fils affectueux ? Vous nous avez vus ensemble et vous aussi, Augusta !

Il leur prit le bras à tous deux et les accompagna au salon.

Adeline repoussa son voile.

— J'ai aussi chaud qu'un crapaud sur le sable, déclara-t-elle. Que quelqu'un m'apporte à boire.

— Qu'est-ce que vous voulez, maman ? demanda Philippe. De l'eau, du cidre, du sherry ?

— De notre cidre, répondit sa mère. Il n'y a rien de meilleur à cette heure-ci.

Le choix était heureux, car le cidre de Jalna fait selon la recette de l'amiral Lacey était excellent. Ils burent les uns assis, les autres debout pendant qu'à l'écurie on étrillait les quatre chevaux à la robe luisante et qu'on leur donnait également à boire.

— Que la paix règne dans vos murs et la prospérité dans vos palais ! dit Ernest. J'ai trouvé le sermon parfait. Ce jeune pasteur me plaît vraiment beaucoup.

— Si seulement il n'avait pas cette barbe ! dit Mary. A mon avis cela ne va pas du tout avec le surplis.

— Moi, je trouve cette barbe très rassurante, dit Augusta, cela contrebalance les tendances papistes qu'il a certainement. Je ferme quelquefois les yeux pour ne pas voir ce qu'il fait à l'autel.

— Vous faites preuve alors d'un piètre jugement, Lady B..., dit sa mère, le rituel est la plus belle partie d'un office.

Augusta prit un air pincé.

— Papa m'a légué son antipathie pour tout ce qui touche à la Haute Eglise.

Adeline fronça les sourcils.

— C'est malheureux qu'il ne vous ait légué que ses défauts.

Sir Edwin intervint doucement.

— Chez Augusta les défauts deviennent des qualités.

Il essuya ses favoris avec un mouchoir de soie mauve.

Le déjeuner se déroula en paix et ce ne fut que lorsque la famille fut réunie pour le thé qu'Adeline révéla sa découverte.

Pendant un silence elle dit, comme si elle s'adressait à sa tasse :

— Gâtez un garçon : de quelle façon vous remercie-t-il ? Il fait tout ce qu'il peut pour vous déshonorer.

Ses fils se regardèrent. Cela visait-il l'un d'eux ?

Malahide croisa ses longues jambes et dit :

— Moi, je n'ai sûrement jamais été gâté. Quand mes parents ne savaient pas quoi faire, ils me battaient.

Nicolas, Ernest et Philippe échangèrent un nouveau regard où se lisait leur sympathie pour les parents de Malahide.

Sir Edwin dit :

— J'ai été élevé avec fermeté, mais avec bonté. Mon père discutait avec moi pendant des heures et aujourd'hui je lui suis reconnaissant d'avoir fait du jeune sauvage que j'étais l'homme que je suis devenu.

— Bien sûr, approuva Adeline, un fils remerciera toujours son père de l'avoir corrigé de ses défauts. C'est l'enfant gâté qui apporte le déshonneur sous le toit de son père.

Meg se leva du canapé :

— Si vous vous mettez à parler de *cela*, Granny, je m'en vais.

Sa grand-mère la regarda avec bonté.

— Tu as fini de goûter. Eh bien, ma chérie, il vaut mieux que tu nous laisses. Je veux dire ce que j'ai sur le cœur cette fois.

Meg quitta doucement la pièce et tous se rapprochèrent insensiblement d'Adeline qui regardait droit devant elle, la lèvre inférieure un peu proéminente. Renny, sur ses gardes, restait les yeux fixés sur ses mains croisées.

Sa grand-mère se tourna brusquement vers lui. Elle demanda :

— Où as-tu couché le jour où tu es allé conduire le poulain ?

Il la regarda, mais ne répondit pas.

Elle se tourna vers Philippe.

— Sais-tu où ton fils a passé la nuit ?

— Oui, répondit-il, je le sais. Ce n'est pas la peine de parler de cela, maman.

— Tu le sais... répéta-t-elle avec violence, tu ne sais rien du tout ! Tu ne sais que ce que ce jeune vaurien a bien voulu te raconter.

— Je sais qu'il a passé la nuit dans une ferme à une dizaine de kilomètres de chez Mr. Ferrier.

— Oui... et avec qui a-t-il couché ?

— Avec une femme... avec la tante de la jeune fille avec qui le jeune Maurice a eu cette aventure.

Le regard courroucé de sa mère se porta sur Renny qui la regardait avec un sourire.

Aux paroles de Philippe, Sir Edwin poussa une exclamation de dégoût et tira sur ses favoris d'un geste nerveux. Lady Buckley rentra le menton, l'air trop offensé pour parler. Nicolas fit entendre une sorte de ricanement. Ernest devint tout rouge et s'écria : « Mon Dieu ! » Mary retint son souffle et mordit sa lèvre inférieure de ses dents blanches, et Malahide croisa ses jambes sur le canapé où il était seul assis en tripotant son épingle de diamant.

— Que c'est champêtre ! murmura-t-il.

Adeline tremblait de dépit. Elle avait préparé une belle scène entre Philippe et elle. Elle s'était réservé un rôle magnifique à jouer devant la famille. Elle se sentit un instant battue, frustrée, dépossédée de son prestige. La vue du garçon qui ricanait en la regardant lui redonna des forces. Elle se pencha vers lui en s'appuyant sur sa canne.

— Alors, dit-elle d'une voix rauque, tu t'en es tiré, en te confessant à ton mollasson de père, petit misérable ?

Il ne répondit pas.

— N'as-tu pas de langue ? demanda-t-elle avec violence. Tu ne peux donc rien faire d'autre que de rester assis à regarder ta grand-mère en ricanant ? Oh ! je parie que tu avais beaucoup à dire à cette sale fille. Des tas de mots d'amour. Où cela s'est-il passé, j'aimerais le savoir ! Vas-y, raconte ! Cesse de ricaner et dis-moi où tu as fait cela !

— Dans la grange, répondit-il d'une voix calme. Dans le foin nouveau.

— Dans le foin ! s'écria Augusta. Un Whiteoak dans le foin comme un garçon de ferme !

— Il mériterait d'être cravaché ! gronda Nicolas.

— Espérons que cela ne se saura pas, dit Ernest. Quel beau sujet de commérages pour tout le pays.

Philippe dit à sa mère :

— Comment l'avez-vous appris ?

— Oh ! j'ai des sources d'information, répondit-elle. Ce n'est pas pour rien que j'ai passé quatre-vingts ans sur cette terre !

— J'estime que vous devriez me le dire, insista-t-il.

Renny se tourna violemment vers lui.

— Je vais vous le dire ! Ou plutôt qu'il vous le dise lui-même, interrogez le cousin Malahide !

— Vous me flattez d'une perspicacité que je ne possède point, répondit Malahide.

— Puisque vous voulez le savoir, dit Adeline, je vais vous le dire. C'est Malahide qui a tout découvert, mais seulement parce que je le lui avais demandé. Il n'avait aucun intérêt personnel dans cette histoire, n'est-ce pas, Mally ?

Que son rôle dans cette enquête fût rendu public était la dernière chose que souhaitait Malahide. Il fit une moue et protesta :

— Je vous en prie, ne me mêlez pas à cette affaire, ma chère cousine, vous avez des choses beaucoup plus importantes à discuter.

Augusta interrompit :

— Il faudrait obliger ces femmes à quitter le pays. Dire que deux jeunes gens se sont déjà mal conduits à cause d'elles !

Philippe dit avec gravité :

— Dans cette affaire, je trouve que l'excuse de Renny est le trouble jeté en son esprit par les récents événements. Tout cela est très regrettable. Mais nous en avons parlé franchement tous deux. Qu'il n'en soit plus question.

Il prit sa pipe et se mit à la bourrer.

Nicolas dit :

— Tu as trop tendance à laisser aller les choses, Philippe. Quand Renny a été renvoyé le trimestre dernier, qu'as-tu fait ? Absolument rien.

— Et le résultat c'est que les choses, comme le dit Nicolas, en sont arrivées là, ajouta Ernest.

— Mes fils, déclara Adeline, auraient été corrigés s'ils s'étaient fait renvoyer du collège. Mais le tien, on le cajole et on le dorlote.

— Mon fils est aussi énergique que les vôtres, répondit Philippe avec colère.

— Mais sait-il refréner ses passions ? demanda Augusta.

— Grands dieux ! dit Philippe. Est-ce une qualité très répandue dans la famille ? Les Court savaient-ils refréner leurs passions ? Et ces histoires irlandaises que maman et Malahide aiment tant ressasser ?

Adeline reprit :

— On n'a rien dit à mon petit-fils après son renvoi. Il s'est senti tout à fait indépendant. Il fera maintenant ce qui lui plaira sans demander l'avis de personne. Moi je déclare qu'il faut faire quelque chose cette fois-ci. Et c'est à toi d'agir. Tu n'as que trop attendu.

Les autres firent entendre un murmure d'approbation. Ils regardaient Philippe d'un air accusateur. Celui-ci commença à se demander s'il n'était pas en partie responsable de la mauvaise conduite de Renny. Il tira silencieusement sur sa pipe pendant un instant puis se tourna vers son fils et dit avec tristesse :

— J'aurais aimé que cette affaire restât entre nous. Au point où en sont les choses, je crois qu'il ne faut plus que tu voies Maurice jusqu'à ta rentrée au collège. Je trouve qu'il a une mauvaise influence sur toi.

— Ne plus voir Maurice ! répéta Renny. Que voulez-vous dire ?

— Je veux dire que tu l'évites, que tu n'aies aucun rapport avec lui.

— Très bien, approuva Nicolas.

— C'est malheureux que tu n'aies pas dit cela depuis longtemps, Philippe, dit Ernest.

— Maurice a toujours eu une mauvaise influence sur Renny, déclara Augusta.

Renny s'écria vivement :

— C'est ridicule ! Je ne peux pas éviter Maurice. Nous sommes voisins, nous sommes amis. Comment pourrions-nous nous éviter ?

Adeline frappa le parquet de sa canne :

— Pour une fois tu feras ce qu'on te dit, vilain garnement qui n'en veut faire qu'à sa tête. Sous peu on laissera un nouveau-né à la porte de Jalna !

— Maman ! cria Augusta, comment pouvez-vous dire une chose pareille !

— Je la dis et je la maintiens ! Une femme est une femme, que ce soit sur un matelas ou dans le foin.

Renny bondit sur ses pieds.

— Je m'en vais, dit-il amèrement.

Il se tourna vers son père.

— Est-ce sérieux ?

— Oui. Je veux que tu ne voies plus Maurice, j'y tiens absolument.

— Est-ce que je peux le voir le temps de le lui dire ?

— Oui, mais c'est tout.

Renny s'adressa à Malahide :

— Je voudrais, dit-il avec rage, que vous veniez dehors avec moi.

— Vous êtes encore un vrai collégien, dit Malahide en ricanant.

Renny quitta la pièce en coup de vent. Elisa, qui attendait que le calme régnât pour apporter la table à thé, la poussa par la porte avec dignité. Des murmures de satisfaction l'accueillirent.

Dans le hall, Renny s'arrêta. Il s'étira en serrant les poings, détendit tout son corps et exhala un grand soupir de ressentiment et de haine pour Malahide. Dans le salon on entendait la voix rauque et impérieuse de sa grand-mère qui décidait les mesures qu'il fallait prendre à son sujet, supposait-il. Son regard rencontra la tête de renard en haut du portemanteau et il lui fit une grimace.

15

Maurice et Renny

— Et alors, conclut amèrement Renny, on nous empêche de nous voir juste au moment où nous aurions pu essayer de profiter un peu de ce lamentable été.

— De toute façon nous aurions été séparés, répondit Maurice. J'ai décidé avec papa que la meilleure chose à faire pour moi était de m'éloigner quelque temps. J'ai des cousins en Nouvelle-Ecosse, tu te souviens. Je vais aller faire un séjour chez eux jusqu'à ce qu'on ait un peu oublié cette histoire.

— Si c'est cela que tu attends, tu auras les cheveux gris à ton retour, dit Renny avec pessimisme. On n'oublie rien ici.

— Tu as beau dire, dans quelques mois, la vie sera moins pénible pour nous, je veux dire à la maison. En ce moment quand nous sommes ensemble nous nous sentons mal à l'aise. Pendant les repas nous entretenons une conversation polie comme s'il ne s'était rien passé, c'est lugubre.

— Pourquoi jouez-vous la comédie ?

— Comment faire autrement ? Mère ne peut pas me dire au petit déjeuner qu'elle n'a pas fermé l'œil de la nuit à cause de ma conduite.

Papa ne peut pas dire pourquoi il n'a pas faim. Et moi... si je leur disais ce que je pense... c'est impossible ! Nous sommes forcés de faire semblant de mener notre vie habituelle mais c'est une contrainte de tous les instants.

— Oui, admit Renny, ce doit être très pénible.

— Je suis à bout, il faut que je m'en aille.

Renny soupira.

— Cela vaut sans doute mieux pour toi, mais je regrette que tu partes.

Ils suivirent l'étroite route sablonneuse qui longeait le lac. Maurice prit le bras de son ami et le serra.

— Tu as été épatant pour moi dans toute cette affaire, dit-il. Et moi j'ai tout gâché avec toi comme avec Meg. C'est trop affreux ! Allons jusqu'au hangar sortir mon canoë. Ton père ne nous en voudra sûrement pas de faire un tour en bateau tous les deux avant de nous séparer pour si longtemps.

— D'accord, dit Renny, avec grand plaisir. Quant à papa, il n'aurait jamais dit cela si Gran ne l'y avait forcé.

— Mais, s'écria Maurice, pourquoi fait-on une telle histoire maintenant ? Je ne comprends pas.

— Tu ne comprends pas parce que tu ne sais pas tout. Tu ne sais pas que je suis allé voir Elvira et Lulu. C'est ce qui a tout déclenché.

Maurice s'arrêta au milieu de la route et le regarda. Ses yeux gris étaient sombres dans son pâle visage brun.

— Toi aussi, articula-t-il péniblement. Tu y es allé. Mon Dieu ! Pourquoi as-tu fait cela ?

Renny lui lança un regard de défi.

— Je voulais revoir Lulu.

— Lulu !

Maurice répéta le nom avec un soulagement mêlé de consternation.

— Lulu ! Mais pourquoi ? Je ne peux pas croire qu'elle t'ait plu.

— Pourquoi pas ?

— Mais elle est bien plus vieille que toi d'une part. Et puis elle est plutôt laide.

Renny se mit à marcher rapidement. Il murmura :

— Moi je la trouve belle.

Maurice le rejoignit et eut un rire aigu, embarrassé.

— Comme tu voudras, mais je ne vois pas ce que tu as pu trouver à lui dire. Elle m'intimidait.

— Tu ne la comprenais pas, dit Renny, d'un ton bourru.

— Ma parole, je suis étonné que tu y aies réussi. Je ne me figurais pas du tout qu'elle était ton type. Mais tu as peut-être plus de jugement que moi.

— Elle est formidable.

Il y eut un silence, et ils martelaient le sol brûlant de leurs pieds chaussés de sandales. Ils prirent un sentier étroit et sinueux et au bout d'un instant le lac entouré du blanc croissant désert du rivage s'étendait devant eux. Le lac chatoyait comme de la soie bleue et des traînées de nuages lisses barraient l'horizon. Ils étaient d'une couleur indéfinissable, ni bleue, ni rose, ni dorée, mais un mélange de ces trois teintes.

Les deux jeunes gens firent glisser le canoë sur le sable et y montèrent. Maurice pagayait. En trois coups de pagaie, ils avaient pénétré dans un monde nouveau, un monde liquide et transparent dégagé des ennuis terrestres. Ils avaient retiré leurs chandails et le soleil déjà bas dorait leurs torses lisses penchés sur leurs pagaies. Le mouvement rythmé de leurs bras, les gouttes de cristal qui tombaient de leurs pagaies les apaisaient. Ils voyaient les événements des dernières semaines sous un jour plus calme. A mesure qu'ils s'éloignaient du rivage ils se libéraient d'eux-mêmes et chacun regardait dans son âme comme dans un puits tranquille.

— Tu la trouves étonnante, dit enfin Maurice. Veux-tu dire que tu es son amant ?

— Oui.

— Tu es resté longtemps à la ferme ?

— Une seule nuit.

Maurice considéra le dos de son ami, le jeu de ses muscles sur son élégante ossature, son port de tête altier et l'attache de ses oreilles.

— Je crois que je ne t'ai jamais compris, Renny, dit-il.

— Il n'y a rien à comprendre... pas plus que chez le poulain.

— Mais... il ne doit pas être facile à comprendre.

C'était un soulagement de parler du poulain.

— Je suis bien content qu'on te le donne. Le dresseras-tu pour le concours hippique ?

— Oui. Je ne sais pas ce que cela donnera, pas plus que père ne sait ce que je donnerai plus tard.

— Je suis absolument désolé de t'avoir entraîné dans tout cela, dit Maurice. C'est entièrement ma faute.

— Je n'avais pas besoin d'être entraîné. J'aurais trouvé le chemin tout seul.

Maurice était un peu peiné. Il avait éprouvé un sentiment de supériorité à l'égard de Renny, celui d'un homme expérimenté à l'égard d'un jeune garçon. Maintenant Renny paraissait l'avoir dépassé. Son aventure avec Elvira devenait puérile et insignifiante. Il dit :

— Veux-tu me parler de Lulu ? Quelle impression cela fait-il de bavarder avec elle ? Elle avait toujours l'air de se moquer de moi.

— Oh ! je ne peux pas me rappeler une seule de ses paroles.

Il se mit à pagayer vigoureusement. Le canoë prit de la vitesse. A l'horizon les nuages s'étaient confondus dans un immense embrasement de couleurs qui engloutissait le ciel et le lac.

16

Un échange de cadeaux

Il était tard quand Renny regagna sa chambre. Il trouva sur la table de toilette une paire de brosses d'ivoire et à côté une carte avec ces mots : « En témoignage d'affection de la part de cousin Malahide. » Il regarda les brosses et la carte sans en croire ses yeux. Il retourna à la porte puis revint près de la table de toilette et relut le mot.

— L'ignoble individu ! s'écria-t-il. Comme si je voulais de ses brosses !

Il en prit une dans chaque main et les examina. On ne pouvait nier leur beauté, il les avait admirées dans la chambre de Malahide la première fois qu'il y était entré. Mais qu'on les lui donnât comme gage d'affection en un tel moment ! Il s'en servit pour se brosser vigoureusement les cheveux. Il les rejeta en arrière de son front et de ses tempes, les remonta au-dessus de ses oreilles, les fit descendre sur la nuque. C'étaient de bonnes brosses, d'excellentes brosses, il eût aimé les emporter dans la chambre du cousin Malahide et s'en servir pour lui donner une bonne correction.

Au lieu de cela il les prit et alla frapper à la porte de sa sœur.

— Meg, murmura-t-il. Est-ce que je peux entrer ?

Sa lampe était encore allumée.

— Entre, j'allais juste éteindre, répondit-elle d'une voix tout ensommeillée.

Il ferma la porte derrière lui et vint s'asseoir sur le bord du lit.

— Regarde, dit-il, en exhibant les deux brosses, ce que Malahide m'a donné ! Il les a posées sur ma table de toilette « en témoignage d'affection ». Qu'en dis-tu ? Que diable vais-je pouvoir en faire ?

Meg regarda les brosses.

— Moi je les garderais certainement, dit-elle.

Elle était charmante, assise dans son lit avec sa chemise de nuit, tuyautée, à manches longues et à col montant qui faisait ressortir la fraîcheur de son jeune visage, et les mèches folles de ses cheveux châtains brillaient à la lumière de la lampe.

— Tu les garderais ! répéta-t-il furieux. Tu les garderais ! Mais ce que je veux, c'est trouver la façon la plus blessante de les lui rendre.

— Ecoute, après tout il peut bien te faire un cadeau, dit-elle. Il sait qu'il a été infect avec toi et il essaie de réparer. Et puis Granny lui a fait des cadeaux ; il est donc normal qu'il rende la politesse.

— Quel drôle d'esprit tu as ! s'écria-t-il maussade.

— J'ai l'esprit logique, répondit-elle, tu ne l'as pas et tu ne l'auras jamais.

Il lui lança un long regard scrutateur, essayant de pénétrer, de comprendre cet être si proche de lui, fait de la même chair et du même sang et pourtant aussi indéchiffrable qu'un livre en langue étrangère.

Il y renonça et dit :

— Ce que je crains, c'est qu'il ne parte pas avec tante Augusta et l'oncle Edwin. Dans ce cas, Dieu sait quand nous serons débarrassés de lui. Il peut rester jusqu'à Noël... Tout l'hiver !

— Oh ! non, s'écria Meg, ce serait trop épouvantable ! Il faut que nous lui rendions la vie ici tellement désagréable qu'il soit heureux de s'en aller !

— Quand partent-ils ?

— Dans une quinzaine. Ils vont retenir leurs places demain.

— Meggie, qu'est-ce que nous pourrions faire pour nous venger du tour qu'il m'a joué ? Il faudrait quelque chose de tellement vexant qu'ensuite il ne puisse plus rester.

— Laisse-moi réfléchir, dit-elle.

Et elle se prit la tête dans les mains.

Ils restèrent silencieux, elle la tête baissée, lui les yeux fixés sur elle avec espoir. En bas dans le hall la pendule du grand-père sonna douze coups.

— Tu ne t'endors pas, n'est-ce pas ? demanda-t-il.

Elle releva la tête et le regarda d'un air de reproche.

— Crois-tu, dit-elle, qu'il ne faille qu'une seconde pour élaborer un plan pour se débarrasser d'un tel individu ?

— Je ne pense pas. Mais as-tu une idée ?

— Oui... Seulement tout dépend de la façon dont nous pourrons la réaliser. Si nous écrivions sur lui une poésie très blessante, que nous l'apprenions à Eden et qu'Eden la récite devant tout le monde ?

Ce projet le déçut. Il eût souhaité un moyen plus violent. Il dit pourtant d'un ton encourageant :

— C'est une bonne idée. Mais il faut que ce soit toi qui l'écrives. Je suis nul dans ce genre de chose.

— Nous l'écrirons ensemble !

Le visage de Meg pétillait de malice. Depuis longtemps Renny ne lui avait pas vu cette expression. Il approuva en ricanant.
— Comment commencerons-nous ?
— Par une apostrophe. Je fais le premier vers :

O Malahide !

Maintenant à toi.

O tête vide !

ajouta-t-il aussitôt.
— Bien ! s'écria-t-elle.
Il fronça les sourcils.
— Je ne trouve plus rien.
— Mais si, il faut.
Il continua, l'air méchant :

Maudit espion
Et faux jeton

Meg ajouta triomphalement :

Menteur retors.

Renny poussa un cri de joie :
— Continue, continue, supplia-t-il, pendant que tu es en veine.
D'un air inspiré elle acheva :

Que n'es-tu mort
A Ballyside
Ô Malahide !

Les lèvres de Renny étaient entrouvertes en un sourire approbateur.
— Maintenant redisons-le du commencement.
Mais elle riait tellement qu'elle en fut incapable. Elle se cacha la figure dans son traversin et Renny lui mit son oreiller sur la tête pour étouffer ses éclats de rire.
— Toi quand tu te mets à rire ! dit-il.
Mais il était ravi.
Une chauve-souris entra par la fenêtre et toute noire se mit à tournoyer silencieusement et régulièrement dans la chambre.
Meg se redressa et, se protégeant de son drap, la regarda fixement.
— Oh ! chasse-la ! tue-la ! murmura-t-elle d'une voix angoissée. Si elle se prend dans mes cheveux, il faudra qu'on me les coupe.
Renny s'empara d'une serviette, en fit un tampon et, sur la pointe des pieds, svelte et silencieux, se mit en chasse. La chauve-souris

volait toujours là où il n'était pas, tel l'esprit d'à-propos, telle la réponse au désir.

— Oh ! je te tiens ! disait-il.

Mais, chaque fois qu'il levait sa serviette, la chauve-souris pirouettait suivie de son ombre sur le plafond.

— Oh ! attention à la lampe ! cria Meg, car les coups de serviette agitaient l'air et faisaient baisser la flamme et fumer le verre de lampe.

Mais la lampe ne s'éteignit pas, la flamme se redressa pour éclairer Renny triomphant qui tenait la chauve-souris enveloppée dans un coin de la serviette.

— Tu veux la voir ? demanda-t-il.

— Non, non, répondit-elle avec un mouvement de dégoût.

Mais, malgré elle, elle jeta un coup d'œil craintif sur la bête qu'il tenait entre le pouce et l'index. Sa vilaine petite tête se montrait hors de la serviette. Son petit corps se gonflait de fureur.

— Voilà un cadeau pour le cousin Malahide, dit Renny.

Les brosses dans une main et la chauve-souris cachée sous la serviette dans l'autre, il se glissa hors de la chambre et frappa doucement à la porte de Malahide.

Elle s'ouvrit et Malahide apparut, vêtu d'une robe de chambre de soie noire. Son cou nu était lisse comme de l'ivoire. Sa poitrine était couverte de poils noirs et brillants.

— Cousin Renny, s'écria-t-il. Je suis si heureux de vous voir. Entrez. Mon cadeau vous a plu ?

— Tellement, répondit Renny avec un sourire amer, que je vous en ai apporté un en échange.

Il entra dans la chambre, posa les brosses sur la coiffeuse et d'un geste rapide lâcha la chauve-souris. Libérée elle se mit à décrire des cercles au-dessus de leurs têtes, laide comme le destin.

Renny sortit rapidement de la chambre en fermant la porte derrière lui.

17

La récitation

Le lendemain, Renny s'empara d'Eden et l'emmena dans la chambre de Meg. On lui avait dit qu'il allait partager un secret avec eux et il se redressait de fierté. Plein de curiosité il les regardait successivement. Meg était assise dans son fauteuil recouvert de perse et Renny, appuyé nonchalamment au rebord de la large fenêtre, allumait une cigarette.

— Voilà, dit Renny, tu sais que le cousin Malahide s'en va. Nous avons pensé, Meggie et moi, que ce serait gentil que tu lui récites quelque chose, une sorte de poésie d'adieu, devant toute la famille. Alors nous t'avons fait venir ici pour te l'apprendre.

Eden avait l'air stupéfait :

— C'est tout ? Je croyais qu'il y avait un secret.

Meg lui prit la main.

— C'est un secret. Personne en dehors de nous trois ne doit le savoir. Nous avons écrit la poésie Renny et moi, mais nous sommes trop vieux pour la dire et toi tu récites très bien.

Eden ne se laissa pas impressionner. Il déclara :

— Je ne veux pas.

Renny et Meg se regardèrent. Ce manque d'enthousiasme de la part de leur interprète ne faisait pas leur affaire. Renny dit :

— Ecoute, si tu récites bien, je vais te dire ce que nous ferons. Je t'emmènerai faire une grande promenade sur mon poulain. Il n'y a plus aucun danger maintenant, seulement il ne faut pas en parler. Cela doit rester absolument entre nous.

— Entendu, dit tout de suite Eden. Quand m'emmèneras-tu sur Gallant ?

C'était le nom qu'on avait donné au poulain en s'inspirant de celui de sa mère Saucy Gal et de son père Duc de Brabant.

— Aussitôt que nous aurons récité le morceau, si nous en sortons vivants, répondit Renny.

— Chut ! fit Meg.

Eden avait une bonne mémoire. Au bout d'un quart d'heure il savait parfaitement ces vers de mirliton.

Deux jours passèrent avant que l'occasion favorable se présentât. Eden, qui se rappelait la promenade promise, gardait le secret. Les Lacey et Mr. Fennel étaient venus prendre le thé et on avait organisé une partie de trictrac et deux tables de whist.

L'amiral Lacey et Adeline jouaient au trictrac au centre de la pièce. C'est avec une feinte férocité que l'amiral, qui venait d'atteindre ses soixante-dix ans et dont la formidable carrure et le teint de brique faisaient un adversaire impressionnant, menait la lutte. Son épouse, une femme petite et grosse, au visage rose, était à une table de whist avec Sir Edwin pour partenaire et Augusta et Philippe comme adversaires. A une autre table, Ernest et Nicolas jouaient avec les deux demoiselles Lacey qui avaient largement dépassé la quarantaine, avaient des cheveux blonds mousseux qui grisonnaient et des teints de jeunes filles. Il fut un temps où elles avaient beaucoup souhaité passer avec eux toute leur vie, mais les deux frères avaient fait de longs séjours à Londres et y avaient rencontré des femmes qui leur avaient paru plus sympathiques et qui leur avaient semblé avoir l'horizon moins borné. Maintenant en regardant les yeux bleus de Violet Lacey, Nicolas se demandait s'il n'aurait pas mieux fait de l'épouser. Elle, de son côté, l'aimait toujours, mais voyait autour de sa tête le halo sinistre du divorce ; elle craignait de ne pouvoir passer par-dessus cela. Et pourtant à la vue des grandes et belles mains de Nicolas en train de battre les cartes elle se sentait étrangement émue. Sa sœur Ethel et Ernest s'entretenaient sur le ton de badinage à la mode vers 1890. A une troisième table, Mary, Malahide et Vera Lacey regardaient Mr. Fennel faire un tour de cartes avant de jouer au bridge.

Une période de grande chaleur s'était terminée par un orage, il faisait maintenant très froid pour la saison et tous les occupants de la pièce trouvaient le pétillement du feu de bois agréable sauf Keno, l'épagneul, qui aurait voulu se coucher sur le tapis devant la cheminée, et Boney qui de son perchoir regardait d'un œil torve la flamme et en même temps fermait l'autre œil du côté de l'assistance comme pour montrer son dédain pour leur frivolité.

Renny n'était pas apparu au goûter. C'est alors qu'il entra et se dirigea vers Mary avec une déférence rare chez lui.

— Mère, je m'excuse d'être en regard. Je suis allé en ville et j'ai été pris par la pluie. J'étais trempé et j'ai dû me changer.

Mary, toujours disposée à être gentille pour ses beaux-enfants, lui sourit. Meg apparut à la porte tenant Eden par la main. Elle n'avait pas encore tout à fait repris sa place dans le cercle de famille et sa venue fut accueillie par des sourires bienveillants. Après avoir échangé quelques mots avec les invités, elle dit doucement :

— Eden est venu dire bonsoir. Dépêche-toi de le faire, chéri.

— Mais, dit le petit garçon très excité, je veux d'abord réciter ma poésie.

— Quelle poésie ? demanda son père.

— Ma poésie d'adieu pour le cousin Malahide.

— Une poésie d'adieu ? répéta Malahide. C'est un peu prématuré, n'est-ce pas ?

— Mais il faut que je la récite, insista Eden.

Il se planta devant Malahide et récita d'une voix claire :

O Malahide !
O tête vide !
Maudit espion

Et faux jeton,
Menteur retors.
Que n'es-tu mort
A Ballyside
O Malahide !

Personne ne prit l'initiative de l'interrompre et le héros du poème, tournant au jaunâtre, lança à Adeline un regard plein d'une amère tristesse.

Elle fut la première à parler.

— Arrive ici, dit-elle à l'enfant.

Content de lui et pénétré de son importance, il s'approcha d'elle. Elle le prit par le menton et le regarda dans les yeux.

— Qui t'a appris cela ? demanda-t-elle.

L'enfant à qui on avait fait la leçon répondit :

— C'est moi qui l'ai inventé.

— La belle histoire ! Tu l'as inventé ! Je répète : qui t'a appris cette poésie ?

Elle ponctua les six derniers mots de six coups sur la table.

Le visage d'Eden se contracta, mais il tint bon.

— C'est moi qui l'ai faite tout seul.

— Je vous en prie, ne faites pas attention, dit Malahide.

— Je veux faire attention ! J'en aurai le cœur net.

— Nous aurons tout le temps plus tard, dit Philippe, le visage très rouge.

— Oui, oui, approuva l'amiral Lacey. Continuons à jouer, Mrs. Whiteoak.

— Je ne souffrirai pas qu'on insulte un membre de ma famille !

— Je suis sûre, dit Mrs. Lacey pour la calmer, que personne n'a rien compris.

Adeline regarda tour à tour chaque personne présente :

— Y a-t-il ici quelqu'un qui soit assez *bête* pour ne pas comprendre le sens de cette poésie ? demanda-t-elle.

Les deux demoiselles Lacey s'écrièrent en chœur :

— Je n'ai pas compris un mot, vraiment pas un mot.

— C'est une bêtise d'enfant, dit l'amiral.

— Une méchanceté d'enfant, déclara Adeline. J'irai au fond des choses. Je ne souffrirai pas qu'on insulte Malahide.

Son visage se colorait dangereusement.

Nicolas tirait sur sa moustache grise. Ernest et Ethel Lacey n'osaient pas se regarder. Il lui pressa le pied sous la table. Augusta déclara :

— Cet enfant n'est que le truchement de quelqu'un d'autre.

— Certainement, approuva Sir Edwin.

— Truchement ou non, dit Adeline, je vais le lui faire avouer.

Eden libéra son menton de la main de sa grand-mère et courut près de Molly.

— C'est moi qui l'ai fait, insista-t-il tout fier. Moi tout seul. Voulez-vous que je le répète ?

— Oui, dit sa grand-mère. Je veux l'entendre encore une fois.

Mr. Fennel avec un calme admirable avait continué son tour de cartes pendant toute cette scène. Malahide ne quittait pas les cartes des yeux comme si sa vie avait dépendu de la réussite du tour. Meg assise sur le tabouret de piano était aussi impassible que la bergère de Saxe qui ornait la cheminée. Il n'en était pas de même pour Renny. Un ricanement irrépressible étirait ses traits. Il se tenait près du perchoir du perroquet et, malice ou nervosité, lui arracha une plume à la queue.

En proférant un torrent de jurons hindous, l'oiseau battit des ailes et vola sur la table de trictrac où il envoya les pions bien rangés dans toutes les directions.

Adeline étendit le bras et arracha Eden des genoux de sa mère.

— Maintenant, ordonna-t-elle, répète ta poésie, enfant !

— Maman… commença Augusta.

— Tais-toi, Augusta, dit sa mère.

— Du calme, maman, grommela Nicolas, nous nous occuperons de cela plus tard.

— Oui, dit Violet Lacey, cela nous fera grand plaisir de l'entendre plus tard, chère Mrs. Whiteoak.

— Inutile d'attendre. Je me rappelle le premier vers : « O Malahide ! » Continue, Eden.

Elle avait calmé son perroquet et il se lissait les plumes sur son épaule.

Eden, le visage tout pétillant de malice, déclama :

O Malahide !
O tête vide !
Maudit espion
Et faux jeton,
Menteur retors.

Nicolas et Ernest éclatèrent d'un rire irrépressible. Renny désignant Malahide d'un geste de la main acheva d'un ton moqueur :

Que n'es-tu mort
A Ballyside
O Malahide !

Philippe dit :

— Renny, emmène Eden. Je m'occuperai de lui plus tard.

Renny prit le petit garçon sur ses épaules et se glissa hors du salon.

— Qu'on donne quelque chose à boire à Malahide, ordonna Adeline, il est verdâtre.

Ernest se leva vivement.

— Pourrais-je avoir aussi une goutte de quelque chose ? demanda l'amiral.

— Nous allons tous prendre quelque chose, dit Nicolas.

Le sherry réconforta quelque peu Malahide. Son teint reprit sa couleur d'ivoire habituelle. Il rassembla ses forces et de ses lèvres décolorées il sourit faiblement à Adeline. Le rouge de la colère avait quitté les joues de la vieille dame et maintenant elle s'amusait. Elle se pencha et regarda Malahide avec sympathie.

— Je suis absolument confuse, dit-elle. Comme disent les paysans irlandais « on pourrait allumer une bougie à la honte qui me brûle les yeux. » Mais ne craignez rien, Malahide. Il en cuira à notre jeune Renny. Je sais bien qu'il est l'instigateur de tout cela et je ne souffrirai pas qu'il soit impoli à l'égard d'aucun de mes hôtes.

— Pourtant, dit Mary en prenant impulsivement la défense de son beau-fils, il est normal que Renny veuille se venger.

Philippe la regarda l'air rayonnant.

— Je ne comprends pas, dit avec curiosité Mrs. Lacey.

— Il vaut mieux ne rien expliquer, dit Augusta.

— Il recevra une correction, dit Adeline. Tu peux préparer ta cravache, Philippe.

— Impossible ! dit Philippe. Je ne peux que demander à cousin Malahide de lui pardonner s'il le veut bien.

Malahide releva la tête.

— C'est déjà fait, Philippe. Mais ce que je n'oublierai pas, c'est la façon splendide dont votre petit garçon a récité ces vers, si désagréables qu'ils fussent pour moi. Son attitude était parfaite.

— Oui, le petit scélérat est intelligent, dit Adeline.

Mary était ravie d'entendre Malahide faire l'éloge d'Eden.

— Il est vraiment étonnant, dit-elle avec vivacité. Il dit des choses, on a peine à le croire.

— Il est trop avancé, dit Philippe en essayant de cacher sa satisfaction.

L'amiral dit :

— A son âge, je récitais à tue-tête dans une pièce pleine de monde : *Mon nom est Norval.*

On rangea les pions sur la table de trictrac, on battit les cartes. Boney fit entendre des cris de satisfaction et Keno tira le tapis de foyer dans une position plus agréable pour y étendre son corps à moitié grillé. Une nouvelle averse ruissela contre les vitres et le toit s'étendait tutélaire sur tous.

18

La garden-party

Le résultat de cet incident fut de diviser la famille en deux camps. L'un qui voulait que Malahide restât, l'autre qu'il partît. Dans le premier camp se trouvaient les Buckley qui préféraient de beaucoup laisser Malahide à Jalna car ils craignaient que, s'ils le remmenaient en Angleterre, il ne s'installât chez eux pour l'hiver. Ernest avait une affaire dont l'importance, à ses yeux tout au moins, nécessitait sa présence à Londres et il partait avec sa sœur et son beau-frère. Nicolas, qui restait, trouvait Malahide une addition plutôt amusante au cercle de famille et un compagnon précieux pour Adeline. Cela le distrayait de les entendre bavarder tous les deux. Quant à Adeline, Malahide était son protégé et elle tenait à lui, toute opposition à son désir de le garder la rendait furieuse. L'autre camp comprenait Philippe, Mary, Meg et Renny, ils formaient au sein de la famille un groupe uni dont les deux plus jeunes membres étaient déterminés à évincer l'intrus par tous les moyens.

Leur froideur et leur indifférence n'affectaient nullement Malahide et on ne put décider Philippe à lui dire franchement de quitter Jalna. Philippe allait et venait, ses chiens sur les talons, pêchait, surveillait ses écuries ou sa ferme, indulgent et aimable pour chacun, mais déterminé à ne prendre aucune initiative dans un sens ou dans l'autre.

On décida de donner une réception avant le départ des Buckley pour montrer que la famille n'était pas effondrée par la rupture des fiançailles de Meg et de Maurice. Tout le monde verrait Meg très maîtresse d'elle-même et, en apparence, indifférente.

Augusta demanda une garden-party car c'était le genre de réception qu'elle préférait. De grandes pluies avaient fait reverdir les pelouses et les bordures. La maison aussi bien à l'intérieur qu'à l'extérieur se présentait sous son meilleur aspect. C'était le cadre idéal pour une grande réunion.

La famille se lança corps et âme dans les préparatifs de la fête. Mary surveilla le grand nettoyage de la maison. On fit les carreaux, on astiqua les meubles d'acajou et de noyer qui devinrent brillants comme du satin. Elle discuta avec Ernest la façon de disposer les fleurs et ils mirent dans le salon des roses rouges et roses et des œillets roses, dans la salle à manger et la bibliothèque des dahlias jaunes et crème et on décora la tente rayée dressée sur la pelouse de grands pieds-d'alouette et de phlox de toutes les teintes. Le reste de la famille s'intéressait davantage au buffet et à l'orchestre qu'on devait installer dans les bosquets.

Le temps donnait certaines inquiétudes, car il se montra fort capricieux toute la semaine qui précéda la garden-party et, le matin même de la réception, les averses et les éclaircies alternèrent. Mais à midi le soleil resplendit, sécha la pelouse, et le jardin eut l'air encore plus gai d'avoir été lavé.

Meg avait eu de la peine à choisir dans son trousseau la robe qu'elle mettrait. Chacune avait été si soigneusement étudiée pour contribuer à l'agrément de son voyage de noces ! Elle aurait préféré se faire faire une nouvelle robe, mais Philippe n'avait pas voulu en entendre parler. Il avait déjà fait assez de dépenses inutiles.

Elle restait indécise entre une robe d'organdi à fleurs roses et une robe de tulle vert pâle quand elle entendit Renny passer devant la porte. Elle lui demanda d'entrer.

— Laquelle faut-il que je mette ? demanda-t-elle la voix un peu tremblante car, à ce moment, elle avait l'impression qu'elle n'aurait jamais le courage d'affronter toute cette foule.

Il regarda d'un air incertain les deux robes étalées sur le lit.

Elle dit :

— Mère trouve la verte plus élégante, mais Vera me conseille la rose. Elle pense que je m'y sentirai plus à mon aise.

— Mets la rose, dit-il tout de suite. C'est plus gai. C'est bien de mère de préférer le vert.

— Entendu. Mais je t'assure que mère est tout à fait gentille, étant donné qu'elle n'est pas débarrassée de moi comme elle l'espérait sans doute tous ces temps-ci.

Il la prit par la taille.

— Cela ne fait rien, Meggie. Moi en tout cas je n'avais aucune envie d'être débarrassé de toi.

Elle s'appuya sur son épaule.

« Quel réconfort d'avoir un tel frère ! » pensait-elle.

Il dit brusquement :

— Ecoute, Meggie, nous n'avons joué aucun tour à Malahide cette semaine !

— Non, aucun depuis que j'ai mis du sel au lieu de sucre dans son thé. Et il l'a bu sans sourciller.

Il haussa les épaules pour montrer son dédain pour cette farce de collégienne.

— J'aimerais, dit-il, que nous trouvions quelque chose de vraiment formidable à lui faire aujourd'hui.

— J'aimerais bien aussi, dit-elle, d'un ton pensif. Mère aurait peut-être une idée. Elle est aussi fâchée que nous de le voir rester. Cela la rend malade d'y penser.

— Nous n'avons pas besoin d'elle, mais tant mieux si elle est de notre côté.

Il se tenait le menton, perdu dans ses pensées, et ressemblait à sa grand-mère autant qu'un jeune garçon peut ressembler à une vieille dame. Il releva brusquement la tête et s'écria :

— J'ai trouvé, qu'en dis-tu ?

Il exposa son plan qu'elle approuva avec l'enthousiasme d'une personne qui cherche à se distraire de sa tristesse.

Ils venaient juste de tout organiser et Meg ne pouvait plus respirer tant elle riait, quand la porte s'ouvrit doucement et Eden passa sa tête blonde.

— Hello ! dit-il aimablement, est-ce que je peux entrer ?

— Oui, dit Meg, et ferme la porte.

Il vint près de Renny et dit :

— Je voudrais monter sur Gallant. Tu ne m'as jamais emmené et tu me l'avais promis si je récitais la poésie.

— Mais mère a dit que tu étais énervé. Pourquoi es-tu si nerveux ?

— J'étais énervé parce que j'avais envie de faire cette promenade et que tu ne voulais pas !

Il regardait Renny d'un air accusateur.

— Je t'emmènerai aujourd'hui, avant la garden-party.

Il se tourna vers Meg.

— Il vaudra mieux que je ne sois pas là au cas où on ferait une enquête.

A trois heures grand branle-bas dans la maison pour les ultimes préparatifs. Dans leurs chambres, Adeline, Augusta, Mary et Meg s'habillaient avec un soin particulier. Adeline essaya cinq bonnets avant de trouver celui qui lui allait le mieux. Sir Edwin se résignait à demander l'aide d'Augusta en constatant qu'il n'arriverait jamais à mettre convenablement son col et sa cravate, quand on frappa des coups pressés à leur porte. Sir Edwin l'entrouvrit et aperçut Malahide très agité qui dit :

— Devinez ce qui arrive, Edwin ! Je ne peux pas entrer dans ma chambre ! J'ai demandé l'aide d'Elisa et elle ne peut pas ouvrir la porte non plus.

— Vous l'aviez fermée à clef en sortant ?

— Non, non, comment pouvez-vous supposer une chose pareille ! Non, c'est un mauvais tour. On a voulu m'empêcher de rentrer dans ma chambre.

Sir Edwin était ennuyé et ne pouvait s'empêcher de trouver Malahide agaçant. Du coin où elle s'était réfugiée, Augusta conseilla :

— Prenez une échelle.

— Est-ce qu'on ne pourrait pas dévisser la serrure ? demanda Sir Edwin.

— Les serrures de Jalna ne se dévissent et ne se revissent pas comme cela. Malahide n'a que la ressource de rentrer dans sa chambre par la fenêtre.

— Nous ferions mieux de voir Philippe.

— Philippe vient juste de monter s'habiller. Mary a dû aller elle-même le chercher jusqu'aux écuries. Si on le dérange maintenant il ne sera jamais prêt pour recevoir ses invités.

Augusta non plus ne pouvait dominer l'agacement que lui causait Malahide.

Il erra lamentablement dans le corridor et deux fois regarda dans la chambre par le trou de la serrure, comme si la seule force de sa volonté pouvait réussir à le projeter à l'intérieur. Dans toutes les chambres environnantes on entendait l'eau couler et des pas agités.

Un quart d'heure plus tard, les domestiques et les serveurs qu'on avait fait venir de la ville s'arrêtaient dans leurs allées et venues entre la maison et la tente pour regarder la longue silhouette de Malahide grimper jusqu'à sa fenêtre par une échelle que tenait le jeune Hodge au visage rougeaud.

Malahide redescendit presque immédiatement et regarda Hodge d'un air désespéré.

— Mes vêtements n'y sont pas, dit-il, il n'y a plus aucune de mes affaires. On a tout enlevé !

Hodge le regarda avec une pitié mêlée de mépris. Bien tranquille dans ses habits du dimanche, il n'avait aucune solution à proposer.

Elisa passait chargée d'un plateau de verres et Malahide l'implora.

— Que faut-il que je fasse, Elisa ? On a pris mes habits.

Elisa savait bien qui il entendait par « on ». Elle dit :

— Mais monsieur est à peu près de la taille de Mr. Ernest. Il pourrait peut-être prêter quelque chose à monsieur.

Malahide bondit sur cette idée. Il regagna la maison et se précipita dans la chambre d'Ernest. Il frappa à la porte, et Ernest apparut tout à fait prêt, ayant même mis un œillet à sa boutonnière. Il écouta Malahide avec sympathie.

— Je suis désolé de cette histoire, Malahide. Maman sera très ennuyée aussi. Entrez et nous verrons ce que je peux faire pour vous.

Ernest avait une garde-robe très complète. Il eut vite trouvé tout ce qu'il fallait pour habiller Malahide, mais les vêtements n'allaient pas parfaitement car lui-même avait les épaules moins étroites et les bras et les jambes moins longs. Malahide était cependant présentable et prêt à descendre en même temps que Philippe et Mary. Il résolut de ne pas leur parler de l'incident, mais de laisser à Ernest le soin de les en informer quand il le jugerait bon.

Philippe lui lança un regard amusé et dit tout bas à Mary :

— Sapristi ! Quelle dégaine ! Il a plus que jamais l'air d'une limace.

C'est à peine si Mary l'entendit. Elle était préoccupée de la disparition d'Eden juste au moment de l'habiller.

— Je me demande où il peut être, disait-elle avec anxiété. Il jouait par ici après le déjeuner, déclarent les domestiques, et on lui avait dit de ne pas s'éloigner. Mais quand Katie a voulu l'habiller, impossible de le retrouver. C'est tellement ennuyeux. Vous pour commencer. Maintenant Eden. J'avais eu vraiment assez à faire sans cela.

Philippe courba les épaules.

— Ne vous tourmentez pas, chérie. Les premiers invités arrivent, ce sont les Lacey naturellement. Et voilà Mrs. Vaughan et Robert. Le pauvre homme ! Il a l'air réellement malade.

Le soleil brillait et les invités en toilette d'été se répandaient sur la pelouse en une foule gaie et colorée. L'orchestre jouait tandis que Philippe et Mary encadrés d'Adeline d'un côté et des Buckley et de Malahide de l'autre accueillaient les arrivants. Meg, charmante dans sa robe d'organdi rose, entourée de Vera, d'Ernest et de Nicolas, aidait à recevoir et trouvait cela plus facile qu'elle ne s'y attendait, mais elle n'osait pas regarder dans la direction de Malahide et était réellement inquiète de Renny et d'Eden. Qu'avait bien pu faire le poulain ?

Le petit Piers en robe blanche et ceinture bleue trottinait hardiment parmi les invités : il se frayait un chemin entre les jambes de messieurs encombrés de tasses de café brûlant et essayait d'attraper les plateaux de glaces roses qui le tentaient. Il recevait avec indifférence les caresses et les baisers qui pleuvaient sur sa tête aux cheveux soyeux.

Renny avait dit à Eden de guetter son départ vers les écuries. A ce moment-là, il devait courir, non pour le rejoindre, mais pour gagner par un petit chemin le bois où ils s'étaient donné rendez-vous. Eden guettait son frère et, quand il le vit traverser avec nonchalance la pelouse du croquet, il partit à toute vitesse.

Il était encore essoufflé quand Renny arriva monté sur Gallant. En un instant l'enfant se trouva juché sur le dos du poulain, solidement maintenu par le bras de son frère. Il rayonnait.

Ils suivirent au petit galop le chemin moussu entre deux sombres futaies. Comme ils passaient le long d'un champ de blé mûr, enclavé dans le bois, un lapin traversa le chemin et le poulain se cabra en simulant la frayeur. Ils firent le tour du champ à la poursuite du lapin.

Eden, ravi, riait.

— J'aime cela ! J'aime cela. Oh ! que je suis content d'avoir récité cette poésie ! Renny, tu m'emmèneras souvent sur Gallant ?

— On verra...

Il tenait son petit frère bien serré. Un gentil petit bonhomme... Il en prendrait toujours soin... de lui et de Piers... il valait mieux avoir des petits frères que des frères de son âge avec qui on ne manquerait pas de se disputer.

Eden voulait galoper sur la route, mais Renny refusa. S'il arrivait quelque chose il n'aurait pas fini d'en entendre parler. D'autre part il était temps de rentrer s'habiller. Ils avaient déjà parcouru au petit galop trois fois le chemin dans toute sa longueur. Il fit tourner le poulain et le dirigea vers les écuries. Il jeta un coup d'œil sur sa montre et s'aperçut avec ennui qu'elle était arrêtée. C'était sa première montre-bracelet, ses oncles la lui avaient rapportée de Londres, mais elle ne marchait pas bien.

— Mon Dieu, se dit-il, nous allons être en retard et je me ferai attraper !

Il donna une petite tape au poulain qui s'élança dans la direction des écuries. Il se souvint alors qu'il fallait qu'Eden descendît avant qu'on les vît. Il venait de tirer sur les rênes quand une auto conduite par l'un des invités apparut dans l'allée. Une paire de chevaux de trait qu'on venait d'amener devant les écuries se cabrèrent et reculèrent à la vue de l'auto. Un autre retardataire arrivait en dog-cart et son cheval, une jument noire, partit au galop droit sur le poulain. L'orchestre attaqua une marche bruyante.

Renny ne pouvait pas faire descendre Eden dans une telle situation. Le poulain se cabra et se dressa sur ses pattes de derrière. Le conducteur de l'auto, encore novice, accéléra et défonça la barrière du paddock. En un instant une jument et ses deux poulains jumeaux s'échappèrent et partirent avec des hennissements de joie du côté de la tente. Les chevaux de trait continuèrent à se cabrer et à reculer bien que l'arrière de la voiture se trouvât accroché à l'auto.

Le poulain, avec un hennissement claironnant, partit au triple galop à la poursuite de la jument et de ses petits. Tous quatre comme une tempête fonçaient sur la garden-party.

— Attention ! Attention ! cria Philippe à ses invités et il courut au-devant du poulain.

Nicolas et Ernest se dépêchèrent d'aller protéger leur mère. Augusta s'empara du bébé qui criait et lui donnait des coups de pied. Les dames avec leurs grandes jupes à volants et leurs énormes chapeaux style *Veuve joyeuse* couraient çà et là sur la pelouse comme des oiseaux des îles effarouchés. L'une d'elles laissa tomber une ombrelle rose qui roula jusqu'au poulain. Il fit un bond de côté échappant à la main tendue de Philippe et partit droit sur une table chargée de glaces et de gâteaux. La jument et ses poulains exécutaient en hennissant une danse fantasque au milieu des invités. L'orchestre, derrière son écran de verdure, inconscient de ce qui se passait sur la pelouse, attaqua un air encore plus gai.

— Sauvez Eden ! cria Mary en se tordant les mains. Oh ! Philippe ! sauvez mon enfant !

Eden au comble de l'excitation essaya de trouver un point où se tenir sur l'encolure du poulain, mais sa crinière venait d'être coupée et ses doigts glissèrent sur le poil dur et lisse. Le poulain recommença à se cabrer et se dressa comme une grande statue grise, puis il rua deux fois et la deuxième fois envoya ses deux cavaliers au milieu de la table. Il fit alors volte-face, parcourut l'allée au galop en renversant un monsieur en costume gris perle immaculé, franchit la grille et partit à toute vitesse sur la route. La jument et ses poulains cessèrent leurs gambades pour le suivre.

Renny se releva et regarda si Eden s'était fait mal. Mary le tenait dans ses bras et examinait avec angoisse une écorchure sur sa joue.

— Je n'ai rien, maman, cria-t-il. C'était une promenade merveilleuse.

Mary tourna vers Renny son visage blême :

— Vous auriez pu le tuer, dit-elle.

— Dieu seul sait où le conduiront ses idées de casse-cou ! dit Augusta.

Tout le monde les entourait. Les invités s'apitoyaient, la famille se fâchait. Renny opposait aux uns comme aux autres un air buté et essuyait tantôt le sang qui coulait d'une coupure de son front, tantôt la glace qui fondait sur son chandail.

Peu à peu un ordre relatif fut rétabli. Philippe envoya des garçons d'écurie à la recherche des chevaux. On répara les dégâts du buffet. Malahide se rendit utile en calmant les dames et Adeline prenait l'incident avec beaucoup de bonne humeur. C'était une escapade selon son cœur.

— Ce garnement est toujours en train de faire des sottises, disait-elle en souriant aimablement. Il ne se passe pas de jour où il ne nous cause des ennuis.

Mais elle était toute fière de lui.

Au milieu de cette agitation, personne n'avait remarqué que le temps changeait. Le ciel qui n'avait été que trop éclatant s'était couvert. Quelques gouttes frappèrent le toit de la tente. Le bruit du vent couvrit la musique de l'orchestre. La pluie se mit à tomber à torrents.

Il était trop tard pour regagner la maison. Les invités se réfugièrent à l'abri des arbres. Ils regardaient avec curiosité une charrette traînée par une lamentable haridelle décharnée avec une crinière en broussaille, spécimen inconnu jusqu'ici à Jalna. Un garçon ébouriffé était perché sur le siège. Il tira les rênes et resta sous la pluie bien en vue.

Les yeux de Philippe lui sortirent de la tête en découvrant cette monstruosité. Il fit un signe énergique de la main au garçon qui était vautré sur le siège, les yeux fixés sur les oreilles du cheval, et semblait complètement abruti.

L'averse cessa et l'assemblée d'un commun accord se dirigea avec curiosité vers la charrette. Ils avaient déjà vu qu'elle était chargée de bagages. Ils s'aperçurent alors que la malle, les valises et les sacs portaient chacun une étiquette de compagnie de navigation sur laquelle on avait écrit bien lisiblement : « Malahide Court – Ballyside Hall – Comté de Meath – Irlande. » Tous les regards se tournèrent interrogativement vers Malahide. Dans son costume aux manches et aux jambes trop courtes et au col un peu trop large il était l'image du désespoir.

— Trop de bagages ! dit-il à Ethel Lacey.

— Alors vous partez aussi ? Je ne le savais pas, dit-elle.

— Moi non plus. Cela n'est qu'une méchante farce. Philippe et Molly seraient désespérés si je m'en allais déjà.

Philippe jeta un coup d'œil à la vieille jument attelée à la charrette. Il dit à Renny :

— Où as-tu trouvé cette haridelle ?

— Je l'ai achetée à un chiffonnier.

Philippe fit la grimace.

— Et maintenant j'aurai le plaisir de la tuer et de l'enterrer.

Il ordonna sévèrement à son fils :

— Monte sur le siège, conduis la voiture à l'écurie et dis à Hodge de se débarrasser de cette bête. Quand tu auras fait cela, rends-toi présentable et viens t'excuser auprès de nos invités pour tous les ennuis que tu as causés.

S'il avait pensé vexer son fils il fut déçu, car Renny sauta sur le siège et prit gaiement les rênes. Mais le pauvre vieux cheval à bout de forces refusa de bouger et resta la tête baissée et ses jambes décharnées écartées. Ses grands naseaux étaient dilatés par la misère et la souffrance lui avait donné des yeux désespérés presque humains.

Eden avait été emmené à la maison. On apportait des coupes de champagne pour boire à la santé des voyageurs. Le soleil brillait au milieu de gros nuages blancs. L'orchestre jouait les airs de *Florodora*. Il ne restait plus trace du malheureux incident sauf la charrette chargée de bagages devant la maison, mais les invités en détournaient discrètement leurs regards.

Ernest s'approcha de Philippe et dit avec humeur :

— Il faut que tu fasses retirer cette horreur. C'est hideux. La maison a l'air d'une ferme irlandaise. Tu n'as donc aucune autorité sur ton fils !

— Grands dieux, voilà longtemps que je lui ai dit de l'emmener !

— Il est toujours là, c'est un scandale !

Philippe traversa la pelouse pour rejoindre Renny qui, l'air doux et soumis, était toujours assis penché en avant sur le siège de la charrette à côté du stupide garçon d'écurie.

— Bandit ! s'écria Philippe. Pourquoi diable ne fais-tu pas ce que je t'ai dit ?

— Elle ne veut pas bouger, repartit Renny.

— Hum !

Il regarda son fils avec colère et dit :

— Donne-lui un coup de fouet.

Renny cingla les côtes saillantes de la bête efflanquée, mais la jument au lieu de partir fit mine de se coucher sur le gravier. Philippe se précipita pour l'en empêcher.

— Qu'allons-nous faire ? demanda-t-il découragé.

Sa mère arriva à la rescousse en s'appuyant fortement sur sa canne.

— Es-tu complètement idiot ? demanda-t-elle. Décharge la voiture et pousse-la par-derrière.

— C'est une bonne idée, s'écria Philippe.

Elisa vint l'aider et ils ôtèrent les plus petits bagages. Deux jeunes gens déchargèrent la malle.

Pendant cette opération, Adeline s'était fait apporter un sucrier et tendit à la jument sa paume chargée de plusieurs morceaux de sucre.

L'animal avança avec méfiance ses grosses lèvres, renifla puis, comme en un rêve, prit le sucre.

— Maintenant, dit Philippe en frappant dans ses mains, va-t'en !

Mais la jument ne voulait pas perdre de vue sa bienfaitrice. Quand Renny lui dit « Hue » et la toucha du fouet, au lieu de suivre l'allée, elle posa sur le gazon moelleux ses sabots malpropres et suivit Adeline sur la pelouse.

— Recule, recule, cria Philippe. Fais reculer cette bête, Renny.

Mais Renny semblait incapable de diriger la jument et Adeline, avec une certaine satisfaction, alla retrouver ses invités ainsi escortée.

Ce ne fut pas sans peine qu'on décida l'animal à changer de direction et pendant le reste de la garden-party, qui d'un commun accord fut trouvée très réussie, les bagages de Malahide restèrent devant la maison en un tas mélancolique.

19

Scènes variées

Cette nuit-là, une chaude nuit d'été éclairée par une lune d'orage, on pouvait voir Meg et Renny suivre un chemin à moitié caché qui partait de l'allée cavalière et menait à travers le bois à un terrain vague au bout de la propriété. On y avait abattu les arbres, les ronces et la vigne vierge sauvage recouvraient leurs troncs qui n'avaient pas encore été enlevés. Quelques pommiers non greffés portaient des fruits jaunes et difformes, et des groupes sombres de sumacs dressaient leurs cônes rouge brique. Les gerbes d'or commençaient à fleurir ainsi que les premières étoiles pâles des asters sauvages tandis que la bergamote parfumait l'air de son odeur pénétrante.

Renny prit sa sœur par la taille et dit :

— Elle devrait être quelque part par ici. Je lui ai donné une énorme ration d'avoine et je l'ai laissée en liberté.

Il regardait autour de lui avec inquiétude.

— Toute la famille la croit enterrée maintenant, dit Meg.

— Et c'est ce que j'aurais dû faire, répondit-il, mais je n'en ai pas eu le courage.

— Pourtant cette bête est affreuse, Renny.

— Je le sais, mais je n'ai pas pu me décider à la tuer. Ah ! la voilà.

La jument sortit de derrière un groupe de sumacs et se dirigea vers eux ; une grosse touffe d'herbe lui sortait de la bouche. Elle avait l'échine creuse mais son ventre était gonflé par la bonne nourriture. Elle s'arrêta craintivement devant eux et les regarda avec résignation de ses yeux tristes.

Renny l'attrapa par la tête et lui ouvrit la bouche :

— Regarde, Meggie, elle a encore ses dents ! Elle peut manger. Ce serait cruel de la tuer.

Il la lâcha et la bête continua humblement à mâcher sa touffe d'herbe.

— Sans doute. Mais tu ne peux pas la cacher ici indéfiniment et, quand on la découvrira, je me demande ce que dira la famille. Il me semble que tu as déjà assez d'ennuis avec la fuite du poulain et tout le reste. Où a-t-on retrouvé la jument et ses petits poulains ?

— Dans un champ de blé. Ils l'avaient pas mal piétiné. Je crois que papa sera obligé de payer une indemnité.

Meg poussa une petite exclamation d'ennui, puis dit :

— Malgré ta figure égratignée tu étais très bien dans ton costume de flanelle blanche. C'était l'avis unanime. Tout le monde a trouvé l'histoire des bagages de Malahide une magnifique plaisanterie. Mais rien ne le décidera à partir. Je suis complètement découragée. Nous allons être obligés de le supporter. Du moment qu'ils font partie de la famille, les gens se figurent qu'ils peuvent rester indéfiniment à Jalna.

— Mais Malahide n'y restera pas ! Note bien ce que je te dis, nous serons débarrassés de lui avant que je retourne au collège.

Meg regarda son frère avec admiration, mais ne parut pas absolument convaincue.

— Je ne sais pas ce que dira papa, s'il arrive encore quelque chose. Cet après-midi il était vraiment fâché. Quant à Granny, elle a tout à fait pris Malahide sous sa protection.

— Sois tranquille, Meggie. Tout ira très bien. Demain je partirai avec Scotchmere essayer de retrouver le poulain.

Mais il fut inutile de rechercher Gallant. Le lendemain matin, juste au moment où Philippe faisait son apparition armé de sa ligne et de son panier, Keno sur ses talons, une vieille carriole se montra au bout de l'allée. Bob, le cousin d'Elvira, la conduisait et Lulu était assise à côté de lui et tenait le poulain par une corde qui lui servait de licou.

Philippe les regarda approcher sans la moindre bienveillance.

— Alors, dit-il, vous avez trouvé mon poulain.

— Oui, répondit Bob en descendant de la carriole. Je l'ai vu errer et j'ai demandé aux gens du voisinage s'ils savaient à qui il appartenait, on m'a dit que c'était à vous. Je vous assure, monsieur, que ce n'est pas une bête commode : il a failli me mordre la figure quand je l'ai fait rentrer.

Le poulain indifférent roulait les yeux et bâillait.

Philippe regardait Lulu. Ce n'était pas le genre de femme qu'on se serait attendu à trouver en compagnie de Bob. Elle aussi le considérait avec intérêt.

Philippe se tourna vers Bob :

— Vous dites que vous avez trouvé le poulain sur la route ?

— Oh ! il traînait par là. Il était venu dans mon chemin.

Philippe posa sa ligne et son panier, et prenant son portefeuille de cuir en sortit un billet de cinq dollars qu'il tendit à Bob. Celui-ci marmotta des remerciements et comme l'épagneul s'approchait du poulain, ce dernier voulut lui donner un coup de sabot.

— Voyons, voyons, dit Lulu pour l'apaiser.

Elle raccourcit la longe et mit sa main sur la tête du poulain.

— Vous n'avez pas l'air d'avoir peur de lui, remarqua Philippe.

— Je comprends les animaux, répondit-elle, et leurs regards se rencontrèrent.

Il se souvint de ce que lui avait dit Renny à propos des yeux étranges de Lulu et il se dit : « Alors... c'est elle ! Et elle a sauté sur ce prétexte pour venir voir Renny. »

A ce moment Renny sortit de la maison prêt à partir à la recherche du poulain. Il paraissait très grand et avait l'air plutôt sombre. Il n'avait jamais connu la gaucherie, ni la timidité. Maintenant son visage se fermait sur le secret qu'il partageait avec Lulu. Ses yeux bruns lancèrent à son père un regard circonspect. Il attendit que Philippe parlât.

— Voilà, je crois, dit ce dernier, deux de tes amis. Tu seras sans doute heureux de les remercier de t'avoir ramené ton poulain. Il était retourné à la ferme.

Il regarda Lulu bien en face.

Elle rougit, mais rit très fort d'un air provocant. Elle descendit de la carriole et se dirigea vers Philippe en tenant la longe.

— Non, non, dit-il. Donnez cela à mon fils. C'est lui le responsable.

Il lança à Renny un regard pénétrant.

Renny descendit en courant les marches du perron et prit la longe. Le poulain poussa un grand soupir pour montrer avec exagération sa satisfaction d'être rentré chez lui. Il secouait sa tête racée entre la femme et le jeune garçon comme pour les inciter à une nouvelle aventure !

Le jeune Hodge, qui conduisait le dog-cart dans lequel il devait emmener Philippe et Nicolas pêcher à quelque distance, apparut à ce moment au tournant de l'allée, oscillant sur les ressorts. Nicolas sortit de la maison chargé de sa ligne et boitant.

— A l'heure pour une fois ! dit Philippe en souriant. Nicolas grommela.

— J'ai mis longtemps à m'habiller. J'ai une douleur intermittente dans le genou depuis quelque temps. Elle a repris ce matin de façon aiguë.

— C'est la goutte, déclara Philippe en grimpant dans le dog-cart et en s'emparant des rênes.

— Mon Dieu ! j'espère que non ! Donnez-moi la main, Hodge. Hodge descendit aider Nicolas à s'asseoir.

— Tu n'as pas vu que le poulain est revenu ? demanda Philippe.

— Parfait.

Nicolas aperçut tout à coup Lulu et la regarda avec curiosité.

— Oui. Ces gens ont eu l'obligeance de nous le ramener.

Philippe était bien assis sur le siège, les rênes tendues, et attendait que Lulu fût partie.

Bob dit timidement :

— Eh bien, je crois que nous ferions mieux de nous en aller, Lulu.

Elle restait debout souriante, effrontée, à attendre le départ de Philippe. Hodge courut à la grille pour être prêt à la fermer derrière eux.

Bob dit :

— Vous pourriez partir devant, monsieur, votre cheval va bien plus vite que le mien.

— Non, partez d'abord, répondit aimablement Philippe.

Bob regarda Lulu, mais elle paraissait avoir perdu l'usage de ses jambes. Derrière la tête du poulain elle murmura :

— Revenez demain si vous pouvez.

Son sourire s'était figé pendant qu'elle remontait dans la carriole qui l'emmenait.

— Quelle drôle de femme ! dit Nicolas. Qui est-ce ?

— Je ne l'avais encore jamais vue. Elle n'a pas l'air commode.

Renny resserrait la sangle du poulain. Puis il sauta sur son dos et Gallant dansa autour du dog-cart comme s'il avait peur.

Nicolas dit :

— Je pensais que tu aurais honte de ta conduite. Maman n'oubliera pas de sitôt la peur que tu as faite à ses invités. Quant au cousin Malahide il a traité l'incident avec le mépris qu'il mérite.

— Je n'en ai pas fini avec lui, dit Renny, et vous pouvez le lui dire !

Sans laisser à Nicolas le temps de répondre, Philippe avait fouetté le cheval qui partit bon train dans l'allée bordée de sapins.

Adeline n'avait pas oublié la façon dont Malahide avait été traité et elle n'avait permis à personne de l'oublier. Fréquemment dans la journée elle donna libre cours à son indignation.

Heureuse de se trouver sur ce sujet d'accord avec sa fille, elle faisait de fréquentes incursions dans la chambre d'Augusta et la gênait tellement dans ses préparatifs de départ que les affaires de Lady Buckley n'avaient encore jamais été dans un tel désordre. Pourtant elle était contente de se séparer de sa mère en de si bons termes et encore plus contente de partir sans Malahide. Mais elle soupira en entendant la canne d'Adeline qui revenait encore une fois dans le corridor. Elle apportait un cadeau à sa fille. C'était un métrage de velours rouge qu'elle avait mis de côté depuis des années.

— Fais-t'en faire une robe, dit-elle, ou un manteau du soir ou un peignoir si tu préfères. Je n'en aurai plus besoin.

Elle le drapa sur sa fille qui leva la tête pour se voir dans la glace et ne put s'empêcher de constater combien cette teinte lui donnait mauvaise mine.

— Je crois que vous feriez mieux de le garder, maman, dit-elle.

— Non, non, c'est pour toi. J'ai toujours eu l'intention de te faire un cadeau. Et il y a aussi Edwin. J'aimerais lui donner également quelque chose. Je vais retourner dans ma chambre voir ce que je peux dénicher.

— Mais c'est très mauvais pour vous de monter et de descendre comme cela, maman, dit Ernest qui arrivait.

— Sottises, répondit-elle. Tu es jaloux parce que je n'ai rien pour toi !

Et elle lui donna une petite tape sur le bras.

Restés seuls, Augusta et Ernest hochèrent la tête devant ce déploiement d'activité inopportun.

— Si seulement, dit Augusta, ses cadeaux n'étaient pas si encombrants, et si c'étaient des choses dont on pût se servir !

— Laisse le velours à Mary, dit Ernest. Elle te le gardera très bien.

Augusta refusa avec fierté.

— Je n'aimerais pas que Mary sût qu'un cadeau de ma mère ne me fait pas plaisir. Et puis je n'oserais pas. Maman s'en apercevrait sûrement.

Sir Edwin entra, ses clefs à la main.

— Je viens de fermer ma malle et mes valises. Tout s'est parfaitement casé.

Augusta dit d'un air sombre :

— Vous allez être obligé de les rouvrir. Maman vient de descendre chercher un cadeau pour vous.

— Mais je ne peux pas, je ne peux vraiment pas, Augusta.

— Taisez-vous, Edwin, il faut. Elle serait affreusement contrariée si vous refusiez.

— Si seulement, dit Ernest, elle donnait de l'argent !

On entendait maintenant Adeline revenir un peu laborieusement après ces montées et ces descentes répétées. Elle tenait dans ses bras une pendule française en porcelaine qui était sur la cheminée de sa chambre, mais ne marchait plus depuis des années. Elle sourit avec finesse à Sir Edwin.

— Voilà quelque chose pour vous, Edwin, dit-elle, un peu essoufflée. Vous la mettrez dans votre chambre et quand elle sonnera vous saurez qu'il est temps de revenir à Jalna !

Son sourire s'effaça en prononçant ces mots car elle n'était pas tout à fait sûre qu'ils fussent l'expression exacte de sa pensée.

— Je suis enchanté, comblé, dit Sir Edwin avec galanterie.

Et la pendule dans les bras, il jeta un coup d'œil désespéré autour de lui.

— Mais je crois que ce garçon va être jaloux, dit Adeline en prenant Ernest par le bras. Viens avec moi et ne crains rien, je te trouverai quelque chose !

Il la suivit, mais s'arrêta en haut de l'escalier.

— Mes bagages sont bouclés, maman, mais si vous tenez à me faire un cadeau, un chèque même petit me ferait le plus grand plaisir.

Adeline se rembrunit.

— Ce qui s'est passé hier m'a tellement fatiguée, dit-elle, que je ne pourrais pas tenir ma plume pour écrire un chèque. Regarde comme ma main tremble.

Elle leva sa belle main ridée qui tremblait comme si elle avait la fièvre.

Ernest la regarda d'un air déçu.

— Je pourrais vous tenir la main, maman, suggéra-t-il.

— Ce serait illégal. On dirait à la banque que tu as fait un faux. Non, pas maintenant. Je t'enverrai peut-être un chèque pour ton anniversaire.

Elle repartit vers sa chambre de très mauvaise humeur.

Une fois sa porte fermée, elle serra les lèvres et fronça les sourcils de mécontentement. Ernest n'avait aucune raison de lui demander de l'argent. Son père lui en avait laissé suffisamment et elle lui en avait donné plus qu'elle n'aurait dû. Elle déclara à Boney :

— Je ferai des cadeaux *quand* je voudrai, à *qui* je voudrai et *ceux* que je voudrai. Cela ne regarde personne.

Boney glissa sur son perchoir en ébouriffant ses plumes si bien qu'on voyait des plumes rouges parmi le plumage vert de ses ailes et de sa queue. Sa crête bleu pâle frissonna.

— *Kutni – Kutni*, dit-il d'une voix moqueuse, *Shaitan ka katla – kamba !*

« Si quelqu'un avait besoin d'argent, se disait-elle, c'était Malahide. Et pourtant il était enchanté, touché au cœur par le moindre cadeau venant d'elle. Elle avait envie de lui donner de l'argent tout de suite pendant qu'elle se sentait d'humeur généreuse. Et si Ernest s'en apercevait, eh bien, ce serait bien fait pour lui ! »

Elle sourit avec malice et se dirigea vers son bureau où se trouvait une photo encadrée de son mari. Elle chercha dans le tiroir d'en haut son carnet de chèques, le trouva ainsi que son porte-plume, un mince porte-plume d'ivoire qu'elle avait rapporté des Indes et qui était maintenant trop menu pour ses vieux doigts. Mais elle le tint bien serré et en s'appliquant de toutes ses forces elle inscrivit cent dollars sur le chèque et signa – Adeline Whiteoak – avec un paraphe.

Elle l'examina d'un œil critique. L'encre était un peu épaisse, mais c'était parfaitement lisible. Une bonne signature, un bon nom. Elle suça son index taché d'encre pour le nettoyer, puis tira la cordelière rouge de la sonnette et dit, quand Elisa apparut :

— Cherchez Mr. Court et dites-lui que je voudrais qu'il vienne ici.

— Bien, madame, dit Elisa avec raideur.

Mr. Court ne lui plaisait pas.

Malahide arriva un peu ragaillardi par cette convocation. Il trouvait parfois la vie de Jalna terriblement ennuyeuse.

— Voici un petit cadeau, dit Adeline en lui mettant le chèque dans la main.

Elle regardait affectueusement le visage blême de Malahide.

Les doigts de ce dernier se refermèrent sur le chèque.

— Ah ! chère amie, s'écria-t-il, c'est trop généreux de votre part !

— Attendez de l'avoir regardé pour dire cela, répondit-elle avec brusquerie.

— Comme si le chiffre avait la moindre importance, c'est l'intention qui est généreuse. Que puis-je dire ? Rien ne peut exprimer ce que je ressens. Je suis chez vous, échoué, sans argent, je dépends de votre hospitalité et vous êtes non seulement l'hospitalité, mais la générosité même.

Il lui prit la main et la baisa. Elle sourit et répéta brièvement :

— Regardez le chèque. Ce n'est pas grand-chose, mais j'ai pensé qu'il arriverait à propos.

Il se redressa et lut le chiffre.

La porte s'ouvrit et Ernest introduisit son long nez mince. A la vue de Malahide et du chèque son visage exprima la consternation. Il ne savait s'il devait entrer ou s'en aller, mais sa mère le vit et ordonna :

— Entre, entre, tu fais un courant d'air.

Ernest entra et dit d'un ton qu'il s'efforça de rendre indifférent :

— Je venais vous dire que les bagages sont descendus. Il ne reste plus beaucoup de temps et nous pensions que vous aimeriez le passer avec nous. Nous prenons le thé sur la pelouse.

Malahide, avec une certaine hâte, avait enfoui le chèque dans sa poche. Il sourit en regardant tour à tour la mine longue d'Ernest et l'air triomphant d'Adeline et dit :

— Oui, oui, passons ensemble ce dernier moment. Que c'est triste de vous voir partir, n'est-ce pas, cousine Adeline ?

— Oh ! nous nous ferons une raison, dit-elle gaiement. Je m'occuperai de Malahide et Malahide s'occupera de moi !

Elle passa son bras sous le sien.

Ernest dit :

— Ne croyez-vous pas que vous feriez mieux après tout de revenir avec nous, Malahide ? Je crains d'être tout à fait « de trop » entre Augusta et Edwin. C'est un ménage si uni.

— Trop tard, trop tard ! dit sa mère en lui lançant un regard ironique.

— Il me semble que cela pourrait s'arranger. Je crains vraiment que vous ne trouviez la vie bien calme ici maintenant que les jours raccourcissent.

— Je n'ai jamais été mieux reçu de ma vie, répondit Malahide. Non, tant que cousine Adeline voudra de moi, je resterai.

Ernest s'écarta pour les laisser passer. Il alla ensuite dans la salle à manger où Nicolas se versait un whisky.

— Nick, dit-il d'un ton lugubre, nous nous sommes tout à fait trompés. Philippe et Renny ont raison. Malahide est dangereux. Nous aurions dû remarquer la façon dont il tournait autour de maman. Rappelle-toi l'épingle de diamant ! Il aurait dû partir aujourd'hui.

— Je déteste ces départs, dit Nicolas en buvant son whisky à petites gorgées. Moi je suis content que Malahide reste. Je trouve que c'est une distraction. Maman est du même avis.

— Une distraction, sans aucun doute, et qui lui coûte cher, à toi aussi d'ailleurs indirectement ! Au moment où j'entrais dans la chambre, je l'ai vu empocher un chèque.

Nicolas eut l'air contrarié.

— Mais – hum ! – cela devient sérieux. Je n'aurais jamais pensé qu'elle lui donnerait de l'argent. C'est extrêmement ennuyeux. As-tu une idée du montant du chèque ?

— Non. Il essayait de le cacher. Maman avait cet air taquin qu'elle prend quand elle pense faire quelque chose qui nous ennuie, moi en particulier. Nous avons été idiots, Nick. Je m'en aperçois maintenant.

Nicolas posa son verre et s'essuya la moustache.

— Il est trop tard pour se débarrasser de Malahide maintenant, mais je ne l'encouragerai sûrement pas à prolonger son séjour.

Ils allèrent rejoindre les autres devant un goûter plus copieux que d'habitude, mais moins gai. Ernest saisit la première occasion de raconter à mi-voix aux Buckley l'ennuyeuse histoire du chèque. Renny avait été troublé par la venue de Lulu le matin et Philippe qui devinait les pensées de son fils était distrait, Mary et Meg étaient désolées de n'avoir pas pu se débarrasser de leur hôte indésirable. Et Adeline avait moins d'appétit que de coutume à cause des préparatifs de départ et d'un léger remords pour la façon dont elle avait traité Ernest.

Sur toute la réunion planait le sentiment que le but du voyage n'avait pas été atteint. Augusta et Edwin étaient venus assister à un mariage et il n'y avait pas eu de mariage. Meg assise entre eux essayait d'être brave, de ne plus penser à sa déception, mais elle restait absorbée et souvent triste.

Les petits garçons goûtaient exceptionnellement avec les grandes personnes, ils étaient en blanc comme à la garden-party. Augusta prit Eden sur ses genoux et lui dit à mi-voix :

— Tu n'oublieras pas tante Augusta, n'est-ce pas, chéri ?

— Non, répondit-il avec assurance, je ne vous oublierai pas, je demanderai que Dieu vous bénisse dans ma prière et je viendrai vous voir quand je serai grand et vous m'emmènerez au Zoo.

Augusta le serra dans ses bras.

— J'aimerais l'emmener, dit-elle, il me manquera tellement, et Peep aussi.

Philippe dit :

— Nous viendrons un jour chez toi, Gussie, avec tous les enfants, Molly et moi.

Augusta eut l'air de trouver que ce serait vraiment une bonne idée. Elle dit :

— Ce serait merveilleux. Mais puisque nous parlons de séjour, je trouve que nous sommes vraiment restés très longtemps à Jalna, Edwin et moi. Je crois que les trop longs séjours sont une erreur.

Sir Edwin ajouta :

— Oui, oui, nous sommes restés très longtemps.

— Et nous en avons été très heureux, dit Mary, tout dépend de qui il s'agit.

— Parfaitement, dit Meg, certaines personnes ne resteront jamais trop longtemps tandis que d'autres...

— Je suis également d'avis, dit Ernest, qu'un séjour ne doit pas se prolonger outre mesure et, bien que je sois chez moi à Jalna, il vient un moment où je sens qu'il faut que je retourne à Londres.

— Ne fais pas l'hypocrite, grommela Nicolas, tu es bien content de t'en aller.

— La chose dont *moi* je suis contente, interrompit leur mère, c'est que Malahide Court reste, ce sera pour moi un grand agrément.

Et d'un geste protecteur elle posa sa main sur le genou de Malahide.

On entendit résonner les sabots des chevaux sur le gravier et la voiture apparut. Hodge s'arrêta devant la porte.

— Il est trop tôt, dit Ernest en regardant sa montre.

Elisa sortit de la maison et parla à Hodge. Puis elle traversa la pelouse et s'approcha de Philippe. Elle lui dit quelque chose à voix basse. Il tourna vers les autres un visage bouleversé.

— Savez-vous ce qui vient d'arriver ? Robert Vaughan a eu une attaque ! Le pauvre homme, ces fiançailles rompues l'ont tué.

— Juste quand nous partons ! dit Augusta.

— C'est une terrible épreuve pour Mrs. Vaughan, dit Sir Edwin.

— Le jeune Maurice peut être fier de lui maintenant, grommela Nicolas.

Mary s'écria :

— Toute la journée j'ai eu l'impression qu'il allait arriver quelque chose !

— Je me souviens, dit Ernest, combien il était bouleversé le matin où nous sommes allés le voir tous les trois. Il n'était pas du tout maître de lui comme nous.

Peinés, ils déploraient tous la catastrophe avec animation, sauf Adeline qui, une main sur chacun de ses genoux, regardait droit devant elle. A la fin elle dit :

— Une attaque ? Robert Vaughan a eu une attaque. Crois-tu qu'il s'en remettra, Philippe ?

— Il y a de l'espoir, maman.

— Ah ! bon. Il faut que j'aille le voir pour le remonter. Qu'est-ce qui est atteint ?

— Tout le côté gauche.

Elle hocha la tête avec pitié et passa sa main le long de sa cuisse gauche.

Sir Edwin regarda sa montre.

— Mon Dieu ! s'écria-t-il. Nous n'avons plus une minute à perdre !

— Dire qu'il faut que je parte sans voir cette pauvre Mrs. Vaughan ! dit Augusta. Maman, vous lui direz toute notre sympathie.

— Il se remettra, il se remettra, ne te tourmente pas, dit sa mère brièvement.

Il fallait maintenant dire au revoir. Adeline serra tour à tour dans ses bras vigoureux Sir Edwin, Augusta et Ernest. Elle murmura à ce dernier :

— Il ne faut pas m'en vouloir d'avoir fait ce petit cadeau à Malahide. C'était très peu de chose.

Ernest eu l'air soulagé, mais un peu sceptique. Il lui chuchota :

— Ne croyez pas qu'une chose qui vous fait plaisir puisse m'être désagréable, maman, mais à votre place je ne lui demanderais pas de rester plus longtemps. Après tout c'est la maison de Philippe et de Molly et il est évident que sa présence leur déplaît.

Il avait juste dit ce qu'il ne fallait pas en évoquant les droits de Mary sur Jalna. Sa mère le repoussa.

— La maison de cette femme, de cette intrigante ! Tu dis des stupidités !

— Chut... Maman, elle va vous entendre. Je voulais seulement dire que...

Mais il n'eut pas le temps de s'expliquer, Nicolas le poussa dans la voiture. Les chevaux bais frappaient le gravier de leurs sabots brillants, Peep dans les bras de Renny envoyait des baisers. Mary rattrapait Eden sous la tête des chevaux. Meg, dont toute la peine avait été ravivée par la nouvelle de la maladie de Mr. Vaughan, pleurait sur l'épaule de Philippe. Malahide donnait le bras à Adeline, l'air rayonnant et protecteur. Il fit avec joie un dernier signe d'adieu aux occupants de la voiture tandis que les branches sombres des sapins se déployaient pour les cacher aux regards.

20

Un vieux vêtement et une vieille jument

La chaleur semblait avoir épuisé la terre et maintenant, bien qu'on fût encore en août, elle paraissait aspirer à l'étreinte fraîche de l'automne. Le départ de trois de ses hôtes rendait moins lourde à Mary sa tâche de maîtresse de maison. Elle commençait à se remettre de la déception que lui avait causée la rupture des fiançailles de Meg. Ses rapports avec ses beaux-enfants étaient plus agréables qu'ils ne l'avaient encore jamais été. Eden dont la santé lui avait donné beaucoup de soucis était maintenant débordant de vie et Peep était le plus bel enfant qu'on pût voir. La présence de Malahide avait un avantage, elle permettait à Mary de jouir davantage de Philippe dont elle aimait s'éloigner le moins possible.

Elle partageait l'amour de son mari pour les chevaux et les chiens. Ils prenaient plaisir à s'arrêter dans le verger pour regarder une truie allaiter ses petits. Leurs meilleurs moments étaient les heures qu'ils passaient ensemble au bord de la rivière, cachés par les taillis épais. Elle lui lisait des vers pendant qu'il regardait le pâle soleil se jouer sur la peau claire du visage et du cou de sa femme. Ce que Mary ne pouvait pas et ne voulait pas faire, c'était d'aller pêcher avec lui. Il trouvait là la solitude dont sa nature avait besoin.

Pour Adeline cette période fut moins agréable. Le départ de ses enfants laissait un vide difficile à combler. Ernest lui manquait plus qu'elle ne l'aurait cru et elle éprouvait un sentiment d'irritation en ne le trouvant plus prêt à s'occuper d'elle et à avoir pour elle ces attentions dont il avait le secret. Elle regrettait aussi les Buckley, elle regrettait même les manières cassantes de Sir Edwin lorsqu'il défendait Augusta contre les réflexions souvent piquantes de sa mère.

Les veillées prolongées à la table de whist ou de trictrac donnaient la migraine à la vieille dame. Malahide jouait mieux qu'elle et elle avait eu la sagesse de refuser d'intéresser la partie comme il le lui proposait. Mais au bridge il gagnait de l'argent à Philippe et à Nicolas.

Un matin un vent léger soufflait sur la campagne et entraînait les nuages avec lui. Ils se fondaient dans l'horizon derrière le lac et le ciel formait une voûte d'un bleu estival. La caresse du soleil faisait éclore les derniers boutons.

Adeline avait soif d'action. Le sentiment de vide laissé par les semaines précédentes lui pesait. Elle prit la résolution de sortir davantage ; elle ferait de longues promenades en voiture, elle irait voir Robert Vaughan qui commençait à se lever, l'attaque ayant été légère. Mais, par cette belle matinée éventée, la première chose à faire était de sortir au soleil les vêtements de son mari Philippe, de les brosser et de les battre soigneusement pour éviter les ravages des mites. Elle faisait cela tous les ans à peu près à cette époque. Son fils Philippe l'aidait toujours, car Ernest redoutait trop cette besogne déprimante et Nicolas ne manquait jamais de lui signaler de nouveaux trous de mites et de lui conseiller de donner les vêtements ou de les brûler.

Elle alla donc à la porte de derrière car elle avait entendu la voix de Philippe qui parlait avec l'acheteur éventuel d'un cheval et l'appela :

— Mon cher Philippe, veux-tu venir ! J'ai besoin de ton aide.

Philippe lui tournait le dos et avant de la rejoindre il hésita. Quelque chose dans la voix de sa mère lui faisait deviner pourquoi elle l'appelait, et il se sentait sans courage par cette si belle matinée. Il resta là maussade, comme il le faisait souvent dans son enfance lorsqu'on l'appelait pour quelque chose de désagréable.

— Philippe, appela-t-elle plus fort, tu es donc dans la lune pour ne pas faire attention à ce que je te dis ?

Il se retourna lentement en retirant son panama défraîchi et en passant sa main dans ses cheveux blonds.

— J'étais justement en train de penser, dit-il carrément, que j'ai un millier de choses à faire aujourd'hui.

— Tu prends ton temps pour les faire, répondit-elle ironiquement. Mais il y a une chose qu'il faut que tu fasses, Philippe. Il faut que tu m'aides à aérer les vêtements de ton père. Il est grand temps et il y a un bon vent.

Il la prit par la taille.

— Ne voulez-vous pas faire une jolie promenade en voiture, ma vieille maman ? demanda-t-il d'un ton câlin.

— Non, répondit-elle avec décision. Nous allons aérer les vêtements de ton père.

Philippe haussa les épaules avec résignation et dit :

— Très bien, je vais faire apporter les caisses.

Dans la douceur de cette fin d'été, le chant limpide d'un loriot qui se balançait près de son nid vide leur parvint. Philippe dit :

— Il ne se soucie pas du passé. Il jouit de l'heure présente, avant la venue de l'hiver.

Sa mère se tourna vivement vers lui.

— Est-ce que je suis un oiseau ? demanda-t-elle.

Puis elle ajouta d'un ton plus doux :

— Voyons, Philippe, un peu de courage. Il faut que nous nous occupions de ces vêtements.

Philippe fit descendre de la mansarde les trois malles et les fit poser sur l'herbe derrière la maison à l'endroit où étaient tendues les cordes pour faire sécher le linge. Il prit les clefs des mains de sa mère et ouvrit les trois malles. Quand on souleva les couvercles il s'en dégagea une odeur de camphre et une odeur renfermée de vêtements qu'on ne porte plus. Philippe commença à sortir les vêtements et à les étendre sur l'herbe.

Adeline avait descendu deux anciennes brosses d'ivoire avec les initiales P.W. incrustées en argent. Elle en tendit une à Philippe.

— Ce sont ses brosses, fit-elle remarquer. C'est ce qu'il faut pour brosser ses vêtements.

Philippe ramassa un manteau de tweed d'un brun chaud et l'examina.

— C'est toi qui auras ces brosses, dit-elle.

— Cela me fera plaisir, ce sont mes initiales.

— Tu pourras les laisser au petit Piers.

— Oui, j'y songerai. Ce manteau semble en très bon état.

Elle s'approcha la brosse à la main et le regarda. Le manteau gardait encore la forme du corps vigoureux qui l'avait modelé, il donnait l'impression de se dilater comme s'il aspirait profondément le grand air.

Adeline le toucha avec douceur.

— Un vêtement d'homme, murmura-t-elle, c'est une chose émouvante - quand l'homme n'est plus là... Les vêtements de femme, il y a tant de velours, de soie, de coton ou de dentelle là-dedans - ça s'affaisse —, ce ne sont que des feuilles mortes tombées d'un arbre... Tandis que ce manteau, regarde-le ! Non, donne-le-moi. Laisse-moi le brosser...

Sa voix se brisa. Elle prit le manteau et fit aller et venir la brosse avec énergie.

L'une des malles renfermait les vêtements du soir du capitaine Whiteoak, son plus beau linge, ses écharpes de soie et un veston d'intérieur en velours. Une autre ses vêtements de sport et de cheval.

La troisième l'uniforme qu'il portait aux Indes. L'un après l'autre chaque vêtement fut battu, brossé et étendu sur la corde. L'uniforme rouge et or scintillait au soleil.

Philippe s'empara d'une calotte de velours ornée d'un gland et la mit sur sa tête.

— Regardez, maman, dit-il.

Elle le considéra attentivement.

— Est-ce que je vous rappelle mon père comme cela ?

— Oui... mais tu n'as pas la même expression. Cela m'est pénible de te voir avec cette coiffure. Retire-la.

Elle se remit à brosser la tunique.

— Si tu l'avais vu dans cet uniforme ! Ah ! il avait une allure qu'on ne revoit plus maintenant.

— Mais je l'ai vu ! dit-il. Souvenez-vous. Il l'a remis à une espèce de bal costumé quand j'étais tout petit. Je me disais que je n'avais jamais vu personne d'aussi magnifique.

— Non, et tu ne verras jamais personne.

Il ouvrit une longue poche étroite dans l'un des casiers.

— Voilà ses pipes, dit-il.

Elle vint regarder. Sur chacun de ces tuyaux d'ambre les lèvres de son bien-aimé s'étaient posées et avaient aspiré avec délices la fumée odorante.

— Il ne peut rien leur arriver, dit-elle, ferme le couvercle.

Elle vit avec consternation que le vêtement qu'elle tenait était dévoré par les mites sur le devant. Elle le montra à son fils.

— C'est celui qu'il portait le dernier jour, dit-elle. Crois-tu qu'il va falloir le brûler ?

— Oui, répondit-il, je vous l'ai déjà dit l'année dernière. Regardez !

Il le lui prit des mains et le déploya au soleil.

— Il est en morceaux. Si vous le conservez il faudra bientôt tout brûler.

Elle considéra le costume, son vieux visage énergique tout bouleversé.

— Cela me fait de la peine, dit-elle. C'est le dernier vêtement qu'il ait porté.

— Je m'en occuperai.

Il le lui prit doucement.

— Je le brûlerai dans les bois où il chassait toujours.

— Merci.

Elle posa ses lèvres sur la manche de la veste. Ses mains tremblaient en reprenant le brossage des habits.

Quand ils furent tous étendus sur la corde, balancés et fouettés par le vent vif, Adeline se sentit très fatiguée. Elle déclara qu'elle allait se reposer dans sa chambre. Elle détourna les yeux quand Philippe s'éloigna, le costume flasque sur son bras. Elle appela Elisa et lui dit de surveiller les vêtements pour qu'on n'y touchât point.

Philippe s'engagea lentement dans la petite allée cavalière, puis la quitta pour prendre un sentier sinueux qui traversait le bois et menait au terrain vague où Renny avait laissé la vieille jument ; Keno, son épagneul, le suivait tranquillement.

Il sentait sous ses pieds cette terre qu'il possédait. Il voyait s'étendre au-dessus de sa tête la voûte céleste. Et tandis qu'il allait tranquille et plein de vigueur, là, sur son bras, il portait le vêtement de son père.

Qu'était-ce donc que la mort ? Etait-ce la main du capitaine Whiteoak sortant de la manche de la veste pour saisir la sienne et l'entraîner dans le néant où il s'engloutirait ? Ou bien son père revivait-il en lui, foulait-il en la personne de son fils cette terre qu'il avait aimée ? Il se rappela les mains tremblantes de sa mère et ses yeux secs dévorés de tristesse. « J'ai une nature moins énergique », se dit-il, en sentant les siens se remplir de larmes.

Il ramassa des brindilles et cassa en petits morceaux la branche morte d'un pin. Il plia le vêtement et le posa sur le tas puis y mit le feu avec une allumette.

Les petites flammes hésitantes mirent longtemps à s'attaquer aux habits. Elles craquaient et pétillaient dans les brindilles puis se cachaient dans les plis du costume. Soudain des filets de fumée s'en échappèrent, puis les flammes alléchées prirent vie et tout le vêtement se mit à flamber, sauf une manche qui s'était dépliée comme si elle contenait un bras qui essayait de s'échapper.

Pendant que Philippe regardait le petit brasier, il entendit derrière lui un pas lent et traînant. Il se retourna brusquement et vit passer en trébuchant la vieille jument avec ses genoux osseux et son gros ventre mou. De nouveau il remarqua les yeux humains que lui avait donnés la souffrance, mais elle ne le vit pas, pas plus qu'elle ne vit l'éclat du feu. Son regard était fixé sur un point éloigné vers lequel elle se dirigeait péniblement d'un pas trébuchant, son souffle rauque sortant difficilement. Elle poussa un hennissement dans lequel il y avait un peu de joie.

Philippe la croyait enterrée depuis des semaines. Un frisson le parcourut comme si un revenant venait de lui apparaître. « Etait-il possible que ce fût elle ? » se demandait-il. Sa crinière et sa queue étaient brossées et sa robe hirsute étrillée de façon presque convenable.

Il allait sortir de derrière le buisson qui le dissimulait, quand il entendit le claquement sec d'un coup de feu. Il courut après la jument, la vit chanceler, tomber sur les genoux et s'écrouler en une étrange masse anguleuse. Renny alors se précipita vers lui, son fusil à la main, le visage blême.

— Papa ! J'aurais pu vous tuer !

— Tu aurais pu, répondit Philippe avec calme. Veux-tu, je te prie, m'expliquer ce que signifie tout ceci ? Pourquoi tires-tu sur cette pauvre vieille jument qui devrait être morte depuis longtemps ?

L'épagneul courut jusqu'à la jument, la flaira et proféra un son qui n'était ni un aboiement ni un hurlement.

Les traits de Renny exprimèrent le désespoir.

— Je croyais réussir à la sauver, dit-il tristement. Je lui ai donné à manger et à boire, je l'ai brossée et elle mangeait. Mais malgré tout elle n'allait pas mieux, elle mourait. Aussi pour finir j'ai dû en arriver là.

Il avala sa salive.

— Je regrette. J'aurais dû la faire tuer tout de suite comme vous me l'aviez dit.

— Regarde-la ! s'écria Philippe d'un ton sévère. Tu devrais avoir honte de l'avoir laissée vivre si longtemps.

— Je pensais qu'elle guérirait. Elle était toujours si contente de me voir. Tenez – à l'instant quand j'allais lui faire cela –, elle accourait au-devant de moi !

Son visage se contracta comme s'il allait pleurer.

Philippe considéra son fils, la jument morte, le manteau consumé qui devenait un vêtement d'or. Il soupira :

— Voilà une curieuse façon de passer une belle matinée, remarqua-t-il.

Il posa sa main sur l'épaule de Renny.

— Allons, allons, dit-il doucement, il ne faut plus y penser. Estime-toi heureux de ne pas avoir envoyé une balle dans la tête de ton père.

Mais Renny fut long à reprendre possession de lui-même. Philippe soupçonnait ses nerfs d'être tendus à l'extrême. Il l'emmena hors de vue de la jument morte et ils s'appuyèrent tous deux à une barrière et regardèrent un champ de blé mûr. Renny alluma une cigarette et Philippe avec un soupir de soulagement bourra sa pipe. Keno entra dans le champ et se mit à courir çà et là en flairant le sol. Seul le mouvement des épis montrait où il se trouvait.

Renny s'appuya sur le haut de la barrière. Il sentait le contact du bois lisse sous ses doigts et vit que les mains de son père le touchaient aussi. Ils se partageaient la barrière, le champ doré, la terre, la vie même. Il rapprocha sa main de celle de Philippe et lui donna une caresse furtive.

— Je regrette, répéta-t-il, j'aurais dû faire ce que vous m'aviez dit. Mais elle avait tellement faim, je n'ai pas eu le cœur de la tuer.

Et il ajouta d'un air songeur :

— Mais elle était perdue, qu'elle mange ou non.

— Je viens de ranger les affaires de mon père, dit Philippe, et il a fallu que je brûle un de ses vêtements, celui qu'il portait le jour de sa mort. Cela a fait beaucoup de peine à ta grand-mère. C'est étonnant combien on est sensible aux choses.

Pendant un certain temps Renny regarda en silence les épis onduler au gré des mouvements de Keno. Puis il dit :

— J'ai fort envie de monter Gallant au concours hippique.

— Cela te ferait manquer le collège.

Renny se prit la tête dans les mains et murmura :

— Rappelez-vous comment j'en suis parti ! Si seulement je pouvais avoir un prix au concours, j'y retournerais la tête plus haute.

Philippe regarda le jeune garçon maigre appuyé sur la barrière. Il pensait à la jument morte et au vêtement de son père. Pourquoi la pensée de ces choses le rendait-elle faible alors qu'il aurait dû, il le sentait bien, se montrer ferme envers Renny ? Elle le rendait faible, c'était un fait. Il dit d'un ton hésitant :

— Je ne sais pas si ce sera bon pour toi. Je crains que ta grand-mère, ta mère et tes oncles n'approuvent guère ce projet.

— Gran n'est jamais aussi satisfaite que lorsque l'un de nous a un prix au concours. Quant aux autres, ils s'occupent trop de moi. On discute sans cesse à mon sujet. Quand j'entre dans une pièce où ils sont réunis, je peux être certain, rien qu'à les voir, qu'ils viennent de parler de moi. Quelquefois on ne s'arrête même pas quand j'entre. Et naturellement Gran en est aussi, ajouta-t-il avec amertume.

— Eh bien, eh bien, dit Philippe, cela montre le souci qu'ils ont de ta conduite. Mais crois-tu vraiment que tu puisses gagner avec Gallant ?

Renny le regarda avec intensité.

— J'en suis sûr ! C'est ce que je désire le plus au monde !

— Alors fais ce que tu veux, dit Philippe, avec un peu de mauvaise grâce. Mais ne songe qu'au poulain maintenant. Qu'il ne soit plus question de cette femme aux cheveux jaunes.

— Je ne lui accorderai même pas une pensée, dit Renny.

21

Qui montera ce cheval ?

Adeline s'était mis en tête que Malahide Court l'accompagnerait dans sa visite à Vaughanland. D'abord elle avait pensé aller seule voir son vieil ami et le féliciter de sa guérison qui était plus rapide qu'on n'aurait pu l'espérer. Mais elle avait vraiment peur de laisser Malahide à Jalna sans protection. Elle ne savait pas ce que Renny ou Meg étaient capables d'inventer. Philippe et Mary, elle le craignait, ne seraient que trop contents de le voir dans une situation désagréable. Nicolas lui-même avait depuis peu adopté une attitude peu aimable à l'égard de son cousin. Ernest avait raconté qu'elle avait donné de l'argent à Malahide, elle en était certaine. Oui, ils étaient bien tous les mêmes, ils voulaient tout pour eux, mais elle était bien libre.

Elle examinait les choses autour d'elle pendant que la voiture s'engageait dans la grande allée de Vaughanland. Elle trouvait cette demeure modeste, comparée à Jalna. Vaughanland n'avait pas l'allure de Jalna, ses belles cheminées orgueilleuses, mais c'était un endroit agréable et la vue de Robert Vaughan, assis dans un fauteuil sous la véranda, enveloppé dans une couverture de voyage, lui fit plaisir.

Dès que Malahide l'eut aidée à descendre de la voiture, elle monta rapidement les marches, de la main droite elle tenait un panier renfermant un pot de gelée au porto, du raisin de Malaga et un gâteau.

— Regardez ce que je vous ai apporté, dit-elle un peu essoufflée. Rien qui puisse vous faire mal. Tout cela est bon pour vous. Non, ne vous levez pas ! Je suis déjà bien contente de pouvoir vous serrer la main et de vous trouver vivant. Vous nous avez fait une de ces peurs. Voici mon cousin Malahide qui est venu prendre de vos nouvelles.

Robert Vaughan leur serra à tous deux la main avec une certaine fébrilité. Il leur souriait d'un air un peu contraint en raison de l'effort qu'il faisait pour paraître tout à fait rétabli. Mrs. Vaughan sortit de la maison et installa Mrs. Whiteoak dans le meilleur fauteuil avec un coussin dans le dos.

— Ah ! c'est parfait, dit Adeline. Et quel bonheur de vous voir vous remettre si bien, Robert ! Rien d'étonnant à ce que vous soyez tombé malade après tout ce qui vient de se passer. Si je n'étais pas aussi résistante, moi aussi cela m'aurait anéantie. C'est affreux de voir briser le cœur de son unique petite-fille et de voir abandonner un petit bébé à la porte de vos voisins où il n'aurait pas dû y en avoir avant au moins dix mois !

Mrs. Vaughan regardait son mari avec un peu d'inquiétude mais il ne semblait pas ému par ce rappel direct des récents événements. Il regardait fixement le visage d'Adeline comme s'il reprenait des forces à son contact. Mrs. Vaughan dit :

— Dieu soit loué que Robert se remette si bien. Et c'était si aimable à vous de lui envoyer toutes ces bonnes choses. Puis-je vous débarrasser de votre panier, chère amie ?

Mais Adeline s'y opposa.

— Non, laissez Robert le garder sur ses genoux. Cela lui fera du bien de regarder ces bonnes friandises qui ne demandent qu'à être mangées. Prenez donc quelques grains de raisin, Robert. Cela vous remontera.

Sans discuter il prit une grappe du bout de ses doigts pâles tandis qu'Adeline le regardait avec affection. Elle dit :

— Il faut que vous soyez tout à fait guéri pour le concours hippique. Vous ne pouvez pas manquer cela.

Le visage de Robert Vaughan s'anima.

— Non, je ne veux pas manquer le concours hippique. Je sais bien que je n'ai jamais été aussi emballé que vous, mais j'ai généralement un bon cheval à produire. Cette année j'ai une pouliche qui promet beaucoup et je crois qu'elle sautera très bien. Mais – et un peu de couleur monta à ses joues –, je crains que cela ne soit impossible maintenant de la faire concourir. C'est Maurice qui devait la monter, et comme vous le savez il n'est pas encore revenu.

— Vous auriez dû le rappeler ! Vous auriez dû le faire venir à votre chevet, et lui dire : « Et, maintenant, mon garçon, regarde dans quel état tu m'as mis ! » Moi je l'aurais fait.

Robert Vaughan eut un pâle sourire. Sa femme s'écria :

— Ah ! quelle cruauté ! Mais Maurice aurait eu le cœur brisé.

— Et ç'aurait été bien fait pour lui. Mais, il ne s'agit pas de cela. Ce que je vous propose c'est de faire monter votre cheval par mon cousin. Il le fera très volontiers. Et c'est un véritable centaure, enfin je ne sais comment on appelle ces monstres. N'est-ce pas, Malahide ?

Ce dernier était assis sur une petite chaise d'osier, les deux jambes allongées dans une attitude avachie. Un jeune chat venait d'arriver et était monté le long de ses jambes jusqu'à son cou comme le long d'une branche. Maintenant, installé sur sa poitrine, il se frottait la tête contre le menton de Malahide qui semblait complètement absorbé par les amabilités de la petite bête.

— Entendez-vous ce que je dis, Mallie ? demanda Adeline.

Il entrouvrit un œil morne.

— Je serais certainement enchanté, dit-il. Je peux monter n'importe quel canasson.

Robert Vaughan parut froissé et Adeline se hâta d'expliquer.

— Malahide considère comme des canassons tous les chevaux qui ne sont pas irlandais.

— La pouliche dont je vous parle a un père irlandais. Elle vient de vos écuries, Mrs. Whiteoak.

— Oh ! je la connais bien. J'emmènerai Malahide la voir avant de partir si vous voulez qu'il la monte.

Robert Vaughan ne pouvait pas croire aux qualités équestres de Malahide, mais l'idée d'avoir quelqu'un avec qui parler de la jument, d'assister à son dressage pour le concours hippique lui faisait reprendre goût à la vie. C'était surtout le voisinage de Jalna et de ses habitants férus de chevaux qui avait développé l'intérêt qu'il portait à ces animaux. C'était peut-être pour cette raison que son plus grand plaisir, lorsqu'il faisait concourir ses bêtes, était de les voir battre celles des Whiteoak. Il avait entendu parler du poulain de Renny.

La conversation à laquelle participa à peine Malahide se prolongea un moment, puis Adeline dit à Mrs. Vaughan :

— Laissons les hommes bavarder. J'aimerais vous dire un mot en particulier, chère amie.

En passant près du fauteuil de Robert Vaughan, elle lui donna une petite tape amicale sur l'épaule.

— Cela va vous ressusciter de voir monter Malahide. Il est capable de vous obtenir le premier prix.

Robert Vaughan la regarda avec admiration et dit :

— Comme vous prenez ma guérison à cœur pour m'aider à l'emporter sur Jalna !

Elle répondit avec brusquerie :

— Votre pouliche a été élevée dans nos écuries et sera montée par mon cousin. Tout l'honneur sera pour nous.

Au salon elle dit à Mrs. Vaughan :

— Maintenant montrez-moi donc l'enfant.

Mrs. Vaughan s'attendait à cela et le redoutait, mais elle ne pouvait refuser.

— Je vais la descendre, dit-elle, pour que vous n'ayez pas à monter.

— Je suis plus capable que vous de monter, dit Adeline. Je vais monter.

Elles trouvèrent le bébé endormi dans un berceau d'osier installé dans le cabinet de toilette de Mrs. Vaughan. D'une main la petite serrait la tétine de son biberon dont le bout était encore humide. Ses cheveux bruns un peu moites bouclaient sur sa tête et, tel un bouton de fleur, l'enfant s'épanouissait lentement de jour en jour.

Pendant qu'on la regardait, ses lèvres s'entrouvrirent en un sourire mystérieux qui éclaira un instant son visage et disparut.

— Elle entend les anges, murmura Mrs. Vaughan.

— Il est plus probable qu'elle vient de se mouiller.

Comme pour protester le bébé ouvrit les yeux, de grands yeux noirs et brillants. Mrs. Vaughan la prit dans ses bras et la serra sur sa vaste poitrine. L'enfant s'y blottit.

— Vous l'aimez, n'est-ce pas ? dit Mrs. Whiteoak.

— Oh ! je ne peux pas m'en empêcher !

— Eh bien, vous avez plus d'estomac que moi ! Maintenant j'ai envie d'emmener Malahide voir le cheval.

Mrs Vaughan était profondément blessée. Elle ne proposa pas de les accompagner à l'écurie, elle s'excusa en disant qu'elle ne pouvait pas quitter son mari.

Adeline s'accrocha solidement au bras de Malahide pour aller à l'écurie. De l'autre main elle relevait son ample jupe et découvrait ses chaussures à bouts carrés qu'elle posait avec arrogance comme pour affirmer son droit à fouler ce chemin.

— Une misérable petite écurie, dit-elle. Pourtant, avant notre arrivée et la construction de Jalna, cette maison et ses dépendances étaient ce qu'il y avait de mieux dans la région. Le père de Robert Vaughan a trouvé la pilule amère, je peux le dire. Mon mari et moi avec nos deux enfants – des bébés à l'époque –, nous nous sommes installés chez les Vaughan pendant qu'on construisait notre maison. C'est tout ce que nous pouvions faire pour maintenir la paix. Et chaque fois qu'il en avait l'occasion, le jeune Robert essayait de me faire la cour. Je ne pensais pas qu'il ait raconté cela à son fils... Ce n'était pas qu'il m'intéressât. Je le trouvais un peu jeune.

— Si j'avais pu être ici quand vous étiez jeune ! s'écria Malahide. Je vous aurais obligée à m'aimer.

Elle lui lança un regard malicieux.

— Eh bien, vous auriez eu du fil à retordre avec Philippe !

— J'en serais venu à bout, déclara-t-il tandis qu'un sourire éclairait son visage sombre.

A l'écurie ils trouvèrent un palefrenier en train d'étriller la grande pouliche de trois ans. Adeline serra les lèvres et considéra l'animal d'un regard expert. Elle dit :

— Elle est douée pour le saut, je l'ai vue sauter. Et elle a une bonne nature – avec juste un grain de perversité –, la meilleure combinaison pour les gens comme pour les bêtes. Je suis précisément l'opposé : une mauvaise nature avec juste une étincelle de bien.

— Et je suis là pour souffler sur cette étincelle, dit-il.

— Taisez-vous ! Voyons, comment la trouvez-vous ? Son père a coûté quatre cents guinées à mon fils. Cette pouliche lui ressemble. Le poulain gris de Renny est son demi-frère, il est le portrait de sa mère qui fut un échec.

Malahide caressa les flancs de la bête.

— Je gagnerai avec elle, dit-il d'un ton languissant, même si je dois la claquer pour y arriver.

— Et j'irai vous voir, j'irai sûrement. J'aime une belle course. Mais méfiez-vous, mon petit-fils est un excellent cavalier. La crème des cavaliers, déclare Scotchmere. Mais c'est nous qui gagnerons, Malahide ! Nous le punirons d'avoir fait entrer cette chauve-souris dans votre chambre, d'avoir appris cette poésie à Eden et de toutes les méchancetés qu'il vous a faites. Et je montrerai à Philippe que mon cousin est capable de battre son fils et que tout le cas qu'il fait de ce garçon ne rime à rien.

— Je ne suis pas vindicatif, dit Malahide, mais je vous dirai franchement que, pour employer une des expressions élégantes de ce jeune homme, j'aimerais lui rabattre le caquet.

22

Rivaux

Le bruit se répandit vite qu'au concours hippique Malahide Court devait monter Harpie, la jument baie de Robert Vaughan. Cet événement fut considéré comme un duel entre Malahide et Renny. On avait même le vague sentiment (Meg en était l'instigatrice) que si Gallant était victorieux, l'affront que Maurice avait fait à la jeune fille serait un peu atténué.

Le fait que Malahide montât un cheval étranger n'accrut pas son prestige dans la maison. Nicolas le considérait avec plus de méfiance que jamais. Philippe lui tournait le dos chaque fois qu'il le pouvait, quant à Molly et Meg, elles ne restaient pas seules ensemble cinq minutes sans que leur conversation ne revînt sur cette désagréable présence parmi eux, sur les manières affectées de Malahide, sa façon de s'habiller et les moyens de se débarrasser de lui. Chez Renny cette antipathie avait atteint un tel degré qu'il ne pouvait plus répondre de lui parler poliment, aussi le jeune homme gardait un silence dédaigneux et pourtant vindicatif quand ils se trouvaient tous deux dans la même pièce.

Malahide et Adeline étaient maintenant dans un camp et le reste de la famille dans l'autre, à part les deux petits garçons qui restaient étrangers à la situation. Pourtant Eden savait que Meg et Renny n'étaient pas contents quand il témoignait de l'affection à Malahide. Mais Malahide exerçait sur lui une sorte de fascination et il restait assis sur ses genoux à écouter les étranges contes irlandais que Malahide tenait de sa nourrice. Plus d'une fois la nuit le petit garçon, couché dans son lit, tremblait de peur, la tête sous les couvertures, mais il refusait d'avouer le motif de son agitation de crainte qu'on ne lui permît plus d'écouter Malahide.

La fraîcheur tonifiante de ce beau début d'automne avait succédé à la chaleur de l'été. Adeline se sentait extraordinairement bien. Ses fausses dents lui permettaient de bien mâcher ses aliments, et sa bonne humeur et son activité témoignaient du bien qu'elle en ressentait. Elle laissait souvent la canne, sur laquelle elle avait pris l'habitude de s'appuyer assez lourdement, et marchait d'un pas ferme jusqu'à Vaughanland.

Elle jouissait pleinement de la situation. Elle la transformait en une subtile intrigue et en une tentative hardie pour s'emparer du pouvoir. Tout en montant avec Malahide le chemin ombragé, de l'autre côté du ravin, qui menait à Vaughanland, ses sentiments étaient ceux qu'aurait pu ressentir une impératrice accompagnée de son favori pendant que le reste de la cour complotait contre elle.

Rien ne pouvait être meilleur pour aider Robert Vaughan à se remettre que cet automne doux et gai et que le plaisir de voir Malahide dresser Harpie pour le concours. Robert pouvait aller jusqu'au paddock où avait lieu l'entraînement et il s'asseyait là avec Adeline, juste derrière les barrières, tandis que Malahide avec grâce et habileté et une main de fer faisait sauter Harpie. Quand Robert Vaughan trouvait qu'on traitait le cheval un peu brutalement il levait sa main maigre et criait :

— Attention, attention, Mr. Court. On obtient tout par la douceur.

Adeline ricanait en souhaitant que Malahide et elle fussent seuls maîtres de la jument. Les spectateurs s'aperçurent rapidement que la jument baie n'avait jamais aussi bien sauté que maintenant et qu'elle avait toutes les chances possibles d'être un des meilleurs chevaux du concours.

A la même époque Renny, conseillé, raillé, critiqué, et encouragé par son père, son oncle, sa belle-mère et sa sœur dressait Gallant. Vera Lacey également était souvent là et d'une voix aiguë l'encourageait au passage. Tout groom, valet d'écurie ou ouvrier agricole qui avait l'audace de quitter son travail accourait regarder, jaloux du renom de Jalna ; et beaucoup osaient le faire lorsque Philippe était absorbé par le spectacle des efforts de son fils.

On ne pouvait pas dire que Gallant avait bon caractère. Irritable, nerveux, ombrageux au plus haut degré, il gambadait sur le terrain, passait à côté des obstacles comme s'il en avait peur, reculait devant eux au lieu de les franchir, ruait et essayait de mordre quiconque l'approchait sauf Renny ; pourtant il planait comme un aigle quand il consentait à sauter et franchissait la barre la plus haute avec l'assurance d'un champion éprouvé.

Les assistants appuyés à la barrière du paddock passaient par toutes sortes d'émotions. Quelquefois ils avaient peur que Renny ne se cassât le cou. Quelquefois Philippe, très fier de son fils, poussait un cri d'admiration ou Nicolas applaudissait, ce qui faisait galoper le poulain terrorisé.

— Attention, attention ! lui reprocha Philippe une fois, ne fais pas peur au poulain !

Nicolas répondit :

— S'il ne peut pas supporter d'entendre une seule personne battre des mains, que fera-t-il sous un tonnerre d'applaudissements et avec l'orchestre qui jouera ?

— C'est vrai, soupira Philippe, il faut qu'il s'habitue.

A la suite de cet incident les spectateurs ne prirent plus de précautions et firent tout le bruit possible. De temps en temps le maigre cavalier mordait la poussière et le soir, en se couchant, ses meurtrissures lui arrachaient des gémissements.

Parmi tous ceux qui assistaient au dressage du poulain, personne ne s'y intéressait plus qu'Eden. Il restait debout à côté de Philippe à regarder les hauts faits et les échecs de son héros. Cette année, pour la première fois, on devait l'emmener au concours hippique. Même Peep, le bébé, venait quelquefois et apprenait à se joindre vigoureusement aux cris de son père.

La présence d'Adeline aux séances d'entraînement irritait toute la famille. Car elle venait bel et bien chaque jour s'accouder à la palissade, imposante dans son voile de veuve qui tombait sur ses épaules en plis classiques. Etant donné qu'elle faisait cause commune avec Malahide, on trouvait qu'elle prenait un avantage peu loyal en venant observer d'aussi près tout ce qui se passait à Jalna.

Personne n'ignorait que le jour où Scotchmere avait été envoyé à Vaughanland pour voir comment se comportait Harpie, Adeline l'avait chassé en exprimant son mépris pour de tels procédés.

— Du temps du capitaine Whiteoak, dit-elle, on n'avait pas l'habitude de faire espionner dans les écuries d'un voisin.

Pourtant, Philippe, très contrarié par la présence vigilante et les commentaires moqueurs de sa mère, en vint à lui dire :

— Je pense que vous tenez cousin Malahide et Robert Vaughan tout à fait au courant de ce qui se passe ici.

Elle répondit aimablement :

— J'aime voir ce que fait mon petit-fils et si je parais être du côté de Robert Vaughan c'est qu'il me fait pitié. Il était malade et ce concours lui fait reprendre intérêt à la vie. Evidemment, c'est lui l'auteur de son propre malheur, car il a gâté son fils et l'ingratitude d'un enfant gâté est plus douloureuse que la morsure d'un étalon.

Puis elle regagna sa chambre et ferma la porte.

Philippe, en se grattant le menton où poussait une barbe blonde de deux jours, la regarda et dit :

— Parfait, parfait, ma bonne dame ! Mais vous ne me ferez pas croire que vous n'êtes pas pour Malahide et contre nous.

Adeline, pour la première et dernière fois de sa vie, était de tout cœur contre un cheval de Jalna. Souvent elle avait été en opposition avec sa famille. Mais bien qu'elle eût des remords de sa traîtrise, son désir de voir son cousin vainqueur et capable de justifier la confiance qu'elle lui portait ne subit aucune défaillance. Et puis, la victoire de Harpie serait le meilleur tonique possible pour Robert Vaughan, ce serait également une leçon salutaire pour les siens et pour elle un délicieux triomphe.

Cette reprise de contact avec la vie des écuries lui faisait un immense plaisir. Depuis si longtemps elle n'était plus qu'une spectatrice ! Mettre de grosses chaussures pour pouvoir aller dans la cour de la ferme après la séance d'entraînement, sentir l'odeur âcre du fumier et du cuir du harnais la faisaient déborder de vitalité.

Si Philippe et Nicolas considéraient la conduite de leur mère avec une certaine indulgence, Molly et Meg ne lui trouvaient aucune excuse. Pour Molly, c'était un blâme direct infligé à Philippe, pour Meg, infligé à elle-même. Ni l'une ni l'autre n'osaient faire ouvertement des reproches à leur belle-mère et grand-mère, mais dans l'intimité elles donnaient libre cours à leur ressentiment à son égard et à leur mépris pour Malahide.

Renny avait une nature trop ardente pour se dominer dans une telle situation. Lui et Adeline étaient à couteaux tirés. Il passait fièrement devant elle sans même lui faire un petit salut et il arrivait à Adeline de s'écrier, offensée :

— Tu pourrais peut-être parler à ta grand-mère, jeune voyou !

Le regard hostile du jeune homme croisait alors celui de sa grand-mère et il répondait :

— Pour que vous me fassiez des reproches ou que vous vous moquiez de moi.

Un après-midi il rentra fatigué et meurtri. Non seulement il avait aidé Scotchmere à dresser quelques chevaux, mais Gallant l'avait coincé contre la paroi de son box et cela l'avait mis de mauvaise humeur. Il vit que sa grand-mère était seule dans le petit salon. Elle aussi était congestionnée et paraissait fatiguée, elle cherchait dans un sac de velours qui ne la quittait pas ses lunettes qu'elle perdait tout le temps. Elle se leva péniblement de son fauteuil et chercha sur le bureau dans les papiers.

— Hum... j'ai dû les laisser dans ma chambre, marmotta-t-elle, et elle poussa un soupir.

Il ne bougea pas et fit semblant de lire un journal sportif pendant qu'elle quittait la pièce et traversait d'un pas chancelant le corridor. Mais il lui lança un regard furtif à son retour et eut honte de lui. Il regrettait de n'être pas allé lui chercher ses lunettes malgré ses façons de vieille despote. Quelque chose dans son attitude lorsqu'elle les mit et prit le dernier numéro du *Churchman* l'émut. S'ils étaient restés longtemps seuls ensemble dans la pièce ils se fussent peut-être réconciliés, mais Meg entra et se mit à raconter à mi-voix à son frère un nouveau méfait de Malahide. Leur grand-mère les entendait dire le nom de son cousin et les réprimanda vertement. Malahide entra à son tour, s'assit à côté d'Adeline et lui parla tout bas, en chuchotant même de temps en temps derrière sa main jaunâtre.

Le frère et la sœur quittèrent la pièce et restèrent au pied de l'escalier, appuyés à la rampe. Les vitraux de la fenêtre au-dessus de la porte d'entrée éclairaient en violet le front blanc de Meg et une tache rouge transformait en flammes les cheveux de Renny.

— Tu es drôle, dit-elle. Le vitrail te fait une sorte de halo, comme l'auréole d'un saint ! Mais quel saint ! Le patron des écuries !

— Je ne souhaiterais rien de mieux si j'étais saint, répondit-il. Quant à toi on dirait qu'on t'a donné un coup sur la tête.

Il se sentait mieux maintenant qu'il était là, dehors avec Meggie. Il alluma une cigarette et lui en offrit une bouffée.

Elle la prit entre ses lèvres pleines et murmura :

— J'y prendrais vite goût ! Je me demande si je fumerai un jour.

— Cela ne me plairait guère.

— Sais-tu ce que fait Vera ?

Il feignit l'indifférence :

— Je n'en ai pas la moindre idée, quelque chose d'idiot.

— Non – pas idiot – mais tu ne devinerais jamais.

— Elle fume dans sa chambre.

Meg acquiesça.

— Oui, elle fait cela aussi. Mais tu te souviens combien tu admirais la couleur de ses lèvres. Tu disais que tu ne comprenais pas pourquoi elles étaient tellement plus rouges que les miennes. Eh bien, je peux te le dire : elle se farde. Je l'ai vue se mettre du rouge ; elle n'en fait pas mystère.

— Est-ce que ses tantes le savent ?

— Grands dieux ! non ! Mais elle dit qu'à Londres les jeunes filles trouvent cela normal. Elle est très à la page.

— Elle serait joliment ennuyée si quelqu'un l'embrassait, la couleur déteindrait, n'est-ce pas ?

— Elle a dit que non. Elle a essayé.

Il la regarda surpris.

— Depuis qu'elle est ici ?

— Cela ne m'étonnerait pas. Vera n'a rien d'une nonne.

Il évoqua rapidement les jeunes gens de la région susceptibles d'avoir embrassé Vera et ils n'étaient pas nombreux.

— Je me demande avec qui ?

Les fossettes de Meg se creusèrent et elle murmura :

— Peut-être avec le cousin Malahide.

Ce nom les ramena à leurs machinations contre lui.

— Ecoute, dit Renny et il l'emmena dans le salon.

Il s'approcha de Boney qui allongeait le cou sur son perchoir. Le perroquet était d'humeur joyeuse et aimait le bruit de leurs rires.

Renny s'assit près de lui et dit :

— Au diable, Malahide !

Boney écoutait avec intérêt. Il se déplaça le long de son perchoir en lançant à Renny un regard malicieux.

— Au diable, Malahide ! répéta Renny d'un ton impérieux.

— Que fais-tu donc ? dit Meg.

— Tais-toi ! Ecoute, Boney ! Au diable, Malahide ! Tu entends, dis-le !

— Tu te figures qu'il va apprendre cela tout de suite ! D'abord il ne parle guère qu'hindou. Il faut que tu lui apprennes petit à petit dans le noir si tu veux y arriver. Oh ! comme je voudrais être là le jour où il lancera cela à Gran et à son satellite !

— Il le dira !

Renny prit une tablette de chocolat dans sa poche et en cassa un morceau qu'il mit dans la patte du perroquet. C'était ce que l'oiseau aimait le mieux au monde. En l'avalant, il regardait Renny d'un air suppliant et disait en hindou :

— *Pearice – Pearice – Pearice lal !*

— Non, tu n'en auras pas ! dit Renny. Il faut dire : « Au diable, Malahide ! » et tu en auras.

— Tu perds ton chocolat, dit Meg. Tu ferais bien mieux de me le donner. Tu n'arriveras pas à le lui apprendre sans qu'on s'en aperçoive.

— *Pearice – Pearice lal*, répétait Boney d'un ton enjôleur.

Renny lui donna une petite tape du bout des doigts.

— Au diable, Malahide !

Avec un regard de convoitise sur le chocolat, Boney fondit sur la main de Renny, s'empara de la tablette et regagna le perchoir. Adeline et Malahide pénétrèrent dans la pièce suivis de Nicolas.

— Eh bien, voyons, dit Adeline, qu'est-ce que mon Boney a pris ?

— Nous pensions que le chocolat était bon pour lui, Granny, dit Meg d'un air innocent.

Adeline s'adoucit :

— Mais ne lui en donnez pas trop, les enfants, pas trop.

— *Chota Rani*, gémit Boney le bec plein de chocolat.

Nicolas lança de dessous ses gros sourcils un regard soupçonneux au frère et à la sœur. Il se demandait ce qu'ils méditaient, ces jeunes serins. Il n'aurait pas voulu revenir à cet âge s'il en avait eu le pouvoir, et pourtant, la vie avait alors un charme un peu fou qu'elle n'avait certainement plus maintenant. Mais son expérience lui avait coûté cher et il n'y aurait pas renoncé à la légère.

Meg et Renny quittèrent le salon et montèrent. Meg qui autrefois aimait faire des visites dans le voisinage n'avait plus envie de sortir. Elle prenait peu d'exercice et grossissait. Son visage et ses mains étaient devenus très blancs. Elle attendait avec impatience l'arrivée de Renny et, quand il était dans la maison, ne le quittait pour ainsi dire pas. Quelquefois Maurice lui manquait, mais elle se forçait résolument à ne plus penser à lui.

Elle avait deviné le secret de Vera, son penchant pour Renny. Vera ramenait toujours la conversation sur lui et sur ce qu'il faisait. Elle affectait de se moquer de lui comme d'un jouvenceau et quand elle était avec lui elle aimait faire parade de ses manières londoniennes, paraître dure et brillante en surface, mais Meg l'avait vue changer de couleur quand Renny entrait dans la pièce. Elle l'avait vue porter indéfiniment la même robe parce qu'il avait dit qu'il l'aimait dans cette robe. Et Vera avait beau affirmer que Renny n'était qu'un enfant, c'était un homme, avec des manières et un regard d'homme.

Et il était son frère, il lui appartenait en toute sécurité. Elle l'aurait toujours pour s'amuser, pour se disputer, pour éblouir les autres jeunes filles. Elle lui passa le bras autour de la taille en montant l'escalier.

— Nous l'avons échappé belle, dit-il. Il faut que j'aie Boney pour un certain temps sans qu'on nous dérange.

— Crois-tu qu'il arrivera à le dire ?

— En un rien de temps ! Il faut tout faire pour énerver Malahide.

— Même une bombe n'y réussirait pas.

— Je crois que tu as raison, répondit-il d'un ton lugubre. Mais cela me fait tout de même un certain plaisir de lui jouer des tours.

Elle pensait toujours à Vera. Une fois assis sous la fenêtre du palier, elle dit :

— Vera a grande envie que tu gagnes au concours.

— Ce ne serait pas une vraie amie sans cela.

— Elle ne parle que de cela.

Il eut l'air content.

— Je ne vois pas comment je pourrais être battu, dit-il, à moins que Gallant ne refuse absolument de sauter comme ce matin.

— Tu aurais dû lui donner un coup de cravache.

— Non, cela n'aurait servi à rien.

Il frotta son tibia meurtri et dit d'un air songeur :

— Alors elle se met du rouge aux lèvres.

— Oui. Il faut la voir faire, elle dessine soigneusement ses lèvres avec son bâton de rouge pour leur donner une jolie forme.

— Cela m'étonne qu'elle l'ait fait devant toi. Elle se doutait bien que tu me le dirais.

— Elle est la franchise même.

— C'est pourtant une tromperie.

— Non, si on ne s'en cache pas.

— Sa famille ne le sait pas.

Meg haussa ses épaules rondes.

— Elle ne compte pas. Pour Vera il n'y a que toi qui comptes.

Sa bouche prit un pli sévère.

— Je n'aimerais pas embrasser une jeune fille qui se met du rouge.

— Oh ! je ne crois pas que tu l'embrasseras.

— Je ne le crois pas non plus.

— Renny, as-tu déjà embrassé quelqu'un – je veux dire en dehors de la famille ?

— Cela ne se demande pas.

— Dis-le-moi ! supplia-t-elle d'un ton cajoleur en lui prenant le bras.

— Bien sûr.

— Plusieurs femmes ?

— Quelques-unes.

— Il y a longtemps ?

— Non... pas très.

— Depuis qu'on t'a renvoyé ici ?

Le rappel de son renvoi du collège l'irrita. Il dégagea son bras et se leva.

Il dit :

— Je vais prendre un bain. Je me sens dégoûtant.

— Tu sens un peu l'écurie.
— C'est heureux que Vera ne soit pas là.
— Cela lui serait bien égal ! Elle t'admirerait même si tu sentais l'enfer et le soufre.
Il demanda :
— Est-ce qu'elle sait que j'ai été renvoyé du collège ?
— Oui, je lui ai dit que tu t'étais disputé avec le professeur d'équitation et que tu l'avais jeté par terre.
Il rit.
— Et qu'est-ce qu'elle a dit ?
— Elle a trouvé cela épatant.
Il gagna sa chambre en pensant à Vera, mais la porte fermée, ce fut Lulu qui occupa son esprit, avec ses yeux étranges, son corps flexible, ses bras robustes. Il resta au milieu de sa chambre le sourcil froncé, le souvenir de la nuit passée avec elle s'élevant comme un roc autour duquel ses pensées tourbillonnaient avec une insistance insatiable.
Mais à partir de ce moment-là, il vit Vera sous un jour nouveau. Leurs relations n'étaient plus les mêmes. Il l'observait et elle comprit qu'elle n'était plus pour lui simplement l'amie de Meg, mais une jeune fille dont la présence ne lui était pas indifférente.
Malahide allait de plus en plus à Vaughanland. C'était un soulagement pour lui que cette autre maison qui l'accueillait. Mais bien qu'il passât souvent le début de l'après-midi avec les Vaughan (Robert Vaughan trouvait sa compagnie très agréable), il était toujours revenu à Jalna à l'heure du thé, prêt à tenir sa place à la table de bridge où de trictrac, et le soir à dîner s'il avait l'air de pignocher dans son assiette, elle se trouvait pourtant toujours mystérieusement vide. Il avait avec Adeline de longues conversations auxquelles les autres ne participaient pas. Au début, on avait écouté avec plaisir ses allusions à la famille Court, à la vie en Irlande, mais, à force d'entendre raconter les mêmes histoires, répéter les mêmes médisances, de voir Malahide imiter en minaudant les mêmes personnes, l'irritation de la famille dépassa les limites supportables. Sa présence était comme un cilice sur leurs corps orgueilleux. Il adoptait à l'égard d'Adeline une attitude servile. Quand elle lançait un de ses traits acérés et souvent spirituels, il était secoué d'un rire silencieux. Quand elle faisait une réflexion désagréable à un membre de la famille, il croisait ses longues jambes et se tortillait, d'un air approbateur. A quelque jeu qu'ils jouassent ensemble c'était toujours elle qui gagnait, si bien qu'il avait toutes ses faveurs.
Il paraissait si nonchalant qu'on avait peine à croire ce que disait Scotchmere de ses prouesses équestres. Un voile de mystère était

jeté sur l'entraînement de Harpie et on parlait peu de ses progrès. Adeline et Malahide y faisaient constamment allusion. Ils avaient une façon agaçante de la nommer « H » comme si son nom même était un mystère, et Malahide en parlant de Mr. Vaughan se mit à dire « Mon cher ami Robert ».

Dix jours avant le concours, Renny et Scotchmere furent incapables de continuer à entraîner Gallant sous les regards du camp adverse, car même Malahide venait de temps en temps au paddock, le bras d'Adeline passé sous le sien. Ils choisirent pour le dressage une prairie bien plate derrière le verger et les bois et l'on y plaça les obstacles. Renny et Scotchmere se levèrent de bonne heure et emmenèrent le poulain sans qu'on les vît, leurs pas laissaient une trace sombre dans l'herbe grise de rosée.

Là, Renny et le poulain travaillaient sous la surveillance de Scotchmere perché sur une barrière, une herbe entre ses dents jaunâtres, son visage ratatiné, au teint clair, exprimant le plus profond découragement. Mais comme c'était son expression habituelle en période d'entraînement, Renny ne s'en troublait pas. Le poulain et Renny se comprenaient mieux chaque jour. Il n'en était pas de même, à ce qu'on racontait, de Harpie et Malahide. Le bruit s'était répandu qu'elle en était arrivée à détester son cavalier, qu'elle s'écartait lorsqu'il la touchait et que, malgré son bon caractère, elle frémissait d'irritation quand il se mettait en selle.

— Et cela ne me surprend pas, remarquait Scotchmere, car si j'ai jamais vu un serpent à cheval, c'est bien lui. Rien d'étonnant qu'on l'ait chassé d'Irlande.

Mais personne ne discutait ses talents de cavalier, ni le fait que sous sa direction la jument fût devenue un as du saut. Des bruits inquiétants arrivaient de temps à autre.

23

Quatuor rustique

Les journées d'automne étaient très douces dès que le soleil avait dissipé la fraîcheur nocturne. Ce n'était plus la grosse chaleur de l'été, mais une tiédeur qui semblait émaner des arbres et se répandre sur la campagne en un voile palpable. La nature entrait dans une période de repos. Finis la lutte contre la chaleur, le vent desséchant et l'orage brutal. Il ne restait plus rien à faire qu'à rêver. Les épais massifs de gerbes d'or et les nuages mauves des asters sauvages somnolaient, courbés sous le poids des abeilles gorgées de pollen. L'une après l'autre, les aigrettes lie-de-vin du sumac tombaient sur l'herbe comme dans un songe. Les fraisiers sauvages se croyant au printemps épanouissaient leurs petites fleurs blanches. Dans les chaumes roussis les lapins couraient sans bruit, telles des créatures irréelles. Le cadavre de la vieille jument que Scotchmere avait négligé d'enterrer, maintenant à l'état de squelette, formait une sorte d'amas préhistorique d'ossements étranges, un rempart fortifié autour des grouillantes fourmilières qu'il recouvrait. Dix mille cigales chantaient la vanité de l'effort, mais on n'entendait pas un oiseau.

Scotchmere lui-même, d'une énergie infatigable en ce qui concernait l'entraînement des chevaux, avait repoussé sur son front son vieux chapeau et cherchait dans l'herbe épaisse près de la haie une pièce de cinquante centimes qu'il avait perdue voilà trente ans. Durant toutes ces années, il n'avait jamais abandonné l'espoir de la retrouver et, à ses moments perdus, il fouillait et grattait comme un terrier à la recherche d'un os, tantôt d'un côté de la haie tantôt de l'autre.

Peu à peu l'ardeur de Renny et du poulain se ralentit également. L'animal s'immobilisa et son corps d'une ligne châtiée semblait taillé dans du granit gris. Renny se tenait en selle avec nonchalance, comme si toute volonté l'eût abandonné et comme s'il ne comptait que sur l'instinct pour lui faire reprendre la cadence.

Avant de sentir le poulain tressaillir, il ne s'était pas aperçu que quelqu'un arrivait près de lui. Il cessa de fixer l'horizon entre les deux oreilles dressées et vit une petite main, dont l'index était marqué de piqûres d'aiguilles noircies par les travaux des champs, caresser le flanc de Gallant. Cette main effleura son genou.

Les yeux du jeune homme se posèrent alors sur le visage aquilin et hâlé de Lulu.

Elle lui rendit son regard avec assurance, forte du souvenir de leur dernière rencontre. En souriant, elle dit :

— Je passais par ici, alors je suis entrée vous dire bonjour.

A la vue de ce visage levé vers lui, un brusque frisson parcourut Renny, comparable à celui qui avait fait frémir le poulain lorsque Lulu l'avait caressé, mais il s'y ajoutait l'agitation due au souvenir de leurs étreintes.

Pourtant Renny avait l'air plus sévère qu'ému en lui répondant :

— Vous tombez mal. J'entraîne le poulain pour le concours.

Elle ne tint pas compte de la première phrase et s'écria :

— Oh ! il fera des sauts magnifiques ! J'aimerais le voir. Est-ce que vous croyez que vous pourrez m'envoyer une place ?

— Je ne veux pas que vous veniez, dit-il d'un air maussade. J'aurais peur de perdre mes moyens !

Elle rit d'une façon provocante.

— Moi, je vous ferais perdre vos moyens ! Pas du tout au contraire ! Au moment où les autres seront sur le point de gagner, je vous regarderai de toutes mes forces et vous franchirez tous les obstacles comme un oiseau. Dites, vous m'enverrez une place ?

— Entendu, répondit-il, sans se départir de son air maussade, je vous enverrai un billet. Mais je ne connais pas votre nom de famille.

— Envoyez-le à Mrs. Lulu Lepard... Aimez-vous mon nom, trouvez-vous qu'il me va bien ?

— C'est le « Mrs. » qui me surprend, répondit-il, je ne savais pas que vous étiez mariée.

— Oh ! j'ai été mariée. Et même plus d'une fois, mais sans passer par la petite église sur la colline où va votre famille.

— Est-ce que votre mari vit toujours ?

— Ne me parlez pas d'un autre homme que vous, vous êtes le seul auquel je tienne. Je croyais que les hommes n'existaient plus pour moi – ni moi pour eux – jusqu'à ce que je vous aie vu.

Tout en parlant elle passait sa main sur le cuir bien ciré de la botte de Renny. Il la regarda les sourcils froncés et posa sa main sur le cou hâlé de la jeune femme, puis la retira.

— Qu'est-ce qu'il y a ? dit-elle. Est-ce que vous ne m'aimez plus ? Regardez comme je vous aime, je vous laisserais déchirer ma poitrine avec cet éperon si vous le vouliez.

Elle souleva le pied de Renny et appuya la pointe de l'éperon contre son sein. Le fer déchira la mince cotonnade de sa robe et fit une profonde égratignure dans la chair blanche.

— Arrêtez ! cria-t-il furieux en retirant son pied.

Puis son visage perdit sa dureté et fut tourmenté par le désir qui lui retirait tout caractère enfantin.

— Lulu, murmura-t-il, mon amour – ma Lulu – qu'allons-nous faire ?

Il caressait la poitrine de la jeune femme et toucha la marque laissée par l'éperon.

Il vit le visage de Lulu s'assombrir de colère en découvrant que quelqu'un arrivait. C'était Scotchmere, inconsolable de ses recherches infructueuses.

— Renvoyez-le ! murmura-t-elle. Renvoyez-le aux écuries ! Ce coin est si tranquille. Renvoyez-le !

Scotchmere les rejoignait lentement, très mécontent de trouver là Lulu, car autant il aimait les chevaux, autant il détestait les femmes à l'unique exception de la vieille Mrs. Whiteoak.

Une buée passa devant les yeux de Renny. Il voyait des taillis obscurs et inconnus où erraient les silhouettes vagues de Lulu et de lui-même.

— Je vous félicite de vos exploits, ricana Scotchmere, est-ce le poulain qui s'endort ou vous ?

Il s'approcha et tira la bride du poulain qui releva la tête et montra les dents.

— Voyons, voyons, tu veux me mordre ? Mais tu en as peut-être assez de ne rien faire.

— Vous laissez ce palefrenier vous donner des ordres ? demanda Lulu.

Scotchmere répondit :

— Nous avons notre travail à faire, madame « je ne sais quoi » !

Mais bien qu'il feignît d'ignorer son nom, il était évident qu'il avait reconnu la jeune femme. Il resserra une courroie de l'étrier en marmonnant.

Renny restait immobile entre eux deux, mais quand Scotchmere le regarda de ses yeux clairs, il murmura :

— Ne partez pas.

Scotchmere se redressa et dit :

— Alors, nous nous remettons au travail ! Si vous voulez avoir de beaux sauts, madame, vous serez servie. Ce jeune homme est le meilleur cavalier que je connaisse. Quelles que soient les autres qualités que vous puissiez lui trouver.

Lulu, amèrement déçue, montra ses dents blanches, bien rangées, en un sourire forcé.

Renny évita obstinément de la regarder en faisant faire volte-face au poulain et en suivant au trot la piste. Comme il allait faire franchir à Gallant le premier obstacle, il vit du coin de l'œil Lulu et Scotchmere qui avaient une violente altercation. On ne pouvait se méprendre à l'attitude vindicative de l'homme et au rire moqueur de la femme.

Le poulain n'était bon à rien. Il bronchait devant les obstacles comme s'il les voyait pour la première fois. Il secouait la tête, énervé par les mouches. Il boitait, il aplatissait ses oreilles et laissait pendre sa langue.

Renny voulait montrer à Lulu de quel bois était fait Gallant ! Ses dispositions amoureuses s'étaient transformées d'une façon subtile en un désir de briller sur le poulain, comme si cette course d'obstacles mettait en évidence sa virilité naissante. A maintes reprises, il ramena Gallant devant l'obstacle. L'animal se dérobait, ou bien sautait de travers, ou faisait tomber les barres, ou essayait de les escalader. Tout son grand corps nu filant comme l'éclair était l'incarnation même de la méchanceté. Le rythme inégal de ses sabots grondait comme une menace haineuse.

Furieux, Renny lui donna un coup de cravache et le poulain renâcla et bondit en faisant voler des mottes de gazon. Il se ramassa sur lui-même et lança Renny par-dessus sa tête. Puis, avec un grand hennissement, il galopa le long du sentier et d'un bond sauvage franchit la porte. Le bois de pins sembla s'ouvrir pour l'accueillir et, dans cette écurie naturelle, il galopa en hennissant comme aurait pu le faire un de ses ancêtres.

Renny était couché sur le dos et regardait avec une fureur égale les visages de Lulu et de Scotchmere.

Lulu se penchait vers lui.

— Il est blessé ! Oh ! mon pauvre garçon, mon beau garçon !

Scotchmere eut un gros rire.

— Blessé ! Lui ! Il est bien tombé déjà deux cents fois ! Il est seulement furieux, fou de rage contre vous, vous avez gâché tout son travail de la matinée. Vous avez rendu le poulain méchant et nous n'obtiendrons plus rien de lui. Vous devriez vous agenouiller ici dans ce champ et demander à Dieu de vous pardonner. Pourquoi a-t-il créé les taons et des pestes de femmes comme vous. Lui seul le sait ! Ici, on dresse des chevaux et non des p..., alors vous pouvez vous sauver ou bien le patron entendra parler de vous.

Lulu s'empara de la cravache de Renny et regarda fixement Scotchmere.

— Si vous me frappez, dit-il, je vous le rendrai et le jeune monsieur pourra dire pourquoi.

Elle regarda Renny.

— Etes-vous blessé ? demanda-t-elle d'une petite voix changée.

Il répondit :

— Non, mais vous feriez mieux de partir.

Exaspérée, elle s'écria :

— Oh ! je m'en vais – ne craignez rien –, vous ne me reverrez plus jamais, soyez tranquille ! Croyez-vous qu'on peut m'insulter comme cela ? Ce Scotchmere, c'est un filou ! Il vole votre père ! J'en ai entendu raconter sur son compte au village ! Dieu ! quelle crapule !

— Vous osez... dit Scotchmere en changeant de couleur.

— Oui ! Et j'ajoute que vous rôdiez autour de ma maison le soir, que vous cogniez à la fenêtre, vous me suppliiez de vous laisser entrer !

Et elle lui rit au nez.

— Soyez maudite ! dit Scotchmere. Chacune de vos paroles est un mensonge. Mais je vous ferai arrêter pour diffamation, pour outrages aux bonnes mœurs ! Ce garçon ne pensait à rien de mal avant de vous connaître.

— Vous m'avez maudite, je vous maudis aussi et de ma part c'est sérieux, dit Lulu, et je maudirais aussi le cheval si je n'aimais pas ce garçon.

Renny se redressa.

— Ne dites pas que vous maudiriez le poulain, Lulu ! Ce ne sont pas des choses à dire.

Il changea d'expression en parlant, car il aperçut son père qui s'approchait, accompagné d'un marchand de pommes qui était venu voir le verger. De loin Philippe prit la silhouette de Lulu pour celle de Mary. Il la salua en agitant son chapeau.

Lulu dit en souriant à Scotchmere :

— Mr. Whiteoak n'a rien contre moi.

Elle resta un instant indécise, puis s'en alla d'un pas souple vers le bois. Les arbres semblaient s'écarter pour l'accueillir comme ils avaient accueilli le poulain.

24

Le même jour

A midi, le même jour, Renny suivait les méandres de la rivière, à partir de l'endroit où elle longeait le bois, après avoir contourné le cimetière, puis s'enfonçait dans le ravin où elle s'étalait en un bassin peu profond. Des rochers lisses et plats tapissaient le fond de ce petit lac et des prèles, du chèvrefeuille et des sureaux laissaient retomber leurs branches tout autour. C'est là que Renny voulait se baigner aujourd'hui. Il était trop exténué pour aller jusqu'au lac. Lui et Scotchmere avaient passé la matinée à courir après le poulain qui avait traversé le bois en brisant des branches, galopé à travers les champs et qu'on avait rattrapé enfin sur la grand-route, trottant dans la direction de la ferme où il avait passé une unique nuit brûlante. Le trio était revenu à Jalna également mécontent.

Renny s'étendit sur l'herbe et sortit de sa poche trois pêches qu'il avait cueillies en chemin, car il avait peu mangé le matin et le déjeuner ne serait que dans une heure.

Il aligna les trois fruits selon leur degré de maturité, le premier vermeil et doré, le second un peu moins coloré et la peau veloutée du troisième à peine teintée de rose. Il prit le plus mûr, l'approcha de son nez et le renifla sans avoir l'air de l'apprécier beaucoup. Ses yeux distraits voyaient toujours le corps souple de Lulu s'enfoncer dans la pénombre du bois. Elle avait fait tout ce chemin pour le tenter, pas pour autre chose. Comment était-elle venue ? Avait-elle mis Bob dans le secret ? Renny était à la fois soulagé et peiné de l'échec de la jeune femme.

Il mordit profondément dans la pêche et pendant qu'elle lui fondait dans la bouche, il fit une grimace en s'apercevant brusquement qu'il n'était pas seul, mais que Malahide Court était assis en dessous dans le petit bassin où il lisait, allongé dans l'eau tiède.

Si un serpent avait dressé la tête dans cette retraite, Renny n'aurait pas éprouvé une plus grande répulsion qu'en voyant la petite tête lisse de Malahide émerger de la rivière. Il ne pouvait en détacher les yeux, comme si la forme ne lui eût pas été familière et qu'il dût pour quelque raison bizarre la graver dans sa mémoire.

Il éprouva une certaine surprise en constatant la vigueur des épaules nues et rit du choix d'un tel endroit pour lire. Il reconnaissait la couverture du livre, c'était un roman de Rider Haggard. Il acheva de manger sa pêche sans en sentir le goût, les yeux fixés sur Malahide qui ne bougeait pas plus que les racines des arbres qui s'avançaient hors de la berge, sauf quand il sortait sa main mouillée pour tourner la page.

La vue d'un gros galet posé à côté de lui donna à Renny l'idée de le faire rouler dans le bassin pour effrayer Malahide, mais à ce moment les deux cygnes suivis de leurs petits (les premiers qu'ils eussent réussi à élever) arrivèrent en nageant. En quittant l'ombre verte pour entrer dans le bassin ensoleillé, le cygne mâle sentit une présence étrangère, il arrêta brusquement sa marche glissante et tendit le cou en ouvrant le bec. Sa famille et ses petits se transformèrent aussi en statues dont la blancheur éclatante se reflétait dans la rivière.

Au moment où les cygnes s'arrêtaient pétrifiés, Malahide en eut assez de son livre, ou peut-être l'avait-il fini. D'un grand geste, il le lança sur la rive et prit une position encore plus confortable, sans se douter que son geste avait accru la colère du cygne mâle qui avança rapidement dans sa direction et ne s'arrêta que tout près de lui. S'il pouvait attaquer Malahide ! se disait Renny. Oh ! assister à un combat entre eux deux ! Que ne pouvait-il rompre la barrière des langages et crier dans la langue des cygnes quelque chose qui le mît en fureur !

Mais le cygne faisait maintenant demi-tour avec une grâce nonchalante comme s'il eût trouvé au-dessous de sa dignité de se mettre en colère et, suivi de sa famille, il s'en alla majestueusement par le chemin d'où il venait.

Malahide, qui ne s'était nullement aperçu qu'un homme et un

oiseau l'observaient, sortit de la rivière en marchant sur la pointe des pieds sur les rochers du bord de l'eau chauffés par le soleil, puis disparut dans les buissons.

Renny n'avait plus aucune envie de se baigner. Il resta à regarder le petit lac d'un air sombre, il cessa de penser à Lulu pour se demander quelle serait l'issue de la lutte entre lui et Malahide. Est-ce que le poulain allait être démoralisé par tout ce qui s'était passé ce matin et n'allait-il pas perdre son ardeur ou devenir irrémédiablement méchant ? Des pensées mélancoliques, dont Renny était rarement victime, tournaient dans sa tête comme des oiseaux de proie.

Il lui fallait agir pour s'en débarrasser. Il se releva et grimpa le sentier qui remontait du ravin à la pelouse. Sur l'herbe veloutée, il vit Meg et Vera en train de cueillir du raisin sur des vignes luxuriantes qui grimpaient le long d'un treillis. Elles remplissaient un grand panier tressé qui tenait debout et, tout en travaillant, elles bavardaient et riaient doucement. Rien ne faisait plus de bien à Meg que la présence de Vera. Cela la faisait sortir d'elle-même, l'obligeait à s'intéresser à quelqu'un d'autre.

Quand Meg aperçut Renny, elle rentra dans la maison sous un prétexte quelconque, si bien que Vera était seule quand il la rejoignit. Il eut l'impression de la voir pour la première fois. Il la regardait avec une si visible curiosité qu'elle rougit un peu en disant :

— Vous venez nous aider ? Mes tantes ont décidé de faire du vin. Elles m'ont chargée de récolter tout ce que je pourrais.

Il ne répondit pas, mais continua à la regarder.

— Il y en a ici deux espèces, dit-elle, en s'efforçant d'être naturelle, du noir et ce beau vert doré. Naturellement vous savez tout cela, mais lequel préférez-vous ?

— Le vert a un peu la couleur de vos yeux, répondit-il, alors c'est celui que je préfère.

Elle ne savait pas s'il fallait prendre la réponse du jeune homme au sérieux ou en rire. Meg lui parlait souvent de son frère, pourtant Vera avait l'impression qu'elle ne savait rien de lui. Elle dit :

— Ça n'a pas l'air d'être un fameux compliment ?

— Mais c'en est un. Et, puisque nous parlons de vous, j'aimerais savoir pourquoi vous avez les cheveux courts et bouclés quand toutes les autres filles ont des chignons.

— J'ai eu la scarlatine en Angleterre avant de partir, alors il a fallu me couper les cheveux. Ils repoussent tout bouclés. Vous devez trouver cela horrible ?

Il la regarda d'un air sombre.

— Je croyais que c'était une autre maladie que vous aviez eue.

Elle n'était plus embarrassée pour lui répondre. Elle rit :

— Oh ! vous parlez de cette histoire de fiançailles. De mon côté il n'y avait rien de bien sérieux. Mais mes parents ont trouvé que cela me ferait du bien de passer un an ici. Ils estiment que les voyages forment la jeunesse... les jeunes filles aussi bien que les jeunes gens. Qu'en pensez-vous ?

— Cela ne peut faire que du bien de connaître Jalna, répondit-il.

— Et l'héritier de Jalna ? dit-elle d'un ton moqueur mais en se rapprochant de lui.

Il ne trouva rien à répondre. Il s'empara des ciseaux que Meg avait laissés sur le panier, prit une grosse grappe dorée qui se cachait derrière les feuilles et la cueillit. Elle ressemblait aux Pléiades, toute scintillante sur la paume de sa main. Vera se pencha pour cueillir une grappe au pied de la vigne et il vit les petites mèches de cheveux châtains qui bouclaient sur sa nuque. « Voilà une réponse », se dit-il, et il mit le raisin dans le panier et coupa une boucle.

— Regardez ce que j'ai fait.

Elle releva la tête, mais garda une expression impénétrable ; elle murmura :

— Pourquoi avez-vous fait cela ?

— Cela vous ennuie ?

— Non, mais je veux savoir. Pour me taquiner ?

— Non.

— Alors pourquoi ?

— Je ne sais pas.

— Si, vous le savez. Je le lis sur votre figure.

— Eh bien, parce que je voulais garder quelque chose de vous.

Il prit dans sa poche un vieux carnet à couverture de cuir et y mit la mèche de cheveux. Puis il s'agenouilla à côté de la jeune fille à l'ombre de la vigne et glissa son bras autour de sa taille. Il vit la blancheur de sa peau que le soleil semblait n'avoir jamais effleurée, la délicatesse nacrée de ses paupières, les petites taches de rousseur éparses sur son nez comme le pollen d'une fleur. Elle comprit qu'il allait l'embrasser.

Meg, qui arrivait sans bruit sur la pelouse, les vit serrés l'un contre l'autre. Elle vit l'attitude consentante de Vera et eut un soupir d'envie et de désapprobation. Comment Vera *pouvait-elle* ?... Jamais, jamais elle, Meg, n'aurait embrassé Maurice comme cela. Vera se conduisait comme une fille de ferme ! Elle lui dirait sa façon de penser. Et Renny, son frère, voilà ce que valaient les jeunes gens !

Comme il serait furieux si elle s'approchait et les découvrait dans leur cachette ! Mais elle vit leurs visages quand ils s'écartèrent l'un de l'autre sans se quitter des yeux et elle s'en alla sans bruit. Elle ne pouvait pas les déranger, pas quand ils avaient cette expression !

Ils avaient l'air de rêver. Et Renny avait dit qu'il n'embrasserait jamais une jeune fille qui se mettait du rouge aux lèvres ! Voilà la confiance qu'on pouvait avoir dans les serments des hommes ! Oh ! comme elle les méprisait tous !

Vera était venue passer toute la journée à Jalna. Quand elle et Renny entrèrent dans la salle à manger, Meg les regarda avec curiosité, mais leurs visages ne portaient aucune trace d'émotion. Des menteurs, de fameux menteurs ! Renny regardait candidement son père dans les yeux. Vera faisait l'aimable avec grand-mère qui l'embrassait chaleureusement.

— Venez vous asseoir près de moi, mon enfant, et donnez-moi les dernières nouvelles de Londres.

Adeline était entre Vera et Malahide, très contente d'elle et de ses voisins. Elle dit à la jeune fille :

— Il faut que vous veniez à Vaughanland voir Malahide monter Harpie. Vous n'avez certainement jamais vu un tel cavalier ni des sauts pareils, cela vous passionnera, je vous en donne ma parole. Ils font une belle équipe. Quant à mon petit-fils, il passe son temps à tomber. Ceux qui l'ont vu déshabillé disent qu'il est couvert de bleus. Sa monture ravage la campagne, poursuivie à cor et à cri par une troupe de palefreniers. Tout cela me revient aux oreilles !

Elle fit claquer ses lèvres avec satisfaction et ajouta :

— Donne-moi encore un peu de veau, Philippe. La cuisinière lui a donné le fumet qu'il faut. Redonne aussi du veau à Malahide !

Elle se sentait tellement bien qu'elle ne voulut pas faire sa sieste après le déjeuner et chercha ce que l'on pourrait organiser. Une remarque de Nicolas lui donna une idée. Il dit :

— Je me suis promené le long du lac ce matin. Il est comme un miroir.

— Voilà, s'écria-t-elle. Nous ferons un pique-nique. Vous, les jeunes, vous irez vous baigner. Est-ce que cela vous plairait, Vera ?

— Enormément !

Et Vera lança un coup d'œil à Renny à travers la table.

— J'aime regarder la jeunesse se baigner. Je me baignais moi-même en un temps où on ne trouvait pas cela très convenable. Il paraît que pendant le règne d'Elisabeth, les étudiants de Cambridge étaient fouettés ou mis au pilori s'ils se baignaient dans la mer. Pour ma part je prends un bon tub bien savonneux une fois par semaine – hiver comme été –, et cela ne m'a jamais fait de mal.

— Je ne pense pas me baigner, déclara Malahide. Je me suis baigné dans la rivière ce matin et cela me suffit largement.

Une mèche brune collait à son front moite. Il souffrait de la chaleur, surprenante pour la saison.

— Et maintenant, enchaîna Adeline avec vivacité, il s'agit de savoir ce que nous emporterons comme provisions.

Avant de répondre à cette question il fallut recenser les ressources du garde-manger. Par bonheur il était bien garni et Adeline, Mary et Elisa délibérèrent amicalement sur ce qu'il fallait mettre dans les paniers. Philippe descendit à la cave et remonta plusieurs bouteilles de vin et du vinaigre de framboise. On demanda à la cuisinière de faire un gros gâteau à la noix de coco. Eden prépara son seau, sa pelle et le bateau à voiles qu'on lui avait donné pour son anniversaire. Le bébé fut réveillé plus tôt que d'habitude et cria de toutes ses forces pendant les derniers préparatifs.

Hodge grogna pas mal à l'idée de faire sortir les chevaux dans la grosse chaleur de l'après-midi, mais à trois heures et demie exactement, il les arrêtait devant le perron. On se partagea entre le phaéton et la charrette que conduisait Philippe.

Une fois hors de l'ombrage des chênes de Jalna, la chaleur se fit sentir. Grand-mère était rouge foncé sous son lourd bonnet de veuve tandis que Malahide devenait encore plus pâle et avait peine à dissimuler le peu de plaisir que lui causait cette promenade. Presque tout le monde aurait été enchanté de le voir rester à la maison mais Adeline désirait qu'il vînt et cela suffisait. Impossible de calmer le petit Piers jusqu'à ce que Philippe l'eût pris sur ses genoux et lui eût laissé tenir les rênes dans ses petites mains. Le chapeau de paille d'Eden s'envola dans le fossé et il fallut arrêter les chevaux et que Renny courût le ramasser. Il le fit de mauvaise grâce et en revenant l'enfonça tellement sur les yeux du petit garçon que celui-ci se mit à crier et à se débattre. Vera et Meg assises l'une à côté de l'autre se tenaient par la taille et bavardaient à mi-voix en riant. Meg ne pouvait continuer à en vouloir à son amie. Elle subissait le charme de Vera maintenant plus que jamais.

On prit la petite route qui menait au lac, les arbres n'étaient pas assez grands pour donner de l'ombre mais ils étaient suffisamment serrés pour arrêter le moindre souffle d'air. Cette route n'était en réalité qu'un chemin sablonneux et, à la fin, il fallut même abandonner les voitures et porter les paniers jusqu'au bord de l'eau.

Adeline avait de la peine à marcher dans le sable. Elle s'appuyait très fort sur le bras de Nicolas, mais elle avançait aussi vite qu'elle le pouvait, dans sa hâte de voir le lac qu'elle n'avait encore aperçu que de sa voiture, cet été-là.

On étendit les couvertures sur l'herbe rêche qui poussait sous un bouquet de saules profondément enracinés dans le sable et qui s'entêtaient à croître malgré l'aridité, les tempêtes et les rafales d'hiver.

Qu'il faisait bon s'asseoir à l'ombre, retirer son chapeau de paille et s'en servir pour s'éventer ! Il n'y avait personne au bord de l'eau, toute la plage et l'immensité bleue et scintillante du lac leur appartenaient.

On déboucha les bouteilles de vinaigre de framboise qu'on avait apportées dans un seau plein de glace et on remplit les verres. Tout le monde avait tellement soif que c'est presque avec recueillement qu'ils burent le liquide glacé à la fois sucré et acide avec sa saveur de framboise qui rafraîchissait délicieusement la gorge. On en donna même une goutte à Peep, mais il fit une grimace et la recracha en toussant. Eden vida son verre d'un seul trait et en redemanda. Adeline en fit couler un peu sur le pont du bateau à voiles de l'enfant en disant :

— Je baptise ton bateau Shamrock ! Bonne chance !

Nicolas et Philippe, confortablement allongés sur le sable, fumaient leurs pipes. Renny, après avoir lancé un coup d'œil à Vera, emmena les enfants au bord de l'eau. Vera le suivit et Meg resta toute triste, car elle avait l'impression qu'ils ne désiraient pas sa présence et pourtant elle mourait d'envie d'aller les retrouver. Mary prit son sac à ouvrage et se mit à repriser une des chaussettes d'Eden. Malahide, mollement étendu, faisait couler le sable fin entre ses doigts et de temps en temps souriait à Adeline d'un air de secrète connivence. Hodge avait dételé les chevaux et les conduisait sur le sable au bord du lac. Ils baissèrent la tête et burent à longs traits. Un couple de pluviers sautillait à peu de distance en lançant à la dérobée des coups d'œil sur le groupe. Un petit bateau chargé d'écoliers passa lentement au loin, assez près cependant pour qu'une vague acclamation joyeuse parvînt jusqu'ici.

Adeline eut une exclamation de satisfaction.

— Rien ne vaut un pique-nique, dit-elle. J'aime cela et j'aimerai toujours cela. Encore une goutte de jus de framboise. Meg, ne prends pas cet air lugubre, mon enfant. Si tu ne veux pas te marier, tu ne te marieras pas, voilà tout. Merci, dit-elle en s'emparant du verre qu'on lui tendait et en trempant ses lèvres dans le liquide rouge glacé.

Ensuite elle sortit sa grosse montre d'or ciselé.

— Vous avez juste le temps de prendre un bon bain avant le goûter. Tu devrais bien te baigner, Philippe, cela te ferait peut-être perdre un peu de cette graisse.

— Philippe gros ! s'écria Mary, il n'est pas gros du tout ! Il est juste bien. Il a un corps parfait.

— Oh ! vous êtes mieux placée que quiconque pour le savoir, répondit Adeline en la regardant.

Philippe déclara sans s'émouvoir :

— J'ai apporté mon costume de bain. Et toi, Nick ?

— Non, pas moi, j'ai horreur des bains froids.

— Et vous, Malahide ?

— Je me suis baigné dans la rivière ce matin. Cela m'a beaucoup fatigué. Je n'ai pas envie de recommencer. Votre mère, Nicolas et moi serons juges de vos exploits.

— Venez, Molly, dit Philippe, allons nous baigner.

Molly, ravie, abandonna son raccommodage et sortit les costumes de bain et les serviettes. Son visage mince se creusa de ses fossettes. Elle appela :

— Eden, Eden ! Tu veux te baigner ? Viens vite trouver maman et amène Peep.

Philippe héla son fils aîné et lui lança un costume de bain déteint. Vera et Meg coururent se dissimuler derrière un groupe de cèdres où Mary se déshabillait déjà. Adeline enveloppée dans son grand voile de veuve s'était chargée des deux petits garçons. Tout en retirant leurs légers vêtements, elle dit à Nicolas :

— C'est ici, à cette place même, que je vous déshabillais, Ernest et toi, quand vous n'étiez pas plus grands qu'eux. Tu étais un petit démon, mais Ernest était timide et pleurnicheur. Je me demande comment ton père et moi avons pu avoir cet enfant-là, je me le demande vraiment… Ne bouge pas, Peep, et laisse Granny te mettre ta veste.

Le bébé n'avait pas de costume de bain et on lui mettait une veste de tricot rétréci qui couvrait mal son vigoureux petit corps potelé. Une fois prêts, grand-mère leur administra deux bonnes claques sur leurs petits postérieurs, plaisanterie qui les fit rire aux éclats. Eden prit Peep par la main pour le conduire sur le sable au bord de la belle eau bleue étincelante.

Mais leur père les rattrapa en route et les emporta jusqu'au lac sur ses épaules à leur grande joie. Mary et Meg arrivèrent en costumes de bain bleus à jupe froncée bordée de galon blanc, mais celui de Vera était blanc avec une ceinture bleu ciel et une écharpe de même couleur emprisonnait ses boucles. Sa jupe très courte ajoutait à la scène une note un peu osée, à la manière européenne.

Bientôt Philippe et les trois jeunes femmes s'ébattaient dans l'eau et les enfants passaient de main en main. Philippe nagea en les emmenant tous deux sur son dos jusqu'à ce que les cris de Molly le fissent revenir. Vera remplit Meg d'envie en nageant deux douzaines de brasses. Sa jolie écharpe fut trempée et ses cheveux bouclèrent plus serré que jamais.

— Renny ! Renny ! cria Eden, apprends-moi à nager, emmène-moi avec toi !

Renny arrivait lentement sur la plage retrouver les baigneurs. Il les avait regardés en se déshabillant. Il se demandait comment faire pour être seul avec Vera. Pourtant, une fois seuls, qu'est-ce qu'il dirait ? L'embrasserait-il ou ferait-il comme s'il ne s'était rien passé entre eux ? Qu'est-ce qu'attendait une fille comme Vera ? Il n'y avait qu'à lui laisser faire les premiers pas, se dit-il, qu'elle lui montre le chemin, qu'elle l'entraîne sur n'importe quel sentier de l'amour qu'elle choisirait, il était prêt à la suivre.

— Renny ! Renny ! criait Eden en se cramponnant à la main de Renny et en sautant comme si le simple poids de son corps dût attirer l'attention de son frère.

Renny, sans s'occuper de lui, s'approchait de Vera avec un regard qui signifiait : « Et maintenant qu'attendez-vous de moi ? »

— Renny, Renny ! vas-tu m'apprendre à nager ?

Et Eden en colère le frappait de ses petits poings.

— Oui, répondit son frère, voilà comment on fait.

Il le prit dans ses bras et entra dans l'eau avec lui. Quand il en eut jusqu'à la taille, il jeta Eden à l'eau.

— Voilà, nage maintenant, c'est comme cela que j'ai appris.

Eden se débattit, enfonça, ressortit en agitant les bras et les jambes en suffoquant et en battant l'eau dans son angoisse. Mary vint à son secours, les yeux étincelants.

— Quelle façon de le traiter ! Mon pauvre petit garçon !

Elle le serra contre elle et le consola.

Adeline cria du rivage :

— Molly, remettez-le dans l'eau. Ne le dorlotez pas. Ma parole, vous en ferez une poule mouillée.

— Regardez-moi faire la planche ! cria Meg. Je fais très bien la planche.

— Tu n'enfoncerais pas, même si tu voulais, dit en riant Philippe, et elle lui lança de l'eau.

Vera se laissa nonchalamment glisser dans l'eau et se mit à nager gracieusement la brasse. Renny nagea à côté d'elle, la tête à demi dans l'eau. Il eut pitié de la peine qu'elle se donnait pour rester au même niveau que lui pour ne pas se laisser distancer.

Tout à coup, elle cria affolée :

— Est-ce que j'ai encore pied ?

Il rit, se mit debout à côté d'elle et la soutint dans ses bras. Il voyait ses jambes blanches à travers l'eau verte. Elle s'accrocha à lui en riant.

— C'est si différent de la mer, dit-elle. L'eau ne vous porte pas. Etes-vous allé au bord de la mer ?

— Oui. Je suis allé une fois à Nova Scotia avec Maurice.

— Oh ! il faut se baigner dans la Méditerranée ! C'est merveilleux !

Elle parlait d'une voix essoufflée.

— J'aimerais beaucoup !

Ainsi elle faisait comme s'il ne s'était rien passé entre eux. Malgré cette immensité bleue qui les entourait. Avait-elle peur ? Il ajouta à mi-voix :

— Avec vous.

Elle eut un petit rire nerveux.

— Vous m'apprendriez à nager, je ne nage pas très bien.

— Oh ! si peu de jeunes filles nagent bien ! Je vous donnerai quelques leçons. Je vous apprendrai à plonger si vous voulez – après le concours hippique. Mais il faudra que je retourne au collège – je n'y pensais plus.

— Donnez-moi une leçon maintenant.

Elle s'abandonna au bras qui la soutenait et il sentit battre son cœur.

— Comme cela, dit-il, et comme cela, n'ayez pas peur et laissez-vous aller, vous vous raidissez trop.

L'eau vivante se ridait autour d'eux. Il sentait sous ses pieds les ondulations dures du sable. Le soleil brûlait.

« Si nous étions ici la nuit... » se disait Renny. Il la serra plus fort, l'immobilisa et, avec un rapide coup d'œil au rivage où les autres jouaient avec les enfants, il se pencha et l'embrassa sur la bouche. Elle lui mit ses bras mouillés autour du cou et se serra contre lui.

Quand ils revinrent on avait commencé à préparer le goûter. On avait déployé une belle nappe blanche sur le sable que les arbres ombrageaient agréablement maintenant. Philippe avait dressé deux feux dans deux foyers de galets empilés en rond les uns au-dessus des autres. Sur l'un des deux la bouilloire chantait déjà. Philippe demanda à Renny de lui rapporter du bois et lui lança en même temps un regard soupçonneux. Qu'avait bien pu faire ce garçon ? Il l'avait vu se pencher sur Vera dans une attitude beaucoup trop immobile pour une leçon de natation. Eden arriva en courant, les bras pleins de branches mortes et quand Renny ajouta du bois sec sur le feu, les flammes bondirent autour de la bouilloire et sous la grande poêle à frire que Meg posait maintenant sur le second feu.

— Qu'est-ce que tu fais cuire là-dedans, Meggie ? demanda Renny.

— Des œufs au jambon. J'ai les joues grillées. Tu ne veux pas prendre ma place ?

— Un garçon ! s'écria Vera, mais il va gâcher le jambon et les œufs !

— Pas Renny ! Il les fera frire bien mieux que moi !

Vera fascinée resta près du jeune homme pendant qu'il mettait dans la poêle les minces tranches de jambon, mais voyant que Philippe la regardait attentivement, elle s'en alla et se mit à bavarder gaiement avec Nicolas.

Un à un on cassa les œufs, le jaune bien entier dans le blanc transparent. Renny était accroupi près du feu, le visage cuit, les joues brûlantes. Son costume de bain mouillé adhérait à son maigre corps penché.

Adeline en avait assez d'attendre le goûter. Appuyée sur sa canne, elle arpentait la plage, regardait le seau où rafraîchissait le vin, inspectait la nappe sur laquelle Mary disposait des assiettes de pain beurré, des gâteaux au gingembre, le gâteau à la noix de coco glacé de sucre blanc, un compotier de pêches coupées en deux et un grand saladier de verre rempli de crème fraîche. A l'autre extrémité de la nappe elle avait posé un plat de salade de pommes de terre et de laitue et un morceau de fromage jaune d'or.

Adeline sentait l'eau lui venir à la bouche. Elle serra les dents et retourna péniblement près du feu.

— Arrose les œufs avec la graisse, ordonna-t-elle à Renny, fais attention à ce que tu fais, tu vas renverser la poêle.

Il avait tourné la tête pour éviter de recevoir une bouffée de fumée dans les yeux. Il prit le dernier œuf.

— Ne le mets pas ! avertit Meg, c'est l'œuf à la coque de Peep. Il n'a pas déjeuné à cause de la nouvelle dent qu'il est en train de percer. Mère a dit qu'il aurait son œuf à goûter.

— Attention, cria Adeline, tu renverses la graisse !

Et elle lui donna un coup dans les côtes avec sa canne tandis que la graisse prenait feu dangereusement. Renny laissa tomber l'œuf qui se cassa sur les pierres et glissa comme un lézard dans une crevasse.

— Mon Dieu ! s'écria Meg. Regarde ce que tu as fait ! Qu'est-ce que mère va dire ?

— Je vais la prévenir, dit Renny. Ceci est cuit.

Et il passa la poêle à Meg et alla trouver Mary qui rattachait le bavoir du bébé. Déjà elle avait été fâchée de la façon dont il avait traité Eden, que serait-ce maintenant ?

— Ecoutez, mère, dit-il, j'ai cassé l'œuf de Peep. Comment va-t-on s'arranger ?

— Œuf, œuf, œuf... gazouilla Peep.

— Oh ! comment avez-vous pu être aussi maladroit ?

— Gran m'a donné un coup de canne et la fumée m'est entrée dans les yeux juste en même temps, je suis absolument désolé.

Il regardait le bébé d'un air désespéré.

— Eh bien, dit Mary, il aura seulement du pain et du lait, le pauvre chou !

Mais quelqu'un avait laissé le biberon de Peep au soleil et le lait était complètement tourné. C'en était trop pour Mary. Elle fit une scène à Philippe.

— Je n'ai jamais rien vu de pareil de ma vie ! s'écria-t-elle. Votre mère bouscule Renny et lui fait perdre la tête si bien que l'œuf du bébé est cassé. Quant à Meg, elle a laissé le biberon au soleil, je sais que c'est Meg, elle est tellement négligente. Que faire maintenant ? Je n'ai plus qu'à rentrer avec lui à la maison.

Philippe vida sa pipe sur la table et dit avec calme :

— Il y a une ferme pas loin, Renny n'a qu'à y aller chercher un peu de lait pour le petit.

— Lait, lait, lait, criait Peep en tendant les bras à son biberon.

— J'irai chercher le lait avec Renny, dit Vera, il serait capable de le renverser. Cela ne m'ennuie pas du tout.

— C'est ridicule, dit Adeline qui arrivait. Délayez un peu de crème dans de l'eau chaude. J'ai fait boire cela bien souvent à mes enfants.

— Non, refusa Mary, il lui faut du lait.

Renny et Vera partirent. Encore une occasion d'être seuls tous les deux. Ils marchaient vite, pieds nus dans le sentier moelleux. Pendant qu'ils attendaient à la porte de la ferme, ils se jetèrent un coup d'œil et sourirent. Ils ne pouvaient pas détourner leurs yeux l'un de l'autre et pourtant ils ne pouvaient pas se regarder en face. Leurs regards flottaient, plongeaient, se relevaient comme des mouettes en plein vol. Elle avait envie de toucher l'épaule hâlée et lisse du jeune homme. Tous deux riaient et faisaient des réflexions stupides sur les poulets qui se rassemblaient autour d'eux. En revenant, ils tenaient entre eux le petit pot à lait.

Dans un coin tranquille, ils le posèrent et se jetèrent dans les bras l'un de l'autre.

— Vera, murmura-t-il, je vous aime.

— Oh ! Renny, nous ne devrions pas faire cela.

— Je vous croyais froide, mais vous êtes charmante.

— Je vous adore.

— Comment m'aimez-vous ?

— Plus que vous ne m'aimez.

— C'est impossible, je vous aime comme cela.

Et il le dit par des baisers.

Elle murmura :

— Je suis folle de vous, Renny !

— Mon Dieu, pourquoi sommes-nous forcés de revenir ?

— Il le faut. On nous attend.

Elle se dégagea et courut dans le sentier.

Dès qu'ils furent en vue on leur cria de se dépêcher. On leur avait gardé au chaud des œufs et du jambon. Tout le monde était maintenant installé autour de la nappe. L'odeur du café qui chauffait sur le feu chatouillait les narines. Tous avaient un appétit énorme, sauf les deux derniers venus, et on fit à peine attention à eux une fois qu'ils eurent donné à Mary le lait de Peep. Ce dernier, assis paisiblement sur les genoux de sa mère, tout en mangeant son pain et en buvant son lait, regardait avec étonnement la grande nappe blanche et l'étalage de plats inconnus. Une fois, sa grand-mère lui mit dans la bouche un morceau de jambon et il la regarda, l'air rayonnant, tout le temps qu'il lui fallut pour avaler sa bouchée. Nicolas faisait circuler le vin et Malahide, qui avait paru sans énergie et déprimé tout l'après-midi, s'anima :

— Un temps parfait, un joli coin, du bon vin et des gens charmants, que peut-on demander de plus ? s'écria-t-il.

Meg murmura entre ses dents :

— Que vous ne soyez pas là.

Au café, ils prirent des positions plus confortables. Renny porta une grande tasse de café à Hodge qui goûtait à l'endroit où il avait attaché les chevaux. Il s'assit à côté du cocher et lui offrit une cigarette. Ils se mirent à parler de Gallant. Le fait qu'on présentait au concours hippique d'autres chevaux des écuries de Jalna avait perdu toute importance. Tous les espoirs s'étaient concentrés sur le poulain. Quand Renny et Hodge parlaient de lui, ils oubliaient tout et ne songeaient plus qu'à la beauté d'un cheval de race.

Mary alla toute seule au bord du lac regarder les nuages rouges du couchant. Il commençait à faire frais et elle croisait ses bras minces sur sa poitrine tandis qu'une profonde tristesse lui faisait venir des larmes aux yeux. Elle était heureuse, et son bonheur et la beauté du ciel lui donnaient envie de pleurer. Les voix des autres arrivaient jusqu'à elle, douces et tristes comme les cloches du soir.

Une petite main froide se glissa dans la sienne. Elle la serra tendrement.

Eden demanda :

— Pourquoi êtes-vous venue ici, maman ?

— Pour regarder la couleur du ciel.

— Et du lac aussi. Il y a des couleurs jusqu'au fond du lac.

— Oui, tu trouves cela joli ?

— Et vous ?

— Oui, mais cela me rend triste. Tu ne peux pas comprendre.

— Si, cela me rend triste aussi.

Philippe arrivait sur la plage dans l'ombre maintenant.

— Il est l'heure de partir ! Les chevaux attendent. Meg et Vera ont tout emballé et Peep s'est endormi sur les genoux de maman.

Eden tira son père par sa veste :

— Oh ! je suis tellement fatigué. Vous ne voulez pas me porter un petit peu ?

Philippe l'assit sur ses épaules. Mary s'appuya sur le bras de son mari, mais elle rentrait à regret, bien qu'elle aussi fût fatiguée.

25

Boney

Il avait été seul toute la journée. La matinée avait été d'une tristesse affreuse. Le soleil était tellement ardent qu'Adeline avait tiré les rideaux de sa chambre et, quand l'oiseau s'était plaint et avait essayé d'attirer son attention en toussant de façon ininterrompue, elle avait couvert sa cage d'une étoffe sombre qui l'empêchait de la voir et le privait du moindre souffle d'air. Dans l'agitation des préparatifs du pique-nique, elle avait oublié de retirer l'étoffe et Boney avait passé le reste de la journée à s'ennuyer dans la maison silencieuse, avec, pour seul passe-temps, de mettre en pièces l'étoffe et de jeter par terre ses graines.

Adeline eut des remords quand elle le vit tout tassé dans le fond de sa cage avec un air profondément malheureux. Elle ôta la couverture et lui parla en hindou afin de le réconforter, pendant qu'elle retirait la robe de cachemire noir qu'elle portait au pique-nique pour en mettre une de soie noire, son numéro deux. Quel soulagement d'enlever son chapeau et de mettre un léger bonnet de dentelle ! Elle attacha son corsage avec une broche de diamants sertis de torsades d'or mat.

Elle sortit Boney de sa cage et fixa à sa patte la petite chaîne qui le reliait à son perchoir. Elle prit le perchoir et le brandissant comme un cierge elle entra au salon où était réuni le reste de la famille.

— Ce pauvre Boney, dit-elle, quelle journée il a passée ! J'avais oublié de retirer la couverture de sa cage. Je crois que cela ne m'était encore jamais arrivé. Maintenant il va rester avec nous.

Elle posa le perchoir au milieu de la pièce et s'assit dans le fauteuil que lui offrait Malahide.

Philippe dit :

— Ne vaudrait-il pas mieux dîner ? Le goûter paraît déjà très loin.

Sa mère se retourna vivement :

— Qu'est-ce que cela signifie ? Nous avons l'habitude de dîner, il me semble.

— Mais, mère, objecta Mary, nous ne faisons jamais un tel goûter !

Je me sens incapable d'avaler une bouchée, mais naturellement il est facile de servir à dîner à ceux qui en ont envie.

— Rien qu'un « whisky et soda » et quelques biscuits pour moi, dit Nicolas. Et vous Malahide ?

Malahide avait repris son air préoccupé de l'après-midi. Il était enfoui au fond d'un fauteuil dans un coin obscur de la pièce. Il appuyait son menton sur sa main et d'un regard morne considérait la famille avec une indifférence qui dissimulait sa colère. Cette journée lui avait été aussi désagréable qu'à Boney et pour une fois il était trop fatigué pour cacher ses sentiments. Il répondit à mi-voix :

— Je prendrai du whisky, mais pas de biscuits, merci.

Adeline dit :

— Comment, vous perdez votre appétit, Mally ! Moi je voudrais du thé, des toasts beurrés et de la pâte d'anchois. Vous dînez avec votre grand-mère, n'est-ce pas les enfants ?

Meg et Renny furent d'accord. Philippe alla s'occuper du « whisky et soda » et au bout d'un instant Elisa apparut avec la théière d'argent et une pile de toasts si bien beurrés que les gouttes jaunes coulaient à travers les tartines et formaient une flaque en dessous sur l'assiette. Les yeux d'Adeline brillaient en attaquant la pâte d'anchois.

— J'aime ce qu'on sert sur un plateau, dit Meg. Cela me fait plus de plaisir que les vrais repas.

— C'est une mauvaise habitude, dit Renny en se faisant une confortable tartine.

— Ce qui vous fait plaisir n'est jamais une mauvaise habitude, déclara leur grand-mère, c'est ce qu'on mange sans plaisir qui fait mal à l'estomac.

Et l'air satisfait elle porta à ses lèvres sa tasse de thé pleine jusqu'au bord.

On entendait le bruit du siphon et Nicolas bourrait sa pipe. L'éclat soutenu de la lampe du plafond jetait comme une lueur enchantée sur le cercle de famille à l'exception du coin où se tenait Malahide. Il avala d'un trait son whisky, l'air lugubre.

Si Boney avait espéré quelque friandise en compensation de sa triste journée, il fut déçu. Personne ne faisait attention à lui. Il allait d'un bout à l'autre de son perchoir, jouant des serres, et lançant à l'assemblée des regards courroucés. Il ouvrit son bec tout grand et le referma avec un bruit sec. Il replia ses ailes, et, dressant la tête, cria :

— Au diable, le cousin Malahide !

Des frissons de plaisir parcouraient son plumage en prononçant cette phrase, car c'était la première fois qu'il la disait en public.

— Qu'est-ce que c'est ? Qu'est-ce qu'il dit ? demanda Nicolas.

Boney se tourna vers lui avec un souple mouvement de cou et répéta d'un air féroce :

— Au diable, le cousin Malahide ! Au diable, Malahide ! Au diable – au diable – au diable, Malahide !

Y avait-il quelque chose dans l'intonation, dans la prononciation métallique de ces mots, mais tous les yeux se tournèrent vers Renny. Malahide posa son verre et devint verdâtre.

Renny éclata de rire. Il se plia en deux tant il riait. Nicolas et Philippe ne purent résister et se joignirent à lui. La contagion gagna Mary et Meg. Toute leur antipathie pour Malahide se donnait libre cours en éclats de rire aigus.

Boney se balançait sur son perchoir, grossier, implacable, hurlant pour dominer la confusion qu'il avait fait naître. Il lançait des regards sournois de droite à gauche en répétant :

— Au diable – diable – diable – le cousin Malahide – *Paji – Haramzada – Iflatoon – Kuza Pusth – Sug prast* – au diable – diable – Malahide !

Malahide Court se leva lentement et fit un grand pas menaçant dans la direction du perroquet. Il dit en retroussant la lèvre de façon hargneuse :

— Va au diable toi-même avec celui qui t'a appris cette phrase insolente ! Tu me dis des injures, écoute donc : *soor – soor – kuajus – kutni ! Churail ! Afumche !*

Penché sur son perchoir, la tête de côté, écoutant chaque juron que proférait Malahide comme il aurait écouté les vociférations d'un autre perroquet, Boney ne put y tenir. Plus furieux que jamais il hurla :

— Au diable, Malahide ! au diable, Malahide ! au diable ! au diable ! au diable ! au diable ! *Iflatoon ! Chore !*

— Sale oiseau ! jeta Malahide en se rapprochant d'un pas. *Nimak Haram ! Nimak Halot ! Saku Dil !*

— *Byman ! Sala ! Dagal !* Au diable, Malahide ! *Piakur ! Subakhis ! Jab Kute !*

Dans un paroxysme de rage, Boney se balançait et jurait. Il semblait sur le point d'étouffer de haine. Et plus il criait, plus ses auditeurs se laissaient dominer par le rire – sauf Adeline et Malahide.

Renny dit à l'oreille de Meg :

— C'est trop beau ! Je mourrai de joie.

— Moi aussi ! chuchota-t-elle.

Adeline était assise la figure cachée par une de ses mains couvertes de bagues, on voyait son visage se colorer de plus en plus.

Accroupi sur son perchoir, les ailes rabattues tandis que des ondes de colère faisaient frémir son plumage éclatant, Boney tenait tête à

Malahide. Leurs deux bouches en arc sous leurs deux becs crochus leur donnaient même une curieuse ressemblance.

Comme Malahide déversait un chapelet de jurons et menaçait le perroquet de son long index, Boney avança la tête et attrapa le doigt dans son bec. Malahide se plia en deux de douleur.

Avant qu'il eût pu châtier Boney, celui-ci sauta de la longueur de sa chaîne et s'installa sur l'épaule d'Adeline où, avec méchanceté, il se mit à mordre les rubans de son bonnet.

— Oh ! c'est trop désolant, Malahide, dit Philippe en s'efforçant de reprendre son sérieux.

Malahide se tourna vers lui.

— Je n'ai pas besoin de votre sympathie. Vous m'avez insulté.

— Non, non, mais l'oiseau était tellement drôle.

Mary dit :

— J'espère que vous n'êtes pas blessé ?

Malahide cria presque :

— Allons donc, vous espérez bien que je suis blessé et je le suis, regardez.

Il secouait son doigt d'où coulaient des gouttes de sang.

— Reprenez du whisky, conseilla Nicolas.

— Je ne veux rien prendre dans cette maison. Je pars ce soir.

— Voyons, dit Philippe, nous ne vous avons pas mal reçu.

— Mal reçu ! ce jeune drôle m'a rendu la vie infernale ici.

A ces mots Boney se balança sur l'épaule d'Adeline et dit d'une voix enrouée :

— Au diable ! au diable, Malahide !

Adeline arracha la têtière du dossier de son fauteuil et la jeta sur la tête de Boney.

Malahide continua :

— Oui, c'est lui qui a appris au perroquet ces injures.

Adeline dit :

— Il faut qu'il fasse des excuses.

Philippe se tourna vers son fils.

— Parfaitement, il faut que tu demandes pardon à Malahide.

— Que je sois pendu si je le fais !

— Comment ! tu refuses, dit Philippe en le regardant d'un air sévère, mais ses yeux riaient.

— Je m'excuse, dit Renny en ricanant. Je m'excuse d'avoir appris à Boney à dire : « Au diable, le cousin Malahide ! »

Boney, sous la têtière, délira :

— Au diable – au diable – au diable.

Malahide s'inclina cérémonieusement devant Renny. Il dit en maîtrisant sa fureur :

— Nous réglerons tout cela le jour du concours. Ce jour-là vous mordrez la poussière vous et votre bourrin qui n'est bon qu'à ruer.

— Bravo, Malahide ! déclara Adeline. Maintenant, venez, que je soigne votre pauvre doigt.

Il lui obéit comme un enfant tout en surveillant le perroquet du coin de l'œil. Elle prit un mouchoir et lui banda adroitement le doigt. Philippe poussa la bouteille de whisky près de Nicolas en le regardant longuement. Molly se mit à tapoter sur le piano en sourdine, pendant que Renny et Meg disparaissaient derrière les grands rideaux des fenêtres soi-disant pour voir la nouvelle lune.

26

Sous la tente

Adeline avait eu du mal à dissimuler combien elle s'amusait pendant le duel entre son perroquet et son cousin. C'était une scène selon son cœur et quand elle et Boney se furent retirés dans sa chambre, elle lui fit de grands compliments sur la façon dont il s'était comporté. Pourtant elle était ennuyée au sujet de Malahide. Si, comme on pouvait le craindre, il ruminait sa colère avec trop d'aigreur, cela pouvait l'énerver et il fallait que lui et Harpie fussent victorieux au concours hippique. Robert Vaughan y tenait tant. Malahide devait aussi se montrer digne du patronage d'Adeline et satisfaire le désir qu'elle avait de triompher de Philippe et de Renny. Jusqu'à la date fatidique il fallait protéger Malahide, l'encourager, lui faire des compliments.

Mais quand, le matin suivant, il fit son apparition à la porte de sa chambre, il dégageait une tristesse que le plus aimable sourire d'Adeline ne put dissiper. Il semblait déjà avoir goûté l'amertume de la défaite. Il engendrait la mélancolie et le sourire d'Adeline s'effaça en regardant son cousin.

— C'est fini, dit-il, je m'en vais.

— Vous vous en allez, répéta-t-elle, le sourcil froncé, mais où ?

— Dieu seul le sait. N'importe où, loin d'ici.

Elle le prit par le revers de son veston et le fit entrer dans sa chambre.

— Vous êtes ému, dit-elle, et c'est bien naturel. Mais laissez-moi vous dire combien j'ai admiré le défi que vous avez lancé à ce jeune garnement.

— C'était dans le feu du moment, dit-il. Ce matin je suis complètement à plat.

— Je vais vous dire ce qu'il faut faire, dit-elle, vous allez vous installer à Vaughanland jusqu'au concours. Le changement vous fera du bien. L'ambiance de sympathie vous donnera plus de confiance en vous.

Il s'assombrit encore si la chose était possible.

— Eh bien, dit-elle, impatientée, qu'est-ce qui ne vous plaît pas chez les Vaughan ?

Il se laissa tomber sur un siège et se prit la tête dans les mains.

— Ce n'est pas la peine, cousine Adeline, dit-il. Je suis incapable de supporter l'atmosphère de cette maison. Robert Vaughan et sa femme m'accablent d'ennui et me dépriment complètement. Je vais câbler à ma mère et lui demander de me recevoir. Il faut que je rentre à la maison – et il ajouta avec amertume – si on peut appeler cela la maison.

Adeline haussa ses épais sourcils roux jusqu'à son bonnet. Elle sonna et demanda à Elisa d'apporter à Mr. Court un verre de gin et d'absinthe. Il n'était pas bien du tout. Elisa méprisait profondément Malahide. Elle obéit d'un air maussade.

En buvant la liqueur à petites gorgées, il s'enfonça encore davantage dans son fauteuil, mais ses yeux s'animèrent.

— Comment va votre doigt ? s'informa Adeline avec sollicitude.

— Il m'a empêché de dormir presque toute la nuit. On dit que les morsures de perroquet sont quelquefois fatales.

Il considéra son doigt, toujours entouré du mouchoir d'Adeline, d'un air aussi lugubre que s'il était déjà gangrené.

— Mon Dieu, Mallie, dit Adeline, je n'ai jamais vu personne aussi bas que vous ! Qu'est-ce que je vais faire de vous ?

Elle était vraiment exaspérée.

— Rien, dit-il, vous-même ne pouvez rien pour moi. Je n'ai qu'à retourner chez ma mère.

— Vous n'y retournerez pas. Il n'en est pas question, répondit-elle. Ecoutez, j'ai une idée. Il y a une très bonne tente dans un coin de la maison, on s'en sert pour les parties de chasse. Je la ferai dresser dans un coin tranquille, au bord de la rivière. Vous y camperez, cela vous fera beaucoup de bien. J'aimerais être assez jeune pour le faire aussi, j'ai campé autrefois.

C'est à contrecœur que Malahide se laissa emmener sous la voûte bleu lavande du ciel d'octobre. Mais quand il vit l'endroit charmant, isolé dans une boucle de la rivière, où elle le conduisit, sa mauvaise humeur se dissipa. Le gin et l'absinthe faisaient également leur effet.

Il admit que ce serait agréable de camper là et sous l'impulsion d'Adeline il fut de nouveau déterminé à vaincre avec Harpie.

Philippe et Renny étaient occupés à dresser des poneys de polo. Nicolas passait la journée à la ville chez des amis. Meg et Molly étaient parties faire une excursion avec les Lacey. Ce ne fut que le soir qu'Adeline leur apprit que la tente était dressée au bord de la rivière et que Malahide s'y était installé. Il n'avait pris que deux valises. Le reste de ses bagages était empilé dans sa chambre comme en prévision d'un départ. Au fond Adeline sentait qu'il ne se passerait plus longtemps avant qu'elle désirât le voir faire voile pour l'Irlande. Le long hiver approchait et elle avait envie d'être tranquille, entourée seulement des siens.

Ces nouvelles furent accueillies avec joie et soulagement. La famille avait peine à croire que Malahide ne fût vraiment plus de la maison. Chacun successivement vint à la porte de sa chambre voir la montagne de bagages qui avait un peu cet aspect mystérieux de la terre amoncelée par un animal qui creuse son terrier. Et c'est bien ce travail souterrain qu'il avait fait à Jalna. Il s'était insinué dans leur vie ! Nicolas restait sceptique à propos de son départ ; quand Malahide aurait trop froid sous la tente il reviendrait à la maison. Rien ne l'en empêcherait.

L'un après l'autre, tous étaient venus inspecter la chambre de Malahide, mais ils se rendirent en corps jeter un coup d'œil sur sa nouvelle installation. C'était de l'autre côté de la rivière, où la berge était beaucoup plus basse. Dissimulés derrière un bouquet de sumacs et d'aulnes, ils regardèrent la tente blanche plantée au milieu des pins et à moitié cachée par les buissons. La rivière était rapide et sombre, et le soleil couchant laissait cet endroit dans une ombre fraîche. Aucun signe de vie n'était visible.

— Je donnerais beaucoup pour voir l'intérieur de cette tente, dit Mary.

Meg dit :

— Vous découvririez Malahide étendu tout de son long sur son lit, une bouteille de poison dans une main et un portrait de Gran dans l'autre.

— Espérons qu'il prendra le poison, dit Renny.

Mary dit :

— Il serait capable de le supporter sans aucun mal.

— Que vous êtes tous méchants ! dit Philippe. Moi, ce pauvre Malahide me fait plutôt pitié.

— Le voilà, dit Nicolas, ne nous montrons pas.

Ils reculèrent et, cachés derrière les feuilles rougissantes, ils le virent sortir de la tente une bouilloire à la main. Il alla au bord de l'eau et s'agenouilla pour la remplir. Chacun de ses mouvements était observé avec curiosité par les spectateurs. Il ramassa un peu de bois mort, alluma un petit feu devant la tente et y plaça la bouilloire sur un support fabriqué de toute évidence par des mains plus expérimentées que les siennes. Une spirale de fumée bleue s'éleva au-dessus des pins et se dissipa dans le pâle azur du ciel. Malahide disparut ensuite sous sa tente.

En suivant la rivière au retour, ils éprouvaient un sentiment de malaise comme si Malahide tout en menant son existence solitaire était capable d'exercer une influence maléfique sur eux et sur leurs chevaux.

Ce sentiment fut peut-être accru par une lueur intense couleur safran qui maintenant illuminait l'atmosphère. L'herbe, les feuilles, leurs propres visages étaient transformés par cet éclairage. Un silence extraordinaire régnait. Même le murmure de la rivière était assourdi comme si un doigt s'était posé sur ses lèvres. Des vrilles rouges de toxicodendron avançaient dans le chemin. Deux vieux chevaux de labour trop âgés pour travailler, mais que Philippe gardait, y vagabondaient en liberté. Ils étaient devenus sauvages et à la vue du groupe de promeneurs ils prirent peur tout à coup. Ils regardèrent un instant à travers leurs crinières tout emmêlées, puis hennirent très fort et se mirent à galoper en lançant des ruades. Renny qui avait ramassé une poignée de glands en lança aux animaux.

Philippe lui prit le bras et demanda :

— Comment s'est comporté le poulain ce matin ?

Son fils le regarda d'un air tragique :

— Comme un démon. Scotchmere est dans le trente-sixième dessous, il dit que nous ferions mieux de ne pas le faire concourir.

— Ne te laisse pas impressionner par Scotchmere. Tu as peut-être trop fatigué Gallant. Laisse-le se reposer et fais-le bien manger. Et les poneys ?

— Ils ont été splendides.

— Si cet individu l'emporte sur nous, dit Nicolas, je n'oserai plus regarder personne en face. Il faut que tu gagnes, Renny.

Renny lança en l'air son dernier gland et le rattrapa :

— C'est facile à dire. Si ce matin vous aviez vu Gallant courir dans toutes les directions comme un marin ivre…

— Je crois que tu l'excites, déclara Meg. Pourquoi n'essaies-tu pas d'être calme comme moi ?

— Oui, approuva Mary. Je crois que nous devrions tous essayer de prendre cette affaire moins à cœur et de ne pas la laisser nous absorber à ce point. Personnellement, je ne pense guère qu'à cela.

Philippe glissa son bras sous le sien :

— Pensez à moi, Molly, pour changer, murmura-t-il.

Ils firent un réel effort les jours suivants pour envisager avec plus de détachement le prochain concours. Gallant eut quelques jours de vacances et quand on reprit l'entraînement, la famille s'installa autour du terrain en exagérant l'indifférence de son attitude. Molly avait même apporté son tricot et affectait de compter ses rangs dans les moments de tension.

L'absence de Malahide rendait la maison beaucoup plus tranquille, bien qu'Adeline ne permît pas qu'on oubliât les motifs de son départ et Boney prit l'habitude, lorsqu'il y avait un silence, de prononcer la phrase malicieuse que Renny lui avait apprise.

Le temps continuait à être idéal et chaque matin Adeline passait prendre Malahide dans sa tente et tous deux se rendaient à Vaughanland. Tous les jours elle lui apportait quelques friandises. Selon ses instructions on lui préparait à la cuisine presque tous ses repas. Mary était si contente qu'il ne fût plus dans la maison qu'elle veillait elle-même à ce qu'il eût largement tout ce qu'il lui fallait.

L'humeur de Malahide était un problème pour Adeline pendant cette période. Il allait de la plus complète prostration à une gaieté fanfaronne qui surprenait chez lui. Elle le soupçonnait de boire. Le poids de cette tutelle commençait à peser sur la vieille dame et elle ne dormait plus aussi bien que d'habitude. Elle devenait irritable.

Gallant et Harpie devaient s'affronter dans la course d'obstacles la plus importante du concours, cette course avait lieu le troisième soir.

Renny concourait les deux premiers soirs et la famille l'accompagna en force, excepté Adeline qui se ménageait pour le grand jour.

Le premier soir, Malahide tint compagnie à la vieille dame mais il la fatigua par ses alternatives de gaieté et de dépression. Il faisait pendre ses longues mains en l'entretenant tantôt des vicissitudes de son passé, tantôt de son avenir incertain. Il donna clairement à entendre qu'il avait besoin d'argent et à la fin Adeline alla dans sa chambre, ouvrit le tiroir fermé à clef de son petit bureau et lui rapporta une somme fort coquette. Elle n'osait pas laisser Boney voir Malahide, qui avait encore le doigt bandé.

Le lendemain matin, Adeline envoya un mot bien tourné à l'amiral Lacey pour lui demander de l'inviter à dîner ainsi que son cousin. Comme cela elle ne perdrait pas Malahide de vue sans avoir l'ennui de le distraire.

Ils furent chaleureusement invités.

Philippe, son frère et le reste de la famille dînaient en ville. En temps voulu, Malahide arriva à Jalna, sortit de sa malle son smoking et s'habilla pour le dîner dans son ancienne chambre. Hodge avait emmené la famille à la ville et c'était Malahide qui devait conduire les chevaux bais pour aller chez les Lacey. Adeline assise à côté de lui le complimenta sur sa façon de conduire. Il faisait encore juste assez clair pour qu'on n'eût pas besoin d'allumer les lanternes, l'air était d'une fraîcheur piquante.

Le dîner fut une réussite complète. Le jovial amiral, sa corpulente femme et ses deux aimables filles jouissaient toujours beaucoup de la présence d'Adeline. Les filles étaient suspendues aux lèvres de Malahide qui parlait de Paris. Il posait, il faisait l'important, il faisait l'éloge du bon vin et, à son grand ennui, Adeline s'aperçut au moment de partir qu'il en avait trop bu.

Sur le pas de la porte elle hésita et se demanda si elle n'allait pas prier quelqu'un de les reconduire, mais il était tard. Le cœur serré mais la tête haute, elle dit adieu à ses amis et, prenant le bras de Malahide, elle le guida pour descendre le perron et s'arrangea pour dissimuler son état. Il paraissait plus éveillé que d'habitude, il l'aida à monter et grimpa lestement sur le siège à côté d'elle. Il prit les rênes que lui tendait le vieux cocher des Lacey.

— Je pense que vous n'avez pas trop bu, Mallie, dit Adeline comme ils descendaient l'allée.

— Pas une goutte de trop, dit-il en riant. Je ne me suis jamais senti mieux de ma vie. Que ces Lacey sont agréables ! J'ai envie de faire un petit séjour chez eux après le concours. Je suppose que les filles n'ont pas grand-chose.

— Pas un sou. Attention à ce que vous faites, vous avez failli accrocher la grille.

— N'ayez pas peur, dit Malahide en riant et en faisant claquer son fouet, je sauterais par-dessus la grille s'il le fallait avec la voiture et tout !

Ils allaient à toute vitesse, l'écharpe de dentelle d'Adeline flottait derrière elle, la lune éclairait ses traits réguliers.

— Regardez, dit Malahide, les beaux nuages. Je trouve que la lune a l'air d'un cheval de course qui bondit par-dessus.

Il agita son fouet dans la direction du ciel et la voiture passa dangereusement près du talus.

— Mon Dieu ! cria Adeline, vous allez nous jeter dans le fossé !

— Comment ! vous trouvez que je ne sais pas conduire !

Il tourna la tête pour la regarder. Les chevaux eurent peur d'un bout de papier qui voltigeait au clair de lune.

— Donnez-moi les rênes, dit Adeline.

Elle les prit et arrêta les chevaux. Elle leur parla doucement pour les calmer.

Malahide chancela et faillit tomber du siège.

Adeline aurait beaucoup donné pour être revenue chez les Lacey ou de retour à Jalna. Mais il fallait en sortir. Elle passa un de ses bras autour de Malahide, il laissa rouler sa tête sur son épaule et son chapeau tomba mais heureusement pas sur la route.

Qu'est-ce qu'auraient dit ses enfants s'ils avaient pu la voir ? se disait-elle, d'un air sombre, tout en conduisant. Il ne faudrait jamais le leur raconter. Pourtant cette situation ne lui déplaisait pas. Voilà bien longtemps qu'elle n'avait conduit. Elle retrouvait son assurance et sa fermeté de main. Si seulement elle n'avait pas eu ce poids mort de Malahide qui l'écrasait.

Et quelle nuit ! C'en était fini de cette chaleur tellement anormale. En quelques heures l'air était devenu limpide et d'une fraîcheur piquante qui annonçait l'hiver proche. Cela rappelait à Adeline des promenades nocturnes avec son mari. Mais qu'elles étaient donc différentes ! Il était assis droit et vigoureux à côté d'elle et il menait ses chevaux à vive allure sur la route solitaire.

D'un air de défi elle arrêta les chevaux devant sa propre porte. Malahide paraissait à moitié endormi, mais elle l'aida à descendre et l'assit sur un siège de jardin à l'ombre du porche. Les chevaux se tenaient tranquilles en se frottant mutuellement les naseaux.

Quand on eut emmené les chevaux à l'écurie, elle se tourna vers Malahide. Qu'allait-elle faire de lui ? Elle décida, après avoir réfléchi un instant, qu'il fallait qu'il retournât sous sa tente.

— Allons, dit-elle sévèrement, levez-vous et prenez mon bras.

Il se leva docilement et ils traversèrent lentement la pelouse dans la direction du ravin. Elle ajouta :

— Etes-vous capable d'aller jusqu'à votre tente ?

— J'irais jusqu'au bout du monde avec vous, déclara-t-il en s'appuyant sur elle de tout son poids.

— Vous êtes stupide, Mallie... voyons, aidez-vous un peu ! Vous ne pensez pas que je vais vous porter.

Elle lui donna un coup entre les épaules qui le fit chanceler. Cela le remit un peu, il fit un effort et, lentement et prudemment, ils descendirent le sentier inégal.

Dans le ravin, ils furent saisis par un froid qui leur picotait les narines.

— Il gèlera blanc cette nuit, remarqua Adeline.

— Et moi sous la tente !

— Avez-vous assez de couvertures ?

— J'en ai des quantités.

— Parfait. Ah ! voilà le pont.

Elle aurait aimé s'arrêter un instant pour respirer, mais elle eut peur de ne pas pouvoir faire repartir Malahide. Elle trouva le sentier de l'autre côté et ils le suivirent à tâtons, car il faisait très sombre, jusqu'à ce qu'on aperçût la tache blanche de la tente. L'air froid ranimait Malahide. Il se pencha, défit la fermeture et fit entrer Adeline sous la tente comme si c'était une maison. Il trouva une bougie et l'alluma. L'intérieur apparut net et glacé. Sur une chaise à côté du lit était posée une bouteille à demi pleine de brandy. Il sourit à Adeline et lui dit :

— Permettez-moi de vous donner une goutte de quelque chose qui vous soutiendra pour repartir. Mais non, il ne faut pas repartir : vous allez dormir sur ma couchette et je coucherai par terre à votre porte.

Adeline, bien d'aplomb sur ses pieds, le regardait avec un bizarre mélange d'amusement et de chagrin :

— Comment allez-vous vous comporter demain soir, je me le demande, dit-elle. Je crains que notre victoire ne soit très compromise. Par égard pour Robert Vaughan, faites un effort, Mallie.

Il titubait, la bouteille à la main.

— Par égard pour vous et rien que pour vous, dit-il avec ferveur.

Il lui versa un peu de brandy et elle le but avec reconnaissance.

Elle l'aida à retirer ses vêtements qu'elle étendit sur une corde qui traversait la tente. Il était assis en robe de chambre de flanelle et son esprit obscurci ne savait trop si la présence d'Adeline était réelle ou si au contraire son ombre déformée qui se dessinait au-dessus d'eux n'était pas une personne vivante. Tandis qu'elle levait les bras, sa silhouette retrouva de façon fugitive la grâce de sa jeunesse. Pour Malahide, le visage d'Adeline était l'emblème du courage et de l'orgueil de leur lignée.

Elle l'avait bordé comme un enfant et maintenant elle revenait sur ses pas dans le ravin. Débarrassée de Malahide, elle ne se sentait plus fatiguée. Elle marchait d'un pas ferme et en arrivant au pont, s'arrêta un moment pour regarder couler l'eau sombre. De petits reflets argentés scintillaient. La rivière tenait avec elle une conversation familière, ininterrompue depuis plus de cinquante ans. Elle gardait une telle immobilité qu'on aurait pu la prendre pour l'un des arbres tutélaires de la berge. D'un vol ouaté, les ailes chargées de lune, une chouette passa près d'elle, tenant une souris dans son bec.

— Ah ! dit-elle tout bas, vous vaquez à vos affaires, et moi aux miennes. Nous sommes de drôles de vieux oiseaux toutes les deux !

27

Le concours hippique

Le brutal éclairage électrique mettait en évidence le moindre détail de la scène animée : les uniformes éclatants des musiciens de l'orchestre, leurs instruments brillants qui scandaient une marche barbare, les drapeaux et les banderoles pendus au plafond qui remuaient légèrement, les teintes diverses des toilettes et les visages attentifs des spectateurs qui garnissaient les rangs, les chevaux musclés au poil brillant, la couleur rougeâtre du tan de la piste. Tous les assistants, depuis ceux des loges avec leur déploiement de plastrons glacés et de robes du soir jusqu'à ceux des galeries, attendaient le numéro suivant. C'était la course la plus importante du concours. Le vainqueur gagnerait une coupe d'argent et un prix de mille dollars.

Les Vaughan partageaient leur loge avec les Lacey, à l'exception de Vera qui était avec Meg Whiteoak. Sur le visage ascétique de Robert Vaughan tremblait un sourire anxieux. C'était sa première sortie depuis sa maladie et tout ce bruit était plus qu'il n'en pouvait supporter. L'amiral Lacey, robuste, le teint fleuri et l'air bon vivant regardait tantôt les chevaux, tantôt les jolies femmes qui passaient entourées de leurs admirateurs.

La famille Whiteoak occupait la loge voisine. Nicolas tiraillait nerveusement sa moustache, Philippe était d'un calme peu naturel. Mary, dans une robe bleu et argent, éclipsait ce soir les deux jeunes filles. Adeline en mantille de dentelle blanche, robe de satin gris et cape d'hermine, était la personnalité la plus remarquable de l'assistance. Son mari avait occupé cette loge chaque année. D'un coup d'œil elle jugeait les chevaux et elle répondait d'un sourire agressif aux hommes qui de temps à autre venaient lui parler dans sa loge ou la saluaient d'en bas. Cette année, fière de ses fausses dents, son accueil était encore plus triomphant. Elle repoussa sa cape et se tint bien droite en voyant un journaliste prendre des notes sur elle. Elle n'avait rien de la grande dame dédaigneuse et indifférente. Elle redressait la tête et paradait comme les ardents pur-sang du concours.

Cette fois les concurrents entraient. Leurs chevaux levaient très haut leurs sabots bien cirés et dilataient leurs naseaux, tout leur corps brillant et fuselé en alerte. Les hommes impeccables avaient un air imperturbable comme s'ils portaient un masque. Renny était le plus jeune cavalier et Gallant le plus jeune cheval, pourtant ils surpassaient les dix-huit autres concurrents par la rigueur de leur tenue et par leur attitude hautaine. Gallant était transporté dans un monde nouveau de lumière artificielle et de bruits étranges. Seules, sa selle et les mains qui le dirigeaient, le rattachaient à son ancienne vie. Il n'y avait qu'à s'incliner devant l'élégance parfaite de Harpie et de son sombre cavalier, leurs deux corps semblaient ne faire qu'un.

Les uns après les autres, les concurrents tentèrent de sauter les obstacles. Les uns après les autres, ils franchirent les plus faciles, se dérobèrent ou accrochèrent une des barres les plus élevées – sauf Renny et Malahide qui firent le tour de la piste presque sans la moindre faute. Un à un, ils furent éliminés par le clairon jusqu'à ce qu'il n'en restât plus que cinq.

Sous les applaudissements, les cinq élus revinrent pour une nouvelle épreuve. Les trois grandes barrières à la fin de la course étaient la pierre d'achoppement. L'émotion de l'assistance grandit quand trois des concurrents furent encore éliminés. Il ne restait plus maintenant que Gallant et Harpie. De tous leurs nerfs, ils avaient conscience de l'atmosphère d'animosité. En passant à côté de Harpie, Gallant fit une horrible grimace et la mordit à l'épaule.

— Ecartez de mon chemin ce suppôt de Satan ! grogna Malahide, et il donna un coup de cravache à Gallant.

Trois fois Gallant et Harpie s'affrontèrent. Trois fois les Whiteoak et les Vaughan crurent la partie jouée. Mais le jury ne pouvait se décider et discutait à mi-voix.

Philippe consulta le papier sur lequel il avait noté les sauts. Il l'étala sur son genou.

— Je vous assure, dit-il à sa mère, que Gallant a gagné.

— C'est indiscutable, dit Nicolas.

— Pas du tout, déclara leur mère. Gallant a fait une faute *ici, ici* et *ici*.

Elle pointait sur le papier avec son index où étincelait un beau rubis.

Mary s'écria :

— Harpie a accroché la barre au dernier saut ! Je l'ai vue. Elle a très mal sauté.

— Vous y connaissez quelque chose ?

— J'ai des yeux pour voir.

— Ah ! les voilà qui reviennent.

A chaque saut réussi, les applaudissements éclataient. A chaque faute, les respirations s'arrêtaient. Robert Vaughan était presque incapable de supporter tant d'émotions. Il ferma les yeux pour ne pas voir les derniers sauts de Harpie.

Pendant toute l'épreuve l'irritation de celle-ci n'avait fait que grandir. Elle détestait Malahide et en avait peur. De mauvaise grâce, elle franchit les obstacles et galopa jusqu'aux trois hautes barrières. Elle sentait les mains de fer de Malahide sur les rênes. Ses éperons effleuraient ses flancs. D'un grand élan, elle franchit successivement les barrières et continua à galoper en secouant la tête et en faisant des écarts. L'air vibrait d'applaudissements.

Adeline sourit triomphalement à Philippe.

— Renny aura de la peine à faire mieux, dit-elle, mais il ne fallait pas qu'on sût qu'elle était contre Jalna. Son visage était indéchiffrable tandis que le poulain monté par Renny trottait sur la piste. En les regardant elle éprouva une peine aiguë en se disant qu'elle souhaitait de tout cœur leur défaite. Ah ! qu'ils étaient élégants, beaux et ardents ! Une bouffée d'orgueil l'envahit. Tandis que la haine augmentait entre Harpie et Malahide durant l'épreuve, la sympathie grandissait entre Gallant et Renny. Avec un air presque facétieux, le poulain fit sa dernière apparition. Il courbait son encolure de marbre gris et s'inclinait un peu de côté. Il franchit les premiers obstacles avec dédain et ses sabots résonnaient joyeusement entre les sauts comme en un crescendo musical, il approchait du point culminant des trois hautes barrières.

L'assistance se penchait en avant. Ceux qui étaient debout près de la palissade s'y appuyaient de toute leur force. Une femme blonde, vulgaire, excitée éclata de rire et écarta ses deux voisins. Le poulain qui passait près d'elle presque à la toucher roula ses grands yeux, la vit et fit un écart. D'étranges souvenirs surgissaient dans sa mémoire. C'en fut fait de sa bonne humeur. Son élan fut brisé comme un torrent qui rencontre tout à coup un rocher. Il recula devant l'obstacle et se déroba en montrant ses grandes dents et en soulevant ses sabots comme s'ils étaient des projectiles qu'il allait lancer.

Renny aussi avait entendu l'éclat de rire et reconnu le visage.

— Attention, mon vieux, sois gentil, vas-y maintenant !

Et il fit faire demi-tour à Gallant et le dirigea vers les trois barrières. Mais de nouveau l'animal recula, caracola et roula les yeux. Allons, essayons pour la dernière fois. Ses artères battent, sa crinière est électrisée.

— Allons, saute, saute, mon amour ! lui dit Renny doucement.

Et des mains, des genoux, du cœur il l'enlève et lui fait passer la barrière.

Voici la seconde, le poulain gris la franchit légèrement, son corps décrivant un arc rapide. A la troisième, sa mauvaise humeur se réveille, il saute comme s'il allait voler en éclats et arrache la barre d'en haut. Le clairon sonne. L'air résonne d'applaudissements et d'éclats de rire. Comme s'il était possédé du démon, le poulain refuse de quitter la piste, il fait un saut de mouton puis lance une ruade à un personnage officiel qui se trouve près de lui. Le visage de Renny est blême. Il a perdu son chapeau et ses cheveux roux foncé sont violemment éclairés.

Avec style, Malahide évolue sur Harpie au milieu du vacarme, du bruit des cuivres, des applaudissements. Mais Renny et Gallant sont les favoris du public. Partout on fait leur éloge et on s'étonne de leur défaite. Le visage impassible, Malahide fait le tour de la piste, la coupe d'argent posée sur sa selle.

Quand Renny se fraya un chemin dans la foule, il fit exprès de passer à l'endroit où Lulu s'appuyait contre la palissade. Elle avait déjà engagé une conversation animée avec l'un de ses voisins, mais elle tourna vers Renny un visage radieux.

Il lui dit à l'oreille :

— J'aurais voulu que vous mouriez avant de venir ici.

Elle s'écria :

— Vous aviez dit que vous m'enverriez une place et je n'ai rien reçu ! J'ai fait tout ce chemin pour vous voir et j'ai payé ma place avec mon argent !

— Et vous m'avez fait payer cher ce que vous m'aviez donné, répliqua-t-il, et il s'éloigna.

Il alla jusqu'à la loge et s'assit à côté de son père. Philippe posa sa main sur le genou de son fils et le pressa affectueusement.

— Bravo, mon vieux !

Renny protesta par un grognement plein d'amertume.

— Que s'est-il passé ? demanda Philippe.

— Je ne sais pas. Enfin, je ne peux expliquer, mais le poulain a vu quelqu'un qui lui a déplu. Oh ! père, ne me posez pas de questions.

— Tant pis, nous n'avons qu'à prendre notre parti de cette déception. Mais Gallant est trop nerveux, il ne vaut rien pour les exhibitions.

— Je sais.

Il regardait d'un air sombre la foule des chevaux montés par des cavaliers en uniforme qui entraient pour le quadrille musical. Il apercevait Lulu appuyée à la palissade, elle parlait à son voisin qui maintenant tournait le dos à la piste et la regardait avec une intense curiosité. On voyait saillir les jointures des mains de la jeune femme agrippées aux barreaux et Renny avait l'impression que ses lèvres volages laissaient échapper leur secret commun.

Adeline lui donna un petit coup d'éventail. Elle demanda :

— Pourquoi as-tu perdu tes étriers ? C'était déjà bien assez d'être battu par Malahide.

— J'espère que vous êtes contente, Gran, répondit-il avec amertume.

— Cela ne m'a fait aucun plaisir d'assister à la défaite de mon petit-fils, cela m'a été pénible.

Dans la loge des Vaughan, Malahide toujours affecté et Robert Vaughan, pâle comme un spectre, répondaient en souriant aux félicitations.

28

Projets de jeunesse

Le lendemain, Renny dit à Philippe qu'il s'était donné une entorse, il ne savait trop comment. Sans aucun doute, sa cheville était enflée et un peu décolorée, mais il fit plus d'embarras qu'il n'en avait l'habitude. Il avait les yeux très cernés et l'air de quelqu'un qui n'a pas fermé l'œil de la nuit. On appela le médecin de la famille qui lui banda la cheville et dit que Renny était déprimé et qu'il fallait qu'il se reposât une quinzaine. Philippe considérait sa progéniture avec une certaine préoccupation. Quel genre d'homme allait-il devenir, il se le demandait. Il aurait aimé pouvoir déchiffrer ses pensées.

— Battu, battu, battu ! se répétait Renny avec désespoir, tandis qu'appuyé sur une canne, il suivait en clopinant le sentier le long de la rivière. Et par ce serpent ! Comment ai-je pu le laisser gagner ! Ah ! maudite soit cette femme ! Maudite soit-elle ! Je ne veux plus revoir son visage !

Mais le visage moqueur de Lulu lui apparaissait à travers les feuilles, ses yeux qui le regardaient de biais dans les reflets de l'eau.

Il était irrésistiblement attiré par l'endroit d'où l'on apercevait la tente de Malahide. Il s'étendit dans l'herbe haute et attendit que Malahide se montrât. La tente cachée dans les arbres paraissait lointaine, inabordable, d'une sérénité virginale. Pourtant son toit blanc abritait cette vipère noire.

— Il m'a battu, répéta Renny, les mains crispées sur les touffes d'herbe, c'est lui qui a eu le dessus. Il m'a rossé, vaincu et tout cela par la faute de Lulu !

La tente s'ouvrit et Malahide en sortit une bouilloire à la main. Il était vêtu d'un chandail noir et d'un pantalon blanc ; ses cheveux que Renny avait toujours vus lisses comme de l'ébène se dressaient bouclés en deux petites cornes. Avec l'allure aisée et pourtant prudente d'un chat, il s'approcha de la rivière, s'agenouilla et plongea ses bras dans l'eau glacée. Il s'aspergea la figure et la tête comme pour calmer sa fièvre puis, toujours à genoux, s'essuya avec une serviette chiffonnée posée à côté de lui.

Sans qu'il les vît, les cygnes apparurent au tournant de la rivière. Des quatre petits cygnes, un seul survivait, personne ne savait comment les autres étaient morts, mais ces catastrophes successives avaient rendu les parents très anxieux et ils avançaient attentifs et protecteurs de chaque côté du petit cygne qui ployait son cou gris duveteux et poussait de petits cris de convoitise. La femelle plongea brusquement en montrant les plumes blanc de neige de sa queue, pendant que le mâle, après lui avoir jeté un regard condescendant, tournait d'un mouvement égal, escorté de son petit. A ce moment Malahide secoua sa serviette, et le cygne croyant sa progéniture en danger déploya ses grandes ailes et s'élança furieux vers Malahide.

Comme un toréador en présence d'un taureau furieux, Malahide recula en agitant la serviette devant l'oiseau. Il n'avait pas prévu qu'il déchaînerait une telle fureur car le cygne frappant l'eau de ses ailes vint même l'attaquer sur la terre ferme. Malahide s'enfuit et disparut sous la tente, tandis que le cygne revenait près de son petit en hérissant triomphalement les plumes de sa poitrine, une de ses pattes noires dressée au-dessus de l'eau, prête s'il le fallait à la défense. Puis tous trois descendirent ensemble la rivière.

Renny avait regardé ce spectacle avec un intérêt intense. Il y songeait toujours quand Malahide revint remplir sa bouilloire. Pendant que la fumée s'élevait gracieusement et que l'odeur du bacon grillé traversait la rivière, Renny, étendu, la tête sur son bras, observait les yeux mi-clos, mais en réalité ses pensées étaient très alertes et ses projets très précis.

Il resta là plus d'une heure jusqu'à ce qu'il eût vu Malahide vêtu de tweed foncé attacher la fermeture de la tente et disparaître dans la direction de Vaughanland.

Alors Renny se leva et, non sans souffrir, revint sur ses pas jusqu'au pont qu'il traversa. Il gagna l'endroit où Malahide avait jeté sa serviette et s'y tapit à moitié caché par les buissons. Aux alentours régnait le grand calme de l'automne. La fraîcheur de la nuit avait été dissipée par les rayons chauds et dorés du soleil. La rivière telle une langue léchait doucement les rochers et les polissait encore davantage.

Il n'eut pas longtemps à attendre. Les deux cygnes et leur petit regagnaient le renfoncement ombragé où ils passaient une partie de la journée.

Quand ils furent au niveau de Renny, celui-ci se dressa brusquement devant eux et secoua de toutes ses forces la serviette juste devant le mâle. Pendant une seconde l'oiseau fut tellement stupéfait qu'il resta immobile comme une statue. Puis il devint l'incarnation même de la fureur, battit l'eau de ses ailes, la fit jaillir en gerbes et se rua à l'attaque.

Mais Renny s'y attendait. Il recula à toute vitesse en continuant à frapper le cygne à coups de serviette, poursuivi par l'oiseau noble et maladroit.

Il était hors d'haleine et des élancements lui traversaient la cheville quand, grimpant le sentier, il s'échappa du ravin. Il resta un moment sans bouger le menton appuyé sur la main, puis il traversa lentement, en boitant, un petit bois de chênes et un champ et arriva à la route. L'un des ouvriers de son père y passait dans une voiture vide avec laquelle il venait de porter un chargement de pommes à la gare. Renny l'appela.

— Ecoutez, je voudrais que vous me posiez aux Moorings. Je me suis donné une entorse.

Il grimpa sur le siège et l'homme, se gardant d'aborder le sujet pénible de Gallant, dit :

— Il paraît que vous avez fait merveille avec les poneys de polo, hier soir au concours.

— Cela n'a pas mal marché.

— Mais il paraît que vous avez gagné haut la main, que vous avez monté d'une façon magnifique, dit Scotchmere.

— Oh ! c'est très aimable à Scotchmere. Mais je n'ai pas gagné avec Gallant et ce n'était pas ma faute.

— Ce sont des choses qui arrivent, monsieur, et vous aurez peut-être plus de chance la prochaine fois !

Il regarda avec sympathie les traits tirés du jeune homme.

— On dit que ce poulain est vraiment le diable incarné.

Renny ne répondit pas. Les bras croisés, le menton appuyé sur sa poitrine, secoué sur cette route raboteuse, il ne songeait plus qu'à une chose, la nécessité de voir Vera. Elle seule pourrait calmer sa mauvaise humeur, chasser ses idées noires.

Elle cueillait des dahlias dans le jardin quand il descendit péniblement de la charrette. Elle vint au-devant de lui jusqu'à la grille.

Il n'ouvrit pas la bouche jusqu'à ce que la voiture se fût éloignée en grinçant et que le regard curieux de son conducteur se fût détourné de lui. Alors seulement il courut en boitant jusqu'à la grille, la main tendue.

— Oh ! dit Vera, vous vous êtes fait mal.

— Oui, répondit-il avec un sourire lugubre, mon mal est intérieur aussi bien qu'extérieur.

— Vous parlez de votre déception d'hier soir ?

— En partie. En partie seulement. Je suis d'une humeur massacrante. Je viens vous demander de me distraire.

Tout en parlant, il cassait les tiges des dahlias avec sa canne.

— Ne faites pas cela, s'écria-t-elle. Vous abîmez les fleurs.

— Elles sont gelées, répondit-il d'un ton maussade.

— Mais je cueille les plus belles, regardez, et elle lui tendit le bouquet aux vives couleurs.

Il y jeta un coup d'œil.

— Leurs pétales frisent comme vos cheveux, toutes ces petites boucles.

Vera se tourna brusquement vers lui et le regarda bien en face, les yeux pleins de larmes.

— Savez-vous ce qui arrive ?

— Non. Quelque chose d'ennuyeux ?

— Plutôt. J'ai reçu une lettre de la maison. Il faut que je revienne immédiatement. Tante Violette part et il faut que je m'en aille avec elle. Dans quinze jours.

— Mon Dieu ! – il la regarda en pâlissant – mais pourquoi ?

— Mon père n'est pas bien. Il veut m'avoir auprès de lui. Je crois que cela ennuie mes parents de me sentir si loin.

— Vera, vous n'avez pas envie de partir, n'est-ce pas ?

— Comment le pourrais-je, juste quand nous commençons tous deux à nous entendre si bien !

— Allons au pavillon, nous serons mieux pour parler.

Ils s'assirent dans la petite retraite couverte de vigne vierge et, sous les feuilles froides des dahlias, leurs mains se joignirent.

— C'est curieux, dit-il, tout ce qui peut vous arriver coup sur coup. Premièrement, je suis renvoyé du collège. Deuxièmement, cela je ne peux pas vous le dire. Troisièmement, j'ai eu pendant des mois à la maison un homme que j'exècre. Quatrièmement, il me bat au concours hippique. Enfin maintenant, la première jeune fille qui me plaise m'est enlevée.

Les coins de sa bouche s'abaissèrent et ses doigts pressèrent nerveusement ceux de Vera.

Elle se sentit faiblir sous cette étreinte et dit d'une petite voix :

— Cela a été merveilleux pour moi, Renny, de vous avoir pour ami.

— Et maintenant il faut nous séparer ! Quelle malchance ! Et moi qui avais déjà combiné ce que nous ferions pendant les vacances de Noël.

— Je sais, je sais, c'est désespérant.

— Epouvantable !

— Mais nous nous écrirons.

— Je ne suis pas un fameux correspondant.

— Oh ! il faut m'écrire ! c'est la seule chose qui m'aidera à supporter la vie.
— Je vous écrirai. Mais c'est une piètre consolation. Ce que je veux, c'est vous, votre présence, votre conversation, votre... amitié... Vera, vous ne pouvez savoir ce que vous êtes pour moi.
— Et vous ne pouvez imaginer ce que vous êtes pour moi. Je vous trouve tellement fort, tellement courageux, tellement formidable. Je pouvais à peine respirer hier tant j'étais émue... J'avais peur de vous voir vous blesser... vous vous êtes donné une entorse ?
— Ce n'est rien. Ecoutez, Vera...
Il hésita et tapa sur une lame pourrie du parquet du pavillon. Ses traits se durcirent :
— Ecoutez, si vous appreniez quelque chose sur moi – comme Meg pour Maurice –, quel effet cela vous ferait-il ?
Elle rougit beaucoup, mais répondit avec calme :
— Il n'y aurait rien de changé – si tout était fini – et si je savais que vous m'aimiez... Mais naturellement la situation est très différente. Nous ne sommes pas fiancés.
Une vague de désir envahit Renny. Il releva fièrement la tête et la regarda droit dans les yeux.
— Mais nous le serons ! s'écria-t-il. Il faut que nous le soyons. C'est la seule issue. Nous nous fiancerons et nous nous marierons aussi avant qu'on puisse vous enlever à moi !
— Oh ! croyez-vous que ce soit possible ?
— Naturellement, si vous le désirez autant que moi.
— Oh ! Renny, je ne peux pas dire le contraire, j'en meurs d'envie !
— Il faut que je m'arrange pour vous trouver une bague de fiançailles.

29

Le chant du cygne

Quelques jours plus tard, Philippe se tenait devant la maison et respirait profondément l'air pur du matin. Le vent venait du sud et apportait l'odeur du lac dont, avec une oreille fine, on entendait les vagues se briser sur la plage. Il dit :
— On dirait que cet individu a l'intention de rester jusqu'au Jugement dernier. En tout cas, il faut qu'il nous rende la tente. Nick et moi nous en avons besoin pour la chasse au canard.

— Les nuits deviennent tellement froides, dit Mary avec optimisme, qu'il ne pourra plus y tenir. Mais dans ce cas je pense qu'il reviendra chez nous, votre mère le laissait entendre hier soir.

— Vraiment ? Alors on peut dire que nous l'avons pour tout l'hiver. Pauvre diable, il ne sait sans doute où aller. Mais il nous faut la tente à Nick et moi. Je veux ma tente et je l'aurai.

Il avança son menton rond et ferme d'un air têtu.

— Philippe, n'oubliez pas qu'après la chasse vous avez promis de m'emmener à New York.

— Si j'emmène mes chevaux au Concours hippique de New York, j'y emmènerai sûrement ma femme aussi.

— Il me faut au moins trois robes et des chaussures américaines. Elles chaussent tellement bien. C'est une catastrophe d'avoir un pied aussi étroit que le mien.

Elle tourna un de ses pieds sur le côté et feignit de le considérer avec ennui.

— N'essayez pas de faire croire que vous n'en êtes pas fière, Molly. Moi, je le suis.

Adeline venait d'arriver sur le perron et avait entendu une partie de la conversation.

— Qu'est-ce que c'est cette histoire de robes neuves ?

— J'accompagnerai Philippe à New York, répondit sa belle-fille avec une nuance de défi, et j'en profiterai pour acheter quelques vêtements.

— C'est ridicule. Je n'ai jamais rien entendu d'aussi ridicule. Vous achetez bien trop de choses pour un endroit tranquille comme ici, Mary. Pourquoi ne faites-vous pas durer vos robes comme moi ?

— Nous n'avons pas tout à fait le même âge, mère.

— Hum ! Eh bien, quand vous serez aussi vieille que moi, vous penserez moins aux fanfreluches et plus à bien diriger votre famille. Eden est affreusement gâté.

Le petit garçon sortit en courant de la maison. Il serra dans ses bras les jambes de son père.

— Vous partez, papa ? Est-ce que je peux venir aussi ? Emmenez-moi à New York.

Philippe le regarda d'un air amusé, un peu comme un dogue regarde un petit chien.

— Tu es un petit mendiant, dit-il, tu réclames toujours quelque chose.

Eden vit Renny partir par la petite porte dans la direction du ravin, suivi de Keno.

— Me permettez-vous d'aller avec Renny ?

Et il sautillait très excité.

— Quel petit démon ! s'écria Adeline. Il vous ressemble, Molly.

— Cours après Renny, et dis-lui de ne pas trop marcher avec son entorse, dit Philippe.

Renny n'était pas très content quand Eden le rattrapa. Après avoir écouté l'enfant lui répéter les mots de son père, il dit :

— Tu ferais mieux de ne pas venir avec moi. Je suis de très mauvaise humeur. Je me sens parfaitement capable de te pousser dans la rivière.

— Cela m'est égal, répondit Eden, et il glissa sa petite main dans celle de Renny.

— Où allons-nous ?

— Voir un peu ce que fait le cousin Malahide.

Il avait envie d'être seul, mais ne pouvait se résoudre à renvoyer l'enfant. Il aimait le tenir par la main et le sentir sous sa protection.

Ils suivirent le sentier jusqu'à l'endroit d'où l'on voyait la tente de Malahide. C'était l'heure à laquelle il se montrait généralement. Le paysage avait beaucoup changé depuis quelques jours. Les tons doux de l'automne étaient passés à l'or et au pourpre. Sur les teintes merveilleuses des érables et des bouleaux, le vert des sapins ressortait plus profond. Les plantes grimpantes sauvages garnissaient la haie comme une tapisserie éclatante. La rivière semblait couler plus vite et à sa surface se reflétait une branche écarlate. Le cygne, son épouse et son petit étaient dans une petite crique au bout du sentier de Malahide. De temps en temps, le mâle dressait son cou et regardait attentivement du côté de la tente. C'était à cet endroit que jour après jour, on l'avait tourmenté.

Renny, Eden et l'épagneul s'installèrent sur l'herbe courte qui recouvrait le sol sablonneux. Eden s'amusa à attaquer une fourmilière très populeuse avec le talon de sa solide chaussure marron. Keno enfonça son nez dans un terrier et se consacra totalement à sa chasse. Renny sortit de sa poche une petite photo de Vera et la regarda avec attention. Pourtant, malgré ces occupations absorbantes, chacun était attentif au moindre frémissement alentour.

Tous trois tournèrent la tête au bruit léger que fit la bouilloire de Malahide en heurtant la pierre du fourneau improvisé. Trois paires d'yeux posèrent sur lui leur regard clair quand il descendit nonchalamment le sentier : ceux d'Eden bleus, étonnés ; ceux de Renny bruns et éclairés d'un malicieux espoir ; ceux de Keno, noisette, profonds, exprimant un peu de curiosité au-dessus de son museau couvert de terre.

Malahide ne s'aperçut de la présence des cygnes qu'en trempant la bouilloire dans l'eau. Il vit alors le mâle, les ailes écartées, le bec ouvert, prêt à l'attaque. Malahide se releva vivement sur la pierre glissante et lança sa bouilloire sur la tête du cygne qui se jeta sur lui en battant l'eau de ses ailes puissantes et en poussant son cri de guerre. Ce brusque passage de l'immobilité absolue à la fureur pouvait se comparer à la rupture d'un charme.

Peut-être à cause de la vase dont les pierres étaient enduites, Malahide perdit l'équilibre et tomba dans la rivière. En une seconde le cygne fut sur lui et il s'ensuivit une telle confusion d'ailes battantes, de cou tordu, de bras et de jambes dans toutes les directions que pendant un instant on ne put rien distinguer à travers le voile des éclaboussures.

L'immobilité du cygne femelle formait un contraste frappant avec ce déploiement d'énergie. Elle était posée sur l'eau, à une courte distance et considérait la bataille d'un regard hautain pendant que le petit cygne, la tête dressée, regardait la scène avec une indifférence canaille.

En réunissant toutes ses forces, Malahide réussit à se dégager un instant et essaya frénétiquement de gagner le rivage. Mais le cygne qui semblait maître des éléments le suivit avec un dandinement féroce. Malahide bondit pour atteindre le tronc d'un arbre mais le cygne, avec un grand battement d'ailes, bondit également et le jeta à terre.

Quand le combat avait commencé, Eden avait poussé un cri de frayeur et était presque tombé du talus. Renny l'avait attrapé par le bras et tenu bien serré pendant que de l'autre main il serrait le museau de Keno pour étouffer ses aboiements. Entre ses deux captifs il souriait franchement tel un joyeux satyre.

Mais, quand il vit Malahide avoir le dessous, son sourire fit place à une expression inquiète.

Il lâcha l'épagneul qui descendit à toute vitesse le talus dans une excitation frénétique. Maintenant ses grandes oreilles flottaient sur l'eau, ses pattes s'agitaient et il ouvrait la gueule toute grande. L'instant suivant il était sur la rive opposée et aboyait, enfoui dans le plumage neigeux du cygne. Malahide à moitié évanoui s'était accroché à une branche de l'arbre.

— Lâche-moi ! lâche-moi ! cria Eden, je veux rentrer à la maison.

Libre, il partit comme une flèche.

Alors Renny dégringola le talus et traversa la rivière en marchant dans l'eau. Il ramassa un bâton et menaça le cygne qui, voyant ses adversaires triplés, recula lourdement jusqu'à la rivière où, grosse masse de plumes hérissées, il retrouva sa femelle et son petit. La première montrait une évidente fierté des prouesses de son époux, le deuxième une satisfaction tranquille à voir son père revenu.

Renny, en tirant Keno par son collier, s'approcha de l'endroit où Malahide était tapi dans l'arbre.

— Etes-vous blessé ? demanda-t-il.

Malahide grogna :

— Blessé ! Blessé ! vous me demandez si je suis blessé. Mais je suis mort.

— Vous avez dû irriter le cygne.

— Est-ce qu'on peut respirer l'air de Jalna sans mettre en fureur quelqu'un ou quelque chose ? Vous, votre famille ou vos maudits animaux ! Vos chevaux vicieux, vos chiens hargneux, votre grossier perroquet, votre horrible cygne ! Qui êtes-vous donc ? Vous croyez que la terre vous appartient, ce n'est pas prudent pour des gens civilisés de vivre avec vous ! Vous les épuisez ! Vous les attaquez, corps et âme ! Aidez-moi à sortir de cet arbre si vous en avez l'obligeance.

Il tendit les mains. Renny les prit et se raidit sous le poids de Malahide. Celui-ci se remit sur ses pieds ; il était en piteux état, trempé et tremblant à la fois de fureur et de soulagement.

— Je me suis transformé dans cette jungle. Je ne suis plus le même. Si je pouvais recommencer ce séjour, vous chanteriez un autre air.

Il se dirigea en chancelant vers sa tente.

— Voulez-vous prendre mon bras ? demanda Renny.

A contrecœur, Malahide prit le bras du jeune homme, mais il s'y appuya lourdement. Ils entrèrent sous la tente qui sentait l'herbe et était tachetée par le soleil. Malahide se laissa tomber sur le lit et dit :

— Prenez la bouteille de brandy dans le placard. Maudit oiseau ! ses ailes étaient de véritables fléaux, je suis rompu !

Renny apporta le brandy et remplit un verre. Les dents de Malahide claquaient sur le bord du verre en buvant. De petites mares se formaient autour de lui sur le sol et sur le lit. Il vida complètement le verre à part les gouttes qui coulèrent le long de son menton. Il se l'essuya avec ses doigts, puis les approcha de son nez et les sentit.

— Grâce au Ciel vous êtes arrivé à temps. Ce monstre m'aurait certainement tué !

— Il a perdu trois petits, dit Renny. On ne peut lui en vouloir d'être agité.

— Est-ce ma faute s'il n'a pas été capable d'élever sa progéniture ? Est-ce ma faute si j'ai mieux monté que vous au concours ? Ou si vous avez, à juste titre, été renvoyé de votre collège ? Ou si le jeune Maurice a eu un bâtard ? Ou si Robert Vaughan a eu une attaque ? Ou si vous avez couché avec une bohémienne ? Non. Pourtant toutes ces catastrophes – si on peut dire – ont pesé sur mes innocentes épaules. J'ai été le bouc émissaire dans les deux maisons. J'ai été insulté chez vous et c'est à peine si les Vaughan m'adressent la parole.

Keno avait examiné la tente dans ses moindres recoins et avait découvert une terrine de « pâté de foie gras » qu'il se mit à dévorer vulgairement à grosses bouchées. Un petit oiseau perché sur le piquet central de la tente chantait son adieu à ce pays froid et son prochain départ vers le sud. Dans le lointain, on entendait Eden bavarder.

Il apparut à la porte de la tente, la main dans celle de son père. Philippe demanda :

— Qu'est-ce qu'on me raconte ? Le cygne a attaqué Malahide ?

Il considéra avec inquiétude Malahide qui était prostré et ne répondit pas.

— C'est une chance que j'aie été là, dit Renny. Il a été quelque peu maltraité.

Malahide releva la tête.

— Votre fils m'a sauvé la vie, répondit-il. C'est la première fois que l'un de vous fait preuve de générosité à mon égard. Et encore la simple humanité l'y obligeait. Pourtant j'ai tout fait pour me rendre agréable. J'ai même été jusqu'à accompagner seize fois votre mère chez le dentiste, ce qu'aucun de vous ne voulait faire par paresse ou par lâcheté.

— Cela vous a rapporté une épingle de diamant, fit remarquer Renny.

— Je suis désolé, dit Philippe, que vous ayez aussi mauvaise opinion de nous.

Il regarda d'un air gêné une enveloppe jaune qu'il tenait à la main et ajouta :

— J'ai un câble pour vous, Malahide. Il venait d'arriver quand Eden est venu. Vous sentez-vous assez fort pour le lire ?

Malahide tendit la main et prit le papier. L'un de ses yeux était fermé tant il était enflé, de l'autre il lut : « Votre mère s'est éteinte paisiblement ce matin après une courte maladie. Attends instructions. – Bates, avoué. »

Après avoir pris connaissance du message, instants pendant lesquels on entendait seulement Keno nettoyer avec sa langue la terrine de « pâté de foie gras », Malahide le lut à haute voix, d'un ton emphatique.

Philippe, tout en n'ayant jamais entendu dire de bien de la mère de Malahide et seulement du mal de ses rapports avec son fils, était plein de sympathie. Il dit :

— C'est pour vous une triste nouvelle, Malahide. J'en suis désolé. C'est une consolation de savoir que votre mère s'est éteinte paisiblement.

— C'est bien la première chose qu'elle ait faite paisiblement, dit Malahide. J'ai passé ma vie à maintenir la paix. Mon séjour chez vous vous permet d'être juge de mes capacités. Pourtant je la regretterai.

— Bien sûr vous la regretterez, dit Philippe. Comment était-elle ? Avez-vous envie de parler d'elle ?

Malahide soupira :

— C'est impossible de la décrire. Elle vivait comme une reine dans une maison dont le toit menace ruine, où les écuries sont vides et le jardin envahi par les mauvaises herbes. Mais elle avait de l'argent en banque. Il va falloir que je retourne immédiatement chez moi.

— En attendant, dit Philippe, enterrons le passé et revenez à Jalna. D'ailleurs nous avons besoin de la tente, Nicolas et moi, pour aller chasser. Nous partons dans un ou deux jours.

— Vous pouvez la prendre. J'accepte votre invitation à revenir à Jalna.

— Vous feriez mieux de rentrer avec nous maintenant si vous vous sentez capable de marcher.

— Je vais plutôt rester ici aujourd'hui.

Eden s'approcha de lui et posa sa main sur le genou de Malahide.

— Le cygne va peut-être revenir, dit-il.

— C'est vrai, dit Malahide en le serrant dans ses bras. Ce sera le fleuron de votre couronne, Philippe, et j'espère que vous vivrez assez pour en jouir. Confiez-le-moi, je le remmènerai en Irlande et j'en ferai un gentleman civilisé.

Philippe dit :

— Qu'en dis-tu, Eden ? Veux-tu aller en Irlande ?

— Est-ce que Renny viendra aussi ?

Malahide répondit :

— Je ne me charge pas de civiliser tout le monde.

— Qu'est-ce qu'il dit ? demanda Eden.

— Il dit, répondit Renny en posant sa main sur le cou du petit garçon, que tu es plus en sécurité ici avec ton grand frère.

— Quoi que vous fassiez, dit Malahide, vous n'en ferez pas un Whiteoak, notez bien mes paroles.

— Nous l'élèverons de notre mieux, répliqua Philippe. Retire ta main de son cou, Renny, combien de fois faudra-t-il le répéter ?

30

La bague de fiançailles

La nouvelle du changement apporté aux projets de Malahide, de son départ imminent, causa à Jalna un émoi agréable. Le désir de se retrouver entre soi après cette longue rupture de la bonne entente familiale était général. Les jours devenaient courts et, une fois les rideaux rouge foncé bien tirés, un grand feu allumé, Adeline aimait avoir les siens rassemblés autour d'elle et devenir le centre d'une conversation animée sinon toujours courtoise.

Elle admit sans difficulté qu'elle n'éprouvait aucun regret du départ de Malahide. La mort de la mère de celui-ci, Bridget Court, devait être considérée comme une bénédiction vu qu'elle débarrassait le monde d'une vieille femme tyrannique et hypocrite et laissait son fils dans une situation indépendante. Adeline ne demandait qu'à s'étendre sur ce sujet pendant des heures, et une fois Malahide au lit dans son ancienne chambre avec une boule aux pieds et un onguent sur ses contusions, elle se prépara à jouir des heures les plus agréables qu'elle eût connues depuis longtemps.

Elle s'installa à son bureau dans la bibliothèque, un verre d'eau d'orge aromatisée au citron posé à côté d'elle, pour rédiger une longue lettre à Ernest. Il lui manquait beaucoup, car il savait mieux que personne discuter à perte de vue des histoires de famille.

En la voyant bien installée, Keno sauta d'une pile de coussins que Meg lui avait préparée et se coucha à ses pieds. Il posa son long museau blanc tacheté de brun sur les pantoufles de chevreau noir d'Adeline et s'abandonna à une douce torpeur sans perdre conscience de ce que faisait la vieille dame.

Sa plume, qu'elle tenait parallèlement à sa poitrine, courait sur le papier mauve marqué à son chiffre que Sir Edwin lui avait donné pour son anniversaire. De temps en temps elle faisait une moue ou haussait ses épais sourcils roux en écrivant. Parfois elle se grattait la tête avec le manche de son porte-plume et repoussait son bonnet sur le côté d'un air un peu crâneur. Mais tous ses gestes témoignaient d'une évidente satisfaction qu'elle transmettait de façon subtile à l'épagneul par de petits battements de pied, aussi l'animal se souleva-t-il suffisamment pour frapper le tapis de sa queue poilue.

Quand elle eut terminé sa lettre, elle la sécha avec le buvard dont les bords étaient couverts de têtes de chevaux dessinées par Philippe pendant qu'il faisait à contrecœur son courrier. Elle but la fin de son verre d'eau d'orge et appela pour lui lire sa lettre Mary, qui mettait en pot des géraniums sous la fenêtre.

— Cherchez aussi Philippe et Nicolas, dit-elle, et Renny et Meg. Cela les amusera d'entendre ce que j'ai écrit.

Mary considéra ses mains.

— Il faut d'abord que je me lave les mains, dit-elle.

— Essuyez-les sur l'herbe. Ce n'est pas de la vraie saleté.

— Non, il faut réellement que je me les lave.

— Vous êtes tout le temps en train de vous laver. Vous finirez par vous user.

— J'en ai pour un instant, ensuite j'appellerai les autres.

L'attente parut longue à Adeline. Elle s'installa devant le bureau et resta les yeux fixés sur la porte. Meg entra la première, puis les deux frères qui étaient déjà allés examiner la tente qu'on avait ramenée sur la pelouse. Enfin Mary arriva avec les gros bas de chasse de Philippe pour les raccommoder.

Philippe apporta son fusil afin de le nettoyer tout en écoutant. Sa mère considéra ces préparatifs d'un œil réprobateur.

— Penses-tu pouvoir m'écouter convenablement en faisant cela ? demanda-t-elle.

— Mais certainement maman. Je suis tout oreilles.

Il posa ses chiffons à côté et examina le canon brillant du fusil. Keno bondit avec un aboiement joyeux et, fou d'allégresse, courut autour de Philippe.

— Où est Renny ?

— Chez les Lacey, répondit Mary. Je crois qu'il y a anguille sous roche.

— Plus vite il retournera au collège, mieux cela vaudra, dit Nicolas.

Philippe se tourna vers Meg.

— Crois-tu que Vera lui plaise beaucoup ?

Meg était indéchiffrable.

— Je crois qu'il l'admire.

— Depuis le concours il passe avec elle la plus grande partie de son temps, dit Mary. Si elle n'est pas ici, il est là-bas !

Adeline interrompit.

— Est-ce que nous sommes ici pour parler de la conduite de ce chenapan ou pour écouter ma lettre ?

— Allez-y, maman, dit Philippe.

— Vas-tu faire taire ce chien ?

— Couché, Keno, couché !

— Alors maintenant, tout le monde écoute.

— Nous sommes tous sur le qui-vive, dit Nicolas.

D'un ton sérieux, en appuyant fortement sur les adjectifs soulignés,

Adeline débita sa lettre. Une fois Nicolas voulut l'interrompre, car il n'était pas d'accord sur l'exactitude de son récit, mais Philippe lui donna un coup de pied et il se tut. Quand elle eut fini, Mary s'écria :

— Voilà une lettre absolument merveilleuse !

Adeline la regarda par-dessus ses lunettes :

— Pas du tout, c'est le simple récit de nos faits et gestes. Rien n'est exagéré. Rien, comme dit saint Paul, n'y est dit par méchanceté.

— Shakespeare, maman, corrigea Nicolas.

— Shakespeare si tu veux, des hommes intelligents tous les deux, mais qu'il ne faut pas prendre trop au sérieux. Alors vous trouvez que ma lettre peut aller ?

— Ernest sera enchanté, dit Philippe. Il la lira à tout le monde.

Elle retira ses lunettes, jeta autour d'elle un regard bienveillant, puis aspira bruyamment le fond de son verre d'eau d'orge.

— Ah ! dit-elle, que c'est bon. Crois-tu que cela constipe, Philippe ?

— Peut-être un peu. Maintenant ce fusil est en bon état, je vous assure. Qu'en penses-tu, Keno ? Irons-nous à la chasse, mon vieux ?

Renny ne revint qu'après quatre heures. Dans le hall il rencontra Meg qui le prit par les revers de sa veste.

— Devine ce que la famille se demande ? chuchota-t-elle. Elle se demande si tu es amoureux de Vera. Mère est persuadée que oui.

— Pourquoi ne sors-tu plus de la maison ? dit-il. Tu as perdu toutes tes couleurs.

Elle rit et le secoua gentiment.

— Es-tu amoureux de Vera ?

— Tu avais trois drôles de petites taches de rousseur sur le nez, dit-il. Mais elles ont disparu, tu ne vas plus jamais au soleil.

— Si tu crois que tu t'en tireras comme cela, tu te trompes. Je veux une réponse.

— Pourquoi ne te coupes-tu pas les cheveux, dit-il, et ne te coiffes-tu pas en petites boucles comme Vera ? Je t'aimerais beaucoup.

— Tu es amoureux d'elle ! Tu l'es ! Mais on ne vous permettra jamais de vous fiancer ! Jamais. Elle m'a dit que cela ne plaît pas beaucoup aux Lacey de te voir tout le temps chez eux. Et puis elle s'en va.

— Je vais tout te raconter, dit-il, et tu pourras m'aider.

Elle lui jeta les bras autour du cou et l'embrassa. Puis elle dit :

— Mais il faut d'abord que tu viennes au goûter d'anniversaire de Peep. J'ai promis que tu irais.

Elle l'amena dans la salle à manger où le bébé trônait à un bout de la grande table couverte de petits gâteaux, de gelées et de pain beurré. Devant lui se dressait un gâteau glacé avec deux bougies allumées, leurs flammes se reflétaient dans le bleu clair de ses yeux.

Toute sa petite personne, de sa grosse boucle dorée jusqu'à ses pieds chaussés de bleu qui frappaient les barreaux de sa chaise haute, en passant par les nœuds bleus de ses épaules, exprimait un orgueil de propriétaire.

— Mon gâteau, dit-il à Renny et Meg. Mon gâteau. Mon cheval à bascule !

Il montrait avec sa cuiller le cheval à bascule que lui avait donné sa grand-mère.

Celle-ci était assise à la droite du bébé et cette présence si massive et si imposante à la même table que lui distrayait Piers et lui faisait oublier son goûter. Mary et Eden étaient à sa gauche. Eden avait l'air un peu morne de l'enfant dont l'anniversaire est passé depuis longtemps et qui sent son peu d'importance en ce jour.

— Mon Dieu ! s'écria Renny. Quel beau cheval ! Il faut que je te voie dessus, Peep.

— Tout de suite, tout de suite, cria Peep en se débattant pour descendre.

— Oh ! pourquoi avez-vous dit cela, Renny ? s'écria Mary. Nous avons eu tant de peine à le faire descendre pour goûter !

Renny s'approcha et regarda le gâteau.

— Moi, veux du gâteau ! Moi veux du gâteau tout de suite, déclara-t-il.

Le bébé le regarda avec sévérité.

— Mon gâteau, dit-il, mais il oublia son jouet.

Eden dit à Renny :

— Quelle drôle de façon de parler ! Tu ne me parles pas comme cela.

— Tu es un grand garçon.

Mary coupa le gâteau et pendant que Meg et Renny dévoraient leur part, Adeline demanda à son petit-fils :

— Où étais-tu, toute la journée ?

— A l'écurie, répondit-il avec un sourire désarmant.

Aussitôt qu'ils le purent, le frère et la sœur se sauvèrent dans la chambre de Meg. Là Renny, tout en marchant de long en large, raconta qu'il aimait Vera et qu'il désirait l'épouser avant son départ pour l'Angleterre. Les doutes que Meg avait pu avoir sur la profondeur du sentiment de son frère furent chassés par l'ardeur et l'enthousiasme juvénile du jeune homme. Elle combina avec lui la façon de tout organiser en secret. Elle et Vera iraient ensemble à la ville, où il les retrouverait et la cérémonie aurait lieu dans une église éloignée ou même dans un bureau d'enregistrement.

— Que tu es gentille, Meggie ! dit-il. Nous n'oublierons jamais, Vera et moi, la façon dont tu nous auras aidés, tu peux en être sûre. Si je pouvais avoir une bague de fiançailles à lui offrir ! C'est rudement malheureux que je n'aie pas assez d'argent ! Si seulement j'avais gagné le prix, j'aurais pu lui acheter quelque chose de bien !

— Quelle catastrophe ! dit-elle en imitant le ton affecté de Malahide.

— Tu sais, Gran m'a montré un jour une bague en me disant qu'elle serait pour ma fiancée. C'est une perle entourée de diamants. Ce serait ravissant sur la main de Vera.

— Si je n'avais pas rendu à Maurice la sienne, dit Meg, tu aurais pu la prendre.

L'idée ne plut guère à Renny.

— Cela nous porterait malheur, dit-il.

Meg poussa un profond soupir, son menton trembla puis, après avoir réfléchi un instant, son visage s'éclaira et elle dit :

— Pourquoi n'essaies-tu pas de t'emparer de la bague que Gran t'a promise ? Elle a dit qu'elle serait à toi quand tu serais fiancé. Tu es fiancé, donc, elle est à toi de fait.

Il fut surpris de cette idée. Un tel raisonnement ne lui fût jamais venu à l'esprit mais cela semblait logique et juste. Il dit :

— Si seulement je pouvais mettre la main dessus.

— Rien de plus facile, dit Meg. Il n'y a que son argent qu'elle enferme à clef, jamais ses bijoux. Après le dîner, pendant qu'elle sera au salon nous irons dans sa chambre et je trouverai cette bague, j'en mettrais ma tête à couper !

— Avec ton chapeau neuf style *Veuve joyeuse* ? demanda-t-il, les yeux brillants d'excitation.

— Oui. Il faudra que nous prenions une banane, comme cela si on nous découvre nous ferons semblant de la donner à Boney pour lui apprendre une méchanceté. Cela dissipera tous les soupçons de Gran.

Renny la regardait avec admiration. Elle était pleine d'assurance, elle était entière, elle suivait son chemin en sachant exactement ce qu'il fallait faire. Pourtant il avait des scrupules.

— Je me demande s'il faut que je prenne cette bague, dit-il. Cela paraît bizarre.

Elle le regarda avec mépris.

— Es-tu fiancé avec Vera ?

— Certainement.

— Grannie t'a-t-elle dit que cette bague était pour ta fiancée ?

— Oui.

— Alors pourquoi trouves-tu bizarre de la prendre ?

— Cela ressemble à un vol.

— Est-ce voler que de prendre ce qui vous appartient ? Et puis, dès que vous serez mariés tu raconteras tout.

— Et si Gran me fait rendre la bague ?

— C'est impossible. Elle sera à Vera et il n'y aura plus rien à faire.

— Et si elle s'aperçoit tout de suite de la disparition de la bague ?

— Sûrement pas, elle n'ouvre presque jamais cette boîte-là.

Il fut convaincu et fit taire ses scrupules.

Le temps leur parut long jusqu'à ce qu'on eût allumé les lampes dans le salon et que Meg partie en reconnaissance eût déclaré que la voie était libre. Elle était au pied de l'escalier une banane à la main, sa jolie figure ronde pétillante de malice. En descendant sans bruit pour la rejoindre il se sentait ramené aux joyeux complots de leur enfance. Elle le prit par la main et l'emmena jusqu'à la porte de la chambre de leur grand-mère.

Là il hésita et dit :

— Ecoute, je n'ai pas besoin d'entrer. Tu sais exactement où est la bague. Il vaut mieux que j'attende ici en faisant le guet.

— Froussard ! siffla Meg, et imbécile aussi ! On te verra sans doute rôder par ici tandis qu'à l'intérieur nous sommes en sécurité.

Elle ouvrit doucement la porte et passa devant lui.

— Gratte une allumette, ordonna-t-elle.

Il en craqua une et elle remonta la mèche de la lampe basse en cuivre dont la chaude clarté fit revivre la chambre. On voyait les vives couleurs des fruits et des fleurs peints sur le bois de lit. Le papier à dessins, le tapis chinois aux tons éclatants, les rideaux violets et l'acajou brillant révélaient le goût fastueux de la propriétaire. Sur le dessus de la cheminée une délicate statuette de la déesse Kuan Yin tendait ses mains de porcelaine semblables à des pétales de fleurs. Le perroquet était endormi sur son perchoir.

Meg donna la banane à Renny. Elle se sentait dans son élément.

— Maintenant, dit-elle, ne perdons pas de temps. Si tu entends quelqu'un venir donne une chiquenaude à Boney et fais-le manger... Voyons, où Gran met-elle cette boîte ? Oui, dans le tiroir d'en bas de sa commode.

Elle ouvrit le tiroir et les trésors d'Adeline apparurent bien rangés, des étoffes de prix entassées depuis des années, des éventails d'ivoire, un châle de cachemire, des fichus de dentelle, et une quantité de petites boîtes. Il s'en dégageait un faible parfum de gaieté disparue.

Meg s'empara d'une boîte de velours rouge.

— Voilà, s'écria-t-elle, et elle l'ouvrit avidement.

Ses doigts agiles en explorèrent le contenu où, trait caractéristique d'Adeline, voisinaient des objets précieux et d'autres sans valeur. Triomphalement Meg brandit la bague, une perle sans défaut entourée de diamants.

— Suis-je une bonne sœur ?

— Tu es un ange, Meggie ! Laisse-moi la regarder !

Il la prit et une expression fière et décidée durcit ses traits.

— Elle ira bien à Vera. As-tu remarqué ses mains ?

— Oui, elles sont très jolies. Elle dort avec des gants imbibés de pâte d'amandes.

Renny restait silencieux. Il regardait le bijou posé dans le creux de sa main en pensant à ce qu'il signifiait pour lui et Vera, à leur future vie commune, à la façon dont il l'aimerait et la protégerait.

Bien qu'ils n'eussent fait aucun bruit, ils avaient réveillé Boney. L'oiseau releva la tête, ouvrit un grand bec et battit de l'aile. Son œil brillant parcourut la chambre à la recherche d'Adeline. Personne n'avait le droit d'être là en son absence. Quelque chose dans l'attitude de l'intrus l'irrita. Il s'agita d'une façon qui annonçait une explosion de fureur.

— Gentil Jacquot, dit doucement Meg. Donne-lui un morceau de banane, Renny.

Renny pela le fruit et le tendit à Boney qui détourna la tête. Il donna un violent coup de bec dans le bijou que tenait Renny et cria très fort.

— *Chore ! Chore !*

— Grands dieux ! dit Meg qui n'arrivait pas à refermer la boîte, il va attirer tout le monde ici ! Donne-lui la banane.

— Il n'en veut pas.

Boney regardait toujours la bague en criant.

— *Chore ! Chore !*

— Cela veut dire voleur, dit Renny, d'une voix étranglée, c'est effrayant.

Meg terriblement agitée remit la boîte à sa place et ferma le tiroir.

— *Chore ! Chore !*

Boney se balançait sur son perchoir. Rien ne pouvait le décider à prendre la banane. Maintenant entre les rideaux ouverts il voyait derrière la fenêtre une figure pâle qui regardait entre les branches du lilas. C'était Malahide qui s'était levé, bouleversé et assez surexcité, et rôdait dans le jardin. En voyant de la lumière dans la chambre d'Adeline il avait eu l'idée, s'il la trouvait là, d'entrer bavarder avec elle. Lorsqu'il aperçut à sa place ses petits-enfants avec des mines de conspirateurs, il resta immobile à les observer.

Boney alors éclata.

— Au diable ! Au diable ! Au diable, Malahide ! Malahide ! Malahide.

Il glissait d'un bout à l'autre de son perchoir, se tordant de colère.

Renny éteignit la lampe et il s'enfuit dans le hall avec sa sœur. Comme des ombres ils montèrent l'escalier et ne s'arrêtèrent pas avant d'avoir atteint la chambre de Meg. Là elle se laissa tomber dans un fauteuil en riant et en se tenant le côté.

— Oh ! s'écria-t-elle, j'ai un de ces points de côté ! Quel oiseau !

— Cela commençait à devenir dangereux, dit Renny. Nous avons filé juste à temps.

Il mit la bague à son petit doigt et mangea la banane.

31

Le dernier méfait de Malahide

Le départ de Nicolas et de Philippe pour leur expédition de chasse eut lieu deux jours plus tard. Il leur fallut l'aide réunie des domestiques et de la famille pour partir. La tente, le grand sac de toile rempli de couvertures avaient déjà été portés à la gare, de même que la caisse de conserves, de bacon, d'œufs et de jambon. Il ne restait plus à emporter dans la voiture que leurs bagages à main, leurs fusils et leurs munitions. Keno s'était installé sur les genoux de Philippe, l'air radieux, de temps en temps il caressait du museau l'étui qui contenait le fusil de Philippe. Nicolas tenait en laisse un jeune chien d'arrêt qu'on venait juste de dresser.

La nuit précédente, une forte gelée avait flétri l'herbe. Les dahlias tout noirs pendaient sur leurs tiges. Les capucines et les asters étaient tout à fait fanés, mais ici et là un souci dressait dans la bordure sa tête éclatante. L'air était si transparent, si vif qu'Hodge avait toutes les peines du monde à retenir les chevaux. Mary dans sa légère robe bleue croisait ses bras pour avoir chaud et disait en riant à Philippe :

— N'oubliez pas de nous envoyer des perdrix et aussi des cailles ! J'aime mieux cela que le canard. Et puis tâchez de ne pas rentrer avec une horrible barbe jaune comme l'année dernière ! Attention à votre rhumatisme, Nick. Oh ! je me demande si vous avez bien tout ce qu'il vous faut ?

— Mon Dieu ! dit Nicolas, j'ai oublié mon liniment.

— Molly va te l'apporter, dit Philippe. Soyez gentille et courez le chercher, Molly.

— J'y vais ! j'y vais ! cria Eden qui tenait à la main le toast de son petit déjeuner et en donnait des morceaux au chien de Nicolas.

— Qu'est-ce que vous avez oublié, les garçons ? demanda Adeline qui était sur le perron enveloppée dans un châle écossais.

— Mon liniment, grogna Nicolas, dans le bas de ma table de toilette.

— Eden va te le chercher.

— Non, il va faire des taches de graisse sur la bouteille.

— Alors, que Meg y aille, dit Philippe. Meggie, cours chercher le liniment d'oncle Nick.

Meg venait d'arriver avec le bébé dans les bras. Elle fit un peu la moue.

— Et Peep, il ne va pas vouloir que je le pose, n'est-ce pas, mon petit trésor ?

Elle appuya sa joue contre le corps potelé et le bébé enfonça ses mains dans ses cheveux.

— J'y vais, s'écria Mary.

— Non, non, dit Philippe, qu'Eden y aille.

— Non, rugit Nicolas, regarde ses mains.

Adeline tapa sur le perron avec sa canne.

— Alors personne n'ira chercher le médicament de mon fils ? Où *sont* donc les domestiques ?

Elisa apparut, la pipe de Philippe à la main. Elle dit avec sévérité en la lui tendant :

— Je l'ai trouvée pleine de cendre chaude sur le piano, monsieur.

Philippe la prit, l'air un peu confus.

— Oh ! c'est bien ennuyeux, Elisa ; mais consolez-vous, pendant mon absence vous pourrez avoir une maison tout à fait en ordre.

Renny, les mains profondément enfoncées dans ses poches, arrivait au coin de la maison. En chœur son père et son oncle lui ordonnèrent d'apporter le liniment. Il partit comme une flèche dans la maison et grimpa l'escalier.

— Regarde-le, dit Nicolas, as-tu jamais vu une entorse guérir aussi rapidement ?

— C'était enflé, je l'ai constaté, dit Philippe.

Il regardait affectueusement Renny qui revenait suivi d'Eden, qui le suppliait de lui permettre de porter la bouteille. Philippe s'était dit qu'il lui faudrait avoir une conversation sérieuse avec son fils avant de partir. Il ne devait plus le revoir avant sa rentrée au collège. Mais il n'avait pas pu s'y décider. Il avait simplement dit :

— Meilleure chance cette fois-ci, mon vieux. Et attention à ton mauvais caractère, ne tiens pas tête aux professeurs.

Au milieu des plaisanteries d'Adeline, des au revoir des enfants, des baisers envoyés par Molly et par Meg les chevaux s'élancèrent, faisant voler une pluie de gravier. Les chiens aboyaient joyeusement.

Mais Renny mit ses mains en cornet et cria :

— Papa, papa, avez-vous pris le whisky ?

Philippe appela Hodge. Hodge cria : « Holà ! » à ses chevaux et les retint vigoureusement. Le jeune chien d'arrêt qui s'étranglait avec sa laisse reçut une tape de Nicolas.

— Apporte-le ! Apporte-le ! dit Philippe. Mon Dieu, Nick, dire que nous allions partir en l'oubliant !

Pour la deuxième fois, Renny se précipita dans la maison suivi d'Eden. Adeline était tellement énervée qu'elle tournait sur place sur le perron.

— Quand seront-ils partis ? marmottait-elle. Ils exagèrent.

Renny chargé de la lourde cave à liqueurs descendit l'allée aussi vite qu'il put. On eut de la peine à trouver un coin où la caser. Philippe donna à Renny une tape amicale sur l'épaule en disant :

— Tu es un brave garçon.

Et ils repartirent.

Plusieurs heures s'écoulèrent avant que Malahide apparût. On lui avait apporté son petit déjeuner dans sa chambre et, quand le brouhaha du départ fut calmé, il s'était retourné et rendormi.

Il était près de midi quand il s'engagea sur la route qui menait chez l'amiral Lacey. Il trouva le vieillard en train de se chauffer au soleil très chaud maintenant, dans une véranda au midi qui donnait sur son jardin flétri par le gel. La vue de Malahide ne lui fit pas particulièrement plaisir, car il ne savait jamais très bien que lui dire, mais toute visite était la bienvenue, les siens étant complètement absorbés par les préparatifs du départ de Violette et de Vera.

Après avoir parlé de choses et d'autres, Malahide dit en se passant la main sur son menton bleuâtre :

— Cela me fait grand plaisir de voyager avec votre fille et Vera. J'espère avoir l'occasion de leur rendre service.

— Mais oui, mais oui, je suis très heureux qu'il y ait un homme avec elles. Je n'aime pas beaucoup que les dames voyagent seules même à notre époque.

— Vera est une charmante jeune fille, dit Malahide.

— C'est une gentille enfant, admit l'amiral, mais je ne serai pas fâché de la voir partir. C'est une grande responsabilité. Mon fils la gâte, ce n'est pas de cette façon que j'ai élevé mes filles. Cette enfant n'aime pas qu'on la surveille, croyez-moi. Elle sait ce qu'elle veut et est très adroite pour arriver à ses fins.

Malahide le regarda avec tristesse et dit :

— Amiral, je ne peux vous cacher que je trouve les fiançailles de Vera avec le jeune Renny lamentables.

L'amiral Lacey le regarda avec stupéfaction.

— Les fiançailles ! Que voulez-vous dire ? Je n'ai entendu parler d'aucunes fiançailles.

— C'est sans votre consentement, alors.

— Sans mon consentement ! Mais on ne me l'a jamais demandé. Vous vous trompez complètement. Il n'y a pas de fiançailles.

Malahide se rapprocha et murmura :

— Ils sont fiancés, amiral, elle porte sa bague.

L'amiral Lacey devint très rouge.

— Je vais la faire venir, dit-il, et voir ce qu'elle répondra, comme si j'allais la laisser se fiancer quand on me l'a envoyée pour éviter cela.

Puis il ajouta, plus calme :

— Remarquez que je n'ai rien à dire au sujet de Renny, c'est un garçon sympathique, mais il n'a pas encore vingt ans. Plus tard nous verrons.

— Un mariage entre eux ne pourrait être que lamentable, dit Malahide, je répète le mot *lamentable*. Il n'a pas le droit d'approcher une innocente jeune fille, encore moins de l'épouser.

L'amiral Lacey le considéra avec défiance.

— J'aimerais des explications, dit-il froidement.

La voix de Malahide était pleine de sous-entendus en répondant.

— C'est facile à expliquer. Renny a eu une liaison avec une femme – assez âgée pour être sa mère –, une parente de la jeune fille que le jeune Vaughan a séduite.

— Est-ce que Philippe sait cela ?

— Oui, il le sait.

— Alors, sacrebleu, il a eu tort de laisser ce jeune vaurien venir voir ma petite-fille. Je ne l'en remercierai pas. Quant à ces fiançailles – vous dites qu'elle porte sa bague ?

— Sans aucun doute, en secret. Rien que la façon dont il s'est procuré la bague est répugnante. *Il l'a volée à sa grand-mère.*

L'amiral, lent à s'émouvoir, n'en réagit que plus violemment. Son visage s'empourpra.

— Je vais – je vais –, commença-t-il, perdant toute maîtrise.

Malahide posa sa main sur le bras de son interlocuteur pour le calmer.

— Si vous parlez à Vera dans l'état où vous êtes, cela peut faire plus de mal que de bien.

— Cher monsieur, répondit l'amiral Lacey, je n'ai pas à attendre le moment opportun pour parler à ma petite-fille.

— Bien sûr que non. Mais si vous voulez faire une impression sérieuse, choisissez le bon moment. Choisissez le moment où ils seront seuls dans la pièce tous les deux. Il vient ici tous les jours, n'est-ce pas ?

Bien qu'il ne fût pas dans la nature de l'amiral d'attendre, ce n'est que l'après-midi qu'il s'attaqua à Vera et Renny. Renny vint comme l'avait dit Malahide, mais pas seul. Meg l'accompagnait, coiffée d'un chapeau dernier cri, énorme et perché sur le haut de la tête. L'amiral Lacey se promenait de long en large dans le hall, avec l'impression d'être lui-même le coupable, jusqu'à ce que les trois jeunes gens fussent dans le salon. Il regrettait que Meg fût avec eux. Il pensait qu'il eût été plus facile de les surprendre seuls.

A ce moment les accents de la valse de *La Veuve joyeuse* traversaient la porte fermée. Le trio était allé voir l'opérette la semaine précédente. Jour et nuit cette valse les hantait. L'amiral ouvrit doucement la porte et regarda.

La longue pièce étroite avec son beau parquet et ses fenêtres à petits carreaux, ses aquarelles, ses porcelaines de Dresde, son écran à feu et ses têtières au crochet, était toute dorée par le soleil de fin d'après-midi. Meg était au piano, son visage rond sous l'immense chapeau ressemblait à une fleur épanouie. Elle jouait la valse comme si elle était en train de la composer. Elle levait les mains très haut au-dessus du clavier et laissait retomber les douces notes séduisantes. Si ce n'était pas toujours très correct personne ne s'en apercevait, car les deux danseurs étaient complètement absents, captivés par le rythme de la valse et par leur amour juvénile.

Ils imitaient de leur mieux la façon de danser des deux acteurs qu'ils avaient vus la semaine précédente. Renny glissait à travers la pièce en longs pas agiles et tournait, tournait en tenant Vera dans ses bras. Elle, appuyée sur lui, se penchait en arrière aussi bas qu'elle le pouvait et le regardait. La bague de perle et de diamants étincelait sur la main blanche posée sur l'épaule du jeune homme.

L'amiral resta un instant bouche bée. Il ne pouvait s'empêcher d'aimer cette valse et la façon dont ils l'interprétaient !

— Sur mon âme, s'écria-t-il, on vous prendrait pour des professionnels.

Les danseurs s'arrêtèrent brusquement bien que le piano continuât quelques mesures langoureuses. Vera cacha sa main.

— Maintenant, Renny, dit l'amiral Lacey, j'aimerais des explications.

— Quelles explications ? demanda Renny avec assurance.

Son ton eut pour effet d'endurcir l'amiral.

— Sur votre façon de danser avec ma petite-fille. Ce n'est pas correct.

— C'est ce qu'il y a de plus nouveau, dit Vera.

— Cela n'en est pas mieux pour cela. Vous avez l'air d'étrangers.

— C'est une valse étrangère, dit Meg du tabouret de piano. C'est si beau, la scène se passe dans un pays genre Ruritanie.

— C'est tellement délicieux, dit Vera.

— Ce n'est pas convenable, répliqua son grand-père. Et cette bague que tu portes, montre-la-moi.

Vera prit peur et chercha du regard l'aide de Renny, mais il ne lui en donna aucune.

— Montre-moi cette bague, répéta l'amiral Lacey.

Vera approcha en tendant la main.

— Hum ! Ce n'est pas la première fois que je la vois. Je l'ai vue au doigt de Mrs. Whiteoak. Il faut m'expliquer d'où cela te vient.

— Oh ! grand-papa, je ne peux pas ! Je – oh ! je vous en prie, n'insistez pas.

— J'insiste.

Vera se mit à pleurer.

Meg toujours sur le tabouret du piano prit la parole :

— Je l'ai prêtée à Vera. Elle a appartenu à ma grand-mère.

L'amiral éleva la voix :

— Vous osez me dire cela, jeune personne ! Non, moi je dis que c'est une bague de fiançailles et que votre frère l'a volée à sa grand-mère.

— C'est un mensonge, rugit Renny. Gran m'a donné cette bague pour ma « fiancée » et je l'ai donnée à Vera, nous allons nous marier.

Le vieillard et le jeune homme s'affrontaient. Le premier, petit, épais, redoutable. Le second, grand, maigre, passionné et ardent. Ils étaient comme un bateau de guerre et un voilier.

— Vous osez ! tonna l'amiral, vous osez dire que je mens !

— Non, je ne dis pas que vous mentez. Je ne sais pas qui vous a renseigné mais j'affirme que c'est un mensonge. Ma grand-mère m'a donné cette bague.

— On vous a vu la prendre.

Renny et Meg se regardèrent. Elle dit :

— Nous l'avons *prise,* mais nous ne l'avons pas volée.

L'amiral Lacey se tourna vers elle.

— Pourquoi, mademoiselle, m'avez-vous dit que vous aviez prêté cette bague à Vera ?

— J'essayais simplement de cacher leurs fiançailles. Mais du moment que Renny vous a dit que Vera et lui allaient se marier...

— Se marier ! interrompit l'amiral. C'est ridicule, ce sont des enfants écervelés.

— J'ai vingt ans, dit Vera.

— Et je les aurai bientôt, dit Renny.

— Avec quoi vivrez-vous ? J'aimerais le savoir.

— Il faudra que mon père nous aide.

— Il *faudra* qu'il vous aide ! Il *faudra,* n'est-ce pas ? J'aime cela. J'aime vraiment beaucoup cela. Ecoutez le jeune homme d'aujourd'hui. Il *faut* que son père l'aide : oh ! vous ne pouviez rien me dire de pire. Maintenant écoutez ce que nous allons faire, nous allons trouver votre père et lui dire qu'il *faut* qu'il vous aide.

Renny répondit :

— Impossible. Il est parti chasser.

— Il est parti, j'oubliais. Très bien, nous irons trouver votre grand-mère et nous la mettrons au courant de tout.

— Oh ! non, non, ne faites pas cela, dit Meg.

Elle fondit en larmes. Elle trouvait naturel de pleurer sur une épaule masculine, aussi s'approcha-t-elle et posa-t-elle sa tête sur l'épaule de l'amiral.

Le visage fleuri de celui-ci s'adoucit, il entoura la jeune fille de son bras. A ce spectacle Vera accourut et se mit à pleurer sur son autre épaule. Entre leurs deux têtes il lançait des regards foudroyants à Renny, comme un magnifique vieux bouledogue entre deux fleurs courbées par la rosée.

— Il faut que je voie Mrs. Whiteoak à propos de cette histoire, déclara-t-il, vous viendrez avec moi tous les deux, mais Vera restera ici avec ses tantes. Elle ne sortira plus de cette maison avant son départ.

— Si vous pensez que vous nous empêcherez de nous marier, vous vous trompez, dit Renny avec chaleur. Nous nous aimons et nous nous marierons.

— Oh ! grand-père, dit Vera, si vous saviez comme nous nous aimons !

— Si tu savais tout, mon enfant, ce jeune homme ne te plairait pas tant.

— Qui dit du mal de mon frère ? s'écria Meg.

— Moi ! je dis que ce n'est pas le mari qu'il faut à ma petite-fille.

Renny dit avec amertume :

— Malahide Court est passé par là et m'a calomnié.

— La vérité est-elle une calomnie ? demanda l'amiral Lacey.

— Oh ! oui, souvent, dit Meg. Mais je ne vois pas ce que Malahide a pu vous dire qui vous dresse contre Renny, amiral. Vous qui l'aimiez tant.

L'amiral répondit avec raideur :

— Ce sont des choses dont je ne peux pas parler devant des jeunes filles.

— Ecoutez, grand-papa, dit Vera. Renny m'a demandé ce que je ferais si j'apprenais sur lui quelque chose comme Meg sur Maurice, et je lui ai dit que si tout était fini et s'il m'aimait toujours cela me serait égal. Alors voilà sûrement cette question réglée.

— Pas du tout ! Tu ne sais pas de quoi tu parles. Maintenant, ma chérie, tu vas aller près de ta grand-mère et j'irai à Jalna avec tes amis.

Il conduisit Vera à Mrs. Lacey et dit au vieil homme qui était à la fois jardinier et cocher d'atteler la voiture. Ils furent bientôt en route pour Jalna, lui, Renny et Meg, pendant que Vera racontait toute l'histoire à ses tantes et à sa grand-mère qui l'écoutèrent non sans sympathie.

Ils trouvèrent Adeline, Mary et Malahide en train de prendre le thé dans la salle à manger. Adeline fut heureuse de voir son vieil ami et le fit asseoir à côté d'elle. Mais Malahide, après avoir jeté sur son visage un rapide regard et un autre plus furtif sur Renny et Meg, s'enfonça profondément dans son fauteuil.

— Vous arrivez juste à temps pour goûter le miel de l'année et apprendre une grande nouvelle à propos de notre recteur. Il est fiancé, il est venu me l'annoncer lui-même ce matin.

Elle mit une tranche de miel doré dans l'assiette de l'amiral et le regarda d'un air radieux.

— Parfait, dit l'amiral avec un sourire forcé. Il lui fallait une femme. D'où est-elle ?

— De New Brunswick. C'est loin, mais il dit qu'elle lui plaît et qu'elle nous plaira à tous.

Elle continua à parler mais remarqua vite que quelque chose n'allait pas. Elle regarda l'amiral d'un air interrogateur.

— Etes-vous souffrant ? demanda-t-elle.

— Non, répondit-il d'un ton bourru, mais il faut que je vous parle en présence de ce jeune homme, rien que nous trois. Pouvez-vous arranger cela ?

Il n'y avait rien qu'elle aimât autant qu'une conversation et de préférence une discussion sur un sujet important. Après sa troisième tasse de thé, elle dit :

— Voulez-vous, amiral, et toi aussi, Renny, venir avec moi au salon ? Nous avons certaines questions à discuter.

Elle se leva un peu difficilement en prenant appui des deux mains sur la table. L'amiral lui offrit son bras.

— Est-ce que je peux venir, Granny ? demanda Meg. Je suis mêlée à cette affaire, j'y ai mis tout mon cœur.

— Non, non, dit l'amiral Lacey, rien que votre grand-mère, Renny et moi.

— Mais, s'écria Meg avec véhémence, je suis au courant de tout, alors pourquoi ne serais-je pas là ?

— Et Malahide, dit Renny, il faut qu'il vienne aussi.

Adeline grommela et se rassit.

— Eh bien, nous discuterons en famille la chose, quelle qu'elle soit.

Malahide prit une cigarette et l'alluma.

Après ce qu'a dit Renny, je tiens beaucoup à être là.

— Très bien, dit l'amiral Lacey, du moment que vous êtes d'accord.

— Voulez-vous une autre tasse de thé ? demanda Mary.

— Non, merci.

Il regarda Adeline droit dans les yeux.

— Mrs. Whiteoak, avez-vous donné à votre petit-fils une bague de perle et de diamants comme bague de fiançailles pour ma petite-fille ?

Les cils de Renny battirent et sous la table il serrait ses mains l'une contre l'autre. Malahide avait les yeux baissés et tripotait le diamant de son épingle de cravate. Meg regardait sa grand-mère de ses grands yeux bleus. Il aurait fallu peindre le beau visage âgé aussi profondément marqué qu'un rocher exposé aux intempéries. Adeline avança la lèvre inférieure et regarda successivement Renny, Meg et Malahide, guettant sur chaque figure un signe de défense ou d'aveu. Elle prit sa cuiller et vit le reflet déformé de son visage. Elle la reposa et dit brièvement :

— Oui.

L'amiral suffoqua. Renny eut un petit rire et tout son visage s'éclaira. Meg se rengorgea.

— Mais, s'écria l'amiral, on m'avait dit...

— Malahide vous avait dit, coupa Renny.

— J'ai vu le vol de mes yeux, dit Malahide.

Adeline se tourna vers lui.

— Quel vol ?

— Le vol de la bague.

— Et où étiez-vous ? cria Meg. A nous épier ! A guetter par la fenêtre. Maintenant je comprends pourquoi Boney a crié : « Au diable, Malahide ! »

Adeline, les sourcils froncés, sur ses gardes, décidée à défendre son petit-fils, essayait de tout comprendre.

L'amiral Lacey la regarda bien en face.

— Alors vous souhaitez ces fiançailles.

— Vera pourrait plus mal choisir. C'est un beau garçon, un véritable Court, pas comme le fils de Biddy Court que voilà, un vrai Court comme moi.

— Cela ne m'aurait pas déplu – il n'y a pas longtemps. Mais, depuis, on m'a raconté quelque chose d'assez vilain sur ce jeune homme.

— Expliquez-vous ! dit Adeline.

L'amiral regarda Mary et Meg.

— Cela m'est impossible, en présence de jeunes femmes.

Mary se leva.

— Venez, Meg. Il vaut beaucoup mieux que nous partions.

— Oui, approuva Adeline, sauvez-vous, vous intimidez l'amiral.

Quand elle fut seule avec les trois hommes, l'amiral Lacey dit :

— Ni mon fils ni moi ne pouvons consentir à ces fiançailles. Cela ne peut pas vous étonner, Mrs. Whiteoak. Renny a eu une liaison, avec une femme légère. Vous devez être au courant.

Adeline le regarda de ses yeux brillants.

— Etiez-vous vierge le jour de votre mariage ? Combien d'hommes le sont ? Dites-le-moi !

L'amiral rougit.

— Ce n'est pas la même chose.

— Vous voulez dire qu'on ne le sait pas.

Renny s'écria :

— Tout ce que je fais se sait ! Une ombre s'attache à mes pas. Je voudrais qu'il vienne dans le jardin avec moi et il ne serait même plus une ombre quand j'en aurais fini avec lui. Venez, Malahide, venez ! Ne soyez pas lâche !

Malahide se tourna vers Renny en ricanant dédaigneusement.

— Ce serait avec le plus grand plaisir si vous pouviez vous battre avec autre chose que vos poings.

— Je peux. Je me battrai avec ce que vous voudrez. Un pistolet, une épée, une cravache, une hache, ce qui vous plaira !

Adeline tapa sur la table avec sa main.

— Silence. Il n'y aura pas de bataille entre vous. Quant à vous, Malahide, je ne peux plus vous voir. Ma famille avait raison et j'avais tort. Vous avez essayé de nous duper tous. Vous avez essayé de nous brouiller. Il est joli le séjour que vous avez fait chez nous. Et, pour ma part, je ne serai pas fâchée de vous voir partir.

Ses yeux bruns étincelèrent soudain et elle frappa encore sur la table.

— Partez ! Que je ne vous voie plus jamais !

La bouche de Malahide ressemblait à une vilaine balafre.

— Vous figurez-vous, gronda-t-il, que je me suis amusé ? Seule mon extrême infortune m'a amené ici pour commencer et seul le fait d'être réduit aux abois m'a permis de supporter l'ennui de ce séjour. Pour qui vous prenez-vous, vous autres Whiteoak ? Qui êtes-vous ? Que savez-vous ? Où êtes-vous allés ? Personne – personne – rien – nulle part, voilà les réponses !

Adeline avait la respiration coupée par la fureur. Elle porta la main à son cou.

Renny se disait : « Qu'elle l'entende, qu'elle sache ce qu'il vaut ! » Mais il frémissait d'envie de se jeter sur Malahide.

Adeline parvint à dire :

— Vous osez – misérable – oh ! si j'avais la force de – et mes fils qui ne sont pas là.

— Mais moi j'y suis, Gran ! cria Renny.

Il bondit vers Malahide en accrochant au passage la nappe et en faisant tomber les tasses par terre.

L'amiral Lacey interposa son corps massif entre eux deux.

— Partez, dit-il à Malahide, vous ferez mieux de partir immédiatement.

Malahide fit trois grands pas vers la porte et leva sa main brune.

— Il était temps qu'on vous dît vos quatre vérités, cousine Adeline ? Mais je n'en suis pas capable. Il aurait fallu ma mère pour le faire.

Et il était parti avant qu'elle eût pu répliquer.

On entendait maintenant les cris de Boney dans la chambre à coucher. Il avait entendu la voix de Malahide que la colère rendait perçante et il faisait résonner l'air de ses imprécations rauques.

— Au diable, au diable, Malahide ! Au diable, le cousin Malahide ! *Shaitan – shaitan ka batka !*

On l'entendait battre frénétiquement des ailes au bout de sa chaîne.

— Va le délivrer, Renny, dit Adeline d'une voix étonnamment changée, oh ! le pauvre oiseau ! Le pauvre, pauvre oiseau !

Elle se leva en s'appuyant lourdement sur sa canne.

— Et dire que Bridget Court est dans sa tombe et que je ne peux pas lui écrire pour lui dire ce que je pense de son fils !

32

Voici l'hiver

Renny parcourut sa chambre du regard pour voir s'il n'oubliait rien. La pièce était dans un désordre lamentable ; les tiroirs de la commode béants, les portes de l'armoire grandes ouvertes laissaient voir des pantalons blancs tachés, des chandails passés et divers costumes de tweed tandis que des souliers, des raquettes de tennis, des cravaches, du linge sale jonchaient le sol. Un fox-terrier s'était niché au milieu du lit défait.

De ce fouillis Renny émergeait net et martial dans l'uniforme d'hiver du collège militaire royal : long manteau bleu marine aux parements rouges et aux boutons de cuivre, casquette haute en agneau gris légèrement inclinée sur l'oreille. Il avait l'air plus grave que d'habitude et avait maigri depuis un mois. Il paraissait plus âgé et son visage avait pris une expression concentrée et assurée.

Miss Lacey, Vera et Malahide voguaient sur l'océan. Renny n'avait revu Vera qu'une fois. Tous deux s'étaient dit adieu en présence d'Ethel Lacey qui, malgré les ordres de son père, s'était glissée hors de la pièce et les avait laissés seuls, ensemble, durant quelques instants. Ils s'étaient jetés dans les bras l'un de l'autre et s'étaient embrassés. Vera, d'une voix contenue, avait promis à Renny d'être fidèle, de ne jamais l'oublier, de l'attendre aussi longtemps qu'il le faudrait. Qu'elle était belle dans sa jeunesse et sa gravité ! Sa peau fine et satinée se teintait de mauve sous les yeux. Elle avait les mains froides comme de la glace, mais l'amour rendait ses lèvres chaudes et ardentes. Elle lui écrirait à chaque courrier et Renny ferait de même.

En jetant un dernier coup d'œil sur sa chambre, Renny eut le sentiment de ne plus être la même personne que le garçon qui y était revenu au printemps précédent. Un désir d'expérience, une force orgueilleuse s'étaient développés en lui. Il affronterait la vie sans crainte, il ne se laisserait pas détourner de son chemin.

Il se pencha sur le terrier et le flatta de la main. Le chien la lui lécha avec sa langue chaude, se leva, s'étira, et sauta par terre en jappant avec inquiétude.

— Je pars maintenant, dit Renny. Tu viens ?

Ils descendirent ensemble l'escalier. Meg apparut à la porte de la salle à manger, sa serviette à la main.

— Tu t'en vas ! s'écria-t-elle en s'essuyant la bouche pour l'embrasser. Et je n'ai pas pris mon petit déjeuner avec toi. J'ai si mal dormi que je ne pouvais plus me réveiller ce matin. Et j'aurais aussi bien pu te tenir compagnie pendant que tu finissais de t'habiller, je n'ai pas avalé trois bouchées.

Elle vint tout près de lui, les yeux encore brouillés de sommeil, ses longues nattes enroulées autour de sa tête. Il vit qu'elle était en chemise de nuit sous sa robe de chambre.

Il retira sa casquette et se baissa pour embrasser sa sœur. Elle le serra très fort ; une odeur de toast et de chair tiède émanait d'elle.

— Hum ! soupira-t-elle. Mon vieux, que j'aimerais que tu restes ! C'était si agréable ces derniers jours sans autre homme que toi dans la maison, maintenant que ce maudit Malahide est parti. Mais tu reviendras vite. Les vacances de Noël ne tarderont guère.

Il la berça doucement dans ses bras.

— Où sont les gosses ?

— Avec mère, dans le petit salon. Eden est enrhumé.

Il trouva Mary avec son inévitable corbeille de raccommodage. Peep était à califourchon sur son cheval à bascule ; sa tête dorée, son costume bleu vif se détachaient gaiement sur le triste paysage d'hiver de l'autre côté de la fenêtre. Eden penché sur la table dessinait avec application. Renny essaya de voir ce qu'il faisait, mais Eden se coucha sur son papier.

— Non, dit-il, tu ne le verras pas ! C'est un dessin rien que pour moi.

— Montre-le à Renny, dit Mary, il va partir.

— Non. Il est pour moi seul.

D'une main impitoyable, Renny le tira en arrière et découvrit un dessin informe qui représentait un cygne dressé sur un homme étendu encore plus informe. Renny éclata de rire.

— Bravo, mon petit ! s'écria-t-il. Malahide et le cygne, n'est-ce pas ?

Il se baissa pour embrasser l'enfant, mais Eden détourna la tête.

— Très bien, je vais dire au revoir à Peep.

Mais le bébé absorbé par son galop lui tendit une joue indifférente.

Renny dit d'un ton un peu bourru :

— Peut-être me permettrez-vous de vous embrasser, mère !

Mary l'attira et ils échangèrent des baisers plus affectueux que d'habitude. Ils s'étaient moins heurtés pendant ces vacances que jusqu'alors.

— Eh bien, dit-il, vous allez être tout à fait tranquille sans Malahide. Dites à papa de m'écrire pour me raconter sa chasse. Amusez-vous bien à New York.

— Oui, oui. J'espère que cela ira mieux ce trimestre-ci.

Il poussa un grognement ironique et alla à la porte de sa grand-mère.

— C'est moi, Gran. Je m'en vais.

On entendit la voix claire et forte de la vieille dame.

— Je te verrai dehors. Je sors prendre l'air.

« Un air rudement froid », se dit-il en ouvrant la porte d'entrée et en recevant une rafale de vent. Elle entraînait un tourbillon de feuilles mortes qui s'entassaient en frémissant sur celles qui couvraient déjà le perron. Les branches dénudées des arbres émergeaient toutes raides du ravin. L'herbe était gelée et craquante. A la porte, les bagages de Renny attendaient et il eut un sourire amer en pensant aux bagages de Malahide entassés là le jour de la garden-party.

Il traversa la pelouse et franchit la petite porte qui donnait sur le ravin. La rivière, qui l'été coulait si bien cachée par la végétation abondante, apparaissait maintenant toute brillante, frangée de glace sur chaque rive. Tandis qu'il la contemplait le couple de cygnes apparut au tournant, lisse et immaculé sur l'eau mouvante. Leur petit cygne avait disparu comme les autres sans laisser trace de sa brève existence. Maintenant les deux oiseaux passaient fiers et mélancoliques, leurs cous en forme de points d'interrogation semblaient questionner le destin.

Renny pensait à sa propre vie qui s'étendait devant lui. Que serait l'avenir ? Lui et Vera parcourraient-ils l'existence côte à côte comme les cygnes ? Mais, mon Dieu ! Ils réussiraient à élever leurs enfants ! Il aimerait toujours Vera, la protégerait. En ce moment, comme un cygne, elle voguait sur l'océan toujours plus loin de lui, mais si long que cela parût d'avance, les mois passeraient, il irait la chercher et la ramènerait pour toujours.

Le visage de Lulu traversa sa mémoire, ce visage étrange aux yeux moqueurs et à la bouche sensuelle. Les sourcils froncés, il quitta brusquement la rivière et revint sur ses pas jusqu'à la maison. Il entendait le bruit des sabots des chevaux. Sa grand-mère allait l'attendre.

Comme il traversait la pelouse, les chevaux bais s'arrêtaient devant la maison et il aperçut sa grand-mère sur le perron. Elle avait mis en son honneur un de ses plus beaux bonnets et était enveloppée dans une cape de loutre qu'elle avait beaucoup portée. Elle constituait le motif principal d'un véritable tableau, se disait-il, debout sur le perron, encadrée par le feuillage rouge de la vigne vierge - quelle belle, quelle magnifique vieille dame ! Il était fier d'elle. Il tressaillit aussi d'orgueil en regardant la maison battue par le vent glacé dont les cheminées laissaient échapper des volutes de fumée. Un jour cette demeure lui appartiendrait, pas avant longtemps, il l'espérait bien, mais tout de même un jour Jalna serait à lui.

Adeline descendit les marches du perron pour venir à sa rencontre.

— Mon Dieu ! s'écria-t-elle. Comme le temps a tourné au froid ! Un cœur de belle-mère n'est pas plus glacé. Hein, Renny ?

Il sourit un peu timidement.

— Elle a été très gentille pour moi cet été.

— Plus gentille que moi, n'est-ce pas ?

Et elle le regarda avec jalousie.

— Oh ! il n'est plus question de cela, Gran !

Il rit gaiement.

Elle se rapprocha et passa son bras sous celui de Renny.

— Nous avons fait la paix, n'est-ce pas ? Et j'ai reconnu que je m'étais complètement trompée sur le compte de ce mendiant de Malahide. Et dans tes affaires de cœur je t'ai défendu.

Il pressa la main de sa grand-mère contre lui.

— Oui, Gran, certainement.

— C'est trop malheureux qu'on ait fait rendre la bague à Vera ! Mais je te la garde. Quand tu la voudras tu sais où la trouver.

Elle lui lança un regard malicieux.

— Vous avez été épatante dans toute cette affaire, Gran.

— Marche un peu de long en large avec moi. Il fait froid à rester immobile. Les capes ne tiennent pas chaud, je l'ai toujours dit.

Ils descendirent l'allée et la montèrent, ils formaient un couple peu banal ; elle avec son bonnet et sa cape de loutre, lui en uniforme de cadet. Hodge avait mis les bagages dans la voiture. Les chevaux piaffaient.

— Au revoir, Gran.

Il se pencha pour l'embrasser. Elle posa sa main sur la poitrine de Renny.

— Ne sois pas si pressé. Je voulais te dire quelque chose... Ne t'attache pas trop à cette jeune fille. On ne sait jamais comment les choses tourneront dans ces premières passions. Je suis passée par là. Elles meurent tout naturellement. Mais, quand il s'agira d'un grand amour, tu le sauras, crois-moi !

Il la regardait, incrédule, sûr de la constance de ses sentiments. Elle l'embrassa sur les deux joues et il grimpa en voiture à côté de Hodge.

— Au revoir, Gran, au revoir !

Il agita la main et aperçut Mary et Eden qui regardaient derrière la vitre. Il entendit la voix aiguë d'Eden l'appeler. Il vit le chandail vif de Peep qui allait et venait. La voiture roulait rapidement dans l'allée, et ses roues et les flancs bien étrillés des chevaux étincelaient à travers les sapins.

Adeline appuyée sur sa canne resta un instant à les regarder s'éloigner. Quel beau garçon ! Il était bien de son sang, c'était un vrai Court. Cela faisait un drôle d'effet de penser qu'il n'y aurait plus que des femmes dans la maison, et aucun homme. Dire que l'hiver arrivait... et plus d'homme dans la maison... Comme l'été avait vite passé... comme un rêve... Maintenant le froid venait... et pour très, très longtemps.

Un rayon de soleil glacé perça les nuages sombres et éclaira Adeline, l'herbe gelée et les arbres dénudés.

— Ces nuages annoncent la neige, dit-elle tout haut en les regardant.

Un poème de Moore, qu'elle avait beaucoup aimé autrefois mais auquel elle n'avait pas pensé depuis des années, lui revint à l'esprit. Toujours debout, appuyée sur sa canne, les yeux fixés droit devant elle, elle se mit à réciter :

J'ai vu de la grève, dans le matin lumineux,
Une barque voguer fièrement sur les flots ;
Je suis revenu sur cette grève au coucher du soleil,
La barque était toujours là, mais le flot s'était retiré.

Elle suivit un peu péniblement l'allée jusqu'à la petite porte de bois où elle posa une main presque caressante. Elle avait toujours aimé cette porte. Son mari et elle s'étaient souvent arrêtés là ensemble. Mais que le bois était froid sous sa main ! Pourtant cet endroit était un peu abrité. Avec un regard presque inspiré elle déclama la strophe suivante :

Et tel est le sort des premières promesses de notre vie,
Ainsi nous avons connu les joies du printemps ;
Chaque vague sur laquelle nous dansons le matin se retire
Et nous laisse, le soir, seul sur le rivage glacé.

« Un beau poème, pensait-elle. Mon Philippe aimait me l'entendre dire. C'est curieux que je puisse m'en souvenir mot à mot ce matin. Je me sens très solide et l'esprit très clair aujourd'hui. »

Elle fit demi-tour, affronta le vent et revint vers la maison.

Le nuage en effet annonçait la neige. Elle tombait maintenant blanche et ferme, dansait dans le vent, cinglait les joues de la vieille dame. L'air était rempli de flocons. Cette chute de neige ne calmait pas la morsure de la bise comme il arrive quelquefois, mais la rendait encore plus âpre. Adeline était obligée de baisser la tête et de lutter contre le vent. Il la fouettait et gonflait sa cape, si bien qu'elle paraissait énorme. Elle était tout essoufflée, mais elle était fière d'elle-même en arrivant au perron. Elle dit tout haut :

— Peu de femmes voudraient sortir par une matinée comme celle-ci – et à plus forte raison une femme de mon âge !

A l'abri du porche, elle regarda la tempête de neige. Des flocons s'étaient accrochés à ses épais sourcils, elle avait les épaules toutes blanches. Elle eut un léger sourire, un sourire qui exprimait un secret aigu mais sans amertume. Toujours essoufflée et beaucoup plus bas elle continua à réciter le poème :

Ne me parlez jamais des gloires sereines qui ornent
La fin de nos jours, la veille paisible de notre nuit.

La mémoire lui manqua. Elle cherchait dans sa tête les mots suivants tandis que le vent, tournant brusquement comme s'il la pourchassait, l'enveloppa en éparpillant les feuilles mortes et en faisant voler la neige. Elle lui fit face, comme acculée dans ses derniers retranchements, et elle retrouva la fin du poème. Mais elle la dit en haletant :

Rendez-moi... rendez-moi... la fraîcheur sauvage du matin.
Ses nuages et ses larmes... valent le plus beau crépuscule !

Un bref rayon de soleil tacheta le perron. Elle hocha triomphalement la tête mais s'aperçut qu'elle était glacée. Elle posa sa main sur le bouton de la porte et le tourna. Le vent, comme s'il voulait lui venir en aide, appuyait sauvagement de toute sa force sur la porte et l'ouvrit toute grande, il poussa Adeline dans le hall.

En dépit de ses efforts, elle ne put arriver à refermer la porte derrière elle. Le terrier quitta la chaleur du poêle et vint en reniflant la rejoindre. Elle frappa énergiquement avec sa canne.

— Elisa ! Elisa ! appela-t-elle. Venez fermer la porte !

Elisa accourut à son secours, très nette dans sa robe de coton amidonnée. De ses robustes bras osseux elle dompta le vent. La porte se ferma avec bruit.

La chaleur du hall semblait délicieuse. Adeline sourit fièrement à Elisa.

— J'ai fait une promenade, Elisa, dit-elle. Une promenade par ce vent. Peu de femmes – de mon âge – en feraient autant, n'est-ce pas ?

— Non, réellement, madame ! Cela ne paraît même pas prudent. Adeline retira son bonnet de dentelle et le secoua pour faire tomber la neige.

— Ne vous tourmentez pas, Elisa, dit-elle. Je n'ai pas l'intention de recommencer. Me voilà installée bien au chaud – pour tout l'hiver. Ah !

LA FAMILLE WHITEOAK

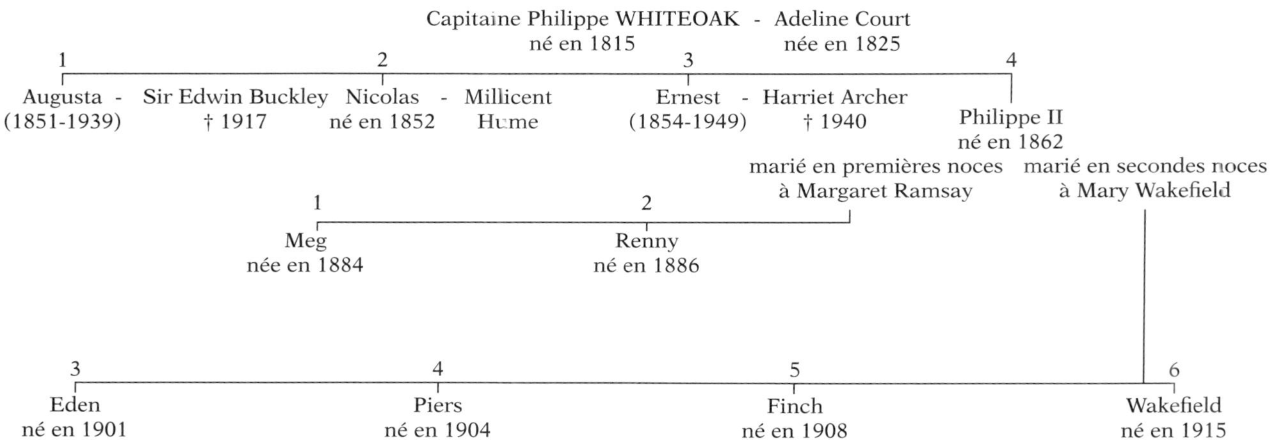

MIXTE
Issu de sources responsables
FSC® C003309
FSC
www.fsc.org

Composition Nord Compo à Villeneuve-d'Ascq

Achevé d'imprimer en juillet 2021
sur les presses de Normandie Roto Impression s.a.s.
61250 Lonrai
N° d'impression : 2103656

Imprimé en France